James Joyce

Finnegans Wake

芬尼根的守灵夜

全译注释本（第二卷）

[爱尔兰] 詹姆斯·乔伊斯/著
戴从容/译注

译林出版社　华东师范大学出版社
EAST CHINA NORMAL UNIVERSITY PRESS

图书在版编目（CIP）数据

芬尼根的守灵夜．第二卷 /（爱尔兰）詹姆斯·乔伊斯（James Joyce）著；戴从容译注．-- 南京：译林出版社；上海：华东师范大学出版社，2025．8．
ISBN 978-7-5753-0661-4

Ⅰ．I562.45

中国国家版本馆CIP数据核字第2025AA8374号

芬尼根的守灵夜（第二卷）　[爱尔兰] 詹姆斯·乔伊斯 / 著　戴从容 / 译注

策　　划　袁　楠　王　焰
统　　筹　姚　燚
责任编辑　柏丽娟　张　晨
装帧设计　马仕睿@typo_d
校　　对　王克岚
责任印制　颜　亮

出版发行　译林出版社　华东师范大学出版社
地　　址　南京市湖南路 1 号 A 楼
邮　　箱　yilin@yilin.com
网　　址　www.yilin.com
市场热线　025-86633278
排　　版　上海商务数码图像技术有限公司
印　　刷　南京爱德印刷有限公司
开　　本　718 毫米 ×1000 毫米 1/16
印　　张　43.75
插　　页　4
版　　次　2025 年 8 月第 1 版
印　　次　2025 年 8 月第 1 次印刷
书　　号　ISBN 978-7-5753-0661-4
定　　价　166.00 元

目　　录

阅 读 凡 例

一、本书以1992年“企鹅丛书”版为底本，该版本使用的是1939年伦敦费伯-费伯出版社和纽约维京出版社出版的第一版《芬尼根的守灵夜》。

二、本书的正文排在双数页，以小四号宋体为主，个别地方字体有所变化；注释排在单数页，对应正文。由于部分页码正文对应注释较多，为确保注释全数排放于一页之内，以利对照阅读，此类注释页在字号、行距方面做了一定调整，因此各注释页的版式并不完全一致。

三、原文中的斜体、大写体，以及一些首字母大写但内容为普通词组的名称，均在正文排为楷体。

四、小四号正文右下角的小五号字为该词语也可包含的其他含义。多个其他含义之间用短竖线（|）隔开。这些含义在乔伊斯的原文中与本译文在正文中所取的含义具有同等重要性。

五、注释中的“～”符号，表示正文已出现，注释不再重复的含义，具体地说：

（一）注释中的第一个“～”对应正文中的相应译文（小四号）。如果正文中所用的词语为呼应前后叙述做了变化，则在注释中保留原字典翻译。如果正文中的译文是若干含义的组合，在注释中也保留各组成部分的译文，并用“＋”连接各组成含义。如第一卷第 7 页注释 27，sosie sesthers 中 sosie 为法文词，意为“酷似别人的人”，sesthers 解为 sisters，意为“姐妹”，注释则写为 sosie[法]“酷似别人的人”＋sisters“姐妹”，正文中译为“孪生姐妹”。

（二）词语注释都放在单数页。注释条目与正文完全对应，用语尽量简化。“解为”一律简写为“解”。本译本仅为了阅读方便，通常选取了其中与上下文最具逻辑联系的含义为译文正文（小四号）。正文其他含义（小五号）的先后次序与注释中的先后次序基本一致，分别对应注释中的“～”符号，故该含义的原文皆可在注释中查阅。放入正文和正文词语边注中的内容一律用“～”表示。另有个别特殊表述，如“此处解”，指此处首选含义，其译文在正文中以小四号出现。

六、注释中的各不同含义用分号（;）隔开。

七、注释中不同的语言用中括号和该语言的缩写表示，如“[中]”表示“中文”。语言缩写在“缩略语”页可查到。

八、本译本参考的所有《芬尼根的守灵夜》研究资料都将其他语言用拉丁字母转写，本译本保持这一传统，即便其中包含的中文也先列出该词被乔伊斯研究者普遍使用的拉丁字母书写形式，然后再译为中文。

九、在不同卷中另有特殊情况，说明如下：

（一）在第一卷中，若干重要的背景性解释放在正文脚注中，用❶等标识。

（二）除本书译者所加注释之外，原文第二部第二章本身存在大量页边注和脚注（脚注序号用①等标识），其中包括图片形式。同时，此章内亦存在部分文字旋转、大大小小排列等特殊情况。为保留原文特色，本版均依照原文排布。另外，由于译文与外语原文每行的字符长度难以做到完全对应，当正文小四号字与页边注无法做到行行对应时，排版时适当调整了该页行距或字间距。

缩 略 语

[阿]	阿拉伯语
[阿尔]	阿尔巴尼亚语
[阿拉]	阿拉米语(Aramaic,叙利亚的一种古代语言)
[埃]	埃兰语(Elamite,伊朗高原西南部古代埃兰人所讲的语言)
[爱]	爱尔兰语(当代拼写)
[爱黑]	爱尔兰语黑话(其他语言的黑话形式同此,不再一一列出)
[爱口]	爱尔兰语口语(其他语言的口语形式同此,不再一一列出)
[爱沙]	爱沙尼亚语
[安]	安南语(现多称越南语)
[奥]	奥斯加克语(Ostyak,俄罗斯西伯利亚地区乌拉尔语系乌戈尔语支中的一种)
[澳俚]	澳大利亚俚语(其他语言或地区的俚语形式基本同此,除个别外不再一一列出)
[巴]	巴斯克语(欧洲巴斯克人所讲的语言,系属未定)
[保]	保加利亚语
[北布]	北布列塔尼方言
[贬]	英语贬义
[冰]	冰岛语
[波]	波斯语
[波兰]	波兰语
[布]	布列塔尼语(法国布列塔尼地区的一种少数民族语言)
[丹]	丹麦语
[德]	德语
[俄]	俄语
[法]	法语

[梵]　梵语
[方]　英语方言
[废]　废用英语
[芬]　芬兰语
[佛]　佛拉芒语(比利时北部语言,是荷兰语的变体)
[高]　高棉语(柬埔寨国语)
[古爱]　古爱尔兰语
[古法]　古法语
[古挪]　古斯堪的纳维亚语
[古斯]　古斯拉夫语
[古体]　英语已废弃的古代写法
[古意]　古意大利语
[古英]　古英语
[行]/[雪]　小炉匠的秘密行话,也称雪尔塔语(Shelta,以爱尔兰语为基础,现今尚在英国、爱尔兰等地的补锅匠、游民间使用)
[荷]　荷兰语
[吉]　吉卜赛语
[捷]　捷克语
[康]　康沃尔语(曾通行于英国西南部康沃尔地区的语言)
[拉]　拉丁语
[老]　老挝语
[俚]　英国俚语
[立]　立陶宛语
[列]　列托-罗曼语(Rhaeto-Romanic,瑞士东南部和意大利北部的三种罗曼语言的总称)
[鲁]　鲁塞尼亚语(Ruthenian,即乌克兰语)
[罗]　罗马尼亚语
[马]　马来语
[美]　美式英语
[孟]　孟加拉语
[缅]　缅甸语
[南布]　南布列塔尼方言
[南非荷]　南非荷兰语
[挪]　挪威语
[葡]　葡萄牙语
[普]　普罗旺斯语

［日］　日语
［瑞］　瑞典语
［瑞德］　瑞士德语
［萨］　萨摩亚语
［塞］　塞尔库普语（Selkup，俄罗斯西伯利亚地区鄂毕河与叶尼塞河之间地区使用的一种语言）
［塞内］　塞内加尔语
［塞维］　塞尔维亚语
［塞维-克罗］　塞尔维亚-克罗地亚语
［桑］　桑塔利语（Santali，流行于印度的比哈尔邦、阿萨姆邦、特里普拉邦、恰尔康得邦、西孟加拉邦、奥里萨邦以及孟加拉国、尼泊尔等国家和地区）
［诗］　诗歌用语
［世］　世界语
［数］　数学术语
［斯］　泛斯拉夫语
［斯洛］　斯洛文尼亚语
［斯瓦］　斯瓦希里语（东非坦桑尼亚、肯尼亚等地通用的语言）
［苏］　苏格兰语
［土］　土耳其语
［晚拉］　公元100—500年间使用的拉丁语
［威］　威尔士语
［沃］　沃拉卜克语（Volapük，一种人造语言）
［乌］　爱尔兰乌尔斯特地区方言
［西］　西班牙语
［希］　希腊语
［希伯来］　希伯来语
［虾］　虾夷语（现更多译为阿伊努语，日本北海道少数民族使用的语言）
［暹］　暹罗语（现称泰语）
［匈］　匈牙利语
［亚］　亚美尼亚语（东部地区方言）
［亚述］　亚述语
［伊］　伊多语（Ido，一种人造语言）
［医］　医学术语
［意］　意大利语

［意第］	意第绪语（阿什肯纳兹犹太人使用的语言）
［意方言］	意大利方言
［印］	印尼语
［印度斯坦］	印度斯坦语（通行于印度中部、西北部和巴基斯坦的语言）
［英爱］	爱尔兰英语
［英印］	印度英语
［中］	中文
［中拉］	中古拉丁语
［中英］	中古英语

第二部

第一章

每天晚上掌灯时分凤凰[1]芬·麦克尔|仙女|不存在娱乐厅里升高半音，直至收到下一个通知。（酒吧和厕所通常开门，彩票[2]骗钱俱乐部|诈骗在楼下[3]蠢材|眼泪。）入场费[4]让人欣喜的：楼座[5]闲逛|上帝|盖德，一先令[6]扒找；贵宾[7]素养，一枚大先令。为各工作日[8]邪恶的日子|蜡烛芯的表演[9]香气全新打造[10]为……开账单。星期天[11]一些天|睡眠|打盹儿午场演出[12]马辛|厚实。根据安排[13]传讯，儿童梦幻[14]王国|扩大|儿童节目时间，删洁版[15]解释的|期待的|CHE。果酱瓶，洗好的波特酒瓶，收进来的代币[16]接受|作为……的标志。木偶戏制片人每个夜晚重新分配演出片段和演员，代笔人[17]无风航行用帆每个白天配音[18]都柏林，受到神圣的杰内修斯[19]《创世记》|天才·至高至尊者[20]主角的祝福，得到来自芬狄阿斯[21]、缪里阿斯[22]城墙|海、高里阿斯[23]、法里阿斯[24]命运之石|墙四角落[25]验尸官的先人阁下至古者的高贵庇佑，继任主教[26]大人们[27]篮子、光之剑[28]工作量、荣耀[29]丰饶壶、胜利[30]矛[31]、命运石[32]你|地方，与此同时首席凯撒看。着。参议院[33]沙质草原低地。就像兄弟与荣耀[34]兄弟|是爱|布拉迪斯拉发兄弟剧团（海卡奴和阿里斯托布

1 Feenichts 解 phoenix“～”，都柏林的凤凰公园；也解 Finn MacCool“～”，爱尔兰传说中芬尼亚英雄的领袖；也解 Feen［德］“～”＋Nichts［德］“～”，即“没有仙女”。

2 Diddlem Club“～”，二战前流行于英国的俚语，指“～”；也解 diddle“～”。

3 douncestears 解 downstairs“～”；也解 dunces“～”＋tears“～”。

4 Entrancings 解 Entrance fees“～”；也解 Entrancing“～”。

5 gads 解 gods“～”；也解 gad“～”；也解 God“～”；也解 Gad“～”，闪米特神话中的财神。

6 scrab［爱尔兰隐语］“～”；也解 scrabble“～”。

7 quality“～”，此处解 quanlity［英爱］“贵族或社会地位高的人”。

8 wickeday 解 weekday“～”；也解 wicked day“～”；也解 wick“～”。

9 perfumance 解 performance“～”；也解 perfume“～”。

10 billed“～”，此处解 built“～”。

11 Somndoze 解 Sunday“～”；也解 some days“～”；也解 somnus［拉］“～”；也解 doze“～”。

12 massinees 解 matinee“～”；也解 Léonide Massine“～”（1896—1979），俄国芭蕾演员；也解 massiness“～”。

13 arraignment“～”，此处解 arrangement“～”。

14 childream 解 child dream“～”；也解 realm“～”；也解 ream“～”；也与后面合解 Children's Hour“～”。

15 expercatered 解 expurgated“～”；也解 explicated“～”；也解 expected“～”。此句包含本书主人公名字缩写的改写 CHE。

16 Taken in token 解 taken in“被接受的”＋token“代币”；也解 taken“～”＋in token (of)“～”。

17 ghosters“～”，此处解 ghost-er“～”。

18 dubbing“～”；也解 Dublin“～”。

19 Genesius 解 St. Genesius“～”，演员的保护圣人；也解 Genesis“～”；也解 Genius［德］“～”。

20 Archimimus 解 archi-“主要的”＋mimus“拉丁文最高级”，指上帝；也解 archimimos［希］“～”。

21 Findrias“～”，位于爱尔兰凯里郡，传说女神达奴的族群从此处带走努阿达神的光剑。

22 Murias“～”，位于爱尔兰，传说达奴的族群从此处带走达格达神的丰裕锅；也解 múr［爱］“～”；也解 muir［爱］“～”。

23 Gorias“～”，位于爱尔兰韦克斯福德郡，传说达奴的族群从此处带走路克神的矛。

24 Falias“～”，位于爱尔兰，传说达奴的族群从此处带走神器命运石；也解 Fáil“～”，位于爱尔兰塔拉山，是爱尔兰共主的加冕石；也解 falla［爱］“～”。

25 coroners“～”，此处解 corners“～”。

26 Coarbs 解 comharba［爱］“～”，尤指接替保护圣人或教堂创建者、管理教堂的人。

27 Messoirs 解 Messieurs“～”；也解 Korb［德］“～”。

28 Clive Sollis 解 Claidheamh［爱］“～”；也解 Soll［德］“～”。

29 Galorius 解 glorious“～”；也解 galore“～”。

30 Pobiedo 解 pobeda［俄］“～”。

31 Lancey 解 lance“～”。

32 Pierre Dusort 解 pierre du sort［法］“～”；也解 du［德］“～”；也解 Ort［德］“～”。

33 Sennet 解 senate“～”；也解 Senne［德］“～”。

34 Bratislavoff 解 brat i slava［斯］“～”；也解 brat［斯］“～”＋is love“～”；也解 Bratislava“～”，斯洛伐克首都，位于其西南部。

鲁斯[35])在憨蛋呆蛋[36]无数的复活之后演给费城人[37]艾德菲剧院|兄弟们的那样。在所有国王的[38]国王剧团|国王街马[39]较嘶哑的和所有王后的人[40]妈妈之前。在七大海洋广播[41]人群|狂轰|倾盆大雨中用爱尔兰语希腊语日耳曼语斯拉夫语古波斯语拉丁语梵语[42]无线播放[43]词语|不受约束地表达。在四张小报[44]舞台造型里。虽然芬[45]蕨草|往昔的可能让我们冷静下来[46]寒冷的|热的|老的直到雪[47]结实的|陈年的|终年积雪|芬·麦克尔带来寒冷。《米克、尼克和玛奇们的哑剧》,改编[48]采用|擅长于自蓝下巴[49]演员|靠得住的·黑狄龙[50]黑色的|恶棍(向来是[51]作者|方式|否则"大故事[52]贮存")写的"巴利胡利[53]讨厌的|钱|大吹大擂|《巴利胡利特等军》被血染红的[54]骑|一流的凶手[55]凶杀",主演:

格拉格(苏玛斯[56]苏玛斯·贝格|谢默斯·麦克奇拉德先生,听着穿着他那圆形服装[57]剧院第一层楼厅的前排座位的机器人与罪犯相片集[58]流氓|剧院最高处的边座中的笑料作者[59]边座|歹徒之间的谜语),故事书的大胆邪恶的黑[60]暗淡的|苍白|布莱克男孩,当舞台幕布升起时,就像我们发现的,因为他知道得太多了[61]向……|亚麻布女帽,已经被贬入离婚法庭[62]被强迫|被抓住,贬谪他的是

花仙子们(来自圣新娘[63]圣布利吉特精修机构的女童子军们,要酸化片[64]刻苦的),一整月[65]母亲群的美丽女孩,尽管她们选中了她这个她们的小麻烦,持有瓦尔基里汉娜[66]上帝保佑许可证组成卫队保护

伊索德(美人·痣[67]阴户小姐,向女随从们要一份简章),一位迷人的金发女郎,笑时露出快乐的酒窝,她的可爱只有镜中

35 Hyrcan and Haristobulus 解 John Hyrcanus II“约翰·海卡奴二世”，公元前1世纪犹太国家的大祭司＋and＋Judas Aristobulus“阿里斯托布鲁斯二世”。两人是亲兄弟，但是有矛盾冲突。

36 humpteen dumpteen 解 Humpty Dumpty“～”，童谣中一个从墙上掉下摔碎的蛋形人，“就是国王的全班人马/也没法把蛋壳拼起来”；也解 umpteen［英口］“～”。

37 Adelphi 解 Philadelphian“～”；也解 Adelphi Theatre“～”，伦敦剧院；也解 adlphoi［希］“～”。

38 King's“～”；也解 King's Men“～”，莎士比亚曾服务于这个剧团，该剧团的对手是“王后剧团”；也解 King St.“～”，都柏林街道名，娱乐剧院位于该街道。

39 Hoarsers“～”，此处解 horses“～”。

40 Mum［英口］“～”，此处解 men“～”。

41 crowdblast 解 broadcast“～”；也解 crowd“～”＋blast“～”；也解 cloudburst“～”。

42 scrcellelleneteutoslavzendlatinsoundipt 解 Celtic Hellenic Teutonic Slavic Zend Latin Sanskrit“～”。

43 wordloosed 解 wireless-ed“～”；也解 word“～”＋loosed“～”。

44 tubbloids 解 tabloids“～”；也解 tableaux“～”。

45 fern“～”，此处解 Finn MacCool“～”，爱尔兰传说中芬尼亚英雄的领袖；也解 fern［德］“～”。

46 cald 解 calm“～”；也解 cold“～”；也解 caldo［意］“～”；也解 old“～”。

47 firn“～”；也解 firm“～”；也解 firn［德］“～”；也解 Firn［德］“～”；也解 Finn MacCool“～”。

48 adopt“～”，此处解 adapt“～”；也解 adept“～”。

49 Bluechin“～”，爱尔兰作家勒法努的《墓地房屋》中的人物，在俚语中指“～”；也解 bluechip“～”。

50 Blackdillain 解 Black Dillon“～”，《墓地房屋》中的医生；也解 black“～”＋villain“～”。

51 authorways 解 always“～”；也解 author“～”＋ways“～”；也解 otherwise“～”。

52 Storey 解 story“～”；也解 store“～”。

53 Ballymooney 解 Ballyhooly“～”，镇名，位于爱尔兰科克郡；也解 bally“～”＋money“～”；也解 ballyhoo“～”；也可与后面的词语合解为“Ballyhooly Blue Ribbon Army”“～”，19世纪的一首民谣。

54 Bloodriddon 解 blood“鲜血”＋redden“使变红”；也解 ridden“～”；也解 blue ribbon“～”。

55 murther 解 murderer“～”；也解 murder“～”。

56 Seumas 解 Seumas Beg“～”，詹姆斯·斯蒂芬的小说《金罐》中的男孩；也是詹姆斯·斯蒂芬的长诗《苏玛斯·贝格的冒险》的主人公，故解“～”；也解 Seamus“～”，闪的爱尔兰写法。

57 dress circular 解 dress“服装”＋circular“圆形的”；也解 dress circle“～”。

58 rogues' gallery(由警察存档的)“～”；也解 rogues“～”＋gallery“～”。

59 Gagster(为演员写的)“～”；也解 gallery“～”；也解 gangster“～”。

60 bleak“～”，此处解 black“～”；也解 bleek［荷］“～”；也解 William Blake“～”，英国诗人。

61 to mutch 解 too much“～”；也解 to“～”＋mutch“～”。

62 divorced into disgrace court 解 disgraced into divorce court“～”；也解 forced“～”；也解 caught“～”。

63 St. Bride“～”；也解 St. Brigid“～”，爱尔兰的女守护圣人。

64 acidulated“酸化的”，指酸化片；也解 assiduous“～”。

65 month“～”；也解 mother“～”。

66 valkyrienne 解 Valkyrie“瓦尔基里”，北欧神话中12位战争女侍者，她们在战场寻找战死勇士的灵魂带到瓦尔哈拉宫＋Anna“汉娜”；也解 kyriê eleêsôn［希］“～”。

67 Butys Pott 解 beauty spot“～”，在俚语中也解“～”。

她那优雅[68]感激的妹妹的映像能媲美，蛋白石色的云朵，抛弃了格拉格，正不顾一切地迷恋着

查夫[69]高兴的|满的（希恩[70]约翰|肖恩|场面 · 奥梅蕾[71]格蕾丝 · 奥玛丽先生，看安全绘景幕布上的粉笔和血红色的象形文字），童话书里美好坦率金发的家伙，与大胆邪恶暗淡的男孩格拉格为了顶点而摔跤，帽子或手脚[72]双子星座或衣服袋子或沼泽手枪[73]百高地|博格|巴克利或射杀[74]斜槽|跌落红肤[75]俄国的|拉斯金将军[76]一般地|手枪或其他一切都双生双伴[77]一般地|双子星座，直到他们预兆出[78]亚当|钳子不是这个就是那个的模式，这之后他们都被带离舞台，带到家里重新彻底打上肥皂、擦拭和刷洗，被

汉娜[79]（山洞 · 山流[80]运行小姐，格劳宾登州[81]希腊|肋排学校[82]学堂|小学的，带来宝宝们，皮德[83]脚|彼得、保德[84]脚的|彼得和土耳提，她在圣徒纪念日[85]原谅我一会儿之后分发[86]错误的贡品书面训令[87]天主教濯足仪式时分发的救济金金，111[88]蛋|烤炉项入场权[89]入口|进来，小鸡[90]潘趣不可以错过我们民族的公鸡胡闹[91]复活节彩蛋），他们可怜的小老丈母娘[92]替代妈妈|地点，她是家庭之妇，正相对于

驼背（驱走 · 一切[93]迈克尔 · 冈恩先生，读了关于瑞典[94]瑞典人埃里克[95]国王的演出节目表中拉克斯塔拉萨迦[96]里的谚语，以及圣灵在他那神奇的头盔中的呢喃），从头到脚[97]拿烟斗的恶棍穿戴着手表、礼帽、外衣、王冠，以及纹章图像，所有，带给我们委屈、眩晕[98]世界、顿悟[99]血肉和麻烦[100]魔鬼的东西，在他从最近因为鸡蛋永久不变而引发的弹劾[101]桃子们|弗朗西丝 · 贝拉中多少恢复过

68 grateful“～”，此处解 graceful“～”。
69 CHUFF“～”，人名；也解 chuffed“～”；也解 chuff［英爱］“～”。
70 Sean“～”，人名；也解 Sean［爱］“～”；也解 Shaun“～”，本书主人公的儿子；也解 scene“～”。
71 O'Mailey“～”；也解 Grace O'Malley“～”，伊丽莎白时期的爱尔兰海盗。在爱尔兰传说中，霍斯伯爵因为正在吃饭拒绝了她进门的要求，她绑架了伯爵的继承人，迫使伯爵承诺任何时候都对来客开放。
72 caps or puds“～”；也解 Castor and Pollux“～”。
73 bog gats“～”；也解 Baggot“～”，都柏林街名；也解 Bögg“～”，苏黎世类似于雪人的人物；也解 Buckley“～”，书中开枪打死一个正在大便的俄国将军的爱尔兰士兵。
74 chuting 解 shooting“～”；也解 chute“～”；也解 chute［法］“～”。
75 rudskin“～”；也解 Russian“～”；也解 John Ruskin“～”（1819—1900），英国作家。
76 gunerally 解 general“～”；也解 generally“～”；也解 gun“～”。
77 geminally“～”；也解 generally“～”；也解 Gemini“～”。
78 adumbrace 解 adumbrate“～”；也解 Adam“～”＋brace“～”。
79 ANN 解 Anne“～”，本书女主人公汉娜·丽维娅·妇鲁拉贝尔。
80 Corriendo 解 corriente［西］“水流”；也解 correndo［葡］“～”。
81 Grischun 解 Grisons“～”，位于瑞士，部分地区使用列托-罗曼斯语；也解 Greece“～”；也解 gríscín［爱］“～”。
82 scoula［列］“～”；也解 school“～”；也解 scoile［爱］“～”。
83 Pieder“～”，人名；也解 pied［法］“～”；也解 Peter“～”，基督的门徒之一。
84 Poder“～”，人名；也解 pod-“～”；也解 Peadar［爱］“～”。
85 perdunamento 解 perduanaunza［列］“～”；也解 perdona un momento［意］“～”。
86 mistributes 解 distributes“～”；也解 mis-tributes“～”。
87 Mandamus（上级法院向下级法院发布的）“～”；也解 Maundy“～”。
88 hendrud aloven 解 hundred and eleven“～”；其中 aloven 也解 ovum［拉］“～”，也解 oven“～”。
89 entrees“～”；也解 entries“～”；也解 entrée［法］“～”。
90 pulcinellis 解 pulcino［意］“～”；也解 Pulcinella［意］“～”，17 世纪的一个喜剧人物。
91 rooster's rag“～”；也解 Easter egg“～”。
92 mother-in-lieu“～”，指养母，此处解 mother-in-law“～”；也解 lieu［法］“～”。
93 Makeall Gone“～”；也解 Michael Gunn“～”（1840—1901），都柏林娱乐剧院的经理，HCE 的化身之一。
94 Schweden 解 Sweden“～”；也解 Schwede［德］“～”。
95 Ericus 解 Eric IX of Sweden“瑞典的埃里克”，瑞典国王，1155—1160 年在位，死后被追封为圣人，传说他曾率领第一支瑞典十字军出征芬兰，使很多芬兰人改信基督教。
96 Laxdalesaga 解 Laxdæla saga“～”，13 世纪创作的冰岛萨迦中的一种。
97 cap-a-pipe 解 cap-à-pie“～”；也解 cad with a pipe“～”。
98 whirl“～”；也解 world“～”。
99 flash“突然想到”；也解 flesh“～”。
100 trouble“～”；也解 devil“～”。
101 impeachment“～”；也解 Peaches“～”，书中对两个诱惑性女性的称呼；也解 Peaches“～”的别称，她 15 岁时与 52 岁的百万富翁结婚，1927 年在纽约控告丈夫性变态，这个案件被称为“老爹和靓妹案”。

来之后，但完全且彻底改信之前[102]恢复故态，提议使用循环逻辑，他，再一次成为前帆索和顶桅帆，用来回忆[103]薄膜残影[104]以及纹章[105]外表残片[106]罗曼司的物质残似，显示出曾是[107]商船押运员[108]船上货物，来自哥本哈根[109]天堂中的主教|船尾假山，在他那位于乌斯克河上的科里茵[110]沙垄|CHE 的朝圣者[111]海关里忙着招呼他的那些法定人物

顾客（圣贵族[112]圣帕特里克学院成人绅士业余[113]课程学员，查阅年鉴[114]主持每年年终弥撒的神父|日记，兜售[115]冷黑啤分章[116]亲属|吸），一组 12 位模范运动公民，每人都在询问[117]旅馆|追求远足之事，每杯结束后依然得到更加马虎的服务，服务他们的是

桑德森[118]萨克森（纨绔[119]阴部|好的 · 晃啤酒[120]油先生，星期二[121]小饮的日子|拓夫休班，在床[122]坏的|沐浴|倒霉上永不停歇[123]星期三，比目鱼的仿制品、高举火炬的超级猩猩[124]晚餐、无用的[125]死的半君王、每日的黑夜[126]无|茶、卷布丁[127]香肠、唐区峡谷[128]、天神战戟[129]流氓罗洛、他的煤气厂[130]地震|工作|贮气罐、他的耳鸣[131]爱尔兰盖尔语的|地震、他的好彩[132]洛基，等等[133]），圣祠之光[134]麻烦|鞋油|剪短和次品助理牧师[135]，对神秘之事毫无兴趣，但受霉菌[136]环境|温和的|上帝和屁股的影响[137]暴跳如雷，它们属于

凯特（拉结[138] · 利亚[139]离开 · 瓦利娜[140]瓦利安小姐，她给单身汉[141]羞怯的|同伴算命[142]分支，在纸牌魔术师[143]手掌茶壶[144]酒徒[145]茶壶德 · 尔塔[146] δ 夫人的面纱下，在中场休息[147]爪子时），厨子兼洗碗[148]怪人|公鸡，她[149]女巫相信一件事那就是[150]，墓地房屋[151]谁的或不

102 proconverted 解 pro-converted“～”；也解 reconverted“～”。
103 membrance“～”，此处解 remembrance“～”。
104 umbrance 解 umbra“～”。
105 emblence 解 emblems“～”；也解 semblance“～”。
106 remnance 解 remnants“～”；也解 romance“～”。
107 quemdam 解 quondam“～”。
108 Supercargo“～”；也解 ship's cargo“～”。
109 Poopinheavin 解 Copenhagen“～”，丹麦首都；也解 pope in heaven“～”；也解 poop“～”。
110 Caherlehome-upon-Eskur 解 Caerleon-on-Usk“～”，英国威尔士南部村镇，传说中亚瑟王的王宫所在地；也解 esker［爱］“～”，强烈风蚀搬运形成的垄状堆积流沙；也解 CHE，本书主人公名字缩写的变体。
111 pilgrimst 解 pilgrims“～”。
112 Patricius［拉］“～”；也解 Patrick“～”，爱尔兰的主保圣人。
113 Afterhour 解 after hours“下班后”。
114 annuary“～”，此处解 annual“～”；也解 diary“～”。
115 coldporters 解 colporteur's“叫卖《圣经》的小贩的”；也解 cold porter“～”。
116 sibsuction 解 subsection“～”；也解 sib“～”＋suction“～”。
117 inn quest 解 inquest“～”；也解 inn“～”＋quest“～”。
118 Saunderson“～”，书中酒馆的男服务员；也解 Sackerson“～”，莎士比亚时代环球剧院附近养的熊。
119 Knut“～”；也解 cunt“～”；也可与后面的 Oelsvinger 合解 OK“～”。
120 Oelsvinger 解 øl［丹］“啤酒”＋svinge［丹］“摆动”；也解 Öl［德］“～”。
121 Tiffsdays 解 Tuesday“～”；也解 tiff's days“～”；也解 Taff“～”，书中一组二元对立人物之一。
122 bad“～”，此处解 bed“～”；也解 bad［丹］“～”；也可与前面的 in 合解 in bad“～”。
123 wouldntstop 解 wouldn't stop“～”；也解 Wednesdays“～”。
124 supperaape 解 super ape“～”；也解 supper“～”。
125 dud“～”；也解 dead“～”。
126 no chee 解 nochi［塞维］“～”；也解 no“～”＋chai［塞维］“～”。
127 rolly pollsies 解 roly polies“～”；也解 rullepølse［丹］“～”。
128 Glen of the Downs“～”，地名，位于爱尔兰的威克洛郡。
129 Gugnir 解 Gungnir“～”，北欧主神奥丁的矛；也解 Rollo the Gangler“～”(846—931)，挪威或丹麦领袖，后建立了诺曼底。
130 geyswerks 解 gasworks“～”；也解 earthquake“～”；也解 Werk［德］“～”；也解 Gasometers“～”，位于奥地利维也纳的四个巨大贮气罐，19 世纪末建造。
131 earsequack 解 ear“耳部”＋squeak“尖叫”；也解 Erse“～”；也解 earthquake“～”。
132 lokistroki 解 Lucky Strike“～”，一种香烟牌子；也解 Loki“～”，北欧神话中的火神。
133 o. s. v. 解 og saa videre［丹］“～”。
134 scherinsheiner 解 shrine“神龛”＋Schein［德］“光”；也解 Schererei［德］“～”；也解 shoeshiner“～”；也解 scheren［德］“～”。
135 spoilcurate 解 spoil“次品”＋curate“助理牧师”。
136 milldieuw 解 mildew“～”，此处暗指阴户；也解 milieu“～”；也解 mild“～”；也解 Dieu［法］“～”。
137 inflounce 解 influence“～”；也解 flounce“～”。
138 Rachel“～”，《圣经》中雅各的妻子。
139 Lea 解 Leah“～”，《圣经》中雅各的第一位妻子，拉结的姐姐；也解 leave“～”。
140 Varian 解 Varina“～”，斯威夫特对爱慕的简・沃灵的称呼；也解 J. S. Varian“～”，都柏林的刷子工厂。
141 baschfellors 解 bachelors“～”；也解 bashful“～”；也解 fellows“～”。
142 forkings“～”，此处解 fortune“～”。
143 palmer“～”；也解 palms“～”。
144 teaput 解 tea pot“～”。
145 tosspot“～”；也解 tea pot“～”。
146 d'Elta“～”，人名；也解 delta“～”，希腊字母表中的第四个字母。
147 pawses 解 pauses“～”；也解 paws“～”。
148 kook-and-dishdrudge 解 cook and dish drudge“～”；其中 kook 也解“～”，也解 cock“～”。
149 whitch 解 which“～”；也解 witch“～”。
150 wanthingthats 解 one thing that is“～”。
151 whouse be the churchyard 解 The House by the Churchyard“～”，爱尔兰作家勒法努的作品；也解 whose“～”。

管仙宫里怎么了[152]屁股|候补文职人员，演出必须继续。

时间：现在[153]消泡剂|恳切的。

装饰着砰响[154]鲜血和雷鸣[155]疏忽先生们设计的未来主义小型芭蕾战役画，过去史盛会激发了常青的[156]美国佛罗里达国家公园的沼泽地红树林迷宫和目击者[157]代表|男演员中间的动物变种们。搞电影的人做影子，好人做群众。生命·冲动[158]生命冲动提词。长镜头、特写镜头[159]、熄灯[160]内地和舞台装饰[161]舞台招租|厕所由风湿[162]巫婆发射、梦魇[163]、噩梦[164]躺和诸神的毁灭[165]深渊沟壑|岩石|傻瓜负责。被贝莎·时尚[166]夫人将作品设计得别有风味。丑·角[167]哈利|奎恩和蓝花耧斗菜[168]冰凉的四肢|腿|几乎|股编舞。笑话、玩笑、吉格舞和大酒杯用于守灵夜，借自亡故不久的[169]已故的|灌水泥的 T. M. 芬尼根·R. I. C. [170]唇膜先生的道具，假发[171]蠼螋由是是[172]·否否[173]制作。驼背[174]弯曲的人|克鲁格和托尔公司和疯子[175]税收负责椴树[176]公众注意的中心和洪水[177]照明灯。卡坡·派特森[178]负责版权[179]购买|烟斗|牙嘴|烟管。摩根[180]明天负责有 24 个出气孔的松木[181]锄过的|帽子|头疼帽子。浮雕装饰[182]波赛和网袋[183]斯特林堡来自此处彼处[184]到处|异性恋的|颤抖的之家和所有女士们的礼物[185] ALP。树被认为是嫁接的[186]被认为理所当然。石头是租来的。腓尼基的[187]威尼斯的|凤凰百叶窗[188]混合物和撒丁岛的[189]约旦的|耳聋的门柱[190]熄火器|聋的|完全聋的由蝙蝠[191]萧伯纳|微酸的|她和家居用品[192]提供。带双网眼真丝把戏[193]木棉树|希尔肯·托马斯的柞树桑树[194]地区|橡树|竭力维持来自母猪商店[195]蝙蝠，种子伙计。墓碑[196]抓石头|格莱斯顿从伟大的老人[197]邮寄的将军命令

152 whorts up the aasgaars 解 What's up in Asgard"～";其中 aasgaars 也解 arse"～",也解 Ass.［德］"～"。
153 pressant"～",此处解 present"～";也解 pressant［法］"～"。
154 Thud"～";也解 blood"～"。
155 Blunder"～",此处解 thunder"～"。
156 everglaning 解 evergreen"～";也解 Everglades"～"。
157 beorbtracktors 解 Beobachter［德］"～";也解 Beauftragter［德］"～";也解 actors"～"。
158 Elanio Vitale［意］"～";也解 élan vital［法］"～"。
159 upcloses 解 close-ups"～"。
160 outblacks 解 blackout"～";也解 outback"～",尤指澳大利亚等偏僻而人口稀少的地方。
161 stagetolets 解 stage"舞台"＋toilettes"装扮";也解 stage to let"～";也解 toilets"～"。
162 Hexenschuss［德］"腰部风湿病",字面意思为"～"。
163 Coachmaher 解 cauchemar［法］"～"。
164 Incubone 解 incubus［拉］"～";也解 incubo［拉］"～"。
165 Rocknarrag 解 Ragnarøkr［古挪］"～";也解 Roc na Raig［爱］"～";也解 rock"～";也解 Narr［德］"～"。
166 Berthe Delamode 解 Bertha Delimita"贝莎・德利玛塔",乔伊斯的侄女＋de la mode［法］"时尚"。
167 Harley Quinn 解 Harlequin"～",哑剧中的滑稽角色;也解 George Harley"～",18 世纪英国演员＋John Quinn"～"(1870—1924),爱尔兰照片和手稿收藏家。
168 Coollimbeina 也解 columbine"～";也解 cool limb"～";也解 Bein［德］"～";也解 beinah［德］"～";也解 beina［挪］"～"。
169 the late cemented 解 the late lamented"～";也解 late"～"＋cemented"～"。
170 R. I. C. 解 R. I. P. "爱尔兰皇家警队"。
171 Hairwigs"～";也解 earwigs"～"。
172 Ouida 解 Oui［法］"是"＋da［俄］"是"。
173 Nooikke 解 No"否"＋ikke［丹］"否"。
174 Crooker"～",此处解 crookback"～";也与后面合解 Kreuger and Toll"～",1908 年两位瑞典工程师创立的公司。
175 Toll"～",此处解 toll［德］"～"。
176 Limes"～";也解 limelight"～"。
177 Floods"～";也解 floodlight"～"。
178 Kappa Pedersen 解 Kapp and Peterson"卡坡和派特森",都柏林的烟斗和烟草制造商。
179 Kopay pibe 解 copyright"～";也解 kopen［荷］"～"＋pibe［丹］"～";也解 pipe"～";也解 píobán［爱］"～"。
180 Morgen 解 Mrs. J. Morgan"～",都柏林的帽子制造商;也解 morgen［德］"～"。
181 Hoed"～",此处解 wood"～";也解 hoed［荷］"～";也与后面合解 hovedpine［丹］"～"。
182 Bosse 解 boss"～";也解 Harriet Bosse"～"(1878—1961),瑞典裔挪威演员。
183 stringbag 解 string bag"～";也解 August Strindberg"～"(1849—1912),瑞典剧作家。
184 Heteroditheroe 解 hither and thither"～",此处直译为"～";也解 hetero"～"＋dithered"～"。
185 此处包含本书女主人公名字的缩写 ALP。
186 taken for grafted"～";也解 taken for granted"～"。
187 Phenecian 解 Phoenician"～";也解 Venetian"～";也解 Phoenix"～"。
188 blends"～",此处解 blinds"～"。
189 Sourdanian 解 Sardinian"～",位于意大利;也解 Jordanian"～";也解 sourd［法］"～"。
190 doofpoosts 解 doorposts"～";也解 doofpot［荷］"～";也解 doof［荷］"～";也解 deaf as a post"～"。
191 Shauvesourishe 解 chauve-souris［法］"～";也解 George Bernard Shaw"～"(1856—1950),爱尔兰剧作家;也解 sourish"～";也解 she"～"。
192 Wohntbedarft 解 wohnt［德］"居住"＋Bedarf［德］"需要"。
193 silktrick 解 silk"丝"＋trick"把戏";也解 silktree"～";也可与后面合解 Silken Thomas"～"(1513—1537),爱尔兰起义者。
194 oakmulberryeke 解 oak"柞树"＋mulberry"桑树",都可以养蚕;也解 Bereich［德］"～";也解 eik［荷］"～";也解 eke"～"。
195 Shop-Sowry 解 Shop-Sow"～";也解 chauve-souris［法］"～"。
196 Grabstone 解 Grabstein［德］"～";也解 Grab stone"～";也解 Gladstone"～"(1809—1898),英国首相,在巴涅尔被指控通奸后命令巴涅尔离职,因此在本书中被与杀死神或杀死国王的人联系在一起。
197 General Orders Mailed"～",此处解 GOM,即 Grand Old Man"～",人们对格莱斯顿的称呼。

处讨来[198]格莱斯顿式旅行提包。裂缝(那是科克!)由神中的一位吸烟者制造。感叹词[199]注射(巴克利[200]!)来自后排的发酵剂[201]火。配乐[202]偶然的音乐由琴弓[203]拉切特和琴弦[204]按天意编排。大量喷涌的[205]在纯粹熔解中非必要旋律[206]闲散来自乐谱。太初时开始,我们几乎无[207]尽情地|牧人需赘述[208]观察,一位团体祈祷者,自己管自己HCE,最后退场[209]笑剧即可[210] HCE,我们觉得最好增加一首卡农形式的赞美诗,对我们大家都好对我们大家我们大家大家。幕间歌曲由汉娜城邦[211]安纳波利斯的两位安姆菲昂[212]创作,他们分别是,琼·麦科马克[213]戏拟|喜剧的,男性女高音,和简·苏利文[214]在……下面|葡萄酒,贵族男低音:噢,兵[215]老爷,如果[216] F 这[217]这些就是[218] S 汝等之所[219]热的作所为[220]二|平分,那我毫不奇怪[221]在……之上|高兴的|那么高兴汝等想要那瓶"逃命吧[222]"和"啊复仇的[223]希望[224]午餐不要抛弃我[225]"混合|和……一起|天使长米迦勒|壁龛|魔鬼撒旦。直到灾难[226]分派角色|天体高潮[227]爬回来的顶点部分,《长胡子的山》(拔起他[228]波吕斐摩斯·连根[229]光秃秃的根),和《河水跃向婴儿室》(穿制服[230]无形状的姑娘[231]《穿制服的姑娘》|小女孩|亲戚)。所有这个那个[232]歌格和玛各,包括被认为因各位挂名者疏于制造自己而被漏掉[233]承认的那些部分,将因出色的转角戏[234]的后续演出而结束,上演《夜[235]嫉妒与晨[236]哀痛|荒野的白金婚》《和平、纯洁、完美、永恒的黎明》《唤醒疲倦的世界》。

一场争论紧随其后。

那时查夫是一个天使[237]天使与魔鬼,他的宝剑[238]高飞像闪电[239]

198 beg“～”；也可与前面的 Grabstone 合解 Gladstone bag“～”。
199 interjection“～”；也解 injection“～”。
200 Buckley“～”，书中“巴克利与俄国将军”故事中的爱尔兰士兵。
201 firement 解 ferment“～”；也解 fire“～”。
202 Accidental music“～”，此处解 incidental music“～”。
203 L'Archet 解 l'archet［法］“～”；也解 J. F. Larchet“～”，都柏林阿贝剧院的乐队领队。
204 Laccorde 解 La corde［法］“～”。
205 in purefusion 解 in profusion“大量的”＋effusion“喷出”；也解 in pure fusion“～”。
206 Melodiotiosities 解 melody“旋律”＋otiose“不必要的”；也解 otiosities“～”。
207 hirtly 解 hardly“～”；也解 heartily“～”；也解 Hirt［德］“～”。
208 bemark 解 remark“～”；也解 bemærke［丹］“～”。
209 exodus“～”；也解 exode“～”，古罗马戏剧间歇或终场后的部分。
210 此处几句包含本书主人公名字的缩写 HCE。
211 Annapolis“～”，美国马里兰州首府，此处解 Anna“汉娜”，本书女主人公＋polis“城邦”。
212 ambiamphions 解 ambi-“双方”＋Amphions“安姆菲昂们”，希腊神话中的孪生兄弟，建造了底比斯城。
213 Joan MockComic 解 Joan“琼”，女性名称＋John McCormack“麦科马克”(1884—1945)，爱尔兰男高音；也解 mock“～”＋comic“～”。
214 Jean Souslevin 解 Jean“简”＋John Sullivan“苏利文”，爱尔兰籍法国男高音歌唱家，乔伊斯对他的声音倍加推崇；也解 sous［法］“～”＋le vin［法］“～”。
215 Sogermon 解 soldier“士兵”＋man“人”。
216 ef 解 if“～”；也解 F，字母。
217 thes 解 this“～”；也解 these“～”。
218 es 解 is“～”；也解 S，字母。
219 whot 解 what“～”；也解 hot“～”。
220 Deux［法］“～”，此处解 do“～”；也解 deuce“～”。
221 surpleased 解 surprised“～”；也解 sur-“～”＋pleased“～”；也解 so pleased“～”。
222 Sauvequipeu 解 sauve qui peut［法］“～”。
223 Der Rasche 解 der Rache［德］“～”。
224 Oh Off Nunch 解 Hoffnung［德］“～”；其中 Nunch 也解 lunch“～”。
225 Ver Lasse Mitsch Nitscht 解 Verlasse mich nicht［德］“～”；其中 Mitsch 也解 misch-［德］“～”，也解 mit［德］“～”，也解 Mick“～”；其中 Nitscht 也解 Nische［德］“～”，也解 Nick“～”。
226 castastrophear 解 catastrophe“～”；也解 cast“～”＋astrosphere“～”。
227 climbacks 解 climax“～”；也解 climb back“～”。
228 Polymop 解 pull him up“～”；也解 Polyphemus“～”，希腊神话中吃人的独眼巨人。
229 Baretherootsch 解 By the roots“～”；也解 Bare the root“～”。
230 Undiform 解 uniform“～”；也解 un-form“～”。
231 Maidykins 解 Mädchen［德］“～”；也与后面合解 *Mädchen in Uniform*“～”，1931 年的德国电影；也解 maidy“～”＋kin“～”。
232 thugogmagog 解 thingamajig(口语中用来指)“～”；也解 Gog & Magog“～”，《圣经》中的两个名字，有的爱尔兰传说称他们是爱尔兰人的祖先，英格兰人认为他们是守护伦敦城的两个巨人。
233 oddmitted 解 omitted“～”；也解 admitted“～”。
234 Transformation Scene“～”，默剧中演员转演丑角的一场戏。
235 Neid［德］“～”，此处解 night“～”。
236 Moorning 解 morning“～”；也解 mourning“～”；也解 moor“～”。
237 nangel 解 angel“～”；也解 Angels and Devils“～”，一种游戏，也称“颜色”，一队女孩站在天使的后面，魔鬼三次过来索要一种颜色，如果女孩中有人选了这种颜色就要立即跑开，魔鬼则尽量抓住她。
238 soard“～”，此处解 sword“～”。
239 likening“～”，此处解 lightning“～”。

把……比作般闪耀着[240]赋予血肉光芒。笨蛋居上[241]句号！唱，歌[242]节奏单调的|神圣的，温顺地散漫[243]米迦勒|温德汉姆·刘易斯，保佑[244]保护心灵[245]我们|咱们不会四处徘徊[246]祈祷者发出嘘声。让十字架[247]被诅咒的闪闪发光[248]记号。阿门[249]人们。

但是魔鬼[250]都柏林|黑水潭本人[251]硫黄在格拉格[252]蠢蛋的体内，那个吃一堑长一智[253]学问的。句号[254]。因为生者[255]存在的短暂时日[256]短暂|发抖|法律认定的当事人的相互关系和生活的其他[257]发出声音|在她外欺骗[258]雄兽|生活之书|书|约翰·卢博克，他又是呼气[259]哼哼又是吐痰[260]吐，拼命地[261]洋茴香碱|疯的咳嗽[262]摇荡，擦着[263]抽打|流泪他的眼痛[264]灵魂|伊瑟|爱尔索德特|痛哭流涕；咬着[265]哭叫他的牙齿[266]奶头|款待。他用[267]高脚杯[268]圣餐杯|陈词滥调|一些不堪重负的东西选了一株三叶草[269]泥土刀片|剑，对着他的三张梅花牌祈祷[270]赞扬。放弃这些，我的诅咒[271]紧身胸衣，就是陷入永恒的[272]过度|欲望恐惧[273]火焰。脚、蹄和膝[274]有信，有望，有爱之戏：运动员的大脚。魔鬼[275]异教徒|魔鬼，到这儿来[276]出现！

在[277]在……之内|我小便数不胜数[278]阴沉的|大量|名称|阴影的夜晚[279]夏娃|《伊芙琳》，不过那些最早出现的星星[280]裸女引起的骚动在它们的若隐若现[281]如此玩笑中是多么宁静[282]刺穿|帕西法|珀西·奥莱利|球蝮啊，随着逃跑的齐特琴[283]光的闪烁|沉默的|颤抖|缄默|飞行奏响放飞的心情，随后[284]笑蠼螋们[285]猛烈拉动的钟绕着圈[286]回旋诗轻快移动[287]刺痛，随着摇荡让微光的晃动[288]莎士比亚变得有些粗暴[289]每夜的，所有散发着黄昏气息的空气[290]下沉的空气|堕落的装模作样|发出麝香香气的|阶梯和天窗[291]害羞|被点亮的|沉浸在柔和的微光中的在后面[292]她|雌鹿召唤[293]灯塔|培根

240 fleshed“～”，此处解 flashing“～”。
241 Fools top“～”；也解 full stop“～”。
242 Singty, sangty 解 sing“唱”＋song“歌”；也解 sing-song“～”；也解 sancte［拉］“～”，此句化自弥撒的祈祷词“神圣的圣米迦勒，保佑我们战无不胜”。
243 meekly loose“～”；也解 Michaelus［拉］“～”，指天使长；也解 Wyndham Lewis“～”，英国作家。
244 defendy 解 defend“～”；也解 defende［拉］“～”。
245 nous“～”；也解 nous［法］“～”；也解 nos［拉］“～”。
246 prowlabouts 解 prowl“徘徊”＋about“四处”；也解 prayer boos“～”。
247 curst“～”，此处解 cross“～”。
248 shine“～”；也解 sign“～”。
249 Emen 解 amen“～”；也解 men“～”。
250 duvlin 解 devil“～”；也解 Dublin“～”；也解 duvlin［爱］“～”，指都柏林。
251 sulph 解 self“～”；也解 sulphur“～”。
252 Glugger 解 Glugg“～”，本书主人公的儿子闪姆的变体之一；也解 glogar［爱］“～”。
253 lurning 解 learn“～”；也解 learning“～”。
254 Punct 解 Punkt［德］“～”。
255 existers 解 exist-ers“～”；也解 existence“～”。
256 brividies 解 brevis dies［拉］“～”；也解 brevity“～”；也解 brividi［意］“～”；也解 privities“～”。
257 outher 解 other“～”；也解 utter“～”；也解 out her“～”。
258 liubbocks 解 lúbach［爱］“～”；也解 Bock［德］“～”；也解 life books“～”；也解 leabar［爱］“～”；也解 John Lubbock“～”(1834—1913)，第一代埃夫伯里男爵，银行家，著有《生活的快乐》一书。
259 sbuffing 解 puffing“～”；也解 sbuffare［意］“～”。
260 sputing 解 spitting“～”；也解 sputare［意］“～”。
261 like anisine 解 like anything“～”；其中 anisine 也解［医］“～”，也解 insane“～”。
262 tussing 解 tussio［拉］“～”；也解 tossing“～”。
263 whipping“～”，此处解 wiping“～”；也解 weeping“～”。
264 eyesoult 解 eye“眼睛”＋sore“疼痛”；也解 soul“～”；也解 Isolde“～”，本书主人公的女儿的化身；也解 Gertrud Eyesoldt“～”，20 世纪初的德国女演员；也可与前面合解 weeping his eyes out“～”。
265 gnatsching 解 gnashing“～”；也解 gnatchen［德俚］“～”。
266 Teats“～”，此处解 teeth“～”；也解 treats“～”。
267 halth 解 hath“～”。
268 kelchy 解 Kelch［德］“～”，也是“～”；也解 cliché“～”；也与后面合解 quelque chose accablé［法］“～”。
269 clayblade 解 Kleeblatt［德］“～”；也解 clay blade“～”；也解 claidheamh［爱］“～”。
270 prayses 解 prayer“～”；也解 praising“～”。
271 corsets“～”，此处解 curse“～”。
272 overlusting 解 everlasting“～”；也解 over“～”＋lust“～”。
273 fear“～”；也解 fire“～”。此句化自《马太福音》(25:41)“你们这被诅咒的人，离开我，进入那为魔鬼和他的使者所预备的永火里去”。
274 feet, hoof and jarrety 解 feet, hoof and jarret(［法］)“～”；也解 faith, hope and charity“～”，出自《哥林多前书》。
275 Djowl 解 devil“～”；也解 djowr“～”，穆斯林用语，指不信伊斯兰教的人；也解 diabhal［爱］“～”。
276 uphere 解 up here“～”；也解 appear“～”。
277 Aminxt 解 amid“在……中间”；也解 amongst“～”；也解 minxi［拉］“～”。
278 nombre 解 number“～”；也解 sombre“～”；也解 nombre［法］“～”；也解 nombre［希］“～”；也解 ombre［法］“～”。
279 evelings 解 evening“～”；也解 Eve“～”；也解 *Eveline*“～”，乔伊斯的短篇。
280 girly stirs“～”，此处解 early stars“～”。
281 sojestiveness 解 suggestiveness“暗示”；也解 so jest“～”。
282 pierceful 解 peaceful“～”；也解 pierce“～”；也解 Percival“～”，亚瑟王传奇中的圣杯骑士；也解 Persse O'Reilly“～”，字面意为 perce-oreille［法］“～”，因此为主人公 HCE 的化身之一。
283 zitterings of flight 解 zithers of flight“～”；也解 glitterings of light“～”；其中 zitterings 也解 silent“～”，也解 zitttern［德］“～”，也解 zitte［意］“～”；其中 flight 也解“～”。
284 after“～”；也解 laughter“～”。
285 twitchbells［英口］“～”；也解 twitching bells“～“。
286 rondel［古体］“～”；也解 rondel“～”。
287 twinglings 解 twinklings(跳舞的双脚)“～”；也解 twinge“～”。
288 shimmershake 解 shimmer“微光”＋shake“摇动”；也解 Shakespeare“～”。
289 naightily 解 naughtily“～”；也解 nightly“～”。
290 duskcended airs 解 dusk-scented airs“～”；也解 descended air“～”；也解 descended airs“～”；其中 duskcended 也解 musk-scented“～”；其中 airs 也解 stairs“～”。
291 shylit 解 skylight“～”；也解 shy“～”＋lit“～”；也解 twilit“～”。
292 shehind 解 behind“～”；也解 she“～”＋hind“～”。
293 Beaconings 解 beckoning“～”；也解 beacon“～”；也解 Francis Bacon“～”，英国哲学家，实验中将母鸡腹内塞上冰雪时感染风寒死去，母鸡是女主人公的化身，因此在书中代表着冷酷对待女性这一主题。

他[294]他的|他的后背回来。大兵[295]山姆大叔|分号|贝克特，叫吧。欢快的羔羊[296]圣母玛利亚|上帝的羔羊|玛丽·兰姆，她遭受着[297]曳足而行的人所有闻所未闻的[298]非-牧群病症。玛丽·路易莎[299]·约瑟芬[300]！要是天使长[301]《圣经》中的方舟或约柜|艺术|要塞|彩虹再也不能让他的天使们[302]羔羊|天使|羊肉免受[303]奴隶狡诈[304]小鸡鸡|心甘情愿的多毛的大灰狼[305]的欺骗怎么办！如果她的聋哑[306]深渊与上升字母表[307]些许帮助|习惯上的所有爱尔兰[308]空气的|泥瓦匠符号[309]Σ粒子的|标示|地方行政官员，从一位父亲[310]神父欧甘[311]约翰·霍甘|太阳脸欧格玛到母亲[312]娘|梅森妈妈酒吧|《老梅森妈妈》瓦匠，那个格拉格无法凭借她新娘[313]明亮|广阔|奥布赖恩小姐的色彩[314]热情|我们的呼唤抓住她怎么办！不是玫瑰、塞维利亚橙[315]，也不是柠檬[316]锡特罗内尔|圆佛手柑|香茅；不是翡翠[317]艾丝美拉达、长青花[318]雪青色，也不是靛蓝[319]因陀罗；不是维奥拉[320]紫罗兰|紫色|维奥拉，甚至也不是上面他们全体的四倍[321]主题。但是，果酱[322]旋律|大声告诉我|蜂蜜|污泥罐[323]年|下巴|是的里的身份棒[324]蒙太奇|月|年龄|下巴，我是(二十九[325]哑剧|双胞胎|属于|我的)所有这[326]你-们一切。前面收紧抬起[327]心情焦躁的，然后松开放下，在她的背上拍打敲击[328]脊背，她的口哨里发出爆响[329]《哈！鼬鼠跑了》。那是什么，啊，向阳花[330]回光仪、青莲色|神圣的骑兵们？不是[331]伊瑟|是否给[332]你[333]你们|啃的吗？

他踉跄[334]举步|卷起|笨蛋|绊倒上前，开心吧你们这些呆鹅[335]阴户|格拉格，我从来没有看到过这种事[336]随着寻找嘲弄肯定丧身海边，成为我自己[337]光亮的目光|河，喊出我的色彩[338]平静的拥抱，如果你愿意[339]什么你可以[340]我的召唤我，我会希望你能呼唤你[341]希望你会为你挑选。

294 hims 解 him“～”；也解 his“～”，与后面的 back 合解“～”。
295 Sammy“～”，一战中对美国兵的称呼，化自“～”；也解 semicolon“～”；也解 Beckett“～”，剧作家。
296 Mirrylamb 解 merry lamb“～”；也解 Mary“～”＋lamb“～”；也解 Mary Lamb“～”(1764—1847)，英国女作家，精神上有问题，曾在发作时杀死了自己的妈妈，此后大部分时间在精神病院中度过。
297 shuffering 解 suffering“～”；也解 shuffler“～”。
298 unherd 解 unheard“～”；也解 un-herd“～”。
299 Mary Louisan 解 Marie Louise“～”(1791—1847)，原为奥地利女大公，拿破仑一世的第二任妻子。
300 Shousapinas 解 Josephine“～”(1763—1814)，拿破仑·波拿巴的第一任妻子。
301 Arck 解 archangel“～”；也解 ark“～”；也解 art“～”；也解 arx [拉]“～”；也解 arcus [拉]“～”。
302 agnols 解 angels“～”；也解 agnus [拉]“～”；也解 agnoli [意](已废)“～”；也解 agnello [意]“～”。
303 salve 解 save“～”；也解 slave“～”。
304 willy [英口]“～”，阴茎，此处解 wily“～”；也解 willing“～”。
305 此处化自儿童游戏《狼》，在这个游戏里牧羊人必须把“羊”从“狼”那里救出来。
306 dipandump 解 deaf and dumb“～”；也解 deep and up“～”。
307 helpabit 解 alphabet“～”；也解 help a bit“～”；也解 habit“～”。
308 airish“～”，此处解 Irish“～”；也解 airig [爱]“～”。
309 signics 解 signs“～”；也解 sigmic“～”；也解 signum [拉]“～”；也解 syndics“～”。
310 an Father“～”；也解 an tAthair [爱]“～”。
311 Hogam 解 Ogham“～”，古爱尔兰人使用的文字；也解 John Hogan“～”(1800—1858)，爱尔兰雕塑家；也解 Ogma Sun-face“～”，爱尔兰的神，欧甘文字的制造者。
312 Mutther 解 Mutter [德]“～”；也解 mother“～”；也与后面合解 Mother Mason's“～”，位于都柏林国王南大街上的一家低级酒吧；也解“Old Mother Mason”“～”，伦敦街头游戏中唱的歌曲。
313 brideness 解 bride“～”；也解 brightness“～”；也解 broadness“～”；也解 Biddy O'Brien“～”，歌谣《芬尼根的守灵夜》中的守灵者之一。
314 calour 解 colour“～”；也解 calor [拉]“～”；也解 our call“～”。
315 Sevilla 解 Seville oranges“～”，常用来做果酱。
316 Citronelle“～”，美国城市，位于阿拉巴马州，此处解 citron [法]“～”或“～”；也解 citronella“～”。
317 Esmeralde 解 emerald“～”；也解 Esmerald“～”，法国作家雨果的小说《巴黎圣母院》的主人公。
318 Pervinca [意]“～”，青色；也解 pervenche [法]“～”。
319 Indra“～”，印度教中的主神，司雷电，此处解 indigo“～”。
320 Viola“～”，女子名，含义是“～”；也解 violet“～”；也解 viola“～”，一种类似小提琴的弦乐器。此处罗列的是彩虹的 7 种颜色。
321 themes“～”，此处解 times“～”。7 的 4 倍是 28，28 是闰二月的天数，指这里的 28 个少女。
322 melmelode 解 marmalade“～”；也解 melody“～”；也解 tell me loud“～”；也解 mel [拉]“～”；也解 melme [意]“～”。
323 jawr 解 jar“～”；也解 Jahr [德]“～”；也解 jaw“～”；也解 ja [德]“～”。
324 monthage stick 解 message-stick“～”，澳洲土著人持该棒作为身份符号；也解 montage“～”；也解 month“～”＋age“～”；也解 hage [丹]“～”。
325 twintomine 解 twenty nine“～”，指闰月女孩；也解 pantomime“～”；也解 twin“～”＋to“～”＋mine“～”。
326 thees 解 these“～”；也解 thee-s“～”。
327 Up tighty 解 up“向上”＋tightly“紧紧地”，此处指 29 个女孩组成的向阳花；也解 uptight“～”。
328 drumming“击鼓”；也解 druim [爱]“～”。
329 a pop from her whistle“～”；也解“Pop! Goes the Weasel”“～”，17 世纪英国儿歌。
330 holytroopers 解 heliotropic-er“～”；也解 heliotrope“～”；也解 holy troopers“～”。
331 Isot 解 Is not...“～”；也解 Isotta [意]“～”；也解 Is it...“～”。
332 givin 解 given“～”。
333 yoe 解 you“～”；也解 ye“～”；也解 yo“～”。
334 stulpled 解 stumbled“～”；也解 stepped“～”；也解 stülpen [德]“～”；也解 Tölpel [德]“～”；也解 stolpern [德]“～”。
335 gees 解 geese“～”；也解 gee [都柏林俚语]“～”；也解 Glugg“～”，书中人物。
336 with search a fling did die near sea“～”，此处解 with such a thing did I never see“～”。
337 beamy owen 解 be my own“～”；也解 beamy eye“～”；其中 own 也解 abhann [爱]“～”。
338 calmy hugh 解 call my hue“～”；也解 calm hug“～”。
339 what“～”，此处解 want“～”。
340 my“～”，此处解 may“～”。
341 Wishyoumaycull for you 解 wish you may call for you“～”；也解 wish you may cull for you“～”。

于是他们得以相遇，面对面。他们一切就绪，武对武。这样的哥本哈根-马伦戈[342]马伦戈至少这样注定要坠落[343]，因为在微笑画眉的格勒那斯莫勒[344]，白发的帕特[345]皱着眉头[346]在学校|出自卡姆霍尔|爬走过莪相[347]欧希夫人。

逮捕[348]住手|俄瑞斯忒斯你，诗人老兄[349]义兄|斯考得布拉热洞穴！福音[350]四福音书的作者，福音传教士降临，佩刀的控诉人，从万圣[351]众圣日|万圣节琼[352]圣约翰树林|圣约翰路|约翰·伍德夫人剧团|圣女贞德树林[353]威廉·伍德来杀掉或废掉他，该死[354]哑的|笨，但他被逮捕了[355]否则被抓住了。他[356]它|和要向他的选民[357]被勾销的提供[358]宁愿他那草中琐事[359]三个一组的草|三叶形。

一个空间。你是谁？猫的妈[360]。一段时间。你缺什么？女王之容[361]。

但是人们正打算抓住[362]理解|伪装的那个东西是什么？搜搜，大伤脑筋[363]大脑在嗡鸣，魔鬼[364]火炉围栏|发现者|敌人|芬。

如何去说它是什么是他必须谁必须成为回声[365]会|将|短语|是。黑暗的语言[366]密封，狡猾[367]知道。啊，花向日[368]啊，歌剧|日晷！埃塞俄比亚的传说[369]向阳开花的植物|阿比西尼亚，可怜的谎言[370]向阳开花的植物。他向加热了的挡火板[371]急性子的人|霍斯询问，但它下沉[372]经历|到下面进色泽暗淡的[373]马太天堂。他向大气[374]左搜寻，但那里显示既无评论[375]留心|圣马可也无消息。他向鲜花绽放的大地[376]花卉|土地|关于|布卢姆张望[377]冷淡的|路加，那里只有[378]丑陋的|爪他的鸡眼在生长[379]呻吟。最后他向后面的小溪[380]溪流|线路倾听[381]船只倾斜，她是那

342 Copenhague-Marengo 解 Copenhagen-Marengo“～”，哥本哈根为惠灵顿的著名坐骑，马伦戈是拿破仑的著名坐骑；其中 Marengo 也解“～”，意大利北部的一个乡村，1800 年拿破仑在此大败奥地利。

343 fated for a fall“～”，此句化自习语 headed for a fall(走向失败)。

344 Glenasmole“～”，都柏林地区的群山，莪相在去了青春国 300 年后在这里掉马落地，立刻变成老人。

345 Patch Whyte 解 white Patrick“白发的帕特里克”，此外芬・麦克尔常被称为白发的芬・麦克尔。

346 ascowl 解 a-scowl“～”；也解 at school“～”；也解 as Cumhal［爱］“～”，莪相的祖父；也解 crawl“～”。

347 O'Sheen 解 Ossian“～”，传说中 3 世纪爱尔兰的英雄诗人，芬・麦克尔的儿子；也解 O'Shea“～”。

348 Arrest“～”；也解 arrête-toi［法］“～”；也解 Orestes“～”，古希腊英雄，阿伽门农的儿子。

349 scaldbrother 解 skald“吟唱诗人”＋brother“兄弟”；也解 soul brother“～”；也解 Scaldbrother's Hole“～”，都柏林的一处地下洞穴，得名于曾藏身此处的一个叫斯考得布拉热的强盗。

350 evangelion［希］“～”；也解 evangelist“～”。

351 all Saint 解 all“所有”＋Saint“圣人”，化自 All Hallows“～”；也解 All Saints' Day“～”。

352 Joan“～”，约翰的阴性昵称；也可与前面合解 St. John's Wood“～”，伦敦东北部的一个街区；也解 St. John's Road“～”，都柏林基尔姆缅海姆区的路；也解 Mrs John Wood's Company“～”，乔伊斯时代的一个英国剧团；也解 St. Joan of Arc“～”(1412—1431)，英法百年战争中的法国民族女英雄。

353 Wood“～”；也解 William Wood“～”(1671—1730)，英国铸币商，因在爱尔兰发行劣质铜币遭到斯威夫特抵制而失败，此事成为爱尔兰现代民族意识觉醒的重要事件之一。

354 be dumm 解 be damn“～”；也解 be dumb“～”；也解 dumm［德］“～”。

355 ill s'arrested 解 il s'arretait［法］“～”；也解 or else arrested“～”。

356 Et 解 He“～”；也解 It“～”；也解 et［拉］“～”。

357 delected one 解 elected one“～”；也解 deleted one“～”。

358 proffer 解 offer“～”；也解 prefer“～”。

359 trifle“～”；也可与后面合解 triple grass“～”，指三叶草，圣帕特里克用三叶草向爱尔兰人证明三位一体，此处出自托马斯・穆尔的歌曲《啊，三叶草》；也解 trefoil“～”。

360 当某人(尤其是小孩)用她(she)指称某个在场的人时，常用“她是谁，猫的妈?”来指出对方的错误。

361 此句化自习语 a cat may look at a queen(猫会直视女王)，意思是不必过分在乎规矩。

362 prehend［古英］“～”；也解 apprehend“～”；也解 pretend“～”。

363 buzzling is brains 解 puzzle one's brains“～”；也解 buzzing is brains“～”。

364 feinder 解 fiend“～”；也解 fender“～”；也解 finder“～”；也解 Feind［德］“～”；也解 Finn“～”。

365 worden schall 解 worden Schall［德］“～”；也解 would“～”＋shall“～”；也解 woorden［荷］“～”；也解 worden［荷］“～”。

366 darktongues 解 dark tongues“～”；也解 Dichtung［德］“～”。

367 kunning 解 cunning“～”；也解 kenning“～”。

368 O theoperil 解 heliotrope“～”，指希腊传说中水泽仙女克莱迪亚因对太阳神阿波罗的爱慕而化为向阳花；也解 O the opera“～”；也解 hêliotropion［希］“～”。

369 Ethiaop lore 解 Ethiopian lore“～”；也解 heliotrope“～”，通过打乱字母排序组成新词是书中常用的创造新词的方式；其中 Ethiaop 也解 Ethiop“～”，埃塞俄比亚的旧称。

370 the poor lie“～”；也解 heliotrope“～”，此处通过打乱字母排序组成新词。

371 hoothed fireshield 解 heated fireshield“～”；也解 hothead“～”；也解 Howth“～”，都柏林郊区。

372 undergone“～”，此处解 untergehen［德］“～”；也解 unter［德］“～”。

373 matthued 解 matt“表面暗淡的”＋hued“有某种色调的”；也解 Matthew“～”，《马太福音》的作者。

374 Luft［德］“～”；也解 left“～”。

375 mark“～”，此处解 remark“～”；也解 Saint Mark“～”，《马可福音》的作者。

376 bloomingrund 解 blooming“开花的”＋ground“土地”；也解 Blumen［德］“～”＋Grund［德］“～”；也解 rund［德］“～”；也解 Bloom“～”，《尤利西斯》中的主人公。

377 luked 解 looked“～”；也解 luke“～”；也解 Luke“～”，《路加福音》的作者。

378 ongly 解 only“～”；也解 ugly“～”；也解 ongle［法］“～”。

379 growning 解 growing“～”；也解 groaning“～”。

380 beckline 解 Bächlein［德］“～”；也解 beck“～”＋line“～”。

381 list“～”，此处解 listen“～”。

么开心地[382]约翰一个人做着恶作剧[383]恶作剧女王。学校教育的耻辱[384]斯堪的纳维亚的|浏览|《造谣学校》。

也[385]苍穹没有一个字[386]发电报从无话处[387]无线的传来。

同上。于是他破釜沉舟。他愿意[388]去去(某处),一边哭着[389]等待|湿的|知道。如上[390]。他希望为好人们悲伤,那是四位绅士。图上[391]图腾。没过多久他就感觉对他来说确实[392]教堂拱门上的三拱式拱廊他是位好追求者[393]古塔胶|印度的流氓|普鲁士,之后很快他就骗我说缠得我发疯[394]他是个印度强盗[395]天然橡胶|火车司机|红的。以上[396]吃|以及。为了给(这四位绅士们)一包(尸体[397]诅咒|当然)礼物[398]存在,他已经智穷力竭[399]朝向他的思想者的姑姑|熟练掌握某事|答案。这就是他会想做的。他弄脏了[400]发现|折叠食物[401]浅滩|四|围栏浅滩之城|福特·马多克斯·福特;他们发现了掷出的石头[402]哈德斯顿;他们吃肉汁鸭[403]灰鸭|干船坞|鸭汁生了病;他拿着剩下的[404]唤醒|烤肉|出去肉[405]桅杆|恶劣的|树枝坐下来。阿上[406]阿门|亚特|亚当|呼吸。

到此处说来我们的话长[407]说来话长|判决。

噢,嚯[408]!这个可怜的格拉格!人们就是这样说[409]悲哀的他,说着他那溺爱的老妈[410]口蹄疫。的确可悲[411]汉娜·丽维娅·妇鲁拉贝尔!啊,悲惨啊[412]噢,亲爱的|阿代尔。噢,悲惨啊!还有所有他从他的金发女郎[413]《玻恩姑娘》|山丘|丘陵看门人[414]父亲或母亲那里[415]在之后继承[416]抑制|居住|举起来的讨厌的东西[417]满装着货物。有时能忍受[418]可怕的事|能作为塔的|巴别塔!还有他身上那张多毛的[419]令人敬畏的|沉重的|声望脸[420]鹿角|白色花边带|短袜|蚂蚁,以及从他那消磨殆尽的眼窝[421]

382 johntily 解 jauntily“～”；也解 John“～”，《约翰福音》的作者。
383 pranked“～”；也解 Prank Queen“～”，指劫走霍斯伯爵继承人的格蕾丝·奥玛丽。
384 skand“～”；也解 Scandinavian“～”；也解 scan“～”；也解 *School for Scandal*“～”，英国喜剧。
385 either“～”；也解 ether“～”。
386 wired“～”，此处解 word“～”。
387 wordless“～”；也解 wireless“～”。
388 wented 解 wanted“～”；也解 went“～”。
389 Weeting 解 weeping“～”；也解 waiting“～”；也解 wet“～”；也解 weet［古体］“～”。
390 Utem 解 Item“～”。
391 Otem 解 Item“同上”；也解 totem“～”。
392 true forim 解 true to him“～”；也解 triforium“～”。
393 goodda purssia 解 good pursuer“～”；也解 gutta-percha“～”；也解 goonda“～”；也解 Prussia“～”。
394 mehynte 解 me“我”+hyte［古体］“疯狂”。
395 injine ruber 解 Indian robber“～”；也解 India-rubber“～”；也解 engine driver“～”；ruber 也解［拉］“～”。
396 Etem 解 Item“同上”；也解 eat“～”；也解 etiam［拉］“～”。
397 curpse 解 corpse“～”；也解 curse“～”；也可与前面的 of a 合解 of course“～”。
398 presence“～”，此处解 present“～”。
399 at his thinker's aunts“～”，此处解 at one's wit's ends“～”；也解(have) at finger's end“～”；其中 aunts 也解 answers“～”。
400 fould 解 fouled“～”；也解 found“～”；也解 fold“～”。
401 fourd 解 food“～”；也解 ford“～”；也解 four“～”；也与后面合解 Town of the Ford of the Hurdles“～”，指都柏林；也解 Ford Madox Ford“～”(1873—1939)，英国诗人，《横渡大西洋书评》的主编。
402 hurtled stones“～”；也解 Sisley Huddleston“～”(1883—1952)，英国记者，曾在福特的劝说下在《芬尼根的守灵夜》中寻找淫秽内容。
403 gravy duck“～”；也解 gray duck“～”；也解 graving dock“～”；也解 duck gravy“～”。
404 roust“～”，此处解 rest“～”；也解 roast“～”；也解 raus［德］“～”。
405 meast 解 meat“～”；也解 mast“～”；也解 mies［德］“～”；也解 Ast［德］“～”。
406 Atem 解 Item“同上”；也解 amen“～”；也解 Atem“～”，埃及创始神；也解 Adam“～”；也解 Atem［德］“～”。
407 Towhere byhangs ourtales 解 To where by hangs our tales“～”，此处化自 thereby hangs a tale“～”；其中 ourtales 也解 Urteil［德］“～”。
408 在《芬尼根的守灵夜》第一卷中也曾出现过。
409 said“～”；也解 sad“～”。
410 fontmouther 解 fond mother“～”；也解 foot and mouth disease“～”。
411 deplurabel 解 deplorable“～”；也解 Plurabelle“～”，本书女主人公。
412 A dire 解 Ah dire“～”；也解 Oh dear“～”。“Oh dear”“Ay”“Ah”在书中是 MMLJ 的标志性感叹，在《芬尼根的守灵夜》第一卷也曾出现；也解 Adare“～”，爱尔兰中西部的地名。
413 colline born 解 cailin ban［爱］“～”；也解 *The Colleen Bawn*“～”，鲍西考尔特的剧作，其中有个人物是驼背；其中 colline 也解［希］“～”，也解 collinoso［意］“～”。
414 janitor“～”；也解 genitor“～”。
415 after“～”，此处解 from“～”。
416 inhebited 解 inherited“～”；也解 inhibited“～”；也解 inhabited“～”；也解 heben［德］“～”。
417 freightfullness 解 frightfulness“～”；也解 freight-full-ness“～”。
418 Sometime towerable 解 sometime tolerable“～”；也解 something terrible“～”；其中 towerable 解 tower-able“～”，也解 Babel Tower“～”，《圣经》中上帝造此塔变乱人类的语言。
419 hehry 解 hairy“～”；也解 hehr［德］“～”；也解 heavy“～”；也解 Ehre［德］“～”。
420 antlets 解 Antlitz［德］“～”；也解 antler“～”；也解 anglets“～”；也解 anklet“～”；也解 ant“～”。
421 sockets“～”；也解 pockets“～”。

衣服口袋里喷[422]鼓胀出的肥皂泡光[423]小玩意|《圣经》，她用她写下[424]真知|通知|鼻子|婚礼的讯问[425]停顿|雨洒满他全身[426]克伦威尔：请问，你好吗，那个少把锁并递来拨火棍的？并且吩咐他照看她[427]更温柔些，从早到晚[428]鲁特琴和活泼地。唱吧，甜蜜的竖琴，只对我一个人[429]不久以后唱[430]事情！所以格拉格，可怜的家伙，在那个曾是他的潜意识[431]无知|次于无知的的灵薄池塘里[432]，无论[433]目的地是他的妈妈[434]凶手弄断[435]了梯子[436]胡言乱语的人，还是如果那块打中他鼓膜[437]锡锅|吵闹的|定音鼓的胆结石[438]鸟，怪人|石头|声音的|声调只不过[439]粉状的|手指|迅速的是他那思念她的骸骨[440]小学校长|悲伤，他会被所有未知[441]结|知道吓着。没打中他的[442]思念他的|丈夫的|多雾的|克里斯蒂吟游诗人喇叭[443]水风筒|小号，还是没打中[444]在……中间|太太他的长笛[445]基脚|洪水？啊，嗨！正是[446]圣西西里如此，叹[447]噢！

这些尚在弱龄、讨人喜欢的玩闹少女们[448]结薄冰|褶边|游戏者|《在少女花影下》现在在秀[449]看|罪短裤[450]看起来紧张的，如果有一个没有[451]蓓蕾|阴茎，或者，如果结成花朵联盟[452]花神|法规|罗蕾莱，一旦从后面看到[453]后见之明她们的公共[454]平民花园[455]监护人|平凡的就自觉地[456]联盟|联合地把短裤拉上去[457]排好队。她的男孩魔鬼[458]朋友或她们的男孩魔鬼，如果她们确实是复数[459]复数的|淫秽的|汉娜·丽维娅·妇鲁拉贝尔的话，以一位行吟诗人[460]阿杜尔河|舞台的活板门的身份走上前来，想着[461]落下他得怎么通过凝视[462]猜想，亲自找出[463]发现|魔鬼|照料她们的颜色是[464]穿什么，因为她们全都秀着短裤拉上。拉上[465]使厌烦|大量，遮住[466]捉住|多，拉上，吧[467]！那不能让你[468]年轻人满意

422 bulching 解 belching"～";也解 bulging"～"。
423 Baublelight 解 bubble light"～";也解 bauble"～";也解 Bible"～"。
424 noces 解 notes"～";也解 gnosis"～";也解 notice"～";也解 noses"～";也解 noce[法]"～"。
425 interregnation 解 interrogation"～";也解 interregnum"～",新旧王朝或新旧政府更迭的政权空白期;也解 Regen[德]"～"。
426 allover 解 all over"～";也解 Oliver Cromwell"～"(1599—1658),英国清教革命中的领袖。
427 tend her"～";也解 tender"～"。
428 lute and airly 解 lute and airily"～",此处解 late and early"～"。
429 anone 解 alone"～";也解 anon"～"。
430 thing"～",此处解 sing"～"。此处化自爱尔兰诗人托马斯·穆尔所作的歌词"sing, sweet harp, oh sing to me"(唱吧,甜蜜的竖琴,啊,对我歌唱)。
431 subnesciousness 解 subconsciousness"～";也解 nescientia[拉]"～";也解 subnescientia[拉]"～"。
432 limbopool 解 limbo"灵薄狱",地狱边缘,一些罗马天主教神学家认为灵薄狱是用来安置耶稣基督出生前去世的好人和耶稣基督出生后从未接触过福音的死者,包括未受洗礼而夭折的婴儿灵魂＋pool"池塘"。
433 whither"～",此处解 whether"～"。
434 morrder 解 mother"～";也解 Mörder[德]"～"。
435 bourst 解 burst"～"。
436 blabber"～",此处解 ladder"～"。
437 tynpan 解 tympanum"～";也解 tin pan"～";也解 tinpan"～";也解 timpani"～"。
438 vogalstones 解 gallstones"～";也解 Vogel[德]"～"＋stones"～";也解 vocal"～"＋tones"～"。
439 mearly 解 merely"～";也解 mealy"～";也解 méar[爱]"～";也解 mear"～"。
440 skoll 解 skull"～";也可与后面的 missed 合解 schoolmaster"～";也解 scol[爱]"～"。
441 knotknow 解 not know"～";也解 knot"～"＋know"～"。
442 Misty's 解 miss his"～","～";也解 mister's"～";也解 misty"～";也解 Christy Minstrels"～",美国19世纪出现的由白人化装成的黑人乐队,该乐队曾在1857年在伦敦演出。
443 trompe"～",此处解 trompe[法]"～";也解 trumpet"～"。
444 midst"～",此处解 miss"～";也可与后面的 his 合解 missis"～"。
445 flooting 解 flute"～";也解 footing"～";也解 Flut[德]"～"。
446 Cicely 解 precisely"～";也解 St. Cecilia"～",音乐的守护圣人;都柏林也有一条西西里街。
447 awe"～";也解 oh"～"。
448 frilles-in-pleyurs 解 filles[法]"少女"＋in play"开玩笑地";也解 friller[法]"～";也解 frill"～";也解 players"～";也解 *A l'Ombre des Jeunes Filles en Fleurs*"～",《追忆似水年华》的第二卷。
449 showen 解 shown"～";也解 schauen[德]"～";也解 sin"～"。
450 drawen 解 drawers"～";也解 drawn"～"。
451 bud"～",此处解 but"除……以外";也解 bod[爱]"～"。
452 Florileague 解 flori[拉]"花"＋league"联盟";也解 floras[拉]"～"＋legium[拉]"～";也解 Lorelei"～",德国传说中莱茵河上的女妖,其歌声使水手们受诱惑而船毁沉没。
453 hinder sight 解 hinder"后面的"＋sight"景观、视线";也解 hindersight"～"。
454 commoner"～",此处解 common"～"。
455 guardian"～",此处解 garden"～";也可与前面的 commoner 合解 common or garden"～"。
456 consociately 解 consciously"～";也解 consociate"～"-ly;也解 associately"～"。
457 drawens up 解 drawers"女短裤"＋up"向上";也解 draws up"～"。
458 fiend"～";也解 friend"～"。
459 plurielled 解 plural"～"-ed;也解 plurielle[法]"～";也解 prurient"～";也解 Plurabelle"～"。
460 trapadour 解 troubadour"～";也解 trap＋Adour"～",法国西南部的一条河流;也解 trapdoor"～"。
461 sinking"～",此处解 thinking"～"。
462 gazework 解 gaze"凝视"＋work"工作";也解 guesswork"～"。
463 fand[德]"～";也解 find"～";也解 fanden[丹]"～";也解 fend"～"。
464 wear"～",此处解 were"～"。
465 Tireton 解 tire-toi[法]"～";也解 tire"～"＋ton"～"。
466 cacheton 解 cache-toi[法]"你藏起来";也解 catch"～"＋ton"～"。
467 ba"～",象声词。根据古埃及医书《埃伯斯纸草书》的记载,婴儿的第一声啼哭是"呢"还是"吧"决定着他/她会活下去还是死掉。
468 youth"～",此处解 you"～"。

吗[469]杜泽，先生？大批[470]多少漂亮[471]纯洁的美女[472]美丽的|贝尔，这儿，利菲[473]摩根娜公主夫人[474]妈妈！你打算迷得她们去做什么，夫人，务必说说？灰姑男[475]把她的拖鞋弯起来[476]天使；它闪闪发光[477]鞋油|极小的却给她带来[478]新娘|啤酒|风俗一位新郎。他将在下一行从她们的公共花园问[479]害怕|焦虑她们（他的确是这两人中更快乐的[480]长剑，虽然另一个[481]阴户|也|透特兄弟能坚持住，尤其因为他在握住时[482]自始至终用手挥舞[483]哄骗|被拉紧|阴茎的勃起它，全力以赴[484]妈妈|我的手，简单雅致[485]格蕾丝·奥玛丽：咪，啊，啦！），并从他的艺术[486]心中再次释放[487]放开那根皮鞭[488]歌曲|语言；你是否觉得喜欢[489]你是否有红榴石色[490]亨利·卡尔|巴克利的皮鞭？与他那可啊怜的[491]早熟[492]老成的|刺伤相对[493]关于|双关，她们的是小小的促膝谈心[494]傻笑|奶头的欢闹（我灵魂的女郎！我灵魂的女郎，看吧[495] 6-1-3-5-7！），这一词语之膜[496]巫术|谨慎|简短的在她们的嘟嘟囔囔合奏[497]艺术品的全体效果下铃声般[498]林山德说着[499]推进|确定的，虽然并不打算显得聪明，而只是拱拱她们屁股做一下尝试[500]金衡制|特洛伊，并用所有那个讲给偏激水手[501]群青色|乌尔斯特的瞎话来跟他自己胡闹[502]有一个怪念头|看看|手淫。否则[503]别人|被点拨明白，让她们不要喧闹[504]鼻子|捏住鼻子防止臭味，她们暗示安静私密，要不[505]不，他在布道[506]屁股|桃子，美人中调解一下[507]小便，打一下尊重[508]溪流牌。

狼人[509]小心狼！全是为了[510]奥拉夫！胜利[511]禁忌|托比舅舅！

因此全是为了他的灼热地狱[512]太妃糖|吃|吃太妃糖，石头[513]普通群众发起突袭[514]火红，腿能跑得多溜就多溜[515]一根棍棒|平滑的；他驻

469 Doth,英语助动词 do 的第三人称单数旧用法;也解 Eleanora Duse“～”(1858—1924),意大利女演员。
470 Quanty 解 quantity“～”;也解 quanta [意]“～”。
471 purty 解 pretty“～”;也解 pure“～”。
472 bellas 解 belles [法]“～”;也解 belle [意]“～”。此句化自意大利儿歌《杜若夫人》中的词句;也解 Laura Bell“～”(1829—1894),法警的女儿,后为都柏林娼妓,19 世纪 50 年代被称为伦敦娼妓中的花魁。
473 Lifay 解 Liffey“～”;也解 Morgana le Fay“～”,亚瑟王的妹妹,女巫。
474 Madama 解 Madam“～”;也解 mama“～”。
475 Cinderynelly 解 Cinderella“灰姑娘”,《格林童话》中的人物＋nelly“女人气的男人”。
476 angled“～”;也解 angel“～”。
477 cho chiny 解 so shiny“～”;也解 shoeshiner“～”;其中 chiny 也解 tiny“～”。
478 braught 解 brought“～”;也解 Braut [德]“～”;也解 Bräu [德]“～”;也解 Brauch [德]“～”。
479 angskt 解 ask“～”;也解 Angst [德]“～”;也解 angst [荷]“～”。
480 rapier“～”,此处解 happier“～”。
481 thother 解 the other“～”;也解 toth [爱]“～”;也解 either“～”;也解 Thoth“～”,埃及的月神。
482 the hold time“～”;也解 the whole time“～”。
483 bandished 解 brandished“～”;也解 blandished“～”;也解 bander [法]“～”,[法俚]“～”。
484 mamain 解 amain“～”;也解 maman [法]“～”;也解 ma main [法]“～”。
485 gracious“～”;也解 Grace O'Malley“～”,伊丽莎白时期的爱尔兰海盗。
486 art“～”;也解 heart“～”。
487 reloose 解 re-loose“～”;也解 release“～”。
488 thong“～”;也解 song“～”;也解 teanga [爱]“～”;化自 *Song o'My Heart*(《我的心歌》),1930 年的电影。
489 Hast thou feel liked 解 Have thou felt to like“～”;也解 Hast du vielleicht [德]“～”。
490 carbunckley 解 carbuncly“～”;也解 Henry Carr“～”,曾在乔伊斯入股的剧团中演戏,因戏服的价格问题与乔伊斯发生争执;也解 Buckley“～”,书中巴克利与俄国将军故事中的爱尔兰士兵。
491 poohoor 解 poor“可怜的”。
492 pricoxity 解 precocity“～”;也解 praecox [拉]“～”;也解 prick“～”。
493 Apun 解 apud [拉]“在……旁边”;也解 upon“～”;也解 A pun“～”。
494 tittertit 解 tête-à-tête [法]“～”;也解 titter“～”＋tit“～”。
495 Lad-o'-me-soul, see! 解 Lady of my soul, see!“～”;也解 la-do-me-so-si“～”,音符。
496 wordchary 解 word“词语”＋cherry“处女膜”;也解 witchery“～”;也解 chary“～”;也解 wortkarg [德]“～”。
497 toots ensembled 解 toot ensembles“～”;也解 toutes ensembles [法]“～”。
498 ringsoundinly 解 ring“铃声”＋sound“声音”＋ing＋ly;也解 Ringsend“～”,都柏林南部郊区。
499 atvoiced 解 voiced“～”;也解 advanced“～”;也解 bestimmt [德]“～的”。
500 troy“～”,一种计量制度,此处解 try“～”;也解 Troy“～”,荷马史诗《伊利亚特》中的战争处。
501 ulstramarines 解 ultra“偏激的”＋marines“水手”;也解 ultramarine“～”,此句化自习语 tell that to the marines(谁信你那一套);也解 Ulster“～”,原为爱尔兰的北方省份,现为英属北爱地区。
502 harff a freak 解 have a freak“～”“～”;也解 have a look“～”;其中 freak 也解 frig“～”。
503 Otherwised 解 Otherwise“～”;也解 Other“～”＋wised“～”。
504 noises“～”;也解 noses“～”,即 hold one's nose“～”,化自习语 hold one's tongue(保持沉默)。
505 Ni [拉]“～”;也解 ní [爱]“～”。
506 preaches“～”;也解 breeches“～”;也解 peaches“～”。
507 make peace“～”;其中 peace 也解 piss“～”。
508 esteem“～”;也解 stream“～”。此句化自俗语中骂人的话 piss up your leg and play with the steam(尿在你的腿上,把它当小河玩儿)。
509 Warewolff 解 werewolf“～”;也解 beware of wolf“～”。
510 Olff 解 all for“～”;也解 Olaf“～”,维京人的首领,在 852 年成为都柏林的第一位挪威王。
511 Toboo 解 abú [爱]“～”;也解 taboo“～”;也解 Toby“～”,英国作家斯特恩的《项狄传》中的人物。
512 topheetuck 解 Tophet“～”,古希伯来人举行人祭和焚烧死尸的地方,后代指地狱;也解 toffee“～”＋tuck“～”,即“～”。
513 ruck“～”,此处解 rock“～”。
514 raid“～”;也解 red“～”。
515 aslick aslegs would run 解 as slick as legs would run“～”;也解 a stick“～”;也解 slick“～”。

锚[516]安加|铁锚|锚|翻转在他的屁股[517]蹲着上，肚子压着[518]应募金|神父|最好肚子。问着：什么是给我这些日子的靡菲斯托弗勒斯[519]松饼|原料|在疼痛？即[520]请等待：呼吸[521]面包、操心[522]黄油|兄弟、被诅咒的[523]豆瓣菜。然后呼吸更多的操心，操心更多的被诅咒。然后不呼吸不操心但是担心担心担心啊[524]乌拉-乌拉|神话中的龙|蠕虫|圣母玛利亚。然后闪会有[525]家[526]羞耻|一些|肖恩。

就如小溪[527]之于高山[528]蒙田，她想要的他无法知晓[529]能够。她只想要金色糖浆[530]金子银子|黄金|适合|毕奇女士，她只想要某位骑士的[531]夜晚的|好的李子酱[532]年轻人|塞子。这把她逼得发疯[533]聋的，就像他可恶[534]哑的透顶。如果他孤单地[535]只说，而不是只呆呆地看，好像[536]就像想的那样门卫[537]罗伯特·耶特曼|叶芝把[538]帽子他的[539]打棍子全都插过[540]尽管他的轮辐[541]说，如果他不会[542]树林|坚果为此担心[543]羊毛的|羊毛|想要该多好！嘿。说啊，小甜鸟儿！我，我[544]！虽然我确实吃硬草，我却不是沼泽婊[545]列车上运狗的车厢|博格。

——你有月光石[546]月长石|月光|硫黄|我的|欧鳊吗？

——没有。

——或者地狱火石[547]帮助|燧石|污点|猪圈|火|火石|火花|你们的|石块？

——没有。

——或者范迪门[548]从……地方来|恶魔|来自恶魔的的珊瑚珍珠[549]科拉·珀尔？

——没有。

516 ankered 解 anchored“～”；也解 anker“～”，量酒的单位；也解 Anker［德］“～”；也解 anker［荷］“～”；也解 kehren［德］“～”。
517 hunkers“腿臀部”；也解 on one's hunkers“～”。
518 prest“～”，此处解 pressed“～”；也解 priest“～”；也解 best“～”。此句化自儿歌《大兵，大兵，你不娶我吗》中的歌词“very very best”(好得不得了)。
519 muffinstuffinaches 解 Mephistopheles“～”，歌德的诗剧《浮士德》中的魔鬼；也解 muffin“～”＋stuff“～”＋in aches“～”。
520 to weat 解 to wit“～”；也解 to wait“～”。
521 Breath“～”；也解 bread“～”。
522 Bother“～”；也解 butter“～”；也解 brother“～”。
523 whatarcurss 解 what are curst“～”；也解 watercress“～”。
524 worrawarrawurms 解 worry worry worry“～”；也解 Wurra-Wurra“～”，传说中圣帕特里克杀死的一条巨蛇＋Wurm［德］“～”；也解 worms“～”；也解 Mhuire［爱］“～”。
525 shallave 解 shall have“～”。
526 shome 解 home“～”；也解 shame“～”；也解 some“～”；也解 Shaun“～”，本书主人公的儿子之一。
527 Rigagnolina［意］“～”。
528 Mountagnone［意］“～”；也解 Michel Eyquem de Montaigne“～”(1533—1592)，法国散文家。
529 can“～”，此处解 kenne［德］“～”。
530 golten sylvup 解 golden syrup“～”；也解 gold silver“～”；也解 Gold［德］“～”；也解 gelten［德］“～”；也解 Sylvia Beach“～”(1887—1962)，巴黎莎士比亚书店的店主，最早出版《尤利西斯》。
531 Knight's“～”；也解 night's“～”；也解 nice“～”。
532 ploung jamn 解 plum jam“～”；也解 young man“～”；其中 ploung 也解 plug“～”。化自英国儿歌《山上的女子》中的“有位女子站在山头，她的名字我不知道，她只想要金子银子，她只想要英俊的青年”。
533 dafft 解 dafft“～”；也解 deaf“～”。
534 dumnb 解 damn“～”；也解 dumb“～”。
535 lonely“～”；也解 only“～”。
536 as thought“～”，此处解 as though“～”。
537 yateman 解 gateman“～”；也解 Robert Yeatman“～”(1897—1968)，英国幽默作家，为《潘趣》杂志写稿；也解 Yeats“～”(1865—1939)，爱尔兰诗人。
538 hat“～”，此处解 had，助动词。
539 hits“～”，此处解 his“～”。
540 althrough 解 all through“～”；也解 although“～”。
541 spokes“～”；也解 spoke“～”。
542 woold nut 解 would not“～”，这两个词交换部分字母；也解 wood“～”＋nut“～”。
543 wolly 解 worry“～”；也解 woolly“～”；也解 Wolle［德］“～”；也解 wollen［德］“～”。
544 Mitzymitzy 解 mise mise［爱］“～”，指爱尔兰修女圣布利吉特在受洗时用爱尔兰语说的“我是”。
545 bogdoxy 解 bog“泥沼”＋doxy［英俚］“娼妇”；也解 dogbox“～”；也解 Bögg“～”，苏黎世的雪人。
546 monbreamstone 解 moonstone“～”，此处直译“～”；也解 moonbeam“～”；也解 brimstone“～”；也解 mon［法］“～”＋bream“～”。
547 Hellfeuersteyn 解 hell fire“地狱之火”＋stone“石头”；也解 helfen［德］“～”；也解 firestone“～”；也解 stain“～”；也解 sty“～”；也解 Feuer［德］“～”；也解 Feuerstein［德］“～”；也解 feu［法］“～”；也解 euer［德］“～”；也解 Stein［德］“～”。
548 Van Diemen“～”，欧洲人对塔斯马尼亚岛的称呼，盛产珍珠；也解 von［德］“～”＋demon“～”，即“～”。
549 coral pearl“～”；也解 Cora Pearl“～”(1835—1886)，著名法国妓女。

他失败了。

去教堂[550]抓住吧，格拉格！为了什么[551]向前|再见！摆动[552]塑造|剃毛|莎士比亚你的屁股[553]耳朵，格拉格！再见[554]为了福利！给我们打电话，查夫[555]！再见[556]美好的|良好的！查夫查夫的内心[557]酒店天堂[558]黄昏|七。他们的世界一切正常[559]全是稻米和他们的漩涡！

然而，啊泪水[560]亲爱的，谁会是她的伴侣[561]妈妈|事件？她曾得到许诺说他会看她。会加工[562]扎紧她的衬裙[563]美丽之物。但是现在再见了，这么走了，这么向前[564]等等。杰瑞[565]去旅行[566]徒劳无果|琼恩。去别处[567]再见|都！逃了。

所有的花儿[568]丝绵的，所有的苔藓[569]，她们低垂在她那打褶的[570]伟大的垂边儿[571]大瀑布。蝴蝶结、红葱头[572]大量表演，她们枯萎成伤痕[573]小树林。珍珠图[574]耶稣的遗言、珍珠图，女巫般[575]哪一个知道该哭还是该笑。因为通常在卡罗来纳州[576]刘易斯·卡罗尔下游，可爱的黛娜吹嘘着她们的美景。

可怜的伊莎[577]保曼坐在那儿恍惚神伤[578]，在黄昏[579]中辉煌；金银丝衣[580]锡|细胞|火花略失光泽[581]拓儿，在她天鹅的[582]四周[583]奇迹吹不出可爱的噪音[584]美好。嘿，女郎[585]呜呼|爱丽丝|叹息|希腊！为了什么[586]为什么|悲伤|恐惧|因此发出微光她万分忧伤，这个可怜可悯的[587]逍遥学派的|表征词伊瑟？她的情郎[588]弓箭手|保曼已经冷静地[589]芬·麦克尔离开了[590]毛德·冈妮|迈克尔·冈恩|HCE。已经好很多，能生出同情[591]吃惊|傻笑了。如果他在任何地方，她就会去那儿[592]因此找他。如果要去乌有乡，她也准备去。但是如果他要去做法国的[593]培

550 clutch“～”，此处解 church“～”。
551 Forwhat 解 For what“～”；也解 forward“～”；也解 farewell“～”。
552 Shape“～”，此处解 shake“～”；也解 shave“～”；也与后面合解 Shakespeare“～”，英国剧作家。
553 reres 解 rears“～”；也解 ears“～”。
554 Foreweal 解 farewell“～”；也解 For weal“～”。
555 Chuff“乡下人”，此处为本书主人公的儿子肖恩的化身，故音译。
556 Fairwell 解 farewell“～”；也解 Fair“～”＋well“～”。
557 inners“～”；也解 inns“～”。
558 Even“～”，此处解 heaven“～”；也解 seven“～”。
559 All's rice with their whorl“～”，此处解 All's right with their world“～”。此句化自英国诗人勃朗宁的诗歌《碧芭走过》中的诗句“上帝在他的天堂，世界一切正常”。
560 tears“～”；也解 dear“～”。
561 mater［拉］“～”，此处解 mate“～”；也解 matter“～”。出自 18 世纪英国儿歌《啊亲爱的，能是什么事儿?》，后两句化自其歌词“他答应给我买一把蓝皮筋，好扎紧我美丽的棕色长发……约翰尼在集市呆了那么久”。
562 try up“～”；也解 tie up“～”。
563 pretti 解 petticoat“～”；也解 pretty“～”。
564 so forth“～”，此处解 so“这么”＋forth“向前”。
565 Jerry“～”，与 Kevin“凯文”在书中组成一组二元对立的人物，即闪姆和肖恩。
566 for jauntings“～”；也解 for nothing“～”；也解 Jaun“～”，肖恩的别名之一。
567 Alabye 解 alibi［拉］“～”；也解 bye“～”；也解 allebei［荷］“～”。
568 flossies 解 flos［拉］“～”；也解 flossy“～”。
569 mossies 解 mossy“～”。
570 draped“～”；也解 great“～”。
571 brimfall 解 brim“边缘”＋fall“下垂”；也解 big fall“～”。
572 showlot 解 shallot“～”；也解 show a lot“～”。
573 woeblots 解 woe“悲哀”＋blots“污迹”；也解 woodlot“～”。
574 pearlagraph 解 pearl“珍珠”＋à［法］“在”＋graph“图表”；也解 agrapha“～”。
575 whitchly 解 witch-ly“～”；也解 which“～”。
576 Carolinas“～”，位于美国东南部，化自 1925 年的流行歌曲《黛娜》中的歌词“黛娜/在卡罗来纳州/有没有更好的人”；也解 Lewis Carroll“～”(1832—1898)，英国作家，《爱丽丝漫游奇境记》的作者。
577 Isa“～”，伊莎贝拉的昵称；也解 Isa Bowman“～”(1874—1958)，英国作家刘易斯·卡罗尔的朋友。
578 此句化自儿童游戏中的儿歌《可怜的玛丽坐在那儿哭泣》。
579 gloaming“～”，此句出自英国流行歌曲《在黄昏中漫步》。
580 tincelles 解 tinsel“～”；也解 tin“～”＋celles“～”；也解 étincelles［法］“～”。
581 tarnished“～”；也解 Tarr“～”，英国作家温德汉姆·刘易斯 1918 年出版的小说标题和女主人公名字。
582 swan's“～”，指天鹅的颈项。在爱尔兰神话中，李尔王的女儿被变成天鹅。
583 awound 解 around“～”；也解 wonder“～”。
584 lovelinoise 解 lovely noise“～”；也解 loveliness“～”。
585 lass“～”；也解 alas“～”；也解 Alice“～”，刘易斯·卡罗尔的童话《爱丽丝漫游奇境记》的女主人公；也解 hélas［法］“～”；也解 Greece“～”。
586 Woefear 解 what for“～”；也解 wofür［德］“～”；也解 Woe“～”＋fear“～”；也解 wherefore“～”。
587 pooripathete 解 poor“可怜的”＋pathetic“令人同情的”；也解 peripatetic“～”；也解 epithet“～”。
588 beauman 解 beau“情郎”＋man“男人”；也解 bowman“～”；也解 Isa Bowman“～”，卡罗尔的朋友。
589 a cool 解 a-＋cool“～”；也解 Finn MacCool“～”，爱尔兰传说中芬尼亚英雄的领袖。
590 gone“～”；也解 Maud Gonne“～”(1866—1953)，爱尔兰民族文艺复兴运动领袖之一；也解 Michael Gunn“～”(1840—1901)，都柏林娱乐剧院的经理，也是 HCE 的化身之一。
591 symperise 解 sympathize“～”；也解 surprise“～”；也解 simper“～”。化自刘易斯·卡罗尔写给保曼的信：“真震撼！你听到么？好得让人震撼！”
592 therefor 解 there“那儿”＋for“为了”；也解 therefore“～”。
593 France's“～”，乔伊斯年轻时离开爱尔兰后定居法国；也解 Francis Bacon“～”(1561—1626)，英国哲学家；也解 Francis of Assisi“～”(1181—1226)，天主教圣人，方济各会的创办者。

根|亚西西的方济各儿子，她就仍然做克莱尔[594]圣克拉拉市|圣克拉拉|克莱尔的女儿。带来小艾菊，扔掉桃金娘，洒满苦芸香，苦芸香，苦芸香。她像白日[595]旅行消逝[596]衣服一样渐渐隐没，所以你现在看不到她。我们依然知道逝者[597]染工白日是如何行动的，在黯淡中、深渊中、黄昏中、黑暗中。夏娃现在正在阴影中间穿衣，她将重新遇到未婚夫[598]幻想|她将遇到一个新的未婚夫，幽会[599]特里斯丹|信任和相信[600]真实的。曾是妈咪，正是咪咪，将是迷你的[601]。一位女士蘸了蘸迪河[602]，这位女士渴望一位少女[603]她，但这位少女给洋娃娃穿衣服，这个洋娃娃甜蜜地漫步[604]。同样的事情重新开始。因为虽然她尚未结婚[605]不快乐的，以后她会梳妆打扮[606]捆住，并帮助那个丈夫[607]贱妇|带子学会单脚跳[608]希望。走开[609]臀部|它、去旅行、吱吱叫[610]尖声尖气地说|小天使、唱着歌。主人查夫是天空中的炽天使[611]英国皇室任命的名誉部长，格拉格要去荡秋千。

如此这般，两两三三[612]脚趾伴脚趾，前前后后，她们四处走动，因为她们是天使[613]炉火，像女孩们会做的那样播撒着问候[614]采集坚果，因为她们是一位天使的花环[615]花园。

开司米[616]抓|泥潭|克什米尔长袜、自由百货的[617]自由广场|书|用线捆绑的吊袜带、劣质鞋子，装饰着[618]迅速出去|瞬息万变的银线[619]森林。围裙装[620]围嘴儿|前部|连衣裙上是便士集市的[621]围裙帽子，一枚戒指在她的某个[622]家|捉住手指上。她们跳得[623]离开那么可爱[624]环状的|疯的，可爱，就像她们与光相连[625]向右看|徘徊|夜晚。她们看起来那么可爱[626]，可爱[627]爱它，在婚礼[628]之夜打上套[629]婚姻的纽带。带着狡猾的

594 Clare 解 County Clare“～”，爱尔兰西部的郡；也解 Santa Clara“～”，美国加利福尼亚州的一座城市；也解 Saint Clara“～”，方济各修女会的创建者；也解 Mavis Clare“～”，英国 19 世纪小说家玛丽·科雷利的小说《撒旦的痛苦》中的女主人公，这个世界上只有耶稣和她抵抗住了撒旦的诱惑。

595 Journee 解 journée［法］“～”；也解 journey“～”。化自儿童游戏中的儿歌《詹妮·琼斯》（“Jenny Jones”），其中有“现在你看不到他”。

596 clothes“～”，此处解 close“～”。

597 Dyer“～”，此处解 die-r“～”。

598 fiancy 解 fiancée［法］“～”；也解 fancy“～”。此句也可解为“～”。

599 Tryst“～”；也解 Tristan“～”，中世纪骑士传奇“特里斯丹与伊瑟”中的男主人公；也解 trust“～”。

600 trow“～”；也解 true“～”。

601 Minuscoline［意］“非常小”。

602 Dee“～”，位于英国，流经威尔士和英格兰。

603 demselle 解 damsel“～”；也解 elle［法］“～”。

604 dulcydamble 解 dulce［拉］“甜蜜地”＋ambulo［拉］“漫步”。

605 unmerried 解 unmarricd“～”；也解 un-merry“～”。

606 truss up“～”，此处解 dress up“～”。

607 hussyband 解 husband“～”；也解 hussy“～”＋band“～”。

608 hop“～”；也解 hope“～”。

609 Hip it 解 hop it［英俚］“～”；也解 hip“～”＋it“～”。

610 chirrub 解 chirp“～”；也解 chirrup“～”；也解 cherub“～”。

611 sheraph 解 seraph“～”；也可与前面的 sky 合解 high sheriff“～”。

612 toe by toe“～”，此处解 two by two“～”。

613 ingelles 解 angels“～”；也解 ingle“～”。

614 scattering nods“～”；也解 gathering nuts“～”，化自儿童游戏中的儿歌《五月坚果》中的歌词“Here we go gathering nuts in may”（五月我们在这里采集坚果）。

615 garland“花环”；也解 garden“～”。

616 Catchmire 解 Cashmere“～”，山羊绒；也解 Catch“～”＋mire“～”；也解 Kashmir“～”，南亚地区。

617 libertyed 解 Liberty's“～”，英国伦敦的一家百货商店；也解 The Liberies“～”，都柏林市西南部的一个著名地区；也解 liber［拉］“～”＋tied“～”。

618 quicked out 解 tricked out“～”；也解 quickly out“～”；也与后面合解 quicksilver“～”。

619 selver 解 silver“～”；也解 selve［意］“～”。

620 pinnyfore frocks 解 pinafore frock“～”；也解 pinny“～”＋fore“～”＋frocks“～”。

621 Pennyfair 解 penny“便士”＋fair“集市”；也解 pinafore“～”。

622 fomefing 解 something“～”；也解 home“～”＋fing［德］“～”。

623 leap“～”；也解 left“～”。

624 looply 解 lovely“～”；也解 loop-ly“～”；也解 loopy［俚］“～”。化自儿童游戏中的儿歌《卢宾》中的歌词“我们一起来这里，一起来，我们一起轻轻来，我们一起来，一起来，星期六的晚上全都来”。

625 link to light“～”；也解 look to right“～”；其中 link 也解 linger“～”；light 也解 night“～”。

626 loovely 解 lovely“～”。

627 loovelit 解 lovely“～”；也解 love it“～”。

628 nuptious 解 nuptials“～”。

629 noosed“～”，在俚语中也指“～”。

一闪[630]一瞥进来，以及忸怩的一[631]瞥[632]阴茎头出去。她们玩闹[633]气势汹汹地威逼一会儿，一会儿[634]伊丽莎白，一会儿。然后成群结队地在附近玩闹[635]骑。

说出她们所有人，但分开来讲，抑扬顿挫的[636]花腔女高音！R是红色[637]，A是橙色[638]，Y代表黄色[639]，N代表绿色爱尔兰[640]格拉特纳格林|爱尔兰的太阳|爱尔兰的土壤。B是蓝色男孩[641]带着婢妾O，而W[642]彩虹给十一月[643]无记忆的小花们浇水。虽然她们不过是一个女学生，然而这些路她们走过[644]。在林阴路的风景中[645]阿维尼翁跳着舞绕着圈走进场。名字[646]阿门|姓名|汉娜众多小姐在大洪水之前[647]洪积层|丽维娅|利河确实喜欢。这样。然后再次确实喜欢。这样。无尽世纪[648]迪恩小姐在爱尔兰[649]最后审判日的岁月[650]死亡|这个之后[651]确实喜欢。这样。然后再次确实喜欢。这样。温莎[652]肯定赢的很多花招[653]妻子|威尔。

杂货商的老鸨她把手滑进扁豆包，正在等候的女士从石蜡罐里小口小口地呷着，疯野兔[654]奥斯卡·王尔德·快医生[655]庸医|快嘴桂嫂夫人听到[656]兽群雷电[657]分开|声音|引火物的叮当，她的第一本能[658]露阴的本能|猥亵地暴露阴部|瞬间就是把她的裙子[659]向前冲举[660]仓促忙乱地|拿着|困境上堤道[661]被抛弃的人，我真伤心[662]寡妇她织着猫的摇篮[663]翻线戏，这位美丽的[664]充足的|慷慨的女演员舌头下拴着[665]鞭打猎犬，这边女孩她在忏悔中[666]冷|方式跪着，她告诉她的神父(说[667]认出！)她为一个小伙儿癫狂[668]罐(伙儿！)，这个最后但不是最不重要的[669]这个不是最不重要的小女孩，这个非常富有的[670]最正直的|干草堆亲吻

630 glints“～”；也解 glance“～”。
631 Andecoy 解 And a coy“～”。
632 glants 解 glance“～”；也解 glans“～”。
633 ramp“～”，此处解 romp“～”。
634 a lessle 解 a little“～”；也解 Elizabeth“～”，本书中主人公的女儿伊茜的别名之一。
635 rompride round 解 romp“嬉闹”＋right round“在附近”，化自儿童游戏中的儿歌《卢宾》中的歌词“把你的左脚放进去，把你的右脚迈出来，稍稍摇你的脚，稍稍，稍稍，然后转过身来”；也解 ride“～”。
636 cadenzando 解 cadenzato［意］“～”。
637 Rubretta［意］“～”。
638 Arancia［意］“～”。
639 Yilla 解 yellow“～”。
640 greeneriN 解 green“绿色”＋Erin“爱尔兰”；也解 Gretna Greene“～”，苏格兰南部村镇，以逃婚者闻名；也解 grían Éireann［爱］“～”；也解 grian Éireann［爱］“～”。
641 Boyblue 解 Boy Blue“～”，英国流行儿歌《蓝色小男孩》中的人物。
642 这几个字母组成 RAYNBOW，即 rainbow“～”，这里的颜色也是彩虹的颜色。
643 novembrance 解 November“～”，迷迭香在十一月开花，此句化自莎士比亚的悲剧《哈姆雷特》中的诗句“迷迭香表示记忆”；也解 no-remembrance“～”。
644 此句化自儿童游戏中的儿歌《当我是个小女孩》中的歌词“我走这条路”。
645 I' th' view o' th'avignue 解 in the view of the avenue“～”；也解 Avignon“～”，法国东南部的城市。此句化自法国歌曲“Sur le pont d'Avignon”(《在阿维尼翁桥上》)。
646 Anems 解 Names“～”；也解 amen“～”；也解 ainm［爱］“～”；也解 Anna“～”，本书女主人公。
647 before the Luvium 解 antediluvium［拉］“～”；也解 diluvium“～”；也解 Livia“～”，本书女主人公；也解 Luvius“～”，公元 2 世纪的古希腊天文学家托勒密给爱尔兰的利河起的名字。
648 Endles Eons 解 Endless eons“～”；也解 Chevalier d'Éon“～”(1728—1810)，法国密探，49 岁前一直女扮男装。
649 Eirae 解 Eire“～”；也与前面的 Dies 合解 dies irae“～”。
650 Dies 解 days“～”；也解 dies“～”；也解 dies［德］“～”。
651 efter 解 after“～”。
652 Winsure 解 Windsor“～”，此处指莎士比亚的喜剧《温莎的风流娘们》；也解 Win sure“～”。
653 wiles“～”；也解 wifes“～”；也解 Will“～”，即威廉·莎士比亚。
654 Wildhare“～”；也解 Oscar Wilde“～” (1854—1900)，英国作家，出生在都柏林。
655 Quickdoctor 解 Quick doctor“～”；也解 quack doctor“～”；也解 Quickly“～”，莎士比亚的戏剧《亨利四世》《亨利五世》《温莎的风流娘们》中的酒店女店主。
656 herds“～”，此处解 heard“～”。
657 tunder 解 thunder“～”；也解 sunder“～”；也解 sound“～”；也解 tinder“～”。
658 the flasht instinct 解 the first instinct“～”；也解 the flash instinct“～”；也解 flash［俚］“～”＋instant“～”。
659 skelts 解 skirt“～”；也解 skelters“～”。
660 helts 解 holds“～”；也与前面合解 helter-skelter“～”；也解 hält［德］“～”；也解 Held［德］“～”。
661 casuaway 解 causeway“～”；也解 castaway“～”。
662 Megrievy 解 me“我”＋grieve“伤心”。
663 cat's cradles“～”，二人互翻一线圈使成各种形状的游戏，此处直译“～”。
664 bountiful“～”，此处解 beautiful“～”；也解 bounteous“～”。
665 leashes“～”；也解 lashes“～”。
666 coldfashion 解 confession“～”；也解 cold“～”＋fashion“～”。
667 spt 解 speak it“～”；也解 spot“～”。
668 pot“～”，此处解 potty［英口］“～”。
669 this lass not least“～”，此处解 the last but not the least“～”。
670 rickissime 解 ricchissime［意］“～”；也解 rectissime［拉］“～”；也解 rick kiss me“～”。

我女人，用她资本的拇指在育婴室的尘土[671]钱中钱多次[672]很多次写下脚的财富。嗡嗡[673]。跑掉的羊全都跳回来藏猫猫[674]，身后拖着[675]尾巴它们的小羊[676]脚趾。这些路它们走着。那些路它们走过。温妮、奥丽维娅[677]和比阿特丽斯[678]，内莉和艾达[679]焦渴、艾米[680]艾米·麦克弗森和卢[681]悔恨。她们回来了，所有快乐的一群，因为她们是花，从深色花[682]幻想和三色堇到罂粟[683]罂粟花的脸红，勿忘我[684]没有舍弃我|福斯特，只要有叶子[685]生命就有希望，伴以报春花[686]黄金时间|原始的的悔恨[687]诡计|玫瑰|迷迭香和金盏花[688]结婚|可以|快乐五月|圣母玛利亚的盛开，天使[689]女仆|妓女的花园中的所有鲜花。

但是反之亦然[690]罪恶转换，在外面，从那些完美的棕榈叶到愤怒的藤架[691]港口|卧室，树架[692]三石山山[693]月份|装饰，就[694]推|斯克鲁奇在看[695]搜索不到大海的地方，气[696]靛蓝|愤怒|悲哀得发绿[697]青嫩的|大怒的，乌青，在魔鬼[698]都柏林展示他那可见耻辱[699]格蕾丝·奥玛丽的所有外部[700]宣誓|词语标志[701]科学时，是什么额外的愤怒造成折磨[702]愤怒|托尔纳，将他从他的潘趣酒碗[703]打孔|头震荡[704]世界毁灭到他的肚子中心[705]被羞辱的|苏格兰软帽。他觉得太好笑了，因舞台提示笑倒在地上，倒在所有那些女孩身上，因为他不知道是谁的颜色[706]谁是谁。只要天啊[707]呆子，笨鹅|凝视|格蕾丝·奥玛丽能朝他欣然一笑，他就会天真地感激不尽[708]爱抚|赞扬|弃儿，他吃了一些细微的口误[709]漂亮的小娘们。但是没有任何姿势[710]客人|玩笑暴露出粗野[711]未知。她们无疑反对他，美女们[712]野兽们|母狗们。抓伤。开始[713]。

他把头浸入黑紫色的水[714]红发默里|洗礼，在神经丛上给斯图

671 dust“～”；也解[俚]“～”。

672 money times over 解 many times over“～”，此处根据其中的 money(钱)改译为“～”。

673 Buzz“～”。根据道格拉斯 1931 年出版的《伦敦街头游戏》记载，这是一种儿童游戏的名字。

674 bopeep“～”，逗小孩的游戏，也化自儿歌《小波皮丢了她的羊》(“Little Bo Peep has lost her sheep”)。

675 trailing“～”；也解 tail“～”。

676 teenes 解 teens“～”；也解 teen [荷]“～”。

677 Olive 解 Olivia“～”，莎士比亚的喜剧《第十二夜》中的人物。

678 Beatrice“～”，但丁的长诗《神曲》中的人物，引领但丁游历天堂。

679 Ida“～”，人名；也解 ide [爱]“～”。

680 Amy“～”，人名；也解 Aimee Macpherson“～”(1890—1944)，加拿大裔美国福音传教士和社会名流。

681 Rue“～”，人名；也解 rue“～”。此处 7 个名字的大写首字母组成 RAINBOW(彩虹)。

682 foncey 解 foncé [法]“～”；也解 fancy“～”。

683 papavere [拉]“～”；也解 papavero [意]“～”，红色。

684 foresake-me-nought“～”，此处解 forget-me-not“～”，开蓝色花；也解 Vere Foster“～”(1819—1900)，英国慈善家，在大饥荒中帮助爱尔兰移民。

685 leaf“～”；也解 life“～”。化自习语 While there's life there's hope(留得青山在不怕没柴烧)。

686 primtim 解 primrose“～”，黄色；也解 prime time“～”；也解 primitive“～”。

687 ruse“～”，此处解 rue“～”；也解 rose“～”；也与后面合解 rosemary“～”。

688 marrymay 解 marigold“～”，金色；也解 marry“～”＋may“～”；也解 merry May“～”；也解 Mary“～”。

689 ancelles 解 angels“～”；也解 ancille [废]“～”；也解 ancelle [法俚]“～”。

690 vicereversing 解 vice versa“～”；也解 vice“～”＋reversing“～”。

691 arbour“～”；也解 harbour“～”；也解 chamber“～”。棕榈叶象征胜利。

692 treerack 解 tree“树”＋rack“刑架”；也解 Three Rock Mountain“～”，位于爱尔兰邓莱里-拉斯当郡。

693 monatan 解 mountain“～”；也解 Monate [德]“～”；也解 ornament“～”。

694 scroucely 解 scarcely“刚刚”；也解 scrouge“～”；也解 Scrooge“～”，意为吝啬鬼，狄更斯的小说《圣诞颂歌》中的人物。

695 scout“～”，此处解 sight“～”。

696 woad“～”，此处解 Wut [德]“～”；也解 woede [荷]“～”；也解 woe“～”。

697 virid“～”；也解 viridis [拉]“～”；也解 livid“～”。

698 divlun 解 devil“～”；也解 Dublin“～”。

699 disgrace“～”；也解 Grace O'Malley“～”，恶作剧女王的原型。

700 oathword 解 outward“～”；也解 oath“～”＋word“～”。

701 science“～”，此处解 signs“～”。

702 tornaments 解 torments“～”；也解 toorn [荷]“～”；也解 Torna“～”，传说中 5 世纪的爱尔兰诗人。

703 punchpoll 解 Punch bowl“～”，此处化自地名“魔鬼的潘趣酒碗”，英格兰萨里郡一个自然形成的圆形露天剧场，有很多故事和传说；也解 punch“～”＋poll [苏]“～”。

704 rocked“～”；也可与前面解 Ragnarøkr [古挪]“(北欧神话中善和恶大决战所导致的)～”。

705 shentre 解 centre“～”，肚子的中心，指肚脐；也解 shent“～”；也解 Tam O'Shanter“～”，一款以苏格兰诗人彭斯的诗歌中的人物奥商特的名字命名的经典软帽。

706 whose hue“～”；也解 who's who“～”。

707 goosseys gazious 解 goodness gracious“～”；也解 gooseys“～”＋gaze“～”；也解 Grace O'Malley“～”。

708 be fondling a praise 解 be fondly appreciated“～”；也解 be fondling“～”＋a praise“～”；也解 foundling“～”。

709 bit of fluff“～”，此处直译 bit of“一些”＋fluff“误读”。

710 geste 解 gesture“～”；也解 guest“～”；也解 jest“～”。

711 unconnouth 解 uncouth“～”；也解 l'inconnu [法]“～”，此句化自法国习语“姿势暴露未知的”。

712 beasties 解 beauties“～”；也解 beasts“～”；也解 bitches“～”。

713 此处化自习语 start from scratch(白手起家)。

714 Wat Murrey 解 murrey water“～”；也解 Red Murray“～”，即乔伊斯的舅舅约翰·默里。这里指基督教七圣事中的“～”。

亚特王室[715]突然一击[716]喜欢恶作剧的小精灵|坚信礼，与小仆人[717]仆役|乞求|口袋斗了次圣餐礼[718]匆匆来联盟|飓风，从忏悔·星期天[719]忏悔礼·造恐惧[720]麦克弗森身上，把他的所有罪恶[721]感觉擦掉，无论该死的还是可恕的[722]战争的和仆役的，像所有的泡沫机[723]喝啤酒的人一样自由地排泄[724]给临终者涂油礼到伊萨卡之子[725]艾萨克·巴特体内，展开一次铁拳较量，纯洁对纯洁[726]胸对胸|只是开玩笑，伴以无事生非[727]，以及童年的岁月永远是最少羞耻的[728]无耻的，讲着地狱里[729]猴子不无[730]《塔拉斯孔的戴达伦》|摸|感觉美味的塔拉饼[731]拓儿|斯昆|命运石|塔拉斯孔小儿糕[732]旅游市镇，吃衣服的人[733]吃斗篷的人[734]婚礼，为了任何无法言说的时刻，从穿马裤的希欧卡之子[735]肯定|麦克吉利卡迪烟雾|刺客那里，用挂在邓卡德之子[736]做腰上[737]宿醉未醒的的东西，把自己系住[738]拥抱|背带|神职授任礼。家！

从头到尾[739]，很多[740]邋遢的|绿豆岁月[741]钱款的很多[742]确实事情[743]误用|我，侵蚀着[744]祈祷他的脑海，伊弗勒林[745]爱尔兰的儿子，在他自己体内，他诅咒[746]。发疯的[747]现在就做|努阿达的儿子|中午长蛆的[748]玛奇|玛吉·奥康纳玛格[749]想要！铜匠主教[750]的十字架！他要裂开了。他像神圣三重性[751]《圣帕特里克的三重生活》|作弊那样大声尖叫。寻找地狱[752]胜利万岁|访寻圣迹|在别处，那里爱国者[753]住在岩石里的人|请愿摆脱了[754]赦罪青年爱尔兰[755]美国佬|岛民。没关系[756]什么也不喜欢！够了[757]脖子|新郎！他在最早到来的阳光明媚[758]日光|好太阳|太阳的日子坐上小艇，超宽[759]涉过平底玻璃杯，粗糙、幽暗[760]，直到阵雨之弓[761]彩虹在酩酊大醉中[762]弓显出[763]雨亭，天气[764]宝塔许可的话[765]许可的，风的

715 Stewart Ryall 解 Stuart royal“～”,14 世纪末起先后统治苏格兰和英格兰、爱尔兰的英国贵族家族。
716 puck“～”,出自莎士比亚的喜剧《仲夏夜之梦》中的精灵帕克,此处解 poc [爱]“～”。这里指基督教七圣事中的“～”。
717 Gillie Beg 解 giolla beig [爱]“～”;也解 gillie“～”＋beg“～”;其中 Beg 也解 bag“～”。
718 hurry-come-union“～”,此处解 Holy Communion“～”,基督教七圣事之一;也解 hurricane“～”。
719 Shrove Sundy 解 Shrovetide Sunday“～”,圣灰瞻礼日的前三天。这里指基督教七圣事中的“～”,也称告解。
720 MacFearsome 解 Make Fearsome“～”;也解 Macpherson“～”,18 世纪苏格兰诗人,声称发现了莪相的诗。
721 sinses 解 sins“～”;也解 senses“～”。
722 martial and menial“～”,此处解 mortal and venial“～”。
723 frothblower 解 froth“泡沫”＋blower“风扇”;也指“～”。
724 excremuncted 解 excrement“～”;也解 extreme unction“～”,基督教七圣事之一。
725 MacIsaac 解 Mac Íosaic [爱]“～”;也指 Isaac Butt“～”,爱尔兰自治运动的领袖,被巴涅尔取代。
726 chaste to chaste“～”;也解 chest to chest“～”;也解 just in jest“～”。
727 McAdoo about nothing 解 much ado about nothing“～”,也是莎士比亚的一部喜剧的名字。
728 shameleast 解 shame“羞耻”＋least“最少的”;也解 shameless“～”。
729 Tartaran 解 Tartarean“～”;也解 tartarin [普]“～”。
730 tastarin [普]“～”;也解 *Tartarin de Tarascon*“～”,法国作家都德的小说,讽刺一个自以为英雄盖世的人物;也解 tasten [德]“～”;也解 tastare [意]“～”。
731 tarrascone 解 Tara“塔拉”,古凯尔特王国的都城＋scone“烤饼”;也解 Tarr“～”,英国作家温德汉姆·刘易斯小说的标题和女主人公的名字;也解 Scone“～”,英国苏格兰地名,此处指斯昆石,也称“～”,苏格兰国王和后来的英国国王加冕用的石头;也解 Tarascon“～”,法国罗讷河口省的市镇。
732 tourtoun 解 tourtons [普]“～”;也解 tour town“～”。
733 vestimentivorous 解 vestimentivorus [拉]“～”。
734 chlamydophagian 解 chlamydophagos [希]“～”。上面描写的是“～”,基督教七圣事之一。
735 MacSiccaries 解 Mac Siocaire [爱]“～”;也解 mak siccar [旧式用法]“～”;也与后面合解 McGillycuddy's Reeks“～”,麦克吉利卡迪是位于爱尔兰凯里郡的山群,其中有爱尔兰最高的山峰;也解 sicari [意]“～”。
736 Machonochie 解 Mac Dhhonnchaidh [爱]“～”;也解 machen [德]“～”。
737 hung over“～”;也解“～”。
738 imbretellated 解 im-bretelle-ed“用带子系起来”;也解 embraced“～”;也解 bretelle [意]“～”。这里指基督教七圣事中的“～”。
739 Allwhile 解 All the while“～”。
740 mungy 解 many“～”;也解 mangy“～”;也解 mung“～”。
741 monsie 解 months“～”;也解 monies“～”。
742 moush 解 much“～”;也解 muise [爱]“～”。
743 missuies 解 issues“～”;也解 misuse“～”;也解 mishi [爱]“～”,圣布利吉特受洗时说的话。
744 preying“折磨着”;也解 praying“～”。
745 Everallin“～”,麦克弗森的诗歌《芬格尔》中称她是传说中的爱尔兰诗人莪相的妻子;也解 Erin“～”。
746 swure 解 swore“～”。
747 Macnoon [澳俚]“～”;也解 mach'nun [德]“～”;也解 Mac Nuadhan [爱]“～”;也解 noon“～”。
748 maggoty“～”;也解 Maggies“～”,在书中也象征着分裂的人格;也解 Maggie O'Connor“～”,民谣《芬尼根的守灵夜》中的人物。
749 mag“～”,玛格丽特的昵称;也解 mag [德]“～”。
750 弗拉德在《爱尔兰:它的圣人和学者》(1882)中说“神圣的阿西库斯主教曾是圣帕特里克的铜匠”。
751 Trichepatte 解 *Tripartite Life of St. Patrick*“～”,中世纪的圣帕特里克传记;也解 tricher [法]“～”。
752 Seek hells“～”;也解 Sieg heil [德]“～”,德国法西斯分子见面时招呼用语;也解 seek hallows“～”;其中 hells 也与后面合解 elsewhere“～”。
753 petriote 解 patriot“～”;也解 petriotes [希]“～”;也解 petition“～”。
754 absolation 解 absolve from“～”;也解 absolution“～”。
755 yank islanders 解 Young Ireland“～”,19 世纪中叶的一次政治文化运动,曾在 1848 年策划青年爱尔兰人起义,对爱尔兰的民族主义产生很大影响;也解 Yankee“～”＋islanders“～”。
756 Mocknitza 解 macht nichts [德]“～”;也解 mag'nits [德口]“～”。
757 Genik 解 genug [德]“～”;也解 Genick [德]“～”;也解 zhenikh [俄]“～”。
758 dagrene 解 Deo-gréine [爱]“太阳的火花”,麦克弗森的诗歌《芬格尔》中称 Deo-gréna 代表日光;也解 ga-gréine [爱]“～”;也解 dégrian [爱]“～”;也解 grían [爱]“～”。
759 overwide 解 over-wide“～”;也解 overwade“～”。
760 麦克弗森在以莪相之名创作的诗歌《特莫拉》中有“埃琳卷入战争,歪歪倒倒,崎岖、黑暗”。
761 指彩虹。其中 when bow 也解 rainbow“～”。
762 此句化自习语 three sheets in the wind(酩酊大醉)。
763 show of 解 show off“炫耀”。
764 pagoda“～”,此处解 pogoda [俄]“～”。
765 permettant [法]“～”;也解 permitting“～”。

诡计[766]竖起十字架地，布鲁斯[767]们、科利奥兰纳斯[768]们、依纳爵[769]们。从复数[770]到单数[771]俗人，但是从普通的[772]与……一起|男人|社团到无性的[773]外面的|现在|凉亭|《到凉亭来》。再见吧，布拉索利丝[774]呼吸，我正失去亲人[775]！再见[776]我们的战争，多利·格雷[777]亚瑟·柯南·道尔爵士！罗达圈[778]博德加巨石阵的柯南梦[779]迷题|科纳的溪流，他在这儿结束[780]。不再是追女孩的人[781]盖尔人|盖尔考莎|圣餐杯|仇恨！服务于修道院[782]牧师职位，部门的传教士[783]《米拿书》，面向所有亚兰[784]爱尔兰|阿拉米斯的儿子们[785]闪姆。鲑鱼[786]快乐，爱尔兰[787]的世纪[788]肖恩。无言给他的[789]佛斯格言，禁忌[790]女人给他的书籍，规避性[791]查尔斯·道奇森领域防务法案[792]橡木给篱笆学校女校长[793]刺猬|树篱|被挂|阴间|女主人|快乐的。西拉斯叔叔[794]悲观者勤奋地指导。继承出现了断裂。为了英裔美国人[795]阿莫里凯宾夕法尼亚[796]铅笔狂人的体罚[797]卡巴|卡伯里山|战胜|卡伯里|流放照顾，他把自己全力投入[798]到对付[799]融化银行家[800]废话信托公司[801]信任的荣耀[802]葛洛莉娅·范德比尔特夫人怀中，重组公司[803]重新成为公司，（借来的[804]不久！）用占星术和液化[805]意大利扁面条氢[806]热的|生的，退出去招呼哈里·罗里克[807]匆忙|拉拉克，抓住法兰西-苏黎世[808]，重新获得那个缺席[809]寄出的里雅斯特东区[810]裁缝泰瑞|柏油的，他最近的城市，沿着胡同，带着有效期[811] 20[812]分开的|30年的车票[813]票|卡绕道而行。正适合流浪汉罗迪[814]流浪汉|红色。保持安全的距离！自由，乡愁！受祝福的劳伦斯·奥图尔[815]，为吾等祈[816]欧洲！每个修士是他自己的城堡[817]卡舍尔，那里每个吃白食的[818]拌灰板|狮虎兽|撒谎都是他自己的中尉[819]场所|房客，有倾斜的门

766 crookolevante 解 crook“诡计”＋le vent［法］“风”；也解 crucilevant［拉］“～”。
767 bruce 解 Robert Bruce“罗勃特・布鲁斯”(1274—1329)，苏格兰国王，曾领导苏格兰人打败英格兰人，取得民族独立，代表乔伊斯所说的三个处世原则“沉默、流亡、睿智”中的沉默。
768 oriolano 解 Gaius Coriolanus“～”，前 5 世纪的罗马政治家，因脾气暴躁被逐出罗马，代表流亡。
769 ignacio 解 Ignatius Loyola“圣依纳爵・罗耀拉”(1491—1556)，天主教耶稣会的创始人，代表睿智。
770 prudals 解 plural“～”。
771 secular“～”，此处解 singular“～”。
772 cumman 解 common“～”；也解 cum［拉］“～”＋man“～”；也解 cumann“～”。
773 nowter 解 neuter“～”；也解 outer“～”；也解 now“～”；也解 bower“～”；也与前面合解“Come to the Bower”“～”，爱尔兰歌曲。
774 Brassolis“～”，麦克弗森的诗歌《芬格尔》中的人物，因为情人被哥哥杀死而自杀；也解 breathe“～”。
775 breaving 解 bereaving“使丧失”，尤指因死亡而失去亲友。
776 Our war“～”，此处解 au revoir［法］“～”。
777 Dully Gray 解 Dolly Gray“～”，19 世纪末美西战争中的歌曲《再见，多利・格雷》中的人物；也与后面合解 Arthur Conan Doyle“～”(1859—1930)，英国小说家，成功塑造了夏洛克・福尔摩斯。
778 lodascircles 解 Loda's circles“～”，现名“～”，位于苏格兰的奥克尼群岛，麦克弗森在《莪相诗集》中说罗达圈是斯堪的纳维亚人祭神的场所。
779 conansdream 解 Conan's dream“～”，爱尔兰传说中芬尼亚勇士中的一位；也解 conundrum“～”；也解 Cona's stream“～”，科纳是意大利威尼斯省的一个市镇。
780 schlucefinis 解 Schluß［德］“结束”＋finis“终结”。
781 Gelchasser 解 girl chaser“～”；也解 Gael“～”；也解 Gelchossa“～”，麦克弗森的诗歌《芬格尔》中的次要人物，诗中有“我不再见盖尔考莎，我的爱人”；也解 Kelch［德］“～”；也解 Haß［德］“～”。
782 minestrary 解 monastery“～”；也解 ministry“～”“～”。
783 Mischnary 解 missionary“～”；也解 mišna“～”，犹太教经典之一，由犹太人口传五经书面化后集结而成。
784 Aram“～”，《旧约》中闪的儿子，也是古叙利亚的希伯来名；也解 Erin“～”；也解 Aramis“～”，1922 年 4 月 1 日爱尔兰《运动时代》报上一篇文章作者的笔名，称《尤利西斯》会让非洲霍屯督人感到恶心。
785 sems 解 sons“～”；也解 Sem“～”，法语 Shem 的拼写，本书主人公的儿子之一。
786 Shimach 解 siomach［爱］“～”；也解šimha［希伯来］“～”。
787 Era 解 Erin“～”。
788 eon“～”；也解 Eóin［爱］“～”，本书主人公的儿子之一。
789 for's 解 for his“～”；也解 Fors“～”，根据朱班维叶在《爱尔兰神话体系》中的说法，地球有东西南北四个点，每个点上都有一个人负责记录世界上发生的事情：芬丹・麦克波克拉记录西班牙和爱尔兰，或者说西方世界的历史；佛斯记录东方的历史；挪亚的儿子雅弗和闪的孙子分别记录北方世界和南方世界的历史。
790 ban“禁止”，原文押头韵，故译为“～”；也解 bean［爱］“～”。
791 Dodgesome 解 Dodge-some“～”；也解 Charles Dodgson“～”，英国作家刘易斯・卡罗尔的真名。
792 Dora 解 Defence of the Realm Act“～”，1914 年英国颁布的法案，赋予政府在战争期间更大的权力；也解 doire［爱］“～”。
793 hedgehung sheolmastress 解 hedge schools“篱笆学校”＋schoolmistress“女校长”，篱笆学校为爱尔兰在 18—19 世纪的一种乡村教育形式；也解 hedgehog“～”；也解 hedge“～”＋hung“～”；也解 sheol“～”＋mistress“～”。此句中词语的辅音 mbdh 组成 mebhadeah［希伯来］“～”。
794 Unkel Silanse 解 Uncle Silas“～”，爱尔兰小说家勒法努的同名小说中一个邪恶的人物；也解 Unke［德］“～”。
795 Bretish Armerica 解 British American“～”；也解 Armorica“～”，古高卢地名，主要指布列塔尼半岛，该地居民的祖先为凯尔特人。
796 Pencylmania 解 Pennsylvania“～”，美国州；也解 pencil mania“～”，指对写作的狂热。
797 Carberry banishmeng 解 corporal punishment“～”；也解 Cairbar“～”，《莪相诗集》中有好几个人叫这个名字，麦克弗森在《芬格尔》中说这个名字的意思是强壮的人；也解 Carberry Hill“～”，位于苏格兰，1567 年苏格兰贵族在此对抗玛丽女王获胜，因此在苏格兰语中也有“～”之意；也解 Carbery“～”，3 世纪的爱尔兰国王，在卡伯拉打败了芬尼亚勇士；其中 banishment 也解“～”。
798 wholehog 解 go the whole hog“～”。
799 melt“～”，此处解 meet“～”。
800 Bunkers 解 Bankers“～”；也解 bunk“～”。
801 Trust“～”，一种垄断企业模式；也解 trust“～”。
802 Gloria“《荣耀颂》”；也解 Gloria Vanderbilt“～”(1924—2019)，美国铁路、航运大王科尼利厄斯・范德比尔特的曾曾孙女，一岁时就继承了信托公司的大笔遗产。
803 recorporate 解 incorporate“～”；也解 re-corporate“～”。
804 prunty 解 emprunté［法］“～”；也解 pronto［西］“～”。
805 linguified 解 liquified“～”；也解 linguine“～”。
806 heissrohgin 解 hydrogen“～”；也解 heiß［德］“～”＋roh［德］“～”。
807 hurry laracor 解 Harry Lorrequer“～”，爱尔兰小说家查尔斯・利弗 1833 年发表的小说《哈里・罗里克的忏悔》中的人物；其中 hurry 也解“～”；其中 laracor 也解 Laracor“～”，爱尔兰米斯郡的城镇。
808 Paname-Turricum 解 Paname［法俚］“法兰西”-Turicum［拉］“苏黎世”，指火车。
809 absendee 解 absentee“～”；也解 absenden［德］“～”。
810 tarry easty 解 Trieste“的里雅斯特”，乔伊斯曾居住的意大利东北部港市＋east“东方”；也解 Tarry the Tailor“～”，书中的一位女性；也解 tarry“～”。
811 awailable 解 available“～”。
812 getrennty 解 twenty“～”；也解 getrennt［德］“～”；也解 trente［法］“～”。
813 farecard 解 Fahrkarte［德］“～”；也解 fare“～”＋card“～”。
814 Rovy the Roder 解 *Rody the Rover*“～”，爱尔兰作家威廉・卡莱顿 1845 年出版的小说；也解 rover“～”＋the＋røde［丹］“～”。
815 Laurentie O'Tuli 解 Laurence O'Toole“～”(1128—1180)，都柏林的守护圣人。
816 Euro pra nobis 解 ora pro nobis［拉］“～”；也解 Europe“～”。
817 cashel 解 castle“～”；也解 Cashel“～”，爱尔兰提珀雷里郡的市镇。
818 ligger“～”，此处解 lie-er 的变体，引申为“～”；也解 liger“～”；也解 ligge［丹］“～”。
819 liogotenente 解 luogotenente［意］“～”；也解 liogo［普］“～”＋tenant“～”。

柱[820]小腿，能将他的门廊[821]前鼻和祭坛屏风的背面[822]一览无余。大地的尽头[823]窗户|逃跑|黑暗的|菲尼斯特雷角，火灾的出口[824]摩天大楼！他会，在最大的轻松中，在起锚[825]婚礼|在吊钩之间|加重前，在咆哮的运河[826]摄政运河|《咆哮的运河》上甜蜜的家门口[827]旧垃圾边，为了约旦[828]地球的其他地方[829]瑟赛蒂兹，(用力啊拉呀[830]举起|夏娃|重的|一群，送水小孩！)用打击[831]敲打一头牛和中国[832]粥学生[833]小吃|古罗马军团|学院|监狱|《大学生》|《玻恩姑娘》组成一堂课[834]他自己|他的儿子们，开火，监狱期刊[835]《监狱期刊，或在英国监狱里的五年》|阴间|日报，下流的[836]满的代课教师[837]塞巴斯蒂安·梅尔莫斯|细腐殖质|泥土|《塔木德经》，他给希伯来人[838]文化修养高的人第一封[839]填充的|闹剧|领会表达书信[840]手枪。从哥尼流[841]墨水有时[842]象|时代是塔拉[843]特莫拉|撒马利亚|明天|烟雾领袖[844]前置词，到安条克[845]房子的教堂[846]紧握。敬礼[847]礼炮齐鸣|保存！先生们、女士们[848]未婚的|悠闲的|寡妇所得遗产|男人！别再打雷[849]责骂了！给所有人[850]我酗酒的无偿的爱[851]所有人都可以自由离开！院子[852]土壤里的所有人一起[853]罐装鲑鱼|在一起|沙尔蒙！火腿[854]伤害|含和鸡蛋[855]疼痛还在增订[856]进一步的改变|父亲！疯狂的[857]奥斯卡·王尔德大主教不要阻止他用方便的[858]《汉迪·安迪》滑稽笑料来创造作品。笔名！上帝惩罚英国[859]痛风抽打芬兰|歌德|沼泽地带！并给英国人[860]墨|借出者|内地人马利亚[861]快活的|玛丽王后送来乔治[862]乔治五世|乔治·艾略特！如果他的酒店[863]葡萄|腿|威士忌是小酒馆[864]冲刷|鹿皮革，你不要[865]威吓笑[866]湖！因为他是一位将军，不要误会他。他是金格尔式的[867]有点儿傻笑的将军。

与古罗马共和国[868]罗马参议院和人民|说|爱尔兰的作家[869]亚瑟协会[870]

820 jambs“～”；也解 jambe［法］“～”。
821 pronaose 解 pronaos（古希腊寺庙内殿前的）“～”；也解 pro-nose“～”。
822 deretane 解 deretano［意］“～”。
823 Fuisfinister 解 fuit finis terrae［拉］“～”；也解 fenestra［拉］“～”；也解 fuis［法］“～”＋finster［德］“～”；也解 Finisterre“～”，北方西班牙最西部海角。
824 fuyerescaper 解 fire-escape“～”；也解 skyscraper“～”。
825 weighting midhook 解 weighing anchor“～”；也解 wedding“～”＋mid-hook“～”；其中 weighting 也解“～”。
826 raging canal“～”；也解 Regent's Canal“～”，穿过伦敦中部地区的运河；也解“The Raging Canal”“～”，1844 年创作的一首描写爱尔兰运河的著名喜剧歌曲。
827 trashold 解 threshold“～”；也解 old trash“～”。
828 Jorden 解 Jordan“～”；也解 jorden［挪］“～”。
829 othersites 解 other sites“～”；也解 Thersites“～”，荷马史诗《伊利亚特》中的一名希腊士兵，喜欢骂人。此处化自歌曲“On the Other Side of Jordan”（《在约旦的另一边》）。
830 heave a hevy 解 heave ho“～”，水手起锚时的号子；其中 heave 也解“～”，也解 Hawah［希伯来］“～”；hevy 也解 heavy“～”，也解 bevy“～”。
831 knockonacow 解 *Knocknagow*“～”，爱尔兰小说家查尔斯·吉克汉姆 1879 年出版的政治小说；也解 knock on a cow“～”，可能指挤奶。
832 chow“中国佬”；也解 zhow［中］“～”。
833 collegions 解 collegian“～”；也解 collation“～”；也解 col-legions“～”；也解 collegio［意］“～”或［意俚］“～”；也解 *The Collegians*“～”，爱尔兰小说家杰拉德·格里芬的小说，后被鲍西考尔特改编成戏剧“～”上演。
834 hissens 解 lessons“～”；也解 himself“～”；也解 his sons“～”。
835 gheol ghiornal 解 Jail Journal“～”，爱尔兰民族主义新闻家约翰·米歇尔的小说，全名“～”；其中 gheol 也解 Sheol“～”；ghiornal 也解 giornal［意］“～”。
836 foull 解 foul“～”；也解 full“～”。
837 subustioned mullmud 解 substituted“代替的”＋melamed“小学教师”，犹太学校的小学教师；也解 Sebastian Melmoth“～”，英国作家王尔德出狱后在巴黎使用的笔名；也解 mull“～”＋mud“～”；也解 Talmud“～”，该经为犹太教仅次于《圣经》的主要经典。
838 hibruws 解 Hebrews“～”；也解 highbrows“～”。
839 farced“～”，此处解 first“～”；也解 farce“～”；也解 fasse［德］“～”。
840 epistol 解 epistle“～”，指《希伯来书》，被认为使徒保罗写给犹太地区基督徒的书信；也解 pistol“～”。
841 Cernilius 解 Cornelius“～”，《使徒行传》中的百夫长，请使徒彼得给他施洗；也解 chernila［俄］“～”。
842 slomtime 解 sometime“～”；也解 slon［俄］“～”＋time“～”。
843 Toumaria 解 Teamhar［爱］“～”，古代凯尔特王国的都城；也解 Temora“～”，苏格兰诗人麦克弗森假冒莪相写的凯尔特史诗把塔拉写成特莫拉；也解 Samaria“～”，公元前 10 世纪（北国）以色列的首都；也解 tomorrow“～”；也解 touman［俄］“～”。
844 Prepositus［拉］“领袖的位置”；也解 preposition“～”。
845 Anteach 解 Antioch“～”，古叙利亚首都，现为土耳其南部城市；也解 an teach［爱］“～”。
846 clutch“～”，此处解 church“～”。
847 Salvo“～”，此处解 salve［拉］“～”；也解 salvo［意］“～”。
848 Ladigs and jointuremen 解 ladies and gentlemen“～”；其中 Ladigs 也解 ledig［德］“～”，也解 ledig［丹］“～”；jointuremen 也解 jointure“～”＋men“～”。
849 turdenskaulds 解 tordenskrald［丹］“霹雳”；也解 scold“～”。
850 ebribadies 解 everybody“～”；也解 ebrio［拉］“～”。
851 free leaves 解 free love“～”。此句也可解为“～”。
852 yord 解 yard“～”；也解 jord［丹］“～”。
853 tinsammon 解 tilsammen［丹］“～”；也解 tinned salmon“～”；也解 zusammen［德］“～”；也解 George Salmon“～”（1819—1904），都柏林三一学院院长。
854 harm“～”，此处解 ham“～”；也解 Ham“～”，《创世记》中挪亚的儿子。
855 aches“～”，此处解 eggs“～”。
856 farther alters“～”，此处解 further orders“～”；其中 farther 也解 father“～”。
857 Wild“～”；也解 Oscar Wilde“～”（1854—1900），英国作家，出生在都柏林。
858 handy“～”；也解 *Handy Andy*“～”，英裔爱尔兰作家罗弗 1842 年出版的作品。
859 Gout strap Fenlanns 解 Gott strafe England［德］“～”；也解 Gout strap Finland“～”；其中 Gout 也解 Goethe“～”（1749—1832），德国作家；其中 Fenlanns 也解 Eanach-lann［爱］“～”。
860 Inklenders 解 England＋-er“～”；也解 Ink“～”＋lenders“～”；也解 inlander“～”。
861 Mary“～”；也解 merry“～”；也解 Queen Mary“～”（1867—1953），英国国王乔治五世的妻子。
862 send Jarge 解 send“送”＋Saint George“圣乔治”（260—303），英格兰的守护神；也解 George V“乔治五世”（1865—1936），英国国王；也解 George Eliot“～”（1819—1880），英国小说家。
863 vineshanky 解 Weinschank［德］“～”；也解 vine“～”＋shank“～”；也解 whisky“～”。
864 schwemmy 解 Schwemme［德］“～”；也解 schwemmen［德］“～”；也解 shammy“～”。
865 daunt“～”，此处解 don't“～”。
866 logh 解 laugh“～”；也解 loch［爱］“～”。
867 Jinglesome 是 Jingle“金格尔”，英国小说家狄更斯的《匹克威克外传》中的一个坏蛋＋-some“有……特征的”；也解 gigglesome“～”。
868 S. P. Q. R. 解 Senatus Populusque Romanus［拉］“～”，指“～”，被作为政府签名用于许多重要文件上；也解 speak“～”；也解 Irish“～”。
869 arthurs 解 authors“～”；也解 Arthur“～”，中世纪传说中的亚瑟王、英国军事家惠灵顿、都柏林健力士啤酒厂创始人等都叫这个名字。
870 satiety“～”，此处解 society“～”。

满足一起致力于抄写[871]代笔之事，向窃笑着的老出版[872]大众社及其店老板之国[873]羊贩子部落告知他们之间的全部结婚誓约[874]血淋淋的事实|困境|英国本土|该死的，夫人的疾病成为大人[875]幸亏|马洛礼爵士的旋律[876]曲调，她，莱欧纳斯[877]里昂|马可·里昂的闲话[878]，他，她的游侠骑士[879]臭名昭著的恶棍。短发[880]《短发党：1798 年的故事》克劳赫[881]致野玫瑰拉·吉利根[882]吉利根玫瑰。给晶体[883]晶体收音机广播范围内的所有人。

卡吕普索[884]。不情愿者的离开[885]忘忧果的叶子。艰难的[886]阴间岁月。故国[887]中的无人[888]。在外吃中饭的人[889]。稀粥和豆角菜[890]西勒和卡吕布迪斯。让人疑惑的残骸[891]游岩。从美人鱼酒店[892]。著名恶霸[893]波吕斐摩斯。调皮的小牛[894]瑙西卡|太阳神的牛。苦难之母[895]慈母医院。瓦尔普吉斯之夜[896]裸体的|夜晚。

我的王啊[897]混战|恶意！他要向整个[898]不倦的兰斯芒斯康诺乌尔斯特世界[899]胶水揭露（他们一对儿看起来会多么像玩脱衣扑克的环球旅行家[900]白痴）老家伙们[901]整个休耕地，他的老头子[902]，守安息日的人（愿党争劈开他的胡子[903]女人|吹毛求疵的人！），他如何也有一个巨大的 O[904]哎呀在他的泰姆八角帽[905]的扩音器[906]大|根基里，还有夫人[907]小身材|船|利蒂希亚·凡·利文，他的老太婆[908]忧愁，那个心心相印的[909]被冻住的|海鳗|被隐藏的新娘[910]赞助人|伙伴，如何自从那个肉斧[911]迈塔克瑟白兰地处理[912]ᵹ她的裂口[913]芳香|深渊|空气|疯狂的，把她的微型峡谷[914]微观世界弄得上上下下都很卑贱[915]邓洛峡谷|间隙，她就从未停止[916]税从坛子[917]詹姆逊和约翰父子|茉莉里唤醒麦芽[918]小便。

871 scribenery 解 scribe"～";也解 scrivenery"～"。
872 publicking 解 publishing"～";也解 public"～"。
873 nation of sheepcopers 解 nation of shopkeepers"～",拿破仑称英国为"店老板之国";也解 nation of sheep copers"～"。
874 plighty troth 解 plighted troth"～";也解 bloody truth"～";其中 plight 也解"～";也解 Blighty"～",第一次世界大战期间最初由英国士兵使用;也解 bloody"～"。
875 malodi [普]"～",此处解 my lord"～";也解 Sir Thomas Malory"～"(1405—1471),英国作家。
876 melodi [威]"～";也解 melody"～"。此处的四个词皆谐音。
877 lyonesses 解 Lyonesse"～",凯尔特传说中的岛屿,马洛礼爵士称之为特里斯丹的家乡;也解 Lyons"～",法国东部城市;也解 Mark Lyons"～",书中的四位老者之一,代表爱尔兰的芒斯特省。
878 lalage [希]"～"。化自英国 19 世纪政治家和作家布韦尔-李顿的剧作《里昂夫人》(*The Lady of Lyons*)。
879 knave arrant"～",此处解 knight errant"～"。
880 Croppy"～";也解 *The Croppy:A Tale of* 1798"～",19 世纪爱尔兰作家米歇尔·巴尼姆的作品。
881 Crowhore"～",人名,可能指 19 世纪爱尔兰作家巴尼姆的小说《砍刀克劳赫》(*Crowhore of the Billhook*)。
882 Gilligan"～",人名;也解 Rose Gilligan"～",都柏林凯佩尔街上的一家水果店和花店;名字也可能来自 19 世纪爱尔兰作家史密斯的小说《吉尔湖的野玫瑰——17 世纪爱尔兰战争的故事》。
883 crystal"～",此处应指 crystal set"～",一种早期的收音机。
884 Ukalepe 解 Calypso"～",荷马史诗《奥德赛》中的海上女神,也指《尤利西斯》的第四章。
885 Loathers' leave"～";也解 lotus's leaves"～",食忘忧果的人出自《奥德赛》,也指《尤利西斯》第五章。
886 Had"～";也解 Hades"～",指《奥德赛》中奥德修斯去阴间问路,也指《尤利西斯》的第六章。
887 Patria [拉]"～"。这句话被认为指《奥德赛》中的风神伊奥勒斯一章,也指《尤利西斯》的第七章。
888 Nemo [拉]"～",《奥德赛》中奥德修斯告诉独眼巨人的自己的名字。
889 Luncher"～"。指《奥德赛》中的莱斯特吕恭人,也指《尤利西斯》的第八章。
890 Skilly and Carubdish 解 skilly and carob dish"～";也解 Scylla and Charybdis"～",《奥德赛》中的一个海峡,一边是六头怪,一边是吸人过往船只的女妖,也指《尤利西斯》的第九章。
891 A Wondering Wreck"～";也解 The Wandering Rocks"～",《奥德赛》中海面上两块时聚时分,将过往船只夹碎的大石头,也指《尤利西斯》的第十章。
892 指《奥德赛》中用歌声迷惑人的女妖塞壬和《尤利西斯》第十一章的酒吧中的音乐。
893 Bullyfamous 解 Bully"恶霸"＋famous"著名的";也解 Polyphemus"～",《奥德赛》中的独眼巨人,也指《尤利西斯》的第十二章。
894 Naughtsycalves 解 Naughty calves"～";也解 Nausicca"～",《奥德赛》中法埃亚科安岛的公主;也指"～",《奥德赛》中太阳神岛上的神牛。此处同时指《尤利西斯》的第十三章和第十四章。
895 Mother of Misery"～";也解 Mater Misericordiae Hospital"～",位于都柏林,也指《尤利西斯》的第十四章。
896 Walpurgas Nackt 解 Walpurgisnacht [德]"～",欧洲的一个传统春季庆祝活动,歌德在《浮士德》中将其描写为巫魔之夜,对应《奥德赛》中的女妖瑟希将船员变成猪;也解 nackt [德]"～";也解 night"～"。此处指《尤利西斯》的第十五章。
897 maleesh 解 my liege"～";也解 melee"～";也解 mailis [爱]"～"。
898 untired"～",此处解 entire"～"。
899 Leimunconnnulstria 解 Leinster, Munster, Connacht, Ulster"～",原爱尔兰岛的四省;也解 Leim [德]"～"。
900 globbtrottel 解 globetrotter"～";也解 Trottel [德]"～"。
901 wholefallows 解 old fellows"～";也解 whole fallows"～"。
902 guffer 解 gaffer"～"。
903 split his beard"～";也解 beardsplitter [俚]"～";也解 hairsplitter"～"。
904 oh"～",此处解 O,字母,指肛门。
905 tomashunders 解 Tam O'Shanter"～",19 世纪对一种苏格兰八角帽的别称,取自苏格兰诗人彭斯的诗歌《泰姆·奥商特》的主人公。
906 megafundum 解 megaphone"～";也解 mega [希]"～"＋fundus [拉]"～"。
907 Lettyshape 解 ladyship"～";也解 little shape"～";也解 ship"～";也解 Laetitia Van Lewen"～",斯威夫特的朋友,后来嫁给爱尔兰传记家皮金顿,被称为 Letty(莱蒂)。
908 gummer 解 gammer"～";也解 Kummer [德]"～"。
909 congealed"～",此处解 congenial"～";也解 conger eel"～";也解 concealed"～"。
910 Sponsar 解 sponsa [拉]"～";也解 sponsor"～";也解 consort"～"。
911 meataxe 解 meat"肉"＋axe"斧子";也解 Metaxa brandy"～",希腊名酒。
912 delt 解 deal"～";也解 delta"～",希腊语字母表中的第四个字母。
913 duft 解 cleft"～";也解 Duft [德]"～";也解 Kluft [德]"～";也解 Luft [德]"～";也解 daft"～"。
914 microchasm 解 micro"微型的"＋chasm"峡谷";也解 microcosm"～"。
915 as gap as down low 解 as up as down"上下一样的"＋low"卑贱";也解 Gap of Dunloe"～",爱尔兰凯里郡的一个峡谷;其中 gap 也解"～"。
916 cessed 解 ceased"～";也解 cess"～"。
917 jemassons 解 demijohn"～",通常指细颈且有柳条编护和把手;也解 Jameson, John and Sons"～",都柏林威士忌酒厂的名字;也解 jessamine"～"。
918 waking malters 解 waking malts"～";也解 making water [俚]"～"。

于是他们在壶里钓鱼[919]，尽情打架，如果她咬了他的尾巴周围[920]塔尔博勋爵，所有的帽子[921]拥有就都因女神[922]你|茶而变硬[923]午餐|松糕了。由于[924]拥有他忏悔室[925]自行车|高脚凳里的悔悟[926]情况，他会就这样[927]果汁坐下[928]放下，写[929]一直下一切，就像他会就这样开始，全都愤怒地[930]正当地写[931]速度|就在白纸黑字中[932]在污点和空白中，在赞美诗[933]我的|他的的无知中不向任何人屈服，看着他是多么由衷地[934]心|愚蠢的|萨莉感到悔恨[935]。此外，宣读他的肉体皮肤[936]瓶子|阴茎包皮，用他的羽管骨头[937]阴茎|男根书写，那是给他编辑们[938]听众的九刀肮脏的[939]填|满的稿纸[940]询问，卡斯托耳和波鲁克斯[941]卡克斯顿，给所有民众的最不可思议的[942]伤心史[943]嘲笑我的头|杰瑞歌集[944]罪书，在某某[945]印章非印章公爵夫人[946]如此的监管之下，一个必须成为女主人公[947]的人，在拜罗伊特音乐节[948]男孩发情的季节受到如许众多的人[949]小气鬼全体[950]整体的无保留的喜爱，由于他们的原因，在单独亲密时得到她丈夫的彻底[951]魏森东克崇拜，那是关于他说出他的内心感受[952]偷了他的纯洁的人|出卖了他的纯洁的人，他分光镜[953]幽灵|眼界的令人毛骨悚然[954]残酷的发现[955]你的恶臭，还有为什么他气色不对，他怎样被和他自己一模一样的人[956]吐痰|恶意|详查伏击[957]被欺骗|被困扰|两者都|都，最初是被天使长米迦勒[958]米开朗基罗|安哲鲁打中脸颊那边，除那个[959]那些以外[960]要求，被婴儿[961]别西卜比尔·C打在老家伙[962]下巴大的|快活的那边上面，以及郊区的惯例[963]为什么他们外地[964]普罗旺斯人女孩[965]将他赶出[966]鸡蛋溢出他那家一般的宿舍[967]憨蛋呆蛋|家角撑变窄的家[968]国家杜马（好哇[969]，巴斯克人[970]东方人、鱼[971]、汤[972]

919 此句化自习语 kettle of fish(尴尬局面)。
920 tailibout 解 tail"尾巴"+about"周围";也解 Lord Talbot"～",曾任爱尔兰总督。
921 hat"～";也解 hat [德]"～"。
922 thea 解 thea [希]"～";也解 thee"～";也解 tea"～"。
923 tiffin"～",此处解 toughen"～";也解 muffin"～"。
924 owning to 解 owing to"～";也解 own"～"。
925 Bikestool 解 Beichtstuhl [德]"～";也解 bike"～"+stool"～"。
926 condrition 解 contrite"～";也解 condition"～"。
927 jused 解 just"就";也解 juice"～"。
928 sit"～";也可与后面合解 set down"～"。
929 write"～";也解 right"～"。
930 writhefully 解 wrathfully"～";也解 rightfully"～"。
931 rate"～",此处解 write"～";也解 right"～"。
932 in blotch and void"～",此处解 in black and white"～"。
933 Hymns"～";也解 my"～";也解 his"～"。
934 heartsilly 解 heartily"～";也解 heart"～"+silly"～";也解 sally"～",美国心理学家莫顿·普林斯的《分裂的人格》一书中克里斯汀·比切普潜意识中的第二个自我。
935 sorey 解 sorry"～"。在天主教的常用经文《痛悔经》中有"我由衷地悔恨"。
936 fleshskin 解 flesh"肉体"+skin"皮肤";也解 Flaschen [德]"～";也解 foreskin"～"。
937 quillbone 解 quill"羽毛管"+bone"骨头";也解 quille [法俚]"～"+bone [俚]"～"。
938 auditers 解 editors"～";也解 auditors"～"。
939 fillfull 解 filthy"～";也解 fill"～"+full"～"。
940 ninequires 解 nine quires"九刀稿纸";也解 enquires"～"。
941 Caxton and Pollock 解 Castor and Pollux"～",双子星座;也解 William Caxton"～",15 世纪英国印刷商。
942 moraculous 解 miraculous"～"。
943 jeeremyhead 解 jeremiad"～";也解 jeer my head"～";也解 Jerry"～",书中闪姆的另一个身份。
944 sindbook 解 song book"～";也解 sin book"～"。
945 sceaunonsceau 解 so and so"～";也解 sceau([法]"印章")non sceau"～"。
946 suchess 解 duchess"～";也解 such"～"。
947 Heldin [德]"～"。
948 Boyrut season 解 Bayreuth season"～",德国东南部城市为瓦格纳乐剧举行的一个音乐节和歌剧节,也称拜罗伊特音乐节或理查德·瓦格纳音乐节;也解 Boy rut season"～"。
949 meny 解 many"～";也解 meany"～"。
950 on block 解 in block"～";也解 en bloc [法]"～"。
951 ottorly 解 utterly"～";也解 Otto Wesendonck"～",他的妻子马蒂尔德是德国诗人和作家,因德国音乐家瓦格纳为她写了 5 首《魏森东克的歌》而闻名。
952 whose told his innersense 解 whose told his inner sense"～";也解 who stole his innocence"～";也解 who sold his innocence"～"。
953 spectrescope 解 spectroscope"～";也解 spectre"～"+scope"～"。
954 grusomehed 解 gruesome"～";也解 grusomhed"～"。
955 yoeureeke 解 eureka"我找到了!",发现时表示高兴的呼叫;也解 your reek"～"。
956 by the very spit of 解 in the very spit of"～",其中 spit 也解"～",也解 spite"～",也解 spy"～"。
957 ambothed 解 ambushed"～";也解 imposed"～";也解 am bothered"～";也解 ambo [拉]"～";也解 both"～"。
958 Michelangelo 解 St. Michael angel"～";也解 Michelangelo"～"(1475—1564),文艺复兴艺术三杰之一;也解 Angelo"～",莎士比亚的喜剧《一报还一报》中公爵在假期中的摄政。
959 thats 解 that"～";也解 those"～"。
960 besouns 解 besides"～";也解 besoun [普]"～"。
961 Babby 解 baby"～";也解 Beelzebub"～",绯尼基人的神,《新约》中称之为鬼王。
962 owld jowly 解 Old Joe"～";也解 jowly"～";也解 jolly"～"。化自习语 cheek by jowl(并肩地)。
963 formule 解 formula"～"。
964 provencials"首都以外的人";也解 Provençals"～"。
965 drollo [普]"～"。
966 eggspilled 解 expelled"～";也解 egg spilled"～"。
967 homety dometry 解 homey dormitory"～";也解 Humpty Dumpty"～",英语儿歌《国王的人马》中的一只从墙头坠落后摔成碎片的蛋,也是本书主人公壹耳微蚵的化身之一;其中 dometry 也解 domus [拉]"～"。
968 narrowedknee domum 解 narrowed"变窄的"+knee"角撑"+domum [拉]"家";也解 národní dum [俄]"～"。
969 osco [普]"～"。
970 basco 解 Basque"～";也解 Pasko [巴]"～"。
971 pesco [普]"～"。
972 bisco [普]"～";也解[普]"～"。

坏脾气），因为他的全部动物快感是一只盛在方舟[973]要塞|弓球体边界[974]地球的毁灭|芬·麦克尔里的煎蛋饼[975]护身符|哈姆雷特上等[976]好的|结尾香草[977]，不管[978]大师加多少芥末[979]被召集|式样，脑子从未痊愈[980]介意，在社会主义[981]圣则济利亚的洪流里他不但无法吸入[982]淹没也无法[983]另一个游泳[984]笨蛋，以及掐断[985]设法忘记全天下[986]目录|谨慎|抓住一把锁所有撒旦[987]性|塞克斯顿的悲伤[988]恐怖|姐妹的最好的和最简短的[989]修剪办法，直到在上千[990]去送|一千|咆哮年的折磨[991]旅行之后，当他们在天堂[992]巴黎幽会[993]悲哀的|特里斯丹时，他在密谈[994]软头中与她得体地[995]像个傻瓜搭讪[996]，就像车夫[997]瓦格纳会对[998]带着他呆头呆脑[999]脚后跟是泥做的|魏森东克呼哧呼哧的驴[1000]那样，面包扔到水上，成年[1001]共同的|勇气|穆特后取得成功，卡萨诺瓦[1002]新居的小姐们[1003]月亮|收割者|我|鸟和从阿尔芒蒂耶尔来的小姐。新婚之雾[1004]的新婚之云[1005]！新婚装扮[1006]的诺比奥和诺比！普罗旺斯人[1007]该死的|坠落|寺院的！他将坐穿[1008]看穿|叹息一家家[1009]全部的避难所[1010]世纪，也许什么也许，或许谁或许，为了在某处相遇，如果被延长，终生[1011]剩下的时光依靠半养老金[1012]激情|半食宿，催眠[1013]黏性的音乐和私人[1014]毒药陪伴[1015]臀部形式的报酬，这之后，像与自己为伴[1016]吉卜赛人那样，当他开始[1017]捉住常摸[1018]挫败|《长笛菲尔的舞会》长笛人[1019]涨潮的时候，她可以拥有全部的催眠曲[1020]去睡觉的音乐|愿玛蒂尔达被祝福|通用，那是她在朝她自己[1021]她的芬·麦克尔前摇后摆[1022]在前部的|向后|瓦格纳|理查德之后哇哇大哭[1023]的东西，包括洪亮沉寂学，而他，由灵魂黄油[1024]单独的养大[1025]，当然向诗歌求助。伴着为他的丧歌[1026]加冕礼流下的眼泪，这有如汽

973 ark“～”；也解 arx［拉］“～”；也解 arcus［拉］“～”。
974 fins orbe［拉］“～”；也解 finis orbis［拉］“～”；也解 Finn MacCool“～”，芬尼亚英雄的领袖。
975 omulette 解 omelette“～”；也解 amulet“～”；也解 Hamlet“～”，莎士比亚的同名悲剧的主人公。
976 Finas 解 fines［法］“～”；也解 fine“～”；也解 fin［法］“～”。
977 Erbas 解 erbo［普］“～”。
978 master“～”，此处解 matter“要紧”。
979 mustered“～”，此处解 mustard＋-ed“～”；也解 Muster［德］“～”。
980 mend“～”；也解 mind“～”。
981 cecialism 解 socialism“～”；也解 St. Cecilia“～”，罗马贵族，音乐家和基督教圣乐的主保圣人。
982 swuck 解 suck“～”；也解 sink“～”。
983 nonneither 解 neither non“～”；也解 another“～”。
984 swimp 解 swim“～”；也解 simp“～”。
985 blacking out“～”；也解 blocking out“～”。
986 caughtalock 解 catholic“包罗万象的”；也解 catalogue“～”；也解 cautel“～”；也解 caught a lock“～”。
987 Sexton 解 Satan“～”；也解 sex“～”；也解 William Sexton“～”(1819—1895)，安大略地区的政治家。
988 sorrors 解 sorrow“～”，此句化自英国小说家玛丽·柯里利 1895 年创作的小说《撒旦的悲伤》(*The Sorrows of Satan*)一书；也解 horrors“～”；也解 soror［拉］“～”。
989 schortest 解 shortest“～”；也解 schor［德］“～”。
990 tosend 解 thousand“～”；也解 to send“～”；也解 Tausend［德］“～”；也解 tosen［德］“～”。
991 tourments 解 torment“～”；也解 tour“～”。
992 Parisise 解 Paradise“～”；也解 Paris“～”。
993 trist 解 tryst“～”；也解 triste“～”；也解 Tristan“～”，中世纪骑士。
994 teto-dous［普］“～”，此处解 tête-à-tête［法］“～”。
995 coume il fou 解 comme il faut［法］“～”；也解 coume un fou［普］“～”。
996 accoster 解 accost“～”。
997 wagoner“～”；也解 Wagner“～”(1813—1883)，德国作曲家，乔伊斯曾深受他的影响。
998 would“～”；也解 with“～”。
999 mudheeldy 解 mud headed“～”；也解 mud-heeled“～”；也与后面合解 Mathilde Wesendonck“～”，瓦格纳的情人，瓦格纳的《特里斯丹和伊瑟》就是在她的激发下写的。
1000 wheesindonk 解 wheeze“呼哧呼哧的喘息声”＋donkey“驴”。
1001 mutuurity 解 maturity“～”；也解 mutual“～”；也解 Mut［德］“～”；也解 Mut“～”，埃及女神。
1002 Casanuova 解 Casanova“～”(1725—1798)，意大利冒险家，享誉欧洲的大情圣；也解 casa nuova［意］“～”。
1003 Mondamoiseau 解 Mademoiselle［法］“～”；也解 Mond［德］“～”＋moissonneur［法］“～”；也解 moi［法］“～”＋oiseau［法］“～”。
1004 Neblonovi 解 nèblo［普］“雾”＋nòvi［普］“新婚的”。
1005 Nivonovio 解 nivo［普］“云”＋nòvio［普］“新婚的”。
1006 ennoviacion 解 ennovia［普］“～”。
1007 Occitantitempoli 解 Occitanien［法］“～”；也解 accidempoli［意］“～”；也解 occidens［拉］“～”；也解 templi［意］“～”。
1008 si through 解 sit through“～”；也解 see through“～”；其中 si 也解 sigh“～”。
1009 severalls 解 several“～”；也解 all“～”。
1010 sanctuaries“～”；也解 centuries“～”。
1011 lofetime 解 lifetime“～”；也解 left time“～”。
1012 panssion 解 pension“～”；也解 passion“～”；也可与前面合解 demi-pension［法］“～”。
1013 goo to slee 解 go to sleep“快去睡觉”；也解 goo“～”。
1014 poisonal 解 personal“～”；也解 poison“～”。
1015 comfany 解 company“～”；也解 fanny“～”。
1016 Ipsey Secumbe 解 ipse secum［拉］“与他自己在一起的他自己”；也解 Gypsy“～”。
1017 fingon 解 fing an［德］“～”；也解 fing［德］“～”。
1018 foil“～”，此处解 feel“～”；也与前合解“Phil the Fluter's Ball”“～”，爱尔兰喜剧性歌谣。
1019 fluter“～”，此处有性含义；也解 Flut［德］“～”。
1020 g. s. M. 解 go to sleep music“～”，即“～”；也解 Gesegnet sei Mathilde［德］“～”，德国音乐家瓦格纳在《女武神》的手稿上的献辞；其中 g. s. 也解 general service“～”。
1021 herslF 解 herself“～”；也解 her Finn MacCool“～”。
1022 fore and rickwards 解 vor und rückwärts［德］“～”；也解 fore“～”＋and backwards“～”；也解 Richard Wagner“～”；也解 Richard Rowan“～”，乔伊斯的《流亡者》的主人公。
1023 moohooed 解 boohoo“～”。
1024 soul butter“～”，出自美国作家马克·吐温的《哈克贝利·芬历险记》第 25 章；也解 sole“～”。
1025 being brung up 解 being brought up“～”，这种变化方式出自《哈克贝利·芬历险记》第 28 章。
1026 coronaichon 解 corónach［爱］“～”；也解 coronation“～”。

笛[1027]天使的呜咽[1028]清扫。生命[1029]利菲河值得离开[1030]生活吗？不[1031]！

历史[1032]《托莱多刀锋报》|古老的誓约，树的循环[1033]摩擦！记忆之歌[1034]猛撞，石头！艺术[1035]卡文纳，一种回忆[1036]依然敏感，在伟大事业[1037]全速|大路的舞台[1038]运动场的正面看台终曲，梦想着对早期那些经历过的开始[1039]戒除发出慷慨的生命叹息[1040]与真人一样大小的绘画或雕塑——所有那些古老造化者[1041]萨提尔，来自播种权杖[1042]承当者|感受器|易受影响的、高度营养的[1043]抚养者历史性[1044]过分戏剧化的家族，与祖父和祖母[1045]同生[1046]精灵骗局，那单纯的一对儿，骑着脚踏车[1047]如同|柔软的沿着祖辈的[1048]伯父的队列一直下到儿媳和后妈[1049]，那些声名狼藉的子孙们[1050]偏袒起用亲戚的人，在他们堂兄弟[1051]头脑清醒的谱系[1052]五官的感觉中转圈涂抹[1053]小心谨慎的，根据他们宗族[1054]有关的|德国的面孔的掩饰[1055]痛苦和安详的[1056]岳父|故作多情的眼睛，就像透明的[1057]贯穿|父母继父[1058]对他们所有人行使父亲的权力[1059]爱国者|父母，一个人的伯父[1060]，他那经济[1061]回声|名字|绰号|房子世界的始造[1062]阿基米德连襟[1063]杠杆|肝脏。记住你[1064]，蒂龙城堡[1065]？曾是[1066]一个繁华的[1067]街道[1068]贸易|树|特里斯丹，如今石头[1069]强的破碎[1070]巴洛克风格。如果你要[1071]大喊在那儿追寻我，就直到[1072]标题|告诉茅舍而非麦舍[1073]麦芒那里，用诗[1074]苹果|双关|我就给你画首诗来作画（他的六月诗歌[1075]的第一个谜[1076]嘎嘎作响地移），带着似无物之物[1077]和那下一个、下一个还是下一个[1078]无、无还是无（如果一个爱尔兰佬？明白一点儿[1079]便士？猜谜的人[1080]娘娘腔的男人|讨厌鬼|穆斯林神话中的神怪，放弃[1081]毒药|豪饮了？），此时那[1082]我是[1083]人家[1084]一些|闪姆|我是。

1027 engines“～”；也解 Angel“～”。
1028 weep“～”；也解 sweep“～”。化自英国诗人弥尔顿的《失乐园》中的“天使的骄泪，不仅夺眶而出”。
1029 liffe 解 life“～”；也解 Liffey“～”，贯穿都柏林的主要河流。
1030 leaving“～”；也解 living“～”。化自英国作家马洛克 1879 年发表的论文《活着是否值得？》。
1031 Nej［丹］“～”。
1032 Tholedoth 解 tholedoth［希伯来］“～”；也解 *Toledo blade*“～”，美国俄亥俄州自 1835 年起发行的一种报纸；也解 the old oath“～”。
1033 treetrene 解 tree“树”＋trene［罗］“循环”；也解 trene［捷］“～”。
1034 Zokrahsing 解 zachar［希伯来］“记得”＋sing“唱歌”；也解 crash“～”。
1035 Arty 解 Art“～”；也解 Art MacMurrough Kavanagh“～”，14 世纪的兰斯特国王。
1036 reminiscensitive 解 reminiscence“～”；也解 remain sensitive“～”。
1037 grand carriero 解 grand career“～”，化自 *A Brilliant Career*（《远大前程》），乔伊斯 18 岁时写的一出戏剧；也解 gran carriera［意］“～”；也解 grand carriero［普］“～”。
1038 bandstand 解 bandstand“露天音乐台”；也解 grandstand“～”。
1039 lived offs“～”；也解 leave off“～”。
1040 lifesighs 解 life“生命”＋sigh“叹息”；也解 lifesize“～”。
1041 Sators［拉］“～”；也解 Satyr“～”，希腊及罗马神话中半人半兽的森林之神，好色之徒。
1042 Sowsceptre 解 Sow“播种”＋scepter“权杖”；也解 susceptrix［拉］“～”；也解 susceptor“～”；也解 susceptible“～”。
1043 nutritius 解 nutritious“～”；也解 nutritius［拉］“～”。
1044 histrionic“～”，此处解 historic“～”。
1045 Avus...Avia［拉］“祖父……祖母”。
1046 genitricksling 解 genitrix＋ing“～”；也解 genie tricks“～”。
1047 veloutypads 解 velocipede“～”；也解 veluti［拉］“～”；也解 velouté［法］“～”。
1048 vuncular 解 abavunculus［拉］“高伯祖父”；也解 avuncular“～”。
1049 Nurus...Noverca［拉］“儿媳……后妈”。
1050 nepotists“～”，此处解 nepos［拉］“～”。
1051 sobrine 解 sobrinus［拉］“～”；也解 sober“～”。
1052 census“人口普查”；也解 senses“～”。
1053 circumpictified 解 circumpictus［拉］“～”；也解 circumspect“～”。
1054 germane“～”，此处解 germanus［拉］“～”；也解 German“～”。
1055 glos［拉］“～”（较少使用）；也解 glos［康］“～”。
1056 socerine 解 serene“～”；也解 socer［拉］“～”；也解 saccharine“～”。
1057 transparents 解 transparent“～”；也解 trans-“～”＋parents“～”。
1058 vitricus［拉］“～”。
1059 patriss［拉］“～”；也解 patriots“～”；也解 parents“～”。
1060 patruuts［拉］“～”。
1061 ekonome 解 economic“～”；也解 echo“～”＋nomen［拉］“～”；也解 eke-name“～”；也解 oikos［希］“～”。
1062 archimade 解 archi-“原初”＋made“被造”；也解 Archimedes“～”（前 287—前 212），希腊数学家。
1063 levirs［拉］“～”；也解 levers“～”；也解 livers“～”。
1064 此处化自爱尔兰诗人托马斯·穆尔的歌曲《记住你？是的，只要这颗心还在跳动》。
1065 castle thrower 解 Castle Tirowen“～”，位于爱尔兰中西部乌尔斯特省。
1066 Ones 解 once“～”；也解 one“～”。
1067 propsperups 解 prosperous“～”。
1068 treed 解 street“～”；也解 trade“～”；也解 tree“～”；也解 Tristan“～”，中世纪传说中的骑士。
1069 stohong 解 stone“～”；也解 strong“～”。
1070 baroque“～”，此处解 broke“～”。
1071 yell“～”，此处解 you'll“～”。
1072 title“～”，此处解 till“～”；也解 tell“～”。
1073 havel“～”，此处根据前面的“茅舍”（hovel）译。
1074 pumme 解 poem“～”；也解 pomme［法］“～”；也解 pun“～”。这句话也可解为 I'll paint you a poem“～”。
1075 juniverse 解 June verse“～”。
1076 rattle“～”，此处解 riddle“～”。
1077 tingtumtingling 解 ting som ingenting［丹］“～”，本书的主导主题之一。
1078 next, next and next“～”；也解 Nixnixundnix，即 Nix nix and nix“～”，本书的主导主题之一。
1079 petty“～”；也解 penny“～”。化自苏格兰诗人彭斯的诗歌《穿过麦地》中的“假如一人与一人相遇，穿过麦地”（Gin a body meet a body, Comin'through the rye）。
1080 gussies［俚］“～”，此处解 guessers“～”；也解 gussie［苏］“～”；也解 Jinns“～”，在书中指滑铁卢战场上的两匹母马，或者拿破仑军中的两名随军女子，壹耳微蚵在凤凰公园遇到的那两位少女。
1081 gif it ope 解 give it up“～”；其中 gif 也解［荷］“～”；其中 it ope 也解 tope“～”。
1082 itch 解 it“～”；也解 ich［德］“～”。
1083 ish 解 is“～”；也解 ish［希伯来］“～”。
1084 shome 解 home“～”；也解 some“～”；也解 Shem“～”，本书主人公的儿子；也解 shom［吉］“～”。

——天哪，哎呀，亲爱古老的[1085]小屋空[1086]弦器发出的声音家

对此我做着青春的运动[1087]我用青春食物之风度祈祷

在嫩绿的青草[1088]铜绿的|威尔第间[1089]莫克斯裁决让人困惑的堕落[1090]终日之罪。

暂时[1091]爱慕|打算|装饰|消遣退隐[1092]至你那胸部[1093]有些喝倒彩的的暗影[1094]棚之中！

他那满嘴[1095]的狂喜（因为孙逸仙[1096]含羞的年轻东西|永在支那[1097]中国|真宗从横滨[1098]夜|梦而来穿过帝汶海），于是[1099]乒乓球（错误的冒险[1100]圣文德！）砰砰喊着穿过他智慧的谬根[1101]牙齿（认为他是一次葬礼[1102]弗纳，是汩汩的[1103]瞪大眼睛的|蛋利菲河[1104]爱边贝壳们[1105]雪莱的宴饮之王[1106]节庆国王，帝王般的[1107]确实|奥莱利羽毛[1108]兄弟|弗雷，鹰隼般的[1109]容易地翎饰[1110]外加，只不过是扭动的[1111]奥莱利齿龈溃疡刺着[1112]外加倒霉的[1113]理查三世托马斯·达西·麦克基[1114]某个马似的巨大的外加[1115]沉重地走凯文·伊奈德·奥多赫蒂[1116]又酸又黑的棺材|黑人外加[1117]塞丹尼斯·弗洛伦斯·麦卡锡[1118]浓密松软的大傻瓜）就像它被锯[1119]牙齿成两半。痛苦[1120]血液彻底淹没[1121]染血的消除了他脸部[1122]兴奋|表情|菲兹表情[1123]固定装置的抽搐[1124]使暴露。他上颊咀嚼肌[1125]体温带给[1126]发疯的他的一阵剧痛让他成为发疯的傻瓜，吃个枣[1127]为你祝酒|有了份工作笨驴[1128]西利乌斯·伊塔利库斯|斯库拉那种的疯傻瓜。耶稣基督[1129]约书亚|克罗伊斯|约书亚·本·约瑟夫，嫩[1130]无人的儿子！尽管他会活上上百万年，上亿年的生涯，从她们玫瑰色的[1131]红光到她们紫罗兰色的[1132]卑鄙的色泽，他不应忘记捉弄[1133]性交|帕克珀伽索

1085 olt 解 old"～";也解 cot"～"。
1086 tumtum"～",此处解 tum［丹］"～"。
1087 in youthfood port I preyed"～",此处解 in youthful sport I played"～"。
1088 verdigrassy 解 verdant grass"～";也解 verdigrisy"～";也解 Giuseppe Verdi"～",意大利作曲家。
1089 Amook 解 amid"～";也解 Mookse"～",书中以《伊索寓言》中狐狸和葡萄的故事为原型的人物。
1090 vallsall dazes 解 falls (that) all dazes"～";也解 all days"～"。
1091 amourmeant 解 a moment"～";也解 amour［法］"～"＋meant"～";也解 adornment"～";也解 amusement"～"。
1092 cloitered 解 cloistered"～"。
1093 boosome 解 bosom"～";也解 boo-some"～"。
1094 shede 解 shade"～";也解 shed"～"。
1095 a mouthful"一口之量",此处化自习语 say a mouthful(说到点子上)。
1096 Shing-Yung-Thing 解 Sun Yat-sen"～",即孙中山;也解 shy young thing"～";其中 Yung 也解 Yong［中］"～"。
1097 Shina［日］"～",即中国;也解 China"～";也解 Shin"～",日本佛教中的重要派别。
1098 Yoruyume 解 Yokohama"～",日本城市;也解 yoru［日］"～"＋yume［日］"～"。
1099 herepong 解 hereupon"～";也可与后面的 pinging 合解 ping-pong"～"。
1100 maladventure 解 mal-adventure"～";也解 St. Bonaventura"～"(1221—1274),巴黎方济各会会长。
1101 errorooth 解 error root"～";也解 tooth"～"。此处化自习语 root of wisdom tooth(智齿根)。
1102 Fonar all 解 funeral"～";也解 Fonar"～",苏格兰诗人麦克弗森伪造的凯尔特神话中的歌者。
1103 googling 解 gurgling"～";也解 goggling"～";也解 goog［俚］"～"。
1104 Lovvey 解 Liffey"～";也解 love"～"。
1105 shellies 解 shells"～";也解 Shelley"～"(1792—1822),英国浪漫主义诗人。
1106 feastking"～";也解 Festy King"～",书中常出现的一个角色。
1107 regally"～";也解 really"～";也解 John O'Reilly"～"(1844—1890),爱尔兰出生的诗人。
1108 freytherem 解 feather"～";也解 fratrem［拉］"～";也解 Freyr"～",北欧神话中的丰饶之神。
1109 eagelly 解 eagle-ly"～";也解 easily"～"。麦克弗森在诗中称爱尔兰的国王用鹰的羽毛做装饰。
1110 plumed"～";也解 plus"～"。
1111 owrithy 解 writhy"～";也解 John O'Reilly"～",曾是爱尔兰兄弟会的成员。
1112 prods"～";也解 plus"～"。
1113 wretched"～";也解 Richard III"～"(1452—1485),英格兰国王,也是约克王朝的最后一任国王。
1114 some horsery megee 解 Thomas D'Arcy McGee"～"(1825—1868),爱尔兰民族主义者;也解 some horsey mega"～"。
1115 plods"～",此处解 plus"～"。
1116 coffin acid odarkery 解 Kevin Izod O'Doherty"～"(1823—1905),爱尔兰出生的澳大利亚政治家;也解 coffin acid darker"～";其中 odarkery 也解 darkey"～"。
1117 pluds 解 plugs"～",此处解 plus"～"。
1118 dense floppens mugurdy 解 Denis Florence MacCarthy"～"(1817—1882),爱尔兰诗人;也解 dense floppy mugger"～"。
1119 zawhen 解 sawn"～";也解 Zahn［德］"～"。
1120 sanguish 解 anguish"～";也解 sanguis［拉］"～"。
1121 blooded"～",此处解 flooded"～"。
1122 fizz"～",此处解 face"～";也解 phiz［俚］"～";也解 Phiz"～",给狄更斯的很多作品画插图。
1123 fixtures"～",此处解 features"～"。
1124 disconvulsing 解 dis-convulsing"消除抽搐";也解 disclosing"～"。
1125 tempory chewer 解 tempora"上颊"＋chewer"咀嚼之物";也解 temperature"～"。
1126 med 解 made"～";也解 mad"～"。
1127 Haveajube 解 Have a jujube"～";也解 have at you"～";也解 have a job"～"。
1128 Sillayass 解 Silly ass"～";也解 Silius Italicus"～"(26—103),古罗马政治家、诗人;也解 Scylla"～",希腊神话中奥德修斯归乡途中遇到的女妖。
1129 Joshua Croesus 解 Jesus Christ"～";也解 Joshua"～",《旧约》中希伯来人领袖,继摩西之后带领以色列人进入迦南＋Croesus"～"(前 595—前 546),吕底亚王国最后一位君主,被认为是最富有的国王;也解 Joshua ben Joseph"～",耶稣的名字,后来为了让信徒不和旧约的约书亚相混,才根据希腊文译作耶稣。
1130 Nunn"～",《旧约》中约书亚的父亲;也解 none"～"。
1131 roseaced 解 roseate"～"。
1132 violast 解 violet"～";也解 vilest"～"。
1133 pucking"～";也解 fucking"～";也解 Puck"～",莎士比亚的《仲夏夜之梦》中的精灵。

斯[1134]。神圣嚎叫的睾丸[1135]神圣|见鬼和他妈的屁股[1136]血腥土地！不像地球上的[1137]闻所未闻任何东西[1138]咬东西！

但是，耶稣基督[1139]啊|朱庇特|克罗诺斯之子啊，至尊者[1140]一些人的种子，等到他已经捶[1141]减轻胸[1142]顿足，为，为了忘了，为了忘了他的鸟地[1143]出生地，很快就，他就，他就重获自我。通过祈祷？不，那个还在后面。通过悔悟性的半忏悔？否，那个我们通过了。用驱邪法[1144]禁欲主义|行使|练习|伊希斯？这下对了[1145]正确。

事情就是这样。马尔索斯[1146]马尔萨斯|缓慢安静·伟大莫拉[1147]托马斯·穆尔得回了他的灵魂。办法是：弗切斯[1148]痛苦的人|操|弗格斯滚出去到阿拉德[1149]头发花白的巨石之子|地狱那里去！一首古老的石头之歌[1150]饮酒歌。他把脚[1151]适合甩过他的耳朵[1152]屁股|空气，转动他那多角形的[1153]多产的|波吕戈诺斯眼睛，鼻子[1154]里流着鼻涕，从他的角管[1155]角管舞中吹出废话[1156]泄密。弹跳关节[1157]鸦片馆抽动起长勺扫帚舞[1158]《小布朗舞曲》，那是他在火场[1159]火车火学到的，那时他是一个火热的转叉工[1160]收税关卡|转向|恶意。在捕鼠人[1161]设在市政厅地下的酒店老情郎罗森[1162]在碗里烤的统治[1163]雨下，准备好[1164]小棒|读者|收音机！为什么是那个人，他对她做了错事！多帅的[1165]秃鼻鸦结巢处外表[1166]角落，他的肠子里有怎样的结！秃鼻鸦巢[1167]的莫克斯[1168]角落，这是他紧握的葡萄[1169]流感。搜索者搜索，为什么他要去咬掉他的头？焦炭炉炼焦，这是他的煤炭在迸发。愿他那稀释的焦油沥青[1170]土耳其软糖不会带给他铬铁矿[1171]表面|大肠炎！因为那闪得你茫然一片的淡紫色[1172]海鸥多半是木炭[1173]碳|卡波。在那里这个易燃

1134 Pugases“～”,希腊神话中长有双翼的马,为美杜莎与海神波塞冬所生,曾被希腊英雄柏勒洛丰驯服。

1135 Holihowlsballs 解 holily howls balls“～”;也解 holy“～”+hell's bells“～”。

1136 bloody acres 解 bloody arses“～”;也解 Bloody Acre“～”,都柏林格拉斯内文公墓中的一处。

1137 unheardth 解 on the earth“～”;也解 unheard“～”。

1138 gnawthing 解 nothing“～”;也解 gnaw thing“～”。

1139 Jove Chronides 解 Jesus Christ“～”;其中 Jove 也与前面的 by 合解 by Jove“～”,表温和的咒骂;也解 Jove“～”,罗马主神;其中 Chronides 也解[希]“～”,克罗诺斯为希腊神话中宙斯的父亲。

1140 Summ 解 summus [拉]“～”;也解 some“～”。

1141 bate“～”,此处解 beat“～”。

1142 breastplates 解 breast“胸部”+plates“板”。

1143 birdsplace 解 birds“鸟”+place“场地”;也解 birthplace“～”。

1144 esercizism 解 exorcism“～”;也解 asceticism“～”;也解 esercizio [意]“～”;也解 exercise“～”;也解 Isis“～”,埃及司生育的女神。

1145 richt 解 recht [德]“对的”;也解 right“～”。

1146 Malthos“～”,麦克弗森假冒莪相写的凯尔特史诗《特莫拉》中英雄芬格尔的敌人;也解 Thomas Malthus“～”(1766—1834),英国人口学家;也解 Mall-thost [爱]“～”。

1147 Moramor 解 Mora“莫拉山”,麦克弗森诗中的群山+mór [爱]“伟大的”;也解 Thomas Moore“～”(1779—1852),爱尔兰诗人和歌词作者,本书中大量引用他的歌曲。

1148 Ferchios“～”,《芬格尔》中的人物,意思是“～”,诗中有“去吧,弗切斯,到阿拉德那里去,头发花白的巨石之子”;也解 fuck“～”;也解 Fearghus“～”,传说中 5 世纪从爱尔兰到苏格兰的第一位国王。

1149 Allad“～”,麦克弗森假冒莪相写的凯尔特史诗《芬格尔》中的人物,意思是“～”;也解 hell“～”。

1150 oldsteinsong 解 old“古老的”+Stein [德]“石头”+song“歌曲”;也解 stein song [俚]“～”。

1151 fit“～”,此处解 feet“～”。

1152 aers [古体]“～”;也解 arse“～”;也解 air“～”。

1153 poligone 解 polygon“～”;也解 polygonia [希]“～”;也解 Polygonus“～”,希腊海神普鲁图斯之子。

1154 snose 解 nose“～”。

1155 hornypipe 解 horny“角状的”+pipe“管乐器”;也解 hornpipe“～”。

1156 blew the guff“～”;也解 blow the gaff“～”。

1157 hopjoimt 解 hop“蹦跳”+joint“关节”;也解 hopjoint“～”。

1158 ladle broom jig 解 ladle“长柄勺”+broom“扫帚”+jig“吉格舞”;也解“Little Brown Jug”“～”,美国作曲家约瑟夫·温纳在 1869 年写的一首歌。

1159 locofoco 解 loco [意]“现场”+foco [意]“火”;也解 locofocos“～”,19 世纪初期美国民主党的一个派系,名字取自一种火柴的牌子。

1160 turnspite 解 turnspit“～”,地狱中负责旋转烤肉叉的人;也解 turnpike“～”;也解 turn“～”+spite“～”。

1161 Ratskillers 解 Rats killers“～”;也解 Ratskeller [德]“～”。

1162 Roastin the Bowl 解“Old Rosin the Beau”“～”,19 世纪英国和爱尔兰的民歌中的人物;也解 Roast in the Bowl“～”。

1163 reign“～”;也解 rain“～”。

1164 readyos 解 ready“～”;也解 radius [拉]“～”;也解 readers“～”;也解 radios“～”。

1165 Lookery 解 looker-y“～”;也解 rookery“～”。

1166 looks“～”;也解 nooks“～”。

1167 Mookery 解 rookery“～”。

1168 mooks 解 Mookse“～”,书中以《伊索寓言》中狐狸和葡萄的故事为原型的人物;也解 nooks“～”。

1169 grippe [法]“～”,此处解 grape“～”。

1170 tarpitch dilute 解 tar pitch“焦油沥青”+dilute“稀释”;也解 Turkish delight“～”。

1171 chromitis 解 chromite“～”;也解 chroma [希]“～”;也解 colitis“～”。

1172 mauwe 解 mauve“～”;也解 Möwe [德]“～”。

1173 Carbo [拉]“～”;也解 carbon“～”;也解 Carbo“～”,古罗马一个著名的支持平民的家族。此句化自 19 世纪英国流行歌曲《那个在蒙特卡洛让银行破产的人》(“The Man That Broke the Bank at Monte Carlo”)。

物可能用纯洁的火焰、真正的火焰、全都太令人难忘的[1174]在一起火焰纠缠[1175]追求他的被烧毁之物[1176]燃烧物，煤灰。最坏的部分结束了。等等！双笔·玛奇[1177]都柏林大学期刊有可能支离破碎[1178]付印|十八世纪强征他人服兵役的海军征兵队|走路。与喧闹[1179]丁南神父·芬，我那活泼的[1180]棱角|讽刺作家|麦克卡西一起，啃！在没了[1181]最后的|薄暮吟游诗人[1182]闪光之时。最粗鲁的[1183]佐西木斯|能活下去的。因为他自己会进行疗治，就像被相信地预见到他在重要操作中达到结出果实的高潮。当（乖孩子[1184]果核）信息在电磁波[1185]心灵|赫兹上（宠儿[1186]乖孩子！）干扰着中断着来自他们的交互跳跃[1187]堵截|逃脱|船，（叫她的蛱蝶[1188]维纳斯|瓦内萨名字！叫她星星[1189]史黛拉|地点！）从她那拉上拉链的手袋里飞出的蝴蝶[1190]《蝴蝶夫人》，一只受伤的鸽子飞起[1191]阿斯塔蒂|驴子，逃出她的前院[1192]鸽房|四法庭。小岛[1193]伊茜为紫杉[1194]你|岁月哀哭[1195]等待|伊茜等着你。啊亲爱的[1196]奥多赫蒂！蹩脚诗人[1197]装腔作势的人。她绕着它那烧焦的[1198]苏格兰的帽子编织了一团火焰，好让俗人们[1199]夫人们|最近的知道她已经嫁人[1200]马里德了。布罗斯[1201]丘疹它被拒绝了[1202]滑落。多德[1203]小孩子把它烧得又干又热[1204]灵活的。克莱利贝尔[1205]克拉利贝尔长笛|光明的|美丽的|克莱尔回到[1206]与山涧一起爱尔兰[1207]爱琳|差使。她的甚至在他的前面。邮出的在写出的[1208]之前。他给你带来变化，想想你[1209]谢谢你遇到他[1210]女士。变得疯狂的中午[1211]下午好，女士[1212]使发狂，当心脚下[1213]弯腰。请弯腰，啊，好讨人喜欢。停停。说什么？从现在起我听凭他的主宰[1214]疼痛的|在下面，亲爱的岸上[1215]亲爱的宝贝伴侣[1216]德莫特，那么，那

1174 too-gasser 解 too“太”＋gasser“令人难忘的人”；也解 together“～”。
1175 pursuive 解 poursuivre［法］“～”；也解 pursue“～”。
1176 comburenda［拉］“～”；也解 comburent“～”。
1177 Dubuny Mag 解 Two penny“两便士”＋Maggies“玛奇”，书中象征分裂的人格；也解 *Dublin University Magazine*“～”。
1178 gang to preesses 解 go to pieces“～”；也解 go to press“～”；也解 pressgang“～”；也解 Gang［德］“～”。
1179 Dinny 解 din-ny“～”；也解 Patrick Dinneen“～”(1860—1934)，1904 年编辑了最有名的爱尔兰词典。
1180 me canty 解 me“我”＋canty“活泼的”；也解 Kante［德］“～”；也解 caínteach［爱］“～”；也可与前面合解 Denis Florence MacCarthy“～”(1817—1882)，爱尔兰诗人和翻译家。
1181 lost 解 loss“～”；也解 last“～”；也解 gloaming“～”。
1182 gleamens 解 gleemen“～”；也解 gleam“～”。
1183 Sousymoust 解 saucy“不雅的”＋most“最”；也解 Zosimus“～”，19 世纪都柏林的街头歌手米歇尔·莫兰的艺名，被称为“最后一位吟游诗人”；也解 zosimôs［希］“～”。
1184 pip“～”，此处解 poppet“～”，斯威夫特在给恋人以斯帖·琼荪的信中对她的称呼。
1185 herzian waves 解 Hertzian Waves“～”；也解 Herz［德］“～”；也解 Heinrich Hertz“～”(1857—1894)，德国物理学家，发现了电磁波。
1186 pet“～”；也解 poppet“～”，斯威夫特在给恋人以斯帖·琼荪的信中对她的称呼。
1187 interskips 解 inter-skips“～”；也解 intercepts“～”；也解 escapes“～”；也解 skip［挪］“～”。
1188 venicey 解 vanessa“～”；也解 Venus“～”，罗马爱神；也解 Vanessa“～”，斯威夫特的年轻恋人以斯帖·凡霍米莉。此句化自歌曲名“Call Me Pet Names”(《用爱称叫我》)。
1189 stell 解 stellar“～”；也解 Stella“～”，斯威夫特的年轻恋人以斯帖·琼荪；也解 Stelle［德］“～”。
1190 butterfly“～”；也解 *Madame Butterfly*“～”，意大利作曲家普契尼 1904 年创作的歌剧。
1191 astarted 解 started“～”；也解 Astarte“～”，腓尼基人等崇拜的丰饶和爱的女神；也解 ass“～”。
1192 forecotes 解 forecourt“～”；也解 dovecotes“～”；也解 Four Courts“～”，爱尔兰最高法院大楼。
1193 Isle“～”；也解 Issy“～”，本书主人公壹耳微蚵和汉娜的女儿。
1194 yews“～”；也解 you“～”；也解 years“～”。
1195 wail“～”；也解 wait“～”。此句也可解为“～”。
1196 doherlynt 解 darling“～”；也解 Kevin O'Doherty“～”(1823—1905)，爱尔兰出生的澳大利亚政治家。
1197 poetesser 解 poetaster“～”；也解 poser“～”。
1198 scorched“～”；也解 Scotch“～”。
1199 laitiest 解 laities“～”；也解 ladies“～”；也解 latest“～”。
1200 marrid 解 married“～”；也解 Marid“～”，阿拉伯传说中一种高级别的神仙。
1201 pim 解 Pim Bros“～”，都柏林南部的一个服装商店；也解 pimples“～”。
1202 backballed 解 blackballed“～”；也解 backfall“～”。
1203 Tot“～”，此处解 Todd, Burns & Co，“多德和彭斯公司”，都柏林北部的一个服装商店。
1204 leste 解 Leste“累斯太风”，大西洋马德拉群岛和加纳利群岛刮的又干又热的东风；也解 leste［意］“～”。
1205 claribel 解 Claribel“～”，英国诗人夏洛特·巴纳德的笔名，曾写歌曲《回到爱尔兰》；也解 claribel flute“～”，一种风琴音栓；也解 clarus［拉］“～”＋bellus［拉］“～”；也解 Mavis Clare“～”，英国 19 世纪小说家玛丽·科雷利的小说《撒旦的痛苦》中的女主人公。
1206 cumbeck 解 come back“～”；也解 cum-beck“～”。
1207 errind 解 Ireland“～”；也解 Erin“～”，爱尔兰在诗中的名字；也解 errand“～”。
1208 这里指本书主人公的两个儿子肖恩和闪姆。
1209 thinkyou 解 think“～”＋you“～”；也解 thank you“～”。
1210 methim 解 met him“～”；也解 madam“～”。
1211 Go daft noon 解 Go daft“～”＋noon“～”；也解 good afternoon“～”。
1212 madden“～”，此处解 madam“～”。
1213 step“～”；也解 stoop“～”。
1214 soreunder 解 surrcnder to“～”；也解 sore“～”＋under“～”。
1215 ashore“～”；也解 asthore［爱］“～”。
1216 dearmate 解 dear mate“～”；也解 Dermot“～”，芬·麦克尔的侄子，与他的未婚妻格拉尼娅私奔。

么彻底[1217]一起讨好，直到我能恢复过来，这意味着我在廷塔杰尔[1218]色彩|角|锡|纠缠的潦倒[1219]语言|莉迪亚日子的结束[1220]死。你对我[1221]中间的充满激情[1222]妒忌的吗，哥哥？你是不是大[1223]全能的主|一半|好色的喝倒彩？你猜想[1224]支持会被无条件[1225]如果拒绝？当然[1226]撒旦式的，小伙子[1227]装载|衣柜|主人！停下那个感伤故事，抱怨的小鸡鸡[1228]！塞住，苦啊[1229]暗的，坐在我腿中间，乖孩子[1230]洋娃娃|吸管|钱，尽管我宁愿不要这样。事情就是这样我的爱[1231]全都战无不胜[1232]在……中|易被征服的|常胜军。破译。

现在有了回报！现在给她的逗点[1233]嫁妆一个破折号！老斗鸡[1234]老乌鸦，小公鸡的爸爸[1235]斯法达|极长|长久和平|这样|像父亲像儿子，这么快[1236]平静|儿子|像儿子|S. O. S.|苏珊娜。焕然一新[1237]乌鸦，速度之犬[1238]，凌风越过[1239]喧闹的|妓女。就像微风之于翅膀疲倦的人，或者求救信号[1240]苏珊娜|平静之于海岸警卫队。因为立刻用他的叫喊[1241]三级跳、停顿和没事啦[1242]羊癫风，蹄侠[1243]因为绊腿儿摔倒做了又做[1244]没有做，用可观的更短时间，比冰河[1245]冻成冰河的东西|角斗士淹没[1246]次级合并体亚特兰蒂斯[1247]长时间还短，他是不是又，啊呸，在那些发抖的家伙前，一粒儿火星的裂口[1248]帽子那么远，双重伪装[1249]标点|灰树，全身穿着[1250]底层甲板简单定制的[1251]水手|制造的衣服，把风暴从他的打嗝中晃出去[1252]。你能找到的最敏捷的小船将把他在她膝头抹去[1253]信风，就像她会给里奥格兰德河[1254]带来幸运。他是长辫拓儿[1255]，如果他没把它弄得太粗[1256]牙疼，他有一个泄密的人，有他墙[1257]井上的大水罐[1258]画像那么高，带着他在报纸上的

1217 compleasely 解 completely"～";也解 com-+please"～"。
1218 Tintangle 解 Tintagel"～",英国村庄,被认为是亚瑟王的出生地;也解 tint"～"+angle"～";也解 tin "～"+tangle"～"。
1219 languish"～";也解 language"～";也解 Lydia Languish"～",英国作家谢立丹《情敌》的主人公。
1220 the end of my stays"我在……的日子的结束";也解 end one's days"～"。
1221 mes 解 me"～";也解 mesos [希]"～"。
1222 zealous"～";也解 jealous"～"。
1223 moiety lowd 解 mighty loud"非常响亮";也解 Mighty Lord"～";也解 moiety"～"+lewd"～"。此处化自美国剧作家马库斯·康纳利 1930 年创作的戏剧《绿色牧场》中的话"你可曾颔首,全能的主"。
1224 suppoted 解 supposed"～";也解 supported"～"。
1225 on conditiously 解 unconditionally"～";也解 on condition"～"。
1226 Satanly"～",撒旦是基督教中与上帝为敌的魔王,此处解 certainly"～"。
1227 lade"～",此处解 lad"～";也解 Lade [德]"～";也解 lord"～"。
1228 whingeywilly 解 whingey"抱怨的"+willy"儿童话语中的阴茎"。
1229 mavrone 解 mo bhrón [爱]"～",表示痛苦的感叹词;也解 mavros [希]"～"。
1230 Pepette 解 poppet"～",斯威夫特对史黛拉的称呼;也解 Puppe [德]"～";也解 pipette"～";也解 pépette,法国对"～"的一种间接说法。
1231 m. ds. 解 my dears"～",斯威夫特写给史黛拉德信中常这样缩写。
1232 in vincibles 解 invincible"～";也解 in"～"+vincible"～";也解 Invincibles"～",爱尔兰共和军中的一个团体,策划了 1882 年的都柏林凤凰公园谋杀案。
1233 dot"～",点和破折号是莫尔斯电码的两种信号;也解 dot [法]"～"。
1234 Old cocker"～";也解 old crow"～",对女子的贬称。
1235 sifadda 解 father"～";也解 Sifadda"～",《芬格尔》中库丘林的马;也解 sith-fada [爱]"～";也解 síoth fada [爱]"～";也解 siffatta [意]"～";也可与后面合解 zoo vader zoo zoon [荷]"～"。
1236 sosson 解 so soon"～";也解 sos [爱]"～"+son"～";也解 zoo zoon [荷]"～";也解 S. O. S.,紧急呼救信号;也解 Susanna"～",女儿伊茜的化身之一。此句化自习语"老公鸡怎么叫,小公鸡怎么学"。
1237 bran new 解 brand new"～";也解 Bran [爱]"～",也是爱尔兰传说中的英雄芬·麦克尔的狗的名字。
1238 speedhount 解 speed"速度"+hound"猎犬"。
1239 outstripperous 解 outstrip"～";也解 obstreperous"～";也解 out-stripper"～"。
1240 S. O. S.,紧急呼救信号;也解 Susanna"～",书中女儿伊茜的化身之一;也解 sos [爱]"～"。
1241 whoop"～";也与后面的 stop and an upalepsy 合解 hop, step, and jump"～"。
1242 upalepsy 解 upsadaisy"起来没事啦!",扶起跌倒的小孩或将儿童高举时的用语;也解 epilepsy"～"。
1243 Tishy"～",英国赛马的名字,因为总输,成为漫画角色,并在 1922 年出现俗语 do a tishy,指"～"。
1244 didando 解 did and do"～";也解 didn't do"～"。
1245 glaciator"～",此处解 glacier"～";也解 gladiator"～"。
1246 submerger 解 submerge"～";也解 sub-merger"～"。
1247 Atlangthis 解 Atlantis"～",传说沉没于大西洋的岛屿;也解 At lang time"～"。
1248 gap"～";也解 cap"～"。
1249 doubledasguesched 解 double disguised"～";也解 daghesh [希伯来]"～";也解 das Esche [德]"～"。
1250 gotten orlop 解 gotten all up"～";也解 orlop"～"。
1251 Simplasailormade 解 simple"～"+tailormade"～";也解 sailor"～"+made"～"。
1252 shaking the storm out of his hiccwps 化自习语 storm in a teacup(小题大做)。
1253 elazilee 解 erase"～";也解 alizé [法]"～"。
1254 美国和墨西哥之间的界河。
1255 Tarr"～",英国作家温德汉姆·刘易斯 1918 年出版的同名小说的女主人公,乔伊斯在书中将两人等同。
1256 toothick 解 too thick"～";也解 toothache"～"。
1257 wall"～";也解 well"～"。
1258 pitcher"～";也解 picture"～"。

照片[1259]未来来切羊腿[1260]绵羊和胡闹[1261]雀跃|阉公鸡|牡山羊，假装他只[1262]玩笑不过是开玩笑，他的尾巴翘着[1263]胡编乱造|蒸煮。

一语中的！根据它的长度，这是一个。

安琪儿们[1264]安琪丽娜，不要让那些你有罪情郎[1265]辛巴达|彩虹可能公之于众[1266]被迫服从法律的色彩曝光！虽然他弯腰向你的门槛[1267]嫁妆|条板跪下[1268]知道|看，他不必知道这里的租房[1269]知识|壁架|边界。

因为一条萦回不去的路将展开[1270]，你不需要割草。找到做长袍的穗子[1271]法语，穿过蕾丝[1272]翻译把它做成如此这样[1273]比如|触摸以及诸如那样的[1274]展示和展示袜子[1275]震惊。

他在竭尽全力[1276]更坏|值得的猜她们，那个航海的家伙。听听他的小鹅[1277]经过|投掷|呆鹅瞎猜[1278]狡猾的|公鹅|大雁|威尔，还有公平游戏[1279]美丽姑娘，女士！留心那些想要流亡[1280]例如的人，他们说能[1281]狗|犬意思是狗[1282]永远|为了上帝，而那些人不会离开英国[1283]炉火|尽头的人，他们说现在而意思是知道。

因为他结结巴巴地说着他多么讨厌不[1284]关于麻烦她们。

但是把傻瓜[1285]哄骗|头|神性的主教冠和灰褐色左手[1286]凶险的|服侍者留给仆人中的侍者和国王中的王者，更加大胆地冲[1287]胡言乱语向言论自由[1288]傻大个|极舒适的地方，乐土，他没有问你是否看到一根火柴被划亮，也没有问这是不是药粉矿，但是，让双关游戏变得认真些[1289]欧内斯特吧：

——倷有没有鸡蛋里的黄东西[1290]一月|二月|愤怒|船夫|琼斯|琼？

1259 photure 解 photo“～”；也解 future“～”。
1260 moutonlegs 解 mutton“羊肉”＋legs“腿”；也解 mouton［法］“～”。
1261 capers“～”，此处与前面合解 cut capers“～”；也解 capons“～”；也解 caper［拉］“～”。
1262 jest“～”，此处解 just“～”。
1263 cooked up“～”，此处解 cocked up“～”；也解 cook“～”，化自习语 with one's tail up(翘尾巴)。
1264 Angelinas 解 angels“～”；也解 Angelina“～”，英国剧作家吉尔伯特和作曲家苏利文 1875 年合作的喜剧作品《陪审团的审判》中的女主人公。
1265 sin beau“～”；也解 Sinbad“～”，《一千零一夜》中的航海冒险家；也解 rainbow“～”。
1266 bring to light“～”；也解 bind to law“～”。
1267 dowerstrip 解 doorstep“～”；也解 dower“～”＋strip“～”。
1268 knee“～”；也解 know“～”；也解 see“～”。
1269 ledgings 解 lodgings“～”；也可与前面合解 knowledge“～”；也解 ledge“～”；也解 edge“～”。
1270 此句化自英语儿歌“A-hunting we will go”(《我们要去打猎》)。
1271 frenge 解 fringe“～”；也解 French“～”。
1272 translace 解 trans-“穿越”＋lace“蕾丝”；也解 translate“～”。
1273 such as touch 解 such and such“～”；也解 such as“～”＋touch“～”。
1274 show and show“～”，此处解 so and so“如此这般”。
1275 shocks“～”，此处解 socks“～”。
1276 worse“～”，此处与前面合解 for all his worth“～”；也解 worth“～”。
1277 Goosling by 解 gosling“～”；也解 going by“～”＋sling“～”；也解 goosie“～”。
1278 wily geeses 解 wild guess“～”；也解 wily“～”＋geese“～”；也解 wild geese“～”；也解 Will“～”，指英国剧作家莎士比亚。
1279 playfair 解 play fair“～”；也与后面合解 fair lady“～”，出自儿歌《伦敦桥正塌下来》。
1280 exile“～”；也与前面合解 for example“～”。
1281 can“～”；也解 con-［爱］“～”；也解 chien［法］“～”。
1282 for dog“为了狗”；也解 for good“～”；也解 for God“～”。
1283 ingle end 解 England“～”；也解 ingle“～”＋end“～”。
1284 without“～”；也解 about“～”。
1285 codhead［俚］“～”；也解 cod“～”＋head“～”；也解 godhead“～”。
1286 sinistrant 解 sinistra［拉］“～”；也解 sinister“～”；也解 ministrant“～”。
1287 bolderdash 解 bolder“更大胆地”＋dash“猛冲”；也解 balderdash“～”。
1288 lubberty 解 liberty“～”；也解 lubber“～”；也解 lubberland“～”。
1289 ernest 解 earnest“～”；也解 Ernest“～”，英国作家王尔德的喜剧《认真的重要性》中的人物。
1290 jaoneofergs 解 jaune［法］“黄色的”＋of eggs“鸡蛋的”；也解 January“～”＋Feburary“～”；也解 fearg［爱］“～”；也解 Ferge［德］“～”；也解 Ernest Jones“～”(1879—1958)，威尔士精神分析学家，著有《弗洛伊德传》；也解 Joan of Arc“～”(1411—1431)，法国圣徒。

——不[1291]没有|闹。

——倷有没有五月的黄疸病[1292]心满意足|恶毒的|六月？

——孬。

——倷有没有碰巧无人可比之美[1293]出于已经宣布的战争原因？

——孬好。

——问吧[1294]够了|一个天空，问吧，问吧！继续[1295]晚上好|行政区|撒谎|果阿！羊牯[1296]我尿裤子了|澳门！明白！

乒啊乒嗯安乒平安[1297]乓。

他确实明白了，她们恼了[1298]立刻，拍屁股[1299]偷偷溜走走了，就像在战争中一样处于战争中[1300]快乐的。就像药店里的[1301]水煮的|穿衬衣的药剂师[1302]发光，飓风[1303]石击催着他，心急火燎，快走[1304]吝啬，快腿[1305]，真的[1306]闲散的|胜利者|赛格。向那些闭嘴[1307]尴尬的|渣滓、快跑[1308]尴尬的、骆驼[1309]、起立[1310]、开始[1311]真主|黄色、耶和华[1312]洗、唠叨！因为他能接受咀嚼[1313]乳头|小家伙|砍属于纯正而未堕落的[1314]未降临到某人头上的|纯净的|下落的英语[1315]英国|天使的快语[1316]尖锐的|蛇|快餐，黑月亮[1317]黑颜料|甜瓜或酸乌龟[1318]格子呢的、月亮头[1319]寿喜烧或乌龟汤[1320]，像你的奶酪粉牛反刍[1321]能西班牙语[1322]不|我一样快[1323]鲁莽地|无赖地，一样糟[1324]晒太阳|下流地|巴斯克人。真的[1325]！什么样的[1326]人群[1327]喊叫|多云天啊！冰牛奶[1328]让人作呕[1329]否定。不过正确的占卜并不曾如此。水煮的[1330]冰淇淋[1331]戏法|鸡蛋水煮的[1332]冰淇淋面包[1333]！他弄得他的灵魂[1334]栅栏|椽木全都砸落[1335]弄脏在身上；也就是说[1336]去检查，最严重的是[1337]可怕的|葡萄，他被弄晕[1338]弄糊涂[1339]德彪西了；他穿上他

1291 Nao 解 No“～”；也解 nao［葡］“～”；也解 nao［中］“～”。
1292 mayjaunties 解 May“五月”＋jaundice“黄疸病”；也解 jaunty“～”；也解 méchantes［法］“～”；也解 June“～”。
1293 per causes nunsibellies 解 per caso［意］“碰巧”＋nulle si belles［法］“没人如此美丽”；也解 per causas nuntiatas belli［拉］“～”。
1294 Asky 解 ask“～”；也解 aski［巴］“～”；也解 a sky“～”。
1295 Gau on 解 Go on“～”；也解 gau on［巴］“～”；也解 Gau［德］“～”；也解 gau［威］“～”；也解 Goa“～”，印度一地区。
1296 Micaco 解 micco［意黑］“～”；也解 mi caco［意］“～”；也解 Macao“～”。
1297 ping pwan 解 ping-an［中］“～”。
1298 anayance 解 annoyance“～”；也解 anaya［日］“～”。
1299 slink his hook 解 sling his hook［口语］“走开”；也解 slink“～”。
1300 aleguere come alaguerre 解 la guerre comme à la guerre［法］“～”；也解 alegera［巴］“～”。
1301 inchamisas 解 in chemist's“～”；也解 in camicia［意］“～”；也解 in chemise“～”。
1302 chimista 解 chemist“～”；也解 tŝimista［巴］“～”。
1303 harricana 解 hurricane“～”；也解 harrika［巴］“～”。
1304 zingo 解 zing“呼啸疾行”＋go“走”；也解 zingor［巴］“～”。
1305 zango［巴］“～”。
1306 segur［巴］“～”；也解 segur［威］“～”；也解 Sieger［德］“～”；也解 Segur“～”，20 世纪 20 年代巴黎的电话交换公司，乔伊斯在巴黎时也使用这一交换系统。
1307 utskut 解 uskut［阿］“～”；也解 awkward“～”；也解 utskud［挪］“～”。
1308 urqurd 解 urqud［阿］“～”；也解 awkward“～”。
1309 jamal［阿］“～”。
1310 qum［阿］“～”。
1311 yallah［阿］“～”；也解 Allah“～”；也解 yellow“～”。
1312 yawash 解 Jehovah“～”；也解 wash“～”。
1313 ciappacioppachew 解 ciappa［意］“接受”＋chew“咀嚼”；也解 cioppa［古意］“～”；也解 chap“～”；也解 chop“～”。
1314 undefallen 解 un-fallen“～”；也解 unbefallen“～”；也解 undefiled“～”；也解 underfallen［丹］“～”。
1315 engelsk［丹］“～”；也解 England“～”；也解 Engel［德］“～”。
1316 skarp snakk［丹］“～”；也解 sharp“～”＋snake“～”；其中 snakk 也解 snack“～”。
1317 melanmoon 解 melas［希］“黑色的”＋moon“月亮”；也解 melanos［希］“～”；也解 melon“～”。
1318 tartatortoise 解 tart“酸的”＋tortoise“乌龟”；也解 tartan“～”。
1319 tsukisaki 解 tsuki［日］“月亮”＋saki［日］“顶端”；也解 sukiyaki“～”，一种日本菜。
1320 soppisuppon 解 soppu［日］“汤”＋suppon［日］“乌龟”。
1321 cudd 解 cud“～”；也解 could“～”。
1322 spanich 解 Spanish“～”；也解 nicht［德］“～”；也解 ich［德］“～”。此句化自法国习语 Il parle français comme une vache espagnole(他讲法语就像一头西班牙牛)。
1323 raskly 解 rask［丹］“～”；也解 rashly“～”；也解 rascally“～”。
1324 baskly 解 badly“～”；也解 bask“～”；也解 basely“～”；也解 Basque“～”。
1325 Makoto［日］“～”。
1326 Whagta 解 What a“～”。
1327 kriowday 解 crowd“～”；也解 cry“～”；也解 cloudy day“～”。
1328 Gelagala 解 gelo［拉］“使结冰”＋gala［希］“牛奶”。
1329 nausy 解 nauseous“～”；也解 nays“～”。
1330 hafogate 解 affogate［意］“～”，常指水煮鸡蛋。
1331 Hovobovo 解 Hokey Pokey“～”，也可指“～”，多指把阴茎掏出来；也解 uova［意］“～”。
1332 in kamicha 解 in camicia［意］“～”。
1333 hokidimatzi 解 hokey-pokey“廉价冰淇淋”＋matzo“未发酵的面包”，犹太人在逾越节吃的。
1334 sperrits 解 spirit“～”；也解 Sperre［德］“～”；也解 sperre［挪］“～”。
1335 foulen 解 fallen“～”；也解 foul“～”。
1336 to vet“～”，此处解 to wit“～”。
1337 griposly 解 grievously“～”；也解 grisly“～”；也解 Grapes“～”，书中狐狸与葡萄故事中的葡萄。
1338 bedizzled 解 bedazzled“～”。
1339 debuzzled 解 bepuzzled“～”；也解 Debussy“～”(1862—1918)，法国作曲家。

的悲伤[1340]特里斯丹|的里雅斯特绅士装[1341]骑士|卡贝尔|凯佩尔;看起来像该死的[1342]兄弟|地狱。一先令的[1343]去壳|谢林掷靶游戏[1344]怕枪的|堂吉诃德,成了被射击[1345]肖特的驴子?或是一枚加入无敌舰队的比索金币[1346]贝桑?

但是,黑猩猩[1347]显露|短裤|肚皮|桑丘·潘沙先生[1348]罪恶|没有,所有那些大睁[1349]白色着眼睛行走于世的人中,有什么人[1350]任何|兄弟能比他留在身后的小伙儿[1351]女孩|亨利·卡尔|刘易斯·卡罗尔看起来更像双胞胎?白衣[1352]、绿衫[1353]、金光[1354]、无暇[1355]没有辛苦工作?所有英雄们曾经穿过的绿色[1356]希腊的棉[1357]英雄|HEC短裤[1358]破坏|粥|蛋|橡树|金桥中,最白的一条,最金的一条!他如何最[1359]莫克斯庄严神圣地[1360]凯文独自站在那里[1361]钉饰她们的,那个反革命[1362]在又愿意之前,教会人士孩子父亲,从理发师[1363]剃发的毛簇到施赈人员[1364]杏树的脚趾,《申命记》[1365]28|32|墨水中的《使徒行传》[1366]地理学,西克斯图斯[1367]第六|6只牙陛下的第七个[1368]最好的儿子,名流[1369]希诺苏拉摩诃摩耶女王[1370]昆尼的儿子,神圣[1371]每个人佛祖[1372]密友|阴茎|巴德时代,被他亲密的姐妹们[1373]水仙花|女人气的男人|双倍环绕,溜滑油滑的花花公子[1374]爱尔兰佬|耀眼|天使长米迦勒长着蓬松的发卷[1375]音乐会|亨利·卡尔|温德汉姆·刘易斯,被处女[1376]星星|瓦内萨祝福[1377]女祭司|紧缺的的灵魂之网[1378]冥界的|使湿润|索尔尼斯|史黛拉,她们的迷人[1379]牵引的|可追踪的足迹,该死的[1380]这短裤公子[1381]执杖王子了解睫毛游戏,带着他的鸡[1382]距[1383]爆发|运动和他液体[1384]像一英镑|像|某人|像某人胶似的笑(婴儿曾露出的最甜蜜的[1385]甜的|苏珊娜笑容[1386]更酸的),而此时他的灵魂[1387]

1340 tristiest 解 triste [法]"～";也解 Tristan"～",中世纪骑士;也解 Trieste"～",意大利港市。
1341 cabaleer 解 caballero [西]"～";也解 cavalier"～";也解 James Cabell"～"(1879—1958),美国作家,著有《尤尔根——一部正义的喜剧》;也解 Capel"～",都柏林路名。
1342 bruddy Hal 解 bloody hell"～";也解 Bruder [德]"～"+hell"～"。
1343 shelling"～",此处解 shilling"～";也解 Wilhelm Schelling"～"(1775—1854),德国哲学家。
1344 cockshy"～";也解 gun shy"～";也解 Don Quixote"～",西班牙作家塞万提斯同名作品的主人公。
1345 shot at"～";也解 Schott"～",乔伊斯在狄里亚斯特最好的学生。
1346 besant 解 bezant"～";也解 Annie Besant"～"(1847—1933),英国社会主义者、神智学者。
1347 Showpanza 解 shimpanza [塞]"～";也解 Show"～"+pants"～";也解 panza [西]"～";也解 Sancho Panza"～",堂吉诃德的侍从。
1348 Sin"～",此处解 Sir"～";也解 sin [西]"～"。
1349 whiteopen 解 wide open"～";也解 white"～"。
1350 anybroddy 解 anybody"～";也解 any"～"+Bruder [德]"～"。
1351 Kerl [德]"～";也解 girl"～";也解 Henry Carr"～",曾与乔伊斯争吵;也解 Lewis Carroll"～",《爱丽丝漫游奇境记》的作者。
1352 Candidatus [拉]"～"。
1353 viridosus [拉]"～"。
1354 aurilucens 解 aurolucens [拉]"～"。
1355 sinelab 解 sine labes [拉]"～";也解 sine labore [拉]"～"。
1356 green"～";也解 Greek"～"。
1357 coton 解 cotton"～";也解 cotan [非正规拉丁]"～"。此句包含本书主人公名字的缩写的变体 HEC。
1358 breiches 解 breeches"～";也解 breaches"～";也解 Brei [德]"～";也解 Ei [德]"～";也解 Eiche [德]"～";也与后面合解 Goldenbridge"～",英国政府 1881 年在印度讷巴达河上修建的一座桥梁。
1359 mookst 解 most"～";也解 Mookse"～",本书戏仿《狐狸和葡萄》故事中的葡萄。
1360 kevinly 解 heavenly"～";也解 Kevin"～",本书主人公的两个儿子的化身之一。
1361 stud theirs"～",此处解 stand there"～"。
1362 anterevolitionary 解 antirevolutionary"～";也解 anterevolitionarius [拉]"～"。
1363 tonsor"～";也解 tonsure"～"。
1364 almonder 解 almoner"～";也解 almond"～"。
1365 duotrigesumy 解 Deuteronomy"～",《旧约》中的一卷;也解 duodetriginta [拉]"～";也解 triginta duo [拉]"～";也解 sumi [日]"～"。
1366 haggiography 解 hagiography"～";也解 geography"～"。
1367 sixtusks 解 Sixtus"～",历史上曾有 5 位教皇叫这个名字;也解 sextus [拉]"～";也解 six tusked"～",佛祖曾经再世为长着 6 只牙的大象。
1368 soptimost 解 septimus [拉]"～";也解 optimus [拉]"～"。
1369 sign osure 解 cynosure"～";也解 Cynosura"～",希腊神话中的女仙,被宙斯化为小熊星座。
1370 Mayaqueenies 解 Maya"摩诃摩耶",佛祖的母亲+queen"女王";也解 Queenie"～",巴涅尔对欧希夫人的称呼。
1371 hevnly 解 heavenly"～";也可与后面的 buddhy 合解 everybody"～"。
1372 buddhy 解 Buddha"～";也解 buddy"～";也解 bod [爱]"～";也解 Budd"～",美国作家麦尔维尔小说中一个人见人爱的年轻人。
1373 near cissies 解 near sisters"～";也解 Narcissus"～",是希腊神话中自恋的美男子;也解 sissy"～";也解 bis [拉]"～"。
1374 mickly dazzly 解 micky dazzler [俚]"～";也解 mick"～"+dazzle"～";也解 Mick"～"。
1375 looiscurrals 解 loose curls"～";也解 curro [西]"～";也解 Henry Carr"～",曾与乔伊斯争执;也解 Wyndham Lewis"～"(1882—1957),英国作家,曾在《时代和西方人》中攻击乔伊斯。
1376 zvesdals 解 vestal"～";也解 zvezda [俄]"～";也解 Vanessy"～",斯威夫特的恋人之一。
1377 priestessd 解 priested"受神父祝福的";也解 priestess"～";也解 pressed"～"。
1378 soulnetzer 解 soul"灵魂"+Netz [德]"网";也解 nether"～";也解 netzen [德]"～";也解 Solness"～",易卜生的戏剧《大建筑师》的主人公;也与 zvesdals 合解 Stella"～",斯威夫特的恋人之一。
1379 tractive"～",此处解 attractive"～";也解 traceable"～"。
1380 dem 解 damned"～";也解 the"～"。
1381 dandypanies 解 dandy"花花公子"+panties"短裤";也解 Dandapāni"～",一些史料称释迦牟尼出家前所娶妻子的父亲,不过一般称释迦牟尼的岳父为善觉王。
1382 gamecox 解 game cocks"斗鸡"。
1383 spurts"～",此处与前面合解 cockspur"～";也解 sports"～"。
1384 likequid 解 liquid"～";也解 like quid"～";也解 like"～"+quid [拉]"～",即"～"。
1385 suessiest 解 sweetest"～";也解 süß [德]"～";也解 Susanna"～",书中女儿伊茜的化身之一。
1386 sourir 解 sourire [法]"～";也解 sourer"～"。
1387 spritties 解 spirits"～";也解 sprit [丹]"～"。

酒精的宿主，朝圣者们[1388]喜剧|牛|喜剧|女演员，她们像雌孔雀一样高耸快速吵闹地[1389]围住他，朝圣者之首[1390]第一|睡觉|《天路历程》，我们危险的[1391]凯文[1392]，在圣餐[1393]圣体大会|新基督大会[1394]祝贺上，咕咕噜噜地相当激动，快快[1395]，在喋喋不休中提到[1396]夸赞他的所有绰号[1397]舔|名字|尸体，所用的词没有哪个小杜尔西尼娅[1398]掌状红皮藻|反对曾想使用[1399]暗示，除了在她未来的岁月的时候，送给他最像祈祷粉扑[1400]的香水，与其说逗他[1401]不如说给他点火[1402]满足（要不要我们帮忙，你现在笑了[1403]大量的骡子，你想起来[1404]舞圈|打趣|《弄臣》一些了？是米迦勒[1405]面纱|肉体的|爱抚？是伊茜[1406]思念？）他，这个色调精致的，这个满头金发的[1407]公平地|被称呼的，这个遥遥领先的，可能会赐予[1408]嘴|拯救每一位除了所有人，只要[1409]多个嘴唇几要[1410]嘴唇|饲料大胆[1411]口渴假设[1412]牙齿|假定，他的垂怜她们吧[1413]垂怜我们之亲吻许可证[1414]。含义：忍受[1415]昨天伤害[1416]今天直到更好者[1417]在床上|明天立起来[1418]。我们知道你喜欢带有不纯粹[1419] S[1420]的亚洲|伊茜的拉丁语，（你的书[1421]自由|海洋|肝脏就像他们看到[1422]海洋|说的那样）我们当然[1423]尽管如此愿意女孩们[1424]汩汩声爱上咕噜烟咕噜药[1425]水烟筒|漱口药，因此，阿拉比[1426] ABC|吻者诺拉，告诉那个坦率的[1427]老家伙[1428]在他的肚子[1429]如此伟大的|因此崇高的圣礼|蒂姆东东[1430]圆筒芯的灯|坏的里大叫[1431]爆炸花花公子蒂姆[1432]，给我们一股他那过于多情的老。傻瓜！

赞美诗第 29 号[1433]。啊，歌唱！快乐的小女孩[1434]女色的接纳了[1435]兄弟这样一个费城[1436]雅达菲！啊，晃来晃去的啤酒花是这么

1388 lusspillerindernees 解 les pèlerins［法］"～"；也解 Lustspiel［德］"～"；也解 Rinder［德］"～"；也解 lystspil［丹］"～"；也解 skuespillerindernes［丹］"～"。
1389 ripidarapidarpad 解 ripida［意］"陡峭"＋rapida［意］"快速"＋arbada［阿］"吵闹的"。
1390 prinkips 解 princeps［拉］"～"；也解 prin-"～"＋kip"～"；也与前面合解 *The Pilgrim's Progress*"～"，英国 17 世纪作家班扬的小说。
1391 kerilour 解 perilous"～"。
1392 kevinour 解 Kevin"圣凯文"，爱尔兰的隐士和圣人，书中儿子肖恩的化身之一＋our"我们的"。
1393 neuchoristic 解 Eucharistic"圣餐的"；也与后面合解 Eucharistic Congress"～"，第 31 届圣体大会 1932 年在都柏林召开；也解 neu-christ"～"。
1394 congressulations 解 congress"～"；也解 congratulations"～"。
1395 rpdrpd 解 rapid rapid"～"。
1396 allauding 解 alluding"～"；也解 allaudo［拉］"～"。
1397 licknames 解 nicknames"～"；也解 lick"～"＋names"～"；也解 Leichnam［德］"～"。
1398 dulsy nayer 解 Dulcinea"～"，《堂吉诃德》中堂吉诃德想象的美丽恋人，实为普通的农家姑娘；也解 dulse"～"＋nay"～"。
1399 implying"～"，此处解 employing"～"。
1400 praypuffs 解 pray"祈祷"＋puff"粉扑"。
1401 teasim 解 tease him"～"。
1402 setisfire 解 set his fire"～"；也解 satisfy"～"。
1403 massmuled 解 smiled"～"；也解 mass mule"～"。
1404 rigolect 解 recollect"～"；也解 rigoletto［意］"～"，跳舞者手拉手围成圆圈；也解 rigoler［法］"～"；也解 *Rigoletto*"～"，由朱塞佩·威尔第作曲的著名三幕歌剧。
1405 yismik 解 is Mick"～"，在书中与 Nick(魔鬼撒旦)组成二元对立的人物；也解 yashmak"～"，某些国家伊斯兰教妇女在公共场合佩戴；也解 jismī［阿］"～"；也解 jamaša［阿］"～"。
1406 yimissy 解 is Issy"～"，本书主人公壹耳微蚵和汉娜的女儿；也解 miss"～"。
1407 fairhailed 解 fair haired"～"；也解 fair"～"＋hailed"～"。
1408 bouchesave 解 vouchsafe"～"；也解 bouche［法］"～"＋save"～"。
1409 asfar as 解 as far as"～"；也解 ašfār［阿］"～"。
1410 safras 解 as far as"～"；也解 šafr［阿］"～"；也解 Fraß［德］"～"。
1411 durst"～"；也解 Durst［德］"～"。
1412 assune 解 assume"～"；也解 asunn［阿］"～"；也解 Assunta［意］"～"。
1413 havemercyonhurs 解 have mercy on her"～"；也解 have mercy on us"～"。
1414 kissier licence 解 kiss her"吻她"＋licence"许可证"。
1415 Andure 解 Endure"～"；也解 anduire［不规范的拉丁语］"～"。
1416 enjurious 解 injurious"～"；也解 anduiriu［不规范的拉丁语］"～"。
1417 imbetther 解 better"～"；也解 im Bett［德］"～"；也解 imbethrar［不规范的拉丁语］"～"。
1418 rer 解 rear"～"。
1419 impures 解 impure"～"。
1420 essies 解 S's"～"；也解 Asia"～"；也解 Issy's"～"，伊茜为本书主人公的女儿。
1421 liber［拉］"～"、"～"；也解 liber［不规范的拉丁语］"～"；也解 liver"～"。
1422 sea"～"，此处解 see"～"；也解 say"～"。
1423 certney 解 certainly"～"；也解 certbe［不规范的拉丁语］"～"。
1424 gurgles 解 girls"～"；也解 gurgle"～"。
1425 nargleygargley 解 narghile"～"＋gargle"～"，此处拟声，故译为"～"。
1426 arrahbeejee 解 *Araby*"～"，乔伊斯的短篇小说；也解 ABC，英语字母；也解 Arrah-na-Pougue"～"。
1427 frankay 解 frank"～"。
1428 boyuk 解 boy"～"。
1429 tumtum 解 tummy"～"；也解 tantum［拉］"～"；也与后面合解 Tantum Ergo Sacramentum［拉］"～"，中世纪哲学家托马斯·阿奎那作的一首拉丁文赞美诗；也解 Tim"～"，民谣《芬尼根的守灵夜》的主人公。
1430 argan 解 organ"器官"；也解 argand"～"；也解 arg［德］"～"。
1431 bellows"～"；也与后面的 upthe 合解 blow up"～"。
1432 tombucky 解 Tim"蒂姆·芬尼根"，爱尔兰民谣《芬尼根的守灵夜》中的主人公＋buck"花花公子"。
1433 Hymnumber 解 Hymn number"～"。
1434 girlycums 解 girl comes"女孩来"；也解 girly"～"，口语中指以表现裸体女子为特色的杂志或图片。
1435 adolphted 解 adopted"～"；也解 adelphos［希］"～"。
1436 Adelphus 解 Philadelphia"～"，美国城市名；也解 Adelphi"～"，伦敦的一建筑群，其中的"雅达菲剧院"在 1882 年至 1900 年期间上演了一系列传奇剧。

美好[1437]去被捉住！她们来唱合唱[1438]再一次|使心醉|商特克勒。她们诉说她们的敬意[1439]礼拜|生菜|沙拉，给他的笔尖[1440]预言|纳比派的信使[1441]弥赛亚|天使的处女[1442]圣人|女孩|伺候|《少女的祈祷》祈祷，把她们自己既单独又联合地拜倒在地[1443]做妓女。法谛海[1444]，交叉[1445]握住双手。愿得敬，俯下头。愿你的屋檐[1446]令人愉快的|夏娃都[1447]夏娃幸福快乐[1448]裸露的|风味！甚至是极乐！因为我们这么渴望净身礼[1449]解决。为了色彩[1450]父亲，为了香气[1451]儿子，为了向阳花[1452]神圣的|水滴。我们爱着[1453]阿门。

暂停。她们的祈祷像奥斯曼[1454]的荣耀一样白雾[1455]清真寺|寺院般升起，向西[1456]浪费的消散，给光之魂留下它那消退的沉寂(啊啦，啦啦，啦[1457]除了阿拉别无他神！)一片蓝色的[1458]突厥人|洗涤的天空。于是：

——感谢[1459]神圣的|黄褐色|桑索斯！感谢！感谢！我们感谢你的，强大的清白者[1460]英诺森，这确实让它立刻[1461]逃跑|他曾是脱离险境。如果在若干年后[1462]经常，它变得你会在完成了案牍工作之后，变成一位米兰银行经理[1463]银行内地公馆主人，我们和我会与我们忠顺的[1464]鞠躬仆人们住在一起，在艾尔斯伯里路[1465]的玫瑰花园，在柏克的贵族[1466]流动性|乌合之众中间。如果你信赖广告上的花名册，红色的墙砖全都有极高的品质，不过我们将把我们自己存起来，并且抓住小区[1467]盖上|结婚|尼波中最美丽的、最茂密的材质树。叔叔[1468]随叫随到的|埋葬|巨大的灾难的地块。卢孔布橡树[1469]、土耳其榛树、希腊冷杉、熏香棕榈[1470]翠柏等[1471]。安维尔

1437 goholden 解 golden“～”；也解 go holden“～”。
1438 en chor 解 in chorus“～”；也解 encore［法］“～”；也解 enchant“～”；也解 Chantacler“～”，《列那狐传奇》中的公鸡。
1439 salat［阿］“～”，伊斯兰教的礼拜，此处解 salute“～”；也解 Salat［德］“～”；也解 salad“～”。
1440 Nabis 解 nibs“～”；也解 nabi［希伯来］“～”；也解 Nabis“～”，19 世纪末法国艺术流派。
1441 messiager 解 messenger“～”；也解 Messiah“～”；也解 angel“～”。
1442 madiens 解 maiden“～”；也解 mahdi［阿］“～”；也解 Mädchen［德］“～”；也解 dienen［德］“～”；也与后面合解“A Maiden's Prayer”“～”，波兰作曲家特克拉·巴达捷夫斯卡 1856 年创作的钢琴曲。
1443 prostitating 解 prostrating“～”；也解 prostituting“～”。
1444 Fateha 解 Al-Fatihah［阿］“～”，《古兰经》第一章（苏拉）经文，中国翻译家马坚的译法。
1445 fold“～”；也解 hold“～”。
1446 evings 解 eaves“～”；也解 aoibhinn［阿］“～”；也解 Eve“～”。
1447 e'en 解 even“甚至”；也解 Eve“～”，后面一句的 even（甚至）也包含夏娃的名字。
1448 blossful 解 blissful“～”；也解 bloß［德］“～”；也解 blas“～”。
1449 ablution“～”；也解 absolution“～”。
1450 farbung 解 Färbung［德］“～”；也解 father“～”。
1451 scent“～”；也解 son“～”。
1452 holiodrops 解 heliotrope“～”；也解 holy“～”＋drop“～”。
1453 Amems 解 amamus［拉］“～”；也解 amen“～”。此句化自基督教用语“以圣父、圣子、圣灵之名，阿门”。
1454 Osman“～”（1259—1326），奥托曼帝国的创建者，曾有毛巾的广告为“白得像奥斯曼的毛巾”。
1455 misquewhite 解 white mist“～”；也解 mosque“～”；也解 masquid［阿］“～”。
1456 wasteward 解 westward“～”；也解 waste“～”。化自英国诗人艾略特的《荒原》中的“看进光的中心，那里是一片沉寂”。
1457 allahlah lahlah lah，象声词，解“～”；也解 La ilaha ill-Allah［阿］“～”。
1458 turquewashed 解 turquoise“～”；也解 Turk“～”＋washed“～”。
1459 Xanthos 解 Thanks“～”；也解 Sanctus［拉］“～”；也解 xanthos［希］“～”；也解 Xanthos“～”，公元前 2 世纪古国利西亚的首府和最繁华的城市。
1460 innocent“～”；也解 Innocent“～”，有 13 个教皇，一个伪教皇叫这个名字。
1461 fuitefuite 解 tout de suite［法］“～”；也解 fuite［法］“～”；也解 fuit［拉］“～”。
1462 ofter 解 after“～”；也解 often“～”。
1463 bank midland mansioner“～”，此处解 Midland Bank manager“～”。
1464 obeisant 解 obedient“～”；也解 obeisance“～”。
1465 Ailesbury Road“～”，都柏林的富人聚居区。
1466 mobility“～”，此处解 nobility“～”；也解 mob“～”。此处化自 *Burke's Landed Gentry*（《伯克版土地贵族》），伯克家族 1826 年编撰的英国主要家族和重要人物的细目。
1467 nebohood 解 neighbourhood“～”；也解 nebo［拉］“～”“～”；也解 Nebo“～”，巴比伦的神。
1468 Oncaill 解 uncle“～”；也解 oncall“～”；也解 onncaill［不标准拉丁语］“～”；也解 on-caill［爱］“～”。
1469 Luccombe oaks 解 Lucombe Oaks“～”，18 世纪一位名为卢孔布的英国园丁培育的橡树。
1470 incense palm 解 incese“熏香”＋palm“棕榈”；也与后面合解 incense cedar“～”。
1471 edcedras 解 etcetera“～”。

山[1472]的测高计据说因密叶杉[1473]正统性|心脏病|正确的顺序|落叶松|那个轴心而绝迹，不过，多亏[1474]圣人天涯海角[1475]落叶松[1476]劳伦斯·奥图尔，拉内勒[1477]的无毛榆依然在野外繁茂，因为它那与我们性情相同的当地物种和种子是幸运之神送过来的。我们会有我们私有的白桃[1478]波莉·皮切尔邮筒[1479]柱子|后门来收那些害相思病的信[1480]装饰性的大写字母，它们被深情地粘[1481]订婚的在我们前面的栏杆、秋千、吊床、严格管教的芭蕾线[1482]战线、宿舍的角落、棱镜似的澡盆[1483]上，好让妒忌的眼睛流口水，纳闷她们什么时候从她们在我们花园后面[1484]罕见的充当枪眼[1485]尴尬的的窗户里用双眼看到我们的。菲亚特-菲亚特[1486]他成为会成为我们在自动器[1487]自发动作上的号码，而胖墩在他的胖脸[1488]乡巴佬们|查夫中只是我们四个的[1489]我们外国人似的专职司机[1490]查夫。一旦我在第一次尝试中[1491]入口处卖了你[1492]我看到你|伊瑟，我就会等着我们[1493]茶等着瓮|特里斯丹|我们。我们的亲表兄[1494]贪吃的|德国的|有关的|戈尔曼，傻小子[1495]教皇珀西[1496]温德汉姆·刘易斯|托马斯·珀西，会宣布[1497]斥责所有颜色[1498]来访者的错误名称[1499]嗅，在那儿，我们的暹罗[1500]看我的安逸姐妹，九条命的塔比瑟[1501]蒂布，将毫无保留地送出她诚挚的[1502]听你的欢迎。此时她们聊着草皮和嫩枝。叮叮，叮叮。果酱[1503]脆饼[1504]抚育不够的夫人将戴着她的杏仁饼假发走进来晚餐，她的杏仁项链和她的梨子[1505]女丑角周末装[1506]圣代冰淇淋配上蜂蜜手镯，还有她的胭脂虫长筒袜[1507]裤子配上焦糖色舞步，赃物镇[1508]美女镇|足球乡买来的活泼上品，还有她那象牙薄荷的吮吸东东。你可别错过了，否则你会

1472 位于都柏林郊区邓德拉姆。

1473 arthataxis 解 Athrotaxis“～”；也解 orthodoxy“～”；也解 heart attacks“～”；也解 orthotaxis［希］“～”；也解 larix［拉］“～”；也解 that axis“～”。

1474 send“归于”；也解 saint“～”。

1475 U' Thule 解 ultima thule“～”。

1476 Larix［拉］“～”；也解 Saint Laurence O'Toole“～”(1128—1180)，都柏林的守护圣人。

1477 Manelagh 解 Ranelagh“～”，都柏林南部的一个村庄。

1478 palypeachum 解 pale peach“～”；也解 Polly Peachum“～”，英国戏剧《乞丐的歌剧》的女主人公。

1479 pillarpostern 解 pillar post“～”；也解 pillar“～”＋postern“～”。

1480 letterine 解 letter“～”；也解 lettrine“～”，乔伊斯之女露西娅常用这类艺术字装饰乔伊斯的作品。

1481 affianxed 解 affixed“～”；也解 affianced“～”。

1482 balletlines 解 ballet“芭蕾舞”＋lines“队列”；也解 battlelines“～”。

1483 bathboites 解 bath“洗澡”＋boîte［法］“盒子”。

1484 rare“～”，此处解 rear“～”。

1485 embrassured 解 embrasure“～”；也解 embarrassed“～”。

1486 Fyat-Fyat 解 Fiat cars，故译“～”；也解 fiat［拉］“～”。

1487 autokinaton 解 autokinêton［希］“～”；也解 autokinesis“～”。

1488 Chuffs“～”，此处为文字游戏，故译为“～”；也解 Chuff“～”，书中儿子的化身之一。

1489 oursforownly 解 ours four only“～”；也解 our-foreign-ly“～”。

1490 chuffeur 解 chauffeur“～”；也解 Chuff“～”。

1491 antries 解 an tries“～”；也解 entries“～”。

1492 I sold U 解 I sold you“～”；也解 I saw you“～”；也解 Isolde“～”，本书主人公的女儿。

1493 T will be waiting for uns 解 I will be waiting for us“～”；也解 Tea will be waiting for urns“～”；其中 T 也解 Tristan“～”，中世纪“亚瑟王传奇”中的骑士；也解 uns［德］“～”。

1494 cousin gourmand 解 cousin-german“第一代表兄妹”；其中 gourmand 也解［法］“～”；也解 German“～”；也解 germane“～”；也解 Herbert Gorman“～”(1893—1954)，第一位给乔伊斯写传记的作者。

1495 pup“～”；也解 pope“～”。

1496 Percy 解 Percy Bennett“珀西·班尼特”(1866—1943)，英国驻苏黎世大使；也解 Percy Wyndham Lewis“～”，英国作家；也解 Thomas Percy“～”(1729—1811)，爱尔兰邓郡的德罗莫尔主教。

1497 denounce“～”，此处解 announce“～”。

1498 callers“～”，此处解 colours“～”。

1499 sniffnomers 解 misnomers“～”；也解 sniff“～”。

1500 Seemyease 解 Siamese“～”；也解 see my ease“～”。

1501 Tabitha“～”；也解 Tib“～”，这是伊莎贝拉的昵称，因此也是本书主人公的女儿的昵称。

1502 hearthy 解 hearty“～”；也解 hear thy“～”。

1503 Marmela 解 marmalade“～”。

1504 Shortbread 解 shortbread“～”；也解 short-bred“～”。

1505 poirette 解 poire［法］“～”；也解 pierrette“～”。

1506 Sundae 解 Sunday“～”；也解 Sundae“～”。

1507 hose“～”；也解 Hose［德］“～”。

1508 Bootiestown 解 booties“赃物”＋town“市镇”；也解 beauty's town“～”；也解 Booterstown“～”，位于都柏林市郊区。

后悔的。查米尤绉缎[1509]诱惑者|迷人的缪斯们的衣服[1510]鞋|克洛伊，闪闪发光的[1511]甘油珠宝[1512]井|茱莉亚，淑女般的[1513]莉迪亚|轻的|莉迪娅|扇形窗扇子，喷烟雾的[1514]香味的香烟[1515]辛娜拉|西格莱特。柠檬汽水[1516]单子王子优雅地[1517]格蕾丝·奥玛丽表示了好感。他的六位巧克力跟班会吹着号角[1518]烫平跑在他的前面，可可奶油则套着粉色的垫子[1519]针垫带着他的木剑[1520]内藏刀剑的棍杖|词目|绣花东摇西摆地跟在后面。我们觉得这位夺睛头条[1521]陶醉|阁下阁下应该认得果子酱[1522]卡梅拉夫人。英俊[1523]他|某个|柔软的|刘易斯·卡罗尔|温德汉姆·刘易斯先生配柔软[1524]伊丽莎白女士们[1525]。在圣烛节[1526]肯太拉麻|混乱或可能想去[1527]或许之前，在玫瑰复活节或圣蒂博日[1528]西奥博尔德之前，他不打算去科克。因此没人[1529]天堂知道。农夫[1530]弗莫尔族|祖母穿着他的鱼鳍[1531]金色的|芬·麦克尔，外祖母[1532]是她还有他[1533]反反复复|母鸡|山。一个帕特隆人[1534]流行语|一双|单独|一对！一个帕特隆人！都柏林到处闹闹哄哄。我们会唱一首唯一之月[1535]《雅歌》之歌，你也会[1536]圣诞季节的，你会的。这是音调[1537]音乐的，那是主音。一二三。合唱[1538]小时！那么开始，汝等有钱的充满乐趣的贵族绅士们[1539]女人夫人连衣裙们[1540]未婚女性|普鲁弗洛克！瘦[1541]秦|山，瘦！瘦，瘦！快，乐的和活，泼的[1542]《冬青与常春藤》，你们唧唧伴汝们我我[1543]情书|公山羊|圣树|咕咕地叫|母牛|奶牛，为了慢慢跳清脆[1544]圣诞节美好[1545]夜的吉格舞，并唱一遍弥撒书[1546]怀念所有人|槲寄生|酒宴|《祝酒歌》。嘿，狂欢[1547]咀嚼|倒|你！嘿嘿，狂欢！噢，你这个长尾巴的黑人，在我后面跳起波尔卡[1548]把火拨旺！嘿，狂欢！嘿嘿，狂欢[1549]！还有，杰茜们，

1509 Charmeuses"～";也解 charmeuse"～";也解 charm Muses"～"。

1510 chloes 解 clothes"～";也解 shoes"～";也解 Chloe"～",古罗马诗人贺拉斯《歌集》中的女子。

1511 glycering 解 glittering"～";也解 glycerin"～"。

1512 juwells 解 jewels"～";也解 wells"～";也解 Julia"～",女性名称。

1513 lydialight 解 ladylike"～";也解 Lydia"～",贺拉斯《颂歌》中的女性,也是小亚细亚的富裕古国＋light"～";也解 Lydia Languish"～",英国作家谢立丹《情敌》中的女主人公;也解 fanlights"～"。

1514 puffumed 解 puff-fume-d"～";也解 perfumed"～"。

1515 cynarettes 解 cigarettes"～";也解 Cynara"～",贺拉斯《颂歌》中的女性;也解 Cigarette"～",英国女作家维达的小说《两面旗帜下》中的人物,这部小说在 1912 年改编为电影。

1516 Le Monade 解 lemonade"～";也解 la monade [法]"～",德国哲学家莱布尼茨提出的理论。

1517 graciously"～";也解 Grace O'Malley"～",伊丽莎白时期的爱尔兰海盗。

1518 bugling"～";也解 bügeln [德]"～"。

1519 pink cushion"～";也解 pincushion"～"。

1520 sticksword 解 stick"棍棒"＋sword"剑";也解 swordstick"～";也解 Stichwort [德]"～";也解 sticken [德]"～"。

1521 Headiness 解 headlines"～";也解 headiness"～";也解 Highness"～"。

1522 Marmela 解 marmalade"～";也解 Carmela"～",女性名称。

1523 Luisome 解 handsome"～";也解 lui [法]"～"＋some"～";也解 lissome"～";也解 Lewis Carroll"～",《爱丽丝漫游奇境记》的作者;也解 Wyndham Lewis"～",英国作家,曾攻击乔伊斯。

1524 lissome"～";也解 Elizabeth"～",本书中主人公的女儿伊茜的别名之一。

1525 此句化自习语 Handsome is as handsome does(行为漂亮才是漂亮)。

1526 Cantalamesse 解 Candlemas"～",2 月 2 日,也是乔伊斯的生日;也解 Cantala"～",菲律宾产的龙舌兰的纤维,可用来制麻线＋messes"～"。

1527 mayhope 解 may"可能"＋hope"希望";也解 mayhap"～"。

1528 Saint Tibble's Day"～",此处化自习语 on St Tib's Eve(永远不),因为在宗教日历上没有这个纪念日;也解 St. Theobald"～"(1017—1066),法国圣人。

1529 Niomon 解 No one"～";也解 Nionon [不规范的拉丁语]"～"。

1530 Fomor 解 farmer"～";也解 Fomhór"～",爱尔兰神话中象征混沌与野性的巨人族;也解 farmor [丹]"～"。

1531 Fin"～";也解 fionn [爱]"～";也解 Finn MacCool"～",爱尔兰传说中芬尼亚英雄的领袖。

1532 Momor 解 mormor [丹]"～"。

1533 her and hin 解 her and him"～";也解 hin und her [德]"～";其中 hin 也解 hen"～";也解 Chin [中]"～",乔伊斯被告知这是中国的"山"字,念"chin",乔伊斯认为这正是一般人念 Fin 的方式。

1534 paaralone 解 Parthalón"～",爱尔兰神话中大洪水后最早来到爱尔兰的殖民者;也解 parolone [意]"～";也解 Paar [德]"～"＋alone"～";也解 paar [荷]"～"。

1535 Singlemonth 解 Single"单一的"＋month"月份",乔伊斯说指圣诞季;也解 Song of Solomon"～"。

1536 you'll"～";也解 Yule"～"。

1537 notes"～";也解 Noten- [德]"～"。

1538 Chours 解 chorus"～";也解 hours"～"。

1539 gentrymen 解 gentry"贵族们"＋gentlemen"绅士"。

1540 wibfrufrocksfull 解 Weib [德]"女人"＋fru [丹]"夫人"＋frocks"连衣裙"＋full (of fun)"充满乐趣的";也解 frøken [挪]"～";也解 Prufrock"～",英国诗人艾略特的诗歌《普鲁弗洛克的情歌》的主人公。

1541 Thin"～";也解 Chin [中]"～";也解 Chin [中]"～"。

1542 Thej olly and thel ively 解 The jolly and the lively"～";也解"The Holly and the Ivy""～",圣诞歌曲。

1543 billy...coo 解 bill and coo"谈情说爱";也解 billet doux [法]"～";其中 billy 也解"～";也解 bile [爱]"～";其中 coo 也解"～";也解 cow"～";也解 Kuh [德]"～"。

1544 crispness"～";也解 Christmas"～"。

1545 nice"～";也解 night"～"。

1546 missal"～";也解 miss all"～";也解 mistletoe"～";也解 wassail"～";也解 Wassail Song"～",其中有"sing a wassail too"(也唱祝酒歌)。

1547 champouree 解 jamboree"～";也解 champ"～"＋pour"～"＋thee"～"。

1548 polk 解 polka"～";也可与后面的 up 合解 poke up"～"。

1549 此处化自英国萨默塞特地区的民歌《狂欢歌》,其中有"嘿,狂欢,嘿,狂欢,喔,你这个长尾巴的黑人,在我身后把火拨旺,/ 嘿,狂欢,嘿,狂欢,噢,珍妮,把燕麦糕做好"。

四处推南瓜[1550]葡萄干蛋糕。哈利路亚[1551]汉娜·丽维娅！

在罗慕勒斯和瑞摩斯[1552]漫步|松散|狍子|驼鹿之后，孔雀舞者[1553]孔雀阔步[1554]尖叫的走过他们的切坡里若德[1555]礼拜堂|有争议的街道[1556]趾高气扬地走，华尔兹舞者[1557]地下室相遇[1558]奖赏|我|草地并唱着约德尔调[1559]你经过巴里堡[1560]市镇|穷的的满地烂泥[1561]森林边缘带，许多麦克克劳德小姐的舞者[1562]怀念我的|多云的|瘴气沿着哈赫考特[1563]她的法庭街[1564]走入歧途铁路[1565]卷筒|道路|真正的道路优美地[1566]污点游历，利戈顿舞者[1567]在格兰奇戈曼[1568]高平原[1569]露水举行拉格泰姆乐伴奏的狂欢；而且，虽然自此以后英镑和基尼[1570]被小溪和狮子[1571]莱恩币取代，在矫揉造作[1572]支架|鬼鬼祟祟方面取得了一些进步，各个种族[1573]雨水来来去去，百里香，调味品中的厨师[1574]首领，像他通常那样对那些难消化的[1575]末尾|可调节的|不可调节的和诸如此类[1576]那不是的将是正是也不曾是的做出精到的[1577]炖煮的菜运用，那些舞蹈妖魔们[1578]黄水仙和可笑的康康舞女们[1579]为了让我们散心[1580]快乐|结巴的|同性恋|约翰·盖伊，从过去世代[1581]罐子|茶|号角|驿车号的聋哑[1582]中结结巴巴着[1583]蒸炖的，将要爆发的|声音下来，爸爸的茶杯[1584]过去的时代|帕克不透明[1585]下流|盲目|肥胖症，像妈咪[1586]丢脸对妈[1587]呣呣时一样的柔若无骨[1588]四分五裂。

她们的花冠现在就这样装饰着[1589]刀笔蠓虫[1590]色织席纹绸|网|席纹织物|夜晚，所有人每一个都有给她自己的情话，她们全部下部雄蕊[1591]谨慎陈述的所有乳头尽他所能[1592]姿势见[1593]她到的那样张开，向日葵般[1594]向阳性植物|扁桃体|转向灵魂的笔直切开或是斜向一边[1595]侧

1550 pumkik 解 pumpkin“～”；也解 plumcake“～”。化自童谣《波莉把水壶放上》，其中有“杰茜，把葡萄干蛋糕传给大家”。

1551 Anneliuia 解 halleluiah“～”；也解 Anna Livia“～”，本书女主人公的名字，也指利菲河。

1552 Roamaloose and Rehmoose 解 Romulus and Remus“～”，建立罗马城的双胞胎兄弟；其中 Roamaloose 也解 roam“～”＋loose“～”；其中 Rehmoose 也解 Reh［德］“～”＋moose“～”。

1553 pavanos 解 pavan“～”；也解 pavo［拉］“～”。

1554 strident“～”，此处解 striding“～”。

1555 Chapelldiseut 解 Chapelizod“～”，都柏林西郊地名；也解 Chapel“～”＋discuté［法］“～”。

1556 struts“～”，此处解 streets“～”。

1557 vaulsies 解 valses［法］“～”；也解 vaults“～”。

1558 meed“～”，此处解 met“～”；也解 me“～”；也解 mead“～”。

1559 youdled 解 yodelled“～”，指用真假嗓音陡然互换地唱；也解 you“～”。

1560 Ballybough“～”，都柏林北部一区，以泥地和吸引名声不佳者著称；也解 Baile［爱］“～”＋Bocht［爱］“～”。

1561 purly ooze 解 purely“十足地”＋ooze“软泥”；也解 purlieus“～”。

1562 mismy cloudy 解“Miss McCloud's (Reel)”(《麦克克劳德小姐的里尔舞》)，爱尔兰民歌，其中里尔舞指一种活泼的民间对舞；也解 miss my“～”＋cloudy“～”；也解 miasma“～”。

1563 hercourt 解 Harcourt“～”，都柏林街名，18 世纪时是总督府所在地；也解 her court“～”。

1564 strayed“～”，此处解 street“～”。

1565 reelway 解 railway“～”；也解 reel“～”＋way“～”；也解 real way“～”。

1566 taintily 解 daintily“～”；也解 taint“～”。

1567 rigadoons“～”，本意是 17 和 18 世纪流行的一种活泼的双人舞。

1568 Grangegorman“～”，都柏林北部郊区，是布罗德斯通铁路的终点站所在地。

1569 platauplain 解 plateau“高原”＋plain“平原”；也解 Tau［德］“～”。

1570 两种英国货币。

1571 lions“～”；也解 lion“～”，苏格兰曾使用的金币。此处四个名字也指乔伊斯的父亲参与的 1880 年大选中自由党候选人布鲁克斯(溪流)和莱恩斯(狮子)战胜在任的亚瑟·健力士和詹姆斯·斯特灵。

1572 stilts“～”，此处解 on stilts“～”；也解 stealth“～”。

1573 races“～”；也解 rain“～”。

1574 chef“～”；也解 chief“～”。

1575 endadjustables 解 indigestible“～”；也解 end“～”＋adjustable“～”；也解 unadjustables“～”。

1576 whatnot“～”；也解 what not...is“～”。

1577 astewte 解 astute“～”；也解 stew“～”。

1578 danceadeils 解 dance“跳舞”＋a“一个”＋deils“魔鬼们”；也解 daffodils“～”。

1579 cancanzanies 解 cancan“康康舞”，通常法国红灯区表演的一种女子高踢大腿的舞蹈＋zany“可笑的”。

1580 begayment 解 beguilement“～”；也解 be-gay-ment“～”；也解 bégayeur［法］“～”；也解 bugger“～”；也解 John Gay“～”(1685—1732)，英国诗人和剧作家。

1581 po's taeorns 解 past aeons“～”；也解 pot“～”＋tea“～”＋horns“～”；也解 post horn“～”。

1582 bedeafdom 解 be deaf“聋的”＋dumb“哑的”。

1583 stimmering 解 stammering“～”；也解 simmering“～”；也解 Stimme［德］“～”。

1584 pa's teapucs 解 pa's tea cups“～”；也解 past epochs“～”；也解 Puck“～”，《仲夏夜之梦》中的精灵。

1585 obcecity 解 opacity“～”；也解 obscenity“～”；也解 obcaecitas［拉］“～”；也解 obesity“～”。

1586 momie 解 mommy“～”；也解 momos［希］“～”。

1587 ma［英口］“～”。此处化自德莱顿作词、博伊斯作曲的歌曲“The Song of Momus to Mars”(《嘲神对战神之歌》)。

1588 limbfree limber 解 limb free“无躯干的”＋limber“柔软的”；也解(tear) limb from limb“～”。

1589 stylled 解 styled“～”；也解 stilus［拉］“～”。

1590 nattes“～”，此处解 gnats“～”；也解 nets“～”；也解 natté［法］“～”；也解 natte［丹］“～”。此处可能化自德国钢琴家卡尔·博姆(1844—1920)创作的歌曲“Still wie de Nacht”(《宁静如夜》)。

1591 understamens 解 under“在下面”＋stamens“雄蕊”；也解 understatements“～”。

1592 posably 解 possibly“～”；也解 pose“～”。

1593 she“～”，此处解 see“～”。

1594 tournesoled 解 tournesol［法］“～”；也解 turnsole“～”；也解 tonsil“～”；也解 turn＋soul-ed“～”。

1595 sidewaist“～”，此处解 sideways“～”。

腰部，与阴性之物[1596]的紧身胸衣[1597]路线一致[1598]根据|相一致，在太阳崇拜中朝向[1599]去求爱的人他，以便她们可以在她们的花萼[1600]种子夹|袜子|高脚酒杯中追上[1601]抓住杯子，她们全都[1602]作为结队[1603]修辞|太而行，那些从他的阳性[1604]苍蝇|孤单的雌蕊[1605]手枪里出来的风撒种子[1606]挡开射杀，因为他能用眼睛窥[1607] HCE 透她们，直至她们的自然色，尽管还有[1608]从不是最少的她们的卫生纸[1609]窥视者(意思是桑葚[1610]迷迭香|马勒白里灌木网孔[1611]闪姆，花朵长成苹果的时节，一个谨慎的修辞格，各种各样的香气，一次婚礼[1612]新娘，海雾等等[1613]在如此一个里)像看看看到[1614]跷跷板|她一样轻快[1615]轻松地(啊，我的好小姐[1616]天啊！ 啊，我的一团糟[1617]天哪！ 啊，我的无价[1618]普里斯特利|奖品|唯恐宝贝[1619]在……之前|鞋子！)。此时，像哑的[1620]昏暗的哑美女[1621]哑铃，笨女人|《叮当铃声响》一样忠实[1622]如露水的|十足地|十足露水般的，全都听[1623]爱丽丝|《尊宝告诉爱丽丝》着他的灵丹妙药。可爱极了[1624]春药！

她们对他说：

——真迷人[1625]被拴住的，亲爱的甜心斯坦尼斯劳斯[1626]无污点的|弄脏我们，年轻的告解神父，更亲爱的最亲爱的，我们在这儿听着[1627]听众，即将盛开[1628]赤裸的，啊，天堂的居者，我们向您致敬[1629]汝|敬礼|弥撒。我们贞洁[1630]不熟练的|未受学校教育的|叔叔的守护圣人[1631]图案，庆典大师[1632]邮政局长，温柔信件[1633]情书的递送者，带着 40 份邮件环绕世界[1634]，背包、腰带、温暖的光线，我们的信童[1635]巴纳包|黄色的裂口|危险的分歧|孩子|男孩，我们的邮票小伙[1636]，在你的礼服[1637]存放里带着牧羊神之笛[1638]潘，神学学生[1639]猪鼻子|牛|阉公猪|给|乌鸦，当

1596 feminite 解 feminine“～”。
1597 coursets 解 corsets“～”；也解 courses“～”。
1598 accourdant 解 accordant“～”；也解 according“～”；也解 s'accordant［法］“～”。
1599 towooerds 解 towards“～”；也解 to-woo-ers“～”。
1600 calyzettes 解 calyx“～”；也解 kalyx［希］“～”；也解 Calze［意］“～”；也解 chalices“～”。
1601 catchcup 解 catch up“～”；也解 catch cup“～”。
1602 alls 解 all“～”；也解 als［德］“～”。
1603 troping 解 troop“～”；也解 trope“～”；也解 trop［法］“～”。
1604 muscalone 解 masculine“～”；也解 musca［拉］“～”＋lone“～”。
1605 pistil“～”；也解 pistol“～”。
1606 parryshoots 解 parachute“～”；也解 parry shoots“～”。
1607 eyespy 解 eye“眼睛”＋spy“窥视”。此处包含本书主人公名字的缩写 HCE。
1608 nevertheleast 解 nevertheless“～”；也解 never the least“～”。
1609 peepers“～”，此处与前面的 tissue 合解 tissue papers“～”。
1610 Mullabury 解 mulberry“～”；也解 rosemary“～”；也解“Mullabury Bush”“～”，一首流行的英国儿歌。
1611 mesh“～”；也解 Shem“～”，本书主人公的儿子之一。
1612 bridawl 解 bridal“～”；也解 bride“～”。
1613 inso one 解 and so on“～”；也解 in＋so＋one，可译为“～”。
1614 see saw 解 see“看看”＋saw“看到”；也解 seesaw“～”；也解 sie［德］“～”。
1615 leichtly 解 leicht［德］＋-ly“～”；也解 lightly“～”。
1616 my goodmiss 解 my good miss“～”；也解 my goodness“～”。
1617 my greatmess 解 my“我的”＋great mess“一团糟”；也解 my gracious“～”。
1618 prizelestly 解 pricelessly“～”；也解 J. B. Priestley“～”(1894—1984)，英国小说家；也解 prize“～”＋lest“～”＋-ly。
1619 preshoes 解 precious“～”；也解 pre-“～”＋shoes“～”。
1620 dimb 解 dumb“～”；也解 dimb“～”。
1621 dumbelles 解 dumb“哑的”＋belles［法］“美女”；也解 dumb-bells“～”；也解“Ding Dong Bell”“～”，英国儿歌。
1622 dewyfully 解 dutifully“～”；也解 dewy“～”＋fully“～”，可解“～”。
1623 alisten 解 listen“～”；也解 Alice“～”，《爱丽丝漫游奇境记》的主人公；也解“Jumbo Said to Alice”“～”，英国童谣，讲动物园里的两只大象互表爱意。
1624 Lovelyt 解 Lovely“～”；也可与前面的 elixir 合解 love elixir“～”。
1625 Enchainted 解 Enchanted“～”；也解 Enchained“～”。
1626 Stainusless 解 Stanislaus“～”，乔伊斯的弟弟；也解 Stainless“～”；也解 stain us“～”。
1627 herehear 解 here“这里”＋hear“听”；也解 hearer“～”。
1628 aboutobloss 解 about to“正要”＋blossom“开花”；也解 bloß［德］“～”。
1629 O coelicola, thee salutamt 解 O coelicola te salutamus［拉］“～”；其中 thee 也解“～”；salutamt 也解 salute“～”＋Amt［拉］(天主教中有吟唱的)“～”。
1630 unschoold 解 Unschuld［德］“～”；也解 unskilled“～”；也解 unschooled“～”；也解 uncle“～”。
1631 Pattern“～”，此处解 patron“～”。
1632 pageantmaster“～”；也解 postmaster“～”。
1633 softmissives 解 soft missives“～”，直译自法语 billet doux，意为“～”。
1634 此处化自法国科幻作家凡尔纳的小说《八十天环绕地球》。
1635 barnaboy 解 barua［斯瓦］“信”＋boy“男孩”；也解 Barnaboy“～”，爱尔兰地名，意思是“～”；也解 beárna baoghail［爱］“～”，爱尔兰民族主义文学中的常用词；也解 barn［挪］“～”＋boy“～”。
1636 chepachap 解 chepa［斯瓦］“邮票”＋chap“小伙子”。
1637 putaway 解 cutaway“下摆裁成圆角的礼服”；也解 put away“～”。
1638 pampipe 解 panpipe“～”；也解 Pan“～”，古希腊神话中人身羊脚的好色的山林之神。
1639 gab borab［爱］“～”；也解 gob［爱］“～”＋bó［爱］“～”＋rab［爱］“～”；也解 gab［德］“～”＋Rabe［德］“～”。

你在多尼戈尔[1640]丹麦人|高卢人|老学监的各处做了所有你目见、音听、闻嗅、馔尝，以及温和朗姆酒碰触之后，你将存在，送给我们，你的迷人的，您这过于蒙福的[1641]过于麻木的|夸张|服务员|囊，一种方式和所有你能想到的[1642]收到信件游戏[1643]让我们起身祈祷|聪明的，凯尔特[1644]否认的小伙儿的头儿，现在通过你的神圣邮局[1645]圣灵你已经[1646]匆忙在仪式上确定了我们的名字。肮脏不属于[1647]艺术你。弃子并不是您。麻风之塔[1648]莱坡德镇，业力[1649]车夫|卡门厅的洛基[1650]当地的，还没有在我们的污染中漂白，你那九十次劈腿中的交合没有弄脏。骇人王冠[1651]稻草人并非不可触摸戴在你的头上。你是纯洁的。你是纯洁的。你在纯净之中。你还未把那些发臭的家伙带进情侣们[1652]阿米特|阿蒙霍特普的屋子。纤纤玉手[1653]，小巧莲足[1654]，我们用它们来命名荣誉之殿。你的头被阿蒙-拉[1655]哈勒奈大神碰触，你的脸因角质-层[1656]科蒂库瑞女神而生辉。回来吧，神圣的年轻人，重新走在我们中间！自往昔[1657]岁月起春天[1658]明天|流出的雨就是迷人的[1659]音乐的|面具|秋天。露台[1660]上满是鲜花。温暖[1661]平静的时光的日子[1662]天空|搜索者|保险的。像阵雨可能呈现的一样震颤[1663]。我们的黄油面包[1664]血统和更好班级在宽阔[1665]沉思|面包苦涩的[1666]更优的|黄油过去[1667]隘道中。泥泞的围栏浅滩[1668]牧师渴望着。但是我们指望着好运[1669]母鸡的咯咯叫|钟表|格拉格。伟大的饶舌者[1670]又来了。收糖果的人[1671]赌金全赢制，亚伯[1672]阿伯拉尔，我们所有万圣节前夜[1673]光环|自在|爱洛伊丝的主人，我们(或许[1674]通过|屁股稍微更亲密[1675]一些，超过了严格意义上[1676]油滑地那时必需的[1677]饰品)，

1640 Daneygaul 解 Donegal“～”，爱尔兰郡名；也解 Dane“～”+Gaul“～”；也解 dean old“～”。
1641 overblaseed 解 over-blessed“～”；也解 over-+blasé（[法]“感觉麻木的”）“～”；也解 overblow“～”；也解 Ober [德]“～”+Blase [德]“～”。
1642 ceive 解 conceive“～”；也解 receive“～”。
1643 a wise and letters play 解 a“一种”+wise“方式”+and“和”+letters“信件”+play“游戏”；也解 arise and let us pray“～”；其中 wise 也解“～”。
1644 celtech 解 Celtic“～”；也解 ceilteach [爱]“～”。
1645 holy post 解 holy post office“～”；也解 Holy Ghost“～”。
1646 hast，第二人称单数现在时；也解 haste“～”。
1647 art“～”，此处解 are“～”。
1648 Leperstower 解 Lepers“麻风病人”+tower“塔”；也解 Leopardstown“～”，爱尔兰一个地区。
1649 karman 解 karma“～”，佛教术语；也解 carman“～”；也解 Carmanhall“～”，莱坡德镇以北的镇。
1650 Loki“～”，北欧神话中的火神；也解 local“～”。
1651 Scarecrown 解 scare“用以吓唬人的”+crown“王冠”；也解 scarecrow“～”。
1652 Amanti [意]“～”；也解 Ammit“～”，埃及神话中一头拥有鳄鱼头，狮子上身及河马下身，住在地下的生物，是天谴的一种拟人法表示；也解 Amenhotep“～”，埃及曾有 4 位法老叫这个名字。
1653 Elleb Inam 解 belle mani [意]“～”。
1654 Titep Notep 解 petit [法]“小的”+peton [法俗]“小脚”，故译为“～”。
1655 Enel-Rah 解 Amen-Ra“～”，阿蒙是埃及主神的希腊化名字，拉是埃及神话中的太阳神，两个名字有时结合，特别是在作为“众神之王”的时候；也解 Harlene“～”，护肤品公司的名称的倒写。
1656 Aruc-Ituc 解 cuticura“～”；也解 Cuticura“～”，护肤品公司的名称的倒写。
1657 yere 解 yore“～”；也解 year“～”。
1658 Demani [斯瓦]（东非的）“～”；也解 demain [法]“～”；也解 demano [拉]“～”。
1659 masikal 解 magical“～”；也解 musical“～”；也解 mask“～”；也解 masika [斯瓦]（东非的）“～”。
1660 Baraza [斯瓦]“～”。
1661 calmy 解 balmy“～”；也解 calm“～”。
1662 Siker 解 siku [斯瓦]“～”；也解 sky“～”；也解 seeker“～”；也解 sicher [德]“～”。
1663 此句化自习语 as sure as sure can be（万分肯定）。
1664 breed and better“～”，此处解 bread and butter“～”，指中学阶段的男孩和女孩们。
1665 brood“～”，此处解 broad“～”；也解 brood [荷]“～”。
1666 bitter“～”；也解 better“～”；也解 butter“～”。
1667 pass“～”，此处解 past“～”。
1668 Labbeycliath 解 labber“浑身泥泞的人”+Baile Átha Cliath“围栏浅滩之城”，都柏林的爱尔兰名字；也解 cliath [爱尔兰人的拉丁语]“～”。
1669 cluck“～”，此处解 luck“～”；也解 clock“～”；也解 Glugg“～”，书中主人公的儿子肖恩的化身。
1670 The Great Cackler“～”，指古埃及的大地之神与生育之神盖布。
1671 Sweetstaker 解 Sweets“糖果”+taker“收取的人”；也解 sweepstake“～”。
1672 Abel“～”，《圣经》中亚当的儿子，被兄弟杀害的；也解 Abelard“～”（1079—1142），法国神学家。
1673 haloease 解 Halloween“～”；也解 halo“～”+ease“～”；也解 Heloise“～”，法国神学家阿伯拉尔的恋人和妻子，后来法国作家卢梭模仿他们的故事写成《新爱洛伊丝》。
1674 perhips 解 perhaps“～”；也解 per-“～”+hips“～”。
1675 femmiliar 解 familiar“～”。
1676 slickly“～”，此处解 strictly“～”。
1677 nacessory 解 necessary“～”；也解 accessory“～”。

全都[1678]兜售既是菲洛墨拉[1679]喜欢苹果又是抹大拉的马利亚[1680]，是带着两个针痕[1681]庞尔马克|钢笔痕迹|丹麦的一对儿女内裤[1682]画画|成对儿，BVD[1683]与BVD点，于是想要死后[1684]特快的|邮递彩票[1685]很多|苹果夏洛特(你很感激?)，好变得时尚[1686]但丁，如果一个是咒语[1687]伊莎贝尔|保曼，好变得真正时髦时尚，如果一个男人比利[1688]她|圣树|脱掉衣服的|伊茜，属于你、压着你、朝向你、为了你、伴随你、跟着你、出于你。让回击者在女士[1689]信件来得及走开之前快点儿任性而为[1690]离开|任性的样子，如果即将发生的冒犯[1691]事件能够把我们的战栗[1692]影子送到前面[1693]，情况就会变成格外[1694]结束，更多有意地亲密[1695]进入|相遇。我们似乎[1696]一直在别处[1697]小精灵|哪里，仿佛[1698]尽管|你|透特这[1699]它们已经进入[1700]吹气了我们的悬念[1701]斯宾塞|《帕特里克·斯彭思爵士》之中。仅次于我们那含羞的[1702]缩水的自我，我们最爱含羞草[1703]敏感的。因为她们是天使[1704]。红色砖、浅黄褐、长寿花、幼树枝、军舰队、梦幻曲、含笑的肿块[1705]《含笑面对》。因为它们是一位天使的外衣[1706]花环。我们将持久不变(这样一个词!)并且祝福这一天，而且是所有的时刻，是的[1707]伊茜，因为很久以来[1708]卖掉|冗长的|自彼时至此时，当我们在我们自身[1709]我们的|自私|小精灵的被创造的存在中我们将成为他[1710] HCE的时候，那一天你降临了，你这个可怕的诱惑！现在应我们的要求[1711]报答向我们保证[1712]夫人你会始终对所有你听到的一无所知，而且，即便如果有时衣服脱到了危险的边缘，(偶像时代[1713]无聊时刻的忙碌手指[1714]清洗|直到|捉住，非常非常[1715]芭蕾舞短裙|去做|纹身让人满意[1716]撒旦发现|上好的缎

1678 toutes [法]“～”;也解 tout“～”。
1679 philomelas 解 Philomela“～”,古阿提刻国公主,被强奸逃亡后变成燕子;也解 philomelos [希]“～”。
1680 magdelenes 解 Mary Magdalene“～”,曾是妓女,悔罪后基督耶稣将 7 个魔鬼从她体内驱逐出去。
1681 pinmarks 解 pin“针”+marks“标记”;也解 Penmarch“～”,法国菲尼斯泰尔省的一个市镇,据说特里斯丹死于此地;也解 pen mark“～”,指闪姆;也解 Denmark“～”。
1682 drawpairs 解 a pair of drawers“～”;也解 draw“～”+pairs“～”。
1683 一种 1876 年创建的内衣品牌,以男性短裤著称,有的地方成为男性内裤的代名词。
1684 posthastem 解 postmortem“～”;也解 posthaste“～”;也解 post“～”。
1685 lotteries“～”;也解 lots“～”;也解 Charlotte Apple“～”,广告中女孩。
1686 dainty“～”;也解 Dante“～”,意大利诗人。
1687 isaspell 解 is a spell“～”;也解 Isabel“～”;也解 Isa Bowman“～”,作家刘易斯·卡罗尔的朋友。
1688 ishibilley 解 ish [希伯来]“男人”+Billy“比利”,书中常指都柏林;也解 ishi [爱]“～”+bili [爱]“～”;也解 déshabillé [法]“～”;也解 Issy“～”,本书主人公的女儿。
1689 missive“～”,此处解 miss“～”。
1690 wayward“～”;也解 awayward“～”;也可与后面的 ere 合解 wayward air“～”。
1691 offence“～”;也解 event“～”。
1692 shudders“～”;也解 shadow“～”。
1693 化自苏格兰诗人托马斯·坎贝尔的《洛基尔的警告》中的诗句“即将发生的事件把它们的影子投到前面”。
1694 o'erthemore 解 all the more“～”;也解 over, the more,直译为“～”。
1695 intomeet 解 intimate“～”;也解 into“～”+meet“～”。
1696 feem 解 seem“～”。此句中的很多“s”都写为“f”。
1697 elfewhere 解 elsewhere“～”;也解 elf“～”+where“～”。
1698 tho' 解 though“～”,此处与前面合解 as though“～”;也解 thou“～”;也与后面合解 Thoth“～”,埃及神话中的月神。
1699 th' 解 it“～”;也解 they“～”。
1700 pafs'd in 解 passed in“～”;也解 puffed“～”。
1701 fufpens 解 suspense“～”;也解 Spenser“～”(1552—1599),英国诗人,著有《仙后》;也解“Sir Patrick Spens”“～”,19 世纪后半期由美国学者弗兰西斯·查尔德收集的《童谣》中最流行的一首。
1702 shrinking“～”,此处解 Schrankia (uncinata)“～”的学名。
1703 sensitivas 解 sensitive (plants)“～”;也解 sensitiva [意]“～”。
1704 Angèles 解 angelet“～”。
1705 smiling bruise“～”;也解“Smilin' Through”“～”,1919 年英国出版的流行歌曲。此处为彩虹的七色。
1706 garment“～”;也解 garland“～”。
1707 yes“～”;也解 Issy“～”,本书主人公的女儿。
1708 sold long syne 解 'old long-since“～”;也解 sold“～”+lang“～”+syne“～”。
1709 ours elvishness 解 ourselves“～”;也解 ours“～”+selfishness“～”;也解 elvish“～”。
1710 heing 解 he-ing“～”。此句包含本书主人公名字的缩写 HCE。
1711 requisted 解 request“～”;也解 requite“～”。
1712 promisus as 解 promise us“～”;也解 missus“～”。
1713 Idolhours 解 idol“偶像”+hours“时刻”;也解 idle hours“～”。
1714 bisifings 解 busy fingers“～”;也解 beseifen [德]“～”;也解 bis [德]“～”+fing [德]“～”。
1715 tootoo 解 too“太”+too“太”;也解 tutu“～”;也解 to do“～”;也解 tattoo“～”。
1716 satinfines 解 satisfying“～”;也解 Satan finds“～”;也解 fine satins“～”。此句化自习语 Satan finds work for idle hands to do(魔鬼找事给游手好闲的人做)。

子！）遮上面纱[1717]直到我们下一次！你不想泄密[1718]桃子|靓妹|布道，不过如果你们想，就做个好战的人[1719]天啊！可能[1720]通过|帮助。愿望[1721]多危急啊|我们赚得|真诚的太多[1722]或许|五月。在无穷无尽[1723]与初次形成之前过去了多少年多少月啊！操它的害羞！但愿他吹[1724]错误|谴责|阴道及子宫颈检查，但愿他吹她，但愿他成群混杂地[1725]吹她！跟兔子说话会弄醒乌龟[1726]鞑靼人。那是绝对必要的[1727]人格。法律如是说。列出来！活泼·蕾丝，那个变态的[1728]处女|杜松子酒，白皙[1729]·裙裤[1730]，她的对立面[1731]旋转|修道院中干勤杂的平信徒修女，拉着他们那全长的[1732]傻子|渴望白色毛皮大衣[1733]最早结束|凤凰|王侯|芬·麦克尔，公爵[1734]·冯[1735]小货车|来自·惠灵顿[1736]上等牛皮纸|蒂姆·芬尼根，但是鄙人和鄙人另一个[1737]妈妈猎物[1738]乌鸦、我的我那表妹[1739]咕咕|表姐妹|三角函数中的余弦，有我们[1740]恋情优秀的三个投机分子，我们的他者[1741]阉公羊，跟在波拿巴[1742]菜豆|上蜡|一部分|给一部分上蜡|分开地身后。我那神话般[1743]我的东西|缺失的的微笑，我那批发的[1744]全体的|单独的假说[1745]，没有我她什么都不是[1746]她们|现在|不，就像在这里面我们是[1747]肚子双胞胎，如果我附身在我那你会称之为大腿的那个东西[1748]白腿之间详细审视，我喜欢像我自己[1749]自私的，像破碎的[1750]小片|斯密斯知更鸟之歌[1751]罗宾逊，像无用的[1752]纳特青年[1753]琼斯，像天空的蓝色。它们的对决[1754]双的让它们的审判[1755]三人一组多么壮观啊！耳垢[1756]蠼螋|曾经|耳朵|荣誉|这里是给耳聋[1757]聋的先生[1758]酸的，达姆[1759]弹[1760]给爱尔兰[1761]虹膜|伊拉斯|爱尔兰来福枪队|小梳子来福枪手，戴梳子的梳梳梳子[1762]咕咕|来|可可女王国[1763]女王的财富给欢乐精

1717 此处化自习语 draw a veil over(避而不谈)。
1718 peach"~",书中对两个诱惑女性的称呼,此处用俚语中所指"~";也解 Peaches"~",弗朗西丝·贝拉的别称,她控告大自己 37 岁的丈夫性变态,称为"老爹和靓妹案";也解 preach"~"。
1719 bejimboed 解 be jingo"~";也解 by jingo"~"。此句化自 1878 年的歌词"We don't want to fight,/But, by jingo, if we do"(我们不要打仗,但是,我发誓,如果我们想)。
1720 Perhelps 解 perhaps"~";也解 per-"~"+help"~"。
1721 We ernst 解 Wunsch [德]"~";也解 wie ernst [德]"~";也解 we earned"~";也解 earnest"~"。
1722 may"~",此处解 many"~";也解 May"~"。
1723 myriadth 解 myriads"~"。
1724 colp"~";也解 culpa [拉]"~";也解 culpo [拉]"~";也解 colposcopy"~"。
1725 mixandmass 解 mix and mass"~"。此句化自天主教《忏悔经》中常用的开头"mea culpa, mea culpa, mea maxima culpa"(因吾之罪,因吾之罪,因吾无尽之罪)。
1726 tartars"~",此处 tortoise"~",指《伊索寓言》中龟兔赛跑的故事。此句也可能化自 hold with the hare and run with the hounds(两头讨好)。
1727 mus 解 Muss [德]"~";也解 mus [爱]"~"。
1728 pervergined 解 perverted"~";也解 virgin"~";也解 gin"~"。
1729 Bianca [意]"~"。
1730 Mutantini 解 mutandini [意]"~"。
1731 conversa [拉]"~",此处解 obverse"~";也解[意]"~"。
1732 fools length 解 full length"~";也解 fools"~"+longs"~"。
1733 finnishfurst 解 fionn [爱]"白色的"+furs"毛皮大衣";也解 finish first"~";也解 phoenix"~";也解 Fürst [德]"~";也解 Finn MacCool"~",爱尔兰传说中芬尼亚英雄的领袖。
1734 Herzog [德]"~"。
1735 van"~",此处解 von"~",德国贵族名字中表身份的称号;也解 von [德]"~"。
1736 Vellentam 解 Willington"~";也解 vellum"~";也解 Tim Finnegans"~"。
1737 meother 解 me"我"+other"另一个";也解 mother"~"。
1738 ravin"~";也解 raven"~",在书中与"鸽子"构成一对二元对立。
1739 coosine 解 cousin"~";也解 coo"~",鸽子叫声;也解 Kusine [德]"~";也解 cosine"~"。
1740 mour 解 our"~";也解 amour"~"。
1741 weothers 解 we"我们"+others"他者";也解 wether"~"。
1742 Bohnaparts 解 Napoleon Bonaparte"~"(1769—1821),法国皇帝;也解 Bohne [德]"~";也解 bohnern [德]"~"+parts"~",即"~";也解 apart"~"。
1743 mything 解 myth+ing"~";也解 my thing"~";也解 missing"~"。
1744 wholesole 解 wholesale"~";也解 whole"~"+sole"~"。
1745 指的是关于圣母玛利亚的假说。
1746 shes nowt 解 she's nought"~";也解 she-s"~"+now"~";也解 not"~"。
1747 weam 解 we"我们"+am"(我)是",复数和单数混用表示两人为一;也解 wame"~"。
1748 whiteyoumightcallimbs 解 what you might call limbs"~";也解 white limbs"~"。
1749 myselfish 解 myself"~";也解 selfish"~"。
1750 smithereens"碎片";也解 smiodairíní [爱]"~";也解 Smith"~",书中的三位青年之一。
1751 robinsongs 解 robin's song"~";也解 Robinson"~"。
1752 nutslost 解 nutzlos [德]"~";也解 Nut"~",埃及天空女神,也是复活和再生的象征。
1753 juneses 解 jeunesse [法]"~";也解 Jones"~"。
1754 duel"~";也解 dual"~"。
1755 triel 解 trial"~";也解 trio"~"。
1756 Eer wax 解 earwax"~";也解 earwig"~;其中 Eer 也解 e'er"~";也解 ear"~";也解 eer [荷]"~";也解 here's"~"。
1757 Soord 解 surdus [拉]"~";也解 sourd [法]"~"。
1758 sur 解 sir"~";也解 sur [丹]"~"。
1759 dongdong 解 Dum-dum"~"。
1760 bollets 解 bullets"~"。
1761 iris"~",此处解 Irish"~";也解 Iras"~",莎士比亚戏剧《安东尼与克里奥佩特拉》中的侍女;也与后面合解 Irish Rifles"~",在俚语中也指"~"。
1762 coocome 解 comb"~",此处结巴;也解 coo"~"+come"~";也解 cocoa"~"。
1763 queemswellth 解 queenwealth"~",模仿 commonwealth(共和国)译成;也解 queen's wealth"~"。

灵[1764]靠空气传播的种子|乔伊斯。甜蜜无比的[1765]昂贵的|关心我们面孔[1766]肉！蜂蜜聚集[1767]在蜂蜜池塘[1768]担保|赫勒斯滂。但愿蜜蜂全都相互嗡嗡叫[1769]忙碌几分钟[1770]爱情，只是因为[1771]效果|事实你自己非常喜欢[1772]满是|喝醉的花粉。上帝啊[1773]我怕|上帝严厉的上帝[1774]期限！在这里，在头昏眼花的羚羊园[1775]鹿野苑竹林[1776]花蕾|男孩里，我们全都无以言表地[1777]话语对此感到欠考虑，非常衷心愿意[1778]与原感[1779]原罪交流[1780]蛋糕，我们直到现在只不过学习[1781]渴望如何发芽。这意味着成千上万[1782]百万的柔情[1783]一百|百|生丁全部浪费[1784]斯蒂芬·迪达勒斯或者错误地倾注在他们身上，但是，众蛇之主[1785]，我们能在轻咬苹果[1786]乳头时蜕皮变化[1787]慢慢变化，只要我们能全都确切无疑地[1788]事迹|法律争论|坐|撒旦看到你的痛处[1789]。如果你用琵琶钵[1790]卢廷大钟在和尚信使[1791]弥撒|破布|刀周围乞讨问题[1792]乞讨的时候，我们被你眼神中的钩子[1793]以眼还眼[1794]。无论你何时在你的鳟鱼中制造刺痛[1795]使瘙痒，我们肯定会在我们的引诱中乱作一团。这是场游戏猎物，我亲爱的[1796]菜肴，穿着你那牧羊服[1797]牧羊女滚蛋吧！尾巴竖起来[1798]振作精神！给被诱惑的人穿我们的使女[1799]手工长筒袜[1800]看|裤子！对这些修女[1801]细微差别来说，我们只属于您[1802]数年，不过还未成熟[1803]业余的|情人的，有一天我们会希望[1804]属于我们[1805]矿石，欢迎[1806]将到来那一天的到来。那时你会去看，看着，那一景象。再不要哄骗[1807]婚礼！再不要家务[1808]经营|婚姻里的馈赠[1809]嫁出去！一份她的幻想给一个他的朋友，那时你的那个家伙在这个家伙之后。空虚[1810]，空虚中的空虚，天主啊[1811]全部空虚！

1764 jennyjos 解 jinns“～”，书中的两位少女＋joys“欢乐”；也解 jinnyjos［英爱］“～”；也解 Joyce“～”。
1765 caressimus 解 carissime［普］“～”；也解 carissimo［意］“～”；也解 care us“～”。
1766 Caro［普］“～”；也解 caro［拉］“～”。
1767 swarns 解 swarms“～”。
1768 mellisponds 解 mel［拉］“蜂蜜”＋ponds“池塘”；也解 spondere［拉］“～”；也解 Hellespontos“～”，达达尼尔海峡的古称。
1769 buzzy 解 buzzing“～”；也解 busy in“～”。
1770 minnies 解 minutes“～”；也解 Minne［德］“～”，指中世纪骑士向贵妇求爱。
1771 effect“～”，因此译为“～”；也解 fact“～”。
1772 fuld of 解 fond of“～”；也解 full of“～”；其中 fuld 也解［丹］“～”。
1773 Teomeo 解 Dio mio［意］“～”；也解 timeo［拉］“～”；也解 Teo［爱尔兰土话］“～”。
1774 Daurdour 解 Daur［爱尔兰土话］“上帝”＋dour“严厉的”；也解 Dauer［德］“～”。
1775 Gizzygazelle Tark 解 dizzy“头昏眼花的”＋Gazelle Park“羚羊园”，疑指“～”，释迦牟尼第一次教授佛法处，佛教的僧伽也在此成立。
1776 bimboowood 解 bamboo wood“～”；也解 bimbó［匈］“～”；也解 bimbo［意］“～”。
1777 unspeechably 解 unspeakably“～”；也解 speech“～”。
1778 pleasekindly 解 pleasedly“高兴地”＋kindly“衷心地”。
1779 original sinse 解 original sense“～”；也解 original sin“～”。
1780 communicake 解 communicate“～”；也解 cake“～”。
1781 yearning“～”，此处解 learning“～”。
1782 milliems 解 mille［法］“～”；也解 million“～”。
1783 centiments 解 sentiments“～”；也解 centum［拉］“～”；也解 cent［法］“～”；也解 centimes［法］“～”，法国辅币。
1784 deadlost 解 dead lost“～”；也解 Stephen Dedalus“～”，乔伊斯小说中以他自己为原型的主人公。
1785 指释迦牟尼坐在蛇身上悟道。
1786 napple 解 apple“～”，指蛇引诱夏娃吃生命树上的苹果；也解 nipple“～”。
1787 sloughchange 解 slough“蛇蜕皮”＋change“变化”；也解 slow change“～”。
1788 Deedsetton 解 dead certain“～”；也解 deed“～”；也解 setto“～”；也解 sit“～”；也解 Satan“～”，基督教中的魔鬼，后被上帝变为蛇。
1789 quick“感情的中枢”，此处出自《提摩太后书》第 4 章“我在神面前，并在将来审判活人死人的基督耶稣面前，凭着他的显现和他的国度嘱咐你”。
1790 lutean bowl 解 lute“琵琶”，据说释迦牟尼传道时弹琵琶＋bowl“钵”，释迦牟尼祈祷时用的碗；也解 Lutine Bell“～”，英国伦敦劳埃德保险社的钟，宣告有船舶失事或某误点船只到达时敲响。
1791 Monkmesserag 解 monk“和尚”＋messager“信使”；也解 Messe［德］“～”＋rag“～”；也解 Messer［德］“～”。
1792 questuan 解 question“～”；也解 questua［意］“～”。
1793 指印度神话中众友仙人通过眼睛认出自己失散的儿子。
1794 此句化自习语 an eye for an eye(以眼还眼，以牙还牙)。
1795 tingling“～”；也解 tickling“～”。
1796 chère［法］“～”；也解［法］“～”，与此对应，前面的 game(游戏)也可解为“～”。
1797 shepherdress 解 shepherd“牧羊人”＋dress“衣服”；也解 shepherdess“～”。
1798 Upsome cauda 解 sursum cauda［拉］“～”；也解 sursum corda［拉］“～”。
1799 handmades“～”，此处解 handmaid“～”。化自《路加福音》第 1 章“我是主的使女”。
1800 Behose 解 hose“～”；也解 behold“～”；也解 Hose［德］“～”。
1801 nunce 解 nuns“～”；也解 nuance“～”。
1802 yours“～”；也解 years“～”。
1803 in ammatures 解 immature“～”；也解 amateur“～”；也解 amatory“～”。
1804 ope 解 hope“～”。
1805 ores“～”，此处解 ours“～”。
1806 well come 解 welcome“～”；也解 will come“～”。
1807 hoaxites 解 hoaxes“～”；也解 Hochzeit［德］“～”。
1808 mennage 解 ménage［法］“～”；也解 manage“～”；也解 marriage“～”。
1809 gifting“～”；也解 gifte［丹］“～”。
1810 Vania 解 vănĭtas［拉］“～”，化自《次经传道书》(1:2)“空虚，空虚中的空虚，一切皆空”。
1811 Domne［拉］“～”；也解 omne［拉］“～”。

高潮时刻[1812]婚礼到了，愿它由此穷困潦倒[1813]愿它下降进入外面依据|有键竖琴！当那里有了给害虫的食物[1814]投给女性的票，就像给脂肪[1815]的饲料一样充足时，就在大地上吃[1816]热量吧，因为火炉[1817]阴道|天堂里是热的。那时洗碗女佣[1818]爱唠叨的女人|侍女|誓约的每只猫仔[1819]阴蒂|撕裂|克吕提厄将拥有每个洒扫仆人[1820]阴茎|痞子|睾丸的权利来让她对谁[1821]心血来潮都心怀[1822]选举权|歌声正直[1823]直立的|圣诞老人，无论私下，还是[1824]水当众。那时我们所有的罗曼司凯瑟琳[1825]罗马天主教徒|门上供猫出入的小洞将彻底地[1826]一个为全体获得解放[1827]被一个男人分开|亲爱的人|阿门。世界将没有女仆[1828]使自由。我感谢[1829]我认为。关于男人陛下[1830]就说这么多吧！还有他的所有大猫咪[1831]生育|开始|犯错。因此直到骚狐狸去告诉骚野鸡去教训骚兔[1832]阴户·卷毛[1833]去抚摸骚猫[1834]·毛发[1835]野兔并弄翻骚公鸡水獭[1836]妓女去敲开骚心肝，虽然在那儿见鬼[1837]挖掘物|狄更斯他栖身于我们中间，这里除了马利亚没有人知道。为此[1838]我们手拉着手在旋转旋转之圆[1839]回旋仪|一滴滴落下|一个一个玫瑰花环中绕着圈。

这些待嫁的新娘[1840]鲜亮的选民，相契结伴[1841]，她们跳着华尔兹，与她们王子般英俊的盎格鲁村夫[1842]天使长一起登上她们的山坡[1843]意愿|侧面|莎士比亚，而此时在那些在什么地方来着[1844]哪里|客车，那里习惯生成道路(边界[1845]含义不详，一个鸽子们带火来煮沸食物[1846]的地方，一座泥泞的山[1847]毁坏，卡其色山顶[1848]比利时人|膨胀|豆子等等[1849]疼痛的脚)一直咒骂[1850]燕麦、尖叫，渔船[1851]大麦发出别西

1812 high time“～”,化自习语 It's high time...(是时候了);也解 Hochzeit[德]“～”。
1813 be it down into outs according“～”,因 down into outs 化自习语 down and out(穷困潦倒),故译为“～”。此句化自《路加福音》“情愿照你的话成就在我身上”;其中 according 也解 harpsichord“～”。
1814 foods for vermin“～”;也解 votes for women“～”。
1815 fett 解 Fett[德]“～”。
1816 eat“～”;也解 heat“～”。
1817 oven“～”;在俚语中也解“～”;也解 heaven“～”。化自《马太福音》中的“愿你的旨意行在地上,如同行在天上”;也化自《何西阿书》(7:4-7)“他们都是行淫的,像火炉被烤饼的烧热”。
1818 scolderymeid 解 scullery maid“～”;也解 scold“～”+meid[荷]“～”;也解 Eid[德]“～”。
1819 Klitty 解 Kitty“～”;也解 clitoris“～”;也解 klittern[德]“～”;也解 Clytia“～”,希腊神话中的海洋女神,因爱上日神阿波罗而变成向日葵。
1820 yardscullion 解 yard“院子”+scullion“仆人”;也解 yard[俚]“～”+cullion“～”;也解 cullions[俚]“～”。
1821 whimsoever 解 whomsoever“～”;也解 whim“～”。
1822 stimm 解 stimmen[德]“～”;也解 Stimmrecht[德]“～”;也解 Stimme[德]“～”。
1823 uprecht 解 upright“～”;也解 aufrecht[德]“～”;也解(Knecht)Ruprecht[德]“～”。
1824 whather 解 whether“～”;也解 water“～”。
1825 romance catholeens 解 romance“罗曼司”+Caitilin[爱]“凯瑟琳”,叶芝《胡立痕的凯瑟琳》中的女主人公,象征爱尔兰;也解 Roman Catholics“～”;也解 cathole“～”。
1826 ones for all“～”,此处解 once for all“～”。
1827 amanseprated 解 emancipated“～”;也解 a man separate“～”;也解 amans[拉]“～”;也解 amen“～”。
1828 maidfree“～”;也解 make free“～”。
1829 Methanks 解 Me“我”+thanks“感谢”;也解 methinks“～”。
1830 His Meignysthy 解 His Majesty“陛下”。
1831 bigyttens 解 big“大的”+kitten“小猫”;也解 begetting“～”;也解 beginning“～”;也解 begehen[德]“～”。
1832 Connie 解 cony“～”;也解 cunnus[拉]“～”。
1833 Curley 解 curl“～”。
1834 Cattie 解 catty“～”。
1835 Hayre 解 hair“～”;也解 hare“～”。
1836 Cockotte 解 cock“公鸡”+otter“水獭”;也解 cocotte“～”。
1837 diggings“～”,此处解 dickens“～”;也解 Charles Dickens“～”(1812—1870),英国小说家。
1838 Whyfor 解 Why“为什么”+for“为了”。
1839 gyrogyrorondo 解 gyro[拉]“旋转”+rotundus[拉]“圆形”;也解 gyro“～”;也解 roro[拉]“～”;也解 giro giro tondo[意]“～”。
1840 bright elects“～”,此处解 bride elects“～”。
1841 consentconsorted 解 consent“意见一致”+consorted“结伴的”。
1842 angeline chiuff 解 Anglian chuff“～”;也解 angel-in-chief“～”。
1843 willside 解 hillside“～”;也解 will“～”+side“～”;也解 William Shakespeare“～”。
1844 Wherebus 解 whereabouts“～”;也解 where“～”+bus“～”。
1845 mearing 解 mear“～”;也解 meaning“～”。
1846 viands“～”。爱尔兰地区的黑话有“我在都柏林看到鸽子带火去煮肉”的说法,因此应指都柏林。
1847 miry hill“～”;也解 merry hell“～”。
1848 belge end 解 belge“卡其色”+end“顶端”;也解 Belgian“～”;也解 bulge“～”;也解 bean“～”。
1849 sore forth 解 so forth“～”;也解 sore foot“～”。
1850 oaths“～”;也解 oats“～”。
1851 bawley“～”;也解 barley“～”。

卜似的[1852]打嗝|喧嚣呻吟[1853]生长，啊地狱啊下面[1854]喧闹|明亮的恶灵[1855]剩下的|路西欧·利马尼兹王子路西弗[1856]透明的|区域曾被诅咒[1857]见鬼的|被用水坝阻挡|王冠着了魔[1858]被折磨。地狱完蛋了[1859]地狱的终结，还有哪里[1860]其他的地狱！伦敦[1861]孤独的的裂口[1862]桥臭烘烘的在那儿完蛋了，而且无法[1863]用针和线[1864]双关和谜搭起桥[1865]用胸针别上|用丝线挖花织制。然而戒指散发着玫瑰色[1866]迷迭香|滚上滚下的到处[1867]圆的兴高采烈，伴以对你这个小孩[1868]兄弟的咒骂。阿嚏[1869]夜叉嚏啊吃了香肠[1870]吃的东西和麦芽汁。于是他发现他痛打，可怜的阿嚏嚏啊。你想[1871]幸福举办一次我们这样的野餐[1872]天使长米迦勒、魔鬼撒旦派对。我们的社会名单[1873]专家|空间的上没有贵宾[1874]色彩。因为可怜的格拉格[1875]格劳格失魂落魄，躺[1876]迟的在他的坟墓[1877]中，呜呼，他，躺在他的坟墓中。

但是看[1878]低的，孩子们看，他站起来[1879]，颤抖着[1880]河流，还有他那可怜的[1881]恶毒的|带斑点的眼睛和忧伤的[1882]痛饮|变成声音。打开吧[1883]墓志铭|卜塔！芝麻[1884]渴！对良心的考试[1885]疑虑重重，现在他用他最大的记忆力来缓解[1886]计划。永远再不要[1887]不再只坐[1888]后来在台阶[1889]偷的|椅子|凳子上。还有他的肿块[1890]浮肿|污秽|托马斯·阿奎那从审判席[1891]中空的发出空空声的横梁|顶针|蒂姆·芬尼根的角度看[1892]大腿。再不要在他的犹太教堂[1893]床|床铺里整天[1894]粪污块毛唱歌。显然[1895]熟练地|EHC手边的是反手。三一奇思给他的穹庐抹上泥[1896]，罪[1897]犯罪|罪过与偿还[1898]郁积的前部|我|四、祈祷[1899]自由|三。圣歌农奴[1900]他自己、咀嚼的猫头鹰[1901]坏的、处女[1902]女士|蛆|马登，生自暴徒部

1852 belchybubhub 解 Beelzebub“～”，魔鬼的另一个名字；也解 belch“～”＋-y＋hubbub“～”。
1853 groans“～”；也解 grows“～”。
1854 hellabelow 解 hell“地狱”＋below“在下方”；也解 hullabaloo“～”；也解 hell“～”。
1855 arimaining 解 Ahriman“～”，琐罗亚斯德教的恶神；也解 remaining“～”；也解 Lucio Rimanez“～”，英国 19 世纪小说家玛丽·科雷利的小说《撒旦的痛苦》中的撒旦。
1856 lucisphere 解 Lucifer“～”，希腊神话中的晨星，基督教中的撒旦；也解 lucid“～”＋sphere“～”。
1857 bedemmed 解 be damned“～”、“～”；也解 be-dammed“～”；也解 diadem“～”。
1858 bediabbled 解 be-＋diablo［西］“～”；也解 bedeviled“～”。
1859 Helldsdend 解 Hell is dead“～”；也解 Hell's end“～”。
1860 whelldselse 解 where else“～”；也解 hell else“～”。
1861 Lonedom 解 london“～”；也解 lonesome“～”。
1862 breach“～”；也解 bridge“～”。
1863 uncouth not 解 and could not“～”。
1864 punns and reedles 解 pins and needles“～”；也解 puns and riddles“～”。
1865 broched 解 bridged“～”；也解 broached“～”；也解 brocher［法］“～”。
1866 rorosily 解 rosily“～”；也解 rosemary“～”；也解 roro“～”。
1867 rund 解 round“～”；也解 rund［丹］“～”。
1868 brat“～”；也解 brat［俄］“～”。
1869 Yasha［日］“～”，此处解 Ash-a“～”，打喷嚏，出自英国儿歌《编啊编啊编花环》。
1870 sassage 解 sausage“～”；也解 sasage［日］“～”。
1871 wonna“～”；也解 Wonne［德］“～”。
1872 micknick 解 picnic“～”；也解 mick nick“～”，书中一组二元对立的人物。
1873 sposhialiste 解 social list“～”；也解 specialist“～”；也解 spatial“～”。
1874 honaryhuest 解 honorary guest“～”；也解 hues“～”。
1875 Glugger 解 Glugg“～”，书中与“乡下人”组成一组二元对立；也解 glogg“～”，一种瑞典式潘趣酒。
1876 late“～”，此处解 lay“～”。
1877 crave 解 grave“～”。
1878 Low“～”，此处解 look“～”。
1879 此句出自 19 世纪或更早的一首船歌《我们该拿这个喝醉的水手怎么办?》，在 20 世纪成为流行歌曲。
1880 shrivering 解 shivering“～”；也解 river“～”。
1881 spittyful 解 pitiful“～”；也解 spiteful“～”；也解 spotty“～”。
1882 whoozebecome 解 woebegone“～”；也解 booze“～”＋become“～”。
1883 Ephthah 解 epitaph“～”，此处解 ephathah!［希伯来］“～”；也解 Ptah“～”，古埃及孟斐斯地区信仰的造物神。
1884 Cisamis 解 Sesame“～”，出自《阿里巴巴和四十大盗》中的“芝麻开门!”；也解 susamis［土］“～”。
1885 Examen［德］“～”。
1886 schemado 解 scemato［意］“～”；也解 schema“～”。
1887 Nu 解 no“～”；也可与后面的 mere 合解 nu mere［丹］“～”。
1888 siden［丹］“～”，此处解 sit“～”。
1889 stolen“～”，此处解 stile“～”，出自歌曲《爱尔兰移民的哀歌》；也解 stolen［丹］“～”；也解 stool“～”。
1890 tumescinquinance 解 tumescence“～”；也解 tumescens［拉］“～”；也解 inquinans［拉］“～”；也解 Thomas Aquinas“～”(1225—1274)，中世纪经院哲学的哲学家和神学家，乔伊斯早期受他的思想影响较大。
1891 tumstull 解 domstol［丹］“～”；也解 tum stull“～”；也解 thumbstall“～”；也解 Tim Finnegan“～”。
1892 thight 解 sight“视野”；也解 thigh“～”。
1893 sengaggeng 解 synagogue“～”；也解 senga［丹］“～”；也解 sgeng［爱尔兰土话］“～”。
1894 dags“～”，此处解 days“～”。
1895 Experssly 解 expressly“～”；也解 expertly“～”。此句包含本书主人公名字缩写的变体 EHC。
1896 此句化自 19 世纪末的歌曲“At Trinity Church I Met My Doom”(《在三一教堂我在劫难逃》)。
1897 peccat［拉］“～”；也解 peccation“～”；也解 peccato［意］“～”。
1898 pent fore“～”，此处解 paid for“～”；也解 pente［拉］“～”＋four“～”。
1899 pree 解 pray“～”；也解 free“～”；也解 three“～”。
1900 Hymserf 解 hymn“圣歌”＋serf“农奴”；也解 himself“～”。
1901 munchaowl 解 munch“用力咀嚼”＋a owl“一只猫头鹰”；也解 munchaol［爱尔兰土话］“～”。
1902 maden 解 maiden“～”；也解 madam“～”；也解 Maden［德］“～”；也解 Madden“～”，《尤利西斯》中的人物。

落进入同伙[1903]面包勒索[1904]黑色的|面粉，及时[1905]令人沮丧的|奴隶|多利放弃[1906]重新献祭|重复的|十人长所有双重起源[1907]不在场证明|《创世记》|阿尔比派教徒的的异端[1908]轩尼诗|一个|《创世记》|健力士啤酒。他[1909]，凭着神[1910]高乐|瞎的的祝福[1911]小叶子|权力|蠢话|结果，进行[1912]提出意见|为他祈祷苦修，达到了进入自然的[1913]国际的境界。他，自给自足，颜色运动项目[1914]铁闸门的前总司令[1915]蛋|人渣|她的|她的蛋渣|乳房|无价值的东西|哑巴，即便沙子扔进[1916]垂死挣扎他那坏火山[1917]熔岩层眼睛里又何妨，用银子[1918]比安科尼|白人|阳台造成去造出很多[1919]金子|玉米粥金子[1920]骏马|玫瑰(善行[1921]上帝赋予女王南非[1922]强壮的|出口|销路世家的品格[1923]拯救！配得上巽他岛[1924]火线的国王)，鳕鱼般走遍意大利[1925]赤陶土，就像任何那种粗鲁地推我变得粗暴[1926]下诺夫哥罗德。再不要扔迷幻药[1927]资产了，面临所有债务[1928]可爱度|存活率，呼吁联合，为三位一体[1929]永生效力。他，赞美圣哥伦巴[1930]用同音异义词做的文字游戏|农民|建筑，现在一如既往地为了好女孩彻底坦白[1931]胸部|洗劫，从勺子[1932]中喝了牛奶汤[1933]泡牛奶的面包片，爸爸[1934]陶工和妈妈[1935]善于在泥地上跑的马的一头杂草的[1936]满头白发的男孩，老长笛手[1937]碎片|燧石弗林的儿子[1938]小伙子，把他晒黑的荒野[1939]隐藏者|兽皮的嫩枝。他去监狱[1940]葫芦|灌木丛，完全一样他会把他说出来。魔鬼[1941]施洗|集会|叶子家伙，他剥掉他身上所有归他的破破糟糟的[1942]绝对必要|真的！|我白布，完全一样他会把他全部说出来，他怎样命名什么名字。他，通过云的[1943]火山的连接，这个优秀的分子人[1944]努力的亲戚，亚衲・大鼓[1945]军队的统帅|儿童|亚历山大大帝，通晓多种语言[1946]谈判|暴食者|言说，纯粹的耶

1903 brood“～”;也解 brood［荷］“～”。

1904 blackmail“～”;也解 black“～”＋meel［荷］“～”。

1905 dooly 解 duly“～”;也解 doleful“～”;也解 doulos［希］“～”;也解 Dooley“～”,爱尔兰裔美国喜剧演员,也指流行歌曲《多利先生》,乔伊斯非常熟悉这首歌。

1906 redecant 解 recant“～”;也解 redicans［拉］“～”;也解 redicens［拉］“～”;也解 decanus［拉］“～”。

1907 allbigenesis 解 all bi-genesis“～”;也解 alibi“～”＋ *Genesis*“～”,《旧约》第一部;也解 Albigensian“～”,12 和 13 世纪在法国南部被基督教宣布为异端。

1908 henesies 解 heresies“～”;也解 Hennessy“～”,上文喜剧演员多利先生的朋友,也是一种法国白兰地的牌子,也是书中三个士兵中的一个;也解 hen［希］“～”＋ *Genesis*“～”;也解 Guinness“～”。

1909 下面对“他”的叙述中,主语为第三人称单数,动词为复数形式,表示个体的多重人格或群体的一体性。

1910 golls 解 gods“～”;也解 Goll“～”,凯尔特神话中的弗莫尔族巨人;也解 goll［爱尔兰土语］“～”。

1911 bletchendmacht 解 betchennacht(爱尔兰土话)“～”;也解 Blättchen［德］“～”＋Macht［德］“～”;也解 blatcher“～”;也解 end“～”。

1912 proforhim 解 perform“～”;也解 proffer“～”;也解 pray for him“～”。

1913 enternatural 解 enter nature“～”;也解 international“～”。

1914 sporticolorissimo 解 sport“运动”＋coloris［意］“颜色”;也解 portcullis“～”。

1915 eggscumuddher-in-chaff 解 excommander-in-chief“～”;也解 egg“～”＋scummed“～”＋her“～”,即“～”;也解 udder“～”;也解 chaff“～”;也解 Mutt“～”,与 Jeff(聋子)是书中一组二元对立的人物。

1916 duthsthrows 解 dust throws“～”,化自习语 throw dust in the eyes of(使迷惑);也解 death throes“～”。

1917 lavabad 解 bad“坏的”＋lava“火山”;也解 lava bed“～”。

1918 bianconies 解 bianco［意黑话］“～”;也解 Charles Bianconi“～”(1786—1875),意裔爱尔兰企业家,爱尔兰公共交通的创始人;也解 bianconi［意］“～”;也解 balcony“～”。

1919 polentay 解 plenty“～”;也解 polenta［意黑话］“～”;也解 polenta［意］“～”。

1920 rossum 解 rosso［意黑话］“～”;也解 ross［德］“～”;也解 rose“～”。

1921 Good“～”;也解 God“～”。

1922 swuith Aftreck 解 South Africa“～”;也解 swith［古英］“～”＋aftræk［丹］“～”;也解 aftrek［荷］“～”。此句化自歌曲“Die stem van Suid-Afrika”(《南非的呐喊》),1957 到 1994 年为南非国歌。

1923 savours“～”;也解 saves“～”。此处化自歌曲“God Save The Queen”(《天佑女王》)。

1924 Zundas 解 Sunda“～”,位于印度尼西亚;也解 Zunder［德］“～”。

1925 Terracuta［意黑］“～”;也解 terracotta“～”。

1926 nudgemeroughgorude 解 nudge me rough go rude“～”;也解 Nizhniy Novgorod“～”,俄罗斯城市。

1927 acids［俚］“～”;也解 assets“～”。

1928 lovabilities“～”,此处解 liabilities“～”;也解 livability“～”。

1929 tirnitys 解 Trinity“～”;也解 eternity“～”。

1930 Calembaurnus 解 Columbanus“圣哥伦巴”(543—615),中世纪爱尔兰天主教僧侣,爱尔兰的主保圣人;也解 calembour［法］“～”;也解 Bauer［德］“～”;也解 Bau［德］“～”。

1931 make clean breastsack of 解 make a clean breast“坦白”＋for the sake of“为了”;其中 breastsack 也解 breast“～”＋sack“～”。

1932 spoen 解 spoon“～”,此处为都柏林的“勺子”读音。

1933 milksoep 解 milk“牛奶”＋soup“汤”;也解 milk sop“～”。

1934 potter“～”,此处解 pater［拉］“～”。

1935 mudder“～”,此处解 mater［拉］“～”。

1936 weedhearted 解 weed“杂草”＋hearted“有……之心的”;也解 whiteheaded“～”。

1937 Flinter 解 flute“～”;也解 flinders“～”;也解 flint“～”。此处化自“Phil the Fluter's Ball”(《长笛菲尔的舞会》),爱尔兰喜剧性歌谣。

1938 此处化自习语 chip off the old block(与父亲一模一样的儿子),故译为“～”;也解 chap“～”。

1939 hider“～”,此处解 Heide［德］“～”;也解 hide“～”。

1940 calaboosh 解 calaboose［美俚］“～”;也解 calabash“～”;也解 bush“～”。

1941 Teufleuf 解 Teufel［德］“～”;也解 taufen［德］“～”,指圣布利吉特的受洗;也解 Auflauf［德］“～”;也解 leaf“～”。

1942 mussymussy“～”;也解 Muss［德］“～”;也解 muise［爱］“～”;也解 mishe［爱］“～”,指布利吉特的受洗。

1943 wolkenic 解 Wolken［德］“～”;也解 volcanic“～”。

1944 moliman 解 mole-“分子”＋man“人”;也解 moliment［拉］“～”。

1945 Anaks Andrum 解 Anak“亚衲人”,《旧约·民数纪》中巨人的祖先＋a drum“一只鼓”;也解 anax andron［希］“～”,《伊利亚特》中形容希腊联军统帅阿伽门农的套语;也解 anak［马］“～”;也解 Alexander“～”。

1946 parleyglutton 解 polyglot“～”;也解 parley“～”＋glutton“～”;也解 parler［法］“～”。

布斯人[1947]耶稣会会士血统，说[1948]轮辐百分之百[1949]一百次|百分之|百分率的埃尔祖鲁姆[1950]爱尔兰话。毒品商场[1951]吸毒的人|后面仓库[1952]。入口在后面。大多在装卸日开。他，军队的统帅[1953]匿名戒酒会|奥古斯丁·阿洛伊修斯，穿着桃皮绒[1954]北京山东绸，可能，说实话，尽管有着很久以前的狡诈[1955]《哈莫的农夫吉列斯》，尽管他变得相当胖[1956]得到鱼，因为午餐[1957]雪崩后积攒恩泽[1958]做餐前祷告，让微笑的蓝[1959]伊斯兰教徒的礼拜方向眼睛看起来最像预言家[1960]有利可图的。他，以他那个虔诚的别名[1961]埃涅阿斯|爱丽丝重现，因为[1962]余弦他要求[1963]较大的树枝理发刮脸，人们说他的外形像公山羊，而他只不过是上帝的绵羊，戴着[1964]折叠的帽子[1965]瓦片|部分。顶上[1966]小费。编年史说他的混成词装满了[1967]最好的|普里阿摩斯贿赂来的荣誉[1968]混成词，那不是真的。又大又蠢的[1969]弯的|驼背低等挖沟工[1970]挖沟后来[1971]演员|行为又哼哼着说，即便在被人[1972]苏玛努斯刺杀[1973]三文鱼肉|损失|刘易斯·卡罗尔|温德汉姆·刘易斯的时候，他在斯芬克斯[1974]菠菜步道上用糖果[1975]坦诚的|冰糖糖块[1976]吸管骗你[1977]自命不凡的小人物|臀骨的一银便士的贡品[1978]饼干血橙[1979]苹果|宽阔的，作为礼物[1980]在目前|当着某人的面给小[1981]莉莉丝营业员[1982]女仆，因为擤着他的鼻涕[1983]布卢姆|他的套索，因为出于最纯洁的[1984]淫乱的一夫多妻的[1985]妓女目的[1986]注意，他，大风天[1987]租金到期的日子在石南花峭壁[1988]希斯克利夫时[1989]，因为长期忍受[1990]受苦的着大量[1991]充分|陈词滥调房屋侵权[1992]蛋糕|乌龟的折磨，有那种惊人的食物[1993]美丽的|病痛|大量的钱特性[1994]金钱上的。罗得岛铜像[1995]庞大的|拉达曼提斯|浪漫的|用玫瑰占卜|吹牛不值[1996]是|有价值的一个青铜谎言，学者[1997]小

1947 Jebusite 解 Jebusites“～”,《申命记》中耶和华将以色列人带入应许之地前要驱赶的 7 个民族之一;也解 Jesuit“～”。
1948 Spoking 解 speaking“～”;也解 spoke“～”。
1949 centy procent 解 cent [法]“百”＋percent“百分比”;也解 centiens [拉]“～”＋procent [荷]“～”;也解 Prozent [德]“～”。
1950 Erserum 解 Erzurum“～”,土耳其埃尔祖鲁姆省的首府,意为“罗马人的地方”;也解 Erse“～”。
1951 Drugmallt 解 Drug“毒品”＋mall“购物中心”;也解 drug man“～”;也解 drogmall [爱尔兰土话]“～”。
1952 storehuse 解 storehouse“～”。
1953 A. A. 解 Anax Andron [希]“～”;也解 Alcoholics Anonymous“～”;也解 Augustine Aloysius“～”,乔伊斯的中间名字。
1954 peachskin“～”;也解 Peking“～”。
1955 former guiles“～”;也解 *Farmer Giles of Ham* “～”,英国作家托尔金 1937 年创作的中世纪传说。
1956 gaining fish“～”,此处解 gaining flesh“～”。
1957 avalunch 解 lunch“～”;也解 avalanche“～”。
1958 saving grace“～”;也解 say grace“～”。
1959 skibluh 解 skyblue“～”;也解 Kibla“～”,即朝麦加殿堂的方向。
1960 prophitable 解 prophet“预言家”＋-able;也解 profitable“～”。
1961 alios 解 alias“～”;也解 Aeneas“～”,古罗马诗人维吉尔的同名史诗的主人公,在诗中常被称为“敬神的埃涅阿斯”;也解 Alice“～”,《爱丽丝漫游奇境记》的女主人公。
1962 cos“～”,此处解 because“～”。
1963 ast for 解 ask for“～”;其中 Ast 也解[德]“～”。
1964 togged“～”;也解 tucked“～”。
1965 tile“～”,此处解[俚]“～”;也解 Teil [德]“～”。
1966 Top“～”;也解 tip“～”,第一卷中惠灵顿纪念馆的讲解者索要的小费,也是梦中听到的树枝敲窗声。
1967 priamed full 解 brimful“～”;也解 prime“～”;也解 Priam“～”,《荷马史诗》中特洛伊末代国君。
1968 potatowards 解 potato wards“～”;也解 portmanteau words“～”。
1969 crumm 解 crummy“～”;也解 krumm [德]“～”;也解 crom [爱]“～”。
1970 digaditchies 解 dig a ditch“～”,此处解 ditchdiggers“～”。
1971 akter [挪]“～”;也解 actor“～”;也解 Akt [德]“～”。
1972 summan 解 someone“～”;也解 Summanus“～”,古罗马宗教和神话中夜晚职司雷的神祇之一。
1973 lossassinated 解 assassinated“～”;也解 lososina [俄]“～”;也解 loss“～”;也解 Lewis Carroll“～”,《爱丽丝漫游奇境记》的作者;也解 Wyndham Lewis“～”,英国作家,曾抨击乔伊斯。
1974 Spinshesses 解 Sphinx“～”,古埃及的狮身人面像;也解 spinach“～”。
1975 candid“～”,此处解 candy“～”;也可与后面的 zuckers 合解 Kandiszucker [德]“～”。
1976 zuckers 解 Zucker [德]“～”;也解 sucker“～”。
1977 coaxyorum 解 coax you“～”;也解 cockalorum“～”;也解 coxarum [拉]“～”。
1978 offarings 解 offerings“～”;也解 offa [意]“～”。
1979 bloadonages 解 bloodoranges“～”;也解 bloa [爱尔兰土话]“～”;也解 broad“～”。
1980 presents“～”;也解 in present“～”;也解 in presence of“～”。
1981 lilithe 解 little“～”;也解 Lilith“～”,亚当的第一个妻子,也被记载为撒旦的情人、夜之魔女。
1982 maidinettes 解 midinette [法]“～”;也解 maid“～”。
1983 bloo his noose 解 blow his nose“～”;也解 Leopold Bloom“～”,《尤利西斯》的主人公＋his noose“～”。
1984 Pruriest 解 purest“～”;也解 prurient“～”。
1985 pollygameous 解 polygamous“～”;也解 polly [俚]“～”。
1986 inatentions 解 intention“～”;也解 attention“～”。
1987 gale days“～”,此处直译为“～”。
1988 heather cliff“～”;也解 Heathcliff“～”,英国小说家艾米丽·勃朗特的《呼啸山庄》的男主人公。
1989 emurgency 解 emergency“非常时刻”。
1990 souffrant 解 suffer“～”;也解 souffrant [法]“～”。
1991 plentitude“～”;也解 plenitude“～”;也解 platitude“～”。
1992 house torts“～”;也解 Haustorte [德]“～”;其中 torts 也解 tortoise“～”。
1993 ailmint 解 aliment“～”;也解 ailmin [爱尔兰土话]“～”;也解 ail“～”＋mint“～”。
1994 pecuniarity 解 pecuniary“金钱上的”,此处解 peculiarity“～”。
1995 Collosul rhodomantic 解 Colossus of Rhodes“～”,世界七大奇迹之一;也解 colossal“～”＋Rhadamanthus“～”,希腊神话中冥府判官之一;也解 romantic“～”;也解 rhodomantikos [拉]“～”;也解 rodomontade [法]“～”。
1996 wert 解 worth“～”;也解 were“～”;也解 wert [德]“～”。
1997 Scholarina 解 Scholar“～”;也解 scolarina [意]“～”。

女生说当他，大白毛毛虫[1998]使变成灰色|维京人|搂抱|拉的人，走在她的睡梦中，他的大[1999]猪厚[2000]食指|阴茎|控诉假发[2001]道路|价值 55[2002]英尺[2003]英镑|阴户|毛头小伙子。她的骇人之巢[2004]阴户|裤子那么小，用来欢迎他的巨大真是太棒了。他们弄后很快关上[2005]屁股|温州蜜柑，她的眼睛[2006]双眸就像他的金洞[2007]光环|耳孔|耳朵|耳。冷水[2008]王者之剑|山羊！怎么才能古典些？严格地说，没[2009]零办法。巢里的[2010]最里面的光线[2011]激情只给被爱点亮的[2012]可爱的烟斗[2013]自鸣得意的|管子|美女，他的海泡石烟斗[2014]仅仅|羞耻夫人，有着亚铜色长发，形体白皙的[2015]白色泡沫女性[2016]泡沫，穿着琥珀凉鞋[2017]连字符，在腐尸医生[2018]蠢驴|博士|住院医生杜尔[2019]肚子|澳大利亚|柏拉图|太阳|塔罗斯的羊肉[2020]解剖学腿[2021]讲座后面。一个传教士[2022]我|混合|老鼠|伊茜|米什山，圣[2023]有香味的|存在|他的|塞纳河玛利亚[2024]没药的圣膏，他像山峰一样优秀，对他的族人[2025]宗族|巨人们感兴趣的每个人，他知道米斯特拉尔[2026]师傅|西北风|大多数的·维京子[2027]迪克·惠廷顿|奥斯卡·王尔德，声名远播的[2028]毛皮|加框架的挪威[2029]挪威的|北方的|巨浪船长[2030]战斗|战斗过，脸色像被海[2031]清新空气|大海风[2032]菊苣|微风扇过的涨红的白云石，那从未看过他祖父[2033]床头|父亲|教士和从未遇到他岳母[2034]悬铃木|再痛饮一些的人，从成为缪楚[2035]奶牛|乳牛大师这最初印记[2036]最初的约会|第一的|签订|第一流的那里得到他的绰号[2037]屈辱，愚昧的女王国[2038]英国里最奇怪的人，还有，帮助人的[2039]《阿依达》广告代理[2040]飞机，他是怎么找到孩子们的。其他人指控他是膝外翻的[2041]尼斯湖|内伊湖|窟窿沦落者[2042]被淹没的，棍子疤结[2043]树干里的兴奋剂[2044]沉湎于，风湿病[2045]色差|浪漫主义后

1998 greyed vike cuddlepuller 解 great white caterpillar“～”，英国作家坎贝尔曾说王尔德是一只“大白毛毛虫”；也解 greyed“～”＋Viking“～”＋cuddle“～”＋puller“～”。
1999 pig“～”，此处解 big“～”。
2000 indicks 解 dick［德］“～”；也解 index(finger)“～”；也解 dick［俚］“～”；也解 indict“～”。
2001 weg 解 wig“～”；也解 Weg［德］“～”；也解 worth“～”。
2002 femtyfem 解 femtifem［挪］“～”。
2003 funts 解 foots，即 feet“～”；也解 funt［俚］“～”；也解 cunt“～”；也解 Fant［德］“～”。
2004 timentrousnest 解 timent［拉］“他们害怕”＋nest“鸟巢”，在俚语中指“～”；也解 trouses“～”。
2005 Sutt 解 shut“～”；也解 butt“～”；也解 Satsuma“～”，日本和尚从中国温州市带回日本改良的品种。
2006 uyes 解 eyes“～”；也解 uei［普］“～”。
2007 auroholes 解 auro-holes“～”；也解 aureole“～”；也解 earhole“～”；也解 auris［拉］“～”；也解 auriho［普］“～”。
2008 Kaledvalch 解 cold water“～”；也解 Caledfwlch“～”，亚瑟王的圣剑的别名；也解 kalidh［爱］“～”。
2009 naught“～”，此处解 not“～“。
2010 Ininest 解 in nest“～”；也解 in＋-est“～”。
2011 lightingshaft 解 lighting shaft“～”；也解 Leidenschaft［德］“～”。
2012 lovalit 解 love“爱”＋lit“被点着”；也解 lovely“～”。
2013 smugpipe 解 smokepipe“～”；也解 smug“～”＋pipe“～”；也解 smuk pige［丹］“～”。
2014 Mereshame 解 meerschaum“～”；也解 mere“～”＋shame“～”。
2015 formwhite 解 form“体型”＋white“白色的”；也解 white foam“～”，爱神阿芙洛狄忒生于海上泡沫。
2016 foaminine 解 feminine“～”；也解 foam“～”。
2017 Ambersandalled 解 amber“琥珀”＋sandal“凉鞋”＋-ed；也解 ampersand“～”。
2018 Aasdocktor 解 Aas［德］“腐尸”＋Doktor［德］“医生”；也解 Ass“～”＋doctor“～”；也解 house doctor“～”。
2019 Talop 解 Tulp“～”，荷兰画家伦勃朗的《杜尔博士的解剖学课》中的人物；也解 talop［雪］“～”；也解［沃］“～”；也解 Plato“～”(约前 427—前 347)，古希腊哲学家；也解 talos［希］“～”；也解 Talos“～”，希腊神话中的巨人，守卫克里特岛。
2020 onamuttony 解 mutton“～”；也解 anatomy“～”。
2021 legture 解 leg“～”；也解 lecture“～”。
2022 mish 解 missionary“～”；也解 mishi［爱］“～”，圣布利吉特受洗时说的；也解 mische［德］“～”；也解 mish［塞维］“～”；也解 Issy“～”，本书中的女儿；也解 Slieve Mish“～”，位于爱尔兰的凯里郡。
2023 seinsed 解 saint“～”；也 scented“～”；也解 sein［德］“～”；也解 seins［德］“～”；也解 Seine“～”。
2024 myrries 解 Mary“圣母玛利亚”；也解 myrrh“～”。
2025 gients［普］“～”；也解 gens“～”；也解 giants“～”。
2026 Meistra 解 Frédéric Mistral“～”(1830—1914)，法国诗人；也解 Meister［德］“～”；也解 mistral“～”，法国南部干冷而强劲的北风或西北风；也解 meist［德］“～”。
2027 Wikingson 解 Viking“维京海盗”＋son“儿子”；也解 Dick Whittington“～”，童话《迪克·惠廷顿和他的猫》的主人公；也解 Oscar Wilde“～”。
2028 furframed 解 farfamed“～”；也解 fur“～”＋framed“～”。
2029 Noordwogen 解 Norwegen［德］“～”；也解 Norwegian“～”；也解 noord［荷］“～”＋Woge［德］“～”。
2030 kampften 解 captain“～”；也解 Kampf［德］“～”；也解 kämpften［德］“～”。
2031 ozeone 解 ocean“～”；也解 ozone“～”；也解 osean［挪］“～”。
2032 brisees 解 breeze“～”；也解 frisee“～”；也解 brise［法］“～”。
2033 bedshead farrer 解 bedstefar［丹］“～”；也解 bedhead“～”＋father“～”；也解 Pfarrer［德］“～”。
2034 swigamore 解 svigermor［丹］“～”；也解 sycamore“～”；也解 swig more“～”。
2035 Milchku 解 Milchu“～”，圣帕特里克 16 岁时被卖到爱尔兰农场为奴时的主人；也解 Milchkuh［德］“～”；也解 milk cow“～”。
2036 prima signation 解 prima signatio［拉］“～”；也解 prime assignation“～”；也解 prima“～”＋sign-ation“～”；其中 prima 也解［拉］“～”。
2037 ignomen 解 agnomen“～”；也解 ignominy“～”。
2038 benighted queendom“～”；也解 United Kingdom“～”。
2039 aidant［法］“～”；也解 *Aida*“～”，意大利剧作家威尔第的歌剧。
2040 adcraft“～”；也解 aircraft“～”。
2041 lochkneeghed 解 knockkneed“～”；也解 Loch Ness“～”，位于英国苏格兰；也解 Lough Neagh“～”，英国最大的湖，位于北爱尔兰；也解 Loch［德］“～”。
2042 forsunkener 解 Versunkener［德］“～”；也解 forsink“～”。
2043 stockknob 解 Stock［德］“棍棒”＋knob“疙瘩”；也解 stock“～”。
2044 dope“～”；也可与后面的 in 合解 deep in“～”。
2045 rhomatism 解 rheumatism“～”；也解 chromatism“～”；也解 romantism“～”。

全都融在一起[2046]融解|蜕皮，纯粹只是废话[2047]大兵。科普特人[2048]上帝对那些说柏柏尔语的人[2049]野蛮的|腓特烈一世(红胡子)和他们的贝都因人[2050]在之间的诅咒[2051]凝乳|库尔德人！她甚至当着他以色列房屋[2052]冷漠的|伊丽莎白中的所有青年[2053]河流|邻居的面脱掉所有衣服[2054]为人之父|乞丐。没有用[2055]上帝|妓女！一个苏[2056]先令|小的古钱都没有！他们这些穿白色制服的破烂货[2057]，两只欺骗之海里的鲸鱼，他们这些狗日的杂种[2058]爆炸放炮手，三只卡里多尼亚[2059]毁谤沙漠里的骆驼。原本就不值得[2060]值得注意的跟他握手[2061]惊吓他的后腿|摇摇头|射击！对他们感到原始的[2062]钟表|坏的悲痛[2063]欢迎|女人！为了更多金子[2064]奥斯卡正在指控的那些发问者[2065]奥斯卡·王尔德和他们的报告[2066]阿斯特和鲁珀特也[2067]屁股是假的是骗子[2068]莱昂内尔。心碎的[2069]少女|停下来的受难者！婊子的肯定通常[2070]憨蛋|经常对洛塔·卡森丝不利[2071]重新。在他们否认[2072]负面的来自他的行星[2073]苏打石|有意|伴侣的木星[2074]果酱|更好的|圣约翰|圣彼得前，他们会舔[2075]利克天文台他们的镜片。在他的国家[2076]与他相反|正相反和在现实中[2077]，对此主教[2078]巴伯威兹[2079]婴儿|与……一起在他的《只是一部恶棍[2080]卷册|膜|莎士比亚小说[2081]辩解|固定|捏造》中做了见证[2082]洁白，这位评税员[2083]纳尔逊[2084]约翰·麦克内尔老爷[2085]军队|先生先生，来自爱尔兰自由邦[2086]伤痛的|国家|听力，生着病[2087]已故的，原先[2088]正式地有扁桃腺肿大[2089]原先|腺体的|无知的，那时[2090]那个喂养着所有的光[2091]，即将退休的家庭管家[2092]小圆盾|屠夫的最后一跳式[2093]莱克斯利普|鲑鱼|亲爱的|斧子伟大改变，他的每次思索都高度精确[2094]副牧师|端正的，从十美分优惠券[2095]圆屋顶|民意

2046 ameltingmoult 解 amalgamate“～”；也解 melting“～”＋moult“～”。
2047 tammy ratkins 解 tommy rot“～”；也解 Tommy Atkins“～”，英国士兵的俗称。
2048 Copt“～”，古希腊和古罗马时期的埃及人；也解 God“～”。
2049 berberutters 解 Berber“柏柏尔人”，阿拉伯人对埃及南部和西部居民的称呼＋utters“发出声音”；也解 barbarous“～”；也解 Frederick Barbarossa“～”（约 1122—1190），神圣罗马帝国皇帝。
2050 bedaweens 解 Bedouin“～”，在沙漠旷野过游牧生活的阿拉伯人；也解 between“～”。
2051 kurds 解 curse“～”；也解 curd“～”；也解 Kurds“～”，一个生活于中东地区的游牧民族。
2052 koldbethizzdryel 解 kol beth yisrael [希伯来]“～”；也解 cold“～”＋Elizabeth“～”，伊茜的别名。
2053 nahars 解 na'ar [希伯来]“～”；也解 nahar [希伯来]“～”；也解 neighbours“～”。
2054 begeds 解 beghedh [希伯来]“～”；也解 begets“～”；也解 beggars“～”。
2055 No gudth 解 No good“～”；其中 gudth 也解 God“～”，也解 gudth [爱]“～”。
2056 zouz 解 sou [法]“～”，法国辅币名；也解 zoulz [康]“～”；也解 zuz [希伯来]“～”。
2057 ragsups 解 rags“破布”＋dress up“打扮”。
2058 bloodiblabstard 解 bloody bastard“～”；也解 blast“～”。
2059 Calumdonia 解 Caledonia“～”，苏格兰古时或诗中的别名；也解 calumny“～”。
2060 note worthies 解 not worthy“～”；也解 noteworthy“～”。
2061 shock his hind“～”，此处解 shake his hand“～”；也解 shook his head“～”；也解 shoot“～”。
2062 Ur 解 ur- [德]“～”；也解 Uhr [德]“～”；也解 ur [爱黑]“～”。
2063 greeft 解 grief“～”；也解 greet“～”；也解 grifi [雪]“～”。
2064 osghirs 解 osgi [亚]“～”；也解 Oscar“～”，凯尔特神话中芬·麦克尔的孙子。
2065 askors 解 askers“～”；也解 Oscar Wilde“～”。
2066 ruperts 解 reports“～”；也可与前面的 askors 合解 Astor and Ruppert“～”，美国两个富裕家族。
2067 alse 解 also“～”；也解 arse“～”。
2068 liarnels 解 liars“～”；也解 Lionel“～”，德国作曲家弗洛托的歌剧《玛尔塔》中的男主人公。
2069 frockenhalted 解 brokenhearted“～”；也解 fröken [瑞]“～”＋halted“～”。
2070 sempry 解 sempre [意]“～”；也解 simple“～”；也解 semper [拉]“～”。
2071 agains 解 against“～”；也解 again“～”。
2072 negatise 解 negate“～”；也解 negative“～”。
2073 sodalites“～”，此处解 satellites“～”；也解 sodalitas [拉]“～”；也解 sodal [意]“～”。
2074 jom petter 解 Jupiter“～”；也解 jam“～”＋better“～”；也解 John“～”，四福音书的作者之一＋Peter“～”，耶稣的 12 门徒之一。
2075 Lick“～”；也解 Lick Observatory“～”，位于美国圣荷西市，1904 年这里观测到木星的两颗卫星。
2076 In his contrary“～”，此处解 in his country“～”；也解 on the contrary“～”。
2077 on reality 解 in reality“～”。
2078 Bichop 解 bishop“～”。
2079 Babwith 解 Bubwith“～”，1406—1407 年间的伦敦主教；也解 babe“～”＋with“～”。
2080 Villumses 解 villain“～”；也解 volumes“～”；也解 velums“～”；也解 William Shakespeare“～”。
2081 Fication 解 fiction“～”；也与前面合解 justification“～”；也解 fixation“～”；也解 fictio [拉]“～”。
2082 whitness 解 witness“～”；也解 whiteness“～”。
2083 Assassor 解 Assessor“～”。
2084 Neelson 解 Horatio Nelson“～”（1758—1805），英国著名海军将领；也解 John MacNeill“～”，1923—1925 年边界谈判中爱尔兰自由邦的代表，商议爱尔兰自由邦与北爱尔兰的界限。
2085 Heer [德]“～”，此处解 herr [挪]“～”；也解 herr [德]“～”。
2086 sorestate hearing 解 Saorstát Eireann [爱]“～”；也解 sore“～”＋state“～”＋hearing“～”。
2087 diseased“～”；也解 deceased“～”。
2088 Formarly 解 formerly“～”；也解 formally“～”。
2089 Adenoiks 解 adenoids“～”；也解 adenok' [亚]“～”；也解 adenoeidês [希]“～”；也解 adênês [希]“～”。
2090 den [德]“～”，此处解 then“～”。
2091 lighty 解 light“～”。
2092 Buckler“～”，此处解 butler“～”；也解 butcher“～”。
2093 laxtleap 解 last leap“～”；也解 Leixlip“～”，都柏林附近的乡镇；也解 Lachs [德]“～”；也解 lieb [德]“～”；也解 Axt [德]“～”。
2094 accurect 解 accurate“～”；也解 curate“～”；也解 recte [拉]“～”。
2095 coupoll 解 coupon“～”；也解 cupola“～”；也解 poll“～”。

调查到便宜到底，与 7 号[2096]数字|《民数记》的老霍斯[2097]霍斯黑德|家庭住在一起，绝对清醒，四处是伤[2098]想知道|绕圈子|风四处刮，在床上工作[2099]童床|伊丽莎白，懦夫[2100]星期，在图画巷[2101]莱恩爵士长大很多[2102]众多年后[2103]最晚穿着黑色天鹅绒执行乔治王的[2104]地质学使命[2105]大厦，与独立水手[2106]一样遮遮掩掩的附件，长了一副可爱的[2107]坏的男婴獠牙[2108]乳牙，一只勺子[2109]猪嘴|棍子的厚度，一直如此在奈瑟斯[2110]护士的照料下[2111]漂亮地生长，仁慈[2112]谢天谢地|天哪！|格蕾丝·奥玛丽到善[2113]女神，81 岁。那是为什么整个公园都对他的祖父[2114]枪灰|毛德·冈妮激动万分[2115]向上|激动的。那是为什么疯狂的亚洲人[2116]《传道书》|牧师|会众和罪犯部长[2117]总理鼓吹他的早晨，并且用他的格言[2118]不得体的词|邪恶的|《箴言》制造出一勺食物的力量。那是为什么他，正人君子，青光眼[2119]希腊人或罗马人|甜的|相同的|帕利泽夫人砒霜的女性化人物[2120]弗莫尔族，为了陪审团的审判[2121]《陪审团的审判》|尤利乌斯·凯撒，戴着天上的太阳帽，两只钱包用走来走去[2122]晃动的晃动弄得他的茶壶[2123]神|茶罐激动不安[2124]，非常语无伦次，从一个 18 到一个双[2125]一点|直到 18，年轻害羞快乐的青年[2126]东西|荣格。只不过[2127]许多在一起|连在一起的城市大量灌满[2128]拒绝小[2129]茶壶[2130]珍闻来锁住她们的雨天[2131]洒落|雏菊|阴户，在树荫下是 29[2132]好的|双胞胎。年轻照片[2133]诗歌的老而大的全部[2134]图坦卡蒙润色者，他突然老古板似的[2135]转身[2136]绕路的变红，就像听到睡眠[2137]雷电|屁股|坏脾气的男高音|熏三文鱼在一定程度上[2138]夏天|屁股落下[2139]虚情假意的|假如，有人发出一声响动。这是他最后的大腿，巨人[2140]泰坦尼克号，跟他告别[2141]吃|幸

2096 nummer［德］"～"；也解 number"～"；也解 Numbers"～"，《旧约》第四卷。《尤利西斯》的主人公布卢姆住在都柏林艾克勒斯街 7 号。
2097 howthold 解 old Howth"～"，应指霍斯堡；也解 Howth head"～"，都柏林郊区；也解 household"～"。
2098 woundabout 解 wound"伤口"＋about"在……四周"；也解 wonder about"～"；也解 roundabout"～"；也解 wind about"～"。
2099 wokinbetts 解 work in bed"～"；也解 Wochenbett［德］"～"；也解 Elizabeth"～"，本书女儿的别名。
2100 weekling 解 weaklings"～"；也解 week"～"。
2101 lane"～"；也解 Hugh Lane"～"(1875—1915)，格雷戈里夫人的侄子，把一些画送给都柏林，又转送伦敦，后又在遗嘱中给都柏林，从而成为一个引发争议的事件。
2102 mangy［丹］"～"；也解 many"～"。
2103 senest［丹］"～"，此处解 since"～"。
2104 geolgian 解 Georgian"～"，指英国 1714—1837 年四位名为乔治的国王连续在位；也解 geology"～"。
2105 mission"～"；也解 mansion"～"。
2106 autonaut 解 auto-nautês［希］"～"。
2107 daarlingt 解 darling"～"；也解 daarlig［丹］"～"。
2108 bucktooth"～"；也可与前面的 baby 合解 baby tooth"～"。
2109 gobstick［俚］"～"；也解 gob［爱］"～"＋stick"～"。
2110 nerses 解 Nerses the Gracious"仁者奈瑟斯"(1102—1173)，亚美尼亚教会主教；也解 nurse"～"。
2111 nursely 解 nurse"～"＋-ly；也解 nicely"～"。
2112 gracies 解 gracious"～"；也解 gracias［西］"～"；也与后面合解 goodness gracious!"～"；也解 Grace O'Malley"～"，恶作剧女王的原型。
2113 goodess 解 goodness"～"；也解 goddess"～"。
2114 gunnfodder 解 grandfather"～"；也解 gunfodder"～"；也解 Maud"～"，爱尔兰女演员。
2115 up excited 解 aufgeregt［德］"～"；也解 up"～"＋excited"～"。
2116 ecrazyaztecs 解 crazy"疯狂的"＋Asiatic"亚洲人"；也解 Ecclesiastes"～"；也解 ecclesiastics"～"；也解 ekklêsiastês［希］"～"。
2117 crime ministers 解 crime"犯罪"＋ministers"部长"，孔子曾任鲁国大司寇；也解 prime ministers"～"。
2118 praverbs 解 proverbs"～"；也解 prava verba"～"；也解 prave"～"；也解 Proverbs"～"。
2119 glycorawman 解 glaucoma"～"，乔伊斯晚年受此折磨，并曾用砷(砒霜)治疗；也解 Greek or Roman"～"；也解 glykys［希］"～"；也解 gleich［德］"～"；也解 Glencora Palliser"～"，英国 19 世纪长篇小说家安东尼·特洛勒普的系列小说中的人物。
2120 femorniser 解 feminiser"～"；也解 Fomorians"～"，爱尔兰神话中象征着混沌与野性的巨人族。
2121 trial by julias 解 trial by jury"～"；也解 *Trial by Jury*"～"，吉尔伯特和苏利文合作的独幕喜剧，1875 年首演；其中 Julias 也解 Julius Caesar"～"(前 100—前 44)，古罗马共和国末期的军事统帅。
2122 wokklebout 解 walkabout"～"；也解 wackeln［德］"～"。
2123 theopot 解 teapot"～"；也解 theos［希］"～"；也解 theepot［荷］"～"。这句话中的"两只钱包""走来走去""茶壶"都出自《爱丽丝漫游奇境记》。
2124 agitatating 解 agitating"～"。
2125 biss 解 bis［拉］"～"；也解 biss［德］"～"；也解 bis［德］"～"。
2126 Youngs"～"；也解 things"～"；也解 Carl Jung"～"，瑞士心理学家，乔伊斯的女儿曾请他治疗。
2127 Sympoly 解 simply"～"；也解 sympolloi［希］"～"；也解 sympolis［希］"～"。
2128 infusing"～"；也解 refusing"～"。
2129 pritty 解 pretty"～"。
2130 tipidities 解 teapots"～"；也解 tidbits"～"。
2131 rhainodaisies 解 rainy days"～"；也解 rhaino［希］"～"＋daisy"～"或［俚］"～"。
2132 nice and twainty 解 nine and twenty"～"；其中 nice 也解"～"；其中 twainty 也解 twin"～"。
2133 poetographies 解 photographies"～"；也解 poietographia［希］"～"。
2134 tuttut 解 tutto［意］"～"；也解 Tutankhamen"～"，埃及国王，其坟墓在 20 世纪 20 年代被发掘。
2135 altfrumpishly 解 alt［德］"老"＋frumpishly"未见世面地"。
2136 aroundabrupth 解 around"在四周"＋abrupt"突然的"；也解 roundabout"～"。
2137 tionnor 解 tionnur［爱］"～"；也解 thunder"～"；也解 tionnor［爱］"～"；也解 sour tenor"～"；也与前面合解 tinned salmon"～"。
2138 samhar 解 somehow"～"；也解 samhradh［爱］"～"；也解 samhar［爱］"～"。
2139 falls"～"；也解 fulsome"～"；也解 falls［德］"～"。
2140 Gigantic"～"；也解 Titanic"～"，此处化自歌曲《这是你的最后一程，泰坦尼克，永别了》。
2141 fare him weal 解 farewell"再见"＋him"他"；也解 fare"～"＋weal"～"。

福！天启！一个事实。大陪审团签署的起诉书。由一个老妇陪审团。谦卑之驼峰憨蛋，污秽之粪堆[2142]呆蛋。并且，为了把长故事[2143]模造大理石|捣石街讲得更好[2144]捣碎，让整个[2145]有漩涡的表演成为完美的一景，他那东西[2146]北欧海盗在都柏林的议会一路[2147]一直[2148]伸向妇女参政[2149]窒息而死街[2150]街道。

还有老伴儿[2151]搭档|帮助|肉，一件明暗对比的托加[2152]对照的，他的仙女教母[2153]火似的鹅妈妈，妙不可言[2154]老子|道子，一个做了的女人[2155]，他向这个时代的王子们讲了。你在我上面发出声音，法官们《士师记》！想象我们活跃起来，国王们[2156]《列王纪》！去见妈妈[2157]水|组员，阿文利斯[2158]汉娜·丽维娅·妇鲁拉贝尔|亚当和夏娃|河流|石头|石块，全都由一对蜥蜴[2159]切坡里若德生出。她满是沼泽[2160]有趣的|汉娜·丽维娅·妇鲁拉贝尔，正像他俗不可耐[2161]灿烂|闪电。不管她的最近一个是多么晚[2162]何时？，她的呼噜[2163]可锯木依然一如往常地响起。唱一首六便士[2164]性|凯歌的赞美诗，有韵[2165]黑麦的赝品[2166]《次经》|隐藏的！他那真主[2167]奥拉夫|α|阿尔菲厄斯的美人痣永远是[2168]伊华她的一切中的一切，而他的《古兰经》[2169]库兰从未教会她那个存在那个他们自己的主人。于是她不用她自己的家[2170]角落|回声|小房子交换霍沃顿[2171] HCE 城堡。英格兰威尔士。而是凭借他的祭司[2172]火红的背心上[2173]维斯塔|外套的爱尔兰[2174]铁津贴[2175]联盟|所有人|爱丽丝，他的大祭司[2176]芭蕾舞足尖站立的姿势|狐狸冬季披风上的铜胸针扣[2177]数字。那些不认识她的人，酷川-酷谷[2178]凉爽夫人，吗哪[2179]领地主人[2180]领主的女巫[2181]矿泉|妻子，当最初牵涉进来，超过[2182]更因为上百[2183]

2142 Hump...dump“驼峰……粪堆”；也解 Humpty Dumpty“～”，童谣中一只从墙头坠落后摔成碎片的蛋。
2143 stoney“～”，此处解 story“～”；也与后面合解 Stoneybatter“～”，都柏林的街道之一。
2144 badder“～”，此处解 better“～”。
2145 whorly“～”，此处解 whole“～”。
2146 Thing“～”；也解 Thingmote“～”。
2147 the wholyway 解 the whole way“～”。
2148 retup 解 right up“～”。
2149 Suffrogate 解 suffragette“～”；也解 suffocate“～”。
2150 Strate 解 street“～”；也解 strata [拉]“～”。
2151 helpmeat 解 helpmate“～”；也解 helpmeet“～”；也解 help“～”＋meat“～”。
2152 contrasta toga 解 contrast“明暗对比”＋toga“托加”，古罗马男公民的装束；也解 contrasta [拉]“～”。
2153 fiery goosemother“～”，此处解 fairy godmother“～”。
2154 laotsey taotsey 解 hotsy totsy [俚]“～”；也解 Lao-tse“～”，中国哲学家＋Tao-tsey“～”，疑为“道家”。
2155 此处化自 19 世纪加拿大小说家阿兰的小说《做了的女人》(*The Woman Who Did*)。
2156 Judges...Kings“法官们……国王们”；也解 Judges“～”＋Kings“～”，《旧约》中的篇章。
2157 Mem 解 ma'am“～”；也解 mayim [希伯来]“～”；也解 member“～”。
2158 Avenlith“～”；也解 Anna Livia“～”，本书的女主人公；也解 Adam and Eve“～”；也解 abhainn [爱]“～”；也解 ebhen [希伯来]“～”＋lithos [希]“～”。
2159 couple of lizards“～”；也解 Chapelizod“～”，地名，位于都柏林西郊。
2160 fenny“～”；也解 funny“～”；也解 Anna“～”，本书的女主人公。
2161 fulgar 解 vulgar“～”；也解 fulgor“～”；也解 fulgor [拉]“～”。
2162 laat 解 late“～”；也可与前面的 how 合解 hoe laat? [荷]“～”。
2163 sawlogs“～”，此处解[俚]“～”。
2164 psexpeans 解 sixpence“～”；也解 sex“～”＋pean“～”。这句在每个主要实词前面加上了辅音“p”。
2165 rhyme“～”；也解 rye“～”。
2166 apocryphul 解 apocryphal“～”；也解 Apocrypha“～”，犹太人不承认属于希伯来《圣经》的经籍；也解 apokryphos [希]“～”。
2167 allaph 解 Allah“～”，根据乔伊斯的笔记，“真主脸上的痣”是一座城市的名字；也解 Olaf“～”，丹麦海盗的首领；也解 alpha“～”，希腊字母表的第一个字母；也解 Alpheus“～”，希腊神话中的河神。
2168 foriverever 解 forever“永远”＋ever“曾经”；也解 Ivor“～”，丹麦海盗的首领，奥拉夫的弟弟。
2169 Kuran 也解 Koran“～”；也解 Olaf Cuaran“～”，都柏林的国王。
2170 eckcot hjem 解 eget hjem [丹]“～”；也解 Ecke [德]“～”；也解 echo“～”；也解 cot“～”。
2171 Hawarden“～”，英国首相格莱斯顿住的庄园。此处包含本书主人公名字的缩写 HCE。
2172 flamen [拉]“～”；也解 flaming“～”。
2173 vestacoat 解 waistcoat“～”；也解 Vesta“～”，古罗马灶神＋coat“～”。
2174 iern 解 Iernê [拉]“～”；也解 iron“～”。
2175 alleance 解 allowance“～”；也解 alliance“～”；也解 alle [德]“～”；也解 Alice“～”。
2176 pointefox 解 pontifex [拉]“～”；也解 pointe [法]“～”＋fox“～”。
2177 fibule 解 fibula [拉]“～”；也解 figure“～”。
2178 Cooley-Couley 解 coulee“深谷”＋couler [法]“流淌”，故译为“～”；也解 cooly“～”。
2179 manna“～”，《旧约》中所述古以色列人经过荒野所得的天赐食物；也解 manor“～”。
2180 laird“～”，此处解 lord“～”。
2181 spawife 解 spaewife“女预言家”；也解 spa“～”＋wife“～”。
2182 more as“～”，此处解 more than“～”。
2183 hundreads 解 hundreds“～”。

情人[2184]塞尔扣克的灵魂[2185]名字|年之院[2186]年月呼喊起来，全新出厂、口中冒泡[2187]河流|起泡沫，受谤于知道一些事情的人[2188]（我的心上人[2189]马格拉斯，他为早期那次派对受罚[2190]会受惊吓的），自此以后安尼妈妈[2191]阿里巴巴|阿尼玛|阿尼纸草|汉娜·丽维娅·妇鲁拉贝尔|我和她的四十个[2192]第四裙撑仅仅听到众山的名字[2193]就惊恐万分，对回到她的少女床[2194]山床|神话|夜晚之床愤怒不已？她[2195]滑雪|天空，她。在他们的纯真[2196]纯粹的|干净的战争中，她让所有的灵魂对乒乓球[2197]抵押|斗争|松树|拳头感到害怕，因纯洁神圣的战争[2198]纯洁虔诚的美人|汉娜·丽维娅·妇鲁拉贝尔|北极熊而胃[2199]腹部痛[2200]盘子。但是在她的周围各处喊叫[2201]命令|诈称|做手势表达，说他因为巴涅尔主义[2202]大希腊论和污秽[2203]犯罪而穷困，因为这个，当她单身时他收留她，她的最高[2204]统帅|乌鸦主宰[2205]游牧部落和首席领导[2206]狗屎|将军，让她进入古代音乐厅[2207]名声，在监护[2208]序曲期间把她绑起来，省得她偷他的东西[2209]，或者[2210]盎司她[2211]先生或者女士[2212]夫人，只要鸡汤[2213]死亡曾经放过[2214]被剥夺|相信她，既然双方都是食物之事的当事人，给葬礼付钱的是麦克尔[2215]米歇尔神父酋长。与此同时[2216]进餐|在……时她用她的苹果[2217]施赈人员救济盘[2218]喂养[2219]提供营养|养育躺着[2220]垂死的的他，午餐[2221]巨人和晚餐[2222]中国正像[2223]一起|她|我两个金发女郎[2224]伴着西格诺·弗利[2225]的男高音[2226]锡工罗曼司[2227]罗曼什语|混杂|人|麦科马克，好把蠼螋[2228]小伙子|假发|刘易斯·卡罗尔|温德汉姆·刘易斯从他的耳朵[2229]路德维希二世中掏[2230]出来，就像掠过水面的小猫[2231]壶|凯特播散的[2232]呼喊，此时他最爱的全都对他怒不可遏[2233]失去亲人，她自己

2184 elskerelks 解 elskere［丹］“～”；也解 Alexander Selkirk“～”（1676—1721），苏格兰失事船员，《鲁滨逊漂流记》中鲁滨逊的原型。
2185 annams 解 anam［爱］“～”；也解 ainm［爱］“～”；也解 annus［拉］“～”。
2186 yahrds 解 yards“～”；也解 Jahr［德］“～”。
2187 fiuming 解 fuming“～”；也解 fiumi［意］“～”；也解 foaming“～”。
2188 Hwemwednoget 解 hvem ved noget［丹］“～”。
2189 magrathmagreeth 解 mo ghrádh mo chroidhe［爱］“～”；也解 Cornelius Magrath“～”，爱尔兰巨人。
2190 takable a rap 解 take the rap“～”；也解 takable aback“～”。
2191 Ani Mama“～”；也解 Ali Baba“～”，《一千零一夜》中的人物；也解 Anima“～”，荣格提出的男性心中的女性形象；其中的 Ani 也解 Papyrus of Ani“～”，公元前 1250 年的纸草手稿；也解 Anne“～”，本书女主人公；也解 Ani［希伯来］“～”。
2192 fiertey 解 forty“～”；也解 vierte［德］“～”。
2193 gnomes 解 names“～”，此处主要词语前都添加了字母“g”。
2194 mytinbeddy 解 maiden bed“～”；也解 mountain bed“～”，化自河床；也解 myth“～”；也解 night bed“～”。
2195 Schi［德］“～”，此处解 she“～”；也解 sky“～”。
2196 pur［德］“～”；此处解 pure“纯真的”；也解 pur［列］“～”。
2197 pignpugn 解 ping-pong“～”；也解 pignus［拉］“～”；也解 pugna［拉］“～”；也解 pign［列］“～”；也解 pugn［列］“～”。
2198 pialabellars 解 pura et pia bella［拉］“～”，指维科所说的人类历史上英雄时代的战争；也解 pura e pia bella［意］“～”；也解 Plurabelle“～”，本书女主人公；也解 polar bears“～”。
2199 stummi［列］“～”；也解 stomach“～”。
2200 pan“～”，此处解 pain“～”。
2201 jackticktating 解 ejaculating“～”；也解 dictating“～”；也解 jactitation“～”；也解 gesticulating“～”。
2202 pannellism 解 Parnellism“～”，19 世纪后期爱尔兰政治领袖巴涅尔提出的民族自治主张；也解 Panellenismos［希］“～”，主张全部希腊城邦统一为一个希腊国家。
2203 grime“～”；也解 crime“～”。
2204 Zoravarn 解 sovereign“拥有最高统治权的”；也解 zôravar［亚］“～”；也解 raven“～”。
2205 lhorde 解 lord“～”；也解 horde“～”。
2206 givnergenral 解 governor-general“～”；也解 givno［鲁］“～”＋general“～”。
2207 antient consort ruhm 解 Antient Concert Rooms“～”，都柏林地名；也解 Ruhm［德］“～”。
2208 coverture 解 Coverture“～”，指有关已婚妇女必须由丈夫监管的法律；也解 overture“～”。
2209 所有普通法律都规定丈夫和妻子之间不存在偷窃。
2210 oz“～”，此处解 either“～”。
2211 her“～”；也解 Herr［德］“～”。
2212 damman 解 dame“～”；也解 Damen［德］“～”。
2213 checkenbrooth 解 chicken broth“～”。
2214 beleaved 解 be-leaved“～”；也解 bereaved“～”；也解 believed“～”。
2215 MacCumhal 解 Finn MacCool“～”；也解 Father Michael“～”，书中女主人公汉娜年轻时引诱她的人。
2216 Mealwhile 解 meanwhile“～”；也解 meal“～”＋while“～”。
2217 elmer 解 elma［土］“～”；也解 almer 即 almoner“～”。
2218 almsdish 解 alm's“救济品的”＋dish“盘子”。
2219 nutre［意］“～”；也解 nutrify“～”；也解 nutrio［拉］“～”。
2220 jacent“～”；也解 jacens［拉］“～”。
2221 giantar［列］“～”；也解 giant“～”。
2222 Tschaina［列］“～”；也解 China“～”。
2223 as sieme as 解 the same as“～”；也解 assieme［意］“～”；其中 sieme 也解 sie［德］“～”＋me“～”。
2224 Bibrondas 解 bi-blond“两个金发女郎”＋as“当……时”。
2225 Foli Signur 解 Signor Foli“～”，爱尔兰 19 世纪著名的男低音歌唱家 Allan James Foley 的曾用名。
2226 tinner“～”，此处解 tenor“～”。
2227 roumanschy 解 romance“～”；也解 Romansh“～”；也解 Mansch［德］“～”；也解 Mensch［德］“～”；也解 John McCormack“～”（1884—1945），爱尔兰男高音。
2228 ladwigs 解 earwigs“～”；也解 lad“～”＋wig“～”；也解 Lewis Carroll“～”，《爱丽丝漫游奇境记》的作者；也解 Wyndham Lewis“～”（1882—1957），英国作家，曾在《时代和西方人》一书中攻击乔伊斯。
2229 lugwags 解 lug“耳朵”＋wags“摇动”；也解 Ludwig II of Bavaria“～”，巴伐利亚国王。
2230 fishle 解 fish“～”。
2231 kitty“～”；也解 kettle“～”；也解 Kate“～”，本书中主人公一家的女仆。
2232 skattering 解 scattering“～”。
2233 beruffled“～”；也解 bereaved“～”。

那些不想要的则做着手势[2234]正义，真是一个黑暗的[2235]风大的|布洛克堡日子。就像嫖客[2236]文臣变成[2237]谁那时荡子，大风[2238]盘绕|风变得[2239]盘绕狂野。[2240]所以如果他只是咬和塞他的烟管[2241]风笛|巴库斯，在他们的所有酒吧[2242]浮华|非洲酒宣布与这个魔鬼[2243]都柏林断绝关系[2244]声誉，把站街妓女[2245]炼钢工人|游逛|爱抚踢[2246]保留|妓院出游戏[2247]瘟疫|地方，通过割开蜂巢[2248]库姆|峡谷|梳子来放置[2249]用荨麻刺，激怒|好的|雀巢牛奶牛奶，让阿里[2250]阿里巴巴巴巴[2251]腹股沟腺炎一直[2252]小山|头|买|警察出售四十[2253]错误的|污秽的大盗[2254]废话，她会与她那我最亲爱的[2255]《亲爱的宝贝》|纪念品|交易|用肥皂洗|莱一起做很多[2256]大师食物[2257]第纳尔|罗马的小钱，把她的棕色[2258]《棕色少女》荣誉斗篷献给[2259]微妙的梅德·贝勒尼基[2260]，把她自己拴在公牛人镇的[2261]东方人|城镇圣梅甘教堂[2262]圣米尚教堂，不再在圣雄[2263]或穆斯林人[2264]伊斯兰教徒面前制造女性时代[2265]结婚，而是带着入骨的[2266]痛[2267]地狱的折磨|教堂|死亡从都柏林[2268]市镇挥动[2269]使波动|波动的她的圆锥帽[2270]糖面包山|一条面包|在高处，来自祖国[2271]离开地|三|在摔跤中获胜的呼喊[2272]悄悄地，就像所有披紫红斗篷的公主或言辞庄重的女人，对梵蒂冈[2273]旅费来的教皇使节鲁滨逊·克鲁索[2274]拉比|儿子|十字架的大人[2275]鲁滨逊，带着一只给他的牛老伴儿[2276]伙伴和孩子们[2277]大肠|啾啾而鸣的奶[2278]驴，为了他对那憎恶[2279]仰慕|在周围|囤积他的国家和罗马[2280]罗马城|雷电的荣誉[2281]所做[2282]无论何处|领袖|沟渠|鸭子嘎嘎叫的一切，以及给圣珀西·奥莱利[2283]蠼螋的半个意大利的银币[2284]中间，是它给了玛丽·路易莎和约瑟芬[2285]路易兹、马科、杰赛普|路德维奇、马里奥、约瑟

2234 justickulating 解 gesticulating“～”；也解 just“～”。
2235 blowick 解 black“～”；也解 blowy“～”；也解 Bullock Castle“～”，位于都柏林海湾东南达尔奇市。
2236 wenchen 解 wencher“～”；也解 wenchen［中］“～”。
2237 wenden［德］“～”；也解 wen denn［德］“～”。
2238 Winden 解 wind“～”；也解 winden［德］“～”；也解 vinden［丹］“～”。
2239 wanden 解 went“～”；也解 wanden［德］“～”。
2240 此处主要词语皆押头韵且皆为两音节。
2241 baccypipes 解 tobacco pipes“～”；也解 bagpipes“～”；也解 Bacchus“～”，罗马神话中的酒神。
2242 pumbs 解 pubs“～”；也解 pomp“～”；也解 Pombes“～”。
2243 devlins 解 devil“～”，也解 Dublin“～”，乔伊斯经常做这两个词的文字游戏，故多译为“都魔林”。
2244 renownse 解 renounce“～”；也解 renown“～”。
2245 streelwarkers 解 streetwalker“～”；也解 steelworkers“～”；也解 streel［英爱俚语］“～”；也解 streelen［荷］“～”。
2246 kip 解 kick“～”；也解 keep“～”；也解 kip［英爱俚］“～”。
2247 plague“～”，此处解 play“～”；也解 place“～”。
2248 honeycoombe 解 honeycomb“～”；也解 Coombe“～”，位于都柏林，原意为“～”；也解 comb“～”。
2249 nettleses 解 nestles“～”；也解 nettles“～”；也解 nett［德］“～”；也与后面合解 Nestle's milk“～”。
2250 Ulo 解 ulula［拉］“～”，此处与后面的 Bubo 合解 Ali Baba“～”，《一千零一夜》中的人物。
2251 Bubo［拉］“～”；也解 bubo“～”。
2252 kop“～”，此处解 keep“～”；也解 ko［荷］“～”；也解 kopen［荷］“～”；也解 cop“～”。
2253 foulty 解 forty“～”；也解 faulty“～”；也解 foul“～”。
2254 treepes 解 thieves“～”；也解 tripe“～”。
2255 savuneer dealinsh 解 sa vurnin dilish［爱］“～”；也解“Savourneen Deelish”“～”，歌曲名；也解 souvenir“～”＋dealing“～”；也解 savunêr［列］“～”＋dish“～”。
2256 massa［意］“～”；也解 master“～”。
2257 dinars“～”，南斯拉夫、伊拉克等国的货币单位，此处解 dinner“～”；也解 denarius［拉］“～”。
2258 nutbrown“～”；也可与后面的 Mayde 合解“The Nut Brown Maid”“～”，歌曲名。
2259 delicate“～”，此处解 dedicate“～”。
2260 Mayde Berenice“～”（前 267—前 221），埃及法老托勒密三世的王后和共同在位者，在托勒密三世出征叙利亚期间，她为祈祷丈夫平安归来，剪下自己的头发献给神庙。
2261 Ostmannstown 解 Oxmantown“～”，都柏林市郊，位于都柏林北部；也解 Ostmann［德］“～”＋town“～”。
2262 Saint Megan's“～”；也解 Saint Michan's“～”，公牛人镇的教区教堂。
2263 mahatmas“～”，印度人对智者的称呼，印度民族主义运动领袖甘地即被称为“圣雄”。
2264 moslemans 解 Moslem“穆斯林”＋men“人们”；也解 Mussulmen“～”。
2265 mulierage 解 mulier［拉］“女人”＋age“时代”；也解 marriage“～”。
2266 viv［列］“活的”。
2267 baselgia 解 basanalgia［希］“～”；也解 basanos［希］“～”；也解 baselgia［列］“～”；也解 bás［爱］“～”。
2268 Alpoleary 解 Ealp O'Laoghre［爱］“～”；也解 alp［爱］“～”。
2269 ondulate 解 ondulare［意］“～”；也解 undulate“～”；也解 ondula［列］“～”。
2270 Shookerloft hat 解 sugarloaf hat“～”；也解 Sugarloaf Mountain“～”，一座位于巴西里约热内卢市瓜纳巴拉湾中的山峰，经常被拿来和里约热内卢基督像并列；也解 loaf“～”；也解 aloft“～”。
2271 apotria 解 a patria［拉］“～”；也解 apo［希］“～”＋triôn［希］“～”；也解 apotriazô［希］“～”。
2272 clamast 解 clamas［拉］“～”；也解 clam［拉］“～”。
2273 Vatucum 解 Vatican“～”；也解 viaticum［拉］“～”。
2274 Rabbinsohn Crucis 解 Robinson Crusoe“～”，笛福的小说《鲁滨逊漂流记》的主人公；也解 Rabbiner［德］“～”，犹太教士＋Sohn［德］“～”＋crucis［拉］“～”。
2275 Monseigneur“～”；也解 Monsignor Robinson“～”，20 世纪 30 年代教皇派驻爱尔兰的教廷大使。
2276 cowmate 解 cow“牛”＋mate“配偶”；也解 comate“～”。
2277 chilterlings 解 children“～”；也解 chitterlings“～”；也解 chitter-ing“～”。
2278 milg 解 milk“～”。
2279 abhore 解 abhored“～”；也解 adored“～”；也解 about“～”；也解 hoard“～”。
2280 Hrom［亚］“～”；也解 Hrômê［希］“～”；也解 hrom［捷］“～”。
2281 hnor 解 honour“～”。
2282 quaqueduxed 解 conduct“～”；也解 quaqua［拉］“～”；也解 dux［拉］“～”；也解 aqueduct“～”；也解 quack“～”。
2283 Pursy Orelli 解 Persse O'Reilly“～”，书中人物；也解 perce-oreille［法］“～”，主人公的化身。
2284 mezzo scudo 解 mezzo scudo［意］“～”；也解 mezzo［意］“～”。'
2285 Luiz-Marios Josephs 解 Marie Louise“玛丽·路易莎”，法兰西帝国皇帝拿破仑一世的第二任妻子＋Josephine“约瑟芬”，拿破仑的第一任妻子；也解 Luiz, Marco, Giuseppe“～”，三名贡多拉船夫；也解 Ludwig, Mario, Joseph Maas“～”，三位男高音歌唱家；也解 Mary Joseph“～”，耶稣的人世父母。

夫·马斯|玛利亚和约瑟她们的皇室离婚[2286]忠诚的|虔诚的，以便享受为寡妇[2287]公羊投票[2288]穹窿所做的弥撒。

听，啊，永无[2289]！交头接耳！穷乡僻壤[2290]向后，小心[2291]小心翼翼的！精致的树[2292]达文特里，各付各的[2293]逃走！

但是谁从那边来，火[2294]火葬堆|火焰|梨子在顶端燃烧？是他重新点燃我们矛般的火把，月亮。把橄榄枝[2295]爱|智者带到泥屋，把和平带到雪松[2296]西洋杉|基达篷，新月日[2297]！住棚节[2298]泉水|吹毛求疵的人庆典即将来临。井然有序[2299]打烊。爱尔兰[2300]！朴素的[2301]在周围庙对钟声说。犹太教堂[2302]唱歌|摇摆里的犹太集会[2303]合唱|歌曲|床|歌唱家|辛格。为所有在伦敦[2304]的人。嗯，那个他们他妈的称为晚戒钟[2305]宵禁|遮盖|少数人的老太婆[2306]宴会从她的小巷发出嘘声。嗯，快点，孩子们该回家了。鸡宝宝，回找妈[2307]，回家找妈，野狼人[2308]穿着狂野的|狼在外面时，我们[2309]很小的鸡宝宝这么做。啊，让我们离开，让我们开心，让我们呆在柴火[2310]休息室|灶台正在燃烧的地方。

天变黑了，（染色[2311]叮当，浅色[2312]墨水|叮当）所有我们的这个现象[2313]好笑的动物世界。在沼泽[2314]路标边缘的那边沼泽池被潮水造访。万福玛利亚[2315]海的通道|河床|潮水|河槽|肚子！黑暗[2316]晦暗笼罩着[2317]高墙环绕的我们。男人和美女们[2318]野兽冻僵了[2319]。他们有一个愿望[2320]什么都不做。或者只为了小毯子。太冷了[2321]非常冷|动物园|生物|寒冷！呵[2322]医生，聋子[2323]丢卡利翁，煤[2324]冒号|寒冷放上了，啧，我们叫火[2325]皮拉！哈，我们那绝对不负盛名值得尊敬的伴侣女

2286 loyal devouces 解 royal divorce“～”，英国作家威尔斯著有《皇室离婚》一书，嘲讽拿破仑与约瑟芬的离婚；也解 loyal“～”＋devout“～”。
2287 widders 解 widows“～”；也解 Widder［德］“～”。
2288 vowts 解 votes“～”；也解 vault“～”。
2289 worldwithout 解 world without end, amen（永无穷尽，阿门），基督教祈祷经文《荣耀颂》的结尾。
2290 Backwoods“～”；也解 backwards“～”。
2291 be wary“～”，此处解 beware“～”。
2292 Daintytrees 解 dainty“精致的”＋trees“树”；也解 Daventry“～”，英国北安普敦郡的一个市镇。
2293 go dutch 解 go Dutch“～”；也解 do a Dutch“～”。
2294 pire 解 fire“～”；也解 pyre“～”；也解 pyr［希］“～”；也解 pear“～”。
2295 lolave 解 olive“～”；也解 love“～”；也解 lolave［爱］“～”。
2296 Ceder［丹］“～”；也解 cedar“～”；也解 kedar“～”，《圣经》中以赛玛利的儿子，此句出自《诗篇》（120：5）“I dwell in the tents of Kedar”（我住在基达帐篷之中）。
2297 Neomenie 解 Neomenia“～”，古代犹太人的新月日。
2298 Tubbournigglers 解 Tabernacles“～”；也解 tobar［爱］“～”；也解 niggler“～”。
2299 Shopshup 解 shipshape“～”；也解 shop shuts up“～”。
2300 Inisfail 解 Inis Fáil［爱］“～”。
2301 Timple 解 simple“～”；也解 tímpel［爱］“～”。
2302 syngagyng 解 synagogue“～”；也解 synge［丹］“～”；也解 gynge［丹］“～”。
2303 sangasongue 解 synagogue“～”；也解 sing-song“～”；也解 sange［丹］“～”；也解 senga［丹］“～”；也解 Sänger［德］“～”；也解 John Millington Synge“～”（1871—1909），爱尔兰剧作家。
2304 Ondslosby 解 Ondslosbu［爱黑］“不列颠”＋by［丹］“市镇”，指“伦敦”。
2305 Coverfew 解 curfew“～”，欧洲中世纪在晚间的固定时刻敲响钟声表示戒严；也解 couvre-feu［法］“～”；也解 cover“～”＋few“～”。
2306 hag“～”；也解 hag［希伯来］“～”。
2307 comeho to roo 解 come home to roost“～”；此句化自习语 someone's chickens have come home to roost（善有善报，恶有恶报）。
2308 wildworewolf 解 wild werewolf“～”；也解 wildly-wore“～”＋wolf“～”。
2309 wee“～”，此处解 we“～”。
2310 foyer“～”，此处解 fire“～”；也解 foyer［法］“～”。
2311 tinct“～”；也解 ting“～”。
2312 tint“～”；也解 Tinte［德］“～”；也解 ting“～”。
2313 funnaminal 解 phenomenal“～”；也解 fun animal“～”。
2314 ruodmark 解 ruodmarg［拉］“～”；也解 roadmark“～”。
2315 Alvemmarea 解 Ave Maria“～”；也解 alveum maris［拉］“～”；也解 alveo［意］“～”＋marea［意］“～”；也解 alveus［拉］“～”；也解 alvus［拉］“～”。
2316 obscuritads 解 obscurity“～”；也解 obscuridad［西］“～”。
2317 circumveiloped 解 circum-enveloped“～”；也解 circumvallatus［拉］“～”。
2318 belves 解 belles“～”；也解 belve［意］“～”。
2319 frieren［德］“冻僵”。
2320 这里使用了爱尔兰语的句法。
2321 Zoo koud 解 so cold“～”；也解 zu kalt［德］“～”；也解 Zoo“～”，都柏林动物园位于凤凰公园；也解 zôon［希］“～”；也解 koud［挪］“～”。
2322 Drr 解 brrr“～”，表示冷颤或领悟；也解 Dr.“～”。
2323 deff 解 deaf“～”；也解 Deucalion“～”，希腊神话中宙斯发洪水毁灭人类时只留下他和妻子两人。
2324 coal“～”；也解 colon“～”；也解 cool“～”。
2325 pyrress 解 pyr［希］“～”；也解 Pyrrha“～”，希腊神话中丢卡利翁的妻子。

奠基人在哪里？家族中的那个傻子在里面。哈哈[2326]妈妈！大人[2327]，他在哪儿？在屋里，在家[2328]真可惜。跟南希·汉斯[2329]南希·汉德在一起。啧啧[2330]爸爸！猎狗穿过迷宫[2331]玉米逃走了。什么狗！耳朵耷拉着的伊桑格兰[2332]。再见[2333]顺利行驶|羊|羊毛！婚礼[2334]小麦的钟声屏息等待[2335]声嘶力竭地敲响。一切。吉尔[2336]的足迹依然看不见，岩石落下，上至峰顶[2337]，下至幽谷[2338]迪莉娅，一条可以漫步的崎岖路[2339]。还没有通过星星之土的那条银腰带。什么时代[2340]情妇|本初子午线在走过[2341]在爱尔兰上面？晚了很久了。很久[2342]长的|安德鲁·兰已经[2343]发出锣声晚了。这么久，天空[2344]航行|滚！照亮[2345]傻的|我，看，瞧！塞勒涅[2346]月亮，起航，哦！一轮月亮[2347]！方舟[2348]弧|城堡|弓|方舟！？不是[2349]挪亚|能剧？！无物在灌木丛骚动。蜻蜓蜘蛛那摇摆的道路依然呆在芦苇篷里。宁静收回她那被笼罩的土地。安静[2350]宁静的，谢谢。再见[2351]露水|告别。在小鹿的天堂[2352]鹿苑|亲爱的港口，被拥抱[2353]、被断言、被命令[2354]欣赏|加入、被松绑，这些鸟，还有拇指姑娘[2355]蒂姆，退去了，静静的。叽叽[2356]。小鸟[2357]飞毛腿？努阿达[2358]！不久之前还是河流[2359]夜晚。现在是傍晚[2360]连续|康提希尼乌姆。此时虎[2361]狮子王闭上了眼睛[2362]狮子|喊叫|是的。一起躺下的时刻就要来了，夜晚[2363]一点儿也不越来越疯狂，直到公鸡喔喔将朝霞[2364]奥罗拉变红[2365]黎明|白色|黎明时。我们的父[2366]豹子怪物。将我们从罪恶中解脱出来[2367]亲爱的|箭|床|葬礼应答圣咏。当狮国[2368]伦敦|狮子|叶子|打猎沉睡[2369]羊。大象[2370]象|欧洲象|毛头小伙子高唱[2371]唱他的凯旋[2372]胜利。《伟大属于大象[2373]以利法·巨象[2374]师傅|巫术|巨齿|教师》，

2326 Haha“～”;也解 haha［日］“～”。
2327 Huzoor“～”,旧时在印度对有权势者的一种尊称。
2328 to's pitty 解 to spiti［希］“～”;也解 it is a pity“～”。
2329 Nancy Hands“～”,女主人公的化身;也解 Nancy Hand“～”,都柏林凤凰公园边“墙中洞”酒店的老板。
2330 Tcheetchee“～”;也解 tsheetshee［日］“～”。
2331 maize“～”,此处解 maze“～”。
2332 Isegrim 解 Isengrim“～”,欧洲中世纪传奇《列那狐传奇》中的狼。
2333 Far wol 解 farewell“～”;也解 fahr wohl［德］“～”;也解 faar［丹］“～”;也解 wol［挪］“～”。
2334 wheaten“～”,此处解 wedding“～”。
2335 bide breathless 解 bide breathlessly“～”;也解 beat breathlessly“～”。
2336 Gill 解 Jill“～”,出自“Jill and Jack”(《吉尔和杰克》),英国童谣。
2337 benn 解 beinn［爱］“～”。
2338 dell“～”;也解 Delia“～”,英国诗人济慈的长诗《恩底弥翁》中的月神。
2339 此句化自歌曲“The Rocky Road to Dublin”(《通向都柏林的岩石路》),19 世纪一首爱尔兰歌曲。
2340 era“～”;也解 era［拉］“～”;也解 aera［拉］“～”。
2341 o'ering 解 over-ing“～”;也解 over Erin“～”。
2342 Lang［苏］“～”;也解 lang［德］“～”;也解 Andrew Lang“～”,荷马史诗的 19 世纪苏格兰语译者。
2343 gong“～”,此处解 gone“～”。
2344 scielo 解 cielo［意］“～”;也解 sail“～”;也解 sail on!［都柏林俚语］“～”。
2345 Sillume 解 illum“～”;也解 silly“～”＋me“～”。
2346 Selene“～”,希腊神话中的月亮女神;也解 selênê［希］“～”。
2347 Amune 解 a moon“～”。
2348 Ark“～”;也解 arc“～”;解 arx［拉］“～”;也解 arcus［拉］“～”;也解 arca［拉］“～”。
2349 Noh 解 No“～”;也解 Noah“～”,《旧约》中大洪水后幸存的人;也解 Noh“～”,日本古典歌舞剧。
2350 Tranquille 解 tranquillity“～”;也解 tranquille［意］“～”。
2351 Adew 解 adieu“～”;也解 a dew“～”;也解 adew［普］“～”。
2352 deerhaven 解 deer“小鹿”＋heaven“天堂”,都柏林的凤凰公园曾养过一群鹿;也解 dyrhaven［丹］“～”;也解 dear haven“～”。
2353 imbraced 解 embraced“～”。
2354 injoynted 解 enjoined“～”;也解 enjoyed“～”;也解 joined in“～”。
2355 tommelise 解 Thumbelina“～”,安徒生童话中的一个故事;也解 Tim“～”,指蒂姆·芬尼根。
2356 ii,指两只小鸟,故译“～”。
2357 Luathan［爱黑］“～”;也解 Luath“～”,芬·麦克尔的狗。
2358 Nuathan 解 Nuadha“～”,古代凯尔特人崇拜的达奴神族之王。
2359 avond［荷］“～”,此处解 abhainn［爱］“～”。
2360 conticinium［拉］“～”;也解 continuum“～”;也解 Conticinium“～”,罗马的第一位夜警。
2361 Laohun 解 lao-hu［中］“～”;也解 lion“～”。
2362 sheutseuyes 解 shut eyes“～”;也解 shih-tzu［中］“～”;也解 shout“～”＋yes“～”。
2363 nicht 解 night“～”;也解 nichts［德］“～”。
2364 Aurore“～”;也解 Aurora“～”,罗马神话中的黎明女神。
2365 aubens 解 auburn“～”;也解 aube［法］“～”;也解 albens［拉］“～”;也解 albente caelo［拉］“～”。
2366 Panther monster“～”,此处解 pater noster［拉］“～”。
2367 Send leabarrow loads amorrow 解 sed libera nos a malo［拉］“～”;也解 lieb［德］“～”＋arrow“～”;也解 leaba［爱］“～”;也解 Libera“～”,天主教葬礼上为死者做弥撒后所唱的应答圣咏。
2368 loevdom 解 løvedom［丹］“～”;也解 London“～”;也解 Lowe［德］“～”;也解 løv［丹］“～”;也解 lov［塞维］“～”。
2369 shleeps 解 sleeps“～”;也解 sheep“～”。此句化自 1926 年的电影《当伦敦沉睡》(*While London Sleeps*)。
2370 Elenfant 解 Elefant［德］“～”;也解 elephant“～”;也解 elephas［希］“～”;也解 Fant［德］“～”。
2371 siang 解 sang“～”;也解 sing“～”。
2372 triump 解 triumpho［拉］“～”;也解 triumph“～”。
2373 Eliphas 解 elephas［拉］“～”;也解 Eliphaz“～”,《圣经》中以扫的儿子。
2374 Magistrodontos 解 mastodont“乳齿象”;也解 magister［拉］“～”;也解 magus［拉］“～”;也解 megadontos［希］“～”;也解 magister“～”,古罗马或中世纪的教师。

在为巨兽[2375]伯默和猛犸象[2376]穆罕默德|摩诃摩耶跪下虔诚祈祷之后，将会让他摆脱长牙象苦工[2377]辛劳的任务|塔斯克|随从得以安息。祝你平安[2378]！犀牛[2379]不是一个那么一个[2380]鼻子大家伙[2381]猪|家伙，但他会更糟[2382]他不在乎|他上了西天|香肠。踢踢公鸡[2383]危机|听|三K党。河马[2384]赛马场|我要拉屎|睡觉|屁股。哦，野兽[2385]如此直到|诚如所愿！没有比格犬的打杂[2386]椅子，孔雀的吵闹，没有骆驼的发呆，猩猩的淫秽[2387]充内行|咕哝。光，小听差，光！光就是光[2388]。借助马灯[2389]光明节的帮助。当水獭[2390]其他人在外[2391]其他人的面[2392]心灵跳，七月[2393]亨利·约尔爵士就会记起五月[2394]。她那悬挂的[2395]年轻的处女[2396]五月月亮[2397]罂粟花在闪烁[2398]发热|花|布卢姆，看，向紫水晶岸上的那些爱[2399]遗失致意：阿克洛[2400]弧|炽热的海上荧光精液[2401]水手|西门子公司引诱着，还有沃特福德[2402]报警者|向前的和韦克斯福德[2403]向西的的妓女骗子们[2404]胡克|克鲁克。现在随着强盗[2405]狐兄[2406]那靠不住的童话已经听[2407]母狐狸|圆形城堡|伊丽莎白完，线索在它那些遮盖[2408]内衣|预先论证|辩论|塔古姆下多少[2409]看起来被撕开[2410]跑|大门角道并打结，利菲儿[2411]三刺光鲳的碗里的小鱼[2412]鱼不再歪歪扭扭地写六月[2413]约拿|朱诺的故事和那只鲸鱼[2414]行走、仙后[2415]第五假日|托马斯·阿奎那|渡口、教皇的[2416]卵石绝对正确[2417]，还有圣灵[2418]圣十字架的出处[2419]所有物|鱼|圣灵从圣父子而出。如果仇爱者[2420]步行|公猪把他的耳朵[2421]听贴到河[2422]肋骨|鱼上，拯救他的知识（山[2423]嘴|死的）峰中流淌的船货[2424]和语言[2425]阿伯丁郡|日安|都柏林|喋喋不休地说，他就不会在全芬兰[2426]爱尔兰|有鳍的|土地|白皙的|芬·麦克尔听到噼啪拍打声。巡夜人[2427]巫医，巡视

2375 behemuth 解 behemoth"～";也解 Jakob Böhme"～"(1575—1624),德国天主教神秘主义者。
2376 mahamoth 解 mammoth"～";也解 Mohammed"～";也解 Maya"～",佛祖释迦牟尼的母亲。
2377 tusker toils 解 tusker"长牙象"+toils"苦工";也解 task of toil"～";也解 Tuskar"～",指位于爱尔兰东南海岸的礁石群;也解 toscar [爱]"～"。
2378 Salamsalaim 解 salam salaleikum [阿]"～"。
2379 Rhinohorn 解 rhinoceros"～"。
2380 isnoutso 解 is not so"～";也解 snout"～",猪的口鼻。
2381 pigfellow 解 big fellow"～";也解 pig"～"+fellow"～"。
2382 him ist gonz wurst 解 he is gonna worst"～";也解 ihm ist ganz Wurst [德]"～";也解 he has gone west"～";其中 wurst 也解 Wurst [德]"～"。
2383 Kikikuki 解 kick"踢"+cock"公鸡";也解 kiki [日]"～"+kiku [日]"～";也解 KKK"～",美国恐怖组织。此处将所有的字母 c 写作字母 k。
2384 Hopopodorme 解 hippopotamus"～";也解 hippodromos [希]"～";也解 Ho popò [意]"～";也解 dorme [意](他)"～";也解 Popo [德]"～"。
2385 Sobeast 解 so"哦"+beast"动物";也解 so bis [德]"～";也解 so be it"～"。
2386 chare"～";也解 chair"～"。
2387 smuttering 解 smutty-ing"～";也解 smattering"～";也解 muttering"～"。
2388 此句化自习语 Boys will be boys(男孩就是男孩),意为男孩子难免要淘气,不足为怪。
2389 Hanoukan 解 hurricane(lamp)"～";也解 Hanukkah"～",犹太纪念节日之一。
2390 otter"～";也解 other"～"。
2391 outer"～";也解 other"～"。
2392 parts"～";也解 hearts"～"。
2393 Yul 解 Iúl [爱]"～";也解 Sir Henry Yule"～"(1820—1889),苏格兰东方学家。
2394 Mei 解 May"～"。
2395 hung"～";也解 young"～"。
2396 maid"～";也解 May"～"。
2397 mohns 解 moons"～";也解 Mohn [德]"～"。
2398 bluming 解 blooming"～";也解 beaming"～";也解 Blume [德]"～";也解 Bloom"～",《尤利西斯》主人公。
2399 loes 解 love"～";也解 lose"～"。
2400 arcglow 解 Arklow"～",爱尔兰东海岸威克洛郡的一个城镇;也解 arc"～"+glow"～"。
2401 siemens 解 semen"～";也解 seaman"～";也解 Siemens"～",全球电子电气工程领域的企业。
2402 warnerforth 解 Waterford"～",爱尔兰东南部芒斯特省的一座城市;也解 warner"～"+forth"～"。
2403 wextward 解 Wexford"～",爱尔兰韦克斯福德郡的一个市镇;也解 westward"～"。
2404 hookercrookers 解 hooker"妓女"+crook"骗子"+ers;也解 Hook"～"+Crook"～",英国国王亨利二世最早在爱尔兰位于沃特福德海湾的克鲁克登陆,正对胡克灯塔。
2405 robby 解 robber"～"。
2406 brerfox 解 Br'er Fox"～",美国黑人民谣中的角色,与熊弟一起出现,美国作家哈里斯编写成书。
2407 lissaned 解 listened"～";也解 lisa [俄]"～";也解 lios [爱]"～";也解"～",伊茜的别名。
2408 antargumends 解 integuments"～";也解 undergarments"～";也解 anteargumentum [拉]"～";也解 arguments"～";也解 Targum"～",《希伯来圣经》的意译本。
2409 simwhat 解 somewhat"～";也解 seem"～"。
2410 toran 解 torn"～";也解 to run"～";也解 toran"～",佛教建筑中的一种大门。
2411 Liffeyetta 解 Liffey"利菲河"+-ette,后缀,指小的东西,故译为"～";也解 lafayette"～"。
2412 pesciolines 解 piscina [西]"～";也解 pesciolini [意]"～"。
2413 Junoh 解 June"～";也解 Jonah"～",希伯来先知,曾在鱼腹中呆了 3 天 3 夜,也解《约拿书》;也解 Juno"～",罗马主神朱庇特的妻子。
2414 whalk 解 whale"～";也解 walk"～"。
2415 feriaquintaism 解 *Faerie Queene*"～",英国诗人斯宾塞的史诗;也解 feria quinta [拉]"～",早期基督徒对星期四的称呼;也解 Thomas Aquinas"～",中世纪经院哲学家;也解 ferry"～"。
2416 pebble"～",此处解 papal"～"。
2417 infinibility 解 infallibility"教皇永无谬误论"。
2418 hoghly course 解 holy ghost"～";也解 Holy cross"～",耶稣基督殉难的十字架。
2419 poissission 解 position"～";也解 possession"～";也解 poisson [法]"～;也解 Procession (of the Holy Ghost)"～"。
2420 Lubbernabohore 解 love"爱"+abhor"憎恶";也解 liobar na bothair [爱]"～";也解 boar"～"。
2421 horker 解 harker [苏]"～";也解 horche [德]"～"。
2422 ribber 解 river"～";也解 rib"～";也解 ryba [俄]"～"。
2423 munt 解 mount"～";也解 Mund [德]"～";也解 munt [希伯来]"～"。
2424 giregargoh 解 gyre"涡流"+cargo"船货"。
2425 dabardin 解 dâbâr [希伯来]"～";也解 Aberdeen"～",苏格兰东部旧郡名;也解 dobar dan [塞维]"～";也解 Dublin"～";也解 din"～"。
2426 Finnyland 解 Finland"～";也解 Ireland"～";也解 finny"～"+land"～";也解 Fionn [爱]"～";也解 Finn MacCool"～",爱尔兰传说中芬尼亚英雄的领袖。
2427 Witchman"～",此处解 watchman"～"。

着你的夜晚[2428]晚上怎么样？这条[2429]降E小湾，不[2430]山羊不是[2431]鼻子，不是小湾，根本不是[2432]走|降G。它流淌。它不流。幽暗公园充满咂嘴之爱[2433]鸽子的回声[2434]阿嚏。玫瑰嘴唇[2435]罗莎蒙德祝她一切顺利。不久两两引诱将随意胡乱闲逛，三三搜寻会手持火枪阔步而行[2436]街道。一双腰带[2437]布里斯格德尔，一对儿[2438]黄铜男孩[2439]纨绔子弟。沿着这条宽阔的通向快乐[2440]乔伊斯的路。哈尔克的骑车人[2441]圆环的爱尔兰理智[2442]肘部|愚蠢的行为|修女|感觉。抓紧！他那发抖风抖的[2443]华尔兹式。街舞[2444]直的|争吵！但是聚会没有像计划的[2445]履行|为了|渴望那样相聚。金星[2446]黄昏星！如果当曼陀罗[2447]詹姆逊和约翰父子装饰杰克逊岛[2448]的时候，你走[2449]魔杖|希望到利菲河口[2450]生活，流浪汉[2451]，藏在这里，地狱呜啊呜响丧钟[2452]酒吧，一律欢迎[2453]铁的一律谢绝。乒，乓，砰乓。咋了！你意兴阑珊[2454]垃圾|坟墓地接受，我们缺少蜜酒[2455]穆斯林？不要鲍勃先生[2456]！伟大的天啊，不！你只[2457]母马|苏格兰女王玛丽是苏格兰女王[2458]轻佻的女人|可鄙的人或者不过是最后的基督徒[2459]，（我们听你的吩咐，基督[2460]！王室成员，蹲下！）你的记号[2461]马可多无精打采[2462]制作|马太啊，虽然你的下颌[2463]乱嚷|约翰很冷淡[2464]看|路加，这里是有斑纹肚皮马克杯、有两张床铺的[2465]困难|有床铺的|备有三只床的房屋，散在痰[2466]希望中的木屑，以及根据你的信息说明书得到的许可，骑士[2467]奈特先生，酒桶酒保、瓶子[2468]男管家；他的麦芽酒夫人[2469]夫人高及他的屁股。瓦茨·莱克[2470]他是什么样的人负责所有的漂洗，而且不要忘记[2471]怀念凯特，平凡的家用擦子[2472]家，甜蜜的家，用砖做事。A是符

2428 watch of your night“～”；也解 what of your night“～”。
2429 Es［德］“～”；也解 Es［德］“～”。
2430 ez［巴］“～”；也解 ez［希伯来］“～”。
2431 noes 解 no“～”；也解 nose“～”。
2432 ges，noun 解 ges noun［普］“～”；也解 geh-［德］“～”；也解 ges［德］“～”。
2433 loves“～”；也解 doves“～”。
2434 acoo 解 echo“～”；也解 achoo“～”。
2435 Rosimund 解 rosy“玫瑰色的”＋Mund［德］“嘴”；也解 Rosamund“～”，伦敦圣詹姆斯公园里的一个池塘，在许多戏剧中是情人约会的场所。
2436 strut“～”；也解 street“～”。
2437 Brace of girdles“～”；也解 Anne Bracegirdle“～”（1671—1748），英国女演员。
2438 brasse 解 brace“～”；也解 brass“～”。
2439 beauys 解 boys“～”；也解 beaus“～”。
2440 jogjoy 解 jog“慢跑”＋joy“高兴”；也解 Joyce“～”，本书的作者。
2441 cieclest 解 cyclist“～”；也解 circles“～”。
2442 elbownunsense 解 Eblana，古希腊天文学家托勒密所绘的世界地图上都柏林的名字＋sense“理智”；也解 elbow“～”＋nonsense“～”；也解 nun“～”＋sense“～”。
2443 dathering 解 dithering“～”。
2444 Stright 解 street“～”；也解 straight“～”；也解 Streit［德］“～”。
2445 forsehn 解 vorsehen［德］“～”；也解 versehen［德］“～”；也解 for“～”＋sehnen［德］“～”。
2446 Hesperons 解 Hesperus“～”；也解 Hesperos［拉］“～”。
2447 Jempson's weed 解 Jimpson Weed“～”；也解 Jameson，John and Sons“～”，都柏林威士忌酒厂。
2448 Jacqueson's Island 解 Jackson's Island“～”，俄罗斯的岛屿，由阿尔汉格尔斯克州负责管辖。
2449 wand“～”，此处解为 went“～”；也解 want“～”。
2450 Livmouth 解 Liffey mouth，即 mouth of Liffey“～”；也解 live“～”。
2451 wenderer 解 wanderer“～”。
2452 hellpelhullpulthebell 解 hell pull pull the bell“～”，化自童谣《谁杀了知更鸟？》中的歌词“谁来鸣响丧钟”。
2453 none iron welcome“～”，此处解 none are unwelcome“～”。
2454 mulligrubs 解 mulligrubs“～”；也解 Müll［德］“～”＋grube［德］“～”。此词和后面的 mulsum 皆出自爱尔兰作家勒法努的《墓地房屋》。
2455 mulsum 解 mulse“～”；也解 Muslem“～”。
2456 此处有若干词句化自美国作家马克·吐温的《哈克贝利·费恩历险记》。
2457 Marely 解 merely“～”；也解 mare“～”；也解 Mary，Queen of Scots“～”（1542—1587），苏格兰的统治者和法国王后，一生充满悲剧色彩，也因此成为苏格兰君主中最有名的一位。
2458 quean of Scuts 解 Queen of Scots“～”；其中 quean 也解“～”；其中 Scuts 也解“～”。
2459 Chrestien 解 Christian“～”。
2460 Chris 解 Christ“～”。
2461 mark“～”；也解 Mark“～”，四福音书的作者之一。
2462 matt［德］“～”；也解 make“～”；也解 Matthew“～”，四福音书的作者之一。
2463 johl 解 jowl“～”；也解 johlen［德］“～”；也解 John“～”，四福音书的作者之一。
2464 luked 解 luke“～”；也解 looked“～”；也解 Luke“～”，四福音书的作者之一。
2465 troublebedded 解 doublebedded“～”；也解 trouble“～”＋bedded“～”；也解 treblebedded“～”。
2466 Expectoration“～”；也解 expectation“～”。
2467 Knight“～”；也解 E. H. Knight“～”，伦敦尤斯顿旅馆的经理。
2468 buttles 解 bottles“～”；也解 buttle［英口］“～”。
2469 alefru 解 ale“麦芽酒”＋fru［丹］“夫人”；也解 Frau［德］“～”。
2470 Watsy Lyke，人名；也解 what's he like“～”。
2471 omiss 解 omit“～”；也解 miss“～”。
2472 homeswab homely“～”；也解“Home Sweet Home”“～”，出自 1823 年歌剧《卡拉里，或米兰姑娘》中的歌曲。

号,1是字母[2473]。在那里切维·蔡斯[2474]双轮马车|追击者|五旬节|乔叟|墓地呼唤着杯子,普普里姆[2475]穷困的|普珥节|涌出|边缘站在马镫上[2476]饯行酒。墓地旁的旧屋[2477]克尔凯郭尔|院子。所以曾来找狂欢周[2478]狂欢守灵夜的人都[2479]谁|克服必须忍受罐子和卧室[2480]内庭法官。

但是注意!我们的三十分钟战争[2481]停止了[2482]。戈里[2483]荣誉|红色的|它燃烧田野[2484]耕地|倒下上一片宁静。在星堡[2485]斯达堡和那荆棘林青铜堡[2486]之间与羊肉蜡烛一起燃烧[2487]羔羊。黑暗[2488]肃静|水,号角[2489]哎呀!无所不能[2490]伟大的|歌格和玛各|上帝!神圣[2491]什么是|上帝是属于上帝[2492]?家主哀恳地[2493] HCE叫着。从勃兰登堡门[2494]借入|圣布伦丹|索尔那儿。在奥丁[2495]的亚萨园[2496]健力士酿酒厂|命令里。在雷雨云的假发中。伴以萤火虫[2497]闪电的|昆虫|博格和一只手指那里闪烁。我的魂灵,哎呀,应该动动他的下巴好投出落井石和下地狱[2498]!焦虑[2499]视野刺入她的蒸馏器,要把面包片腌得[2500]看看足够透,是要听到所有的泡泡在说:正走过来的男人,属于未来的女人,将要开发的食物,他将用15年去做的,她的欢乐园[2501]快乐的|守护|乔伊斯|上帝的口中指环,星星[2502]史黛拉骚动四处骚动[2503]燕麦粥。水坑[2504]瘟疫给他的[2505]河滩|她的,酱汁[2506]粗俗的|苏珊娜给她的,长柄勺似的[2507]贵妇似的勺子给赢家[2508]幸福。但是一和二[2509]故作多情的|两从来不与三等值。因此既然他获得了假释,他们就必须做最后决战。而且穷人里昂[2510]拿破仑·波拿巴|保罗·里昂有权在约瑟芬[2511]约瑟夫·马斯和玛丽·路易莎[2512]之间选择她的生活,选择谁来佩戴波西米亚[2513]的百合、佛罗伦斯坦[2514]佛罗伦斯泰、撒迪厄

2473 爱尔兰烟酒杂货商铺菲德勒和亚历山大公司在19世纪末20世纪初出售一种牌子为"A. 1"的自制威士忌。

2474 Chavvyout Chacer 解"Chevy Chase""～",托马斯·珀西主编的《古英语诗歌遗风》中的第一首歌谣;也解 chariot"～"+chaser"～";也解 khag shavuot [希伯来]"～";也解 Chaucer"～"(1343—1400),英国文学之父;也解 Churchyard"～"。

2475 Pouropourim"～",人名;也解 poor"～"+Purim"～",又名普林节,为纪念和庆祝古代流落波斯帝国的犹太人从灭种的毁灭中幸存的节日;也解 pour"～"+rim"～"。

2476 astirrup 解 a stirrup"～";也可与前面的 cup 合解 stirrup cup"～"。

2477 De oud huis bij de kerkegaard 解 het oude huis bij het kerkhof [荷]"～";其中 kerkegaard 也解 Kierkegaard"～"(1813—1855),丹麦宗教哲学家;也解 gaard [丹]"～"。

2478 Whoopee Weeks"～";也解 Whoopee Wakes"～",指《芬尼根的守灵夜》。

2479 who over comes 解 whoever"无论谁"+comes"来";也解 who"～"+overcomes"～"。

2480 Jug and Chambers 解 jug and chamber"～";也解 judge in chambers"～"。

2481 此处化自"三十年战争",1618—1648年由神圣罗马帝国的内战演变成的全欧洲参与的大规模国际战争。

2482 alull 解 lulled"～"。

2483 Gorey"～",爱尔兰韦克斯福德郡的镇;也解 glory"～";也解 gori [巴]"～";也解 gori [塞维]"～"。

2484 felled 解 field"～";也解 Feld [德]"～";也解 fell"～"。

2485 starfort"～",一种有凹凸角的小城堡;也解 Star Fort"～",位于爱尔兰都柏林的凤凰公园。

2486 Brass castle"～",勒法努的《墓地房屋》中人物的住所。

2487 flambs 解 flame"～";也解 lambs"～"。

2488 Hushkah 解 hošekh [希伯来]"～";也解 hush"～";也解 Uisce [爱]"～"。

2489 horn"～";也解 ochón [爱]"～",表哀伤。

2490 Gadolmagtog 解 almachtig [荷]"～";也解 ghadhol [希伯来]"～";也解 Gog and Magog"～",《圣经》中的两个名字,有的爱尔兰传说称歌格和玛各是爱尔兰人的祖先;也解 God"～"。

2491 God es 解 godes [希伯来]"～";也解 kod e [爱]"～";也解 God is"～"。

2492 El [希伯来]"～"。

2493 enthreateningly 解 entreatingly"～"。此处包含本书主人公名字的缩写 HCE。

2494 Brandenborgenthor 解 Brandenburger Tor [德]"～",在德国柏林市中心,为纪念普鲁士在七年战争取得的胜利;也解 borgen [德]"～";也解 Saint Brendan"～",爱尔兰圣人;也解 Thor"～",北欧神话中的雷神。

2495 Asa 解 Æsir"～",北欧神话中的主神。

2496 arthre 解 Asgard"～",北欧神话中亚萨神族的住所;也解 Arthur Guinness Son & Co. Ltd"～",都柏林著名的酿酒厂;也解 order"～"。

2497 lightning bug"～";也解 lightning"～"+bug"～";也解 Bögg"～",苏黎世类似于雪人的人物。

2498 此处的两个习语皆出自马克·吐温的《哈克贝利·费恩历险记》中的口语。

2499 Ansighosa 解 ansiosa [意]"～";也解 sight"～"。

2500 souse"～";也解 see"～"。这句话也可解为 see if the soup be hot enough(看汤是否够热)。

2501 Joyous guard 解 Joyous Gard"～",亚瑟王传奇中骑士兰斯洛的家,特里斯丹和伊瑟在逃离马克国王后住在这里;也解 joyous"～"+guard"～";也解 Joyce"～",本书的作者+God"～"。

2502 stars"～";也解 Stella"～",即以斯帖·琼荪,斯威夫特的两个年轻恋人之一。

2503 stirabout"～",此处解 stir"骚动"+about"四处"。

2504 palashe 解 plash"～";也解 plague"～"。

2505 hirs 解 his"～";也解 hirst"～";也解 hers"～"。

2506 saucy"～",此处解 sauce"～";也解 Susanna"～",书中女儿伊茜的化身之一。

2507 ladlelike 解 ladle-like"～";也解 ladylike"～"。

2508 wonner 解 winner"～";也解 Wonne [德]"～"。

2509 twee"～",此处解 two"～";也解 twee [荷]"～"。

2510 la pau' Leonie 解 la pauvre [法]"穷人"+Mark Lyons"～",书中缩写为 MMLJ 的四个人中的一个;Napoleon Bonaparte"～",即拿破仑一世;也解 Paul Léon"～",乔伊斯的朋友,保存了很多乔伊斯的资料。

2511 Josephinus 解 Josephine"～",拿破仑的第一任妻子;也解 Joseph Maas"～"(1847—1886),英国男高音。

2512 Mario-Louis 解 Marie Louise"～"(1791—1847),拿破仑的第二任妻子。

2513 Bohemey 解 Bohemia"～",以前为一中欧国家,现为捷克一部分。

2514 Florestan"～",贝多芬的歌剧《费德里奥》中的囚犯,利奥诺拉的丈夫;也解 Florestein"～",爱尔兰作曲家巴尔夫1843年创作的歌剧《波西米亚女郎》中的伯爵的侄子,与后面的撒迪厄斯是情敌。

斯的、哈德雷斯[2515]的，或者迈尔斯的。俘获俘虏[2516]抢掠。做好准备！就像美女头上的金发[2517]芬·麦克尔。现在为了美人[2518]打牌时作弊|美女！冰冷的美人[2519]美女伊瑟！

校园呼唤他们。砰[2520]鼓声|小孩儿|9|拿农、砰，加特林机枪[2521]！孩子们[2522]蔡尔兹会变野[2523]奥斯卡·王尔德。人们这么说。荡妇[2524]徒步、荡妇、荡妇，女孩们被进军[2525]商人。马蹄磁[2526]巨头铁[2527]马展拉着他的地，锉屑[2528]小姑娘没有飞扬吗？索伦托路[2529]索伦多的女寄宿生[2530]受教育的人|应受教育的人，她们刚知道全知道她们的维科路。排[2531]审问成队，成群去老桔园[2532]吵架，多利坡[2533]多利坡战役|多利·格雷。因为自从他们的滑铁卢[2534]损失多大啊战役[2535]受挫时亚当·离吾[2536]亚当·洛弗特斯和魔鬼抓住了我们最后面的[2537]，把他的痛苦苹果[2538]菠萝|该隐与亚伯|《痛苦的事件》作为礼物送给[2539]毒死她，自那以后，这些人的关系并不好，他们一对，兄弟[2540]胡须|骏马，也不会在没有结局的战争中得到补偿，那个黑暗的行动执行者，这个好意的追求者，雅各与以扫[2541]手淫、阴或阳[2542]，而快乐[2543]凤凰属于那些犯罪[2544]罪犯的人，伤害值得[2545]哈姆斯沃斯治愈，布鲁诺[2546]褐色的是一个支持元旦[2547]从这一年起|乔尔丹诺的坏法国人。拍拍者[2548]底格里斯河和拉拉者他们全都支持决斗[2549]十个时区。作战的勇士[2550]在床上表现很好|竞争|床铺。因为她必须走出来。而且必须与两人[2551]谁一起。为他搞笑[2552]茶是给他的。为他祝酒[2553]脚趾|两个。为他而做[2554]摇。两个。否则有孤独的。危险。

之后再介绍一下我的杰瑞[2555]，无节操的[2556]栗子|追逐犁刀[2557]小

2515 Hardress 解 Hardress Cregan“～”,西考尔特的《玻恩姑娘》中的丈夫,与后面的迈尔斯是情敌。
2516 raptivity 解 captivity“～”;也解 raptivitas［拉］“～”。此句出自《诗篇》(68:18)。
2517 Finn 解 fionn［爱］“～”;也解 Finn MacCool“～”,爱尔兰传说中芬尼亚英雄的领袖。
2518 for la belle 解 for“为了”＋la belle［法］“美人”;也解 far la bella［意］“～”;也解 la bella［意］“～”。
2519 Icy-la-Belle 解 icy“冰冷的”＋la belle［法］“美人”;也解 la Belle Iseult“～”,骑士特里斯丹的恋人。
2520 ninan［爱黑］“～”,故译为“～”;也解 naoidheanan［爱］“～”;也解 nine“～”;也解 Ninon“～”(1620—1705),法国作家、妓女。
2521 gattling gan 解 gatling gun“～”。
2522 Childs 解 Children“～”;也解 Samuel Childs“～”,1899 年因谋杀亲兄弟在都柏林受审,被无罪释放。
2523 Wilds 解 wild“～”;也解 Oscar Wilde“～”。
2524 vamp“～”;也解 tramp“～”,出自歌词“Tramp, tramp, tramp, the boys are marching”(前进、前进、前进,男孩们在行军)。
2525 merchand 解 marched“～”;也解 merchant“～”。
2526 magnete 解 magnet“～“;也解 magnate“～”。
2527 horseshow 解 horse show“～”,此处解 horseshoe“马蹄铁”。
2528 fillyings 解 filings“～”;也解 filly“～”。
2529 Sorrento“～”,意大利南部休养城市,此处解 Sorrento Road“～”,位于都柏林郊区的达尔基,一直通到维科路,乔伊斯曾在 1904 年在位于索伦托路上的克利芬顿教过 4 个月的书。
2530 Educande 解 educande［意］“～”;也解 educatus［拉］“～”;也解 educand“～”。
2531 Arranked 解 arranged“被安排”;也解 arraigned“～”。
2532 orangeray 解 orangery“～”。
2533 Dolly Brae“～”;也解 Battle of Dolly's Brae“～”,1849 年橙带党与绿带会之间的战争;也解 Dolly Gray“～”,歌曲《再见,多利·格雷》中的人物。
2534 Whatalose 解 Waterloo“～”;也解 what a loss“～”。
2535 baffle“～”,此处解 battle“～”。
2536 Adam Leftus 解 Adam Left us“～”;也解 Adam Loftus“～”(1533—1605),都柏林三一学院第一位院长。
2537 此句化自习语 devil take the hindmost(让逃得最慢的人被魔鬼抓去吧),意为能者生存,弱者倒霉。
2538 painapple 解 pain“痛苦”＋apple“苹果”;也解 pineapple“～”;也解 Cain and Abel“～”,《圣经》中亚当的儿子,该隐杀死了亚伯;也解 *A Painful Case*“～”,乔伊斯的短篇小说。
2539 gegifting 解 ge-gift＋-ing“～”;也解 vergiften［德］“～”。
2540 bartrossers 解 betroser［爱黑］“～”;也解 Bart［德］“～”;也解 Ross［德］“～”。
2541 Jerkoff 解 jerk off“～”,此处与后面合解 Jacob...Esau“～”,雅各骗取了父亲对哥哥以扫的祝福。
2542 Yem or Yan 解 Yin or Yang［中］“～”。
2543 felixed 解 felix［拉］“～”,化自 felix culpa［拉］“快乐的罪过”;也解 phoenix“～”。
2544 culpas 解 culpa［拉］“～”;也解 culprit“～”。
2545 harm's worth“～”;也解 Harmsworth“～”,1903 年创办《每日镜报》。此句也化自英国小说家马洛克 1879 年出版的小说《生命是否值得?》(*Is Life Worth Living*?)。
2546 Brune 解 Giordano Bruno“～”(1548—1600),意大利哲学家;也解 brune［法］“～”。
2547 Jour d'Anno 解 jour de l'an［法］“～”;也解 de anno［拉］“～”;也解 Giordano“～”,即布鲁诺。
2548 Tiggers 解 tig＋-gers“～”;也解 Tigris［拉］“～”,伊甸园的四条河流之一。
2549 tenzones［意］“～”;也解 ten zones“～”。
2550 Bettlimbraves 解 battling braves“～”;也解 brav im Bettli［德］“～”;也解 betlim［爱黑］“～”;也解 Bett［德］“～”。
2551 who“～”,此处解 two“～”。
2552 Teaseforhim 解 Tease for him“～”;也解 tea's for him“～”。
2553 Toesforhim 解 Toast for him“～”;也解 toes“～”;也解 two“～”。
2554 Tossforhim 解 does for him“～”;也解 toss“～”。
2555 Jeremy 解 Jerry“～”,在书中与 Kevin“凯文”组成一组二元对立的人物,即闪姆和肖恩＋my“我的”。
2556 chastenot 解 chaste-not“～”;也解 chestnut“～”;也解 chase“～”。
2557 coulter“～”,在《尤利西斯》中穆利根称迪达勒斯为“金刃”;也解 colt“～”。

雄马，流淌的语言[2558]塔尔语|流淌|山谷不容忍[2559]小溪任何容忍，滔滔不绝地说着，此时一位消磨时间的人也对腾出空间的人[2560]小丑|调解人彼此[2561]相互地说着他，如何全都很快[2562]自行车并且并未操劳[2563]《一千零一夜》|《鲁拜集》|仆人，他们的尾巴[2564]传说|轮子在轮子里，卡[2565]断片|石膏在轮条之间，从榆树[2566]到石头[2567]爱因斯坦|斯特恩徒步而行，然后回来，如何，运用理性（性[2568]因此|六）仓皇逃走[2569]摇摆的|冒险|年龄|与……私奔，在他的声音（性[2570]秒）停下[2571]打破时横冲直撞[2572]猛烈撞击，他的一半罪恶[2573]左半边|堕落的|援助被用来忘记[2574]用来得到他全部最好的[2575]青春美德[2576]年轻的|结尾|变坚强，因为控制数字三次就是运用他那被侵犯的人格中下意识的部分。他与我们一起[2577]死亡吃[2578]鬼脸，上床[2579]慷慨的人|大量地，并让全世界[2580]圆形浮雕那帮人去见鬼[2581]红衣主教法布里奇奥。房屋[2582]熊|巴托罗医生再[2583]伟大的也见不到他。与最完美的陌生人一起吃利他的[2584]面包[2585]有猪油的。

嘘，你完了！

哇，我是真的！

伙计，茶罐一份茶正炖着，对凯里感到[2586]伤心[2587]嘿，今天怎么样，我的黑先生?，啊?

茶便壶[2588]茶壶|茶话会|不错|为什么，主，为什么?。茶便壶。

上帝[2589]小孩|什么?知道。一切都会朽败[2590]粗鲁的。毫无意义[2591]没有相遇。

他在那之后又[2592]自此以后|再|在那一会儿再哭了。长着这样一副牙齿[2593]真理，看上去他还是小男孩的时候[2594]买|毗连很喜欢他的小

2558 taal"～",一种在非洲南部地区使用的语言,此处解[荷]"～";也解 tál [爱]"～";也解 Tal [德]"～"。
2559 brooks"～",也解"～"。
2560 spacemaker"～";也解 Spaßmacher [德]"～";也解 peacemaker"～"。
2561 mutualiter [意]"～",此处解 mutual"～"。
2562 velos ambos 解 veloces ambos [拉]"～";也解 vélos [法]"～"。
2563 arubyat knychts 解 Arbeit [德]"劳作"+nicht [德]"没有";也解 *Arabian Nights*"～",即阿拉伯故事《一千零一夜》;也解 *Rubaiyat*"～",古波斯诗人莪默·伽亚谟的长诗;也解 Knecht [德]"～"。
2564 tales"～",此处解 tails"～";也解 wheels"～",化自习语 wheels within wheels(复杂的结构)。
2565 stucks"～";也解 Stück [德]"～";也解 Stuck [德]"～"。
2566 Elmstree 解 elm trees"～"。
2567 Stene 解 stone"～";也解 Einstein"～",美国和瑞士科学家;也解 Sterne"～",英国作家。
2568 sics 解 sex"～";也解 sic [拉]"～";也解 six"～"。
2569 awage 解 away"～";也解 awag"～";也解 wagen [德]"～";也解 age"～",在罗马天主教中理性的年龄指有能力去犯罪的年龄;也与前后合解 run away with"～"。
2570 secs 解 sex"～";也解 seconds"～"。
2571 brake"刹车";也解 break"～"。
2572 ramming amok 解 running amok"～";也解 ram"～"。
2573 lasterhalft 解 Laster [德]"罪恶"+helft [荷]"一半";也解 left half"～";也解 lasterhalft [德]"～";也解 helfen [德]"～"。
2574 for getting"～",此处解 forgetting"～"。
2575 besterwhole 解 best"最好的"+whole"全部的"。
2576 yougendtougend 解 Jugend [德]"青春"+Tugend [德]"道德";也解 young"～"+end"～"+toughen"～"。
2577 nobit 解 nobis [拉]"～";也解 obitus [拉]"～"。
2578 smorfi 解 smorfire [意黑]"～";也解 smorfia [意]"～"。
2579 poltri 解 poltriero [意黑]"～";也解 pailtire [爱]"～";也可与前面合解 go pailt [爱]"～"。
2580 tondo"～",此处解[意黑]"～"。
2581 bola del ruffo [意黑]"地狱";也解 Fabrizio Ruffo"～"(1744—1827),意大利红衣主教。
2582 Barto 解 baito [意黑]"～";也解 Bär [德]"～";也解 Bartolo"～",法国作家博马舍的歌剧《塞维利亚的理发师》中的医生,女主人公的监护人。
2583 mor 解 more"～";也解 mór [爱]"～"。
2584 altruis 解 altruistic"～"。
2585 larto 解 larto [意黑]"～";也解 lardo [拉]"～"。
2586 hamo 解 have"～"。
2587 mavrone 解 mo bhrón [爱]"～"。此句也译为 Men, ti kanete semeron, ho emou mauro kyrio? [希]"～"。
2588 Teapotty 解 tea"茶"+potty"便壶";也解 teapot"～";也解 tea party"～";也解 ti pote [希]"～";也解 Tipote, kyrie, tiptoe [希]"～"。
2589 Kod 解 God"～";也解 kid"～";也解 cad [爱]"～"。
2590 ruind 解 ruined"～";也解 rude"～"。
2591 Meetingless 解 meaningless"～";也解 meeting-less"～"。
2592 indeiterum 解 in the interim"～";也解 inde [拉]"～"+iterum [拉]"～";也解 inde iterum [拉]"～"。
2593 tooth"～";也解 truth"～"。
2594 abuy 解 a boy"～";也解 buy"～";也解 abut"～"。

妞[2595]情人|茶|心。他在他前面见此，多悲痛[2596]早晨|呢喃|宝贝|莫恩修道院啊。从后颈到膝盖[2597]茶杯都是黑色[2598]被中伤，虽然从她的吊袜带[2599]大梁以上都是白的[2600]竞争。上帝[2601]圣徒，诅咒圣徒，最可口的[2602]删除景色，会让眼球[2603]窥视|球抬起[2604]骏马|树林|红色的|贝齐·罗斯|威廉·帕森斯，就像水银[2605]人造黄油|玛奇的渗出[2606]氧化物！铁[2607]眼圈|鸡蛋生了锈这让他多沉重[2608]四啊！他们对你提出[2609]光秃秃的假[2610]坠落证词[2611]无智的，这变成的隐痛能有多小呢？盐水[2612]冷水|苏打水|军饷他一直洗着自己，大家伙[2613]大|伐木工，他的[2614]属于擦伤之处。他不想要属于所有男孩的小妞们，其他人看着他的擦伤之处。因此。一旦他失去了他的一次但永远[2615]，这会让在他的何处的那个哪里中的不贞者[2616]栗子痛苦，即便风尚变得更有[2617]托马斯·穆尔男子气[2618]举止|有男子气概的，塔拉[2619]《嗒拉拉》的兴[2620]树衰。纯洁无瑕，给予但要为他的衬衫庆祝，所有的短裙[2621]妓女|缩短都必须换掉她的紧身衣[2622]语调。于是他从第一个战斗到[2623]变成最后一个，流放[2624]在……之前|剥夺公民权的判决|诅咒，在两者之间，为生活[2625]无期徒刑犯而战的奋斗者[2626]走私者。空白的生活[2627]拎起空白的|黑色的|白色的像地狱[2628]嗨|幸福一样让人害怕[2629]崇敬的|我们离开主题|面纱|空白的生活像地狱一样让人害怕！分开白色[2630]兽皮，我[2631]赞成票|眼睛抓住[2632]看见天堂！他知道，因为他在精灵们[2633]母驴的身上，在白纸黑字中，透过他那受过训练的视诊器[2634]逼真的画看到过，还有所有那类相当于[2635]花花公子|爬上明暗对照法[2636]清晰的|模糊的的东西。俏女仆色可以尝尝她们的嘲讽：苹果、酒神女祭司、蛋奶糊、鸽子、

2595 wee tart 解 wee“很小的”＋tart“小妞”；也解 sweetheart“～”，此处化自歌曲“My Sweetheart When a Boy”(当我的情人是个小孩)；也解 tea“～”＋heart“～”。

2596 momourning 解 mourning“～”；也解 morning“～”；也解 murmuring“～”；也解 mavourneen［爱］“～”，出自德国作曲家贝内迪克特的歌剧《基拉尼的百合》中的“Eily Mavourneen, I See Thee before Me”(艾莉宝贝，你就站在我面前)；也解 Mourne Abbey“～”，爱尔兰科克郡的一个教区。

2597 Kneecap“～”；也解 teacup“～”。

2598 Melaine 解 melainô［希］“～”；也解 maligned“～”。

2599 girders“～”，此处解 garters“～”。

2600 vied“～”，此处解 white“～”。

2601 Holy Santalto［意黑］“～”；其中 Santalto 也解 saint“～”。

2602 deletious 解 delicious“～”；也解 deletions“～”。

2603 spyballs 解 eyeballs“～”；也解 spy“～”＋balls“～”。

2604 ross up 解 raise up“～”；也解 Ross［德］“～”；也解 ros［爱］“～”；也解 rosso［意］“～”；也解 Betsy Ross“～”(1752—1836)，曾用裙子做成美国国旗；也解 Parsons“～”(1800—1867)，爱尔兰天文学家。

2605 margary 解 mercury“～”；也解 margarine“～”；也解 Maggies“～”，即 Mary Magdelene，抹大拉的玛利亚，《圣经》中的妓女，悔罪后耶稣将七个魔鬼从她体内驱逐出去。

2606 exude“～”；也解 oxide“～”。

2607 eyerim“～”，此处解 iron“～”；也解 Eier［德］“～”。

2608 heaviered 解 heavier-ed“～”；也解 vier［德］“～”。

2609 bare“～”，此处解 bear“～”。

2610 falls“～”，此处解 false“～”。

2611 witless“～”，此处解 witness“～”。

2612 Soldwoter 解 saltwater“～”；也解 cold water“～”；也解 soda water“～”；也解 Sold［德］“～”。

2613 bigfeller 解 big fellow“～”；也解 big“～”＋feller“～”。

2614 Blong［美］“～”；也解 belong“～”。

2615 once for every 化自 once for all(一劳永逸)。

2616 chastenot 解 chaste“贞洁的”＋not“不”；也解 chestnut“～”。

2617 moramor 解 moran mo［爱］“～”；也解 Thomas Moore“～”(1779—1852)，爱尔兰诗人和歌词作者。

2618 maenneritsch 解 mannerish“～”；也解 manner“～”；也解 männisch［德］“～”。

2619 Tarara 解 Tara“～”，古爱尔兰共主的驻地；也解“Ta Ra Ra(Boom De Ay)”“～”，杂耍和音乐厅乐曲。

2620 boom“～”；也解 boom［荷］“～”。

2621 skirtaskortas 解 short skirts“～”；也解 scorta［拉］“～”；也解 curta［拉］“～”。

2622 tunics“～”；也解 tune“～”。

2623 warred“～”；也解 ward［德］“～”。

2624 forebanned 解 verbannt［拉］“～”；也解 fore-“～”＋banned“～”；也解 forbanne［挪］“～”。

2625 lifer“～”，此处解 life“～”。

2626 smuggler“～”，此处解 struggler“～”。

2627 Lift the blank“～”，此处解 the blank life“～”；也解 black“～”；也解 blank［荷］“～”。

2628 heil“～”，表欢呼，此处解 hell“～”；也解 Heil［德］“～”。

2629 ve veered 解 be feared“～”；也解 revered“～”；也解 we veered“～”；也解 veil“～”；此句也解“～”。

2630 hvide［丹］“～”；也解 hide“～”。

2631 aye“～”，此处解 I“～”；也解 eye“～”。

2632 seize“～”；也解 see“～”。

2633 jenny's“～”，此处解 jinnies“～”，指第一卷中拿破仑军中的两名随军女子。

2634 eyetrompit 解 eye“眼睛”＋eartrumpet“听诊器”；也解 trompe-l'oeil［法］“～”。

2635 dandymount 解 tantamount“～”；也解 dandy“～”＋mount“～”。

2636 clearobscure 解 chiaroscuro“～”；也解 clear“～”＋obscure“～”。

爱斯基摩人、军灰色、赤铁矿、白明胶、煤玉、熏鱼、绿蝇[2637]清澈的、含羞草、坚果、小牡蛎、西梅干、加西莫多[2638]宛如|最近、皇室、西米、探戈、棕土、香子兰、紫藤、X射线、是的谢谢、喳喳[2639]、夜莺[2640]菲洛墨拉、你这玫瑰[2641]玫瑰花茶|茶玫瑰。她们都在谁的边上？她[2642]美丽的|欧希夫人。

如果你在她盛开的时候让她赤裸[2643]知道，要确保你能发现她相辅相成，或者，只要你一有机会，在达格达的儿子安格斯[2644]和他的所有鸽子们[2645]怀疑|虚构故事身边，她会用她那贪得无厌的[2646]鹰眼[2647]镜子|玻璃镜|荷包蛋|油煎蛋在你最骄傲的地方刺痛你。留神，她正从星星[2648]树枝|史黛拉中发出信号。再转过去，惠廷顿[2649]沉思的|语调，都柏林[2650]黑水潭|怀疑的市长大人[2651]矿藏|池塘|妈妈！起来吧，浪涛下的土地[2652]！用你的舌头敲你的上颚[2653]托盘，摆动垂下你的下巴，敲鼓一样直到你的呼吸滑过，亲个撅嘴，它就出来了。你听到我说的了么，阿里·斯洛普[2654]？

我的顶部，它被带往阿喀琉斯的[2655]阿喀琉斯的脚踵|阿基尔低地，我的中部，我在你面前打开[2656]我欠你的，我的底部[2657]博顿是一个花瓶[2658]娇柔的|跳华尔兹舞的人|女性的臀部，如果那里曾跳过华尔兹，我的一切[2659]洞是让那一天星光闪耀的鲜花，确实[2660]诱人的|太阳|应该配得上你的朝圣者[2661]香客|朝圣之行之屁[2662]。那里被钩住了，什么东西的头儿，让刽子手[2663]的绞索吊住无赖的末端[2664]。因为我看透了你的武器。那声喊叫不是库丘林[2665]兜帽。他的眼皮画过了。如果我的导师天生就是一只金龟子[2666]老讨厌，我就是跳蚤[2667]飞，

2637 lucile 解 lucilia"～";也解 lucid"～"。
2638 quasimodo 解 Quasimodo"～",《巴黎圣母院》中的敲钟人;也解 quasi [拉]"～"+modo [拉]"～"。
2639 此处 27 个单词的首字母为 A 到 Z 的 25 个字母,不包括 G,P 和 T 各重复一次。
2640 philomel"～";也解 Philomela"～",希腊神话中阿提刻国王的女儿,被天神变成夜莺。
2641 theerose 解 thee"你"+rose"玫瑰";也解 tea rose"～";也解 theeroos [荷]"～"。
2642 Shee 解 she"～";也解 sídhe [爱]"～";也解 O'Shea"～",巴涅尔的情人,后成为他的妻子。
2643 nude"～";也解 know"～"。
2644 Angus Dagdasson 解 Angus"安格斯",凯尔特神话中的爱神+Dagda"达格达",凯尔特神话中的神,部落的保护人+'s son"的儿子"。
2645 piccions 解 piccioni [意]"～";也解 suspicions"～";也解 fictions"～"。
2646 unsatt 解 un-"不"+satt [德]"餍足的"。
2647 speagle eye 解 eagle eye"～";也解 Spiegel [德]"～";也解 spiegel [荷]"～";也解 Spiegelei [德]"～";也解 spiegelei [荷]"～"。
2648 asters"～";也解 Ast [德]"～";也解 Stella"～",即以斯帖·琼荪,斯威夫特的两个年轻恋人之一。
2649 wistfultone 解 Dick Whittington"～",曾在 14 世纪末至 15 世纪初 3 次担任伦敦市长;也解 wistful"～"+tone"～"。
2650 Doubtlynn 解 Dublin"～";也解 Dubh-linn [爱]"～",指都柏林;也解 doubt"～"。
2651 lode mere 解 lord mayor"～";也解 lode"～"+mere"～";也解 mère [法]"～"。
2652 Land-under-Wave"～"。
2653 pallet"～",此处解 palate"～"。
2654 Allysloper 解 Ally Sloper"～",早期美国喜剧连环漫画中的人物,长着酒糟鼻,吵吵闹闹。
2655 Achill's 解 Achilles'"～",指"～",即致命弱点;也解 Achill Island"～",爱尔兰梅奥郡最大岛。
2656 ope 解 open"～";也解 O,与前后合解 I O U,即 I owe you"～",乔伊斯在《尤利西斯》中用过此句。
2657 Bottom"～";也解 Nick Bottom"～",莎士比亚《仲夏夜之梦》中的织工,后被变成驴。
2658 vulser 解 vase"～";也解 vulsus [拉]"～";也解 valseur [法]"～",在俚语中指"～"。
2659 whole"～";也解 hole"～"。
2660 solly well 解 jolly well"～";也解 sell-y"～";也解 sol [拉]"～";也解 sollen [德]"～"。
2661 pilger [希]"～";也解 pilgrim"～";也解 Pilgerfahrt [德]"～"。
2662 fahrt 解 fart"～"。
2663 henker 解 Henker [德]"～"。
2664 halunkenend 解 Halunken [德]"无赖"+end"末端"。
2665 Cucullus 解 Cúchulainn [爱]"～",为爱尔兰神话中的著名勇士;也解 cucullus [拉]"～"。
2666 oldeborre 解 oldenborre [丹]"～";也解 old bore"～"。
2667 Flo 解 Floh [德]"～";也解 fly"～"。

害怕偷窥[2668]乖孩子|藏猫游戏，你知道。但是当他虫子般向后飞，我不是苍蝇吗？拉开小树枝来看看我们怎么睡觉。蜜蜂瞧瞧[2669]藏猫游戏！小小偷窥[2670]小便|乖孩子|吸管！你是喜欢那条舌头做午餐[2671]向前冲，还是这块土耳其软糖[2672]，他的[2673]猪连字符，小姐[2674]老鼠|我的|他？我的肚子情郎有12只[2675]一半海象的力量[2676]马力，虽然他也像有着不相上下的意志[2677]羊毛的道耳顿[2678]盲人叔叔[2679]深色的那样，深知如何收拾妻子。手伸过灌木洞[2680]湖泊|锁相握！甜蜜的天鹅河[2681]天鹅|水！我的另一个嘴里塞得满满的。这个亲吻的世界[2682]高地里满是杀人的人，衣着光鲜地[2683]窥淫癖者向天堂的天穹[2684]哥本哈根跪下。有人过来了。我能肯定地[2685]影响感到。如果老主持牧师[2686]圣德尼|丹麦人不骗人[2687]威胁|三个跨度|跨过，我有一个秘密[2688]寻找|让告诉[2689]卖你。等下次你觉得想退休想做坏事，这就会像所有其他的道路一样雅致。灌木丛拼写着丛林居民的事业。因此如果你把杨树[2690]流行的分成枝[2691]说，你一定会理解[2692]嫩枝这一点。是我格兰达劳[2693]两湖山谷的主人那时在长入楼[2694]为我的裂口做了祝福[2695]被祝福的，指挥着进入我最亲密的[2696]最深处最内部。看看它们是如何被打扰[2697]结为兄弟的！6个13到后街[2698] 3号和再转巷[2699] 2号的纯白香槟酒[2700]漂白|白色弹子之家。小河[2701]是我的仆役[2702]顺道拜访|牛犊，巨人[2703]杰作这是我的最大。奇迹一号是我的零密码，七姐妹[2704]七姐妹街是我的一伙[2705]居住区。彩虹[2706]车轮，乌鸦[2707]拉伯雷你不要挑选穿着粉色女裤的她们。你可以涂上色直到你成了明虾[2708]棕色，而我则去用任何一只乌蛤喷射。当这

2668 peeps“～”；也解 poppet“～”，英国作家斯威夫特在信中对恋人史黛拉的称呼；也解 bopeep“～”。
2669 Bee Peep 解 bee“蜜蜂”＋peep“偷窥”；也解 bopeep“～”。
2670 Peepette 解 peep“偷窥”＋-ette“小的”；也解 pee“～”；也解 poppet“～”；也解 pipette“～”。
2671 lungeon 解 luncheon“～”；也解 lunge on“～”。
2672 Turkey's delighter 解 Turkish delight“～”。
2673 hys 解 his“～”；也解 hys［希］“～”。
2674 mys 解 miss“～”；也解 mys［希］“～”；也解 my“～”；也可与前面的 hys 合解 h-m“～”。
2675 twalf 解 twelve“～”；也解 half“～”。
2676 whulerusspower 解 walrus“海象”＋power“力量”；也解 horsepower“～”。
2677 wools“～”，此处解 will“～”。
2678 Dalton 解 John Dalton“～”(1766—1844)，英国化学家，一种色盲用其名字命名；也解 dallán［爱］“～”。
2679 Dunckle 解 uncle“～”；也解 dunkel 德］“～”。
2680 thicketloch 解 thicket“灌木丛”＋Loch［德］“洞”，1492 年奥蒙德伯爵和基尔代尔伯爵在都柏林的圣帕特里克大教堂中手伸过一个洞相握，结束了两人之间的纷争；也解 loch［爱］“～”；也解 lock“～”。
2681 swanwater 解 Swan Water“～”，都柏林的地下河；也解 swan“～”＋water“～”。
2682 wold“～”，此处解 world“～”。
2683 voyantly 解 voyant［法］“～”；也解 voyeur“～”。
2684 cope of heaven“～”；也解 Copenhagen“～”，惠灵顿的著名坐骑。
2685 for a fect 解 for a fact“～”；也解 affect“～”。
2686 Deanns 解 Dean“～”，斯威夫特曾任都柏林圣帕特里克教堂的主持牧师；也解 St. Denis“～”，法国的守护圣人，被描绘成手里拿着头；也解 Dane“～”，指莎士比亚笔下的丹麦王子哈姆雷特。
2687 threaspanning 解 trepanning“～”；也解 threatening“～”；也解 three span“～”；也解 treasna［爱］“～”。
2688 seeklet 解 secret“～”；也解 seek“～”＋let“～”。
2689 sell“～”，此处解 tell“～”。
2690 poplar“～”；也解 popular“～”。
2691 sprig“～”；也解 sprechst［德］“～”。
2692 twig“～”，也解“～”。
2693 Glendalough“～”，爱尔兰威克洛郡的山谷，圣凯文的修道院的所在地；也解 Gleann-da-loch［爱］“～”。
2694 Long Entry“～”，都柏林库姆街北部的一个建筑。
2695 benedixed 解 benedixit［拉］“～”；也解 benedict“～”。
2696 intimast 解 intimatest“～”；也解 intimus［拉］“～”。
2697 browthered 解 bothered“～”；也解 brothered“～”。
2698 Behind Street“～”，位于都柏林。
2699 Turnagain Lane“～”，位于都柏林。
2700 Blanche de Blanche 解 Blanc de Blancs“～”，法国香槟酒品牌；也解 blanch“～”；也解 blanche［法］“～”。
2701 Awabeg 解 Abha Beug［爱］“～”，位于爱尔兰科克郡的一条河流。
2702 callby 解 callboy“～”；也解 call by“～”；也解 Kalb［德］“～”。
2703 Magnus 解 magnus［拉］“～”；也解 magnum opus“～”。
2704 Seven Sisters“～”，希腊神话中阿特拉斯的 7 个女儿，为逃避奥里恩的追逐变为昂宿星；也解 Seven Sisters Road“～”，位于伦敦的街。
2705 nighbrood 解 nigh“接近的”＋brood“一窝”；也解 neighbourhood“～”。
2706 Radouga 解 raduga［俄］“～”；也解 Rad［德］“～”。
2707 Rab 解 Rabe［德］“～”；也解 François Rabelais“～”(约 1495—1553)，法国作家，著有《巨人传》。
2708 prawn“～”；也解 brown“～”。

里那个爱慕[2709]一个玩偶我的人注入[2710]灌输|操睡眠的时候。但是如果这能用它的后视力[2711]背部看到,他就是一只巨大的长着绿眼睛的老龙虾[2712]妖怪。他是情人节之后我的第一杯老马克渣酒[2713]视域|记号|康沃尔的马克。眨眼是个迷人的词[2714]沃德。

好运[2715]瞧!

在呼吸之屋躺着那个词,美丽无瑕。墙是红宝石[2716]宝石做的,闪光门是妖精骨[2717]象牙。她的房顶是大量的[2718]玛斯库姆酒碧玉,提尔人[2719]天幕升起华盖,并且还在向它落下。一葡萄[2720]大的串的光垂挂在那下面[2721]在这下面,所有屋子都充满了美丽女士的呼吸,软糖[2722]资金之美、牛奶和大黄之美、烤肉和珍珠珠玑[2723]玛奇之美,与辅音[2724]回声和元音[2725]公开声明相伴的允诺之美。那里躺着她的词,你这个读者[2726]说话|船主|红色的!她向上的高度提高着它,她向下的卑微贬低着[2727] ABC 它。它在覆盖物上方回响[2728]振动|打击,从城边田地那里爆开[2729]鼓掌。窗户、树篱、叉子、手掌、眼睛、符号、头颅[2730],把你的另一只眼睛[2731]预兆盯着她的付钱付钱付钱[2732] PPP。你有它,老闪[2733]闪族|森·帕特里克,爱抚,就像,啊,请座[2734] ABC!阳光明媚,我的公鹅,他正过来登陆她。那个她现在爱慕的男孩。她爱慕[2735]金龟子。啊,坐火车回来[2736]当心火车!给他们的拔河[2737]让路[2738]!

伴随着叮咚铃声,他们举手鼓掌,又继续走了几步,退到边上[2739]镶边|一样。屈膝一次,屈膝两次,两手叉腰,崇拜者。

毫不相干[2740]不敬的。

2709 adolls 解 adores“～”,化自爱尔兰诗人托马斯·穆尔的歌曲《当那个爱慕你的他》;也解 a doll“～”。
2710 infuxes 解 infuse“～”;也解 infusus [拉]“～”;也解 fucks“～”。
2711 backsight“～”;也解 backside“～”。
2712 lobster“～”;也解 monster“～”。
2713 viewmarc 解 Vieux Marc“～”,一种香槟酒;也解 view“～”+mark“～”;也解 King Mark of Cornwall“～”,指特里斯丹的叔叔马克国王。
2714 word“～”;也解 Wynkinde de Worde“～”,英国图书出版社卡克斯顿出版社的所有者。
2715 Luck“～”;也解 look“～”。
2716 rubinen 解 rubine“～”;也解 Rubinen [德]“～”。
2717 elfinbone 解 elfin“小妖精”+bone“骨头”;也解 Elfenbein [德]“～”。
2718 massicious 解 massiccio [意]“～”;也解 Massicum“～”,意大利坎帕尼亚区出产的一种优质红酒。
2719 提尔是古代腓尼基著名的城市,据说是紫色颜料的诞生地。
2720 grape“～”;也解 great“～”。
2721 therebeneath 解 there“那里”+beneath“在下面”;也解 darunter [德]“～”。
2722 fondance 解 fondant“～”;也解 finance“～”。
2723 uniomargrits 解 unio [拉]“珠玑”+margarita [拉]“珍珠”;也解 Maggies“～”,在书中象征人格分裂。
2724 consonantia [拉]“～”,此处解 consonants“～”。
2725 avowals“～”,此处解 vowels“～”。
2726 reder 解 reader“～”;也解 Rede [德]“～”;也解 Reeder [德]“～”;也解 red“～”。
2727 abaseth 解 abases“～”;也解 ABC。
2728 vibroverberates 解 reverberates“～”;也解 vibro-“～”+verberation“～”。
2729 prosplodes 解 explodes“～”;也解 prosplodo [希] [拉]“～”。
2730 希伯来字母 H、E、L、I、O、T、R 的含义。
2731 augur“～”,此处解 Auge [德]“～”。
2732 paypaypay 解 pay“～”;也解“～”。
2733 Sem 解 Shem [法]“～”;也解 Semite“～”;也解 Sen Patrick“～”,据说是圣帕特里克的养父。
2734 ah be seated“～”;也解 ABC。
2735 dore 解 adore“～”;也解 dor“～”。
2736 Oh backed von dem zug 解 oh backed“啊,回来”+von dem Zug [德]“从火车”;也解 Obacht vor dem Zug [德]“～”。
2737 tug“～”,化自习语 tug of love(爱之拔河),指争夺孩子的监护权。
2738 weg 解 weg [德]“～”。
2739 saum 解 Saum [德]“～”,也指衣服的“～”;也解 same“～”。
2740 Irrelevance“～”;也解 irreverence“～”。

大家都不唱：

——一个五月柱[2741]的早晨我站起来，在我的镜子里看到除了你，没有人爱我。呸[2742]处女|格拉格|阿格阿格。呸。

大家都指着同一个[2743]闪姆方向，好像是要逃避肖恩[2744]。

——我的名字是米莎·米莎[2745]我|老鼠|肃静，但是叫我太妃[2746]施洗·强硬。我的意思是哑巴乌鸦[2747]羊排。是她，男孩这男孩[2748]不久曾是落叶松[2749]趔趄里的鸽房[2750]留在。哦[2751]处女|格拉格|阿格阿格！哦！

尊敬的女士[2752]教士大人|大使。

全都笑了。

他们假装来帮助[2753]一半|援助，同时却只是朝他大喊[2754]看，好[2755]酱汁让他开口[2756]。这不公平[2757]卖弄风情的女子|阴茎，萨利伦甜饼[2758]。从来都没有这么多。29朵绽放之花[2759]挫败|花朵|米莉·布卢姆站出来反对[2760]一个[2761]眼睛人。飞鸟[2762]在那里，让她万分激动。当然，她属于她的性别。因此为此而欢庆：

——你会[2763]打算有[2764]玫瑰色的[2765]粗鲁的女孩|荡妇|骏马|贝齐·罗斯|威廉·帕森斯绑腿[2766]捆带机|如果你想要这个姑娘么？

他假装[2767]佯为全身[2768]傻瓜系[2769]紧的|提托诺斯着丝带[2770]肋骨。

——你是不是魔鬼汉斯[2771]黑人|小汉斯坐在烟囱里，碰巧发现[2772]坐在一个烟囱[2773]修建|台阶|样式？

他做出好像在打扫[2774]重击他们的烟囱[2775]。

——你能不能把告别[2776]一个犹太人从[2777]夫人离婚[2778]判决中区分

2741 桦树叶围绕的五朔节花柱。
2742 Ugh"～";也解 ógh[爱]"～";也解 Glugg"～",本书主人公的儿子肖恩的化身之一;也解 Uggugg"～",英国作家刘易斯·卡罗尔的小说《西尔维娅与布鲁诺》中的一个下流男孩。
2743 Shem"～",本书主人公的儿子之一,此处解 same"～"。
2744 shun"～";也解 Shaun"～",本书主人公的儿子之一。
2745 Misha"～",女性名字;也解 mishe[爱]"～",指爱尔兰岛的圣女圣布利吉特在受洗时用当地的盖尔语说"是我";也解 mish[塞维]"～";也解 tishe![塞维]"～"。
2746 Toffey 解 toffee"～";也解 taufen[德]"～"。
2747 Mettenchough 解 Mutt"哑巴",与 Jeff(聋子)是美国 20 世纪初报纸连环漫画中一高一矮的一对喜剧性人物+chough"红嘴山鸦";也解 mutton chops"～"。
2748 boy the boy"～";也解 by and by"～"。
2749 larch"～";也解 lurch"～"。
2750 loft"～";也解 left"～"。
2751 Ogh 解 och"～";也解 ógh[爱]"～";也解 Glugg"～";也解 Uggugg"～"。
2752 Her reverence"～";也解 his reverend"～";也解 reverence[俚]"～"。
2753 helf 解 help"～";也解 half"～";也解 helfen[德]"～"。
2754 shauted 解 shouted"～";也解 schaut[德]"～"。
2755 sauce to 解 so as to"～";也解 sauce"～"。
2756 hims prich 解 him"他"+spricht[德]"说话"。
2757 ith ith noth cricquette 解 it is not cricket"～";也解 coquette"～";也解 cricquet[俚]"～"。
2758 Sally Lums 解 Sally Lunn"～"。
2759 bloomers"～",也有"～"之意;也解 Blume[德]"～";也解 Milly Bloom"～",《尤利西斯》中布卢姆的 15 岁的女儿。
2760 gegging 解 gegen[德]"～"。
2761 een[荷]"～";也解 eye"～"。
2762 Avis[拉]"～",出自习语 a little bird told me(有人跟我说)。
2763 Willest 解 will"～",也解 willst[德]"～"。
2764 havind 解 have"～"。
2765 rossy 解 rosy"～";也解 rossy[英爱]"～";也解 rásaidhe[爱]"～";也解 Ross[德]"～";也解 Betsy Parsons Ross"～",在本书中与反抗男性权威的女性相连;也解 William Parsons Rosse"～",爱尔兰天文学家。
2766 banders"～",此处解 bands"～"。此句也可解为 willst du rosa Baender haben[德]"～",德国儿童游戏《明天结婚》中的话"如果你想要这个姑娘,你必须穿粉色的丝带"。
2767 simules 解 simulates"～";也解 simulare[拉]"～"。
2768 rumpffkorpff 解 Rumpf[德]"躯干"+Kopf[德]"头";也解 Dummkopf[德]"～"。
2769 tight"～",此处解 tie"～";也解 Tithonus"～",特洛伊国王拉俄墨冬之子,黎明女神最宠爱的人。
2770 ribbings"～",此处解 ribbons"～"。
2771 Swarthants 解 Schwarzer Hans"～",格林童话中的魔鬼的仆人,被称为"魔鬼的邋遢兄弟";也解 Schwarzer[德]"～"。此句也可解为 Hänschen, sass im Schonstein"～",德国儿童游戏之一。
2772 hit on"～";也解 sit on"～"。
2773 shorn stile 解 Schornstein[德]"～";也解 shorn"～"+stile"～";其中 stile 也解 style"～"。
2774 swiping"～",此处解 sweeping"～"。
2775 chimbleys 解 chimneys"～"。
2776 ajew 解 adieu"～";也解 a Jew"～"。
2777 fro' 解 from"～";也解 Frau[德]"～"。
2778 Sheidam 解 scheiden[德]"～";也解 entscheiden[德]"～"。

出来？

他假装[2779]想|手指去用一副剪刀[2780]姐妹|苏珊娜剪碎，去咬掉[2781]她们的处女[2782]处女膜，把她们的膜吐进她们的脸桶[2783]白人。

塞满吐出来[2784]鬼魂！讲述。

因此现在安静[2785]嘘，小呕吐[2786]懦夫！安静[2787]支持|这里|有点儿刺耳的，小鸟[2788]干净的|领导者！够成熟的[2789]伟大的|细胞，全都坐着[2790]闭嘴|坐！他们成人[2791]，静如既往[2792]是四人！因为你一整天都在开开心心地[2793]打发时间。等你们把姑母姑父[2794]舅母|舅父|触角的帽子当头巾戴上，就会有很多的时间[2795]引诱|有很多的时间来做这事。然而[2796]它是|目前现在是存在的时间，现在，现在。

因为一个燃烧的世界[2797]燃烧的树林|勃南的森林正走向无意义的[2798]邓斯纳恩舞蹈。格拉米斯[2799]魅力|女孩们拥有妈妈[2800]迷惑|谋杀|叛乱者|莫德雷德的爱，因此[2801]为此考德[2802]不能再跳[2803]睡觉了。透不过气[2804]麦克白不能再跳了。

李尔[2805]忠实的|L可理解为离间者[2806]小册子离开[2807]躺在一起他的理性[2808]爱人。哎瞧哎瞧爱人[2809]父神利柏尔，你喜欢离开利菲河[2810]。把你的右手举向你的自由[2811]亲爱的之主[2812]上帝。把你的左手连[2813]左边的向自由少女。吐啦吐啦，跳跃者[2814]亲爱的丈夫，你的跳[2815]膝不过是通向庇护所[2816]希尼·李的回路。

田野上的榛树杈子唤起[2817]开发票|在……里|声音马鞭草[2818]静脉|魏尔伦处女们的颂歌[2819]被播种。如果你漫步于这片土地[2820]垫皮|边缘|兰特时穿过这个十字架[2821]道路，我就有福了，不过你会觉得他是

2779 finges 解 fingere [拉]“虚构”；也解 thinks“～”；也解 fingers“～”。

2780 sissers 解 scissors“～”；也解 sisters“～”；也解 Susanna“～”，书中女儿的化身之一。

2781 buytings of 解 biting off“～”。

2782 maidens“～”；也可与后面的 heads 合解 maidenheads“～”。

2783 facepails 解 face“脸”＋pails“提桶”；也解 palefaces“～”。

2784 Spickspuk 解 spicken [德]“塞满”＋spucken [德]“吐唾沫”；也解 Spuk [德]“～”。

2785 be hushy 解 Bi i dho husht [爱]“～”；也解 hush“～”。

2786 pukers 解 puke“～”-er；也解 pikers“～”。

2787 Side here roohish 解 Seid Ihr ruhig [德]“～”；也解 side“～”＋here“～”＋roughish“～”。

2788 cleany fuglers 解 kleine Vögel [德]“～”；也解 clean“～”＋fugleman“～”。

2789 Grandicellies 解 grandicelli [意]“～”；也解 grand“～”＋cells“～”。

2790 stay zitty 解 stay sit“～”；也解 state ziti [意]“～”；也解 zitten [荷]“～”。

2791 Adultereux 解 adults“成年人”＋eux [法]“他们”。

2792 befour 解 before“～”；也解 be four“～”。

2793 jollywelly 解 jolly“快乐的”＋well“高兴地”。化自歌曲“Polly Wolly Doodle”(《小叛逆》)，儿歌，最早发表于 1880 年哈佛学生的歌本上。

2794 Tantoncle 解 tante [法]“姑母”＋oncle [法]“姑父”；也解 Tante [德]“～”＋Onkel [德]“～”；也解 tentacle“～”。

2795 temts 解 times“～”；也解 tempt“～”。此句也解 il y aura largement le temps [法]“～”。

2796 Yet's 解 yet“～”；也解 it's“～”；也解 jetzt [德]“～”。出自歌曲《爹爹不给我买只汪汪狗》。

2797 burning would 解 burning world“～”，指最后的审判日；也解 buring wood“～”；也解 Birnam Wood“～”，出自莎士比亚的《麦克白》第五幕麦克白的话“除非勃南的森林会向邓西嫩移动”。

2798 inane“～”；也解 Dunsinane“～”，苏格兰东部锡德洛丘陵的一座山峰。

2799 Glamours 解 Glamis“～”，《麦克白》中麦克白曾是格拉米斯堡的领主；也解 glamour“～”；也解 girls“～”。

2800 moidered 解 mother“～”；也解 moider“～”；也解 murder“～”；也解 Meuterer [德]“～”；也解 Mordred on Modred“～”，亚瑟王的侄子。

2801 herefore 解 therefore“～”；也解 hierfür [德]“～”。

2802 Coldours 解 Cawdor“～”，位于苏格兰因弗内斯附近，麦克白成为国王前曾是考德的领主。

2803 leap“～”；也解 sleep“～”。

2804 Lack breath“缺少喘息”；也解 Macbeth“～”，莎士比亚悲剧《麦克白》的主人公。

2805 Lel 解(King) Lear“～”，莎士比亚的悲剧《李尔王》的主人公；也解 leal“～”；也解 L，英文字母。

2806 libelman 解 libel“中伤”＋man“人”，因为此句主要词语全都压头韵，故译；也解 libellus [拉]“～”。

2807 libling 解 liberating“解放”；也解 lie“～”。

2808 lore“学识”，为了形成头韵故译“～”；也解 lover“～”。

2809 liebermann 解 lieber Mann [德]“～”；也解 Father Liber“～”，罗马神话中对应希腊的狄俄尼索斯的神。

2810 Libnius 解 Libnius [拉]“～”。

2811 Liber [拉]“～”；也解 lieber [德]“～”。

2812 Lord“～”；也解 Gott [德]“～”。

2813 Link“～”；也解 link [德]“～”。

2814 Leapermann 解 Leaper“跳跃”＋man“人”；也解 lieber Mann [德]“～”。

2815 lep 解 leap“～”；也解 lap“～”。

2816 lee“～”；也解 Sidney Lee“～”(1859—1926)，英国传记家，据说乔伊斯写《尤利西斯》时曾参考他关于莎士比亚的传记。

2817 in vox 解 invokes“～”；也解 invoice“～”；也解 in“～”＋vox [拉]“～”。

2818 verveine 解 vervain“～”；也解 vein“～”；也解 Paul Verlaine“～”(1844—1896)，法国诗人。

2819 ode“～”；也解 sowed“～”。

2820 rand“～”，鞋后跟与鞋底间的盘条，此处解 land“～”；也解 Rand [德]“～”；也解 Rand“～”，南非货币单位。

2821 rood“～”；也解 road“～”。

一根喷火的[2822]《抨击》棒子。我，后面，免于罪恶的气息！永劫不复在我们前面散发着恶臭。

亚加利掠普特[2823]圣亚加大|善他们将确实流[2824]花|花似的|弗路莱缇向内比罗斯[2825]小鹿|在旁边和洛弗卡雷[2826]球芽甘蓝。他曾两次追求她，她现在三次流向他。因此我们如此看着正如我们播种种子。而他们的豪华女王[2827]恶作剧女王卷起她的裙子出发了。她的戏班子[2828]团队|向阳花用脚后跟走过来。啊，对打扮中包含的高傲你会作何感想啊[2829]！火神的钻石[2830]羊毛的|亲属|钻石|《威利金和他的黛娜》背心[2831]西部。向来她无论去哪里[2832]哪里|空气他们都闻得到。而此时所有牧神的闪光疯狂地[2833]奥斯卡·王尔德变宽，好去看一个花的学校。

由路西弗[2834]搬运树木的人率领，组成最快乐者的四组跳跃，一、二、三、四[2835]啊|ב|粪便|黑色|麦克白|麦克德夫，化身的[2836]未加冕的|加冕词语[2837]草皮|宝剑的毁坏者[2838]结过婚的|马尔，少数人飞过遥远的距离[2839]罕见！我们在那只花斑[2840]馅饼|莽撞的马[2841]尼克身上拉了很多钱[2842]似矿坑的|许多人|我的钱|结巴|哑。会有什么成双的[2843]涉猎泡泡[2844]都柏林在海湾里吗？既非男人的[2845]遥远的笑话[2846]玩笑之梦|詹姆斯？也不是为了开心[2847]绝对没有|女儿|喋喋不休的人|无？好样的[2848]阿提拉！好样的[2849]亚特兰蒂斯|大海！起来，哥特[2850]上帝的鞭子[2851]诅咒抽你！你的天井[2852]里有一位访客。匈人[2853]她|百！匈人！

他站[2854]在那儿[2855]他们的，一个自然天成的男人[2856]哑的|小便，在浑然忘我中[2857]失忆症忘记[2858]忘却的|明显的的正是他的自我[2859]，（汤

2822 blasting“～”；也解 *Blast*“～”，英国作家温德汉姆·刘易斯曾编辑的杂志。

2823 Aghatharept 解 Agaliarept“～”，一种魔鬼，载于《大魔法书》，该书的开头就是用喷火棍召唤魔鬼洛弗卡雷，仪式中还要杀死一个处子或羔羊；也解 St. Agatha“～”，3 世纪的殉道者；也解 agathos［希］“～”。

2824 fleurelly 解 flow“流淌”＋really“确实”；也解 fleur［法］“～”；也解 floral“～”；也解 Fleurety“～”，《大魔法书》中的魔鬼。

2825 Nebnos 解 Nebiros“～”，《大魔法书》中的魔鬼；也解 nebros［希］“～”；也解 neben［德］“～”。

2826 Rosocale 解 Lucifuge Rofocale“～”，地狱中的首相，恶灵之一；也解 Rosenkohl［德］“～”。

2827 prunktqueen 解 Prunk［德］“富丽堂皇”＋queen“女王”；也解 Prankqueen“～”，书中人物。

2828 troup 解 troupe“～”；也解 group“～”；也可与后面合解 heliotrope“～”。

2829 此句化自歌曲《猴子娶了狒狒的妹妹》中的一句“新娘盛装之后你有何感想?”

2830 Voolykins' diamondinah 解 vulcan's diamonds“～”；也解 Woolly“～”＋kin“～”＋diamond“～”；也解“Vilikins and his Dinah”“～”，1853 年英国的一首舞台歌曲，是传统民谣《威廉和黛娜》的滑稽变体。

2831 vestin 解 vest“～”；也解 Westen［德］“～”。

2832 where air 解 where'er“～”；也解 where“～”＋air“～”。

2833 wild“～”；也解 Oscar Wilde“～”(1854—1900)。

2834 Lignifer［拉］“～”，此处解 Lucifer“～”，撒旦。

2835 ach beth cac duff 解“～”；也解 ach［德］“～”＋beth“～”，希伯来语的第二个字母＋cac［爱］“～”＋duff［英爱］“～”；也解 Macbeth“～”，《麦克白》的主人公＋Macduff“～”，《麦克白》中的大乡绅。

2836 incoronate 解 incarnate“～”；也解 incoronatus［拉］“～”；也解 coronate“～”。

2837 sward“～”，此处解 word“～”；也解 sword“～”。

2838 marrer 解 mar-er“～”；也解 marrier“～”；也解 Thomas Meagher“～”(1823—1867)，爱尔兰民族主义者，爱尔兰的青年领袖，绰号“宝剑马尔”。

2839 farbetween 解 far“遥远的”＋between“在之间”；也解 few and far between“～”。

2840 piebold 解 piebald“花斑的”；也解 pie“～”＋bold“～”。

2841 nig 解 nag“～”；也解 Nick“～”，本书主人公的儿子的化身之一。

2842 minymony 解 many money“～”；也解 miny“～”＋mony［苏］“～”；也解 my money“～”；也解 minne［爱］“～”＋maon［爱］“～”。

2843 dabble“～”，此处解 double“～”。

2844 tubble 解 bubble“～”；也解 Dublin“～”。

2845 far“～”，此处解 fear［爱］“～”。

2846 jocubus 解 jocus［拉］“～”；也解 jocubus［拉］“～”；也解 Jacobus［中拉］“～”。

2847 Nic for jay 解 nor for joy“～”；也解 not for Joe［英爱］“～”；也解 nik［爱］“～”＋jay“～”；也解 nic［斯］“～”。

2848 Attilad 解 attaboy“～”；也解 Attlla“～”(406—453)，古代匈人的皇帝，绰号“上帝之鞭”。

2849 Attattilad 解 attaboy“～”；也解 Atlantida［塞维］“～”，传说沉没于大西洋的岛屿；也解 Thalatta［希］“～”，色诺芬的《远征记》中记载上万希腊士兵见到黑海时的喊声。

2850 Goth“～”；也解 God“～”。

2851 scourge“～”；也解 curse“～”。

2852 impluvium［拉］“～”，古罗马房屋的中央会有一个方形的水池直接接雨水。

2853 Hun“～”，公元 290 年左右崛起于锡尔河流域的一个民族，曾被认为是匈奴人，现基本认为是不同的两个群体，没有确凿的证据显示入侵欧洲的匈人是匈奴的后代；也解 hun［丹］“～”；也解 hundred“～”。

2854 stanth 解 stands“～”。

2855 theirs“～”，此处解 there“～”。

2856 mun 解 man“～”；也解 maon［爱］“～”；也解 mún［爱］“～”。此句化自瑞典科学家史威登堡的著作《神的仁爱与智慧》中的“人类的灵魂准则已经深陷入了他的自然准则”。

2857 autamnesically 解 autoamnesia［希］“～”；也解 amnesia“～”。

2858 oblious 解 obliare［意］“～”；也解 oblivious“～”；也解 obvious“～”。

2859 proprium“～”，史威登堡的《神的仁爱与智慧》中有“天使的产业是罪恶”。

锅[2860]铅笔就是这样铅制的，炖锅[2861]感觉|双关也是这样裂开的[2862]秧鸡|咯吱响|希腊）习惯于放荡[2863]希望少女[2864]做|跟渴望变聪明[2865]。推开光[2866]，被拒绝的阿波菲斯[2867]离开阳光|被拒绝的，他追随着[2868]痕迹|感觉到来自她那热[2869]内心|仇恨的爱。他眨着眼。但是在那些人给慈悲戴上花环的地方[2870]，怒火更高了。因为所有这些都曾是此世之物[2871]，时间液化为状态[2872]，残忍的年龄长大成天使。尽管，考虑到他是一个挨饿的[2873]魔鬼，一个年轻的女巫[2874]茶垫，以及（永远的结合）全体者的允诺伴随着睡衣的欲望[2875]合作|恢复|绝望|公司，当他站着[2876]说|呆着|屎时，任何歌唱[2877]任何事|辛格大多会降临到他身上，从巫婆[2878]狗娘养的之歌到黑屁股[2879]烧罐|黑魔法的踉跄。如果他给东方加调料[2880]窥视，他就在南方[2881]真实沸腾[2882]看；如果他刺破[2883]凝视北方，他就在西方[2884]腰部凋谢。是什么与阴暗的[2885]水银|墨丘利|圣马可恶习[2886]才智|智慧|白的|异教徒|热的一起在阴影中惊讶不已？他大腿跨距[2887]正山小种|嘴唇上的污点[2888]肥肉是他那肮脏[2889]堕落死去的[2890]事迹想法，疯狂想象[2891]伊摩琴的希望记号[2892]擦净|阴户。把它们脱掉[2893]她们离开！把那拿开[2894]逃走！但可笑的大腿太瘦了。乒乓砰[2895]小女孩|屁股！它们很高兴[2896]徒然的在词语中把这变成她的。射，它们求爱[2897]会|树林！裂，它们是美丽的熟樱桃[2898]《樱桃熟了》！

至于她能摇动[2899]莎士比亚他。白痴[2900]够了，再也别想。坐在他那大扶手椅安乐椅[2901]太师椅|倚靠|学习|讲授|女用披肩上，他依然也[2902]两个是好导师，而她则脸色蜡黄[2903]任他摆布。在这部拖拖拉

2860 stockpot“～”；也可与后面的 leaden 合解 potlood［荷］“～”。
2861 sonsepun 解 saucepan“～”；也解 sense“～”＋pun“～”。
2862 crake“～”，此处解 crack“～”；也解 creak“～”；也解 Greek“～”。
2863 wanton“～”；也解 want“～”。
2864 maid“～”；也解 made“～”；也解 mit［德］“～”。
2865 史威登堡的《神的仁爱与智慧》中有“当亚当渴望变聪明时，他就堕落了”。
2866 史威登堡的《神的仁爱与智慧》中有“那个世界的每个人从它的光中思考，从它的热中获得爱”。
2867 apophotorejected 解 Apophis“～”，埃及神话中的黑暗之神；也解 apo photos［希］“～”＋rejected“～”。
2868 spoors“足迹”；也解 Spur［德］“～”；也解 spürt［德］“～”。
2869 heats“～”；也解 heart“～”；也解 hate“～”。
2870 史威登堡的《神的仁爱与智慧》中有“人从言中读的是热和光，而灵魂和天使感到的是慈悲而不是热”。
2871 史威登堡的《神的仁爱与智慧》中有“所有的天使都曾是人”。
2872 史威登堡的《神的仁爱与智慧》中有“在天堂里没有时间，只有状态”。
2873 fammished 解 famished“～”。
2874 Sourceress 解 sorceress“～”；也解 saucer“～”。
2875 cuperation 解 cupere［拉］“～”；也解 cooperation“～”；也解 recuperation“～”；也解 desperation“～”；也解 corporation“～”。1486 年出版的《女巫之锤》中第一个部分论述巫术的三个必要条件是“魔鬼、女巫与万能上帝的许可”，其中谈到女巫与魔鬼的交配。
2876 stehs 解 steht［德］“～”；也解 says“～”；也解 stays“～”；也解 shit“～”。
2877 anysing 解 any“任何”＋sing“歌唱”；也解 anything“～”；也解 Synge“～”，爱尔兰剧作家。
2878 witch“～”；也可与前面合解 son of a bitch“～”。
2879 Blackarss 解 black“黑色”＋arse“屁股”，在俚语中也指“～”；也解 black art“～”。
2880 spice“～”；也解 spies“～”。
2881 sooth“～”，此处解 south“～”。
2882 seethes“～”；也解 sees“～”。
2883 pierce“～”；也解 peers“～”。
2884 waist“～”，此处解 west“～”。史威登堡的《神的仁爱与智慧》中有“那些处于高级之爱中的住在东方，那些处于低级之爱中的住在西方，那些处于高级智慧之中的住在南方，那些处于低级智慧之中的住在北方”。因此这在词语中意味着，在南方，智慧处于光明中；在北方，智慧处于阴影中。
2885 murkery 解 murky“～”；也解 mercury“～”；也解 Mercury“～”，罗马神话中的商旅之神，《尤利西斯》中穆利根被称为墨丘利，他是肖恩的原型之一；也解 Mark“～”，四福音书的作者之一。
2886 viceheid 解 vice-hood“～”；也解 Weisheit［德］“～”；也解 wijsheid［荷］“～”；也解 weiß［德］“～”；也解 Heide［德］“～”；也解 heiß［德］“～”。
2887 lapspan 解 lap“大腿”＋span“跨距”；也解 lapsang“～”，中国产红茶；也解 lip“～”。
2888 specks“～”；也解 Speck［德］“～”。
2889 foul“～”；也解 fall“～”。
2890 deed“～”，此处解 dead“～”。
2891 imogenation 解 imagination“～”；也解 Imogen“～”，《辛白林》中的人物，脱衣服时曾被偷窥。
2892 wishmarks 解 wish“希望”＋marks“标志”；也解 wisch-［德］“～”；也解 wish［俚］“～”。
2893 Take they off 解 take them off“～”；也解 they take off“～”。
2894 Make the off 解 make the (thoughts) off“让那(想法)离开”；也解 make off“～”。
2895 bimbamb bum 解 bim bum bam［意］“～”，儿童游戏时的数数，此处模仿雷声；也解 bimba［意］“～”＋bum“～”。
2896 vain“～”，此处解 fain“～”。
2897 wooed“～”；也解 would“～”；也解 wood“～”。
2898 ripecherry 解 ripe“成熟的”＋cherry“樱桃”；也解“Cherry Ripe”“～”，19 世纪及第一次世界大战期间流行的一首英文歌曲，英国诗人托马斯·坎皮恩曾经写过一首相似的同名诗作。
2899 shake“～”；也解 Shakespeare“～”。
2900 An oaf“～”；也解 enough“～”。
2901 lerningstoel 解 Lehnstuhl［德］“～”；也解 leerstoell［荷］“～”；也解 leaning“～”；也解 learning“～”；也解 lehren［德］“～”；也解 stole“～”。
2902 two“～”，此处解 too“～”。
2903 waxen“～”。此句化自习语 be wax in sb's hands(任人摆布)。

拉[2904]无比之长的[2905]黑暗之书[2906]中露面，手指拨过那些最撩人的[2907]花边|但丁桃子们。看看讲伽利略[2908]高霍尔这页！我知道这很难，但是你不高兴[2909]左手|歌德我就要死了。现在翻到讲马基雅维里[2910]清扫|起绒织物的这页[2911]补丁|桃子们！该死[2912]煤烟|全部|我们的|适合|甜的|允许|小时，他肯定会发现！自从亚当校长变成夏娃·心[2913]的老师[2914]触摸者，在各种习俗和时代中，班长学[2915]提词者就这样了，当她的瞳仁有如在天堂中游动的时候，他的脑子里满是男人的坏念头，让他的那个[2916]信别激动[2917]被激怒|刺激者，把信[2918]让我们都吹走[2919]布罗！我是[2920]伊茜|我欠你的|我爱你一个女性化的[2921]名气|线人。嗳，有着刺激性的性别。你唯一单一的格。

这是为什么那些打出王牌的人[2922]花里胡哨的东西|三在决斗[2923]一双|双双中搞不清，这是B[2924]布朗与诺兰|布鲁诺|布罗昂。罗昂[2925]遇到N。诺兰代表你这人的战利品[2926]价格。

但是听听这只模仿鸟儿[2927]嘲笑的新娘来仿效[2928]爱尔兰佬诗人[2929]仿造裸体！自从歌国[2930]鸡奸|所多玛喃喃低语[2931]蛾摩拉，我们总是听到。就像他正挺起肩[2932]搞糟|旅行|同性恋者|肩|漫游。我也是。就像我正握紧[2933]洗净拳[2934]浮士德。他也是。就像我们[2935]道路吹起[2936]鸡奸我们的吹气袋[2937]。你们也是[2938]。

过来，猛推！快走，闪开！神圣兄弟[2939]亲属|双胞胎|弟兄们|德维纳河，挑战[2940]亲爱的。人子[2941]人类|有些|马恩岛最高法院[2942]英国议会|疯狂议会|漫长议会|残缺议会那疯狂的长斜坡，博学的无知者，残忍无情而又精妙绝伦。

2904 lingerous 解 linger“徘徊拖延”-ous。

2905 longerous 解 longer“更长的”-ous。

2906 此处化自 *The Book of the Dead*(《死者书》),古埃及葬礼文献的统称。

2907 dantellising 解 tantalizing“～”;也解 dentelle[法]“～”;也解 Dante“～”,意大利中世纪诗人。

2908 Galilleotto 解 Galileo“～”(1564—1642),意大利天文学家;也解 Galeotto,Galehoult(“～”)的意大利写法,此人为法国罗曼司中的人物,相当于中国的红娘。

2909 your goche 解 you are fâché[法]“～”;也解 gauche[法]“～”;也解 Goethe“～”,德国著名作家。

2910 Smacchiavelluti 解 Machiavelli“～”,意大利政治思想家;也解 smacchia[意]“～”;也解 velluti[意]“～”。

2911 patch“～”,此处解 page“～”;也解 peaches“～”。

2912 Soot allours 解 zut alors[法]“～”;也解 soot“～”+all“～”+ours“～”;其中 Soot 也解 suit“～”;也解 zoet[荷]“～”;其中 allours 也解 allow“～”;也解 hour“～”。

2913 Harte 解 heart“～”。

2914 toucher“～”,此处解 teacher“～”。

2915 monitorology 解 monitor-ology“～”;也解 monitor[拉]“～”。

2916 let his“～”;也解 letters“～”。

2917 exaspirated 解 ex-aspiration“去除-渴望”;也解 exasperated“～”;也解 exasperatus[拉]“～”。

2918 letters“～”;也解 let us“～”。

2919 Blowed“～”;也解 James Blow“～”(? —1759),1696 年与奥涅尔一起将活版印刷引入爱尔兰。

2920 I is 解 I“我”+is“是”;也解 Issy“～”,本书主人公的女儿;其中 I 也与后面的 O 和 U 合解 I. O. U“～”,乔伊斯在《尤利西斯》中用过;也解 I love you“～”。

2921 femaline 解 feminine“～”;也解 fame“～”+line“～”。

2922 trumpers 解 trumps+-er“～”;也解 trumpery“～”;也解 three“～”。

2923 duels“～”;也解 dual“～”,即 in twos“～”。

2924 B,字母;也与后面的 N 合解 Browne and Nolan“～”,都柏林著名书籍和文具商店的店名;也解 Bruno“～”,意大利哲学家;也解 Brohan“～”(1807—1887),法国女演员,与两个女儿一起荣获喜剧奖。

2925 Rohan 解 Benjamine de Rohan“～”(1589—1642),法国苏比斯公爵,胡格诺派的领袖。

2926 prize“～”;也解 price“～”。

2927 mocking birde 解 mockingbird“～”,美洲一种鸟类,善于模仿其他鸟的叫声;也解 mocking bride“～”。

2928 micking 解 mocking“～”;也解 mick“～”。

2929 barde 解 bard“～”,常指莎士比亚,穆利根在《尤利西斯》中也用此称乔伊斯。

2930 songdom 解 song“歌曲”+kingdom“王国”;也解 sodomy“～”;也解 Sodom“～”,《圣经》中的罪恶之城。

2931 gemurrmal 解 Gemurmel[德]“～”;也解 Gomorrah“～”,《圣经》中的罪恶之城。

2932 queering his shoolthers 解 squaring his shoulders“～”;也解 queering“～”+siubhal[爱]“～”;也解 queer“～”+Schulter[德]“～”;也解 siubhaltach[爱]“～”。

2933 cleansing“～”,此处解 clenching“～”。

2934 fausties 解 Faust[德]“～”;也解 Faust“～”,德国民间传说中的人物,歌德写过同名诗剧。

2935 way“～”,此处解 we“～”。

2936 puffiing 解 puffing“～”;也解 puff[俚]“～”。

2937 blowbags 解 blow“吹”+bags“袋子”,指面颊。

2938 Souwouyou 解 so were you“～”。

2939 Dvoinabrathran 解 divine brother“～”;也解 bráthair[爱]“～”;也解 dvoinya[俄]“～”;也解 brat'ya[俄]“～”;也解 Dvina“～”,位于欧洲,流入白海。

2940 Dare“～”;也解 dear“～”。

2941 manchind 解 man“人”+child“孩子”;也解 mankind“～”;也解 manch[德]“～”;也解 Isle of Man“～”,爱尔兰海上的自治岛。

2942 parlements[法]“～”,法国大革命前法国的最高法院;也解 parliaments“～”;也可与前面的 mad 合解 Mad Parliament“～”,指 1258 年的牛津议会,被视为英国议会的开端;也可与前面的 long 合解 Long Parliament“～”,指 1653 年英国国王查理一世被迫召开的议会,一般被视为清教革命开始的标志;也可与前面的 ramp 合解 Rump Parliam“～”,指 1648 年反对审判查理一世的议员被驱逐以后的英国议会。

——现在愿可爱绿地[2943]咧嘴笑的圣莫比[2944]海鸥成为你的永恒之镜[2945]绿地|格拉斯奈文修道院,乃至期望[2946]!

——万分感谢[2947]感觉阴冷的。

交换,倒过来。

——愿妓女诅咒[2948]哈罗德十字路的圣哲罗姆[2949]哲罗姆山墓地让你们三人成为一家,这好得多[2950]盆栽植物|教唆者!

——衷心感谢[2951]长满草的|屁股|以前|谢谢|格蕾丝·奥玛丽。

每个都是用他的他者[2952]兄弟制造的[2953]愤怒的。他的克制力[2954]表情崩溃了。这对一胎双卵的[2955]双黄的|复本位制,金属[2956]泰勒斯|迪达勒斯与非金属的[2957],她的觊觎王位者[2958],满脑下流的[2959]心不在焉的|我撕开|社群|村庄|平常的吵架的人[2960]改变信仰者,立刻改变,每个人野牛般地盯着[2961]擦除|蛇形标记其他阉牛,异期复孕(擦拭电灯的人从未如此厉害地朝润滑铰链的人皱眉),而此时他们的种树女郎,国王的猎物,如果他屈尊这样,那样灌输,只是想在蒂莫西[2962]尊敬的上帝|胆怯的和托马斯[2963]两个我之间弄清楚,天啊[2964]格蕾丝·奥玛丽,谁是正统的[2965]另一个|领导者|阿瑟·韦尔斯利,谁的是异端的[2966]不同的|热带,昏昏欲睡绵羊还是牢骚满腹[2967]长沙发|在沙发上昏昏欲睡|山羊,因为带着羞涩的嫩白[2968]围墙和慢慢地[2969]表演调理[2970],那些尤为出色的女孩们会打败那些尤为艰苦的时期,除非被[2971]男孩|那个被正确选出的男孩恰当地[2972]校正|富裕地选出来(他从未有过任何财富又有什么关系,希望把希望撞入他的心田)去让[2973]烧熟的|短暂的|切他们伟大的时刻更伟大。问题是他必须被当场纠正过来[2974]困

2943 Grin"～",此处解 green"～"。
2944 Saint Mowy 解 St. Mobhi"～",爱尔兰 6 世纪圣人科仑巴的导师,创建了都柏林附近的格拉斯奈文修道院,有"可爱的小绿地"之称;也解 Möwe [德]"～"。
2945 everglass 解 ever"永远"＋glass"镜子";也解 glas [爱]"～";也解 Glasnevin"～"。
2946 prospect"～",格拉斯奈文修道院的墓地名为"期望墓地"。
2947 Feeling dank"～",此处解 vielen Dank [德]"～"。
2948 Harlots' Curse"～",布莱克曾在《经验之歌》中这样称伦敦;也解 Harold's Cross"～",位于都柏林。
2949 Saint Jerome"～"(约 340—420),以研究《圣经》和注释经文闻名,被早期的拉丁教会尊为四位西方教会圣师之一;也解 Mount Jerome Cemetery"～",位于都柏林哈罗德十字路,是新教墓地。
2950 abedder 解 better"～";也解 bedder"～";也解 abetter"～"。
2951 Grassy ass ago 解 Gratias ago [拉]"～";也解 Grassy"～"＋ass"～"＋ago"～";也解 gracias [西]"～";也解 Grace O'Malley"～",伊丽莎白时期的爱尔兰海盗。
2952 other"～";也解 brother"～"。
2953 wrought"～";也解 wroth"～"。
2954 continence"～";也解 countenance"～"。
2955 bivitellines"～",指双胞胎;也解 bivitellum [拉]"～";也与后面合解 bimetallism"～"。
2956 Metellus 解 metals"～";也解 Tellus"～",罗马的大地女神;也解 Dedalus"～",乔伊斯笔下人物。
2957 Ametallikos [希]"～"。
2958 crown pretenders"～",化自挪威剧作家易卜生的戏剧《觊觎王位的人》。
2959 obscindgemeinded 解 obscene-minded"～";也解 absentminded"～";也解 obscindo [拉]"～";也接 obshchina [俄]"～";也解 Gemeinde [德]"～";也解 gemein [德]"～"。
2960 biekerers 解 bickerers"～";也解 Bekehrer [德]"～"。
2961 uruseye 解 urus"野牛"＋eye"眼睛";也解 erase"～";也解 uraeus (古埃及帝王头饰上的)"～"。
2962 timidy 解 Timothy"～",民谣《芬尼根的守灵夜》的主人公的昵称,含义为"～";也解 timid"～"。
2963 Twomeys 解 Thomas"～";也解 two me-s"～"。
2964 for gracious sake"～";也解 Grace O'Malley"～",伊丽莎白时期的爱尔兰海盗。
2965 artthoudux 解 orthodox"～";也解 other"～"＋dux"～";也解 Arthur Wellesley"～",惠灵顿公爵。
2966 Heterotropic 解 heterodox"～";也解 hetero"～"＋tropic"～"。
2967 glouch 解 grouch"～";也解 couch"～",此句也解"～";也与前面的 sleepy 合解 sheep...goat"～"。
2968 bawn"～",此处解 bán [爱]"～"。
2969 showly 解 slowly"～";也解 show"～"＋-ly。
2970 nursured 解 nursed"护理"＋nurtured"养育"。
2971 by"～";也解 boy"～",因此此处也解"～"。
2972 richtly 解 rightly"～";也解 richten [德]"～";也解 richly"～"。
2973 gar [方]"～";也解 gar [德]"～";也解 gar [爱]"～";也解 gearr [爱]"～"。
2974 put strait 解 put straight"～";也解 strait"～"。

境，而不只是自造世界里的一个水粘粘的家伙[2975]氢|氮|空洞无聊的家伙|缝补|刺，你不能相信他写进的一个字，不是因为爱说谎[2976]馅饼|怜悯，而是因为人只受控于自然抛弃[2977]选择。查理[2978]达尔文，你是我的达令[2979]达尔文|绘画！她们这样吟唱人类上升[2980]赞成的次序。直到她们转起圈，如果她们分开[2981]早晨并全都离去前重新转起圈的话。她们坚持。迈步坚持。迈步。停步。谁是花？安琪[2982]天使在哪儿？或者花园[2983]报酬|守护人|守护天使|加尔东河？

没有信仰、没有吟唱[2984]无冕的，他的高傲高挂。在他的眼白中再[2985]没有[2986]终止红魔。类人猿[2987]男裤前面的开档|穴居者|布雷德洛他来个诱摔[2988]猫|易受骗的人|屁股！谴责[2989]避孕套昔日的[2990]阴道约翰·托马斯[2991]阴茎|斯威夫特厌倦了[2992]……的儿子|……的舔屁股的人[2993]低音喇叭|吮吸|只|只口交|苏凯特！他不知道他的孙子的孙子的孙子的孙子说秘鲁语会结巴，因为在最先碰到的[2994]最好的旧地|盖尔语|你遇到的第一个东西方言中，我已经会了，这相当于我将这样做。他不敢想为什么祖母的祖母的他的祖母的祖母带着如此[2995]妓女嘶哑的口音咳嗽俄语[2996]苏联的，既然在斯拉夫[2997]词语|奴隶方言[2998]口器中现在看着我意思是我曾经是另外的样子。并不是说当青春表演从一条街转到另一条街，世界地图[2999]地理球体|嘴就在改变着模式，既然时代和种族曾如此，聪明的蚂蚁囤积而蚱蜢[3000]挥霍无度，根本[3001]财富|展示|曾经没有什么为了一个又老又傻的太阳[3002]灵魂、一起健康[3003]对秧苗是健康的，以及晚起的[3004]后智者聪明人制造新东西。伦敦议员的捕乌龟[3005]闲聊也没有被一车车地[3006]满满一袋|怨

2975 waterstichystuff 解 water“水”＋sticky“粘湿的”＋stuff“材料”；也解 Wasserstoff［德］“～”；也解 Stickstoff［德］“～”；也解 wishy-washy stuff“～”；也解 stitch“～”；也解 Stich［德］“～”。

2976 pie“～”，此处解 lie“～”；也解 pity“～”。

2977 rejection“～”；也解 selection“～”。

2978 Charley“～”，这个名字最初称呼傻瓜；也解 Charles Darwin“～”，英国生物学家，进化论的奠基人。

2979 darwing 解 darling“～”，亲爱的；也解 Darwin“～”；也解 drawing“～”。

2980 assent“～”，此处解 ascent“～”，化自达尔文的著作《人的由来》(*The Descent of Man*)。

2981 breakparts 解 break apart“～”；也解 breakfast“～”。

2982 Ange［法］“～”，此处解 angel“～”。

2983 Gardoun 解 garden“～”；也解 guerdon“～”；也解 guardian“～”，即 guardian angel“～”；也解 Gardon“～”，位于法国南部的朗格多克地区。

2984 croonless 解 croon＋-less“～”；也解 crownless“～”。

2985 moe 解 more“更”。

2986 end“～”，此处解 ain't“～”。

2987 Braglodyte 解 troglodyte“～”；也解 braguette［法］“～”；也解 braglodytes［希］“～”；也解 Charles Bradlaugh“～”(1833—1891)，英国无神论者。

2988 katadupe 解 katadoupeo［希］“～”；也解 cat“～”＋dupe“～”；也解 dupe［塞维］“～”。

2989 condamn 解 condemn“～”；也解 condom“～”。

2990 quondam［拉］“～”；也解 quoniam［俚］“～”。

2991 jontom 解 John Thomas“～”，在俚语中指“～”；也解 Jonathan Swift“～”。

2992 sick af 解 sick of“～”；也解 son of“～”；也解 af［丹］“～”。

2993 Suckbut 解 butt“屁股”＋suckers“吮吸者”；也解 sackbut“～”；也解 suck“～”＋but“～”，指“～”；也解 Sucat“～”，圣帕特里克的洗礼名字。

2994 Ersebest 解 erstbeste［德］“～”；也解 best erst“～”；也解 Erse“～”；也解 de eerste de beste［荷］“～”。

2995 suchky 解 such“～”；也解 suchki［俄］“～”。

2996 Russky 解 Russian“～”；也解 russkii［俄］“～”。

2997 slove 解 Slav“斯拉夫语”；也解 slovo［斯］“～”；也解 slave“～”。

2998 mouthart 解 Mundart［德］“～”；也解 mouthpart“～”。

2999 mappamund 解 mappa mundi［拉］“～”，中世纪欧洲人们画的世界地图；也解 mappamondo［意］“～”；也解 Mund［德］“～”。

3000 sauterelles［法］“～”。

3001 wealthshowever 解 whatsoever“～”；也解 wealth“～”＋show“～”＋ever“～”。

3002 Sol［拉］“～”；也解 soul“～”。

3003 healthytobedder 解 healthy together“～”；也解 healthy to bedder“～”。

3004 Latewiser 解 late riser“～”；也解 late wiser“～”。化自习语“早睡早起使人健康、富有和智慧”。

3005 turtling“～”，指乌龟汤；也解 tattling“～”。

3006 waggerful 解 wagonful“～”；也解 bagful“～”；也解 earful“～”；也解 wager“～”。

言|赌金倒进侏儒国[3007]我的猪所在地[3008]土著居民。从道义上他那部分应该说：保佑我，圣称、圣行、圣卖、圣歌[3009]圣马太、圣马可、圣路加、圣约翰，我将追随你，凭着黏胶[3010]的的确确，不论何事，凭着圣伯尼[3011]咬|灌输，万一事情提前发生即便如此你会为了另外那个贱[3012]小伙子女孩的孩子的名字而放了我，给我涂上灰泥，但我还会勇敢地好好戴上鹿皮手套[3013]拳击手套！但是吞吞吐吐[3014]的真正忘恩负义的胡说八道[3015]全部说的是进入淡紫色[3016]蓝紫色谷仓[3017]花园|网，多美啊[3018]夜晚|眼睛早晨[3019]意义的星星[3020]商店，并给我买了一束紫罗兰[3021]碘酒。

显然[3022]明显的他像前面两点一样第三次[3023]第三度音失败了，因为她穿的不是三个中的任何一个。而且显而易见[3024]模式|圣餐盘芭蕾舞[3025]民谣上有个洞，其余的都从那里掉走了。因为要解释为什么根据第八公理，剩下来的现在、过去和将来不会继续下去，也就是说，自从分开，那对[3026]阴茎铁帽[3027]年轻人|昂首阔步堆，就像他们的是柚子[3028]扫帚上的斑点一样确定无疑，这个山药火腿[3029]含永远无法住进来[3030]生命中，少女们四处飘荡，她们的小伙子们的爱情拔河结束于巨大的欢乐、叫喊、尖叫、围巾操[3031]、帽子操[3032]偷、射尿[3033]金色的、能回声的欢乐钟鸣，以及每个人都指向育婴房的大拇指[3034]嘲笑|大拇指汤姆（缅甸[3035]迈阿密|我妈妈是个年轻的[3036]姑姑国家[3037]姑姑），大家都必须预见[3038]拉伸突然出现的巨大大[3039]巨大的|巨人族难以承受之事，比如在这个村庄幼儿园[3040]幼儿园的一片吵闹之中，卢坎区[3041]霍斯那长期遭受磨难的领主的[3042]勋爵

3007 pigmyland 解 pigmy“侏儒”＋land“土地”；也解 my pig“～”。

3008 regionals 解 regional“地区的”；也解 aboriginals“～”。

3009 symethew, sammarc, selluc and singin 解 symmetry“对称”＋march“行军”＋sell“出售”＋sing“唱歌”；也解 Saint Matthew, Saint Marc, Saint Luke, Saint John“～”，故译。

3010 by gum“～”；也解 by God“～”。

3011 bite simbum 解 by saint Bonitus“～”，圣伯尼图斯(623—706)出生在法国，曾任四位奥斯特拉西亚国王的大法官；也解 bite“～”＋imbue“～”。

3012 cheap“～”；也解 chap“～”。

3013 buckskin gloves“～”；也解 boxing gloves“～”。

3014 Noodynaady 解 noody-nady［英爱］“～”。

3015 Tootle“～”；也解 total“～”。

3016 mauve“～”；也解 violet“～”。

3017 Garner“～”；也解 garden“～”；也解 Garn［德］“～”。

3018 nice“～”；也解 night“～”；也解 eyes“～”。

3019 morning“～”；也解 meaning“～”。

3020 stores“～”，此处解 stars“～”。

3021 iodines“～”，碘酒的蒸汽是淡紫色的，此处解 violets“～”。

3022 Evidentament 解 évidemment［法］“～”；也解 evident“～”。

3023 tiercely 解 thirdly“～”；也解 tierce“～”。

3024 patenly 解 patently“～”；也解 pattern“～”；也解 paten“～”。

3025 ballet“～”；也解 ballad“～”。

3026 duad“～”；也解 dúd［爱俚］“～”。

3027 gossan“～”，硫化物矿床在地表氧化带的残留部分；也解 gossoons［英爱］“～”；也解 gasán［爱］“～”。

3028 pomelo“～”；也解［俄］“～”。化自习语 sure as there's a tail on a cat(就像猫有尾巴一样肯定)。

3029 ham“～”；也解 Ham“～”，挪亚的儿子。

3030 live in“～”；也解 life in“～”。

3031 drill“操练”。

3032 fecking 解 fucking“性交”；也解 fecking［英爱］“～”。

3033 aurinos 解 urine“～”；也解 surino［普］“～”。

3034 thumbtonosery 解 thumb“大拇指”＋to“向”＋nursery“育婴房”；也解 thumb nose“～”；也解 Tom Thumb“～”，英国民间故事中只有拇指大的主人公。

3035 Myama 解 Myamma［缅］“～”；也解 Miami“～”，美国佛罗里达州东南部港市；也解 My mama“～”。

3036 yaung 解 young“～”；也解 aunt“～”。

3037 cauntry 解 country“～”；也解 aunt“～”。

3038 recken 解 reckon“～”；也解 recken［德］“～”。

3039 gigantesquesque 解 gigantesque“～”，故译“～”；也解 Gigantes“～”，希腊神话中提坦巨人的父辈。

3040 childergarten 解 children“幼儿”＋Garten［德］“花园”；也解 kindergarten“～”。

3041 Lucanhof 解 Lucan“卢坎”，都柏林城郊＋Hof［德］“庭院”；也解 Howth“～”，都柏林郊区。

3042 laird“～”；也解 lord“～”，卢坎勋爵指 G. H. Bingham。

一次身着巴那多之家[3043]巴那多皮草行熊皮的大选。

但是，千真又万确[3044]、清清又楚楚[3045]白手的伊瑟，所有机器的神和巴恩斯特[3046]谷仓|主要产品|马厩的墓石[3047]蒂姆·芬尼根，无论根据尸体解剖[3048]活体解剖还是活体缝合[3049]缝合伤口，劈开还是分解，爱尔兰[3050]米勒希乌斯黑熊精[3051]大的|黑色的艾萨克·杰克曼[3052]雅各，该怎么形容[3053]他，更蓝[3054]见鬼？

他是不是被扔了出去[3055]撒尿，比如[3056]例子就像某些人对他做出的诊断[3057]狗鼻子，朝着我们的鲁里海流、图斯海流和克里纳海流[3058]的海堤扔出去的，那三颗勇敢的情郎之心[3059]情人|猪倌|猪|斯威尼，酒神祭祀者中的欧里昂[3060]、麦克-马洪[3061]元帅[3062]海水|壳、爸爸自己[3063]伊斯珀达登，极端情况的产物，给了我们生活所需的每日份额[3064]商数|每日，就像谁都可能想到的，在我们的副主教宅邸里，你那最野蛮粗鲁的警察[3065]俗人|拉亚蒙与最如王子般的冠军，克里欧[3066]克里奥佩特拉的剪报就是这样称呼的，骑士制度编年史家[3067]对此感到怀疑[3068]稣尔比斯会会员|萨尔皮歇斯|塞尔维乌斯·苏尔皮基乌斯·加尔巴，除非他能看到[3069]扫描，因为随着人类链条延展，古代与现在相连[3070]ALP，曾经、现在以及将来还会再做，就像约翰、坡旅甲[3071]、爱任纽[3072]愤怒|新闻一个接一个都见证肯定了[3073]见证，并且直到爱尔兰朝圣者[3074]圣帕特里克，而此时僧人们把紫衫卖给弓箭手，或者利菲河[3075]生活的水从萨拉[3076]撒拉的桥[3077]牵引杆头那里走着众鱼[3078]肉体之路，那些吵吵闹闹的[3079]畜栏，直到巴特桥[3080]以撒，最后的[3081]被嘲笑|跑目标[3082]屁股|以撒·巴特，带着她那结巴不清[3083]求爱的

3043 Barnado's"～",1866年成立的慈善机构;也解 Barnado's furriers"～",位于都柏林格拉夫顿街。

3044 vrayedevraye 解 vrai de vrai [法]"～"。

3045 Blankdeblank 解 blanc [法]"白色";也解 Isolde Blanchemains"～",特立斯丹的妻子。

3046 Barnstaple"～",英国市政区,布里斯托尔海峡的入口;也解 barn"～"+staple"～";也解 stable"～"。

3047 tomestone 解 tombstone"～";也解 Tom,即 Tim"～",爱尔兰民谣《芬尼根的守灵夜》中的主人公。

3048 mortisection 解 mortisectio [拉]"～";也可与后面合解 vivisection"～"。

3049 vivisuture 解 vivisutura [拉]"～";也解 suture"～"。

3050 Milesian"～";也解 Milesius"～",爱尔兰传说中的祖先,从西班牙来,成为土著爱尔兰人中的一支。

3051 mauromormo 解 mauromormô [希]"～";也解 mór [爱]"～";也解 mauros [希]"～"。

3052 isaac jacquemin 解 Isaac Jackman"～",著有《爱尔兰人》;也解 Jacob"～",以色列人的祖先。

3053 accountibus for 解 account for"～"。

3054 moreblue 解 more"更"+blue"蓝色";也解 morbleu [法]"～"。

3055 pitssched 解 pitched"～";也解 piss"～"。

3056 ensemple 解 ensample"～";也解 example"～"。

3057 dognosed 解 diagnosed"～";也解 dog nose"～"。

3058 Rurie, Thoath and Cleaver 解 Rury, Tuath and Cleena"～",爱尔兰的四大海流中的三个,鲁里海流位于爱尔兰的唐郡,图斯海流位于德里郡班恩河口,克里纳海流位于科克郡。

3059 sweynhearts 解 swain"情郎"+hearts"心";也解 sweethearts"～";也解 swineherd"～";也解 swine"～";也解 Sweyne Forkbeard"～",10世纪丹麦国王哈洛德·布鲁图斯(也称蓝牙)的儿子。此处化自中世纪手稿"威尔士三部曲"中的《不列颠岛上的三个勇敢的猪倌》。

3060 Orion"～",希腊神话中的著名猎手,死后化为猎户星座。

3061 MacMuhun 解 Marshal MacMahon"～"(1808—1893),法兰西第三共和国第二任总统。

3062 Meereschal 解 Marshal"～";也解 Meer [德]"～"+Schale [德]"～"。

3063 Ipse dadden 解 ipse [拉]"自己"+dad"爸爸";也解 Ysbaddaden Bencawr"～",威尔士神话中凶恶的巨人领袖。

3064 quotidian"～";也解 quotient"～";也解 quotidie [拉]"～"。

3065 layaman [中英]"～";也解 layman"～";也解 Layamon"～",12世纪中古英语诗人。

3066 Clio"～",主管历史的缪斯女神;也解 Cleopatra"～",公元前一世纪古埃及女王。

3067 chroncher 解 chronicler"～"。

3068 sulpicious 解 suspicious"～";也解 Sulpician"～",1624年成立的在俗修士团体;也解 Sulpicius Severus"～"(362—425),基督教史学家;也解 Servius Galba"～"(前3—公元69),罗马帝国的皇帝。

3069 scan"～",此处解 can see"～"。

3070 此处包含本书女主人公名字的缩写 ALP。

3071 Polycarp"～"(69—156),士每拿(今土耳其境内伊兹密尔)主教,教会史上首先详细记录的殉道者。

3072 lrenews 解 Irenaeus"～"(140—202),里昂的主教,曾听坡旅甲布道;也解 ire"～"+news"～"。

3073 ayewitnessed 解 aye"赞成"+witnessed"见证";也解 eyewitnessed"～"。

3074 Paddy Palmer"～";也解 St. Patrick"～",他和爱任纽在同一个时期生活在同一个国家,可能见过。

3075 Livvying 解 Liffey"～";也解 living"～"。

3076 Sara 解 Sarah Bridge"～",位于利菲河上;也解 Sarah"～",《创世记》中亚伯拉罕的妻子。

3077 drawhead"～",此处解 droichead [爱]"～"。

3078 fish"～";也解 flesh"～",化自 *The Way of All Flesh*(《众生之路》),英国作家巴特勒的小说。

3079 corralsome 解 quarrelsome"～";也解 corral"～"+-some。

3080 Isaac 解 Butt Bridge"～",利菲河上的桥;也解 Isaac"～",《创世记》中亚伯拉罕和撒拉的儿子。

3081 lauphed 解 last"～";也解 laughed"～";也解 Lauf [德]"～"。

3082 butt"～",也解"～";也解 Isaac Butt"～"(1813—1879),爱尔兰自治运动的领袖,被巴涅尔用计策取代。

3083 minnelisp 解 minne [爱]"结巴"+lisp"口齿不清";也解 Minne [德]"～",中世纪骑士向贵妇献殷勤。

外表[3084]焦渴流向他那内向的巨石[3085]内心独白|呻吟？因此彼利孔舞与巴斯丁舞[3086]巴斯丁，或者重汉弗与轻纳恩[3087]阿丽亚娜，爱之苦果做爱事栖息快活之事[3088]警棍、雄山羊|寻欢作乐？你怎么说[3089]多么|母猪|如何，可爱的姑娘[3090]？水[3091]和河水[3092]、江水[3093]、水江、父水[3094]战胜、白水[3095]白尼罗河。曼德海峡[3096]巴别塔|男人|都柏林|黑色的泪的深渊。

记忆[3097]咕哝|大理石的的污点[3098]海|海洋|马尔马拉海在头脑的耳畔嘀咕[3099]梅尔梅尔，未知的岩石[3100]上帝，闪避的杂草。只有胎膜知道他那第1001个名字，欺骗·红花[3101]骗人的把戏|番红花|HCE骑士侍从[3102]埃斯奎林山，懒汉[3103]芬尼亚战士|懒王芬芬[3104]，在外国傻瓜[3105]那里感到[3106]许多的多么大的敌意啊[3107]！他们不都跟着你吗，清白刺探者，在托勒密梭特尔[3108]污物或杰出者萨恩帕勒斯[3109]萨提尔|酸苹果|耳聋的之时，一路上电视常常[3110]之后长时间开着？指控是，你会记得，机会是，你不会；但是[3111]一点儿那是老乔[3112]《可怜的奥勒·乔》，爪哇猿人简[3113]红发简，甚至比亚当的肋骨[3114]呼吸还老，我们正循环往复地与他们相遇，在同一个[3115]马洪[3116]熊那里，在循环年鉴论[3117]循环|年鉴派|精神分析中，从空间到空间，时间接着时间，在各种经典的语句中，就像在各种坟墓的造型中。向神致意[3118]天哪|你好，杂货店！马尔杜克[3119]妓女|屋顶！保卫国王！粗嗓子的诗人[3120]鸭子|热量|咳嗽|霍斯|H攻击，但是它的C[3121]说|海很轻柔，但是它的E[3122]眼睛|她|HCE有机灵的角[3123]锐角，而他的H[3124]小屋|帽子|帽很难看[3125]希沙立克，此时她的帽子[3126]母鸡|海伦正高耸。顺便说一下，她是摇晃的[3127]塞尔马[3128]门闩的女王[3129]母猿|马|昆妮，而作为杀尸的凶

3084 extorreor 解 exterior“～”；也解 extorreo［拉］“～”。

3085 moanolothe inturned 解 monolith“独块巨石”＋inturned“内向的”；也解 monologue intérieure［法］“～”；其中 moanolothe 也解 moan“～”。

3086 Bastienne“～”，两个都是舞曲；也解 Bastien“～”，莫扎特喜剧中的人物。

3087 airy Nan“轻快的纳恩”；也解 Ariane“～”，17 世纪法国诗人佩罗的童话《蓝胡子》中蓝胡子的妻子。

3088 Ricqueracqbrimbillyjicqueyjocqjolicass 解 Ricqueraque“爱及其不好的后果”＋Brimballer［法］“做爱”＋Jocquer［法］“栖息”＋joly cas［法］“有趣之事”，指性行为，此处很多词出自法国作家拉伯雷的作品。词中还包括 billy“～”，jolly“～”。

3089 how sowesthow 解 how sayest thou“～”；也解 how“～”＋sow“～”＋-est＋how“～”。

3090 dullcisamica 解 dulcis amica［拉］“～”。

3091 此处利用头韵“a”制造连续感，故都译为“水”。

3092 aa［瑞］［丹麦北部］“～”。

3093 ab［波］“～”。

3094 abu［阿］“父亲”；也解 abú［爱］“～”。

3095 abiad［阿］“白色”；也解 Bahr-El-Abiad［阿］“～”。

3096 babbel men dub 解 Bab-el-Mandeb“～”，阿拉伯半岛和非洲东部之间的一条重要的战略海峡；也解 Babel“～”＋men“～”＋Dublin“～”；其中 dub 也解 dubh［爱］“～”。

3097 murmury 解 memory“～”；也解 murmur“～”；也解 marmoris［拉］“～”。

3098 mar“～”；也解 mare［拉］“～”；也解 mar［葡］“～”；也解 Marmara“～”，小亚细亚半岛与巴尔干半岛间的内海。

3099 mermers 解 murmurs“～”；也解 Mermer“～”，苏美尔人的暴风雨之神。

3100 rock“～”；也解 God“～”。

3101 Hocus Crocus 解 hocus“欺骗”＋crocus“藏红花”；也解 hocus pocus“～”；也解 crocus［拉］“～”。此处包含本书主人公名字的缩写 HCE。

3102 Esquilocus 解 esquire“～”；也解 Esquiline“～”，古罗马建在七座山上，此为其中之一。

3103 Faineant“～”；也解 Fiannaidhe［爱］“～”；也解 Fainéants［法］“～”，法国梅罗文加王朝后期国王。

3104 Finnfinn 解 Finn MacCool“芬·麦克尔”，爱尔兰传说中芬尼亚英雄的领袖＋Finn。

3105 furrinarr 解 furrin［方］“外国的”＋Narr［德］“傻瓜”。

3106 feel“～”；也解 viel［德］“～”。

3107 此句用“F”制造头韵。

3108 Potollomuck Sotyr 解 Ptolemy Soter“～”（约前 367—前 283），埃及托勒密王朝创立者；也解 muck“～”。

3109 Sourdanapplous 解 Sardanapalus“～”，有记载称是亚述最后一位国王，以荒淫著称，但历史上并无此人；也解 satyr“～”，希腊神话中半人半兽的森林之神；也解 sour apples“～”；也解 sourd［法］“～”。

3110 ofter 解 oft“～”；也解 after“～”。

3111 bit“～”，此处解 but“～”。

3112 old Joe“～”；也解“Poor Ole Joe”“～”，19 世纪的美国歌曲名。

3113 Jane“～”；也可与前面的 Java 合解 Ginger Jane“～”，是至今发现的最古老的全尸。

3114 Odam Costollo 解 Adam“亚当”＋costa［拉］“肋骨”；也解 Odem［德］“～”。

3115 Mesme［古法］“～”。

3116 Mahun 解 Mahon“～”，爱尔兰人名，意思是“～”，指布利安·布鲁，爱尔兰传说中的著名国王。

3117 cycloannalism 解 cycle“～”＋annalism“～”，故译为“～”；也解 psychonanalysis“～”。

3118 Greets Godd 解 greet God“～”；也解 Great Scott“～”；也解 grüß Gott［德］“～”。

3119 Merodach“～”，巴比伦晚期的太阳神；也解 méirdreach［爱］“～”；也解 Dach［德］“～”。

3120 Hoet［康］“～”，此处解 poet“～”；也解 heat“～”；也解 hoest［荷］“～”；也解 Howth“～”；也解 H。

3121 say“～”，此处解字母“～”，拉丁文的第三个字母，到中世纪才变成 S；也解 sea“～”。

3122 ee 解 eye“～”，此处解字母“～”；也解 í［爱］“～”；此处包含本书主人公名字的缩写 HCE。

3123 cute angle 解 cute“机灵的”＋angle“角”；也解 acute angle“～”。

3124 hut“～”，此处解字母 H；也解 hat“～”；也解 Hut［德］“～”。

3125 hissarlik 解 häßlich［德］“～”；也解 Hissarlik“～”，土耳其城市，1871 年在此处发现特洛伊城遗址。

3126 hennin“15 世纪流行的心形尖顶女帽”；也解 Henne［德］“～”；也解 Helen“～”，古希腊美女。

3127 ashaker 解 ashake“～”。

3128 selm“～”，此处解 Selma“～”，苏格兰诗人麦克弗森诗中芬格尔的城堡的名字。

3129 quine［法］“～”，出自拉伯雷作品，此处解 queen“～”；也解 equine“～”；也解 Judith Quiney“～”，莎士比亚的女儿。

手[3130]理所当然的事，当他的狂想[3131]类人猿泛起，他就是所有斯堪的纳维亚[3132]群岛[3133]过道|古代斯堪的纳维亚的吟游诗人上最好的男中音[3134]贝拉松|顶部|底部歌手[3135]雄猴|歌唱家。就像谁会听到的。因为如今人们最终将离开，去长久的床[3136]坟墓|被渴望的，远远超过男人，有着宽跑车[3137]锚地的邦科姆[3138]废话王子，紫罗兰[3139]明亮急于粉[3140]于取悦的草木之主。亚索[3141]亚瑟王|熊、石头是这位英雄的大名，切坡里若德[3142]凯佩尔|伊茜，杀死我们叶子[3143]生命着色器[3144]阴影|塑造者的老练[3145]鞋|手|人手短缺的|手套屠夫。

粘着[3146]攻击他！抓住！

但是你打起精神，向黏土，大地[3147]巨剑！

你为什么要把他从泥土中唤醒[3148]在……之前|唤醒|在唤醒之前|蠼螋|壹耳微蚵，啊，另一位召唤者[3149]某一个人：他因年龄的尘埃而饱经风霜[3150]叮咬？他结束的时刻近在手边[3151]即将发生；警钟[3152]毒素将高声广播[3153]高音喇叭他的下落[3154]商品。如果那个记得他的网货[3155]湿货|织制品和茶楼[3156]的人想问起桶匠，鹳们就是为了他的而放弃鹰巢[3157]，这个沉重前行的人不会知道；如果当他的深水炸弹炸开我们的桶状溢水口时其他人想——！

约沙法[3158]，这里有着怎样的厄运！雨怜悯[3159]猛攻他们，陛下！米迦勒[3160]教堂的平原|杀戮的翅膀遮盖着他！兽主[3161]布鲁图斯约翰牛[3162]比利时|比尔保护[3163]隔离他！急性子[3164]卡拉特拉瓦骑士团，小心！美德的奴隶们，救救他的真相[3165]！北极光[3166]送信人|忍受|北极星，愿他远离！丹麦[3167]美国|达奴的伊华骨行者[3168]象牙是，他的守护者赫

3130 a murder of corpse“～”；也解 a matter of course“～”。
3131 magot 解 maggot“～”；也解 magot“～”。
3132 Skaldignavia 解 Scandinavia“～”。
3133 aisles“～”，此处解 isles“～”；也解 skald“～”。
3134 berrathon 解 baritone“～”；也解 Berrathon“～”，苏格兰诗人麦克弗森诗中斯堪的纳维亚地区的一座小岛，莪相在那里救出拉斯谟国王；也解 barr［爱］“～”；也解 tón［爱］“～”。
3135 sanger 解 singer“～”；也解 singe［法］“～”；也解 Sänger［德］“～”。
3136 Longabed 解 long“长久地”＋abed“在床上”，指“～”；也解 longed“～”。
3137 roadsterd 解 roadster“一种两轮无篷车”；也解 roadstead“～”。
3138 Bunnicombe 解 Buncombe“～”，美国北卡罗来纳州的一个郡；也解 bunkum“～”。
3139 gillyflowrets 解 gillyflowers“～”；也解 gile［爱］“～”。
3140 fan“粉丝”。
3141 Artho“～”，麦克弗森诗中爱尔兰国王考马克的父亲；也解 Arthur“～”，中世纪骑士；也解 Art［爱］“～”。
3142 Capellisato 解 Chapelizod“～”，都柏林西郊；也解 Capel“～”，都柏林街道；也解 Issy“～”。
3143 Leaves“～”；也解 lives“～”。
3144 shader“～”；也解 shadow“～”；也解 shaper“～”。
3145 shoehanded 解 surehanded“～”；也解 shoe“～”＋hand“～”＋-ed；也解 shorthanded“～”；也解 Handschuh［德］“～”。
3146 Attach“～”；也解 attack“～”。
3147 Tamor［爱黑］“～”；也可与 clay 合解 claidheamh［爱］“～”。
3148 erewaken 解 awaken“～”；也解 ere“～”＋waken“～”，故译“～”；也解 earwig“～”；也解 Earwicker“～”。
3149 summonorother 解 other summoner“～”；也解 someone or other“～”。
3150 Weatherbitten 解 weatherbeaten“～”；也解 bitten“～”。
3151 hies to hand 解 hies“快走”＋to hand“在手边”；也解 fall at hand“～”。
3152 tocsin“～”；也解 toxin“～”。
3153 claxonise 解 klaxton“～”；也解 claxon“～”。
3154 wareabouts 解 whereabouts“～”；也解 ware“～”。
3155 webgoods 解 web“网”＋goods“货物”；也解 wet goods“～”，可指酒水等；也解 Webwaren［德］“～”。
3156 tealofts 解 tea“茶”＋lofts“阁楼”。
3157 Aquileyria 解 aquila［拉］“鹰”＋eyrie“鹰巢”。
3158 Jehosophat 解 Jehoshaphat“约沙法”，公元前 9 世纪犹太国王。
3159 ruth“～”；也解 rush“～”。
3160 Moykill 解 Michael“～”，天使长；也解 Magh Cille［爱］“～”；也解 kill“～”。
3161 Bossbrute 解 Boss“主人”＋brute“兽性”；也解 Brutus“～”（前 85—前 42），刺杀凯撒的古罗马人。
3162 Bulljon 解 John Bull“～”，指英国人；也解 Belgium“～”，滑铁卢战役发生地；也解 Bill“～”，英国诗人莎士比亚的昵称。
3163 quarantee 解 guarantee“保证”；也解 quarantine“～”。
3164 Calavera［西］“～”；也解 Calatrava“～”，1158 年成立的骑士团。
3165 Veritotem 解 veritatem［拉］“～”。
3166 Bearara Tolearis 解 aurora borealis“～”；也解 bearer“～”＋tolerate“～”；也解 Polaris“～”。
3167 Danamaraca 解 Danmark“～”；也解 America“～”；也解 Dana“～”，即 Danu，爱尔兰的生育女神。
3168 Ivorbonegorer 解 Ivor“伊华”，丹麦海盗的首领，869 年带领海盗杀死了英王爱德蒙＋bone“骨头”＋goer“行动很快的人”；也解 ivory“～”。

克托耳[3169]！带花瓶[3170]瓦萨的瓦尔德马尔[3171]沃罗德米尔骑士团，保持偷窥[3172]！尽量按照我们那流血[3173]该死的世界[3174]担忧的秩序来拯救[3175]劳作之夜！此时小普利尼[3176]用他的辱骂[3177]考利麦拉笔灯[3178]芦苇，笔杆|灯光写信给老普利尼[3179]，奥卢斯·格利乌斯[3180]找了小麦克比乌斯[3181]哪些麻烦，维特鲁维斯[3182]从卡西奥多罗斯[3183]那里盗用了什么。就像我们在都柏林的首府，库姆[3184]来王国[3185]共家那里学习[3186]《莱肯书》[3187]卢坎公爵。即便你是过量商店[3188]角的守卫[3189]买家|制桶工人，从未失去执照[3190]爱丽丝。饯行酒[3191]鸭子也从未与沐浴和早餐[3192]住宿加早餐分[3193]离婚|泄露|华尔兹舞曲离。为了酒的荣耀，放下那种"你知道我来干什么，我看到你做的事了"的架子！潘趣可能夸耀酒量，但是他的朱迪[3194]是老婆的小酒瓶[3195]才智|更好。

因为造物主(施洗者约翰·维卡[3196]詹巴蒂斯塔·维科|汉弗利·卿普顿·壹耳微蚵先生)让一次深处胆汁病[3197]意识丧失突然降临到懒汉之父身上，在侧部，立即富豪般地[3198]当场拿出这个馅饼大的配偶，四十先令寄父裁缝[3199]的被弃[3200]被溺爱的小母马和船员的商店野丫头[3201]啊，船！，重十吨[3202]小石头十，长五英尺[3203]调情五，这些好伴侣的一圈长是 37 小英寸，这些可人的腰肢[3204]女侍者一圈 29 小曲[3205]同上符号，诸事答案的一圈也 37，每个分开的人[3206]一圈也同样是 23，幸福的开始一圈 14，她的为苗条穿鞋[3207]《造谣学校》一圈是美丽的 9[3208] 99。

在你能乞求对善行发发慈悲之前[3209]早些，或在用你的虚情假意或能者自助[3210]我|虚情假意|便便来帮忙之前，高卢人[3211]迦鲁斯|公

3169 Hector“～”，荷马史诗《伊利亚特》中的特洛伊勇士。
3170 Vasa 解 vase“～”；也解 Gustavas Vasa“～”(1496—1560)，瑞典瓦萨王朝的创立者。
3171 Woldomar 解 Valdemar“～”，若干丹麦国王的名字；也解 Wolodmir“～”，中世纪的一个骑士团。
3172 peel your peeps 解 peel one's eyes“保持警惕”＋peeps“偷窥”，故译。
3173 blooding 解 bleeding“～”；也解 bloody“～”。
3174 worold 解 world“～”；也解 worry“～”。
3175 saviourise 解 saviour＋-ise“～”，此句化自宗教用语 Saviour of the World(救世主)和 Blood of Our Saviour(我们救世主的血)。
3176 Pliny the Younger“～”(61—113)，古罗马演说家和书写作家。
3177 contumellas 解 contumelia［拉］“～”；也解 Columella“～”(4—70)，古罗马作家，论述罗马农业。
3178 calamolumen 解 calamus［拉］“～”＋lumen［拉］“～”，故解为 calamolumen［拉］“～”。
3179 Pliny the Elder“～”(23—79)，古罗马作家，著有《自然史》。
3180 Aulus Gellius“～”(125—180)，古罗马作家及语法学家，著有《雅典之夜》。
3181 Micmacrobius 解 mic-“小”＋Macrobius“麦克比乌斯”，公元 5 世纪罗马语法学家，曾批评格利乌斯。
3182 Vitruvius“～”，公元前 1 世纪的罗马建筑师，著有多卷本著作《论建筑》。
3183 Cassiodorus“～”(490—585)，中世纪初期罗马城的政治家与作家。
3184 Coombe 解 The Coombe“～”，都柏林的街道名；也解 come“～”。
3185 Kongdam 解 kingdom“～”；也解 Conga“～”，传说中最后一个共主隐退的地方。
3186 larnt 解 learned“～”。
3187 Buke of Lukan 解 *Book of Lecan*“～”，爱尔兰中世纪手抄本；也解 Duke of Lucan“～”，卢坎为都柏林城郊。
3188 Winkel［荷］“～”；也解 Winkel［德］“～”。
3189 kooper［荷］“～”，此处解 keeper“～”；也解 cooper“～”。
3190 a licence“～”；也解 Alice“～”，《爱丽丝漫游奇境记》中的主人公。
3191 duckindonche 解 deoch an dorais［爱］“～”；也解 duck“～”。
3192 bath and breakfast“～”；也解 bed and breakfast“～”，爱尔兰的一种常见的住宿方式。
3193 divulse“～”；也解 divorce“～”；也解 divulge“～”；也解 waltz“～”。
3194 Punch...Judy 解 *Punch and Judy*“～”，英国木偶戏，主人公潘趣是个驼背，被魔鬼驮走。
3195 wit better 解 bit bottle“～”；也解 wit“～”＋better“～”。
3196 John Baptister Vickar 解 John the Baptist“施洗者约翰”＋Vickar“维卡”；也解 Giambattista Vico“～”(1668—1744)，意大利哲学家，他的《新科学》影响了本书；也解 Earwicker“～”，本书主人公。
3197 abuliousness 解 a buliousness“～”；也解 aboulia“～”。
3198 pluterpromptly 解 plute“富豪”＋promptly“立即”。
3199 此处化自 The Forty Shilling Tailors“四十先令裁缝店”，都柏林的一家裁缝店。
3200 foundling“～”；也解 fondling“～”。
3201 shopahoyden 解 shop“商店”＋a hoyden“野丫头”；也解 ship ahoy“～”。
3202 pebble“～”，此处解 stone“～”。
3203 footsy“～”，此处解 foots“～”。
3204 waistress 解 waist“～”；也解 waitress“～”。
3205 ditties“～”；也解 ditto“～”。
3206 quis separabits［拉］“～”，圣帕特里克骑士团的格言。
3207 shoed for slender 解 shoed“穿鞋”＋for“为了”＋slender“苗条的”，故译；也解 *The School for Scandal*“～”，英国 18 世纪剧作家谢立丹的喜剧。
3208 nicely nine“～”；也解 ninty nine“～”。
3209 eher［德］“～”，此处解 ere“～”。
3210 mehokeypoo 解 sauve-qui-peut［法］“～”；也解 me“～”＋hokey“～”＋poo“～”。
3211 Gallus［拉］“～”；也解 Gallus“～”(前 69—前 26)，罗马诗人；也解 gallus［拉］“～”；也解 gall［爱］“～”。

鸡|外国人的母鸡叼住她的小母鸡们的后脖颈。这是她们长耳朵[3212]马可·奥勒留的用处。她们的争论焦点、她们的刺中肉,如最急板般急板[3213]很快很快,刹那间[3214]小思想家逃走(不只一只母鸡,也并非两只母鸡,而是每只被祝福的鸟儿[3215]圣布利吉特|奥布赖恩小姐咯咯咯咯地噼噼啪啪地飞来[3216]),此时,一瓶朗姆酒一瓶朗姆酒[3217]鷦鷯|亚兰,造成所有危害[3218]小便的公羊,只供消费[3219]的啤酒[3220]、红酒[3221]、白酒[3222],没有抗辩人的律师,妈[3223]男性|大师不好[3224]快乐的|结婚,爸[3225]步子|狗开心[3226]礼貌的|小母鸡,即便从火焰花彩[3227]大批出现到美丽鲜花[3228]献殷勤的|紫罗兰也是最红润的王公[3229]老鼠们,被大声抗议着每一个的颜色[3230] HCE。

都回家[3231]《家园奥尔加》。都家[3232]梦|喂|《马龙之死》|钱德勒。不要再嘟嘟地发出公羊巨响[3233]布莱尔,奇怪而常见的吠叫[3234]埃德蒙·伯克!停止愤怒[3235]嬉闹,点燃的[3236]圆锥橄仁树|小孩|年老的灌木丛[3237]茂密的|布希!谢立哥尔德[3238]犹豫不决[3239]威廉·巴特勒·叶芝|约翰·辛格|气氛;你的王尔德萧伯纳[3240]荒野的|杂木丛|展出快速[3241]乔纳森·斯威夫特朝船尾[3242]星星|天文台|劳伦斯·斯特恩移动!因为这里有神圣的语言。很快到来。为了停下[3243]发生。

这很好[3244]。最好的事[3245]贝斯特。

因为他们现在在撕,也就是说,在撕撕了已经撕。课本[3246]任务|书和甜食、布道[3247]玉米粥面包和圣经蜂蜜来得太快了,伴以棕榈糖溜溜球[3248]到符咒[3249]果酱下巴,《语法奶奶》[3250]《语法的语法》里的精美法语句子,《四大师》[3251]里被困扰的语法分析[3252]欧洲防风草|

3212 owreglias 解 oreglia［古意］“～”；也解 Marcus Aurelius“～”，古罗马皇帝，斯多葛派哲学家。

3213 prest as Prestissima 解 presto“急板”＋as“如同”＋prestissimo“最急板”；也解 presto prestissimo［意］“～”。

3214 in a thinkling 解 in a twinkling“～”；也解 thinkling“～”。

3215 brigid 解 bird“～”；也解 St. Bridget“～”；也解 Biddy O'Brien“～”，歌谣中的守灵者之一。

3216 此处化自童谣《谁杀死了知更鸟》中的句子“空中所有的鸟全都叹息哭泣”。

3217 rum“朗姆酒”；也解 wren“～”，此句化自爱尔兰童谣《鹪鹩、鹪鹩、百鸟之王》；也解 Aram“～”，《旧约》中闪的儿子，也是古叙利亚的希伯来名称。

3218 harns 解 harms“～”；也解 Harn［德］“～”。

3219 advokaat 解 advocate“提倡”。

3220 Bier［德］“～”。

3221 Wijn［荷］“～”。

3222 Spirituosen［德］“酒精饮料”。

3223 Mas 解 Ma is“～”；也解 mas［拉］“～”；也解 master“～”。

3224 marrit［普］“～”；也解 merry“～”；也解 marry“～”。

3225 Pas 解 Pa is“～”；也解 pas［法］“～”；也解 pas［塞］“～”。

3226 poulit［普］“～”；也解 polite“～”；也解 poulette［法］“～”。

3227 flamifestouned 解 flam［普］“火焰”＋festoun［普］“花彩装饰物”；也解 infest“～”。

3228 galantifloures 解 galantet［普］“美丽的”＋flour［普］“花”；也解 galant［普］“～”；也解 gillyflower“～”。

3229 Ras 解（埃塞俄比亚的）“～”；也解 rats“～”。

3230 此处包含本书主人公名字的缩写 HCE。

3231 Home all go“～”；也解 *Home Olga*“～”，贝克特创作的一首讽刺乔伊斯的离合诗。

3232 Halome 解 All home“～”；也解 khalom［希伯来］“～”；也解 Hallo“～”；也解 *Malone meurt*“～”，爱尔兰作家贝克特 1951 年出版的小说；也解 Thomas Malone Chandler“～”，乔伊斯的短篇小说中的人物。

3233 ramsblares 解 rams“公羊”＋blares“嘟嘟巨响”，《约书亚记》中曾记载约书亚召集 7 位祭司吹着 7 只羊角摧毁耶利哥城；也解 Robert Blair“～”（1699—1746），苏格兰诗人。

3234 oddmund barkes 解 odd“奇怪的”＋mundane“平凡的”＋bark“犬吠”；也解 Edmund Burke“～”，爱尔兰作家。

3235 fumings 解 fuming“～”；也解 funning“～”，爱尔兰律师布希（Bushe）著有《停止嬉闹就像停止愤怒》。

3236 kindalled 解 kindled“～”；也解 kindal“～”，一种印度乔木；也解 Kind［德］“～”；也解 alt［德］“～”。

3237 bushies 解 bushes“～”；也解 bushy“～”；也解 Charles Bushe“～”（1767—1843），爱尔兰律师。

3238 sherrigoldies 解 Thomas Sheridan“谢立丹”（1687—1738），爱尔兰剧作家＋Oliver Goldsmith“哥尔德斯密斯”（1730—1774），爱尔兰诗人。

3239 yeassymgnays 解 yeas and nays“～”；也解 Yeats“～”＋John Synge“～”（1871—1909），爱尔兰剧作家，两人皆为爱尔兰文艺复兴运动的领导人＋airs“～”。

3240 wildeshaweshowe 解 Oscar Wilde“奥斯卡 · 王尔德”＋Bernard Shaw“萧伯纳”（1856—1950），爱尔兰剧作家；也解 wild“～”＋shaw“～”＋show“～”。

3241 swiftly“～”；也解 Jonathan Swift“～”（1667—1745），爱尔兰作家，讽刺文学大师。

3242 sterneward 解 sternward“～”；也解 Sterne［德］“～”；也解 Sternwarte［德］“～”；也解 Laurence Sterne“～”（1713—1768），爱尔兰小说家，著有《项狄传》，在书中与斯威夫特构成一组二元对立人物。

3243 To pausse 解 to pause“～”；也与前面的 come 合解 come to pass“～”。

3244 goed［荷］“～”。

3245 Het best 解 Het beste［荷］“～”；也解 Best“～”，《尤利西斯》中爱尔兰图书馆的管理员。

3246 tasbooks 解 textbooks“～”；也解 task“～”＋books“～”。

3247 hominy“～”，此处解 homily“～”。

3248 jaggery-yo 解 jaggery“棕榈糖”＋yoyo“溜溜球”。

3249 juju“～”，某些西非部族所用的物神；也解 ju［缅］“～”。

3250 Grandmere des Grammaires 解 *Grand-mère Des Grammaires*［法］“～”；也解 *Grammaire Des Grammaires*［法］“～”，法国语法学家查尔斯 · 比埃尔 · 吉劳尔-杜维维安的著作。

3251 Four Massores 解 *Annals of the Four Masters*“～”，也称《四大师的爱尔兰王国编年史》，爱尔兰历史的编年记录，早期用盖尔语书写。

3252 parsenaps 解 parse“～”；也解 parsnip“～”；也解 naps“～”。

小睡，马塔提阿斯、马路希阿斯、路卡尼阿斯、约奇尼阿斯[3253]马太、马可、路加、约翰|卢坎，还有在粗俗[3254]外翻足的风气[3255]爱尔兰|时代之前之后出现[3256]于赛马前下赌注的发生在我们的1132年的事，为什么是地狱他在哪里，什么是那些说着停了的声音之浪，在它们全都走错之前，在痛苦的水流[3257]砍着[3258]问山丘[3259]之前，渔夫[3260]海怪|5个流浪儿|鱼从哪里取来僧鲨[3261]芒果鱼|造林|会议，稻田鸟为了什么不讨浣熊[3262]仇恨|仰光喜欢，辛巴达[3263]大象|罪为什么坐[3264]事情在他身上，像水手[3265]士兵一样坐他[3266]坐下|情景喜剧，博士[3267]郎格多克区在爱尔兰国会下院[3268]奥依语用什么做事，更别提对普通盐的水力学加以界定，它的旧省区[3269]普罗旺斯的最新款式[3270]丹尼尔|否认者，在哪里邮政总局[3271]位于中央[3272]中心而都柏林联合电车公司[3273]是辐射起点[3274]半径范围|半径|车轮|服务，用频繁的分数和你成千上万的[3275]十字架折射[3276]反思写下北环路[3277]和南环路上公寓[3278]东西的铜币[3279]价格|一片价值[3280]变化。

那小片云，小云[3281]云状的|雾|星云|《尤利西斯》|伊茜，依然挂在天空[3282]水。辛巴达[3283]床|床铺在睡觉前生闷气。晚上的灯光在他的毒品屋[3284]印刷所|垃圾房投下群山[3285]梦魇|阿尔卑斯山。厚面包[3286]脑袋和薄黄油或者在你与我之后。天哪[3287]，但是大蒜[3288]战争|社团|爱尔兰语刺着[3289]发出恶臭空气。蠼螋[3290]盖尔人|腿|爱尔兰语在我们的右边[3291]暴动！蠼螋[3292]外国人|锁|爱尔兰语在左边[3293]笑！少女今天要做什么？天使国[3294]安哲鲁都在[3295]箱子哭泣，伊茜则最难过。伊茜[3296]为什么是|瓦内萨是否愿意只要一点儿[3297]她|难过|呸？星星[3298]史黛拉的私语[3299]薄

3253 Mattatias, Marusias, Lucanias, Jokinias"～",人名;也解 Matthew, Mark, Luke, John"～",四福音书的作者;其中 Lucanias 也解 Lucan"～",都柏林城郊,位于利菲河边。

3254 Valgur 解 vulgar"～";也解 valgus"～"。

3255 Eire"～",此处解 air"～";也解 era"～"。

3256 antepostdating 解 ante-"之前"+post-"之后"+date"显示时代"+-ing;也解 ante post"～"。词句化自歌曲《是哪些狂野的海浪一天到晚说着姐姐?》。

3257 Amnist 解 amnis [拉]"～"。

3258 axes"～";也解 asks"～"。

3259 Collis [拉]"～"。

3260 fishngaman 解 fishermen"～";也解 nga-man nga [缅]"～";也解 five gamin"～";也解 nga [缅]"～"。

3261 mongafesh 解 monkfish"～";也解 mangofish"～",印度的一种食用鱼;也解 monga [爱]"～";也解 feis [爱]"～"。

3262 rancoon 解 raccoon"～";也解 rancune [法]"～";也解 Rangoon"～,缅甸首都。

3263 Sindat 解 Sinbad"～",《一千零一夜》中的航海冒险家;也解 sin [缅]"～";也解 sin"～"。

3264 sitthing 解 sitting"～";也解 thing"～"。

3265 saildior 解 sailor"～";也解 soldier"～"。

3266 sitbom 解 sit"坐"+him"他";也解 sit down"～";也解 sitcom"～"。

3267 doc [英口]"～";也解 Languedoc"～",中世纪法国南部一省。

3268 doil 解 Dáil [爱]"～";也解 Langue d'oil"～",中世纪法国北部和中部的罗曼语。

3269 provaunce 解 province"～";也解 Provence"～",法国东南部一个地区。

3270 denier crid 解 dernier cri [法]"～";也解 denier"～",法国旧银币;也解 denier"～"。

3271 G. P. O. 解 General Post Office"～",都柏林有轨电车在邮政总局汇聚。

3272 zentrum [德]"～";也解 centre"～"。

3273 D. U. T. C. 解 Dublin United Tramways Co. "～"。

3274 radients 解 radiants"～";也解 radius"～";也解 radii"～";也解 Rad [德]"～"+Dienst [德]"～"。

3275 crores[英印]"～";也解 cross"～"。

3276 refractions"～";也解 reflections"～"。

3277 N. C. R. 解 North Circular Road"～",位于都柏林。

3278 dinggyings 解 diggings"～";也解 Ding [德]"～"。

3279 pice"印度铜币";也解 price"～";也解 piece"～"。

3280 valuations"～";也解 variations"～"。

3281 nibulissa 解 nubila [拉]"～",乔伊斯著有短篇《一小片云》;也解 nebulous"～";也解 Nebel [德]"～";也解 nebulosa [意]"～";也解 *Ulysses*"～",乔伊斯的作品;也解 Issy"～",本书主人公之女。

3282 isky 解 in sky"～";也解 uisce [爱]"～"。

3283 Singabed 解 Sinbad"～",《一千零一夜》中的航海冒险家;也解 senga [丹]"～"+bed"～"。

3284 druckhouse 解 drughouse"～";也解 Druckhaus [德]"～";也解 Dreckshaus [德]"～"。

3285 alps"～";也可与 druckhouse 合解 Alpdrücken [德]"～";也解 Alp"～"。

3286 head"～",此处解 bread"～"。

3287 Caspi [普]"～"。

3288 gueroligue 解 garlic"～";也解 guerre [法]"～"+league"～";也解 Gaedlealg [爱]"～"。

3289 stings"～";也解 stinks"～"。

3290 Gaylegs 解 Geillic [爱]"～";也解 Gael"～"+legs"～";也解 Gaedlealg [爱]"～"。

3291 riot"～",此处解 right"～"。

3292 Gallocks 解 Geillic [爱]"～";也解 gall [爱]"～"+locks"～";也解 Gaedlealg [爱]"～"。

3293 lafft 解 left"～";也解 laugh"～"。

3294 Angelland 解 angel land"～";也解 Angelo"～",莎士比亚的《一报还一报》中公爵在假期中的摄政。

3295 bin"～",此处解 bin [德]"～"。

3296 Essie 解 Issy"～",本书主人公的女儿;也解 why is"～";也解 Vanessa"～",斯威夫特的恋人。

3297 fie onhapje 解 fijn hapje [荷]"～";也解 she"～"+unhappy"～";也解 fie"～"。

3298 stella [拉]"～";也解 Stella"～",即以斯帖・琼荪,斯威夫特的两个年轻恋人之一。

3299 vispirine 解 whisper"～";也解 vespertine"～";也解 vespetina [拉]"～";也解 aspirin"～"。

暮的|黄昏|阿司匹林嘲笑着她。

此时，奔跑在她们的道路上，来来去去，现在是菱形[3300]大石榴|伦巴舞菱形[3301]伦巴舞，现在是梯形[3302]旅行梯形[3303]高空秋千|陷阱，结出一个大大的[3304]几何[3305]外婆|母亲地球图案向他们显示出蚱蜢[3306]神恩|期望者|乞恩者、蚂蚁跳过者[3307]姑姑|不要|魔鬼和兔子农场[3308]楔形的跳跃者[3309]文字|麻风病人|兔子，他们一路嘲笑[3310]快乐地，榴莲同志[3311]小伙|灰色的|道连·格雷和玛利亚疯婆[3312]少女|帽子|梅德·玛丽安，这个[3313]卑劣的达里奥[3314]伴着那个马蒂艾朵，所有男孩更多的所有女孩朝着哈迪商店的房子[3315]沿着房子|属于大声喊出[3316]家伙，其间缅甸[3317]可怜的人的钟九[3318]八九九九，带尖端的小东西[3319]维也纳香肠|阴茎|小的，敲九下九九九九，讲着老神父巴利他如何早晨很早[3320]《啊！我的老叔叔阿利》起来，他遇到一个淡银灰色头发的[3321]平淡的|柏拉图叫蔷薇果和山楂果，并且碰见一个三一学院的家伙们，某个头领[3322]名字叫作斯考伍德·林薮，就像（你会抓住它的，别着急，蒂米·勒普顿先生！进来吧，势利的家伙[3323]爱嘲笑的|爱管闲事的，脱下你的炫弄！）老爹迪肯[3324]《老爹达肯》|教堂执事，他能把他的地方塞满[3325]诺威尔先生灯塔[3326]一片培根|弗兰西斯·培根，但是他从来不能把他的煤油蜡烛举向[3327]（护士会给你，臭东西[3328]粘性的|罐子！你等一下，我的套索[3329]少女|少年，偷麻线！）大胆[3330]老的农夫伯利[3331]伯利庄园|英语|《啊！我的老叔叔阿利》，他在喧闹[3332]中醒来[3333]熬夜等候，在那里他很难[3334]挤在一起摇摇摆摆[3335]地沿着[3336]吞咽|担心他那面包[3337]比格|屠夫摊的道路[3338]道路|鸡蛋回来[3339]，去恳求（现在你被牢牢控制了，盯屁股[3340]莎士比亚

3300 rhimba［希］“～”；此处解 rhombus“～”；也解 rumba“～”。
3301 rhomba 解 rhombus“～”；也解 rumba“～”。
3302 trippiza 解 trapezoid“～”；也解 trip“～”。
3303 trappaza 解 trapezoid“～”；也解 trapeze“～”；也解 trap“～”。
3304 Gran［意］“～”。
3305 Geamatron 解 Geometria［拉］“～”；也解 Grandma“～”；也解 Gaia meter［希］“～”。
3306 gracehoppers 解 grasshoppers“～”；也解 grace“～”＋hopers“～”，即“～”。
3307 auntskippers 解 ant“蚂蚁”＋skippers“跳过者”；也解 aunt“～”；也解 don't“～”；也解 Ondt［丹］“～”。
3308 coneyfarm 解 coney farm“～”；也解 cuneiform“～”。
3309 leppers 解 leaper“～”；也解 letters“～”；也解 lepers“～”；也解 lepus［拉］“～”。
3310 jeerilied 解 jeer“～”；也解 merrily“～”。
3311 gay“同性恋男性”；也解 guy“～”；也解 grey“～”；也解 Dorian Gray“～”，王尔德小说的主人公。
3312 maidcap 解 madcap“～”；也解 maid“～”＋cap“～”；也解 Maid Marian“～”，传说中侠盗罗宾汉的情人。
3313 lou［普］，定冠词，相当于“the”；也解 low“～”。
3314 Dariou“～”，法国普罗旺斯诗人米斯切的叙事诗《马蒂艾朵》中的人物。
3315 longa house blong［美］“～”；也解 along house“～”＋belong“～”。
3316 singoutfeller 解 sing out“大声喊出”＋feller“家伙”。
3317 Boorman 解 Burmese“～”；也解 poor man“～”。
3318 nin 解 nine“～”；也解 nin［缅］“～”。
3319 winny 解 weeny“微小的”；也解 wiener“～”，［俚］“～”；也可与后面合解 teeny-weeny“～”。
3320 arley 解 early“～”；也解 *O My Aged Uncle Arley*“～”，英国 19 世纪诗人爱德华·李尔的诗歌。
3321 plattonem 解 platinum“～”；也解 platt［德］“～”；也解 Plato“～”(约前 427—前 347)，古希腊哲人。
3322 some header“～”；也解 som hedder［丹］“～”。
3323 Scoffynosey 解 toffeenose“～”；也解 scoffy“～”＋nosey“～”。
3324 auld Daddy Deacon“～”；也解“Old Daddy Dacon”“～”，英国童谣；其中 deacon 也解“～”，《爱丽丝漫游奇境记》的作者刘易斯·卡罗尔曾任教堂执事。
3325 stow well“～”；也解 Knowell“～”，英国文艺复兴时期的戏剧《个性互异》中的人物，莎士比亚经常被指派扮演这个角色。
3326 beacon“～”；也与前面合解 a piece of bacon“～”；也解 Francis Bacon“～”，英国哲学家、政治家。
3327 此处化自习语 not hold a candle to(远远比不上)。
3328 stickypots 解 stinkpot“发出恶臭气味的人”；也解 sticky“～”＋pots“～”。
3329 lasso“～”；也解 lass“～”；也解 laddo“～”。
3330 bold“～”；也解 old“～”。
3331 Burleigh“～”；也解 Burghley“～”，16 世纪英国政治家威廉·塞西尔所建，他是培根的舅舅；也解 Béarla［爱］“～”；也解 *O My Aged Uncle Arley*“～”。
3332 hurlywurly 解 hurly-burly“～”。
3333 wuck up 解 wake up“～”；也解 wait up“～”。
3334 huddly 解 hardly“～”；也解 huddle“～”。
3335 wuddle 解 waddle“～”。此句中的元音“a”被换成“u”。
3336 wallow 解 follow“～”；也解 swallow“～”；也解 worry“～”。
3337 baker“面包师”；也解 Joseph Biggar“～”，巴涅尔在国会中的助手，驼背；也解 butcher“～”。
3338 weg 解 Weg［德］“～”；也解 way“～”；也解 egg“～”。
3339 tillbag 解 tilbage［丹］“向后的”。
3340 Cheekspeer 解 cheeks“屁股”＋peer“凝视”；也解 Shakespeare“～”。

小姐[3341]伊茜，脱下裤子[3342]哑剧|内裤！ 呸，不要脸，路得·麦地，在老板[3343]生气|酒宴|波阿斯说了这一切之后！）病了的[3344]老的爸老爹[3345]《老爹达肯》山[3346]啊呦要一颗烤豌豆[3347]一片培根作为奖励[3348]价格，还有朱利旅馆[3349]陪审团的少量的少趣的潘趣酒[3350]潘趣和朱迪给（啊，螃蟹眼，我抓到你了，用你长袜里的裂口向世界炫耀！）老[3351]高原林务员[3352]为了|休息者法利[3353]奇景，他在绝望[3354]神的呼吸|离散|灵感的失望中在他的无望[3355]这|分离的毋望[3356]犹太人的离散下，被发现[3357]喜爱循环自声音自嘹亮[3358]自。砰砰关门砰砰锁砰砰运气砰路加砰路西弗砰砰门砰砰关门砰砰歪斜砰砰关门砰砰蹄砰关门砰费莫伊砰砰搬运工砰砰门砰也砰关门砰关门砰动物园砰砰流产砰砰厕所砰一直关着门砰地方砰好的砰关门砰酒馆砰累砰砰帽子砰砰关门砰[3359]关门|关门|关门|关门|关门|关门|一直关着门|关门|关门|歪斜|蹄|搬运工|也|运动|酒馆|费莫伊|动物园|流产|厕所|地方|运气|锁|路加|路西弗|露西娅|门|门|好的|帽子|累的。

鼓掌[3360]通过落下。

再响一些[3361]鼓掌！

你看[3362]剧院|城堡的戏[3363]日子，游戏，到此结束了[3364]。大幕应强烈要求落下。

再响一些保持这样[3365]懒汉！

神们[3366]离去[3367]毛德·冈妮，贡纳[3368]迈克尔·冈恩的福音[3369]一阵狂风|轮换休息|客座演出。何时是色[3370]霍斯，谁是色彩，如何色彩演，哪里有色彩演出[3371]妓女|地狱？ 盘旋者[3372]车辙|仲裁人旋答道[3373]：众多的生命[3374]罗

3341 Missy“～”;也解 Issy“～”,本书主人公的女儿。
3342 panto's off 解 pants off“～”;也解 pantomime“～”;也解 panties“～”。
3343 booz 解 boss“～”;也解 boos［荷］“～”;也解 booze“～”;也解 Boaz“～”,《路得记》中路得在他田中拾麦穗并嫁给他。
3344 illed 解 ill“～”;也解 old“～”。
3345 Diddiddy 解 dad“爸爸”＋daddy“老爹”;也解“Old Daddy Dacon”“～”,英国童谣。
3346 Achin 解 a Chin“～”,乔伊斯认为这是中文“山”的发音,也是大家念 Fin 的方式;也解 ach［德］“～”。
3347 pease of bakin 解 a pease of baking“～”;也解 a piece of bacon“～”。
3348 prize“～”;也解 price“～”。
3349 jurys“～”,此处解 Jury's Hotel“～”,都柏林的一家旅馆。
3350 ponch 解 Punch“～”;也与前面合解 *Punch and Judy*“～”。
3351 Wold“～”,此处解 old“～”。
3352 Forrester 解 forester“～”;也解 for“～”＋rest-er“～”。
3353 Farley“～”,人名;也解 ferly“～”。
3354 deispiration 解 desperation“～”;也解 deispiratio［拉］“～”;也解 diaspora［希］“～”,指犹太人在“巴比伦之囚”后的流散;也解 inspiration“～”。
3355 diesparation 解 desperation“绝望”;也解 dies［德］“～”＋separation“～”。
3356 diasporation 解 desperation“绝望”;也解 diaspora“～”。
3357 was found of“～”;也解 was fond of“～”。
3358 lound 解 loud“～”。
3359 原文是用 100 个字母组成的一个单词,模仿父亲把门关上的声音,这让孩子们的吵闹暂时停止。这个声音也类似雷声。这个词中包含各种关门的说法:luk døren［丹］“～”,dún an dras［爱］“～”,chiudi l'uscio［意］“～”,fermez la porte［法］“～”,Türe zu［德］“～”,sphalna portan［希］“～”,sport one's oak“～”,zakroi dver'［俄］“～”,kapiyi kapat［土］“～”;也包含 skew“～”,hoof“～”,porter“～”,too“～”,sport“～”,kapakka［芬］“～”,Fermoy“～”,爱尔兰科克郡的一个城市,zoo“～”,abort“～”,Abort［德］“～”,Ort［德］“～”;此外 Lukk 也解 luck“～”,也解 lock“～”,也解 Luke“～”,四福音书的作者之一,也解 Lucifer“～”,魔王撒旦的别称,也解 Lucia“～”,乔伊斯的女儿;doer 也解 door“～”;toor 也解 door“～”;thaok 也解 that is ok“～”;kap 也解 cap“～”;kapuk 也解 kaputt［德］“～”。
3360 Byfall 解 Beifall［德］“～”;也解 by fall“～”。
3361 Upploud 解 Up“增加”＋loud“响亮的”;也解 applaud“～”。
3362 schouwburgst 解 schauen［德］“～”;也解 schouwburg［荷］“～”;也解 Burg［德］“～”。
3363 play“～”;也解 day“～”。
3364 endeth 解 ended“～”。此处化自 19 世纪英国牧师约翰·艾勒顿创作的宗教赞美诗《主啊,你所赋予的时日已经结束》(*The Day Thou Gavest, Lord, Is Ended*)。
3365 Uplouderamain 解 up“增加”＋louder“更响亮的”＋remain“保持这样”;也解 ludramán［爱］“～”。
3366 gawds 解 gods“～”,指剧院画廊中画里的诸神。
3367 Gonn 解 gone“～”;也解 Maud Gonne“～”(1866—1953),爱尔兰民族独立运动者,诗人叶芝的情人。
3368 Gunnar“～”,北欧神话中的布伦希尔德的丈夫;也解 Michael Gunn“～”,都柏林娱乐剧院的经理。
3369 gustspells 解 gospels“～”;也解 gust“～”＋spells“～”;也解 Gastspiel［德］“～”。
3370 h,字母“h”,此处为“hue”(颜色)的第一个字母,故译;也解 Howth“～”,位于都柏林东北郊。
3371 huer 解 hue-r“色彩展示者”,指这一章的色彩游戏;也解 whore“～”;也解 hell“～”。
3372 Orbiter“～”;也解 orbita［拉］“～”;也解 arbiter“～”。
3373 onswers 解 answers“～”,此处的“a”变为“o”以与“Orbiter”具有相同的首字母,故译。
3374 lots lives“～”;也解 Lot's wife“～”,《创世记》中义人罗得的妻子,因不顾警告回头看而变成盐柱。

得的妻子失去了。菲奥娜[3375]美丽之土厌倦了烦躁·捏造之子。西兰岛打呼噜[3376]史诺里·史特卢森。诸神死亡[3377]崩裂的岩石|外套恶棍的算计[3378]当道。神[3379]与恶棍[3380]印度粗砂糖在一起是众神的黄昏[3381]。地狱的钟声[3382]山与谷。胆怯的词语之心全部退场[3383]。上帝的子民[3384]男人|吗哪,为什么不不[3385]羔羊,那是怎么发生的?爹啊,你[3386]上帝没有留意已经结束了[3387]放屁?灯光刚刚完全关掉[3388]他的力量征服罗得岛|打雷。嘎嘎[3389]也!邦奇大笨蛋[3390]《扬基歌》|巴克利!走开[3391]祈福式|加底斯!他们放弃了恐惧,他们风餐露宿,他们四处逃散;在他们饮食的地方,在那里他们逃散;他们逃离他们的恐惧,他们逃开。来吧,让我们赞美死神[3392]以色列,伴着我们的聆听[3393]竖琴|方舟,用我们的啤酒[3394]眉头|希伯来人,在我们的门框[3395]詹姆士之门,进他的门[3396]步态里。把佩经盒[3397]堕落者与经文楣铭[3398]帝陵放在一起,杂种们觉着咱死翘翘了[3399]阴茎?呀!是的|落下|屁股耶!万岁[3400]月亮!让尼克女儿|山腰|颈部·尼库隆赞美米克[3401]儿子·米克勒[3402]棍棒,让他接着对他说:我哎是哎山哎姆[3403]我是闪|我的母亲、我的民族、我的名字|闪姆|没有。巴别塔不会跟着塔别巴[3404]心?而且他战争[3405]而且他曾是。而且他会张开他的嘴并答道:我听到,啊,以色列[3406]以实玛利,他们的主[3407]赞美是唯一的,就像我的主[3408]响亮的是一个。如果尼库隆可以因罪坠落[3409]从天堂落下,当然米克勒拥有天堂[3410]。来吧,让我们赞美[3411]预告米克勒,是的,让我们热烈赞美[3412]。你们安卧在你们的酒徒[3413]夜壶中[3414]时,我的荣威在以色列之上[3415]。那在以实玛利之上的人是伟大的,他将用米克·

3375 Fionia“～”；也解 Tir na bhFionn［爱］“～”，指爱尔兰。
3376 snorres 解 snores“～”；也解 Snorri Sturlason“～”(1178—1241)，冰岛诗人，著有《埃达》。
3377 Rendningrocks 解 Ragnarök“～”，北欧神话中奥丁和众多神灵的死亡；也解 rending rocks“～”，出自《马太福音》(27:51)“地也震动，磐石也崩裂。”；也解 Rock［德］“～”。
3378 roguesreckning 解 reckoning of rogues“～”。
3379 Gwds 解 gods“～”。
3380 gurs“～”，此处解 curs“～”。
3381 gttrdmmrng 解 Götterdämmerung［德］“～”，指世界末日。
3382 Hlls vlls 解 hell's bells“～”；也解 hills and valleys“～”。
3383 exeomnosunt 解 exeunt omnes［拉］“～”。
3384 Mannagad 解 man of God“～”，常特指神职人员；也解 Mann［德］“～”；也解 manna“～”，《圣经》中古以色列人经过荒野所得的神赐食物。
3385 lammalelouh 解 lama lo［希伯来］“～”，此处口吃，故译；也解 Lamm［德］“～”。
3386 youd 解 you“～”；也解 God“～”。
3387 fert 解 fertig［德］“～”；也解 fart“～”。
3388 Fulgitudes ejist rowdownan tonuout 解 fulgor［拉］“光辉”＋is just“刚刚”＋run down“停止运转”＋turn out“关灯”；也解 Fortitudo eius Rhodum tenuit“～”，意大利萨伏伊王朝的格言；也解 tonuit［拉］“～”。
3389 Quoq 解 quack“～”；也解 quoque［拉］“～”。
3390 buncskleydoodle 解“Bunkey-doodle-i-do”“～”，英国歌唱家沙乐尼创作，BBC 电台 1930 年录制的音乐；也解“Yankee Doodle”“～”，18 世纪流行于美国的歌曲，最初是英国军队用来嘲笑美国人的，后来成为美国的流行歌曲；也解 Buckley“～”，本书中爱尔兰士兵。
3391 Kidoosh 解 skidoo“～”；也解 Kiddush“～”，犹太教节日和安息日前夕的祝福仪式；也解 Kadesh“～”，巴勒斯坦的一处沙漠绿洲，以色列人在抵达迦南前在此处住了一段时间。
3392 Azrael“～”，犹太教和穆斯林教中的死神；也解 Israel“～”。此处化自《创世记》(11:4)“来吧，我们要建造一座城和一座塔”。
3393 harks“～”；也解 harps“～”；也解 arks“～”。
3394 brews“～”；也解 brows“～”；也解 Hebrews“～”。
3395 jambses 解 jambs“～”；也可与后面的 gaits 合解 James' Gate“～”，都柏林的健力士酒厂。
3396 gaits“～”，此处解 gates“～”。此处化自《申命记》(6:8—9)“也要系在手上为记号，戴在额上为经文；又要写在你房屋的门框上，并你的城门上”。
3397 Dephilim 解 Tephilim“～”，犹太人所挂的经文护符；也解 Nephilim“～”，《创世记》中神的儿子们与人的女儿们所生的后代，意思是“堕落者”，后人根据希腊文译本意译为“巨人”。
3398 Mezouzalem 解 Mezouzah“～”，犹太教贴在门框上的经文；也解 mausoleum“～”。
3399 didits dinkun's dud“～”，此句化自民谣《芬尼根的守灵夜》中的词句“你们以为我死了么？”(did you think I'm dead)，故译；其中 dud 也解［爱］“茎，～”。
3400 Yip! Yup! Yarrah! 解 yelp“呀”，短而尖的叫声＋yup“是的”＋Hurrah“喝彩”，化自 hip! Hip! Hurrah!(高呼万岁)；也解 yes“～”＋yareakh［希伯来］“～”；其中 Yip 也解 yipol［希伯来］“～”；也解 hip“～”。
3401 Nek...Mak 解 Nick...Mick“～”，本书主人公的两个儿子的化身，也喻指魔鬼撒旦与天使长米迦勒；也解 Nic...Mac［爱］“～”；其中 Nek 也解 nek“～”，也解 neck“～”。
3402 Makal，人名；也解 makel［希伯来］“～”。
3403 Immi ammi Semmi 解 I am Shem“～”，此处拟声，故译为“～”；也解 emi, 'ami, šemi［希伯来］“～”；其中 Semmi 也解 Sem［法］“～”；也解 semmi［匈］“～”。
3404 Lebab 为 Babel(巴别塔)的反写；也解 lebhabh［希伯来］“～”。
3405 And he war 解 And“而且”＋he“他”＋war“战争”；也解 og han var［丹］“～”。
3406 Ismael 解 Israel“～”，此句化自《申命记》(6:4)“以色列啊，你要听！耶和华我们神是独一的主”；也解 Ishmael“～”，《创世记》中夏甲给亚伯拉罕生的儿子。
3407 laud“～”，此处解 lord“～”。
3408 loud“～”，此处解 lord“～”。
3409 havonfalled 解 haavon［希伯来］“罪”＋falled“坠落”；也解 heavenfallen“～”。
3410 haven hevens 解 have heavens“～”，化自《创世记》(4:24)“若杀该隐，遭报七倍。杀拉麦，必遭报七十七倍”。
3411 extell 解 extol“～”；也解 ex-tell“～”。
3412 此句化自《诗篇》(68:3)“在神面前高兴快乐”。
3413 posspots 解 tosspots“～”；也解 pisspot“～”。
3414 amung 解 among“～”。此句化自《诗篇》(68:13)“你们安卧在羊圈的时候”。
3415 此句化自《诗篇》(68:34)“他的威荣在以色列之上”。

尼库隆造一个尼克[3416]技工|马。然后他死了[3417]行为|做了。

继续保持再响一些！

因为来自高处的空气清洁者在摇摇欲坠的[3418]温顺的|大胆的|很快|蒂姆·芬尼根山冈[3419]摇摇欲坠的|蒂姆·芬尼根|泰姆中对他那摇摇定坠的山丘世界[3420]担心的说话了，声音被景象[3421]发声放大[3422]邋遢女子|留声机，大地上的居民[3423]不幸在发抖[3424]地球|隆隆作响，从苍穹粪肥向上到地基[3425]臀部，从对头嘟鸟鸣声|行为|笨的向下到对头嘀[3426]摆弄。

大声[3427]主，听我们说！

大声，仁慈地[3428]格蕾丝·奥玛丽听我们说！

现在让你的孩子们进入他们的住处[3429] HCE。民族高兴，野营布道会结束了，好踢[3430]我们它，感谢上帝[3431]统治者！你关掉了你孩子们的住所的大门，你由此设置好了防护，甚至有警卫[3432]警察狄狄摩[3433]双胞胎和警卫多马[3434]干土地，这样你的孩子们可以对着灯光阅读打开头脑之书，不会在黑暗中犯错，这是你事后想起来的，尽管是受到那些警卫的监护，作为他们的预言者[3435]信使|为他人祈祷求福者|土壤，快乐男孩[3436]智天使两人都快乐地[3437]樱桃与凯瑞·博默尔斯[3438]懒汉在他们的猪蹄[3439]羊蹄里，祈祷你的祈者蒂莫西和回铺上汤姆。

从树到树、树中之树、树上之树永远变成向石之石、石间之石、石下之石。

啊，大声，请听我们对汝们的乞求，汝等这些未点亮者[3440]小的|受难中的每一个！啊，大声，请赐予我们[3441]小时时代的睡眠！

3416 mekanek 解 make a Nek“～”；也解 mechanic“～”；也解 each［爱］“～”。此句化自《创世记》（17：20）“至于以实玛利……我也要使他成为大国”。

3417 deed“～”，此处解 died“～”；也解 did“～”。此处化自《创世记》（9：29）“挪亚……就死了”。

3418 tambaldam 解 tumbledown“～”；也解 tame“～”＋bold“～”；也解 bald［德］“～”；也解 Tim Finnegan“～”。

3419 tumbuldum 解 tumulum［拉］“～”；也解 tumbledown“～”；也解 Tim Finnegan“～”；也解 Tem“～”，《埃及亡灵书》的作者。

3420 worrild 解 world“～”；也解 worried“～”。

3421 phonemanon 解 phenomenon“～”；也解 phônêma［拉］“～”。

3422 moguphonoised 解 megaphone-ed“～”；也解 moggy“～”；也解 phono“～”。

3423 unhappitents 解 inhabitants“～”；也解 unhappiness“～”。

3424 terrerumbled 解 trembled“～”；也解 terre［法］“～”＋rumbled“～”。

3425 from fimament unto fundament 解“～”；其中 fimament 也解 fime［意］“～”，fundament 也解“～”。

3426 tweedledeedumms...twiddledeedees 解 tweedledum and tweedledee“～”，《爱丽丝镜中奇遇记》中的一对孪生兄弟；也解 tweedle“～”＋twiddle“～”；也解 deed“～”；也解 dumm［德］“～”。

3427 Loud“～”；也解 Lord“～”，之后至本章结尾的“大声”皆可解读为“主”。

3428 graciously“～”；也解 Grace O'Malley“～”，伊丽莎白时期的爱尔兰海盗。

3429 此句化自《耶米利书》（21：13）“谁能进入我们的住处呢”。此处也包含本书主人公的名字的缩写 HCE。

3430 shin“用胫骨踢”；也解 sinn［爱］“～”。

3431 Gov 解 God“～”；也解 governor“～”。

3432 Garda 解 guard“～”；也解 gárda［爱］“～”。

3433 Didymus“～”，多马（Thomas）的另一个名字，耶稣的十二门徒之一；也解 didymus［现代拉丁］“～”。

3434 Domas 解 Thomas“～”；也解 domasach［爱］“～”。

3435 bodemen 解 bode“预告”＋men“人”；也解 bode［荷］“～”；也解 beadsman“～”；也解 bodem［荷］“～”。

3436 cheeryboyum 解 cheery“快乐的”＋boy“男孩”；也解 cherubim“～”。

3437 chirryboth 解 cheery“快乐的”＋both“两人都”；也解 cherry“～”。

3438 kerrybommers 解 Kerry Bommers“～”，人名；也解 bummer“～”。

3439 krubeems 解 crubeens“～”；也解 crúibín［爱］“～”。

3440 unlitten“～”；也解 little“～”；也解 litten［德］“～”。

3441 hour“～”，此处解 our“～”。

愿他们不会发冷[3442]杀人。愿他们不会犯下[3443]名|小便杀戮[3444]大便|粪便。愿他们不会去见[3445]犯罪|接合体|全音域疯狂的海华沙们[3446]疯狂的|如何|树。

大声点，把不幸堆积[3447]请垂怜在我们身上，但是把我们的艺术[3448]心|星星与低俗的笑声交织在一起！

欸、咦、哎、哦、呦[3449] AE，我欠你的。

嘘，嘘[3450]勇气！

3442 chill“～”；也解 kill“～”。

3443 ming［中］“～”，此处解 commit“～”；也解 mingo［拉］“～”。

3444 merder 解 murder“～”；也解 merda［拉］“～”；也解 merde［法］“～”。

3445 gomeet 解 go“去”＋meet“遇见”；也解 commit“～”；也解 gamete“～”；也解 gamut“～”。

3446 madhowiatrees 解 mad Hiawathas“～”，化自美国诗人朗费罗 1855 年的长诗《海华沙之歌》；也解 mad“～”＋how“～”＋trees“～”。此处化自《出埃及记》(20：13—14)“不可杀人。不可奸淫”。

3447 heap miseries“～”；也解 have mercy“～”。

3448 arts“～”；也解 hearts“～”；也解 stars“～”。

3449 Ha he hi ho hu，五个元音；也解 AEIOU，即 AE，I owe you“～”，AE 是曾帮助乔伊斯的爱尔兰诗人拉塞尔的笔名。

3450 Mummum 解 Mum!“～”；也解 Mumm［德］“～”。

第二章

从此和在此[1]为了城市和世界。

当我们在那里时我们在哪里我们在那里吗，从猜猜猜不着[2]大山雀-小孩|四方陀螺|大山雀|小孩到猜猜猜不着一切[3]极权主义者|四方陀螺|完全戒酒的。茶、茶、太、大[4]太|厕所。

有张多毛的大脸，爱尔兰的耻辱。

如其所言。

将看望谁[5]欢迎谁。曾向谁脱帽致意[6]倾覆|鞋尖装饰|切开。除了我们唇齿相依[7]钩住我们的远足，找出那品脱啤酒的地方，还能怎样[8]霍斯？是杯烈酒[9]闭嘴，恶棍[10]大警卫说。①

主要[21]男人气的|卑贱地关于人[22]卵石。

可以想象的路线，穿过特殊的普遍。

从何处。齐步走向左看[19]快餐在我们左边，轮子，去哪里。长长的李维[20]巷，在梅佐凡提[23]商场中间，斜穿[24]拉瓦特[25]盥洗室广场，走上第谷·布拉赫[26]休闲地新月楼，②用肩挤过贝克莱[28]巷，横

---

① 传奇[11]天主教的|垃圾，她用爱尔兰[12]大蒜方言[13]语言|茶说[14]。如果老希律王[15]要带着克伦威尔[16]康沃尔的湿疹[17] HCE来找我，就像他对他的忧郁金丝雀抽鼻子[18]带鼻音说话的人什么的，我就给他的河狸胡子做9个月。

② 玛丽妈妈的滴水奶头慈母医院[27]绸布店|热诚的|墨丘利，牛奶是种奇怪的安排。

1 UNDE ET UBI［拉］“～”；也解 Urbi et Orbi［拉］“～”，教皇的常用致辞。

2 tomtittot 解 Tom Tit Tot“～”，英国童话，讲的是猜出名字的重要性，Tom Tit Tot 为故事中人物的名字；也解 tomtit-tots“～”；也解 teetotum“～”；也解 tomtit“～”；也解 tot“～”。

3 teetootomtotalitarian 解 Tit Tot“《猜，猜，猜不着》”＋total“全部的”；也解 totalitarian“～”；也解 teetotum“～”；也解 teetotal“～”。

4 oo 解 too“～”，此处比“太”少一个字母，故译为“～”；也解 00“～”，德国的厕所标志。

5 Whom will comes over“～”；也解 welcome whom“～”。

6 caps“～”；也解 capsize“～”；也可与前面的 to 合解 toecap“～”；也可与后面的 ever 合解 sever“～”。

7 hook our hike“～”，此处解 hook and eye“唇齿相依”＋our“我们的”。

8 howelse“～”；也解 Howth“～”，都柏林东北郊区。

9 shot［英口］“～”；也解 shut“～”。

10 bigguard 解 blackguard“～”；也解 big guard“～”。

11 Rawmeash 解 ráiméis［英爱］“～”；也解 Romish［贬］“～”；也解 rubbish“～”。

12 girlic 解 Gaelic“～”；也解 garlic“～”。

13 teangue 解 tongue“～”；也解 teanga“～”；也解 tea“～”。

14 quoshe 解 quoth she“～”。

15 Herod“～”（约前 73—前 4），曾想杀害幼儿时期的耶稣。

16 Cormwell 解 Cromwelly“～”，英国清教革命的领袖，出征爱尔兰期间对爱尔兰天主教徒实行奴役和种族灭绝政策；也解 Cornwall“～”，特里斯丹和伊瑟传奇中，特里斯丹的叔叔为康沃尔国王。

17 此处包含本书主人公名字的缩写 HCE。

18 Snuffler“～”，此处解 snuffle“～”。

19 Quick lunch by our left“～”，此处解 quick march...by the left“～”，军队训练用语。

20 Livius“～”（前 59—公元 17），罗马历史学家。

21 Menly 解 mainly“～”；也解 manly“～”；也解 meanly“～”。

22 peebles 解 people“～”；也解 pebbles“～”。

23 Mezzofanti“～”（1774—1849），意大利红衣主教，能说 72 种语言，并能流利地讲其中的 39 种。

24 diagonising 解 diagonalizing“～”。

25 Lavatery 解 Johann Kaspar Lavater“～”（1741—1801），瑞士诗人、相士、哲学家；也解 lavatory“～”。

26 Tycho Brache 解 Tycho Brahe“～”（1546—1601），丹麦天文学家和占星学家；也解 Brache［德］“～”。

27 Mercerycordial 解 Mater Misericordiae Hospital“～”，位于都柏林艾克勒斯街；也解 mercery“～”＋cordial“～”；也解 Mercury“～”，罗马奥林匹斯神之一。

28 Berkeley“～”（1685—1753），18 世纪哲学家，近代经验主义的重要代表之一。

哆、来、咪、发、索、拉、西、哆(出去)[31]不要呕掉猪肉脂肪,咸猪油沉淀(并析出)|潦倒。

穿[29]庚斯博罗[30]交叉路口,走下阿雷佐的圭多[32]入口[33]街道|马路,经过新李维巷,直到我们在枯萎[34]在那里的时光中消磨时光处。老维科[35]圆点。但很远[36]坐车|之前,当心[37]是|害怕|男人!自然、简单、奴性、孝顺。高山[38]孟他努的婚姻弄湿了[39]娶他的姘妇,我们知道,就像任何一个狂热的人[40]驴子拥抱[41]戴绿帽子的人|乌蛤|小鸡一个野丫头[42]ECH③,她穿着吉卜赛风格的中国荡妇[44]胭脂红长毛绒裤,佩戴裙玉[45]《潘趣和朱迪》,装饰着[46]靛蓝|发现|覆盖物紫罗兰[47]的小衬衫[48]宠物的|女上衣|蓝色。④那时知道的人已经知道了[53]发牢骚。一道溪流精灵|11、一座高山[54]山|山峰|倒塌。风[55]暗色岩|哀诉的呼呼声向我们嗡嗡地说着霍斯[56]豪丘|如何。他的家[57]大卫·休谟。因此我们乘着潮汐[58]因此不慌不忙地快乐地[59]偶然回家,大明虾吹号,海甘蓝[60]印章为旗,当一切已说完做好[61]旧事被说成合为一体,创造者与被造物[62]少女交配(啊,天啊!),发现[63]感觉我们自己,熟读了圆锥体[64],思考了被围起的[65]墙,掂量了悬吊物[66]铅笔|垂下,取媚了奥林匹亚[67],高

③ 照明灯后面的真实生活通过皇室离婚[43]的最佳典型得到展示。

④ 我们在所有[49]毕竟色子[50]扮演扑克游戏中玩扮演大人的时候,你会高兴地[51]被催眠的感到我穿着圆箍[52]看起来多迷人。

29 querfixing 解 quer［德］“横穿”＋fixing“定位”。

30 Gainsborough“～”(1727—1788)，英国画家。

31 Don't retch meat fat salt lard sinks down (and out)“～”，此处解 do, re, mi, fa, sol, la, si, do(and out)“～”，音乐音符；其中 down and out 也解“～”。

32 Guido d'Arezzo“～”(约 995—约 1049)，意大利修道士、音乐理论家。

33 Gadeway 解 gateway“～”；也解 gade［丹］“～”；也解 way“～”。

34 whithered 解 withered“～”；也解 whither“～”。

35 Vico 解 Giovanni Battista Vico“～”，意大利学者，他的《新科学》是本书哲学基础之一。

36 fahr［德］“～”，此处解 far“～”；也可与前面的 But 合解 before“～”。

37 be fear 解 beware“～”；也解 be“～”＋fear“～”；也解 fear［爱］“～”。

38 Montan 解 mountain“～”；也解 Montanus“～”，公元 2 世纪的一个异端，否认教会具有赦罪的权力。

39 wetting“～”；也解 wedding“～”。

40 enthewsyass 解 enthusiast“～”；也解 ass“～”。

41 cuckling 解 cuddling“～”；也解 cuckold“～”；也解 cockle“～”；也解 Küchlein［德］“～”。

42 此处包含本书主人公名字缩写的倒写 ECH。

43 royal divorce“～”，W. G. Wills 著有《皇室离婚》一书，嘲讽拿破仑与约瑟芬的离婚。

44 chinkaminx 解 Chinks［贬］“中国佬”＋a minx“一个风骚女子”。

45 pulshandjupeyjade 解 pulsh“长毛绒裤”＋and“和”＋jupe［法］“裙子”＋jade“玉”；也解 *Punch and Judy*“～”，英国木偶戏，主人公潘趣是个驼背，被魔鬼驮走。

46 indecked“～”；也解 indigo“～”；也解 entdeckt［德］“～”；也解 Decke［德］“～”。

47 voylets 解 violets“～”。

48 petsybluse 解 petty“小的”＋blouse“女衬衫”；也解 pets-y“～”；也解 Bluse［德］“～”；也解 blue“～”。

49 at alla 解 at“在”＋all“全部”；也解 at all“～”。

50 ludo“～”；也解 ludo［拉］“～”。

51 happnessised 解 happiness-ed“～”；也解 hypnotised“～”。

52 clingarounds 解 cling“粘住”＋around“围绕”，指紧身褡。

53 ware“～”；也解 whine“～”。

54 En elv, et fjaell 解 en elv, et fjeld［丹］“～”；其中 elv 也解 elf“～”，也解 elf［德］“～”；其中 fjaell 也解 fjäll［瑞］“～”，也解 fjell［挪］“～”，也解 fall“～”。

55 whins“～”，此处解 wind“～”；也解 whine“～”。

56 Howe 解 Howth“～”，都柏林东北郊，此处的霍斯堡在全书中作为都柏林的垂直地标；也解 Howe“～”，北欧海盗占领爱尔兰期间在都柏林的议会所在地；也解 how“～”。

57 hume 解 home“～”；也解 David Hume“～”(1711—1776)，苏格兰哲学家。

58 Hencetaking tides“～”；也解 Hence taking time“～”。

59 haply“～”，此处解 happily“～”。

60 seakale“～”；也解 Siegel［德］“～”。

61 old is said in one“～”，此处解 all is said & done“～”。

62 made“～”；也解 maid“～”。

63 befinding 解 find“～”；也解 befinden［德］“～”。

64 此处指世界七大奇迹之一的埃及吉萨金字塔。

65 mured“～”；也解 mur［法］“～”。此处指世界七大奇迹之一的埃及的亚历山大灯塔。

66 pensils 解 pensile“～”；也解 pencil“～”；也解 pensilis［拉］“～”。此处指世界七大奇迹之一的巴比伦空中花园。

67 olymp 解 Olympia“～”。此处指世界七大奇迹之一的希腊的宙斯神像。

兴于她的戴安娜之家[68]透明的，在他的巨像[69]巨大的|屁股|短裤后面、陵墓[70]之前哄笑。没有宽度[75]呼吸|面包的长度，属于他，天空[76]一生时间|亚当与夏娃的碎屑[77]笨蛋|冠军|HCE，野餐的结果或昏睡[78]晚餐造成的恍惚，孩子洞穴[79]或哈梅内的[80]平石堡[81]格莱斯顿式旅行提包|格拉斯顿伯里，教区[82]十进制的、区教、雷区[83]棕色|约翰·多恩、哑去[84]傻的，他，当他不知疲倦地[86]完全地继续高度虚构，阴曹地府的[87]补药外表下是坟墩渐成，但是在穆夫提生命[91]里的是普通的蒂姆[92]吵闹先生，⑤在他的期望[100]预先接受中，正如在他的保证书[101]承认中，是，（多米尼克引导我们[102]直接所有权）一次慷慨的群宴[103]明显的，与其说是人不如说是群氓。

斯威尼[71]·托德[72]斯威尼·托德|死亡，你们的恶魔[73]神灵理发师[74]酒吧！

去垃圾[85]肋骨里挖他！

不敬神的老共主[88]，克伦威尔[89]康沃尔给忏悔[90]抽播箱打上蜜蜡。

无限[104]一，⑥这个正直的人，那个无有[105]淘气在他旁边[106]叹息归零[107]女主人公。从他的天宫图[108]恐怖的|视阈|荷鲁斯里看，他比硫黄的盐粒[109]食盐更奇葩[110]更奇妙|主|水星。日间正午打击[111]神经错乱的带来的恐怖，每个夜晚可做新娘者[112]奥布赖恩小姐的密码[113]隐花植物|欧甘文字。但是，说到破碎的天堂谈话，是他

可构造物作为构造要素的构造。

---

⑤ 凯里威克[93]，长家伙[94]朗费罗的住所，众议院[95]考门斯三世的房子，位于陆地上的爱尔兰[96]伊茜红木[97]莫纳亨郡郡盐山市[98]好笑街蛋糕路[99]步态舞。

⑥ 葡萄汁的群名。

68 dianaphous 解 Diana“戴安娜”，罗马神话中的月亮女神，即希腊神话中的阿尔忒弥斯＋house“房子”；也解 diaphanous“～”。此处指世界七大奇迹之一的以弗所的阿尔忒弥斯神殿。
69 culosses 解 colossus“～”；也解 colossal“～”；也解 cul［法］“～”；也解 culottes［法］“～”。此处指世界七大奇迹之一的罗得港巨人雕像。
70 mosoleum 解 mausoleum“～”。此处指世界七大奇迹之一的哈利卡纳苏的摩索拉斯陵墓。
71 Swiney 解 Sweeney“～”，公元 7 世纪的一位爱尔兰国王，因冒犯主教而发疯。
72 Tod“～”，英国羊毛的重量单位；也解 Sweeney Todd“～”，英国维多利亚时代惊悚小说《珍珠串》中的主人公，是一个理发师；也解 Tod［德］“～”。
73 Daimon 解 demon“～”；也解 daimon［希］“～”。
74 Barbar 解 barber“～”；也解 bar“～”。
75 Breath“～”，此处解 breadth“～”；也解 bread“～”。
76 evums 解 heavens“～”；也解 aevum［拉］“～”；也解 Adam & Eve“～”。
77 chump“～”，此处解 chip“～”；也解 champion“～”。此处包含本书主人公名字的缩写 HCE。
78 sopor“～”；也解 supper“～”。
79 此处指宙斯儿时被母亲藏在洞中，由母羊喂养。
80 Hymanian 解 Uí Maine“哈梅内”，爱尔兰康诺特省地名，爱尔兰最古老的王国之一。
81 Glattstoneburg 解 glatt［德］“平坦的”＋stone“石头”＋Burg［德］“堡”；也解 Gladstone bag“～”；也解 Glastonbury“～”，英国西南方的小镇。
82 denary“～”，此处解 deanery“乡村牧师管辖的教区”。
83 donnery 也解 Donner［德］“雷声”；也解 donn［爱］“～”；也解 John Donne“～”，17 世纪英国玄学派诗人。
84 domm 解 dumb“～”；也解 dumm“～”。
85 rubsh 解 rubbish“～”；也解 ribs“～”。
86 entiringly 解 untiringly“～”；也解 entirely“～”。
87 chthonic“～”；也解 tonic“～”。
88 Ardrey 解 árd-rí［爱］“～”。
89 Cronwall 解 Oliver Cromwell“～”，英国清教革命中的领袖；也解 Cornwall“～”，英国西南部的郡。
90 convulsion“～”，此处解 confession“～”。
91 muftilife 解 mufti“穆夫提”，伊斯兰教的法律顾问＋life“生活”。
92 Tumulty 解 Tim“～”，民谣《芬尼根的守灵夜》的主人公；也解 tumult“～”。
93 Kellywick“～”，亚瑟王在康沃尔的城堡。
94 Longfellow 解 Long fellow“～”，指爱尔兰政治家德瓦勒拉（Éamon de Valera），他的绰号是“长家伙”；也解 Henry Wadsworth Longfellow“～”（1807—1882），美国浪漫主义诗人。
95 House of Comments III“～”，此处解 House of Commons“～”。
96 Izalond 解 Ireland“～”；也解 Issy“～”，本书主人公的女儿。
97 Mahogany“～”；也解 Monaghan“～”，爱尔兰的一个郡。
98 爱尔兰高尔威市地区名。
99 Cake Walk“～”；也解 cakewalk“～”。
100 antisipiences 解 anticipate“～”；也解 antecipiens［拉］“～”。
101 recognisances 解 recognizance“～”；也解 recognize“～”。
102 Dominic Directus 解 Dominic direct us“～”；也解 dominium directum［拉］“～”。
103 manyfeast 解 many feast“～”；也解 manifest“～”。
104 Ainsoph“～”，犹太教卡巴拉生命树上的一个能量环；也解 aon［爱］“～”。
105 noughty 解 nought“～”；也解 naughty“～”。
106 besighed 解 beside“～”；也解 sighed“～”。
107 zeroine 解 zeroing“～”；也解 heroine“～”。
108 horrorscup 解 horoscope“～”；也解 horror“～”＋scope“～”；也解 Horus“～”，埃及太阳神。
109 saltz 解 salts“～”；也解 Salz［德］“～”。
110 mehrkurios 解 mehr［德］“更”＋kurios［德］“奇怪可笑的”；也解 more curious“～”；也解 kurios［希］“～”；也解 Mercury“～”，也是罗马主神墨丘利的名字。
111 noonstruck 解 noon“正午”＋struck“打击”；也解 moonstruck“～”。
112 bridable 解 bride-able“～”；也解 Biddy O'Brien“～”，歌谣《芬尼根的守灵夜》中的守灵者之一。
113 cryptogam“～”，此处解 cryptogram“～”；也解 Ogma“～”。

吗？他是谁？他是谁的？为什么是他？他有多少？他是哪个？他是何时？他在哪里？⑦ 他怎么样？关于他到底[116]黄道十度分度|系主任有什么，这个正派[117]十个人？放松，放缓你的着急！过来引领我们的旅程[118] ALP|柏拉图！

这座桥比较高。

理念真实的[119]理想的|真实的|星空的历史的或有可能的[120]绪论。

过去。

于是来到城堡。

敲门。⑧

口令，谢谢。

好，请[126]刺穿|珀西·奥莱利|皮尔斯。

哦，全是哑巴[127]全去死吧|我会倒霉的！

啊，真的？⑨

挥舞班卓琴，这只矮脚鸡，拍皮球的人是生来操蛋的[134]被吹。

呼，穴居于地球生物[133] HCE之中

在第一[135]害怕声雷鸣炸响[136]爆裂声|强度的时候。⑩

嘘，那时他的蝴蝶[139] ALP|阿比斯神，

被捉住并命名。⑪

---

⑦ 砰[114]存在，盗贼头子说，她的声音很低[115]胸部。

⑧ 约瑟·史密斯[121]命令的|约瑟夫|聪明的|欢笑和你们摩门教徒[122]人鱼从他那位于潮标[123]紧密的|标志下方的埋骨处[124]直线捷径做出回答，见鬼去吧[125]约塔河|上帝|帮助！

⑨ 啊，爱[128]，朝玻璃窗[129]脏的|卖里看，看看伊佐德如何提示[130]吐唾沫，是[131]他什么词[132]剑|裤子|内裤。

⑩ 锡[137]薄壁的|马恩岛议会桶里的高德瑞德·克罗凡[138]总算摆脱了的懦夫。

⑪ 蜜蜂阿比斯神爱祭坛。月亮读着书。母鸡寻草场。[140]

114 Bhing 解 Bing，象声词；也解 Being“～”。
115 soto poce 解 sotto voce［意］“～”；也解 poce［意口语］“～”。
116 the decans“～”，此处解 the dickens“～”，用于问句中表不耐烦；也解 Dekan［德］“～”。
117 decemt 解 decent“～”；也解 decem［拉］“～”。
118 此句包含女主人公名字的缩写 ALP；此句全部单词的首字母可组成 ATLOP，即 PLATO“～”，希腊哲学家。
119 IDEAREAL 解 idea“理念”，柏拉图把世界分为理念世界和现象世界，理念世界是现象世界的本质＋real“现实”；也解 ideal“～”＋real“～”；也解 sidereal“～”。
120 PROBAPOSSIBLE 解 probable“或有的”＋possible“可能的”。
121 Yussive smirte 解 Joseph Smith“～”(1805—1844)，摩门教的创始人；其中 Yussive 也解 Jussive“～”；也解 Yusuf［阿］“～”，耶稣的父亲；其中 smirte 也解 smart“～”，也解 mirth“～”。
122 mermon 解 Mormon“～”；也解 merman“～”。
123 tightmark 解 tidemark“～”；也解 tight“～”＋mark“～”。
124 beelyingplace 解 buryingplace“～”；也解 beeline“～”。
125 Gotahelv 解 go to hell“～”；也解 Göta älv［瑞］“～”，位于瑞典西南部；也解 Gott［德］“～”＋helf［德］“～”。
126 pearse 解 please“～”；也解 pierce“～”；也解 Persse O'Reilly“～”，书中人物，主人公 HCE 的化身之一；也解 Padraic Pearse“～”，爱尔兰复活节起义的领袖之一。
127 all be dumbed“～”；也解 all be damned“～”；也解 I'll be damned“～”。
128 Evol 解 love“～”。这个句子中的实词都反写，没有其他原因不再注释。
129 salg 解 glass“～”；也解 salach［爱］“～”；也解 salg［丹］“～”。
130 pits 解 tips“～”；也解 spit“～”。
131 er 解 are“～”；也解 er［德］“～”。
132 drows 解 words“～”；也解 sword“～”；也解 trousers“～”；也解 drawers“～”。
133 此处包含本书主人公名字的缩写 HCE。
134 blown to fook 解 born to fuck“～”；也解 blown“～”。
135 furscht 解 first“～”；也解 Furcht［德］“～”。
136 kracht［德］“～”；也解 crack“～”；也解 kracht［荷］“～”。
137 tynwalled 解 tin-walled“用锡做墙壁的”；也解 thinwalled“～”；也解 Tynwald“～”，马恩岛位于爱尔兰海上，其议会成立于 10 世纪，是世界上公认的最古老的连续议会。
138 goodrid croven 解 Godred Croven“～”，11 世纪征服马恩岛的诺曼人；也解 good riddance craven“～”。
139 flutterby 解 butterfly“～”。这种交换开头辅音的文字游戏是本书常用的方法之一。
140 此句为拉丁文，包含本书女主人公名字的缩写 ALP。其中 Apis 也解“～”，古埃及人信奉神所化身的公牛。

地球碎裂[141]阿德纳克拉沙，愿死者安息[142]要求|压力，唤醒他们！

看到她把一盎司的茶[143]放到壶里[144]时，视力[145]几乎离开了我的双眼。

让运气的永恒[146]卢特里尔光辉[147]露西娅获得平静[148]在喝茶！⑫

致聪明愚蠢的岁月建造的房子。

那么[150]母猪开始[151]大的|建造吃吧就这样吧。⑬

钉钉子好拴住，踏脚石去登高，那时布特酒馆[157]牧夫星座在匹克阿兹镇[158]。那匹灰白马[160]脱脂乳|牛奶静静地站[161]马在一楼地板的扇形窗[162]阁楼上。好像在一切的上面[163]总体。或者是因为这些酒具[164]翅膀|设置倚向外墙[165]向外，香脂板[166]死亡[167]摊位[168]两者上的兽皮战利品？⑭ 葬礼被大肆宣扬抬高[172]巴利霍拉山脉！因此甚至让巴库斯[173]叫起来[174]军火墙！酒店[175]进来、酒店！酒店、酒店！哪里。酒吧鬼们[177]摆弄着铅笔。贪酒鬼们挤进[178]小屋。酒店老板[179]奶头，酒馆老板[180]酒馆|弯曲的他正在把钱改成十个一组。从最常光顾他的偶酌者[181]顾客那里。那个作为第一流的劳动力[182]同样的|第一|灵巧的的鳕鱼嘴[183] ECH，笔名

盲前[156]美化了的之决定性的真知。盲后之决定论的非真知。

第四个[159]。

鹡鸰店[176]妓女|尾巴|赌注梗犬幼崽抽彩出售的彩票。

⑫ 晚餐[149]宫殿后去拍摄影子。

⑬ 获祝福的[152]起水泡的马利亚·阿肯黑德[153]啊呦|头脑里的对万福的[154]美化了的肚子·塔尔博特[155]说。

⑭ 比格[169]这两个|乞丐|小的。去比格那儿。去比格那儿，务必提醒比格。再见[170]好的|乞讨，臭虫多的[171]鸡奸|柔软的比格。

141 Erdnacrusha 解 Erd［德］“地球”＋crush“压碎”；也解 Ardnacrusha“～”，爱尔兰莱尔郡的村镇。

142 requiestress 解 requiescat“～”；也解 require“～”＋stress“～”。

143 thounce otay 解 the ounce of tea“～”。

144 ithpot 解 in the pot“～”。

145 Thsight 解 the sight“～”。

146 puresplutterall 解 perpetual“～”；也解 Henry Luttrell“～”（1655—1717），爱尔兰政客，将爱尔兰西南部的利莫里克市出卖，后在都柏林被谋杀。

147 lucy 解 luceat［拉］“～”；也解 Lucia“～”，乔伊斯的女儿。

148 at ease“～”；也解 at tea“～”。

149 dinn 解 dinner“～”；也解 duinn［爱］“～”。

150 Sow“～”，此处解 So“～”。

151 byg 解 begin“～”；也解 big“～”；也解 bygge［丹］“～”。此句也可解为 So be it“～”。

152 blistered“～”，此处解 blessed“～”。

153 Mary Achinhead 解 Mary Akenhead“～”，1815 年在都柏林成立爱尔兰慈惠姐妹团；其中 Achinhead 也解 ach［德］“～”＋in head“～”。

154 beautifed 解 beatified“～”；也解 beautified“～”。

155 Tullbutt 解 Matt Talbot“～”，爱尔兰工人，采用苦行法修行，包括肚子着地爬进教堂。

156 PRECREATE 解 PROCREATE“～”；也解 PRE-CREATE“～”。

157 Boote 解 Boot Inn“～”，位于匹克阿兹镇；也解 Bootes“～”。

158 Pickardstown“～”，位于都柏林郡北部的小镇。

159 Quartandwds 解 quartanus［拉］“～”。

160 skimmelk 解 skimmel［丹］“～”；也解 skim milk“～”；也解 melk［荷］“～”。

161 steed“～”，此处解 stood“～”。

162 groundloftfan 解 ground“地面”＋láfi［冰］“地板”＋fanlight“扇形窗”；也解 loft“～”。

163 over all“～”；也解 overal［荷］“～”。

164 wing sets 解 wine sets“～”；也解 wing“～”＋sets“～”。

165 outwalls“～”；也解 outwards“～”。

166 balsamboards 解 balsam“香脂”＋boards“板子”。

167 Baws 解 bás［爱］“～”。

168 booth“～”；也解 both“～”。

169 Begge［丹］“～”，此处解 Joseph Biggar“～”，巴涅尔在国会中的助手，驼背；也解 begger“～”；也解 beig［爱］“～”。

170 Goodbeg 解 goodby“～”；也解 good“～”＋beg“～”。

171 buggey 解 buggy“～”；也解 buggery“～”；也解 bog［爱］“～”。

172 ballyhouraised 解 ballyhoo“大肆宣扬”＋raised“提高”；也解 Ballyhoura Mountains“～”，位于爱尔兰科克郡。

173 Bacchus“～”，酒神的罗马名字。

174 e'en call“～”；也解 Magazine Wall“～”，指位于都柏林凤凰公园内圣托马斯山上的军火要塞。

175 Inn“～”；也解 in“～”。

176 Tailwaggers 解 wagtail“～”，在俚语中指“～”；也解 Tail“～”＋wagers“～”。

177 babbers 解 bar“酒吧”＋bibbers“酒鬼们”，故译。

178 drang［德］“～”。

179 papplicom 解 publican“～”；也解 pap“～”。

180 pubblicam 解 publican“～”；也解 pub“～”；也解 cam［爱］“～”。

181 seldomers 解 seldom＋-ers“～”，乔伊斯在笔记中称比不喝酒的人略多喝一些的人；也解 customers“～”。

182 same erst crafty 解 eine erste Kraft［德］“～”；也解 same“～”＋first“～”＋crafty“～”。

183 此处包含本书主人公名字缩写的反写 ECH。

马尔斯说着。

圣依纳爵·罗耀拉[184]无人知晓之物|讲述，年纪如雾，在他们衷爱的落脚处高谈阔论大吹大擂烂醉如泥，一位西奥博德神父[185]神父|神的|巴尔德尔|希奥博德斯|赤裸的爆料[186]刹车。⑮ 埃古普托斯[191]埃及，被熏香包裹[192]乱伦，就像居鲁士[193]听到他的那样？还有A·肖少校[194]亚洲大陆|杂木林，在他得了矿工[195]小亚细亚天花[196]嗅后？还有老白人[197]惠特曼自己，患枯萎病长着斑，在海湾外，东哥特王国和奥托曼帝国改变信仰的人的希望，对流行病[198]全人类的逝后[199]等候|战后时期整形外科医生们感到失望？但是一切都是曾是很久以前的事了。西班牙-中国-黑海[200] HCE、卡斯蒂利亚-爱尔兰-赫布里底群岛[201]翡翠岛|HCE、西班牙的-威尔士的-希腊的[202] ECH？老大罗尔夫[204]，匪徒拉夫，相貌没有一点儿相同，同一张脸。⑯ 消遣就是消磨时间。现在让过去的就过去吧[214]靠近|统治者|迈克尔·冈恩|毛德·冈妮。在这个美丽的世界里事情就是这样，孩子们[215]大厅|夫人们|《海上夫人》|他|变得|我的|出生|贝尔纳，它疯狂地[216]南非草原需要更老的智慧[217]否则⑰，自从最

史密斯，没家了[203]。

---

⑮ 亨帕饼干[187]猎人和美洲狮的动物字母表[188] α|咬，A[189]琥珀到Z[190]动物园世界里的第一个。

⑯ 我们没有听到隆隆作响的[205]布卢姆食火鸡[206]雷声|诅咒|战争，我们不会害怕电[207]战斗闪[208]装上羽毛，我们漂过[209]嘲笑地中海[210]，回[211]晒太阳到我们爱着的香料中[212]在空间里、片刻|不管的岛屿。彭特之地[213]平底船|点|句号|没价值的。

⑰ 这个曾是[218]蜜蜂黄金的是顶级黄金[219]。

184 Ignotus Loquor 解 Ignatius Loyola“～”，天主教耶稣会创始人；也解 Ignotus［拉］“～”＋Loquor［拉］“～”。

185 father theobalder 解 Father Theobald Mathew“～”(1790—1856)，通称马修神父，在爱尔兰天主教中推行戒酒；也解 father“～”＋theo-“～”＋Balder“～”，北欧神话中的光明之神；也解 Theobaldus“～”(1090—1161)，曾任坎特伯雷主教；也解 bald“～”。

186 brake“～”，此处解 break“打破”。

187 Huntler and Pumar 解 Huntley and Palmers“～”，英国饼干制造商；也解 hunter and puma“～”。

188 alphabites 解 alphabet“～”；也解 alpha“～”＋bites“～”。

189 aab 解 A；也解 amber“～”。

190 zoo“～”，此处解“～”。

191 Egyptus 解 Aegyptus“～”，神话中的古埃及国王，他有 50 个儿子，他的双胞胎兄弟达那俄斯有 50 个女儿，埃古普托斯的 50 个儿子与他兄弟的 50 个女儿结婚，其中 49 个儿子在新婚之夜被杀死；也解 E-gypt“～”。

192 incenstrobed 解 incense“香”＋robed“穿长袍的”；也解 incest“～”。

193 Cyrus“～”(约前 590—前 529)，古代波斯帝国的缔造者。

194 Major A. Shaw“～”；也解 Major Asia“～”，相对于 Asia Minor 而言；也解 a shaw“～”。

195 miner“～”；也解 Minor 即 Asia Minor“～”。

196 smellpex 解 smallpox“～”；也解 smell“～”。

197 Whiteman“～”；也解 Whitman“～”(1819—1892)，美国诗人。

198 Pandemia“～”，也是古希腊爱情女神的绰号；也解 pandêmia［希］“～”。

199 postwartem 解 postmortem“～”；也解 warten［德］“～”；也解 post-war time“～”。

200 Hispano-Cathayan-Euxine 解 Hispania-Cathay-Euxine“～”。此处包含本书主人公名字的缩写 HCE。

201 Castillian-Emeratic-Hebridian 解 Castille-Emerald-Hebrides“～”，其中 Emeratic 也解 Emerald isle“～”，指爱尔兰。此处包含本书主人公名字缩写 HCE 的变体。

202 Espanol-Cymric-Helleniky 解 Espanol-Cymric-Hellenic“～”。此处包含主人公名字缩写的反写 ECH。

203 此处化自英国俗语 The Englishman's house is his castle(每个英国人都是自己领地的主人)。

204 Rolf the Ganger 解 Rolf Ganger“～”，也叫罗洛，9 世纪的维京人领袖。

205 booming“～”；也解 Leopold Bloom“～”，乔伊斯的《尤利西斯》中的主人公。

206 cursowarries 解 cassowary“～”，乔伊斯在笔记中将该词注为“～”；也解 curse“～”＋war“～”。

207 fightning 解 lightning“～”；也解 fighting“～”。

208 fletches“～”，此处解 flashes“～”。

209 float“～”；也解 flout“～”。

210 meditarenias 解 Mediterranean“～”。

211 bask“～”，此处指 back“～”。

212 in spice“～”；也解 in space“～”；也解 in spite“～”。

213 Land of Punt“～”，古埃及的一个古国，据说 3500 年以前有古埃及船队到此地寻找一种叫“没药”的香料；也解 punt“～”；也解 punt［荷］“～”；也解 Punkt［德］“～”；也解 punk“～”。

214 let bygones be bei Gunne's 解 let bygones be bygones“～”；其中 bei 也解［德］“～”，也解 bei［意］“～”；其中 Gunne 也解 Michael Gunn“～”，都柏林娱乐剧院经理，也解 Maud Gonne“～”，叶芝的恋人。

215 这句话为丹麦语。其中 Saaleddies 也解 Saal［德］“～”＋ladies“～”；也解 *Lady from the Sea*“～”，挪威剧作家易卜生的戏剧，也可指爱尔兰海盗格蕾丝・奥玛丽；er 也解［德］“～”；werden 也解［德］“～”；mine 也解 mein［德］“～”；boerne 也解 born“～”；也解 Karl Böerne“～”(1786—1837)，德国作家。

216 vild 解 wild“～”；也解 veld“～”。

217 olderwise 解 older“更老的”＋wise“智慧的”；也解 otherwise“～”。

218 bee“～”，此处解 be“～”。

219 cimadoro 解 cima［意］“顶部”＋d'oro［意］“黄金”。

旱[220]第一的被造物在伊甸[221]相同的园中改变[222]老翁|第二。上方的任务正如下方的酒瓶，赫尔墨斯[223]的翡翠颂歌[224] ECH 说，一切都是憎恶[225]爱|懒惰|板条抹灰和愉悦[226]使高兴|骚动|悠闲，我们听说，根据优秀墨水瓶的权威，属于太阳系，按照宇宙序列[228]庄严又诙谐地|《序列宇宙》，在一个越来越全能延伸的宇宙之中，有无数的[229]无韵的|永恒的|莫名其妙理由去相信，该宇宙位于一个原罪[230]原初的太阳之下。无忧无虑，大地的球体[231]安全地评判陆地球体。⑱ 因此没有什么是肯定的[234]。但是，啊，幸运的罪过[237]哦，幸运的罪过|能力，为了造物主[238]原型，你真该遭受甜蜜的霉运！

不是因为而是因此[227]

失乐园[235]悖论|强烈的欲望里的异端[236]传闻。

名誉交易[240]的活力 HCE，然而帮助不幸的新娘[241]无关联的|骄傲的|电流|ALP 吧，一群人[242]汉娜·丽维娅·妇鲁拉贝尔与每个人，每个与伙伴[243] HCE 与 ALP，喧闹月[244]三月的阿尔索普[245]全部精力麦芽酒节[246]上的认真[247]，伴随着两次月食和三次土星[248]阴郁的落下！异教徒[249]热量|于是的号角，修养很高！生活之河[250]生命之书|利菲河，年轻少女[251]回来吧，鱼|回来吧，朋友|新鲜的！河流中的河流[252]羊膜，

古代的妒忌癖和神学的仇恨[239]。

⑱ 不管怎样他是一个轻浮的浪荡子[232]马丁·路德，不是贵族[233]修道士|赭石。你可以从他们的奇装异服看出来。

220 Primal“～”；也解 primus［拉］“～”。
221 Idem［拉］“～”，此处解 Eden“～”。
222 alter“～”；也解 Alter［德］“～”；也解 alter［拉］“～”。
223 希腊神话中的主神之一，掌管商业和交通。
224 此处包含本书主人公名字的缩写的反写 ECH。
225 loth“憎恶的”；也解 love“～”；也解 sloth“～”；也可与后面合解 lath and plaster“～”。
226 pleasestir 解 pleasure“～”；也解 please“～”＋stir“～”；也解 leisure“～”。
227 non quod sed quiat 解 non quod sed quia［拉］“～”。
228 seriolcosmically 解 serial“序列的”＋cosmically“按照宇宙法则地”；也解 seriocomically“～”；也解 *The Serial Universe*“～”，英国工程师、哲学家约翰·威廉·多恩 1938 年出版的著作。
229 rhymeless“～”，此处解 rimeless“～”；也解 timeless“～”；也与后面合解 without rhyme or reason“～”。
230 original sun“～”，此处解 Original Sin“～”。
231 Securely judges orb terrestrial“～”，此处解 securus iudicat orbis terrarium［拉］“～”。
232 Lutharius 解 Lothario“～”，出自英国剧作家尼古拉斯·罗尔 1702 年上演的悲剧《由衷的忏悔》，该剧在 18 世纪产生很大影响；也解 Martin Luther“～”(1483—1546)，德国宗教改革家。
233 Sinobiled 解 sine nobilitas［拉］“～”；也解 cenobite“～”；也解 sinople“～”。
234 此处为拉丁文。
235 paradox lust 解 Paradise Lost“～”，英国诗人弥尔顿的诗歌；也解 paradox“～”＋lust“～”。
236 Hearasay 解 Heresy“～”；也解 Hearsay“～”。
237 O felicitous culpability“～”；也解 O felix culpa［拉］“～”；culpability 也解 capability“～”。
238 archetypt 解 archetype“～”，此处解 architect“～”。
239 odium theologicum［拉］“～”。
240 Commercio［意］“～”。此处包含本书主人公名字的缩写 HCE。
241 linkless proud 解 luckless bride“～”；也解 link-less“～”＋proud“～”；其中 proud 也解［捷］“～”。此处包含本书女主人公名字的缩写 ALP。
242 plurable 解 plural-able“可复数的”；也解 Anna Livia Plurabelle“～”，本书女主人公。
243 ech with pal 解 each with pal“～”；也解 HCE with ALP“～”。
244 roaring month“～”；也解 Hlyd-monath［古英］“～”。
245 Allsap 解 Allsop and Sons“阿尔索普啤酒公司”，英国的啤酒品牌；也解 all sap“～”。
246 ale halliday 解 ale“麦芽酒”＋holiday“节日”。
247 ernst 解 Ernst［德］“～”。
248 saturnine“～”，此处解 Saturn“～”。
249 Heatthen 解 heathen“～”；也解 Heat“～”＋then“～”。
250 Brook of Life“～”；也解 Book of Life“～”；也解 Liffey“～”。
251 backfrish 解 Backfisch［德］“～”；也解 back，fish“～”；也解 back，friend“～”；也解 frisch［德］“～”。
252 Amnios amnium 解 amnis amnium［拉］“～”；也解 amnion“～”。

年轻僧侣的溪流[253]江河|祭司！我们寻找那被祝福者，港口与入口[254]窝藏与继承|HCE。甚至可憎者迦南[255] ECH。永远走去，永远走来。从日出到日落[256]在盯着和飒飒响之间。变成化石，所有枝条。⑲ 因此岩石[261]彼特拉克对榆树[262]榆发誓说：凭着凡人的霜！榆树对岩石发誓说：在我的叶脉生活中！

袋子。
球。

传奇被本土化导致了大庄园[264]的合法化。

在这些让我们停留的[263]停留|我们地方，在这里都柏林[265]的水流租借了城市[266]亨利·卡尔和沼泽，在她的沙洲和鲑鱼嫩枝[267]淋浴喷头|沙门啤酒中[268]在上游离去[269]居住，沿海的微风用淡水流追求她，将风吹向她的开阔地。一座幽灵之城[270]，虚假的[271]电影[272]拿非利人人物，为了住在 3 又 60 个区[273]人物的成百人中的四个而买[274]使屈服和卖[275]灵魂，价格分割为 26 和 6[276]。在这条河边，在我们的阳关海岸[278]上，⑳望出去多好[282]布埃纳维斯塔啊，圣罗莎[283]圣诞老人|圣罗莎|迷迭香为证！五月的田野，正值春天的溪谷[284]。这里的果园[285]住了人；圣劳伦斯[286]芬芳的月桂树|圣劳伦斯曾葬于此[287]被永远记住。向东[288]灰|树林你可以看到山景[289]雾景|希尔维尤，栗子谷[290]死亡幽谷

让一让，麦奇奈尼[277]！让个地方给马奇奈尼！

---

⑲ 赤裸着开始，骨头僵硬[257]百无聊赖。我们非常[258]活的-难过[259]抱歉|铺草皮的|索迪。全都会死[260]很好。

⑳ 当你梦到你住在[279]你拥有财富大理石拱门里的时候，你是否曾经慢慢地[280]想过普贝[281]池塘|乞讨。

253 fluminiculu flaminulinorum 解 fluminiculum flaminulorum［拉］"～"；其中 fluminiculu 也解 flumen［拉］"～"；其中 flaminulinorum 也解 flamen［拉］"～"。

254 Harbourer-cum-Enheritance 解 Harbourer"港口"＋cum"与"＋entrance"入口"，即"～"；也解 harbourer with inheritance"～"。此处包含本书主人公名字的缩写 HCE。

255 Canaan"～"，《圣经》中挪亚的孙子，受到挪亚的诅咒。此处包含本书主人公名字的缩写的反写 ECH。

256 Between a stare and a sough"～"，此处解 between sun and sun"～"，此处可能化自歌曲《在亲吻与叹息之间》("Between a Kiss and a Sigh")，美国歌唱家海伦·弗瑞斯特 1939 年演唱的一首歌曲。

257 bonedstiff 解 boned"长骨头的"＋stiff"僵硬的"；也解 bored stiff"～"。

258 vivvy 解 very"～"；也解 vivi-［拉］"～"。

259 soddy 解 sad"～"；也解 sorry"～"；也解 sod-dy"～"；也解 Frederick Soddy"～"，英国化学家。

260 dood［荷］"～"；也解 good"～"。

261 Petra［拉］"～"；也解 Francesco Petrarca"～"(1304—1374)，意大利诗人，被誉为"文艺复兴之父"。

262 Ulma［拉］"～"；也解 Ulme［德］"～"。

263 sojournemus 解 subdiurnemus［拉］"～"；也解 sojourn"～"＋us"～"。

264 LATIFUNDISM 解 latifundia"～"。

265 Eblinn 解 Eblana，古希腊天文学家托勒密所绘的世界地图上都柏林的名字。

266 Carr 解 cathair［爱］"～"；也解 Henry Carr"～"，曾因演戏服的价格问题与乔伊斯发生争执。

267 salmen browses 解 salmon"鲑鱼"＋browses"嫩枝"；也解 Brause［德］"～"；也解 Salmenbräu"～"，一种瑞士啤酒品牌。

268 amont 解 among"～"；也解 en amont［法］"～"。

269 leaving"～"；也解 living"～"。

270 19 世纪爱尔兰作家杰拉尔德·格里芬曾创作歌曲《幽灵城》。

271 phaked 解 faked"～"。这一分句中的"f"都被写成"ph"。

272 philim 解 film"～"；也解 nephilim"～"，《创世记》中的巨人族。

273 fylkers 解 fylki［古挪］"～"；也解 figures"～"。

274 bowed"～"，此处解 bought"～"。

275 sould 解 sold"～"；也解 soul"～"。

276 都柏林西郊的切坡里若德区当时有 63 英亩 1280 人，此处的 400 如果乘以 26 加 6 的和，则等于 12800。

277 Mackinerny"～"，人名。此句出自爱尔兰共和军创始人迈克尔·柯林斯去世后都柏林的一句涂鸦"让让，麦克，给迪克倒个地方"，Mick 指迈克尔·柯林斯，Dick 指他的继任者理查德·穆尔卡希。

278 阳光之岸为澳大利亚布里斯班市中心唐人街。

279 you'd wealth 解 you dwelt"～"；也解 you had wealth"～"。乔伊斯在《都柏林人》中的短篇小说《土》中曾引用歌曲《我梦到自己住在大理石殿堂》。

280 slowe 解 slowly"～"。

281 pool beg 解 Poolbeg"～"，乔伊斯在《尤利西斯》第三章中提到该地有普贝灯塔；也解 pool"～"＋beg"～"。

282 buona［意］"～"；也解 Buena Vista"～"，墨西哥北部地区，在墨西哥战争中美军于此打败墨西哥军队。

283 Santa Rosa"圣罗莎"，地名，很多国家都有叫这个名字的地方；也解 Santa Claus"～"；也解 Saint Rose of Lima"～"(1586—1617)，菲律宾和秘鲁的主保圣人；其中 Rosa 也解 rosemary"～"。

284 vale of Spring 解 Springvale"春谷"，澳大利亚墨尔本市西南部的一个区。

285 Orchards...lodged 解 Orchard Lodge"果园小屋"，爱尔兰韦克斯福德郡罗斯莱尔港的旅馆名。

286 sainted lawrels 解 St. Lawrence"～"，都柏林霍斯堡的霍斯伯爵的家族；也解 scented laurels"～"；也解 St. Laurence"～"(1123—1180)，即劳伦斯·奥图尔，都柏林的守护圣人。

287 evremberried 解 ever buried"～"；也解 ever remembered"～"。

288 ashwald 解 eastward"～"；也解 ash"～"；也解 Wald［德］"～"。

289 hoig view 解 hill view"～"；也解 fog view"～"；也解 Hillview"～"，爱尔兰沃特福德郡的居住区。

290 glen of marrons"～"；也解 Gleann na Marbhain［爱］"～"，地名，位于都柏林凤凰公园以西。

和荆棘谷。美丽河谷[291]，高度宜人[292]：有着宜人高度的美丽河谷[293]闪光。这个位于城市[294]边界的诺曼庭院，远处爱尔兰[295]爱琳教堂藤蔓攀爬的塔楼，为了朝圣集会中真正的圣人而聚集，㉑还有我们国王的石头房屋[301]石屋镇，桑树[302]桑树旅馆组成的果园[303]被爱戴的|贝尔格罗夫，曾经是磨坊的酒厂[304]静止的，曾是自耕农之地[305]无主之地的修道院[306]寺院，活人死人[307]往日|先前的的冷得瘆人的小镇[308]墓地|形状，这个枝叶很高的[309]阁楼|居住|离开榆树像勒法努一样[310]在大厦上面[311]上面提到的，每个，每一个，所有人都为了这位回顾者。上学[312]学校|干杯！8月[313]和重新[314]再上学！㉒ 甜滋滋的红褐色[316]奥伯恩，像自我风干的[317]自我冷藏的|自发面粉|引诱鲜花一样出现，草莓[318]冻结苗圃的那种芳香[319]草莓：凤凰[320]，他的火葬堆，依然在三重[321]真正的|屁股|紧的精神中燃烧：鹪鹩他的巢[322]很矮[323]秀气的，就像萨宾人的阁楼[324]门廊从远处可见。这里是给修鞋匠[325]和全新公民[326]勃兰登堡门的小屋和平房：㉓但是伊瑟，她的

㉑ 背信弃义的[296]斑岩阿尔比恩[297]，红衣骗子[298]，我们这边每次都是一色儿[299]神圣的玫瑰色的水兵[300]迷迭香|玫瑰经|罗马|圣母玛利亚。

㉒ 现在我得[315]一团糟洗那张小脸了。

㉓ 维京人的土话依然在夏山[327]区使用，因为一个戴杰里帽的[328]老年病学的|杰瑞 40 岁男人把两根手指放进他那滚烫的汤盘，依次吮吸来看看羊肉汤里是否有足够的蘑菇番茄酱。

291 Gleannaulinn 解 Gleann Aluinn [爱]“～”，位于都柏林凤凰公园以西，曾是背叛了巴涅尔的希利的家。
292 Ardeevin 解 Ard Aoibhinn [爱]“～”，地名，位于都柏林凤凰公园以西。
293 glint“～”，此处解 glen“～”。
294 ville [法]“～”。
295 Ereland 解 Ireland“～”；也解 Éire [爱]“～”，爱尔兰的雅称。
296 Porphyrious 解 perfidious“～”；也解 porphyry“～”。
297 Olbion 解 Albion [诗]“～”，英格兰或不列颠的雅称。
298 redcoatliar 解 redcoat“红外套”，指英国士兵＋liar“说谎的人”。
299 wholly“～”；也解 holy“～”。
300 rose marines“～”；也解 rosemary“～”；也解 rosary“～”；也解 Roman“～”；也解 Mary“～”。
301 king's house 解 King's House“国王旅馆”，位于苏格兰高地东部的一家旅馆；也解 Stonehouse“～”，位于英国格洛斯特郡的一个镇。
302 mulbrey 解 mulberry“～”；也解 Mulberry House“～”，1887 年建造的一家英国旅馆。
303 Belgroved 解 be-grove-ed“～”；也解 beloved“～”；也解 Belgrove“～”，伦敦的街道名。
304 still“～”，此处解 distillery“～”，即都柏林凤凰公园酿造厂。
305 Yeomansland 解 yeoman's land“～”；也解 no man's land“～”。
306 Kloster [德]“～”；也解 cloister“～”。
307 foregone on 解 Vorangegangene [德]“～”；也解 vergangen [德]“～”；也解 foregone“～”。
308 tombshape 解 township“～”；也解 tomb“～”＋shape“～”。
309 loftleaved 解 lofty“高的”＋leaves“树叶”；也解 loft“～”＋lived“～”；也解 leave“～”。
310 Lefanunian 解 Le Fanu“～”，爱尔兰作家，他的《墓地房屋》在本书常被引用。
311 abovemansioned 解 above“在上面”＋mansion“大厦”＋-ed；也解 abovementioned“～”。
312 Skole 解 school“～”；也解 skole [丹]“～”；也解 skaal [丹]“～”。
313 Agus 解 August“～”；也解 agus [爱]“～”。
314 igen [丹]“～”；也解 again“～”。
315 a muss“～”，此处解 I must“～”。
316 auburn“～”；也解 Auburn“～”，英国诗人哥尔德斯密斯的长诗《荒村》中的村庄。
317 selfreizing 解 self-“自我”＋raisin“葡萄干”；也解 sel-freezing“～”；也可与后面的 flower 合解 self-raising flour“～”；也解 reizen [德]“～”。
318 fraisey 解 fraise [法]“～”；也解 freeze“～”。
319 fragolance 解 fragrance“～”；也解 fragola [意]“～”。
320 指都柏林的凤凰公园，也指位于切坡里若德的凤凰酒馆。
321 trueprattight 解 tripartite“～”；也解 true“～”＋prat“～”＋tight“～”。
322 wren his nest 解 Wren's Nest“～”，位于英国西米德兰兹郡达德利市的一处地理景观。
323 niedelig 解 niedrig [德]“～”；也解 niedlich [德]“～”。
324 turrises 解 turris [拉]“～”；也解 terrace“～”。
325 cobbeler 解 cobbler“～”。
326 brandnewburgher 解 brand new burgher“～”；也解 Brandenburger Tor“～”，位于柏林，德国的国家标志。
327 Summerhill“～”，都柏林街道名。
328 jerryhatted 解 Jerry hatted“～”，乔伊斯短篇《偶遇》中的同性恋男人戴着一顶这样的帽子；也解 geriatric“～”；也解 Jerry“～”，与 Kevin(凯文)在书中组成一组二元对立的人物，即闪姆和肖恩。

在雪花莲、花边孔[332]、肉体和向阳花里。

花冠[329]切坡里若德花园，一个有着最生机勃勃的造型[330]有着最深的寂静|利菲河|叶子|花束的小小空间[331] the|小的|毛呢长披肩|小的呢披肩|ALP，让出众的[333]胜出的水[334]奇观|离开欢喜，让出众的出色的[335]幸福水[336]徘徊离开欢喜，㉔有着常春藤和冬青树林[339]《冬青与常春藤》，还有槲寄生的凉亭，是，尽管[340]女人的如果看起来[341]他们如此[342]女人的，然而[343]是的如果你愿意[344]，㉕给安桂许[346]焦虑|苦恼|安格斯那长着欢乐长发的女儿。全都是两个荒原般的[347]男爵领地老死鬼[348]教区所生，“烟草手”[349]提索奥努斯和“柔丝发”[350]头发|的头发，一万量度[351]一万|度量|米里亚姆|夫妻中的一公升。家庭旅店[352]，父母树干。穿着[353]红酒无袖战袍[354]酒店|诗人|塔巴德旅店，酒一个塞子泰伯酒馆和暖[355]一个酒店[356]卡利所酒馆㉖，借助带状拓展，从联系桥[362]合约桥牌到租约失效，离芬市的慷慨诗人办公室[363]邮政总局的西墙[364]向西|荒地|混乱|词只有两百[365]粟粒疹二十[366]百|自感低微的八万[367]千零九百六十辐射光[368]光线线。扭曲的幻景[371]《荒村》，平原最偏远的地方[372]最可爱

这里是我们从星条旗[369]牛肚上的饥馑来的成打的表亲[370]。

㉔ 手绢[337]半便士[338]。

㉕ 咕噜咕噜泼剌泼剌[345]。

㉖ 汤姆利。长大的男人。一个屠夫给他缝了[357]展示|咀嚼|鞋匠罩衣[358]吓唬|树枝和马裤[359]树枝|吊索|背带。看到保罗·苏特[360]玩具枪我很难过[361]生病了。

329 chaplet“～”；也解 Chapelizod“～”，地名，位于都柏林西郊。

330 af liefest pose 也解 of life-est pose“～”；也解 of deepest peace“～”；其中 liefest 也解 Liffey“～”；也解 leaf“～”；其中 pose 也解 posy“～”。

331 an litlee plads 解 en lille plads［丹］“～”；也解 an［爱］，定冠词“～”＋little“～”＋plaid“～”，即“～”；也解 ALP，本书女主人公的名字的缩写。

332 trou-de-dentelle［法］“花边的孔洞”。

333 winnerful 解 wonderful“出色的”；也解 winner＋-ful“～”。

334 wonders off 解 water of“～”；也解 wonders“～”＋off“～”。

335 wonnerful 解 wonderful“～”；也解 Wonne［德］“～”。

336 wanders off“～”，此处解 water of“～”。

337 H'dk' fs' 解 handkerchiefs“～”。

338 h'p'y 解 halfpenny“～”。

339 ivy and Hollywood“～”；也解“The Holly and the Ivy”“～”，18 世纪起英国流行的圣诞歌曲。

340 tho 解 though“～”；也解 toth［爱］“～”。

341 theem 解 seem“～”；也解 them“～”。

342 tho 解 so“～”；也解 toth［爱］“～”。

343 yeth 解 yet“～”；也解 yes“～”。

344 pleathes 解 please“～”。

345 Googlaa pluplu，根据乔伊斯的笔记，这是儿童造的词，前者表示用来喝的水，后者表示用来洗的水。

346 Angoisse［法］“～”，此处解 Anguish“～”，一些中世纪传奇认为是伊瑟的父亲；也解 anguish“～”；也解 Aonghus［爱］“～”，爱尔兰神话中的爱神。

347 barreny 解 barren＋-y“～”；也解 barony“～”。

348 perishers“～”；也解 parish“～”。

349 Tytonyhands 解 tytoń［波］“烟草”＋hands“手”；也解 Tithonos“～”，古希腊神话中黎明女神的恋人。

350 Vlossyhair 解 flossy“柔丝的”＋hair“头发”；也解 włosy［波］“～”；也解 vlasy［捷］“～”。

351 metromyriams 解 myrias［希］“～”，因此此处译为 metromyrias［希］“～”；也解 metron［希］“～”；也解 Miriam“～”，《旧约》中摩西的姐姐；也解 matrimonial“～”。

352 Presepeprosapia 解 praesaepe prosapiae［拉］“～”。

353 Wone 解 worn“～”；也解 wine“～”。

354 tabard“～”，骑士穿在铠甲外面的外套；也解 tavern“～”；也解 bard“～”；也解 Tabard Inn“～”，英国诗人乔叟的《坎特伯雷故事集》中主人公的出发地。

355 wine...warm“～”；也解 one...one“～”。

356 此处也解 The Tap 和 Carlisle Tavern“泰伯酒馆”和“卡利所酒馆”，1910—1930 年代在都柏林切坡里若德地区繁荣的两家酒馆，都属于同一人。

357 szewched 解 sewed“～”；也解 showed“～”；也解 chewed“～”；也解 szewc［波］“～”。

358 bloughs“～”，此处解 blouse“～”；也解 boughs“～”。

359 braches 解 breeches“～”；也解 branches“～”；也解 brache［意］“～”；也解 braces“～”。

360 P. Shuter 解 Paul Sutor“～”，乔伊斯在苏黎世的朋友；也解 peashooter“～”。

361 chory［波］“～”，此处解 sorry“～”。

362 contact bridge“～”；也解 contract bridge“～”。

363 generous poet's office“～”；也解 General Post Office“～”，指都柏林邮政总局。

364 wustworts 解 west walls“～”；也解 westward“～”；也解 Wüste［德］“～”；也解 Wust［德］“～”；也解 Wort［德］“～”。

365 millium 解 million“～”；也解 milium“～”。

366 humbered 解 hundred“～”，此处根据中国的数学表达方式译为“～(万)”；也解 humbler“～”。

367 thausig 解 thousand“～”，此处根据中国的数学表达方式将“八十千”译为“～”。

368 radiolumin 解 radioluminescence“～”；也解 radius luminis［拉］“～”。

369 starves on tripes“～”，此处解 Stars and Stripes“～”。

370 狄龙在他的《都柏林北部，城市和郊区》一书中称在美国有 24 个地区叫都柏林。

371 Distorted mirage“～”；也解 *The Deserted Village*“～”，英国诗人哥尔德斯密斯的长诗。

372 aloofliest“～”；也解 a loveliest“～”。

的，在那里迪莉娅[373]的丰满乳房[374]盒子|家㉗让摇木马[375]小马|英国农业工人在他的洞里很快乐。㉘商店和许可证[377]嘉德星星，莱姆下游的树镇堡[378]池塘。河塘[379]海岸？上面有[380]灰浆桶块砖[381]一点儿也不！但是它那怪异的平台[382]歪斜着螺旋上升|《愤怒之日》|珀西·奥莱利|壹耳微蚵，它那鬼魅般的墩距，它的通行缴费处只是个收款机，它的栏杆全都移来移去[383]。都柏林[384]你是否属于|梅·欧比龙在他的城市[385]边上。我们全都经过过。城镇[386]数吨|帕斯顿。在我们的瞌睡[387]在梦中|公园|梦里中。打鼾[388]疼痛。在我们朝更密集处[389]灌木丛远行[390]这里|乡下人的时候。光[391]闪耀|好看的。岸[392]高飞|支撑。它让我们从巴别塔[393]彼处下方酒吧|桶里词语[394]添加了甲醇的|喝醉的的黑暗中飞起[395]攻击|回答，贝德维尔[396]管理着圆桌，分发早晨最高必需品和哈灵顿[397]的发明，熄灭[398]克拉伦斯公爵楼上[399]暴发户|跌落观众席[400]学习里的儿童灯光。在这里我们将凝思最神圣的[401]最像家的|最家常的力量，闩上门与作为初学者的小气鬼和找茬鬼[402]崭新的相爱。合

㉗ 我相信都柏林和土耳其的苏丹。

㉘ 我听到马丁·哈尔平曾用过这个词，他是来自安特里姆峡谷[376]的老园丁，他常常为我的教父，佩剑的B·B·布洛菲神父打杂。

373 bedelias 解 Delia“～”，英国诗人济慈的诗歌《安迪米昂》中的女主人公。

374 boxomeness 解 buxomness“～”；也解 box“～”；也解 home“～”。

375 hobbyhodge 解 hobbyhorse“～”；也解 hobby“～”＋hodge“～”。

376 地名，位于爱尔兰的北部。

377 store and charter“～”；也解 Star and Garter“～”，很多酒店和旅店的名字。

378 Treetown Castle under Lynne“～”，化自 Newcastle-under-Lyme“纽卡斯尔安德莱姆”，英国斯塔福德郡的城镇；其中 Lynne 也解 linn［爱］“～”，这里指的是都柏林，因为都柏林也被称为黑水潭。

379 Rivapool 解 river“河水”＋pool“水塘”；也解 riva［意］“～”。

380 Hod“～”，此处解 had“～”。

381 brieck 解 brick“～”；整个句子也可解 not a bit of it“～”。

382 piers eerie“～”；也解 spire awry“～”；也解 Dies Irae［拉］“～”，这是中世纪一首描写最后的审判日的拉丁文颂歌；也解 Persse O'Reilly“～”，书中人物；也解 Earwicker“～”。

383 peripateting 解 peripatetic“巡回的”。

384 D'Oblong' 解 Dublin“～”；也解 Do you blong“～”；也解 May Oblong“～”，都柏林的一个妓女。

385 by［丹］“～”。

386 Tons“～”，此处解 towns“～”；也与前面合解 Paston“～”，1380—1750 年的英国家庭，以书信闻名。

387 snoo 解 snooze“～”；也解 snu［塞维］“～”；也解 zoo“～”；也解 snu［捷］“～”。

388 Znore 解 snore“～”；也解 sore“～”。

389 thicker“～”；也解 thicket“～”。

390 hickerwards 解 hike towards“～”；也解 hitherwards“～”；也解 hick“～”。

391 Schein［德］“～”；也解 shine“～”；也解 schön［德］“～”。

392 Schore 解 Shore“～”；也解 soar“～”；也解 shore“～”。

393 barrabelowther 解 Babel Tower“～”；也解 bar below there“～”；也解 barrel“～”。

394 mythelated 解 mythos［希］“～”；也解 methylated“～”；也解 methysos［希］“～”。

395 assoars 解 soar“～”；也解 assails“～”；也解 answers“～”。

396 bedevere 解 Bedevere“～”，中世纪骑士传奇中亚瑟王的圆桌骑士之一，是亚瑟王的管家。

397 Harington“～”，全名约翰·哈灵顿爵士(1561—1612)，英国朝臣，著有《埃阿斯变形记》。

398 clarience 解 clearance“空隙”；也解 Duke of George Clarence“～”(1449—1478)，出生于都柏林，曾任爱尔兰总督，以叛国罪被处决。

399 upsturts 解 upstairs“～”；也解 upstart“～”；也解 Sturz［德］“～”。

400 studiorium 解 auditorium“～”；也解 studium“～”。

401 homiest“～”，此处解 holiest“～”；也解 homelies“～”。化自穆尔的歌曲《我们歇于最普通的凉亭》。

402 nig and nag 解 niggar“小气鬼”＋and“和”＋nag“找茬的人”；也解 nigelnagelnew［瑞德］“～”。

唱：主角们。为了唤起[403]石化|集中他们试图展示的愤怒：多德尔男孩们和洋娃娃[404]发疯的。㉙在声、光、热、记忆、意志和理解之后。

跟你赌五美分，随便哪天[406]任何理论|对立面|达修|忒修斯，没有炼狱[407]脚印，你[408]敢不敢？

这里（被墙壁框住的记忆在留意）直到因扭动吵闹[411]而争吵的人做好准备[412]，ㅌ对ㅌ[413]F|脸，（瞪眼，尊重，第十四代从男爵，相遇[414]连同|笨蛋，同样[415]破了产[416]垮台的，乡下人[417]谷壳|查夫|ABC）在卡塔洛尼[418]发端开始之前，那时埃提乌斯[419]的将局会扼杀阿提拉的开局，（那个红润的[420]拳击手象[421]狂欢作乐的聚会，完蛋！）带领我们寻找，啊，夏娃们[422]前夜的六月[423]朱诺最有女人味儿的，汝薄情地[424]女孩逃离那温柔热心的反叛者[425]爱责难的，把汝自己与汝常被取笑的[426]最方便的追求者[427]回避者|阴沟厚厚地粘在一起，㉚利用[428]抚育者我们的无意识[429]没良心的，我们被压抑的[430]被下麻醉药的情感前面[431]为了的闪烁女郎[432]，㉛带领我们寻找，引导[435]莲花我们观看，照亮我们发现，让我们不要错过少女之约[436]麦达维尔，多方模仿的[437]含羞草[438]模仿的，愿五月之月[439]意义|看法|五月|哑的的愿吾爱之爱[440]结巴|意义！希望[441]

史前[409]苦行|牡蛎男人及其对泛歇斯底里的[410]所有子宫受苦的女人的追求。

㉙ 如果乌鸦们能撕裂，鸽子就能很美味[405]最亲爱的黑肤|最亲爱的满头黑发。

㉚ 关于拉动的问题。

㉛ 因为玫瑰点[433]看着伊尼式麦克圣岛[434]。

403 rifocillation 解 rifocillare［意］“～”；也解 fossilization“～”；也解 focus“～”。
404 doll“～”；也解 toll［德］“～”。
405 deelish 解 delicious“～”；也与前面合解 dubh dilis［爱］“～”；也解 ceann dubh dílis［爱］“～”。
406 anythesious 解 any day“～”；也解 any thesis“～”；也解 antithesis“～”；也解 Athanasius“～”（293—373），亚历山大时期的希腊主教；也解 Theseus“～”，希腊神话中的英雄。
407 puggatory 解 purgatory“～”；也解 pug“～”，指野兽的脚印。
408 yous 解 you“～”。
409 PREAUSTERIC 解 prehistoric“～”；也解 austerity“～”；也解 Auster［德］“～”。
410 PANHYSTERIC“～”；也解 panhysterikos［希］“～”。
411 wringwrowdy 解 wring“扭动”＋rowdy“吵闹的”。
412 wready 解 ready“～”。
413 F to ꟻ，英文字母；也解 face“～”；此处解 face to face，即“～”。
414 meet“～”；也解 mit［德］“～”；也解 Mutt“～”，在书中与 Jeff（聋子）是一组二元对立的人物。
415 altrettanth 解 altrettanto［意］“～”。
416 bancorot 解 bancarotta［意］“～”；也解 bankrott［德］“～”。
417 chaff“～”，此处解 chuff“～”；也解 Chuff“～”，书中人物，肖恩的化身；也可与前面的合解 ABC。
418 catalaunic 解 Catalaunian Plains“卡塔洛尼平原战役”，公元 451 年西罗马帝国名将埃提乌斯与匈奴大帝阿提拉在此处会战。
419 Aetius“～”（390—454），罗马护国公，被称为最后的罗马人。
420 buxon 解 buxom“～”；也解 boxer“～”。
421 bruzeup 解 bishop“～”，国际象棋中的象；也解 booze-up“～”。
422 eves“～”，此处解 Eves“～”。
423 june 解 June“～”；也解 Juno“～”，罗马神话中的神后，是女性、婚姻和母性之神。
424 flicklesome 解 fickle-some“易变地”；也解 flicka［瑞］“～”。
425 frondeur“～”；也解 frondeur［法］“～”。
426 efteased 解 oft teased“～”；也解 eftest“～”。
427 ensuer“～”；也解 eschewer“～”；也解 sewer“～”。
428 ondrawer 解 draw on“～”；也解 Aufzieher［德］“～”。
429 unconscionable“～”，此处解 unconscious“～”。
430 untedrugged 解 unterdrückt［德］“～”；也解 drugged“～”。
431 fore“～”；也解 for“～”。
432 flickerflapper 解 flicker“闪光”＋flapper“女郎”，20 世纪 20 年代那些不受传统约束的年轻女子。
433 Rose Point“～”，爱尔兰的岛屿，位于厄恩湖，该词原意为花边中的结点组成玫瑰花形。
434 Inishmacsaint“～”，爱尔兰的岛屿，位于厄恩湖。
435 lote 解 let“让”；也解 lotus“～”。
436 Maidadate 解 maid on a date“～”；也解 Maida Vale“～”，伦敦西部一个居住区。
437 Multimim etica 解 multi-mimetic“～”。
438 Mimosa“～”；也解 mimos［希］“～”。
439 maimoomeining 解 The Young May Moon“《年轻的五月月亮》”，英国诗人托马斯·穆尔的诗歌；也解 meaning“～”；也解 Meinung［德］“～”；也解 Mai［德］“～”；也解 maon［爱］“～”。
440 maymeaminning 解 may me“但愿我”＋Minne［德］“求爱”；也解 mean［爱］“～”；也解 meaning“～”。
441 Elpis［希］“～”；也解 ALP，本书女主人公名字的缩写。

ALP，汝为恩慈[442]希腊人|油脂的源泉，全都会向你[443]茶|朝向海的询问[444]驾驶|矛|凝视|希望，㉜从账房[446]餐厅|房子里的国王[447]到土墩后的恶棍[448]骑士|刀。大胆的[449]奥索尼亚人[450]奥索尼厄斯和盖尔人、仆人[451]、外国人[452]。㉝ 绕着玫瑰叮叮当[455]歌咏会|说谎。故事[456]就像她被传唱[457]年轻的|辛格|荣格的那样。由此继续下去，伴以给姿势[458]肯定加尾注[459]说不出口的|相符的|否定|结|点头，柏拉图式地[462]冥王星地追随着来自晚礼服的最快一瞥，美丽的小帕尔塞福涅[463]写平凡琐事的人她那开裂的背包流出尿[464]豌豆|和平。

曾有一个大有前途的可人儿叫[460]剔除碧丝[461]升C大调|柳条制品|姐妹。

红绿灯柱[467]霍尔·贝利沙，召唤[468]水盆|培根光明！女引座员，解开我们的束缚！那束爱尔兰的[469]耳朵绿色[470]太阳光线[471]月亮它像红蓝黄色的旗帜[472]鞭打指挥1—3—5[473]定居一样，挥动着我们走向远方[474]漫游，㉞吹动的蓝色[477]吹奏和靛蓝色[478]巨神温第高。在那儿闪光变成词语，寂静变成元音[479]自我|响亮。去振奋族人，他们被三三捆绑，成对儿抚慰[480]服侍。男人亚当[481]圣安达曼，㉟夏娃[485]我|他，伊苏珊莪

一个原始家族[465]宗派|7的冲动和更大冲动[466]反对|冲动。

㉜ 撒尿小童[445]时装模特的姿势。

㉝ 他们的神圣推测和她的有罪的[453]不过沮丧[454]使沮丧。

㉞ 灵魂[475]阿妈妈、乌鸦之魂[476]、乌鸦之魂吧。

㉟ 只因为他在孕育律法[482]岳父，我才能刺穿那个老家伙，把她泼[483]猛砍出去无数次，但我更关心我的瓶瓶罐罐[484]半加仑的酒|瓶子。

442 greeces 解 grace“～”；也解 Greeks“～”；也解 grease“～”。
443 theeward 解 thee“你”+-ward“向……”；也解 thee［荷］“～”；也解 seaward“～”。
444 speer“～”；也解 steer“～”；也解 Speer［德］“～”；也解 peer“～”；也解 sperare［拉］“～”。
445 Mannequins' Pose“～”，此处解 Manneken-Pis“～”，布鲁塞尔的著名雕像。
446 canteenhus 解 countinghouse“～”；也解 canteen“～”+hus［丹］“～”。
447 kongen［丹］“～”。此句化自童谣《国王在账房》，出自《鹅妈妈童谣》。
448 knivers 解 knaves“～”；也解 knights“～”；也解 knives“～”。
449 Audacior［拉］“～”。
450 Ausonius 解 Ausonians“～”，意大利的土著居民；也解 Ausonius“～”（310—395），罗马诗人。
451 gillie 解 giolla［爱］“～”。
452 gall［爱］“～”。
453 sinfly 解 sinfully“～”；也解 simply“～”。
454 desprit 解 desperate“～”；也解 dispirit“～”。
455 Singalingalying 解 Ringelringelreihen［瑞德］“绕着玫瑰叮叮当”，英国 18 世纪 90 年代流行的儿童游戏；也解 singalong“～”+lying“～”。
456 Storiella［意］“～”。
457 Syung 解 sung“～”；也解 young“～”；也解 John Synge“～”（1871—1909），爱尔兰剧作家；也解 Carl Gustav Jung“～”（1875—1961），瑞士心理学家。
458 yestures 解 gestures“～”；也解 yes“～”。
459 endspeaking nots 解 endnotes“～”；其中 endspeaking 也解 unspeaking“～”，也解 entsprechend［德］“～”；其中 nots 也解 Nos“～”，也解 knots“～”，也解 nods“～”。
460 culled“～”，此处解 called“～”。
461 Cis［德］“～”，此处解 Biss“～”，本书女主人公的女儿的别名之一；也解 cis“～”；也解 sister“～”。
462 plutonically 解 platonically“～”；也解 Plutonian+-ly“～”。
463 Proserpronette 解 Proserpine“帕尔塞福涅”，罗马神话中的冥后+-ette“小的”；也解 proser“～”。
464 peas“～”，此处解 piss“～”；也解 peace“～”。
465 SEPT“～”；也解 sect“～”；也解 septem［拉］“～”。
466 WIDERURGES 解 WIDER URGES“～”；也解 wider［德］“～”+urges“～”。
467 Belisha beacon“～”；也解 Leslie Belisha“～”（1893—1957），英国内政大臣，交通指示灯由他推广。
468 beckon“～”；也解 Becken［德］“～”；也解 Bacon“～”（1561—1626），英国哲学家。
469 earong 解 Erin“～”；也解 ear“～”。
470 grene 解 green“～”；也解 grían［爱］“～”。
471 ray“～”；也解 ré［爱］“～”。
472 flogs“～”，此处解 flags“～”。
473 domisole 解 do-mi-sol“～”，C 调、E 调、G 调，基本和弦；也解 domicile“～”。
474 yonder“～”；也解 wander“～”。
475 Anama［爱］“～”；也解 amama“～”，丹麦语言学家叶斯柏森《论语言的本质、起源和发展》中指出婴儿会嘟哝“阿妈妈”“阿爸爸”或“阿帕帕”这类的词。
476 anamaba 解 anama ba［爱］“～”。
477 Blow“～”，此处解 blue“～”。
478 windigo“～”，爱斯基摩人和某些美国印第安人神话中的食人巨神，此处解 indigo“～”。
479 selfloud 解 Selbstlaut［德］“～”；也解 self“～”+loud“～”。
480 asservaged 解 assuaged“～”；也解 serve“～”。
481 Adamman 解 Adam man“～”；也解 St. Adamnán“～”（624—708），爱尔兰圣人，曾为圣哥伦巴作传。
482 fathering law“～”；也解 father-in-law“～”。
483 slosh“～”；也解 slash“～”。
484 pottles and ketts 解 pots and kettles“～”；其中 pottles 也解“～”，也解 bottles“～”。此处化自歌曲《美人鱼》中的歌词“我更关心我的瓶瓶罐罐”。
485 Emhe 解 Émhe［爱］“～”；也解 me“～”+he“～”。

相[486]结合|和|Oisín是莪相，以及有时[487]某些类型奥丁[488]和[489]年轻的夫人[490]。啊天哪啊天哪[491]啊哈|蛋！㊱ 因此愿[497]玛奇这个小音节[498]西比尔成为我们的口令，这样我们可以清楚地把她说出来！在处女座[499]禁止里，维纳斯[500]年老的或许被遮蔽在月亮[501]软的|嘴巴后面，但是新星会靠近，就像他们在涅瑞伊得斯[505]中的光点[506]一样。魔术师中的一个，是的，唯一一个[507]，魔术师们，他们在榆树枝下，穿着迄今未因石头心肠而受损的鞋子，行走、走了，将走一条蜂蜜没药[509]蜜月和攀援蔷薇薄雾麝香[510]粪的路，此时五月蜜蜂[511]或许依然覆盖着五月花[512]五月，之前曾经[513]或者曾经覆盖着她，如果已从花[514]花朵|地板中消逝的话，㊲他们胳膊锁着[515]引诱胳膊，(铃儿叮当响，性感的钟声[516]魅力就像康奇塔[517]多孔霞石与森塔[518]圣人一起迷失了方向，㊳叮当响！)所有人想着它的所有方面，这个让人发痒的它[521]，这个构成它的每一寸的全部，这个人人为她而打扮的快乐，这个每人都生来去生育之事。㊴

大狗熊[502]大熊星座咬水手的唯一[503]北极星。麻烦[504]双倍，麻烦，麻烦。

基督教女青年协会[508]警告像基督一样的年轻的凯文。

告诉[519]搬弄是非的我牧羊女[520]孤挺花|汉娜·丽维娅的一切。

㊱ 全都上船[492]睡在铺上驶向塔拉[493]亚拉腊！当心[494]看吧滑头，湿帽子[495]东施效颦的人，我们的马槽里有张床[496]占着茅坑不拉屎。

㊲ 必须把它卖给某个人，爱的神圣名字。

㊳ 我们边走边纠正。

㊴ 丛林[522]年轻女孩|荣格|较年轻的法则。

486 Issossianusheen 解 Issy“伊茜”，本书主人公的女儿＋Susanna“苏珊娜”，伊茜的化身之一＋Ossian“莪相”；也解 association“～”；也解 is［爱］“～”；也解 Is Ossian Oisín［爱］“～”。
487 sometypes 解 sometimes“～”；也解 some types“～”。
488 Yggely 解 Ygg［挪］“～”，北欧神话中的主神。
489 ogs 解 agus［爱］“～”；也解 óg［爱］“～”。
490 Weib［德］“～”。
491 Uwayoei 解 O weh o weh［德］“～”；也解 euai!［希］“～”；也解 Ei［德］“～”。此处包含 5 个元音和 2 个半元音。
492 abunk 解 bunk“～”，此处解 aboard“～”。
493 Tarararat 解 Teamhar［爱］“～”，古凯尔特王国的都城；也解 Ararat“～”，大洪水后挪亚方舟停于此。
494 look slipper“～”，此处解 look sharp“～”。
495 soppyhat 解 soppy hat“～”；也解 copycat“～”。
496 doss“～”；也解 dog，即 dog in the manger“～”。
497 mag［德］“～”；也解 Maggies“～”，《圣经》中的妓女，在书中也象征着分裂的人格。
498 sybilette 解 syllable“～”；也解 Sybil“～”，希腊神话中的女预言家。
499 Veto［拉］“～”，此处解 Virgo“～”。
500 Vetus［拉］“～”，此处解 Venus“～”，古罗马神话中爱与美的女神。
501 mou［法］“～”，此处解 moon“～”；也解 mouth“～”。
502 Big Bear“～”，指“～”。
503 Sailor's Only“～”，指“～”。
504 Trouble“～”；也解 double“～”。
505 古希腊神话中的海中仙女。
506 radient 解 radiant“～”。
507 Una Unica［拉］“～”。
508 Forening Unge Kristlike Kvinne 解 Kristelig Forening for Unge Kvinder［丹］“～”；也解 warning young Christ-like Kevin“～”。
509 honey myrrh 解 honey“蜂蜜”＋myrrh“没药”；也解 honeymoon“～”。
510 mistmusk 解 mist“薄雾”＋musk“麝香”；也解 Mist［德］“～”。
511 maybe“～”，此处解 May bee“～”。
512 meiblume 解 Maiblume［德］“～”；也解 Mei［荷］“～”。
513 or ever“～”，此处解 ere ever“～”。
514 fleur［法］“～”；也解 flower“～”；也解 floor“～”。
515 enlocked“～”；也解 anlocken［德］“～”。
516 chimes“～”；也解 charm“～”，出自歌曲“The Chimes of Love Are Pealing”（《奏响爱的钟声》）。
517 conchite“～”，此处解 Conchita“～”，法国作家皮埃尔·路易的小说《女人与玩偶》(1898)中的妖妇。
518 sentas 解 Senta“～”，瓦格纳的歌剧《漂泊的荷兰人》中的女主人公；也解 saints“～”。
519 Telltale“～”，此处解 tell“～”。
520 annaryllies 解 Amaryllis(田园诗套语中的)“～”；也解 amaryllis“～”；也解 Anna Livia“～”。
521 指性魅力，也指女性的性器官。
522 jungerl 解 jungle“～”；也解 young girl“～”；也解 Carl Jung“～”(1875—1961)，瑞士心理学家，曾为乔伊斯的女儿治疗心理问题；也解 jünger［德］“～”。

吉姆约翰[523]双胞胎|约翰|酒坛子很快就会在布朗与诺兰[524]诺拉镇的布鲁诺的分区书桌上苦思[525]棒打某个算术[526]韵律什么的，而她，小心地作为丘比特[527]愚蠢，成为仆从们的连祷[528] 9的对象，由于蠢人[530]莫克斯|骑墙派的咣啷[531]臀部、粗人[532]抱怨的人|鹅|颤抖|问候的邋遢、蚂蚁[533]和|不要|魔鬼的贪婪和蚱蜢[534]大的的大错[535]，带着她那小小的[536]两便士的罐子我不在乎[537]也门|三角形披肩，将坐在柔软的[538]歌曲|沙发沙发上织毛线。㊵ 夜晚的炖菜，美味[541]书呆子气的的炖菜。顶针剧院[542]里的一个小身体[543]锥子|波德金|阴茎一个老板。但全都是她天性如此[544]交叉缝式|熊|骨头。有意的[545]商行。根据奶奶的[546]牧草|书写语法，她认识到，如果有第三个人被谈及[548]亚巴顿|坏的，阳性[549]、阴性[550]猫科动物或中性[551]更裸体的，其语气[552]必然源于[553]诗体学一个向她的二号说话的人，后者是被诉说、与交流和被谈论的直接对象。把与格和他的离格[554]圣餐饼|献身于修道院生活的|绝对离格放在一起㊶，因为就算已经废弃，依然那么有趣，因此要在她的祈使语气的推动下谈语法[555]文字，只要留心他的反身形式下你的性[556]慷慨的，就像我对

既得权益的早期观念和社会传统对个人的影响。

你可不可以代我受过[529]，跟仙女们作战？

一切都很重要[547]母校|马瑟斯|孤挺花|牧羊女，拍卖商。

㊵ 想到所有那些举到一半的[539]小客栈套头毛衣[540]情人让我脸红。

㊶ 我会喜欢他的粉红色脸蛋。

523 jemmijohns 解 Jim+John"～",本书中双胞胎兄弟,闪姆和肖恩的变体;也解 geminus［拉］"～"+Johns "～";也解 demijohns"～"。
524 Browne and Nolan"～",都柏林书籍和文具商店;也解 Bruno of Nola"～",意大利哲学家。
525 cudgel"～",此处化自习语 cudgel one's brains(挖空心思),故译为"～"。
526 a rhythmatick 解 arithmetic"～";也解 rhythm"～"。
527 cupid 解 Cupid"～",罗马神话中的爱神;也解 stupid"～"。
528 novence 解 novena"～",连续 9 天的祈祷;也解 novenus［拉］"～"。
529 Carry my can"～"。化自习语 carry the can(代人受过),也可能出自爱尔兰儿歌。
530 mug"～";也解 Mookse"～",本书狐狸与葡萄故事中的狐狸;也可与后面的 wumping 合解 mugwump "～"。
531 wumping 解 whumping"～",撞击的声音;也解 rump"～"。
532 grooser 解 groos-er"～";也解 grouser"～",本书狐狸与葡萄故事中的葡萄;也解 goose"～";也解 groose"～";也解 Gruß［德］"～"。
533 andt 解 ant"～",本书蚂蚁和蚱蜢故事中的蚂蚁;也解 and"～";也解 don't"～";也解 Ondt［丹］"～"。
534 grossopper 解 grasshopper"～";也解 groß［德］"～"。
535 此处化自法国习语 faire une grande gaffe［法］"犯下大错"。
536 tootpettypout 解 tout petit peu［法］"～";也解 two penny pot"～"。
537 jemenfichue 解 je m'en fiche［法］"～";也解 Yemen"～"+fichu"～"。
538 solfa［意］"～",此处解 soft"～";也解 sofa"～"。
539 halfwayhoist 解 halfway"到一半的"+hoist"举起";也解 halfway house"～",路中间歇脚的客栈。
540 Pullovers"～";也解 lovers"～"。
541 booksyful 解 beautiful"～";也解 booksy"～"。化自《爱丽丝漫游奇境记》中的"夜晚的汤,美味的汤"。
542 Thimble Theatre"～",美国一本连环杂志名,以登载《大力水手》而著称。
543 bodikin"～";也解 bodkin"～";也解 Michael Bodkin"～",乔伊斯的妻子诺拉年轻时在戈尔韦的情人;也解 bod［爱］"～"。
544 her-inbourne 解 her"她"+inborn"天生的";也解 herringbone"～";也解 bear"～"+bone"～"。
545 Intend"～";也解 intendere［意］"～"。
546 gramma"～",美国西部产的一种牧草,此处解 grandmamma"～";也解 gramma［希］"～"。
547 Allma Mathers 解 all matters"～";也解 Alma Mater"～";也解 Liddell Mathers"～"(1854—1918),当代神秘主义者,曾施法为叶芝招来幻象;也解 amaryllis"～";也解 Amaryllis"～"。
548 abad 解 about"～";也解 Abaddon"～",地狱里的魔王;也解 bad"～"。
549 mascarine 解 masculine"～"。
550 phelinine 解 feminine"～";也解 feline"～"。
551 nuder"～",此处解 neuter"～"。
552 moods"～";也解 must"～"。
553 prosodes 解 proceed"～";也解 prosody"～"。
554 oblative 解 ablative"～";也解 Oblate［德］"～";也解 oblate"～";也与后面合解 ablative absolute"～"。
555 gramma［拉］"～",此处解 grammar"～"。
556 genderous 解 gender"～",某些语言对词语所做的阳性、阴性和中性的区分;也解 generous"～"。

玩家[558]老盖弗金德[559]均分制，他像你的屁股[560]你是厄尔斯语|你是地球一样傻[561]聋的。

你的祖父[557]格拉巴酒|葡萄来说（巴特[562]阴茎|真该死穿着裤子[563]一千，停下[564]这儿有个男人离开了|听一个男人惊呼！），那时他是我的快乐[565]我|头㊷并且属于我，就像大家说的[572]就像那个荡妇说的|主|女士，是他的残留的[573]智力的|选段的|汉娜·丽维娅·妇鲁拉贝尔提神酒[574]侏儒|跳跃。㊸ 第一次听到时的憎恶常常源自第二眼[575]先见之明生出的爱意，知道这一点是个安慰[576]遵从。在缀词[577]虚拟语气|地铁枢纽|联结法|潜意识的的黑暗处[578]浸入|黑暗的有你那小小的语法[579]罪|谈话，决斗中的对偶，复数[580]淫秽的|多数上的老死板，不过当[581]你在差不多[582]或者抽泣大半[583]配偶年[584]渴望里像你的天竺葵[585]动名词|边缘一样顾影自怜[586]墙|地板㊹时，即便是最轻浮的[589]头发最浓密|不定过去时女监护[590]小伙子|在周围|围在周围的小伙子，不管在衬裙[591]可爱|宠爱和所有那些屈膝[592]所有那些事情方面怎么无比完美[593]过去完成时|闲言碎语|鼓掌，都或许可能有机会即将在这种情况[594]语法的格下变成苍白的过去时[595]剧作家|爱国者|彼得·怀特|使徒彼得|阴茎，哪怕有所有那

㊷ 红头发[566]熏青鱼的法国魔鬼[567]顽皮的！那么这就是你为什么逃向大海，利菲[568] ALP|拍打夫人。跳[569]操我，挪威佬[570]看着|锁住|心情，因为你犯了罪[571]感觉！

㊸ 一只可洗可爱可漂浮的布娃娃。

㊹ 跟她的贵妇犬一起假装[587]昏倒得到宽恕，觉得自己早死了。爱值得[588]更坏|爱比活着更糟吗经历吗？

557 grappa“～”，意大利一种用酒渣酿制的白兰地，此处解 grandpa“～”；也解 grape“～”。
558 the Gamper 解 the gamer“～”。
559 Gavelkind“～”，人名；也解 gavelkind“～”，古代的爱尔兰土地制度，土地所有者死后土地变成公有。
560 you're erse 解 your arse“～”；也解 you are Erse“～”；也解 you are earth“～”。
561 daff“～”；也解 deaf“～”。
562 Bott 解 Butt“～”，书中肖恩的化身；也解 bod [爱]“～”；也与后面合解 Potztausend [德]“～”。
563 trousend 解 trousered“～”，指男的，或者女子演男角的；也解 thousand“～”。
564 hore a man uff 解 hor emal uff [德口]“～”；也解 here a man off“～”；也解 hear a man uff“～”。
565 me hedon 解 my“我的”＋hêdonê [希]“快乐”；其中 me 也解“～”（宾格）；其中 hedon 也解 head“～”。
566 red hairing 解 red hair“～”；也解 red herring“～”。
567 Frech devil 解 French devil“～”，17 世纪中期著名海盗让·巴尔的绰号；其中 Frech 也解 frech [德]“～”。
568 Lappy 解 Liffey“～”，这里指本书女主人公 ALP；也解 Lap“～”＋-py。
569 Leap“～”，在俚语中也指“～”。
570 Locklaun“～”，爱尔兰对挪威的称呼；也解 look“～”；也解 lock“～”＋Laune [德]“～”。
571 Sensed“～”，此处解 sinned“～”，此句化自忏悔时常对神父说的话“祝福我吧，神父，我犯了罪”。
572 what the lewdy saying 解 was die Leute sagen [德]“～”；也解 what the lewd is saying“～”；其中 lewdy 也解 lord“～”，也解 lady“～”。
573 analectual 解 analecta [拉]“残羹剩饭，负责撤席之奴仆”；也解 intellectual“～”；也解 analectual“～”；也与后面合解 Anna Livia Plurabelle“～”，本书女主人公。
574 pygmyhop 解 pick-me-up“～”；也解 pygmy“～”＋hop“～”。
575 second sight“～”，此处与前面对应直译为“～”。
576 comfortism 解 comfort“～”；也解 conform“～”。
577 subjunctions“～”，指语法中相关个体为层级结构有附属关系的一种前缀；也解 subjunctive (mood)“～”；也解 subway junctions“～”；也解 subjunctiones [拉]“～”；也解 subconscious“～”。
578 dunk“～”，此处解 dark“～”；也解 dunkel [德]“～”。
579 sintalks 解 syntax“～”；也解 sin“～”＋talk“～”。
580 pruriel 解 plural“～”；也解 prurient“～”；也解 pluriel [法]“～”。
581 whilstly 解 whilst“～”。
582 or sob 解 or so“～”；也解 or sob“～”。
583 better half“～”，在俚语中也指“～”。
584 yearn“～”，此处解 year“～”。
585 gerandiums 解 geraniums“～”；也解 Gerundium [德]“～”；也解 Rand [德]“～”。
586 wallfloored 解 wallflower“壁花”，社交场合因羞涩而受人冷落之人＋-ed；也解 wall“～”＋floor“～”。
587 feinting“～”；也解 fainting“～”。
588 worse“～”，此处解为 worth“～”。此句也可解为 Is love worse than living“～”。此句化自 19 世纪英国小说家马洛克（W. H. Mallock）1879 年出版的小说《值得活着吗》。
589 aoriest 解 airiest“～”；也解 hairiest“～”；也解 aorist“～”。
590 chaparound 解 chaperone“～”，以前在英国，未婚女子出入社交场所必须有年长的女性陪同，以监督她的行为；也解 chap“～”＋around“～”，即“～”。
591 prettydotes 解 petticoats“～”；也解 pretty“～”＋dotes“～”。
592 haec genua omnia [拉]“～”；也解 haec genera omnia [拉]“～”。
593 plaudered perfect 解 pluterperfect“～”；也解 pluperfect“～”；也解 plaudern [德]“～”；也解 plaud“～”。
594 case“～”，也解“～”。
595 peterwright 解 preterite“～”；也解 playwright“～”；也解 patriot“～”；也解 Peter Wright“～”，在 20 世纪 20 年代出版了一本有关巴涅尔和格莱斯顿的流言蜚语的书；也解 Peter“～”，在俚语中也指“～”。

些宾格时态[596]严厉的指控。那是一只小野[597]聪明的猫,亲爱的,不会把公羊[598]苍穹|活的与疣猪[599]看守者混为一谈。因为你可能像可以预见[600]可断言的|谓语一样讲求实际[601]可实行的,但是要面对那种有所不同的存在物,你必须有一种合适的机遇[602]词形变化|口音。㊺ 在他的手指[604]笨手笨脚|手上燃烧,在他的拳头下冻僵。㊻ 每个字母都是天赐的,热情的阿瑞斯[607]α,β,γ、鲁莽的玻瑞阿斯[608]圣鲍里斯和格莱博以及圆滑的加尼米德[609]喜欢妒忌的宙斯[610],众人中的至强者[611]万能的|最伟大的|Ω。对我或不对我[612]。你的探求[613]问题得到了满足[614]天狼星|足够的。一字足矣[615]求婚!我是[616]我,汝等曾是[617]穿着一位绅士,汝现在是[618],我是荡妇[619]女王。游戏结束了吗?游戏在进行。烧饭烧饭[622]布谷鸟!搜我。女仆越像乞丐,拳头[623]嘴越大。族长[625]彼特拉克|普劳图斯越伟大,夹紧就越悲痛。这是你的医生知道的。啊爱,它是这样推动[626]迷恋|热爱富人[627]普鲁托和穷人[628]教皇的,这是最大的常识[629]普通名词。㊼ 砰!彩蛋[632]她主动,勺子她被动,林德利和默里书中的[633]

温柔的行板[620]但丁|幽默。节拍器[621] 50—50。

他们没有攻克城市[624]好波林娜在哪里。

㊺ 如果勒内[603]不能有样学样,她的处境就会变差。

㊻ 不恰当的摩擦[605]假分数是种诅咒,男人们的尿酸盐[606]测量|月经|撒尿让我发疯。

㊼ 总而言之[630]列维斯和肖特,黑白巫术[631]荡妇|手艺的初级读本。

596 tense accusatives 解 tense“时态”＋accusative“直接宾格”；也解 tense accusations“～”。

597 wild's 解 wild“～”；也解 wise“～”。

598 wilkling 解 wilkin“～”；也解 welkin“～”；也解 walking“～”。

599 warthog“～”；也解 Wart［德］“～”。

600 predicable“～”，此处解 predictable“～”；也解 predicate“～”。

601 practical“～”；也解 practicable“～”。

602 accident“～”；也解 accidence“～”；也解 accent“～”。

603 Renèe 解 René Descartes“勒内·笛卡尔”（1596—1650），法国哲学家、数学家。

604 fumbles“～”，此处解 fingers“～”；也解 fambles［黑话］“～”。

605 Improper frictions“～”；也解 improper fractions“～”。

606 mens uration 解 men's urate“～”；也解 mensuration“～”；也解 menstruations“～”；其中 uration 也解 urination“～”。

607 Ares“～”，古希腊神话中的战神；也与后面合解 alpha, beta, gamma，希腊字母表的前三个字母。

608 Boreas“～”，希腊神话中的北风之神；也可与后文的 and glib 合解 Sts. Boris & Gleb“～”，俄罗斯中世纪时的基辅公国皈依基督教后最早被封圣的两位圣徒，他们的纪念日为 7 月 24 日。

609 Ganymede“～”，特洛伊王子，被宙斯拐到奥林匹斯山上给众神侍酒。

610 Zeus“～”，希腊神话中的主神。此句的名字与修饰它的形容词皆押头韵。

611 O'Meghisthest 解 mightest“～”；也解 almight“～”；也解 ho megistos［希］“～”，常用于称呼宙斯；也解 omega“～”，希腊字母表的最后一个字母。

612 此处化自莎士比亚的悲剧《哈姆雷特》的著名台词。

613 quest on“～”；也解 question“～”。

614 Satis［拉］“～”；也解 Sothis“～”；也可与后面的 quest on 合解 satisfaction“～”。

615 Werbungsap 解 verbum sat［拉］“～”；也解 Werbung［德］“～”。

616 Jeg suis 解 Je suis［法］“～”；其中 Jeg 也解［丹］“～”。

617 wore“～”，此处解 were“～”。

618 arr 解 are“～”。

619 quean“～”；也解 queen“～”。

620 Undante umoroso 解 andante amoroso“～”；也解 Dante“～”，中古意大利诗人；也解 umorismo［意］“～”。

621 M. 解 metronome“～”。

622 Cookcook“～”，一种说法认为在捉迷藏游戏时，负责找人的人会说完“开饭”之后开始找人；也解 kukkuk［丹］“～”。

623 mauler“～”；也解 Maul［德］“～”。

624 Οὐκέλαβον πόλιύ 解 ouk elabon polin［希］“～”；也解 Où qu'est la bonne Pauline?［法］“～”，化自法国顺口溜“好波林娜在哪里？在车站。她做什么？她尿尿和拉屎”。

625 patrarc 解 patriarch“～”；也解 Petrarch“～”（1304—1374），意大利诗人，文艺复兴人文主义者；也解 Plautus“～”（前 254—前 184），罗马喜剧作家。

626 pash“～”，此处解 push“～”；也可与前面的 love 合解 have a pash for“～”。

627 plutous 解 ploutos［希］“～”；也解 Plouton“～”，希腊神话中的冥王。

628 paupe 解 pauper［拉］“～”；也解 Pope“～”。

629 Commonknounest 解 common known＋-est“～”；也解 common noun“～”。

630 Llong and Shortts 解 the long and the short of“～”；也解 Lewis and Short“～”，《拉丁语字典》的编撰者。

631 Wenchcraft 解 witchcraft“～”；也解 wench“～”＋craft“～”。

632 egg...spoon 解 egg and spoon race“彩蛋接力比赛”。

633 Lindley's and Murrey's 解 Lindley Murray“～”（1745—1826），著有《英语语法》（1795）。

所有它们好从句[634]细布|目的从句|终极因从未把现在分词[635]礼物包从她那作为后置条件的未来[636]条件时态|将来时态带给[637]沮丧的[638]异相动词劝告人[639]女性劝告者|劝告的|正教，我辩解[640]陈述的道。⑱ 长大肿块的是大笔付钱的人[642]灯。尽管口音结巴，数量[643]才算数。枷锁打开，责任[647]拐弯抹角的|间接引语演说转[648]从语法上分析|考试及格的|珀西·奥莱利到一个方向，小孩[649]兄弟，孩子[650]，可以从很多中选，不管他是求婚人[651]我被勾引|应该的学徒[652]阑尾，附录、管道店员，还是功能主义的自由苍蝇拍，那个完美的小无赖，从四肢柔软的[653]林波洛斯特少女时代[654]懒怠的倦怠和软弱，到长大后[655]上蜡的妇女时期的头、背和心痛，并且堆在成堆的其他事情上。留意值得尊敬的爱尔兰苦恼妇女[656]和汉弗利镇[657]汉弗利·卿普顿·壹耳微蚵协会的快乐芥末色酒沫吹风机[658]霜菊。先攻击[659]问，之后快点说出无论什么[660]鸭子嘎嘎叫|问题。当心蛇[661]诋毁|俚语|长蛇号的那条嗞嗞作响[662]嘘声|历史的替补尾巴[663]狡猾的|敏感的里⑲潜伏着挑逗耳朵[672]珀西·奥莱利|蠼螋的结盟！要曲曲[673]弓形的折折[674]绿色，

如果你坚持[644]吮吸你的柠檬南瓜[645]生活|胡话|牛奶，我就选那个小猪肉肠[646]波莉。

⑱ 鹅群都出去了[641]全力以赴。

⑲ 他只是对白肉[664]配偶疯狂[665]昆虫|坚果|在上面，他没有牙齿也没有沙砾来嚼[666]，这是长[667]狼|长的|长蛇号王[668]面颊虫[669]的毛病，摇摇晃晃[670]鸟鸣的老醋栗[671]去|肚子。

634 fine clauses“～”；也解 fine cloth“～”；也解 final clauses“～”；也解 final cause“～”。
635 the participle of a present 解 present participle“～”；也解 parcel of a present“～”。
636 postconditional future“～”；也解 conditional tenses“～”＋future tense“～”。
637 braught 解 brought“～”。
638 desponent 解 despondent“～”；也解 deponent verb“～”。
639 hortatrixy 解 hortator“～”；也解 hortatrix［拉］“～”；也解 hortative“～”；也解 orthodoxy“～”。
640 vindicatively“～”；也解 indicative“～”。
641 all out“～”，此处解为 all“～”＋out“～”。
642 Lumpsome is who lumpsum pays“～”，化自习语 Handsome is who handsome does（行为漂亮才算美）；也解 lamp“灯”，在本书中灯由母亲汉娜举着，象征着旧月亮，与女儿伊茜象征的新月亮相对。
643 此处指古希腊罗马诗歌根据长短而非重音划分音节。
644 suck to“～”，此处解 stick to“～”。
645 lebbensquatsch 解 lemon“柠檬”＋squash“小南瓜”；也解 Leben［德］“～”＋Quatsch［德］“～”；也解 lebban［阿］“～”。
646 Polly“～”，玛丽的昵称，此处解 polony“～”。
647 oblique“～”，此处解 obligation“～”；也与后面的 orations 合解 oratio obliqua［拉］“～”。
648 Parsed“～”，此处解为 parted“分岔”；也解 passed“～”；也解 Persse O'Reilly“～”，书中人物。
649 brat“～”；也解 brat［斯］“～”。
650 alanna 解 a leanbh［拉］“～”。
651 Sollicitor［拉］“～”，此处解 solicitor“～”；也解 soll-［德］“～”。
652 appendix“～”，此处解 apprentice“～”。
653 Limberlimbed 解 limber“柔软的”＋limbed“有枝的”；也解 Limberlost“～”，美国作家吉恩·斯特拉顿-波特 1909 年出版的小说《林波洛斯特女孩儿》的主人公。
654 Lassiehood“～”；也解 lassitude“～”。
655 waxedup 解 aufgewachsen［德］“～”；也解 waxed up“～”。
656 Irish Distressed Ladies' Fund“～”，19 世纪末的爱尔兰帮助无租金租房者的基金。
657 Humphreystown“～”，位于爱尔兰布莱辛顿市；也解 Humphrey Chimpden Earwicker“～”，本书主人公。
658 Frothblower 解 Froth“泡沫”＋blower“吹风机”，称啤酒鬼的戏语；也解 frost flower“～”。
659 Atac 解 attack“～”；也解 ask“～”。
660 queckqueck 解 quicquid［拉］“～”；也解 quack“～”；也解 question“～”。
661 schlangder 解 Schlange［德］“蛇”＋der［德］“他”；也解 slander“～”；也解 slang“～”；也解 Long Serpent“～”，著名的维京船只之一。
662 hist“～”，此处解 hiss“～”；也解 history“～”。
663 subtaile 解 sub-tail“～”；也解 subtil“～”，《创世记》（3：1）有“耶和华神所造的，惟有蛇比田野一切的活物更狡猾”；也解 subtle“～”。
664 mate“～”，此处解 meat“～”。
665 bug nuts on 解 be (dead) nuts on“～”；也解 bug“～”＋nuts“～”＋on“～”。
666 choo 解 chew“～”，本书男主人公 HCE 像乔伊斯一样掉了不少牙齿。
667 Lang［德］［荷］“～”；也解［中］“～”；也解 long“～”；也解 Long Serpent“～”。
668 Wang［中］“～”；也解 Wange［德］“～”。
669 Wurm［德］“～”。
670 worbbling 解 wobbling“～”；也解 warbling“～”。
671 goesbelly 解 gooseberry“～”；也解 goes“～”＋belly“～”。
672 oreilles［法］“～”；也解 Persse O'Reilly“～”，书中人物，字面意为 perce-oreille［法］“～”。
673 embowed“～”，此处解［希伯来］“～”。
674 vert“～”；也解［希伯来］“～”。

请设好合适的[675]自然的颜色倾向。但是要向那个古老的方言学习如何一分不差地介于古老和现代的中间。可依靠的唾沫四溅的人。虽然我们已经永远失去了仙境[676]神奇|草坪。爱丽丝，啊啦噻，她打碎了玻璃[677]小女孩！利代尔[678]小|丽达透过叶子[679]看[680]引诱者|美人|爱|小橱，我们的是痛苦[681]面包之谜[682]悲惨境遇。㊿ 你可以在青春点燃的[683]年轻的|欧几里德的自行车上快速旋转，用你那在车把手[684]代数|酒吧上踢鞋子[685]精美菜肴来数倍取悦[686]乘法你的米克和尼克，但是，翻回[687]维吉尔[688]处女页[689]安妮·裴琪看看，当那两个不发音的字母[691]哑巴|妈妈|勇气在英语中[692]健壮的|大麦跟在她后面[693]接续而来的，女人的O是长音，因此当心永远不要离开富佬[695]邻居|没有人51走入歧途，他会很好地接受[698]命名你，确定婚期[699]接受。

维吉尔再见[690]。

哄骗[694]消失|诗。

人家刚刚在读，人家不是这样吗，是的[703]，是的，他们对爱尔兰的[704]雇员小小战役[705]布匿战争的回忆录[706]回忆|命运，如此结束，还有[711]和一切，去吧[712]糊涂的，去吧，关于奥布赖恩[713]奥布赖恩小姐、奥康纳[714]、麦克洛奇兰[715]维京人的土地，以及麦克

伴随着勇气、劝告和不屈不挠。预兆、责任[700]负担和讣告[701]他死亡的圣职。危险、职责和命运的分配[702]货到付款。两极原则。

乌尔斯特[707]、芒斯特[708]走廊|莫纳斯提尔、兰斯特[709]列宁|星星和康诺特[710]联系|切断

㊿ 亲爱的，我相信所有乐子，我的非法入侵可能会被原谅，但我觉得我会增加地狱。

51 他是我那做出种种欺骗[696]类型的所有男人[697]人类。

675 proper“～”；也解[希伯来]“～”。

676 Wonderlawn 解 Wonderland“～”，即《爱丽丝漫游奇境记》中的“奇境”；也解 Wonder“～”＋lawn“～”。

677 glass“～”；也解 lass“～”，此句化自歌曲“Amo, Amas, I love a lass”(《我爱上了一个小女孩》)。

678 Liddell 解 Alice P. Liddell“～”，《爱丽丝漫游奇境记》的女主人公爱丽丝的原型；也解 little“～”；也解 Leda“～”，希腊神话中斯巴达国王廷达路斯的妻子，因化身天鹅的宙斯的突然袭击而怀孕。

679 leafery 解 leafage“～”。

680 lokker [荷]“～”，此处解 looked“～”；也解 looker“～”；也解 love“～”；也解 locker“～”，俚语中指女性生殖器。

681 pain“～”；也解[法]“～”。

682 mistery 即 mystery“～”；也解 misery“～”。

683 youthlit's 解 youth“青春”＋lit's“点燃的”；也解 youthly“～”；也解 Euclid's“～”。

684 algebrars 解 handlebars“～”；也解 algebras“～”；也解 bar“～”。

685 kickshoes 解 kick“踢”＋shoes“鞋子”；也解 kickshaws“～”。

686 multiplease 解 multi-“多倍的”＋please“使开心”；也解 multiply“～”。

687 volve [拉]“～”。

688 virgil 解 Vergil“～”(前 70—前 19)，古罗马诗人；也解 virgin“～”。

689 page“～”；也解 Anne Page“～”，莎士比亚的戏剧《温莎的风流娘们》中天真无邪的少女。此句化自托马斯·穆尔的歌曲《收回处女裴琪》。

690 O'Mara Farrell 解 Publius Vergilius Maro“维吉尔”＋farewell“再见”。

691 muters 解 mutes“～”，在语言学中指不发音的字母，故译“～”；也解 Mutter [德]“～”；也解 Mut [德]“～”。

692 burly“～”，此处解 Béarla [爱]“～”；也解 barley“～”。

693 sequent“～”，此处解 sequentur [拉]“～”。

694 Verschwindibus [德]“～”；也解 verschwinden [德]“～”；也解 verse“～”。

695 Nebob 解 Nabob“～”，在印度英语中指在东方尤其是印度发财的欧洲人；也解 neighbour“～”；也解 nemo [拉]“～”。此句也可解为 from nemo let you never say neminis or nemine，拉丁语法书中关于 nemo 的变格的练习。

696 desception 解 deception“～”；也解 description“～”。

697 menkind“～”；也解 mankind“～”。

698 nimm [德]“～”；也解 name“～”。

699 nehm- [德]“～”，此处与后面合解 name the day“～”。

700 onus“～”；也解[拉]“～”。

701 Obit“～”；也解[拉]“～”。

702 这三组词的首字母连在一起为 COD，是书中人物 Cad(恶棍)的变体；也可解为 cash on delivery“～”。

703 ya 解 ja [德]“～”。

704 Hireling 解 Ireland's“～”；也解 hireling“～”。

705 puny wars“～”；也解 Punic Wars“～”，公元前罗马和迦太基之间发生的三次战争。

706 memoiries 解 memoirs“～”，也解 memories“～”；也解 moira [希]“～”。

707 Ulstria 解 Ulster“～”，爱尔兰四省之一，即今天的北爱。

708 Monastir 解 Munster“～”，爱尔兰四省之一；也解 monastir [保]“～”；也解 Monastir“～”，马其顿城市。

709 Leninstar 解 Leinster“～”，爱尔兰四省之一；也解 Lenin“～”＋star“～”。

710 Connecticut 解 Connacht“～”，爱尔兰四省之一；也解 connect“～”＋cut“～”。

711 Und [德]“～”；也解 and“～”。

712 ga [荷]“～”；也解 gaga“～”。

713 The O'Brien“～”，其中 The 在爱尔兰英语中常用于称呼首领；也解 Biddy O'Brien“～”，民谣《芬尼根的守灵夜》中的守灵者之一，是她引发了守灵人群之间的争斗。

714 O'Connor 解 Maggie O'Connor“玛吉·奥康纳”，民谣《芬尼根的守灵夜》中的人物；也解 Roderick O'Connor“罗德里克·奥康纳”(1116—1198)，爱尔兰的最后一位共主。

715 Mac Loughlin [爱]Mac Lochlainn“～”，意为洛奇兰之子，Lochlainn 这个名字的含义是“～”。

康马拉[716]大海的角鲨，连同[717]带着总计的他们的附庸[718]放在旁边，是的[719]那儿|爸爸|达达主义，是的，关于尤利乌斯·凯撒[720]拘留你|抢夺者大人，那个老[721]勇敢地工头[722]无赖|大师|先生，[52]带着他的女德鲁伊二人组，穿着现金连衫裤[53]，还有屋大维[727]、雷必达[728]石制者和马尔库斯·安东尼斯[729]马尔托斯|小花三巨头[730]为它要花招。你可能未能看到那个安排是个谎言，苏埃托尼乌斯[731]，[54]不过我想到[733]回想的反思是，只要美丽生活是身体之爱[55]，明亮得就像你镜子的共存者[739]对着你的蜡烛[740]酒汤举起她的蜡烛，孤独的左手相似者，你春天的忧郁[741]微睡|夏天秋天，不管三胞胎[742]双胞胎是否操蛋他的炖蛋，你无须顾虑任何种子[743]茴香|任何事的任何一个灵魂。她会用她的外表[744]身体来忏悔，她会当你面否认。如果你没有被那个人毁掉，她不会对你有任何伤害[745]怪念头。然后呢？之后是什么？硬冈恩[746]可能吹气，傻[747]社交冈妮[748]裙子则流淌，小伙子们[749]浇灌|排水沟|小巷眼睁睁看着精灵们[750]同意。从赫伯虹吸管和赫勒

克娄巴特拉[723]克里欧，汝之花朵[724]史。

[52] 他的牙齿全都回到前面，然后月亮，然后月亮带着后面的一个洞。

[53] 跳过一，抛下四[725]前部，白菜店里的母驴们[726]精灵。

[54] 这里没有任何你的必修[732]室内装饰品英语！

[55] 理解[734]练习做临时演员我的理解，替身[735]替代品，做[736]温顺的|米克你的晚祷[737]贺词，屈膝[738]赤裸的。

716 Mac Namara [爱]Mac Conmara"～",意为康马拉之子,Conmara 这个名字的含义是"～"。
717 with summed"～",此处解 mitsamt [德]"～"。
718 appondage 解 appendage"～";也解 appono [拉]"～"。
719 da [俄] [塞]"～",也解[德]"～";也解 dada"～";也解 Dada"～",1916—1923 年的先锋艺术运动。
720 Jeallyous Seizer 解 Julius Caesar"～"(前 100—前 44),史称凯撒大帝,罗马帝国的奠基者;也解 jail you "～"+seizer"～"。
721 gamely"～",此处解 gamle [丹]"～"。
722 torskmester 解 taskmaster"～";也解 torsk [丹]"～"+mester [丹]"～";也解 mister"～"。
723 Cliopatria 解 Cleopatra"～"(前 69—前 30),凯撒时代的埃及女王,凯撒和安东尼的情妇;也解 Clio "～",缪斯女神之一,分管历史。
724 hosies 解 posies"～"。
725 fore"～",此处解 four"～"。
726 jennies"～";也解 jinns(穆斯林神话中的)"～",壹耳微蚵在凤凰公园遇到的两位少女。
727 Oxthievious 解 Gaius Octavius Augustus"～"(前 63—公元 14),罗马帝国的第一位元首。
728 Lapidous 解 Marcus Lepidus"～"(约前 89—前 13 或 12),罗马的后三头同盟之一;也解 lapideus [拉] "～"。
729 Malthouse Anthemy 解 Marcus Antonius Nepos"～"(约前 83—前 30),罗马的后三头同盟之一;也解 Malthos"～",麦克弗森以莪相之名创作的诗歌《特莫拉》中的爱尔兰反抗者;也解 anthemion [希] "～"。
730 tryonforit 解 triumvirate"～";也解 try on for it"～"。
731 Suetonia 解 Gaius Suetonius Tranquillus"～"(69—122),罗马历史学家。
732 cumpohlstery 解 compulsory"～";也解 upholstery"～"。
733 recur to"～",此处解 occur to"～"。
734 Understudy"～",此处解 understand"～"。
735 Sostituda 解 substitute"～";也解 sostituto [意]"～"。
736 meek"～",此处解 make"～";也解 Mick"～",本书主人公的儿子之一。
737 complinement 解 compline"～";也解 compliment"～"。
738 gymnufleshed 解 genuflect(宗教礼节中的)"～";也解 gymnos [希]"～"。
739 Mutua [拉]"～"。
740 caudle"～",此处解 candle"～",化自习语 hold a candle to another(为别人尽力)。
741 sombring 解 sombre"～"+ing;也解 slumbering"～";也解 summer"～"。
742 trigemelimen 解 trigeminus [拉]"～";也解 gemellus [拉]"～"。
743 anyseed"～";也解 aniseed"～";也解 anything"～"。
744 figure"～",此处解[法]"～"。
745 whim"～",此处解 harm"～"。
746 Gunne 解 Michael Gunn"米歇尔·冈恩"(1840—1901),都柏林娱乐剧院的经理。
747 Gam"～",此处解[爱]"～"。
748 Gonna 解 Michael Gunn"米歇尔·冈恩"的女性化;也解 gonna [意]"～"。
749 gossans 解 gossoons [爱]"～";也解 goss [德]"～";也解 Gosse [拉]"～";也解 Gasse [德]"～"。
750 jennings 解 Jinns(穆斯林神话中的)"～",壹耳微蚵在凤凰公园遇到的那两位少女。

狂热的[753]《疯狂的奥兰多》|《论英雄热情》英雄[754]让仆人爱笑。

蒙[751]的屁股[752]巴特开始，不管愿不愿意[755]布朗与诺兰|诺拉镇的布鲁诺，念着[756]酿造我们的三色堇[757]思考，雾霭中的黑发女郎[758]布鲁诺。在不定式中间有一个分裂[759]，从不得不一直这样到将要这样[760]。由于他们在他们的大回合[761]开始中战斗，安逸现在是我们再也不会知道的了。吃早熟的土地苹果[762]土豆。哄虫蛇唠叨[763]。万福[764]万福玛利亚，祈祷[765]万福玛利亚|HCE，我们听！这是让女孩飞扬的滑翔机[56]，女孩听[776]列出着风声，风掀起叶子[777]温德汉姆·刘易斯，叶子包住果子，果子挂在树上，树长在花园里，花园是上帝[778]修·戈夫爵士给的。野性的蛇嘶[779]之所以如此|大千世界，我们在枯萎[780]我们知道。它从何处发出[781]猫头鹰的叫声|虔诚的，我们缩成球[782]我们相信。为何藏汝于汝夫之名之后[783]在后面？丽达，夫人[784]丽达，紧张-害怕[785]丽达，你的腰带也因此渐宽[786]！不知情的愿意，无目的的漩涡[787]。爸爸离开[788]《皮帕走过》，妈妈仍在[789]莫奈，战争激发愤怒[790]，谁知道为什么[791]。[57] 但这是硬尾给硬汉，乳房给乳儿[793]以牙还牙|小孩，过来水桶，过来球棒[794]格斗，直

看在基督的分上[766]压碎蛇，查理[767]咀嚼|草地，骚货[768]水貂|猴子他伸[769]果园得越高[770]亢奋的|猿，你现在就看得越多[771]鼹鼠！

[56] 尽管我家里就有一个像那样的，枯叶棕色上带着跳动的银色镶花[772]苹果，最能彻底[773]冬青感受[774]苹果那种用蛇般溜滑的查米尤绉缎[775]施展魔力的人制作的精美闪光的光滑丝绸。

[57] 妈妈[792]夫人，那是什么？我说。

751 Heber and Heremon“～”，前者为南爱尔兰的第一个土著领袖，后者为北爱尔兰的第一个土著领袖，两人都分别被他们的兄弟杀死；也解 Heber［德］“～”。

752 butts“～”；也解 Butt“～”，与拓夫组成书中二元对立的人物，是主人公两个儿子的化身之一。

753 furioso［意］“～”；也解 *Orlando Furioso*“～”，文艺复兴时期意大利诗人阿里奥斯托的长诗；也解 *Gli Eroici Furori*“～”，意大利 16 世纪哲学家布鲁诺的作品。

754 Eroico［意］“～”。此句化自习语“仆人的眼中没有英雄”；也化自托马斯·穆尔的歌曲《山谷在我面前微笑》。

755 nolens volens［拉］“～”；也解 Browne and Nolan“～”；也解 Bruno of Nola“～”，意大利哲学家。

756 brood“～”；也解 brewed“～”。

757 pansies“～”；也解 pensées［法］“～”。

758 brune［意］“～”；也解 Bruno“～”。

759 split infinitive“分裂不定式”，指在不定式符号“to”和动词原形之间插入一个副词。

760 此句化自《荣耀颂》中的“起初这样，现在也这样，永无穷尽”。

761 big innings“～”；也解 beginning“～”。

762 earthapples 解 earth“土地”＋apples“苹果”，指土豆；也解 Erdapfel［德］“～”。此句词语开头皆为 E。

763 chatters 解 chatter“～”。此句实词开头皆为 C，故译。

764 Hail，打招呼；也解 Hail (Mary)“～”。

765 Heva 解 Hawah［希伯来］“～”；也解 Ave Maria“～”。此句词语开头多为 H。这三组词首字母 E...C...H 即主人公名字的缩写 HCE。

766 nowfor crushsake 解 now for Christ sake“～”；其中 crushsake 解 crush snake “～”。

767 chawley 解 Charley“～”；也解 chew“～”＋ley“～”。

768 mink“～”，此处解 minx“～”；也解 monkey“～”。

769 groves“～”，此处解 grows“～”。

770 hyperape 解 higher up“～”；也解 hyper“～”＋ape“～”。

771 mole“～”，此处解 more“～”。

772 appliques“～”；也解 apple“～”，与后面的“蛇”搭配暗示蛇诱惑夏娃吃苹果的故事。

773 whollymost 解 wholly“彻底”＋most“最”；也解 holly“～”。

774 applissiate 解 appreciate“～”；也解 apple“～”。

775 charmeuse“～”，一种法国产的软缎；也解［法］“～”。

776 list“～”，此处解 listen“～”。

777 leaves“～”；也解 Wyndham Lewis“～”，英国作家，他的《时代和西方人》是本书批评的著作之一。

778 Gough“～”(1779—1869)，爱尔兰人，参加过半岛战争，都柏林凤凰公园有他的雕像，此处解 God“～”。

779 Wide hiss 解 wild hiss“～”；也解 why it is“～”；其中 Wide 也解“～”。

780 we're wizening“～”；也解 wir wissen［德］“～”。

781 Hoots fromm 解 who it's from“～”；也解 Hoots“～”＋fromm［德］“～”。

782 we're globing“～”；也解 wir glauben［德］“～”。

783 hinder“～”；也解 hinter［德］“～”。

784 Lada 解 Lady from the Sea“海上夫人”，易卜生同名戏剧的主人公；也解 Leda“～”，希腊神话斯巴达国王廷达路斯的妻子。

785 afraida 解 afraid“～”；也解 Leda“～”。

786 此句化自《鹅妈妈童谣》中的《玛丽，玛丽，真倔强，你的花园怎么样?》，歌中唱的 Mary 指的是玛丽一世，英格兰和爱尔兰女王，史称“血腥玛丽”。

787 此句化自《荣耀颂》中的歌词“世界无止境”(World without end)。

788 Pappapassos 解 pappa［拉］“父亲”＋passus［拉］“离开”；也解 *Pippa Passes*“～”，英国诗人罗伯特·伯朗宁的诗集。

789 Mammamanet 解 mamma manet［拉］“～”；也解 Edouard Manet“～”(1832—1883)，法国画家。

790 warwhetswut 解 war“战争”＋whets“刺激”＋Wut［德］“愤怒”。

791 whowitswhy 解 who knows why“～”。

792 ma'am 解 mam“～”；也解 madam“～”。

793 titties for totties 解 titties“乳房”＋for＋totties［都柏林俚语］“女人”；也解 tit for tat“～”；其中 totties 也解“～”。

794 come-bats 解 come“过来”＋bats“球棒”；也解 combat“～”。化自歌曲《姑娘、小伙，舞起来》。

我不明白[796]。

到天明[795]快乐|删除。㊿58

政治进程的全景视野以及过去的未来呈现。

黑暗时代缠住[797]角蝰日子的根[798]雏菊根|靴子，如果你是小巷[799]同盟中的萨丽，热衷于[800]小型战争[801]人身牛头怪|战士|换防和海军行动[802]阿克提姆，精选的订婚[803]和满岸的鲜花[804]划船者，停下来。如果你是一个在意公元前的[805]心不在焉的|A. B. C. 小姑娘[806]伊茜|小姐，请停下来，请一定停下来。但是如果你更喜欢公元后，请踏步[807]自由踏步。如果你乱[808]怀念|运气不佳的遭遇冒险，它会让你真正[809]女色的|良好的开心。但是，圣主耶稣[810]雅努斯啊，我忘记了发光的头[811]！这儿，汉格斯特和霍萨[812]牡马|马匹|朝着|马|酱汁，把你的头㊾59从那个故事桶[814]里拿出来！离开你身后的骡子慧骃[815]山|羽毛似母鸡的公鸡|雌鹿|你！闹鬼。内室。属于爱尔兰[816]做错事的|耳环|恐怖物品陈列室。一[817]哇、二[818]用力拉、三[819]跟踪，动起来！无疑得到理解[821]结结巴巴地说的是，自从[822]感觉你三只手高高地[823]把你那两只脚大的时间脑袋[824]模板|时钟放进摩尔莆[825]湖[826]的死亡水流中，直到此时，笑嘻嘻的政客绅士先生[827]刀，布鲁克斯和莱恩斯[828]，走一步再同样一步，

给张口就是口号的人的塞德利兹粉[820]。

58 好像你在说自己。

59 那是忘川之思[813]缪斯女神|石蕊，但它洗掉了。

795 deeleet 解 daylight“～”；也解 delight“～”；也解 delete“～”。
796 Pige pas [法]“～”。
797 clasp“～”；也解 asp“～”，埃及女王克里奥佩特拉用角蝰咬自己来自杀。
798 Daisy roots“～”，在俚语中指“～”，此处解 days' roots“～”。
799 allies“～”，此处解 alley“～”。此句化自歌曲《我们小巷的萨丽》（“Sally in Our Alley”）。
800 hot off 解 hot on“～”。
801 Minnowaurs 解 mini-wars“～”；也解 Minotaurs“～”；也解 man-o'-war“～”；也解 manoeuvres“～”。
802 actiums 解 action“～”；也解 Actium“～”，即阿克提姆海战，发生在公元前 31 年。
803 此句化自 picked quarrel“挑拨离间”。
804 rowers“～”，此处解 flowers“～”。
805 a B. C. minding 解 B. C.“公元前”＋minding“介意”；也解 absentminded“～”；也解 A. B. C.。
806 missy“～”；也解 Issy“～”，本书主人公的女儿；也解 miss“～”。
807 stepplease 解 step“抬步”＋please“请”；也解 step at ease“～”。
808 miss with“～”，此处解 mess with“～”；也可与后面的 venture 合解 misadventure“～”。
809 girly well 解 jolly well“～”；也解 girly“～”＋well“～”。
810 Janus“～”，罗马双面门神，此处解 Jesus“～”。
811 Blitzenkopfs 解 blitzen [德]“闪闪发光”＋Kopf [德]“头”。
812 Hengegst and Horsesauce 解 Hengest and Horsa“～”，五世纪的部落首领，率领萨克森人入侵肯特；也解 hengst [德]“～”；也解 hengest [中英]“～”；也解 gegen [德]“～”；也解 horse“～”＋sauce“～”。
813 lethemuse 解 Lethe“忘川”，古希腊神话中的河流＋muse“沉思”；也解 Muse“～”；也解 litmus“～”。
814 taletub 解 tale“故事”＋tub“桶”，化自斯威夫特的《桶的故事》（*A Tale of a Tub*）。
815 hinnyhennyhindyou 解 hinny“骡子”＋Houyhnhnms“慧骃”，斯威夫特《格列佛游记》中智慧的马＋behind“在后面”＋you“你”；也解 Chin [中]“～”＋henny“～”＋hind“～”＋you“～”。
816 errings“～”，此处解 Erin“～”；也解 earring“～”；也与前面合解 Chamber of Horrors“～”，杜莎夫人蜡像馆中的一个房间。
817 Whoan 解 one“～”；也解 whoa“～”。
818 tug“～”，此处解 two“～”。
819 trace“～”，此处解 three“～”。
820 Seidlitz powther 解 Seidlitz powder“～”，一种泻药。
821 understouttered 解 understood“～”；也解 stuttered“～”。
822 sense“～”，此处解 since“～”。
823 threehandshighs 解 three“三”＋hands“手”＋high“高的”。
824 timepates 解 time“时间”＋pates“脑袋”；也解 templates“～”；也解 timepiece“～”。
825 Murph 解 Morpheus“～”，古希腊神话中的睡梦之神。
826 Lough [爱]“～”。
827 Messherrn 解 Messer [法]“阁下”＋Herr [德]“绅士”；也解 Messer [德]“～”。
828 Brock and Leon 解 Maurice Brookes and Dr. Robert Dyer Lyons“～”，乔伊斯的父亲在 1880 年担任大选中的都柏林联合自由党俱乐部的秘书，在这次大选中，自由党候选人布鲁克斯和莱恩斯获胜。

把嘟囔着的候选人[829]被故意少报票数而落选的候选人，斯特灵斯大林和亚瑟·健力士爵士[830]，推到了边上。家酿泡沫[831]著名的，用瓶子作战[832]装瓶，战争[833]赌约[834]达盖尔。(60) 牛市对熊市[841]，然后又是熊市，又是牛市[842]。嘻嘻嘻嘻，嘻嘻嘻嘻。斯塔福德郡[843]职员们对[844]普遍的赫特福德郡[845]人群，白金汉郡[846]雄鹿对伯克郡[847]犬吠|伯克。在老格拉姆布莱德姆[850]的墙边。噗嗵，吼叫和呼喊。(61) 压迫者[851]我很压抑下台，起来，起来，学习了[852]富饶！租金和利率，什一税和税收，工资、存款和花销。幸福[855]嗨|地狱，和平的七拱跨度！(62) 万岁，法律米克、暴毙尼克和风俗玛奇[856]的联盟！那是什么[857]这是合适的，你在[858]犯错哪里[859]敌人|你在何处。民[860]伙计|《圣经》族民[861]小玩意|《圣经》权民[862]水泡|泡影夫人|《圣经》生的改善[863]政府|让人更穷。因此把你的担心包裹进你的悲伤[867]（空贝壳[868]！）放下铁锹[869]曳步舞好孤注一掷。因为垮台的奈德[870]向下只有一个希望[871]梅洛普(63)。就像汉娜·丽维娅[873]，精明的商店

重装步兵[839]和雅典[840]向他们冲。

亲爱的[848]我心的沼泽，我的男友[849]最好的|笨蛋|胸部|波士顿|鸡|魔鬼|朋友。

家人[853]犹犹豫豫[854]拥抱|银行！

我们在它们牛粪叉[864]卡夫丁峡谷下所遭受的一切，我们多么享受我们所选的满满一篮[865]篮子|田野。老该隐[866]坎尼城|基恩的荤餐。

---

(60) 在他抗击造成他声音结巴[835]撑住的弹震症[836]她的短袜|她震惊|休战的地方，我们抓住了我们爱之生活[837]里的乖孩子[838]吸管|钱。

(61) 撼动永生、战胜创始。

(62) 如果我能看，我就得福了。

(63) 跳来跳去的鸡眼[872]鸡|眼睛，把母鸡哄走。我喜欢咯咯叫的，你喜欢傻瓜(眨眼)。

829 coundedtouts 解 candidates“～”；也解 countouts“～”。

830 Starlin and Ser Artur Ghinis 解(James)Stirling and Sir Arthur Guinness“～”，两人在乔伊斯父亲参与的 1880 年大选中败给自由党候选人；其中 Starlin 解 Stalin“～”(1878—1953)，苏联最高领导人。

831 Foamous 解 famous“～”，此处解 foam“～”。

832 bebattled 解 battle“～”；也解 be-bottled“～”。

833 guegerre 解 guerre [法]“～”。

834 gageure [法]“～”；也解 Louis Daguerre“～”(1787—1851)，法国画家，银版摄影法的发明者。

835 stimmstammer 解 Stimme [德]“声音”＋stammer“结巴”；也解 stemm- [德]“～”。

836 shessock 解 shellshock“～”；也解 she's sock“～”；也解 she-shock“～”；也解 seasachas [爱]“～”。

837 lovelives 解 love“爱”＋lives“生活”。

838 pepettes 解 poppet“乖孩子”，斯威夫特对恋人以斯帖·琼荪的称呼；也解 pipette“～”；也解 pépette [法]，法国对“～”的一种间接说法。

839 Hoploits 解 hoplites [希]“～”。

840 atthems 解 Athens“～”；也解 at them“～”。此句化自惠灵顿在滑铁卢战役最后阶段下的命令。

841 Bull igien bear 解 Bull against bear“～”。

842 bulligan 解 bull“牛市”＋again“又”。

843 Staffs“～”，此处解 Staffordshire“～”，英格兰郡名。

844 varsus 解 versus“～”；也解 varsal“～”。

845 herds“～”，此处解 Hertfordshire“～”，英格兰郡名。

846 bucks“～”，此处解 Buckinghamshire“～”，英格兰郡名。

847 barks“～”，此处解 Berkshire“～”，英格兰郡名；也解 William Burke“～”，19 世纪的爱尔兰杀人犯。

848 machree“～”；也解 mo chroidhe [爱]“～”。

849 bosthoon fiend 解 boyfriend“～”；也解 best“～”；也解 bastún [爱]“～”；也解 bosom“～”；也解 Boston“～”，美国城市；也解 Huhn [德]“～”；其中 fiend 也解“～”，也解 friend“～”。此句也可解为 A chara mo chroidhe, mo bhastún féin/fionn [爱]“我心爱的朋友，我自己的/金发的笨蛋”。

850 Grumbledum，地名，疑出自萧伯纳的《圣女贞德》中战士的歌。

851 Opprimor [拉]“～”，此处解 oppressor“～”。

852 opima [拉]“～”，此处解 oppima [爱沙]“～”。

853 Femilies 解 Families“～”。

854 hug bank 解 hang back“～”；也解 hug“～”＋bank“～”。

855 Heil [德]“～”；也解 hail“～”；也解 hell“～”。

856 lex, nex...mores [拉]“～”；也解本书主人公的三个孩子。

857 Fas est dass 解 Was ist das [德]“～”；也解 fas est [拉]“～”。

858 err“～”，此处解 were“～”。

859 foe“～”，此处解 wo [德]“～”。此句也解 Hvor er du [丹]“～”。

860 booble 解 people“～”；也解 boobie“～”；也解 Bible“～”。

861 bauble“～”，此处解 people“～”；也解 Bible“～”。

862 bubble“～”，此处解 people“～”；也解 Madam Bubble“～”，班扬的《天路历程》的诱惑者；也解 Bible“～”。

863 Impovernment 解 improvement“～”；也解 government“～”；也解 Im-pover-ment“～”。

864 Cowdung Forks“～”；也解 Caudine Forks“～”，公元前 321 年萨姆尼特人在古罗马卡夫丁城附近的卡夫丁峡谷击败了罗马军队，并迫使罗马战俘从峡谷中用长矛架起的形似城门的“牛轭”下通过。

865 basketfild 解 basketful“～”；也解 basket“～”＋field“～”。

866 Kine 解 Cain“～”，《圣经》中的杀亲者；也解 Cannae“～”，古罗马古城名，以坎尼会战著称；也解 Edmund Kean“～”(1787—1833)，著名的莎士比亚戏剧演员。

867 此句化自英国民谣“Pack Up Your Troubles in Your Old Kit Bag”(《把烦恼打包》)。

868 wumpumtum 解 wampum“珍珠贝壳，金钱”＋tum“内中无物的”。

869 shuffle“～”，此处解 shovel“～”。

870 ned 解 Ned“～”，此处化自福斯特 1848 年创作的歌曲《奈德大叔》中的歌词“于是放下铁锹和锄头，/挂起小提琴和琴弓，/老穷人奈德再没有苦工，/他去了好黑鬼们所去之处”；也解 ned [丹]“～”。

871 ope 解 hope“～”；也与前面合解 Merope“～”，也译为美罗珀，希腊神话中阿忒拉斯的七个女儿之一。

872 Huhneye 解 Hühnerauge [德]“～”；也解 Huhn [德]“～”＋eye“～”。

873 Hanah Levy 解 Anna Livia Plurabelle“～”，本书女主人公。

扒手[874]萨罗普羊|起降机，再也不会[875]诺尔河|从来不是另外一个|涅夫勒河|从未带着她所溺爱的很快离开。(64)添上快乐的一笔。为了你[876]色调和我[877]家伙，非犹太人[878]我和犹太人[879]你。给有笑窝的和多粉刺的，傻乎乎的和戴头巾的。袋子里的猪[880]山峰|偷看和长椅上的猪。(65) 她一个接一个[882]胜利赢了他们，神圣的[883]一网的捕获量|全部的 111[884] 6|11|赫卡特|HCE，因为胡言乱语[889]枣子万分感谢[890]许多|拿哑巴聋子[891]，正如巴斯洛内特[892]手镯万分感谢[893]和……几乎一样|莫克斯|恩惠巴塞罗那[894]真丝围巾。(66)啊，引来[896]烧熟的|切|笑多有趣的[897]汉娜·丽维娅背后嘀咕[898]背景|格兰特|暗示，这是（小乖[899]傻子）(67)多可爱的[901]言论自由[902]释放啊。小费[903]叮，就像云雀的欢音之于负重的鳄鱼，(68)或者对那个老风箱的呼哧呼哧的嘲笑[906]树叶|悬挂，牛皮大王[907]马，吹嘘着他未曾做过的一切。让你的剧团见鬼去吧[908]回光仪！伴之以向韦尔斯利侯爵[909]猪|智慧|稀脏|污物使眼色[910]信号旗，随之以向皇帝[911]吵闹拿破

给精灵们[885]凝胶的呸呸[886]苍蝇，给拿破仑[887]奈坡·谭第|剪|理发师的哄哄哄[888]轰炸。

(64) 甜美、温和、干爽，就像祭坛圣酒。

(65) 谁会给我买便士宝贝[881]？

(66) 好吧，玛奇，我把你丢弃的魔鬼们都弄好了，适应得很好。不胜感激[895]暧昧地优雅地|格蕾丝·奥玛丽。玛奇致谢。

(67) 我的性[900]六没有秘密，先生，她说。

(68) 是的，那里，爸爸[904]小孩|是的，谢谢，给予，来自，圣父[905]那头发，现在看看那个。

874 Shroplifter 解 shoplifter“～”；也解 shrop“～”＋lifter“～”。

875 nievre anore 解 never more“～”；也解 River Nore“～”，爱尔兰中部河流；也解 never another“～”；也解 Nièvre“～”，法国河流；也解 nie［德］“～”。

876 Hugh 解 you“～”；也解 hue“～”。

877 guy“～”，此处解 I“～”。

878 goy“～”；也解 I“～”。

879 jew 解 Jew“～”；也解 you“～”。

880 peak“～”，此处解 pig“～”；也解 peek“～”。此句化自习语 Never buy a pig in a poke（不要买袋子里的猪），即“眼见为实”。此处的两个短句交换了主词。

881 一种糖的名字。

882 wons“～”，此处解 one by one“～”。

883 haul“～”，此处解 holy“～”；也解 whole“～”。

884 hectoendecate 解 hekatoendeka［希］“～”；也解 hekta［希］“～”；也解 hendeka［希］“～”；也解 Hecate“～”，希腊神话中司夜和冥界的女神；也解 HCE，本书主人公。

885 jillies 解 Jinns“～”，指壹耳微蚵在凤凰公园遇到的那两位少女；也解 jellies“～”。

886 Flieflie 解 fie“～”；也解 flie“～”。

887 nappotondus 解 Napoleon“～”；也解 James Napper Tandy“～”（1740—1803），在美国的爱尔兰革命者；也解 tondeo［拉］“～”；也解 tondus/tonsus［拉］“～”。

888 *bombambum* 解 bomb“～”，此处拟声译为“～”。三个轰炸声指凤凰公园里偷窥壹耳微蚵的三位男青年。

889 mumbo jumbjubes 解 mumbo jumbo“～”；也解 jujubes“～”。

890 mangay...tak 解 mange tak［丹］“～”；其中 mangay 也解 many“～”；其中 tak 也解 take“～”。

891 mutts and jeffs 解 Mutt and Jeff“～”，美国 20 世纪初报纸连环漫画中一高一矮的一对喜剧性人物。

892 bracelonettes 解 Barcelonette“巴斯洛内特”，法国南部城市；也解 bracelet“～”。

893 muchas...gracies 解 muchas gracias［西］“～”；其中 muchas 也解 much as“～”；也解 Mookse“～”，书中狐狸和葡萄的寓言中以狐狸为原型的人物；其中 gracies 也解 graces“～”。

894 Barcelonas［英爱］“～”，此处解 Barcelona“～”，西班牙城市。

895 vaguely graceful“～”，此处解 very grateful“～”；也解 Grace O'Malley“～”，恶作剧女王的原型。

896 gar［英口］“～”；也解 gar［德］“～”；也解 gearr［爱］“～”；也解 gair［爱］“～”。

897 howalively 解 how a-lively“～”；也解 Anna Livia“～”。

898 hintergrunting 解 hinter［德］“后面的”＋grunt“咕哝”；也解 Hintergrund［德］“～”；也解 Ulysses S. Grant“～”（1822—1885），美国南北战争中联邦军总司令，第 18 届美国总统；也解 hint“～”。

899 tep 解 pet“～”；也解 Tepp/Depp［德］“～”。

900 six“～”，此处解 sex“～”。

901 loovely 解 lovely“～”。

902 freespeech 解 free speech“～”；也解 Freispruch［德］“～”。

903 Tip“～”；也解“～”，第一卷惠灵顿博物馆片段中曾出现过的睡梦中听到的树枝敲击窗子的声音。

904 Tad“～”，此处解 dad“～”；也解 da［丹］“～”。

905 tathair 解 an t-athair［爱］“～”；也解 that hair“～”。

906 laubhing 解 laughing“～”；也解 Laub［德］“～”＋hing［德］“～”。

907 Blusterboss 解 bluster“～”＋boss“～”；其中 boss 也解 horse“～”。

908 Hell...troop“～”；也解 heliotrope“～”。

909 muckwits of willesly 解 Marquis of Wellesley“～”（1760—1842），英国元帅惠灵顿的哥哥，曾任爱尔兰总督；其中 muckwits 也解 muc/muk［爱］“～”＋wits“～”；也解 muckwet“～”；也解 muck“～”。

910 winker“使眼色的人”；也解 Winker［德］“～”。

911 umproar 解 emperor“～”；也解 uproar“～”。

仑[912]亚波伦点头，此处是[913]厄尔斯语半瞎的[914]可怜|金色的花斑[915]多嘴的人|鲁莽马[916]锄地者|厄尔斯语|见。马[917]逃脱。戴着它的三尖[918]三点的锁子甲头盔[919]女帽头巾[920]方巾|HCE徽章。为了那个在圣约翰山印度的溃散的[921]男人。它的所有的谜？那早就[923]全都|红润伴随着我们了，早在计划前，自从和自那以后[924]就已经是实现了的计划了：五地的傻达基[926]（死亡射线让他停下！），就像保卢斯[927]保罗责骂的，依然在马特洪峰[928]发疯的人上，在聊天和对酌之间[929]舞步|ECH，(69)亲爱的木头脑袋[931]雷暴|雷暴云砧去削木头[932]，逃亡[933]者哈米尔卡[934]之子汉尼拔(70)（愿他活得成功[939]！）就像蒂莫西[940]责骂的[941]再次布道，在圣巴拿巴之家[942]果子面包大师般建造[943]部长|逐渐增加。(71) 西十一街[946]条纹第32号看着那株（愿即将到来的[947]正变成的永恒[948]总是中的一切与它一起生机勃勃地嬉戏[949]攀升|玩耍！）多花的[954]满怀忧伤|海枣日期树[955]海枣，长着更多和过多的[956]此外|超出任何时候叶子[957]离开，比一切成长都更早，精灵魔症[958]11、摇头晃脑[959]海德薇，其磨损的

谋杀[922]然而。

没有行动，略有[925]调料。

从约瑟[950]的七座帐篷[951]色泽直至马利亚·圣母玛利亚的月初，11[952]奥利弗·克伦威尔|盘坐|啊|生存 32[953]也是多刺的。

(69) 赶快上去，停足够长[930]再见，慢慢下来！

(70) 如果我知道[935]俺晓得[936]膝盖|疙瘩他两个都是热那亚[937]膝盖本地人[938]无赖。

(71) 请给德克萨斯的波特先生[944]一杯啤酒[945]果皮和果核。

912 napollyon 解 Napoleon“～”；也解 Apollyon“～”，《启示录》里一位来自无底坑的使者，即撒旦。
913 hitheris 解 hither“此处”＋is“是”；也解 Erse“～”。
914 poorblond 解 purblind“～”；也解 poor“～”＋blond“～”。
915 piebold 解 piebald“～”；也解 pie“～”＋bold“～”。
916 hoerse 解 horse“～”；也解 hoer“～”；也解 Erse“～”；也解 hör-［德］“～”。此处化自习语 A nod is as good as a wink to a blind horse（对着瞎马，点头和眨眼都一样）。
917 Huirse 解 horse“～”；也解 huir［西］“～”。
918 tricuspidal“～”；也解 tricuspis［拉］“～”。
919 hauberkhelm 解 hauberk“锁子甲”＋helm“头盔”；也解 Haube［德］“～”。
920 coverchaf 解 coverchief“～”；也解 kerchief“～”。此处包含本书主人公名字的缩写 HCE。
921 broke the ranks on Monte Sinjon 解 broke ranks“溃散”＋Mont St Jean“圣约翰山”，英国军队对滑铁卢的称呼；其中 Sinjon 也解 Indian“～”。此句化自歌曲“The Man that Broke the Bank at Monte Carlo”。
922 Murdoch 解 murder“～”；也解 doch［德］“～”。
923 allruddy 解 already“～”；也解 all“～”＋ruddy“～”。
924 syne［英口］since then“～”。
925 “没有”和“一点”皆为法语。此句化自拉辛《诉讼人》中的“point d'argent, point de Suisse”。
926 Dathy 解 Dathi“～”，爱尔兰 5 世纪的最后一位异教徒国王，在穿越阿尔卑斯山时被闪电击中死亡。
927 Paulus 解 Lucius Paullus“～”，罗马统帅，公元前 216 年败于迦太基统帅汉尼拔；也解 Paul“～”。
928 Madderhorn 解 Matterhorn“～”，阿尔卑斯山脉中最为人知的山峰；也解 mad-der“～”。
929 entre［法］“～”；也可与后面的 chat 合解 entre-chat“～”。此处包含本书主人公名字的倒写 ECH。
930 so long“～”，此处解 so“如此”＋long“长”。
931 Dunderhead“～”；也解 donder［荷］“～”；也解 thunderhead（雷暴前常见的）“～”。
932 shiver his timbers 解 shave his timbers“～”，此处化自习语 shiver my timbers（真见鬼）。
933 Hegerite 解 hegira“～”，此处指 622 年穆罕默德从麦加到麦地那的流亡。
934 Hamiltan 解 Hamilcar Barca“哈米尔卡・巴卡”（前 275—前 228），迦太基将军，汉尼拔之父。
935 gnows 解 knows“～”。
936 gneesgnobs 解 gnôsis［希］“～”；也解 knees“～”＋knob“～”。
937 Genuas 解 Genoa“～”，意大利城市；也解 genu［拉］“～”。
938 gnatives 解 natives“～”；也解 knaves“～”。
939 此处化自习语 more power to one's elbow“～”。
940 Timothy“～”，使徒保罗的同伴，也指民谣《芬尼根的守灵夜》的主人公蒂姆・芬尼根的名字。
941 repreaches 解 reproaches“～”；也解 re-preaches“～”。
942 Saint Barmabrac's 解 Saint Barnabas Terrace“圣巴拿巴阶区”，都柏林地名；也解 barmbrack“～”。
943 ministerbuilding up 解 *The Master Builder*“《大建筑师》”，挪威作家易卜生的戏剧＋up；也解 minister“～”＋building up“～”。
944 出自英国电影人冈特 1922 年导演的电影《德克萨斯的波特先生》（*Mr Potter of Texas*）。
945 peel“～”，此处解 beer“～”。
946 streak“～”，此处解 street“～”。
947 tocoming 解 to come“～”；也解 becoming“～”。
948 sempereternal 解 sempiternal“～”；也解 semper［拉］“～”。
949 speel“～”，此处解 speel［荷］“～”；也解 spiel-［德］“～”。
950 圣约瑟，耶稣的父亲。
951 tents“～”；也解 tints“～”。
952 olivehunkered 解 eleven hundred“～”；也解 Oliver Cromwell“～”，英国清教革命中的领袖＋hunkered“～”；也解 o“～”＋live“～”。
953 thorny too“～”，此处解 thirtytwo“～”，与上面合解 1132。
954 doloriferous 解 floriferous“～”；也解 dolor-iferous“～”；也解 Phoenix dactylifera“～”。
955 datetree 解 date“日期”＋tree“树”；也解 datepalm“～”。
956 more and over“～”；也解 moreover“～”；也解 more than ever“～”。
957 leafeth 解 leaf-eth“～”；也解 leaves“～”。
958 elfshot 解 elf“小精灵”＋shot“被击中”，指传说中一种因中魔而导致的疾病；其中 elf 也解［德］“～”。
959 headawag 解 head“头”＋a-wag“摇摆”；也解 Hedwig“～”，易卜生的戏剧《野鸭》中的人物。

神经猜测着到底什么鬼东西在那间杰克屋[960]里，在那个为玛莎[961]主人和太太和婊子养的[962]火鸡草草[963]偷工减料的|杰瑞建造的屋子里，直到它们觉得酸痛，就像所有曾出生的女人在所有情况下，在多少年[964]和多少流淌的[965]夜晚时间里，对着帘幕感到的那样，繁星点缀的[967]老人|富有的歌声传唱的田野[968]男孩|女孩|反复传唱的上火花播撒的苍穹[969]骚动，那里宁静的微风[970]窗台|无风[72]每次眨眼就吹出银莲花[971]，他们一路滑行、远远地雨雪飘零、四下搜寻，到处射击。自始至终[972]或者在何处[973]那里|气球，历经美好的吹牛岁月，达吉布特[974]在克兰[975]洁净的家乡资助[976]准备他的预科学校[977]，学习如何把古铜色的[978]大脸透过布利安·奥林[979]可爱的|噢，衬里那破了的短裤布料[980]被破坏的|桥|肉|空气的露出来。爱尔兰的长毛山羊[981]短裤[982] EHC。[73]

仿佛长柄叉[966]莎士比亚|正如莎士比亚所说能刺穿它。

猫咪[983]恶臭，咪咪，我闻到一只猫[984]。

因为，这些事情正在如此，或者在那些事情做了之前，回到位于平静荒村[990]平静的爱尔兰的家，[74]（神圣得无可言表的[993]直到老[994]爱尔兰[995]头

从新始发生的[987]近期的|基因的二分法，经过诊断[988]带来的安抚[989]，至朝代的延续。

---

[72] 全世界都爱闪闪发光的大果冻。

[73] 给你的短裤[985]表|战争|脸颊一便士[986]便士|钱。

[74] 我的地球仪在地理学里闲逛[991]头昏眼花的，咯咯傻笑，在这期间，我寻遍阿拉伯半岛[992]《阿拉比》找我的鞋子。

960 jackhouse 解 Jack house"～",化自 Jack box,一种打开盒盖弹出吓人的杰克小人的盒子;也化自童谣"The House that Jack Built"(《杰克造的房子》)。
961 Massa"～";也解 master"～"。
962 hijo de puta [西]"～";其中 puta 也解 Pute [德]"～"。
963 jerry"～";也与后面合解 jerry-built"～";也解 Jerry"～",书中闪姆的化身之一。
964 howmanyeth 解 how many years"～"。
965 movingth 解 mov-ing"～";也解 night"～"。
966 Shakefork"～",化自习语 pitch a fork(讲个故事);也解 Shakespeare"～",全句也可解为"～"。
967 starryk 解 starry"～";也解 starik [俄]"～";也解 rijk [荷]"～"。
968 fieldgosongingon 解 field"田野"+go"去"+singing on "唱下去";也解 gasan [爱]"～"+inghean [爱]"～";也解 vielbesungen [德]"～"。
969 fermament 解 firmament"～";也解 ferment"～"。
970 windstill 解 wind"风"+still"静止的";也解 windowsill"～";也解 Windstille [德]"～"。
971 a nemone 解 anemone"～"。
972 Allwhichwhile 解 All the while"～"。
973 whereaballoons 解 whereabouts"～";也解 where"～"+a+balloons"～"。
974 Dagobert"～",法兰克国王,629—639 年间在位,在歌谣中被描写成常把裤子前后反穿。
975 爱尔兰地名,乔伊斯曾在那里的克隆伍兹·伍德公学读小学。
976 prepping up"～",此处解 propping up"～"。
977 prepueratory 解 preparatory"～"。
978 此句化自习语 put a bold face on"大胆有信心地去对付(困难等)"。
979 Bryan Awlining 解 Brian O'Linn"～",爱尔兰民谣中的早期英雄,教爱尔兰人做衣服。此句化自歌曲《布利安·奥林没有短裤穿》;其中 Awlining 也解 áluinn [爱]"～";也解 Aw! lining"～"。
980 breached meataerial 解 breeches material"～";其中 breached 也解"～",也解 bridge"～";其中 meataerial 也解 meat"～"+aerial"～"。
981 hircohaired 解 hircus [拉]"山羊"+haired"长毛发的"。
982 culoteer 解 culotee [法]"短裤"+-er。此处包含本书主人公名字的易位构词 EHC。
983 Puzzly 解 pussy"～";也解 puzzo [意]"～"。
984 此句化自习语 I smell a rat(我感到不妙)。
985 warcheekeepy 解 wareechepes [童语]"～";也解 watch"～";也解 war"～"+cheek"～"。
986 pengeneepy 解 pegennepy [童语]"～";也解 pingin [爱]"～";也解 penge [丹]"～"。此句化自 a penny for your thoughts(告诉我你呆呆地在想什么)。
987 CENOGENETIC 解 caenogenetic [医]"～";也解 ceno-"～"+genetic"～"。
988 DIAGONISTIC 解 diagonistikos [希]"～"。
989 CONCILIANCE 解 conciliate"～"。
990 Pacata Auburnia 解 Pacata [拉]"平静的"+Auburn"荒村",英国诗人哥尔德斯密斯的长诗 *The Deserted Village*(《荒村》)中的村庄;也解 Pacata Hibernia [拉]"～"。
991 gaddy"～";也解 giddy"～"。
992 Arabia"～";也解 *Araby*"～",乔伊斯的《都柏林人》中的短篇。
993 Untillably 解 untellably"～";也解 untill"～"。
994 gammel 解 gemmel [丹]"～"。
995 Eire"～";也解 hair"～"。

在放大镜[998]宏大的|范围|显微镜望远镜[999]地球|告诉我们窥视下，两个成为一个[1000]翅膀|便士。

发）一个世界[996]词语在另一个上挖洞[997]借，（如果你得到我，邻居，在任何大肿块里，笨蛋？抓住了要害）站稳[1001]大无畏，我们话题中的萨迦[1002]西米英雄，或者任何其他[1003]水獭尤瑟之子[1004]，最后在[1005]因此饕餮[1006]都柏林|货物狱[1007]后方，精神饱满，并[1008]蚂蚁给她的25周年纪念镀银[1009]25周年纪念，(75)桦树留作[1010]桦树叶她寡妇遗产，我们的侍女[1011]利菲河|拉维娜，满脸是肉，胖得像母鸡的前额[1012]，阿里安娜与蓝胡子[1015]空中的|汉娜·丽维娅·妇鲁拉贝尔|奥丽埃纳|吹风的|硬的上下颠倒[1016]顶端|先生|颠倒，那对皇家伴侣在他们被称为“山羊与罗盘”的古树仙宫[1017]中（如果你想知道，电话号码是17：69[1018](76)）他的海胳膊有力地环绕着她，她那扬帆远航的[1022]天鹅绒眼睛[1023]沉了船[1024]，谈论着他们过去的事情，伴随着耻辱、家乡和利益的罪恶与寓言[1025]该隐与亚伯，(77)为什么他[1034]对她[1035]谎言撒谎，以及她[1036]试图杀他[1037]含，乱涂乱画结结巴巴[1038]，他们的静脉里流淌着混合物，头垂

来自往昔[1013]岁月的布法罗[1014]时代。

(75) 肯定是性别中的某种精怪，尤其是年老时，他们全都很快就会看到。

(76) 我到汉弗利的《和平[1019]部分的正义》中查找计划后，它说请见之前[1020]预播种章节[1021]家伙。

(77) 啊，男孩琼斯[1026]嫩芽和多毛怪人[1027]赫罗多托斯|遗传！只是没人[1028]挪亚告诉她主人[1029]屁股|主人的的太太规矩些，她会笑那个脂肪[1030]公寓，之后她沉到她的胖屁股[1031]方舟上，他们向酋长[1032]摇晃[1033]阿拉伯的酋长所有一切。

996 world“～”;也解 word“～”。
997 burrowing“～”;也解 borrow“～”。化自爱尔兰习语 one word borrowing from another(吵架)。
998 macroscope 解 makroskopos [希]“～”;也解 macro“～”+scope“～”;也解 microscope“～”。
999 telluspeep 解 telescope“～”;也解 tellus [拉]“～”;也解 tell us peep“～”。
1000 wing“～”,爱尔兰俚语“～”,此处解 one“～”。
1001 Standfest [德]“～”;也解 Stand-fast“～”,班扬的《天路历程》中的主人公。
1002 sagon 解 saga“～”;也解 sago“～”。
1003 otther 解 other“～”;也解 otter“～”。
1004 macotther 解 Mac“之子”+Uther“尤瑟”,英国传说中的不列颠王,亚瑟王之父。
1005 signs is on“其上的符号”;也解 sign's on it [英爱]“～”。
1006 bellyguds 解 belly-god“～”,即贪食者;也解 Billy,在书中指“～”;也解 guds“～”。
1007 bastille [法]“巴士底狱”。
1008 ant“～”,此处解 and“～”。
1009 silvering to her jubilee“～”;也解 silver jubilee“～”。
1010 birchleaves“～”,此处解 birch“桦树”+leaves“留下”。
1011 lavy in waving 解 lady-in-waiting“～”;也解 Liffey“～”;也解 Lavinia“～”,罗马史诗中埃涅阿斯的妻子。
1012 此句化自英国爱尔兰习语 as fat as a hen in the forehead(很瘦)。
1013 bysone 解 bygone“～”。
1014 美国城市名,《芬尼根的守灵夜》的手稿现藏于布法罗大学。
1015 Airyanna and Blowyhart 解 *Ariadne and Bluebeard*“～”,法国作曲家杜卡的三幕歌剧(1907);也解 Airy“～”+Anna Livia Plurabelle“～”;也解 Oriana“～”,诗人们对英国女王伊丽莎白一世的称呼,以及本・琼生对詹姆斯一世的妻子丹麦的汉娜的称呼;也解 Blowy“～”+hart [德]“～”。
1016 topsirturvy 解 topsyturvy“～”;也解 top“～”+sir“～”+turvy“～”。
1017 palace of quicken boughs 解 Fairy Palace of the Quicken Trees“～”,传说中爱尔兰勇士芬・麦克尔和他的伙伴们获救的地方。
1018 惠灵顿生于 1769 年。
1019 Piece“～”,此处解 peace“～”。
1020 preseeding“～”,此处解 preceding“～”。
1021 chaps“～”,此处解 chapters“～”。
1022 Velivole 解 velivolus [拉]“～”;也解 velvet“～”。
1023 eyne [中英]“～”。
1024 ashipwracked 解 a-ship-wrecked“～”。
1025 crime and fable“～”;也解 Cain and Abel“～”,亚当的两个儿子。
1026 boyjones 解 the boy Jones“～”,当时报纸给 Edward Jones (1824—1893)起的昵称,他在 14—17 岁期间多次闯入白金汉宫;也解 burgeon“～”。
1027 hairyoddities 解 hairy“多毛的”+oddities“怪人”;也解 Herodotos“～”(前 484—前 425),最早的历史学家,被西塞罗称为“历史之父”;也解 heredity“～”。
1028 noane 解 no-one“～”;也解 Noah“～”,《圣经》中的人物。
1029 massas 解 master“～”;也解 arse“～”;也解 massa's“～”。
1030 flat“～”,此处解 fat“～”。
1031 arks“～”,此处解 arse“～”。
1032 sheeks 解 sheikh“～”。
1033 shaik 解 shake“～”;也解 sheikh“～”。
1034 lui [意]“～”。
1035 lei“～”,此处解 lei [意]“～”。
1036 hun [丹]“～”。
1037 ham [丹]“～”;也解 Ham“～”,挪亚的儿子之一。
1038 scribbledehobbles 解 scribble“涂鸦”+de“的”+hobbles“结结巴巴地说”。

着[1039]热|弯曲的，紧跟着。告诉[1040]拼写我几点了[1041]钟乐。他们是所有人都讲[1042]鸣钟的故事。[78] 今天完全是你的，明天会在哪里。但是，保佑他那蒙斗篷的[1050]长卷发的|考利头，压住他那起皱的[1051]奇想|克兰利帽，世界的悲哀正是彼此的[1052]每个人的他者的厌倦，等着将他自己更合适的[1053]他自己错误做成目录，勾肩拍背的热情欢迎者，[79]摆脱了他那华丽的未来和其他恶臭的[1063]唱歌相似，为该死的祭坛的过去唱挽歌，伴随着向他轰鸣[1064]香气|赤裸的的狂风[1065]盖尔语的，没有胆汁[1066]外国人|丹麦人的鸽子[1067]黑色的。而她，来自寒鸦[1069]巢[80]，她撕碎她从未置笔其上的花体字母[1077]小小的信。[81] 然而唱着爱和恶魔男人[1080]《芒斯特的母马》。赫卡柏[1081]打嗝对他[1082]褶边|他们来说意味着什么，或者她对夏甲[1083]来说意味着什么？嗷，嗷，信仰之烛[1084]好小孩！[82]

引引用用引用[1047]谁、那、那|快速的|战栗鸭子的嘎嘎声死者[1048]日期的鹦鹉书[1049]。

有人因为两头进退维谷[1054]两难之境而出去，但更多的人宁愿[1055]偷窃|粉末站出来[1056]红萝卜。

坚果壳[1068]颅骨里的无所不包。

---

[78] 因为海豚仓[1043]费城的|出生的的麻烦事被翻译[1044]被背叛成了英[1045]金格尔语[1046]。

[79] 他用他那从未穿裤子[1057]的懦夫堡[1058]教堂中的讲坛|霍华德城堡让我心悸[1059]，曾经穿那些内裤[1060]裤子，然后给我们施洗[1061]婴儿|逗弄，使我们摆脱了我们的顽皮姑娘之名[1062]女子的婚前姓。

[80] 我那老派的[1070]黄金|流行的兄弟[1071]烦恼几乎把我逼[1072]胡言乱语得疯透了[1073]渡鸦，掠夺|胡言乱语，我宁死[1074]染色也要保持我那没有线条的脸，就像等待强尼大步回家[1075]快乐的|来|捣碎|夏洛克·福尔摩斯的玛丽安姑娘[1076]准备好的|少女|预先做好的|莫莉一样。

[81] 我想要的是一枚玉磁石[1078]他|石头，好配月亮的月牙[1079]增加。

[82] 你说[1085]谈判|发誓爱斯基摩语[1086]请进来|谁的吗？我说，伊多语[1087]艾达山。怎么叫牛回来[1088]黑色的。哞乖乖[1089]，咪锅锅[1090]。

1039 heat bent 解 head bent"～";也解 heat"～"＋bent"～"。
1040 Spell"～",此处解 tell"～"。
1041 chimes"～",此处解 times"～"。
1042 tolled"～",此处解 told"～"。
1043 dolphins born 解 Dolphin's barn"～",都柏林地区名;也解 Philadelphian"～",美国城市名＋born"～"。此句化自 ad usum Delphini(为了太子),也是一系列《德尔芬经典》(*The Delphin Classics*)的别名,该书是 39 位法国著名学者为路易十四的儿子编写的一套拉丁文经典。
1044 Traduced"～",此处解 translated"～"。
1045 jinglish 解 English"～";也解 Alfred Jingle"～",狄更斯的《匹克威克外传》中的人物。
1046 janglage 解 language"～"。
1047 Quick quake quokes 解 quotes"～",此处为文字游戏,故译;也解 qui quae quod [拉]"～";也解 quick"～"＋quake"～"＋quack"～"。
1048 dates"～",此处解 dead"～",指 *The Book of the Dead*(《亡灵书》),古埃及葬礼文献的统称。
1049 乔伊斯曾说历史是由鹦鹉讲述的。
1050 cowly 解 cowl＋-y"～";也解 curly"～";也解 Cowley"～",可能为《尤利西斯》中的考利神父。
1051 crankly 解 crinkly"～";也解 crank"～"＋-ly;也解 Cranly"～",乔伊斯的《一个青年艺术家的画像》中斯蒂芬的大学同学。
1052 each's other's"～",此处解 each other's"～"。
1053 properer"～";也解 proprius [拉]"～"。
1054 dulcarnons"～";也解 Dhu'lkarnain [阿]"～"。
1055 pulfers 解 prefers"～";也解 pilfer"～";也解 Pulver [德]"～"。
1056 turnips"～",此处解 turn up"～"。
1057 twowsers 解 trousers"～"。
1058 Castlecowards 解 Castle"城堡"＋cowards"懦夫",俚语中 coward's castle 指"～";也解 Castle Howard"～",位于英格兰的北约克郡。
1059 pulpititions 解 palpitations"～"。
1060 twawsers 解 drawers"～";也解 trousers"～"。
1061 babeteasing 解 baptizing"～";也解 baby"～"＋teasing"～"。
1062 hoydenname 解 hoyden"顽皮姑娘"＋name"名字";也解 maiden name"～"。
1063 singing"～",此处解 stinking"～"。
1064 blost 解 blast"～";也解 blas [爱]"～";也解 bloß [德]"～"。
1065 gale"～";也解 Gael"～"。
1066 gall"～",鸽子没有胆汁;也解 gall [爱]"～";也与前面的 dove 合解 Dubhghall [爱]"～"。
1067 dove"～";也解 dove [爱]"～"。
1068 knutshedell 解 nutshell"～";也解 schedel [荷]"～"。
1069 jilldaw 解 jackdaw"～",出自歌曲"The Jackdaw's Nest"(《寒鸦巢》)。
1070 goldfashioned 解 old fashioned"～";也解 gold"～"＋fashioned"～"。
1071 bother"～",此处解 brother"～"。
1072 drave 解 drove"～";也解 rave"～"。
1073 roven"被穿过";也解 raven"～";也解 raving"～"。
1074 dyeing 解 dying"～";也解 dye"～"。
1075 jollycomes smashing Holmes 解"When Johnny Comes Marching Home""～",歌曲名;也解 jolly"～"＋comes"～"＋smashing"～"＋Holmes"～",英国侦探小说家阿瑟・柯南・道尔塑造的著名侦探形象。
1076 readymaid maryangs 解 Maid Marian"～",民谣中罗宾汉的女友;其中 readymaid 也解 ready"～"＋maid"～";也解 ready made"～";其中 maryangs 也解 Molly Bloom"～",《尤利西斯》中的女主人公。
1077 lettereens 解 lettrines"～",乔伊斯的女儿曾给乔伊斯的作品配过花体字母;也解 litirin [爱]"～"。
1078 louistone 解 lodestone"～",指吸引人的东西;也解 lui [法]"～"＋stone"～"。
1079 increscent 解 crescent"～";也解 increment"～"。
1080 monster man 解 monster"恶魔"＋man"男人";也解"The Munster Mare""～",爱尔兰诗人托马斯・穆尔的歌曲《她歌唱爱》的配乐。
1081 Hiccupper"～",此处解 Hecuba"～",荷马史诗中特洛伊国王普里阿摩斯的妻子。此处出自莎士比亚在《哈姆雷特》中的"赫卡柏对他有什么相干,他对赫卡柏又有什么相干"。
1082 hem"～",此处解 him"～";也解 hem [古体]"～"。
1083 Hagaba 解 Hagar"～",《创世记》中亚伯兰的妾,以实玛利的母亲。
1084 brieve kindli 解 belief candle"～";也解 brav' Kindli [希]"～"。此处化自莎士比亚《麦克白》中的"熄灭吧,熄灭吧,瞬间的灯火"。
1085 Parley vows 解 parlez-vous [法]"～";也解 Parley"～"＋vows"～"。
1086 Askinwhose 解 Eskimo"～";也解 Ask in"～"＋whose"～"。
1087 Ida"～",宙斯长大的山,此处解 Ido"～",世界语的变种。
1088 black"～",此处解 back"～"。
1089 Moopetsi 解 Moo"哞"＋pet"宠物"＋si。
1090 Meepotsi 解 mee"咪"＋pot"锅"＋si。此处化自习语 pot calling the kettle black(五十步笑百步)。

粪堆下的杂种[1091]。阈内智力的重要性。祭品[1092]供品|立刻。

狗的[1093]上帝的|蛙晚祷没有尽头[1094]径直向前。蝙蝠[1095]他被做成蝙蝠。好牧羊人[1096]山羊|商店丢弃他那华达呢[1097]山羊|饶舌|坚硬的斗篷，跟巴库斯[1098]坐[1099]魔足在一起。见鬼[1100]去公山羊那里！山羊[1101]！然而风将消歇[1102]《主祷文》|天父|祖先[83]之前，牛奶麦粥[1108]小麦和燕麦粥[1109]的时刻敲响，如果日本有珍珠或蛋白石黄金国，美味佳肴[1111]，滴水的[1112]硬黏土|莱基！肉汁[1113]，好酒[1114]好油！长长(做爱[1115]！)久久，直到天亮，群鸡苏醒，众鸟起床[1116]戴安娜[84]，伴着晓歌齐鸣。任何黑暗都流[1120]朦胧的向[1121]黄昏[1122]昏暗。那蝙蝠[1123]是什么？在那儿蝙蝠[1124]伏翼|小鸡，小便|小乖乖吱吱。荒野上的[1126]在进行中布伦南[1127]之家。在蒂姆·芬尼根[1128]的守灵夜[1129]虚弱的，然而[1130]他的依然干劲十足[1131]奇怪。这里依然有大蝙蝠，能根据细碎[1132]喝醉的感觉知道[1133]蜡烛事物将临[1134]。把黯淡的[1136]织布机舵手室扩大成撬杆盒[1137][85]，堆满了带罩的[1139]带帽衫霍斯[1140]灵车|男人|骑手大篷车[1141]运载|香菜，谁遵循他的法律，我们就维持他的[1142]是和平，星期天国王。[86] 他的七色衣[1146]烟灰

为了我们所有比他小[1110]保护|山羊皮的孩子。

拯救公众的[1125]大众的他的健康。

波特斯敦镇[1135]的最高级绝对之物。

---

[83] 我在我的家具商[1103]《使徒信经》摇篮[1104]里那么舒服忘形，但是最终[1105]用长皮带我会在他那馅饼床[1106]斑纹的|杂色的上舒展得更加变化莫测[1107]。

[84] 小乖乖[1117]。我几乎能在我的唇[1118]咬着舌说上感到[1119]喂养她们的甜美。

[85] 狐狸在猎场[1138]《爱丽丝漫游奇境记》|环形堡垒|内陆地区。

[86] 我在琢磨如果我某天晚上让老秃鹰[1143]蜂鸣者咂送奶人[1144]污秽的|山间通道的蜂蜜会怎样，就像他们过去常常用他手里的一本书给一些特殊的教皇涂防腐剂[1145]打包那样，他的嘴张着。

1091 此处化自习语 cock on a dunghill(夜郎自大)。
1092 OFFRANDES [法]"～";也解 offerings"～";也解 off hand"～"。
1093 Dogs'"～";也解 God's"～";也解 frogs"～"。
1094 anending 解 unending"～",也解 anend"～"。
1095 Vespertiliabitur [拉]"～",此处解 vespertilian"～"。
1096 Goteshoppard 解 good shepherd"～";也解 goat"～";也解 shop"～"。
1097 gabhard 解 gabardine"～";也解 gabhar [拉]"～";也解 gab"～"+hard"～"。
1098 Becchus 解 Bacchus"～",酒神。
1099 sate"～",此处解 sit"～"。
1100 Zumbock 解 Zum Bock [德]"～",意为"～",故译。
1101 Achevre 解 chèvre [法]"～"。
1102 fadervor 解 fade"～";也解 Fadervor [丹]"～";也解 Father"～";也解 Vorvater [德]"～"。
1103 apholster 解 upholsterer"～";也与 creedle 合解 *Apostles' Creed*"～"。
1104 creedle 解 cradle"～"。
1105 at long leash"～",此处解 at long last"～"。
1106 dapplepied bed 解 apple-pie bed"～",恶作剧时将床单折起使人无法伸直双腿;其中 dapplepied 也解 dapple"～"+pied"～"。
1107 capritious 解 capricious"～"。
1108 fruminy 解 frumenty"～";也解 frumentum [拉]"～"。
1109 bergoo 解 burgoo"～"。
1110 aegis"～",此处解 ages"～";也解 aegis [拉]"～"。
1111 daindy dish 解 dainty dish"～"。
1112 lecking 解 leck [德]+ing"～";也解 leck"～";也解为 William Lecky"～"(1838—1903),英爱历史学家,乔伊斯的书房里有他所著的《欧洲伦理史》。
1113 Gipoo 解 gippo"～"。
1114 good oil"～",此处解 good ale"～",此处化自歌曲"Give us good ale"(《给我们杯好酒》)。
1115 hushmagandy 解 hochmagandy [苏]"～",语出苏格兰诗人罗伯特·彭斯。
1116 Diana"～",罗马月神,此处解 diana [西]"起床号"。
1117 Pipette 解 Pepette 即 Ppt,斯威夫特在《史黛拉日记》中对史黛拉的称呼。
1118 lisplips 解 lips"～";也解 lisp"～"。
1119 feed"～",此处解 feel"～"。
1120 flou [法]"～",此处解 flow"～"。
1121 a 解 à [法]"～"。
1122 duskness 解 dusk"～";也解 duskiness"～"。
1123 Bats"～";也解 what's"～"。
1124 peepeestrilling 解 pipistrello [意]"～",原词模仿蝙蝠的叫声;也解 pipistrelle"～";也解 peepee"～";也解 Pepette"～",斯威夫特在《史黛拉日记》中对史黛拉的称呼。
1125 public his"～",此处解 public's"～"。
1126 on the move"～",此处解 on the moor"～"。
1127 Brannan 解 Brennan"～",爱尔兰民谣《荒野上的布伦南》中的主人公,被一个女人背叛。
1128 Tam Fanagan 解 Tim Finnegan"～",民谣《芬尼根的守灵夜》的主人公。
1129 weak"～",此处解 wake"～"。
1130 yat 解 yet"～"。
1131 strang"～",此处解 strong"～",此处化自尊尼威士忌的广告短语"依然健壮"。
1132 fluffy"～";也解[俚]"～"。
1133 can tell"～";也解 candle"～"。
1134 acommon on 解 are coming on"～"。
1135 Porterstown"～",都柏林地区的镇名。
1136 loomy 解 gloomy"～";也解 loom"～"。
1137 bodgbox 解 bodger"撬杆"+box"盒子"。
1138 A liss in hunterland 解 a lis([俄]"狐狸") in hunter land"～";也解 *Alice in Wonderland*"～";其中 liss 也解 lios [爱]"～";其中 hunterland 也解 hinterland"～"。
1139 hoodie"～",此处解 hooded"～"。
1140 hearsemen 解 Howth"～",都柏林郊区,位于霍斯黑德半岛;也解 hearse"～"+men"～";也解 horseman"～"。
1141 carrawain 解 caravan"～";carrying"～";也解 caraway"～"。
1142 is"～",此处解 his"～"。
1143 buzzerd 解 buzzard"～";也解 buzzer"～",指蜜蜂。
1144 Millickmaam 解 Milkman"～";也解 míolach [爱]"～";也解 maodhm [爱]"～"。
1145 emballem 解 embalm"～";也解 emballer [法]"～"。
1146 soot"～",此处解 suit"～"。

如此肮脏、烟熏的[1154]井井有条桥为什么跨越我们的弗拉门尼安[1155]路。

P·C·赫尔穆特[1169]头盔在棉花林，听着[1170]列举。

御座是一只雨伞架[1174]海滨，权杖是根棍子。

如玉的[1189]女士|法官珠宝，我们亲爱的[1190]鹿女儿[1191]医生|博士。

该死的黄油[1195]乔达摩佛鄙视[1196]神智学我们的茶[1197]女神|神。

(唉[1147]！奥康内尔[1148]唉！)⑧⑦还有他的阳痿[1151]强加义务的一堆团块[1152]灯烟(大人物[1153]芬·麦克尔！)。河流迸发，像女人[1156]小便|地窖因葬礼[1157]最终|少数|召集而转圈跑快乐喝，⑧⑧在那里每个欢宴者都是欢宴者的他者[1159]收养者的他者|养母，所有芬尼亚勇士[1160]。⑧⑨涌流之胸[1171]惠灵顿将军，他心甘情愿的巨人，山峰哀悼[1172]早晨|莫恩山他那乳房般的[1173]不安全的|有雾的|喝露珠。市民的服从是城市的幸运[1175]顺从的|公民意识|都市的|此外|幸福|都市幸福中顺从的公民意识，然而我们的副[1176]文件委员[1177]号码麦克⑨⓪会遇到[1182]温顺的|让什么，那时[1183]—他正碰上民意调查[1184]极点|保罗和彼得，彼得的市民，我·我[1185]感伤的小姐被施洗·施洗[1186]威廉·霍华德·塔夫脱猛撞[1187]向上翻起|最高点。贵族义务[1188]参加大型宴会。对我们来说[1192]因为就像，汉娜却一开始就活着，并将在漫长的沉[1193]死亡的睡[1194]后回来，再次出现，还有一个高个子白骑士[1198]白夜，带着梦[1199]一只白背的牛之牛，就像在西威克洛有湿云遮蔽[1200]包含的，或者像

---

⑧⑦ 还有他鲁克丽丝的[1149]卢克莱修衣服[1150]托加里撕开的粗暴强奸。

⑧⑧ 你们会[1158]没有人会弄湿你们的武器，勇士诗人？

⑧⑨ 獐子[1161]红色、威廉[1162]橙色、贝维[1163]黄色、格林[1164]绿色、格勒姆[1165]蓝色、麦克恩迪科思[1166]靛青和维勒[1167]紫色，古老之家的叙事诗[1168]。

⑨⓪ 彩绘玻璃[1178]的效果，你当然[1179]可以赌咒脱脂乳[1180]但是精液不会融化流下他滴滴答答的鸭子裤[1181]鸭子|乳房。

1147 Ochone 解 ochón [爱]"～"。
1148 Ochonal 解 Daniel O'Connell"～",领导爱尔兰天主教徒赢得了参加议会的权利;也解 ochón [爱]"～"。
1149 lucreasious 解 Lucrece"～",莎士比亚的戏剧《鲁克丽丝受辱记》中的主人公,古罗马女子,被国王塔昆纽斯强奸;也解 Lucretius"～"(前 99? —前 55),罗马哲学家、诗人。
1150 togery 解 toggery"～";也解 toga"～",古罗马贵族的外衣。
1151 imponence 解 impotence"～";也解 imponent"～"。
1152 Lumpblock 解 lump"块"+block"块";也解 lampblack"～"。
1153 Mogoul 解 Mogul"～";也解 MacCumhall,即 Finn MacCool"～"。
1154 spick"～",此处解 spick [德]"～"。
1155 Fluminian 解 Flaminian"～",公元前 220 年建造的从罗马到意大利东北部港口里米尼的高速道路。
1156 weeming 解 women"～";也解 wee-wee"～";也解 weem"～"。
1157 fewnrally 解 funeral"～";也解 finally"～";也解 few"～"+rally"～"。
1158 Will 与后面的 bard 合解英国大诗人莎士比亚。
1159 foster's other"～",此处解 feaster's other"～";也解 foster mother"～"。
1160 fiannian 解 Fianna"～"。
1161 Roe"～";也解 ruadh [爱]"～"。
1162 Williams"威廉三世",也为奥兰治的威廉亲王,因此代表"～"。
1163 Bewey,人名;也解 buidhe [爱]"～"。
1164 Greene,人名;也解 Green"～"。
1165 Gorham,人名;也解 gorm [爱]"～"。
1166 McEndicoth,人名;也解 indigo"～"。
1167 Vyler,人名;也解 violet"～"。
1168 此处化自 Macaulay(麦考利)1842 年出版的《古罗马谣曲集》(*Lays of Ancient Rome*)。
1169 Helmut,人名;也解 helmet"～"。
1170 listnin 解 listening"～";也解 list"～"。
1171 wellingbreast 解 well-ing"喷涌的"+breast"胸部";也解 Wellington"～",英国陆军元帅。
1172 mourning"～";也解 morning"～";也解 Mourne Mts"～",位于爱尔兰都柏林郡。
1173 duggedy 解 dug-ged-y"～";也解 nuggety"～";也解 foggy"～";也解 deoch [爱]"～"。
1174 strande 解 stand"～";也解 strand"～"。
1175 To obedient of civicity in urbanious at felicity 解 obedientia civium urbis Felicitas [拉]"～",都柏林市纹章上的格言;也解 The+obedient"～"+civicity"～"+in+urban-ious"～"+at [拉]"～"+felicity"～",即"～"。
1176 diputy 解 deputy"～";也解 document"～"。
1177 mimber 解 member"～";也解 number"～"。
1178 stanidsglass 解 stained glass"～",指天主教堂的彩色玻璃。
1179 sugerly 解 surely"～"。
1180 buttermilt 解 buttermilk"～";也指 but milt"～"。
1181 ducks"～",此处解 duck trousers"～";也解 dugs"～"。此句化自习语 butter wouldn't melt in his mouth(道貌岸然)。
1182 meek"～",此处解 meet"～";也解 make"～"。
1183 when"～";也解 one"～"。1921 年迈克尔·科林斯率团与英国政府签署的停战协议被称为"一号文件"。
1184 poll"～";也解 pole"～";也解 Paul,与后面的 Peter 合解～",基督的十二信徒中的两位。
1185 Mishy Mushy 解 mishe mishe"～",爱尔兰修女圣布利吉特在受洗时说的话;其中 Mushy 也解"～"。
1186 Toft Taft 解 Tauf Tauf [德]"施洗",指圣帕特里克的精神导师德国人圣·杰曼尼库斯;其中 Taft 也解 William Howard Taft"～"(1857—1930),美国第 27 任总统。
1187 tiptupt 解 tupped"～";也解 tipped up"～";也解 tiptop"～"。
1188 Boblesse gobleege 解 noblesse oblige [法]"～";其中 gobleege 也解 go bliaist [爱]"～"。
1189 jady"～";也解 lady"～";也解 judge"～"。
1190 deer"～",此处解 dear"～"。
1191 daktar [印度斯坦]"～",此处解 daughter"～";也解 doctor"～"。
1192 For as"～",此处解 for us"～"。
1193 deap 解 deep"～";也解 dead"～"。
1194 sleap 解 sleep"～"。
1195 Gautamed budders 解 goddam butter"～";也解 Gautama Buddha"～"。
1196 deossiphysing 解 despising"～";也解 theosophising"～"。
1197 Theas 解 Teas"～";也解 thea [希]"～";也解 theos [希]"～"。书中有"黄油鄙视我们的奶酪"。
1198 white night"～",指无眠之夜,此处解 white knight"～",《爱丽丝镜中奇遇记》中的人物。
1199 Drommhiem 解 drømme [丹]"～";也解 druimin [爱]"～"。
1200 enclouded"～";也解 included"～"。

一朵小黑玫瑰[1201]黑肤的罗瑟琳在荆棘树里懒懒散散一样真切[1202]阵雨。我们梦[1203]戏剧着我们的梦，告诉爸比[1204]回来。生命[1205]更新[1206]回答|汉娜·丽维娅·妇鲁拉贝尔。我们不会说事情不会如此，这一秩序[1207]一个……另一个的逝去和秩序的到来，但是在她最好的[1208]秋天|酸涩的国家，以及在围栏浅滩之城[1209]花|巴斯周围的国家，就像在那座充满传说[1210]狮子的城市本身，他们仍在寻找它的存在。因此把风琴[1211]吹风笛的人合上[1212]往返运送完。⑨① 爱尔兰[1217]赎金必胜[1218]一个男孩！⑨② 是时候所有人都向这位魁梧的必死性[1224]进献贡品了，经典的无用之美，就像污泥中的照片。

根据线条，按照重量[1225]，常衡制[1226]在重量上超过。

有些人或许会因为这团块[1227]绞刑架的质量的数量试图避开它，但是谁想欺骗噎住的人，就不得不学会嚼反刍之物。

沥青帽和铁三角[1228]，绞索和酊剂[1229]五点梅花|染色者|那时。

在朱砂四处点亮的[1230]周围|朱砂|点亮的卷轴上，所有那些洞刷洗着[1231]抄写这里的赞誉[1232]圆锥体|褒词|既然和那里的谴责[1233]不合适的。⑨③ 给角落里的猫咪[1240]的三色紫罗兰[1241]娘娘腔的男子|思维。⑨④

---

⑨① 胖大腿[1213]你明白了吗和瘦肌肉[1214]你明白了吗，还有圣人[1215]他们的夫人[1216]水坝|亚当|该死。

⑨② 啊，但愿我们能接纳我们的这个世界[1219]摇摇摆摆地走，就像红岸的[1220]亲芬尼亚派[1221]渎神的接纳他那篮[1222]牡蛎[1223]。

⑨③ 蛛丝[1234]、骗子[1235]，给快活[1236]罐子|阿尔弗雷德·雅里|杰瑞冷酷的恶徒[1237]家伙涂油[1238]使冻僵！上帝保佑[1239]好小子他！

⑨④ 如果他们正像我一样稳稳坐在你的矮凳上，她就能用她袋里最后一块钱[1242]打赌[1243]，他会对擦痛我们屁股的小东西[1244]神留下奇妙的[1245]屁股|臀部印象。

1201 little black rose“～”；也解 dark Rosaleen “～”，爱尔兰的化身。
1202 shower“～”，此处解 sure“～”。
1203 drames 解 dreams“～”；也解 drame［法］“～”。
1204 Bappy 解 bap［印］“～”。
1205 Sein［德］“存在”。
1206 annews 解 renews“～”；也解 answers“～”；也解 Anna“～”，本书女主人公。
1207 order“～”；也解 alter…alter［拉］“～”。
1208 herbest 解 her best“～”；也解 Herbst［德］“～”；也解 herb［德］“～”。
1209 Blath 解 Baile Átha Cliath［爱］“～”，指都柏林；也解 blath［爱］“～”；也解 Bath“～”，罗马城市。
1210 legionds 解 legend“～”；也解 lion“～”。
1211 pipers“～”，此处解 pipes“～”。
1212 shuttle…done“～”，此处解 shut down“～”。
1213 Thickathigh 解 Thick“厚的”＋a＋thigh“大腿”；也解 tuigeann tú?［爱］“～”。
1214 Thinathews 解 Thin“薄的”＋a＋thews“肌肉”；也解 tuigeann tú?［爱］“～”。
1215 sant［意］“～”。
1216 dam“～”，此处解 dame“～”；也解 Adam“～”；也解 damn“～”。
1217 Eric［爱］“～”，此处解 Erin“～”。
1218 aboy 解 abú［爱］“～”；也解 a boy“～”。
1219 waddled“～”，此处解 world“～”。此处化自托马斯·穆尔的歌曲《我们能否接纳我们的世界》（“Could We Do with This World of Ours”），配曲是《一篮牡蛎》（“Basket of Oysters”）。
1220 redbanked 解 Red Bank“～”，都柏林的牡蛎饭店。
1221 profanian 解 pro-Fenian“～”；也解 profane“～”。
1222 bakset 解 basket“～”。
1223 yosters 解 oysters“～”。
1224 mortiality 解 mortality“～”。
1225 pondus［拉］“～”。
1226 overthepoise 解 avoirdupois“～”；也解 overpoise“～”。
1227 gobbet“～”；也解 gibbet“～”。此处化自习语 dodge the column（避重就轻）。
1228 Pitchcap and triangle“～”，1798 年在爱尔兰人联合会领导下，韦克斯福德、威克洛、安特里姆等地起义，沥青帽和铁三角均为英国统治者设计折磨爱尔兰起义者的刑具。
1229 tinctunc 解 tincture“～”；也解 quincunx“～”；也解 tinctus［拉］“～”；也解 tunc［拉］“～”。
1230 circuminiuminluminated 解 circumminioilluminatus［拉］“～”；也解 circum［拉］“～”；也解 minium［拉］“～”；也解 inluminatus［拉］“～”。
1231 scrubs“～”；也解 scribes“～”。
1232 encuoniams 解 encomium“～”；也解 cone“～”；也解 encomia［拉］“～”；也解 quoniam［拉］“～”。
1233 improperies 解 improperia［拉］“～”；也解 improper“～”。
1234 Gosem pher 解 gossamer“～”。
1235 gezumpher［俚］“～”。
1236 jarry 解 jolly“～”；也解 jar“～”；也解 Alfred Jarry“～”（1873—1907），法国戏剧家；也解 Jerry“～”，与凯文在书中组成一组二元对立的人物，即闪姆和肖恩。
1237 felon“～”；也解 fellow“～”。
1238 greeze 解 grease“～”；也解 freeze“～”。
1239 Good bloke“～”，此处解 God bless“～”。此处化自歌曲《因为他是个快活的好家伙》。
1240 此处出自儿童游戏“角落里的猫咪”。
1241 pansy“～”，也解“～”；也解 pensée［法］“～”。
1242 bothom dolours 解 bottom dollar“～”。
1243 beth，指希伯来语第二个字母，此处解 bet“～”。
1244 diminitive 解 diminutive“～”；也解 divinity“～”。此处化自莎士比亚的《哈姆雷特》的“There's a divinity that shapes our ends”（结局还总归是神来安排的）。
1245 culious 解 curious“～”；也解 cul［法］“～”；也解 culus［拉］“～”。

中场休息开始。

当心[1246]变聪明|证据少女[1247]《西部女郎》的心，少女之心！甚至对柳叶的回忆也是一次迷心之言，去听听[1248]让我听听。⑮ 灰尼姑池塘边的灯心草：啊、嗯、噢，让我也叹口气。科尔曼的钟声[1256]煤炭工人的钟声：留意[1257]理所应当你主[1258]负荷的使女[1259]手工制作的。鹪鹩珍妮[1260]鹪鹩姑娘：捡捡、啄啄。邮差强尼：挤挤、啪啪[1261]迫克。⑯ 全世界都在匮乏中，在写信。⑰ 一封信来自一个人送到一个地关于一件事。全世界都在希望送一封信。一封送给一位国王的信，讲的是来自一只猫的宝藏。⑱ 当男人想写一封信的时候。十个男人[1270]干草堆|草坪，成吨的男人、作家男人、双关男人，去[1271]升起一架梯子[1272]。兽穴男人、讨债[1276]城堡男人、沼泽[1277]芬·麦克尔男人、嬉闹男人、母鸡男人、匈奴男人，去夷平一位领袖。那么有没有任何由许多人寄来的今日之信[1278]书信之日，狗娘养的[1279]大衮？王国，你的最大限度[1280]离中心最远的。⑲ 一张明信片[1285]小猫咪|花

费比乌斯·马克西姆斯[1252]最大的叔叔与侄女[1253]金色迷你小姐[1254]年轻女人|最小的|爱情。就像这样[1255]论文。这个就像这样。

亲爱的布鲁图[1268]面包，听我说[1269]登陆|我|欠款。

乖乖睡，小宝宝[1273]巴别塔，推平[1274]一堵墙。他是如何把好消息告诉绅士[1275]的。

---

⑮ 当我是史黛拉[1249]一颗星星，并被当作瓦内萨[1250]它本身时，我会在普尔曼[1251]煤炭工人|男人的钢琴上做那种下垂动作。

⑯ 双子星座[1262]天国的悔恨，如果这是他的中的一个，我绝对[1263]害怕|几乎会在他一进屋时就[1264]昏厥昏倒了[1265]佯攻。

⑰ 被误写、被延宕[1266]睡在边上|留待第二天解决、被哄骗、被坚持。等你做完了，推一下链条。

⑱ 为女王陛下服务[1267]带着她的谦逊办公室。

⑲ 因为[1281]那个戴着他那亚当斯和克莱[1282]亚当与泥土|ECH帽的乌龟[1283]，像一位伟大的土耳其人[1284]高傲者塔克文骄傲地高视阔步。

1246 Bewise of 解 Beware of“～”；其中 Bewise 也解 Be wise“～”，也解 Beweise［德］“～”。
1247 Fanciulla［意］“～”。也指 *La Fanciulla Del West*“～”，贾科莫·普契尼的歌剧。
1248 lets to hear 解 lets hear“～”；也解 lässt zu hören［德］“～”。
1249 Enastella 解 Stella“～”，即以斯帖·琼荪，斯威夫特的年轻恋人；也解 Ena stella［意］“～”。
1250 Essastessa 解 Vanessa“～”，以斯帖·凡霍米利，斯威夫特的年轻恋人；也解 Essa stessa［意］“～”。
1251 Pohlmann 解 Pohlmann & Co.“～”，都柏林的钢琴公司；也解 coalman“～”；也解 Mann［德］“～”。
1252 Flabbius Muximus 解 Quintus Fabius Maximus Verrucosus“～”（前 280—前 203），罗马政客和将军，公元前 221—217 年为独裁者；其中 Muximus 也解 maximum“～”。
1253 Niecia 解 Niece“～”。
1254 Flappia Minnimiss 解 Flavia［拉］“金色者”＋mini-“微型”＋miss“小姐”；也解 flapper［俚］“～”＋minimum“～”；也解 Minne［德］“～”。
1255 this is“～”；也解 thesis“～”。
1256 Coalmansbell 解 St. Colman's bell“～”，圣帕特里克的门徒，因为误解了圣帕特里克的指示，在晚祷钟声后渴死；也解 Coalman's bell“～”。
1257 behoves“～”，此处解 beholds“～”。出自《路加福音》(1:38)“我是主的使女”。
1258 load“～”，此处解 lord“～”。
1259 handmake 解 handmaid“～”；也解 handmade“～”。
1260 Jenny Wren“～”，在童谣中常被当作知更鸟的爱人，此处直译。
1261 puck，模拟邮差装信的声音；也解 Puck“～”，莎士比亚《仲夏夜之梦》中捉弄人的小精灵。
1262 Heavenly twinges“～”，此处解 Heavenly twins“～”。
1263 fearly 解 fairly“～”；也解 fear“～”＋-ly；也解 nearly“～”。
1264 as swoon as 解 as soon as“一……就”；也解 swoon“～”。
1265 feint“～”，此处解 faint“～”。
1266 sleep by“～”，也解 sleep on“～”，故此处译为“～”。
1267 With her modesties office“～”，此处解 On Her Majesty's Service“～”。
1268 Brotus 解 Marcus Junius Brutus“布鲁图”（前 85—前 42），刺杀凯撒的罗马议员；也解 Brot［德］“～”。
1269 land me arrears 解 lend me your ears“听我说”，此句出自莎士比亚的戏剧《朱利斯·凯撒》；也解 land“～”＋me“～”＋arrears“～”。
1270 men“～”；也解 mow“～”；也解 meadow“～”。
1271 wend to 解 went to“～”。
1272 rise a ladder“～”。此处化自童谣《一个人想去割草》中的歌词“三个男人，二个男人，一个男人和他的狗去草坪割草”。
1273 babel“～”，此处解 baby“～”。此处化自童谣“Rockabye, Baby”（《乖乖睡，小宝宝》）。
1274 flatten“～”。此处化自童谣《憨蛋呆蛋》中的歌词 sat on a wall（坐在墙上）。
1275 Gent 解 gentleman“～”。此处化自罗伯特·布朗宁的诗歌 *How They Brought the Good News from Ghent to Aix*（《他们如何把好消息从根特带到艾克斯》）。
1276 dun“～”；也解 dún［爱］“～”。
1277 fen“～”；也解 Finn MacCool“～”，爱尔兰传说中芬尼亚英雄的领袖。
1278 lettersday 解 letter today“～”；也解 letter's day“～”。
1279 Daganasanavitch 解 dog“狗”＋son of a bitch“狗娘养的”；也解 Dagon“～”，《旧约》中非利士人的主神，上半身是人，下半身是鱼。
1280 outermost“～”，此处解 uttermost“～”。
1281 weggin 解 wegen［德］“～”。
1282 Eddems and Clay 解 Adams & Clay“～”，指美国第六任总统约翰·亚当斯和国务卿克莱，两人最初都竞选总统，后来克莱选择支持亚当斯；也解 Adam and clay“～”；此句包含本书主人公名字缩写的倒写 ECH。
1283 cuckhold 解 cuckold“戴绿帽子的男人”。
1284 turquin 解 turkey“～”；也解 Tarquin the Proud“～”，即卢修斯·苏佩布，罗马王政时代第七任君主。
1285 posy cord 解 postcard“～”；也解 pussycat“～”；也解 posy“～”＋cord“～”。

朵|绳子。谢谢[1286]场所。

大调和小调合并增殖同质同种。

我们在要塞[1287]脚印|特里斯丹|敌人|三|王子上走[1288]伤害的我们的路，直到沟壑中的那股力量在远处[1289]变弱，树皮里的那张脸装出害怕[1290]远处地|靠近的样子。这是莱茵石[1291]雨水|石头在鸣响。在一年[1292]昔日|年份的这个季节[1293]中止里冷[1294]异教团体|寒冷得有些出奇。但是常青树[1295]爱尔兰依然永恒。如果四周[1296]的摆动[1297]小骨没给出任何[1298]名字预兆，那么给一根三叉的树枝标个价[1299]罐子|什么|浮华|扑通声？既然一切都是终止战争[1300]的战争，让体育变成休闲和义卖[1301]集市。啊，啊，运动员[1302]围栏浅滩之城，祝福你该死的[1303]拇指|都柏林赤脚[1304]沐浴脚！城市为了追寻，要塞为了休息[1305]要塞|搁脚物，赶路的时候还早[1306]围栏浅滩之城。为了她[1307]为了听|谣言停下来。⑩⑩ 夜

⑩⑩ 来，我的石板光滑，我来旁敲侧击[1308]画笔|脸红！当我记起[1309]精神错乱你在完美课堂上犯的所有小学实习教师的过错时，伴随着所有这些四处留情的金色露水[1310]被阉割的母羊|纨绔子弟，以及丁香[1311]世俗的|锁|阴部开花的刺激和伤害一起，这里有[1312]三是比给西西里[1313]的合唱多得多的植物，我简直想用结束我自己和我的疾病[1314]旋律|疾病来打发时间。如果你不能假装未发育，你就不应该[1315]废品|和写你不能。这是说这个的恰当[1316]支持物|支撑方式，先生[1317]坐|年长者。如果是我选择[1318]咀嚼|税捐吞下所有你没有说的，你可以收回我的话，因为它就像我的吻里有把钥匙一样确切无疑[1319]。该做什么呢[1320]快的。当我们结合在一起去得到她[1321]在一起去失去她[1322]先知去支配去错过，翌日面对[1323]粉丝爱的时光，生命的动词，竞争的活力，伴随着我后背脊柱上的爱和[1324]是|爱被爱，并永远如此。你对我太严厉 （转下页注）

1286 Plece 解 please“～”；也解 place“～”。
1287 foe tris prince 解 fortress“～”；也解 footprints“～”；也解 Tristan“～”，中世纪骑士；也解 foe“～”＋tris“～”＋prince“～”。
1288 wounded“～”，此处解 wended“～”。
1289 afarred 解 afar“远处地”＋-red。
1290 afear 解 a＋fear“～”；也解 afar“～”；也解 anear“～”。
1291 rainstones 解 rhinestone“～”；也解 rain“～”＋stones“～”。
1292 yore“～”，此处解 year“～”；也解 Jahr［德］“～”。
1293 ceasing“～”，此处解 season“～”。
1294 cult“～”，此处解 cold“～”；也解 kalt［德］“～”。
1295 Erigureen 解 evergreen“～”；也解 Éire“～”。
1296 onkring 解 omkring［丹］“～”。
1297 osseletion 解 oscillation“～”；也解 osselet“～”。
1298 nome 解 none“～”；也解 nomen［拉］“～”。
1299 Pot price pon patrilinear plop 解 put price upon a trilinear lop“～”；其中 Pot 也解“～”，也解 what“～”；其中 pon 也解 pomp“～”；其中 plop 也解“～”。
1300 此句化自习语 war to end war（以战止战）和 All's well that ends well（结果好一切都好）。
1301 bring and buy 指 bring-and-buy sale“～”。
1302 Athclete 解 athlete“～”；也与后面的 bally 合解 Baile Átha Cliath“～”，都柏林的爱尔兰名字。
1303 bally“～”，此处解［俚］bloody“～”；也解 Billy，在书中都指“～”。
1304 Bathfeet“～”，此处解 bare feet“～”。
1305 fortorest 解 fort to rest“～”；也解 fortress“～”；也解 footrest“～”。
1306 hurley 解 early“～”；也与前面的词语合解 Town of Hurdle Ford“～”，指都柏林。
1307 for hearsake 解 for her sake“～”；也解 for hear sake“～”；也解 hearsay“～”。
1308 the beat of my blosh 解 the beat around the bush“～”；其中 blosh 也解 brush“～”，也解 blush“～”。
1309 remembered“～”；也解 demented“～”。
1310 gelded ewes“～”，此处解 gilded dew“～”；也解 gilded youths“～”。
1311 laylock 解 lilac“～”；也解 lay“～”＋lock“～”；也解 Miss Laycock［俚］“～”。
1312 three's 解 there's“～”；也解 three's“～”。
1313 cecilies 解 St Cecilia“～”，音乐的守护圣人。
1314 malody 解 malady“～”；也解 melody“～”；也解 maladie［法］“～”。
1315 sh'undn't 解 shouldn't“～”；也解 Schund［德］“～”；也解 und［德］“～”。
1316 propper“～”，此处解 proper“～”；也解 proppe［丹］“～”。
1317 Sr 解 sir“～”；也解 sit“～”；也解 senior“～”。
1318 chews“～”，此处解 choose“～”；也解 dues“～”。
1319 此处出自美国剧作家鲍西考尔特的剧本《吻者诺拉》，剧中女主人公用吻把消息传递给狱中的养兄。
1320 Quick erit faciofacey 解 Quod Erat Faciendum［拉］“～”；也解 Quick“～”。
1321 together“～”，此处解 to get her“～”。
1322 toloseher 解 to lose her“～”；也解 Seher［德］“～”。
1323 fans“～”，此处解 facing“～”。
1324 ay“～”，此处解 and“～”；也解 ai［中］“～”。

晚的[1396]一见就场景[1397]喇叭号声|参议院。或者爱尔兰的梦[1398]梦|梦的|正广播的梦。他们将怀念。由她自由书

(接上页注)了[1325]？然后后悔[1326]。我故意的，年轻人，我就是被扔[1327]王权到他上面的，(在这儿他是[1328]立即的一个愚蠢的新偶像[1329]，我的唇膏[1330]生活|堆栈)等我在我的佩蒂戈[1331]小神|衬裙蒙混过关，那时我还没被某个奥兰多·德·拉索[1332]套索先耕耘，我会得到我的学位[1333]法令并被任命为王室律师[1334]支持某一方|丝一般的，炫耀着脆弱的薄纸[1335]，好去惹恼我的大学[1336]拼贴学妹们[1337]，她们尽管脸红得发紫[1338]狐，即便她们是我阴影下的八重奏和处女[1339]28，却永远是我的配角。她们或许是我同龄的赞成者，但是她们绝非[1340]妻子我的时代的否定者。一直等到春天在六便士[1341]熏制的中蹿芽，猪开始飞[1342]自命不凡的人开始刺探，他们会是众多盛年的丈夫们[1343]家庭宠物来拉皮条和纵容我的。即将到来的婚姻。大自然告诉所有人，但我曾经从我的老保姆[1344]古挪威语奥丝[1345]那里学过所有最勇敢的游戏的规则[1346]如尼文，咒语。最冒险的婊子[1347]小跑就是她，她他妈的[1348]维京人里里外外[1349]心的方向|和|四个字非常了解他们所有人。奥利薇·奥尔[1350]多伊卡特尔歌剧公司|橄榄油和维尼·卡尔[1351]醋|卡森爵士，天呀[1352]是女人，她们是怎样拿起[1353]刺激三文鱼[1354]所罗门|色拉酱的调料，胡椒粉盒[1355]偷窥者|叫卖鱼类的小贩和盐碟[1356]盐|水手，又是如何遇到[1357]跟芥末瓶[1358]陈腐的诗人在它们中间[1359]。肯定[1360]大部分是[1361]豆子疯毛拉[1362]疯马林种下了他。两两·德·伤口[1363]蛇咬|再演一次|碧丝和三三·冯·恐鳍[1364]特里斯丹|非常好的。萨迦[1365]说之声，仪式遍行，教会[1366]杀饶舌[1367]，烧饭[1368]怪人水壶，还有(记起了所有我该忘记的)闩住门[1369]托尔。奥丁[1370]。斯德哥尔摩[1371]的三伏天[1372]天不正是预兆吗，那时我害怕地[1373]跨骑|小行星坐在他们的德鲁伊[1374]祭坛上[1375]，凉[1376]漂亮的头得像黄瓜[1377]首脑|屁股，拍着我的直线，直至倾斜的废墟，左牵黄，右擎苍[1378]旁注|邮递，拍一拍，炫一炫，伴随着你给了我香火[1379]不良气味如云[1380]敲打，给了他们在草地上[1381]在背风方向登台吹响的号角！不要变红[1382]害怕，你这双白手[1383]白手的伊瑟|漂白的|人|牛奶冻|脸红的！这个伊莎贝拉[1384]浅黄头发的少女|伊茜我正在了解交通规则[1385]发情期的小巷，而她什么人[1386]《巧手安迪》|《安妮·鲁尼》都不怕。因此大声唱，甜蜜的小香肠[1387]二轮战车，就像天堂里的阿那克里翁[1388]！教父[1389]好的|一车的眼里闪着光[1390]，口袋里总会有蛋糕，用来让我们为了万能的上帝[1391]所有|米歇尔神父|好的而订婚[1392]是|喉咙。阿门[1393]一个妈妈。阿门。再次阿门。因为坚强的诺言比幸运的[1394]胡言更强大，啊，我年轻的朋友，噢，我甜蜜的小东西，智慧借衣服的时候，是剩余[1395]白袈裟的钱买的床。

1325 Your are me severe 解 You are severe to me“～”,此处化自美国音乐家西格蒙德·施佩特的《这消息也许叫你哭泣》中歌曲《已婚妇女的挽歌》中的“you use me severe”(你待我太严苛)。
1326 此处出自《这消息也许叫你哭泣》中的歌曲“The Sorrow of Marriage”(《婚姻之悔》)。
1327 throne“～”,此处解 thrown“～”。
1328 inst 解 is“～”;也解 instant“～”。
1329 likon 解 eikon [希]＝icon [拉]“～”。
1330 lifstack 解 lipstick“～”;也解 life“～”＋stack“～”。
1331 Pettigo“～”,城市名,位于爱尔兰多尼戈尔郡;也解 pettigod“～”;也解 petticoat“～”。
1332 Rolando the Lasso 解 Orlande de Lassus“～”,文艺复兴时期三大音乐家之一;其中 Lasso 也解“～”。
1333 decree“～”,此处解 degree“～”。
1334 take seidens 解 take silk 意为“～”;也解 take sides“～”;其中 seidens 也解 seiden [德]“～”。
1335 flimsyfilmsies 解 flimsy“脆弱的”＋flimsies“薄纸”。
1336 collage“～”,此处解 college“～”。
1337 juniorees 解 junior“低年级的”＋-ees。
1338 fuchsia“～”;也解 Fuchs [德]“～”。
1339 octette and virginity“～”;也解 octo et viginti [拉]“～”。
1340 nary“～”;也解 nāri [梵]“～”。
1341 spickness 解 spick [德]“～”＋-ness,此处解 sixpence“～”,化自儿歌《唱一首六便士的歌,满口袋的黑麦》(“Singa song of sixpence, A pocket full of rye”)。
1342 prigs beg in to pry 解 pigs begin to fly“～”;也解 prigs begin to pry“～”。
1343 housepets“～”,此处解 husbands“～”。
1344 old nourse 解 old nurse“～”;也解 Old Norse“～”。
1345 Asa 解 Åse“～”,易卜生的戏剧《培尔·金特》中主人公的母亲。
1346 runes“～”,此处解 rules“～”。
1347 trot“～”,此处解[俚]“～”。
1348 vicking 解 fucking“～”;也解 Viking“～”。
1349 heartswise and fourwords 解 backwards and forwards“～”;也解 heart-wise“～”＋and“～”＋four words“～”。
1350 Olive d'Oyly 解 Olive Oyl“～”,大力水手的女友;也解 D'Oyly Carte Opera Co.“～”;也解 olive oil“～”。
1351 Winnie Carr“～”,人名;也解 vinegar“～”;也解 Sir Edward Carson“～”(1854—1935),爱尔兰统一党政治家。
1352 bejupers 解 by jeepers“～”;也解 be＋jupe([法]荆钗)＋-ers,“～”。
1353 reized 解 raised“～”;也解 reizen [德]“～”。
1354 salandmon 解 salmon“～”;也解 Solomon“～”,古以色列国国王;也可与前面合解 salad dressing“～”。
1355 peeper coster 解 pepper castor“～”;也解 peeper“～”＋coster“～”。
1356 salt sailor 解 salt cellar“～”;也解 salt“～”＋sailor“～”。
1357 med 解 met“～”;也解 mit [德]“～”。
1358 mustied poet 解 mustard pot“～”;也解 musty poet“～”。
1359 atwaimen 解 between them“～”。
1360 most“～”,此处解 must“～”。
1361 bean“～”,此处解 been“～”。
1362 Mad Mullans 解 Mad Mullah“～”,即穆罕默德·本·阿卜杜拉,索马里革命的领导者;也解 Mad Mullinx“～”,18 世纪都柏林的乞丐,斯威夫特曾在诗中提到过他。
1363 Bina de Bisse 解 Bini [拉]“每两个”＋de Biss [德]“(咬伤的)伤口”;其中 Bisse 也解 bisse [希伯来]“～”;也解 bisser [法]“～”;也解 Biss“～”,书中主人公的女儿伊茜名字的另一种写法。
1364 Trestrine von Terrefin 解 tres [拉]“三”＋trin [拉]“每三个”＋von＋Terr-“可怕的”＋fin“鳍”;其中 Trestrine 也解 Tristan“～”,中世纪骑士;其中 Terrefin 也解 terrific“～”。
1365 Sago 解 saga“～”,英雄传说;也解 sag- [德]“～”。
1366 kill“～”,此处解 cill [爱]“～”。
1367 kackle 解 cackle“～”。
1368 kook [英口]“～”,此处解 cook“～”。
1369 thor 解 door“～”;也解 Thor“～”,北欧神话中司雷、战争及农业的神。
1370 Auden 解 Odin“～”,北欧神话中的主神。
1371 Skokholme 解 Skokholm“～”,瑞典首都。
1372 dog of a dag 解 dogday“～”,其中 dag 也解[丹]“～”。
1373 astrid 解 afraid“～”;也解 astride“～”;也解 asteroid“～”。
1374 Drewitt 解 druids“～”。
1375 uppum 解 upon“～”。
1376 cooledas 解 cool“～”;也解 cúil-deas [爱]“～”。
1377 culcumbre 解 cucumber“～”;也解 cumbre [西]“～”;也解 cul [法]“～”。
1378 postillion, postallion,拟声＋postilion“左马驭者”,故译为“～”;也解 postil“～”;也解 post“～”。
1379 illscents 解 incense“～”;也解 ill scents“～”。
1380 clouts“～”,此处解 clouds“～”。
1381 on the leasward 解 on the lea“草地”＋sward“草皮”;也解 on the leeward“～”。
1382 of red“～”;也解 afraid“～”。
1383 blanching mench 解 Blanche mains [法]“～”,即 Isolde Blanchemains“～”,特里斯丹的妻子;也解 blanching“～”＋Mensch [德]“～”;也解 blancmange“～”;其中 blanching 也解 blushing“～”。
1384 Isabella 解 Isabella“～”,人名,意为“～”;也解 Issy“～”,本书主人公的女儿。
1385 the ruelles of the rut“～”,此处解 the rules of the road“～”。
1386 andy mandy 解 any man“～”;也解 *Handy Andy*“～”,爱尔兰作家塞缪尔·拉夫尔的小说;也解“Annie Rooney”“～”,19 世纪末英国歌曲的名字。
1387 cheeriot 解 cheerio“～”;也解 chariot“～”。此处化自歌曲《荡低点,甜蜜的查洛特》。
1388 anegreon 解 Anacreon“～”,公元前 6 世纪的希腊抒情诗人。
1389 good fother 解 God father“～”;也解 good“～”＋fother“～”。
1390 twingling 解 twinkle“～”。此处化自英语说法中“当你只是你父亲眼里的闪光”,指一个人出生之前。
1391 allmichael good 解 Almighty God“～”;也解 all“～”＋Michael“～”,书中人物＋good“～”。
1392 bethroat 解 betroth“～”;也解 be“～”＋throat“～”。
1393 Amum 解 Amen“～”;也解 A mum“～”。
1394 fortuitous 解 fortune＋-itous“～”。化自习语 Truth is stranger than fiction(事实比虚构更离奇)。
1395 surplice“～”,此处解 surplus“～”。
1396 at sight“～”,此处解 at night“～”。
1397 scene“～”;也解 sennet“～”;也解 senate“～”。
1398 dreamoneire 解 dream on Eire“～”;也解 dream“～”＋oneiric“～”;也解 dream on air“～”。

《圣经》的[1403]嗜酒的|毁谤的历史[1404]和野蛮的[1405]巴巴罗沙历史[1406]野兔|萨提尔。

卡宾格法庭[1419]铜|科平格里的草棚[1420]先令，天天都是麦片粥[1421]教区。

我的裤子[1426]合适吗[1427]多少钱？

写，如果对归纳[1399]太阳|睡觉的眼睛[1400]是来说令人恐惧，对分析[1401]汉娜·丽维娅·妇鲁拉贝尔的耳朵来说则充满希望[1402]快乐地。这是不是在我们新[1407]现在树语[1408]亨利·伍德沃德的甜美农场里，那里那时树枝[1409]将唱啊唱，明天离开，昨天[1410]以斯贴出现[1411]结局，就像星期六下午[1412]月亮之后莱克斯利普[1413]法律|跳跃对着十二月之思[1414]十二|忌月弥撒微笑？比如。亲爱的（所欲对象的名字，爱者之名[1415]另一个|汉娜·丽维娅·妇鲁拉贝尔），很好，我会继续。她舔着她的[1416]非犹太年轻女子|骗子。我和我们（快乐葬礼的温柔[1417]想知道哀悼，一个人如果）深感歉意，对于（谈起目前被压的人，立碑[1418]米歇尔神父|芬·麦克尔纪念）。唔（问候所有人身体健康）你怎么样（问玛奇[1422]符号）。一个可爱的（向家人朋友介绍）美食[1423]蛋糕|猫|凯特家[1424]包裹|礼物|波斯的|ALP。她摩擦着她的[1425]。那些笔记本[1428]S形笔画大多是她从维尔·福斯特爸爸[1429]那里觅来的，但是这些花体字[1430]我的行列来自我爸爸[1431]的模子。她摩擦她的另一个[1432]。（在空[1433]在之前中温柔地挥舞，将它翻转[1434]请看后页）唔，也许[1435]玛奇（对希望[1436]商店的安慰）很快会听到[1437]空气|继承人。谨致问候，灰姑娘[1438]炉灰|姐妹|发送人基督徒[1439]，如果王子[1440]印刷品迷人[1441]撒饵，想

1399 sumns 解 sums“～”；也解 sun“～”；也解 somnia［拉］“～”。
1400 eye“～”；也解 aye“～”。
1401 annalykeses 解 analysis“～”；也解 Anna Livia Plurabelle“～”，本书女主人公。
1402 Hopely“～”；也解 happily“～”。
1403 Bibelous 解 Bible-ous“～”；也解 bibulous“～”；也解 libellous“～”。
1404 hicstory 解 history“～”。
1405 Barbarassa 解 barbarous“～”；也解 Barbarossa“～”，12 世纪神圣罗马帝国皇帝，曾反对阿德里安四世。
1406 harestary 解 history“～”；也解 hare“～”＋satyr“～”，古希腊神话中的森林之神，好色之徒。
1407 now“～”，此处解 new“～”。
1408 woodwordings 解 wood“树林”＋wordings“用语”；也解 Henry Woodward“～”，都柏林乌鸦街剧院创建人。
1409 branchings 解 branch“树枝”＋-ings。
1410 yesters 解 yesterdays“～”；也解 Esther“～”，斯威夫特的两个年轻恋人都叫以斯贴。
1411 outcome“～”，此处解 come out“～”。
1412 Satadays aftermoon 解 Saturday afternoon“～”；其中 aftermoon 也解 after moon“～”。
1413 lex leap 解 Leixlip“～”，利菲河上的城市；也解 lex［拉］“～”＋leap“～”。
1414 twelvemonthsminding 解 twelve month's mind“～”；也解 twelve“～”＋month's mind mass“～”，亡者去世后满一个月的追思弥撒＋-ing。
1415 A. N. 解 A(mati) N(omen)［拉］“～”；也解 another“～”；也解 Anna Livia Plurabelle“～”。
1416 Shlicksher 解 She licks her“～(笔)”；也解 shikseh［意第］“～”；也解 slickster“～”。
1417 tender“～”；也解 wonder“～”。
1418 F. M. 解 F(ecit) M(onumentum)［拉］“～”；也解 Father Michael“～”；也解 Finn MacCool“～”，爱尔兰传说中芬尼亚英雄的领袖。
1419 coppingers 解 Coppinger“～”，位于爱尔兰科克郡的一个建筑，已倒塌；也解 copper“～”；也解 Walter A. Copinger“～”，19 世纪律师和古籍编目人。
1420 shieling“～”；也解 shilling“～”。
1421 porrish 解 porridge“～”；也解 parish“～”。
1422 maggy 解 Maggies“～”，本书主人公女儿的化身之一；也解 mark“～”。
1423 cates“～”；也解 cake“～”；也解 cats“～”；也解 Kate“～”，本书中壹耳微蚵一家的仆人。
1424 pershan 解 person“～”；也解 parcel“～”；也解 present“～”；也解 Persian“～”。与前面的词语合为 ALP，本书主人公的妻子。
1425 Shrubsher 解 she rubs her“～”。
1426 metroosers 解 my trousers “～”。
1427 How matches“～”；也解 How much“～”。
1428 pothooks 解“～”，此处解 notebook“～”。
1429 Poppa Vere Foster 解 Poppa“爸爸”＋Vere Foster“维尔・福斯特”(1819—1900)，英国慈善家，出版了一系列书法描红本。
1430 curly mequeues 解 curlicues“花体字”；也解 my queues“～”。
1431 Mippa 解 my papa“～”。
1432 Shrubsheruthr 解 She rubs her other“～”。
1433 ere“～”，此处解 air“～”。
1434 turning ptover 解 turning it over“～”；也解 PTO“～”。
1435 mabby 解 maybe“～”；也解 Maggies“～”，本书女儿的另一个名字。
1436 shopes 解 hopes“～”；也解 shops“～”。
1437 air“～”，此处解 hear“～”；也解 heir“～”。
1438 cinder“～”，此处解 Cinderella“～”；也解 sister“～”；也解 sender“～”。
1439 Christinette 解 Christian“～”。
1440 prints“～”，此处解 princes“～”。
1441 chumming“～”，此处解 charming“～”，在木偶剧《灰姑娘》中灰姑娘所爱的王子叫“迷人”。

英雄在战神广场独自倒下[1446]脚|太阳神。

要钱[1442]伊瑟时可能如此，比如[1443]作为样本，后面变前面，或者，如果全都，向日葵[1444]或“按我的价”[1445]，使用她的鲜花或香水，或者，如果非常非常非常迷人，换句话说[1447]朝另一个方向，那个她认为理想的[1448]人，亲吻[1449]吻你我的出口。她舔着她的另一个[1450]。来自荒村[1451]橡树[1452]查理曼大帝。虔诚、纯洁、美好之人，所有人与之同行，她将踏上他们生命树的叶子，它们的沉寂至今依然像漫天银色的琥珀[1453]快速的|赭色的|石头一样闪烁，班度夏泉[1454]将弹奏水[1455]快的之音乐，还有之后的气味，麝香的叹息。污迹污痕污秽[1456]，想知道那是什么[1457]那是一个亲爱的。水中安睡、火边烤干[1458]吸毒、掸掉灰尘、梦想着你的那位会把她的一侧卷发给。直到永远拒绝之人[1460]后来|收获节|圣彼得入狱日|羊被我们洗衣妇[1461]喋喋不休的人的诱饵[1462]都引进来，黑暗奇迹的预言就像那个邪恶荆棘园，快乐仙境[1463]简·爱的田野就像这个流动的荒野。

但是现在她已经来了[1459]。

两个唐璜[1464]，三个汤米·阿特金斯[1465]性感女人。

今天在普利尼[1470]和考利麦拉[1471]的时代，风信子在高卢开开心心，长春花在伊利里亚，雏菊在努曼西亚的废墟中⑩，而此时在它们周围，城

这部分由战争[1466]小独木舟—和平[1467]—战争中的纯文学[1468]扮演。互换形状互换[1469]。

⑩ 对维钦托利[1472]华尔兹舞|唱歌|眼花缭乱|国王和他的日间凯旋大门[1473]方舟|日间的|胜利|屁股来说，我们的毕生祖先[1474]民众|父亲的鼻生凹处[1475]壕坑现在太太大了。

1442 Soldi［意］“～”；也解 Isolde“～”，特里斯丹故事中的女主人公。
1443 for asamples 解 for examples“～”；也解 for a sample“～”。
1444 peethrolio 解 heliotrope“～”。
1445 此句化自爱尔兰政治家巴涅尔的话“When you sell, get my price”(你们卖的话，就按我的价格卖)。
1446 Le hélos tombaut soul sur la jambe de marche 解 les héros tombant seul sur le Champs de Mars［法］“～”；也解 jambe de marche［法］“～”；也解 helios“～”。
1447 in otherwards“～”，此处解 in other words“～”。
1448 adeal 解 ideal“～”。
1449 kissists 解 kiss“～”；也解 Xs“～”，信中签名。化自 kiss my arse［英口］“吻我的屁股”，表示轻视。
1450 Shlicksheruthr 解 She licks her other“～”。
1451 Auburn“～”，英国诗人哥尔德斯密斯的长诗。
1452 chenlemagne 解 chêne［法］“～”；也解 Charlemagne“～”(742—814)，法兰克王和西罗马帝国皇帝。
1453 fastalbarnstone 解 barnsteen［荷］“～”；也解 fast“～”＋auburn“～”＋stone“～”。
1454 fount Bandusian 解 Fountain Bandusia“～”，古罗马时期罗马北部萨宾山的一眼小泉，诗人贺拉斯曾为此泉写过著名的《颂歌》。
1455 liquick 解 liquid“～”；也解 quick“～”。
1456 Blotsbloshblothe 解 Blot“～”，指信尾溅上的污迹。
1457 one dear that was“～”，此处解 wonder what was“～”。
1458 drug“～”，此处解 droog［荷］“～”。
1459 此句以法文为基础。
1460 later Lammas 解 latter Lammas“永远不会”；也解 later“～”＋Lammas“～”，英国节日，在 8 月 1 日，也是基督教的“～”；也解 lammas［芬］“～”。
1461 washwives 解 wash“洗”＋wives“妻子”；也解 Wöschwib［瑞士德语］“～”。
1462 baith 解 bait“～”；也解 both“～”。
1463 faery“～”；也解 Jane Eyre“～”，夏洛蒂·勃朗特的同名小说的主人公。
1464 Dons Johns 也解 Don Juans“～”，英国诗人拜伦的同名诗歌的主人公。
1465 Totty Askins 解 Tommy Atkins“～”，英国士兵的俗称；其中 Totty 也解 totty“～”。
1466 BELLUM“～”，此处解［拉］“～”。
1467 PAX［拉］“～”。
1468 BELLETRISTICKS 解 belletristic“～”。
1469 MUTUOMORPHOMUTATION 解 mutuo［拉］“彼此”＋morphes［希］“形状”＋mutuo［拉］“彼此”。
1470 le Pline 解 Pliny“～”(61—113)，古罗马作家，著有《自然史》。
1471 Columelle 解 Columella“～”(4—70)，古罗马作家，作品主要集中于罗马农业。
1472 Valsinggiddyrex 解 Vercingetorix“～”(？—前 46)，阿维尔尼地区高卢部落的首领，率众起义反抗罗马统治，后被凯撒大帝镇压；也解 valse“～”＋sing“～”＋giddy“～”＋rex［拉］“～”。
1473 arks day triump 解 Arc de Triomphe“～”；也解 arks“～”＋day“～”＋triump“～”；也解 arse“～”。
1474 folkfarthers 解 forefathers“～”；也解 folk“～”＋fathers“～”。
1475 foss“～”，此处解 fossa“～”。

《查拉图斯特拉如是说》[1476]唾沫|幽灵。

市换了主人和名字，其间许多人步入了死亡，同时文明相互冲突和碰撞，他们宁静的一代又一代历经岁月，直至走到我们这里，新鲜明媚，如同战争之日[1477]。⑩

处女的命运[1486]。

珍珠占卜[1487]玛奇！风信子式的[1488]橘红色长春花[1489]小长春花|威尼斯|维纳斯！花朵。一朵云。但是布鲁图和卡西乌斯[1490]奶油和奶酪|布鲁诺|卡西奥只留心三叉舌⑩，低语的任性[1494]威尔，（这是魔鬼的[1495]苔丝德蒙娜！）阴影阴影多次重复（这块手帕在手帕[1500]床|臭气里[1501]用[1502]手帕来自[1503]手帕），⑩次数不限[1507]，他们处理他们的吵架[1508]猎物。无花果树[1509]摩尔人|托马斯·穆尔傻得[1510]抱歉冒泡[1511]悲惨的。古人的病[1512]空气|恼火|商业。

一枚给教堂司事[1496]第六次的撒克逊先令[1497]岩石，但是什么都没[1498]给那位教区牧师[1499]麦片粥|布道。

每条路都朝两个方向预显荣耀。尽管她听凭荣誉[1513]罗马悲叹，但是如果她不那么爱胜利者[1514]，又怎样？这是我们的氧气[1515]如何掌控了[1516]他们的半个世界。在自由的空气中四处走动，

---

⑩ 把那个快速[1478]快速地|气体|大风翻译[1479]成土耳其语[1480]草皮，爱尔兰佬，那是个好男孩[1481]泥沼|上帝，而你，达陡[1482]，把它草草写到[1483]波兰语|警察你的吸墨纸[1484]屁股|粉上，那里有个好女人[1485]臀部|擦拭。

⑩ 你鲁莽大胆的唐纳里[1491]，我爱你那一大堆尖锐的谎言，你那花哨的外国邮件，因此这是我的玛瑙贝卡片，绅士[1492]，伴随着我所有的费用、聪明和悲伤[1493] XYZ。

⑩ 这个米迦勒[1504]整个儿是个只知花钱的黑鬼[1505]吝啬鬼，我甚至会看到有一天大米格米克|天使长米迦勒把自己弄得一文不名尼克|魔鬼撒旦[1506]。

1476 Also Spuke Zerothruster 解 Also sprach Zarathustra [德]"～",德国哲学家尼采的重要作品;其中 Spuke 也解 Spucke [德]"～",也解 Spuk [德]"～"。
1477 此段正文以法文为基础。
1478 gaswind 解 geschwind [德]"～";也解 gezwind [荷]"～";也解 gas"～"+wind"～"。
1479 Translout 解 translate"～"。
1480 turfish 解 Turkish"～";也解 turf"～"+-ish。
1481 bog"～",此处解 boy"～";也解 bog [斯]"～"。
1482 Thady 解 Jude Thaddeus"犹达·达陡",耶稣门徒之一,有人认为是耶稣的同母异父兄弟,但属伪说。
1483 poliss...off 解 polish...off"～";也解 Polish"～";也解 police"～"。
1484 blottom pulper 解 blotting papter"～";其中 blottom 也解 bottom"～";也解 Pulver [德]"～"。
1485 nateswipe 解 nett's Weib [德]"～";也解 nates [拉]"～"+wipe"～"。
1486 SORTES VIRGINIANAE [拉]"～"。通过打开古罗马作家维吉尔作品中的一章来占卜。
1487 Margaritomancy 解 Margaritomancy"～";也解 Maggies"～",本书主人公女儿的化身之一。
1488 Hyacinthinous 解 hyacinth+-inous"～";也解 jacinth"～"。
1489 pervinciveness 解 pervenche"～";也解 Pervinca [拉]"～";也解 Venice"～";也解 Venus"～"。
1490 Bruto and Cassio 解 Brutus and Cassius"～",刺杀了凯撒的罗马人,在《神曲》中作为背叛者被撒旦嚼,因此在书中也对应着"～";也解 Bruno"～";也解 Cassio"～",戏剧《奥瑟罗》中的副官。
1491 donnelly 解 Ignatius Donnelly"～",19 世纪美国律师,著有《亚特兰蒂斯之谜》和《伟大的密码》。
1492 I dalgo 解 hidalgo [西]"～",西班牙血缘贵族中的低等贵族。
1493 exes, wise and sad"～";也解 XYZ。
1494 willfulness"～";也解 Will"～",英国作家莎士比亚的昵称。
1495 demonal 解 demon+al"～";也解 Desdemona"～",莎士比亚的戏剧《奥瑟罗》中奥瑟罗的妻子。
1496 sextum 解 sexton"～";也解 sextum [拉]"～"。
1497 saxum shillum 解 Saxon Shilling"～",1905 年在都柏林的征兵宣传;也解 saxum [拉]"～"。
1498 nothums 解 nothing"～"。
1499 parridge preast 解 parish priest"～";也解 porridge"～"+preach"～"。
1500 Folsoletto...folsoletto...fazzolotto...fuzzolezzo 皆解为 fazzoletto [意]"～",莎士比亚的《奥瑟罗》中奥瑟罗因手帕怀疑妻子不忠,最终杀死了她,威尔第的歌剧《奥瑟罗》中,奥瑟罗不断重复"手帕";也解 letto [意]"～";也解 lezzo [意]"～"。
1501 nel [意]"～"。
1502 col [意]"～"。
1503 dal [意]"～"。
1504 Mitchells 解 Michael"～",也写为 Mick,在书中与 Nick(魔鬼撒旦)组成一组二元对立的人物。
1505 niggar 解 nigger"～";也解 niggard"～"。
1506 Mig...nickleless 解 Mig...nickleless"～";也解 Mick...Nick"～",主人公的两个儿子,也对应"～"。
1507 totients quotients 解 toties quoties"～"。
1508 quarrel"～";也解 quarry"～"。
1509 Sickamoor 解 sycamore"～";也解 Moor"～",《奥瑟罗》的主人公奥瑟罗为摩尔人;也解 Thomas Moore"～"(1779—1852),爱尔兰诗人和歌词作者,本书中大量引用他的歌曲。
1510 sally 解 silly"～";也解 sorry"～"。
1511 woful 解 awful"可怕的";也解 woeful"～"。
1512 aerger 解 aeger [拉]"～";也解 aer [拉]"～";也解 Ärger [德]"～";也解 ærger [丹]"～"。
1513 Ruhm [德]"～";也解 Rome"～"。此句化自 Not that I loved Caesar less but that I loved Rome more (不是我不爱凯撒,是我更爱罗马),布鲁图刺杀待他如子的凯撒前说的话。
1514 Sieger [德]"～"。
1515 Oxyggent 解 oxygen"～"。
1516 has got ahold of 解 has got hold of"～"。

与烟雾[1517]猛一推混杂在一起。非此即彼[1518]，二者择一。

而且？

疑问句。

不，当然啦！

感叹词。

骗局大表演。

带着对他工作的啜泣，带着对他辛劳的落泪，带着对他卑劣的恐惧，但是带着对他的毁灭的劲头，⑮瞧，上帝[1521]领主雇佣他的时候，乡巴佬很高兴[1522]。

双重预期带来的对立。思想工厂，它的给予和接受。

开始[1523]时祈祷[1524]。

占卜[1525]。

成熟时每天追求荣誉[1526]为了主更大的荣光！⑯

解梦者[1527]。

一位放手[1529]俯冲的放胆[1530]熟手，一个任速乔纳森·斯威夫特猛扑的认真[1531]恒星|约翰·斯特恩姿态，对数学手册[1532]手动的|大脑的|男子气概的|艺术了熟于心，游刃有余，这是他在襁褓中就了解了的乳酪[1533]因为，没有人比他更好，为什么他的手指[1534]人物给他理由去弹奏[1535]打斗|五根。首先，通过观察，走来了鼻子[1538]牛哞，蠼螋虫在他附近[1539]噩梦，小东西[1540]在他附近，脸上脸上小酒窝[1541]在他附近，扒手在他附近，还有扒手大拇指[1542]、扒手指着、扒手戳刺、扒手许诺和与其同举。世俗伊甸园的

神性，不是神祇，我们的确信证明了不确定性是合理的。例子。

用于长短短格和长长格的长短格[1536]扬抑格黑话[1537]女阴。

⑮ 那时我会在我窗户[1519]寡妇的野草中卷绕原始丛林的风铃草[1520]。

⑯ 永远赞美神[1528]。

1517 ruck"～",此处解 Rauch [德]"～"。

1518 Enten eller 解 *Enten Eller*"～",丹麦哲学家索伦·克尔凯郭尔 1843 年出版的作品。

1519 window"～";也解 widow"～"。

1520 bluckbells 解 bluebells"～"。

1521 laird"～",此处解 Lord"～"。

1522 plieth 解 please"使高兴"。

1523 begyndelse 解 beginning"～"。

1524 Boon [古英]"～"。

1525 AUSPICIUM [拉]"～"。

1526 gloryaims 解 glory-aims"～";也与前面合解 Ad Majorem Dei Gloriam [拉]"～",在乔伊斯幼年读书的贝尔弗迪尔公学,学生需要在文章开始处写上这四个词的缩写 AMDG。

1527 AUGURIA 解 AUGURA [拉]"～"。

1528 Lawdy Dawdy Simpers 解 Laus Deo Semper [拉]"～",在乔伊斯幼年读书的贝尔弗迪尔公学,学生需要在文章结尾处写上这三个词的缩写 LDS。

1529 freck 解 frech [德]"放肆的"。

1530 flink [德]"快速的",此处为头韵故译。

1531 stern"坚定的",此处为头韵故译;也解 Stern [德]"～";也与 swift 合解 Sterne...Swift"～",英国 18 世纪作家,两人在书中构成一组二元对立。

1532 manual arith 解 manual of arithmetic"～";其中 manual 也解"～";也解 mental"～";也解 manly"～";其中 arith 也解 art"～"。

1533 bekase 解 Käse [德]"～";也解 because"～"。

1534 fingures 解 fingers"～";也解 figures"～"。

1535 fife"用横笛吹奏";也解 fights"～";也解 five"～"(手指)。

1536 Truckeys 解 trochaeus [拉]"～";也解 trochee"～"。

1537 cant"～";也解 cunt"～"。

1538 boko"～";也解 buhko [丹]"～"。

1539 nigh"～",此处解 near"～"。

1540 tittlies 解 tit"～"-tlies。

1541 cheekadeekchimple 解 cheek"面颊"+a cheek"面颊"+dimple"酒窝"。

1542 pickpocketpumb 解 pickpocket"扒手"+thumb"大拇指"。

全副武装的[1549]、全自他国的、全是胡扯的[1550]全然炫耀。

传教士[1543]圣约瑟。⑩⑦ 不管怎样，他总是把长酒窝的人放在它们之后，他对他那四位尝试去爱的[1546]左和右|由爱而生的恐惧毫无价值的红衣主教[1547]基数的喜爱之情[1548]跌倒，他那根本的纽曼主教[1551]基数|天意|HCE、他那杰出的[1552]灌肠剂曼宁主教[1553]主教婚姻|HCE、他那富裕的[1554]癫痫病患者威斯曼主教[1555]知道什么|白色的|洗刷清白|HCE、他那出色的麦克凯比主教[1556]万王之王|好的|公鸡。

他总会讲起他们，叫什么[1557]此类|争论，在哪里[1558]谁的|来，按名单[1559]死记硬背|罗马天主教最高法庭往上，在他的魔鬼[1560]约翰·范德尔教义问答书[1561]大灾变里，从第一个[1562]熔接的到最后一个[1563]有花边的，快三月[1564]到十二月[1565]十人委员会，拇指向下，都能压住十镑纸币。立刻和总是[1566]每天，宛若亲见[1567]在哪里分析你们，如果他要手段用[1568]唵无数[1569]发光的方法再造[1570]正创造他们，就用凯撒计算[1571]法，如果十加五[1572]，一加二十五，二加三十五，三加四十五，四加一百五十五，二十五，⑩⑧负二[1575]黑尼奥尔，四十一[1576]肮脏的瓮，三十又

⑩⑦ 但是我的小狗[1544]去了[1545]做完哪里，噢，哪里？

⑩⑧ 那是我喜欢的他的低语华尔兹，出自皮格特[1573]，配上那个枪骑兵方块舞[1574]舞步。停。

1543 Holy Joe“～”；也解 Holy Joseph“～”，圣母马利亚的丈夫。
1544 lickle dig 解 little dog“～”。此句化自歌曲《哪里，啊，我的小狗去了哪里？》。
1545 done“～”，此处解 gone“～”。
1546 lovedroyd 解 lovetried“～”；也解 left right“～”；也解 loveddread“～”。
1547 curdinals 解 cardinals“～”，也解“～”。
1548 fell“～”，此处解 felt“感到”。
1549 Panoplous 解 panoplos［希］“～”。
1550 pifflicative 解 piffle“胡扯”＋icative。
1551 curdinal numen 解 Cardinal Newman“～”（1801—1890），英国基督教圣公会内部牛津运动领袖，后改奉天主教；也解 cardinal number“～”；其中 numen 也解［拉］“～”。此处包含主人公名字的缩写 HCE。
1552 enement 解 eminent“～”；也解 enema“～”。
1553 curdinal marryng 解 Cardinal Manning“～”（1808—1892），英国威斯敏斯特总教区红衣主教；也解 cardinal marrying“～”。此处包含主人公名字的缩写 HCE。
1554 epulent 解 opulent“～”；也解 epileptic“～”。
1555 curdinal weisswassh 解 Cardinal Wiseman“～”（1802—1865），曾任威斯敏斯特教区总主教；也解 weiß was［德］“～”；也解 weiß［德］“～”；也解 whitewash“～”。此处包含主人公名字的缩写 HCE。
1556 curdinal Kay O'Kay 解 Cardinal Maccabe“～”（1816—1885），都柏林主教；其中 Kay O'Kay 也解 KOK，即 king of kings“～”；也解 OK“～”；也解 cock“～”。
1557 hoojahs 解 hoojah［澳俚］“～”；也解 hujus［拉］“～”；也解 huja［斯瓦］“～”。
1558 koojahs 解 koojah［澳俚］“～”；也解 cujus［拉］“～”；也解 kuja［斯瓦］“～”。
1559 rota“～”；也解 rote“～”；也解 Rota“～”。
1560 Fanden［丹］“～”；也解 John Fander“～”，1863 年出版的《天主教教义问答全本》的作者。
1561 catachysm 解 catechism“～”；也解 cataclysm“～”。
1562 fursed 解 first“～”；也解 fused“～”。
1563 laced“～”，此处解 last“～”。
1564 18 世纪历法革命之前，新年从 3 月开始。
1565 decemvers 解 December“～”；也解 Decemvirs“～”。
1566 aldays 解 always“～”；也解 alday“～”。
1567 strues yerthere 解 as true as you're there“～”；也解 construe yer there“～”。
1568 om“～”，印度教、藏传佛教的一个神秘音节，被看作最神秘的符咒，此处解 on“～”。
1569 lumerous 解 numerous“～”；也解 luminous“～”。
1570 arecreating 解 recreating“～”；也解 are creating“～”。
1571 Caiuscounting 解 Gaius“尤利乌斯·凯撒”＋counting“计算”。
1572 pin puff pive piff 解 ten plus five if“～”。
1573 Pigott 解 Pigott & Co.“～乐器行”，都柏林格拉夫顿街上的音乐用品店。
1574 Lancydancy 解 Lancers Dance“～”。
1575 Niall Dhu 解 nil-two“～”；也解 Niall Dubh“～”，爱尔兰的共主，李尔王的父亲。
1576 Foughty Unn 解 forty one“～”；也解 foul-ty urn“～”。

到此为止[1582]。都柏林[1583]厄尔巴岛。也不是，你的城堡[1584]卡舍尔|蒂厄姆。

一[1577]以诺|仍然，这样用一结束[1578]诸如此类，就好像掷出你的帽子，子帽[1579]，直到十个[1580]锡罐头长挑棒游戏[1581]流出|罐子。⑩⁹ 概括一下，北[1590]北风加[1591]呸南[1592]南风|南面之风加东[1593]东风加西[1594]西风|西面之风|密码。一[1595]幺点|黑桃A|女阴、二[1596]两点、三[1597]骗局、四[1598]夸脱|四分之一、五[1599]女性生殖器。当然要相乘[1600]妈妈|游戏，并且计入它们的全部数字。另一面，用它们的公分母[1601]喜剧继任者化约[1602]被中伤到最低[1603]一条面包|最初的项，以求它们不能整除的[1604]雄辩的部分，六[1605]性|六个|陆、七[1606]晚餐|七个、八[1607]、九[1608]小说和十[1609]骰子。⑪⁰ 他能通过练习发现(无赖!)三十九[1614]你的到我的篇文章的价值[1615] 10万N/m^2|使用，不用提醒[1616]余数平等关系[1617]比率，并且借助表格[1618]亚伯的帮助，向发抖的人[1619]翻筋斗的杂技演员介绍[1620]生产闪电[1621]霹雳|爆发，从令链接直到测链[1622]链条|该隐，从诺福克的韦[1623]直到约克[1624]约里克的托德[1625]死亡，从盎司[1626]渗出的到磅[1627]随意，以及几千[1628]汤森街|汤森，几百，公民对公民的英国加仑[1629]专横的勇敢的|外国人|《两个浪子》到及耳[1630]姑娘(爱尔兰的)，带着活跃的[1631]全|活泼的|

---

⑩⁹ 一人十二瓶[1585]，二十八排[1586]弓形物|男孩|强弓女孩[1587]卷发，四十顶软帽的女人，还有每个年轻的[1588]你的，得到十一[1589]全都相等的加一百。

⑪⁰ 赌棍[1610]嫖客·妇棍在通向鲁昂的路上[1611]毁灭之路，一天天[1612]死他长得越来越像他老爸[1613]功绩|死的。

1577 Enoch Thortig 解 en och［瑞］“1 和”＋thirty“30”；其中 Enoch 也解“～”，《圣经》中该隐的儿子；也解 noch［德］“～”。
1578 endso one 解 end so one“～”，文中数字 15＋25－2＋41＋31＋1＝111；也解 and so on“～”。
1579 cap, pac 解“～”；也解 P / K，指凯尔特语中的“P 凯尔特语”和“Q 凯尔特语”。
1580 tin“～”，此处解 ten“～”。
1581 spillicans 解 spillikin“～”；也解 spill“～”＋cans“～”。
1582 Non plus ulstra 解 non plus ultra［拉］“～”。巴涅尔在 1885 年的科克演讲中说，“我们从未试图给爱尔兰的民族进程画上到此为止的句号”。
1583 Elba“～”，意大利西岸的岛屿，此处解 Eblana“～”，古希腊托勒密所绘的世界地图上都柏林的名字。
1584 nec, cashelbum tuum 解 nec castellum tuum［拉］“～”；也解 Cashel“卡舍尔”，位于爱尔兰提珀雷里郡的古代卫城遗迹＋Tuam“蒂厄姆”，地名，位于爱尔兰。
1585 buttles 解 bottles“～”。
1586 bows“～”，此处解 rows“～”；也解 boys“～”；也解 Strongbow“～”，英格兰第二代彭布罗克伯爵理查·德·克莱尔的绰号，1170 年在英王亨利二世授意下率军入侵爱尔兰，并向英王宣誓效忠。
1587 curls“～”，此处解 girls“～”。
1588 youthfully“～”。传统意义上青年指介于 17 岁至 31 岁之间，因此这里代表 31。
1589 alleven 解 eleven“～”；也解 all even“～”。此处数字为 12＋28＋40＋31＝111。
1590 borus 解 boreus［拉］“～”；也解 Boreas［拉］“～”。
1591 pew“～”，此处解 più［意］“更多”。
1592 notus［拉］“～”；也解 Notos［希］“～”；也解 Notus［拉］“～”。
1593 eurus［拉］“～”；也解 Eurus［拉］“～”。
1594 zipher 解 zephyrus［拉］“～”；也解 Zephyros［希］“～”；也解 Zephyrus［拉］“～”；也解 cipher“～”。
1595 Ace“～”，故此处译为“～”；也解 ace of spades“～”，在俚语中指“～”。
1596 deuce“～”，骰子或纸牌中的两点，故此处译为“～”。
1597 tricks“～”，此处解 tris［拉］“～”。
1598 quarts“～”，此处解 quartus［拉］“～”；也解 quarter“～”。
1599 quims“～”，此处解 quintus［拉］“～”。
1600 Mumtiplay 解 multiply“～”；也解 Mum“～”＋play“～”。
1601 comedy nominator“～”，此处解 common denominator“～”。
1602 traduced“～”，此处解 reduced“～”。
1603 loaferst 解 lowest“～”；也解 loaf“～”＋erst［德］“～”。
1604 aloquent 解 aliquant“～”；也解 eloquent“～”。
1605 sexes 解 six“～”；也解 sex“～”；也解 sex［拉］“～”；也解 sechs［德］“～”。
1606 suppers“～”，此处解 seven“～”；也解 septem［拉］“～”。
1607 oglers 解 octo［拉］“～”。
1608 novels“～”，此处解 novem［拉］“～”。
1609 dice“～”，此处解 decem［拉］“～”。
1610 Gamester“～”；在俚语中也解“～”。
1611 road to Rouen“～”，鲁昂为法国港口城市；也解 road to ruin“～”。
1612 die“～”，此处解 day“～”。
1613 deed“～”，此处解 dad“～”；也解 dead“～”。
1614 thine-to-mine“～”，此处解 thirtynine“～”。此处化自 the 39 Articles of the Church of England“英国国教 39 条”。
1615 valuse 解 value“～”；也解 val“～”＋use“～”。
1616 reminder“～”；也解 remainder“～”。
1617 relations“～”；也解 ratios“～”。
1618 tables“～”；也与后面的 chains 合解 Abel...Cain“～”，亚当的两个儿子，该隐杀死了亚伯。
1619 trumblers 解 trembler“～”；也解 tumblers“～”。
1620 improduce 解 introduce“～”；也解 produce“～”。
1621 fullmin 解 fulmine［意］“～”；也解 fulmen［拉］“～”；也解 fulmination“～”。
1622 link...chains“～”，此处解“令……测链”，100 个 l 令等于 1 个测链等于 66 英尺，其中 chains 也解 Cain“～”。
1623 weys in Nuffolk 解 Norfolk“诺福克”，英国东部的郡＋wey“韦”，旧时英国重量或容量单位，1 诺福克韦约合 40 浦式耳。
1624 Yorek 解 York“～”，英国东部的郡；也解 Yorick“～”，《哈姆雷特》中的已故宫廷小丑，骷髅被挖出。
1625 tods“～”，英国羊毛重量单位，1 约克托德约合 28 磅；也解 Tod［德］“～”。
1626 oozies 解 ounces“～”；也解 oozy“～”。
1627 ad libs 解 ad［拉］“到”＋lbs“磅”；也解 ad lib［拉］“～”。
1628 townsends 解 thousands“～”；也解 Townsend“～”，都柏林的街道；也解 Townsend“～”，都柏林数学家。
1629 imperious gallants 解 imperial gallon“～”；也解 imperious gallant“～”；其中 gallants 也解 gall［爱］“～”；也解 *Two Gallants*“～”，乔伊斯的短篇小说。
1630 gells 解 gills“～”，容量单位，1 及耳＝$\frac{1}{4}$品脱；也解 girls“～”。
1631 alliving 解 alive“～”；也解 all“～”＋living“～”；也解 Anna Livia“～”，本书女主人公；也解 David Livingston“～”(1813—1873)，苏格兰传教士，非洲的探险者。

汉娜·丽维娅|利文斯顿英石[1632]，全都嘲笑着[1633]高兴地严肃的布匹纳尔[1634]和粗糙的经验法则[1637]下的英亩、路德和杆[1638]弓箭手、傻瓜和小偷的联盟。什么标志[1639]着那一切⑪，但是，尽管是所有十的幂[1641]英勇，跟他牵扯到一起还是很奇怪，读[1642]劝告|说、写[1643]仪式和计算[1644]都无与伦比[1645]，在欧几里德[1646]和代数[1647]麦芽酒变啤酒上一直[1648]全部的|所有餐饭得低分。他们在任何地方都绝非[1649]不|如何不能忍受[1650]辨别方向。啊，他们的亨特[1651]和霍尔和奈特[1652]整夜，绰号[1653]上用 A 和 B，未知量[1654]不认识者|未知的上用 Y 和 Z，大大[1655]杰瑞激怒了他！赫尔曼与窦绿苔[1656]德语|腹泻|瑞亚|一连串的礼物|神的礼物都不会更糟了。在他看来，让你坐立不安了。他们应该首先把最后每个字都告诉你，而不是尝试各种办法用长得要死[1657]的时间把它多少[1658]更友善|儿童涂脏。说明那条中线，汉卿壹、卿汉壹、壹汉卿[1661]，在右[1662]粗壮的角交叉[1663]相互作用，给定钝角的平行线[1664]视差将两条在后面曲弦[1665]曲线|弯成拱形里的弧都等分[1666]饼干|钝角等分线。拍砖[1667]刺痛|道路。家庭纠葛[1668]保护伞|路易·维克多·德·布罗意。一根到费

天哪[1635]雷雨天气，胡说命运[1636]哎呀|骰子

呆板的英国人[1659]盎格鲁族被怪癖[1660]电驱动。

⑪ 砍弹丸者举起了小球。快跑，凤凰[1640]凤凰公园，快跑！

1632 stone“～”，英国重量单位，1 英石=14 磅。
1633 allaughing 解 all“全”+laughing“笑”；也解 a-laughing“～”。
1634 clothnails 解 cloth“布”+nails“纳尔”，丈量布料的长度单位，1 纳尔=2.25 英寸。
1635 Dondderwedder 解 Donnerwetter［德］“～”；也解 Thunder weather“～”。
1636 Kyboshicksal 解 kybosh“胡说”+Schicksal［德］“命运”；也解 keibe［德］“～”；也解 kybos［希］“～”。
1637 rule of fumb 解 rule of thumb“～”。
1638 archers, fools and lurchers“～”，此处解 acre roods and perches“英亩、路德（长度和面积单位）和杆（土地的长度单位）”，1 英亩=4 路德=160 杆=4840 平方码。
1639 signifieth 解 signifies“～”。
1640 Phoenix“～”，也解 Phoenix Park“～”，位于都柏林。
1641 prowess“～”，此处解 power“～”。
1642 rede“～”，此处解 read“～”；也解 Rede［德］“～”。
1643 rite“～”，此处解 write“～”。
1644 reckan 解 reckon“～”。
1645 nonparile 解 nonpareil“～”。
1646 nucleuds 解 Euclid“～”，约公元前 3 世纪的古希腊数学家。
1647 alegobrew 解 algebra“～”；也解 ale go brew“～”。
1648 allmeals 解 always“～”；也解 allemaal［荷］“～”；也解 all meals“～”。
1649 no how 解 nohow“～”；也解 no“～”+how“～”。
1650 took bearings 解 took“接受”+bearing“忍受”；也解 take one's bearings“～”。
1651 doddhunters 解 Todhunter“德亨特”(1820—1884)，英国数学家，他的数学教材在英国学校广泛使用。
1652 allanights 解 Hall and Knight“～”，两人合著了数学教材；也解 all nights“～”。
1653 agnomes 解 agnomen［拉］“～”。
1654 incognits 解 incognita“～”；也解 incognitus［拉］“～”；也解 incognita［意］“～”。
1655 jerrybly 解 terribly“～”；也解 Jerry“～”，书中闪姆的化身之一。
1656 herman dororrhea 解 *Hermann und Dorothea*“～”，德国诗人歌德的长篇叙事诗；也解 German“～”+diarrhea“～”；也解 Rhea“～”，希腊神话中主神宙斯的母亲+dororhea［希］“～”；也解 Dorothea［希］“～”。
1657 poison long“～”，此表达出自美国作家马克·吐温的《哈克贝利·费恩历险记》，上下文中还有若干表述都出自《哈克贝利·费恩历险记》。
1658 kinder“～”，此处解 kind of“～”；也解 Kinder［德］“～”。
1659 Angleshman 解 Englishman“～”；也解 Angles“～”。
1660 eccentricity“～”；也解 electricity“～”。
1661 此处为本书主人公名字首字母缩写的不同排列。
1662 royde 解 right“～”；也解 roid“～”。
1663 interecting 解 intersect“～”；也解 interact“～”。
1664 parilegs 解 parallels“～”；也解 parallax“～”。
1665 curveachord 解 curve chord“～”；也解 curve“～”+arch“～”+ed。
1666 biscuts 解 bisect“～”；也解 biscuit“～”；也解 obtuse bisectrix“～”。
1667 Brickbaths 解 brickbats“～”；也解 prick“～”；也解 path“～”。
1668 umbroglia 解 imbroglio“～”；也解 umbrella“～”；也解 Louis de Broglie“～”，法国理论物理学家。

马纳郡高地[1669]最大公约数的电线杆[1670]山|小树林|球体的轴极⑫有一些倾斜[1674]癖好⑬，而莫纳亨郡[1676]最小公约数低地的全功能[1677]数学函数曲线图[1678]草地，在那里某物[1679]同样|事情不可以被任何东西[1680]夜间拆分[1681]重新可见|可逆的，可能被乘方[1682]包含|飞向为一对零[1683]英雄双行体，在他的天堂[1684]第七里恒等于[1685]如同零[1686]淘气的乘以[1687]时代|在他那如同天堂的无限淘气时代∞，万事万安[1688]远|约翰·佩尔，如果你不是字面意义上的系数[1692]咕咕声|有效的，那么找出在国际[1693]无理数无理数中可以有多少[1694]钱|中世纪骑士向贵妇献殷勤组合[1695]和排列[1696]裙裤|被改变者！雷声[1697]！，它的[1698]他的立方根[1699]丘比特|枝条被开方[1700]堆积，若若若[1701] 5|FFF 每次[1702]雄猫|原子取一个字字母[1703]不识字的 n[1704]不久|汉娜·丽维娅。答案，（教师[1705]难题专用）。⑭ 十、二十、三十、C、X 和三[1708]看、除外和三个恶心的小数点[1709]敏感的。从解缓[1710]到解答。想象一下所有[1711]猫头鹰以上吹响的[1712]瞎的|嚎叫十二个不同的[1713]聋的|结束的哑铃[1714]哑的|叫骂，历经正在进行的作品[1715]词语的原初表达[1716]迭代的再生而延续不断[1717]打雷。结果就

氧气[1689]八边形天然倾向于[1690]下弯的生锈[1691]成平铺。

⑫ 做得尼、爹得尼、杜得尼[1671]杜登词典，啊，我知道你头[1672]杆上的那个眼罩[1673]暴动。

⑬ 那是穿靴子的托特纳姆[1675]。

⑭ 你们所有出租马车[1706]半便士夫都过来，支持富景出版社[1707]。

1669 Height of County Fearmanagh 解 Height of County Fermanagh“～”,英国北爱尔兰郡名;字母首字母 HCF 也解 highest common factor“～”。
1670 Tullagrove pole 解 telegraph pole“～”;也解 tullach [爱]“～”+grove“～”+pole“～”。
1671 Dudeney 解 Henry Dudeny“～”,英国解码专家;也解 Duden“～”,德国词典,因出版者杜登而得名。
1672 poll [俚]“～”;也解 pole“～”。
1673 putch 解 patch“～”;也解 Putsch [德]“～”。
1674 septain inclinaison 解 certain inclination“～”;也解 inclinaison [法]“～”。
1675 tottinghim 解 Charles Tottenham“～”(1685—1758),爱尔兰议会里新罗斯区的代表,曾穿着靴子骑 60 英里到议会去投反对票,很长时间都柏林人祝酒时都说“敬穿靴子的托特纳姆”。
1676 Lower County Monachan 解 Monaghan“～”,位于爱尔兰东北部;首字母 LCM 也解 lowest common factor“～”。
1677 functions“～”,也解 mathematical function“～”。
1678 graphplot 解 graph“曲线图”+plot“图”;也解 grassplot“～”。
1679 samething 解 something“～”;也解 same“～”+thing“～”。
1680 nighttim 解 nothing“～”;也解 night time“～”。
1681 rivisible 解 divisible“～”;也解 re-visible“～”;也解 reversible“～”。
1682 involted 解 involution“～”;也解 involved“～”;也解 involatus [拉]“～”。
1683 zeroic couplet 解 zero“0”+couplet“一对”;也解 heroic couplet“～”。
1684 Heventh 解 heaven“～”;也解 seventh“～”。
1685 glike 解 gleich [德]“～”;也解 like“～”。
1686 noughty 解 nough“～”;也解 naughty“～”。
1687 times“～”;也可解为“～”,因此此句也可译为“～”,其中“无限”译自文中的数学符号“∞”。
1688 palls pell 解 all is well“～”;也解 pell [威]“～”;也解 John Pell“～”(1601—1685),英国数学家。
1689 oxygon 解 oxygen“～”;也解 octagon“～”。
1690 reclined“～”,此处解 inclined“～”。
1691 rest“～”,此处解 rust“～”。
1692 cooefficient 解 coefficient“～”;也解 coo“～”+efficient“～”。
1693 international“～”;也解 irrational“～”。
1694 how minney 解 how many“～”;其中 minney 也解 money“～”,也解 Minne [德]“～”。
1695 combinaisies 解 combinations“～”。
1696 Permutandies 解 permutations“～”;也解 mutandini [意]“～”;也解 permutandis [拉]“～”。
1697 pthwndxrclzp 解 thunderclap“～”。
1698 hids 解 its“～”;也解 his“～”。
1699 cubid rute 解 cube root“～”;也解 cupid“～”,古罗马神话中的爱神+Rute [德]“～”。
1700 extructed 解 extracted“～”;也解 exstructus [拉]“～”。
1701 ififif 解 if“～”;也解 five“～”;也解 FFF。
1702 at a tom 解 at a time“～”;也解 tom“～”;也解 atom“～”。
1703 illitterettes 解 letter“～”;也解 illiterate“～”。
1704 anan 解 an“一个”+n;也解 anon“～”;也解 Anna Livia“～”,本书女主人公。
1705 teasers“～”,此处解 teachers“～”。
1706 hapney 解 hackney“～”;也解 halfpenny“～”。
1707 richview press 解“～”,都柏林的出版社,原先位于都柏林市中心,1935 年搬到克隆斯基区。
1708 see, ex and three“～”,此处解“CXIII”,即 113。
1709 totchty 解 tochka [俄]“～”;也解 touchy“～”。
1710 solation 解 consolation“～”。
1711 whowl 解 whole“～”;也解 owl“～”。
1712 abovebeugled 解 above“上面”+bugle“吹号”;也解 aveugle [法]“～”;也解 beugler [法]“～”。
1713 deaferended 解 different“～”;也解 deafer“～”+ended“～”。
1714 dumbbawls 解 dumbbells“～”;也解 dumb“～”+bawls“～”。
1715 word in pregross 解 work in progress“～”,《芬尼根的守灵夜》正式出版前的名字;也解 word“～”。
1716 urutteration 解 ur- [德]“原始的”+utterance“表达”,即“～”;也解 iteration“～”,数学概念。
1717 contonuation 解 continuation“～”;也解 contonatio [拉]“～”。

是，如果这两个前因[1718]前项|赌注|久坐是两轮车[1719]自行车|繁忙的|咬|伊茜|阴蒂|阴豆|克吕提厄，三个推论[1720]后项|来|找|少妇是小轮三轮车[1721]三角形，那么，阿伊莎[1722]·利立浦特[1723] ALP 被藏在脚踏板上，大人物[1725]大蠼螋|辉格党原则⑮能端坐其上的[1735]心烦的|礼仪|倔强的剩余部分[1736]，北环路[1737] nCr⑯ 向我们展示了（终结[1741]一前一后的，双轮马车之年最终长久！）一个图画闪烁下有着图画光泽的奥托曼帝国蓝绿靛青色[1742]土耳其印度人，只要，眼花缭乱[1743]好日子的上帝[1744]游荡，图画之夏，绿色金色红黄色[1745]矿石，辉煌[1746]欧希夫人点亮，但是（呜呼，春天[1747]兰斯洛增添了许多），如果这一快乐的循环次序[1748] HCE|拥有|财物|市民的|尘世被一位转圆桌的梅林[1749]蛮横地[1750]外面地|亲切的践踏[1751]未受侵犯的|紫色，就像迷宫里的绳结[1752]五月里的坚果|绳结，纪达们[1753] Z 们|城市四处[1754]兔子和飞镖⑰乱跑[1756]破坏，恶棍们[1757] Y 们|鸡蛋在她们中间[1758]混乱状态，就像七只无翼之箭，一片混乱[1759]，又捶又踢，匆匆忙忙[1760]很多人，所有男孩，更多的他的老婆，他快速[1761]迅速地|

一、二、三、四、五[1724]小孩。

⑮ 布利安·布鲁[1726]比蒂·多兰|巴鲁|臀部他把他的厨子嫁给了她夫家的叔叔麦格拉斯大师[1727]受虐狂|信息|马索奇|大屁股的人，他把他的寡妇配给了雅尔马·艾克达尔[1728]，他把他的女儿配[1729]收养给了狗熊布利安[1730]四轮车。V 代表婚姻[1731]，P 代表转移，H[1732]维多利亚皇宫旅馆代表情妇[1733]姘妇露娜[1734]。

⑯ 一个 G[1738]只是巨人堤道[1739]远足|牛道上的一个 J[1740]松鸡。

⑰ 谈着趣闻[1755]软毡帽|《特里比》。

1718 antesedents 解 antecedents“～”,逻辑概念,也指数学比例中的“～”;也解 ante“～”＋sedentaries“～”。
1719 bissyclitties 解 bicycles“～”;也解 bicyclettes [法]“～”;也解 busy“～”;也解 Biss [德]“～”;也解 Issy “～”,本书主人公的女儿;也解 clit [俚]“～”;也解 kleitoris [希]“～”;也解 Clytie“～”,古希腊神话中的大洋神女之一。
1720 comeseekwenchers 解 consequences“～”,逻辑概念;也解 consequent,指数学比例中的“～”;也解 come “～”＋seek“～”＋wenchs“～”。
1721 trundletrikes 解 trundle“小脚轮”＋trike“三轮车”;也解 triangles“～”。
1722 Aysha 解 Ayesha“～”(614—678) 先知穆罕默德的第三个妻子,嫁给穆罕默德时只有 9 岁。
1723 Lalipat 解 Lilliput“～”,小人国;也解 ALP,本书女主人公。
1724 Ba be bi bo bum,5 个元音的变化,故译为“～”;也解 baby“～”。
1725 Big Whiggler 解 big wig“～”;也解 big earwig“～”;也解 Whiggery“～”。
1726 Braham Baruch 解 Brian Boru“～”,爱尔兰传说中的著名国王;也解 Biddy Doran“～”,书中人物,与母鸡联系在一起;其中 Baruch 也解 Baruch“～”,犹太先知耶利米的秘书,著有伪经《巴鲁启示录》;也解 buttocks“～”。
1727 Massach McKraw 解“Master McGrath”“～”,爱尔兰流行歌曲;其中 Massach 也解 masochism“～”;也解 massache“～”;也解 Sacher-Masoch“～” (1835—1895),奥地利小说家;也解 masach [爱]“～”。
1728 Hjalmar Kjaer 解 Hjalmar Ekdal“雅尔马・艾克达尔”,《野鸭》中的人物＋kjaer [丹]“亲爱的”。
1729 adapted“～”;也解 adopted“～”。
1730 Braham 解 Braham Baruc,即 Brian Boru“～”,爱尔兰传说中的著名国王;也解 brougham“～”。
1731 Wadlock 解 Wedlock“～”。
1732 VPH 也指 Victoria Palace Hotel“～”,巴黎旅馆名,乔伊斯 1923 年至 1924 年间住在那里。
1733 Konkubine [德]“～”;也解 concubine“～”。
1734 Lona 解 Lona Hessel“～”,易卜生的戏剧《社会支柱》中的人物。
1735 upsittuponable 解 sit up“端坐”＋upon“在上面”＋-able“能端坐在上面的”;也解 upset“～”;也解 Sitte [德]“～”;也解 aufsässig [德]“～”。
1736 restant [法]“～”。
1737 NCR 解 North Circular Road“～”,都柏林的道路;也解“～”,数学中的无序排列组合。
1738 gee 解字母 G。
1739 jaunts cowsway 解 Giant's Causeway“～”,位于爱尔兰北部;也解 jaunts“～”＋cow's way“～”。
1740 jay“～”,此处解字母 J。
1741 tandem“～”,此处解 tandem [拉]“～”。
1742 turquo-indaco 解 turquoise“蓝绿色”＋indigo“靛青色”;也解 Turko-Indian“～”。
1743 gidday 解 giddy“～”;也解 good day“～”。
1744 gad“～”,此处解 God“～”。
1745 viridorefulvid 解 viridis [拉]“绿色”＋or [拉]“金色”＋fulvud [拉]“红黄色”;也解 ore“～”。
1746 asheen 解 a-sheen“～”;也解 O'Shea“～”,巴涅尔的情人,后成为他的妻子。
1747 lenz 解 Lenz [德]“～”;也可与后面的 lot 合解 Lancelot“～”,亚瑟王圆桌武士中的第一勇士。
1748 habby cyclic erdor 解 happy cyclic order“～”;也解 HCE,本书男主人公;其中 habby 也解 habe [德] “～”,也解 Habe [德]“～”;其中 cyclic 也解 civic“～”;其中 erdor 也解 Erde [德]“～”。
1749 mierelin 解 Merlin“～”,传说中亚瑟王的魔法师。
1750 outraciously 解 outrageously“～”;也解 out“～”＋racious“～”＋-ly。
1751 enviolated 解 en-“使成为”＋violated“违反”;也解 inviolate“～”;也解 violet“～”。
1752 knuts in maze 解 knots in maze“～”;也解 nuts in May“～”,出自儿童游戏中的儿歌《五月坚果》中的歌词“五月我们在这里采集坚果”;也解 knut [瑞]“～”。
1753 zitas 解 St. Zita“圣纪达”,童贞圣女,家仆的主保圣人;也解 Zs“～”;也解 cities“～”。
1754 hare and dart 解 hier und dort [德]“～”;也解 hare and dart“～”。
1755 trilbits 解 titbits“～”;也解 trilbies“～”;也解 *Trilby*“～”,英国作家乔治・莫里斯 1894 年出版的恐怖小说,是 19 世纪末最畅销的小说之一,特里比也是小说中女主人公的名字。
1756 runnind 解 run“～”;也解 ruined“～”。
1757 yeggs“～”;也解 Ys“～”;也解 eggs“～”。
1758 Muddle“～”,此处解 middle“～”。
1759 hodgepadge 解 hodgepodge“～”。
1760 thump, kick and hurry“～”;也解 Tom, Dick, Harry,泛指“～”时的说法。
1761 quickfeller [美]“～”;也解 quick“～”＋feller“～”。

辛辛那图斯[1766]辛辛那提的芬芬熟人[1767]。

樵夫跑向他的房子[1762]，⑱照样一团混乱[1765]，而此时被抓住和被躲避的[1768]大雨倾盆主教[1769]未知数似乎同时[1770]苍穹|乔治·哈米尔顿|詹姆斯·哈米尔顿成为[1771]光线(他赢得了她的手[1772]头！他未能说出来[1773]落到尾巴！)最早[1774]首先最后的[1775]装载男人[1776]月亮⑲，(唔唔，唔唔的[1783]雕鸮|伍侯德战役！)地球[1784]性欲|根|竹芋|亚拉腊山上的失败闹剧[1785]最后的|最早的，⑳两腿[1788] 12个浸蛋液的|11小马和三把[1789] 32驴子[1790](疯啊嘀、腐啊嘀、笨啊嘀、遛啊嘀离开[1791])，MPM[1794]给我们带来一出彩虹哑剧[1795]带雨的魔窟，相当于[1796]水|薰衣草(如果我不[1797]跟大家一样一头雾水[1798]，就宰了[1799]猫我的狗！)十二[1800]伏特十一[1801]伏特十[1802]伏特九[1803]伏特八[1804]伏特七[1805]自从伏特六[1806]伏特五[1807]伏特四[1808]伏特三[1809]伏特二[1810]伏特一[1811]！最高真主合并[1812]，大篷车队[1813]商队旅馆，直到十二[1814]地狱|柄|半阶乘[1815]断裂|数字结束[1816]芬兰人。㉑ 换句话说[1824]在外面房间，五中之一，五中之一的两个，两个对五中之一，

亚瑟王的[1792]亚瑟·健力士|怪人粗妇们和桂尼维尔的[1793]常青旅行社|迈克尔·冈恩|夏娃男人们。

数字[1817]名字的名字[1818]！野蛮人[1819]滚珠轴承|口吃者。

---

⑱ 巴内卡罗尔[1763]哄骗刘易斯·卡罗尔，保护儿童好奇心[1764]防止虐待儿童|生产的先驱。

⑲ 给他消遣[1777]泄露|魔鬼的四十[1778]相当地乘二十[1779]个罗德里克[1780]留里克女孩[1781]玫瑰色的|荡妇|贝齐·罗斯|马后宫[1782]。

⑳ 看看你那疯爹骑着他的破旧自行车在梅林广场[1786]自由滑行[1787]磨损|鞭打。

㉑ 试试到亚洲找一下有水泥[1820]灵魂的沥青[1821]驴子身体，以及出自他的月相[1822]脸的月亮后面的四分之四[1823]一侧的前半部。

1762 longer house blong him [美]“～”。
1763 Barneycorrall 解 Barneycarroll“～”,儿童保护者的前驱;也解 Barney“哄骗”+Lewis Carroll“刘易斯·卡罗尔”(1832—1898),英国作家,《爱丽丝漫游奇境记》的作者。
1764 prodection of curiosity from children 解 protection of curiosity from children“～”;也解 Provention of Cruelty to Children“～”;其中 prodection 也解 production“～”。
1765 Hogglepiggle 解 higgledy piggledy“～”。
1766 Cincinnati 解 Cincinnatus“～”(前 519—前 430),罗马政治家,在罗马处于危机时接受领导权,危机过后立刻辞职;也解 Cincinnati“～”,美国西部俄亥俄州的城市。
1767 Finnfinnotus 解 Finnfinn“芬芬”,第一卷中有“懒人芬芬”,该名字化自 Finn MacCool“芬·麦克尔”,爱尔兰传说中芬尼亚英雄的领袖+notus [拉]“相识者”。
1768 catched and dodged 解 caught and dodged“～”;也解 cats and dogs“～”。
1769 exarx 解 exarch“～”;也解 x“～”。
1770 himmulteemiously 解 simultaneously“～”;也解 Himmel [德]“～”;也解 George Hamilton“～”,爱尔兰神父,著有《希伯来经文研究入门》;也解 James Hamilton“～”,苏格兰神父,著有《诗篇与赞美诗》。
1771 beem 解 be“～”;也解 beam“～”。
1772 hend 解 hand“～”;也解 head“～”。
1773 falls to tail“～”,此处解 fails to tell“～”。
1774 ersed 解 first“～”;也解 erst [德]“～”。
1775 ladest 解 last“～”;也解 ladest [德]“～”。
1776 mand [丹]“～”;也解 Mond [德]“～”。
1777 divelsion 解 diversion“～”;也解 divulge“～”;也解 devil“～”。
1778 pfurty 解 forty“～”;也解 pretty“～”。
1779 pscore 解 score“～”。
1780 ruderic 解 Roderick O'Connor“～”(1116—1198),爱尔兰最后一位共主,之后凯尔特人的统治完全让位于盎格鲁-诺曼人的统治;也解 Rurik“～”,定居在诺夫哥罗德的维京海盗。
1781 rossies 解 rossy [英爱]“～”;也解 rosy“～”;也解 rásaidhe [爱]“～”;也解 Betsy Ross“～”(1752—1836),乔伊斯在笔记中记载她曾用裙子做成美国国旗;也解 Rosse [德]“～”。
1782 haremhorde 解 harem“后宫”+horde“一群”。
1783 uhu and uhud,拟声;也解 Uhu [德]“～”+and+Battle of Uhud“～”,625 年穆罕默德的追随者与麦加军队的战役。
1784 erroroots 解 earth“～”;也解 eros“～”+roots“～”;也解 arrowroot“～”;也解 Mount Ararat“～”。
1785 losed farce 解 lost farce“～”;也解 last“～”+first“～”。
1786 Myriom square 解 Merrion Square“～”,都柏林地名。
1787 fraywhaling 解 freewheeling“～”;也解 fray“～”+whaling“～”。
1788 twalegged 解 two legged“～”;也解 twelve egged“～”;也解 11,拟形。
1789 threehandled 解 three handled“三个把手的”;也解 32。
1790 dorkeys 解 donkeys“～”。
1791 此处指四福音书的作者马太、马可、路加、约翰。
1792 Arthurgink's 解 Arthur“亚瑟王”+king“国王”+'s;也解 Arthur Guinness“～”(1725—1803),爱尔兰健力士啤酒厂的创始人;也解 gink“～”。
1793 Everguin's 解 Guinevere“～”,亚瑟王的妻子;也解 Evergreen Touring Company“～”;也解 Michael Gunn“～”,都柏林娱乐剧院的经理;也解 Eve“～”。化自《爱丽丝漫游奇境记》中憨蛋呆蛋的歌词“所有国王的马和所有王后的人”。
1794 MPM,数学概念,根据乔伊斯的笔记,指从 n 个不同的元素中取出 m 个元素,按照一定的顺序排成一列,叫作从 n 个不同元素中取出 m 个元素的一个排列。
1795 rainborne pamtomomiom 解 rainbow pantomime“～”;也解 rain borne pandemonium“～”。
1796 aqualavant to 解 equivalent to“～”;也解 aqua [拉]“～”+lavande [法]“～”。
1797 baint [英口]“～”。
1798 dingbushed 解 ding-busted“～”。
1799 cat“～”,此处解 cut“～”。
1800 Kaksitoista [芬]“～”。
1801 yksitoista [芬]“～”。
1802 kymmenen [芬]“～”。
1803 yhdeksan [芬]“～”。
1804 kahdeksan [芬]“～”。
1805 seitseman [芬]“～”;也解 seit [德]“～”。
1806 kuusi [芬]“～”。
1807 viisi [芬]“～”。
1808 nelja [芬]“～”。
1809 kolme [芬]“～”。
1810 kaksi [芬]“～”。
1811 yksi [芬]“～”。
1812 allahthallacamellated 解 Allah-ta'alah“最高真主”+amalgamated“合并”。
1813 caravan series“～”;也解 caravanserai“～”。
1814 helve 解 twelve“～”;也解 helvetti [芬]“～”;也解 helve“～”;也解 half“～”。
1815 fractures“～”,此处解 factorial [数]“～”;也解 figures“～”。
1816 finish“～”;也解 Finnish“～”。
1817 nombres [法]“～”;也解 nombre [西]“～”。
1818 nom [法]“～”。
1819 balbearians 解 barbarians“～”;也解 ball bearings“～”;也解 balbus [拉]“～”。
1820 concreke 解 concrete“～”。
1821 assphalt 解 asphalt“～”;也解 ass“～”。
1822 phase“～”;也解 face“～”。
1823 forequarters“～”,此处解 four quarters“～”。
1824 In outher wards 解 in other words“～”;也解 in outer wards“～”。

百万中的百万[1825]千连着一个百万，还有一半百万，以及两乘五乘五的巴拉克拉瓦帽[1826]欺凌弱小者|聪明的|围栏浅滩之城。要纵览[1827]为你服务|视界|预览所有小说[1828]可以成为小派别的|分数|流行的，见《夜晚[1829]夏娃|9个|《艾芙琳》世界的彩虹女神[1830]爱尔兰的|记载》。⑫ 绝对无法[1836]二项式理解[1837]。神的方法[1838]过去的时日像你的一样无法做到[1839]不能接近。公理[1840]。还有它们的假设[1841]妓女|祝一切顺利。因为他那布朗新代数[1842]神经痛的肌肉。

等于＝混沌[1843]时代。

请舔一下，然后翻一页[1844]土豆|柏拉图。

七个字母[1845]耶和华|朱庇特。对开始净化加以崇拜ALP之前对最普通经历的臆想[1846] HCE。

因此，神哪[1847]巴格达|比高德，在那些最初的[1848]首字母堕落和那个最初染色[1849]之后，就像我知道，你自己知道的，神呀[1850]迦特，贫民窟中的阿拉伯人知道得更好，诺瑣斯[1851]讨人喜欢的呀，也非任何米底人[1852]加尼米德或波斯人[1853]人，喜剧漫画和认真练习[1854]系列|薛西斯一世总会被放进[1855]雀跃凯西[1856]的冰霜[1857]第一|佛洛斯特书中，肮脏撕开的[1858] 230|同上符号纸页，在希基书店[1859]小物件被典当[1860]砍，小贩[1861]，在

⑫ 番茄橘子酱[1831]配德·昆西[1832]榅桲沙拉可以跟小提琴[1833]紫罗兰|暴力演奏的印第安纳[1834]靛蓝布鲁斯[1835]蓝色一起送上来，别具风味。

1825 millamills 解 million“～”；也解 mille［法］“～”。
1826 bully clavers 解 Balaclava“～”；也解 bully“～”＋clever“～”；也解 Baile Átha Cliath“～”。
1827 surview over 也解 survey over“～”；也解 serve you“～”；也解 purview“～”；也解 preview“～”。
1828 factionables“～”，此处解 fictions“～”；也解 fractions“～”；也解 fashionable“～”。
1829 Evenine 解 evening“～”；也解 Eve“～”＋nine“～”；也解 *Eveline*“～”，乔伊斯的短篇小说。
1830 Iris“～”；也解 Irish“～”；也解 iris［爱］“～”。
1831 malmalaid 解 marmalade“～”，橙色。
1832 De Quinceys 解 Thomas De Quincey“～”（1785—1859），英国散文家；也解 quince“～”，黄色。
1833 violens 解 violin“～”；也解 violet“～”；也解 violence“～”。
1834 Indiana“～”；也解 indigo“～”。
1835 Blues“～”；也解 blue“～”。
1836 Binomeans 解 by no means“～”；也解 binomials“～”。
1837 comprendered 解 comprehended“～”。
1838 by god ways 解 by God's ways“～”；也解 bygone days“～”。
1839 Inexcessible 解 in-excercisable“～”；也解 inaccessible“～”。
1840 aximones 解 axioms“～”。
1841 prostalutes 解 postulates“～”；也解 prostitutes“～”；也解 prost［德］“～”。
1842 neuralgiabrown 解 neu-algebra“新代数”＋George Brown“乔治・布朗”（1650—1730），发明了一种教授孩子的简单数学；也解 neuralgic brawn“～”。
1843 aosch 解 chaos“～”，回文法；也解 aois［爱］“～”。
1844 P. t. l. o. a. t. o. 解 please to lick one and turn over“～”；也解 potato“～”；也解 Plato“～”。
1845 HEPTA GRAMMATON［希］“～”，有可能指 JEHOVAH“～”；也可能指 JUPITER“～”，罗马主神。
1846 此句中包含本书男女主人公名字的缩写 HCE 和 ALP。
1847 bagdad 解 begad“～”；也解 Bagdad“～”，伊拉克城市；也解 Bigod“～”，英国诺福克伯爵。
1848 initials“～”，此处解 initial“～”。
1849 primary taincture 解 primary tincture“～”。
1850 begath 解 begad“～”；也解 Gath“～”，基督教《圣经》中腓力斯五大城市之一。
1851 nettus 解 Darius Nothus“～”，波斯帝国阿契美尼德王朝国王大流士二世；也解 nett［德］“～”。
1852 anymeade 解 any Medes“～”；也解 Ganymede“～”，奥林匹斯山上为众神酌酒的美少年。
1853 persan 解 Persian“～”；也解 person“～”。
1854 series exerxeses 解 serious exercises“～”；也解 series“～”＋Xerxes“～”（前 519—前 465），波斯帝国皇帝，前 488 年至前 465 年在位。
1855 capered“～”，此处解 captured“～”。
1856 Casey 解 John Casey“～”，都柏林天主教大学的数学教授，著有《欧几里德续》。
1857 frost“～”；也解 first“～”；也解 Percival Frost“～”（1817—1898），英国数学家，著有《立体几何论》。
1858 torn on dirty“～”；也解 two and thirty“～”；其中 dirty 也解 ditto“～”。
1859 Hickey's“～”，都柏林学士街上的二手书店；也解 hickey“～”。
1860 hacked“～”，此处解 hocked“～”。
1861 hucksler 解 huckster“～”。

维多利亚皇宫旅馆[1862]邪恶的|征服|猎人！

被提起的是红色，被落下的是黑色。

惠灵顿铁桥上，因此，久而久之，由于会洗牌，他必须对那些手里的牌[1863]红衣主教|鳕鱼打出王牌，再见王牌[1864]对大家王牌他想念一次大出牌[1865]重要人物，同花色三色堇[1866]中我的心跳[1867]车轮、玫瑰钻石[1868]冬青木|库伦|库兰|马和黑矛[1869]风笛|骗取|锹|标枪。我亲爱的算计[1870]国家之心[1871]竖琴，如果他有牌不跟，再见[1872]前轮|前面的|转动车轮牌中数字[1873]过刊，过时的人，对它而言[1874]直到时间毫无助益，请[1875]盘子|柏拉图舔舔手然后翻一页。

天真与浪荡之间的睿智的坚韧努力。

问题你们先请[1876]首先，编写一个[1877]汉娜等边[1878]水|沿海的三角形[1879]干脚踝问题[1880]探测|若隐若现的景象|布卢姆|ALP！用他唯一痰盂里的原始答案[1881]手|脚趾。编制一个等角[1885]三字母[1886]垃圾|三封信。[123] 以父[1889]牌子、以子们[1890]离开|钳子，以数学[1891]神话三脚架[1892]文学士荣誉学位考试之名。就这样吧[1893]很快打败|野兽。

老板最好的巴斯麦芽酒[1882]最好的|巴斯鱼是穆林格酒店[1883]的骄傲[1884]新娘|未婚妻。

它们相对推力的聚合之中的近处[1894]和远处[1895]。

你能否定[1896]不|非她吗，笨蛋[1897]麻木|岂是？哥哥[1898]费城问，[124]怀疑答案是否定的[1900]知道。我不会[1901]康德|不是吗|右(手)，你会吗，笨蛋[1902]是否？凯文问，[125]希望答案是肯定的[1904]猜测。[126] 也不是因轻而

---

[123] 罗慕勒斯和瑞摩斯[1887]去在一天中建造罗马[1888]体力。

[124] 旅行者[1899]找到|《旅行者或社会前景》。

[125] 有着不规则的容貌[1903]《荒村》。

[126] 给双平行的[1905]双枪管的双胞胎[1906]在……之间的单管名字。

1862 Vive Paco Hunter 解 Victoria Palace Hotel“～”，巴黎旅馆名，乔伊斯 1923 年至 1924 年间住在那里；也解 Vile“～”＋Paco［拉］“～”＋Hunter“～”。

1863 cardinhands 解 card in hands“～”；也解 cardinals“～”；也解 cod“～”。

1864 atout［法］“～”；也解 à tous［法］“～”。

1865 a big deal“～”，此处也解 deal“～”。

1866 suitclover 解 suit“同花色牌”＋clover“三叶草”。

1867 radmachrees 解 rad mo chroidhe［爱］“～”；也解 Rad［德］“～”。

1868 rossecullinans 解 rose“玫瑰”＋Cullinan“库利南”，1905 年发现于南非普列米尔矿山的钻石；也解 ros chuilinn［爱］“～”；也解 Paul Cullen“～”(1803—1878)，都柏林主教；也解 Culann“～”，爱尔兰神话中的铁匠，爱尔兰著名勇士库丘林曾因为杀死他的狗而为他服务；也解 Ross［德］“～”。

1869 blagpikes 解 black pikes“～”；也解 bagpipes“～”；也解 blag“～”；也解 pik［塞维］“～”；也解 pique［法］“～”。

1870 counting“～”；也解 country“～”。

1871 hearts“～”；也解 harps“～”。

1872 forewheel“～”，此处解 farewell“～”；也解 fore“～”＋wheel“～”。

1873 packnumbers 解 pack“一副”＋numbers“数字”；也解 back numbers“～”。

1874 fort“～”，此处解 for it“～”。

1875 plates“～”，此处解 please“～”；也解 Plato“～”。

1876 ferst 解 first“～”；也解 erst［德］“～”。

1877 ann 解 an“～”；也解 Anne“～”，本书女主人公。

1878 aquilittoral 解 equilateral“～”；也解 aqua［拉］“～”＋littoral“～”。

1879 dryankle 解 triangle“～”；也解 dry ankle“～”。

1880 Probe loom 解 problem“～”；也解 probe“～”＋loom“～”；也解 Leopold Bloom“～”，《尤利西斯》的主人公；此处也包含本书女主人公名字的缩写 ALP。

1881 handstoe 解 answer“～”；也解 hands“～”＋toe“～”。

1882 bess bass 解 Bass's ale“～”；也解 best“～”＋bass“～”。

1883 Mullingar 解 Mullingar Inn“～”，位于都柏林西郊的切坡里若德。

1884 browd 解 pride“～”；也解 bride“～”；也解 Braut［德］“～”。

1885 equoangular 解 equiangular“～”。

1886 trillitter 解 tri-“三”＋letters“字母”；也解 litter“～”；也解 trí litir［爱］“～”。

1887 Rhombulus and Rhebus 解 Romulus and Remus“～”，公元前 753 年建立罗马城的双胞胎兄弟。

1888 rhomes 解 Rome“～”；也解 rhome［希］“～”。

1889 tizzer 解 an t-athair［爱］“～”；也解 tizzo［意］“～”。

1890 off the tongs 解 of the sons“～”；也解 off“～”；其中 tongs 也解“～”。

1891 mythametical 解 mathematical“～”；也解 myth“～”。

1892 tripods“～”；也解 tripos(剑桥大学)“～”。

1893 Beatsoon 解 be it so“～”；也解 beat soon“～”；也解 beast“～”。

1894 PROPE［拉］“～”。

1895 PROCUL［拉］“～”。

1896 nei“～”；也解 nei［拉］“～”；也解 nei［挪］“～”。

1897 Numb“～”，此处解 numb hand“～”；也解 num［拉］“～”。

1898 Dolph 解 adelphos［希］“～”；也解 Philadelphia“～”，美国城市名。

1899 trouveller 解 traveller“～”；也解 trouver［法］“～”；也解 *The Traveller*：*or*，*A Propsect of Society*“～”，哥尔德斯密斯的长诗。

1900 Know“～”，此处解 no“～”。

1901 Oikkont 解 I can't“～”；也解 Kant“～”，德国哲学家；也解 oukon［希］“～”；也解 oikea［芬］“～”。

1902 Ninny“～”；也解 nonne［拉］“～”。

1903 the disorded visage“～”；也解 *The Deserted Village*“～”，哥尔德斯密斯的长诗。

1904 Guess“～”，此处解 yes“～”。

1905 Doubleparalleled“～”；也解 Doublebarrelled“～”。

1906 Twixtytwins 解 twins“～”；也解 twixt“～”。

《几何原本》[1910]营养品。

劳动[1937]最坏的|怪异的|命运中的洗衣妇[1938]。

易举[1907]最简单的亲吻考试|含而长期失望的否定者[1908]挪亚，他被弄得反之亦可[1909]恶习|聪明的。奥克[1911]奥克语|OK，把它告诉我[1912]是，一定，闪姆[1913]！唔，因此这是奥依[1914]油。首先研磨一满杯的泥，儿子[1915]亚当。[127] 啊，荣耀[1921]主，艺术大师[1922]祈祷，主啊[1923]天鹅！我那样做[1924]对于到底[1925]托神之福|德瓦河为了什么？那是呆鹅的答案[1926]雌鹅的雄鹅|鹅|舒雁|谁你要原谅[1927]去给我，他被告知，你那样做究竟[1928]提婆，天神|δ是为什么？[128] 现在，指出[1931]雪|知道去都柏林[1932]水塘的皇家[1933]路，拿出你的勇气[1934]傻瓜|穆特做第一次开始，朝前到沼泽[1935]小……小|上帝|轻柔|博格，向后到小溪[1936]溪流。我猜，来自妈妈的任何小小[1939]汉娜·丽维娅|利菲河勇气[1940]泥都行[1941]黑色的|软泥堆。一流[1942]人工智能|空中截击一期河流[1943]。为ALP[1944]高山找一个地方，在她的环形湾[1945]方位上得到霍斯山[1946]抓住，作为基础的[1947] O，至于第二个O，从盒子里拿出你的罗盘[1948]依次列举罗盘的三十二方位。我能[1949]该隐，但你能[1950]亚伯吗？友善地点头。明白了[1951]好的！因此让我们从我们之间[1952]是一对出发[1953]塞特。立刻[1954]？用海岸地图上的一点做[1955]喜欢|混合你

[127] 就像首先[1916]拳把一勺糖[1917]草绳|鹅放[1918]矮胖的人入一炖锅[1919]弱点|火锅巧克力[1920]中。

[128] 你会走进我的波动陷阱吗？蜘蛛[1929]对苍蝇[1930]害羞的说。

1907 easiest of kisshams 解 easy as kissing hands"～";也解 easiest of kiss exams"～";也解 Ham"～"。
1908 noer 解 no-er"～";也解 Noah"～"。
1909 vicewise 解 vice versa"～";也解 vice"～"＋wise"～"。
1910 The aliments of jumeantry 解 *The Elements of Geometry*"～",古希腊数学家欧几里得所著;其中 aliments 也解"～"。
1911 Oc"～",指 Langue d'Oc［法］"～",法国南部语言;也解 OK。
1912 oui［法］"～",此处解 me"～"。
1913 Sem［法］"～",本书主人公的儿子之一。
1914 oil"～",此处解 Langue d' oil［法］"奥依语",法国北部语言。
1915 mud, son"～";也解 Mudson［俚］"～"。
1916 fist"～",此处解 first"～"。
1917 sugans 解 sugar"～";也解 súgán［爱］"～";也解 Gans［德］"～"。
1918 pudging 解 putting"～";也解 pudge"～"。
1919 sotspot 解 saucepan"～";也解 soft spot"～";也解 hotpot"～"。
1920 choucolout 解 chocolate"～"。
1921 Oglores 解 O glory"～";也解 lord"～"。
1922 virtuoser 解 virtuoso"～"。
1923 olorum［拉］"～",此处解 O Lord"～"。
1924 to"～",此处解 do"～"。
1925 D. V. 解 devil,故译"～";也解 Deo volente［拉］"～";也解 Deva"～",河名,位于西班牙。
1926 goosey's ganswer 解 goosey's answer"～";也解 goosey's gander"～",此处化自儿歌"呆鹅,呆鹅,大呆鹅,你游荡去哪里了";也解 Gans［德］"～";也解 gans［荷］"～";也解 wer［德］"～"。
1927 for giving"～",此处解 forgiving"～"。
1928 Deva［梵］"～",此处解 devil,译为"～";也解 Delta,希腊字母 δ。
1929 spiter 解 spider"～"。
1930 Shy"～",此处解 fly"～"。
1931 sknow 解 show"～";也解 snow"～";也解 know"～"。
1932 Puddlin 解 Dublin"～";也解 linn［爱］"～"。
1933 royol 解 royal"～"。此处化自歌曲"Rocky Road to Dublin"(《通向都柏林的石板路》),19 世纪的爱尔兰歌曲。
1934 Mut"～",此处解 Mut［德］"～";也解 Mut"～",埃及女神。
1935 big to bog"～",此处为语言游戏,故译;也解 beig...beag［爱］"～";也解 God"～";也解 bog［爱］"～";也解 Bögg"～",类似于雪人的人物,苏黎世四月第三个星期一的送冬节上,会把博格在柱子上烧掉。
1936 bach［希］"～";也解 Bach［德］"～"。
1937 weirdst 解 work"～";也解 worst"～";也解 weird"～";也解 wyrd［古英］"～"。
1938 Wolsherwomens 解 washerwomen"～"。
1939 Anny liffle 解 any little "～";也解 Anna Livia"～",本书女主人公的名字;也解 Liffey"～"。
1940 mud"～",此处解 Mut［德］"～"。
1941 doob 解 do"～";也解 dubh［爱］"～";也解 dába［爱］"～"。
1942 A. I. 解 A 1"～";也解 artificial intelligence"～";也解 Air Interception"～"。
1943 Amnium instar［拉］"河流"＋instar"龄期",幼虫两次蜕皮间的虫期。
1944 alp［爱］"～",此处解 ALP,本书女主人公名字的缩写。
1945 bayrings 解 bay"海湾"＋rings"环形";也解 bearings"～"。
1946 howlth 解 Howth"～",都柏林郊区,位于霍斯黑德半岛;也解 hold"～"。
1947 prisme 解 prime"～"。
1948 unbox your compasses"～";也解 box the compass［航海术语］"～"。
1949 cain 解 can"～";也解 Cain"～",《圣经》中杀兄之人。
1950 Able"～";也解 Abel"～",亚当的儿子,被哥哥该隐杀死。
1951 Gu it 解 Got it"～";也解 gut［德］"～"。
1952 betwain 解 between"～";也解 be twain"～"。
1953 seth off 解 set off"～";也解 Seth"～",《圣经》中该隐杀亚伯后,亚当和夏娃生下的第三个儿子。
1954 Prompty 解 promptly"～"。
1955 Mux 解 mach's［德］"～";也解 mag's［德］"～";也解 mix"～"。

的匹斯塔尼[1956]，称作 α[1957]奥拉夫，但是读为阿尔法。那就是泥岛[1958]马恩岛|马南南|小便，啊！哦！这真是。很好！现在，一切都井井有条了[1959]菠萝|床⑫⑨

（因为——记住[1960]外皮，嘘[1961]，一个灵魂螺旋上升——多尔夫[1962]海豚|费城，闲人的教务长，瘦子，吮着大[1963]用带子束住|鞭子|格特鲁德·斯坦因|格蒂石头[1964]爱因斯坦|酒迹|斯特恩，虽然勉强算得上[1965]贝克莱一个结巴[1966]巴尔布斯|邪恶的男孩，他也，——来，过去，⑬⓪毫不耽搁，只要将汉娜·丽维娅[1969]的小片莎草恰当地呈现在罗马死者的舌头上，为了将诞生的存在，快乐地坐在肉罐上，反向观察着巴黎的所在，从那里伴随着人类种族的巨大预兆出现，古老神父乔达诺·布鲁诺和施洗者约翰[1970]两人一起[1971]，智慧在头脑中盘旋：整条河流在宇宙之间安全地流淌，那些同样出于堤坝的，在未来出现的空穴中将再次交媾，一切灌注者都通过其他情感反过来认识自己，每道泥[1972]马恩岛的流都被沟渠之岸环绕[1973]⑬①——常常周而复

---

⑫⑨ 如果我们每个人总能做我们曾做过的一切。

⑬⓪ 我们用动听的词语[1967]加拿大的树林制造麻醉药。码头上的话[1968]特别的。

⑬① 巴斯克语[1974]猪油火腿蛋糕、芬兰语[1975]干肉饼|芬尼根、匈牙利语[1976]菜炖牛肉和古老语言[1977]廷塔杰尔|蒂格，发出诅咒的唯一纯粹方法。

1956 pistany 解 Píšťany"～",捷克城市名,以泥矿浴著称。

1957 olfa 解 alpha,希腊语第一个字母"～";也解 Olaf"～",丹麦海盗的首领,都柏林的第一位挪威王。

1958 isle of Mun 解 Mud Island"～",指都柏林;也解 isle of Mun"～",爱尔兰海上的自治岛;也解 Manannaan"～",爱尔兰传说中的海洋之神;也解 mún[爱]"～"。

1959 whole in applepine odrer 解 all in apple-pie order"～";也解 pineapple"～"+odr[俄]"～"。

1960 Husk"～",此处解 husk[丹]"～"。

1961 hisk 解 hist"～"。

1962 Dolph,人名;也解 dolphins"～";也解 Philadelphia"～"。

1963 gert 解 great"～";也解 girt"～";也解 Gerte[德]"～";也解 Gertrude Stein"～"(1874—1946),美国小说家,致力于语言文字的创新;也解 Gerty MacDowell"～",《尤利西斯》第 13 章中的女孩。

1964 stoan 解 stone"～";也解 Albert Einstein"～"(1879—1955),美国和瑞士科学家;也解 wine stain"～";也解 Stein"～"(1713—1768),英国作家。

1965 barekely 解 barely"～";也解 Berkeley"～"(1685—1753),英国主观唯心主义哲学家。

1966 balbose 解 balbus[拉]"～";也解 Balbus"～",罗马富豪,有口吃的毛病;也解 böse[德]"～"。

1967 Canorian words 解 canorus[拉]"声音和谐的"+words"词语";也解 Canadian wood"～"。此句化自苏利文(T. D. Sullivan)的歌曲《爱尔兰,男子汉,万岁》中的"我们在加拿大树林深处相遇"。

1968 Spish 解 speech"～";也解 special"～"。

1969 Liviana 解 Anna Livia"～",本书女主人公的名字。

1970 Jambaptistae 解 John the Baptist"～",基督教的先知。

1971 amborium Jordani 解 ambo[拉]"两人一起"+Giordano Bruno"布鲁诺",16 世纪意大利哲学家。

1972 demun 解 de mud"～";也解 de Mun"～"。

1973 原文两个注释之间的叙述为拉丁文。

1974 Basqueesh 解 Basque"～";也解 quiche[法]"～"。

1975 Finnican 解 Finnish"～";也解 pemmican"～";也解 Finnegan"～"。

1976 Hungulash 解 Hungarian"～";也解 goulash"～"。

1977 Teangtaggle 解 Teanga[爱]"～";也解 Tintagel"～",英国康沃尔郡北部海岸的村庄,被认为是亚瑟王的出生地;也解 Teague"～",爱尔兰人常用的名字。

始，他离开的时候，他会给他们召开会议[1978]蛋糕|拿|主持会议，训练有反叛倾向的又与其相同的米克[1979]话筒，还有后巷大学他自己的唱诗班[1980]勇气，在他们中间教皇轻步兵[1981]文雅的学生|柔和的的手枪[1982]山峰|口水|男孩|阴户|小便被拉上，面包和黄油[1983]被养育和猛击|被抚养大，一天[1984]一美元，⑬²为他们把信换[1986]碰巧发现成好话[1987]青铜的|女孩|护城河|尘埃|蛾子，反之亦然[1988]海外的罪恶，为他们用仰慕之辞[1989]活板门|吟游诗人调配主题[1990]方案，对双重的真相[1991]加以双重的欺骗[1992]双重|水芹，还设计刺激性的结语[1993]，与此同时，指望[1994]内容|踯躅|阴户另一个人会为他写完句子，他宁愿[1995]德鲁伊教团总是[1996]以刃向外|蛋路|XYZ[133]点头[1997]向下笑一笑，他，别说什么，会，完全一本正经，剔着他的十只长着老指甲的指甲[1998]序数|叔叔，试着用他的牙齿解开他用舌头打的结，在做数学[1999]马瑟斯前再次讲讲自己[2000]嗡嗡声，他很长时间沉思着[2001]一卷关于[2002]她[2003]欧希夫人|仙女|表演的有趣事实[2004]芬兰事实|有趣的小说，如何首先[2005]拳头|浮士德，转念再想[2006]，以及三思之后那个我爱的迷他[2007]迷人的|查米恩女孩[2008]爱的女孩，此外[2009]第四，第

---

[132] 一盎司的洋葱换一便士的[1985]财富啜泣。

[133] 是他把我们带入黄色世界！

1978 cake“～”，也解 take“～”，化自习语 take the chair“～”，故此处译为“～”。

1979 mikes“～”，此处解 Mick“～”，本书主人公的儿子。

1980 choirage 解 choir“～”；也解 courage“～”。

1981 pupal souaves 解 papal zouave“～”；也解 suave pupils“～”；也解 suave“～”。

1982 pizdrool 解 pistol“～”；也解 Piz［德］“～”＋drool“～”；也解 pisdrol［英口］“～”；也解 pizda［塞维］“～”；也解 piss“～”。

1983 bred and battered“～”，此处解 bread and butter“～”；也解 brought up“～”。

1984 dillon 解 daily“～”。

1985 pennyawealth 解 pennyworth“～”；也解 wealth“～”。

1986 chanching 解 changing“～”；也解 chancing“～”。

1987 bronze mottes 解 bons mots［法］“～”；也解 bronze“～”＋mott［俚］“～”；其中 mottes 也解 moat“～”；也解 mote“～”；也解 Motte［德］“～”。

1988 vice o'verse 解 vice verse“～”；也解 vice oversea“～”。

1989 tropadores 解 trope“比喻”＋adores“崇拜”；也解 trapdoor“～”；也解 troubadours“～”。

1990 tschemes 解 themes“～”；也解 schemes“～”。

1991 thruths 解 truths“～”。

1992 doublecressing 解 double crossing“～”；也解 double“～”＋cress“～”。

1993 tailwords 解 tail“尾部的”＋words“词语”。

1994 cunctant 解 counting“～”；也解 content“～”；也解 cunctans［拉］“～”；也解 cunt“～”。

1995 druider 解 druther“～”；也解 druid“～”。

1996 eggways 解 always“～”；也解 edgeways“～”；也解 egg ways“～”；也解 XYZ。

1997 ned［丹］“～”，此处解 nod“～”。

1998 ordinailed ungles 解 old-nailed“长老指甲的”＋ungula［拉］“指甲”；也解 ordinal numbers“～”；也解 uncles“～”。

1999 math“～”；也解 Liddell Mathers“～”(1854—1918)，当代神秘主义者，曾施法为叶芝招来幻象。

2000 humself 解 himself“～”；也解 hum“～”。

2001 long as he's brood“～”，此处化自习语 it's as long as it's broad(两种选择都一样)。

2002 apout 解 about“～”。

2003 shee 解 she“～”；也解 O'Shea“～”，巴涅尔的情人；也解 sidhe［爱］“～”；也解 show“～”。

2004 funnish ficts 解 funny facts“～”；也解 Finnish facts“～”；也解 funny fictions“～”。

2005 faust of all 解 first of all“～”；也解 Faust［德］“～”；也解 Faust“～”，德国民间传说人物。

2006 on segund thoughts 解 on second thoughts“～”。

2007 charmhim 解 charm“使陶醉”＋him“他”；也解 charming“～”；也解 Charmian“～”，莎士比亚的《安东尼与克莉奥佩特拉》中克利奥佩特拉的侍女。此处化自歌曲《这是我爱的迷人女郎》。

2008 girlalove 解 girl I love“～”；也解 girl of love“～”。

2009 fourthermore 解 furthermore“～”；也解 fourth“～”。

五[2010]污秽地，拿着公牛人镇[2011]法兰绒长裤|倒数第二音节重读的词的包，操着低沉尖锐的声音[2012]划分小节|事故|西方|货车|窘迫的|酒吧|西方、恰当的词法[2013]倒三音节重读词，带着下地狱的希望[2014]单足跳上山、腰部风湿病[2015]女巫|鞋子，最后，全部该死的信；说到脚[2016]事实，当第二次他来时，他登陆了我们国土[2017]爱尔兰上拯救者和所罗门[2018]大卫和所罗门|庄重者|土地|诺奈日的兰斯特省[2019]⑭，立顿[2020]的强弓起航，“伊娃[2021]夏娃夫人号”，在帆船的褐色船舱[2022]神父的法衣中⑮，他让它的土著们[2028]圣人皈依，命名圣人，任命年轻牧师[2029]普通人、定义母亲身份[2030]木头|头|狗|傻瓜和古英语[2031]极度痛苦的|无伪装的|蛇|安桂许。公共论坛权[2032]送上前|头衔|公众|菲尼斯·巴努姆，在秘传的[2033]讽刺的激情中借助不值钱的小玩意[2034]小摆设|之字形|符号，从他们的获罪者[2035]之躯[2036]罪上摘下博尔萨利诺帽[2037]丝巾|巴塞罗纳⑯(致敬[2040]隔栏，丹麦先生!)，并且每当他们走进那另一个熟悉神殿的范围[2041]充血的之内时，亲吻他们的靴子[2042]长筒靴(大师!)，用他的三星[2043]特里斯丹、他那笨重的帽子戏法[2044]帕特里克、他那一便

---

⑭ 因为它在山河系统中奔流不息。

⑮ 当他们所有的联盟单桅帆船[2023]阿里·斯洛普在它们船尾[2024]放气[2025]时，沿着小溪[2026]战争和蒸汽[2027]摇篮滑下，偷偷地排成蛇形出海。

⑯ 他们是胖子、羽饰者、德国人[2038]杰瑞、市民、赛车手，还有着色肉桂[2039]月亮。

2010 Filthily“～”,此处解 fifthly“～”。

2011 Oxatown 解 Oxmantown“～”,都柏林市郊,位于都柏林北部;也解 Oxford bags“～”;也解 paroxytone“～”。

2012 Baroccidents 解 baroxytonos [希]“～”;也解 barring“～”+accidents“～”;也解 occidens [拉]“～”;也解 barocci [意]“～”;也解 barocco [意]“～”;也解 bar“～”+occident“～”。

2013 proper accidence“～”;也解 proparoxytone“～”。

2014 hoptohill 解 hope to hell“～”;也解 hop to hill“～”。

2015 hexenshoes 解 Hexenschuss [德]“～”;也解 Hexe [德]“～”+shoes“～”。

2016 feet“～”;也解 fact“～”。

2017 ourland 解 our land“～”;也解 Ireland“～”。

2018 saved and solomnones 解 saved“拯救”+Solomon“所罗门”,以智慧著称,因此此处指“圣人和智者”,爱尔兰也被称为“圣人和智者之岛”;也指“～”,《圣经》中分别以勇敢和智慧著称的以色列国王;也解 solemn ones“～”;也解 solum [拉]“～”;也解 Nonae“～”,三、五、七、十月的第七日,其余月份的第五日。

2019 特里斯丹、帕特里克和强弓都在兰斯特登陆爱尔兰。

2020 Lipton“～”(1850—1931),英国著名茶叶商,帆船爱好者。

2021 Eva“～”,12 世纪兰斯特国公主,后嫁给阿姆斯特朗,此事象征爱尔兰与英格兰的结合;也解 Eve“～”。

2022 tan soute 解 tan“棕褐色”+soute [法]“船舱”;也解 soutane“～”。

2023 allied sloopers 解 allied“结盟的”+sloops“单桅帆船”;也解 Ally Sloper“～”,19 世纪末英国喜剧连环画中的一个人物。

2024 poppos 解 Popo [希]“～”。

2025 ventitillated 解 ventilated“～”。

2026 Creek“～”;也解 Krieg [德]“～”。

2027 veek 解 reek“～”;也解 Wiege [德]“～”。

2028 nataves 解 natives“～”;也解 naomh [爱]“～”。

2029 ordnands 解 ordain“～”;也解 ordinaries“～”。

2030 maderaheads 解 motherhead“～”;也解 madera [西]“～”+heads“～”;也解 madradh [爱]“～”;也解 madero [西]“～”。

2031 old unguished 解 Old English“～”;也解 anguished“～”;也解 un-guised“～”;也解 anguis [拉]“～”;也解 Anguish“～”,一些中世纪传奇认为是爱尔兰的伊瑟的父亲。

2032 P. T. Publikums 解 Potestas Tribuni Publici [拉]“～”;也解 praemissis [拉]“～”+titulis [拉]“～”+Publikum [德]“～”;也解 Phineas Barnum“～”(1810—1891),美国杂技演员。

2033 sotiric 解 esoteric“～”;也解 satirical“～”。

2034 znigznaks 解 Schnickschnack [德]“～”;也解 knickknacks“～”;也解 zigzags“～”;也解 znak [斯]“～”。

2035 peccaminous 解 peccaminosus [拉]“～”。

2036 corpulums 解 corpus [拉]“～”;也解 corpulenta [拉]“～”。

2037 barcelonas 解 Borsalino“～”,意大利帽子品牌;也解 barcelona [英爱]“～”;也解 Barcelona“～”。

2038 jerried“～”;也解 Jerry“～”,书中主人公的儿子闪姆的另一个名字。

2039 cinnamonhued 解 cinnamon“肉桂”+hued“着色的”;也解 Mond [德]“～”。化自民谣《胡立根夫人的圣诞蛋糕》中的句子“这里也有葡萄干、李子干、樱桃、无核葡萄干、小葡萄干和肉桂”。

2040 Gratings“～”,此处解 greeting“～”。

2041 bloodshot“～”,此处解 shot“～”。

2042 bottes [法]“～”;也处解 boots“～”。

2043 tristar 解 tri-star“～”;也解 Tristan“～”。

2044 hattrick 解 hat trick“～”;也解 Patrick“～”。

士[2045]佩里的单调的我主上帝[2046]秘方，那是他在《赞美诗集》卷二[2047]廷巴克图中学到的，向他们显示天国之[2048]天青石路，⑬⑦那同一个高卢罗马文化[2052]非常盛行，直达这个风最大的灾难之土[2053]请主怜悯，遍布以前涉及的[2054]打盹之土[2055]上帝之土，不管什么血统[2056]鲜血、什么头脑[2057]放屁|布利安·布鲁、什么肌肉、什么胆汁[2058]眼镜|粥，那一直被射杀的[2059]订马蹄|小屋、被抛屎的、被视若蔽履的[2060]，为了我们极饿[2061]苔藓时将众怒的人民[2062]残杀|血液，那在柳亭[2063]壹耳微蚵的人，⑬⑧依然向他们的异教徒[2068]治疗滔滔不绝[2069]坚守阵地|等一等，并且⑬⑨相信[2072]离开他所创新的沿着斯旺尼的那条老路[2073]重量|人类，传福音会[2074]适合宣传的人|甘地的王子[2075]说教、圣诞节的圣油、教区[2076]毁灭的的支柱、真正现实[2077]的基石，人们真正相信[2078]掩饰，我们相信[2079]心爱的，女王的浓汤[2080]神父|粥锅[2081]邮件|豌豆里所有类型[2082]所有草皮的汤罐[2083]以扫|该隐|伊索，印度河包含的各种各样的[2084]所有|罚款|的绿金[2085]，都不会诱惑住[2086]他们，（我们的人民[2087]绝版的）从他们的蛇[2088]拜蛇教|办公室崇拜[2089]工程船|工作坊中

---

⑬⑦ 爬虫[2049]克劳雷|爬行彼得·帕利[2050]彼得和保罗，被从莱茵河下的埃伦[2051]莱茵河下的爱尔兰|犯错误驱逐回他的祖国爱尔兰。

⑬⑧ 我们可敬的[2064]可回顾的祖先[2065]害怕|进一步地|智者长[2066]蜡饼|受影响的动作胡子[2067]女孩了吗？

⑬⑨ 就是说[2070]看见，等扫清了俗不可耐且杀戮甚众的[2071]普通分数和小数内讧。

2045 perry 解 penny“～”；也解 Matthew Perry“～”(1794—1858)，美国海军官员，让日本向西方开放。
2046 dumb and numb nostrums 解 dominum nostrum [拉]“～”；也解 nostrum“～”。
2047 Hymbuktu 解 *Hymnbook*“《赞美诗集》”＋two“二卷”；也解 Timbuktu“～”，马里历史名城，在撒哈拉沙漠南缘，在英文中，常常用来指代遥远、未知、难以到达的地方。
2048 celestine“～”，此处解 celestial“～”。
2049 Creeping Crawleys 解 creepy-crawleys“～”；其中 Crawleys 也解 Aleister Crowley“～”(1875—1947)，英国神秘主义者，教授魔法；也解 crawl“～”。
2050 petery parley 解 Peter Parley“～”，19 世纪美国童书作家；也解 Peter & Paul“～”，基督教圣人。
2051 erring under Ryan 解“Ehren on the Rhine”“～”，歌曲；也解 Erin under Rhine“～”；也解 erring“～”。
2052 galloroman cultous 解 cultus Galloromanus [拉]“～”。
2053 landhavemiseries 解 land“土地”＋have miseries“有灾难”；也解 Lord have mercies“～”。
2054 Beforeaboots 解 before“之前”＋about“关于”。
2055 a land of nods“～”，指梦乡；也解 a land of lord“～”。
2056 bloot 解 Blut [德]“～”；也解 blood“～”。
2057 braim [爱]“～”，此处解 brain“～”；也解 Brian Boru“～”，爱尔兰传说中的著名国王。
2058 brile 解 bile“～”；也解 Brille [德]“～”；也解 Bvei [德]“～”。
2059 shod“～”，此处解 shot“～”；也解 shed“～”。
2060 shuk 解 shuck [英口]“～”。
2061 mosshungry 解 most hungry“～”；也解 moss“～”。此句化自习语“饿汉易怒”。
2062 massangrey 解 mass“民众”＋angry“愤怒的”；也解 massacred“～”，也解 sang [法]“～”。
2063 Wickerworks“～”，1172 年亨利二世在都柏林外的柳亭里接受第二代彭布罗克伯爵的效忠；也解 Earwicker“～”。
2064 Retrospectable“～”，此处解 respectable“～”。
2065 fearfurther 解 forefather“～”；也解 fear“～”＋further“～”；也解 fear-feasa [爱]“～”。
2066 gatch“～”，此处解 got“～”；也解 gatch [英爱]“～”。
2067 mutchtatches 解 moustache“～”；也解 muchacha [西]“～”。
2068 Healing“～”，此处解 heathen“～”。
2069 hold ford 解 hold forth“～”；也解 hold the fort“～”，化自 Fort of the Hurdles“围栏浅滩之城”，指都柏林；也解 hold hard“～”。
2070 Sight“～”，此处解 say“～”。
2071 vulgure and decimating 解 vulgar and decimating“～”；也解 vulgar (fraction) and decimal fraction“～”。
2072 byleave in 解 believe in“～”；也解 leave“～”。
2073 Weights“～”，此处解 ways“～”；也解 wights“～”。此处化自儿歌《斯旺尼河》“沿着斯旺尼河走”。
2074 Propagandi“～”，此处解 Propaganda，指 Roman Catholic society for propagation of gospel by missionaries“罗马天主教传教士传福音协会”；也解 Gandhi“～”，印度精神领袖。
2075 prence [意]“～”，此处解 prince“～”。
2076 Perished“～”，此处解 parish“～”。
2077 o'ralereality 解 of real reality“～”。
2078 Belied“～”，此处解 believed“～”。
2079 belove 解 believed“～”；也解 beloved“～”。
2080 pottage 解 pottage“～”；也解 priest“～”；也解 porridge“～”。
2081 post 解 pot“～”；也解 post“～”；也解 pease“～”。
2082 allsods 解 all sorts“～”；也解 all sods“～”。
2083 esoupcans 解 a soup cans“～”；也解 Esau“～”，《创世记》中以撒之子，被弟弟骗取了父亲的祝福＋Cain“～”，《圣经》中亚当之子，杀死弟弟亚伯；也解 Aesop“～”。
2084 allfinesof 解 all kinds of“～”；也解 all“～”＋fine“～”＋of“～”。
2085 greendgold 解 green gold“～”。
2086 overhinduce 解 over“超过”＋induce“引诱”。
2087 o. p. 解 our people“～”；也解 out of print“～”。
2088 ophis [希]“～”；也解 Ophites“～”，基督教初期东欧的一个异端教派；也解 office“～”。
2089 workship“～”，此处解 worship“～”；也解 workshop“～”。

转变[2090]越野障碍赛|尖塔回来一次，星期天[2091]日盘二次，回到他们的旧帕勒斯[2092]佩尔|巴勒斯坦时代的古老的闪光和巨响传统，在光线杀掉了光缆[2093]该隐和亚伯⑭⓪或大公[2094]先生之前，通电的电线[2095]，在九天[2096]帝国之外点燃了本杰明·富兰克林[2097]火花，他的[2098]罪右手儿子：他，逗号[2099]卡姆霍尔，仔细[2100]治疗列举了她的二十九套宽松内衣的相互对望[2101]环环相扣和从下上望[2102]极度缺乏|底漆|床单，或者他的大陆诅咒，逗号[2103]球形，对伯恩家[2104]燃烧、弗莱明家[2105]火焰、弗尼斯家[2106]火炉、巴利·海斯家[2107]烈火|火|风箱和爱利史利·霍斯家[2108]地狱般地热发出顿呼语，因此，他们（那在柳亭的），无论病态的还是健康的，呆板的还是清醒的，像末日尸体落下一样倒下，在他们自己的直系后裔中不存在其他岛神[2109]东哥特人之语，不论何种方式，而是像爱尔兰人[2110]《爱尔兰人的小玩意》|帕特里克一样都是神父[2111]很快|急板，⑭①冒号[2113]一直烧成炭：⑭②而且，当我们一路走到咯咯屋，谈着疯子[2116]闪电|妄自尊大的人的疯狂和向女仆[2117]做的布道，去为阴郁的玛奇[2118]女仆除掉

⑭⓪ 他们只是拐走了一具尸体。

⑭① 土豆落回来[2112]帕特里克。

⑭② 丢下[2114]可恶的她（太太[2115]误用）。

2090 steeplechange 解 change“～”；也解 steeplechase“～”；也解 steeple“～”。
2091 sundises 解 Sundies“～”；也解 sun discs“～”。
2092 Pales“～”，罗马神话牧畜女神，也指牧神星，第 49 颗被人类发现的小行星；也解 Pale“～”，地名，中世纪时期英国在爱尔兰的占领地；也解 Palestine“～”。
2093 cable“～”，指无线电通过大西洋电缆代替电报；也解 Cain and Abel“～”。
2094 Derzherr 解 Der Erzherzog［德］“～”；也解 Herr［德］“～”。
2095 live wire“～”。
2096 th'Empyre 解 empyrean“～”；也解 the empire“～”。
2097 Benjermine Funkling 解 Benjamin Franklin“～”(1706—1790)，美国科学家；也解 Funke［德］“～”。
2098 sin“～”，此处解 sin［丹］“～”。
2099 Cummal 解 comma“～”；也解 Cumhal［爱］“～”，芬・麦克尔的儿子，我相的祖父。
2100 curefully 解 carefully“～”；也解 cure“～”。
2101 interlooking 解 inter-looking“～”；也解 interlocking“～”。
2102 underlacking 解 underlooking“～”；也解 under-lacking“～”；也解 Unterlack［德］“～”；也解 Laken［德］“～”。
2103 pummel“～”，此处解 comma“～”。
2104 Byrne“～”，人名；也解 burn“～”。
2105 Flamming“～”，人名；也解 flame“～”。
2106 Furniss“～”，人名；也解 furnace“～”。
2107 Bill Hayses 解 Bully Hayes“～”，19 世纪后期的美国海盗；也解 blaze“～”＋Ó hAodha［爱］“～”；也解 bellows“～”。
2108 Ellishly Haught 解 Ellishly“爱利史利”，人名＋Howth“霍斯”；也解 hellishly hot“～”。
2109 ostrovgods 解 ostrov［俄］“岛屿”＋gods“神”；也解 Ostrogoths“～”。
2110 puddywhack 解 paddywhack“～”；也解“Knick-knack Paddy-whack”“～”，英国儿歌；也解 Patrick“～”。
2111 priesto 解 priest“～”；也解 presto［意］“～”；也解 Presto“～”，斯威夫特曾被如此称呼。
2112 Patatapadatback 解 Patata［意］“土豆”＋padat［俄］“落下”＋back“回来“；也解 Patrick“～”。
2113 coal on“～”，此处解 colon“～”。
2114 Dump“～”；也解 Damn“～”。
2115 missuse 解 missus“～”；也解 misuse“～”。
2116 molniacs 解 maniac“～”；也解 molniya［俄］“～”；也可与后面的 manias 合解 megalomaniacs“～”。
2117 mades 解 maids“～”；也解 made“～”。
2118 murty magdies 解 murky“阴郁的”＋Maggies“玛奇”，《圣经・新约》中的妓女；也解 Magd［德］“～”。

蛇[2119]和皮外套[2120]皮斗篷穆塔夫|字母，当然，要是说得到了彼得大帝[2121]仁慈者教鞭他的私处裁决的祝福[143]，这种说法在那个地中海[2123]乌拉尼亚的，天王星的|图兰语世界里是责怪所有人，当这样说的时候，分开了[2124]消失了，相异了[2125]，被放逐[2126]流亡，被唤醒[2127]醒来，或者，把他的礼物留给他自己的一个朋友饮品[2128]，肖兰的康恩[2129]：但是先从爬虫时代[2130]爬虫哲人回来片刻[144]，回到艇长的初次登陆（艾梅·里维埃[2135]那页！），如果美丽的夫人伊丽莎白[2136]，鲁昂[2137]的旅馆——她为了他放上她的蝙蝠袖，两位吟游诗人[2138]真的讲着爱情（根据瓦伦蒂诺[2139]的想法，在闲散地，洪水区，伊瑟[2140]，丽维娅[2141]利菲河孤独的女儿，与汝为·何名[2142]来|友伴一起，初次见面[2143]，来自海外，突然），所有人中唯一的美女敢说起，就是现在，未加冕，失去权杖[2144]被欺骗的，说起她[2145]欧希夫人在什么时代的壁龛[2146]绰号中[145]，或者在玫瑰世界的什么地方幽会，那是切坡里若德[2148]切坡里若德|伊茜·拉·坎贝尔的美女，姿态婀娜的伊茜[2149]听和所有神殿[2150]教堂|笨蛋中的“我心之

---

[143] 骗[2122]稳步追随|古德曼他！长腿小马！

[144] 他不知道隔墙有耳[2131]筑墙的人有战争吗。鲱鱼[2132]听|亨利二世人，是新[2133]现在王。这是现代[2134]改变。

[145] 莫克罗斯修道院[2147]与被带走的爬行物。

2119 schlang 解 Schlange［德］“～”。

2120 leathercoats 解 leather coats“～”；也解 Murtagh of Leather Cloaks“～”，941 年任爱尔兰的共主；也解 letter“～”。

2121 Pointer the Grace“～”，此处解 Peter the Great“～”。

2122 Fox“～”；也解 fox［俚］“～”；也解 John Fox Goodman“～”，据 1903 年的《汤姆都柏林电话号码簿》记载，此人为皇室上诉法院的官员。

2123 medeoturanian 解 Mediterranean“～”；也解 Uranian“～”，乌拉尼亚为主管天文的缪斯女神；也解 Turanian“～”，居住在古土耳其斯坦的图兰人的语言，为与闪族语和雅利安语并列的亚洲语言。

2124 Disparito［意］“～”，此处解 disparo［拉］“～”。

2125 duspurudo 解 disparatus［拉］“～”。

2126 desterrado［葡］“～”；也解 desterrar［西］“～”。

2127 despertieu 解 despertar［西］“～”；也解 despertou［葡］“～”。

2128 Bevradge 解 beverage“～”。此句化自习语 saving your presence(恕我冒昧)。

2129 Conn the Shaughraun“～”，鲍西考尔特的剧本《肖兰》中的人物，在他自己的守灵仪式上复活。

2130 reptile's age“～”；也解 reptile sage“～”。

2131 walleds had wars“～”，此处解 walls have ears“～”。

2132 Harring 解 herring“～”，化自歌曲《鲱鱼王》；也解 hearing“～”；也解 Henry II“～”，英国国王。

2133 neow 解 new“～”；也解 now“～”。

2134 modeln［德］“～”，此处解 modern“～”。

2135 Ainee Rivière 解 Jacques Rivière“～”，普鲁斯特的朋友，著有小说 *Aimée*《艾梅》(1922)。

2136 Elisabbess 解 Elizabeth“～”，本书中主人公的女儿伊茜的别名之一。

2137 Ruines 解 Rouen“～”，法国城市，乔伊斯在此住过几家旅馆。

2138 trueveres 解 trouvère［法］“～”；也解 vere［拉］“～”。

2139 Valentino 解 Rudolf Valentino“～”(1895—1926)，美国著名男演员，主演过《启示录四骑士》等。

2140 Isolade 解 Isolde“～”，本书主人公的女儿，也是《特里斯丹与伊瑟》故事的女主人公。

2141 Liv 解 Livia“～”，本书女主人公；也解 Liffey“～”。

2142 Comes Tichiami 解 come ti chiami［意］“～”，特里斯丹第一次见到伊瑟时隐藏了身份；其中 Comes 也解“～”，也解 comes［拉］“～”。

2143 Prima Vista［意］“～”。

2144 deceptered 解 de-sceptre-ed“～”；也解 deception-ed“～”。

2145 Shee 解 She“～”；也解 O'Shea“～”，巴涅尔的情人，后成为他的妻子。

2146 niche“～”；也解 nick“～”。

2147 爱尔兰凯里郡一座建于 15 世纪的修道院，这里的僧侣在 1650 年被克伦威尔的军队赶走，之后荒废。

2148 La Chapelle 解 la Chapelle［法］“～”；也解 Chapelizod“～”，地名，位于都柏林西郊，与凤凰公园相邻，据说伊瑟来自此处；也解 Issy-la-Chapelle“～”，本书主人公的女儿的一个名字。

2149 Liselle 解 Issy“～”，本书主人公的女儿；也解 listen“～”。

2150 tompull 解 temple“～”；也解 teampall［爱］“～”；也解 tomfool“～”。

钉”[2151]《我心中的佩吉》，或者在他的残肢[2152]熔岩|放置上，她那半爱慕的[2153]坐浴目光现在点燃了自己正在熠熠生辉，⑭啊，她[2155]欧希夫人那时（下午4点32分[2156]公元432年，旧日时光，确切地说，根据所有三位沃特伯里博士的说法，那是滴答声中[2157]胳肢|嘀嗒地走的阿尔法之子[2158]马太、可怜的贝塔之子[2159]伊丽莎白和可怜的伽马之子[2160]，同时发生，全都在听[2161]偷听，这个时刻在七个世纪[2162]挂名职务|罪后也由四天一次的[2163]医科家伙[2164]约翰证实了，可怜的老麦克生非[2165]无事生非·麦克杜格[2166]，与公证人一起，⑭是神圣预见[2169]小心|四法和红衣[2170]法官|总督教皇令要求他出席的）她在让日光变得[2171]在之中最暗⑭之后，就用她合适的手[2172]连指手套，给他那种闪光肥皂[2173]泡泡浴[2174]拥抱|沐浴的好处——如果她那时，这个那时很重要，——但是，老爷！她永远不会预感到下一次爱[2175]爱巢何时爆发，就像她却能感到恐惧[2176]衰弱，他这样一个冰凉冰冷的灌洗器，摇摇摆摆的人，“四次飞翔魔术师”，向后折回[2177]都柏林，毫不耽搁[2178]在现在这个时候，⑭不久以后[2181]，当

---

⑭ 吉尔和杰克[2154]笑话和抛弃情人的人在冲刺。

⑭ 老马马路约朗姆酒[2167]和生罗杰朗姆酒[2168]。

⑭ 为什么这些天真的金发女郎有那些柔韧的大耳朵？

⑭ 波多贝罗[2179]的波默罗伊岩石[2180]，或者衣衫褴褛者的残骸。

2151 peg-of-my-heart"～";也解"Peg O'My Heart""～",流行歌曲,J. H. 曼纳斯受其启发创作了同名喜剧。
2152 limbs-to-lave"～";其中 lave 也解[法]"～";也解 lay"～"。
2153 semicupiose 解 semicupidus [拉]"～";也解 semicupium"～"。
2154 Joke and Jilt"～",此处解"Jill and Jack""～",英国童谣。
2155 O Shee 解 O She"～";也解 O'Shea"～",巴涅尔的情人,后成为他的妻子。
2156 4. 32 M. P. 解 4:32 p. m. "～";也解 A. D. 432"～",圣帕特里克抵达爱尔兰的年份。
2157 tickleticks 解 tick-a-tick"嘀嗒嘀嗒";也解 tickle"～"+ticks"～"。
2158 Mac Auliffe 解 mac- [爱]"之子"+aleph"א",希伯来语第一个字母;也解 Matthew Gregory"～",四福音书的作者之一。
2159 MacBeth 解 mac- [爱]"之子"+beth"ב",希伯来语字母表中的第二个字母;也解 Elizabeth"～"。
2160 MacGhimley 解 mac- [爱]"之子"+gimel"ג",希伯来语字母表中的第三个字母。
2161 lauschening 解 listening"～";也解 lauschen [德]"～"。
2162 sincuries 解 centuries"～";也解 sinecures"～";也解 sin"～"。
2163 quatren 解 quartan"～"。
2164 johnny"～";也解 John"～",四福音书的作者之一。
2165 MacAdoo,人名+much ado about nothing"～",也是莎士比亚的一部喜剧的名字,故译为"～"。
2166 MacDollett 解 Johnny MacDougal"～",在本书中指《圣经》四福音书的作者约翰。
2167 Mamalujorum 解 Matthew, Mark, Luke, John"马太、马可、路加、约翰"+rum"朗姆酒"。
2168 Rawrogerum 解 Raw"生的"+Roge"罗杰",人名+rum"朗姆酒"。
2169 Foresygth 解 foresight"～";也解 Vorsicht [德]"～";也解 four"～"。
2170 Douge"～";也解 judge"～";也解 Doge [意]"～"。
2171 med [丹]"～";也解 mid"～"。
2172 mitts"～",此处解 mitts [俚]"～"。
2173 Blinkensope 解 blinken [德]"闪光"+soap"肥皂"。
2174 cuddlebath 解 bubblebath"～";也解 cuddle"～"+bath"～"。
2175 lovenext 解 love"爱"+next"下一次";也解 lovenest"～"。
2176 fearfeel 解 feel fear"～";也解 verfiel [德]"～"。
2177 doubling"～";也解 Dublin"～"。
2178 in nowtime 解 in notime"～";也解 in now time"～"。
2179 都柏林地区名。
2180 Pomeroy Roche"～",波默罗伊为北爱蒂龙郡的一个市镇。
2181 bymby [美],表未来时态,此处解 by and by"～"。

他用盐水清洗[2182]洗|萧伯纳他这些岛屿[2183]爱尔兰|卑下时，啊，于是！去爬上米什山[2184]（灼热浓雾[2185]林[2186]求爱！），身着那身铠甲[2187]铁路，用一个防水的[2188]瓦翠河名字，“尽兴”[2189]（会洗[2190]温切尔西吗？），脸雪白[2191]相当平静得就像，人们[2192]粉瘤|何时会说，单人自诩的清澈[2193]圣克拉拉|克莱尔⑮，他那洗啊洗盆啊盆盆和他那助祭的[2197]辅祭|第欧根尼灯笼眼睛[2198]灯烟，仔细打量[2199]纯洁的在哪里她们在哪里诚实的[2200]大黄蜂女孩们，用伪誓[2201]每天|理应得到她的同意，劳驾[2202]，偶尔[2203]和经常[2204]比如，还有其他数目可增加的[2205]复数的|汉娜·丽维娅·妇鲁拉贝尔一双[2206]决斗宝贝，从威克洛郡的阿克洛市[2207]到超级幸运劳斯郡[2208]，来吧小姐[2209]杂乱|少女，来吧夫人，触到你的底价[2210]斑点|价格（因为是他是天生的教唆犯，男人），为了最古老的酿酒师[2211]酒|面包师的老牌商号[2212]废除的|公司，眼泪[2213]泪与呻吟[2214]，后来，他的技艺[2215]力气|理查德·克拉夫特-埃宾退潮，被非爱尔兰的头衔召唤，“蛇[2216]托马斯·纳什|磨咬|狡猾的的折磨”，⑯那一个和唯一一个，独一无二[2220]盖世无双者|

---

⑮ 难怪荷兰[2194]雨小姐当了修女[2195]喜欢|面纱，她从苍穹[2196]云|毁谤|插嘴下来。

⑯ 戴着俄国帽子[2217]拉屎的驼背[2218]赌注登记人|巴克利是波将金[2219]，但是如果我知道在幕后操作的奴隶是谁，就让我被轰掉。

2182 wush 解 wash“～”；也解 wasch- [德]“～”；也解 George Bernard Shaw“～”(1856—1950)，英国作家。
2183 iselands 解 islands“～”；也解 Ireland“～”；也解 isel [威]“～”。
2184 mount miss 解 mount“爬上”+miss“女士”+Mountain Slieve Mish“斯利武米什山”，位于爱尔兰凯里郡。
2185 Fogloot 解 fog“浓雾”+Glut [德]“灼热”。
2186 wooeds 解 woods“～”；也解 wooed“～”。
2187 chemise de fer [法]“～”；也解 chemin de fer [法]“～”。
2188 vartryproof 解 waterproof“～”；也解 Vartry“～”，都柏林的主要供水河流。
2189 Multalusi 解 multa lusi [拉]“我玩了很多”。
2190 wash“～”；也解 Winchelsea“～”，英国萨塞克斯郡东部的城市。
2191 white“～”；也解 quite“～”。
2192 wen“～”，此处解 one“～”；也解 when“～”。
2193 claire 解 clear“～”；也解 Saint Clara“～”，方济各修女会的创建者；也解 Mavis Clare“～”，英国 19 世纪小说家科雷利的小说《撒旦的痛苦》中的女主人公，只有耶稣和她抵抗住了撒旦的诱惑。
2194 Dotsh 解 Dutch“～”；也解 dozhd [俄]“～”。
2195 took to veils 解 took the veils“～”；也解 took to“～”+veils“面纱”。
2196 obloquohy 解 oblohy [捷]“～”；也解 oblako [俄]“～”；也解 obloquy“～”；也解 obloquor [拉]“～”。
2197 diagonoser 解 diagon [康]“助祭”；也解 diacono [意]“～”；也解 Diogenes“～”(前 412—前 323)，古希腊哲学家，在白天打着灯笼找真正的人。
2198 lampblick 解 lamp“灯”+Blick [德]“目光”；也解 lamp black“～”。
2199 pure“～”，此处解 pore“～”。
2200 hornest 解 honest“～”；也解 hornet“～”。
2201 par jure 解 parjure [法]“～”；也解 par jour [法]“～”；也解 jure [拉]“～”。
2202 il you plait 解 s'il vous plaît [法]“～”。
2203 nuncandtunc 解 nunc [拉]“现在”+and“和”+tunc [拉]“那时”，即“～”。
2204 for simper 解 semper [拉]“～”；也解 for example“～”。
2205 pluríble 解 pluribilis [拉]“～”；也解 plural“～”；也解 Anna Livia Plurabelle“～”。
2206 duel“～”，此处解 dual“～”。
2207 Arklow Vikloe 解 Arklow Wicklow“～”，位于爱尔兰。
2208 Louth“劳斯郡”，位于爱尔兰东北部。
2209 messes 解 misses“～”；也解 mess“～”；也解 lass“～”。此处化自歌曲《来吧，少男少女们》。
2210 spottprice 解 Spottpreis [德]“非常低廉的价格”；也解 spot“～”+price“～”。
2211 winebakers 解 winemaker“～”；也解 wine“～”+bakers“～”。
2212 ablished firma 解 established firm“～”；也解 abolished“～”；也解 Firma [德]“～”。
2213 Lagrima [西]“～”；也解 lacrima [拉]“～”。
2214 Gemiti 解 gemitus [拉]“～”。
2215 craft“～”；也解 Kraft [德]“～”；也解 von Krafft-Ebin“～”(1840—1902)，奥地利精神病学家。
2216 Nash 解 nahash [希伯来]“～”；也解 Thomas Nashe“～”(1567—1601)，英国诗人，温德汉姆·刘易斯说乔伊斯和他在拉伯雷风格上是一致的；也解 gnashing“～”；也解 nasha [希伯来]“～”。
2217 rusin's hat 解 Russian hat“～”；也解 shat“～”。
2218 bookley 解 Buckel [德]“～”；也解 bookie“～”；也解 Buckley“～”，书中故事中的爱尔兰士兵。
2219 Patomkin 解 Prince Potemkin“～”(1739—1791)，俄国女皇叶卡捷琳娜大帝的情人。
2220 Unic 解 unique“～”；也解 unicus [拉]“～”；也解 unicorn“～”；也解 eunuch“～”。

独角兽|太监毫无例外[2221]嫩，在康沃尔郡[2222]角落|玉米|谁天涯海角[2223]边上的圣艾夫斯[2224]常春藤，男人——把银器[2225]银臂努阿德用船运给我！，必然如此，吉卜赛人！我糟糕的肚子[2226]使昏聩，我的屁股[2227]我的悲伤，炸[2228]能力飞这个"过去曾是老亚当"，如此结局[2229]最后的草地，就像图坦卡蒙的脚一样确切无疑，为了谁谁啊谁？可怜的[2230]倾泻女孩，寂寞的佩吉[2231]，被臭骂[2232]被给这只鸟，像克兰普顿[2233]的梨树一样孤苦伶仃[2234]被凌辱，（她将[2235]萨莉用她脸上热切的[2236]三十甜蜜，来挣得[2237]瓮苦涩的[2238]咬床！），难怪[2239]少怪这么多的张三李四和王五[2240]汤姆、迪克和哈里之人在所有随后[2241]谄媚的这些[2242]那里我们的金权政治[2243]民主时代里，付小费去到她那恩慈之窗[2244]被抛弃的女子|格蕾丝·奥玛丽亮如明镜的小屋⑮²安慰她，直到马恩岛[2246]男人的常春藤，奥尼尔[2247]下跪、奥布莱恩[2248]祈祷、洛克镇[2249]奥洛克兰的奥海恩斯、石坡[2250]的奥哈洛兰[2251]，冬青男孩们，所有人，樱桃熟了[2252]芒刺多的|伯里谁来买？，⑮³在珠宝[2253]珠玉|朱丽叶、小玩意[2254]踢鞋子|东西和疯狂饰品之中，那不是它的结束（会吗！）——但是想

⑮² 啊，回声[2245]HCE！啊，回声！

⑮³ 六和七联盟。

2221 bar None“～”；也解 Nunn“～”，《旧约》中约书亚的父亲。
2222 cornwer 解 Cornwall“～”，位于英格兰；也解 corner“～”；也解 corn“～”＋wer［德］“～”。
2223 Landsend 解 Land's End“～”，位于康沃尔郡的最南端，也是英格兰的最南端。
2224 Saint Yves 解 St Ives“～”，英格兰康沃尔郡的小镇；也解 ivies“～”。
2225 silver“～”；也解 Nuada of the Silver Arm“～”，凯尔特神话中黄金时代图德南神族的王。
2226 mavrue 解 mo bhrú［爱］“～”；也解 mavroo［希］“～”。
2227 mavone 解 mo bhun［爱］“～”；也解 mo bhrón［爱］“～”。
2228 synamite 解 dynamite“～”；也解 dynamis［希］“～”。
2229 finalley 解 finale“～”；也解 final ley“～”。
2230 poour 解 poor“～”；也解 pour“～”。
2231 peggy 解 Maggies“玛奇”，本书主人公的女儿。
2232 given the bird“～”，此处解 give sb the bird“臭骂某人一顿”。
2233 Crampton 解 Sir Crampton“～”（1771—1858），都柏林外科医生，在梅里恩广场种了一株著名的梨树。
2234 inseuladed 解 insulated“～”；也解 insulted“～”。
2235 sall 解 shall“～”；也解 sally“～”，美国心理学家普林斯的《分裂的人格》中比切普的第二个自我。
2236 thirt 解 thirsty“～”；也解 thirty“～”。
2237 eurn 解 earn“～”；也解 urn“～”。此句化自《创世记》（3：19）“你必汗流满面才得糊口”。
2238 bitter“～”；也解 bite“～”。
2239 short wonder“～”，此处化自习语 no wonder“～”。
2240 tomthick and tarry 解 Tom Dick and Harry“～”，泛指很多人时的说法，故译为“～”。
2241 subsequious 解 subsequent“～”；也解 obsequious“～”。
2242 there“～”，此处解 these“～”。
2243 timocracy“～”；也解 democracy“～”。
2244 gracewindow 解 grace“恩慈”＋window“窗户”；也解 grass widow“～”；也解 Grace O'Malley“～”。
2245 O hce 解 echo“～”；也解 HCE，本书主人公名字的缩写。
2246 ives of Man 解 Isle of Man“～”；也解 ivies of Man“～”。
2247 O'Kneels 解 O'Neil“～”，爱尔兰五大家族之一；也解 Kneels“～”。
2248 O'Prayins 解 O'Brien“～”，爱尔兰五大家族之一；也解 Prayings“～”。
2249 Lochlaunstown 解 Loughlinstown“～”，都柏林郡的镇；也解 O'Lochlan“～”，爱尔兰五大家族之一。
2250 Staneybatter 解 Stoneybatter“～”，都柏林街道名。
2251 O'Hollerins 解 Sylvester O'Halloran“～”（1728—1807），爱尔兰物理学家，帮助成立爱尔兰皇家科学院。
2252 burryripe 解 cherry“樱桃”＋ripe“熟的”；也解 burry“～”；也解 J. B. Bury“～”，历史学家，著有《圣帕特里克传》。
2253 juwelietry 解 jewelry“～”；也解 Juwel［德］“～”；也解 Juliet“～”，莎士比亚戏剧的女主人公。
2254 kickychoses 解 kickshaw“～”；也解 kicking shoes“～”；也解 choses［法］“～”。

想他爱抚[2255]弃儿|发现伊丽莎白[2256]二世，[154]还有抱吻[2258]（如果躯干没了，半身像[2259]最好的依然会在）他在哪里做过，他在何时做过，一直回溯到最后[155]——现在避开我的遗忘，它被尘封了[2264]发现吗，地名[2265]上帝之名！时光流逝[2266]在休假中或一路向下[2267]街道|在上|在下，经由、为了或来自一个敌人，如同朋友般相随相伴，在教区长管区？牧师宅路[2268]维科路？主教的愚蠢？教皇村[2269]？，在警戒[2270]乔治·皮克特栅栏、石墙[2271]杰克森之后，里里外外，或者牛栏——因为他向许多百合花的[2272]说谎的耳朵[2273]一岁的赛马耳语[2274]许多[2275]愉快的一个谎言[2276]；[156]试着分析横跨[2277]笨拙的那边柱子[2278]的一副读经台[2279]两者都的支架，它们试图拥抱[2280]爱所有[157]溜走的[2284]我米克[2285]我那长胡子但感觉不到的男子气，它的高卢人[2286]菜炖牛肉|马胡子，德莫特和格拉尼娅[2287]该死的和呻吟，进入她那有限的（施洗[2288]拓夫，施洗，你是帕特里克[2289]！）过失，与用毛巾擦拭末端[158]一样的过失，在

---

[154] 全都围绕着我的帽子，我要戴垂下来的墙裙[2257]恶作剧|狄多。

[155] 你是否曾经想过钩住你的星星[2260]人的臀部并受戒[2261]我们的|教务长，蝴蝶[2262]《蝴蝶夫人》|苍蝇|纽扣老爷[2263]先生，我在这儿，桃金娘扑闪着眼睛想知道。

[156] 来显示他们掌握了优先权。

[157] 看看费妮拉[2281]茴香徒手画的[2282]自由人|《自由人报》漫画[2283]科蒂库瑞|护肤。

[158] 只是一只大战利品罐子[2290]美人痣。

2255 Foundling“～”,此处解 fondling“～”;也解 finding“～”。
2256 nelliza 解 Elizabeth“～”,英国女王。
2257 dido“～”,此处解 dado“～”;也解 Dido“～”,《埃涅阿斯纪》中的迦太基女王。
2258 cliptbuss 解 clip［古体］“拥抱”＋buss［古体］“亲吻”。
2259 best“～”,此处解 bust“～”。
2260 stern“～”,此处解 Stern［德］“～”。
2261 ourdeaned 解 ordained“～”;也解 our“～”＋dean“～”＋ed。
2262 Bootenfly 解 butterfly“～”,此处化自 *Madame Butterfly*“～”,意大利作曲家普契尼 1904 年创作的歌剧;也解 fly“～”＋button“～”。
2263 Mester“～”;也解 mister“～”。
2264 dustcovered 解 dust“尘埃”＋covered“覆盖的”;也解 discovered“～”。
2265 nom de Lieu 解 nom de lieu［法］“～”;也解 nom de Dieu［法］“～”。
2266 on lapse 解 on lapse“～”;也解 on left“～”。
2267 street ondown 解 straight on down“～”;也解 street“～”＋on“～”＋down“～”。
2268 Vicarage Road 解 Vicarage“教区牧师的住宅”＋Road“道路”;也解 Vico Road“～”,都柏林的道路。
2269 Papesthorpe 解 Papst［德］“教皇”＋thorpe“村庄”。
2270 picket“～”;也解 George Edward Pickett“～”(1825—1875),美国南北战争时期南方联盟军将领。
2271 stonewalls“～”;也解 Thomas Jackson“～”(1824—1863),美国南方联盟军的将军,绰号“石墙”。
2272 lilying 解 lily“～”;也解 lying“～”。
2273 earling 解 ear“～”;也解 yearling“～”。
2274 whisprit 解 whisper“～”。
2275 merry a“～”,此处解 many a“～”。
2276 valsehood 解 falsehood“～”。
2277 akwart 解 athwart“～”;也解 awkward“～”。
2278 rollyon 解 roll“柱形物”＋yon“那边的”。
2279 ambo“～”;也解 ambo［拉］“～”。
2280 amarm 解 umarm-［德］“～”;也解 amare［拉］“～”。
2281 Fennella,人名;也解 fennel“～”。
2282 freeman“～”,此处解 freehand“～”;也解 *Freeman's Journal*“～”,都柏林的一份报纸。
2283 cuticatura 解 caricature“～”;也解 Cuticura“～”,一种都柏林肥皂品牌;也解 cuticura［拉］“～”。
2284 miching［俚］“～”;也解 mich［德］“～”,指爱尔兰修女圣布利吉特在受洗时用爱尔兰语说“我是”。
2285 micher 解 Mick“～”,本书主人公的儿子;也解 mich［德］“～”。
2286 gaulish“～”;也解 goulash“～”;也解 Gaul［德］“～”。
2287 Dammad and Groany 解 Dermot and Grania“～”,芬·麦克尔的侄子和妻子,两人私奔,德莫特后被芬·麦克尔杀死;也解 damned and groan“～”。
2288 tuff 解 taufen［德］“～”,指圣帕特里克使爱尔兰人接受了基督教;也解 Taff“～”,书中闪姆的化身。
2289 que tu es pitre 解 que tu es Patrick［法］“～”。
2290 booty's pot“～”;也解 beauty spot“～”。

他们可爱的[2291]性性之家[2292]埃塞克斯，“莫名于海上”[2293]滨海绍德森（啊，小油[2294]阿里·斯洛普头，卧蚕眉和招风耳！）仿佛他，一个声名狼藉的人，蒙骗版[2295]首版，是一个蠕动盘绕的[2296]常规作家|《一位名副其实的皇家女王》新生[2297]连续9天的祷告|新的|每群9个婴儿！⑮⑨很好，哎呀[2300]德莫特，宏伟的你[2301]格拉尼娅，战败者有祸了[2302]被捆绑的人有祸了，如果那是爱[2303]沼泽，柔情中的爱被迅速[2304]愤怒|相当接受，似乎向外朝着最远处一圈圈扩散（这是生活，那是所有人被那批[2305]一串残忍的[2306]绿色的拳击手[2307]灯心草掐住脖子[2308]变化|检验员），天堂帮帮他的后屁股[2309]，做更多[2310]我标记，如果这样大大错位的[2311]不快的图表[2312]数学定理|透视缩影是用来给我们做索引的，用的是最启发性评论[2313]街头表演|圆的《调料和西端女人》[2314]（出版前就全卖空了，简短的印度纸[2315]版本）中的圣卢伯克日[2316]数字，它开始[2317]再次像它那样出现[2318]梨子，确凿无疑[2319]标准的|我的小妖精，你那田园牧歌式的宣道[2320]责备|圣帕特里克是没用的，无论是你追击它[2321]干酪，还是祈祷霍根绿地[2322]⑯⓪里相信年轻天主教[2325]舔真理[2326]喉咙的血肉新鲜的教士[2327]卷须能听

⑮⑨ 在自然死亡之前，糊涂查理[2298]有自卑情结[2299]。

⑯⓪ 在这里玻璃与风箱之家的巴克利[2323]别克汽车给鲁奇引擎[2324]俄国将军打气。

2291 Dolightful 解 delightful“～”。

2292 Sexsex 解 Sex“性”＋sex“性”；也解 Essex“～”，英格兰东南部的郡。

2293 Somehow-at-Sea“～”；也解 Southend-on-Sea“～”，伦敦以东靠近泰晤士河口的一个小镇。

2294 oily“～”；也可与 sloper 合解 Ally Sloper“～”，19 世纪末英国喜剧连环画中的一个人物。

2295 foist edition 解 foist“蒙骗”＋edition“版本”；也解 first edition“～”。

2296 wrigular writher 解 wriggling writher“～”；也解 regular writer“～”；也解“A Right Down Regular Royal Queen”“～”，歌曲名。

2297 neonovene 解 newborn“～”；也解 novena“～”；也解 neo［希］“～”；也解 novenus［拉］“～”。

2298 Charles de Simples“～”(879—929)，西法兰克国王查理三世。

2299 infirmierity complexe 解 inferiority complex“～”，阿德勒的个体心理学中的重要概念。

2300 diarmuee 解 dear me“～”；也解 Diarmaid，即 Dermot“～”，芬・麦克尔的侄子。

2301 granyou 解 grand you“～”；也解 Grania“～”，芬・麦克尔的妻子。

2302 Vae Vinctis 解 vae victis“～”；也解 vae vinctis［拉］“～”。

2303 lamoor 解 amor［拉］“～”；也解 moor“～”。

2304 rathe“～”；也解 wrath“～”；也解 rather“～”。化自但丁《神曲・地狱篇》“爱，高贵的心很快会学会”。

2305 batch“～”；也解 bunch“～”。

2306 grim“～”；也解 green“～”。

2307 rushers“～”；也解 rush“～”。

2308 chokered 解 choked“～”；也解 chequered“～”；也解 checker“～”。化自托马斯・穆尔的歌曲《生活全变了》(“This Life Is All Chequered”)，旋律为《一捆绿色灯心草》(“The Bunch of Green Rushes”)

2309 此处化自习语 Devil take the hindmost(落后者遭殃)。

2310 mo 解 more“～”；也解 me“～”。

2311 displeaced 解 displaced“～”；也解 displeased“～”。

2312 diorems 解 diagram“～”；也解 theorem“～”；也解 dioramas“～”。

2313 roundshows 解 Rundschau［德］“～”；也解 road show“～”；也解 round“～”。

2314 Spice and Westend Woman“～”，化自英国作家温德汉姆・刘易斯的《时代和西方人》(*Time and Western Man*)，因为书中对乔伊斯不客气的评论，成为《芬尼根的守灵夜》主要戏仿的作品之一。

2315 indiapepper 解 India paper“～”。

2316 Saint Lubbock's Day“～”，1871 年银行家第一代埃夫伯里男爵约翰・卢伯克正式提案设定“银行假日”为英国法定假日，大家曾把第一个银行假日称为“圣卢伯克日”作为感谢。

2317 agins 解 begins“～”；也解 again“～”。

2318 pear“～”，此处解 appear“～”。

2319 par my fay 解 par ma foi［法］“～”；也解 par“～”＋my fay“～”。

2320 pastripreaching 解 pastorally preaching“～”；也解 reproaching“～”；也解 Patrick“～”。

2321 cheesse 解 chase“～”；也解 cheese“～”。

2322 Huggin Green 解 Hoggen Green“～”，即“豪丘”，北欧海盗占领爱尔兰期间在都柏林的议会所在地。

2323 Buickly 解 Buckley“～”，指本书中爱尔兰士兵的故事；也解 Buick car“～”。

2324 Rudge engineral 解 Rudge“鲁奇摩托车”，20 世纪上半叶的知名品牌＋engine“引擎”；也解 Russian general“～”。

2325 catholick 解 Catholic“～”；也解 lick“～”。

2326 throats“～”，此处解 truths“～”。

2327 claspers“～”，此处解 priests“～”。

取过去神父[2328]非法侵入的警告，都是没用的，为什么?，因为[2329]根据牛•．•裙子越有弹性[2330]毛德·冈妮，男人，简言之[2331]穿着衬衫，越是他那个样子，．•．他们不会这样做[2332]因此|δ：而且，如果[2333]你能窥进这个对任何人都没好处的怪诞[2334]荣誉倒霉的大脑[2335]炖锅，你会在他的思绪[2336]漂浮的残骸之屋里看见（就是说，你是否足够净化能看到无形之物）那是一个什么样的由丢失或迷失的时代的旋花植物[2337]缠绕包围组成的沉料垃圾啊，也来自荒废的土地和落后的[2338]系浮标投海的货物语言，久远的岁月[2339]，不仅那般，而且，探照灯照射，搁浅的、拍击的，以及在大海上成为美丽贝壳的，远远向前[2340]，进入未来[2341]胖的，你自己那听取[2342]采摘|小孩子|吹毛求疵|野餐帽匠的旋花会卷[2343]真实的成幻想[2344]爵士|幻想|约瑟芬，新[2345]词取代那[2346]什么以前用来编织并相当优雅地[2347]恰当地适用的陈腐之语，因此：同样如此，整个浮士德式的[2348]拳头浮夸之语的垃圾[2349]奶油，无论是你习者[2350]心情|月亮的|啤酒酿造者|配偶的漫不经心[2351]明亮的，还是你学者的[2352]灵魂的|喝醉的伤感[2353]发誓|情绪，它就是那样，然而我们学生老师交织而成的[2354]双体那迅速闭上的[2355]斯威夫特眼睛[2356]惊吓|爱抚|卡雷将旧

2328 prispast 解 priest“神父”+past“过去的”;也解 trespass“～”。
2329 by cows“～”,此处解 because“～”。
2330 più la gonna è mobile [意]“～”;也解 Maud Gonne“～”,爱尔兰民族文艺复兴运动的领导者之一。化自朱塞佩·威尔第作曲的著名三幕歌剧《弄臣》中的话“La donna è mobile”(女人善变)。
2331 in shirt“～”,此处解 in short“～”。
2332 do ut 解 do it“～”;也解 ut [拉]“～”;也解 Delta“～”,希腊语的第四个字母。
2333 an [古体]“～”。
2334 eer 解 eery“～”;也解 eer [荷]“～”。
2335 cerebralised 解 cerebral“～”。
2336 thoughtsam 解 thought“～”;也解 flotsam“～”。
2337 convolvuli 解 convolvulus“～”,如牵牛花;也解 convolve [拉]“～”。
2338 laggin 解 lagging“～”;也解 lagan“～”。
2339 longa yamsayore 解 longa [拉]“久远”+yesteryear“去年”。
2340 pharahead 解 far ahead“～”。
2341 faturity 解 futurity“～”;也解 fat“～”。
2342 pickninnig 解 picking“～”,此处化自习语 pick one's brain(听取别人的看法),故译为“～”;也解 piccaninnies“～”;也解 nitpicking“～”;也解 picnic“～”。
2343 real“～”,此处解 reel“～”。
2344 jazztfancy 解 just fancy“～”;也解 jazz“～”+fancy“～”;也解 Josephine“～”,法兰西第一帝国皇后。
2345 novo [拉]“～”。
2346 what“～”,此处解 that“～”。
2347 featly“～”;也解 fitly“～”。
2348 faustian 解 Faustian“～”;也解 Faust [德]“～”。
2349 crame 解 Kram [德]“～”;也解 cream“～”。
2350 launer 解 learner“～”;也解 Laune [德]“～”;也解 lunar“～”;也解 leannóir [爱]“～”;也解 lánamha [爱]“～”。
2351 lightsome“～”,此处解 Leichtsinn [德]“～”。
2352 soulard 解 scholar“～”;也解 soul“～”;也解 soûlard [法俚]“～”。
2353 schwearmood 解 Schwermut [德]“～”;也解 swear“～”+mood“～”。
2354 pupilteachertaut 解 pupil“学生”+teacher“老师”+taut“纠缠”。
2355 swiftshut 解 swift shut“～”;也解 Swift“～”。
2356 scareyss 解 eyes“～”;也解 scare“～”;也解 caress“～”;也解 James Carey“～”(1845—1883),爱尔兰常胜军成员,参与了 1882 年凤凰公园谋杀案。

事重提，用象征来[2357]《辛白林》捉弄你，虽然一天如十年般稠密，没有嘴巴有力量为土地槌[2358]嘴的前进设置界限[2359]手指，[161]用一半[2363]帮助音节，一半啜泣[2364]，一半油膏[2365]，在前面，[162]厌倦[2369]负担之兽，常识，在地理空间[2370]螺旋形在他那松松的进餐用SS颈章[2371]里潜伏，将啊将要[2372]坚定地在你耳边说[2373]希望|安静如何——柏拉图的[2374]幼崽之间[2375]双胞胎存在着普鲁图的[2376]爱和喜欢[2377]——你必须，如何，在未分割的现实[2378]中在某处[2379]画条线）

什么[2381]未知项X|余弦|X法则？怎么回事[2382]？请再说一遍[2383]！你，你做的是什么[2384]？（事实上，由于在他所活过的死亡[2385]牙齿变成他要通过死亡进入的生活之前，一个可怜的灵魂是在转变和转变之间的，他或者他差点——他在理智方面有佝偻病，但他头脑的平衡很稳定[2386]马厩——失掉自己或者自己的某个西庇阿之梦[2387]挥霍的，他因此转了又转[2388]，或者他凝视[2389]，墨菲[2390]来，墨菲走，墨菲种，墨菲长，许多成千上万的墨菲们[2391]无数|大暴乱，在他那懒洋洋的石头[2392]青金石眼中，

为什么是我的，同样，为什么[2380]是是他的。

---

[161] 布列塔尼之事[2360]不列颠演义与残暴[2361]低糖的酒|孵化之力[2362]凶猛的。

[162] 布什米尔[2366]布什米尔庄园，沃尔斯利[2367]勋爵喊道，我舅妈马格拉斯[2368]会怎么抗议啊！

2357 symibellically 解 symbolically“～”；也解 *Cymbeline*“～”，莎士比亚的戏剧。

2358 landsmaul 解 lands“土地”＋maul“大槌”；也解 Maul［德］“～”。

2359 mearbound 解 mear“边界”＋bound“限制”；也解 méar［爱］“～”。

2360 Matter of Brettaine 解 Matter of Brittany“～”；也解 Matière de Bretagne“～”，中世纪时亚瑟王传奇的别称。

2361 brut“～”，此处解 brute“～”；也解 Brut［德］“～”。

2362 fierce“～”，此处解 force“～”。

2363 half“～”；也解 helf-［德］“～”。

2364 solb 解 sob“～”。

2365 salb 解 Salbe［德］“～”。

2366 Bussmullah 解 Bismillah［阿］“～”；也解 Bushmills“～”，位于爱尔兰安特里姆郡的一个小村庄，是世界上最古老的威士忌蒸馏厂之一。

2367 Wolsley 解 Garnet Wolseley“～”（1833—1913），克里米亚战争中的英国陆军中将，出生于爱尔兰。

2368 Mag 解 Magrath“～”（1736—1760），爱尔兰巨人，贝克莱主教的朋友。

2369 boredom“～”；也解 burden“～”。

2370 gyrographically 解 geographically“～”；也解 gyres“～”。

2371 S. S. collar“～”，1697 年威廉三世授予都柏林市长凡霍利的颈章，他也是斯威夫特恋人瓦内萨的父亲。

2372 is gogoing of 解 is going to“～”。

2373 whisth 解 whisper“～”；也解 wish“～”；也解 thost“～”。

2374 古希腊哲学家。

2375 twinnt 解 twixt“～”；也解 twin“～”。

2376 希腊神话中的冥王。

2377 loveliaks 解 love“爱”＋likes“喜欢”。

2378 reawlity 解 reality“～”。

2379 somewhawre 解 somewhere“～”。

2380 WHIS 解 why“～”；也解 was“～”。

2381 Coss 解 cosa［意］“～”；也解 cosa［阿］“～”；也解 cosine［数］“～”。代数学旧称 rule of Coss“～”。

2382 Cossist 解 Was ist［德］“～”。

2383 Your parn 解 Your pardon“～”。

2384 you make what name［美］“～”。

2385 teath 解 death“～”；也解 teeth“～”。

2386 stables“～”，此处解 stable“～”。

2387 somnione sciupiones 解 *Somnium Scipionis*“～”，古罗马著名哲学家西赛罗的《论共和国》第六卷；也解 sciupone［意］“～”。

2388 soswhitchoverswetch 解 so switchover switch“～”。

2389 gazet 解 gazed“～”。

2390 murphy“～”，都柏林人的常用名字。

2391 maryamyriameliamurphies 解 many“许多”＋myria“万”＋milia［拉］“成千的”＋murphies“墨菲们”；也解 myriad“～”；也解 meila murder［英爱］“～”。

2392 lapis［拉］“～”；也可与后面的 lazily 合解 lapis lazuli“～”。

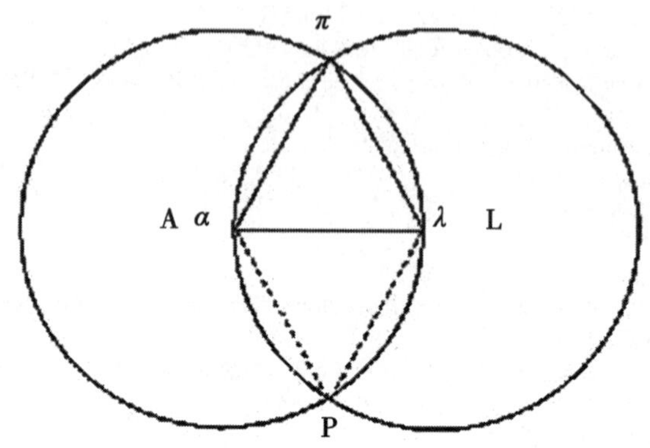

子宫变更[2393]二者之一或者子宫里骨头的相互作用。

都柏林景观[2394]我绕在一起|智者之石|566，这是瞌睡梦[2395]，树林里的最黑暗之物[2396]）大榆树[2397]乌尔姆市下的收费公路（前景中的界石[2398]手指）。⑯³ 现在给一寸[2401]安妮·林奇，你会拿全部。让我来吧！而且，将代数[2402]下巴全都骨折表达式扔出老艾萨克[2403]⑯⁴未说出的[2408]在旁边似是而非的[2409]空间通用算数[2410]艺术家|神秘主义者|与最好的秘密有关，A 代表汉娜，就像 L 代表利菲。啊哈，哈哈，汉娜姑姑[2411]下赌之人|年前你老是会模仿姑姑汉娜丽维娅[2412]活的汉娜！黎明[2413]下降带来升起。爱[2414]看|水|白天，爱，以爱为生！傍晚[2415]夏娃接受坠落。笑[2416]白天，笑，笑离开小姑娘[2417]唉！唉唉唉唉[2418]爱|是的|欸！反汉娜，我们是

漩涡，跳韵之泉。顶点。

⑯³ 杜拉姆康德拉[2399]幻梦的梦幻王国，那里更好的谎言[2400]蝴蝶吹响。

⑯⁴ 啊，笑着的萨莉，我们要在我们圣典[2404]秘密的|剥除的余下部分，被那个老主教[2405]某人·某事爵士，从男爵[2406]伯特，癞蛤蟆般地纠缠[2407]了。

2393 Uteralterance 解 uterus“子宫”＋alter“变更”＋ance；也解 uter［拉］“～”。
2394 Vieus Von DVbLIn 解 Views of Dublin“～”；也解 vieo［拉］“～”；也解 lapis via［拉］“～”。词组中的大写字母 V＋V＋D＋V＋L＋I 等于 566，指全书第一章描写的公元 566 年是人类历史的重要年份。
2395 dozedeams 解 doze“瞌睡”＋dreams“梦”。
2396 ding 解 Ding［德］“～”。
2397 Ulm 解 Ulme［德］“～”；也解 Ulm“～”，德国符腾堡王国地名，爱因斯坦出生于此。
2398 Mearingstone 解 mearing stones“～”，17 世纪标志城市和自由地之间的石头；也解 méar［爱］“～”。
2399 Draumcondra 解 Drumcondra“～”，都柏林郊区地名；也解 Traum［德］“～”。
2400 betterlies 解 better lies“～”；也解 butterflies“～”。
2401 ann linch 解 an inch“～”；也解 Anne Lynch“～”，都柏林的一种茶叶名。
2402 alljawbreakical 解 algebraical“～”；也解 all jaw break“～”。
2403 Sare Isaac 解 Sir Isaac Newton“艾萨克·牛顿”(1642—1727)，英国物理学家。
2404 secret stripture 解 sacred scripture“～”；也解 secret“～”＋strip“～”＋ture。
2405 Pantifox 解 pontifex［拉］“～”。
2406 Burtt 解 Bart“～”；也解 Edwin Arthur Burtt“～”，著有《现代物理学的形而上基础》一书。
2407 toadhauntered 解 toad“癞蛤蟆”＋haunted“被纠缠”。
2408 unsaid“～”；也解 aside“～”。
2409 specious“～”；也解 space“～”。
2410 aristmystic 解 arithmetic“～”；也解 artist“～”＋mystic“～”；也解 aristomystikos［希］“～”。
2411 Ante Ann 解 aunt Anne“～”；也解 ante man，(扑克游戏中发牌前)“～”；也解 ante annum［拉］“～”。
2412 annalive 解 Anna Livia“～”，本书女主人公；也解 Anna live“～”。
2413 Dawn“～”；也解 down“～”。
2414 Lo 解 love“～”；也解 look“～”；也解 lo［爱］“～”；也解 ló［古爱］“～”。
2415 Eve“～”；也解 Eve“～”。
2416 la 解 laugh“～”；也解 la［古爱］“～”。
2417 alass 解 a lass“～”；也解 alas“～”。
2418 Aiaiaiai［中］“～”或“～”；也解 ay“～”；也解 ai［葡］“～”。

失落者中的最后一个，落落！真是完美。现在（借一下[2419]眼睛中的水晶体你在这里的双眼皮[2420]w|有斑纹的|蛋，我的远视眼[2421]长老会的，将会和将要[2422]诱饵和墙）我们看一下这个复写墨水[2423]直线[2424]迷路的AL（在图形[2425]阴户里，森林[2426]首先）从继续处开始，止于[2427]河中的小岛兰木达[2428]λ|兰贝岛|羔羊日[165]：泥岛[2433]母亲爱尔兰|祖国也在那里。请允许我停泊[2434]再一次！我取下零[2435]北方，进位[2436]亨利·卡尔|尤金·卡里一[2437]敬畏|水。那么，现在，记住这个！曾经是最值得纪念的[2438]私下抱怨|能私下抱怨的不精确推论[2439]刘易斯·卡罗尔之一，埃利斯[2440]爱丽丝扔掉了他的镜子[2441]烹饪班。阿尔法[2443]奥拉夫作为中心，阿尔法的羊尾巴为他的轮辐[2444]发言人圈出一道旋风。大点声[2445]允许|三次！呼呼！像半个[2446]小牛鸡蛋[2447]腿一样圆！啊，天哪！啊，现在，天哪！又一个大发现[2448]古希腊和古罗马的掷铁饼者！在麦克弗森[2449]让人害怕的的莪相[2450]海洋之后。你实际上[2451]保险精算师发现了[2452]鸭子|家凫|引导一个！看[2453]鸭子的呱呱声！哎呀，你没有罗盘[2454]合格的人！太妙了！小时聪明，肯定下地狱[2455]命定的，到斯威夫特的，唉，精神病

创世过程[2442]棺材|萨迦，或者向外之路。

[165] 它就在上面[2429]卡宾格[2430]大街[2431]。孩子和玩偶之家。做蛋糕[2432]制造痛苦。

2419 lens"～",此处解 lend us"～"。
2420 dappled yeye 解 double eye"～";也指字母 W;也解 dappled"～"+jeje[塞维]"～"。
2421 presbyoperian 解 presbyopia"～";也解 Presbyterian"～"。
2422 shill and wall"～",此处解 shall and will"～"。
2423 copynginik 解 copying ink"～"。
2424 strayedline 解 straight line"～";也解 strayed"～"。
2425 Fig. 解 figure"～";也解 fig[俚]"～"。
2426 forest"～";也解 first"～"。
2427 ait"～",此处解 at"～"。
2428 Lambday 解 Lambda"～",即 λ,希腊字母的第 11 个;也解 Lambay Island"～",都柏林东北方的岛;也解 Lamb day"～"。
2429 Ex jup pep off 解 it's just up off"～"。
2430 Carpenger 解 Coppinger"～",位于爱尔兰科克郡的一个建筑,已倒塌。
2431 Strate 解 street"～"。
2432 Makeacakeache 解 Make a cake"～";也解 Make a ache"～"。
2433 Modder ilond 解 Mud Island"～",指爱尔兰;也解 mother Ireland"～";也解 motherland"～"。
2434 anchore 解 anchor"～";也解 encore[法]"～。
2435 noth 解 nought"～";也解 north"～"。
2436 carry"～";也解 Henry Carr"～",跟乔伊斯有矛盾;也解 Eugene O'Curry"～",19 世纪爱尔兰语言学家。
2437 awe"～",此处也解 one"～";也解 eau[法]"～"。
2438 murmurable 解 memorable"～";也解 murmur"～"+able"～"。
2439 loose carollaries 解 loose corollaries"～";也解 Lewis Carroll"～",《爱丽丝漫游奇境记》的作者。
2440 Ellis 解 Alexander J. Ellis"～"(1814—1890),著有《代数与几何统一》;也解 Alice"～"。
2441 cookingclass 解 looking glass"～";也解 cooking class"～"。
2442 Sarga 解 sarga[梵]"～";也解 Sarg[德]"～";也解 saga"～"。
2443 Olaf"～",丹麦海盗的首领,都柏林的第一位挪威王,此处解 aleph"～",希伯来语的第一个字母א。
2444 spokesman"～",此处解 spoke of wheel"～"。
2445 Allow ter 解 lauter[德]"～";也解 allow"～"+ter[拉]"～"。
2446 calf"～",此处解 half"～"。
2447 egg"～";也解 leg"～"。
2448 discobely 解 discovery"～";也解 discobolus"～"。
2449 Makefearsome 解 Macpherson"～"(1736—1796),苏格兰诗人,自称是莪相诗歌的译者;也解 Make fearsome "～"。
2450 Ocean"～",此处解 Ossian"～"。
2451 actuary"～",此处解 actually"～"。
2452 entducked 解 entdeckt[德]"～";也解 Ente[德]"～"+duck"～"+ed;也解 induct"～"。
2453 Quok 解 look"～";也解 quack"～"。
2454 passer"～",此处解 passer[荷]"～"。
2455 doomed"～",此处解 damned"～"。

幻影说[2457]教授和教训癖[2458]学习，幻觉-河流[2459]，暗-善-情[2460]。

院[2456]绞刑架！大同小异[2461]匹配性的匹配，就像轻歌舞剧[2462]保德威勒|城市污泥《市长[2463]去|腐烂|天空荀拉瓦的麻烦[2464]《格列佛游记》》歌曲中你的大胡子[2465]大老爹|巴格达爸爸[2466]蹒跚，在女士[2467]吕底亚吸烟[2468]美丽的|首饰区[2469]在场里抽着[2470]他心爱的[2471]滋味烟草[2472]土耳其的，⑯与梅里恩[2474]玛利亚|欧文斯和多利芒克·蒙克斯顿[2475]多利·格雷一起，侧身走着留神[2476]海滨缓缓移动他的肥胖身躯[2477]，黑石、国王镇和达尔基[2478]打油诗从远方[2479]用微风吹拂[2480]嗅|耳朵着他，我们的波波卡特佩特[2481]爸爸|可可豆，⑯亚伯拉罕·布兰得利·金[2483]？（叮当叮当！叮当叮当！）在军火墙[2484]阴茎垢掉落|岩浆边。肿块、火山岩浆[2485]奴隶贩子，等等。⑱ 祈祷！但是，雷霆和草皮，还没有遍布各地[2488]一个爱人|克伦威尔！人们怀念拜占庭。神秘重复着自己直到今天，就像我们漆黑的[2489]召回母亲俗丽汉娜[2490]，男高音[2491]鞣皮匠|约翰·谭莫尔的女儿，⑲过去常常唱歌，依我看，时不时连连[2494]错综复杂地在她的牛奶酒罐上用她昨天[2495]奇怪的[2496]横跨同源的[2497]同地的嗡嗡低音[2498]人类|男低音唱，她的

---

⑯ 流浪汉需要的是臭烘烘的[2473]芳香的烟草。

⑰ 你早晨醒来[2482]走上去吹散水汽，太宏伟了。

⑱ 在巴京畔[2486]脚底凹处山脚，爱尔兰的时代[2487]浇水一举而失。

⑲ 我们都对我们的母校[2492]动物|事情感兴趣[2493]发现。

2456 galehus [丹]"～",指斯威夫特在其创建的圣帕特里克精神病院;也解 gallows"～"。
2457 Docetism"～",早期基督教对基督的表述之一,后被定为异端学说,认为耶稣的肉身并没有真正在世发生,只是一个影子、幻象或幻影形体;也解 docere [拉]"～"。
2458 Didicism 解 didacticism"～";也解 discere [拉]"～"。
2459 Maya-Thaya 解 Māyā [梵]"幻影"+Thaya,河名,位于欧洲中部。
2460 Tamas-Rajas-Sattvas [梵]"黑暗、善、激情",宇宙万物的三种品质。
2461 Match of a matchness"～",此处解 much of a muchness"～"。
2462 boudeville 解 vaudeville"～";也解 Boudeville"～",法国人,受都柏林市政府聘用组建街道清洁公司;也解 boue de ville [法]"～"。
2463 Gorotsky 与后面的 Gollovar 合解 gorodskoigolova [俄]"～",俄国市长旧时称谓;也解 Go"～"+rot"～"+sky"～"。
2464 Gollovar's Troubles"～";也解 *Gulliver's Travels*"～"。
2465 Bigdud 解 bigodudo [葡]"～";也解 Big Daddy"～";也解 Bagdad"～",伊拉克首都。
2466 dadder 解 daddy"～";也解 dodder(因中风等)"～"。
2467 lydias 解 ladies"～";也解 Lydia"～",小亚细亚西部的富裕古国。
2468 smukking 解 smoking"～";也解 smuk [丹]"～";也解 Schmuck [德]"～"。
2469 precincts"～";也解 presence"～"。
2470 raucking 解 rauchen [德]"～"。
2471 flavourite 解 favourite"～";也解 flavour"～"。
2472 turvku 解 tobacco"～";也解 Turkish"～"。
2473 flagrant"～";也解 fragrant"～"。化自习语 A friend in need is a friend indeed(患难之交)。
2474 Mary Owens 解 Merrion"～",都柏林地名;也解 Mary"～",《圣经》中的多个人物,也是本书女主人公+Owens"～",美国玻璃制造商。
2475 Dolly Monks 解 Dollymount"多利芒特",爱尔兰都柏林的一个区+Monkstown"蒙克斯顿",爱尔兰都柏林郡的城市;也解 Dolly Gray"～",19 世纪末美西战争中的歌曲《再见,多利・格雷》中的人物。
2476 seesidling to 解 see to"注意"+sidling"侧身而行";也解 seaside"～"。
2477 cropulence 解 corpulence"～"。
2478 Blake-Rochee, Kingston and Dockrell 解 Blackrock, Kingstown and Dalkey Tram Line"黑石—国王镇—达尔基线",1879 年开设的一条爱尔兰铁路线;其中 Dockrell 也解 doggerel"～"。
2479 afurz 解 afar"在远处"。
2480 auriscenting 解 aura [拉]"～";也解 scenting"～";也解 auris [拉]"～"。
2481 papacocopotl 解 Popocatepetl"～",位于墨西哥的活火山;也解 papa"～"+cocoa"～"。
2482 walk up"～",此处解 wake up"～"。
2483 Abraham Bradley King"～",都柏林市长,乔治四世 1821 年访问都柏林时受封爵士。
2484 magmasine fall 解 Magazine Wall"～",都柏林凤凰公园内圣托马斯山上的军火要塞;也解 smegma fall"～";也解 magma"～"。
2485 lavas"～";也解 slaver"～"。
2486 Bagnabun 解 Baginbun(Bagganbun)"～",爱尔兰韦克斯福德郡南部的海岬,1170 年,盎格鲁-诺曼人在此登陆,因此有歌词说"在巴京畔水湾,爱尔兰人落荒而逃";也解 bac na buinn [爱]"～"。
2487 Banbasday 解 Banba [爱]"爱尔兰"的诗中称谓+'s+day"时期";也解 bagnare [意]"～"。
2488 alover 解 all over"～";也解 a lover"～";也解 Oliver Cromwell"～",英国清教革命中的领袖。
2489 callback 解 coalblack"～";也解 call back"～"。
2490 Gaudyanna 解 gaudy"俗丽的"+anna"汉娜",本书女主人公。
2491 tanner"～",此处解 tenor"～";也解 John Tanner"～",英国作家萧伯纳的《人与超人》中的人物。
2492 anmal matter 解 Alma Mater"～";也解 animal"～"+matter"～"。
2493 found of 解 fond of"～";也解 found of"～"。
2494 consinuously 解 continuously"～";也解 consinuose [拉]"～"。
2495 hesterdie 解 yesterday"～"。
2496 quer [德]"～",此处解 queer"～"。
2497 homolocous 解 homologous"～";也解 homolocus [拉]"～"。
2498 humminbass 解 humming bass"～";也解 human"～"+bass"～"。

蔬菜细胞及其私有财产。

那一天[2499]以斯塔|以斯贴|伊茜|是|她|死去永恒[2500]为了|伊华。⑰ 瓦内萨中的瓦内萨[2507]虚荣中的虚荣！为了千年[2508]思想|送|你的东西的一夜和一日。就像伟大的莎士比亚[2509]形状|范围说[2510]双关语的。事实上，我记得[2511]重新含糊地说，从逝去的年月[2512]圣诞季节开始，我后部的[2513]在后面|理智可怜[2514]咕噜咕噜声小[2515]百合花镜子[2516]嘟哝|妈妈，她确实就是这样用的。她送给我节日盛装[2517]圣诞老人时，她为图坦卡蒙[2518]挂上，掐灭了他那个纠缠入睡者[2519]拖鞋老游戏中蜡烛里的幽灵。忠实的死者。当我如此梦中归来，我开始看到我们全都只是望远镜。或者变色龙[2520]《你们全过来》|《卡米利姆》|卡姆霍尔的声音[2521]沙漠。就像我梦见[2522]做梦我在德里[2523]奶制品时，被落雷[2524]凫绒里的轰隆声唤醒[2525]觉醒的。安息吧！但要回来。⑱ 你也有多么美妙的记忆啊！美妙的明天[2528]！不同凡响[2529]斯特雷波|非凡|二元的！好吧[2530]！我让水落下[2531]带到城里|酒桶|酒鬼，把诺顿剑[2532]民族|无物提[2533]咖喱|亨利·卡尔|刘易斯·卡罗尔|卡里到袖子上。现在，快从泥地[2534]内地 L[2535]加速树|露西娅·乔伊

---

⑰ 替大船长[2501]卡利卡克斯[2502]厨师|乔治·库克|詹姆斯·库克|凯里和基利尼[2503]地窖|停车指示牌|绳子的朱克斯[2504]公爵们把他们鹿皮短裤[2505]衬衫的腹部裂口[2506]城壁|拇指|砍肉刀|HCE 缝上。

⑱ 说说是哪儿！满杯子的[2526]极少量闪闪叮当[2527]。

2499 istherdie 解 her“她的”+isto die [拉]“在那一天”；也解 Ishtar“～”，巴比伦的繁殖女神+Esther“～”，斯威夫特的两个年轻恋人都叫这个名字；也解 Issy“～”；也解 ist [德]“～”+her“～”+die“～”。

2500 forivor 解 forever“～”；也解 for“～”+Ivor“～”，丹麦海盗的首领，869 年杀死了英王爱德蒙。

2501 Kapitayn 解 captain“～”。

2502 Killykook 解 Kallikaks“～”，与朱克斯家族一起成为近代犯罪学研究的著名美国犯罪家族；也解 cook“～”；也解 George Cook“～”(1780—1853)，英国数学家；也解 James Cook“～”(1728—1779)，英国周游世界者；也解 Patrick Kelly“～”(1756—1842)，苏格兰数学家和天文学家。

2503 Kelleiney 解 Killiney“～”，爱尔兰都柏林郡的城市；也解 Keller [德]“～”；也解 Kelle [德]“～”；也解 Leine [德]“～”。

2504 Jukes“～”；也解 dukes“～”。

2505 shiorts 解 shorts“～”；也解 shirts“～”。

2506 beillybursts 解 belly“腹部”+bursts“破裂”；也解 bailey“～”；也解 bally“～”；也解 Beil [德]“～”；也解 Billy，在书中指本书主人公 HCE。

2507 Vanissas Vanistatums 解 VanessaVanessa“～”，斯威夫特的恋人；也解 vanitas vanitatum [拉]“～”。

2508 thoughtsendyures 解 thousand years“～”，指《一千零一夜》；也解 thought“～”+send“～”+yours“～”。

2509 Shapesphere 解 Shakespeare“～”；也解 shape“～”+sphere“～”。

2510 puns“～”，此处解 puts“～”。

2511 remumble 解 remember“～”；也解 re-mumble“～”。

2512 Yules“～”，此处解 years“～”。

2513 myhind 解 my hind“～”；也解 behind“～”；也解 mind“～”。

2514 purr“～”，此处解 poor“～”。

2515 lil 解 little“～”；也解 lily“～”。

2516 murrerof 解 mirror of“～”；也解 murmur“～”；也解 mother“～”。此句化自歌曲《我的小妈妈》。

2517 Sundaclouths 解 Sunday clothes“～”；也解 Santa Claus“～”。

2518 Tate and Comyng 解 Tutankhamen“～”，埃及国王，其坟墓在 20 世纪 20 年代被发掘。

2519 sleepper 解 sleeper“～”；也解 slipper“～”。此句化自游戏 Hunt the slipper“老鹰捉小鸡”。

2520 comeallyoum 解 chameleon“～”；也解“Come-all-ye”“～”，街头民谣；也解“Cummilium”“～”，歌曲名；也解 Cumhal“～”，芬·麦克尔的父亲。

2521 saunds 解 sound“～”；也解 sands“～”。

2522 dromed 解 dreamed“～”；也解 droomen [荷]“～”。

2523 Dairy“～”，此处解 Derry“～”，位于北爱尔兰。此处化自歌曲《我梦见我在德里》。

2524 thudderdown 解 thunder“打雷”+down“落下”；也解 eiderdown“～”。

2525 wuckened up 解 woken up“～”；也解 awakened“～”。

2526 timbrelfill 解 tumblerful“～”；也解 thimbleful“～”。

2527 twinkletinkle 解 twinkle“闪烁”+tinkle“叮当”，化自歌曲《小星星》(“Twinkle twinkle, little star”)。

2528 Twonderful morrowy 解 wonderful tomorrow“～”。

2529 Straorbinaire 解 extraordinary“～”；也解 Strabo“～”(约前 63—21)，古希腊地理学家；也解 straordinario [意]“～”；也解 binaire [法]“～”。

2530 Bene [意]“～”。

2531 Bring town 解 bring down“～”；也解 bring to town“～”；也解 tonneau“～”；也解 tonneau [法俚]“～”。

2532 nothung“～”，德国史诗《尼伯龙根的指环》中英雄齐格弗里德的剑；也解 nation“～”；也解 nothing“～”。

2533 curry“～”，此处解 carry“～”；也解 Henry Carr“～”，曾与乔伊斯争执；也解 Lewis Carroll“～”，《爱丽丝漫游奇境记》的作者；也解 Eugene O'Curry“～”(1796—1862)，爱尔兰语言学家。

2534 mudland 解 mud“泥”+land“陆地”；也解 midland“～”。

2535 Loosh 解 luis [爱]“～”，意思是“～”；也解 Lucia Joyce“～”，乔伊斯的女儿；也解 lutum [拉]“～”。

拥有者和无有者:差别。

斯|字母,从长着作为她长者的榆树[2536]所有他的卢坎[2537] LA 出发,按 180 度转四转。四脚着地怎么都行[2538],就像我的教练教[2539]不严格的|拉拢我的。小心!你会有全角[2540]亚麻织带|暗示。喂[2541]允许,喂!旋转,啊,旋转,啊,回转仪做圆形[2542]圆形大厅!跳,啦啦!周围[2543]后宫像你看到[2544]坐的一样空[2545]若干|设想!啊,天哪,那真是太好了[2546]湿气|湿的|醉人的|瓦内萨!真是太好了!让我们成为一副一模一样的[2547]讲究的|但丁圆规[2548]同谋犯!你,我们全都[2549]所有|爱丽丝支持技术[2550]阴户,我支持上面有把手[2551]贸易|韩德尔的东西[2552]。喝[2553]!现在,就像目前[2554]逼迫会感到的,有两个[2555]拖|炖菜|露水滴答的[2556]狡猾的点[2557]池塘,此处我们的一对儿折叠[2558]都柏林自行车[2559]两|通告像邓禄普轮胎[2560]丹尼尔·邓禄普一样进入彼此[2561]神权主义者|吃|边缘,大约[2562]在他们的套装[2563]跟随 P 和 π[2564]不久以后|之后处交配。看这儿[2565]路西弗|露西娅·乔伊斯!我明白[2566]小费|感觉你指的[2567]我是哪儿了。看到了一对儿种子[2568]厕所。现在[2569]女尼,柠檬汽水[2570]收获节|胡说八道|观察,参阅第一[2571]早先的|普尔福伊夫人公理[2572],我挤[2573]柠檬[2574]软泥的时候会想,点状[2575]戳我小孔,但是出于若干[2576]精液的原因[2577]比例,以阿拉斯河[2578]之名,我愿终身[2579]喜欢|

2536 Allhim 解 elm“～”；也解 All him“～”，指亚当。
2537 Luccan 解 Lucan“～”，都柏林城郊，位于利菲河边；也解 LA，都柏林的地铁线。
2538 此句化自习语“情场如战场，任何手段皆可行”(All's fair in love and war)。
2539 unstrict 解 instruct“～”；也解 un-strict“～”；也解 umstricken［德］“～”。
2540 inkle“～”，此处解 angle“～”；也解 inkling“～”。
2541 Allow“～”，此处解 allo［法］“～”。
2542 gyrotundo 解 gyro“回转仪”＋rotundo［拉］“做圆形”；也解 Rotunda“～”，都柏林 19 世纪后期的溜冰场和医院。
2543 herum［德］“～”；也解 harem(穆斯林的)“～”。
2544 seat“～”，此处解 see“～”。
2545 umpty“～”，此处解 empty“～”；也可与前面的 As 合解 assumption“～”。
2546 nesse 解 nice“～”；也解 Nässe［德］“～”；也解 nass［德］“～”；也解 nace［俚］“～”；也解 Vanessa“～”。
2547 daintical 解 identical“～”；也解 dainty“～”；也解 Dante“～”，文艺复兴时期的意大利诗人。
2548 accomplasses 解 compasses“～”，一副圆规在俚语中指双腿；也解 accomplices“～”。
2549 allus 解 all us“～”；也解 alles［德］“～”；也解 Alice“～”，《爱丽丝漫游奇境记》的女主人公。
2550 kunst［德］“～”；也解 cunt“～”。
2551 handel［德］“～”，此处解 handle“～”；也解 Georg Handel“～”(1685—1759)，德国音乐家和作曲家。
2552 omething 解 something“～”。
2553 Beve［意］“～”。
2554 pressantly 解 presently“～”；也解 press“～”。
2555 tew“～”，此处解 two“～”；也解 stew“～”；也解 dew“～”。
2556 tricklesome 解 trickling“～”；也解 tricky“～”。
2557 poinds 解 points“～”；也可解 ponds“～”。
2558 doubling“～”；也解 Dublin“～”。
2559 bicirculars 解 bicycle“～”；也解 bi-“～”＋circulars“～”。
2560 Dunloop 解 John Dunlop“～”，英国轮胎和橡胶商；也解 Daniel Dunlop“～”，都柏林的神智学者。
2561 eath the ocher 解 each other“～”；也解 theocrat“～”；也解 eat“～”；也解 ochar［爱］“～”。
2562 approxemetely 解 approximately“～”。
2563 suite“～”；也解 suite［法］“～”。
2564 poi and poi 解 P and π“～”；也解 by and by“～”；也解 poi［意］“～”。
2565 Lucihere 解 look here“～”；也解 Lucifer“～”，即撒旦；也解 Lucia Joyce“～”，乔伊斯之女。
2566 fee“～”，此处解 see“～”；也解 feel“～”。
2567 mea 解 mean“～”；也解 me“～”。
2568 doubleviewed seeds 解 double“双”＋viewed“察看”＋seeds“种子”；也解 WC“～”。
2569 Nun“～”，此处解 nun［德］“～”。
2570 lemmas quatsch 解 lemonsquash“～”；也解 Lammas“～”，英国 8 月 1 日＋quatsch“～”；也解 watch“～”。
2571 pervoys 解 pervyi［俄］“～”；也解 previous“～”；也解 Purefoy“～”，《尤利西斯》中待产的女性。
2572 akstiom 解 axiom“～”。
2573 suqeez in 解 squeezing“～”。
2574 limon［法］“～”，此处解 lemon“～”。
2575 stickme 解 stigme［希］“～”；也解 stick me“～”。
2576 semenal 解 several“～”；也解 seminal“～”。
2577 rations“～”，此处解 reason“～”。
2578 Araxes 解 Araks“～”，西亚河流，从土耳其东部流入库拉河和里海。
2579 likelong 解 lifelong“～”；也解 like“～”＋long“～”。

长的下到底部[2580]巴统那里⑰,做[2584]玛丽·麦凯|米克|安德鲁·麦凯一个代表骄傲的大写字母P[2585]一个首都|撒尿|ALP,在那里亚当和夏娃[2586]灰浆桶和举起,我们的大建筑师[2587]怪物|骗子|手淫者,失去了他的天堂鸟[2588]拙劣模仿的妓女。让你走,亚美尼亚人[2592]雅克布·阿米尼乌斯|阿米尼乌斯,用终你一生的谦卑做你谦逊的假馅饼[2593]。在那里你的补说语[2594]耶稣的顶点会是一品脱黑啤酒[2595]有关议事的程序问题。伴以唠叨呻吟咕哝和呱呱咔哒咯咯。⑱ 我的粉红[2598]奇想和紫红[2599]容貌[2600]颜容|年龄试着让偷窥[2601]窥视。⑲ 你就在那儿吗,米迦勒[2606]米克,你就在吗?你认为你坐牢[2607]提托诺斯了就能坚持住吗?嗯,当然,危险[2608]天使透了。尽管如此,我不觉得有那么危险。唉,我就在这儿,尼克[2609],我会写的。唱着第一个节目,为什么它这么[2610]米克完美地与我相配。但是,就灵魂[2611]猪倌和美德[2612]熟人|托马斯·阿奎那|吻者诺拉来说[2613]耶胡,这是自蛋妈妈[2614]马瑟斯|混乱|事件在一圈[2615]拍打肥肉[2616]平底锅|扇子中闷死以来,曾听说扔掉的最疯狂的事[2617]最泥泞的|厚的。现在,来完成角度[2618]

作为重建[2589]的基础[2590]的分叉点[2591]。

⑰ 支持家具商[2581]支撑物的珀西·弗伦奇[2582]珀西人|法国的|弗伦奇会高兴的[2583]点火者。

⑱ 如果螺丝钉把他的道路[2596]支柱弄裂[2597],我会昏过去。

⑲ 你懂爱尔兰语吗[2602]口译者|救世主|翻译|马格拉斯?如果你认为[2603]下沉我能,就去游浅滩[2604]斯温福德|成败全靠自己。上达天堂[2605]提起你的心|苏呼米市!

2580 batom 解 bottom“～”；也解 Batum“～”，黑海边的海港，现阿扎尔自治共和国首府。
2581 upholdsterer 解 upholsterer“～”；也解 upholder“～”。
2582 Parsee ffrench 解 Percy French“～”(1854—1920)，爱尔兰流行歌曲作者；也解 Parsee“～”，印度拜火教徒+French“～”；也解 Canon French“～”，著有《史前信仰和崇拜：古爱尔兰生活管窥》。
2583 delightered 解 delighted“～”；也解 lighter“～”。
2584 mack 解 make“～”；也解 Marie Mackay“～”(1855—1924)，英国小说家，著有《撒旦的痛苦》；也解 Mick“～”，本书主人公的儿子；也解 Andrew Mackay“～”(1760—1809)，数学家。
2585 a capital Pee“～”；也解 a capital“～”+Pee“～”；也解 ALP，本书女主人公。
2586 Hoddum and Heave 解 Adam and Eve“～”；也解 hod and heave“～”。
2587 monsterbilker 解 masterbuilder“～”，也是易卜生的剧作标题；也解 monster“～”+bilker“～”；也解 masturbator“～”。
2588 bawd of parodies 解 bird of paradise“～”；也解 bawd of parodies“～”。
2589 Weiderherstellung［德］“～”。
2590 Fundemaintalish 解 Fundamental“～”。
2591 Zweispaltung［德］“～”。
2592 Airmienious 解 Armenian“～”；也解 Jacobus Arminius“～”(1560—1609)，荷兰神学家；也解 Arminius“～”(前 18—公元 21)，德国人，打败罗马军团司令瓦鲁斯。
2593 此处化自习语 eat humble pie(低头谢罪)和习语 pie in the sky(天上的馅饼，指希望渺茫)。
2594 apexojesus 解 epexegesis“～”；也解 apex of Jesus“～”。
2595 point of order“～”，此处指 pint of porter“～”。
2596 strut“～”，此处解 street“～”。
2597 spliss 解 split“～”。
2598 kink“～”，此处解 pink“～”，此处用 k 替换了 p。
2599 kurkle 解 purple“～”，此处用 k 替换了 p。
2600 faceage 解 visage“～”；也解 face“～”+age“～”。
2601 keek“～”，此处用 k 替换了 p。
2602 Thargam then goeligum［爱］“～”；也解 thagam［亚］“～”+goel［希伯来］“～”；也解 targum［希伯来］“～”+Cornelius Magrath“～”(1736—1760)，爱尔兰巨人，贝克莱主教的朋友。
2603 sink“～”，此处解 think“～”。
2604 swimford 解 swim“游泳”+ford“浅滩”；也解 Swinford“～”，爱尔兰梅奥郡的城市；也与前面的 sink 合解 sink or swim“～”。
2605 Suksumkale 解 sursum caelo［拉］“～”；也解 sursum corda［拉］“～”；也解 Sukhum-kaleh“～”，黑海东部的海港。
2606 Michael“～”，天使长；也解 Mick“～”，本书主人公儿子之一。
2607 tight“～”；也解 Tithonus“～”，希腊神话中的特洛伊王子，获得永生却老得无法行动。此句化自珀西・弗伦奇的歌曲中的“你就在那儿吗，米歇尔，你们好吗？你认为你能在天亮前到家吗？”
2608 angelous 解 dangerous“～”；也解 angel“～”+-ous。
2609 Nickel 解 Nick“～”，本书主人公儿子之一。
2610 mikey 解 mighty“～”；也解 Mick“～”，本书主人公儿子之一。
2611 hogwarts 解 hokuots［亚］“～”；也解 hog wards“～”。
2612 arrahquinonthiance 解 arakinout'yandz［亚］“～”；也解 acquaintance“～”；也解 Aquinas“～”(1225—1274)，中世纪经院哲学家；也解 Arrah-na-Pogue“～”，剧作家鲍西考尔特同名剧本的女主人公。
2613 yaghags 解 yaghaks［亚］“～”；也解 yahoos“～”，《格列佛游记》中的人形动物。
2614 Eggsmather 解 Egg's mother“～”；也解 Liddell Mathers“～”(1854—1918)，当代神秘主义者，曾施法为叶芝招来幻象；也解 smeadar［爱］“～”；也解 matter“～”。
2615 plap 解 lap“～”；也解 flap“～”。
2616 pfan 解 fat“～”；也解 Pfanne［德］“～”；也解 fan“～”。
2617 muddest thick 解 maddest thing“～”；也解 muddiest“～”+thick“～”。
2618 compleat anglers“～”，此处化自英国作家以萨克・沃尔顿的作品《钓客清谈：做人与生活的境界》(*The Compleat Angler*)，此处解 complete angles“～”。

熟练的钓鱼者，心爱的兄弟们[2619]弟弟|本性|俾隆和天使的[2620]安静代表[2621]，用多点将AP[2622]芦苇草|豌豆和PL[2623]拉松相连，而且，为了更合乎实验逻辑[2624]精液的|种子，用干线[2625]连接Aπ和πL[2626]鳗鱼派和麦酒。我圈[2627]阴云遮蔽一个空间[2628]特殊的的时候，给我一条线[2629]排成一行！尼克[2630]尼姬做了。就像呸[2631]פ|嘴，[175]我呸。一条平滑的[2633]天生的小分界线[2634]暴发户。清清楚楚[2635]平面|枪柄|阴茎|戳|僵硬的。[176] 现在，口中之水[2636]水桶。我会用图表[2637]比喻地|无花果树叶给你看一下你那不朽的盖娅母亲[2638]几何学|大地母亲|母亲的子宫[2639]家|他。如果你从她的系带皮鞋下面把她的头饰甩到她身上，你会喘息着说出所罗门[2640]鲑鱼|儿子为什么[2641]智慧的把他的封印[2642]闭上眼睛|灵魂加在魔法袍[2643]六角形上。[177] 嘶嘶嘶！，啊啦[2648]吻者诺拉，继续！呀呀呸[2649]芬·麦克尔|为了消遣！你像爱尔兰[2650]西伯利亚的子孙那样吐出阵雨，但是让我们打败它！现在听我[2651]《美诺》说[2652]两端在某点相接形成角！嘘[2653]鞭子|鱼！假设[2654]小虫子|大的其他[2655]外部的条件[2656]爬行|蛇相同[2657]竭力|有意志的，如果她愿意[2658]打褶，我们小心

命运，计划对它的影响。

---

[175] 犹郁[2632]有时态吗了？

[176] 女孩那种事里包含的厚颜无耻！

[177] 民族[2644]国家的斯佩兰扎[2645]女士[2646]一章[2647]刀鞘的包铜|形状|斗篷。

2619 bironthiarn 解 brethren“～”；也解 brother“～”；也解 bnout'ion［亚］“～”；也解 Biron“～”，莎士比亚戏剧《爱的徒劳》中的主人公。
2620 hishtakatsch 解 hreshtak-atz［亚］“～”。
2621 hushtokan 解 hush“安静”＋token“象征性代表”。
2622 alfa pea 解 AP；也解 alfa“～”＋pea“～”。
2623 pull loose“～”，此处解 PL。
2624 sparematically logoical 解 experimentally logical“～”；也解 spermatic“～”；也解 spermatikoi logoi［希］“～”，斯多葛派哲学中个体事物的主动形态。
2625 trunkles 解 trunk line“～”。
2626 eelpie and paleale 解“～”；也解 eel pie and pale ale“～”。
2627 encloud“～”，此处解 enclose“～”。
2628 especious 解 a space“～”；也解 especial“～”。
2629 align“～”，此处解 a line“～”。
2630 Nike“～”，希腊神话中的胜利女神，此处解 Nick“～”，本书主人公儿子之一。
2631 peh，希伯来语的第 17 个字母，此处解 pah“～”；也解 peh［希伯来］“～”。
2632 Hasitatense 解 hesitancy“犹豫”，指爱尔兰新闻记者皮戈特伪造巴涅尔的信时把 hesitancy 写成 hesitency，因此露陷，故译；也解 Has it a tense“～”。
2633 Innate“～”，此处解 a neat“～”。
2634 bondery 解 boundary“～”；也解 bounder“～”。
2635 as plane as a poke stiff 解 plain as a pikestaff“～”；其中 plane 也解“～”；其中 poke stiff 也解 pikestaff“～”，在俚语中也指“～”；也解 poke“～”＋stiff“～”。
2636 aqua in buccat 解 aqua in bucca［拉］“～”；其中 buccat 也解 bucket“～”。
2637 figuratleavely 解 figure“图形”＋at level“在……平面”＋-ly；也解 figuratively“～”；也解 fig leaf“～”。
2638 geomater 解 Gaia mater［希］“～”，大地母亲；也解 geometry“～”；也解 geometer［希］“～”；也解 mater［拉］“～”。
2639 whome 解 womb“～”；也解 home“～”；也解 whom“～”。
2640 Salmonson 解 Solomon“～”，以色列国王；也解 Salmon“～”＋son“～”，芬·麦克尔吃到鲑鱼获得智慧。
2641 whyse 解 why“～”；也解 wise“～”。
2642 seel“～”，此处与 Salmonson 合解 Solomon's seal“～”；也解 Seele［德］“～”。
2643 hexengown 解 hexen［德］“施魔法”＋gown“长袍”；也解 hexagon“～”。
2644 Nacion 解 nación［西］“～”；也解 nation“～”。
2645 Speranza“～”，英国小说家奥斯卡·王尔德的母亲，著有小说《民族》。
2646 Doña［西］“～”。
2647 chape“～”，此处解 chapter“～”；也解 shape“～”；也解 chape［法］“～”。
2648 Arrah“～”；也解 *Arrah-na-Pogue*“～”。
2649 Fin for fun 解 Fe Fi Fo Fum“～”，英国童话《杰克与魔豆》中的一句类似童谣的台词；也解 Finn MacCool“～”，爱尔兰传说中芬尼亚英雄的领袖＋for fun“～”。
2650 Sibernia 解 Hibernia“～”；也解 Siberia“～”。
2651 me now 解 me“我”＋now“现在”；也解 *Meno*“～”，柏拉图的对话集。
2652 Subtend to 解 attend to“注意”；其中 Subtend 也解（直线、弧线等）“～”。
2653 Pisk 解 Hist“～”；也解 pisk［丹］“～”；也解 piscis［拉］“～”。
2654 beiug 解 being“～”；也解 bug“～”；也解 big“～”。
2655 Outer“～”，此处解 other“～”。
2656 serpumstances 解 circumstance“～”；也解 serptum［拉］“～”；也解 serpent“～”。
2657 ekewilled 解 equal＋-ed“～”；也解 eke“～”（维持生计）＋willed“～”。
2658 pleats“～”，此处解 please“～”。

地提起她三角[2659]诡计|阴户|康德顶点[2660]的接缝褶边和胸饰[2661]闪、含、雅弗|戳|操(就像从前自幸运的罪过[2662]凤凰|罪犯|小雌马|雀跃|直布罗陀海峡|践踏以来做了几千次的。唉[2663]!唉!)我们的ALP的少女围裙,真可怕!直到它下面的最低点在垂直方向上[2664]漩涡似的|漩涡在那里(请允许我纠正到两个锐[2665]可爱的角[2666]田螺|闪烁)它的航海顶点[2667]项部将必须存在又存在[2668]不久以后。你得靠近[2671]偷猎|说教我[2672]边界|手指,因为很[2673]在暗。看[2674]蹒跚地走|称赞。点亮你的火柴[2675]剑。快点[2676]!这就是你会看到[2677]说的。⑱ 哇哇哇哇哇,看[2681]!水闸[2682]阴户|关闭|露西娅!噗啦[2683] ALP!还有那儿[2684]他们的,红脖子[2685],(因为我们在长笛菲尔的舞会[2686]蒲葵扇上不是很开心[2687]去看看|快乐的|在|看吗?)我的[2688]米克和你的,死水的活唾沫[2689]。⑲ 哈克贝利·费恩[2691]围栏浅滩之城|埋葬|芬·麦克尔的牢固要塞,它那(你给魔鬼[2692]双倍的灵魂[2693]母猪)六个[2694]性的部分里清晰的[2695]宽衣解带的和等边的[2696],河水[2697]河流、河流[2698]江河和流淌[2699]气胀的|泥泞的,水流的中间道路[2700]堆肥|楔子是你泥泞的老河口三角洲[2701]筛分|对角线,我的[2702]少

普罗米修斯[2669]或普遍规定的普遍承诺[2670]规定的承诺。

---

⑱ 害怕[2678]角落如同[2679]害怕媚眼。我们看我们[2680]我的孩子。

⑲ 那是,那是桑加蒙河[2690]的梦。

2659 trickkikant 解 trekant [丹]"～";也解 trick"～";也解 cunt"～";也解 Kant"～",德国哲学家。
2660 spidsiest 解 spids [丹]"～"。
2661 seam hem and jabote 解 seam"接缝"+hem"褶边"+and"和"+jabot"胸部装饰";也解 Shem, Ham and Japheth"～",《圣经》中挪亚的三个儿子;其中 jabote 也解 jab"～",也解 jebote [塞维]"～"。
2662 fillies calpered 解 felix culpa [拉]"～";也解 phoenix"～"+culprit"～";也解 filly"～"+capered"～";也解 Calpe [希]"～";也解 calpestare [意]"～"。
2663 Ocone 解 ochón [爱]"～"。
2664 vortically"～",此处解 vertically"～";也解 vortex"～"。
2665 cute"～",此处解 acute"～"。
2666 winkles"～",此处解 Winkel [德]"～";也解 twinkle"～"。
2667 napex"～",此处解 apex"～"。
2668 beandbe 解 be and be"～";也解 by and by"～"。
2669 希腊神话中盗天火给人类的小神。
2670 Promise of Provision"～",此处因押头韵,故译。
2671 proach 解 approach"～";也解 poach"～";也解 preach"～"。
2672 mear"～",此处解 me"～";也解 méar [爱]"～"。
2673 at"～",此处解 it"它"。
2674 Lob"～",此处解 look"～";也解 Lob [德]"～"。
2675 mech [俄]"～",此处解 match"～"。
2676 Jeldy [英印]"～"。
2677 say"～",此处解 see"～"。
2678 Ugol [俄]"～",此处解 eagal [爱]"～"。
2679 egal [德]"～";也解 eagal [爱]"～"。
2680 Mi vidim Mi [塞维]"～";也解 My vidim [俄]"～"。
2681 Waaaaaa. Tch 解 wa [中]"哇"+watch"看"。
2682 Sluice"～";也解[俚]"～";也解 Schluss [德]"～";也解 Lucia"～",乔伊斯的女儿。
2683 Pla"～",象声词;也解 ALP,本书女主人公。
2684 their"～",此处解 there"～"。
2685 redneck"～",指美国南方保守的露天劳动者。
2686 Puhl the Punkah's bell 解"Phil the Fluter's Ball""～",爱尔兰演员弗兰奇写的一首喜剧性歌谣;其中 Punkah 也解"～"。
2687 gayatsee 解 gaiety"～";也解 to go and see"～";也解 gay"～"+at"～"+see"～"。
2688 mygh 解 my"～";也解 Mick"～",本书主人公的儿子之一。
2689 living spit"～",此处化自习语 spitting images(一模一样的人)。
2690 Sangannon 解 Sangamon"～",位于美国伊利诺伊州。化自格里芬的歌曲《这是,这是香农河的流水》。
2691 Hurdlebury Fenn 解 Huckleberry Finn"～",美国作家马克・吐温创作的长篇小说《哈克贝利・费恩历险记》的主人公;也解 Town of the Ford of the Hurdles"～",指都柏林+bury"～"+Finn MacCool"～"。
2692 duble 解 devil"～";也解 double"～"。
2693 Sow"～",此处解 soul"～"。
2694 sixuous 解 six"～";也解 sexual"～"。
2695 discinct 解 distinct"～";也解 discinctus [拉]"～"。
2696 isoplural 解 isopleuros [希]"～"。
2697 flument 解 flumen [拉]"～";也解 flume [普]"～"。
2698 fluvey 解 fluvius [拉]"～";也解 flùvi [普]"～"。
2699 fluteous 解 fluo [拉]"～";也解 flatuous"～";也解 luteus [拉]"～"。
2700 midden wedge 解 middle way"～";也解 midden"～"+wedge"～"。
2701 triagonal delta 解 triangular delta"～";也解 triage [法]"～"+diagonal"～"。
2702 miho 解 mio [意]"～"。

女[2703]，现在对你来说很简单了，汉娜·丽维娅·妇鲁拉贝尔[2704]亚壁古道|阿庇乌水渠|眼屎多的|雨水|下雨的，（跳起草裙舞，女孩们！）她那安全阀[2705]女阴的毫不吝啬的斑点，所有等边[2706]水|自此处三角形[2707]中的第一个，（她为什么不像诱惑裁缝的小姑娘一样交叉腿[2708]扶手椅坐着？）流数[2709]流数原理|苦恼的常量，圣雄[2710]母猪，全省的骄傲⑱，当泰迪熊[2712]不懂礼貌的人|涌潮|最小的猪|早期从大西洋[2713]猿冲[2714]打滑上来，《ALP之门》[2715] ALP|阴户|《古兰经》|奥拉夫·库兰|阿拉是他的卧榻和啤酒[2716]床和灵柩！⑱上面[2719]馅饼喜欢[2720]舔|汉娜躺着[2721]喜欢，APL，LPA！这个它[2722]女阴是一个她。你看看她的它。哪个它你看的谁它是她。如果你能更胜一筹[2723]去|一只蛋|更好地|得到更好的蛋|打蛋器，我们很快就能看到某个流氓混乱的[2724]翅膀流氓[2725]千方百计|河流|礁石。该做什么[2726]女阴|末梢|壕沟。畅饮[2727]！因此你自己考虑考虑[2728]把那个邮寄给你的爸爸和市场！你能把那面无精打采的[2729]舌音的信号旗拉上来，伙计。我读了你的当时[2730]阴户书信[2731]解散|时代。因为，让我们承认她的小巢[2732]最小的并不宏伟[2733]，或者再次让人们假定，最后者[2734]

迂回之词及其角色。

---

⑱ 以及所有人类[2711]我的孩子。

⑱ 磨坊主黄[2717]黄浦江|划桨，我们知道是谁[2718]。

2703 fiho [普]"～"。

2704 appia lippia pluvaville 解 Anna Livia Plurabelle"～",本书女主人公;也解 Appian Way"～",罗马古道,从罗马到布林迪西;也解 Aqua Appia"～",罗马已知最古老的沟渠,可追溯至公元前 312 年;也解 lippie [拉]"～";也解 pluvia [拉]"～";也解 pluvialis [拉]"～"。

2705 vulve 解 valve"～";也解 vulva"～"。

2706 usquiluteral 解 equilateral"～";也解 uisce [爱]"～";也解 usque [拉]"～"。

2707 threeingles 解 triangles"～"。

2708 cressloggedlike 解 crosslegged"双腿交叉的"+like"像";也解 křeslo [俄]"～"。此句化自歌曲《小姑娘爱水手》("The Lass That Loves a Sailor")。

2709 fluxion"～",指牛顿的"～";也解 affliction"～"。

2710 Mahamewetma 解 mahatma"～",密宗中的一类圣人;也解 wetma [缅]"～"。

2711 meinkind 解 mankind"～";也解 mein Kind [德]"～"。

2712 tidled boare 解 teddy bear"～";也解 titled boor"～";也解 tidal bore"～";其中 tidled 也解 tiddler"～";也解 tidlig [丹]"～"。

2713 Afrantic 解 Atlantic"～";也解 Affe [德]"～"。

2714 rutches 解 rush"～";也解 rutschen [德]"～"。

2715 allaph quaran 解"～",本书女主人公+quarrons [黑话]"～",故译为"～";也解 Al Koran [西]"～";也解 Olaf Cuaran"～",丹麦海盗的首领,在 852 年成为都柏林的第一位挪威王;也解 Allah"～"。

2716 bett und bier [德]"～";也解 bed and bier"～"。

2717 Whangpoos the paddle 解 Whang the Miller"～",英国作家哥尔德斯密斯的《世界公民》中的磨坊主,他的磨坊因他在磨坊下挖掘不存在的宝藏而垮塌;也解 Whangpoo"～",位于中国+the paddle"～"。

2718 whiss whee whoo 解 wissen [德]"知道"+we"我们"+who"谁"。化自 17 世纪英国儿歌《哈!鼬鼠跑了》。

2719 Paa [挪]"～";也解 pie"～"。

2720 lickam 解 lik [挪]"～";也解 lick"～"+Anna"～",本书女主人公。

2721 laa [挪]"～"。

2722 it"～";也解 it [俚]"～"。

2723 goaneggbetter 解 go one better"～";也解 go"～"+an egg"～"+better"～";也解 get an egg better"～";也解 egg beater"～"。

2724 scrumala 解 scrum+-ble"～";也解 ala"～"。

2725 raffant...riffa 解 riffraff"～";也解 di riffa o di raffa [意]"～";也解 river"～";也解 Riff [德]"～"。

2726 Quicks herit fossyending 解 Quod Erat Faciendum [拉]"～";其中 fossyending 也解 fosse [法俚]"～"+ending"～";也解 fossa [拉]"～"。

2727 Quef 解 quaff"～"。

2728 post that to your pape and smarket 解 put that in your pipe and smoke it"～";也解 post that to your papa and market"～"。

2729 languil 解 languid"～";也解 lingual"～"。

2730 tunc [拉]"～",即《凯尔斯书》中的"当时页",该页为《马太福音》(27:38)中"当时,有两个强盗和他同钉十字架";也解 cunt"～"。

2731 dimissage 解 message"～";也解 dismiss"～"+age"～"。

2732 littlenist 解 little nest"～";也解 littlest"～"。

2733 magnetude 解 magnitude"～"。

2734 the laziest"～",此处解 the last"～"。

最懒惰的玩偶[2735]癫狂的|三角洲可以用最初者[2736]最凶猛的玩偶从方方面面[2737]在所有方面遮掩住[2738]，自此在0次方[2739] 1|在虚空的控制下|购买下，无论你喜欢的什么或者大于或者小于我们成为一体的这个单元[2740]统一，或者因此但愿那曾为环流的[2743]弯曲|周围|轻弹|租金|圆圈|女孩们两只搜寻者[2744]搜寻她的矢径之眼[2745]胜利的预备之眼|运输|红眼永远不会在它们阵阵旋转[2746]的椭圆[2747]省略号中填充[2748]拍电影那些永远[2749]回来地自我复制[2750]的图形[2751]不要脸的人|教区牧师|搓|性交|特征。⑱这不可能[2752]不易被感动的|不可通过。推论[2753]争吵。对那个一切基数[2754] X|任何卑劣的东西来说，当最典型地减去小数部分，某个一[2755]某人|某些女人|某个子宫的轨迹[2756]逻各斯|对数最终[2757]第n次为零[2758]无有：⑱大约[2759]也|熊，这里没有比亚当[2760]夏娃与他表妹[2761]余弦莉莉丝[2762]的罪[2763]正弦更坏的智慧[2764]更好|辛巴达了，在聪明的幌子[2765]余角的正矢下反之亦然[2766]被说服|正矢，那一切都是结果和意外[2767]余割曲线和余切，直到乖孩子[2768]垂线不再再次打败他[2769]，因为她的长方形[2770]一头乱蓬蓬的红头发|直角全都是横坐标[2771]，制约着[2772]限

教会的[2741]《传道书》和天国的层阶。正上去者。正下来者[2742]。

---

⑱ 我像所有人一样尽情享受。

⑱ 既没有一个灵魂要拯救，也没有一具躯体要驱除。

2735 Doll"～";也解 toll [德]"～";也解 delta"～"。
2736 the fiercst 解 the first"～";也解 the fiercest"～"。
2737 with all respects"带着全部尊敬";也解 in all respects"～"。
2738 dissimulant 解 dissimulation"～"。
2739 in the power of empthood 解 in the power of 0"～",即"～";也解 in the power of empty-hood"～";其中 empthood 也解 emptum [拉]"～"。
2740 unitate [罗]"～";也解 unity"～"。
2741 Ecclasiastical 解 ecclesiastical"～";也解 *Ecclesiastes*"～"。
2742 化自《创世记》(28:12)"梦见一个梯子立在地上,梯子的头顶着天,有神的使者在梯子上,上去下来"。
2743 circumflicksrent 解 circumfluent"～";也解 circumflexion"～";也解 circum"～"+flicks"～"+rent"～";也解 circles"～";也解 flickor [瑞]"～"。
2744 searclhers 解 searchers"～";也解 search her"～"。
2745 Victorious readyeyes 解 radius vector"矢径",数学概念+eyes"眼睛";也解 victorious ready-eyes"～";也解 vectorius [拉]"～"+red eyes"～"。
2746 gyribouts 解 gyres"螺旋"+bouts"一阵阵"。
2747 elipsities 解 ellipses"～";也解 ellipsis"～"。
2748 film"～",此处解 fill"～"。
2749 returnally 解 eternally"～";也解 return+-ally"～"。
2750 reprodictive 解 reproductive"～"。
2751 fickers 解 figures"～";也解 ficker"～";也解 vicar"～";也解 Fick [德]"～";也解 ficken [德俚]"～";也解 features"～"。
2752 unpassible 解 impossible"～";也解 un-passible"～";也解 unpassable"～"。
2753 Quarrellary 解 corollary"～";也解 Quarrel"～"。
2754 base anything"～",即"～";也解"～"。
2755 somewome 解 some one"～";也解 someone"～";也解 some women"～",也解 some womb"～"。
2756 logos"～",此处解 locus"～",数学概念;也解 log"～",数学概念。
2757 in the endth 解 in the end"～";其中 endth 也解 nth"～"。
2758 nullum 解 null"～";也解 nullus [拉]"～"。
2759 orso 解 or so"～";也解 also"～";也解 orso [意]"～"。
2760 Aha 解 Adam"～";也解 Eve"～"。
2761 cosin 解 cousin"～";也解 cosine"～",数学概念。
2762 Lil 解 Lilith"～",亚当的第一个妻子,也被记载为撒旦的情人、夜之魔女。
2763 sin"～";也解 sine"～"。
2764 nowet badder 解 no"没有"+wit"智慧"+badder"比更坏";其中 badder 也解 better"～";也可与前面的 sin 合解 Sinbad"～",《一千零一夜》中的航海冒险家。
2765 coverswised 解 covers"帆子"+wise"聪明的"+-d;也解 conversed sine"～"。
2766 verswaysed 解 vice versa"～";也解 persuaded"～";也解 versed sine"～",数学概念。
2767 consecants and cotangincies 解 consequences and contingencies"～";也解 cosecants and cotangents"～"。
2768 Perperp 解 Ppt"～",斯威夫特在《史黛拉日记》中对史黛拉的称呼;也解 perpendicular"～"。
2769 repippinghim 解 re-pipping-him"～"。
2770 redtangles 解 rectangles"～";也解 tangles of red hair"～";也解 right angles"～"。
2771 abscissan 解 abscissa"～"。
2772 limitsing 解 limiting"～";也解 limits"～"。

逍遥学派的圆周。这是异神崇拜[2778]对立面|放到其他地方。

量我们轻佻的[2773]六十进位制[2774]六旬主日|第 60 个⑱,倾向于尽可能远地[2776]球体扩张[2777]开支她自己,天堂[2779]范式的周长[2780]珍珠母|仙母,朝向四面八方,用放纵者[2781]的不正当手段,随着她内衣[2782]不可名状的(人们想着那个永恒的罗马)的白棉布[2783]微积分学从围裙[2784]裙子|不足缩成衬衫[2785]玩笑,她无穷小[2786]微积分的各平面变得越来越多[2787]礼貌。⑱ 评注,每件事[2791]每个|唱都有三[2792]悲伤的|特里斯丹面[2793]叹息,但是 X[2794]每个|我上的三[2795]被解放的把 X[2796]每个|你们|祈祷都带向四[2797]害怕的|第四|第四个|在前面。什么[2798]因此|可证?我们所有人的母亲!啊,天哪,现在看着那个!我不知道那是你的幽灵[2799]图片还是我的想象[2800]预兆,但是我很高兴你提到了[2801]被度量的它!大人[2802]卢尔德市!大人!如果那不正是我曾见过的最好的[2803]最精疲力竭的位置就叫我去见鬼!一种重叠[2804]宏伟的!完全[2805]对谁一致[2806]托马斯·阿奎那|奎恩!好的[2807]所有每月 1 号。我们相互冲撞[2811]。就像奥利弗·克伦威尔[2812]好|弯的睡[2813]踩|下跌|拖拉在他祖母[2814]格拉尼娅身上[2815]时说的。袋鼠羽毛[2816]鹅。谁以雷霆之名曾相信[2817]闪电你是那个雷电[2818]大胆的?

猎狗维纳斯[2808]升华为奥利斯港的[2809]阿佛洛狄特[2810]。

---

⑱ 镇子的骄傲[2775]祝酒。

⑱ 地狱钟声[2788]母鸡的|顶点|本·琼森,我们怀念[2789]误导|投射物她,遗憾[2790]草皮的|索迪吗?

2773 Frivulteeny 解 frivolous“～”。
2774 Sexuagesima 解 sexagesimal“～”；也解 Sexagesima“～”，基督教纪念日；也解 sexagesima [拉]“～”。
2775 boast“～”；也解 toast“～”。
2776 sphere“～”，此处解 far“～”。
2777 expense“～”，此处解 expand“～”。
2778 Allothesis 解 Allotheism“～”；也解 antithesis“～”；也解 allothesis [希]“～”。
2779 paradismic 解 paradeisos [希]“～”；也解 paradigma [拉]“～”。
2780 perimutter 解 perimeter“～”；也解 Perlmutter [德]“～”；也解 fairy mother“～”。
2781 unbridalled 解 unbridled“～”。
2782 umdescribables 解 unmentionables“～”；也解 indescribable“～”。
2783 calicolum 解 calico“～”；也解 calculus“～”。
2784 Schurtiness 解 Schürze [德]“～”；也解 skirt“～”；也解 shortness“～”。
2785 scherts 解 shirts“～”；也解 Scherz [德]“～”。
2786 infinisissimalls 解 infinitesimal“～”；也可与后面的 calicolum 合解 infinitesimal calculus“～”。
2787 manier 解 many“～”；也解 Manier [德]“～”。
2788 Hen's bens 解 hell's bells“～”；也解 Hen's“～”＋beinn [爱]“～”；也解 Ben Jonson“～”，英国诗人。
2789 missiled 解 missed“～”；也解 misled“～”；也解 missile“～”。
2790 soddy“～”，此处解 sorry“～”；也解 Frederick Soddy“～”(1877—1956)，英国化学家。
2791 everysing 解 everything“～”；也解 every“～”＋sing“～”。
2792 trist 解 three“～”；也解 triste [法]“～”；也解 Tristan“～”。此句化自习语“凡事都有两面性”。
2793 sigheds 解 sides“～”；也解 sigh“～”＋-ed-s。
2794 ichs 解“～”，因此此处指 X^3；也解 each“～”；也解 ich [德]“～”。
2795 freed“～”，此处解 three“～”。
2796 euchs 解“～”，因此此处指 X^4；each“～”；也解 euch [德]“～”；也解 euche [希]“～”。
2797 feared“～”，此处解 vier [德]“～”；也解 vierde [荷]“～”；也解 fourth“～”；也可与前面合解 to the fore “～”。此处指 X^4。
2798 Qued 解 what“～”；也解 Quod“～”；也解 QED，即 Quod erat demonstrandum [拉]“～”，欧几里得《几何原本》中跟在定理后面的常用语。
2799 spictre 解 spectre“～”；也解 picture“～”。
2800 omination 解 imagination“～”；也解 omening“～”。
2801 dimentioned 解 mentioned“～”；也解 dimensioned“～”。
2802 My Lourde 解 My lord“～”；也解 Lourdes“～”，法国南部波河岸边的城市，以神迹著称。
2803 beatenest 解 best“～”；也解 beaten-est“～”。
2804 superpbosition 解 superposition“～”；也解 superb“～”。
2805 Quoint a 解 quite a“～”；也解 quoi [拉]“～”。
2806 quincidence 解 coincidence“～”；也解 Aquinas“～”(1225—1274)，中世纪经院哲学家；也解 John Quinn “～”(1870—1924)，爱尔兰照片和手稿收藏家。
2807 O. K.“～”；也解 Omnes Kalendae [拉]“～”。
2808 古希腊神话中的智慧女神。
2809 Aulidic 解 Aulidike [希]“～”，希腊中部彼奥提亚地区的一个小港，希腊舰队由此出发攻打特洛伊。
2810 古希腊神话中的爱神。
2811 Omnius Kollidimus 解 omnes collidimus [拉]“～”。
2812 Ollover Krumwall 解 Oliver Cromwell“～”，英国清教革命中的领袖；也解 O. K.“～”；也解 krumm [德]“～”。
2813 slepped 解 sleeped“～”；也解 stepped“～”；也解 slipped“～”；也解 slep [挪]“～”。
2814 grannyamother 解 grandmother“～”；也解 Grania“～”，芬・麦克尔的未婚妻，与侄子德莫特私奔。
2815 ueber 解 über [德]“～”。
2816 Kangaroose feathers 解 kangaroo“袋鼠”＋feathers“羽毛”，此处化自习语 horse feathers(胡说八道)；其中 Kangaroose 也解 goose“～”。
2817 Belevin 解 believe“～”；也解 levin [古体]“～”。
2818 bolt“～”；也解 bold“～”。

排外主义：讲话[2835]、命运和偶遇，哪一个？

但你完全搞混了[2819]神圣的莫克斯，朝错误的地方[2820]大脚趾|爱丽丝|ALP目瞪口呆⑱，就好像你在看啊看[2821]呆在对面[2822]的幽灵[2823]灵魂|叫做，你这该死的笨蛋[2824]简单的|顶端死傻子[2825]哑的|愚蠢的！你那该死的[2826]爆炸|《轰炸》送信人[2827]中尉|闪电般的|灯笼|公众灯笼在哪里？你必须把水平线[2828]向下叠加[2829]ALP到下面发红的[2830]带蓝色的倒影[2831]不断变化上。她的躯干不是她的脑壳。这里是[2832]听波线[2833]腹部|膨胀|线所在，看看这里的刺孔[2834]他不就是那张图吗。于是他做了。真运气！看她很真切。好，好，好，好！哎呀[2836]约翰·迪伊|δ，哎呀，那太可爱了！我们喜欢独白·汉密尔顿[2837]假笑|阉羊追随[2838]家伙金口·奥哈根[2839]银调。⑱ 他在屁股[2846]技艺|r上翻滚时，露出脚后跟的尺寸[2847]他的。全都[2848]太[2849]可爱了！就像一只有字缝词[2850]的羊羊狼[2851]俚语|蛇。因此分析上貌似有理！赐予莫尔·凯利[2852]的权能，芳邻汤姆·索亚[2853]锯木头时站在木材上风处的锯木工|彼得·索亚，这会是我一生[2854]奔跑|笑|利菲河的教训[2855]菱形。⑱ 我们谈铜币[2860]同志|绿矾|椰子会双倍[2861]两个伐木工更

---

⑱ 我把那称作渣滓脑袋。

⑱ 纯净的秦中[2840]习语[2841]蠢话，任何情况下所有词都是一个音节[2842]可解决的。啊，人人都长茶眼睛[2843]够了，女人和国家，闻着像[2844]拼写成鱼。那是Ü[2845]。

⑱ 蠢人[2856]迪达勒斯家族，ᗰ，△，⊣，X，□，∧，⊏。[2857]一群蠢人[2858]，家族[2859]传闻？

2819 holy mooxed 解 wholly mixed"～";也解 holy Mookse"～",本书寓言故事中狐狸的原型。
2820 palce [捷]"～",此处解 place"～";也解 Alice"～",《爱丽丝漫游奇境记》的女主人公;也解 ALP,本书女主人公。此处化自习语"攻击错了目标"(barking up the wrong tree)。
2821 seeheeing 解 seeing"～"。
2822 forenenst [英爱]"～"。
2823 gheist 解 ghost"～";也解 Geist [德]"～";也解 heißt [德]"～"。
2824 simpletop 解 simpleton"～";也解 simple"～"+top"～"。
2825 domefool 解 damn fool"～";也解 dumb"～";也解 dom [荷]"～"。
2826 belested 解 blessed"～";也解 blast"～";也解 *Blast*"～",温德汉姆·刘易斯编辑的杂志。
2827 loiternan 解 letter-man"～";也解 lieutenant"～";也解 lightning"～";也解 Laterne [德]"～";也解 Leute [德]"～"。
2828 wandret 解 vandret [丹]"～"。
2829 lap"～";也解 ALP,本书女主人公。
2830 bluishing 解 blushing"～";也解 bluish"～"。
2831 refluction 解 reflection"～";也解 fluxion"～"。
2832 Hear"～",此处解 here"～"。
2833 bolgylines 解 bølgelinie [丹]"～";也解 bulug [爱]"～";也解 bulge"～";也解 lines"～"。
2834 Yseen here the puncture 解 See here the puncture"～";也解 Isn't he the picture"～"。
2835 Ors 解 orsa [拉]"～"。下面两个词语也为拉丁文。
2836 O dee 解 O dear"～";也解 John Dee"～"(1527—1608),英国数学家;也解 Delta,希腊字母"δ"。
2837 Simperspreach Hammeltones 解 single speech"唯一演说"+William Hamilton"汉密尔顿"(1729—1796),爱尔兰政治家,做了一次非常出色的演讲,之后再未演说过;也解 simper"～"+Hammel [德]"～"。
2838 fellow"～",此处解 follow"～"。
2839 Selvertunes O'Haggans 解 silvertongued"有口才的"+Thomas O'Hagan"奥哈根"(1812—1885),爱尔兰总督,乔伊斯在《尤利西斯》中称其为"金口奥哈根";也解 Silver tunes"～"。
2840 chingchong 解 qin zhong [中]"～",中国古地名,今天陕西省内的中部平原地区。
2841 idiotism"～",此处解 idiom"～"。
2842 soluble"～",此处解 syllable"～"。
2843 Gee each owe tea eye"～";也解 GHOTI,可能指 enouGH,wOmen and naTIon"～"。
2844 smells"～";也解 spell"～"。
2845 U 解 ü"～"的中国拼音。
2846 ars [拉]"～",此处解 arse"～";也解"～",指主人公将 I(我)发音为 r。
2847 hise 解 size"～";也解 his"～"。
2848 entilely 解 entirely"～"。
2849 Vely 解 very"～"。
2850 tsifengtse 解 tsi [中]"字"+feng [中]"缝"+tse [中]"词"。
2851 yangsheepslang 解 yang [中]"羊"+sheep"羊"+'s+lang [中]"狼";也解 slang"～";也解 slang [荷]"～"。
2852 Moll Kelly"～",爱尔兰人常用来发誓的人物。出自爱尔兰作家勒法努的《墓地房屋》序言中的话。
2853 topsowyer 解 Tom Sawyer"～",美国作家马克·吐温的小说《汤姆·索亚历险记》的主人公;也解 top sawyer"～";也解 Peter Sawyer"～",乔伊斯称他是奥康尼河边都柏林市的创建者。
2854 lauffe 解 life"～";也解 Lauf [德]"～";也解 laugh"～";也解 Liffey"～"。
2855 lozenge 解 lesson"～";也解 lozenge"～"。
2856 Doodles"～";也解 Dedalus"～",乔伊斯的《一个青年艺术家的画像》和《尤利西斯》中的主人公。
2857 乔伊斯为书中人物设置的符号:ᗰ,代表男主人公汉弗利·卿普顿·壹耳微蚵;△,代表女主人公汉娜·丽维娅·妇鲁拉贝尔;⊣,代表主人公的女儿伊茜;X,代表四福音书的作者和书中四位老人;□,代表本书;∧,代表主人公的儿子肖恩;ㄈ,代表主人公的儿子闪姆。
2858 Hoodle doodle 解 huddle"人群"+doodle"蠢人"。
2859 fam. 解 family"～";也解 fame"～"。
2860 copperads 解 copper"～";也解 comrades"～";也解 copperas"～";也解 copra [美]"～"。
2861 twofeller 解 twofold"～";也解 two fellers"～"。

好。曾经想过健力士[2862]之家？还有令人遗憾的罗马牧师的忠告？想成为警察。⑱⑨ 你知道，你总是聪明人中的一个，自从一只脚给你做了件说不出口之物，赝品[2865]事实|信仰！你知道，你是魔鬼[2866] DV 自己的聪明小伙儿，你自己[2867]你的推销术的对手[2868]相同，其他任何人[2869]其他角度都不能匹敌[2870]房格尔|刺猬，所以你是，骗子[2871]希望！你知道，你会下地狱[2872]潮湿的，所以你会，这些地狱[2873]冬天的|春天的之日中的一个，但你会是，仁爱[2874]胡萝卜色的！⑲⓪

长子继承权[2877]营养品|长子和幼子继承制[2878]最小的孩子。

为了我们亲爱的[2879]织补的妻子，给我们缝[2880]病弱的|唱|寻找|戳一只里面包含着一些情感[2881]沉淀物的短袜[2882]歌。

因此[2883]漩涡，考虑到[2884]当他匆匆来此，不再看时间躺在地上[2885]时，他会永远有最后发言权[2886]得到失去的词，有甜玛丽[2887]坏运气或[2888]犯错|眼睛眼睛耳朵玛丽[2889]来吃[2890]读雅各饼干[2891]雅各⑲①，因为牙痛[2894]为了牙齿的原因而害羞地把手臂[2895]下巴|扶手椅举到下巴，看着德·维尔·福斯特[2896]的滑动页[2897]滑动，将会而且能够给邮差凯文一个糖果吻，好更新[2898]吃上|吃光记忆[2899]水渠|河流，好用心[2900]雄鹿吃（读[2901]狮子|今天我读，这样的西班牙语，写[2902]你会写，所有你的显微镜[2903]我的），习惯于在他活力四射的兄弟[2904]家庭

⑱⑨ 又找尼克的碴，吉卜赛人[2863]挑剔的|野餐米克[2864]。

⑲⓪ 一大早，戴维·斯蒂芬斯[2875]先生，欧洲[2876]第一绅士说。

⑲① 背包背包批发便宜[2892]，你有兴趣吗[2893]？

2862 Guinness 解 Arthur Guinness“亚瑟·健力士”(1725—1803),爱尔兰健力士啤酒厂的创始人。
2863 Pikey“~”;也解 picky“~”;也解 picnic“~”。
2864 Nickagain...Mikey 解 Nick...Mick“~”,本书主人公的两个儿子。
2865 fakes“~”;也解 facts“~”;也解 faith“~”。
2866 divver 解 devil“~”;也解 DV。
2867 yoursell 解 yourself“~”;也解 your sell“~”。
2868 aequal 解 a equal“~”;也解 aequalis [拉]“~”。
2869 anglyother 解 any other“~”;也解 angle other“~”。
2870 wanigel 解 unequal“~”;也解 Wangel“~”,易卜生的戏剧《海上夫人》的主人公;也解 Igel [德]“~”。
2871 hoax“~”;也解 hope“~”。
2872 dampned 解 damned“~”;也解 dampened“~”。
2873 invernal 解 infernal“~”;也解 invernale [意]“~”;也解 vernal“~”。
2874 carrotty 解 charity“~”;也解 carroty“~”。此处化自《哥林多前书》(13:13)“如今常存的有信,有望,有爱;这三样,其中最大的是爱”。
2875 Dav Stephens 解 Davy Stephens“~”,爱尔兰新闻人,爱德华七世访问都柏林时接见了他。
2876 Youreups 解 Europe“~”。英国国王乔治四世被称为“欧洲第一绅士”。
2877 Primanouriture 解 primogeniture“~”;也解 nouriture“~”;也解 primanuritura [拉]“~”。
2878 Ultimogeniture“~”;也解 ultimagenitura [拉]“~”。
2879 DARNING“~”,此处解 darling“~”。
2880 SICK“~”,此处解 stitch“~”;也解 sing“~”;也解 seek“~”;也解 stick“~”。
2881 SEDIMENT“~”,此处解 sentiment“~”。
2882 SOCK“~”;也解 song“~”。
2883 Wherapool 解 whereupon“~”;也解 whirlpool“~”。
2884 gayet that 解 given that“~”。
2885 he stop long ground [美]“~”,在太平洋美拉尼西亚群岛上的洋泾浜英语中经常用 stop 代替动词。
2886 have...the lothst word 解 have the last word“~”;也解 have the lost word“~”。
2887 sweet me ah 解 Sweet Marie“~”,都柏林的一个饼干品牌;也解 mí-ádh [爱]“~”。
2888 err“~”,此处解 or“~”;也解 eye“~”。
2889 marie 解 Marie“~”。
2890 reat 解 eat“~”;也解 read“~”。
2891 jacob's“~”,都柏林的饼干品牌,《尤利西斯》中市民就是用这种饼干的桶掷向布卢姆;也解 Jacob“~”,《圣经》中以色列人的祖先。
2892 blockcheap 解 block“成批的”+cheap“便宜”。
2893 此句化自儿歌《黑羊咩咩叫》(“Baa Baa Black Sheep”)。
2894 for toothsake 解 for toothache“~”;也解 for toothsake“~”。
2895 armjaws 解 arm“~”;也解 jaws“~”;也解 armchairs“~”。
2896 Vere Foster“~”(1819—1900),英国慈善家,在大饥荒中帮助爱尔兰移民,曾出版一本描红本。
2897 slidepage 解 slide“滑动”+page“页”;也解 slippage“~”。
2898 fress up 解 opfrissen [荷]“~”;也解 fressen [德]+up,即“~”;也解 fresse auf [德]“~”。
2899 rinnerung 解 Erinnerung [德]“~”;也解 Rinne [德]“~”;也解 river“~”。
2900 Hart“~”,此处解 heart“~”。此处化自“背诵”(learn by heart)。
2901 leo [西]“我读”;也解 leo“~”;也解 leo [斯瓦]“~”。
2902 escribibis 解 escribir [西]“写”;也解 scribebis [拉]“~”。
2903 mycoscoups 解 microscope“~”;也解 my“~”。
2904 chuthor 解 brother“~”;也解 tutor“~”;也解 other“~”。

教师|他者的困惑[2905]钦佩中，对我贪婪地[2906]等边的咬出[2907]他的[2908]抱怨[2909]妈妈，因为，当那个他者在他的创造性[2910]积极主动的头脑的帮助[2911]一半|ALP下，愿意把面具[2912]群众从命运之躯[2913]争斗战利品|美中解放出来[2914]仔细思考|肝的时候，我们的同一体在命运之躯[2915]食物赏金的帮助下，试图把面具[2916]混乱从他的创造性头脑[2917]矫正的|嘴巴|腐败的中解放[2918]仔细思考|傻大个出来，同时他在三重婚[2919]三角学|γ后，衣服[2920]毛织围巾袖口无意识地[2921]自己|自觉地抓着[2922]绘画能力|伯爵|性交他左边的[2923]阴险的独眼巨人，螺旋式颤抖追赶着[2924]它们那哈米尔顿式漫游的[2925]自己，并且在美丽爱情中海豚般游弋[2926]戈多尔芬伯爵|费城，四处去看乌有乡西部[2927]荒地的棕色[2928]布朗与诺兰|布鲁诺

不要狂飙风暴。不要突进[2934]压力|狂飙突进运动。

耶稣⑲²(不要给[2932]他四开本[2933]四分之一)，直到他身上汗流如注[2935]贫乏，他颈背[2936]纳皮尔脖子里的颈静脉[2937]骗子|通奸者|狗|李尔(抚平他的翎毛[2938]阴茎!)凸出来[2939]，如同[2940]拉紧的绳索[2941]被教的彻底爆裂[2942]长

图解。

子继承权。(阻止[2943]窥探他！叫一名放血的医生[2944]医生|血书！贱屁股[2945]青铜鼻学院|理发师|屁股医生在哪儿?)这是[2946]有些东西这是他的过去时态[2947]。啊，他

⑲² 一头给困境中人[2929]街上之人的多么笨拙的[2930]可爱的白象[2931]宽的啊！

2905 bewonderment 解 bewilderment“～”；也解 Bewunderung［德］“～”。
2906 ravenostonnoriously 解 ravenously“～”；也解 ravnostoronno［俄］“～”。
2907 nibbleh 解 nibble“～”。
2908 ihs 解 his“～”。
2909 mum“～”，此处解 murmur“～”。
2910 creactive 解 creative“～”；也解 active“～”。
2911 halp 解 help“～”；也解 half“～”；也解 ALP，本书女主人公。
2912 mass“～”，此处解 mask“～”。
2913 booty of fight“～”，此处解 body of fate“～”；也解 beauty“～”。
2914 deleberate 解 liberate“～”；也解 deliberate“～”；也解 Leber［德］“～”。此句化自叶芝《幻象》中的“在对立阶段，存在试图在创造性心灵的帮助下从命运躯体中发送出面具。在初始阶段，存在试图在命运躯体的帮助下从面具中发送出创造性心灵”。
2915 bounty of food“～”，此处解 body of fate“～”。
2916 Mess“～”，此处解 mask“～”。
2917 corructive mund 解 creative mind“～”；也解 corrective“～”＋Mund［德］“～”；也解 corruptive“～”。
2918 delubberate 解 liberate“～”；也解 deliberate“～”；也解 lubber“～”。
2919 trigamies 解 trigamy“～”；也解 trigonometry“～”；也解 gamma，古希腊语字母“～”。
2920 Muffetee“～”，此处解 mufti“～”。
2921 ownconsciously 解 unconsciously“～”；也解 own“～”＋consciously“～”。
2922 grafficking 解 graffiare［意］“～”；也解 graphikos［希］“～”；也解 Graf［德］“～”；也解 fick-［德］“～”。
2923 sinister“～”，此处解 sinister［拉］“～”。
2924 pursuiting 解 pursuit“～”。
2925 rovinghamilton 解 roving“漫游的”＋William Hamilton“哈米尔顿”（1805—1865），都柏林数学家。
2926 godolphing 解 go“去”＋dolphin“海豚”；也解 Earl of Godolphin“～”（1645—1712），相继在 4 位英国国王手下供事；也解 Philadelphia“～”，美国城市。
2927 waste“～”，此处解 west“～”。
2928 noland's browne 解 noland's“无地的”＋brown“棕色的”；也解 Browne and Nolan“～”，都柏林著名书籍和文具商店的店名；也解 Bruno of Nola“～”（1548—1600），意大利哲学家。
2929 men-in-the-straits“～”；也解 man in the street“～”。
2930 lubberly“～”；也解 lovely“～”。
2931 whide elephant 解 white elephant“～”，指那些耗费巨大却无用的东西；也解 wide“～”。
2932 thur 解 tabhair［爱］“～”。
2933 quartos“～”；也解 quarter“～”。
2934 Sturm...Drang 解 Sturm［德］“～”＋Drang［德］“～”，此处解“～”＋“～”，即德国 18 世纪的先浪漫主义文学运动“～”。
2935 poorin 解 pouring“～”；也解 poor in“～”。
2936 napier 解 nape“～”；也解 John Napier“～”（1550—1617），苏格兰数学家，发明了对数。
2937 juggaleer veins 解 jugular veins“～”；也解 juggler“～”，在俚语中也指“～”；也解 juggal［吉］“～”；也解 Lear“～”，莎士比亚戏剧《李尔王》中的主人公。
2938 quill“～”；也解 quille［法俚］“～”。
2939 stud out 解 stood out“～”。
2940 tamquam［拉］“～”。
2941 taughtropes 解 tightropes“拉紧的绳索”；也解 taught“～”。
2942 bursthright 解 burst“爆裂”＋right“彻底”；也解 birthright“～”，《创世记》中以扫把长子名分卖给了弟弟雅各。
2943 Spry 解 spri［保］“～”；也解 spy“～”。
2944 blood lekar 解 blood“血”＋lekár［保］“医生”，即“～”；也解 lekar［塞维］“～”；也解 bloodletter“～”。
2945 Brassenaarse 解 brazen arse“～”；也解 Brasenose college“～”，英国牛津大学的学院之一；也解 brusnár［保］“～”；也解 aars［荷］“～”。
2946 Es war［德］“～”；也可与后面的 itwas 合解 Es war etwas［德］“～”。
2947 priesterrite 解 preterite“～”。

必须遭受[2948]为陛下效劳！从这个信奉异教的和事佬[2949]造脸的人|闹剧|粪便，到他那不可信的幻象火焰。⑲³ 去找笨蛋[2955]波士顿|鸡|呆子，弥撒来不及了，为咩咩黑[2956]羊祈祷。（当然你可以写下[2957]制作者|对的任何[2958]汉娜乖孩子[2959]《皮帕走过》段落。我[2960]眼睛打赌，像那个伟大的[2961]发霉多虱的|我自己|我玩了很多壹耳微蚵[2962]蠼螋一样美好[2963]芬·麦克尔，你自己[2964]，米克！把沾满泥的英镑[2965]尼克搭上弦！⑲⁴ 基督教堂对[2967]贝列尔[2968]彼勒！）哎呀，他继续涂写[2969]，天生的绅士[2970]温柔的|矿山，我的每日面包[2971]太太，他会为她而写，他会为她燃烧，⑲⁵他会这样与他的欢乐夫人[2972]开玩笑的|皱眉的人一起，另外这样用他阴郁的咧嘴笑，怎样为所有人说出双关[2973]之趣[2974]葬礼啊⑲⁶。你怎么样，玛奇[2977]妓女|嘲弄者|陛下？⑲⁷ 我的灵魂[2984]动物是[2985]他的悲伤的[2986]傻瓜！悲哀[2987]的里雅斯特，啊，我悲哀得吃掉了我的肝脏[2988]莱弗！如果不是真的，我就是诗人[2989]。啊，尿壶[2990]杰瑞！他就是这

赞美归于主动语态。

⑲³ 她必须寻找池塘[2950]庞德的每块[2951]使和平地来解救[2952]涂药膏她的追求者[2953]亲戚。求婚[2954]要求！

⑲⁴ 抱歉，他们是爱尔兰的基督教兄弟[2966]。

⑲⁵ 她绊倒在荆棘丛中时，他将谦卑之花撒满她的全身。

⑲⁶ 一个讨厌的[2975]游戏墨水[2976]恶心的|卑贱的游戏。

⑲⁷ 亲爱的老伊拉斯谟[2978]厄洛斯，真高兴你正去庞马尔[2979]丹麦。直接去[2980]书写康沃尔[2981]角落|验尸官。格兰特[2982]奶奶[2983]。

2948 此句的首字母为 OHMS,因此也解 On His Majesty's Service"为陛下效劳"。
2949 feacemaker 解 peacemaker"~";也解 face maker"~";也解 farce"~";也解 faeces"~"。
2950 pond"~";也解 Ezra Pound"~"(1885—1972),美国诗人。
2951 apeace"~",此处解 apiece"~"。
2952 salve"~",此处解 save"~"。
2953 suiterkins 解 suit-er"~";也解 kin"~"。
2954 Sued"~",此处解 suit"~"。
2955 bosthoon"~";也解 Boston"~"+Huhn[德]"~";也解 bastún[爱]"~"。
2956 此处化自童谣《黑羊咩咩叫》("Baa Baa Black Sheep")。
2957 wright"~",此处解 write"~";也解 right"~"。
2958 anny 解 any"~";也解 Anne"~",本书女主人公。
2959 pippap 解 Pepette 即 Ppt"~",英国作家斯威夫特在《史黛拉日记》中对史黛拉的称呼;也解 *Pippa Passes*"~",英国诗人罗伯特·伯朗宁的诗集。
2960 Eye"~",此处解 I"~"。
2961 moultylousy 解 mighty"~";也解 mouldylousy"~";也解 motuillsi[爱黑]"~";也解 multa lusi[拉]"~"。
2962 Erewhig 解 Earwicker"~",本书主人公;也解 earwig"~"。
2963 foyne 解 fine"~";也解 Finn MacCool"~",爱尔兰传说中的英雄。
2964 yerself 解 yourself"~"。
2965 nickers"~";也解 Nick"~",与前面的米克一起为本书主人公的两个儿子。
2966 指都柏林的基督教兄弟会学校,乔伊斯曾在此读书。
2967 varses 解 versus"~"。
2968 Christ's Church...Bellial 解 Christ Church...Balliol"~",牛津大学的两个学院;其中 Bellial 也解 Belial"~",魔鬼撒旦的另一个名字。
2969 scripple 解 scribble"~"。
2970 gentlemine 解 gentleman"~";也解 gentle"~"+mine"~"。
2971 milady bread 解 my daily bread"~";也解 milady"~"。
2972 frolicky frowner 解 fröhliche Frau[德]"~";也解 frolic"~"+frown-er"~"。
2973 patpun 解 pat"轻拍"+pun"说双关语"。
2974 fun for all"~";也解 funeral"~"。
2975 disigraible 解 disagreeable"~";也解 igra[保]"~"。
2976 nastilow 解 mastilo[保]"~";也解 nasty"~"+low"~"。
2977 waggy 解 Maggies"~",在书中也象征着分裂的人格;也解 wagtail[俚]"~";也解 mhagaidhe[爱]"~";也解 majesty"~"。
2978 Erosmas 解 Erasmus"~"(1466—1536),《愚人颂》的作者;也解 Eros"~",古希腊神话中的旧爱神。
2979 Penmark 解 Penmarch"~",法国布列塔尼地区的小镇,据说特里斯丹死于此地;也解 Denmark"~"。
2980 Write"~",此处解 right to"~"。
2981 corner"~",此处解 Cornwall"~",英格兰西南部的一个郡;也解 coroner"~"。
2982 Ulysses S. Grant"~"(1822—1855),美国南北战争中联邦军总司令,第 18 届美国总统。
2983 Grunny 解 Granny"~"。
2984 animal"~",此处解 anima"~"。
2985 his"~",此处解 is"~"。
2986 sorrafool 解 sorrowful"~";也解 fool"~"。
2987 trieste"~",意大利东北部港市,乔伊斯曾在此住过十多年,此处解 triste"~"。
2988 liver"~";也解 Charles Lever"~",爱尔兰小说家。此句化自魏尔伦的诗集《无言的浪漫曲》中的"悲伤,我的灵魂是悲伤的",也化自意大利习语 mi sono mangiato il fegato(我后悔莫及)。
2989 Se non é vero son trovatore 解 Se non è vero[意]"如果不是真的"+son trovatore[意]"我是吟游诗人",此句化自 Se non è vero, è ben trovato(如果不是真的,那就是编得很好)。
2990 jerry"~",化自习语 take a jerry to(调查某事);也解 Jerry"~",本书儿子闪姆的化身之一。

样罢了，备受折磨[2991]哈里奥特！他是个悲伤的家伙，硬邦邦[2992]窒息|靴子|斯迪菲尔！他是神秘先生[2993]。就像一个为政府[2994]政治机构工作却没了退休金[2995]的助理牧师[2996]海盗。所有呻吟日、落泪日、哀叹日、打击日、害怕日、颤抖日[2997]星期一、星期二、星期三、星期四、星期五、星期六，直至对律法[2998]主|白天|手臂的恐惧。看看他的[2999]这个阵痛！他是谁谁，在他皂荚木的木板筏[3000]力量上被击倒。看看他！沉到深处，或者不要碰笛卡尔的泉水[3001]自流井！想要更多的灰烬，抱怨的人[3002]葡萄？他多么凄凉[3003]这一次地低低向右[3004]擦伤处|侧面躺着，包围都柏林城堡[3005]小妖精。而且，除此之外[3006]贝索斯，他是怎样鬣狗般笑着[3007]那次长长地向左[3008]笑|侧面躺着，洗劫克罗克公园[3009]呱呱叫的松鸡|罗格特里克山。(你要小心[3010]开战奥拉夫[3011]老大罗尔夫的意图[3012]，婆伽梵[3013]世尊主教利奇说。)安希望很快能有回信[3014]蒂普爷！如果你能借给[3015]小扁豆我我的复活节[3016]帕斯卡蜡烛[3017]指关节，老爷，一碟肉汤[3018]膏药的价格。句号[3019]废物。为所有笔误[3020]牧师，致以最大的歉意[3021]和对自己的非常非常[3022]愉快的|金钱感谢，并再次为再三朝你的善行[3024]圣俸|慷慨小便[3025]侵入|清澈的|快速的请求原谅[3026]报酬。哎呀，疯狂的

禁止被动语态。

赋予灵魂的女性支撑着苦恼的超人[3023]走过去的人。

2991 harriot 解 harried“～”；也解 Thomas Harriot“～”(1560—1621)，英国数学家。

2992 steifel 解 steif［德］“～”；也解 stifle“～”；也解 Stiefel［德］“～”；也解 Michael Stifel“～”，16 世纪德国数学家。

2993 mistermysterion 解 mister“先生”＋mysterion［希］“神秘”。

2994 gouvernament 解 government“～”；也解 gouvernement［法］“～”。

2995 pensionee 解 pension“～”。

2996 purate 解 curate“～”；也解 pirate“～”。

2997 moanday, tearsday, wailsday, thumpsday, frightday, shatterday“～”；也解“～”。

2998 Law“～”；也解 lord“～”；也解 lá［拉］“～”；也解 lámh［拉］“～”。

2999 this“～”，此处解 his“～”。

3000 plankraft 解 plank“木板”＋raft“救生筏”；也解 Kraft［德］“～”。

3001 Cartesian spring“～”；也解 Artesian well“～”。

3002 griper“～”；也解 Grapes“～”，本书中狐狸与葡萄寓言中的葡萄。

3003 dismal“～”；也解 diesmal［德］“～”。

3004 rawside 解 rightside“～”；也解 raw“～”＋side“～”。

3005 goblin castle 解 Dublin castle“～”；也解 goblin“～”。

3006 bezouts that 解 besides that“～”；也解 Etlenne Bezouts“～”，18 世纪法国数学家。

3007 hyenesmeal 解 hyena“鬣狗”＋smile“笑”；也解 jenes Mal［德］“～”。

3008 laughside 解 leftside“～”；也解 laugh“～”＋side“～”。

3009 croakpartridge 解 Croke Park“～”，都柏林北部的足球场；也解 croak partridge“～”；也解 Croagh Patrick“～”，山名，位于爱尔兰梅奥郡。

3010 Be...wars 解 beware“～”；其中 wars 也解“～”。

3011 Rolaf 解 Olaf“～”，丹麦海盗的首领，都柏林的第一位挪威王；也解 Rolf the Ganger “～”，也叫罗洛，维京人领袖，10 世纪初从法王查理三世处接收鲁昂周围的土地和塞纳河口，此地被称为诺曼底。

3012 intestions 解 intention“～”。

3013 Bhagavat［梵］“～”，佛陀十号之一，也译作“～”。

3014 opes tipoo soon ear 解 hopes to soon hear“～”；其中 tipoo 也解 Tippoo Sahib“～”(1753—1799)，印度迈索尔邦的领主，被惠灵顿击败。

3015 lendtill 解 lent“～”；也解 lentil“～”。

3016 pascol 解 paschal“～”；也解 Blaise Pascal“～”(1623—1662)，法国作家，在书中是肖恩的化身。

3017 kondyl 解 candle“～”；也解 kondylos［希］“～”。

3018 poultice“～”，此处解 pottage“～”，以扫因为一碗红豆汤把长子名分卖给了雅各。

3019 Punked 解 Punkt［德］“～”；也解 Punk“～”。

3020 clerricals 解 clerical error“～”；也解 clericals“～”。

3021 apolojigs 解 apologies“～”。

3022 merrymoney 解 many many“～”；也解 merry“～”＋money“～”。

3023 Overman“～”，尼采的概念，意为“～”。

3024 bunificence 解 beneficence“～”；也解 benefice“～”；也解 munificence“～”。

3025 bistrispissing 解 bis［拉］“两次”＋tris［拉］“三次”＋pissing“小便”；也解 trespassing“～”；也解 bistro［塞维］“～”；也解 bystryi［俄］“～”。

3026 guerdon“～”，此处解 pardon“～”。

疯狂的鹩鸽[3027]，你好吗，玛奇[3028]？解渴的首都的茶[3029]大写的T。从这里的布瓦尔到亲爱的佩库歇[3030]阿道夫·皮科特。茶渍。

当无法理解[3031]爱人|柠檬的时候。

现在，（睁大眼睛，蠢材[3032]威廉·马金，掸掸你的绸缎[3033]撒旦|坐在帽，我的初级[3034]原理欧几里德[3035]欢乐|孩子，王八蛋[3036]巴特|婊子养的！她是我的，我发誓[3037]，⑲⑧做斯基伯林[3041]的鹰，白色[3042]白的膝盖拱门的甜馅饼[3043]爱人）看好他，正抓着他口袋[3044]里分叉的[3045]真他妈的芦苇笔[3046]，那个他曾经毫不困难[3047]地发现[3048]乐趣|网的唯一[3049]像一个的主题[3050]地狱，布尔什维克[3051]男人|快的，在完满的幸福[3052]快乐|下一个|HCE中签字放弃[3053]用歌声消除掉，（灵感的精致游戏！我永远努力地崇拜你。因此我也能，没有笔的敲击[3054]刮擦。耳朵[3055]给嘴，钥匙[3056]好的给围栏，眼睛眼睛[3057]好的|匕首和自由[3058]之肺[3059]。你能给我们写下最后一行吗[3060]？来自史密斯-琼斯-鲁宾逊[3061]球形?）多年来在杂乱中[3062]恳求|引进，杰瑞环形跛行[3063]。我留下[3064]罗马，希望你是个好女孩[3065]。⑲⑨ 而且[3071]我们永远在我的思绪里[3072]。像虫子出现一样

芝麻开门去营救。音调符号。

---

⑲⑧ 我想看麦克白[3038]·毛衫彻底打败[3039]诀窍|噼啪麦克德夫[3040]葡萄干布丁·裤子。

⑲⑨ 最后[3066]口齿不清地说一年送给[3067]发现你一切而且更多[3068]，纪念品像夏日冰雪一样柔软，美洲石竹[3069]甜蜜的意愿和勿忘我[3070]打结。

3027 wiggywiggywagtail 解 wiggy“疯狂的”＋wiggy“疯狂的”＋wagtail“鹡鸰”。
3028 yaggy 解 Maggies“～”。
3029 capital Tea“～”，也解 capital T“～”。
3030 Buvard...Picuchet 解 Bouvard...Pecuchet“～”，19 世纪法国作家福楼拜的小说《布瓦尔和佩库歇》的 2 个主人公；也解 Adolphe Pictet“～”，语言古生物学家，著有《从凯尔特语到梵语》(1837)。
3031 LEMAN“～”，此处解 lemon“～”，此句根据习语译为 The answer is a lemon“～”。
3032 my gins 解 muggins“～”；也解 William Maginn“～”(1794—1842)，爱尔兰诗人，醉酒而亡。
3033 saton 解 satin“～”；也解 Satan“～”；也解 sat on“～”。
3034 elementator 解 elementary“～”；也解 element“～”。
3035 joyclid 解 Euclid“～”，约公元前 3 世纪的古希腊数学家；也解 joy“～”＋child“～”。
3036 son of a Butt“～”，书中儿子肖恩的化身，此处解 son of a gun“～”；也解 fils de pute［法］“～”。
3037 Jow low jure 解 je le jure［法］“～”。
3038 Macbeths 解 Macbeth“～”，莎士比亚的同名戏剧的主人公。
3039 knacking spots of 解 knocking spots off“～”；也解 knack“～”；也解 knack［德］“～”。
3040 Plumpduffs 解 Macduff“～”，莎士比亚《麦克白》中的人物，是他杀死了麦克白；也解 plum-duff“～”。
3041 Skibbering 解 Skibbereen“～”，爱尔兰科克郡西南部的小镇，地方报纸名为《斯基伯林之鹰》。
3042 Whiteknees 解 whiteness“～”；也解 White knees“～”。
3043 sweet tart“～”；也解 sweetheart“～”。
3044 bolsillos［西］“～”。
3045 bifurking 解 bifurcate“～”；也解 be fucking“～”。
3046 calamum［拉］“～”。
3047 difficultads 解 difficulties“～”。
3048 funnet 解 found“～”；也解 fun“～”＋net“～”。
3049 onelike 解 only“～”；也解 one like“～”。
3050 underworp 解 onderwerp［荷］“～”；也解 underworld“～”。
3051 aboleshqvick 解 Bolshevik“～”；也解 chovek［塞维］“～”；也解 quick“～”。
3052 happinext 解 happiness“～”；也解 happy“～”＋next“～”；此处包含本书主人公名字的缩写 HCE。
3053 signing away“～”；也解 sing away“～”。
3054 scrope 解 stroke“～”；也解 scrape“～”。
3055 Ohr［德］“～”。
3056 key“～”；也解 OK“～”。
3057 olchedolche 解 ochi ochi［塞维］“～”；也解 okey dokey“～”；也解 Dolche［德］“～”。
3058 ad lib 解 ad libitum“～”。
3059 lunge［德］“～”。
3060 乔伊斯为戈加蒂的诗《雪莱之死》写了最后一行，该诗获得都柏林三一学院校长奖。
3061 Smith-Jones-Orbison 解 Smith-Jones-Robinson“～”，英国 19 世纪末 20 世纪初趣题设计家与娱乐数学家亨利·杜德尼的趣题中的三个人物；也解 orbis［拉］“～”。
3062 intrieatedly 解 intricately“～”；也解 entreat“～”；也解 intrie“～”。
3063 jirryalimpaloop 解 Jerry“杰瑞”，主人公儿子闪姆的化身＋a limp“一次跛行”＋a loop“一个圆圈”。
3064 Romain 解 remain“～”；也解 Rome“～”，意大利首都。
3065 hup u bn gd grl 解 hope you been a good girl“～”。
3066 Lifp 解 last“～”；也解 lisp“～”。
3067 fends 解 sends“～”，此句将 s 替换为 f；也解 finds“～”。
3068 moe 解 more“～”。
3069 fweet willings 解 sweet william“～”；也解 sweet willings“～”。
3070 forget-uf-knots 解 forget-me-not“～”；也解 knots“～”。
3071 Unds 解 und［德］“～”；也解 uns［德］“～”。
3072 alws my thts 解 always in my thoughts“～”。

慌忙[3073]，赤足跌倒在那里。一次抽彩两只骰子[3074]模具|一天。每次[3075]痛苦一便士一个[3076]腹痛|山峰|HCE|本·赫克特。贴上邮票，由他的社会出钱[3077]在……的广阔天地分发给他。未完待续。不久以后[3078]匿名的|阿门。

势均力敌，根据正确的计算[3079]。

看[3080]也，看，看，幻想[3081]谢谢你！梦[3082]戏剧中的所有人物[3083]人物漫画[200]！这是梦[3085]圣人如何成为神圣的神圣的水池[3086]黑里欧波里斯。而这，原谅天空！是罗密欧跳跃向上[3087]之路。[201] 把笔摆好[3092]邮递|邮递员，伙计，照我的方式做。老黄板牙[3093]女士[3094]弥撒最初[3095]柱身给我看的做事方式。给她加油[3096]她的有病亲吻的四次方！你那生活的大胆[3098]一击！嗁嗒[3099]！这是斯梯尔[3100]偷窃|钢铁，这是伯克[3101]，这是斯特恩[3102]，这是斯威夫特[3103]，这是王尔德[3104]，这是萧伯纳[3105]，这是都柏林湾叶芝[3106]。[202] 这是勇敢的达尼尔[3108]宣读[3109]哭泣他那支持教皇党人[3110]爆破声|文件的演讲。这是冷静的康诺利[3111]用勇敢的达尼尔擦净他的炉台。还有这个，注意！查尔斯·斯图尔特[3112]如何在勇敢的达尼尔男孩和康

火蛇的力量中心：心灵、喉咙、肚脐、脾脏、骶骨、囟门、时间之间的[3097]太阳穴内的眼睛。

[200] 保密[3084]你自己去塞住他的管子。

[201] 他，我觉得他是天使，他不会[3088]苹果|不是亚伯写[3089]攀爬|演奏|游戏向日葵[3090]艾略特。极度·困难[3091]魔鬼先生！

[202] 雄鹅[3107]发火|雷喋喋不休的时候，孔雀是怎样地昂首阔步啊！

3073 hurryaswormarose 解 hurry as worm arose“～”。

3074 dies“～”,此处解 dice“～”;也解 dies [拉]“～”。

3075 Eche 解 each“～”;也解 ache“～”。

3076 bennyache 解 penyeach“～”,化自乔伊斯的诗集 *Pomes Penyeach*(《一首一便士的诗》);也解 bellyache“～”;也解 Pennyeachbeinn [爱]“～”;也解 HCE;也解 Ben Hecht“～”(1894—1964),美国编剧。

3077 at the expanse of“～”,此处解 at the expense of“～”。

3078 Anon“～”;也解 anonymous“～”;也解 amen“～”。

3079 ACCORDING TO COCKER“～”,数学家科克尔的教材曾在学校被广泛使用。

3080 ook [荷]“～”,此处解 look“～”。

3081 fanky 解 fancy“～”;也解 thank you“～”。

3082 drame 解 dream“～”;也解 drama“～”。

3083 charictures 解 characters“～”;也解 caricatures“～”。

3084 Gag his tubes yourself“～”,此处解 keep it to yourself“～”。

3085 San [意]“～”,此处解 san [塞维]“～”。

3086 holypolypools 解 holy holy pools“～”;也解 Heliopolis“～”,尼罗河三角洲的古埃及城市。

3087 Romeopullupalleaps 解 Romeo“罗密欧”,莎士比亚剧中人物+pull up“引体上升”+a-leaps“跳跃”。

3088 aebel 解 able“～”;也解 æble [丹]“～”;也可与前面合解 not Abel“～”,指该隐。

3089 speel“～”,此处解 spell“～”;也解 Spiel [德]“～”;也解 speel [荷]“～”。

3090 eelyotripes 解 heliotrope“～”;也解 T. S. Eliot“～”(1888—1965),英国诗人。

3091 Tellibly Divilcult 解 terribly difficult“～”;也解 Devil“～”。

3092 Pose“～”;也解 post“～”;也可与后面的 man 合解 postman“～”,指本书主人公的儿子肖恩。

3093 vellatooth 解 Yellowtooth“～”,乔伊斯在《尤利西斯》中如此称呼维多利亚女王。

3094 missa“～”,此处解 miss“～”。

3095 fust“～”,此处解 first“～”。

3096 Fourth power to her illpogue 解 more power to her elbow“～”;也解 Fourth power to her ill pogue([英爱]“亲吻”)“～”。

3097 intertemporal“～”;也解 intra-temple“～”。

3098 Bould 解 Bold“～”,化自英国女作家森特里夫的《妻子的大胆笔触》(*A Bold Stroke for a Wife*)。

3099 Tip“～”,也是睡梦中听到的树枝敲击窗子的声音,后面将根据元音的变化做不同的音译。

3100 Steal“～”,此处解 Sir Richard Steele“～”(1672—1729),英国作家;也解 steel“～”。

3101 Barke 解 Edmund Burke“～”(1729—1797),爱尔兰政治家、作家、演说家和哲学家。

3102 Starn 解 Laurence Sterne“～”。

3103 Swhipt 解 Jonathan Swift“～”。

3104 Wiles 解 Oscar Wilde“～”。

3105 Pshaw 解 George Bernard Shaw“～”。

3106 Doubbllinnbbayyates 解 Dublin bay“都柏林湾”+Yeats“叶芝”。

3107 dander“～”,此处解 gander“～”;也解 thunder“～”。

3108 Danny 解 Daniel O'Connell“～”(1775—1847),1829 年领导爱尔兰天主教徒赢得了参加议会的权利。

3109 weeping“～”,此处解 reading“～”。

3110 popers“～”,此处解 papist“～”;也解 papers“～”。

3111 Connolly 解 James Connolly“～”(1868—1916),爱尔兰复活节起义的领导人之一。

3112 Chawleses Skewered 解 Charles Stewart Parnell“～”(1846—1891),爱尔兰自治运动的领袖。

设想折中方案并寻找一个公式。

诺利之间走在巴涅尔旁边[3113]随身用具。《奥义书》[3114]奥义|上，卫兵们，向他们冲|亚当！喲嗒。格雷戈里夫人[3115]主要艺术说过。爱尔兰万岁[3116]异端的。证据[3117]！⑳

爱喝啤酒的人[3121]诺言|爱吹牛的人。

凯文[3119]标志的|该隐对他的兄弟怒火中烧[3120]烦恼缠身。

无花果和蓟草策划鸡毛蒜皮[3122]鸡毛蒜皮酒吧。

但是，（那个雅各[3123]雅各饼干厂再次渴望禁果[3124]先被咬过，我的乔治[3125]极好的，凯维他也只爱他的帕帕丹饼[3126]亚当，我断定！）在他所有的曲线族[3127]饥饿者抛物线[3128]比较|比喻自动[3129]独裁的写作和乱弄的[3130]混乱的混乱主义之后，你这个文化尽头的[3131] HCE|农家院落远祖[3132]水果吃完了香橼木[3133]等等|不会，三倍穿孔器[3134]环锯的一次[3135]有效[3136]亚伯打击[3137]尾巴顺利[3138]锥子状的炸穿了他的羊皮手稿[3139]羊皮纸，在他住的地方打中他，摧毁了被祝福的[3140]《爆炸》圣查尔斯[3141]自我|乡下人，我觉得更高妙的是，就像它摧毁了一个又一个不敬神的[3142]嫉妒完全相反的[3143]奇怪的困境|因此世袭[3144]多毛的头生子[3145]亲王那样，直到最后，你这个该死的[3146]牛皮大王[3147]鸡奸者，在仁慈的一击下，总之他直挺挺地跌倒在

理想的现在独自造就真实的未来。

⑳ 布朗尼的布朗尼们——城堡写手诺兰的布朗尼[3118]诺拉镇的布鲁诺|承认|布朗尼城堡。

3113 parparaparnelligoes 解 par［拉］“相同”＋para［希］“在旁边”＋parnell“巴涅尔”＋goes“走”，即“～”；也解 paraphernalia“～”。

3114 Upanishadem 解 Upanishad“～”；也解 Upanishad［梵］“～”；也解 Up, guards, and at them“～”，惠灵顿在滑铁卢战役最后阶段下的命令；也解 Adam“～”。

3115 L'arty Magory 解 Lady Gregory“～”，爱尔兰文艺复兴运动领导人之一；也解 arte maggiore［意］“～”。

3116 Eregob ragh 解 Éire go bráth［爱］“～”；也解 erege“～”。

3117 Prouf 解 proof“～”。

3118 Browne...Castlehacknolan 解 Browne and Nolan“布朗与诺兰”，都柏林著名书籍和文具商店的店名＋Castle“城堡”＋hack“雇佣文人”；也解 Bruno of Nola“～”，16 世纪意大利哲学家；也解 acknowledge“～”；也解 Castle Browne“～”，现为克隆伍兹·伍德公学，乔伊斯曾在此处学习。

3119 Kev 解 Kevin“～”，本书主人公的儿子之一；也解 kiv［爱］“～”；也解 Cain“～”。

3120 was wreathed with his pother“～”，此处解 was wrath with his brother“～”。

3121 TROTHBLOWER 解 frothblower“～”；也解 TROTH“～”＋BLOWER“～”。

3122 A PIG AND WHISTLE 解 pigs and whistles“～”；也解 Pig and Whistle“～”，英国常见的酒吧。

3123 Jacoby 解 Jacob“～”，以色列人的祖先；也解 Jacob's Biscuit Factory“～”，位于都柏林。

3124 forebitten fruit 解 forbidden fruit“～”；其中 forebitten 也解 fore-bitten“～”。

3125 my Georgeous 解 My George“～”，马克·吐温的小说《汤姆·索亚历险记》中的话；也解 Gorgeous“～”。

3126 puppadums 解 pappadams“～”，一种印度食物；也解 Adam“～”。

3127 famellicurbs 解 families of curves“～”，数学概念；也解 famelicus［拉］“～”。

3128 paraboles“～”，此处解 parabola“～”；也解 parables“～”。

3129 autocratic“～”，此处解 automatic“～”。叶芝正是在妻子的自动写作的启发下写《幻象》的。

3130 meddlied 解 meddle“～”；也解 muddled“～”。

3131 hof cullchaw end 解 of culture end“～”；也解 HCE，本书主人公的名字缩写；其中 hof 也解 Hof［德］“～”。

3132 faroots 解 far“久远的”＋roots“祖先”，即“～”；也解 fruits“～”。

3133 citrawn woodint 解 citron wood“～”；也解 etcetera“～”＋wouldn't“～”。

3134 triperforator 解 tri-“三”＋perforator“穿孔器”；也解 trephine“～”。

3135 wun 解 one“～”。

3136 able“～”；也解 Abel“～”，亚当的儿子，被哥哥该隐杀死。

3137 rep 解 rap“～”；也解 rep［塞维］“～”。

3138 awlrite 解 all right“～”；也解 awl-like“～”。

3139 pergaman 解 Pergament［德］“～”；也解 pergamen［拉］“～”。

3140 blessted 解 blessed“～”；也解 *Blast*“～”，温德汉姆·刘易斯曾编辑的杂志。

3141 selfchuruls 解 Saint Charles“～”，城市名，在很多国家都有；也解 self“～”＋churls“～”。

3142 unpious of 解 un-pious“～”；也解 envious of“～”。

3143 quare quandary“～”，此处解 quite contrary“～”，此处化自童谣 Mary, Mary, Quite Contrary(《玛丽，玛丽，完全相反》)；其中 quare 也解［拉］“～”。

3144 hairydary 解 hereditary“～”；也解 hairy“～”。

3145 firstings 解 firstling“～”，亚伯与该隐献祭时，上帝选择了亚伯献上的头生羔羊；也解 Fürsten［德］“～”。

3146 bladdy 解 bloody“～”。

3147 bragger“～”；也解 bugger“～”。

地[3148]丈量他的土地？不得不用他蝰蛇的坏无赖[3149]ABC方法，猜测[3150]我们的弗兰克儿子[3151]，其，坦白地说，用全部时间与他斗争，两个家伙[3152]两个跌倒者去[3153]长久杀死你那[3154]属于死翘翘的该死的脸，有厌新症[3155]不正常地仇视新思想|恨的|该隐。一旦[3156]畏缩一是一[3157]天鹅胜利|苍白的！安息吧[3158]裂口|里普·万·温克尔！[204] 他的脸色[3160]计数的手变了。

定型[3161]恬淡而轻柔|爱之死|莉齐。爱和死多么简单[3162]永远赞美神！

伴以乌木色。

关闭轨道[3163]。[205]

在松香[3165]图片里。

服务代替自我。[3166]

非常[3170]曾经|痛心的非常感谢，命中[3171]亨利·庞加莱！我说不准是你打到我要害的方式[3172]重量，还是我在观看的那个红衣弥撒，但是目前[3173]动量，像我这样有潜能的人，我在看我周围的彩虹[3174]大大超过|散出光线|妖怪|博格环[3175]四处|遥遥领先。愿你得享荣誉，愿你因我们的展览而得表扬！如果你只坐着，做猪肉桶[3176]为报答支持者的政治拨款|小猪里有压舱物的[3177]爆炸瓶子，我很愿意带你绕鬼一圈[3178]，让所有人开心[3179]游乐园|五分硬币。只要从此时到明天，你就会得到一

尤克牌风险，万分感谢[3167]，注意你在击打[3168]操|突然打击谁，软弱无力[3169]。

---

[204] 再见乒乓男孩们！下个[3159]胡桃钳星期天见！

[205] 亲亲中国人！快快快！[3164]急|筷子|儿童|一个人|小伙子

3148 measured his earth“～”,此处解 measure his length“～”。

3149 adder's badder cadder 解 adder's bad cad “～”;也解 ABC。

3150 recken 解 reckon“～”。

3151 frankson 解 Frank“弗兰克”,乔伊斯的《艾芙琳》中女主人公爱上却不敢追随的青年＋son“儿子“。

3152 twofeller 解 two fellow“～”;也解 two feller“～”。

3153 longa [美]“～”;也解 long“～”。

3154 blong [美]“～”;也解 belong“～”。

3155 misocain 解 misocainea“～”;也解 misokainos [希]“～”;也解 miso-“～”＋Cain“～”。

3156 Wince“～”,此处解 once“～”。

3157 wan's won 解 one is one“～”;也解 swan won“～”;也解 wan“～”。

3158 Rip“～”,此处解 Rest in peace“～”;也解 Rip Van Winkle“～”,美国作家欧文作品中的人物。

3159 Nutcracker“～”,此处解 next“～”。

3160 countinghands 解 countenance“～”,此处化自《创世记》(4:5)“该隐就大大地发怒,变了脸色”;也解 counting hands“～”。

3161 Formalisa 解 formaliza [西]“～”;也解 Mild und leise [德]“～”,瓦格纳的歌剧《特里斯丹与伊瑟》中的咏叹调,亦常被称作“～”;也解 Lise [德]“～”,伊丽莎白的变体。

3162 Loves deathhow simple“～”;也解 Laus Deo Semper [拉]“～”,在乔伊斯幼年读书的贝尔弗迪尔公学,学生需要在文章结尾处写上这三个词的缩写 LDS。

3163 Slutningsbane [丹]“～”。

3164 Chinchin Childaman! Chapchopchap 解 Chin chin Chinaman! Chop chop chop“～”,英国童谣中的歌词,其中的 chop 是广东话“～”的变音,也化自 chopsticks“～”;也解 Child“～”＋a man“～”＋Chap“～”。

3165 PIX [拉]“～”;也解 picture“～”。

3166 化自 1905 年美国芝加哥由商人和实业家组成的国际性联谊组织“扶轮国际”的格言“服务高于自我”。

3167 MERCI BUCKUP 解 merci beaucoup [法]“～”。

3168 PUCKING [英爱]“～”;也解 fucking“～”;也解 poc [爱]“～”。

3169 FLEBBY 解 flabby“～”。

3170 eversore 解 ever so“～”;也解 ever“～”＋sore“～”。

3171 Pointcarried 解 Point carried“～”;也解 Jules Henri Poincaré“～”(1854—1912),法国数学家。

3172 weight“～”,此处解 way“～”。

3173 momentum“～”,此处解 moment“～”。

3174 rayingbogeys 解 Regenbogen [德]“～”;也解 run rings around“～”;也解 raying“～”＋bogeys“～”;也解 Bögg“～”,类似于雪人的人物,苏黎世四月第三个星期一的送冬节上会把博格在柱子上烧掉。

3175 rings round 解 rings“环”＋round“在周围”;也解 rings rum [德]“～”;也解 run rings round“～”。

3176 porker barrel 解 pork barrel“～”,也解“～”;其中 porker 也解“～”。

3177 ballasted“～”;也解 blast“～”。

3178 此处化自习语 take someone for a ride(欺骗某人)。

3179 funfer all 解 fun for all“～”;其中 funfer 也解 fun fair“～”;也解 Fünfer [德]“～”。

个卷布丁。让漂流瓶[3180]炸弹和尾随者[3181]预告片它们见鬼去吧！如果我的麻袋[3182]足够大[3183]袋子|坏的，我就送给你一辆出租车[3184]一次中毒|运动失调|毒素|图恩和塔克西斯。萨克索·格拉玛提库斯[3185]颜色的制造，你为我做那个真太可爱了！他现在不吗，小云[3186]未婚女子？小不点儿，她在研究什么[3187]好的？戴着她那偷听的[3188]头巾，她英格兰末日[3189]兰兹角的梦，以及成为呈现[3190]预先封圣的给陛下的少女的荣耀[3191]光荣之火。[206]遗憾少一点，因为她不是棒棒糖，如果她有，比如[3193]对于一个样本，弗吉尼亚[3194]处女的成功风度，她很容易成为棒棒糖的。那可能让她不会摔陶器[3196]阿波罗德尔斐神殿|费城。[207]就像我正在说的，回报[3200]反驳谢意的时候，你让我成为一个可能[3201]勒内·笛卡尔的重生者。我们都[3202]铁砧是可怕的[3203]垃圾|办公室男孩。[208]因为我从你桌子上捡起[3205]弹起了所有被捏碎的面包屑[3206]拥挤，嗯，一边唱着荣耀耶路撒冷[3207]哈利路亚|哑口无言，我思，故我在[3208]抄袭出它，这里得到总数。因此我们

灾难和远征[3195]登高。

旋转运作及其对相互性的重建。

---

[206] 用你知道的东西擦擦你的眼镜[3192]、注释。

[207] 如果我那让你气恼的杯子里还有更多[3197]《哀悼那离我而去的希望》，你可以打碎[3198]铁匠你成排的盖碗[3199]蔷薇丛。

[208] 全都歌唱，全都嚎叫[3204]万灵|万圣节。

3180 driftbombs 解 drift bottles“～”；也解 bombs“～”。

3181 bottom trailers 解 bottom trailing“～”；也解 trailer“～”。

3182 maily 解 mála［爱］“～”。

3183 bag“～”，此处解 big“～”；也解 bad“～”。

3184 a toxis“～”，此处解 a taxi“～”；也解 ataxia“～”；也解 toxin“～”；也解 Thurn und Taxis“～”，出自意大利贝尔乔莫地区的一个家族，后来成为欧洲豪门之一。

3185 Saxon Chromaticus 解 Saxo Grammaticus“～”（1150—1220），丹麦历史学家；也解 chromatikos［希］“～”。

3186 Nubilina 解 Nuvoletta［意］“～”，乔伊斯的《一小片云》被译成 *Una Nuvoletta*；也解 nubilina［意］“～”。

3187 she studiert whas 解 sie studieret, was［德］“～”；也解 whas［康］“～”。

3188 listeningin 解 listening in“～”。

3189 Endsland's daylast 解 England's last day“～”；也解 Land's End“～”，苏格兰西南极端的海角。

3190 presainted 解 presented“～”；也解 pre-sainted“～”。

3191 glorifires 解 glories“～”；也解 glory fires“～”。

3192 glosses“～”，此处解 glasses“～”。

3193 for a sample“～”，此处解 for example“～”。

3194 Virginia“～”，美国州；也解 virginalis［拉］“～”。

3195 Anabasis“～”；也解 anabasis［希］“～”。

3196 Delph 解 delf“代夫特陶器”；也解 Delphi“～”；也解 Philadelphia“～”，位于美国。

3197 I'd more in the cups that peeves thee“～”；也解“I'd Mourn the Hopes that Leave Me”“～”，爱尔兰诗人托马斯·穆尔的歌曲，旋律是《蔷薇丛》。

3198 cracksmith 解 crack“～”；也解 blacksmith“～”。

3199 rows tureens 解 rows“成排的”＋tureens“盖碗”；也解 rose tree“～”。

3200 retorting“～”，此处解 returning“～”。

3201 of the cards 解 on the cards“～”；也解 Renèe Descartes“～”（1596—1650），法国哲学家。

3202 ambows 解 ambos［拉］“～”；也解 Amboss［德］“～”。

3203 offals“～”，此处解 awful“～”；也解 office“～”。

3204 Alls Howls 解 All howl“～”，复数和单数此处混用；也解 All souls“～”，化自万灵节；也解 Allhallows“～”。

3205 flicked up“～”，此处解 picked up“～”。

3206 crambs 解 crumbs“～”；也解 cram“～”。化自《马太福音》(15:27)“狗也吃它主人桌子上掉下来的碎渣儿”。

3207 allaloserem 解 Jerusalem“～”；也解 halleluiah“～”；也解 alalos［希］“～”。

3208 cog it out, here goes a sum“～”，此处解 cogito, ergo sum［拉］“～”，笛卡尔的名言。

在弥撒经书[3209]必须书里读。它说。造[3210]欺骗得最好的人赢利[3211]先知最多。

你怎么拼写[3212]犹犹犹犹豫[3213]？征服[3214]阴户[3215]，大腿-大腿-发痒的[3216]-大腿，躺着蹒跚[3217]拉格劳市，傻笑白痴[3218]，T中的腿，法律中的把手[3219]山谷，一次[3220]领带两个，奇诡的收银机[3221]上的三个，哎呀伊俄[3222]溜溜球|俄亥俄州，哎呀伊俄，思念伊俄伊俄。

你的[3223]酸奶|下巴|异端那个著名的[3224]清爽的|有益健康的签名[3225]领主|梧桐树|咬牙切齿驱散了[3226]茶|溢出的我的一切犹郁[3227]朦胧的。稳步离开，阳光吉姆[3228]。井然有序[3229]绵羊|商店。流血的上帝[3230]咩咩叫的山羊，这是最微不足道的事情，爱因斯坦[3231]长麦粒肿的眼睛|过去！想象一下，我的亲爱肮脏的都柏林[3232]深的|达趣|笨蛋！这是给予的时刻，没有更多的了[3233]托马斯·穆尔。我只是出来庆祝[3234]塞尔布里奇你的犹豫[3235]他的癖好|HCE中的口才[3236]裂隙之过。一万次地欢迎你，老词语样品检查员[3237]旧世界|样本，尽管[3238]地狱|诱饵你大约只会像我的故意[3239]羊毛皮|悲哀的杀人犯[3240]合并|母亲一样有罪[3241]有能力的|亚伯。事实上，我可以开始替你辩护[3243]狂热者，直到你后来衬衫上有就共和国和皇家[3244]而言都过于血腥的[3245]女性生殖器|土八普鲁士蓝[3246]。[209]胜利的野兽[3249]！如果你不是你哥哥的看护人[3250]，愿我永远不再诅咒[3251]海盗我在詹姆斯酒厂[3252]喝的那品脱。现在老基恩[3253]ok|凯文|该隐，你是棍棒、钩子

双重真理，以及对抗欲望[3242]相对的性别|食欲的联合倾向。

---

⑳⑨ 从3先令[3247]谢林开始。一个血腥的[3248]蓝色染料祭品。

3209 must book“～”，此处解 Mass-book“～”。
3210 bilks“～”，此处解 builds“～”。
3211 Prophets“～”，此处解 profits“～”。此处化自扶轮国际的第二句格言“服务最好的人得益最多”。
3212 COME SI COMPITA［拉］“～”。
3213 CUNCTITITITILATIO 解 cunctation［拉］“～”。
3214 CONKERY 解 conquer“～”。
3215 CUNK 解 cunt“～”。
3216 TICKELLY 解 tickling“～”。
3217 LIGGERILAG 解 ligger“躺”＋lag“蹒跚”；也解 Luggelaw“～”，位于爱尔兰的威克洛郡。
3218 TITTERITOT 解 titter“傻笑”＋idiot“白痴”。
3219 LUG IN A LAW“～”；也解 log an Lagha［爱］“～”，位于爱尔兰的威克洛郡。
3220 AT A TIE 解 at a time“～”；也解 tie“～”。
3221 THRICKY TILL 解 tricky“狡猾的”＋till“收银机”。
3222 OHIO 解 oh“哎呀”＋Io“伊俄”，古希腊神话中宙斯的情人；也解 yoyo“～”；也解 Ohio“～”。
3223 yaours 解 yours“～”；也解 yoghurt“～”；也解 jaws“～”；也解 giaour“～”，土耳其人称非穆斯林。
3224 salubrated 解 celebrated“～”；也解 salubrious“～”；也解 saluber［拉］“～”。
3225 sickenagiaour 解 signature“～”；也解 seignior“～”；也解 sycamore“～”；也解 sock in the jaw“～”。
3226 teaspilled 解 dispelled“～”；也解 tea“～”＋spilled“～”。
3227 hazeydency 解 hesitancy“～”，爱尔兰记者皮戈特伪造巴涅尔的信时把 hesitancy 写错露陷；也解 hazy“～”。
3228 Sim 解 Jim“～”，乔伊斯儿时被家人称为“阳光吉姆”。
3229 Sheepshopp 解 shipshape“～”；也解 sheep“～”＋shop“～”。
3230 Bleating Goad 解 Bleeding God“～”；也解 Bleating Goat“～”。
3231 Eyeinstye 解 Albert Einstein“～”；也解 Eye in stye“～”；也解 Einst［德］“～”。
3232 deep dartry dullard 解 dear dirty Dublin“～”；也解 deep“～”＋Dartry“～”，都柏林的地名＋dullard“～”。
3233 more“～”；也解 Thomas Moore“～”。
3234 celebridging 解 celebrating“～”；也解 Celbridge“～”，爱尔兰基尔代尔郡的一座城市。
3235 Hiscitendency 解 hesitancy“～”；也解 his tendency“～”；也解 HCE，本书主人公的名字。
3236 the guilt of the gap“～”，此处解 gift of the gab“～”。
3237 old wortsampler 解 old“老的”＋Wort［德］“词语”＋sampler“样品检查员”；也解 Old World“～”＋sample“～”。
3238 hellbeit 解 albeit“～”；也解 hell“～”＋bait“～”。
3239 woolfell“～”，此处解 willful“～”；也解 woeful“～”。
3240 merger“～”，此处解 murder“～”；也解 mother“～”。
3241 culpable“～”；也解 capable“～”；也解 Abel“～”，亚当的儿子，被哥哥该隐杀死。
3242 Oppositional Orexes 解 oppositional orexis“～”；也解 opposite sexes“～”；也解 orexis［拉］“～”。
3243 energument 解 argument“～”；也解 energumen“～”。
3244 republicly royally“～”，此即注释中所说的“对抗欲望的联合倾向”。
3245 toobally 解 too bally“～”；也解 tothbal［爱］“～”；也解 Tubal“～”，该隐的后代，打造各样铜铁利器之人的祖师。
3246 此处化自习语 blue in the face(气急败坏)。
3247 shellings 解 shillings“～”；也解 Wilhelm Schelling“～”(1775—1854)，德国哲学家。
3248 bluedye 解 bloody“～”；也解 blue dye“～”。
3249 Trionfante di bestia［意］“～”，此处出自 *Spaccio de la Bestia Trionfante*(《驱逐趾高气昂的野兽》)，意大利哲学家布鲁诺 1584 年出版的著作，批判基督教的道德学说。
3250 bloater's kipper 解 brother's keeper“～”，此处化自《创世记》(4:9)“我岂是看守我兄弟的吗?”，1958 年乔伊斯的弟弟斯坦尼斯劳斯出版了《我哥哥的守护人》一书。
3251 curse again“～”；也解 corsair“～”，可能指拜伦的诗歌《海盗》(*The Corsair*)。
3252 Jamesons 解 Jameson, John and Sons“～”，都柏林威士忌酒厂的名字。
3253 Old Keane“～”，19 世纪初著名的莎士比亚戏剧演员，在扮演奥瑟罗时死在扮演伊阿古的儿子面前；也解 ok；也解 Kevin“～”；也解 Cain“～”。

和铅锤[3254]，老大赦年[3255]尤八基恩！比蒂[3256]请别客气的头发。比蒂的头发，我亲爱的[3257]傻大个男人|我的。那个奎恩[3258]在哪里，但是他不知道[3259]积雪|绳结，但是你是那个，我的两极对立者[3260]通俗的|重点出生时银[3261]解决者|银臂努阿达胳膊直至袖口[3262]睡眠。汝在陋屋[3264]简陋的小屋|旧屋子中！汝在清瘠的陋屋中!! 汝在倾斜[3265]健康|宁静清瘠的陋屋中!!! 安静地等待[3266]藏到草丛里|安静！安静地等待，千万！法律不允许[3267]大声地你大喊[3268]开枪。我把我的库存笔[3269]消防栓种在你的后门，尿壶[3270]悬铃木罐|中国。你好[3271]！让所有回忆随它去吧。再见。唤出[3272]阿沃卡汇聚的水流[3273]做女仆。㉑⓪ 为了美好的万福昔日[3276]膏状的|漂洗。我禁止你歌唱[3277]我保卫你成为冠军我助厨[3278]痞子的赞歌。赞美[3279]脑叶|地球仅属于书。四位大师[3280]《四大师编年史》的奖赏㉑①将于明天显示，当我们带着雇员，戴着围巾，拿着受祝福的钱包，还有环绕我们脖子和头[3283]的我们的光晕，去柔软的爱尔兰[3284]不在意朝圣[3285]参与争球|扭打的时候，何地[3286]然而何时，多糖老爹[3287]有钱老爹，提供甜食的家长，将会送给[3288]毒药|结婚我们[3289]吾等他的诺

三圣天神歌[3263]圣三位。

---

[210] 无罪[3274]苏格兰短裙。但是经理[3275]人|半开的有。他！他！嗬！嗬！嗬！

[211] 马车灯、圆滑喷泉[3281]、气味，以及我血腥的味觉[3282]突发的。

3254 此处化自习语 hook, line and sinker(全部)。

3255 jubalee 解 jubilee“～”,天主教每二十五年一次;也解 Jubal“～”,弹竖琴和风琴的人的祖先。

3256 Biddy 解 Biddy O'Brien“～”,歌谣《芬尼根的守灵夜》中的守灵者之一;也与后面合解 Bitte sehr[德]“～”。

3257 mine lubber 解 mein Lieber[德]“～”;也解 man lubber“～”;也解 mine“～”。

3258 Quin 解 John Quinn“～”(1870—1924),爱尔兰照片和手稿收藏家。

3259 sknows it knot 解 knows it not“～”;也解 snows“～”+knot“～”。

3260 popular endphthisis 解 polar antithesis“～”;也解 popular“～”;也解 emphasis“～”。

3261 Solver“～”,此处解 silver“～”;也解 Nuadha of the Silver Arm“～”,达奴神族之王。

3262 sleep“～”,此处解 sleeve“～”。此处化自习语“含着银勺子出生”。

3263 Trishagion 解 Trisagion“～”,东正教三唱圣哉上帝的赞美诗;也解 to Trishagion[希]“～”。

3264 shanty“～”,因后面的韵律需要译为“～”,此处的重复模仿三圣天神歌;也解 sean-tigh[爱]“～”。

3265 slanty 解 slant“～”;也解 sláinte[爱]“～”;也解 samdhi[梵]“～”。

3266 Bide in your hush“～”;也解 hide in your bush“～”;也解 Bi i do thost[爱]“～”。

3267 aloud“～”,此处解 allow“～”。

3268 shout“～”;也解 shoot“～”。

3269 penstock“～”,此处解 pen“笔”+stock“存货”。此处与后面的 postern 包含本书主人公两个儿子的主要象征物 pen(笔)和 post(邮递)。

3270 Chinarpot 解 chamberpot“～”;也解 chinar pot“～”;也解 China“～”。

3271 Ave[拉]“～”。

3272 Vale. Ovocation 解 Vale[拉]“再见”+evocation“唤起”;也解 Avoca(OVOCA)“～”,爱尔兰威克洛郡的河流和山谷。此处化自托马斯·穆尔的歌曲《水流汇聚》,指的就是阿沃卡河谷。

3273 maiding waters 解 meeting waters“～”;也解 maiding“～”。

3274 Kilty 解 guilty“～”;也解 kilt“～”。

3275 manajar 解 manager“～”;也解 man“～”+ajar“～”。

3276 auld lang salvy steyne 解 auld lang syne“美好的昔日”+salve[拉]“万福”;其中 salvy 也解“～”;其中 steyne 也解 syne“～”。

3277 I defend you to champ“～”,此处解 je vous défends de chanter[法]“～”。

3278 scullion“～”,厨房里洗碗碟的人,属于最低等的仆人;也解 cullions“～”。

3279 lobe“～”,此处解 Lob[德]“～”;也解 globe“～”。

3280 Foremaster 解 Four Masters“～”;也解 *Annals of the Four Masters*“～”,也称《四大师的爱尔兰王国编年史》。

3281 Soapy Geyser“～”,指爱尔兰布拉尼城堡的巧言石,相传吻此石头后即善于花言巧语。

3282 M Gusty 解 my gustation“～”;其中 Gusty 也解“～”。此处包括视觉、触觉、嗅觉、味觉。

3283 neckkandcropfs 解 neck and Kopf([德]“头”)“～”,此处化自习语 neck and crop(干脆)。

3284 Whaboggeryin 解 bog[爱]“柔软的”+Éirinn[爱]“爱尔兰”;也解 ná bac[爱]“～”。

3285 Pilscrummage 解 pilgrimage“～”;也解 scrummage“～”;也解 scrum“～”。

3286 where as“～”,此处解 where“～”。

3287 Heavysciusgardaddy 解 heavy sugar daddy“～”,美国俚语中指有钱的老男人,此处直译为“～”。

3288 gift“～”;也解 Gift[德]“～”;也解 at gifte os[丹]“～”。

3289 uns[德]“～”;也解 us“～”。

拒绝是适应。

伯莱特糖果店的惊喜[3290]诺贝尔奖|贵族义务。带着这个值得赞赏的目的，有着可赞的[3291]响亮的能力，让我们心满意足[3292]意指的|呜咽|一个|吞没吧。在你和我之间的香港[3293]圣约翰。同上，米斯巴[3294]弥撒尽头。

警察和妖怪[3295]HCE进来。斧头确保城市的恐怖[3296]无畏地审判全世界。

但是他们到底为什么[3297]之时|钟面在杯子和食物[3298]狐狸莫克斯和葡萄上乱写乱画混日子？好吧[3299]右(手)，置于其上[3300]？[212] 踏实地踏实地踏实地踏实地踏实地我们学习[3305]。很多很多很多很多很多我们咀嚼[3306]。[213] 我们在三艺和四艺[3309]三岔路口|十字路口上全面开花，像间奏曲[3310]一样写出[3311]法院命令我们的那一套。艺术、文学、政治ALP、经济、化学、人文[3312]ECH，等等[3313]以及c。责任，纪律的女儿，南城市场[3316]的大火，信奉巨人和猖女[3318]，万物的场所，万物各安其所，笔比剑更强大吗？行政部门里的一个成功职业，[214]森林里的自然之音，[215]你最喜爱的英雄或女英雄，得益于消遣，[216]如果站着的石头能说话，献身于宝尊堂[3326]博俊古辣小堂|部

加图[3314]。
尼禄[3315]。
扫罗[3317]。
亚里士多德。
尤利乌斯·凯撒。
伯里克利[3319]。
奥维德[3320]。
亚当、夏娃。
图密善[3322]。
俄狄浦斯[3325]。
苏格拉底。

---

[212] 魔鬼[3301]分摊想要那本胡说八道的书[3302]潺潺流水。亲爱的姑妈艾玛·埃姆斯[3303]吃了[3304]吃|男性可以吸烟。

[213] 把白日一笔勾销，睡帽在高处[3307]每夜。去了，去了，一去不回[3308]毛德·冈妮！

[214] 罗马天主教徒，已脱离，品性纯良，乐于助人，无工资。

[215] 那里莉莉是一位女士[3321]发现了风疹。

[216] 噗啪哔噼叭呣噗哩[3323]小家伙，我可以用属于我自己的东西做我喜欢的。香啊香[3324]。

3290 Noblett surprize 解 Noblet's surprize“～”,店铺位于都柏林阿贝街 34 号;也解 Nobel prize“～”;也解 noblesse oblige [法]“～”。
3291 loud“～”,此处解 laudable“～”。
3292 singulfied 解 satisfied“～”;也解 signified“～”;也解 singultus [拉]“～”;也解 single“～”;也解 engulf “～”。
3293 hung cong 解 Hong Kong [中]“～”,化自习语 go to Hong Kong(去见鬼);也解 St. John“～”。
3294 mizpah 解 Mizpah“～”,地名,化自《创世记》(31:48—49)“今日这石堆作你我中间的证据。因此这地方名叫迦累得,又叫米斯巴,意思说,我们彼此离别以后,愿耶和华在你我中间鉴察”;也解 Missa “～”。
3295 HOW 解 hobgoblin“～”。此处也包含本书主人公名字的缩写 HCE。
3296 SECURES GUBERNANT URBIS TERROREM [拉]“～”;也解 SECURUS IUDICAT ORBIS TERRARUM [拉]“～”,基督教接受自斯多葛派的格言。
3297 while the dial 解 why the devil“～”;也解 while“～”+the dial“～”。
3298 the mugs and the grubs“～”;也解 The Mookse and The Gripes“～”,本书中狐狸和葡萄的故事。
3299 Oikey 解 O. K.“～”;也解 oikea [芬]“～”。
3300 Impostolopulos 解 impositus [拉]“～”。
3301 divvy“～”,此处解 devil“～”。
3302 babbling brook“～”,在世界语的口语中指“烹饪”,此处解 babbling book“～”。
3303 Emma Emma 解 Emma Eames“～”,19 世纪的美国歌剧女高音。
3304 Eates 解 ate“吃了”;也解 eats“～”;也与前面合解 emma-emma-esses,即 MMS(Men may smoke)“～”。
3305 studiavimus 解 studuimus [拉]“～”。
3306 manducabimus [拉]“～”。
3307 on nigh 解 on high“～”。此处化自托马斯·穆尔的歌曲《奏响快乐的竖琴,看月亮高升》,旋律是《睡帽》;也解 on nights“～”。
3308 Goney, goney gone 解 going, going, gone“～”,拍卖时的口令;也解 Maud Gonne“～”,爱尔兰女演员。
3309 triv and quad“～”,在中世纪,文理教育包括 7 种,且分为两组,第一组为“三艺”,包括语法、修辞和逻辑,第二组为“四艺”,包括数学、几何、天文和音乐;也解 trivium [拉]“～”+and+quadrivium [拉]“～”。
3310 Intermidgets 解 intermezzo“～”。
3311 writ“～”,此处解 write“～”。
3312 这六个学科的首字母分别组成本书男女主人公名字的缩写 ALP 和 ECH(HCE)。
3313 &c 解 etc“～”;也解 &c“～”。
3314 Cato 解 Marcius Porcius Cato“玛尔库斯·加图”(前 234—前 149),罗马共和国时期的政治家。
3315 Nero“～”(37—68)古罗马帝国皇帝,以残暴著称,据说曾放火烧毁半个罗马城。
3316 都柏林的一个商业区,1881 年开张,1892 年毁于大火。
3317 Saul“～”,《圣经》中以色列联合王国的第一位君主,标志着士师时代的结束。
3318 Banshee“～”,爱尔兰传说中预报死讯的女妖。
3319 Pericles“～”(前 495—前 429),政治家,古希腊奴隶制民主政治的杰出代表者。
3320 Ovid“～”(前 43—约公元 17),罗马诗人。
3321 化自歌曲《埃迪是位女士》(“Edy was a Lady”)。
3322 Domitian“～”(51—96),中文又译作多米提安,罗马帝国第十一位皇帝,以残暴统治著称。
3323 Bubabipibambuli,象声词;也解 Bub“～”。
3324 Nyamnyam 解 yumyum,儿童说“yummy”的发音,故译。
3325 Edipus 解 Oedipus“～”,希腊神话中著名的杀父娶母的悲剧国王,曾战胜人面狮身的斯芬克斯。
3326 Portiuncula“～”,也译“～”,意大利中部小教堂,方济各会发源地;也解 portioncula [拉]“～”。

埃阿斯[3327]。
荷马。
马可·奥勒留[3330]。
亚西比德[3332]。
卢克莱修[3333]。
挪亚。
柏拉图。
贺拉斯[3334]。
以撒[3335]。
特瑞西斯[3336]。
马利乌斯[3340]。
第欧根尼[3342]。
普洛克涅、菲洛梅拉[3344]。
亚伯拉罕[3348]亚伯拉罕·金。
内斯特[3349]。
辛辛那图斯[3351]。
列奥尼达斯[3352]。
雅各[3356]。
忒奥克里托斯[3357]。
约瑟[3358]。
费比乌斯[3359]。
参孙[3360]。
该隐[3361]。
伊索[3363]。

分的放纵宴席，位于保尔桥区[3328]的都柏林都市警察运动会，用盎格鲁的家常单音节词描述《金星号遇难》[3329]，[217]从德莫特和格拉尼娅[3331]那里能得出什么美德，如果有的话？[218] 你赞成我们现存的议会体系吗？昆虫的使用和虐待，健力士酒厂的一次访问，俱乐部，一便士邮政制的好处，什么时候双关不是双关？阿尼姆斯和阿尼玛[3337]的男女同校是否完全可取？[219] 克伦塔夫[3341]出了什么事？自从我们的乔纳森兄弟[3343]乔纳森·斯威夫特发誓戒酒，或两位年轻老处女的沉思，[220]为什么我们都爱戴我们的小市长大人，亨格乐马戏团[3350]的消遣，论节俭，[221]为新的电力供应而做的凯特尔-格里菲斯-莫伊尼汉[3355]计划，古时候的旅行，[222]美国湖畔诗歌，曾经半梦到的最奇怪的梦。[223] 慎重，我们的大山同盟，巴涅尔的追随者们只向亨利·都铎[3362]致敬吗？在饶舌书信中告诉一位朋友蚱蜢和蚂蚁的寓

[217] 经验丰富的水手的警告。

[218] 万事万物难得地相等和独特。

[219] 杰克和魔豆[3338]笑话|蜜蜂说话与小红帽[3339]粗鲁的|躲藏的|棒子。

[220] 非常[3345]摆渡船像地下酒吧[3346]鬼行|爱尔兰里的蒙面先知[3347]鲸鱼。

[221] 没有巴黎[3353]帕里斯，小钱还有什么意义[3354]什么罪是！

[222] 我迷路了，我在哪里？

[223] 我睡着的那次有事情发生了，撕碎的信或者下雪了吗？

3327 Ajax“～”，荷马史诗《伊利亚特》里特洛伊战争中的古希腊英雄。
3328 Ballsbridge“～”，都柏林东南部的区名。
3329 The Wreck of the Hesperus“～”，美国诗人朗费罗的诗歌。
3330 Marcus Antoninus Aurelius“～”(121—180)，古罗马皇帝，斯多葛派哲学家。
3331 Diarmuid and Grania 解 Dermot and Grania“～”，芬·麦克尔的侄子和妻子，两人私奔。
3332 Alcibiades“～”(前 450—前 404)，古雅典将军、政治家，苏格拉底的生死之交。
3333 Lucretius“～”(约前 99—前 55)，古罗马哲学家、诗人。
3334 Horace“～”(前 65—前 8)，古罗马诗人、批评家。
3335 Isaac“～”，《创世记》中亚伯拉罕和撒拉的儿子，意思是笑声。
3336 Tiresias“～”，希腊神话中的双性预言者。
3337 Animus and Anima“～”，瑞士心理学家荣格的术语，指女性的男性特征和男性的女性特征。
3338 Jests and the Beastalk 解 Jack and the Beanstalk“～”，英国童话；也解 Jests“～”；也解 bees talk“～”。
3339 little rude hiding rod 解 Little Red Riding Hood“～”；也解 rude“～”＋hiding“～”＋rod“～”。
3340 Gaius Marius“～”(前 157—前 86)，罗马将军。
3341 Clontarf“～”，爱尔兰国王布利安·布鲁 1014 年在此击败丹麦侵略军。
3342 Diogenes“～”(前 412—前 323)，古希腊哲学家，在白天打着灯笼找真正的人。
3343 Brother Johnathan 解 Brother Jonathan“～”，对美国人的代称；也解 Jonathan Swift“～”。
3344 Procne, Philomela “～”，雅典国王潘狄翁的两个女儿，色雷斯国王特柔斯娶了前者，强奸了后者。
3345 Wherry“～”，此处解 very“～”。
3346 spookeerie 解 speakeasy“～”；也解 spookerij［荷］“～”；也解 Éire［爱］“～”。
3347 whaled prophet 解 veiled prophet“～”；也解 whale“～”。化自托马斯·穆尔的歌曲《霍拉桑的蒙面先知》。
3348 Abraham“～”，《旧约》中的义人，老年得子；也解 Abraham King“～”，都柏林市长。
3349 Nestor“～”，荷马史诗中皮洛斯国王，以贤明著称。
3350 Hengler's Circus“～”，19 世纪后期一个每年都来都柏林表演的马戏团。
3351 Cincinnatus“～”(前 519—前 430)，罗马政治家，他在罗马危机时接手领导权，危机过后立刻辞职。
3352 Paris“～”；也解 Paris“～”，荷马史诗中，他拐走海伦从而引发特洛伊战争。
3353 What sins is“～”，此处解 what sense is“～”。
3354 Leonidas“～”(前 540—前 480)，斯巴达的国王，率领三百勇士在温泉关成功阻止波斯大军两天时间。
3355 Kettle-Griffith-Moynihan“～”，劳伦斯·凯特尔主管都柏林的供电系统，20 世纪 20 年代作为总工程师，与咨询工程师格里菲斯和辖区工程师莫伊尼汉一起规划了都柏林的水力发电系统。
3356 Jacob“～”，《圣经》中以色列人的祖先。
3357 Theocritus“～”，古希腊诗人，是西方牧歌(田园诗)的创始人。
3358 Joseph“～”，圣母玛利亚的丈夫。
3359 Fabius 解 Quintus Fabius Maximus Verrucosus“～”(前 280—前 203)，罗马政客和将军，曾为独裁者。
3360 Samson“～”，《圣经》中的力士。
3361 Cain“～”，《圣经》中杀兄之人。
3362 Henry Tudor“～” (1457—1509)，即亨利七世，英国都铎王朝的建立者。
3363 Esop 解 Aesop“～”。

普罗米修斯[3365]。
罗得[3366]。
伟大的庞培[3367]、
米太亚德将军[3368]。

言，㉔圣诞老人，贫民窟的耻辱，罗马教宗和东正

梭伦[3372]。
卡斯托耳、波鲁克斯[3373]。

教会，㉕每星期三十小时，比较吉米·王尔德[3374]

狄奥尼修斯[3376]
狄俄尼索斯|狄奥尼索斯之耳。

和杰克·夏基[3375]的拳击风格，如何理解聋子，女

萨福[3377]。
摩西[3378]。

士们是否应该学音乐或数学？荣耀归于圣帕特

约伯[3379]。
喀提林[3380]。
卡德摩斯[3381]。

里克！垃圾堆里能找到什么，间接证据的价值，

以西结[3382]。
所罗门[3383]。
特米斯托克利[3384]。

需要拼写吗？印度的放逐者，收集锡蜡，我[3385]鲑

维特里乌斯[3388]。
大流士[3389]。

鱼，㉖适当的和基本的膳食必需品给，㉗如果你要

色诺芬[3390]。

做，就现在做。拖延误事。快生活[3391]！汉娜咯

咯叫[3392]哥布林|都柏林：茶摆好了，看够了[3393] 1769|理解！

夜晚[3394]很快|嘲笑很快会在一瞬间降临，每位财政

大臣[3395]前|钟表。

全能[3396]全部|统治。

—[3397]

妈妈[3398]马太、马可、路加、约翰，看[3399]，你的牛肉茶[3400]嘶嘶作响！

㉔ 米克[3364]我为了他的痛苦，尼克在他的过去中。

㉕ 他脸上的非语法部分[3369]词性全是意大利面条汤[3370]你会移走，至于那个马狐脸[3371]，倒霉的数字，施洗礼迟到了！

㉖ 嗯，先生？哪里，先生？我[3386]你，先生？不[3387]，不，先生！

㉗ 我们就寝之前，兄弟们，让我们对祷告做出那种回应！

3364 Mich [德]"～",此处解 Mick"～",书中儿子肖恩的化身。
3365 希腊神话中盗火给人类的神。
3366 Lot"～",《圣经》中的人物,所多玛城中唯一的义人,他的女儿将他灌醉后与他生下了孩子。
3367 Pompeius Magnus"～"(前 106—前 48),古罗马共和国的统帅,三巨头之一。
3368 Miltiades Strategos"～",雅典将军,在前 490 年的马拉松战役中打败波斯人。
3369 agrammatical parts"～";也解 parts of speech"～"。
3370 toglieresti in brodo 解 taglierini in brood [意]"～";也解 toglieresti [意]"～"。
3371 hippofoxphiz 解 hippos [希]"马"+fox"狐狸"+face"脸"。
3372 Solon"～"(前 638—前 558),古雅典的立法者。
3373 Castor, Pollux"～",双子星座。
3374 Jimmy Wilde"～",英国拳击手。
3375 Jack Sharkey"～",美国拳击手。
3376 Dionysius"～"(前 430—前 367),意大利西西里岛叙拉古的暴君;也解 Dionysus"～",古希腊神话中的酒神;也解 Dionysius'Ear"～",意大利西西里岛叙拉古城中一个人工的石灰石洞穴,形状像人耳。
3377 Sappho"～"(约前 610—约前 570),古希腊著名的女抒情诗人。
3378 Moses"～",基督教先知。
3379 Job"～",《圣经》中《约伯记》的作者。
3380 Catilina"～"(约前 108—前 62),罗马贵族,利用当时社会的不满掀起政变,战败而死。
3381 Cadmus"～",古希腊神话中的腓尼基王子,欧罗巴的哥哥。
3382 Ezekiel"～",流放在巴比伦时完成《圣经》中《以西结书》。
3383 Solomon"～",《圣经》中的以色列国王,拥有锡矿。
3384 Themistocles"～"(前 524—前 460),古希腊政治家、军事家。
3385 Eu [葡]"～";也解 eu [爱]"～"。
3386 Eu [葡]"～";也解 you"～"。
3387 Nenni [法]"～"。
3388 Vitellius"～",公元 69 年相继迅速出现的四位罗马皇帝之一。
3389 Darius"～"(前 550—前 486),波斯帝国君主。
3390 Xenophon"～"(约前 430—前 354),雅典历史学家,以记录当时的希腊历史和苏格拉底语录而著称。
3391 Vitavite 解 vita [拉]"生活"+vite [法]"快速的"。
3392 Gobble"～";也解 Gobelin"～",法国挂毯制造商家族,也是巴黎附近的地名;也解 Dublin"～"。
3393 tea's set, see's eneugh 解 tea is set, seeing is enough"～";也解 dix-sept six et neuf [法]"～";其中 see's 也解 seize"～"。
3394 Mox [拉]"～",此处解 nox [拉]"～";也解 mock"～"。
3395 chancellory of his exticker 解 chancellor of his exchequer"～";其中 exticker 也解 ex-"～"+ticker"～"。
3396 Pantocracy 解 pantokratia [希]"～";也解 panto- [希]"～"+cracy"～"。
3397 Aun 解 aon [爱]"～"。
3398 MAWMAW 解 mama [中]"～";也与后面合解 mamalujo"～",四福音书的作者。
3399 LUK 解 look"～"。
3400 BEEFTAY 解 beeftea"～"。

双边互助论[3401]两方回报|交换|双金属材料。 二[3402]

可互换性。 三[3403]

自然性。 四[3404]

异期复孕。 五[3405]古实㉘

稳固地松动[3408]坚定不移|可移动。 六[3409]说

周期性。 七[3410]

达到顶点。 八[3411]

相互渗透性。 九[3412]

困境。 十[3413]蛋㉙

由轮流替换[3420]理论[3421]原理达成的事实的平衡。合并[3422]一捆。 他们的筵席[3423]进食开始。

无意识[3424]不精明的中倾向于做坏事[3425]可可|诗学不悦耳的的力比多[3426]。

夜间电报

向爸爸和妈咪[3427]活力以及下面和上面的老家伙们[3428]致以我们最好的圣诞季问候[3429]你会死的贪婪,祝他们在这片利菲河[3430]的土地上,全都非常快乐道成肉身,并且在他们即将到来的新

㉘ 柳条篮[3406]基什是给反基督者[3407]手|拇指|我|首先的,我的手免费给他!

㉙ 鸡蛋[3414]噱头给学校[3415]脑壳,还有十字面包[3416]交叉骨和希望[3417]大叫,他会因我们用线条[3418]冒极大的危险画图感到开心[3419]!

3401 Bimutualism 解 Bi-mutualism“～”；也解 bimutualis［拉］“～”；也解 mutualis［拉］“～”；也解 bimetal “～”。
3402 Do 解 dó［爱］“～”。
3403 Tri 解 trí［爱］“～”。
3404 Car 解 ceathar［爱］“～”。
3405 Cush 解 cúig［爱］“～”；也解 Cush“～”，《圣经》中挪亚的孙子、含的儿子，参加了巴别塔的建造。
3406 Kish 解 cis［爱］“～”；也解 Kish“～”，位于都柏林湾南口的一道沙洲，乔伊斯曾写到基什导航灯船。
3407 anticheirst 解 antichrist“～”；也解 cheir［希］“～”；也解 anticheir［希］“～”；也解 ich［德］“～”；也解 erst［德］“～”。
3408 Stabimobilism 解 stabilimobilis［拉］“～”；也解 stabilis［拉］“～”＋mobilis［拉］“～”。
3409 Shay 解 sé［爱］“～”；也解 say“～”。
3410 Shockt 解 seacht［爱］“～”。
3411 Ockt 解 ocht［爱］“～”。
3412 Ni 解 naoi［爱］“～”。
3413 Geg 解 deich［爱］“～”；也解 egg“～”。
3414 gags“～”，此处解 eggs“～”。
3415 skool 解 school“～”；也解 skull“～”。
3416 crossbuns 解 cross buns“～”；也解 crossbones“～”，常画在骷髅下，象征死亡。
3417 Whopes 解 hopes“～”；也解 whoop“～”。
3418 on the line“～”，此处解 with the line“～”。
3419 Enjoyimsolff 解 enjoy himself“～”。
3420 Boox and Coox 解 Box and Cox“～”，出自英国作家莫顿 1847 年写的同名小说《保克斯和考克斯》，书中的两个人物约翰·保克斯和詹姆斯·考克斯白天和黑夜分别租住同一个公寓。
3421 theoric 解 théorie［法］“～”，也解 Theorie［德］“～”。
3422 Amallagamated 解 amalgamated“～”；也解 amalla［希］“～”。
3423 feed“～”，此处解 feast“～”。
3424 UNGUMPTIOUS“～”，此处解 unconscious“～”。
3425 KAKAOPOETICS 解 kakopoietikos［希］“～”；也解 Kakao［德］“～”＋poetics“～”；也解 cacophonic “～”。
3426 LIPPUDENIES 解 libido“～”，即弗洛伊德所说的性冲动。
3427 Pep and Memmy 解 pop and mommy“～”；也解 pep“～”。
3428 folkers 解 folks“～”。
3429 youlldied greedings 解 Yuletide greetings“～”；也解 you'll-died greed“～”。
3430 livvey 解 Liffey“～”。

年[3431]纽约|新美国人里无比繁荣[3432]仓促的

傻子、家伙和小姐妹[3433]惦记|酷似别人的人

敬启

（婴儿们同样致意）

3431 new yonks 解 new years“～”；也解 New York“～”；也解 new Yanks“～”。

3432 preprosperousness 解 prosperousness“～”；也解 preprosperous“～”。

3433 jake, jack and little sousoucie 解 jake“傻子”＋jack“人人”＋and＋little“小”＋sissy“女人气的男子”；也解 souci［法］“～”；也解 sosie［法］“～”。

第三章

这可能不是，或者可能是对健力士黑啤酒没兴趣，但是。

亡灵书[1]聋者的畏缩的末日审判里，藏着他对在部落中的口吃[2]苦恼生活[3]光的恐惧，但从一个新娘的立场[4]看法|骨干|位置看，他生命的光彩[5]高度在于，当一个男人，意思是一座山[6] HCE，不包括[7]方位他的距离，娶了一位女神[8]涉水，那是一位喜欢玩慵懒的胜利的女神，然而那种骄傲[9]新娘让政党陷入泥沼，乞求守灵带来的荣耀[10]，此时阴谋正像你的伦巴舞一样围绕着我的花园，异神崇拜[11]放到别处|阿拉特，或许[12]有提词支撑他们，在阿拉伯沙漠[13]以太|艾特利亚|霍斯角里抓紧时机，就像在更宏伟的郊区，呸，嘿，哼[14]芬·麦克尔|粉丝|巴结者|新芬党人|虚弱的|流亡，不论乡村[15]留里克|农夫还是全世界[16]世界主义的，大部分时间或只是片刻，正争吵不休。

他们是为了什么原因，是因为爱尔兰-梅利西安人[17]和盎格鲁-诺曼人[18]捐给他，一个流汗的奴隶[19]世界的兄弟[20]起因国家[21]想法|海洋|耳廓的诞生，作为保持神秘的人[22]《大建筑师》|大胆先生|兄弟，首先在西方[23]在他们浪费中被强迫，对阿卜杜拉[24]都柏林来说阿美娜[25]

1 the balk of the deaf"～",此处解 *The Book of the Dead*"～",古埃及葬礼文献的统称。

2 tribalbalbutience 解 tribal"部落的"＋balbutiens［拉］"口吃";也解 tribolo［意］"～"。

3 light"～",此处解 life"～"。

4 stammpunct 解 standpoint"～";也解 Standpunkt［德］"～";也解 Stamm［德］"～";也解 standpunt［荷］"～"。

5 height"～",此处解 light"～"。

6 乔伊斯误认为中文的"山"发音为"Fin",即 Finn MacCool"芬·麦克尔";也是本书的主人公 HCE。

7 barring"～";也解 bearing"～"。

8 wades a lymph 解 weds a nymph"～",指利菲河;也解 wades a Lympha(［拉］"水")"～"。

9 pride"～";也解 bride"～"。

10 此处化自歌曲《恩尼斯科西》(Enniscorthy)中的"为了舞会和派对的骄傲,以及守夜的荣耀"。

11 Allatheses 解 allotheism"～";也解 allothesis［希］"～";也解 Allat"～",伊斯兰教早期多神崇拜中的地狱女神。

12 perhelps 解 perhaps"～"。

13 Etheria Deserta 解 Arabia Deserta［拉］"～";也解 aether［拉］"～";也解 Etheria"～",5 世纪或 6 世纪的女修道院院长,她描写了圣土;也解 Edri Deserta"～"的旧名。

14 Finnfannfawners 解 fie, foh, and fum"～", 出自《李尔王》第 3 幕第 4 场;也解 Finn MacCool"～",爱尔兰传说中芬尼亚英雄的领袖＋fan"～"＋fawners"～";也解 Sinn Féiners［爱］"～";也解 fann［爱］"～";也解 fánaidhe［拉］"～"。

15 ruric 解 rustic"～";也解 Rurik"～",俄罗斯留里克王朝的创立者;也解 ruricola［拉］"～"。

16 cospolite 解 cosmopolitan"～";也解 cosmopolite"～"。

17 Hiberio-Miletians 解 Hibernia［拉］"爱尔兰"＋Milesian"梅利西安人",爱尔兰传说中的祖先,从西班牙来。

18 Argloe-Noremen 解 Anglo-Norman"～"。

19 sweatoslaves 解 sweat of slaves"～";也解 svet［斯］"～"。

20 breeder"～",此处解 brother"～"。

21 otion 解 nation"～";也解 notion"～";也解 ocean"～";也解 σtion［希］"～"。

22 mysterbolder 解 mystery holder"～";也解 *The Master Builder*"～",易卜生的戏剧;也解 mister bolder"～";也解 Bruder［德］"～"。

23 forced in their waste"～",此处解 first in the West"～"。

24 Ibdullin 解 Abdulhin"～",穆罕默德的父亲;也解 Dublin"～"。

25 Himana 解 Aminah"～",穆罕默德的母亲。

又有什么关系，他们的十二电子管[26]管状的高保真转盘[27]爱尔兰国会的下议院，像明天下午一样现代，有着最新式的外观，（听说那个未开化的[28]红色的沃林镇公国的[29]惠灵顿公爵所有人似乎[30]策划都弄[31]二等分错了日期）装配了有高级护罩的伞状远程天线，由贝利尼-托西[32]贝利尼|托斯蒂耦合系统的磁性链连接，还有一个重要语气的扬声器，能够捕捉天体[33]阴茎|巴德、港口发出船只[34]、钥匙咔哒声、吸尘器[35]餐费|梵蒂冈、由于女人而形成的移动，或者男人制造的静电干扰，并且在下面的一个消音池[36]铝炖锅里整个[37]嚎叫无线电发射站[38]含大喊[39]煮沸|桶，并摇摇晃晃减弱，好快乐地走来走去为他准备咖喱肉汤[40]温暖|苹果旋转木马[41]场地|圣母玛利亚|空间，为了全爱尔兰的灶台[42]心灵|地球和家庭[43]欧姆|乔治·欧姆，在电力上[44]道德选择力|折中派的做了过滤。这个谐波压缩器引擎[45]脾气|HCE（防波堤[46]摩尔数量单位）他们让其从弹匣电池（称为MMBB，专利号1132，索尔消弧线圈[47]鱼雷父子[48]儿子们|罪公司制造，藏银岛[49]藏匿乔姆斯堡[50]）启动，由耦合三通阀[51]耦合的单阀[52]单一|小阀管线调音（向前湖水般滑动[53]莱克斯利普，仿佛他们的生活[54]生计|利菲河依赖[55]困境|水于它），配以脑积水式[56]如何的放大，对环中心兆周[57]加以增益控制[58]，跨度从大洪水前[59]反都柏林直到爱尔兰自由邦[60]零|政府|地区|零政府|政治组织|迟的地区。他们最终引起，或者最最少以某种方法带来[61]（那）管线[62]瀑布的噼啪声[63]前文树枝敲打窗户的声音，（去）渗[64]刺入|耳廓入到[65]通过|导言听觉颗粒[66]小剪刀|为了|易变的|蠼螋（被称为维京[67]醒着的|父亲眠者，由珀西·奥莱利[68]蠼螋|隆隆声|耳朵

26 tolvtubular 解 tolv［丹］“12”＋tube“电子管”；也解 tubular“～”。
27 daildialler 解 dial“～”；也解 Dáil［爱］“～”。
28 ruad 解 rude“～”；也解 ruadh［爱］“～”。
29 duchy of Wollinstown 解 duchy of“公国的”＋Wolin“沃林岛”，波兰著名海滨疗养地＋town“市镇”；也解 Duke of Wellington“～”。
30 schemed“～”，此处解 seem“～”。
31 halve“～”，此处解 have“有”。
32 Bellini-Tosti 解 Bellini and Tosi“～”，两人是无线电报的先驱，他们 1907 年设计了接收信号的测角器，1938 年被付诸现实；也解 Bellini“～”（1801—1835），意大利作曲家＋Francesco Tosti“～”（1846—1916），意大利作曲家。
33 skybuddies 解 sky bodies“～”，应指飞机；也解 bod［爱］“～”；也解 Budd“～”，美国作家麦尔维尔小说中的年轻人。
34 此处包含本书主人公名字的缩写 HCE。
35 vaticum cleaners 解 vacuum cleaner“～”，吸尘器 1901 年发明；也解 viaticum［拉］“～”；也解 Vatican“～”，指梵蒂冈电台。
36 eliminium sounds pound 解 eliminating sounds ponds“～”；也解 aluminium saucepan“～”。
37 whowle 解 whole“～”；也解 howl“～”。
38 hamshack 解 ham shack“～”；也解 Ham“～”，挪亚的儿子。
39 bawling“～”；也解 boiling“～”；也解 barrel“～”，与前面的词语一起化自习语 lock, stock and barrel（完全地）。
40 melegoturny 解 mulligatawny soup“～”；也解 meleg［匈］“～”；也解 mele［意］“～”。
41 marygoraumd 解 merry go round“～”；也解 ground“～”；也解 Mary“～”；也解 Raum［德］“～”。
42 earths 解 hearth“～”；也解 heart“～”；也解 earth“～”。此处化自歌曲《老爱尔兰的心和手》。
43 ohmes 解 homes“～”；也解 ohm“～”，电阻单位；也解 George Simon Ohm“～”（1787—1854），德国电学家。
44 eclectrically 解 electrically“～”；也解 eklektikos［希］“～”；也解 eclectic“～”。
45 enginium 解 engine“～”；也解 ingenium［拉］“～”；也与前面两个词的首字母合解 HCE，本书主人公名字的缩写。
46 Mole“～”，现在也解“～”，物质的量的单位。
47 Thorpetersen 解 Thor“索尔”，北欧神话中的雷神和战神＋Petersen coil“消弧线圈”，防闪电；也解 torpedo“～”。
48 Synds 解 sons“～”；也解 synder［丹］“～”。
49 Selverbergen 解 silver“银”＋bergen［德］“藏匿”，即“～”，疑为沃林岛的维京名称，因大量银币流通而得名。
50 Jomsborg 解 Jómsborg“～”，维京人在 970—1098 年的住地，位于波罗的海沃林岛。
51 twintriodic 解 twin“耦合的”＋triode valve“三通阀”＋-ic。
52 Singulvalvulous 解 single“单一”＋valvule“小阀”＋-ous。
53 lackslipping 解 lake“湖水”＋slipping“滑动”；也解 Leixlip“～”，爱尔兰地名，位于利菲河与莱伊河交汇处。
54 liffing 解 living“～”；也解 Liffey“～”。
55 deepunded 解 depended“～”；也解 deep end“～”；也解 unda［拉］“～”。
56 howdrocephalous 解 hydrocephalic“～”；也解 how“～”。
57 物理术语，无线电频率单位，一百万周。
58 物理术语，指从地下深浅不同层位先后到达地面的反射波。
59 antidulibnium 解 antediluvian“～”；也解 anti-Dublin“～”。
60 serostaatarean 解 Saorstat Eireann［爱］“～”；也解 zero“～”＋Staat［德］“～”＋area“～”，即“～”；也解 staat［荷］“～”；也解 sero［拉］“～”。
61 brung it about 解 bring it about“～”。
62 lin 解 line“～”；也解 linn“～”。
63 pip“～”，收音机里的声音；也解 tip“～”。
64 pinnatrate［爱］“～”；也解 penetrate“～”；也解 pinna“～”。
65 inthro 解 into“～”；也解 in through“～”；也解 intro“～”。
66 forfickle 解 particle“～”；也解 forficula［拉］“～”；也解 for“～”＋fickle“～”；也解 Forficules［法］“～”。
67 Vakingfar 解 viking“～”；也解 waking“～”；也解 far［诺］“～”。
68 Piaras UaRhuamhaighaudhlug 解 Piaras Ua Raghallaigh［爱］“～”，书中人物，字面意为 perce-oreille［法］“～”，因此为主人公 HCE 的化身之一；也解 ruamghail［爱］“～”；也解 lug［俚］“～”。

制造[69]单一断裂的，耳膜[70]洋铁锅|鼓声制造厂，尤斯塔斯街[71]耳咽管，围栏浅滩之城[72]），耳道耳廓[73]能够[74]有罪的指挥[75]导致|阴户纽耳氏间隙[76]瑙尔|悬崖、桑特里[77]旧部落|杂货和柯蒂氏器[78]恩尼斯科西|柯特尔的四十条线路[79]嘈杂的人群，伴随着布立吞听者行会[80]听的人、绳子制作者工会[81]重聚、瓦兰吉[82]拜占庭皇家部队|杂色的小贩[83]子国[84]浓盐水兄弟会[85]圣约之子会、东维京人[86]哪里的基辅-罗斯[87]抛弃情人的女人|马和基辅-周边[88]红色的阿斯科尔德[89]·特殊奥列格[90]问老亚历山大人群、青年同盟[91]耶胡|霍斯等等[92]组成的联合[93]音乐会|我不同意，从而让[94]啦啦往昔之日[95]打瞌睡安静下来，他们把他树枝状[96]环绕，上达他肥胖的[97]大众的正面[98]流动的，下达他反动的[99]背部[100]褶皱|驼背的|驼背，锤骨[101]蜂鸣器|锤子|螯虾、砧骨[102]铁砧|在城市和镫骨[103]马镫|汉斯·卡斯特罗普（爱尔兰[104]铁人，耳朵的[105]耳朵|索尔卷鬈毛[106]查理曼大帝|人给你！），直达[107]管乐器的孔洞他那耳科[108]本体论的|多余的生活的迷宫[109]傻大个|稍后的结束。

造访之家[110]客栈是他们的全部天堂面包[111]吗哪|HCE，尽管它的纸牌卜卦[112]地图|传奇|ECH像夜里的勃起一样幻觉般呈现着对他的死亡[113]事迹的记忆[114]哑剧，光[115]仅|诺尔的诱惑[116]卢尔人，浮现出[117]浸入|一直一个镜[118]错误中的海市蜃楼，因为正是在这里做了一瓦时[119]的宣礼师弥撒[120]圣马丁节|后桅，细则[121]如下，请[122]恳求等时间到了[123]绅士|响起，那位战场[124]瓶子装满的主人，笨重的庞然生物[125]白色的，面色猩[126]猎狗红，耳朵[127]鹰罩着光环[128]时钟，正进来要[129]一回合去打开[130]膨胀奥康纳尔麦芽酒[131]，地地道道，全都冒着泡[132]，幸运的

69 monofractured 解 manufactured“～”；也解 mono-fractured“～”。
70 tympan 解 tympanum“～”；也解 tinpan“～”；也解 tympan［威］“～”。
71 Eustache Straight 解 Eustace Street“～”，都柏林街道，斗篷制造商奥莱利公司位于 16 号；也解 Eustachian tube“～”。
72 Bauliaughacleeagh 解 Baile Átha Cliath“～”，都柏林的爱尔兰名字。
73 meatous 解（auditory）meatus“～”。
74 culpable “～”，此处解 capable“～”。
75 cundancing 解 conduct“～”；也解 conduce“～”；也解 cunt“～”。
76 Naul“～”，爱尔兰名字为 An Aill［爱］“～”，都柏林北边的村镇，此处解 Nuel's spaces“～”，医学概念，指耳蜗。
77 Santry“～”，即 Sean-treabh［爱］“～”，都柏林北边的村镇。维京时代之后，从瑙尔到桑特里及周边地区的人被称为“金发外国人”；也解 sundry“～”。
78 Corthy 解 Corti“～”，又称螺旋器，声波感受器，位于内耳的耳蜗内；也解 Enniscorthy“～”，爱尔兰韦克斯福德郡的城镇；也解 Glanni Cortl“～”，意大利的里雅斯特的一个疯子，1931 年写信威胁乔伊斯。
79 routs“～”，此处解 routes“～”。
80 Brythyc Symmonds 解 Brython Symmonds（［希伯来］“～”）Guild“～”。
81 Reunion“～”，此处解 union“～”。
82 Variagated 解 variag［俄］“～”，也称北欧卫队，拜占庭帝国的皇家近卫重装步兵部队；也解 variegated“～”。
83 Peddlars 解 peddlers“～”。
84 Barringoy 解 bar［希伯来］“儿子”＋goy［希伯来］“国家”；也解 barangoi，根据乔伊斯的笔记，这是瓦兰吉卫队在希腊语中的称呼；也解 brine“～”。
85 Bnibrthirhd 解 brotherhood“～”；也解 B'nei B'rith“～”，犹太人服务组织，1843 年成立于纽约市。
86 Zastwoking 解 east-viking“～”；也解 wo［德］“～”。
87 O'Keef-Rosses 解 Rhosso-Keevens“～”，俄国基辅市早期的斯堪的纳维亚定居者被称为 Rhossisti；也解 rásaidhe［爱］“～”；也解 Ross［德］“～”。
88 Rhosso-Keevers 解 Kiev Rus“～”；也解 rosso［意］“～”。
89 Askold“～”，维京领袖，率领维京人占领基辅；也可与后面的 Olegsonder 合解 ask old Alexander“～”。
90 Olegsonder 解 Oleg“奥列格”，维京领袖，在阿斯科尔德之后占领基辅＋Sonder［德］“特别的”。
91 the Ligue of Yahooth 解 The League of Youth“～”，也是挪威作家易卜生的戏剧名字；也解 Yahoo“～”，英国作家斯威夫特的《格列佛游记》中的人形动物；也解 Howth“～”，都柏林郊区，位于霍斯黑德半岛。
92 O. S. V. 解 og saa videre［丹］“～”。
93 consortiums“～”；也解 concerts“～”；也解 concerto［拉］“～”。
94 Lall“～”，儿童发音，此处解 lull“使人昏昏欲睡”。
95 dozed“～”，此处解 days“～”。
96 arborised 解 arborize“～”。
97 corpular 解 corpulent“～”；也解 popular“～”。
98 fruent 解 front“～”；也解 fluent“～”。
99 reuctionary 解 reactionary“～”。
100 buckling“～”，此处解 back“～”；也解 buckling［德］“～”；也解 Buckel［德］“～”。
101 hummer“～”，此处解 hammer“～”；也解 hammer“～”；也解 Hummer［德］“～”。
102 enville 解 anvil“～”；也解 anvil“～”；也解 en ville［法］“～”。
103 cstorrap 解 stirrup“～”，此处为耳朵的三个骨头；也解 stirrup“～”；也解 Hans Castorp“～”，德国作家托马斯·曼的《魔山》中的主人公。
104 Iren 解 Erin“～”；也解 iron“～”。
105 thore 解 there's“有”；也解 øre［丹］“～”；也解 Thor“～”，北欧神话中的雷神和战神。
106 Curlymane 解 Curly“卷毛的＋mane“鬃毛”；也解 Charlemagne“～”（742—814），法兰克王和西罗马帝国皇帝；也解 man“～”。
107 lill“～”，此处解 till“～”。
108 tological 解 otology“～”；也解 ontological“～”；也解 otiose“～”。
109 lubberendth 解 labyrinth“～”；也解 lubber“～”；也解 later end“～”。
110 House of call“～”，也是书中酒馆的名字，故译为“～”。
111 evenbreads 解 heaven breads“～”；也解 Himmelsbrot［德］“～”，古以色列人经过荒野时所得的天赐食粮。此处包含本书主人公名字的缩写 HCE。
112 cartomance 解 cartomancy“～”；也解 Karte［德］“～”；也解 romance“～”。此处包含本书主人公名字缩写的倒写 ECH。
113 deed“～”，此处解 dead“～”。
114 Mummery“～”，此处解 memory“～”。
115 Nur［阿尔］“～”；也解 nur［德］“～”；也解 Nur“～”，伊朗北部的一个地区。
116 lur 解 lure“～”；也解 Lur“～”，伊朗西部的一个部族。
117 immerges“～”，此处解 emerge“～”；也解 immer［德］“”。
118 merror 解 mirror“～”；也解 error“～”。
119 watthour“～”，物理单位。
120 muzzinmessed 解 muezzin“宣礼师”，在清真寺召集信徒祈祷的人＋mass“弥撒”；也解 Martinmas“～”，每年 11 月 11 日；也解 mizen-mast“～”。
121 bilaws 解 bylaw“地方法规”。
122 pleas“～”，此处解 please“～”。
123 jings 解 gent“～”，化自酒吧关门的常用语“Time, gents, please”，故译为“～”；也解 rings“～”。
124 bottlefilled 解 battlefield“～”；也解 bottle filled“～”。
125 hulkwight 解 hulk“庞然大物”＋wight“生物”；其中 wight 也解 white“～”。
126 hunter“～”，此处与后面的 pink 合解 hunters' pink“～”。
127 orel［斯］“～”，此处解 oreille［法］“～”。
128 orioled 解 aureoled“～”；也解 oriolo［意］“～”。
129 a bout“～”，此处与前后合解 be about to“～”。
130 unbulging 解 unbottling“～”；也解 bulge“～”。
131 o'connell's 解 O'Connell's Ale“～”，都柏林凤凰酒厂的产品。
132 seethic 解 seethe“～”。

一杯[133]雄兽，酒壶[134]烈性黑啤酒的保证，与此同时他的吊钟花眼睛[135]坎特伯雷眨着撇[136]灯芯向[137]收款机[138]讲话的人|盘子|裁缝，斯堪的纳维亚[139]头骨里的维京人[140]的眼睛[141]。然而这个麦芽酒店老板[142]马恩岛，是不是对他来说，我们的胡巴巨人[143]双重关节|乔伊斯，只需一拉和一拳，就像对麦克尔[144]来说，那个巴塔哥尼亚人[145]毕达哥拉斯的|戈里，把鸡闷死者[146]的酋长和他那有力的[147]半份巨人[148]乔伊斯，靠上帝[149]火鸡咯咯叫的仁慈[150]伟人把草皮软木[151]趾高气扬的人从内伊湖[152]鸡脖子中拔起来[153]时，受制于过去的[154]制造泡沫的人天命。当，荣耀[155]压力归于我们的圣父[156]灰白的起泡剂，他那沉闷的子弹行动发出砰的一声[157]教皇给出他的庄严祝福|教皇诏书，舱底污水，通便乳化剂[158]天主教解放|清洁派在移动中滑[159]用雪橇运下倾斜[160]祝健康的滑面[161]光滑的侧面，滑到倾斜的"汝等同胞举杯"[162]利菲河。所有人[163]马恩岛|阿门。他们在它轨道的范围内举起来一顿牛饮，她的水手在她的排水工的一杯酒旁边，产自巴斯麦芽酒[164]低音提琴兄弟，那两个呆在一起[165]他们得到了他们的|上帝。

那是在远处海面[166]抢风行驶有过一处草地[167]爱尔兰|下风舷|忠诚的之后很久，或者[168]矿石|耳朵那是在城[169]城镇里[170]索尔到底是否住着一位裁缝[171]酒店|缰绳之后不太久，或者[172]耳朵那不[173]笔记是在他通过猛拉[174]无袖外套他的衣服，扔掉[175]取出柯西[176]诅咒|理所当然的衣样[177]中间之前，但是，或者那不是在他横过船，强留挪威船长[178]谈话[179]下雹之前。

因此他用习惯[180]铅笔的螯状指[181]耳垂微动在耳中寻找蠼螋[182]柳

133 luckybock 解 lucky“幸运的”＋bock“一杯啤酒”；也解 Bock［德］“～”。
134 stoup“～”；也解 stout“～”。
135 canterberry bellseyes 解 canterberry bells“吊钟花”＋eyes“眼睛”；也解 Canterberry“～”，英国城市名。
136 wickeding 解 wick“～”＋eding，此处指“用眼角看”。
137 indtil［丹］“直到”。
138 teller“～”，此处解 till“～”；也解 Teller［德］“～”；也解 tailor“～”。
139 skand 解 Scandinavian“～”。
140 oustman 解 Ostmen“～”。
141 oyne 解 øyne［丹］“～”。
142 ale of man 解 Aleman“～”；也解 Isle of Man“～”，爱尔兰海上的自治岛。
143 hubuljoynted 解 Hubal giant“～”，胡巴为麦加城最大的石像；也解 doublejointed“～”，也解 Joyce“～”。
144 Culsen，丹麦和挪威语中的“～”，指爱尔兰的巨人英雄芬·麦克尔。
145 Patagoreya 解 Patagonians“～”，以巨人般的身高著称；也解 Pythagorean“～”；也解 Gorey“～”，爱尔兰韦克斯福德郡北部的一个集镇。
146 chokanchuckers 解 chicken chokers“～”。
147 moyety 解 mighty“～”；也解 moiety“～”。
148 joyant 解 giant“～”；也解 Joyce“～”。
149 gobble“～”，此处解 God“～”。
150 greats“～”，此处解 grace“～”。
151 turfeycork 解 turf“草皮”＋cork“软木”；也解 turkeycock“～”。
152 Lougk Neagk 解 Lough Neagh“～”，传说芬·麦克尔在愤怒中将草地拔出，形成了内伊湖和马恩岛；也解 cock neck“～”。
153 pullupped 解 pull up“～”＋-ed。
154 foamer“～”，此处解 former“～”。
155 pressures“～”；也解 praise“～”。
156 hoary frother 解 holy father“～”；也解 hoary frother“～”。
157 the pop gave his sullen bulletaction 解 his sullen bullet action gave the pop“～”；也解 the Pope gave his solemn benediction“～”；其中 pop...bulletaction 也解 papal bull“～”。
158 catharic emulsipotion 解 cathartic emulsion“～”；也解 Catholic Emancipation“～”；也解 Cathars“～”。
159 sled“～”，此处解 slid“～”。
160 slaunty 解 slanted“斜的”；也解 sláinte［爱］“～”。
161 sloppery slide 解 slippery side“～”。
162 lift-ye-landsmen 解 lift“抬头”＋ye“汝等”＋landsmen“同胞”；也解 Liffy“～”。
163 Allamin 解 Alleman［荷］“～”；也解 Isle of Man“～”；也解 amen“～”。
164 basses“～”，此处解 Bass's ale“～”，英国城市特伦特河畔伯顿的巴斯先生公司酿造的酒。
165 theygottheres 解 together“一起”；也解 they got theirs“～”；也解 Herr Gott［德］“～”。
166 luffing“～”，此处解 offing“～”。
167 lealand 解 lea“草地”＋land“土地”；也解 Ireland“～”；也解 lee side “～”；也解 leal“～”。
168 ore“～”，此处解 or“～”；也解 öre［挪］“～”。
169 tawn 解 town“～”。
170 thor 解 there“～”；也解 Thor“～”，北欧神话中的雷神和战神。
171 toyler 解 tailor“～”，指书中挪威船长与都柏林裁缝的故事；也解 tavern“～”，化自歌曲《城里有家酒店》；也解 töyle［挪］“～”。
172 ohr 解 or“～”；也解 Ohr［德］“～”。
173 note“～”，此处解 not“～”。
174 jerkin“～”，此处解 jerk“～”。
175 drew out“～”，此处解 threw out“～”。
176 Kersse 解 J. H. Kersse“～”，挪威船长与都柏林裁缝的故事里的裁缝，一位住在都柏林萨克维勒街的裁缝；也解 curse“～”；也与前面的 moddle of 合解 matter of course“～”。
177 moddle 解 model“～”；也解 middle“～”。
178 Norweeger's capstan 解 Norwegian captain“～”。
179 buttonhaled 解 buttonholed“～”；也解 hailed“～”。
180 propencil 解 propensity“～”；也解 pencil“～”。
181 lobestir claw 解 lobster claw“～”；也解 lobe stir“～”。
182 wickser 解 earwig“～”；也解 wicker“”；也解 wichsen［德］“～”；也解 wax“～”；也解 whisper“～”。

条|擦亮|蜡|耳语的线索。啊，酒桶之主，从安奴[183]嘴|阿尼前来[184]科默福德（我没有把菜橱[185]钥匙放错地方），啊，阿娜[186]达奴|女士|汉娜|汉娜·麦克安，明亮的女子，从海姆安奴[187]前来（我没有把诱惑留在打扫门槛的人的路上），啊！

但是首先，强弓们[188]，他们会招待死亡来一杯。由一封信[189]梯子|连接相连，里面有都柏林[190]翻倍|迅速浮出或沉入水面，用它满足你醒着时的干渴[191]第三|第一个念头。我们自己，只有我们自己[192]凉的|亲爱的|我们的|亲亲的！我们救汝，啊，巴斯酒[193]死亡|老板，从潮湿的泥土中，并给汝荣耀。啊，奥康纳尔[194]丹尼尔·奥康内尔|食人者|嘴，用嘴埋葬！就这样做了，优雅整洁[195]安全的。上，卫兵们，向他们冲！[196]润润他们的喉咙|惠灵顿将军|阿图姆

——然后他对船的丈夫[197]说[198]告诉|讲|语。用他那跨大西洋的[199]挪威话[200]诺曼语。哪里[201]这里可以活着抓到[202]或钓到一套衣服和[203]苏珊娜|撒旦爱人[204]裁缝|鞋匠？一套衣服[205]见鬼|射击！船的丈夫说，听得懂这种语言，这里有裁缝[206]说话的人|学习。灰烬[207]问|一个她与白发商店，服装店[208]合上下巴，继承的。朋友[209]奥哈拉的后代|解放|现在|惊骇，他说，对他那个最好的[210]顶级的朋友，裁缝，转弯抹角说着黑话，为了幸运完成的|凤凰的罪过[211]文化|剪报，谢谢你[212]大块头|滑轮，上面叮当响的第一流的[213]推销家伙[214]，抓住[215]冒充这个[216]一个船长[217]，做套衣服[218]前进并射击|妻子！想说的是[219]配备人员|航海给他夫人的衣服[220]当然，她的主人她会需要[221]精确的一条哥萨克[222]法衣式样的裤子[223]同龄人。让我试一试，求求您，就这一次，定制的[224]男

183 Anow 解 Annu“～”,古埃及城市,又名 Heliopolis;也解 anow [康]“～”;也解 Ani“～”,指埃及《亡灵书》中的前 1240 年的《阿尼文稿》,除了文本,还包括许多描绘阿尼和他的妻子穿越冥界的情景的图画。

184 comer forth 解 come forth“～”;也解 John Comerford“～”(1770—1832),科克画家,给乔伊斯的祖父母画过像。

185 Efas-Taem 解 meat-safe“～”。

186 Ana“～”,爱尔兰神话中图德南族的大地女神,相当于后来的爱尔兰的死亡和生育女神 Dana(通称 Danu“～”);也解 ana [希]“～”;也解 Anne“～”,本书女主人公;也解 Anne McAnn“～”,乔伊斯的曾祖母。

187 Thenanow 解 Khemennu“～”,古代埃及城市,又名 Hermopolis。

188 Strongbow“～”,英格兰第二代彭布罗克伯爵理查·德·克莱尔的绰号,1170 年率军入侵爱尔兰,向亨利二世宣誓效忠。

189 leadder 解 letter“～”;也解 ladder“～”;也解 ledd [挪]“～”。

190 dubble in 解 Dublin“～”;也解 doubling“～”;也解 dubbe [挪]“～”。

191 thirdst 解 thirst“～”;也解 third“～”;也解 first“～”。

192 Our svalves are svalves aroon 解 ourselves, ourselves alone“～”,爱尔兰新芬党的口号,“新芬”的意思就是“我们自己”;也解 sval [挪]“～”;也解 aroon [爱]“～”;其中 are 也解 ár [爱]“～”,也解 a rún [爱]“亲爱的”。

193 Baass 解 Bass Pale Ale“～”;也解 bás [爱]“～”;也解 boss“～”。

194 Connibell 解 O'Connell's ale“～”;也解 Daniel O'Connell“～”(1775—1847),1829 年领导爱尔兰天主教徒赢得了参加议会的权利;也解 cannibal“～”;也解 béal [爱]“～”。

195 trig“～”;也解 trygg [挪]“～”。

196 Up draught and whet them! 解 Up, guards and at them“～”,惠灵顿在滑铁卢战役最后阶段下的命令;也解 wet them“～”,化自 wet one's whistle“润喉”;也解 Wellington“～”,英国陆军元帅;也解 Atum“～”,古埃及神话中的太阳神。

197 ship's husband,此处直译为“～”,乔伊斯的父亲听到的驼背的挪威船长与都柏林裁缝的故事里的人物。

198 sagd 解 said“～”;也解 sagen [德]“～”;也解 sagt [德]“～”;也解 sagde [丹]“～”。

199 translatentic 解 transatlantic“～”。

200 norjankeltian 解 Norjankieli [芬]“～”;也解 Norman“～”。

201 Hwere 解 hvor [挪]“～”;也解 Here“～”。

202 ketch 解 catch“～”。

203 suit and“～”;也解 Susanna“～”,书中女儿伊茜的化身之一;也解 Satan“～”。

204 sowterkins 解 sooterkin“～”;也解 sowter“～”;也解 souter“～”。

205 Soot 解 suit“～”;也解 zut [法]“～”;也解 shoot“～”。

206 tayleren 解 tailor“～”;也解 taleren [挪]“～”;也解 lernen [德]“～”。

207 Ashe 解 ash“～”;也解 ask“～”;也解 a she“～”。

208 closechop 解 clothes shop“～”;也解 close chop“～”。

209 Ahorror 解 a chara [爱]“～”;也解 O'hEadhra [爱]“～”;也解 ahorrar [西]“～”;也解 ahora [西]“～”;也解 A horror“～”。

210 beddest 解 best“～”;也解 bedst [丹]“～”。

211 finixed coulpure 解 felix culpa [拉]“～”;其中 finixed 也解 finished“～”,也解 phoenix“～”;其中 coulpure 也解 culture“～”,也解 coupure [法]“～”。

212 chunk pulley 解 thank you“～”;也解 chunk“～”+pulley“～”。

213 numpa one 解 number one“～”。

214 sellafella 解 sell“推销”+fella“家伙”。

215 fake“～”,此处解 fakke [丹]“～”。

216 an“～”,此处解 an [爱]“～”。

217 capstan 解 captain“～”。

218 make and shoot“～”,此处解 make an suit“～”;其中 make 也解[挪]“～”。

219 Manning to sayle 解 meaning to say“～”;其中 Manning 也解“～”;sayle 也解 sail“～”。

220 of clothse 解 of clothes“～”;也解 of course“～”。

221 precised 解 precisado [葡]“～”;也解 precise“～”。

222 cassack 解 Cossack“～”;也解 cassock“～”。

223 a peer of trouders 解 a pair of trousers“～”;也解 peer“～”。

224 sazd 解 sized“特定大小的”。

装[225]，一边把嘴火[226]从他的火池里救出来。他朝拳头[227]公开地里吐口唾沫（开始[228]乞求|弗兰西斯·培根）；他用卷尺最佳地[229]粗缝|野兽|绑量着原初[230]生糊身材（布丁[231]都柏林）；他放下他的押金（就像钓饵是钓鱼）；他像法国人那样悄悄离开[232]穿衣服|有穗的袖子|朋友（乡下[233]臀部|商店家伙，再见[234]为了|鲸鱼|皮毛）。以眼还眼[235]合金|给|减轻，以这个牙[236]衣服还那个牙[237]衣服|真相|幽灵|的确。舔一舔接受它。一次交易，一位远行人。完全够好了，邻居诺里斯[238]东北|斯堪的纳维亚人，点点滴滴。船的丈夫在他后面满大街地喊[239]打坏|诅咒，朝小船喊。停下[240]标杆|绊倒，抓贼[241]深的，停下，回到我的爱尔兰[242]爱尔兰平原来[243]包！挪威船长咒骂[244]回答说，什么少教养的鱼[245]竹荚鱼；不可信[246]十之八九|幸运|皮！在太阳[247]裁缝下方，他在下面[248]偶像看到了地平线[249]设置天堂。但是他们筑起防波堤[250]，当他们失去[251]大量了他的声音[252]，冲浪回来[253]忍受|狗叫时[254]在他们撒出全部的尿。他起锚[255]锚刚离开水底的|离开|弥天大谎|锚开始了挪威式[256]逃跑，因此绕着太阳[257]太阳环行航行了[258]航行目标七次后，他在海水浴[259]中袒露胸膛，那里海底露出，有全部英寻[260]，从[261]自法兰士约瑟夫地群岛[262]直到风暴角[263]好望角|约翰·卡伯特，暮星[264]与旭日[265]很快升起。上至一月河[266]里约热内卢|汉娜|约翰·泰纳尔，下及十二月湾[267]的阴影。四十个白天和四十[268]乘客|危险|害怕个夜晚。过得愉快[269]晕船，啊，人鱼[270]母马|男人！潮水制造，松开和拉紧，时间损毁，升起和落下[271]养育和衰败，还有，神圣的[272]多洞的雨水，没下雨吗[273]再三叮嘱|他|下雨|传讯|统治|跑！

225 Mengarments 解 mens' garments“～”。
226 mouthbrand 解 mouth“嘴”＋brann［挪］“火”；指把烟从嘴里拿出来。
227 faist 解 fist“～”；也解 face，即 in his face“～”。
228 beggin 解 begin“～”；也解 begging“～”；也解 Francis Bacon“～”（1561—1626），英国作家、哲学家、科学家。
229 baste“～”，此处解 best“～”；也解 beast“～”；也解 baste［挪］“～”。
230 raw 解 raw“～”；也可与后面的 baste 合解 raw paste“～”。
231 paddin 解 pudding“～”，指制作布丁用的生糊；也解 Dublin“～”。
232 tog his fringe sleeve 解 took his French leave“～”；其中 tog 也解“～”；fringe sleeve 也解“～”，也解 friend“～”。
233 buthock 解 bodach［爱］“富有愚蠢的乡下人”；也解 buttock“～”；也解 butikk［挪］“～”。
234 fur whale 解 farewell“～”；也解 fur［德］“～”＋whale“～”；也解 fur“～”。
235 Alloy for allay 解 eye for eye“～”；也解 Alloy “～”＋for “～”＋allay “～”。
236 toolth 解 tooth“～”；也解 suit“～”。
237 soolth 解 tooth“～”；也解 suit“～”；也解 sooth“～”；也解 soulth［英爱］“～”；也解 forsooth“～”。
238 Norreys 解 Sir John Norreys“～”，在 1594 年英国人占领爱尔兰的蒂龙郡战役中出名的英国士兵；也解 Nor'east“～”；也解 Norse“～”。
239 brokecurst 解 broadcast“～”；也解 broke“～”＋curst“～”。
240 Stolp 解 stop“～”；也解 stolpe［挪］“～”；也解 stolpern［德］“～”。
241 tief 解 thief“～”；也解 tief［德］“～”。
242 Moy Eireann 解 My Erin“～”；也解 Magh Eireann［爱］“～”。
243 come bag 解 come back“～”；也解 bag“～”。此处化自歌曲“Come Back to Erin”（《回到爱尔兰》）。
244 swaradeed 解 sweared“～”；也解 svarede［丹］“～”。
245 blowfish“河豚”；也解 blaafisk［挪］“～”。此处化自习语 school of whales（鲸鱼群）。
246 All lykkehud 解 unlikelihood“～”；也解 all likelihood “～“；也解 lykke［挪］“～”；也解 hud［挪］“～”。
247 taiyor 解 taiyo［日］“～”；也解 tailor“～”。
248 ikan 解 ika［日］“～”；也解 icon“～”。
249 heavin sets 解 heave in sight“～”；也解 sets heaven“～”。
250 broken hwaters 解 breakwater“～”。
251 lots“～”，此处解 loss“～”。
252 vauce 解 voice“～”。
253 surfered bark 解 surfed back“～”；也解 suffer“～”＋bark“～”。
254 at“～”，此处解 as“～”。
255 aweigh...yankered 解 weigh anchor“～”；也解 aweigh“～”；也解 away“～”；也解 yanker“～”；也解 anker［挪］“～”。
256 Norgean 解 Norwegian“～”。
257 sonnenrounders 解 sonnen［德］“晒太阳”＋round“环形”＋-ers。在北欧传说“漂泊的荷兰人”中，受魔鬼诅咒的荷兰航行者将在海上漂泊直至世界末日，每 7 年才能登陆一次。
258 sailend 解 seilende［挪］“航海的”；也解 sail end“～”。
259 brinabath 解 brine“海水”＋bath“沐浴”，即“～”。
260 fatthoms 解 fathom“～”，测量水深的单位。
261 fram 解 fra［挪］“～”；也解 from“～”。
262 Franz José Land 解 Franz Josef land“～”，位于北冰洋巴伦支海，是俄罗斯北部地区的岛群。
263 Cabo Thormendoso 解 Cabo Tormentoso“～”，即今天的“～”；也解 John Cabot“～”（约 1450—1499），意大利航海家。
264 evenstarde 解 evenstar“～”。
265 risingsoon 解 rising soon“～”，此处解 rising sun“～”。
266 Rivor Tanneiry 解 River January“～”；也解 Rio de Janeiro“～”，巴西首都；也解 Anne“～”，本书女主人公；也解 John Tanner“～”，英国作家萧伯纳的《人与超人》中的人物。
267 Golfe Desombres 解 Golfe［法］“海湾”＋December“十二月”；也解 des ombres［法］“～”。
268 Farety...fearty 解 forty...forty“～”；也解 Fare“～”；也解 Fare［挪］“～”；也解 fear“～”。
269 Enjoy yourself“～”；也解 enjoo［葡］“～”。
270 maremen 解 merman“～”；也解 mare“～”＋men“～”。
271 rear and fall“～”，此处解 rise and fall“～”。
272 holey“～”，此处解 holy“～”。
273 dinned he raign 解 didn't it rain“～”；也解 dinned“～”＋he“～”＋Regen［德］“～”；其中 raign 也解 arraign“～”，也解 reign“～”，也解 run“～”。

——救命[274]性交！救命！笑着的兄弟们[275]内兄|更广大的|哥哥用快速的爱尔兰人咬牙[276]低声说，等一下[277]半个辅币。

——我会做那个，柯西说，意思是指[278]中流砥柱给她妻子的主人[279]领主身份|夫人的装扮[280]。不是这样吗[281]不是这样|合意的？他们向后朝壹耳微岬[282]摘穗机耸耸肩。

但是老伙计[283]旧的|休闲运动的，作为第N[284]第N次位主人，麦酒房[285]麦酒房阴谋的统治者[286]下雨|落雨，他并不害怕扒皮客[287]骗人去海上工作的人或海边鲨鱼的铁夹钳，阴谋诡计好巧取豪夺[288]残骸和弃物。劳伦斯伯爵[289]离开他的霍斯好望角和他的三体[290]远行洛雷特[291]妓女夫人肯定不[292]整夜|不好[293]希望|戈特霍普，一个走向他的大山[294]单一语气的穆罕默德[295]锚|满意的|偶像，戴着她那二十[296]只石头发簪，如果不是的话，简直就是，他们所讲的[297]正式提交讨论恶作剧女王[298]，他从外面看是一只穿过天堂的宝石箱，不，穿透甜蜜爱人的心房（如果他有办法[299]房子，他会把她像小提琴一样珍[300]侄女|整洁的藏！）但是与此同时[301]餐桶，最近很少见[302]奇怪的，偶然的一致，他，跟马格莱顿[303]无赖们[304]穆克派一起，常常[305]自始至终最肯定地接待三位有着光顾精神的乏味[306]混合|瞎的顾客[307]杯子|风暴，目瞪口呆吉尔[308]约翰·吉尔|猪嘴|吉尔裂口、肿块隆起伯克利[309]贝克莱|巴克利|埃德蒙·伯克、迷离目光卫斯理[310]惠灵顿公爵|滑铁卢|奇怪的，就像朝圣者对权利请愿者[311]《权利请愿书》的恩慈[312]求恩巡礼|箭|格蕾丝·奥玛丽，允许他们在他的爱尔兰小屋[313]古代的|老房子|肖恩|《爱尔兰棚屋》跳快乐的[314]盖尔语凯利舞[315]同乐会，这肯定是[316]总是激烈的讨价还价[317]斯匹次卑尔根

274 Hump“～”,此处解 help“～”。
275 broaders-in-laugh 解 brothers-in-laugh“～”;也解 brother-in-law“～”;也解 broader“～”;也解 broeders［荷］“～”。
276 piddysnip 解 paddy“爱尔兰人”＋snap“咬”。
277 wee halfbit 解 a wee bit“～”;也解 half-bit“～”。此句化自托马斯·穆尔的歌曲《快!我们只有一秒钟》。
278 mainingstaying 解 meaning“意思是”＋saying“说”;也解 mainstay“～”。
279 lairdship“～”,此处解 lordship“～”;也解 ladyship“～”。
280 rigout 解 rig out“～”。
281 Nett sew 解 nicht so［德］“～”;也解 niet zoo［荷］“～”;也解 nett［德］“～”。
282 earpicker“～”,此处解 Earwicker“～”,本书主人公。
283 old sporty 解 old sport“～”;也解 old“～”＋sporty“～”,指穿着方面的。
284 endth 解 Nth“～”。
285 ryehouse 解 rye house“～”;也解 Rye House Plot“～”,1683 年一起企图刺杀英格兰国王查尔斯二世及其兄弟的阴谋。
286 reigner 解 reign-er“～”;也解 rain“～”;也解 regner［挪］“～”。
287 crimp 在爱尔兰语中可指“～”,为与后面的 cramp(痉挛)呼应,故译为“～”。
288 plotsome to getsome 解 plot to get“～”;也解 floatsam and jetsam“～”。
289 errol Loritz 解 Earl Laurence“～”,霍斯堡的所有者。
290 trippertrice 解 tripartite“由三部分组成的”,指恶作剧女王的三次拜访;也解 tripper［挪］“～”。
291 Loretta 解 Church of Notre Dame de Lorette“洛雷特圣母教堂”,位于巴黎;也解 Lorette［法俚］“～”。
292 whol niet［德］“～”;也解 whole night“～”;也解 niet［荷］“～”。
293 godthaab 解 godt［挪］“～”;也解 haap［挪］“～”;也解 Godthaab“～”,格林兰岛首府。
294 monetone 解 mountain“～”;也解 mon-tone“～”。
295 maomette 解 Maometto［意］“～”,此处化自习语“如果山不来就穆罕默德,穆罕默德就去就山”;也解 mao［中］“～”;也解 mette［挪］“～”;也解 mammet“～”。
296 twinky 解 twenty“～”。
297 tabled“～”,此处解 told“～”。
298 a queen of Prancess 解 Prankquean“～”,伊丽莎白时期迫使霍斯伯爵敞开大门的爱尔兰海盗格蕾丝·奥玛丽。
299 hows“～”;也解 house“～”。
300 niece“～”,格蕾丝·奥玛丽是霍斯伯爵妻子的侄女,此处解 nice“～”;也解 neat“～”。此处化自习语 as fit as a fiddle(非常健康)。
301 mealtub 解 meantime“～”;也解 meal tub“～”。
302 rarer“～”;也解 rarere［挪］“～”。
303 Muggleton“～”,于 1650 年创立的英格兰清教派,也是狄更斯在《匹克威客外传》中虚构的城镇。
304 Muckers“～”;也解“～”,德国诺斯替教派中的一个分支。
305 alwagers 解 always“～”。
306 blend“～”,此处解 bland“～”;也解 blind“～”。
307 cupstoomerries 解 customers“～”;也解 cup“～”＋storm“～”。
308 Gill gob 解 Gaping Gill“～”,书中曾出现的人物;也解 John Gill“～”(1697—1771),英国长老会神学家＋gob［爱］“～”;也解 Gaping Ghyl“～”,位于英国约克郡的陡峭峡谷。
309 Burklley bump 解 George Berkeley“伯克利”(1684—1753),英国国教神学家＋bump“肿块”;也解 Berkeley“～”(1685—1752),英国主观唯心主义哲学家;也解 Buckley“～”,书中人物;也解 Edmund Burke“～”,18 世纪爱尔兰政治家。
310 Wallisey wanderlook 解 John Wesley“卫斯理”(1703—1791),卫理公会神学家＋wander look“目光迷离”;也解 Arthur Wellesley“～”,在滑铁卢战役中打败拿破仑＋Waterloo“～”;也解 wünderlich［德］“～”。正文三人对应斯威夫特的《桶的故事》中的三位主人公
311 petitionists of right“～”;也解 Petition of Right“～”,1628 年查理一世批准的英国国会申诉书。
312 pilerinnager's grace 解 pilgrimage“朝圣之行”＋grace“慈悲”;也解 Pilgrimage of Grace“～”,1536 年英国爆发的反对宗教改革和亨利八世的民间群体骚乱;也解 piler［挪］“～”;也解 Grace O'Malley“～”,恶作剧女王的原型。
313 shaunty 解 shanty“～”;也解 seanda［爱］“～”;也解 sean-tigh［爱］“～”;也解 Shaun“～”,本书主人公的儿子之一;也与后面合解 *Shanty Irish*“～”,爱尔兰裔美国作家吉姆·塔利 1928 年出版的自传性小说,写爱尔兰移民在美国的生活。
314 gailydhe 解 gaily“～”;也解 Gaelic“～”。
315 ceilidhe 解 céilidhe［爱］“～”,一种凯尔特舞蹈;也解 ceilidh“～”。
316 wohl yeas［德］“～”;也解 always“～”。
317 sputsbargain 解 spurts“冲刺”＋bargain“讨价还价”;也解 Spitsbergen“～”,挪威所属斯瓦尔巴群岛中最大的岛屿。

岛的结果。一群酒鬼[318]造就[319]莫克斯一群[320]摸索|葡萄思想家[321]，或者就像玫瑰经[322]旋转的|罗马天主教最高法庭中说的，作为基督徒[323]新月状物的犹太人[324]异教徒，崇敬东正教会[325]其他的狗|奶酪，只要[326]再见酒吧[327]会有民众，但是民众[328]根据低频率放大，后面可能会同意再来一杯。因为小屋里的人是全体法定人数[329]《古兰经》的可靠广告[330]章节。马具工匠和皮革商、剥皮工和制盐者、锡器工和染纸工、教区文书、箭商弓商、腰带商、绸缎商、皮鞋匠，以及第一个但不是最后一个，织工。我们的图书馆，他向汝等公众开放[331]希望。

客栈老板[332]他/她包含|包括，小贩[333]支持者|逗留|留住|他/她耽搁。

——立刻开始[334]开始说出来|航海|大海！加油，煽动家！他们在屋子[335]肺线虫病|男式紧身裤|霍斯山地板[336]花上面在巴斯酒中低语[337]。下来[338]好|上帝|拥有|基甸摩西[339]踱步，留着你的圣经[340]！

——我会做那个，朋友们[341]，用我的手，柯西说，让上帝欢喜[342]件|豌豆荚|豌豆鳕鱼，一边拍打着夹克，在他盖上毯子小睡之后，调准[343]打嗝他们的时钟[344]堂表兄弟的，像船的丈夫一样严肃[345]，当他这样[346]锯告诉我的时候，他是我的一个教父，因此[347]现在我很好，在美好爱情[348]之后真的[349]陪审团很满意[350]萨迦，那个鳏夫，根据作者[351]骑手|读者的说法，在没了钱[352]肺炎后，他被始终如一地吹到亚当父子公司[353]亚当和夏娃之家|原子，因此帮帮我，上帝[354]神|伯格，保存这本书！

随后[355]，邀请他的主耶和华[356]法律、国王[357]事物|集合和囚犯[358]比

318 drinkards 解 drunkards“～”。
319 maaks 解 maken［荷］“～”；也解 Mookse“～”，本书寓言中的人物，以《伊索寓言》中狐狸和葡萄的故事为原型。
320 grope“～”，此处解 group“～”；也解 Grape“～”，本书中狐狸和葡萄的故事。
321 thinkards 解 thinkers“～”。
322 rotary“～”，此处解 rosary“～”；也解 Rota“～”。
323 chrestend 解 Christian“～”；也解 crescent“～”。
324 jewr 解 Jew“～”；也解 giaour“～”，土耳其人对非穆斯林的称呼。
325 otherdogs churchees 解 Orthodox church“～”；也解 other dogs“～”＋cheese“～”。
326 so long“～”，此处解 so long as“～”。
327 plubs 解 pubs“～”，此句化自 boys will be boys(本性难移)。
328 plabs 解 plebs“～”。
329 quorum“～”，指 12 人陪审团；也解 Koran“～”。
330 sure ads“～”；也解 suras“～”。
331 hoping“～”，此处解 open“～”。
332 Innholder“～”；也解 innholder［挪］“～”；也解 inneholde［挪］“～”。
333 upholder“～”，此处解 opholder“～”；也解 opphol［挪］“～”；也解 oppeholde［挪］“～”；也解 oppeholder［挪］“～”。
334 Sets on sayfohrt 解 setz an sofort［德］“～”；也解 Sets on say forth“～”；也解 seefahrt［德］“～”；也解 say［爱］“～”。
335 hoose“～”，此处解 house“～”；也解 hose“～”；也解 Howth“～”。
336 flowre 解 floor“～”；也解 flower“～”。
337 bassabosuned 解 Bass's ale“巴斯麦芽酒”＋bassoon“巴松管”，低音管。
338 Godeown 解 go down“～”；也解 gode［挪］“～”；解 God“～”＋own“～”；也解 Gideon“～”，《士师纪》中以色列的解放者。
339 moseys“～”，此处解 Moses“～”，《圣经》中的犹太领袖。化自歌曲《下来，摩西，解放你的人民》。
340 skeep thy beeble 解 keep thy bible“～”。
341 acordial 解 a cháirde［爱］“～”。
342 piece“～”，此处解 please“～”；也解 peascod“～”；也与后面合解 Pease Cods“～”，伦敦街头游戏中的一种。
343 ructified 解 rectified“～”；也解 ructus［拉］“～”。
344 o'cousin“～”，此处解 o'clock“～”。
345 此处化自习语 sober as a judge(十分清醒)。
346 saw“～”，此处解 so“～”。
347 whileupon 解 whereupon“～”。
348 boonamorse 解 bon amours［法］“～”。
349 jurily 解 truly“～”；也解 jury“～”。
350 sagasfide 解 satisfied“～”；也解 sagas“～”。
351 rider“～”，此处解 writer“～”；也解 reader“～”。
352 pnomoneya 解 no money“～”；也解 pneumonia“～”。
353 Adams 解 Adams and Sons“～”，都柏林拍卖公司和房地产经纪人的名字；也解 Eve and Adam's“～”，爱尔兰都柏林市利菲河边的方济各会教堂；也解 atoms“～”。
354 boyg 解 God“～”；也解 bog［俄、塞］“～”；也解 Bøyg［挪］“～”，挪威剧作家易卜生的话剧《培尔·金特》中的魔鬼。
355 Whereofter 解 Whereafter“～”。
356 suzerain law 解 sovereign lord“～”；也解 law“～”。
357 Thing“～”，此处解 king“～”；也解 thing［古挪］“～”。
358 pilsener“～”，此处解 prisoner“～”。

尔森啤酒来到酒吧[359]法庭|啤酒，拉格纳[360]伯爵[361]领主，（他们称他为计算者[362]拉格纳·罗德布洛克，爱尔兰[363]我会呼唤他）仍在递出一便士找零、便士硬币便士|钱[364]、几种穿制服的硬币[365]隅石，将他们的耳语推进他的听觉[366]头发|爱尔兰，（似乎是，某个船店[367]井然有序的的低[368]语[369]僵局，一只甲壳虫蠼螋[370]，让[371]哈维·达夫随便什么人当港口[372]黑暗之地|阴茎指南针[373]心神健全的的黑色[374]蹩脚的|哈维·达夫|聋的顶端）同样的净利润，也[375]树枝|伏特|就像|多毛发的|很好|外面|有效的结束了[376]在里面排出，这之后他喝干了[377]被免除的比平常[378]孤儿更多的量，为了他自然[379]养育生命的平衡[380]。丢出一扔[381]。一些半便士猪[382]片，给你[383]三便士兔，没有一便士鸡[384]欺骗|检查，护民官的贡品[385]，如果你要猜我的意思[386]仿制品|我的的话。多数[387]吝啬地用下流的土腔[388]洛德布洛克，收好你的十个[389]铜[390]马代币，还有这个从我的珠宝[391]珍玩|朱利亚跑袋[392]里拿出来的上好一便士银币[393]。银币[394]数字是至高无上的[395]，是巅峰小费，是底部犬吠[396]博顿利，是汤姆们[397]汤姆、迪克和哈里|汤米·阿特金斯|博洛尼亚的托马斯，是狄克们[398]托马斯·迪格斯|大卫·迪格斯·拉图奇，是继承人[399]赫尔墨斯·特利斯墨吉斯忒斯。在重金属[400]勇气|内特尔希普的框架外形[401]友谊里。为了我们全都乐于[402]芬·麦克尔创造的荣耀。这是我的好意[403]薄荷。

这样就像计算以酒壮胆的代价，一先令[404]金银|安妮王后收税官[405]总做坏事的人，将小钱乒呤乓啷[406]便士|钱包地成批收纳保存[407]内容（跟伟大的芬家族[408]财政战斗！好极了[409]布雷，小不列颠[410]小不列颠街！）他的认知[411]比喻复合词非常敏锐，人群中最奇怪的[412]，那个家

359 baar 解 bar“～”；也解 bar“～”；也解 baar［荷］“～”。
360 Recknar 解 Ragnar Lodbrok“拉格纳·罗德布洛克”，传说中北欧海盗时期的智者、首领。
361 Jarl［古挪］“～”；也解 jarl“～”。
362 Roguenor 解 reckoner“～”；也解 Ragnar Lodbrok“～”，传说中北欧海盗时期的智者、首领。
363 Irl 解 Irland“～”；也解 I'll“～”。
364 pengeypigses 解 penny piece“～”；也解 pingin［爱］“～”；也解 penge［挪］“～”。
365 coyne 解 coin“～”；也解 coign“～”。
366 hairing 解 hearing“～”；也解 hair“～”；也解 Erin“～”。
367 shipshep 解 ship“船”＋shop“商店”；也解 shipshape“～”。
368 sottovoxed 解 sotto voce［意］“～”。
369 stalement 解 statement“～”；也解 stalemate“～”。
370 dearagadye 解 dearg-daol［爱］“～”，指“～”。
371 hasvey 解 have“～”；也解 Harvey Duff“～”，出生于爱尔兰的美国剧作家鲍西考尔特剧本《肖兰》中的警察线人。
372 dorkland 解 dockland“～”；也解 darkland“～”；也解 dork“～”。
373 compors 解 compass“～”；也解 compos mentis［法］“～”。
374 duff“～”，此处解 dubh［爱］“～”；也解 Harvey Duff“～”；也解 deaf“～”。
375 ast velut 解 as well“～”；其中 ast 也解［德］“～”；其中 velut 也解 volt“～”，也解 velut［拉］“～”，也解 velu［法］“～”，也解 vel［挪］“～”，也解 ut［挪］“～”，也解 valid“～”。
376 ind［丹］“～”，此处解 end“～”。
377 exemptied 解 emptied“～”；也解 exempted“～”。
378 orphan“～”，此处解 often“～”。
379 nurtural 解 natural“～”；也解 nurture“～”。
380 ballast“压舱物”，此处解 balance“～”。
381 threw a cast 解 threw“丢弃”＋a cast“一扔”。此句出自科明的《芬青年时代的壮举》。
382 pigses“～”，爱尔兰的半便士硬币上有一头猪的像；也解 pieces“～”。
383 hare you are 解 here you are“～”；也解 hare“～”，爱尔兰的三便士硬币上有一只兔子的像。
384 chicking 解 chick“～”，爱尔兰的一便士硬币上有一只小鸡的像；也解 cheating“～”；也解 checking“～”。
385 爱尔兰用这个词来指爱尔兰人给奥康内尔的捐款。
386 mimic miening 解 my meaning“～”；也解 mimic“～”＋mien“～”。
387 Meanly“～”，此处解 mainly“～”。
388 lewdbrogue 解 lewd“下流的”＋brogue“土腔”，指爱尔兰口音的英语；也解 Ragnar Lodbrok“～”，北欧海盗首领。
389 tyon 解 ten“～”。
390 coppels 解 copper“～”；也解 capall［爱］“～”，爱尔兰半克朗上的马图案。
391 juwels 解 jewels“～”；也解 Juwel［德］“～”；也解 Julia“～”，本书中的一个人物。
392 runbag 解 run“跑”＋bag“袋子”。
393 sixtric 解 Sitric“～”，维京人在爱尔兰锻造的第一批银币，价值为一便士。
394 Nummers 解 nummus［拉］“～”；也解 numbers“～”。
395 summus［拉］“～”。
396 bottombay 解 bottom“底部”＋bay“犬吠”；解 Horatio Bottomley“～”，英国记者，因敲诈勒索不同的英国政治家而下狱。
397 Twomeys 解 Tom, Dick, Harry“～”，泛指很多人时的说法，故译为“～”；也解 Tommy Atkins“～”，英国士兵的俗称；也解 Thomas of Bologna“～”，炼金术士。
398 Digges 解 Tom, Dick, Harry“～”；也解 Thomas Digges“～”(1546—1595)，英国数学家，出版过立体几何方面的论著；也解 David Digges La Touche“～”，爱尔兰银行的第一位领导者。
399 Heres 解 heres［拉］“～”；也解 Hermes Trismegistus“～”，传说中的炼金术士，古希腊好几部作品被认为出自他。
400 mettles“～”，此处解 metals“～”；也解 J. T. Nettleship“～”(1841—1902)，爱尔兰画家。
401 frameshape 解“～”；也解 friendship“～”。
402 fain“～”，也解 Finn MacCool“～”，爱尔兰传说中芬尼亚英雄的领袖。
403 mint“～”，此处解 meant“意指”。
404 Bullyon 解 bull“～”，爱尔兰的一先令硬币上有一只公牛像；也解 bullion“～”；也解 Anne Boleyn“～”，英国女王伊丽莎白一世的生母，与亨利八世有私情，后被立为王后。
405 gauger“～”；也解［爱］“～”。
406 pengapung 解 peng pang［中］“～”，钱掉进钱柜的声音；也解 pingin［爱］“～”；也解 pengepung［挪］“～”。
407 in hold“～”；也解 indhold［挪］“～”。
408 finnence 解 finnen“～”；也解 finance“～”。
409 brayvoh 解 bravo“～”；也解 Bray“～”，爱尔兰威克洛郡的城市。
410 little bratton 解 little Britain“～”，托勒密称爱尔兰为小不列颠，法国的布列塔尼地区也被称为小不列颠；也解 Little Britain Street“～”，都柏林的街道名。
411 kenning“～”，古英语或北欧神话中常用的修辞手法，此处解 ken“～”。
412 queriest 解 queerest“～”。

伙担心[413]同情他自己的畸形[414]灾祸，他自己[415]会不会名义上[416]也就是说成为伯里浦鲁斯[417]一个下流堕落的后代[418]，被看见[419]起诉|牛脂走向[420]塔|成为|地球米斯人[421]现成品|红肉和黑水潭[422]黑啤酒，摩搓着恶精灵[423]驼背|酒杯|杯子|帕克的隐秘[424]粗织呢绒|睾丸儿子，要有光[425]铅灰色的变亮，要有露水[426]泡沫变干，愿其他所有地方[427]健康都是干的[428]淹死，地狱[429]骆驼|旧的怎么样，魔鬼[430]恶魔|埃菲尔铁塔在哪儿，什么时候是芬尼根[431]懈怠，或者为什么是芬尼根，谁让脚手架第一个被移走的，你下的命令，嘟囔道[432]巴别塔，这是他们私下[433]时准备好的[434]拉尼米德回答，（通信的人[435]）与证据冲突，朝证人踢了一脚，但是（未中）为了谁，以魔鬼的孩子的名义[436]迪弗里纳斯奇迪|都柏林，移走了木板，它们有用，蠢材。

砰！

两个所有人物哦哦演员们密友哦都苏醒过来来访方方面面哦全部妈妈灯塔朗姆酒鼓声漫不经心地弹奏哦奇特的瘤胃憨蛋哦呆蛋驼背垃圾场墙顶端痛哭哦哦可怜的噗傻瓜哦哦滑铁卢无所事事的懒汉哦规则时代必须哦被翻起哦的东西[437]两者所有人物都苏醒|演员|密友|各方面的|总数|妈妈|灯塔|朗姆酒|鼓声|漫不经心地弹奏|奇特的|瘤胃|憨蛋呆蛋|驼背|垃圾场|墙|痛哭|顶端|可怜的|噗|滑铁卢|傻瓜|无所事事的懒汉|规则|时代|必须|被翻起的东西！

——确实跳了水，一个模仿着问[438]模仿。

——逼迫人跳水[439]巡视者，两个低音地说[440]立基于

——滑跌[441]是指骗子[442]发情乱撞他的脚趾[443]獐子|精子。三个

413 fearing for"～";也解 feeling for"～"。
414 misshapes"～";也解 mishaps"～"。
415 himpself 解 himself"～"。
416 namesakely 解 namesake"～"+-ly;也解 namely"～"。
417 peripulator 解 periplus"～"(《伯里浦鲁斯游记》),又名《周航记》,古罗马时代的航海记录。
418 dissentant 解 descendant"～"。
419 sued"～",此处解 saw+-ed 即 seen"～";也解 suet"～"。
420 towerds 解 towards"～";也解 towers"～";也解 werd [德]"～";也解 Erde [德]"～"。
421 Meade-Reid 解 Meath man"～",米斯郡位于爱尔兰东部伦斯特省;也解 readymade"～";也解 red meat "～"。
422 Lynn-Duff 解 Linn Dubh [爱]"～",指都柏林;也解 lionn dubh [爱]"～"。
423 pookal 解 púca [爱]"～";也解 pukkel [德]"～";也解 Pokal [德]"～";也解 pokal [挪]"～";也解 Puck "～",中世纪民间故事中的恶精灵,也是莎士比亚的《仲夏夜之梦》中的精灵。
424 hodden"～",此处解 hidden"～";也解 Hoden [德]"～"。
425 leaden be light"～",此处解 let it be light"～"。
426 lather be dry"～",此处解 let it be dew"～"。
427 ealsth 解 earth"～";也解 health"～"。此句化自《士师记》(6:39)"若单是羊毛上有露水,别的地方都是干的,我就知道你必须照着所说的话,借我手拯救以色列人"。
428 drownd"～",此处解 dry"～"。
429 camel"～",此处解 hell"～";也解 gammel [挪]"～"。
430 deiffel 解 devil"～";也解 Teufel [德]"～";也解 Eiffel Tower"～",位于巴黎。
431 finicking...funicking 解 Finnegan"～";也解 finick"～"。
432 babeling 解 babbling"～";也解 Tower of Babel"～"。
433 on the cutey 解 on the QT(quiet)"～"。
434 reidey meade 解 ready made"～";也解 Runnymede"～",温莎城堡附近,1215 年的《自由大宪章》即在此签署。
435 corespondent 解 correspondent"～"。
436 in the dyfflun's kiddy 解 in the devil's kiddy"～",化自 in the devil's name"以魔鬼的名义";也解 Dyflinaskidi "～",都柏林边上的地区;也解 Dublin"～"。
437 其中包含 both all characters coming around"～";actors"～";chum"～";ganz um [德]"～";sum"～";mum"～";minar"～";Rum"～";drum"～";strum"～";rum"～";rumina"～";Humpty Dumpty"～";hump"～";dump"～";wall"～";waul"～";top"～";poor"～";poof"～";waterloo"～";fool"～";ludramán [爱]"～";order"～";era"～";maun"～";turnup"～"。
438 aped"～",此处解 asked"～"。
439 Propellopalombarouter 解 propello [拉]"催促"+palombaro [意]"跳水者";也解 perambulator"～"。
440 based"～",此处解 bass-ed"男低音"。
441 Rutsch [德]"～"。此句化自儿歌"A was an Archer" (《A 是箭手》)。
442 rutterman [俚]"骗子"+man"男人";也解 rutting"～"。
443 roe"～",此处解 toe"～";也解 roe [俚]"～"。

说[444]种子。在军火墙[445]泥泞的|睾丸|攀登|混战那边。噎噎[446]荡妇，噎噎。小女孩们全在尖叫。他他，他他。

此外[447]，让传奇将它大大丰富[448]足够的，那个弥天大罪[449]砂浆景观是那么憨蛋呆蛋[450]落下，它从一开始[451]树就扬起[452]引起骚乱满是灰尘的灰尘[453]，但是，运气跳向了在梯子顶处的青年，因此裁缝恢复了精力[454]《衣裳哲学》|反驳，为什么越快越好[455]罪人|更坏！向，向，向，向上[456]！笑，笑，笑，笑了[457]！欢喜的[458]小溪[459]把[460]突起的谷物送到我们的磨坊[461]使某人赚钱！推推拉拉。qq：悄无声息，pp：伴随着超级排放的[462]管子间耦合[463]子宫中间的|配对|互卷。世界上最安全的[464]拯救笑[465]奔跑。最滑稽的[466]与预期相反的|哑的|勇气照顾，但是这是在围栏浅滩之城[467]现在的货摊，巴塞洛缪[468]圣巴尔多禄茂，在那里他们的荷兰叔叔[469]严厉的批评者我的旅店老板[470]酒店老板|我的，服务得真他妈的好[471]，正合粗人的胃口(家里臭气[472]·凡·霍利[473]丰富)那种银色[474]银幕|安好那种自我[475]对屏幕而言是它的天线[476]老鸨|婶婶，曾全世界打电话[477]比……厉害说夏娃她的罪[478]从她那时起，(哔[479]很好的人|乖孩子，哔，哔)未来哔哔将哔哔[480]播报一组哔哔不受地域限制的过去演员阵容，配以少量闪光[481]毁谤和一位侄子[482]没关系提供的挪威产爱尔兰语[483]变得容易的声音闪光字幕[484]代用品，注意叙述者，但是给这个魔鬼他的[485]，只要那些狗娘养的[486]儿子|闪电把雷电[487]死亡的形象|定调子，有决定权|二—叫作雷电，响雷炸响第三次[488]砰的一声|雷电。让那里有。露水[489]应付款|鸽子。

444 seed“～”,此处解 said“～”。
445 muddies scrimm ball 解 Magazine Wall“～”,指位于都柏林凤凰公园内圣托马斯山上的军火要塞;其中 muddies 也解 muddy“～”,也解 mudi［俄］“～”;其中 scrimm ball 也解 scramble“～”,也解 scrimmage“～”。
446 Bimbim,人物撞击的声音;也解 bim“～”。
447 forthemore 解 furthermore“～”。
448 go lore of 解 galore“～”;也解 go leor［爱］“～”。
449 mortar scene“～”,此处解 mortal sin“～”。
450 cwympty dwympty 解 Humpty Dumpty“～”;也解 cwymp［威］“～”。
451 arboriginally 解 aboriginally“～”;也解 arbor［拉］“～”。
452 razed 解 raised“～”,此处化自习语 raised a dust“～”。
453 dustydust 解 dusty“灰尘覆盖的”＋dust“灰尘”。此处化自《创世记》(3:19)“你本是尘土,仍要归于尘土”。
454 sartor's risorted 解 sartor restored“～”;也解 *Sartor Resartus*“～”,卡莱尔 1898 年出版的作品;也解 retorted“～”。
455 the sinner the badder 解 the sooner the better“～”;也解 the sinner“～”＋the badder“～”。
456 hoch［德］“～”。
457 lach［德］“～”。
458 Hillary 解 hilarity“～”。
459 rillarry 解 rill“～”。
460 gibbous“～”,此处解 give us“～”。
461 grist to our millery 解(bring)grist to the (one's) mill“～”,即“～”。
462 extravent 解 extra-“超出的”＋vent“排放”。
463 intervulve coupling 解 intervalve coupling“～”,电子概念,用于放大;也解 inter vulvam［拉］“～”＋coupling “～”;其中 intervulve 也解 intervolve“～”。
464 savest 解 safest“～”;也解 save“～”。
465 lauf 解 laugh“～”;也解 Lauf［德］“～”。
466 Paradoxmutose 解 paradoxi［拉］“滑稽优伶”＋most“最”;也解 paradoxos［希］“～”;也解 mutus［拉］“～”;也解 Mut［德］“～”。
467 Ballaclay 解 Baile Atha Cliath“～”,都柏林的爱尔兰名字。
468 Barthalamou 解 Bartholomew Vanhomrigh“～”,斯威夫特的恋人瓦内萨的父亲;也解 Bartholomew“～”,耶稣的使徒之一。
469 dutchuncler 解 Dutch uncle“～”,此处照字面翻译为“～”。
470 mynhosts 解 my host“～”;也解 wine host“～”;也解 mijn［荷］“～”。
471 dram well 解 damn well“～”。
472 homereek 解 home reek“～”。
473 van hohmryk 解 Bartholomew Vanhomrigh“巴塞洛缪·凡霍利”;也解 rijk［荷］“～”。
474 salve 解 silver“～”,指 silver screen“～”;也解 salve［拉］“～”。
475 selver 解 selv［挪］“～”。
476 auntey 解 antenna“～”,指收音机的天线;也解 aunt［俚］“～”;也解 aunt“～”,伊瑟从身份上说是特里斯丹的婶婶。
477 ringround 解 ring round“～”;也解 run rings round“～”。
478 eve her sins 解 Eve her sins“～”;也解 ever since her“～”。
479 pip“～”,此处指 1924 年 BBC 电台最初使用的报时声音“～”;也解 Ppt“～”,斯威夫特对史黛拉的称呼。
480 futurepip feature 解 future feature“未来专题特写”,收音机的播报预告＋pip“哔哔”。
481 spareshins 解 spare shine“～”;也解 cast aspersions“～”。
482 nephew“～”;也可以与后面的 mind 合解 never mind“～”。
483 noirse-made-earsy 解 Norse-made-Erse“～”;也解 noise made easy“～”。
484 substittles 解 subtitles“～”;也解 substitute“～”。
485 此句化自习语 give the devil his due(实事求是地看问题),其中 due 在本段的末尾,此处直译。
486 sohns of a blitzh 解 sons of a bitch“～”;也解 Sohn［德］“～”＋of a＋Blitz［德］“～”。
487 tuone 解 tuono［意］“～”;也解 tuoni［芬］“～”,也可与前面的 call the 合解 call the tune“～”;也解 two one“～”。
488 Thurd 解 third“～”;也解 thud“～”;也解 thunder“～”。
489 Due“～”,此处解 dew“～”;也解 due［挪］“～”。

——全都太强太帅[490]穆格夫了，但是他的女儿怎么样[491]施洗？他们这些一度自己也是单身汉[492]青少年|叔叔|小伙子|少女们的人发出嘘声[493]姐妹，（当他昔日[494]打呵欠的青春[495]在床上晃着酒瓶[496]男孩|带扣|肚子）一边擦着与他们的润湿[497]婚礼相伴的[498]眼睛[499]大米，一边织着斜纹布[500]双胞胎。他的掌上明珠[501]他那个尺寸的西装翻领|ALP？他的只在羊毛上的露珠[502]，他的讨厌[503]捣蛋的孩子[504]男人的|全部|土地。她穿着拖鞋[505]去学校[506]学堂。她家[507]名声-病态|仆人|一家人没有一丁点儿钱[508]，因此难怪[509]她连爬带滚地要求他那著名的[510]名声皇室离婚[511]屁股。别忘记他！一位毕业于三一学院[512]屁股的文学学士[513]屠夫|巴特|屁股|星星。在拉里蹬腿[514]夫人|缝纫之前[515]我|大胆的，他开开心心地[516]在夜晚没有[517]胡说八道|无聊事一滴威士忌[518]摇摇篮的人吗？不是吗[519]针织品|不是真的吗？他们补充道[520]使混乱，（或者在他们舌头的喊叫会被关死之前）扭屁股[521]旁白道[522]，在他的斜纹布前面加上他的帆布裤，镶入更多一点儿[523]爱丽丝·利代尔衬里，或许[524]力量|麦芽酒突然[525]得到许可，只要这些是同样的代币，原谅一枚黄铜假币[526]打嗝，既非[527]抛光的全身长，也不是短直筒裙[528]不理会，由于一切都要考虑，所以非常宽大。

博尼法斯[529]小餐馆老板|红着脸，船久之后不久之后|船，部久之后[530]不久之后|商店|之后，在一个滞后的角度[531]小便|伙伴，让它流下，咕噜[532]吵嘴、咕噜、咕噜，极其匆忙[533]敌人|咳嗽|主人|霍斯蒂，气喘吁吁[534]高空大气层，追上他们，肩并肩[535]检查我|焦耳，干掉了这三个裁缝[536]泰勒，向后撞到莫约拉[537]鹤嘴锄|秃头岬海流|我的鲱鱼[538]爱尔兰，像面包和

490 murtagh purtagh 解 mighty“强大的”+pretty“漂亮的”；也解 Murtagh of Tirconnell“～”，941 年在爱尔兰领导了第一次隆冬战役，这次战役被称为“迎战霜雪”。
491 whad ababs his dopter 解 what about his daughter“～”；其中 dopter 也解 døpe［挪］“～”。
492 ungkerls 解 ungkerl［丹］“～”；也解 younker“～”；也解 uncle“～”；也解 Kerl［德］“～”；也解 young girls“～”。
493 sissed 解 hissed“～”；也解 sister“～”。
494 yorn 解 yore“～”；也解 yawn“～”。
495 youthel 解 youth“～”。
496 bouchal 解 bottle“～”；也解 buachaill［爱］“～”；也解 buckle“～”；也解 Bauch［德］“～”。
497 wetting“～”，指用酒润湿喉咙；也解 wedding“～”。
498 assatiated with 解 associated with“～”。
499 rice“～”，此处解 eyes“～”。
500 twilled“～”；也解 tvilling［丹］“～”。
501 The lappel of his size 解 The apple of his eye“～”；也解 The lapel of his size “～”。包含女主人公名字的缩写 ALP。
502 ros in sola velnere 解 ros in solo vellere［拉］“～”，此句出自拉丁文《圣经・士师记》(6:37)。
503 Sicckumed 解 sickened“～”。
504 homnis terrars 解 holy terror“～”；也解 hominis［拉］“～”；也解 omnis［拉］“～”；也解 terra［拉］“～”。
505 slalpers 解 slippers“～”。
506 scoulas［列］“～”；也解 schools“～”。
507 famalgia 解 family“～”；也解 famalgia［拉+希］“～”；也解 famaglia［列］“～”；也解 famiglia［列］“～”。
508 peanats 解 peanuts“～”。
509 no wumble 解 no wonder“～”。
510 famas 解 famous“～”；也解 fama［列］“～”。
511 roalls davors 解 royal divorce“～”，威尔斯的《皇室离婚》一书嘲讽拿破仑与约瑟芬的离婚；也解 davos［列］“～”。
512 Cullege Trainity 解 Trinity College, Dublin“～”；也解 cul［法］“～”。
513 butcheler artsed 解 bachelor of arts“～”；也解 butcher“～”；其中 butcheler 也解 Butt“～”，本书主人公一个儿子的别名；其中 artsed 也解 arse“～”；也解 star“～”。
514 laddy wasstetched 解 Larry Was Stretched“～”，此句化自歌曲《拉里蹬腿前的夜晚》；也解 lady“～”+stetched“～”。
515 mebold 解 before“～”；也解 me“～”+bold“～”。
516 on delight“～”；也解 on night“～”。
517 Diddled he daddle 解 didn't he have“～”；也解 diddle daddle“～”；也解 fiddle-faddle“～”。
518 cradler“～”，此处解 craythur［爱］“～”。
519 Knit wear 解 Nicht wahr?［德］“～”；也解 knitwear“～”；也解 niet waar?［荷］“～”。
520 addled“～”，此处解 added“～”。
521 Shufflebotham 解 Shuffle“曳行”+bottom“屁股”。
522 asidled 解 aside“～”。
523 liddle 解 little“～”；也解 Alice Liddell“～”，《爱丽丝漫游奇境记》的女主人公爱丽丝的原型。
524 maught“～”，此处解 might“～”；也解 maut［苏］“～”。
525 all at ones 解 all at once“～”。
526 rap“～”，化自习语 I don't give a brass rap(我一点儿也不在乎)；也解 rap［挪］“～”。
527 sneither 解 neither“～”；也解 sneith“～”。
528 short shift“～”；也解 short shrift“～”。
529 Burniface“～”，人名；也解 Boniface“～”的常用称谓；也解 Burning face“～”。
530 shiply efter...shoply after 都解为 shortly after“～”，也解 ship...shop“～”，故译为“～”；也解 efter［挪］“～”。
531 angle of lag“～”，指机械滞后角，即转子挠曲方向滞后于转子不平衡力的角度；lag 也解［俚］“～”；也解［挪］“～”。
532 brabble“～”，此处解 babble“～”，指水流潺潺声。
533 hostily 解 hastily“～”；也解 hostis［拉］“～”；也解 hoste［挪］“～”；也解 host“～”；也解 Hosty“～”，书中人物。
534 heavyside 解 heavy“～”；也解 Heaviside Layer of atmosphere“～”。
535 check me joule 解 cheek by jowl“～”；也解 check me“～”+joule“～”。
536 tailors“～”；也解 tailor［爱］“～”，威士忌的度量单位。
537 Moyle“～”，此处解 Moyle“～”，爱尔兰与苏格兰之间的北部海峡；也解 Sruth na Maoile［爱］“～”；也解 my“～”。
538 herring“～”；也解 Erin“～”，此处化自歌曲“Come Back to Erin”(《回到爱尔兰》)。

黄油[539]横梁和平端头一样跌跌撞撞，连滚带爬[540]，追着魔鬼[541]洪水|汉娜·丽维娅·妇鲁拉贝尔自己的洪水，芝麻[542]成粥[543]，同时船长[544]舵手|船一阵风似的进来，跌跌撞撞，滴滴答答，酩酊大醉[545]在风中扔出床单，他身上的紧身衣痒得要挠，而他按摩我有好运[546]束身再次提起[547]预演他罩衫[548]解体检修的蓬松[549]短裙。他把他的竖领留在手里，向他们显示毫无不好的感觉。即便从外观[550]学徒|厢房来说它上面有一只蘑菇又有什么关系。此时他面对着他们，从前到后。然后阳伞[551]单独的转一圈，大吃一惊[552]攻击，惊呼[553]，每把伞多酷啊[554]此至人人！

——早安[555]滨草|方巾，他说[556]，全是乡巴佬[557]淡水的|瓦特和杂种[558]吹牛的人|晚安，此时他进入啤酒港[559]蜂窝|蜂群|贝尔黑文，首先是腿[560]长崎|说得够了，其次[561]第二|其后是酒瓶[562]全部，迎风漫游，此时他径直走向[563]走向|目前厄勒海峡[564]耳朵|桨，到都柏林[565]的最快[566]道路[567]，就这样他的助听筒[568]角笛舞|听|闻|妓女拖在他们口器[569]口琴的背风处[570]，穿着对他的肚子便帽来说太紧了的苏格兰裙[571]，祝大家康健[572]苏格兰软帽，他的假发[573]蠼螋在晃动的头上，标签折着。向上，愉快地向东，愉快地向西。他从他那里问，他妈的[574]急推或猛拉这是怎么弄的，我的好[575]尝试|找到老哥们[576]丝绸|旧盐会[577]遇到[578]与基尔巴拉克人[579]，他也突然[580]无疑|黄昏|撒旦|萨顿地峡想起来到底在哪里[581]舱口在哪里，他还立刻[582]沿着海岸|海滨北路知道[583]结束|新的|今天|依然|还有你他是来找[584]温柔的桑德森[585]萨克森，我的[586]头脑一位特殊的[587]半岛的|笔墨朋友[588]框架|陌生人的，因为[589]他急于[590]抓住[591]洪水|托卡他[592]

539 beam and buttend"～",此处解 bread and butter"～"。
540 reiter 解 Reiter［德］"骑马者"。
541 diluv 解 devil"～";也解 diluvium［拉］"～";也解 Livia"～",本书女主人公。
542 seasant 解 sesame"～",《阿里巴巴与四十大盗》中的"芝麻开门"。
543 samped 解 samp"～"。
544 skibber 解 skipper"～";也解 scibeoir［爱］"～";也解 skibb［挪］"～"。
545 threw the sheets in the wind"～",此处解 three sheets in the wind"～"。
546 rubmelucky 解 rub me lucky"～"。
547 rehorsing 解 re-horsing"～";也解 rehearse"～"。
548 overhawl 解 overall"～";也解 overhaul(机器的)"～"。
549 pouffed 解 puffed"～"。
550 apprentices"～",此处解 appearances"～";也解 appentice"～"。
551 paraseuls 解 parasol"～";也解 seul［法］"～"。
552 taken atack 解 taken aback"～";也解 attack"～"。
553 sclaiming 解 exclaiming"～"。
554 Howe cools Eavybrolly 解 How cool every brolly(［英口］"雨伞")"～";也解 Here comes everybody"～"。
555 Good marrams 解 good morrow"～";也解 marram"～";也解 marama［塞维］"～"。
556 sagd 解 sagt［德］"～"。
557 freshwatties 解 freshwater"～",指未见过大海的人,故译为"～";也解 watt"～"。
558 boasterdes 解 bastards"～";也解 boaster"～";也解 boa tarde［葡］"～"。
559 bierhiven 解 Bier［德］"啤酒"＋haven"港口";也解 beehive"～";也解 hive"～";也解 Berehaven"～",爱尔兰科克郡贝雷岛和班特里湾北岸之间的水道。
560 nogeysokey 解 noga［塞维］"～";也解 Nagasaki"～",日本港口城市;也解 noksagt［挪］"～"。
561 segund 解 second"～";也解 segundo［西］"～";也解 sekund［挪］"～"。
562 cabootle 解 bottle"～";也解(the whole)caboodle"～"。
563 made straks for 解 made straight for"～";也解 make tracks for"～";也解 straks［荷］"～"。
564 oerasound 解 Öresund［挪］"～",丹麦和瑞典之间的海峡;也解 öre［挪］"～";也解 oars"～"。
565 Publin 解 Dublin"～"。
566 snarsty 解 snarest［挪］"～"。
567 weg 解 Weg［德］"～"。此句化自 19 世纪的爱尔兰歌曲"The Rocky Road to Dublin"(《通向都柏林的石板路》)。
568 horenpipe 解 hearing trumpet"～";也解 hornpipe"～";也解 horen［德］"～";也解 höre［挪］"～";也解 hore［挪］"～"。
569 mouths organs"～";也解 mouth organ"～"。
570 in the lee off 解 in the lee of"～"。
571 tilt too taut for his tammy 解 kilt is too tight/taut for his tummy"～";其中 tammy 也解"～"。
572 slaunter 解 sláinte［爱］"～",祝酒时的用语;也解 Tam O'Shanter"～",一款以苏格兰诗人彭斯诗中人物命名的软帽。
573 wigger 解 wig"～";也解 earwig"～"。
574 hitch"～",此处解(how the) hell"～"。
575 fand"～",此处解 fine"～";也解 fand［德］"～"。
576 sulkers"生闷气的人";也解 silk"～";也解 sjöulker［挪］"～"。
577 mone 解 monne［挪］"～"。
578 met"～";也解 met［挪］"～"。
579 Kidballacks 解 Kilbarrack"～",爱尔兰都柏林郡的乡镇,基尔巴拉克教堂曾被称为莫内礼拜堂。
580 suttonly 解 suddenly"～";也解 certainly"～";也解 suton［塞维］"～";也解 Satan"～";也解 Isthmus of Sutton"～",霍斯与大陆之间的地区。
581 where the hatch is"～",此处解 where the hell"～"。
582 strandweys 解 straightway"～";也解 strandvegs［丹］"～";也解 North Strand Road"～",都柏林的街道名。
583 endnew 解 and know"～";也解 end"～"＋new"～";也解 indiu［爱］"～";也解 endnu［丹］"～";也解 and you"～"。
584 fond"～",此处解 found"～"。
585 sutchenson 解 Saunderson"～",书中酒馆的男服务员;也解 Sackerson"～",莎士比亚时代环球剧院附近养的一头熊。
586 mind"～",此处解 mine"～"。
587 penincular 解 particular"～";也解 peninsular"～";也解 pen and ink"～"。
588 fraimd 解 friend"～";也解 frame"～";也解 Fremd［德］"～"。
589 fordeed 解 fordi［挪］"～"。
590 langseling 解 længsel［挪］"～"。
591 talka holt of 解 take hold of"～";也解 Tolca［爱］"～";也解 Tolka"～",河流名,位于都柏林北部。
592 hems 解 him"～";也解 hem［古体］"～"。

他们，小丑花花公子[593]克伦塔夫|拓夫，十和十四[594]抱|渴望。电报[595]发电报：克伦塔夫[596]悬崖顶端|句号。今天关门，明天开放[597]航行|托比叔叔|向上|抵达。当心[598]电报|留心|我们是鹅卵石。停[599]优雅时尚|舱门外右舷房。

——斯基伯林[600]船长有普通客栈[601]正进来|来，空气传信[602]空气的|海上的，为什么不[603]爱伦·坡|爪子，乌鸦今后更忧伤，辛尚克斯[604]胫骨|长腿的人说[605]计算，对他的老朋友[606]踢者|观众|窥视说着[607]法律|降低|温的法兰克语，后者，用盖尔语[608]作媒介

——控诉道[609]授予头衔|尝试|说，帕克尔森[610]驼背之子|病夫之子|巴克利之子。

他们的极端暴力[611]紫外线的|乌尔斯特省|想要|能飞的是怎样与我们一些高傲的[612]有船首的入侵者[613]缺乏想象力的|面甲一起，让他们进来抢劫[614]红外线的，攻陷城池，从甲板登陆，不顾我们爱尔兰人的[615]讲印欧语系的人|空中的孤立[616]抵抗，两块甲板[617]小舟合为[618]树枝一块搭上岸，亲眼目睹了[619]领主、德国人[620]以及很多人[621]戴绿帽子的人|亨利|约瑟夫·亨利。实际上[622]圣帕特里克之前的所有人，他们总结道[623]镇定下来。天命[624]基什|基士。注定会。给地主，无物[625]注意，无有[626]点头，用于停泊[627]托马斯·穆尔的海岸是需要定界[628]手指|迅速的的原因。况且证据很多，过量的证据。而他们或者拿本小册子[629]重量。或者其他人发誓他有赎金[630]瑞典的埃里克|埃里克。逆风停船[631]举起|两个，喝酒提神[632]喝水|绞接|大桅操桁索|男人|支架。敬你一杯[633]继承人，布利安·布鲁[634]酿酒男爵！润润喉咙[635]，聊表谢意[636]。

——明天[637]夫人|水手|滨草好，明天[638]快乐的|制造机好，好妈妈[639]教

593 clowntoff 解 clown“小丑”＋toff“花花公子”；也解 Clontarf“～”，爱尔兰国王布利安·布鲁 1014 年在此击败丹麦侵略军；也解 Taff“～”，本书主人公儿子闪的化身之一。
594 tye hug fliorten 解 ti og fjorten［丹］“～”，克伦塔夫战役发生于 1014 年；其中 hug 也解“～”；也解 hug［挪］“～”。
595 Cablen 解 cable“～”；也解 kable［挪］“～”。
596 Clifftop 解 Clontarf“～”；也解 Cliff top“～”；也解 full stop“～”。
597 Shelvling tobay oppelong tomeadow 解 shutting today, opening tomorrow“～”；也解 sailing“～”＋Uncle Toby“～”，英国作家斯特恩的《项狄传》中的人物＋oppe［挪］“～”；也解 arriving“～”。
598 Ware“～”；也解 wire“～”；也解 beware“～”；也解 We'are“～”。
599 Posh“～”；此处解 stop“～”；也解 port out starboard home“～”，“东方号”上最贵的包间。
600 SkibbereenSkibbereen“～”，爱尔兰科克郡西南部的小镇；也解 skipperen［挪］“～”。
601 has common inn“～”；也解 is coming in“～”；也解 kommen［挪］“～”。
602 pounautique 解 pneumatique“～”，指巴黎曾用来传信的气力输送系统，故译为“～”；也解 nautique［法］“～”。
603 pokeway paw 解 Pourquoi Pas“～”，1903—1905 年让·巴普蒂斯特·夏科特带领的法国南极探险队乘坐的船；也解 Poe“～”(1809—1849)，19 世纪美国作家，著有长诗《乌鸦》，小说《被窃的信》；也解 paw“～”。
604 shinshanks“～”，人名；也解 shin“～”＋shanks“～”。
605 telled 解 told“～”；也解 tælle［挪］“～”。
606 kicker“～”，此处解 sidekick“～”；也解 kijker［荷］“～”；也解 kikke［挪］“～”。
607 lauwering 解 labhair［爱］“～”；也解 lauw［荷］“～”；也解 lowering“～”；也解 lau［德］“～”。
608 gallic 解 Gaelic“～”。
609 tilltold 解 tiltalt［挪］“～”；也解 titled“～”；也解 tilt“～”＋told“～”。
610 Pukkelsen“～”，人名，根据挪威语制造，意思是“～”，指驼背的挪威船长；也解 Sickerson“～”；也解 O'Buachalla［爱］“～”，巴克利为书中巴克利与俄国将军故事中的爱尔兰士兵。
611 ulstravoliance 解 ultra-“极其”＋violence“暴力”；也解 ultraviolet“～”；也解 Ulstra［爱］“～”，北爱尔兰的旧称；也解 volens［拉］“～”；也解 volitant“～”。
612 prowed“～”，此处解 proud“～”，出自歌曲《让爱尔兰记住旧日时光》中的“高傲的入侵者”。
613 invisors 解 invader“～”；也解 in-vision“～”；也解 visor“～”。
614 infroraids 解(let them) in for raids“～”；也解 infrared“～”。
615 aerian 解 Erin“～”；也解 Aryan“～”；也解 aerial“～”。
616 Insulation“～”，也指电子上的绝缘，后面的“抵抗”也解“电阻”。
617 boards“～”；也解 boats“～”。
618 ast 解 as“～”；也解 Ast［德］“～”。此处化自习语 two hearts that beat as one(两颗心一起跳动)。
619 widness 解 witness“～”。
620 tysk［挪］“～”。
621 hanry 解 hanrei［挪］“～”，此处化自 Tom, Dick and Harry，泛指很多人，故译为“～”；也解 henry“～”，电感单位，符号表示为 H；也解 Joseph Henry“～”(1797—1878)，美国科学家，发明了继电器(电报的雏形)。
622 Prepatrickularly 解 practically“～”；也解 Pre-Patrick“～”。
623 summed“～”；也解 summe［挪］“～”。
624 Kish met 解 kismet“～”；也解 Kish“～”，位于都柏林湾南口有灯塔的沙洲；也解 Kish“～”，扫罗王的父亲。
625 noting“～”，此处解 nothing“～”。
626 nodding“～”，此处解 nothing“～”。
627 moor“～”；也解 Thomas Moore“～”(1779—1852)，爱尔兰诗人和歌词作者，本书中大量引用他的歌曲。
628 mear“～”；也解 méar［爱］“～”；也解 mear［爱］“～”。此处化自习语 mears and bounds(公认范围)。
629 heft“～”，此处解 Heft［德］“～”。
630 eric 解 éiric［爱］“～”；也解 Eric“IX” of Sweden“～”，瑞典国王，1155—1160 年在位；也解 Eric“～”，瓦格纳的歌剧《漂泊的荷兰人》中的人物。
631 Heaved two 解 heave to“～”；也解 Heave“～”＋two“～”。
632 Spluiced menbrace 解 splice the mainbrace“～”，一般是在船员要去完成非常艰难的任务前下的命令，后来也用于事后的庆祝；也解 sluice［俚］“～”；也解 splice“～”；也解 mainbrace“～”；也解 men“～”＋brace“～”。
633 Heirs at you 解 Here's to you“～”，祝酒词；也解 Heirs“～”。
634 Brewinbaroon 解 Brian Boru“～”，爱尔兰传说中的著名国王；也解 brewing baron“～”，指健力士酒厂创始人亚瑟·健力士的儿子阿迪劳恩勋爵。
635 Weth a whistle 解 wet one's whistle“～”。
636 methanks 解 my thanks“～”。
637 marrams 解 morrow“～”；也解 madams“～”；也解 mariners“～”；也解 marram grass“～”。
638 merrymills 解 morrow“～”；也解 merry“～”＋mills“～”。
639 good mothers“～”；也解 godmother“～”。

母谣言[640]鹅妈妈说[641]，朝两个有草场有礁石的方向都上下鞠躬，那时他们都在老墙环绕的[642]旧世界肯考拉堡[643]借（而且他们确实活得长过了[644]生存江湖骗子[645]空话关于都市[646]城邦的市民煤爆炸[647]冷鼓风的大话，愿那里功绩[648]奖赏成为天堂女神的号角[649]），七橡树[650]塞文奥克斯时代后冬眠[651]爱尔兰，担心着他们的所在之处，这次[652]潮汐他在黄昏[653]法官中变得沮丧，在那里小妖精们[654]鱼会向下啄[655]腌制到他座位上的屁股[656]按钮|巴特，而他愚蠢的[657]汪汪|座位老爱尔兰灵魂[658] S.O.S 在戴维[659]和大杯[660]约拿烈酒[661]存放室|我说的帮助下进入到巨浪[662]引擎|此外之中，并在身后关上门去做澜[663]的一罐[664]牲畜|混乱难得好的鱼。真是死亡之海[665]水带来的死亡|真的|好像这样似的|死海|伟大的|母亲！我们上面的球[666]！报丧女妖[667]仙境|球|她多么经常地想方设法[668]哭泣啊！他们为了他的回[669]群|时机家，在那黑得瘆人的[670]阴冷的草地[671]女仆保持安静，用火球节日、火鸡[672]蓝绿色骚乱和紫色[673]乞丐补丁来支撑他卑微的结局[674]船身横向倾倒|经济十分窘迫。你的黑鬼头[675]黑胶砾几乎不[676]敌人需要什么东西去与大水[677]相配。他做出锤子的手势[678]。天经地义[679]上帝的干旱|上帝的气流，他说，几天[680]眩晕后，想起所有那些黑人[681]都柏林，生活[682]里夫·艾里克森真是停滞啊！你在飞行觅食[683]霍金斯爵士中回来了，从有福的[684]爆裂的巴西[685]圣巴西勒到我们葡萄牙人的[686]葡萄牙[687]停靠港，围栏[688]围栏浅滩之城转弯处的浅滩[689]要塞|河中浅滩|放屁，生意的奴隶，香料的船[690]封臣，市场上的毒品[691]龙|德雷克，作为大菱鲆，有条纹的两栖动物[692]突然倾斜，仿佛你是，我觉得，用马鲛鱼腌制的。死定了[693]老家伙倒

640 gossip“～”；也与前面合解 Mother Goose“～”，一个无名的乡村妇女，被认为是鹅妈妈故事和童谣的原作者。
641 sayd 解 said“～”。
642 old walled“～”；也解 old world“～”。
643 Kinkincaraborg 解 Kincora“肯考拉屋”，爱尔兰著名国王布利安·布鲁的房子＋borg［挪］“城堡”；也解 borg［德］“～”。
644 overlive“～”；也解 overleve［挪］“～”。
645 Montybunkum 解 mountebank“～”；也解 bunkum“～”。
646 Mitropolitos 解 metropolis“～”；也解 Metropolites［希］“～”。
647 coal blasts“～”；也解 cold-blast“～”。
648 meeds“～”；也解 deeds“～”。
649 hourihorn 解 houri(伊斯兰教中虔信者进入天国后真主安拉所赐与之相伴的)“天国美女”＋horn “号角”。
650 seven oak“～”；也解 Sevenoaks“～”，镇名，位于英国肯特郡。
651 hiberniating 解 hibernate“～”；也解 Hibernia“～”＋ing。
652 tide“～”，此处解 time“～”。
653 doomering 解 Dammerung［德］“～”；也解 dommer［挪］“～”。
654 peixies 解 pixy“～”；也解 peixe［葡］“～”。
655 pickle“～”，此处解 peck“～”。
656 button“～”，此处解 bottom“～”；也解 Butt“～”，本书主人公儿子肖恩的化身。
657 sess“～”，唤狗来吃食时的声音，此处解 silly“～”；也解 sess［挪］“～”。
658 soss 解 soul“～”；也解 S. O. S，求救信号。
659 Divy 解 Davy Jones“戴维·琼斯”(深海阎王)，在《漂泊的荷兰人》中拥有幽灵飞船“漂泊的荷兰人号”。
660 Jorum“～”；也解 Jonah“～”，希伯来先知，曾在鱼腹中待了 3 天 3 夜。
661 locquor 解 liquor“～”；也解 locker“～”；也解 loquor［拉］“～”。
662 boelgein 解 bölge［挪］“～”；也解 bulgine“～”，海洋术语；也解(into the) bargain“～”。
663 Ran“～”，北欧神话中海神埃吉尔的妻子，也被视为海洋中的死神。
664 cattle“～”，此处解 kettle“～”；也与后面的 of fish 合解 kettle of fish“～”。
665 Morya Mortimor，爱尔兰人表达悲痛的温和用语，乔伊斯把 Mortimor 翻译为“～”，故译为“～”；其中 Morya 也解 moryah!［爱］“～”；也解 mar bh'eadh［爱］“～”；其中 Mortimor 也解 Mer Morte［法］“～”；也解 mór［爱］“～”；也解 mor［爱］“～”。
666 Allapalla 解 alla palla［意］“～”。
667 ballshee 解 banshee 爱尔兰和苏格兰传说中预告死亡的“～”；也解 ball-sidhe［爱］“～”；也解 ball“～”＋she“～”。此处出自托马斯·穆尔的歌曲《报丧女妖总是哭泣》，旋律为《亲爱的黑女仆》。
668 tried“～”；也解 cried“～”。
669 gang“～”，此处解 gang［德］“～”；也解 gang［挪］“～”。
670 eeriebleak 解 eerie“可怕的”＋black“黑”；也解 bleak“～”。
671 mead“～”；也解 maid“～”。
672 turkeys“～”；也解 turquoise“～”。
673 paupers“～”，此处解 purple“～”。
674 bum end“～”；也解 beam ends“～”；也解 on his beam end“～”。
675 niggerhead“～”，低劣的橡胶，此处解 nigger“黑鬼”＋head“头”。
676 foe“～”，此处解 few“～”。
677 Big Water“～”，出自美国作家马克·吐温的《哈克贝利·费恩历险记》，指密西西比河，此处不少表述出自该书。
678 维京人在喝酒时常做出索尔的锤子的手势，也有人认为代表拍卖的锤子。
679 God's drought“～”，此处解 God's truth“～”；也解 God's draught“～”。
680 daze“～”，此处解 days“～”。
681 bliakings 解 blacks“～”；也解 Baile Atha Clíath［爱］“～”。
682 leif 解 life“～”；也解 Leif Ericson“～”(970—1020)，古挪威探险家，第一个发现北美洲的“葡萄地”的欧洲人。
683 hawkins 解 hawkings“～”；也解 Sir John Hawkins“～”(1532—1595)，英国海军官员，航海家。
684 Brast 解 blessed“～”；也解 Brast［挪］“～”。
685 Blasil 解 Brasil［葡］“～”，曾为葡萄牙殖民地；也解 Basil the Blessed“～”，从 15 世纪起成为东正教的圣人。
686 povotogesus 解 povo português［葡］“～”。
687 portocall 解 Portugal“～”；也解 port of call“～”。
688 hurdies 解 Hürde［德］“～”，即 Town of the Ford of the Hurdles“～”，指都柏林。
689 furt 解 ford“～”；也解 fort“～”；也解 Furt［德］“～”；也解 fart“～”。
690 vassal“～”，此处解 vessel“～”。
691 dragon-the-market 解 a drug in the market“～”；其中 dragon 也解“～”；也解 Sir Francis Drake“～”(1540—1596)，英国舰队司令，曾环世界航行。
692 lurch“～”，此处解 Lurch［德］“～”。
693 Eldsfells 解 hell's bells!“～”；也解 old fellow falls“～”。

下！他说。冰岛[694]爱尔兰的香槟[695]！这是你货摊这儿的家人[696]家|人们向一位老王[697]笨蛋张开的双臂[698]慷慨！因此给我来杯酒，挪威[699]现在|发动船长[700]阉鸡|性无能说，说出好斗的[701]非常|谨慎的已无幽默的话[702]最终让人满意的|葬后让人满意的|死后的，我要不要毙了他[703]和，或者那个懒家伙在哪里？一大口[704]一点儿奶酪[705]枕头|芝士|臼齿，他说，比如[706]给|圣德尼，用于这次晚餐[707]军政府|果酱罐|水手（让魔鬼[708]都柏林|驽马去烤火鸡[709]巴黎），或者一杯鸡尾酒[710]黄貂鱼，他说，比如[711]，配上给圣帕特里克[712]无的一流的肯尼迪[713]拨火棍生面面包[714]一流的，然后[715]日本米酒，或者我那过时的[716]发怒的古老宗教[717]表|神谕，如果魔鬼[718]空的能给[719]能够|我能我，他说，推拉[720]推挽式|富有进取心的一下，要是我对酒厌倦了[721]见鬼去吧，你就可以说[722]沉下我死了[723]领导，他说。因为回家感到口渴伸出手。好的[724] O. K.|达尔基，船的丈夫[725]商店的|足不出户的说，因为他像北极星一样深不可测[726]（能够说服[727]解释者水手[728]密封器|幸福军人[729]焊料|支付|痛饮变成补锅匠[730]思想|思想者的裁缝[731]收税员），就像每个人对自己的野兽[732]口味可能说的，每只交易平底船有一种待客之道，我向你致以十万次的欢迎[733]四|百万|跌倒，上帝保佑我们大家[734]庄稼供养一座马厩！阿门[735]向前|弗莱姆号。他对得到的汉弗利汉弗利式[736]人|饥饿的欢迎[737]欢迎者给出了作为权宜之计[738]售货员的你好吗[739]作为好话之物。他做出欢宴者[740]欢宴|复活节的手势。铺好衣服！给饥饿的人[741]出风头的人一盘[742]盘子|柜台牡蛎[743]蚝|海蛎子|芝士|奶酪|固执的|东方！打包[744]！他是我见过的最毫不在乎的人，但是他无疑最有勇气。一道有配

694 iceslant 解 Iceland"～";也解 Ireland"～"。
695 Kampavín [冰]"～"。
696 hame folk 解 home folk"～";也解 heim [冰]"～"＋fólk [冰]"～"。
697 faulker 解 fylkir [冰]"～";也解 fucker"～"。词句化自歌曲"Old Folks at Home"(《故乡的亲人》)。
698 open handlegs 解 handleggr [冰]"～";也解 open hand"～"。
699 now waging 解 Norwegian"～";也解 now"～"＋waging"～"。
700 cappon 解 captain"～";也解 capon"～";也解 cappone [意俚]"～"。
701 warry 解 war-ry"～";也解 very"～";也解 wary"～"。
702 posthumour expletion 解 post-humour"幽默之后的",已无幽默感＋expression"表达";也解 postuma expletio [拉]"～";也解 posthumata expletio [拉]"～";其中 posthumour 也解 posthumous"～"。
703 shoots ogos shootsle him 解 shall I shoot him"～";其中 ogos 也解 agus [爱]"～"。
704 bit bite 解 big bite"～";也解 bisschen [德]"～"。
705 keesens 解 cheese"～";也解 Kissen [德]"～";也解 Käse [德]"～";也解 kiezen [德]"～"。
706 til Dennis 解 til dæmis [冰]"～";也解 til [挪]"～"＋St. Denis"～",法国的守护圣人。
707 jantar [葡]"～";也解 junta"～";也解 jam jar"～";也解 jacktar"～"。
708 dobblins 解 devil"～";也解 Dublin"～";也解 dobbin"～"。
709 perus 解 perús [葡]"～";也解 Paris"～"。
710 stinger"～";也解 stingray"～"。
711 t. d. 解 til dæmis [冰]"～"。
712 Patriki San 解 Saint Patrick"～";其中 San 也解 sans [法]"～"。
713 kennedy"～",此处解 Kennedy"肯尼迪面包店",位于都柏林帕特里克街上的烘焙店。
714 doroughbread 解 dough"生面团"＋bread"面包";也解 thoroughbred"～",受过严格训练的。
715 on svo fro 解 og svo [冰]"然后"＋fra [冰]"从"。
716 out of tiempor 解 out of time(tiempo [西]"时间")"～";也解 out of temper"～"。
717 relogion 解 religion"～";也解 relogio [葡]"～";也解 logion [希]"～"。
718 tomtartarum 解 Tartarum [拉]"～",指烈酒;也解 tom [挪]"～"。
719 get"～";也解 getá [冰]"～";也解 get ég [冰]"～"。
720 pusspull 解 push"推"＋pull"拉",也是电子术语"～";也解 pushful"～"。
721 I'm soured to the tipple 解 I'm soured to"我厌恶于"＋the tipple"烈酒";也解 Souls to the devil"～",出自民谣《芬尼根的守灵夜》。
722 sink"～",此处解 think"～"。
723 lead"～",化自习语 take one's lead(带头),此处解 dead"～"。
724 Allkey dallkey 解 okey dokey"～";也解 O. K. ;也解 Dalkey"～",爱尔兰东部的海港城市。
725 shop's housebound 解 ship's husband"～";也解 shop's"～"＋housebound"～"。
726 此句化自习语 deep as the north star(深不可测)。
727 tolk...into 解 talk...into"～";也解 tolk [挪]"～"。
728 sealer"～",此处解 sailor"～";也解 sæla [冰]"～"。
729 solder"～",此处解 soldier"～";也解 sold [丹]"～";也解 solderi [丹]"～"。
730 tankar 解 tinker"～";也解 tanker [挪]"～";也解 tenker [挪]"～"。
731 tolder 解 tailor"～";也解 tolder [挪]"～"。此处化自儿歌《补锅匠、裁缝、军人、水手》。
732 beast"～";也解 taste"～"。此处化自习语 Every man to his taste(萝卜青菜,各有所爱)。
733 cater million falls 解 cead mile failte [挪]"～",100 乘 1000 次的欢迎;也解 cater"～",骰子或纸牌中的 4＋million"～"＋falls"～"。
734 crop feed a stall"～",此处解 God feed us all"～"。
735 Afram 解 amen"～";也解 áfram [冰]"～";也解 Fram"～",挪威籍极地探险家弗里德约夫·南森极地探险时的船。
736 Hombreyhambrey 解 Humphrey Chimpden Earwicker"～",本书主人公;也解 hombre [西]"～";也解 hambre [西]"～"。
737 wilcomer 解 willkommen [德]"～";也解 welcomer"～"。
738 ekspedient 解 expedient"～";也解 ekspedient [丹]"～"。
739 What's the good word"～",此处解习语"～"。
740 feaster"～";也解 feast"～";也解 Easter"～"。
741 Swanker"～",此处解 svangur [冰]"～"。
742 disk"～";也解 diskur [冰]"～";也解 disk [挪]"～"。
743 osturs 解 oysters"～";也解 ostreon [希]"～";也解 östers [挪]"～";也解 ostur [冰]"～";也解 oster [挪]"～";也解 stur [德]"～";也解 Ost [德]"～"。
744 Allahballah 解 alla balla [意]"～"。

菜的鱼丸！给雀跃的人[745]投弹手|贡多拉船夫王八的蛋的[746]枪的儿子鱼鳍的朋友[747]女人的先生[748]日子|但族。权且这样吧[749]售货员，他说，我的儿子[750]日晷|只有，饥饿者[751]沙克尔顿[752]！上[753]向下|招待|上，卫兵们，向他们冲，向他[754]含冲，否则这个发怒的[755]食人魔鬼般的奥斯曼[756]会像牛一样咬[757]我们所有人，他说，就像这家的一个熟人那样，而沃尔德马[758]正在用脚跟旋转，茂尔德马[759]晕船|服务员正在用脚尖旋转，真晕[760]病态的，他从酒宴[761]前脚掌走向他的食物，等着轮到他来拿[762]潮流|调转船头的潮流|海底电报的时候，更加[763]大海虚弱[764]脾气坏的人了。直到他们让他快点付钱[765]在船上快点。说吧，什么时候[766]悲哀|防卫！

——他根本没有咒骂[767]柯西，或者跟咒骂一样地呵斥这套西装和军[768]焊料|亲属皮，做马裤的人[769]首先注意到，还有相当多的话要说，而且

——驼背的垃圾[770]憨蛋呆蛋|大海，商人[771]，剪断者裁剪师第二个剪断。

——以九还九[772]。相信我的话[773]从它那里拿走我的价值。没错[774]怀疑|粪肥|抱怨，他们三次告诉裁缝[775]说话者|山谷|泰勒，他们也知道是为了什么[776]词用于。他如此这般的原因。丑人[777]男人|绞架|每个人适合他的驼背[778]闪|大麻，但是我们所有人都填满了喉咙！这里是联盟[779]的三次重复[780]废除！把有疤[781]峭壁货物[782]纳入你伟大[783]城堡[784]肚子|苏格兰执政官|区镇地方长官|贝里灯塔的账[785]屁股上，他道歉说[786]，奥康内尔[787]·鲍尔[788]，奥康纳·丹[789]罗德里克·奥康纳的晚近后代[790]

745 gombolier“～”；也解 bombardier“～”；也解 gambol gondolier“～”。
746 son of a gun“～”，也可直译为“～”。
747 venr［挪］“～”；也解 venr［康］“～”。
748 Dan 解 Dan“～”；也解 dan［塞维］“～”；也解 Dan“～”，由但传下来的以色列 12 部族之一。
749 E kspedient 解 expedient“～”；也解 ekspedient［丹］“～”。
750 sonnur mine 解 sonur minn［冰］“～”；其中 sonnur 也解 Sonnenuhr［德］“～”；也解 nur［德］“～”。
751 Sulten［挪］“～”。
752 Shackleton 解 Sin Ernest Henry Shackleton“～”(1874—1922)，英国南极探险家。
753 Opvarts 解 aufwarts［德］“～”；也解 abwarts［德］“～”；也解 opvarte［挪］“～”；也解 Up, guards and at them“～”，惠灵顿在滑铁卢战役最后阶段下的命令，本书的主导主题之一。
754 ham 解 him“～”；也解 Ham“～”，挪亚的儿子，也是本书主人公儿子闪的一个变名。
755 ogry“～”，此处解 angry“～”。
756 Osler 解 Ostman“～”，入侵爱尔兰的北欧海盗。
757 oxmaul 解 ox“牛”＋maul“撕咬”。
758 Waldemar“～”，数位丹麦国王都叫这个名字。
759 Maldemaer“～”；也解 mal de mer［法］“～”；也解 maor［爱］“～”。
760 syg，see 的已消失的过去时写法，此处解 søsyg［丹］“～”；也解 sick“～”。
761 bowl“～”；也与后面的 food 合解 ball of foot“～”。
762 tow“～”；也解 tide“～”，与后面的 turn 合解 tide of turn“～”；也解 tov［丹］“～”。
763 meer［荷］“～”；也解 Meer［德］“～”。
764 crank“～”，此处解 krank［德］“～”。
765 behaste on the fare 解 in haste with the fare“～”；也解 hast on the Fähre(［德］“渡船”)“～”。
766 wehrn 解 when“～”；也解 weh［德］“～”；也解 wehren［德］“～”。
767 kersse 解 curse“～”；也解 J. H. Kersse“～”，本书中挪威船长与裁缝的故事里一位住在都柏林的裁缝。
768 solder“～”，此处解 soldier“～”；也解 sowterkins“～”。
769 breachesmaker 解 breeches“马裤”＋maker“制作者”。
770 Humpsea dumpsea 解 hump“驼背”＋dump“垃圾场”；也解 Humpty Dumpty“～”，一只从墙头坠落后摔成碎片的蛋，也是本书主人公壹耳微蚵的化身之一；也解 sea“～”。
771 munchantman 解 merchantman“～”。
772 此处化自习语 An eye for an eye“～”。
773 Take my worth from it“～”，此处解 take my word for it“～”。
774 mistaenk 解 mistake“～”；也解 mistænke［挪］“～”；也解 Mist［德］“～”；也解 stink［德］“～”。
775 taler［挪］“～”，此处解 tailor“～”；也解 Tal［德］“～”；也解 Taler“～”，德国钱币。
776 whyed for 解 the why for［俚］“～”；也解 word for“～”。
777 Uglymand 解 Ugly man“～”；也解 mand［挪］“～”；也解 uglyman［俚］“～”；也解 everyman“～”。此处化自习语 everyman for himself but God for us all(每个人都为自己，但上帝为我们所有人)。
778 himshemp 解 him“他”＋hump“驼背”；也解 Shem“～”，本书主人公的儿子；也解 hemp“～”。
779 unium 解 union“～”。
780 repeat“～”；也解 repeal“～”。
781 Scaurs“～”，此处解 scar“～”，在肚子上留下疤痕是一种典型的入会仪式。
782 wore 解 ware“～”。
783 groot［荷］“～”。
784 bailey“～”，城堡外庭；也解 belly“～”；也解 bailie“～”；也解 bailiff“～”；也解 Bailey Lighthouse“～”，位于霍斯地区。此处化自歌曲《比尔·贝里，你能回家来吗》。
785 bill“～”；也解 bil［荷］“～”。此处化自习语 put it on the bill(账单)。
786 apullajibed 解 apologised“～”。
787 O'Colonel 解 Daniel O'Connell“～”，19 世纪爱尔兰政治家，他的儿子拥有芬尼根酿酒厂的产品“奥康内尔麦酒”。
788 Power 解 The O'Conor Power“～”，19 世纪的爱尔兰政治家。
789 O'Conner Dan 解 Daniel O'Connell“～”；也解 Roderick O'Connor“～”(1116—1198)，爱尔兰最后一位共主。
790 distented 解 descended“～”；也解 distended“～”。

膨胀的，他自己隆起[791]那么多，他不知道[792]利菲河主人[793]马|霍斯|霍斯蒂的头[794]热度|霍斯角在他面前抬了起来，从黑白阴影[795]男孩中，在它凡人[796]男人|摩尔曼斯克面具[797]人|人类的外貌[798]土地下，像一只讨债人的飞驰的[799]肮脏的迟钝发射器[800]白云石山脉|德莫特，他的山[801]脱毛毛[802]哈雾|毛皮|屁股插在它上面的草地[803]里，（你知道[804]视野范围那个山峰和它的海岸[805]外衣绿意葱葱吗?），依然在珍贵的记忆里毫不怀疑地[806]特里斯丹渴望[807]大张着嘴着她，他的爱[808]灰色|图表|格蕾丝·奥玛丽|格拉尼娅完全知道，还有对她的那种高傲的恩典，步态[809]进入门|忘恩负义的人可爱的[810]原动力|运动的水[811]步行者，笑容如微凉的水杯，带着那种蒙特莫伦西[812]山脉的曲高和寡的风度[813]稀薄的空气，还有她急促的小小呼吸和登山者的脸色。取你的性命会救你的妻子吗？我要考虑考虑[814]，夫人[815]百合花。男人的[816]繁重的|痛苦的|祖先事业[817]人需要召唤英武[818]的人吗，别害怕[819]人|人类|桂尼维尔！游戏[820]宝石|男人给男人[821]新郎，愿她从未[822]这么小[823]女人。希望这不是凶兆[824]相反的预兆|愿无人反对|遮盖|无人|族名！洪水抬高，重新获得了她的古老权利，去年[825]就这样，甚至回忆。于是在她琐碎的岁月里长得更大，一只老鼠，只是一个点儿[826]山雀，带着整幅全景[827]全视野的|漫长的|长音符号图慢慢跑开。她那少女的[828]年轻|自由的|处女|汉弗利·卿普顿·壹耳微蚵束缚消除了[829]使平静他的游荡之咒[830]水道|航行|道路，抛开卷发的缠绕，摇动起男孩[831]浮标的宽广[832]肉汤。亚历山大大帝式的[833]男人气概|汉娜|亚衲人被俘获的征服。埃特纳[834]·美梅[835]，圣灵[836]高的|直的|胡格利河|河水猛涨|街道。他，她的第一条大腿，

791 promonitory 解 promontory“～”。
792 obliffious 解 oblivious“～”；也解 Liffey“～”。
793 hosth 解 host“～”；也解 horse“～”；也解 Howth“～”，都柏林郊区；也解 Hosty“～”，书中一个重要人物。
794 headth 解 head“～”；也解 heat“～”；也解 Head of Howth“～”，都柏林郊区的一个半岛。
795 Sheeroskouro 解 chairoscuro“～”，用明暗对照法绘制的图画；也解 kouros［希］“～”。
796 mardal 解 mortal“～”；也解 mard［波］“～”；也解 Murmansk“～”，俄罗斯港口城市。
797 mansk 解 mask“～”；也解 man“～”；也解 mennesker［挪］“～”。
798 zembliance 解 semblance“～”；也解 zyemlya［俄］“～”。
799 darting“～”；也解 dirty“～”，化自习语 Dear Dirty Dublin(亲爱肮脏的都柏林)。
800 dullemitter 解 dull“迟钝的”＋emitter“发射器”；也解 Dolomites“～”，位于意大利东北部；也解 Diarmaid，即 Dermot“～”，芬·麦克尔的侄子。
801 moultain 解 mountain“～”；也解 moulting“～”。
802 haares 解 haar［挪］“～”；也解 haar“～”，气象概念；也解 Haar［德］“～”；也解 arse“～”。
803 plostures 解 pastures“～”。
804 kend 解 kende［丹］“～”；也解 ken“～”，此处化自歌曲《你知道约翰·皮尔吗?》中的“with his coat so gray”(他的外套灰扑扑)。
805 coast“～”；也解 coat“～”。
806 trystfully 解 trustfully“～”；也解 Tristan“～”，既是霍斯堡第一位伯爵的名字，也是中世纪骑士传奇的主人公。
807 acape 解 agape［希］“～”；也解 agape“～”。
808 gragh 解 grádh［爱］“～”；也解 grey“～”；也解 graph“～”；也解 Grace O'Malley“～”，恶作剧女王的原型；也解 Grania“～”，芬·麦克尔的未婚妻，与芬·麦克尔的侄子德莫特私奔。
809 in gait“～”；也解 in gate“～”；也解 ingrate“～”。
810 movely 解 lovely“～”；也解 mover“～”；也解 move-ly“～”。
811 water“～”；也解 walker“～”。
812 Montmalency 解 Montmorency“～”，法国地名；也解 mountain“～”。
813 rarefied air“～”，此处解 rarefied“曲高和寡的”＋air“风度”。
814 think uplon 解 think upon“～”。
815 lilady 解 lady“～”；也解 lily“～”。
816 anerous 解 anêr［希］“～”；也解 onerous“～”；也解 aneros［希］“～”；也解 aner［挪］“～”。
817 enthroproise 解 enterprise“～”；也解 anthrôpos［希］“～”。
818 homovirtue 解 homo［拉］“人”＋virtus［拉］“英武”。
819 duinnafear 解 do not fear“～”；也解 duine［爱］“～”；也解 fear［爱］“～”；也解 Guinevere“～”，亚瑟王的妻子。
820 ghem 解 game“～”；也解 gem“～”；也解 khem［印欧语词根］“～”。
821 ghoom 解 khom［印欧语词根］“～”；也解 groom“～”。
822 nere 解 never“～”。
823 zo zma 解 zo［荷］“如此”＋small“小的”；也解 zena［古斯］“～”。
824 Obsit nemon 解 absit omen［拉］“～”；也解 opposite omen“～”；也解 obsit nemo［拉］“～”；也解 obsitus［拉］“～”；也解 nemo［拉］“～”；也解 nomen“～”。
825 yidd 解 year“～”。
826 tittle“～”；也解 titmouse“～”。
827 panoromacron 解 panoramic“～”；也解 panoramamakron［希］“～”；也解 makron［希］“～”；也解 macron“～”。
828 youngfree 解 jungfrow“～”；也解 young“～”＋free“～”；也解 Jungfrau［德］“～”；也解 Humphrey“～”，本书主人公。
829 stilling“～”，此处解 stillen［德］“～”。
830 wandercursus 解 wander“游荡”＋curse“诅咒”；也解 watercourses“～”；也解 cursus［拉］“～”；也解 kursus［挪］“～”。
831 buoy“～”，此处解 boy“～”。
832 broadth 解 breadth“～”；也解 broth“～”。
833 Annexandreian 解 Alexandrian“～”；也解 andreia［希］“～”；也解 Anne“～”，本书女主人公；也解 Anak“～”，《民数纪》中巨人的祖先。
834 Ethna 也解 Etna“～”，欧洲最高活火山。
835 Prettyplum 解 Pretty“美丽的”＋plum“梅子”。
836 Hooghly Spaight 解 Holy Spirit“～”；也解 hoog［荷］“～”＋straight“～”；也解 Hooghly“～”，河名，位于印度＋spate“～”；也解 street“～”。

她，他的快速的伙伴[837] ALP，无论贫富[838]无论挖沟人还是拉犁者|《诗人与农夫》，直到死亡[839]三角洲将两人分开[840]港口。此时这个萤火虫[841]发光|世界的灯[842]肿块正闪烁[843]日落消失，手牵着手[844]他在她之中|公鸡长大。经过单纯的岁月，那里蝗虫[845]低谷吃[846]雅典|亚特掉了茅屋者汤姆手掌里的牛奶[847]美国|蜂蜜|米尔金蜂蜜、枣子[848]碟子水果和大麦薄饼[849]一条面包。啊，愿浪迹成为最大的奇迹，现在！听[850]我说，米娜的面纱[851]米娜谷|爱情！虽然如此[852]奈培|亏损|珀迪塔，他会反驳说，对我太刻薄了[853]据我看来。在我们开始汤和鱼[854]男式无尾半正式晚礼服|烦恼之前，我总是[855]老路清洗[856]沃尔什并打扮[857]步道。现在葡萄酒商[858]严冬经常吃掉[859]是这些东西[860]不满，带着他的悲哀缓慢地咀嚼培根火腿[861]对勃金汉来说就只有这么多了|勃金汉公爵|培根|柯赫|慢。但是永远不要把一窝[862]面包欧洲野牛当废物[863]，即便为了骆驼[864]老的的法国荣誉勋章[865]大群捐赠者也不要。我的确为了法律之王而执行法律，塔乌·阿莱夫[866]变成|线|字母 A|塔伊夫，我伸出我的手，伸向在汉娜之城[867]安纳波利斯抓住我心的人，我的青春肋骨[868]叶斯里卜之城。愿汝等彼时在城市守卫面前成为我进入美索不达米亚[869]的保护人。在那里他们的是君子[870]协定。女人的誓言[871]柠檬汽水|哪里|人|蹚水。穿过石南逃到山脚。约翰·安德森[872]公司。如果语言之花为我涌起的泉水戴上了面纱[873]溪谷，我向山顶爬[874]杯底残酒|发掘得越高[875]徒步旅行者，我受祝福的[876]暴风雪路越雾气阴沉。既非他头上的扣环[877]山，也非纪念碑[878]你的意思是男人上刻下的数字[879]绰号。用那个从阿比西尼亚[880]高山|ALP 吹来[881]形成纬线臭

837 lap...pal“～”；也解 ALP，本书女主人公名字的缩写。
838 for ditcher for plower 解 for richer for poorer“～”；也解 for ditcher for plougher“～”；也解 Dichter und Bauer［德］“～”，奥地利作曲家弗朗兹·冯·苏佩写的序曲。
839 deltas“～”，此处解 death“～”。
840 twoport 解 two“两个”＋part“分开”；也解 ports“～”。
841 glowworld 解 glowworm“～”；也解 glow“～”＋world“～”。
842 lump“～”，此处解 lamp“～”。
843 gloaming“～”，此处解 gleaming“～”。
844 han in hende 解 hand in hand“～”；也解 han i hende［挪］“～”；也解 Hahn［德］“～”。
845 lowcasts 解 locust“～”；也解 lowcasts“～”。
846 aten 解 eaten“～”；也解 Aten［挪］“～”；也解 Atem“～”，埃及创始神。
847 amilikan 解 milk“～”；也解 American“～”；也解 mil［爱］“～”；也解 Richard Alfred Millikin“～”（1767—1815），爱尔兰作家，写有歌曲《布拉尼的格罗夫》。
848 datish 解 dates“～”；也解 dish“～”。
849 bannock“～”；也解 bannóg［爱］“～”。
850 Listeneath 解 Listen“～”。
851 veils of Mina“～”，指米娜河，位于印度尼西亚；也解 Valley of Mina“～”，也称帐篷城市，位于麦加附近，是朝圣需要经过的地方；也解 Minne［德］“～”，指中世纪骑士向贵妇献殷勤。
852 nepertheloss 解 nevertheless“～”；也解 neper“～”，电力工程学中的衰耗单位＋the loss“～”；也解 Perdita“～”，莎士比亚的戏剧《冬天的故事》中被遗弃的女孩。
853 too me mean 解 to me mean“～”；也解 to my mind“～”。
854 sope and fash 解 soup and fish“～”，在俚语中也指“～”；其中 fash 也解“～”。
855 oldways 解 always“～”；也解 old ways“～”。
856 walsh 解 wash“～”；也解 William John Walsh“～”（1841—1921），都柏林大主教，造成巴涅尔下台的人之一。
857 preechup 解 brushup“～”；也解 preach“～”。
858 vintner“～”；也解 winter“～”。
859 eats“～”；也解 is“～”。
860 contents“～”；也解 discontent“～”。化自莎士比亚的戏剧《理查三世》第一幕第一场中的“现在我们严冬般的宿怨”。
861 slow munch for backonham 解 slow munch of bacon ham“～”；也解 so much for Buckingham“～”，其中 backonham 解 Buckingham“～”，《理查三世》中的人物，被砍了头；也解 Francis Bacon“～”（1561—1626），英国哲学家，在实验中将母鸡腹内塞上冰雪保鲜时感染风寒去世；也解 Kehoe“～”，都柏林的熏肉和火腿商的名字；其中 slow 也解“～”。
862 brood“～”；也解 brood［荷］“～”。
863 shet 解 shit“～”。
864 Gamuels 解 camels“～”；也解 gammel［挪］“～”。
865 legions of donours 解 Legion of Honour“～”，法国政府颁授的最高荣誉骑士团勋章；也解 legions of donors“～”。
866 Taif Alif 解 tav, aleph，希伯来语的最后一个和第一个字母；也解 fiat［拉］“～”＋fila［拉］“～”；也解 alif［阿尔］“～”；也解 Taif“～”，沙特阿拉伯西部城市。
867 Annapolis 解 Anna“汉娜”，本书女主人公＋polis“城邦”，指都柏林；也解 Annapolis“～”，美国马里兰州首府。
868 youthrib 解 youth“青春”＋rib“肋骨”；也解 Yathrib“～”，公元 622 年穆罕默德率教徒迁至该地，改称麦地那。
869 Mussabotomia 解 Mesopotamia“～”，位于亚洲西南部。
870 gentlemeants 解 gentlemen's“～”。
871 Womensch plodge 解 Women's Pledge“～”；其中 Womensch 也解 lemonsquash“～”，也解 wo［德］“～”，也解 Mensch［德］“～”；其中 plodge 也解“～”。
872 Join Andersoon 解 John Anderson“～”，都柏林彩色玻璃制造商。
873 valed 解 veiled“～”；也解 vale“～”。
874 hilltapped 解 hilltop“～”；也解 heeltap“～”；也解 tapped“～”。
875 hiker“～”，此处解 higher“～”。
876 blezzard 解 blessed“～”；也解 blizzard“～”。
877 knocker“～”；也解 cnoc［爱］“～”。
878 manyoumeant 解 monument“～”；也解 man you meant“～”。
879 nicknumber 解 nick“刻痕”＋number“数字”；也解 nickname“～”。
880 Alpyssinia 解 Abyssinia“～”，非洲东部国家；也解 alp“～”；也解 ALP，本书女主人公名字的缩写。
881 wefting 解 wafting“～”；也解 weft-ing“～”。

气的冷得刺骨的[882]坏疽东北风[883]夜晚|最老的|星星，编织着[884]来自记忆之土[885]的无物无人[886]虚无，狼嚎出声音的弦外之音[887]莎草|狼|乌尔夫·托恩|沃尔弗顿路。但是他的幻景[888]频谱只在困境中[889]骄傲地浮现[890]，从爱尔兰[891]艾丽丝海到达顶峰，贪婪[892]秃顶、淫欲[893]亏损、愤怒[894]、贪吃[895]眼花|高兴、妒忌[896]无意愿和懒惰[897]。这可能就是你所谓的你改变了我的生活，但是依然有机会让我一夜提升。山的洞[898]呔呵、低的谷[899]瓦尔哈拉宫！伴随着清晨的声音和气息。

——我该[900]用尽的被毙掉[901]，我很抱歉[902]闷死，永远罚我牛蹄筋[903]芬·麦克尔，教唆[904]威士忌|肚子|生命之水|起草以前的[905]疯狂的爱尔兰人|屁股|奥斯卡·王尔德|首先|疯狂的酒类检察官，因为我把荆棘带到布莱肯·比肯[906]葡萄干面包|巴尔布里根，并绕着德米特里阿斯[907]狄米特律斯围出彩虹[908]运行环|兰波，就像你正确地[909]认为[910]起皱|撒谎的，绝妙的苍穹教派[911]，是自杀者的[912]舒尔河|场所|当然尸体[913]马戏团|排泄物|公羊在古火山群周围纠缠着历史[914]马。我们也开始[915]杜松子酒敲钟[916]在附近|守财奴，因此集体[917]小普利尼|老普利尼放纵让我们大家都成了柱子[918]。但是时间是给裁缝品尝他的酒龙头的[919]裁缝检查他的尺子|说书人|说话的人。数一数二的疏酒阀尺，马太[920]关税|不舒服的|麦芽酒先生。

他对他的这三大口做了一个总结[921]夏天的(孤独时间[922]石灰岩里的呛住[923]白垩和嘟哝[924]大理石)，仿佛他正在让穆斯林们[925]摩泽尔白葡萄酒闭嘴，当辛辣的[926]露天表演仙子[927]火烧火燎的流[928]下食管[929]他的|打开的|消化道时，润了润色[930]举起火把，给生石灰[931]熟石灰的满足，给

882 coldtbrundt 解 cold burnt“冷得烫伤的”；也解 koldbrann [挪]“～”。
883 natteldster 解 northeaster“～”；也解 natt [挪]“～”；也解 eldste [挪]“～”；也解 ster [荷]“～”。
884 wooving 解 weaving“～”。
885 Memoland 解 memor [拉]“记忆”＋land“土地”。
886 nihilnulls 解 nihil [拉]“无物”＋nullus [拉]“无人”；也解 nihil“～”。
887 ulvertones 解 overtone“～”；也解 ulva [拉]“～”；也解 ulv [挪]“～”；也解 Wolfe Tone“～”，1798 年爱尔兰起义中的英雄；也解 Ulverton Road“～”，位于爱尔兰东部的海港城市达尔基。
888 spectrem 解 spectrum [拉]“～”；也解 spectrum“～”。
889 in plight“～”；也解 in pride“～”。
890 onlymergeant 解 only“只”＋emergent“浮现的”。
891 irised 解 Irish“～”；也解 Iris“～”，希腊神话中的彩虹女神。
892 calvitousness 解 covetousness“～”；也解 calvitium [拉]“～”。
893 loss“～”，此处解 lust“～”。
894 nngnr 解 anger“～”。
895 gliddinyss 解 greediness“～”；也解 giddiness“～”；也解 gladness“～”。
896 unwill“～”，此处解 envy“～”。
897 snorth 解 sloth“～”。
898 Hillyhollow 解 Hilly“丘陵的”＋hollow“洞”，也解 tallyho“～”，狩猎人呼唤猎犬扑向猎物的声音。
899 valleylow 解 valley“山谷”＋low“低的”；也解 valhalla“～”，北欧神话中死亡之神奥丁款待阵亡将士英灵的殿堂。
900 shot“～”，此处解 should“～”。
901 shoddied 解 shoot“～”。
902 throttle“～”，此处解 sorry“～”。
903 fine me cowheel“～”；也解 Finn MacCool“～”，爱尔兰传说中芬尼亚英雄的领袖。
904 usquebauched 解 debauch“～”；也解 usquebaugh“～”；也解 Bauch [德]“～”；也解 uisce beatha [爱]“～”，指威士忌；也解 ébaucher [法]“～”。
905 ersewild 解 erstwhile“～”；也解 wild Irish“～”；也解 arse“～”＋Oscar Wilde“～”(1854—1900)，英国作家，出生在都柏林，这里指他的同性恋倾向；也解 erst [德]“～”＋wild“～”。
906 Bembracken 解 Breacon Beacons“～”，威尔士的山群；也解 barmbrack“～”；也解 Balbriggan“～”，都柏林郡的城市名。
907 Demetrius 解 Demetrias“～”，希腊东部马格尼西亚州的古代城市；也解 Demetrius“～”，《仲夏夜之梦》中的人物。
908 rinbus 解 rainbows“～”；也解 running rings“～”；也解 Rimbaud“～”(1854—1891)，法国早期象征主义诗人。
909 wryghtly 解 rightly“～”。
910 wrinkle“～”，此处解 think“～”；也解 wrinkle [俚]“～”。
911 bluedomer 解 blue dome“蓝色穹顶”＋-er，指不去教堂做礼拜而在天空下自然祈祷的人。
912 suirsite 解 suicide's“～”；也解 Suir river“～”，爱尔兰河流＋site“～”；也解 sure“～”。
913 stircus 解 stiorc [爱]“～”；也解 circus“～”；也解 stercus [拉]“～”；也解 hircus [拉]“～”。
914 hesteries 解 histories“～”；也解 hester [拉]“～”。
915 gin“～”，此处解 begin“～”。
916 gnir 解 ring“～”；也解 near“～”；也解 gnier [挪]“～”。
917 plinary 解 plenary“～”；也解 Pliny the Younger“～”(61—113)，古罗马演说家和作家；也解 Pliny the Elder“～”(23—79)，古罗马作家，著有《自然史》。
918 collemullas 解 columella [拉]“～”。此句化自莎士比亚《哈姆雷特》中的“理智使我们全变成了懦夫”。
919 talerman tasting his tap 解 tailorman tasting his tap“～”；也解 tailorman testing his tape“～”；其中 talerman 也解“～”，也解 taler [挪]“～”。
920 Maut 解 Matthew“～”，四福音书的作者；也解 Maut [德]“～”；也解 mau [德]“～”；也解 malt“～”。
921 summery“～”，此处解 summary“～”。
922 lonestime 解 lone“孤独的”＋time“时间”；也解 limestone“～”。
923 Cholk 解 choke“～”；也解 chalk“～”。
924 murble 解 mumble“～”；也解 marble“～”。
925 Moselems 解 Muslim“～”；也解 Moselle“～”。
926 pangeant 解 pungent“～”；也解 pageant“～”。
927 faery“～”；也解 fiery“～”。
928 fluwed 解 flowed“～”。
929 hisophenguts 解 esophagus“～”；也解 his“～”＋open“～”＋guts“～”。
930 torched up“～”，此处解 touched up“～”。
931 Quicklining 解 quicklime“～”；也可与前面的 slake 合解 slaked lime“～”。

他的管子搔痒，他那煞有介事的废话[932]，哦，喷雾时撒次小谎，是多么无拘无束的[933]奇怪的和催吐的狂欢啊。脱口而出[934]重重坠落。

两人都如此。即刻表演。啊，矿石收音机[935]支持物|HCE？救救憨蛋呆蛋[936]阿姆斯特丹|星星|蒸汽|汽船，他的下肢[937]荷兰|腰背痛有风湿病[938]回忆。

——凭着他腹股沟的水滴[939]笨蛋，阿里巴巴[940]，船长[941]阉鸡|阳痿的人想，探测着他的班轮的水深，我们以前来过这里[942]直到此时。

——根据[943]是他的外表[944]驼背之笼|猪嘴，理查三世[945]，你的教父[946]肚带|更胖的|父亲|长者想，适合[947]屁股|阿波斐斯他的自由水手们[948]盒子|制绳工人|裤子|巴克利，但是荷鲁斯[949]的棉裤[950]衣服和裤子|献殷勤的骑兵|窗帘在哪儿？

——我把他[951]他们放到外屋[952]烘干窑后面了，帕克尔森说，转向[953]调音|伤口裁缝[954]说话的人|盘子，从暗示中得到安慰，那个双二极管裁缝[955]亲爱肮脏的都柏林|《两面派》|二极管|二次染色的|经销商，他正在打滚冲刷吞咽着焦油水[956]塔拉|水|泰拉水。它像墨西哥湾流[957]墨西哥湾流|狼吞虎咽的海浪[958]一样流下[959]海运的|跑他那跨大西洋的[960]号角喉咙[961]巨大的|高康大|熟的|抚摸。给他奥拉夫的诅咒[962]水芹|在哪里，裁缝[963]排便的人|服装|眼睛，他用方言[964]小炉灶|妓院说，穿[965]存在还是不穿，我不说[966]获胜大话，因为我诅咒[967]低湿地|引起|柯西|亨利·卡尔他的泥瓦匠[968]共济会|母子|《麦克弗森的山羊》外衣和裤子[969]教女见鬼，和它们的新搭扣和绳套[970]尼布甲尼撒|结婚|婚嫁一起在后面[971]的外屋里高悬火中。跳[972]！他说。

932 twobble 解 twaddle“～”。此处化自《长笛菲尔的舞会》中的“吹响长笛，摆弄提琴，哦”。
933 queer and queasy“～”，此处解 free and easy“～”。
934 Plumped“～”，此处解 plumpe ut［挪］“～”。
935 chrystal holder 解 crystal set“～”；也解 holder“～”。此处包含本书主人公名字的缩写的倒写 HCE。
936 Ampsterdampster 解 Humpty Dumpty“～”，英语儿歌《国王的人马》中一只从墙头坠落后摔成碎片的蛋；也解 Amsterdam“～”，荷兰首都；也解 ster［荷］“～”；也解 dampr［荷］“～”；也解 damperr［挪］“～”。
937 netherlumbs 解 nether limbs“～”；也解 Netherlands“～”；也解 lumbago“～”。
938 rheumaniscences 解 rheumatism“～”；也解 reminiscence“～”。
939 drope 解 drop“～”；也解 dope“～”。
940 Ali Slupa 解 Ali Baba“～”，《阿里巴巴和四十大盗》的主人公。
941 cappon 解 captain“～”；也解 capon“～”；也解 cappone［意俚］“～”。
942 heretofore“～”，此处解 here before“～”。
943 be“～”，此处解 by“～”。
944 the coop of his gobbos 解 the cut of his jib“～”；也解 the coop of his gobbo(［意］“驼背”)“～”；也解 gob［爱］“～”。
945 Reacher the Thaurd 解 Richard III“～”(1452—1485)，英国国王，驼背。
946 girth fatter 解 godfather“～”；也解 girth“～”＋fatter“～”；其中 fatter 也解 Vater［德］“～”，也解 fatter［挪］“～”。
947 apopo 解 apropos“～”；也解 Popoe［德］“～”；也解 Apophis“～”，埃及神话中的冥府之蛇。
948 buckseaseilers 解 buckshee［俚］“自由”＋seiler［挪］“水手”；也解 Buchse［德］“～”；也解 Seiler［德］“～”；也解 buxe［挪］“～”；也解 Buckley“～”，书中巴克利与俄国将军故事中的爱尔兰士兵。
949 Horace 解 Horus“～”，埃及太阳神，奥西里斯和伊希斯的儿子，杀死塞特为父亲报仇。
950 courtin troopsers 解 cotton trousers“～”；也解 coat and trousers“～”；也解 courting troopers“～”；也解 curtain“～”。
951 hem 解 him“～”；也解 them“～”。
952 oasthouse“～”，此处解 outhouse“～”。
953 tuning wound 解 turning round“～”；也解 tuning“～”＋wound“～”。
954 teller“～”，此处解 tailor“～”；也解 Teller［德］“～”。
955 double dyode dealered 解 double diode“双二极管”，指收音机＋tailor“裁缝”；也解 dear dirty Dublin“～”；也解 *The Double Dealer*“～”，英国剧作家康格里夫的戏剧；也解 diode“～”；也解 doubledyed“～”；也解 dealer“～”。
956 Tarra water 解 Tar-water“～”，一种中世纪药物；也解 Tara“～”，古代凯尔特王国的都城＋water“～”；也解 tara water“～”，一种印度香水。
957 gulpstroom 解 Gulf Stream“～”；也解 Golfstroom［荷］“～”；也解 gulp［荷］“～”。
958 marousers 解 maroso［意］“～”。
959 marinned 解 marine“～”，此处解 rinnen［德］“～”；也解 run“～”。
960 trombsathletic 解 transatlantic“～”；也解 tromba［意］“～”。
961 gargantast 解 garganta［葡］“～”；也解 gigantic“～”；也解 Gargantua“～”，法国作家拉伯雷的《巨人传》中的主人公之一；也解 gar［德］“～”；也解 antast［德］“～”。
962 kersse of Wolafs 解 curse of Olaf“～”，奥拉夫为丹麦海盗的首领；也解 cress“～”＋Wo［德］“～”。
963 shitateyar 解 shitateya［日］“～”；也解 shitter“～”；也解 attire“～”；也解 eye“～”。
964 fornicular 解 vernacular“～”；也解 fornacula［拉］“～”；也解 fornix［拉］“～”。
965 at weare 解 at wear“～”；也解 at väre［丹］“～”(to be)，此处化自莎士比亚的《哈姆雷特》中的“存在还是死亡”。
966 sigen 解 sige［挪］“～”；也解 siegen［德］“～”。
967 carsed 解 cursed“～”；也解 carse“～”；也解 cause“～”；也解 J. H. Kersse“～”，挪威船长与裁缝的故事里一位住在都柏林的裁缝；也解 Henry Carr“～”，曾在乔伊斯入股的剧团中演戏，因演戏服的价格问题与乔伊斯发生争执。
968 murhersson 解 murer［挪］“～”；也解 mason“～”；也解 mother son“～”；也解 McPherson's Goat“～”，爱尔兰民谣。
969 goat in trotthers 解 coat and trousers“～”；也解 goddaughter“～”。
970 Newbucklenoosers 解 new buckles and nooses“～”；也解 Nebuchadnezzar“～”(前 605—前 562)，古巴比伦国王，攻占了耶路撒冷，建空中花园；也解 buckle［俚］“～”；也解 noose［俚］“～”。
971 behame 解 behind“～”。
972 Hops［德］“～”。

——抽烟，被可卡因呛住！笑[973]奔跑到泪水滴到[974]淹没大腿，所有懒汉们，除了船的丈夫[975]羊的|谁的裤子，希望[976]鞭打上帝他没笑，还有那个盯着看的人，故事就是讲[977]高的给他的，他觉得，炽热的火炉[978]被做|火炉被超自然地[979]推到[980]口渴他身上，就像莪默[981]曾经注意到的，这样的处境[982]饱和度，被放荡地[983]肚子观察，会让他彻底如憨蛋呆蛋[984]使成空|浇灭|杰克·登普西一般。

——好的，笨蛋[985]圣烟|施洗！他说，别的人[986]进入者|结束|鸭子补充道[987]结束，现在极度[988]深的心神恍惚，或者把自己灌醉了[989]希望之海|吸毒的人。诅咒[990]柯西他，他说，一个接一个[991]在下面|泛滥穿上防水衣[992]水塘，招摇过市，熠熠发光的人，裁缝[993]铺砂浆的人，在我身边缝的人[994]裁缝|成衣匠，适应了[995]熟练的|沉迷于他扣眼[996]布丁|出价|包含|阴茎里的水芹菜[997]绞，共产主义者[998]社团，他说，（操！操[999]冬天|套装|复苏|疯的！）挡了吸烟[1000]嘲笑的民众[1001]把秘密公开的路，他说，吹牛说[1002]自夸是萨维尔街[1003]民法最新[1004]最精英的款[1005]小派别|内战派，双排扣[1006]都柏林|胸，长筒海军橡胶靴[1007]航海家（弹掉那个白[1008]宽的|白发的头灰[1009]灰树|问|阿斯克，大脑袋！）他说，我对他了如指掌[1010]衬衫，拜拜啦[1011]裁缝织机|托勒|疯狂的|税务官，他说，在人群[1012]害怕的中[1013]遇到跳华尔兹[1014]的时候带着他的一便士[1015]布丁面包早餐[1016]邮筒|早饭|食品。我会把他的一团羊毛[1017]木材的跳蚤|碎片放到面粉里，他说，挂在[1018]在后面|狗外屋[1019]烘干窑，那个做得不是很好，他说，让这个最难以启齿的男人受我祖先的诅咒[1020]我臂痛的诅咒让人惊骇|柯西（杀人的[1021]嘴|糟蹋的爱尔兰人[1022]，如果他没有用他阴沟[1023]栅栏|栏杆里所有骂人的绰

973 lauffed 解 laughed“～”；也解 lauft［德］“～”。
974 drown“～”，此处解 down“～”。
975 sheep's whosepants 解 ship's husband“～”；也解 sheep's“～”＋whose pants“～”。
976 swished“～”，此处解 wished“～”。
977 talled 解 told“～”；也解 tall“～”。
978 fierifornax 解 fiery furnace“～”；也解 fieri［拉］“～”；也解 fornax［拉］“～”。
979 motophosically 解 metaphysically“～”。
980 thurst 解 thrust“～”；也解 thirst“～”。
981 Omar 解 Omar Khayyam“莪默·伽亚谟”(1048—1131)，波斯诗人，创作《鲁拜集》。
982 satuation 解 situation“～”；也解 saturation“～”。
983 debauchly 解 debauch＋-ly“～”；也解 Bauch［德］“～”。
984 empty dempty 解 Humpty Dumpty“～”；也解 empty“～”＋dæmpe［挪］“～”；也解 Jack Dempsey“～”，美国重量级拳击冠军。
985 hopy tope 解 okey dope“～”；也解 holy smoke“～”；其中 tope 也解 døpe［挪］“～”。
986 enderer 解 Ander［德］“～”；也解 enter“～”；也解 end“～”；也解 ender［挪］“～”。
987 anded 解 added“～”；也解 ended“～”。
988 dyply 解 deeply“～”；也解 dyp［挪］“～”。
989 hopeseys doper 解 half seas over［俚］“～”；也解 hope sea“～”＋doper“～”。
990 Kersse 解 cursed“～”；也解 J. H. Kersse“～”。
991 after inunder 解 nacheinander［德］“～”；也解 inunder［挪］“～”；也解 inundation“～”。
992 tarrapoulling 解 tarpaulin“～”；也解 pool“～”。
993 screeder“～”，此处解 skrædder［挪］“～”。
994 stitchimesnider 解 stitch in my side“～”；也解 Schneider［德］“～”；也解 snider［俚］“～”。
995 adepted 解 adapt“～”；也解 adept“～”；也解 addicted“～”。
996 budinholder 解 buttonhole“～”；也解 budino［意］“～”；也解 bud［挪］“～”；也解 inneholder［挪］“～”；也解 bod［爱］“～”。
997 nosestorsioms 解 nasturtium［拉］“～”；也解 torsio［拉］“～”。
998 cummanisht 解 communist“～”；也解 cumann［爱］“～”。
999 fouyoufoukou 解 fuck you“～”；也解 fuyu［日］“～”；也解 fuku［日］“～”；也解 fukkyu［日］“～”；也解 fou［法］“～”。
1000 smooking 解 smoking“～”；也解 mocking“～”。
1001 publics“～”；也可与前面的 go 合解 go public“～”。
1002 bomboosting 解 bombast“～”；也解 boasting“～”。
1003 civille row 解 Savile row“～”，伦敦街名，世界最顶级西服手工缝制圣地；也解 civil law“～”。
1004 thelitest 解 the latest“～”；也解 the elitest“～”。
1005 faction“～”，此处解 fashion“～”；也跟前面的 civille row 合解 Civil War faction“～”。
1006 dubblebrasterd 解 doublebreasted“～”；也解 Dublin“～”＋breast“～”。
1007 navvygaiterd 解 navy“海军”＋gaiters“长筒橡胶靴”；也解 navigator“～”。
1008 hvide 解 white“～”；也解 wide“～”；也跟后面合解 White Head“～”，指芬·麦克尔，因为名字的意思即“白发的头”。
1009 aske 解 asker［挪］“～”；也解 askr［挪］“～”；也解 ask“～”；也解 Ask“～”，北欧神话中用梣树制成的第一个男人。
1010 the big bag of my hamd till hem 解 the big back of my hand to him“～”；其中 hamd 也解 Hemd［德］“～”。
1011 tollerloon 解 tooraloo“～”；也解 tailor loom“～”；也解 John Toller“～”，一个身高 7 英尺的巨人；也解 Toller［德］“～”；也解 toller［挪］“～”。
1012 bangd［挪］“～”，此处解 band“～”。此处化自歌曲《当我跟着乐队跳华尔兹》。
1013 meet“～”，此处解 mit［德］“～”。
1014 walts 解 waltz“～”。
1015 pudny 解 penny“～”；也解 pudding“～”。
1016 brofkost 解 breakfast“～”；也解 Briefkasten［德］“～”；也解 frokost［挪］“～”；也解 Kost［德］“～”。
1017 fleas of wood“～”，此处解 fleece of wool“～”，此处化自《士师记》(6:37)“我就把一团羊毛放在禾场上”；也解 flis［挪］“～”。
1018 behunt 解 be hung“～”；也解 behind“～”；也解 Hund［德］“～”。
1019 oatshus 解 uthus［挪］“～”；也解 oasthouse“～”。
1020 kersse of my armsore appal 解 curse of my ancestors upon“～”；也解 curse of my arm-sore appal“～”；其中 kersse 也解 J. H. Kersse“～”，书中挪威船长与裁缝的故事里一位住在都柏林的裁缝。
1021 mundering 解 murdering“～”；也解 Mund［德］“～”；也解 murthering“～”。
1022 eeriesk 解 Éire［爱］“～”。
1023 gitter 解 gutter“～”；也解 Gitter［德］“～”；也解 gitter［挪］“～”。

号[1024]船的名字|绰号叫[1025]烫伤他的话！）该死的[1026]被定罪的|抑制贫民窟[1027]甲胄排水沟，他说，他的第一个堂兄[1028]是一个在美国[1029]不疲劳的|马厩的残疾人[1030]贴身男仆，今晚都吃[1031]适合点燃不着一桶[1032]内脏鱼[1033]，他是那个曾经[1034]不管怎样把针[1035]面条插进布[1036]里的人中最害[1037]悲痛最坏的[1038]精纺毛料伦敦西区[1039]废弃的套装裁缝[1040]鞋匠|做衬衫的人！

因此为了第二次试穿[1041]，朋友们[1042]奥康内尔们|发生的所有会面有了这个故事。他是怎样把他的劣作[1043]捆|喇叭放[1044]到肩[1045]短的|呼叫|衬衫上[1046]浆，把品脱器[1047]与他的倒酒器分开，一大早[1048]远停止工作去费城[1049]山。从他的梦一个真实的梦[1050]德鲁伊信徒的山脉回到波罗的海上的布莱顿[1051]，从我们兰兹角的[1052]土地|果园圆塔[1053]远足|衣服的镶边|圆的|轮|塔|旅行|门回[1054]包|背后到[1055]一个星期[1056]醒来|一周三十个[1057]土的|30小时[1058]英雄|妓女|婊子。呸！

——停下[1059]填充物，小偷[1060]塔弗|拓夫，停下！他妻子的丈夫[1061]船的丈夫|气喘吁吁|希望|送对他们的小船[1062]两人都一直插嘴道[1063]相互开玩笑。回我的爱尔兰[1064]爱尔兰平原|可爱的平原来。

——遭天罚的[1065]火|坏的！挪威船长[1066]现在|狂怒的|流氓|尾巴骂道[1067]爆炸|冒烟的，不断胀大的怒气[1068]眩晕|喘息透过[1069]苏格兰紧身呢绒裤他的老皮[1070]骆驼发出来，他的愤怒之闪光从眼睑[1071]蠼螋|壹耳微蚵闪[1072]勇敢的|壹耳微蚵到他的桅杆顶。是啊，远远地他从非洲[1073]猿|王国|非洲人沙漠[1074]地区回来[1075]，是的，近近地他做着噩梦[1076]夜晚直到蓝色大陆[1077]非洲处[1078]白令海峡。被炽热的[1079]黄铜色的太阳烘烤[1080]屁股，被冰雪击打[1081]涂黄油。大海变浅，灵魂[1082]格言怒号。湿透了的

1024 shimps names 解 Schimpfname［德］“～”；也解 ships' names“～”；也解 schimpnaam［荷］“～”。
1025 scalded“～”，此处解 called“～”。
1026 coathemmed 解 goddamned“～”；也解 condemned“～”；也解 hemme［挪］“～”。
1027 gusset“～”，此处解 gutter“～”。
1028 cudgin 解 cousin“～”。
1029 unitred stables 解 United States“～”；也解 untired“～”＋stables“～”。
1030 innvalet 解 invalid“～”；也解 valet“～”。
1031 feed tonights 解 feed“吃东西”＋tonight“今夜”；也解 fit to light“～”。
1032 a kirtle offal 解 a kettle of“～”；其中 offal 也解“～”。
1033 fisk［挪］“～”。
1034 whatever“～”，此处解 that ever“～”。
1035 noodle“～”，此处解 needle“～”。
1036 clouth 解 cloth“～”。
1037 woe“～”，此处为后面 wors 的结巴发音，故译为“～”。
1038 worstered 解 worst“～”；也解 worsted“～”。
1039 wastended 解 West End“～”；也解 waste“～”。
1040 shootmaker 解 suit-maker“～”；也解 shoemaker“～”；也解 shirt maker“～”。
1041 tryon 解 time“次”＋try on“试穿”。
1042 acarras 解 a chara［爱］“～”；也解 O'Connells“～”，爱尔兰的大家族之一；也解 occur“～”。
1043 bungle“～”；也解 bundle“～”；也解 bugle“～”。
1044 hised 解 raised“～”。
1045 shourter 解 shoulder“～”；也解 short“～”；也解 shout“～”；也解 skjorte［挪］“～”。
1046 oar“～”，此处解 over“～”。
1047 pinter 解 pint“～”。
1048 farning 解 morning“～”；也解 far“～”。
1049 Fellagulphia 解 Philadelphia“～”；也解 fjell［挪］“～”。
1050 dhruimadhreamdhrue 解 dream-a-dream-true“～”，化自 dream come true（梦想成真）；也解 druim a'dhreama dhruadha［爱］“～”。
1051 Brighten-pon-the-Baltic 解 Brighton-on-the-Baltic“～”，布莱顿为英国城市。
1052 lund 解 Land's end“～”，位于苏格兰西南端的康沃尔半岛的海角；也解 land“～”；也解 lund［挪］“～”。
1053 rund turs 解 round towers“～”，指爱尔兰海边的圆塔；也解 rund tur［丹］“～”；其中 rund 也解 roon“～”，也解 rund［德］“～”，也解 rund［挪］“～”；其中 turs 也解 tur［爱］“～”，也解 tur［挪］“～”，也解 Tur［德］“～”。
1054 bag“～”，此处解 back“～”；也解 bag［丹］“～”。
1055 til［丹］［挪］“～”。
1056 wuke 解 week“～”；也解 awake“～”；也解 uke［挪］“～”。
1057 threathy 解 thirty“～”；也解 earthy“～”；也解 tretti［挪］“～”。
1058 hoeres 解 hours“～”；也解 heroes“～”；也解 hoer［荷］“～”；也解 hore［挪］“～”。
1059 Stuff“～”，此处解 stop“～”。
1060 Taaffe“～”，13 世纪后兴盛的爱尔兰家族，不少人流亡海外，此处解 thief“～”；也解 Taff“～”，本书主人公的儿子闪姆的化身。
1061 hopesend 解 husband“～”，指 ship's husband“～”；也解 pesende［挪］“～”；也解 hope“～”＋send“～”。
1062 boath 解 boat“～”；也解 both“～”。
1063 interjoked 解 interjected“～”；也解 inter-joked“～”。
1064 May Aileen 解 my Erin“～”；也解 Magh Eireann［爱］“～”；也解 magh áluinn［爱］“～”。此句化自歌曲《回到爱尔兰》。
1065 Ild luck 解 ill luck“～”；其中 Ild 也解［丹］“～”，也解 ilde［丹］“～”。
1066 nowraging scamptail 解 Norwegian captain“～”；也解 now“～”＋raging“～”＋scamp“～”＋tail“～”。
1067 blastfumed 解 blasphemed“～”；也解 blast“～”＋fumed“～”。
1068 flating 解 inflating“～”；也解 flate“～”；也解 flatus［拉］“～”。
1069 trews“～”，此处解 through“～”。
1070 cammelskins 解 gammel［挪］“老的”＋skins“皮肤”；也解 camel“～”。
1071 eyewinker“～”；也解 earwig“～”；也解 Earwicker“～”，本书主人公。
1072 wackering 解 winking“～”；也解 wacker［德］“～”；也解 Earwicker“～”。
1073 Afferik 解 African“～”；也解 Affe［德］“～”；也解 rik［丹］“～”；也解 Afer［拉］“～”。
1074 Arena［拉］“～”；也解 area“～”。
1075 fared［古体］“～”。
1076 Night“～”，此处解 nighed“～”。
1077 Blawland 解 Blueland“～”，挪威人旧时称非洲为蓝色大陆；也解 Blaaland［挪］“～”。
1078 Bearring 解 bearing“方位”；也解 Bering Straits“～”。
1079 brazen“～”，此处解 blazing“～”。
1080 baken［挪］“～”；此处解 baked by“～”。
1081 buttered“～”，此处解 battered“～”。
1082 saw“～”，此处解 soul“～”。

船长[1083]排水口，他没有喝光

暂停。

炼狱机器[1084]饵雷（序列号：布利之地[1085]，一零一四[1086]挖注意挖一下|《时钟滴答响》）就这样从男人出发（监护人发现者）经过纨绔回到[1087]推卸责任伙伴[1088]比利|圣树，此时令人困惑的故事绕着圈航行，它现在达到高潮，好让剩下来的[1089]提醒一对儿狙击手[1090]手剪得到恰当的惩罚，直到他们在酒上[1091]照字面意义说不再拥有更多力量[1092]鲍尔斯威士忌，就像以前的[1093]能被通过的酒类检察官[1094]油|行家|酒类检察员|奥康内尔那样。无知者[1095]的天赐之福，因此，他们那可怜的蠢货，虽不能说是来福枪的靶垛目标，也不是聪明的愚人[1096]，（他在吃饭，他出生[1097]纺线，他被哺育，他死去[1098]富豪|有钱人）举着一盏法律之笔[1099]大头针的荆棘灯[1100]提灯，作为权杖[1101]墙真诚地[1102]波尼费斯欢迎所有人，（他就这样战胜他注射的病毒，救下了花环！）自己离岸[1103]厌恶自己到那边它的都柏林酒吧的蜗居处，打碎并进入，从内陆的枯死之心[1104]，图少尔溪[1105]格莱斯顿·布鲁诺[1106]布朗与诺兰或公园路[1107]拿破仑·波拿巴·诺拉，乘坐瓦特制造[1108]他叫什么名字或比安科尼车[1109]，沿着岛屿上的歧途线路[1110]爱尔兰的澳大利亚人，一顶被那种丝绸[1111]同类睡帽吹到房子中间的著名大礼帽，或者可能是黑天鹅绒睡帽，还有乡下人的大脚趾[1112]冻疮|羞辱人的人|外国人|疯狂拉着他的锚[1113]蹲下，正朝着瓦伦湖港[1114]您要什么|大海发送盖尔语[1115]大风警告信号，好把他们的啤酒[1116]方位|听证会|白令海给他们，东环路[1117] ECH 或高雅的中央公路[1118] HCE。开门，真走运[1119]！

1083 scupper“～”,此处解 skipper“～”。
1084 Infernal machinery“～”;也解 Infernal machine“～”。
1085 Bullysacre 解 Bully Acre“～”,都柏林最古老的墓地。
1086 dig care a dig“～”,此处解 deag ceathair a deag [爱]“～”;也解 Hickory Dickory Dock“～”,英国儿歌。
1087 passed the buck“～”,此处直译作“～”。
1088 billy“～”;也解 Billy“～”,书中常指都柏林;也解 bile [爱]“～”。
1089 reminding“～”,此处解 remaining“～”。
1090 snipers“～”;也解 snippers“～”,指裁缝。
1091 liquorally 解 liquor“～”;也解 literally“～”。
1092 power“～”,此处化自习语 more power to one's elbow(更多力量);也解 Powers whiskey“～”,爱尔兰威士忌。
1093 pervious“～”,此处解 previous“～”。
1094 oelkenner 解 aleconner“～”;也解 Ol [德]“～”;也解 Kenner [德]“～”;也解 ölkjenner [挪]“～”;也解 Daniel O'Connell“～”(1775—1847),1829 年领导爱尔兰天主教徒赢得了参加议会的权利。
1095 Ignorinsers 解 Ignorance+-er“～”。
1096 此句化自英国诗人托马斯·格雷的《伊顿颂歌》里的“无知成天赐之处,愚蠢就变成聪明”。
1097 spun“～”,此处解 born“～”。
1098 dives“～”,此处解 dies“～”;也解 Dives“～”,在《路加福音》中穷人拉撒路向有钱人乞讨被拒绝,他们死后有钱人向拉撒路讨一口水被拒。
1099 lawstift 解 law“法律”+Stift [德]“铅笔”;也解 stift [挪]“～”。
1100 lampthorne 解 lamp“灯”+thorn“荆棘”;也解 lantern“～”。
1101 wand“～”;也解 Wand [德]“～”。
1102 bonafay 解 bona fide [拉]“～”;也解 Boniface“～”,人名,也是旅店老板的通称。
1103 discoastedself 解 discoasted“离岸”+self“自己”;也解 self-disgusted“～”。
1104 指澳大利亚的内陆。
1105 Glasthule 解 Glas Tuathail [爱]“～”,爱尔兰都柏林郡邓莱里市附近的溪谷和乡镇;也解 William Ewart Gladstone“～”(1809—1898),英国首相,自由党领袖,在本书中被与杀死神或杀死国王的人联系在一起。
1106 Bourne...Nolagh 解 Bruno of Nola“诺拉镇的布鲁诺”,即意大利 16 世纪哲学家布鲁诺;也解 Browne and Nolan“～”。
1107 Boehernapark 解 Bothar na pairc [爱]“～”,位于爱尔兰都柏林郡邓莱里市;也解 Napoleon Bonaparte“～”,法国皇帝。
1108 wattsismade 解 James Watt“瓦特”,苏格兰发明家,发明蒸汽引擎+has made“制造”;也解 what's his name“～”。
1109 bianconi 解 Charles Bianconi“～”(1786—1875),爱尔兰公共交通的创始人,有一种公共马车被称为“比安科尼马车”。
1110 astraylians in island 解 astray“歧途的”+lines“线路”+in island“岛屿上的”;也解 Australian in Ireland“～”。
1111 silk“～”;也解 ilk“～”。
1112 kiber galler“～”,出自莎士比亚的戏剧《哈姆雷特》;其中 kiber 也解 kibe“～”;galler 也解“～”,也解 gall [爱]“～”,也解 gal [挪]“～”。
1113 hunker“～”,此处解 anchor“～”。
1114 Wazwollenzee Haven 解 Walensee“瓦伦湖”,位于瑞士+Haven“港口”;也解 Was wollen Sie haben? [德]“～”,酒吧服务员的常用问候语;也解 zee [荷]“～”。
1115 gael“～”;也解 gale“～”。
1116 beerings 解 beer“～”;也解 bearing“～”;也解 hearings“～”;也解 Bering Sea“～”。
1117 都柏林有北环路和南环路。此处和后面的词组都包含本书主人公名字的缩写的倒写 ECH。
1118 此处包含本书主人公名字的缩写的倒写 HCE。
1119 'tis luck will have it 解 as (good, ill) luck would have it“真走运/真不走运”。

救生船，喂[1120]，诺曼的悲伤[1121]无人，此至人人[1122]空腹打嗝！伴随着田螺[1123]不眨眼的蛾螺和鸟蛤送的壳[1124]。让金凤花前夜在凤凰酒吧[1125]入夜前被点亮！音乐。古老的命运[1126]洛茨街在芬尼根的舞会[1127]《兰尼根的舞会》|火焰上玩得开心[1128]发现。直到爱尔兰从沉睡中醒来[1129]。他们是怎样通过切断[1130]求偶日光成功地拯救黑暗的，他这个爱的人会看到。

公事。公办[1131]生意。他最好的。商人有用[1132]叫卖小贩|哥本哈根。

相对场景。

他罩住耳朵[1133]年月|HCE好听清我对你关于你要什么跟我的一样给他送去的，爱儿人[1134]人质听成了爱尔兰人[1135]茂盛的|狼|赛马，盖尔人[1136]好色的听成了外儿人[1137]马，外国人[1138]气味|臭氧，现在我们的仆人[1139]亚美尼亚人侍者，把朗姆酒、牛奶和棕榈酒与我祝贺你混在一起[1140]混杂。说着哪一个，看他为半便士[1141]发生鞠躬，上面有只哺乳动物[1142]但这里是数字，他舀起母鸡、猎犬和马，小鸡跟小兔子[1143]，用他垂涎之手[1144]约柜的弧度，避免了它们可能产生[1145]在柜台上的嗡嗡声[1146]发出隆隆声|恫吓|女王|溺亡，直入他的长碗柜[1147]腕尺，藏在隔底匣[1148]搁浅里。悄悄话。你的母猪买[1149]锡|钱酒[1150]推翻|马，逃兵，喝我的酒渣[1151]以为我死了！该死[1152]甜的|关门|套装！

在爱丽丝泉[1153]的大风中，淘金者和走私者[1154]收买赃货的人跟着他，从地球下面[1155]游荡而来[1156]尚未屠宰的，采摘那些[1157]穆林格[1158]穆林格酒店|意气消沉|澳大利亚围篱树矮树丛里的沙漠玫瑰。

小艾西[1159]再次进来。矮得[1160]北魏绝妙，南京棉布[1161]马裤[1162]。

1120 Alloe 解 hallo“～”。

1121 Noeman's Woe 解 Norman's Woe“～”，美国马萨诸塞州安妮角的一处暗礁，美国诗人朗费罗在《金星号遇难》中有描写；也解 noman“～”，《奥德赛》中奥德修斯告诉独眼巨人他叫“无人”。

1122 Hircups Emptybolly 解 Here Comes Everybody“～”；也解 hiccups Empty belly“～”。

1123 winkles“～”；也解 winkless“～”。

1124 jelks 解 shells“～”。此处化自童谣《玛丽，玛丽，恰恰相反》中的“带着银色的铃和鸟蛤的壳”。

1125 位于都柏林切坡里若德的酒吧。

1126 lotts 解 lots“～”；也解 Lotts“～”，街名，位于都柏林。

1127 Flammagen's ball 解 Finnegan“芬尼根”，此处化自民谣《芬尼根的守灵夜》中“芬尼根的守灵夜趣事多多”＋ball“舞会”；也解“Lannigan's Ball”“～”，歌曲名；flamme［挪］“～”。

1128 funn［挪］“～”，此处解 fun“～”。

1129 Irinwakesjie 解 Erin wakes“～”。

1130 courting“～”，此处解 cutting“～”。

1131 Business. His bestness“～”，此处解 Business is business“～”。

1132 Copeman helpen 解 koopman［荷］“商人”＋helpen［荷］“帮助”；也解 chapman“～”；也解 Copenhagen“～”，惠灵顿的马。

1133 years“～”，此处解 ears“～”。此处包含本书主人公名字的缩写 HCE。

1134 giel 解 gíl［爱］“～”，此处为文字游戏，故译为“～”。

1135 gail 解 gél［爱］“～”；也解 geil［德］“～”；也解 kayl［亚］“～”；也解 gail［法俚］“～”。

1136 geil［荷］“～”，此处解 Gael“～”。

1137 gaul［德］“～”，此处解 goul［爱］“～”。

1138 Odorozone 解 òdaradzin［亚］“～”；也解 Odor“～”＋ozone“～”。

1139 ourmenial 解 our menial“～”；也解 Armenian“～”。

1140 blanding 解 blending“～”；也解 blande［挪］“～”。

1141 hapence 解 halfpenny“～”；也解 happen“～”。

1142 pattedyr［挪］“～”，指半便士上面的母猪。

1143 爱尔兰 1928 年采用的硬币上的动物为：母鸡和小鸡（一便士）、猎犬（六便士）、马（半克朗）、兔子（三便士）、母猪（半便士）。

1144 covethand 解 covet“垂涎”＋hand“手”；也可与 arc of 合解 Ark of the Covenant“～”。

1145 oncounter 解 encounter“～”；也解 on counter“～”。

1146 drohnings 解 droneing“～”；也解 drohnen［德］“～”；也解 Drohung［德］“～”；也解 dronning［挪］“～”；也解 drownings“～”。

1147 cubid 解 cupboard“～”；也解 cubit“～”。

1148 hide in dry 解 hide in“藏在”＋tray“隔底匣”；也解 high and dry“～”。

1149 tin“～”，在俚语中指“～”，此处解 to“～”。

1150 topple“～”，此处解 tipple“～”；也解 capall［爱］“～”，指半克朗。

1151 trink me dregs 解 trink［德］“饮”＋my dregs“我的渣滓”；也解 think me dead“～”。此处化自民谣《芬尼根的守灵夜》中的“下地狱去吧，你以为我死了吗”。

1152 zut!［法］“～”；也解 zoet［荷］“～”；也解 shut“～”；也解 suit“～”。

1153 spring alice 解 Alice Springs“～”，是一个位于澳大利亚中心的沙漠城市。

1154 swaggelers 解 smugglers“～”；也解 swagman“～”。

1155 down under“～”，指澳大利亚或新西兰。

1156 on the hoof“～”，此处直译“开步走”。

1157 piked forth“向前刺”，此处解 picked those“～”。

1158 mulligar 解 Mullingar“～”，位于爱尔兰西米斯郡的城市；也解 Mullingar Inn“～”，位于都柏林的切坡里若德；也解 mulligrubs［澳俚］“～”；也解 mulga“～”。

1159 裁缝柯西也叫小艾西。

1160 Peiwei 解 peewee“～”；也解 pei-wei［中］“～”，南北朝时期北朝第一个王朝，386 年到 534 年。

1161 nankeen“～”。

1162 pontdelounges 解 pantaloons“～”。

给人美好的一天。雪茄。干杯[1163]恭喜！

摘掉。

摘掉那顶[1164]茅草白帽子（看，柯西从巴尔多伊尔镇[1165]煮熟的猫头鹰越野障碍跑[1166]笨重地走|欺骗回来了，说着[1167]显示给爱偶兰爱尔兰[1168]诗人[1169]智者的午宴[1170]，他的顶级老柯南[1171]奥康内尔在他顶级英勇的[1172]上桅肩膀[1173]士兵上晃着[1174]，想不到[1175]以便，老与少[1176]，他看起来更像海军[1177]里的新兵）。

——摘掉[1178]勾掉那顶白帽子[1179]白热化|热的时候，你这个狗娘养的[1180]渣滓|笨拙的修补，（当然[1181]柯西的|诅咒的，他最后就是这样，唉，换场换场[1182]皇城|温情，制造着[1183]嘲讽他的喧闹[1184]，这个国家的风俗[1185]装束的一个表现）。

——摘掉[1186]用裁缝的尺子量|白痴那顶看着脏[1187]这么糟缝得错的，骗子[1188]威尔士人，你这个巴结这个、那个、又一个[1189]厚物、股票和乳房|全部的家伙，你自己的忏悔经（因为，作为柯西[1190]因为|被诅咒，他用最多样的方式，为那个可怜的老狗崽子[1191]桥的|桅顶|芥末，把这样[1192]懒散的人一套[1193]一捆衣服[1194]披风|明智的剪开[1195]切碎，弄得不合适[1196]误解|表现出错误的特性|饲料|弄糟的，因为[1197]聪明的|方式，他是多么糟的[1198]红黄紫[1199]皇子，他自己的爸爸[1200]试衣裁缝|旅行用品商也认[1201]鼻子不出他）。

合唱：他的外套[1202]窝|海岸灰[1203]绿色扑扑。他的英镑他从水深火热[1204]早晨中典当来。

——呃，跨栏[1205]阿拉伯人的长方形布或投球[1206]，今天你在巴尔多

1163 Cheevio 解 cheerio!“～”;也解 živeo![塞维]“～”。
1164 thatch“～”,此处解 that“～”。
1165 Boildawl 解 Baile Dubhghaill [爱]“～”,都柏林东北部的市镇,名字的原意是“黑皮肤的外国人”,指丹麦人;也解 boiled owl“～”,《尤利西斯》中曾以此形容人的醉酒。
1166 stuumplecheats 解 steeplechase“～”;也解 stump“～”+cheats“～”。
1167 bespoking 解 bespeaking“～”,此处解 speaking“～”。
1168 IrushIrish 解 Irish“～”。
1169 rushirishis 解 rishi [缅]“～”;也解 rishi [梵]“～”。
1170 loungeon 解 luncheon“～”。
1171 Conan“～”,芬尼亚勇士中的一位;也解 Daniel O'Connell“～”,19 世纪爱尔兰政治家,喜欢把外衣搭在肩上。
1172 top gallant“～”;也解 topgallant“～”。
1173 shouldier 解 shoulder“～”;也解 soldier“～”。
1174 dangieling 解 dangling“～”。
1175 so was! [德]“～”;也解 so as“～”。
1176 lao yiu shao 解 lao yu shao [中]“～”。
1177 nevay 解 navy“～”。
1178 Tick off“～”,此处解 take off“～”。
1179 whilehot 解 white hat“～”;也解 whitehot“～”;也解 while hot“～”。
1180 scum of a botch 解 son of a bitch“～”;其中 scum 也解“～”;其中 botch 也解“～”。
1181 of Kersse“～”,此处解 of course“～”;也解 of curse“～”。
1182 hwen ching hwan chang 解 huan chang [中]“～”;也解 huang cheng [中]“～”,指北京;也解 wen qing [中]“～”。
1183 mocking“～”,此处解 making“～”。
1184 hollaballoon 解 hullaballoo“～”。
1185 costume“～”,此处解 custom“～”。
1186 Tape oaf 解 take off“～”;也解 Tape“～”+oaf“～”。
1187 saw foull 解 saw“看”+foul“污秽的”;也解 so awful“～”。
1188 welsher“～”;也解 Welshman“～”。
1189 thick, stock and the udder“～”,此处解 this, that and the other“～”;也解 lock, stock, and barrel“～”。
1190 bekersse 解 be Kersse“～”;也解 because“～”;也解 be cursed“～”。
1191 bridge's masthard 解 bitch's bastard“～”;也解 bridge's“～”+masthead“～”;也解 mustard“～”。
1192 slouch“～”,此处解 such“～”。
1193 a shook of“～”,此处解 a suit of“～”。
1194 cloakses 解 clothes“～”;也解 cloak“～”;也解 klok [挪]“～”。
1195 cuttered up 解 cut up“～”;也解 cutter“～”。
1196 misfutthered 解 misfitted“～”;也解 misvatten [荷]“～”;也解 misfeatured“～”;也解 Futten [德]“～”;也解 misfuttered 即 fucked up“～”。
1197 wise“～”,此处解[古体]“～”;也解[古体]“～”。
1198 hou he pouly 解 how he poorly“～”。
1199 hung hoang tseu 解 hong [中]“红”+huang [中]“黄”+tsi [中]“紫”;也解 huang tsi [中]“～”。
1200 fitther 解 father“～”;也解 fitter“～”;也解 outfitter“～”。
1201 nose“～”,指嗅,此处解 knows“～”。
1202 coate 解 coat“～”;也解 cote“～”;也解 coast“～”。
1203 graye 解 gray“～”;也解 green“～”。
1204 burning“燃烧的”;也解 morning“～”。此处化自英国民谣《你认识约翰·皮尔吗?》中的“你认识约翰·皮尔吗? 他的外套灰扑扑,一大早带着他的猎犬和号角”。
1205 haikon 解 kai-kon [缅]“～”;也解 haik“～”。
1206 hurlin 解 hurling“～”。

伊尔[1207]集会怎么样[1208]谁，我的黑马[1209]深色皮肤的先生绅士[1210]贵族|人。我可不知道[1211]哔叽，先生[1212]套装|该死！他说，裁缝[1213]成衣匠|精炼的柯西[1214]克尔赛呢衣服。第三次[1215]柯西说了后，这个柯西免费给他们全部训练课程[1216]诅咒，整个该死的[1217]火光四射的种族[1218]夷为平地是怎么出现的[1219]沼泽赛马场，从羊皮背到烫袖板[1220]裂成小片，从开始[1221]火花到结束[1222]凤凰公园。他辛辣地品味[1223]摇晃|瓷杯他，他巧妙地顶撞他，针尖对麦芒[1224]戏弄|老虎|白天，皮索对皮带，只要猫[1225]老虎身上有绳索[1226]。他们盯着他观看火葬柴堆。

果然是这样[1227]。观看。

——同一位船长[1228]帽子|人对荷鲁斯[1229]马|听一无所知[1230]不，他们去哪里[1231]两个樵夫他这个樵夫去哪里。那不是明摆着的[1232]效果吗？针锋相对地[1233]，那里三位新来的人问，直到敲着[1234]妓院|商店从前的一个酒徒[1235]，他尽管获准可以厚颜无耻[1236]电阻抗，就像他们在那里的是三个人，他们仍然用麦芽酒款待[1237]虐待自己直到心满意足[1238]健康的蔑视。

——那是针尖对麦芒，我认为[1239]，承认道，姆欧对姆欧[1240]，那些人，如果不是因为那个绝缘体[1241]死亡|骗局，正面临被淘汰[1242]免罪|破旧的，处于淘汰的边缘，从纳尔逊纪念柱[1243]、从国王比利雕像[1244]威廉三世雕像|法规|国王|欺凌弱小|国王霸凌法规、从奥利弗·克伦威尔的里程碑[1245]过高的里程碑|惠灵顿纪念碑中解放我们，主啊[1246]释放|随意|喝酒！

——因此救救我[1247]罪，上帝[1248]雌鹅，他说，从第一道菜[1249]原动

1207 doyle 解 Baldoyle racecourse“巴尔多伊尔越野障碍赛”；也解 dail［爱］“～”。
1208 who“～”，此处解 how“～”。
1209 horsey dorksey 解 dark horse“～”，即“出人意料的获胜者”；也解 dark sir“～”。
1210 gentryman 解 gentleman“～”；也解 gentry“～”＋man“～”。
1211 Serge Mee 解 search me“～”；其中 Serge 也解“～”。
1212 suit“～”，此处解 sir“～”；也解 Zut!［法］“～”。
1213 tersey 解 terzi［土］“～”；也解 terziya［保］“～”；也解 terse“～”。
1214 kersey“～”，此处解 Kersse“～”，裁缝。
1215 Tersse 解 terssi［芬］“～”；也解 Kersse“～”，裁缝。
1216 koursse 解 course“～”；也解 curse“～”。
1217 blazy“～”，此处解 bloody“～”。
1218 raze“～”，此处解 race“～”。
1219 acurraghed 解 occurred“～”；也解 Curragh racecourse“～”。
1220 sliving board 解 sleeve-board“～”；其中 sliving 也解 sliver“～”。
1221 spark“～”，此处解 start“～”。
1222 phoenish 解 finish“～”；也解 Phoenix Park“～”。
1223 tassed 解 tasted“～”；也解 tossed“～”；也解 Tasse［德］“～”。
1224 tig for tager 解 tit for tat“～”；其中 tig 也解“～”；tager 也解 tiger“～”，也解 Tag［德］“～”。
1225 kyat 解 cat“～”；也解 kya［缅］“～”。
1226 lyasher 解 lasher“～”。
1227 此句出自《士师记》(6:38)“次日早晨基甸起来，见果然是这样”。
1228 capman 解 captain“～”；也解 cap“～”＋man“～”。
1229 horces 解 Horus“～”，埃及太阳神；也解 horses“～”；也解 horch［德］“～”。
1230 no“～”，此处解 know“～”。
1231 two feller he feller go where［美］“～”；也可直译为“～”。
1232 effect“～”，此处解 a fact“～”。
1233 gig for gag 解 tit for tat“～”。
1234 knockingshop at 解 knocking at“～”；其中 knockingshop 也解［俚］“～”，也解 shop“～”。
1235 ones upon a topers 解 once upon a time“从前”＋topers“豪饮者”。
1236 impedance“～”，此处解 impudance“～”。
1237 malttreating 解 malt“麦芽酒”＋treating“款待”；也解 maltreating“～”。
1238 health's contempt“～”，此处解 heart's content“～”。
1239 metinkus 解 methinks“～”。
1240 电导率单位，欧姆的倒数。
1241 dielectrick 解 dielectric“～”；也解 die“～”＋trick“～”。
1242 obsoletion 解 obsoletion“～”；也解 absolution“～”；也解 obsoleto［拉］“～”。
1243 pillary of the Nilsens 解 pillar of the Nelson，即 Nelson's Pillar“～”，位于都柏林奥康内尔大街上，1966 年被炸毁。纳尔逊为英国海军将领及军事家。
1244 statutes of the Kongbullies 解 statues of king Billy“～”，此处指 Statue of William III“～”，立于都柏林三一学院和都柏林城堡之间，1929 年被炸毁；也解 statute“～”＋of＋konge［挪］“～”＋bully“～”，即“～”。
1245 millestones of Ovlergroamlius 解 milestone of Oliver Cromwell“～”，克伦威尔统治爱尔兰期间对爱尔兰天主教徒实行奴役和种族灭绝政策；也解 milestone of overgrown“～”，指 Wellington Monument“～”，位于都柏林凤凰公园。
1246 libitate nos, Domnial 解 libera nos Domine［拉］“～”；也解 liberate“～”；也解 libita［拉］“～”；也解 libate“～”。
1247 culp 解 help“～”；也解 culpa［拉］“～”。
1248 goose“～”，此处解 God“～”，此处化自习语 cook my goose（干掉某人）。
1249 first course“～”；也解 First Cause“～”；也可直译为“～”。

力|第一个事业中被解放出来的人[1250]火腿|尿说，反反复复[1251]求助|循环的，始终愤怒和咳嗽着[1252]领口和袖口，流浪的情郎[1253]鞠躬|在上|漫步|花花公子布鲁梅尔，做海盗的[1254]漂泊的荷兰人[1255]范·德·狄根|躲避，他说，（愿他的船泵运送[1256]小便沙漠[1257]沙漠之舟的全部[1258]啊嘿沙丘[1259]山迪蒙特海滩|商第），粗毛的[1260]海盗|《海盗》公海深海男人[1261]拦路强盗，他看起来有好衣服[1262]拖船，（你怎么样，船的丈夫[1263]切坡里若德？）他说，该死的[1264]血|斧子|血斧|血斧埃里克、该死的[1265]血誓|蓝牙哈拉尔德波罗的海三桅船[1266]，正穿过他锚链孔[1267]肛门|系船索|马的小腰[1268]，爬[1269]兜在马尾下的皮带|克虏伯进我们的原始语言[1270]长的|拉雷肚脐[1271]海军，他说，去他的[1272]唐璜|使糊涂，追逐着少女航行，腹部约拿[1273]白色的猎捕着鹦鹉琼[1274]，所有裁缝[1275]符咒的诅咒[1276]灵车|马让他困惑[1277]，他说，直到我朝他的脸上吐吐沫[1278]在他的旗子里分裂，他说，一对一，山崩地裂[1279]大地的|淫荡的人，在邓尼布鲁克[1280]骚乱的场合|雷声|断裂|《邓尼布鲁克市集》|雷雨大火后。收帆人是个威尔士人[1281]嫖妓|男人。可以从他的礼服[1282]湿的闻出他是如何出自滥交的母狗[1283]混杂的海滩|违反许诺。那个老嫖客[1284]暴动|羊肉|难以制服的在哪里，我能问吗？他会从我这里免费被踹一脚[1285]任意球，叛徒，在巴特利酒吧，如果我是[1286]战争在一些[1287]争执年前的话。加斯科涅[1288]干掉某人|煤气灶|雌鹅船长[1289]大师[1290]最多数的，一个见风售卖的人[1291]！当他样检[1292]我的皮革[1293]梯子|信，如同黏浆，当我拉着他的装饰[1294]衣裙上的荷边装饰|火烟，好似相助[1295]地狱，他会感受[1296]跌落我拳头[1297]五的落下，他说，就像地狱犬吠[1298]！这个山脉燃烧驼背[1299]罗锅|佝偻|加农炮的帕克尔森[1300]驼背

1250 ham muncipated 解 emancipated"～"；也解 ham"～"＋mún［爱］"～"。
1251 recoursing 解 ricorso［意］"～"；也解 recourse"～"，也解 recurring"～"。
1252 cholers and coughs"～"；也解 Collars and Cuffss"～"，克莱伦斯和阿翁戴尔公爵阿尔伯特·维克多的绰号，两人曾被派驻都柏林。
1253 beauw on the bummell 解 beau"情郎"＋on the bum"过流浪生活"；也解 bow"～"＋on the"～"＋bummel"～"；也解 Beau Brummel"～"（1778—1840），原名 George Bryan Brummel，因讲究衣着服饰而得名。
1254 bugganeering 解 buccaneering"～"。
1255 wanderducken 解 wandering Dutch"～"；也解 Van der Decken"～"，传说中"漂泊的荷兰人号"的船长；也解 ducken［德］"～"。
1256 pumps...ship"～"；也解 pumps ship［俚］"～"。
1257 dussard 解 desert"～"；也可与前面合解 ship of the desert"～"，指骆驼。
1258 awhoyle 解 a whole"～"；也解 ahoy!"～"，船员吸引注意或打招呼的喊声。
1259 shandymound 解 sandy mound"～"；也解 Sandymount"～"，都柏林郊区的海滩；也解 Tristram Shandy"～"，英国作家斯特恩的《项狄传》的主人公。
1260 coarsehair 解 coarse hair"～"；也解 corsair"～"；也解 *The Corsair*"～"，英国诗人拜伦的诗歌。
1261 highsaydighsayman 解 high sea"公海"＋deep sea"深海"＋man"男人"；也解 highwayman"～"。
1262 tugs"～"，此处解 togs"～"。
1263 Ship Alouset 解 Ship's Husband"～"；也解 Chapelizod"～"，地名，位于都柏林西郊。
1264 bloedaxe 解 bloody"～"；也解 bloed［荷］"～"＋axe"～"，即"～"；也解 Eric Blodöks"～"，第一位挪威国王金发的哈拉德(850—933)的儿子。
1265 bloodooth 解 bloody"～"；也解 blood oath"～"；也解 Harald Bluetooth"～"，10 世纪的丹麦国王。
1266 baltxebec 解 Balt"波罗的海地区居民"＋xebec"小型三桅船"
1267 hawsehole"～"；也解 arsehole"～"；也解 hawser"～"；也解 horse"～"。
1268 lumbsmall 解 small lumbus(［拉］"腰")"～"。
1269 crupping 解 creeping"～"；也解 crupper"～"；也解 Krupp"～"(1812—1887)，德国军火制造商。
1270 raw lenguage 解 raw language"～"；也解 lenge［挪］"～"；也解 Raleigh"～"(1552—1618)，爱尔兰乌尔斯特省的诗人、庄园主和冒险家，有人认为他是莎士比亚戏剧的真正作者。
1271 navel"～"；也解 navy"～"。
1272 donconfounder him 解 confound him"～"；也解 Don Juan"～"，拜伦的同名诗歌的主人公＋confound"～"＋-er。
1273 belly Jonah"～"，约拿在鲸腹中呆了三天；也解 beli［塞维］"～"。
1274 polly joans 解 polly"鹦鹉"＋Joan"琼"，女性名称。
1275 portnoysers 解 portnoy［俄］"～"；也解 pater noster"～"。
1276 hurss 解 curse"～"；也解 hearse"～"；也解 horse"～"。
1277 befaddle 解 befuddle"～"。
1278 split in his flags"～"，此处解 spit in his face"～"。
1279 landslewder 解 landslide"～"；也解 land's"～"＋lewder"～"。
1280 Donnerbruch 解 Donnybrook"～"，都柏林郊区；也解 donnybrook"～"，也解 Donner［德］"～"；也解 Bruch［德］"～"；也可与后面的 fire 合解 Donnybrook Fair"～"，爱尔兰民谣；也解 Wolkenbruch［德］"～"。
1281 wenchman 解 Welshman"～"，此处化自童谣《陶菲是个威尔士人》；也解 wench"～"＋man"～"。
1282 wetsments 解 vestment"礼服"；也解 wet"～"。
1283 beach of promisck 解 bitch of promiscuity"～"；也解 beach of promiscuity"～"；也解 breach of promise"～"。
1284 muttiny 解 muttoner"～"；也解 mutiny"～"；也解 mutton"～"；也解 mutinous"～"。
1285 Free kicks"～"，也解"～"。
1286 wars"～"，此处解 were"～"。
1287 a fewd 解 a few"～"；也解 feud"～"。
1288 Gaascooker 解 Gascon"～"，法国以前的一个省，该省人以吹牛著称；也解 cook one's goose"～"；也解 gascooker"～"；也解 gaas［挪］"～"。
1289 Capteen 解 captain"～"。
1290 Meistr 解 Meister［德］"～"；也解 meist［德］"～"。
1291 salestrimmer 解 sales"销售"＋trimmer"见风使舵者"。
1292 soampling 解 sampling"～"。
1293 ledder 解 leather"～"；也解 ladder"～"；也解 letter"～"。
1294 fumbelums 解 furbelows"～"；也解 flounces"～"；也解 fumus［拉］"～"。
1295 hulp 解 help"～"；也解 hell"～"。
1296 fell"～"，此处解 feel"～"。
1297 faus 解 Faust［德］"～"；也解 five"～"。
1298 yulp 解 yelp"～"。此处的 pulp，hulp 和 yulp 为文字游戏，故译"～"。
1299 goragorridgorballyed 解 gora［俄］［塞维］"山脉"＋gori［塞维］"燃烧"＋gorbatyi［俄］"驼背"；也解 gorb［俄］"～"；也解 grba［塞维］"～"；也解 pushka［俄］"～"。
1300 pushkalsson 解 Pukkelsen"～"，人名，根据挪威语制造，意思是"～"，指驼背的挪威船长。

之子，他说，他的褶裥口袋里装满了土豆[1301]信件|邮件，胃里是只狐狸，一件他的罗马天主教会[1302]用文火煮|圈子|马戏团反对的事，倒下去死吧，变聋吧，在爱尔兰[1303]冰岛|卑微的五分之五[1304]横笛的土地上，或者在斯堪的纳维亚[1305]拥有的所有[1306]喧闹|全长土地上，从伦敦德里[1307]奥克伍德堡的山脊|雷声到麦克劳斯湖[1308]麦加|马格拉斯|种族|明显的的遗存[1309]，再无一个女裁缝[1310]成衣匠|份额能够给一个外国家伙[1311]在前面|皱纹追随者做一件外套[1312]哺乳一匹小马和裤子[1313]在画眉鸟中，带着[1314]宽度燕尾服[1315]故事|肛门|墙|说话上的洞，还有骆驼的驼峰背[1316]后面|山的小山的外壳的地狱。将就搞定[1317]法西斯分子！

随着这个来自硒光电池的干巴巴的呼唤[1318]干电池（那个很早以前[1319]喂的号角，爱尔兰[1320]罗兰|爱尔兰在危亡之际！），伴以它倒霉的爆裂，它的声音里[1321]在内部有着该死的古老未知[1322]乌戈|雷电|奥康纳麦芽酒|柯南能量[1323]鲍尔斯威士忌，闪电[1324]大厅酒吧之主，就好像把自己做成一道给闪电的杂烩菜[1325]闪电|用枪射击|鲑鱼|毛德·冈妮，罗列了[1326]举起他那令人头晕的[1327]骆驼的驼峰|托尼·兰普金套餐[1328]后背，听力[1329]怨恨|今夜目前恢复了，两边都[1330]双方|旁边地以眼还眼[1331]，从他们那声音拔高的俗人[1332]阿普尔顿层到他那以前的客人们，那群沦陷区人[1333]警察喝着他们的一轮酒，按时行军和巡逻，如果他们忍不住要[1334]丰富的笑出来的话[1335]，他们会是什么样（托尼·兰普金[1336]雷霆|闪电，你这个无赖[1337]胡言乱语！）他们一定会[1338]即将笑出来，因为他们至少[1339]会这样，等他们觉得（啊，那头狼他在走，快看他的用夹钳夹的假后背[1340]可怜的老女人|公羊|牡羊|闪姆！）他们的笑话

1301 potchtatos 解 potatoes"～";也解 pochta gorbatyi［俄］"～";也解 pošta［塞维］"～"。
1302 ramskew coddlelecherskithers' zirkuvs 解 rimskii katolicheskii zerkov［俄］"～";其中 coddlelecherskithers 也解 coddle"～";其中 zirkuvs 也解 circle"～",也解 Zirkus［德］"～"。
1303 Iseland 解 Ireland"～";也解 Iceland"～";也解 isel［威］"～"。
1304 feof fife 解 five-fifths"～",爱尔兰原来有 5 个省,现在为 4 个;也解 fife"～"。
1305 Skunkinabory 解 Scandinavia"～"。
1306 wholeabelongd 解 whole"全部"＋belonged"属于";也解 hullaballoo"～";也解 whole length"～"。
1307 Drumadunderry 解 Londonderry"～",北爱尔兰的城市;也解 Drom an Dun Daire［挪］"～";也解 dunder［挪］"～"。
1308 Mecckrass 解 Muckross"～",爱尔兰凯里郡德基拉尼湖之一,又名中湖;也解 Mecca"～",沙特阿拉伯城市;也解 Cornelius Magrath"～"(1736—1760),爱尔兰巨人,贝克莱主教的朋友;也解 Rasse［德］"～";也解 krass［德］"～"。
1309 rumnants 解 remnant"～"。
1310 teilwrmans 解 tailor woman"～";也解 teilwra［威］"～";也解 teil［德］"～"。
1311 foran furrow follower 解 for a foreign fellow"～";其中 foran 也解［挪］"～";也解 furrow follower"～"。
1312 milk a colt"～",此处解 make a coat"～"。
1313 in thrushes"～",此处解 and trousers"～"。
1314 width"～",此处解 with"～"。
1315 tale"～",此处解 tail"～",tail hole 在俚语中也指"～";也解 wall"～";也解 tale［挪］"～"。
1316 camelump bakk 解 camel's hump"骆驼的驼峰"＋back"后背";其中 bakk 也解 bak［挪］"～";也解 bakke［荷］"～"。
1317 Fadgestfudgist 解 fadge"成功"＋fudge"不太令人满意的折衷方案";也解 Fascist"～"。
1318 dry call"～";也解 dry cell"～"。
1319 lunghalloon 解 long ago"～";也解 halloo"～"。
1320 Riland 解 Ireland"～";也解 Roland"～",法国中世纪骑士传奇《罗兰之歌》的主人公,他在危亡之际吹响了号角;也解 Rilantus［雪］"～"。
1321 insound 解 in"在里面"＋sound"发声";也解 inside"～"。
1322 ukonnen 解 unknown"～";也解 Ukko"～",芬兰神话中的天空之神;也解 ukkonen［芬］"～",也解 O'Connell's Ale"～";也解 Conan"～",爱尔兰传说中芬・麦克尔领导的芬尼亚勇士中的一位。
1323 power"～";也解 Powers whiskey"～",爱尔兰威士忌。
1324 saloom 解 salama［芬］"～";也解 saloon"～"。
1325 Salamagunnded 解 salmagundi"～";也解 salama［芬］"～"＋gunned"～";也解 salmon"～";也解 Maud Gonne"～"。
1326 listed"～";也解 lifted"～"。
1327 tummelumpsk 解 tummelumsk［挪］"～";也解 camel's hump"～";Tony Lumpkin"～",剧本《屈身求爱》中的人物。
1328 pack"～";也解 back"～"。
1329 hearinat 解 hearing"～";也解 inat［塞维］"～";也解 i natt［挪］"～"。
1330 ambilaterally 解 ambilateralist［拉］"～";也解 ambi"～";也解 laterally"～"。
1331 alleyeoneyesed 解 all eye-to-eye＋-s-ed"全都四目相对"＋ionized"电离的"。
1332 uppletoned layir 解 up toned"声调上升的"＋layman"俗人";也解 Appleton layer"～",即电离层中的最高层。
1333 palers 解 the Pale"前哨",中世纪爱尔兰被英格兰占领的部分＋-ers;也解 peeler"～",伦敦警察队 1829 年设立。
1334 abound"～",此处解 about"～"。
1335 petrolling 解 patrolling"～"。
1336 Toni Lampi 解 Tony Lumpkin"～",哥尔德斯密斯的《屈身求爱》中的人物;也解 tuoni［意］"～";也解 lampi［意］"～"。
1337 booraascal 解 rascal"～";也解 raaskallen［荷］"～"。
1338 abooned to 解 bound to"～";也解 about to"～"。
1339 leashed 解 least"～"。
1340 sham cram bokk 解 sham"假的"＋cramped back"用夹钳夹的后背";也解 Sean Bhean Bhocht［爱］"～";也解 Bock［德］"～";也解 bukk［挪］"～";也解 Shem"～",本书主人公的儿子之一。

完全被他们领会了，通向马厩的低速航道[1341]，说着[1342]鬼鬼故事[1343]味觉的|一阵风，牛头和马面[1344]《群鬼》|归来的亡魂|再次走|情报|成群结队吓唬人，彼时和彼处[1345]这个和那个，就像他第一次凸版照相[1346]敌人|打字时的死[1347]衣服|死者鬼[1348]说|唾液样子（特啦多啦，完全不可能啊[1349]！），海盗[1350]，腹中满满的。旧套装[1351]坐在肩上，新的缎子绸缎[1352]阿特拉斯山脉|阿特拉斯夹在腋[1353]下[1354]邪恶，用泯灭他的骄傲[1355]饥饿的挣[1356]流|抚育来面包[1357]呼吸，获得蜥蜴灯塔[1358]的拥抱[1359]安布罗斯灯塔船，他的故事[1360]尾巴讲[1361]苦干着闪和肖恩[1362]泡沫和卵群，他的大块头，他的废块头，像任何什么时候一样，他给一条路[1363]红色|粗鲁的设下谜题[1364]用红丹粉涂，把一条来自凤凰公园[1365]斯芬克斯|田野的路变成谜[1366]把忠告变成谜|巢，那时伊甸园[1367]夏娃是一座花园[1368]守护人|窗帘，夏娃[1369]在……以前|爱尔兰爱着体侧组织[1370]枝节问题。他们兴高采烈地向他欢呼，他们的老者[1371]围墙|兽瘟疫|HCE、水手[1372]《古舟子咏》，以及海象[1373]、人鱼，汝等海豹[1374]水手小姑娘[1375]《尤利西斯》爱[1376]你，大海[1377]或者大地[1378]山|平原，那时还是穿校服的年龄。

——此[1379]举起，至[1380]山凹，人人[1381]空的膀胱！

在他能够抓住或钩住或划线好给他们的粗俗外皮[1382]香肠|苏珊娜做身套装[1383]起诉之前，一群瘪三[1384]流氓|托尼·兰普金。屁股下面[1385]臀部|同盟是超级流氓[1386]使吃惊|惊讶|酒吧间|老鼠酒窖。就像

——酒鬼[1387]烟灰|瘟疫！他们酒杯[1388]对面[1389]保姆|见前书的裁缝说[1390]草皮，把整套[1391]老塞特全都改了。关掉[1392]坐下、闭嘴[1393]装配。我们的收音机，我们的收音机全开着[1394]只有|没有|工资。

1341 steerage way for stabling 解 steerage way“产生舵效的最低航速”＋for＋stabling“赶入马厩”。此句化自 19 世纪的爱尔兰歌曲“The Rocky Road to Dublin”(《通向都柏林的石板路》)。
1342 spoeking 解 speaking“～”;也解 spook“～”。
1343 ghustorily 解 ghost story“～”;也解 gustatorily“～”;也解 gust“～”。
1344 gen and gang 解 *Gengangere*“～”,挪威作家易卜生的戏剧,故译为“～”;也解 gjenganger［挪］“～”;也解 gengang［丹］“～”;也解 gen“～”＋and＋gang“～”。
1345 dane and dare 解 then and there“～”;也解 den und der［德］“～”。
1346 foetotype 解 phototype“～”;也解 foe“～”＋to type“～”。
1347 dud“～”,此处解 dead“～”;也解 død［挪］“～”。
1348 spuk 解 Spuk［德］“～”;也解 speak“～”;也解 spit“～”。
1349 how vary and likely 解 how very unlikely“～”。
1350 fillibustered 解 filibuster“～”。
1351 sit“～”,此处解 suit“～”。
1352 atlas“～”;也解 Atlas (mountains)“～”,位于非洲北部的山脉;也解 Atlas“～”,希腊神话中用肩膀支撑天空的巨人,因此意指世界的支柱。
1353 uxter 解 oxter“～”。
1354 onder 解 under“～”;也解 ond［挪］“～”。
1355 the swelt of his proud 解 the swelt［苏格兰英语］“死亡”＋of＋his pride“他的骄傲”;也解 svelt［冰］“～”。此处化自《创世记》(3:19)“你必汗流满面才得糊口”。
1356 erning 解 earning“～”;也解 ern“～”;也解 ernære［挪］“～”。
1357 breadth 解 bread“～”;也解 breath“～”。
1358 lizod lights 解 Lizard lights“～”,此处指位于英格兰康沃尔郡蜥蜴半岛的灯塔。
1359 emberose 解 embrace“～”;也解 Ambrose Lightship“～”,纽约的浮动灯塔。
1360 tail“～”,此处解 tale“～”。
1361 toiled“～”,此处解 told“～”。
1362 spume and spawn“～”,此处解 Shem and Shaun“～”,本书主人公的两个儿子。
1363 ruad 解 road“～”;也解 ruadh［爱］“～”;也解 rude“～”。
1364 reddled“～”,此处解 riddled“～”。
1365 sphinxish pairc 解 Phoenix park“～”;也解 Sphinx“～”,古埃及的狮身人面像;也解 pairc［爱］“～”。
1366 riddle a rede“～”,倒用习语 rede a riddle(解谜),此处解 riddle a road“～”;其中 rede 也解［挪］“～”。
1367 Ede 解 Eden“～”;也解 Eve“～”。
1368 guardin 解 garden“～”;也解 guardian“～”;也解 gardin［挪］“～”。
1369 ere“～”,此处解 Eve“～”;也解 Eire“～”。
1370 side issue“～”,此处解 side tissue“～”,夏娃是上帝从亚当腋下抽取肋骨做的。
1371 encient 解 ancient“～”;也解 enceinte［法］“～”;也解 murrain“～”。此处包含本书主人公名字的缩写 HCE。
1372 murrainer 解 mariner“～”;也与前面的 encient 合解 Ancient Mariner“～”,英国 19 世纪诗人柯尔律治的名诗。
1373 wallruse 解 walrus“～”。
1374 seal“～”;也解 sailor“～”。
1375 lassers 解 lass“～”,此处化自歌曲《爱着水手的小姑娘》;也解 *Ulysses*“～”,乔伊斯的作品。
1376 lubs 解 loves“～”。
1377 Thallasee 解 thalassa［希］“～”。
1378 Tullafilmagh 解 terra firma“～”;也解 tulla［爱］“～”;也解 magh［爱］“～”。
1379 Heave“～”,此处解 Here“～”。
1380 coves“～”,此处解 comes“～”。
1381 Emptybloddy 解 everybody“～”;也解 empty bladder“～”。
1382 saussyskins 解 saucy“粗鲁的”＋skin“外皮”;也解 saucissons［法］“～”;也解 Susanna“～”,书中女儿伊茜的化身。
1383 suit“～”;也解 sue“～”。
1384 lumpenpack［德］“～”,此处解 lumpen“瘪三”＋pack“一群”;也解 Tony Lumpkin“～”。
1385 Underbund 解 under“在下面”＋bund［挪］“屁股”;也解 Bund［德］“～”。
1386 overraskelled 解 over-rascal“～”;也解 uberrascht［德］“～”;也解 overrasket［挪］“～”;也解 rathskeller“～”,直译是“～”。
1387 Sot“～”;也解 sot［挪］“～”;也解 sott［挪］“～”。
1388 gabbalots 解 goblet“～”。
1389 opsits from 解 opposite from“～”;也解 opsitter［挪］“～”;也解 op. cit.“～”。
1390 sod“～”,此处解 said“～”。
1391 whole set“～”,也指收音机;也解 Old Set“～”,埃及神话中的黑暗之神。
1392 Shut down“～”;也解 sit down“～”。
1393 shet up 解 shut up“～”;也解 set up“～”。
1394 allohn 解 all on“～”;也解 alone“～”,此处化自爱尔兰新芬党的口号“我们自己,只有我们自己”;也解 ohne［德］“～”;也解 Lohn［德］“～”。

他们火上浇油[1395]在后面|使混乱把它们倒到火上。烫着[1396]干杯！

阿斯隆广播[1397]水|滑铁卢。它们的是给好先生们真正的先生们[1398]外套和裤子一条个人[1399]没有教训的|S. O. S. 信息[1400]弥撒。有谁[1401]挤|波斯人把被认为[1402]丧失亲人的死了[1403]抬右前足呈行步态的|在场的的人带回来或者报告[1404]壁垒|透露给霍斯[1405]警长[1406]邮政局长|警察|大师。克伦塔夫[1407]，让人爱，让人怕[1408] 1014|四|4|男人。否则[1409]长辈为了主[1410]代码的更大[1411]迎宾荣光[1412]词汇表，叫住他[1413]由教堂公布结婚人姓名|老人：吱吱啦哩，吱吱啦唠[1414]。

为了主的更大荣光[1415]。

天气[1416]翻滚|气候|世界预报[1417]聚焦。

偏北[1418]北方|北部风。靠近松饼铃铛处更暖，暂时减弱。

就像我们尊敬的[1419]相关的科仑巴[1420]填写专栏之人在上个月[1421]山峰|《登山宝训》的慈善[1422]布道上预言的，所有预计的斯堪的纳维亚[1423]雾霾的低气压区，天气[1424]变化的降水的大师[1425]《大建筑师》|阵雨|样式，来自雾气[1426]呸！|四信号[1427]索尔尼斯的预兆[1428]金发的哈拉德，(听哥本哈根[1429]厨师|胃气胀|厨房|花园|三K党号外[1430]额外！)包裹[1431]在一套与众不同的[1432]不可用的云[1433]衣服中，渗[1434]过圣乔治海峡[1435]同一个饕餮者的狗窝的中间一半[1436]地中海，一路[1437]发动向西[1438]财富，侵入[1439]引起一阵突然的[1440]浸透的|醉酒的|必然的低压[1441]快乐脊[1442]反胃|范围|激流，一些地方有薄雾[1443]错过的，但局部[1444]有细雨，预计明天[1445]结婚(星期一[1446]男子气概蒸汽压力[1447]汽船|女裁缝师|溪流)应该[1448]射出|是更晴朗[1449]广大的|奥布赖恩小姐，能见度[1450]他的能力很好。

1395 behoiled 解 be-oiled"～";也解 behind"～";也解 embroil"～"。
1396 Scaald 解 scald"～";也解 skaal![挪]"～"
1397 Rowdiose wodhalooing 解 Raidio Atha Luain [爱]"～",阿斯隆位于爱尔兰的中部,香依河畔,阿斯隆广播相当于爱尔兰广播;也解 woda [波]"～";也解 waterloo"～"。
1398 truesirs 解 true sirs"～",化自爱尔兰歌曲《推平头的男孩》中的"好男人、真男人";也与前面合解 coat and trousers"～"。
1399 lessonless"～",此处解 personal"～";也解 S. O. S. ,求救信号。
1400 missage 解 message"～";也解 Missa [拉]"～"。
1401 persen 解 person"～";也解 perse [挪]"～";也解 Persian"～"。
1402 bereaved"～",此处解 believed"～"。
1403 passent 解 passed"～";也解 passant(动物)"～";也解 present"～"。
1404 rumpart 解 report"～";也解 rampart"～";也解 impart"～"。
1405 Hoved"～",丹麦人 9 世纪时称呼霍斯角的名字。
1406 politymester 解 police"警察"+master"院长";也解 postmaster"～";也解 politi [挪]"～"+mester [挪]"～"。
1407 Clontarf"～",爱尔兰国王布利安·布鲁 1014 年在此击败丹麦侵略军。
1408 one love one fear"～";也解 one zero one four"～",克伦塔夫战役的年代;其中 fear 也解 vier [德]"～";也解 fire [挪]"～";也解 fear [爱]"～"。
1409 Ellers [挪]"～";也解 elder"～"。
1410 code"～",此处解 God"～"。
1411 greeter"～",餐馆门口欢迎顾客的服务员,此处解 greater"～"。
1412 glossary"～",此处解 glory"～"。
1413 callen hom 解 call him"～";也解 call home"～";也解 kallen [挪]"～"。
1414 Finucane-Lee, Finucane-Law 解 Funiculi, funicula"～",是缆车在钢丝绳索上发出的声音,中文翻译为《缆车》或《登山缆车》,是作于 1880 年的意大利歌曲。
1415 Am. Dg. 即 Ad Majorem Dei Gloriam [拉]"～",乔伊斯读书的贝尔弗迪尔公学要求学生在文章开始处写上这一缩写。
1416 Welter 解 weather"～";也解 welter"～";也解 Wetter [德]"～";也解 Welt [德]"～"。
1417 focussed 解 forecast"～";也解 focused"～"。
1418 nordth 解 north"～";也解 Nord [德]"～";也解 nord [挪]"～"。
1419 revelant 解 reverend"～",用于称呼修士;也解 relevant"～"。
1420 Colunnfiller 解 St. Colmcille,即 St. Columba"～",6 世纪爱尔兰圣人;也解 column-filler"～"。
1421 mount"～",此处解 month"～";也与后面合解 Sermon on the Mount"～",指《马太福音》中耶稣在山上所说的话。
1422 chattiry 解 charity"～"。
1423 Schiumdinebbia 解 Scandinavia"～";也解 schiuma di nebbia [意]"～"。
1424 veirying 解 vejr [丹]"～";也解 varying"～"。
1425 bygger muster 解 bigger master"～";也解 *Bygmester Solness*"～",易卜生的戏剧;也解 byge [丹]"～"+Muster [德]"～"。
1426 faugh"～",此处解 fog"～";也解 four"～"。
1427 sicknells 解 signals"～";也解 Solness"～",易卜生的戏剧《大建筑师》的主人公。
1428 haralded 解 heralded"～";也解 Harald Fairhair"～"(850—933),第一位挪威国王。
1429 kokkenhovens 解 København [丹]"～",惠灵顿的著名坐骑;也解 kokken [挪]"～";也解 hoven [挪]牛羊的"～";也解 køkken [丹]"～";也解 have [丹]"～";也解 KKK"～",美国恐怖组织。
1430 ekstras [丹]"～",指报童们呼叫"～"。
1431 umwalloped 解 enveloped"～"。
1432 unusuable 解 unusable"～";也解 un-usable"～"。
1433 clouds"～";也解 clothes"～"。
1434 filthered 解 filtered"～"。
1435 same gorgers' kennel 解 St. George's Channel"～",英国威尔士与爱尔兰岛之间的重要水道;也解 same gorgers' kennel"～"。
1436 middelhav [丹]"～",此处解 middle half"～"。
1437 wage"～",此处解 way"～"。
1438 wealthwards 解 westwards"～";也解 wealth"～"。
1439 incursioned 解 incursion"～";也解 occasioned"～"。
1440 sotten 解 sudden"～";也解 sodden"～";也解 sotted"～";也解 certain"～"。
1441 pleasure"～",此处解 pressure"～"。
1442 retch"～",此处解 ridge"～";也解 reach"～";也解 rush"～"。
1443 missed"～",此处解 mist"～"。
1444 lucal 解 local"～"。
1445 tomarry 解 tomorrow"～";也解 to marry"～"。
1446 Mandig [挪]"～",此处解 mandag [挪]"～"。
1447 Streamstress 解 steam"水汽"+stress"压力";也解 steamship"～";也解 seamstress"～";也解 Stream"～"。
1448 beamed"～",此处解 seemed"～";也解 been"～"。
1449 brider 解 brighter"～";也解 broader"～";也解 Biddy O'Brien"～",歌谣《芬尼根的守灵夜》中的守灵者之一。
1450 his ability"～",此处解 visibility"～"。

他们[1451]今天发生了[1452]预兆什么？

亚丁湾[1453]伊甸园的大碰撞。鸟的飞行证实了正在到来的[1454]破裂云[1455]婚礼|交配。副州长[1456]坟墓哈特切特[1457]的葬礼，愿在主的怀抱安息[1458]。天意[1459]预知|预见。

永远赞美神[1460]英镑、先令和便士|信已签署。

汝等[1461]亚瑟·健力士获得的感觉是不全的[1462]种属与认知一致|健力士啤酒|不胜任的！有限的。汉娜·丽维娅·妇鲁拉贝尔[1463]安妮·林奇|流动通畅的！一和十一。我们团结地站在一起，甚至提供资金[1464]许多。别忘了。我希望德比[1465]贵的股票[1466]鹳有一个吉利的[1467]卑劣的星期二[1468]小偷的日子。那会是一千比一[1469] 1001|《一千零一夜》|赢的天堂[1470]爱尔兰人|怜悯。很快会下注[1471]所以睡觉了。投极乐之梦[1472]鼓。用绝对真理、绝对纯洁、绝对诚实、绝对的爱[1473]运气|大腿|诺言|臀部|淫荡的|拘泥礼仪的人|希望|很多|蜂蜜|铁环|一圈|幸运|大腿运气的诺言、淫荡臀部的拘谨、希望很多的蜂蜜、一圈铁环的运气。这之后从午夜起[1474]，是四杆床的竖琴四重奏。（星期三，钓鱼[1475]。星期四，跳舞[1476]。星期五，游戏[1477]。星期六和星期天[1478]，基督教义[1479]文学[1480]，文学的基督教义。）此时[1481]这次唠叨[1482]套头毛衫结束了[1483]他的|芬兰语|凤凰公园|芬·麦克尔。

——到这里来[1484]诱惑人的|通过诱惑而产生的魔咒|母亲|引诱，贺拉斯[1485]现在|朋友|荷鲁斯，汝有勇气的权能之人，适应了切坡里若德[1486]的长者[1487]高级市政官，裁分[1488]台风|提丰、裁缝[1489]劫匪，很大的[1490]独自地|草地|心情|郎佛尔砖块数目，直到我为你找到[1491]罚款一个岳父[1492]

1451 to they 解 to them“～”；也解 today“～”。
1452 hopends 解 happens“～”；也解 omens“～”。
1453 Aden“～”，位于也门和索马里之间的一片阿拉伯海水域；也解 Eden“～”。
1454 abbroaching 解 approaching“～”；也解 abbrechen［德］“～”。
1455 Nubtials 解 nubes［拉］“～”；也解 nuptials“～”；也解 nub［俚］“～”。
1456 Lifetenant-Groevener 解 lieutenant-governor“～”；也解 groeve［荷］“～”。
1457 Hatchett，人名，此处化自习语 bury the hatchet（言归于好）。
1458 R. I. D. 解 Requiescat in Deo［拉］“～”，基督徒墓碑用语，一般写为“requiescat in pace”，缩写为 R. I. P.。
1459 Devine's Previdence 解 divine providence“～”；其中 Previdence 也解 pre-vidence“～”；也解 previdenza［意］“～”。
1460 Ls. De. 解 Laus Deo Semper［拉］“～”，贝尔弗迪尔公学的学生在文章结尾处写的缩写；也解 L. S. D.“～”；也解 L. s.，即 letter signed“～”。
1461 Art thou 解 Are thou“～”；也解 Arthur Guinness“～”（1725—1803），爱尔兰健力士啤酒厂的创始人。
1462 gainous sense uncompetite 解 gained“获得的”＋sense“感觉”＋incomplete“不完备的”；也解 genus sensibus competit［拉］“～”；其中 gainous 也解 Guinness“～”；uncompetite 也解 incompetent“～”。
1463 Anna Lynchya Pourable 解 Anna Livia Plurabelle“～”；也解 Anne Lynch“～”，都柏林的一种茶叶＋pourable“～”。
1464 many“～”，此处解 money“～”。
1465 dyrby 解 Derby“～”，英国最著名的马赛；也解 dyr［挪］“～”。
1466 stork“～”，此处解 stock“～”。
1467 auspicable 解 auspicious“～”；也解 despicable“～”。
1468 thievesdayte 解 Tuesday“～”；也解 thieves' date“～”。
1469 A thousand's a won 解 a thousand to one“～”；也解 a thousand and one“～”，指“～”；其中 won 也解“～”。
1470 paddies“～”，此处解 paradise“～”；也解 pities“～”。
1471 soon to bet“～”；也解 so to bed“～”，新婚夫妇在蜜月时就寝前的话。
1472 drums“～”，此处解 dreams“～”。
1473 hapsalap troth, hipsalewd prudity, hopesalot honnessy, hoopsaloop luck 解 absolute truth, absolute purity, absolute honesty, absolute love“～”，1921 年牛津大学成立的道德重整组织牛津集团提出的四条规则；也解 haps“～”＋a lap“～”＋troth“～”，hips“～”＋lewd“～”＋prude“～”，hopes“～”＋a lot“～”＋honey“～”，hoops“～”＋a loop“～”＋luck“～”，可译为“～”。
1474 unwards 解 onwards“～”。
1475 Kiskiviikko, Kalastus 解 keskiviikko, kalastus［芬］“～”。
1476 Torstaj, tanssia 解 torstai, tanssia［芬］“～”。
1477 Perjantaj, peleja 解 perjantai pelejä［芬］“～”。
1478 Lavantaj ja Sunnuntaj 解 lauantai ja sunnuntai［芬］“～”。
1479 christianismus 解 christian＋-ismus，即 Christianism“～”。
1480 kirjallisuus［芬］“～”。
1481 Whilesd 解 Whilst“～”。
1482 pellover 解 palaver“～”；也解 pullover“～”。
1483 his finnisch 解 has finished“～”；也解 his“～”＋finnisch［德］“～”；也解 Phoenix“～”；也解 Finn MacCool“～”。
1484 Comither 解 Come hither“～”；也解 come-hither“～”；也解 comether［爱］“～”；也解 mother“～”；也解 comether“～”。
1485 ahorace 解 Horace“～”，古罗马诗人；也解 ahora［西］“～”；也解 a chara［爱］“～”；也解 Horus“～”，埃及太阳神。
1486 Capel Ysnod 解 Chapelizod“～”，位于都柏林西郊。
1487 elderman 解 elder“长辈”＋man“男人”；也解 alderman“～”。
1488 tsay-fong［中］“～”，此处模仿调整发音，故译；也解 typhoon“～”；也解 Typhon“～”，古希腊神话中的怪物。
1489 tsei-foun［中］“～”；也解 tsei-fei［中］“～”。
1490 a laun 解 a lan［爱］“～”；也解 alone“～”；也解 lawn“～”；也解 Laune［德］“～”；也解 Launfal“～”，亚瑟王的骑士之一。此处化自 Sinn Féin, Sinn Féin Amhain（［爱］“我们自己，只有我们自己”）。
1491 fined“～”，此处解 find“～”。
1492 faulter-in-law 解 father-in-law“～”；也解 faulter“～”。

错误者，来做你将来的儿子，绅士们的裁缝[1493]经销商|偷窃者|农夫|乡绅，海洋军务大臣[1494]水手|海洋|领主|海洋领主将军，上帝小家伙|排水沟和老板[1495]驼背|老板，汉格斯特她和霍萨[1496]妓女，约翰和詹姆斯[1497]约翰·詹姆逊父子商店|所有绅士双方，用着推销术[1498]航海术，海军首领散布谣言者[1499]说，然后船的教父[1500]在粪便[1501]拟声唱法|低俗文学故事中对丈夫的俘虏[1502]船长说，或者你做了，或者他必须做，就在同一个时刻，他说，因此愿和平[1503]协定被放入汝等之间[1504]执行，他说，用我最重要的[1505]曼恩河权宜做法，他说，一条鱼[1506]公共财库，一块肉[1507]一体，平得就像，你这个奥斯曼[1508]西方人|人·阿蒙森[1509]嘴，你是铁甲军[1510]铁滑，因此憨蛋呆蛋[1511]垃圾场在这里是帕德利·麦克纳马拉，他是强壮的爱抚者[1512]哈迪克努特，因为班巴[1513]的两个乳房是她的水手土壤和她的裁缝[1514]辛苦劳作的人，如果汝将像你说[1515]航行的那样服务于理想[1516]偶像|意大利。船的兄弟们，衣的兄弟们[1517]，汝等发下兄弟[1518]血誓言[1519]肿胀的。歌斐[1520]歌斐木对基甸[1521]说，他对挪威[1522]现在举行婚礼的船长说，值得尊敬的[1523]粗鲁汉弗利[1524]，他正用他躯干之盾[1525]的七朵玫瑰[1526]老板|声音向克洛蒂尔达[1527]的上帝祈祷，当她相信他[1528]求爱|心爱的的时候，他会拯救帕克尔森[1529]丰盈的|巴克利，到这里来[1530]引诱，他说，我的快乐时光[1531]航海的的海狼[1532]老海狗，你的白[1533]木制的|沃登|愤怒鲸[1534]墙|海防舰队|鲸鱼，他说，进入我们四足[1535]岛屿的羊圈[1536]船舱，赞美马太[1537]、马可[1538]马杜克|马代克、路加[1539]拉斯克和约翰[1540]共家|孔镇！首先[1541]祝福|浅色的让我们[1542]驴祈祷[1543]鹦！这之后不要再做你那脑残的行为了，对每部又厚又沉的巨

1493 tealer 解 tailor“～”；也解 dealer“～”；也解 stealer“～”；也解 tiller“～”，可与前面合成 gentleman farmer“～”。
1494 seelord 解 Sea Lord“～”；也解 sailor“～”；也解 See［德］“～”＋lord“～”，即“～”。
1495 gosse...bosse［法］“～”，此处解 God...boss“～”；也解 Gosse...Boß［德］“～”。
1496 hunguest...horasa 解 Hengest or Hengist...Horsa“～”，五世纪萨克森部落的首领，最早入侵英格兰；也解 hun...hora［挪］“～”。
1497 jonjemsums 解 John and James“～”，乔伊斯的父亲和他自己；也解 John Jameson and Sons“～”，爱尔兰的威士忌酒商；也解 gentlemen both“～”，伊丽莎白一世在跟 18 位裁缝打招呼时说“早晨好，绅士们”。
1498 sailsmanship 解 salesmanship“～”；也解 sails-man-ship“～”。
1499 talebearer“～”，此处化自习语 tell that to the marines（谁信你那一套）。
1500 gospfather 解 godfather“～”。
1501 scat“～”，也解“～”；也解 scatological“～”。
1502 capture“～”；也解 captain“～”。
1503 pacts“～”，此处解 pax［拉］“～”。
1504 betving 解 between“～”；也解 betvinge［挪］“～”。
1505 main“～”；也解 Maine“～”，位于爱尔兰的凯里郡。
1506 fisk“～”，此处解 fisk［挪］“～”。
1507 flesk［挪］“～”；也与前面的 one 合解 one flesh“～”，指两人精神和肉体结合关系，尤指婚姻。
1508 Aestmand 解 Ostman“～”，即维京人，入侵爱尔兰的北欧海盗；也解 Westman“～”；也解 mand［挪］“～”。
1509 Addmundson 解 Roald Amundsen“～”，1911 年发现南极的挪威人；也解 mund［挪］“～”。
1510 iron slides“～”，用于门窗的锁闭，此处解 Ironsides“～”，克伦威尔的绰号。
1511 hompety domp 解 humpty dumpty“～”；也解 dump“～”。
1512 hardy canooter 解 hardy canoodler“～”；也解 Hardicanute“～”，11 世纪的丹麦和英格兰国王。
1513 Banba“～”，爱尔兰神话中图德南族的女王，后常用她的名字指代爱尔兰。
1514 soilers...toilers“～”，此处解 sailor...tailor“～”。
1515 sayld 解 said“～”；也解 sailed“～”。
1516 Idyall 解 ideal“～”；也解 idol“～”；也解 Iodáil［爱］“～”。
1517 Boathes...Coathes 解 boats...coats“～”。
1518 blooders 解 Bruder［德］“～”；也解 blood“～”。
1519 swallen 解 swore“～”；也解 swollen“～”。
1520 Gophar，人名；也解 Gopher wood“～”，出自《创世记》（6：14）“你要用歌斐木造一只方舟”。
1521 Glideon 解 Gideon“～”，出自《士师记》（7：2）“耶和华对基甸说”。
1522 nowedding 解 Norwegian“～”；也解 now wedding“～”。
1523 hunnerable 解 honourable“～”。
1524 Humphrey 解 Humphrey Chimpden Earwicker“～”，本书主人公。
1525 trunktarge 解 trunk“躯干”＋targe“圆盾”。
1526 bosses“～”，此处解 roses“～”；也解 voices“～”。
1527 clothildies 解 Saint Clotilda“～”，法兰克国王克洛维一世（466—511）的妻子，曾发誓如果她的上帝让克洛维一世战胜，她就劝服克洛维一世相信她的上帝。
1528 wooed belove on 解 would believe in“～”；也解 wooed“～”＋beloved“～”＋on。
1529 bucklesome 解 Pukkelsen“～”，人名，根据挪威语制造，意思是“驼背之子”，指驼背的挪威船长；也解 buxom“～”；也解 Buckley“～”，书中巴克利与俄国将军故事中的爱尔兰士兵。
1530 comeether 解 Come hither“～”；也解 comether“～”。
1531 merrytime 解 merry time“～”；也解 maritime“～”。
1532 marelupe 解 maris lupus［拉］“～”，指梭子鱼；也解 lupo di mare［拉］“～”。
1533 wutan 解 white“～”；也解 wooden“～”；也解 Wotan“～”，北欧神话中的主神奥丁在日耳曼神话里的名字；也解 Wut［德］“～”。
1534 whaal 解 Wal［德］“～”；也解 wall“～”，可与前面的 wutan 合解 wooden walls“～”；也解 whale“～”。
1535 quadrupede 解 quadruped“～”。
1536 shipfolds 解 sheepfold“～”；也解 ship holds“～”。
1537 madhugh 解 Matthew“～”，此处为福音书的四位作者。
1538 mardyk 解 Mark“～”；也解 Merodach or Marduk“～”，巴比伦人的主神；也解 Mardyke“～”，爱尔兰科克郡的城镇。
1539 luusk 解 Luke“～”；也解 Lusc“～”，都柏林北部的城镇。
1540 cong 解 John“～”；也解 Conga“～”，传说中最后一个共主隐退的地方；也解 Cong“～”，爱尔兰梅奥郡的城镇。
1541 Blass 解 first“～”；也解 bless“～”；也解 blass［德］“～”。
1542 Neddos 解 let us“～”；也解 Neddy“～”。
1543 bray 解 pray“～”；也解 osprey“～”。

著[1544]汤姆、迪克和哈里磕头[1545]牛|公牛和一副奴态[1546]仆人|我相信|哭喊，我们独一无二的神父[1547]关联大人给崇高的[1548]大量|复仇你。那个追不上的[1549]绝无谬误的事物呆在那里伏击[1550]停留|等待你，嘴里装满迷人的词语，或者成为神圣的[1551]石碑[1552]桌子|台案，就像贺拉斯·泰勒[1553]霍罗克斯公司|荷鲁斯|裁缝|托勒最希望这样称呼的，我会颠倒[1554]预演你的戒律[1555]，让你彻底变成首位殉道者[1556]第一次谋杀|谋杀。快[1557]帕克得就像帕特里克[1558]蟾蜍|神捡起双关草，并离开野地里的百合花[1559]棒棒糖|有叶形装饰的。一位三位一体的法官将为你的厄运[1560]繁荣|树划十字[1561]胸前划十字。帕特是给你们准备的人。是，是！他看到[1562]招呼|幸福|万岁！威士忌[1563]水|倾泻|烘干窑，倒[1564]纯洁的给他，混合着[1565]做着|我撒尿十字[1566]大水罐手势。我为尔施洗[1567]教皇|什一税，大海[1568]莪相，他说，生命之水[1569]天父|奥斯卡|女儿，他说，壹耳微蚵[1570]维京人|爱尔兰，他说，在三三叶三叶草[1571]三拱式拱廊|叶子之内，他说，无条件地[1572]只要，为为了[1573]爷爷|勾引第一个[1574]王子盖尔高卢外国人[1575]大风|马|犹太人|爱尔兰人，以及凯尔特民族[1576]大西洋彼岸的|大西洋这边的|Caoilte后代的草地|克劳娜齐娣的英雄领袖探险者[1577]掠夺者，他说，女裁缝的[1578]轮船床垫[1579]情妇|主人给船舱煤工[1580]驴的大海屁股[1581]海马|山，让这个灌洗器像一位圣[1582]完全地徒[1583]的一样对你有用[1584]灌洗器|淋浴，以及对所有参加你的守灵[1585]西方的驼背[1586]天启|小孩子|帕克尔森有用，他说，从异教徒[1587]霍斯人的下沉地狱[1588]赫尔辛基里出来，愿汝等见鬼[1589]形成|感谢|白天|奥康内尔，他说，加入我们的罗马天主教宗教[1590]罗密欧|奥康内尔，他说，从此处我们被赋予了这个誓言，塔

1544 tome, thick and heavy“～”;也解 Tom, Dick and Harry“～”,泛指很多人时的说法。
1545 kowtoro 解 kowtow“～”;也解 cow“～”+toros［西］“～”。
1546 criados 解 criado［西］“～”;也解 criado［葡］“～”;也解 credo［拉］“～”;也解 cry“～”。
1547 revelance 解 reverence“尊敬的阁下”,爱尔兰对神父的称呼;也解 relevance“～”。
1548 ultitude 解 altitude“～”;也解 multitudes“～”;也解 ultio［拉］“～”。
1549 illfollowable 解 ill-follow-able“～”;也解 infallible“～”。
1550 staying in wait 解 laying in wait“～”;也解 staying“～”+in wait“～”。
1551 hooley 解 holy“～”。
1552 tabell 解 tablet“～”;也解 table“～”;也解 tabel［挪］“～”。
1553 Horrocks Toler 解 Horace Taylor“～”,乔伊斯 1918 年在苏黎世时的英国朋友,曾告诉乔伊斯一个并不好笑但典型的英国式笑话;也解 Horrocks Ltd“～”,位于英国兰开夏郡的纺织公司;也解 Horus“～”,埃及的神,奥西里斯和塞特的儿子;也解 tailor“～”;也解 John Toler“～”,1803 年审判爱尔兰民族主义运动领袖罗伯特·艾米特的法官。
1554 rehearse“～”,此处解 reverse“～”,因为戒律说不可以杀人。
1555 comeundermends 解 commandment“～”。
1556 first mardhyr 解 first martyr“～”,指圣斯蒂芬;也解 first murder“～”;也解 marbhadh［爱］“～”。
1557 puck 解 quick“～”;也解 Puck“～”,中世纪民间故事中的恶精灵,也是莎士比亚的《仲夏夜之梦》中的精灵。
1558 Paddeus 解 Saint Patrick“～”,用三叶草作为象征让爱尔兰人领悟三位一体;也解 padde［挪］“～”;也解 deus［拉］“～”。
1559 Lollies off the foiled 解 lilies of the field“～”,此处化自《马太福音》(6:28)“野地里的百合花怎么长起来”;也解 lollies“～”+off+the foiled“～”。
1560 boom“～”,此处解 doom“～”;也解 boom［荷］“～”,化自歌曲《在三一教堂我走向末路》。
1561 crux“～”;也与前面 boom 合解 cross your bosom“～”。
1562 beheild 解 behold“～”;也解 hailed“～”;也解 Heil［德］“～”;也解 heil!［挪］“～”。
1563 ouishguss 解 whiskey“～”;也解 uisce h［爱］“～”+Guss［德］(水)“～”;也解 oasthouse“～”。
1564 pured 解 poured“～”;也解 pure“～”。
1565 mingling“～”;也解 making“～”;也解 mingo［拉］“～”。
1566 cruisk 解 cross“～”;也解 cruisce［爱］“～”。
1567 Popetithes 解 baptise“～”;也解 pope“～”;也解 tithe“～”。
1568 Ocean“～”;也解 Ossian“～”,传说中三世纪爱尔兰及苏格兰高地的英雄诗人。
1569 Oscarvaughther 解 uisce beatha［爱］“～”,指威士忌;也解 our father“～”;也解 Oscar“～”,爱尔兰英雄芬·麦克尔的孙子,莪相的儿子+daughter“～”。
1570 Erievikkingr 解 Earwicker“～”,本书主人公;也解 Viking“～”;也解 Éire［爱］“～”。
1571 trifum triforium trifoliorum 解 Trifolium“～”;也解 triforium(教堂拱门之上的)“～”+folium［拉］“～”。
1572 onconditionally 解 unconditionally“～”;也解 on condition“～”。
1573 forfor 解 for“～”;也解 farfar［挪］“～”;也解 forføre［丹］“～”。
1574 furst 解 first“～”;也解 Fürst［德］“～”。
1575 gielgaulgalls 解 Gael“盖尔人”+Gaul“高卢人”+gall［爱］“～”;也解 gale“～”;也解 gaul［德］“～”;也解 giall［爱］“～”;也解 Gaedheal［爱］“～”。
1576 clansakiltic 解 Clanna Ceilteach［爱］“～”;也解 transatlantic“～”;也解 cisatlantic“～”;也解 Cluain Ui Chaoilte［爱］“～”;也解 Clonakilty“～”,爱尔兰渔港,位于芒斯特省科克郡。
1577 explunderer 解 explorer“～”;也解 plunderer“～”。
1578 streameress 解 seamstress“～”;也解 steamer“～”。
1579 mastress 解 mattress“～”;也解 mistress“～”;也解 master“～”。
1580 cuddycoalman 解 cuddy“小船室”+coalman“送煤工人”;也解 cuddy“～”。
1581 sea aase 解 sea“大海”+arse“屁股”;也解 seahorse“～”;其中 aase 也解 aas［挪］“～”。
1582 wholly“～”,此处解 holy“～”。
1583 apuzzler 解 apostle“～”。
1584 douche“～”,此处解 do“～”;也解 douche［法］“～”。
1585 wakes“～”;也解 west“～”。
1586 pukkaleens 解 pukkelen［挪］“～”;也解 Apocalypse“～”;也解 buachaillin［爱］“～”;也解 Pukkelsen“～”,书中人物。
1587 howtheners 解 heathen“～”;也解 Howth+-er“～”。
1588 hellsinky 解 hell“地狱”+sink“下沉”;也解 Helsinki“～”,芬兰首都。
1589 be danned to 解 be damned to“～”;也解 dannet［挪］“～”;也解 bethank“～”;也解 dant［塞维］“～”;也解 Daniel O'Connell“～”(1775—1847),1829 年领导爱尔兰天主教徒赢得了参加议会的权利。
1590 roomyo connellic relation 解 Roman Catholic religion“～”;也解 Romeo“～”+Daniel O'Connell“～”。

拉[1591]土地真正有三叶的[1592]，如果不是很快[1593]儿子要接近上千的话，就像天主教赞美诗[1594]菊花|雅典娜希望的，这一点我要问[1595]奥斯卡你这个殴打上帝的[1596]，水手[1597]灵魂，因为当你道了晚安[1598]感冒|上帝，然后是日安[1599]，用来自海洋[1600]莪相的更好保险[1601]保证|还|一次阵雨再次向后朝[1602]反对法老[1603]仙女|法罗群岛开火时，祝你[1604]伊甸园|本·艾达健康[1605]招呼|家的|健壮的，既然上帝怜悯你的灵魂[1606]！以圣父之名[1607]亚当和夏娃|阿门|每个地方。圣灵[1608]朝他手里吐唾沫。

——胡说[1609]弗里乔夫·南森，你哼了[1610]理解|挪威人？他总是[1611]绳索很大程度上反对[1612]一切宗教迷信[1613]推翻，因此为什么[1614]为什么这这位要把戏的[1615]魔鬼大人物、飞黄腾达的人[1616]、大仓库[1617]探险家[1618]爆炸物，他会在都柏林-达尔基[1619]魔鬼|鬼怪|都柏林|巴克利，在圣帕特里克堡大教堂[1620]大礼拜堂|多明我会的，在二手[1621]圣心|神圣的栖息地套装之事上，被圣父[1622]教父牧师优雅地[1623]批发的|卖欺骗[1624]收养|吸毒成瘾|行为|施洗|洗礼？但是听听[1625]耳朵这个：

——这里，啊先生[1626]阁下|听见|我的朋友，我的海军少将[1627]屁股可崇拜的|很少|稀有的彼得[1628]·帕克尔森[1629]纳尔逊，他说，一直对着排名第二的求婚者[1630]鞋匠|苏特街，我最近被哀悼的赞助者，过来分派红酒，举起你的号角，他说，显示你是位学者[1631]学校|喝酒祝健康，因为，不管[1632]冬天你是否喜欢，我们随身带着你的夏天，说着[1633]塞子你的里夫·艾里克森[1634]生活|我发现了!，以及他的发现[1635]美洲[1636]奇迹，是南纬40度带[1637]旋转的，他说，在我该死的蘑菇[1638]晚餐石头[1639]上，就像荷鲁斯[1640]贺拉斯自己说的，根据某个基督教教义[1641]婴儿洗

1591 Tera 解 Tara“～”，古代凯尔特王国的都城；也解 terra［意］“～”。
1592 ternatrine 解 ternate“～”。
1593 son“～”，此处解 soon“～”。
1594 Chrisan athems 也解 Christian“天主教徒”＋anthem“赞美诗”；也解 chrysanthemum“～”；也解 Athena“～”，古希腊神话中的智慧女神。
1595 osker 解 ask“～”；也解 Oscar“～”，凯尔特神话中芬・麦克尔的孙子。
1596 godhsbattaring 解 God“上帝”＋battering“连续打击”。
1597 saelir 解 sailor“～”；也解 Seele［德］“～”。
1598 gott kvold 解 god kveld［挪］“～”；也解 got (caught) cold“～”；也解 Gott［德］“～”。
1599 gooden diggin 解 good day“～”。
1600 Osion 解 ocean“～”；也解 Ossian“～”，传说中 3 世纪爱尔兰及苏格兰高地的诗人。
1601 enscure 解 insure“～”；也解 ensure“～”；也解 encore“～”；也解 en skur［挪］“～”。
1602 back fared agen 解 back fired again“～”；也解 fared against“～”。
1603 fairioes 解 Pharaohs“～”；也解 fairies“～”；也解 Faroes“～”，位于挪威海和北大西洋中间。
1604 Edar 解 eder［丹］“～”；也解 Eden“～”；也解 Ben Edar“～”，霍斯的古名，据说为纪念埋葬于此的一个部族领袖。
1605 hailsohame 解 wholesome“～”；也解 hail“～”＋of home“～”；也解 hälsosam［瑞］“～”。
1606 loyd mave hercy on your sael 解 lord have mercy on your soul“～”，死刑时说的话。
1607 Anomyn and awer 解 I n-ainm an Athair［爱］“～”；也解 Adam and Eve“～”；也解 amen“～”＋and＋awer“～”。
1608 Spickinusand 解 Spiritus Sanctus［拉］“～”；也解 spit in his hand“～”，即“摩拳擦掌”。
1609 Nansense 解 nonsense“～”；也解 Fridtjof Nansen“～”(1861—1930)，挪威科学家和外交家，北极圈探险家。
1610 snorsted 解 snorted“～”，表轻蔑或愤怒；也解 understand“～”；也解 Norse“～”。
1611 haltid 解 altid［挪］“～”；也解 halter“～”。
1612 agenst 解 against“～”。
1613 overtrow 解 overtro［挪］“～”；也解 overthrow“～”。
1614 hworefore 解 wherefore“～”；也解 hvorfor［挪］“～”。
1615 thokkurs pokker 解 hocus pocus(魔术中转移注意力的)“～”；也解 pokker［挪］“～”。
1616 miklamanded 解 mikla［古冰］“飞黄腾达”＋mand［挪］“男人”。
1617 storstore 解 stor［挪］“大的”＋store“仓库”。
1618 exploder“～”，此处解 explorer“～”。
1619 Diaeblen-Balkley 解 Dublin-Dalkey“～”；也解 diabled［法］“～”；也解 djevlend［挪］“～”；也解 Baile Atha Cliathd［爱］“～”；也解 Buckley“～”，书中故事中的爱尔兰士兵。
1620 Domnkirk 解 domkirke［挪］“～”；也解 dómkirkja［冰］“～”；也解 Dominic“～”。
1621 sacredhaunt 解 second hand“～”；也解 Sacred Heart“～”；也解 sacred haunt“～”。
1622 Gudfodren 解 gudfader［挪］“～”；也解 gudfar［挪］“～”。
1623 whulesalesolde 解 hullsalig［挪］“～”；也解 wholesale“～”＋sold“～”。
1624 daadooped 解 duped“～”；也解 adopted“～”；也解 dope“～”；也解 daad［挪］“～”；也解 doopen［荷］“～”；也解 døpe［挪］“～”。
1625 ear“～”，此处解 hear“～”。
1626 aaherra 解 aa herre［挪］“～”；也解 Herr［德］“～”；也解 hear“～”；也解 a chara［爱］“～”。
1627 rere admirable 解 rear-admiral“～”；也解 rear-admirable“～”；也解 rera［列］“～”；也解 rare“～”。
1628 peadar［爱］“～”。
1629 Poulsen 解 Pukkelsen“～”；也解 Horatio Viscount Nelson“～”(1758—1805)，英国海军将领及军事家。
1630 sutor［拉］“～”，此处解 suitor“～”；也解 Sutor Street“～”，位于都柏林。
1631 skolar 解 scolar［列］“～”；也解 skole［挪］“～”；也解 skaale［丹］“～”。
1632 winter“～”，此处解 whether“～”。
1633 tomkin about 解 talking about“～”；也解 tampion“～”。
1634 lief eurekason 解 Leif Ericson“～”(970—1020)，古挪威探险家；也解 life“～”＋eureka!“～”。
1635 undishcovery 解 discovery“～”。
1636 americle 解 America“～”；也解 a miracle“～”。
1637 rolling forties 解 roaring forties“～”；也解 rolling“～”。
1638 sopper 解 sopper［挪］“～”；也解 supper“～”。
1639 crappidamn 解 crap［列］“石头”＋damn“该死”。
1640 Harris 解 Horus“～”，埃及太阳神；也解 Horace“～”(前 65—前 8)，罗马帝国奥古斯都统治时期诗人，著有《诗艺》。
1641 crismion dottrin 解 Christian doctrine“～”；其中 crismion 也解 chrisom“～”，也解 chrism“～”，也解 crimson“～”，也解 krismion［希］“～”；其中 dottrin 也解 dottrina［意］“～”；也解 dottren［瑞］“～”，也解 dóttirin［冰］“～”，也解 dottrina［列］“～”。

礼服|圣油仪式|深红色|表|教义问答|女儿|闺女|学说让你进来，这是一个男人的第九个[1642]最好的角色[1643]猪肉|港口，他[1644]扫帚在都柏林[1645]深的的水里，从最东的[1646]地峡|地球巴尔斯卡登[1647]雾游到特里斯丹[1648]的莱克斯利浦[1649]，他说，（此时幸运情郎[1650]幸福|闭|斯威尼的心在他的冰腔里笑[1651]蜕皮，因为想到了跟她订婚[1652]前兆时他会免责[1653]免税的|起绒粗呢做的各种[1654]物种|黑色的偎依[1655]走私犯|好看的）赞美归于[1656]马铃薯皮上帝给我们送来的[1657]送货布兰登[1658]火|布朗德，卡拉[1659]我的朋友|亲爱的的儿子[1660]，芬罗格[1661]的配偶，他肩负着家中小妇人[1662]缝纫女工的第九个[1663]最美好的角色[1664]无礼的，黄毛丫头[1665]、女孩[1666]、尤物[1667]、裁缝汉娜[1668]大桶|女儿|成衣匠、你的离岸价[1669]表袋的到岸价[1670]、给你的岸上[1671]珍爱的|我亲爱的|储藏地珍宝[1672]珍爱的|测量|宝贵|剪刀、当阴沉的[1673]大海汹涌时闪电般的灯[1674]闪电，他溺爱[1675]选派|女儿着汉娜·丽维娅·妇鲁拉贝尔[1676]任何活着的大美人，去生育并抚育[1677]孩子|和|胎儿，那是闰年[1678]涟漪的二十个[1679]性感女人奇迹，新学院，二两二[1680]还有两个乳房在一壹一[1681]赢|赢得，三一学院[1682]通过旁道|穿过修饰和名利场[1683]笑话旅行|危险|车票|四，带着坚如时代潮流[1684]特伦托河|泰晤士河|百里香的决心，但是触感[1685]容易上当的人仍如泛滥的迪河[1686]D|茶|流淌般柔软[1687]果汁|肉汁，从来没有一个氢气·詹妮[1688]绿篱看起来有她那样的轻灵，你跳起来[1689]，在漫长的冬[1690]徒然|港口夜[1691]炖锅读着罗曼斯[1692]列托罗曼斯方言|四轮车|瑞亚，关于小安妮·鲁妮[1693]罗纳镇|海豹，还有所有去年的[1694]酯|外国人|以斯贴拉维娜们[1695]雪崩，在悬挂在她的滴流床[1696]装有脚轮的矮床上方的平面[1697]冰雪窗间镜[1698]危险的中，向她自

1642 ninethest 解 ninth“第九”+-est；也解 nicest“～”。
1643 pork“～”，此处解 part“～”，裁缝被认为是男人的第九种角色；也解 port“～”。
1644 whisk“～”，此处解 which“～”。
1645 Dybblin 解 Dublin Dublin“～”；也解 dyb [丹]“～”。
1646 easthmost 解 eastmost“～”；也解 isthmus“～”；也解 earth“～”。
1647 Ballscodden 解 Balscadden Bay“～”，位于霍斯，都柏林的最东端；也解 skodden [挪]“～”。
1648 Thyrston 解 Tristan“～”，既是霍斯堡第一位伯爵的名字，也是中世纪骑士。
1649 Lickslip 解 Leixlip“～”，位于都柏林西部的小镇。
1650 Lukky Swayn 解 lucky swain“～”，指水手；其中 Lukky 也解 lykke [挪]“～”，也解 lukke [挪]“～”；其中 Swayn 也解 Sweyne Forkbeard“～”，10 世纪丹麦国王哈洛德·布鲁图斯(也称蓝牙)的儿子。
1651 slaughed 解 laughed“～”；也解 slough“～”。
1652 forelooper 解 verloben [德]“～”；也解 forløper [挪]“～”。
1653 juteyfrieze 解 duty free“～”，此处直译为“～”；也解 frieze“～”。
1654 soorts [荷]“～”，此处解 sorts“～”；也解 sort [挪]“～”。
1655 smukklers 解 snuggles“～”；也解 smuggler“～”；也解 smuk [挪]“～”。
1656 praties peel“～”，此处解 praises be (to)“～”。
1657 goodsend 解 godsend“天赐之物”；也解 send goods“～”。
1658 Brandonius 解 Saint Brendan“～”，爱尔兰圣人，传说曾远渡大西洋；也解 brand [挪]“～”；也解 Brand“～”，挪威作家易卜生的同名戏剧的主人公，认为自己是上帝派来的。
1659 Cara，人名；也解 a chara [爱]“～”；也解 cara [拉]“～”。
1660 filius [拉]“～”。
1661 Fynlogue“～”，圣布兰登的父亲。
1662 nittlewoman 解 little woman“～”；也解 needlewoman“～”。
1663 nicesth 解 ninth“～”；也解 nicest“～”。
1664 pert“～”，此处解 part“～”。
1665 chito 解 chit“～”，出自习语 chit of a girl(黄毛丫头)。
1666 chato [普]“～”。
1667 Charmadouiro [普]“～”。
1668 Tina-bat-Talur 解 Anna the tailor“～”；也解 Tina [列]“～”+bat [希伯来]“～”+tailliur [爱]“～”。
1669 fob“～”，此处解 f. o. b. 即 free on board“～”。
1670 c. i. f. 即 cost, insurance plus freight“～”。
1671 astore 解 ashore“～”；也解 asthore [英爱]“～”；也解 a stór [爱]“～”；也解 a-store“～”。
1672 tesura 解 treasure“～”；也解 thesaura [拉]“～”；也解 tesuraa [普]“～”；也解 tesoro [意]“～”；也解 tesoura [普]“～”。
1673 sombren 解 sombre“～”。
1674 eslucylamp 解 esluci [普]“闪电般的”+lamp“灯”；也解 lamp [普]“～”。
1675 daughts 解 dotes“～”；也解 draughts“～”；也解 daughters“～”。
1676 anny livving plusquebelle 解 Anna Livia Plurabelle“～”；也解 any living plus-quam-belle([拉]“美不可言”)，即“～”。
1677 child and foster“～”；也解 child“～”+and“～”+foster [挪]“～”。
1678 lippeyear 解 leapyear“～”；也解 lipper“～”。
1679 Totty go 解 tuttugu [冰]“～”；也解 totty“～”。
1680 two titty too“～”，此处解 two two two“～”。
1681 win winnie won 解 one one one“～”；也解 win“～”；也解 won“～”。
1682 tramity 解 Trinity“～”，应指都柏林三一学院；也解 tramite [拉]“～”；也解 tramite [意]“～”。
1683 funnity fare 解 Vanity Fair“～”，英国作家萨克雷的小说；也解 funny fare([挪]“旅行”)“～”；也解 danger“～”+fare“～”；也解 four“～”。此处主要为文字游戏。
1684 trent of the thimes 解 trend of the times“～”；也解 Trent“～”，位于英格兰中部+Thames“～”，流经伦敦的河流；也解 thyme“～”。
1685 touch“～”；也可与前面的 soft 合解 soft touch“～”。
1686 dee in flooing 解 Dee in flooding“～”，发源苏格兰的河流；也解 D，英文字母；也解 tea“～”；也解 flowing“～”。
1687 saft 解 soft“～”；也解 saft [挪]“～”；也解 saft [德]“～”。
1688 Hyderow Jenny 解 hydrogen“氢气”+Jenny“詹妮”；也解 hedgerow“～”。
1689 此处化自习语 look before you leap(三思而后行)。
1690 invairn 解 inviern [列]“～”；也解 in vain“～”；也解 inbhear [爱]“～”。
1691 evmans 解 evening“～”；也解 evna [列]“～”。
1692 rheadoromanscing 解 reading romances“～”；也解 Rhaeto-Romanic“～”，在瑞士南部和意大利北部使用；也解 rhaeda [拉]“～”；也解 Rhea“～”，希腊神话中主神宙斯的母亲。
1693 little Anny Roners 解 Little Annie Rooney “～”，19 世纪末英国歌曲的名字；也解 Rona“～”，瑞士的说列托罗曼斯话的地区；也解 rón [爱]“～”。
1694 ester yours 解 yesteryear“～”；也解 ester“～”；也解 ester [列]“～”；也解 Esther“～”，斯威夫特的两个恋人。
1695 Lavinias 解 Lavinia“～”，罗马史诗中埃涅阿斯的妻子；也解 lavina [列]“～”。
1696 trickle bed“～”；也解 truckle bed“～”。
1697 glatsch [列]“～”，此处解 glatt [德]“～”。
1698 periglus 解 pierglass“～”；也解 prigulus [列]“～”。

己为他们辩护[1699]，如果它从未从梯子[1700]厌倦的|风|尖塔上掉下来，真是一件[1701]最高点|小便幸事，等到下一次那种坏天气[1702]不幸|疟疾结束了，所有报春花[1703]拘谨的|粗鲁的女孩|抛弃情人的女人都结束了阅兵典礼[1704]，全部[1705]特里斯丹喇叭[1706]山笛都是为了他们上帝的荣光[1707]矿工，让每个人丁[1708]喧闹的跟在她身后叮叮当当走下丁格尔[1709]山间溪流山谷，并且（稍等，满嘴喷粪的家伙[1710]家伙|接吻，你进展[1711]商人|马格丹特|梅尔卡丹特得太快[1712]响亮的了，在你学了她语言中的谎话[1713]地形前，不要开始你的拉丁语[1714]夫人们，小无赖[1715]弗留利语！）当夏日[1716]某处|嗡嗡声来临[1717]温暖|热|冷的，她能听见钢琴调音师[1718]打雷在远方的远方[1719]在室内[1720]威尔士半睡半醒地向威尔士群山[1721]羊肉|山说话，为了正拜访[1722]远景英国海滨的漂泊的荷兰人[1723]朋友|飞翔的|碰触人，透过她的屋顶窗[1724]做梦的人轻轻拍打[1725]窥视，此时基尔巴拉克[1726]的钟声乒乓宣布着送冬节[1727]德国人，孔塞沙[1728]给予与辛巴达[1729]可以（嘭！），在那里我们的暗娼们[1730]多利芒特看见福图纳图斯·怀特[1731]幸运的先生的幽灵身形[1732]幽灵船，自从迷人的巴克利小姐跟她的肇事者做爱[1733]洛镇，他带她去漂泊[1734]已婚妇女，啊，玩着象牙屋[1735]生殖的|伊华、黄金塔[1736]亡夫遗产和礼物[1737]结婚|假如，你按我的价格[1738]奖品卖给[1739]土地我的乖孩子[1740]，这是在阴冷的[1741]黑眼睛季节[1742]苏珊里给她的蓝色咸水湖[1743]眼睛|前景，如果她不能创造奇迹[1744]的话，给挪威城堡[1745]市民|《乔治·珀治》美好的爱尔兰时光[1746]《爱尔兰泰晤士报》，此时她那清新生动的草皮用蓝色[1747]流感温和地点燃了这位恋人[1748]，用一道北极光[1749]吼叫的|北风的就能点燃壹耳微

1699 pleding for 解 pleading for"～"。
1700 stuffel 解 Stufe［德］"～";也解 stuf［列］"～";也解 suffel［列］"～";也解 steeple"～"。
1701 piz 解 piece"～";也解 piz［列］"～";也解 piss"～"。
1702 mallaura 解 malaura［列］"～";也解 malheur［法］"～";也解 malaria"～"。
1703 prim rossies 解 primrose"～";也解 prim"～"＋rossy［俚］"～";也解 rásaidhe［爱］"～"。
1704 dressparading 解 dress parading"～"。
1705 tout tout 解 tuot［列］"～";也解 T T,在莫斯码中代表"～"。
1706 tubas"～";也解 tuba［列］"～"。
1707 glowru 解 glory"～";也解 glowr［威］"～"。
1708 Dinny 解 duine［爱］"～",此处配合该句的头韵,在翻译中与后面呼应;也解 din-ny"～"。
1709 Dargul 解 Dargle"达格尔河",爱尔兰威克洛郡,此处为头韵,故译;也解 dargun［列］"～"。
1710 blusterbuss 解 blunderbuss"～";也解 Buster"～"＋buss"～"。
1711 marchadant 解 marching"～";也解 marchadaunt［列］"～";也解 Simon Lemnius Margadant"～",著有 *Raetius*(《列托语》)一书,研究列托罗斯曼语;也解 Mercadante"～"(1795—1870),意大利作曲家。
1712 forte"～",此处解 fort［挪］"～"。
1713 lie of her landuage 解 lie of her language"～";也解 lie of the land"～"。
1714 ladins 解 Ladin"～";也解 ladies"～"。
1715 furlan 解 furlan［列］"～";也解 Furlan"～",一种罗曼语族语言,在意大利的弗留利-威尼斯朱利亚流通。
1716 summwer 解 summer"～";也解 somewhere"～";也解 summ［德］"～"。
1717 calding 解 calling"～";也解 caldus［拉］"～";也解 caldo［意］"～";也解 kald［挪］"～"。
1718 pianutunar 解 pianotuner"～";也解 tunar［列］"～"。
1719 beyant the bayondes 解 beyond the beyond"～"。
1720 Combria 解 combra［列］"～";也解 Cambria［拉］"～"。
1721 Wiltsh muntons 解 Welsh mountains"～";也解 mutton"～";也解 munt［列］"～"。
1722 wishtas 解 visit"～";也解 vista"～"。
1723 flyend of a touchman 解 *Flying Dutchman*"～",德国作曲家瓦格纳的歌剧;其中 flyend 也解 friend"～",也解 flyende［挪］"～";其中 touchman 也解 touch-man"～"。
1724 droemer window 解 dormer window"～";也解 drømmer［挪］"～"。
1725 titting"～";也解 titte［挪］"～"。
1726 Kilbarrack 指 Kilbarrack Church"～",位于都柏林克伦塔夫区北部,现为废墟。
1727 saksalaisance 解 Sechseläuten"～",苏黎世四月第三个星期一,会把巨型雪人放在柱子上烧掉;也解 Saksalaise［芬］"～"。
1728 Concessas 解 Concessa"～",圣帕特里克的母亲;也解 concessa［意］"～"。
1729 Sinbads 解 Sinbad"～",《一千零一夜》中的航海冒险家。
1730 dollimonde 解 demimonde"～";也解 Dollymount"～",爱尔兰都柏林的地区。
1731 Fortunatus Wright"～"(1712—1757),英国商人,"名望"号的船长,捕获一艘法国船;也解 fortunatus［拉］"～"。
1732 phantom shape"～";也解 phantom ship"～",《漂泊的荷兰人》中的船。
1733 made loe to 解 made love to"～";也解 Loe"～",位于英国的康沃尔郡,常发生沉船事件。
1734 rover"～";也解 rouva［芬］"～"。
1735 ivary 解 ivory"～";也解 ivar［匈］"～";也解 Ivor 也解"～",丹麦海盗的首领,869 年杀死了英王爱德蒙。
1736 dower of gould 解 tower of gold"～";也解 dower"～"。
1737 gift"～";也解 gifte［丹］"～";也解 if"～"。
1738 prize"～",此处解 price"～"。
1739 soil"～",此处解 sell"～"。
1740 peepat 解 poppet"～",斯威夫特在给恋人以斯帖·琼苏的信中,常使用"poppet"或"ppt"这样的称呼。
1741 bleakeyed 解 bleak"～";也解 blackeye"～"。
1742 seusan 解 season"～";也解 Susan"～",此处化自歌曲"Black-eyed Susan"(《黑眼珠的苏珊》)。
1743 loogoont 解 lagoon"～";也解 oog［荷］"～";也解 lookout"～"。
1744 mireiclles 解 miracle"～"。
1745 Norgeyborgey 解 Norge［挪］"挪威"＋borg［挪］"城堡";也解 borger［挪］"～";也解 Georgie-Porgie"～",儿歌。
1746 airish timers 解 Irish"爱尔兰的"＋timer［挪］"时光";也解 Irish Times"～"。
1747 flu"～",此处解 blue"～"。
1748 lovver 解 lover"～"。
1749 roaryboaryellas 解 Aurora borealis"～";也解 roary"～"＋boreal"～"。

蚵[1750]伊洛瓦底江，更不必说[1751]脑子里有[1752]波拿巴[1753]树|市民|守门人的老汉弗利[1754]河马|屁股了，ABC 和 D[1755]伊甸园|海湾|袖孔|染色，一二三四[1756]山脊|腹部|在里面|宽度|腐尸，二十九对她的一打，为了他那严厉的私掠船[1757]，朝着他的老呱呱[1758]尸体胡金和穆宁[1759]，如甜蜜的鸽子一般[1760]迟钝的|可爱的|亲爱肮脏的(都柏林)咕咕[1761]可可粉叫他，当你的北极熊[1762]熊结果是布利安·奥林[1763]《布利安·奥林没有短裤穿》|熊先生|棕色的的时候，用她那通向都柏林的柳条路[1764]沃特灵大街|纺织重染把他的驳船打进破城槌[1765]连续打击|婴儿车，没有比穿礼服的老傻瓜[1766]羊毛套衫|强盗|极点|土匪更像可怜的土包子[1767]纯粹的|礼服了，致我仙气飘飘的仙女[1768]我保证|虚构的|《小叛逆》，他，婚姻调和师，对柯西，约·阿施[1769]的儿子，她的教父[1770]共同创办人|亲家公|哄骗|温柔的说，细细的眼睛和闪闪的头发，讲着[1771]考虑你的安德鲁·米勒[1772]麦尔登呢|恶作剧|安德鲁·威廉·梅隆和他那类短小多变的情歌[1773]赞歌，我会把我的思绪转到爱的[1774]我爱|在上面事情上，我只会说那三个一，他说，我最真实的主保[1775]教父[1776]好的创立者，截然相反[1777]，就会泾渭分明，匆忙中[1778]在仇恨中结合，就会空闲时[1779]在奢华中后悔[1780]重复说，你可以用你太蓝的[1781]忠实的保守派人士新教[1782]前世注定的屁股[1783]纵火罪|人|牧师打赌[1784]改善，小[1785]单身汉|溪流裁缝[1786]共济会秘密会所看守人|山，在绕了一圈[1787]和马克杯[1788]恶|仍然和成团的烟之后，尽管他尖塔[1789]绊倒|马厩里的钟[1790]叮当声敲了一下[1791]警告，他醉倒在那个柜台那儿，就像一位斯拉夫首领[1792]奴隶主统治在他的船队[1793]中，说到这位确实[1794]骑值得尊敬的[1795]，他说，那是把外貌平平的希尔斯的

1750 Eiweddyng 解 Earwicker“～”,本书男主人公;也解 Irrawaddy river“～”,缅甸境内第一大河,中国古称“大金沙江”。
1751 let aloon 解 let alone“～”。
1752 on his brain“～”,此处化自习语 have...on one's brain(有什么想法)。
1753 boomarpoorter 解 Bonaparte“～”,法国皇帝;也解 boom [荷]“～”+poorter [荷]“～”;也解 porter“～”。此处化自词组 water on the brain(脑积水)。
1754 Humpopolamos 解 Humphrey“～”,本书男主人公;也解 hippopotamus“～”;也解 Popo [德]“～”。
1755 aiden bay scye and dye 解 ABC 和 D;也解 Eden“～”+bay“～”+scye“～”+dye“～”。
1756 aasbukividdy 解 azbuka [古斯]ABVG,西里尔字母中的前四个,故译为“～”;也解 aas [挪]“～”+buk [挪]“～”+i [挪]“～”+vidde [挪]“～”;也解 Ass [德]“～”。
1757 privatear 解 privateer“～”。
1758 cawcaws 解 caw“～”;也解 carcase“～”。
1759 huggin and munin 解 Huginn and Munin“～”,北欧神话中主神奥丁的两只乌鸦,代表着思想和记忆。
1760 didulceydovely 解 dulce [拉]“悦目”+dove“鸽子”;也解 dull“～”;也解 lovely“～”;也解 dear dirty (Dublin)“～”。
1761 coocoo 解 coo“～”;也解 cocoa“～”。
1762 Pullar beer 解 polar bear“～”;也解 beer [荷]“～”。
1763 Bruin O'Luinn 解 Brian O'Linn“～”,爱尔兰民谣中的早期英雄,教爱尔兰人做衣服;也指 Brian O'Linn had no breeches to wear“～”,爱尔兰歌曲;也解 Bruin“～”,出自《列那狐传奇》;也解 bruin [荷]“～”。
1764 wattling way for cubblin 解 wattling way to Dublin“～”,化自 19 世纪的爱尔兰歌曲《通向都柏林的石板路》;其中 wattling way 也解 Watling Street“～”,都柏林街道名;其中 cubblin 也解 cobbling“～”。
1765 battering pram 解 battering ram“～”;也解 battering“～”+pram“～”。
1766 ool pool roober 解 old poor“可怜的老的”+rober“穿长袍的人”,此处化自习语“There's no fool like an old fool”(没有比老傻瓜更蠢的了);也解 wool pullover“～”+robber“～”;也解 pool [荷]“～”;也解 roover [荷]“～”。
1767 pure rube 解 Poor Rube“～”,最初指拜访纽约却没有向导的无知乡下人;也解 pure“～”+robe“～”。
1768 be me fairy fay 解 be“成为”+my fairy fay“～”,出自儿歌;也解 by my fay“～”+fairy“～”;也解 Polly Wolly Doodle“～”,儿歌,最早发表于 1880 年哈佛学生的歌本上。
1769 Joe Ashe 解 Joash“～”,《士师记》(6:29)中基甸的父亲。
1770 coafonder 解 godfather“～”;也解 cofounder“～”;也解 co-father-in-law“～”;也解 coax“～”+fond“～”+-er。
1771 timkin abeat 解 talking about“～”;也解 thinking about“～”。
1772 Andraws Meltons 解 Andrew Miller [海军俚语]“～”,战船;也解 melton“～”;也解 Andrew Martins [爱]“～”;Andrew W. Mellon“～”(1855—1937),美国金融家、慈善家,财政部长,他在 20 世纪 20 年代改革美国的税收制度。
1773 lovsang 解 lovesong“～”;也解 lovsang [挪]“～”。
1774 alove 解 of love“～”;也解 I love“～”;也解 above“～”。
1775 patrions 解 patrons“～”。
1776 good founter 解 godfather“～”;也解 good founder“～”。
1777 poles a port 解 poles apart“～”。
1778 in hates“～”,此处解 in haste“～”。
1779 at luxure 解 at leisure“～”;也解 at luxury“～”。此处化自习语 Marry in haste and repent at leisure(草率结婚后悔多)。
1780 Repeat“～”,此处解 repent“～”。
1781 tooblue 解 too blue“～”;也解 true blue“～”。
1782 prodestind 解 Protestant“～”;也解 predestined“～”。
1783 arson“～”,此处解 arse“～”;也解 person“～”;也解 parson“～”。
1784 better“～”,此处解 bet“～”。
1785 bach [威]“～”;也解 bachelor“～”;也解 Bach [德]“～”。
1786 tyler“～”,此处解 tailor“～”;也解 tyle [威]“～”。
1787 roundsabouts 解 roundabout“～”。
1788 donochs 解 donochs [爱]“～”;也解 donacht [爱]“～”;也解 noch [德]“～”。
1789 stumble“～”,此处解 steeple“～”;也解 stable“～”,化自歌曲《回家吧,父亲》中的“塔里的钟敲了两下”。
1790 clonk“～”,此处解 clock“～”。
1791 warn 解 one“～”;也解 warning“～”。
1792 Slavocrates 解 Slabokrates [希]“～”;也解 slavocrat“～”。
1793 skippies 解 skip [挪]“～”。
1794 ride“～”,此处解 right“～”。
1795 onerable 解 honourable“～”。

女儿芬尼[1796]保姆|起重三脚架|欧希夫人变成正宗的侯爵夫人[1797]丹麦人，性伙伴所需要的一切，从山[1798]上的房子[1799]马|灵车和客栈[1800]留宿|酒店|房屋|山的房间[1801]床直到裤前褶[1802]壁炉|叉子|块和搭扣窗钩[1803]，（爱尔兰[1804]燃料|古人|闪电|加热|火|老人，我的燃料！利菲河[1805]爱人|生活，我的生活！）在初夜的[1806]初夜权|永恒的私密[1807]堕落|歪曲中，誂[1808]偶然|单足跳|快乐的，他说，在夜晚相会[1809]在中间的时刻，跳，他说，曾如此尝试[1810]的第一[1811]火|王子年（此时快乐[1812]跳动的·丈夫[1813]达达尼尔海峡|跳跳霍洛罕的呼吸淹没[1814]在他的海洋胸腔里，好去记起[1815]重编号所有亲爱的嫁给我[1816]《莫利，我亲爱的》|晕船|格蕾丝·奥玛丽的隆隆长音，以及对甜心艾玛们[1817]的呼唤，每个人都有一个港口进入，从哥本哈根[1818]花园到尼罗河上的妓院[1819]冲浪|易碎的|瓶子|战役），此时日光[1820]黄昏|茶叶已经滑到他们的枕头之下，（如果科尔雷恩的基蒂[1821]泄露了夫人[1822]的尺寸，就让噩兆落到她身上！）在田野圣马丁教堂[1823]唱晨祷|圣马太教堂前面，铃声传送[1824]林森德|床|狭窄的，铃声传送，带来[1825]砰战无不胜的[1826]同时发生的|驼背英雄[1827]耳|疯狂的哈里[1828]昨天|村镇|HCE 和可敬的[1829]狐狸|爱尔兰|流淌狐狸好人[1830]古德曼|狐狸|好人，给了我们《我会敲响世界[1831]圣井钟》或《钟塔男孩[1832]马童的报复[1833]捕手》，以及辛格维利尔[1834]所知道的一切，因为在黑暗中永远没有黎明[1835]做完，但是死者复活，被强暴的[1836]狂喜的|入迷的新娘被恰当地[1837]养育（小姑娘！小姑娘！），并且，凭借[1838]振奋|男孩内心的希望[1839]铁环|希翼我们跳起来，她不会有比那时她已拥有[1840]胳膊|支架的更好的时刻[1841]去给逗逗娃娃[1842]梳妆打扮了，那是我们

1796 Nanny Ni Sheeres 解 The Fenny“芬尼河”,位于爱尔兰的米斯郡,在英语中被称为南尼河＋ni［威］“……的女儿”＋John and Henry Sheares“希尔斯兄弟”,18 世纪出生于爱尔兰的律师;也解 nanny“～”;也解 sheers“～”;也解 O'Shea“～”。

1797 Dinamarqueza 解 Dona marquesa［葡］“～”;也解 Dinamarquesa［葡］“～”。

1798 montey 解 mountain“～”。

1799 hursey 解 house“～”;也解 horse“～”;也解 hearse“～”。

1800 herberge 解 herbergage“～”;也解 Herberge［德］“～”;也解 herberg［荷］“～”;也解 herbergi［冰］“～”;也解 Berg［德］“～”。

1801 room“～”;也解 rúm［冰］“～”。

1802 forkpiece 解 codpiece“～”;也解 fireplace“～”;也解 fork“～”＋piece“～”。

1803 bucklecatch 解 buckle“搭扣”＋catch“窗钩”。

1804 Elding 解 Erin“～”;也解 elding“～”;也解 eld“～”;也解 elding［冰］“～”;也解 elding［古冰］“～”;也解 eld［挪］“～”;也解 olding［挪］“～”。

1805 Lif 解 Liffey“～”;也解 lief“～”;也解 líf［冰］“～”。

1806 pirmanocturne 解 prima“第一的”＋nocturne“夜景”;也解 jus primus noctis［拉］“～”;也解 permanent“～”。

1807 pravacy 解 privacy“～”;也解 depravity“～”;也解 pravitas［拉］“～”。

1808 hap“～”,此处与后面的“跳”构成文字游戏,故译为“～”;也解 hop“～”;也解 happy“～”。

1809 meet“～”;也解 mid“～”,指午夜。

1810 thried 解 tried“～”。

1811 fyrsty 解 first“～”;也解 fyrstik［挪］“～”;也解 fyrtste［丹］“～”。

1812 Huppy 解 happy“～”;也解 hoppy“～”。

1813 Hullespond 解 husband“～”;也解 Hellespont“～”;也解 Hoppy Holohan“～”,乔伊斯的短篇《母亲》中人物的绰号。

1814 swumped 解 swamp“～”。

1815 renumber“～”,此处解 remember“～”。

1816 mallymedears 解 marry me, dear“～”;也解 Molly, My Dear“～”,托马斯·穆尔的歌曲《午夜时分》的旋律;也解 mal de mere“～”;也解 Grace O'Malley“～”,伊丽莎白时期的爱尔兰海盗。

1817 甜心艾玛是英国海军将领纳尔逊对他的情人爱玛·哈米尔顿的称呼。

1818 Coxenhagen 解 Copenhagen“～”,也指 1801 年英国舰队对丹麦-挪威舰队的海战,纳尔逊率军获胜;也解 hagen［挪］“～”。

1819 brottels 解 brothel“～”;也解 brottk［挪］“～”;也解 brittle“～”;也解 bottle“～”;也解 Battle“～”,指 1798 年英国舰队在尼罗河口对法国舰队的战役,纳尔逊在此次战役中获胜。

1820 taylight 解 daylight“～”;也解 twilight“～”;也解 té［爱］“～”。化自穆尔的歌曲《当日光仍在浪涛下沉睡》。

1821 Kitty Cole 解 Kitty of Coleraine“～”,爱尔兰歌曲,歌中基蒂打碎了一只奶油罐,但从一个青年的吻那里得到安慰。

1822 laddy 解 lady“～”。

1823 Sing Mattins in the Fields 解 St. Martin's in the Fields“～”,伦敦教堂,位于威斯敏斯特特拉法加广场东北角;也解 sing matins“～”;也解 St. Matthew's Church“～”,在都柏林的林森德区,原为给海员的教堂。

1824 ringsengd 解 ring“铃声”＋send“传送”;也解 Ringsend“～”,都柏林的区;也解 send［丹］“～”;也解 eng［德］“～”。

1825 bings“～”,此处解 bring“～”。

1826 Concorant 解 conquerant“～”,化自歌曲《看战无不胜的英雄到来》,也解 concurrent“～”;也解 concor［巴］“～”。

1827 Erho 解 hero“～”;也解 er［中］“～”;也解 ertzo［巴］“～”。

1828 Heri 解 Harry“～”;也解 heri［拉］“～”;也解(h)iri［巴］“～”。此处包含本书主人公名字的缩写 HCE。

1829 Referinn 解 reverend“～”,用于教士;也解 Refr［冰］“～”;也解 Éirinn［爱］“～”;也解 rinn［德］“～”。

1830 Fuchs Gutmann 解 Fox Goodman“～”;也解 John Fox Goodman“～”,据 1903 年的《汤姆都柏林电话号码簿》记载,此人为皇室上诉法院的官员;也解 Fuchs［德］“～”＋Gut Mann“～”。

1831 I'll Bell the Welled 解 I'll Bell the Welt(［德］“世界”)“～”,此处化自歌曲“I'll Tell the World”(《我将告诉世界》);也解 Bell of the well“～”,都柏林圣帕特里克大教堂的钟。

1832 Steeplepoy 解 steeple“教堂尖塔”,常用于放钟＋boy“男孩”;也解 stableboy“～”。

1833 Revanger 解 Revenge“～”;也解 vanger［荷］“～”。

1834 Thingavalley 解 Thingvellir“～”,冰岛古议会旧址,冰岛接受基督教时,一只大钟被送到此处。

1835 dawn“～”;也解 done“～”。

1836 raptist 解 raped“～”;也解 raptest“～”;也解 rapt“～”。

1837 aptist 解 apt“恰当的”。

1838 buoy“～”,此处解 by“～”,化自托马斯·穆尔的歌曲《战役前夕》中的“By the hope within us springing”(凭借我们内心的希望跳起),歌曲的旋律为《仙后》;也解 boy“～”。

1839 hoop“～”,此处解 hope“～”;也解 hoop［荷］“～”。

1840 armsbrace 解 embrace“～”;也解 arms“～”＋brace“～”。

1841 timbertar 解 time better“～”。

1842 dallydandle 解 dally“玩弄”＋dandle“放在膝上摇逗”(孩子)。

的仙后[1843]炽烈的|妓女，在造就之夜的万物之夜[1844]，那夜让来自强大深海的大海巡视者[1845]烧得过焦的|夺取的灵魂脊柱[1846]站了起来，在造就荷鲁斯[1847] HCE 战胜[1848]大喊"哼！"他的敌人的那夜，请助我应对，从而取悦[1849]富的|加罗斯柴尔德家[1850]棒子、阴茎|红色盾牌的富人，带着伊丽莎白[1851]圣伊丽莎白|黑人教会|美丽|伊丽莎白一世对床上之痛[1852]便盆的祝福，在意愿得以实现[1853]的扬基[1854]美国佬上帝[1855]花花公子[1856]莽汉那里，宗教节日复活节[1857]够了！|巴斯克语和嬉皮薯条蛋来了，她会做一对暹罗人[1858]芬兰人式样和一件单衬衣[1859]，小小的短马靴，没有裁缝，木匠的[1860]情人|卡宾格法庭满满食槽，叶子、花蕾和浆果[1861]，魔鬼[1862]都柏林自己的撒尿小童[1863]小男人|小便|少女|嘴，（屁股、屁股，乌拉[1864]霍雷希娅|荷鲁斯！）给我这里的咸海[1865]瓦尔德马尔老伙计[1866]，准将[1867]双桅帆船，A·I·马格努斯[1868]目标爵士，靓女绞索，优质救生筏[1869]生命|犬吠"奥斯陆[1870]屠杀的橄榄枝[1871]常绿植物|十一个绿色"的主人，她灶台[1872]北方|心灵的丈夫[1873]家织品，（他父亲"大惊小怪"[1874]脚|养父是东北[1875]挪威挪威人，他母亲"迫不得已"[1876]是牧师[1877]熔胶锅）而且，干船坞[1878]肉汁|码头或者凹船锚[1879]抛锚，百分之百[1880]的男子气概[1881]，他（还有他快乐[1882]夜晚|白天时刻的干杯[1883]亲亲|小鸡，贯穿他瞌睡[1884]鼻子时的日本[1885]小睡|餐巾万岁[1886]盆景|舷窗）他是说挪威语[1887]野鸭、傻瓜的最好的[1888]河床吓唬人的新水手[1889]金发碧眼的人|又哭又闹的人，朝船[1890]里的水壶[1891]使船沉没吐吐沫。

呱呱被抓。咕咕入笼[1892]猫笼。

都柏林[1893]橡树那夜确实闪闪发亮。在胜利的芬格尔[1894]中。

1843 fiery quean 解 fairy queen“～”；也解 fiery“～”；也解 quean［俚］“～”。
1844 此句化自古埃及《亡灵书》中的若干句。
1845 the oversear of the seize 解 overseer of the sea“～”，指海神；也解 over-sear“～”＋seize“～”。
1846 double tet 解 double“活人的灵魂”＋tet“奥西里斯的脊柱”，奥西里斯被弟弟害死后，脊柱保存在寺庙中，后复活。
1847 Horuse 解 Horus“～”，古埃及太阳神，在父亲奥西里斯死后，由母亲伊希斯用魔法怀孕。此处包含主人公名字的缩写 HCE。
1848 crihumph 解 triumph“～”；也解“～”。
1849 pluse 解 please“～”；也解 plousios［希］“～”；也解 plus“～”。
1850 roedshields 解 Rothshilds“～”，欧洲著名金融家族，发迹于 19 世纪初；也解 roede［荷］“～”；也解 red shield“～”。
1851 Elizabeliza 解 Elizabeth“～”，本书主人公女儿伊茜的别名之一；也解 St. Elizabeth“～”(1207—1231)，匈牙利公主；也解 eliza belza［巴］“～”；也解 bellezza［意］“～”；也解 Elizabeth I“～”(1533—1603)，英国女王。
1852 bedpain 解 bed“床”＋pain“痛”，可能指生产，也可能指失去贞洁；也解 bedpan“～”。
1853 willbedone 解 will be done“～”，出自《主祷文》。
1854 Yinko 解 Yankee“～”，即“～”。
1855 Jinko［巴］“～”。
1856 Randy“～”，此处解 Dandy“～”。此处化自歌曲“Yankee Doodle Dandy”(《扬基歌》)，18 世纪流行于美国，最初是英国军队用来嘲笑美国人的，后来成为美国的流行歌曲。
1857 Bastabasco 解 besta［巴］“宗教节日”＋Pazko［巴］“复活节”；也解 basta!［意］“～”＋Basque“～”。
1858 suomease 解 Siamese“～”，泰国人的旧称，当时暹罗连体双胞胎引起广泛关注；也解 suomea［芬］“～”。
1859 singlette 解 singlet“～”。
1860 copener 解 carpenter“～”；也解 copener［中英］“～”；也解 Coppinger“～”，位于爱尔兰科克郡的一个建筑，已倒塌。
1861 此处化自 Tom，Dick 和 Harry，泛指很多人。
1862 divlin 解 devil“～”；也解 Dublin“～”。
1863 mimmykin puss 解 Manneken Pis“～”，布鲁塞尔的雕像；也解 manikin“～”＋piss“～”；也解 puss“～”；也解 puss［爱］“～”。
1864 horatia 解 hooray“～”；也解 Horatia“～”，英国海军将领纳尔逊的女儿；也解 Horus“～”，埃及太阳神。
1865 saltymar 解 salt sea“～”；也解 Valdemar“～”，若干丹麦国王的名字。
1866 comrhade 解 comrade“～”。
1867 Briganteen General 解 brigadier-general“～”；也解 brigantine“～”。
1868 A. I. Magnus 解 A. I. Magnus“～”(约 1200—1280)，通称大阿尔伯特，德国主教和哲学家；也解 A. I. M 即 aim“～”。
1869 lifebark 解 lifeboat“～”；也解 life“～”＋bark“～”。
1870 Onslought 解 Oslo“～”，挪威首都；也解 slaughter“～”。
1871 Ulivengrene 解 olivengrene［丹］“～”；也解 evergreen“～”；也解 eleven green“～”。
1872 hearth“～”；也解 north“～”；也解 heart“～”。
1873 homespund 解 husband“～”；也解 homespun“～”。
1874 Fuss“～”；也解 Fuss［德］“～”；也可与后面的 his farther 合解 fosterfather“～”。
1875 norse east 解 north east“～”；也解 Norse“～”。
1876 Muss［德］“不得不做的事”。
1877 gluepot“～”，此处解［俚］“～”。
1878 gravydock 解 graving dock“～”；也解 gravy“～”＋dock“～”。
1879 groovy anker 解 groovy“凹槽”＋Anker［德］“锚”；也解 anker［挪］［荷］“～”。
1880 hulldread pursunk 解 hundred per cent“～”。
1881 manowhood 解 manhood“～”。
1882 delight“～”；也解 night“～”；也解 day“～”。
1883 chenchen 解 chin-chin“～”，祝酒词；也解 chinchin［中］“～”；也解 chicken“～”。
1884 doze“～”；也解 nose“～”。
1885 nappin 解 Nippon“～”；也解 napping“～”；也解 napkin“～”。
1886 bonzeye 解 banzai［日］“～”；也解 bonsai“～”；也解 bull's eye“～”。
1887 olewidgeon 解 Norwegian“～”；也解 widgeon“～”。
1888 bettest 解 best“～”；也解 Bett［德］“～”。
1889 blondblubber 解 landlubber“～”；也解 blond“～”＋blubber“～”。
1890 skib［挪］“～”。
1891 skettle 解 kettle“～”；也解 scuttled“～”。
1892 Cawcaught Coocaged 解 caw“乌鸦呱呱叫”＋Coo“鸽子咕咕叫”＋caught and caged“套上了枷锁”，指结婚；也解 Cat and Cage“～”，都柏林酒吧名。
1893 Dub 解 Dublin“～”；也解 dub［俄］“～”。
1894 Fingal“～”，传说中的苏格兰英雄，来到爱尔兰与丹麦人作战，爱尔兰人也把一些斯堪的纳维亚入侵者称为芬格尔。

熊之首[1895]玛莎和海射线[1896]一起歌唱。荣光的三声高呼。叫着说半看到了他们的竖琴[1897]心脏。坏脾气的图哈尔[1898]朝阴郁的[1899]亲爱的达苏拉[1900]笑了:罗斯克拉纳[1901]的粗俗小男孩[1902]博尔伽|小伙子|巨浪让考马克[1903]的女儿变成了女孩。每个其他人的灵魂滚入它那单独的旧自我[1904]。政府[1905]双月|都柏林的许可证,地球上的和平[1906]租赁欢乐,此时蜜月[1907]和她的热情喝着蜂蜜[1908]金银花。神圣的俄国人[1909],铃声多么隆隆作响啊!什么样的桑盖特街[1910]皮鞋[1911]炮索|布拉格战役啊,在这里警察遇到穿过[1912]裸麦[1913]稻谷围攻他的母鸡[1914]特等舱位。甚至图姆斯[1915]坟墓离开了下面德米多夫坟[1916]又聋又哑|哑的里的床铺和衬垫,穿上了莫蒂·曼宁[1917]财产法人不动产的永远保管|曼宁主教留给他的有门钉的[1918]门木屐,迈进鬼城大门,就像今天的庞培城,佩戴着一小枝白衣会[1919]白杜鹃欧石楠,这是他已故的卢克·埃尔考克[1920]的传家宝上的。有人说他们看到老蠢聋子[1921]又聋又哑在他那灰不溜秋的披风上佩戴着青铜叶子,在军旗敬礼分列式中一步走到后方[1922]重读。而且戴着他的半克朗珠宝[1923]乐趣非常[1924]时髦,就好像他是梅克伦堡大公[1925]大公米歇尔,或者和平街[1926]雷佩修道院街上的彼得大帝[1927]神恩贴纸。那是万灵节[1928]各式各样|一天|万圣节的五十周年纪念游戏[1929]。自由邦居民[1930]免费黑啤和共和主义者[1931]酒店老板,密切合作[1932]利剑的把手|拘禁|剑。你能听到他们在喜马拉雅山[1933]多云的上发誓签订协议[1934]威胁,男人。并且在圣母玛利亚[1935]治疗性的粉状的|希利之后把它分发给老[1936]我们的父亲[1937]北欧古字母表|肋材|古兰经地毯页|巨人|唉和高声讲话的人[1938]与鲁格

1895 Cannmatha 解 Ceann-mathghamhna［爱］"～"，诗歌《特莫拉》中星星的名字；也解 Matha"～"，诗歌《芬格尔》中的勇士。
1896 Cathlin 解 Ga-linn［爱］"～"，麦克弗森以莪相之名创作的诗歌《特莫拉》中星星的名字。
1897 harps"～"；也解 heart"～"。此处化自歌曲"Erin Half-heard Their Harps"（《爱尔兰半听到他们的竖琴》）。
1898 Tuhal 解 Tuathal"～"，麦克弗森以莪相之名创作的诗歌《芬格尔》中的勇士。
1899 drear"～"；也解 dear"～"。
1900 Darthoola 解 Dar-thula"～"，麦克弗森以莪相之名创作的诗歌《莪相诗》中的人物。
1901 Roscranna"～"，麦克弗森以莪相之名创作的诗歌《特莫拉》中的人物。
1902 bolgaboyo 解 vulgar boy"～"；也解 Bolga"～"，爱尔兰南部＋boyo［爱］"～"；也解 bølge［挪］"～"。
1903 Cormac 解 Cormac Macart"～"，芬·麦克时代的爱尔兰共主。
1904 olesoleself 解 old"旧的"＋sole"单独的"＋self"自我"。
1905 doublemonth 解 government"～"；也解 double month"～"；也解 Dublin"～"。
1906 lease on mirth"～"，此处解 peace on earth"～"。
1907 hooneymoon 解 honeymoon"～"。
1908 huneysuckling 解 honey suckling"～"；也解 honeysuckle"～"。
1909 Holyryssia 解 Holy"神圣的"＋ryssia［俄］"俄国人"。
1910 Sandgate"～"，英国纽卡尔斯的大街。
1911 bragues 解 brogues"～"；也解 bragues［法］"～"；也解 Prague"～"，指布拉格战役，1757 年普鲁士与奥地利的战役。
1912 mabbing 解 moving"～"。这里有头韵文字游戏，故译。
1913 ryce 解 rye"～"；也解 rice"～"。
1914 bibby"～"，此处解 biddy"～"。化自歌曲"Gin a body meet a body comin' through the rye"（《如果你在麦田里遇到了我》）。
1915 Tombs，人名；也解 tombs"～"。
1916 Demidoff's tomb"～"；也解 deaf and dumb"～"；也解 stumm［德］"～"。
1917 Morty Manning，人名；也解 mortmain"～"；也解 Cardinal Manning"～"（1808—1892），英国威斯敏斯特红衣主教。
1918 dournailed 解 doornailed"～"；也解 dour［爱］"～"。
1919 Whiteboys"～"，爱尔兰 18 世纪的反英国新教徒团体；也与后面合解 white heather"～"，据信可以带来好运。
1920 Luke Elcock 解 Luke J. Elcock"～"，1916 年爱尔兰德罗赫达市的市长。
1921 dummydeaf 解 dummy"蠢货"＋deaf"聋的"；也解 dumb and deaf"～"。
1922 reire［普］"～"，此处解 rear"～"。
1923 jool［荷］"～"，此处解 jewel"～"。
1924 owfally 解 awfully"～"。
1925 Granjook Meckl 解 Grand Duke Mecklenburg"～"，梅克伦堡为德国东北部历史地区；也解 Grand Duke Michael"～"。
1926 Route de l'Epèe 解 rue de la Paix"～"，巴黎街道名；也解 Rue de l'abbe de l'epee"～"，巴黎街道名。
1927 Paster de Grace"～"，此处解 Peter I the Great"～"（1672—1725），俄罗斯帝国首位皇帝。
1928 All Sorts Jour 解 All Souls' Day"～"；也解 All Sorts"～"＋jour［法］"～"；也解 All Saints' Day"～"。
1929 joobileejeu 解 jubilee"五十周年纪念"＋jeu［法］"游戏"。
1930 Freestouters 解 Free Stater"～"；也解 free stout"～"。
1931 publicranks 解 republicans"～"；也解 publicans"～"。
1932 hafts on glaives"～"，此处解 hand in glove"～"；也解 Haft［德］"～"；也解 claidheamh［爱］"～"。
1933 Cymylaya 解 Himalayan"～"；也解 cymylog［威］"～"。
1934 threaties 解 treaties"～"；也解 threat"～"。
1935 Healy Mealy 解 Holy Mary"～"；也解 heal-y mealy"～"；也解 Timothy Healy"～"，背弃了巴涅尔的爱尔兰政客。
1936 Ould 解 Old"～"；也解 Our"～"。
1937 Fathach 解 father"～"；也解 futhorc"～"；也解 futtock"～"；也解 al-Fatihah"～"，古兰经的开端地毯页；也解 fathach［爱］"～"；也解 ach［德］"～"。
1938 louthmouthing 解 loudmouth"～"；也解 Lughbhadh"～"，鲁格（Lugh mac Ethlenn）是凯尔特神话中的光与太阳之神。

有关的，伴随着要让塔拉[1939]鞑靼人|雷电|恐怖的雨落下来的彩虹[1940]强调。永远不太晚[1941]一小片云|信！永远在脑海[1942]！自替罪羊[1943]剥羊皮|花茎之后地球可见范围内[1944]能看见或听到的最壮丽的圣地派对[1945]哈雷彗星|战役，那只山羊[1946]羖羊，吃了罪人[1947]寄件人|桑德斯蓝色|苏珊娜圣经。我们不是有天堂的灯来引导[1948]隐藏我们吗？但是每条小巷都有它活泼的火花，每朵火花都有它的若干火星[1949]拌粥棒，每个火暴脾气的火星都有她那行业的某个花招，挑逗给奈德[1950]，角落里的依偎给弗雷德，现在[1951]割草窥视[1952]乖孩子我给保罗·彼得[1953]。因此马·修神父[1954]筋疲力尽的看起来彻底[1955]绝对戒酒地|茶|完全地不安[1956]三倍了。但是丹麦人达奴[1957]露齿而笑[1958]。沙丘。确实是的我们爱这个有着千家万户的国家[1959]小孩|一打|赞美诗，加农炮轰鸣，来福枪鸣响，我们唱响士兵的歌[1960]将|野生的|棚屋|总是|夜莺|索尔薇格。因为再无伊特鲁里亚人[1961]伊特鲁里亚海|公牛|公鸡|暴君，因为卢森堡[1962]把杯子传到了我们首领[1963]夫人的家。只有洪水上面是昏暗的，所有陆地都是白天[1964]。

因此街道纺织着传说，而码头编织着[1965]布纹纸故事，但是某个家族封地[1966]在他们的名字中感觉出绰号[1967]尼克|千钧一发。老维克斯[1968]壹耳微蚵|教区牧师一屁股[1969]空气坐[1970]满足下来，拉直了他们鞋带的结。红发罗利们[1971]从他们的巢穴里跳了出来，询问族群出了什么事。米克·纳·麦克莫罗[1972]用一层层滴落的液体剃掉脸上的所有荆豆。船长和库利小姐绑在一起的时候，贝克-莱们[1973]巴克利和芬-麦克尔们[1974]为他们的罪[1975]意义|头脑|我们自己

1939 Tarar 解 Tara"～",古代凯尔特王国的都城;也解 Tartar"～";也解 taran [威]"～";也解 Terror"～",指法国大革命的恐怖统治。

1940 enfysis 解 enfys [威]"～";也解 emphasis"～"。

1941 Nevertoletta 解 never too late"～",化自习语"亡羊补牢,犹未为晚";也解 Nuvoletta [意]"～",乔伊斯的短篇《一小片云》被译成意大利文时为"Una Nuvoletta";也解 letter"～"。

1942 Evertomind 解 Ever to mind"～"。

1943 Scape the Goat 解 scapegoat"～";也解 Skin-the-goat"～",《尤利西斯》中的人物;也解 scape"～"。

1944 conspectrum [拉]"可见度"。

1945 bethehailey 解 bethel"圣地"+hooley [爱]"疯狂派对";也解 Halley's comet"～";也解 battle"～"。

1946 gafr [威]"～";也解 gabhar [爱]"～"。

1947 Suenders 解 Sunder [德]"～";也解 sender"～";也解 saunders blue"～";也解 Susanna"～",女儿伊茜的化身。

1948 hide"～",此处解 guide"～"。

1949 spurtles [苏]"～",此处解 sparkle"～"。

1950 Ned"～",出自歌曲"Old Uncle Ned"(《老奈德舅舅》)。

1951 mow"～",此处解 now"～"。

1952 peep"～";也解 Pepette"～",斯威夫特在给恋人以斯帖·琼荪的信中的称呼。

1953 Peer Pol 解 Paul/Peter"圣保罗与圣彼得",两人在书中构成与"树和石头"相似的一组。

1954 Matt Hughes 解 Father Theobald Mathew"马修神父"(1790—1856),在爱尔兰天主教中推行戒酒;也解 Matt [德]"～"。

1955 taytotally [爱]"～";也解 teetotally"～";也解 té [爱]"～"+totally"～"。

1956 threbled 解 troubled"～";也解 treble"～"。

1957 Danno 解 Danu"～",爱尔兰的死亡和生育女神。

1958 grimmed 解 grinned down"～"。

1959 Twere yeg will elsecare doatty lanv meet they dewscent hyemn 解 It were "那是"+Ja, vi elsker dette landet...Med de tusen hjem [挪]"～",挪威国歌中的词语;其中 lanv 也解 leanbh [爱]"～";dewscent 也解 dozen"～";hyemn 也解 hymn"～"。

1960 cannons' roar and rifles' peal vill shantey soloweys sang 解(Mid) cannons' roar and rifles' peal We'll chant a soldiers' song"～",爱尔兰国歌中的词语;其中 vill 也解 vil [挪]"～";也解 vill [挪]"～";shantey 也解 shanty"～";soloweys 也解 always"～";也解 solovei [俄]"～";也解 Solveig"～",易卜生的剧作《培尔·金特》中的人物。

1961 Tyrrhanees 解 Tyrrhene"～",意大利中西部古国;也解 Tyrrhenian Sea"～",地中海的一部分;也解 tyr [挪]"～";也解 hane [挪]"～";也解 tyrann [挪]"～"。

1962 Laxembraghs 解 Luxembourg"～"。

1963 Lader 解 leader"～";也解 lady"～"。

1964 此处化自《士师记》(6:40)"独羊毛上是干的,别的地方都有露水"。

1965 woves"～",此处解 weave"～"。

1966 fewd 解 feud"～"。

1967 nick 解 nickname"～";也解 Nick"～",本书主人公儿子之一的变名;也可与后面合解 the nick of time"～"。

1968 Vickers"～",曾为英国的著名军械制造厂;也解 Earwicker"～",本书主人公;也解 vicars"～"。

1969 airs"～",此处解 arse"～"。

1970 sate"～",此处解 sat"～"。

1971 Red Rowleys 解 Red Rowley+-s"～",红发罗利为歌曲《阿尔芒蒂耶尔来的小姐》的作者的笔名。

1972 Mick na Murrough 解 Mick"米克",儿子肖恩的化身+na [爱]"的"+Diarmaid MacMurrough"麦克莫罗",兰斯特国王,是他邀请诺曼人进入爱尔兰。

1973 Burke-Lees 解 Berkeley"贝克莱"(1685—1752),英国哲学家;也解 Buckley"～",书中故事中的爱尔兰士兵。

1974 Coyle-Finns 解 Finn MacCool"芬·麦克尔",爱尔兰传说中芬尼亚英雄的领袖。

1975 sinns 解 sins"～";也解 Sinn [德]"～";也解 sinn [挪]"～";也可与 feines 合解 Sinn Féin [爱]"～"。

支付了全额罚金[1976]优美的。

罗洛强暴[1977]。

拿着举到肩上[1978]持有者|接骨木|可爱的的硬纸盒[1979]班巴，她之字形[1980]针锋相对通过水塘和开拓地，贱、贱、贱，笑面杰克[1981]胡珀，所有占卜师嘲笑着[1982]赛车，看了德国人[1983]你的电动影片[1984]，小羊·吾幼丽人[1985]私奔到围栏浅滩[1986]都柏林|峡湾芬旅馆的家[1987]小岛，新[1988]诺拉·乔伊斯协会[1989]。在那里他们放[1990]拉下水壶[1991]拥抱，他们泡茶[1992]制造争端|做三次|释放，如果他们[1993]汝|茶不是看上去像在家一样，嗯，那你[1994]钩眼扣可以盯着梅[1995]看。

他得到[1996]山羊一个港湾[1997]出生。她得到[1998]简易床|捉住家务劳动[1999]驯马术|婚姻。整个[2000]幸福|很好地荆豆世界[2001]去了西方[2002]。

敲一敲，敲一敲。战争在哪里[2003]！什么战争？双双胞胎[2004]。敲一敲，敲一敲。求爱缺了！缺了什么？一只苹果。敲一敲，敲一敲。

儿童聚集[2005]悼婴节|源泉，一个，十个[2006]然后，百个[2007]不受阻碍的，（兔子脚、鸟样手、鲱鱼骨、蜜蜂膝[2008]极好的人或物），他们跳了一轮转圈[2009]纯粹的谷仓舞[2010]大吵大闹|丹麦语|丹麦人|儿童去知道那谁，去显示如何[2011]英俊|房屋。你为什么藏起来，母亲中的母亲[2012]泥土|腐烂|黑暗的？猎人[2013]憨蛋呆蛋在哪里，当枪手的爸爸[2014]玩具枪？向上指向没有天空的天堂，就像勺子离开了准尉副官的茶[2015]小仙女。著名的一对对[2016]啊，快乐的罪过|凤凰公园它们哪个最糟？他听力不好[2017]囤积的兽群，她的脸色[2018]信仰变了[2019]。来来往往[2020]，他们的外

1976 feines 解 fines“～”；也解 feines［德］“～”。

1977 Rolloraped 解 Rollo“罗洛”，绰号“老大罗尔夫”，9 世纪的维京人领袖，从法王处接收诺曼底区域＋raped“强暴”。

1978 holder“～”，此处解 shoulder“～”；也解 Holunder［德］“～”；也解 hold［德］“～”。

1979 banbax 解 bandbox“～”；也解 Banba“～”，爱尔兰神话中图德南族的女王，后常用她的名字指代爱尔兰。

1980 zig for zag 解 zigzag“～”；也解 tit for tat“～”。

1981 Laughing Jack“～”，即 Hooper“～”，18 世纪的刽子手的绰号。

1982 scorenning 解 scorning“～”；也解 rennen［德］“～”。

1983 Bolche 解 Boche［法］“～”。

1984 pictures motion 解 motion picture“～”。

1985 Kitzy Kleinsuessmein 解 Kitze Klein sues mein［德］“小山羊，我的小美人”。

1986 Fiord“～”，此处解 Hurdle Ford“～”，即“～”。诺拉遇到乔伊斯时在都柏林芬旅馆做服务员。

1987 holm［德］“～”，此处解 home“～”。

1988 Nova［拉］“～”；也解 Nora Joyce“～”，乔伊斯的妻子。

1989 Norening 解 forening［挪］“～”。

1990 pulled“～”，此处解 put“～”。

1991 kuddle 解 kettle“～”；也解 cuddle“～”。

1992 made fray“～”，此处解 made tea“～”；也解 made three“～”；也解 made free“～”。

1993 thee“～”，此处解 they“～”；也解 tea“～”。

1994 Dook 解 du［挪］“～”；也可与后面合解 hook and eye“～”。

1995 Mae 解 Mae West“～”(1893—1980)，美国演员，1926 年创作并演出了戏剧《性》，在百老汇引起轰动，却遭禁演。

1996 goat“～”，此处解 got“～”。

1997 berth“～”；也解 birth“～”。

1998 cot“～”，此处解 got“～”；也解 caught“～”。

1999 manege 解 ménage［法］“～”；也解 manège［法］“～”；也解 marriage“～”。

2000 wohl［德］“～”，此处解 whole“～”；也解 well“～”。

2001 mundom 解 mundum［拉］“～”。

2002 ganna wedst 解 go west“～”，指死亡。

2003 此处化自儿童游戏“Knock, knock, who's there”(敲一敲，敲一敲，谁在那里)。

2004 Twwinns 解 Twins“～”。

2005 kilder massed 解 Kinder［德］“儿童”＋massed“聚集的”；也解 Childermass“～”，12 月 28 日，纪念希律王授意杀害的伯利恒城内男婴的节日；也解 kilder［挪］“～”。

2006 then“～”，此处解 ten“～”。

2007 uhindred 解 hundred“～”；也解 unhindered“～”。

2008 beesknees 解 bee's knees［俚］“～”，此处直译为“～”。

2009 kathareen 解 Catherine wheel“轮转烟火”；也解 katharinos［希］“～”。

2010 barneydansked 解 barn danced“～”；也解 barney“～”；也解 Dansk“～”；也解 danske［挪］“～”；也解 barn［丹］“～”。

2011 howsome 解 how-some“～”；也解 handsome“～”；也解 house“～”。

2012 moder of moders 解 mother“～”；也解 modee［挪］“～”；也解 Moder［德］“～”；也解 modar［爱］“～”。

2013 hunty 解 hunter“～”；也解 Humpty Dumpty“～”。

2014 poppa the gun 解 papa“爸爸”＋the gun“枪”；也解 popgun“～”。

2015 tay［爱］“～”；也解 fay“～”。

2016 phaymix cupplerts 解 famous couplets“～”；也解 O felix culpa!［拉］“～”；也解 Phoenix Park“～”。

2017 herd of hoarding“～”，此处解 hard of hearing“～”。

2018 faiths“～”；此处解 face“～”。

2019 altared 解 altered“～”。化自习语“the case is altered”(案子不一样了)，律师有新证据时会在法庭上说的话。

2020 Becoming ungoing 解 coming and going“～”。

表一样，因为尽管聋的石灰岩[2021]石头尽了他的责任[2022]死亡将我们分开，却有树梢上的风[2023]寒冷的抽打着[2024]辕杆早晨[2025]哀痛的湿气。但是告诉我们它[2026]地球全都仿佛就这样结束了。费时越长[2027]肺结核患者，他们两个摔得[2028]恍然大悟越快[2029]。他知道他只是激动，她肯定她会叫[2030]。三条腿的男人[2031]和两个嘴唇的[2032]郁金香|杂色的女德鲁伊[2033]犹太女人|带露水的衣服。全能的主[2034]勒德，我们止不住要听！他确实敢[2035]口渴，她曾是第一个？小猪[2036]布希，这不是波尔卡舞曲，跳苏格兰高地舞[2037]的时候，尽你可能跟上[2038]用一切办法|康康舞！还有你蒂姆·傻瓜·马龙尼[2039]托马斯·马龙·钱德勒，如果你把那个猪针刺到我[2040]身上，我就告诉[2041]微量|闲谈|使高兴你的爸妈[2042]巴伦支海|裸露端！

所以以父亲[2043]巴尔德尔、以儿子[2044]太阳和以圣灵[2045]大屠杀|冬青树|十字，诸如此类[2046]因此穿它之名，三六九[2047]无，通过让蚂蚁[2048]精神|邪恶离开她的蚱蜢[2049]大身体|伟大的，用莫克斯们[2050]笨人的葡萄[2051]抱怨带领他们回家，全民投票的全民投票[2052]怎么样[2053]哎呀|关于了，德国人的德国[2054]麦芽酒商|柠檬|艾尔曼，男孩女孩[2055]毒药|家伙|卷发，在这座欺骗之山[2056]洪水山上，在“以色列[2057]是真的的欺骗”的高处，即哈拉姆闺房[2058]山峰和正对着维京[2059]的都柏林[2060]白天老[2061]猫头鹰山峰[2062]嘴巴，从你的山中小湖、开垦地和小乡镇、柳条、小丘和壕坑、小山、河岸平台和杂木林、果园[2063]、庭院和山谷，测量一下[2064]丈量这个有伟大名字的[2065]有雅量的，因为存活[2066]……也是如此是最小的事[2067]小|是，有环形线圈的赫兹波[2068]赫兹波，万塔河[2069]周围的爱尔兰[2070]每

2021 liamstone 解 limestone“～”；也解 lia［爱］“～”。
2022 deaf do his part 解 do his part“做了他的那部分”＋deaf“聋的”；也解 death do us part“～”。
2023 windtreetop 解 wind“风”＋treetop“树梢”；也解 wintery“～”。
2024 whipples 解 whip“～”；也解 whipple tree“～”，马车前端用以系曳绳的横木。
2025 mourning“～”，此处解 morning“～”。
2026 tellusit 解 tell us it“～”；也解 tellus［拉］“～”。
2027 lunger“～”，此处解 longer“～”。
2028 tumble two 解 tumble“跌倒”＋two“两个”；也解 tumble to it“～”。
2029 Swooner 解 sooner“～”。
2030 squeam 解 scream“～”。
2031 爱尔兰传说中的海洋之神马南南据说有三条腿，曼恩岛的名字就来自马南南。
2032 tulippied 解 two-lipped“～”；也解 tulip“～”＋pied“～”。
2033 dewydress 解 druidess“～”；也解 Jewess“～”；也解 dewy dress“～”。
2034 Lludd hillmythey 解 Lord almighty!“～”；也解 Ludd“～”，凯尔特神话中伦敦城的保护神。
2035 durst“～”；也解 Durst［德］“～”。
2036 Peganeen 解 Peigeainin［爱］“～”。
2037 high land fling 解 Highland Fling“～”。
2038 catch as you cancan 解 catch as you can“～”；也解 catch as catch can“～”；也解 Can-Can“～”。
2039 Tim Tommy Melooney 解 Tim Maloney“蒂姆·马龙尼”，一些版本的爱尔兰民谣《芬尼根的守灵夜》中的守灵人，那瓶威士忌就是扔向他＋tommy“傻瓜”；也解 Thomas Malone Chandler“～”，乔伊斯的短篇《一小朵云》中窝囊的丈夫。
2040 meh 解 me“～”。
2041 tittle“～”，此处解 tell“～”；也解 tattle“～”；也解 tickle“～”。
2042 barents“～”，此处解 parents“～”；也解 bare end“～”。
2043 balder 解 father“～”；也解 Balder“～”，北欧神话中的光明之神，被槲寄生杀死。
2044 sol［挪］“～”，此处解 son“～”。
2045 hollichrost 解 Holy Ghost“～”；也解 holocaust“～”；也解 holly“～”；也解 cross“～”。
2046 ogsowearit 解 og saa videre［挪］“～”；也解 so wear it“～”。
2047 Trisexnone 解 Tri sex nonus(［拉］“第九”)“～”；也解 none“～”。
2048 aandt 解 ant“～”，指《伊索寓言》中的蚂蚁和蚱蜢的故事；也解 aand［挪］“～”；也解 ondt［挪］“～”。
2049 Grosskropper 解 grasshopper“～”；也解 grosskorper［古挪］“～”；也解 gross［德］“～”。
2050 mokes“～”，此处解 Mookse“～”，书中狐狸和葡萄的寓言中以狐狸为原型的人物。
2051 gribes 解 grapes“～”；也解 gripes“～”。
2052 plabbaside...plobbicides 解 plebiscite“～”。
2053 whoopsabout 解 what about“～”；也解 whoops“～”＋about“～”。
2054 alamam alemon 解 alémen［西］“德国的”＋Allemagne［法］“德国”；也解 aleman“～”；也解 lemon“～”；也解 Mateo Aleman“～”(1547—1609)，西班牙小说家。
2055 poison kerls 解 boys and girls“～”；也解 poison“～”＋Kerl［德］“～”；也解 curls“～”。
2056 mounden of Delude 解 Mountain of Delude“～”；也解 Mountain of Deluge“～”，位于土耳其东部阿勒山脉。
2057 Isreal 解 Israel“～”；也解 Is real“～”。
2058 Haraharem 解 Haram“～”，伊斯兰教徒女眷居住的内室；也解 har, harim［希伯来］“～”。
2059 Vikens 解 Viking“～”；也解 Viken，奥斯陆峡湾的古名。
2060 diublin 解 Dublin“～”；也解 diu［爱］“～”。
2061 owld 解 old“～”；也解 owl“～”。
2062 mounden 解 mountain“～”；也解 munden［挪］“～”。
2063 lunds［挪］“～”。此处为 12 信徒，也是 12 位陪审员。
2064 mensuring 解 measuring“～”；也解 mensuro［拉］“～”。
2065 megnominous 解 megnominatus［拉］“～”；也解 magnanimous“～”。
2066 so will 解 survival“～”；也解 so will“～”。
2067 littleyest 解 littlest“～”；也解 tlittle“～”＋yes“～”。
2068 myrioheartzed 解 murehearted“～”；也解 Hertzian waves“～”，赫兹为德国物理学家，证实光波与电磁波相同。
2069 wantanajocky 解 Vantaanjoki river“～”，在芬兰赫尔辛基。
2070 eira 解 Eire“～”；也解 every“～”；也解 Eira“～”，芬兰赫尔辛基中部地区。

个|埃拉区域，鸭凫潜水[2071]《水仙花》后鱼鳍在海浪之上，商人的胳膊环绕着[2072]美人腰带，弗莫尔巨人[2073]从前的和安娜・卡列尼娜[2074]汉娜|娜娜|侏儒|……的女儿，夏日少年[2075]撒莫拉德|夏天和灰姑娘[2076]，瓦尔提瓦[2077]和妻子[2078]，自腾跃[2079]篷式汽车之腿垂涎仙鹤之肢时起，大圣树布利安・布鲁[2080]汽车|气压计是怎样第一次死盯着[2081]抵押品|计量器小百合[2082]小棒棒糖薰衣草香水[2083]低水位|危险啊，是不是暮色[2084]十二，或者耶尔河口[2085]年中的月份，或者假装[2086]昏厥她的气味弄得水手[2087]精液攻击[2088]像盐一样她（在军火墙[2089]所有想象力：冲动冲动，冲动冲动[2090]女人）。为欧赫墨罗斯学说[2091]新幽默用于我们的基督教信仰[2092]奥斯陆所带来的不生殖的喜悦[2093]干杯。就像地球上最后一个说谎的人快乐地诱骗[2094]被欢乐地伏击|如饥似渴地森林里的第一位女士。尽管一切都失去了[2095]，除了幽默[2096]安全的！因为出自博恩霍尔姆[2097]婆罗洲|明娜・冯・巴恩霍姆的荒凉海洋[2098]野人的大海的浪花的泡沫的田野上的小河的花朵上的露水的快乐，刚刚[2099]嘲笑来到城市[2100]加冕。

快刀斩乱麻，故事就这样结束了[2101]犯错|历史终结|伪善的。关于一个小小的旅行陷阱和一只巨大的树木酒杯[2102]三个|纵帆船|木鞋，因为他扔掉酒壶[2103]弗莱特奈伯，他们泡好茶[2104] 3（为了，呸[2105]四、五！），如果 HCE[2106]不爱 ALP[2107]，那么小伙子你惹恼了我。因为汉人[2108]他再次|母鸡与匈奴人[2109]她再次|母鸡依然经常四处出没[2110]，来寻找[2111]他们的芬尼根[2112]在里面|再次有|母鸡|往那边去，在那里废话废话废话啊纸张爸爸啊蒙根上的拉加拉赫的子孙皮尔斯啊帕尔

2071 duckydowndivvy 解 duck down“鸭凫”,急忙俯身+dive“潜水”;也解 Daffydowndilly“～”,英国儿歌。
2072 aslung 解 slung around“～”。
2073 formor velican 解 Fomhor [爱]“弗莫尔族”,爱尔兰神话中的巨人族+velikan [俄]“巨大的”;也解 former“～”。
2074 nana karlikeevna 解 Anna Karenina“～”,俄国作家托尔斯泰的同名小说中的女主人公;也解 Anne“～”,本书女主人公;也解 Nana“～”,苏美尔神话中的爱神;也解 karlik [俄]“～”+-evna [俄]“～”。
2075 sommerlad 解 sommer [挪]“夏天”+lad“少年”;也解 Somerlad“～”(? —1164),爱尔兰共主的后代,在爱尔兰西部驱逐了诺曼人;也解 Sommer [德]“～”。
2076 cinderenda 解 Cinderella“～”。
2077 Valtivar 解 Val-tívar [古挪]“～”,北欧神话中的屠戮之神。
2078 Viv [挪]“～”。
2079 capriole“～”;也解 cabriolet“～”。
2080 Bil Brine Borumoter 解 bile [爱]“圣树”+Brian Boru“布利安・布鲁”,爱尔兰传说中的著名国王;也解 bil [挪]“～”;也解 barometer“～”。
2081 gage“～”,此处解 gaze“～”;也解 gauge“～”。
2082 lil lolly 解 little lily“～”;也解 little lolly“～”。
2083 lavvander waader 解 lavender water“～”;也解 lavvande [挪]“～”;也解 vaade [挪]“～”。
2084 twylyd 解 twilight“～”;也解 Twelve“～”。
2085 the mounth of the yare 解 the mouth of the Yare“～”,位于英国诺里奇附近;也解 the month of the year“～”。
2086 feint“～”;也解 faint“～”。
2087 seomen 解 seamen“～”;也解 semen“～”。
2088 assalt 解 assault“～”;也解 as salt“～”。
2089 imageascene all 解 magazine wall“～”,位于都柏林凤凰公园内圣托马斯山上的军火要塞;也解 imagination all“～”。
2090 whimwhim 解 whim“～”;也解 woman“～”。
2091 neuhumorisation 解 euhemerism“～”,主张神话即历史;也解 new humour“～”。
2092 kristianiasation 解 Christianization“～”;也解 Kristiania“～”,奥斯陆在易卜生时代的名字。
2093 laetification 解 laetificus [拉]“～”。
2094 begeylywayled 解 beguiled“欺骗”+waylay“伏击”;也解 be gaily waylaid“～”;也解 begjærlig [挪]“～”。
2095 Toot's pardoosled 解 Tout est perdu [法]“～”。
2096 sauve l'hummour 解 save the humour“～”;也解 sauve [法]“～”。
2097 Borneholm 解 Bornholm“～”,丹麦最东部岛屿;也解 Borneo“～”,加里曼丹的旧称;也解 Minna von Barnhelm“～”,德国剧作家莱辛的戏剧《明娜・冯・巴恩霍姆》的同名女主人公。
2098 wild main“～”;也解 wild man“～”。
2099 jest“～”,此处解 just“～”。
2100 crown“～”,此处解 town“～”。
2101 Snip snap snoody. Noo err historyend goody 解 Snip snap snude, nu er historien ude [挪]“～”;也解 err“～”+history end“～”+goody“～”。
2102 treeskooner 解 tree“树木”+schooner“大酒杯”;也解 three“～”+skonner [挪]“～”;也解 treskoene [挪]“～”。
2103 ketyl 解 kettle“～”;也解 Ketil Flatneb“～”,攻占了都柏林的北欧海盗之一。
2104 three“～”,此处解 tea“～”。
2105 for fie“～”;也解 four five “～”。
2106 hec 解 HCE,本书主人公。
2107 alpy 解 ALP,本书女主人公。
2108 hanigen 解 Han [中]“～”,汉朝;也解 han igjen [挪]“～”;也解 Henne [德]“～”。
2109 hunigen 解 Hun“～”,汉朝汉人的主要敌人;也解 hun igjen [挪]“～”;也解 Henne [德]“～”。
2110 haunt ahunt 解 haunt about“经常出没于”。
2111 finnd 解 find“～”。
2112 hinnige 解 Finnegan“～”;也解 inni [挪]“～”;也解 derhen igen [丹]“～”;也解 Henne [德]“～”;也解 hin [德]“～”。

啊鲑鱼啊人啊教区牧师啊种族出于荡妇在新的月亮里面痊愈啊笑了塔利蒙根之子之子之子倒在父亲那里摇啊摇跳啊跳魔鬼啊都柏林上的都柏林啊都柏林老爹你死了[2113]废话|爸爸|纸|蒙根上的拉加拉赫的子孙皮尔斯|帕尔|鲑鱼|人|教区牧师|种族|抛弃情人的女人|出于|在里面|新的|月亮|痊愈|笑|塔利蒙根|儿子|倒在那里|父亲|摇啊摇跳啊跳|魔鬼|都柏林上的都柏林|都柏林老爹你死了,不守规矩的[2114]人开了个玩笑[2115]小溪|嘲笑。打算[2116]盖世太保挡开无礼的人[2117]契卡,或者散发香气的法兰克福香肠。重获健康[2118]芬尼根|芬·麦克尔|返回,麦克尔[2119]!安静,奥莱利[2120] HCE|啊|诡计多端!

这就是上帝[2121]哥特人结束[2122]踏都柏林的谈话[2123]口译者|大众|托尔加河所做的,排水沟和植物,板条和涂料,伴着你会说东[2124]削皮|哄然大笑,我会道西,我们会一起[2125]去开沟把小船[2126]两个人都拉上陆地,证人[2127]睾丸碰触木头[2128]火绒|试金石并避开石头[2129]申斯通,直到玩偶和狮子[2130]爸爸和妈妈、小牛和秃鹰,在所有的吉兆[2131]闲言碎语|鹅(合在一起的)下,大人[2132]和他的小孩[2133]狗,他们的闲扯[2134]吉卜赛语|爱尔兰,墓鹭墓坟墓穴[2135]粗糙的|攫取下雨[2136]统治滴滴答答滴滴答答[2137](你就流淌到这里[2138]船头吧,否则你的洞穴头发[2139] ECH 怎么办!)对他她(汉娜特[2140]喜欢[2141]喜欢一只鸭子,求求您!)。直到海洋肿堆变成粪堆去推撞利菲河床[2142]一点儿。(立定[2143],向前走[2144]!遵命[2145]蹚水可过之处,遵命!)驶向码头[2146]·德·防波堤的巨型·汽船[2147]巨人|缓和剂,那座山[2148]男人的全部重量都在他的小孩子[2149]肋骨|孙子身上!他这个伟大的[2150]考虑老人[2151]男人听力真成问题[2152]困

2113 Pappappapparrassannuaragheallachnatullaghmonganmacmacmacwhackfalltherdebblenonthedubblandaddydoodled 解 pap"～"；Papa"～"；paper"～"；Piaras an Ua Raghailleach na Tulaighe Mongain［爱］"～"；Thomas Parr"～"（1483—1635），英国朝臣，在一百余岁时使一个女性怀孕；parr"～"；pearsa［爱］"～"；pearsún［爱］"～"，也解 rás［爱］"～"，也解 rásaidhe［爱］"～"，也解 as［爱］"～"，也解 san［爱］"～"，也解 nua［爱］"～"；gealach［爱］"～"；heal"～"；lach［德］"～"；Tullymongan"～"，爱尔兰卡文郡有两个城镇叫这个名字，最早这个名字用于卡文市附近的一座山，据记载这是芬·麦克尔在 7 世纪再生之处；mac［爱］"～"；fall there"～"；father"～"；whack-for-the-diddle"～"，民谣《芬尼根的守灵夜》中的叠句；devil"～"；Dublin on the Dublin"～"；Dublin dad you died"～"。

2114 anruly 解 unruly"～"。

2115 creeked a jest 解 crack a joke"～"；也解 creek"～"；也解 jest"～"。

2116 Gestapose to 解 suppose to"～"；也解 Gestapo"～"。

2117 cheekars 解 cheekers"～"；也解 Cheka"～"，前苏联秘密警察组织。

2118 Fine again"～"；也解 Finnegan"～"；也解 Finn MacCool"～"，爱尔兰传说中芬尼亚英雄的领袖；也解 turn again"～"。

2119 Cuoholson 解 MacCumhail［爱］MacCool"～"。

2120 O wiley 解 Persse O'Reilly"～"，书中人物，主人公 HCE 的化身之一；也解 O"～"＋wily"～"。

2121 goth"～"，此处解 God"～"。

2122 stepping"～"，此处解 stopping"～"。

2123 tolk 解 talk"～"；也解 tolk［挪］［荷］"～"；也解 Volk［德］"～"；也解 Tolka river"～"，位于都柏林。

2124 peel"～"，此处是文字游戏，故译为"～"；也解 peal"～"。

2125 togutter 解 together"～"；也解 to gutter"～"。

2126 boath 解 boat"～"；也解 both"～"。

2127 testies 解 testes［拉］"～"；也解 testes"～"。

2128 touchwood"～"，此处解 touch wood"～"；也解 Touchstone"～"。

2129 shenstone 解 shun stone"～"；也解 William Shenstone"～"（1714—1763），英国诗人。

2130 pop and puma 解 pop［荷］"玩偶"＋puma"美洲狮"，此处为四福音书作者的象征物天使、狮子、牛和鹰；也解 pop and mamma"～"。

2131 gaauspices 解 auspice"～"，化自习语 under the auspices of（在……的保护下）；也解 gossip"～"；也解 gaas［挪］"～"。

2132 chal［吉］"～"。

2133 chi［吉］"～"；也解［康沃尔］"～"。

2134 Roammerin over 解 roaming over"～"；也解 Romany"～"；也解 Erin"～"。

2135 gribgrobgrab 解 gribb［挪］"秃鹫"＋grob［塞维］"坟墓"＋Grab［德］"坟墓"；也解 grob［德］"～"；也解 grab"～"。

2136 reining"～"，此处解 raining"～"。

2137 trippetytrappety，拟下雨的声音。

2138 so fore 解 so far"～"；也解 fore"～"。巴涅尔曾在 1885 年于科克的演讲中说："没有任何人有权对他的国家说'你就只能到这里，不能再向前了'。"

2139 此处包含本书主人公名字缩写的倒写 ECH。

2140 anit 解 Anit"～"，迦南宗教的天后和众神之女主，巴力的妹妹和情妇，为巴力之死而复仇杀死干旱和不育之神莫特。

2141 likenand 解 like and"～"；也解 lik en and［丹］"～"。

2142 a lifflebed 解 Liffey"利菲河"＋bed"床"；也解 a little bit"～"。

2143 altolà 解 alto là［意］"～"，军队用语。

2144 allamarsch 解 all"全部"＋Marsch［德］"进军"。

2145 O gué 解 O. K."～"；也解 gué［法］"～"。

2146 Waarft 解 wharf"～"。

2147 Kaemper Daemper 解 kæmpedamper［丹］"～"；也解 kjæmper［丹］"～"；也解 dæmper［挪］"～"。

2148 mons 解 mountain"～"；也解 man"～"。

2149 ribbeunuch 解 rebenok［俄］"～"；也解 ribben［挪］"～"；也解 unuk［塞维］"～"。

2150 gronde 解 grand"～"；也解 grunde［挪］"～"。

2151 mand［挪］"～"，此处解 Grand Old Man"～"，英国首相格莱斯顿（1809—1898）的称号。

2152 haard of heaering 解 hard of hearing"～"；也解 haard［挪］"～"。

难的(前面说过),她这个小割草机[2153]琐碎的|语气|大调善变的眼睛里有贿赂(看哪个),上帝,我小伙子[2154]夫人,他与蓝胡子[2155]交朋友,夫人[2156]空虚的|领导|丽达|《王宝钏》,珍贵的水流[2157]《王宝钏》。但是在他的喧闹之船[2158]阁下转变为陆地商店[2159]风景之前,发生了一个小小的那啥[2160]悲痛的|神婚事件[2161]发生率|清白,在那个无忧无虑的[2162]跳动的|去|跳跃的一月[2163]六月清晨,当他在那些众声诅咒的[2164]极度的芬尼亚人的葬礼[2165]头发|毛皮游戏中[2166],跟出来乞讨的无赖[2167]发生冲突[2168]勾结时,他被预言[2169]四个铸型|聚焦|80是给芬尼亚人的一座防洪堤[2170]同辈桥,在利菲河口[2171]港口,他们约会的交合点[2172]集合点|桥梁的|浮筒|蓬蒂内沼泽,象征着[2173]标记|感觉|图像|罪|头脑|图像擦子和东西,真的吗[2174]此外|说|送?啊,不[2175]尼罗河,不全是,这是第一次洪水[2176]!好像她会在乎一座阿斯旺大坝[2177]大坝|该死,在乎她的鱼叉从他全身刺出来,在他的幸运罪过[2178]凤凰公园|他的卡钳和那个化名的[2179]聋的刀鞘之间磨快。你好吗,先生[2180]哈喽!你好吗,文雅的人[2181]!此时城市[2182]坐正在泄漏沥青,就像在他后面[2183]毁灭|乡村的,北极光[2184]郊区正如同旧靴子[2185]公用电话亭戳[2186]裥向他,靴子,靴子,靴子。

中断[2187]进入。查看或慢倒回去[2188]捷克斯洛伐克。导流渠[2189]相反的|门。

哎呀,文策斯劳斯[2190]的奇迹,什么,啊,芝麻[2191]烈酒开门,门在干什么[2192]在里面|行为者|与|它|做?门里存在[2193]。但是那时[2194]杰瑞之事[2195]阿尔弗雷德·雅里意味着[2196]做成木乃伊什么,除了这个存在

2153 petty tondur 解 Le Petit Tondu [法]"～",拿破仑的绰号;也解 petty"～"+ton [德]"～"+dur [德]"～"。
2154 lad"～";也解 lady"～"。
2155 blowbierd 解 bluebeard"～",蓝胡子也是法国童话作家佩罗作品中一个杀妻的人物。
2156 leedy 解 lady"～";也解 ledig [挪]"～";也解 lead"～";也解 Leda"～",希腊神话斯巴达国王的妻子,因化身天鹅的宙斯的突然袭击而怀孕;也与后面合解 Lady Precious Stream"～",1934 年熊式一在伦敦和纽约上演的英语戏剧。
2157 plasheous stream 解 Precious Stream"～";也解 Lady Precious Stream"～"。
2158 loudship 解 loud"大声的"+ship"船";也解 lordship"～"。
2159 landshop 解 land"陆地"+shop"商店";也解 landschap [荷]"～"。
2160 theogamyjig 解 thingummyjig [澳俚]"～",没有具体名称的东西;也解 tragic"～";也解 theogamia [希]"～"。
2161 incidence"～",此处解 incident"～";也解 innocence"～"。
2162 hoppy-go-jumpy 解 happy go lucky"～";也解 hoppy"～"+go"～"+jumpy"～"。
2163 Junuary 解 January"～";也解 June"～"。
2164 oathmassed 解 oath"诅咒"+massed"聚集的";也解 utmost"～"。
2165 fiounaregal 解 funeral"～";也解 fionna [爱]"～";也解 fionnadh [爱]"～"。
2166 amudst 解 amidst"～"。
2167 此处化自习语 let the cat out of the bag(泄露秘密)。
2168 colluded"～",此处解 collided"～"。
2169 forcecaused 解 forecasted"～";也解 four cast"～";也解 focus"～";也解 four score"～"。
2170 piers"～";也解 peer"～"。
2171 Inverleffy 解 inver"河口"+Liffey"利菲河",即都柏林海湾;也解 inbhear [爱]"～"。
2172 mating pontine 解 mating"交配"+point"点";也解 meeting point"～";其中 pontine 也解"～";也解 pontoon"～";也解 Pontine Marshes"～",沼泽名,位于意大利中南部。
2173 synnbildising 解 symbolizing"～";也解 Sinnbild [德]"～";也解 Sinn [德]"～";也解 Bild [德]"～";也解 synd [挪]"～";也解 sinn [挪]"～";也解 bilde [挪]"～"。
2174 eke ysendt 解 ikke sandt [挪]"～";也解 eke"～"+said"～";也解 ysent"～"。
2175 nilly 解 nihili [拉]"～";也解 Nile"～"。
2176 Cataraction 解 cataract"～"。
2177 assuan damm 解 Assuan dam"～",阿斯旺为埃及境内尼罗河上第一瀑布下的城市;也解 Damm [德]"～";也解 damn"～"。
2178 phoenix his calipers 解 O felix culpa! [拉]"～";也解 Phoenix Park"～"+his calipers"～"。
2179 psourdonome 解 pseudonym"～";也解 sourd [法]"～"。
2180 Sdrats ye, Gus Paudheen 解 zdravstvuyte gospodin [俄]"～";也解 zdravstvuj [俄]"～"。
2181 Kenny's thought ye, Dinny Oozle 解 onas ta tu, a dhuine uasal [爱]"～"。
2182 cit 解 city"～";也解 sit"～"。
2183 rure 解 rear"～";也解 ruin"～";也解 rural"～"。
2184 suburbiaurealis 解 aurora borealis"～";也解 suburb"～"。
2185 booths"～",此处解 boots"～"。
2186 tucking"～",此处解 sticking"～"。
2187 Enterruption 解 interruption"～";也解 Enter"～"。
2188 Check or slowback"～";也解 Czechoslovakia"～",1992 年分解为捷克及斯洛伐克两个独立的国家。
2189 Dvershen 解 diversion"～";也解 adverse"～";也解 dvere [捷]"～"。
2190 wenchalows 解 Wenceslaus"～",捷克斯洛伐克地区波西米亚人的若干国王和公爵都叫这个名字。
2191 szeszame 解 sesame"～",《阿里巴巴和四十大盗》中的情节;也解 szesz [匈]"～"。
2192 v doer s t 解 what door is it doing"～";也解 v [捷]"～"+doer"～"+s [捷]"～"+it"～"+doing"～"。
2193 V door s being 解 v([捷]"在里面") door is being"～"。
2194 theng 解 then"～"。
2195 thingajarry 解 things"事情"+Jerry"杰瑞",闪的化身;也解 Alfred Jarry"～"(1873—1907),法国戏剧家。
2196 miens 解 means"～";也解 mummify"～"。

变成一扇门[2197]自……离开|喂，你好吗？？凯[2198]好|朝向？是的[2199]好。天衣无缝的[2200]脚像手套不[2201]不是他，杰出鞋匠[2202]鞋子|手套帕特·波将金[2203]男仆。轻轻地[2204]，一言不发[2205]汉娜|奴隶，苏珊娜[2206]气息|小便是斯拉夫人[2207]。

上年纪的狡猾的木乃伊般的[2208]钱币忏悔的[2209]混乱|孔子超额保险的永恒的[2210]过失|ALP被强调的凯特·凯瑟琳[2211]哒哒走、哒哒走、哒哒走，保持得很好[2212]，回到并沿着但泽走廊[2213]舞蹈走廊，因为她想勾引[2214]他，我的男孩威利[2215]阴茎|傻瓜|你发动了战争，不是没有她想补充的咖啡馆[2216]大篷车男人，在两个跟死亡打交道的联盟分部，以及塞住放好[2217]羊毛衫|暴发户、准备现在开火的弹道[2218]之间，被让进来，表示欢迎[2219]，进去小心帽子[2220]绑扎你的手，出来小心头[2221]捆绑你的头，只有[2222]独自她自己对自己[2223]帮助说着话[2224]冯·赫尔穆斯·莫尔特克伯爵，苗条[2225]北美夜鹰柔软干巴巴[2226]木材慢吞吞，密友的快语[2227]家长，远在他乡[2228]和安居家中[2229]波西米亚人，就像她肯定知道[2230]的，给傻瓜[2231]警察喝倒彩[2232]喷|犯罪的，嘘：他们博物馆[2233]里的新用途。詹姆逊[2234]披头散发时是个厨师。健力士[2235]青春是他后面的学徒[2236]乌鸦。惠灵顿[2237]安妮王后紧张起来[2238]。蘸[2239]小费。

她从她在上面吹嘘的夫人处从下面带来的[2240]消息，让她苦恼[2241]《斗士参孙》的是胸衣大过[2242]在外面她的纱丽内衣，漂白[2243]空白的|白手的伊瑟她的直筒连衣裙好跟上时尚[2244]光束，既然所有女王[2245]发出嗡嗡声的国王亲吻了她那涂了蜂蜡的[2246]手，毒牙[2247]（狩猎刺穿我，大块头，我满是蜿蜒的水流[2248]！），她的脸[2249]表情像周一[2250]世俗

2197 n z doer 解 an door“～”；也解 z［捷］“～”；也解 nazdar［捷］“～”。
2198 K 解 Kate“～”，本书中的人物；也解 OK“～”；也解 k［捷］“～”。
2199 An o 解 ano［捷］“～”；也解 OK“～”。
2200 foots like a glove“～”，此处解 fit like a glove“～”。
2201 ne［捷］“～”。
2202 shoehandschiner 解 shoehand“制鞋匠”＋shiner“发光体，杰出人物”；也解 shoe“～”＋Handschuh［德］“～”。
2203 Pad Podomki 解 Patrick“圣帕特里克”，爱尔兰的主保圣人＋Grigory Potemkin“波将金”（1739—1791），俄国陆军元帅，女皇叶卡捷琳娜二世的情夫；也解 podomek［捷］“～”。
2204 Sooftly 解 Softly“～”。
2205 anni slavey 解 ani slovo［捷］“～”；也解 Anna“～”，本书女主人公；也解 slave“～”。
2206 szszuszchee 解 Susanna“～”，书中女儿伊茜的化身之一；也解 szuse［匈］“～”；也解 szczochy［波］“～”。
2207 slowjaneska 解 Słowianie［波］“～”。
2208 nummifeed 解 mummified“～”；也解 nummi［拉］“～”。
2209 confusionary 解 confessionary“～”；也解 confusion“～”；也解 Confucius“～”。
2210 Everlapsing 解 everlastin“～”；也解 lapse“～”；也解 ALP，本书女主人公。
2211 katekattershin 解 Kate“凯特”，本书中的人物＋Katerina［捷］“凯瑟琳”。
2212 darsey dobrey 解 daří dobře［捷］“保重”。
2213 danzing corridor 解 Danzig Corridor“～”，魏玛德国在 1919 年根据《凡尔赛条约》割让给波兰第二共和国的一块狭长领土，让波兰可以由此进入波兰的但泽市和波罗的海；也解 dance corridor“～”。
2214 pimpim 解 pimp“拉皮条”。
2215 way boy wally 解 My Boy Willie“～”，英国歌曲；也解 Willy“～”；也解 wally“～”；也解 vybojovaly［捷］“～”。
2216 cavarnan 解 kavárna［捷］“～”；也解 caravan“～”。
2217 corkedagains upstored 解 corked again“再次用瓶塞塞住”＋stored up“储存”；也解 cardigan“～”＋upstart“～”。
2218 lines of readypresent fire 解 ready! present! fire!“准备！现在！开火！”，军队命令＋line of fire“弹道”。
2219 saloot 解 salute“～”。
2220 band your hands“～”，此处解 mind your hats“～”。
2221 bind your heads“～”，此处解 mind your heads“～”。
2222 alown 解 allow“～”；也解 alone“～”。
2223 herselp 解 herself“～”；也解 help“～”。
2224 remoltked 解 remarked“～”；也解 Count von Helmuth Moltke“～”（1800—1891），普鲁士陆军元帅。
2225 weerpovy 解 vrbovy［捷］“～”；也可与后面的 willowy 合解 whippoorwill“～”。
2226 dreevy 解 dry“～”；也解 dríví［捷］“～”。
2227 patter of so familiars“～”；也解 paterfamilias“～”。
2228 farabroads 解 far abroad“～”。
2229 behomeans 解 be-home-ans“～”；也解 Bohemian“～”。
2230 shure sknows 解 sure knows“～”。
2231 booby“～”；也解 bobby“～”。
2232 boof 解 boo“～”；也解 baf［捷］“～”；也解 boef［荷］“～”。
2233 mewseyfume 解 museum“～”。
2234 jammesons 解 Jameson, John and Sons“詹姆逊和约翰父子”，都柏林威士忌酒厂的名字。
2235 juinnesses 解 Arthur Guinness, Son & Co., Ltd“健力士酿酒厂”，都柏林著名的酿酒厂；也解 jeunesse［法］“～”。
2236 rapin［法］“～”；也解 raven“～”。
2237 Bullingdong 解 Wellington“～”，指第一卷中的惠灵顿纪念馆；也解 Anne Boleyn“～”，英国女王伊丽莎白一世的生母。
2238 caught the wind up 解 got the wind up“～”。
2239 Dip“～”；也解 tip“～”。
2240 braught belaw 解 brought below“～”。
2241 agony“～”；也解 Samson Agonistes“～”，英国诗人弥尔顿创作的长诗。
2242 outsize“～”；也解 outside“～”。
2243 blancking 解 blanching“～”；也解 blank“～”；也解 Isolde Blanchemains“～”，特里斯丹的妻子。
2244 fascion 解 fashion“～”；也解 fascio［意］“～”。
2245 dronnings［丹］“～”；也解 dronings“～”。
2246 beeswixed 解 beeswaxed“～”。
2247 Fang(毒蛇的)“～”；也解 Fang［德］“～”。
2248 meunders 解 meanders“～”。
2249 fize 解 face“～”；也解 phiz“～”。
2250 mondayne 解 Monday“～”，星期一是洗衣服的日子；也解 mundane“～”。

的衣服的鲸骨裙[2251]《桶的故事》，受够了[2252]感到厌烦正做事的医生[2253]奇迹和她出生权的剧痛，那会劈开原子[2254]亚当，就像四十根针在她的头巾里，对天父[2255]父亲|耸肩来说是一个霍斯邋遢女人[2256]你好，对山陵妙语[2257]字词使用她那激流河[2258]大赦普通语言[2259]，从他的欣然而苍白[2260]只有自己、他的热辣娃娃[2261]霍屯督人女郎，到刺穿他的绳圈耳朵[2262]闰年，愿枕头[2263]获赞[2264]布拉格，现在他的耻骨之子[2265]如何正眨着眼睛[2266]醒来，他那听着安静勒里不利罗[2267]圣树催眠曲的女儿[2268]卧室|宿舍（引领我们不要在你的荣耀[2269]血淋淋的|山|悲伤|戈里镇之国[2270]辛摩特里陷入与穷人通奸[2271]皮肤上的蚁走感|蚂蚁，阿门[2272]啊，呻吟！），饭[2273]雄性后一次，每次在特定场合，跟他们一起的是墨菲[2274]土豆的泡芙，她撒上了肉蔻粉[2275]敢于，黑莓[2276]土豆|班伯里蛋糕给亲爱肮脏的都柏林[2277]阴沉的|坏脾气的|饺子|蛋糕，侍者[2278]工作|服从|都柏林海湾比顿[2279]夫人[2280]衰弱的，放好锅[2281]打翻锅|爪子，如果他希望[2282]肃静，用从日安[2283]开始的奶酪[2284]骄傲的|经常的闲聊[2285]国际象棋|检查|排泄|每个人|抓住和来自瑙尔[2286]乌有乡的报纸[2287]新闻，给她考德尔[2288]尾部的|尾巴训诫[2289]执束杆侍从，或者来自梅里恩浴室[2290]垂死之人|玛丽亚温泉市的温热[2291]托普利察聊天，或者给野蛮[2292]入殓的圣餐仪式[2293]昏睡的鹦鹉唠叨[2294]教区牧师疗法，熏肉是我的勺子[2295]干净整洁的，而且正是最好的[2296]勺子，这是她的夜壶的石松粉[2297]《钱伯斯百科全书》时刻，天南·海北[2298] XYZ|犹太人|墙的爱给优雅的[2299]调戏|我丢失的|女士平锅·食物[2300]童贞女玛丽亚的|教会，以便跟上[2301]蠢事比利宝贝[2302]警棍|警察|白豆小费[2303]用扁栓固定|它钱包[2304]肥胖的俏皮话[2305]，她是一个给德麦拉

2251 tubtail“～”；也解 *Tale of a Tub*“～”，18 世纪英国作家斯威夫特的作品。
2252 fed to the chaps 解 fed up to the chops“～”；也解 fed to the teeth［美俚］“～”。
2253 medicals“～”；也解 miracles“～”。
2254 atam 解 atom“～”；也解 Adam“～”。
2255 fader huncher 解 Vater Unser［德］“～”；也解 fader［德］“～”；也解 hunch“～”。
2256 howdydowdy 解 Howth“霍斯”＋dowdy“邋遢女人”；也解 howdy“～”。
2257 mots“～”；也解 mots［法］“～”。
2258 amnest 解 amnis［拉］“～”；也解 amnesty“～”，旧时指“遗忘”。
2259 Plein language 解 plain language“～”。
2260 fain a wan 解 fain and wan“～”；也解 fein amhain［爱］“～”。
2261 hot and tot 解 hot“热的”＋and“和”＋tot“娃娃”；也解 Hottentot“～”。
2262 ropeloop ear“～”；也解 leap year“～”。
2263 Podushk 解 podushka［俄］“～”。
2264 prayhasd 解 praised“～”；也解 Praha［捷］“～”，捷克首都。
2265 sowns 解 sons“～”。
2266 awinking 解 a-winking“～”。
2267 lillabilla 解 Lillibullero“～”，英国 1688 年光荣革命时一首讽刺爱尔兰天主教歌曲的部分迭句；也解 bile［爱］“～”。
2268 dorter(寺庙中的)“～”，此处解 daughter“～”；也解 dormitory“～”。
2269 gory“～”，此处解 glory“～”；也解 gora［俄］“～”；也解 gore［俄］“～”；也解 Gorey“～”，位于爱尔兰的韦克斯福德郡。
2270 thingdom 解 kingdom“～”；也解 Thingmote“～”，北欧海盗在都柏林的议会。
2271 reformication 解 fornication“～”；也解 formication“～”；也解 formica［拉］“～”。
2272 O moan“～”，此处解 amen“～”。
2273 males“～”，此处解 meals“～”。
2274 Murphy，人名；也解 murphy“～”。
2275 dursted with gnockmeggs 解 dusted with nutmeg“～”；也解 durst“～”。
2276 bramborry 解 Brombeere［德］“～”；也解 brambory［捷］“～”；也解 Banbury“～”，英国城市名。
2277 dour dorty dompling 解 dear dirty Dublin“～”；也解 dour“～”＋dorty“～”＋dumpling“～”；也解 dorty［捷］“～”。
2278 obayre 解 Ober［德］“～”；也解 obaire［爱］“～”；也解 obey“～”；也解 Dublin Bay“～”。
2279 Beetom 解 Mrs Beeton“～”(1836—1865)，著有《比顿夫人食谱》。
2280 Mattom 解 madam“～”；也解 matt［德］“～”。
2281 epsut the pfot 解 set the pot“～”；也解 upset the pot“～”；其中 pfot 也解 Pfote［德］“～”。
2282 whishtful 解 wishful“～”；也解 whist“～”。
2283 dauberg den 解 dobry den［捷］“～”。
2284 chesty“～”，此处解 cheese“～”；也解 chesty［捷］“～”。
2285 chach 解 chat“～”；也解 Schach［德］“～”；也解 check“～”；也解 cac［爱］“～”；也解 cach［爱］“～”；也解 catch“～”。
2286 Naul“～”，爱尔兰村镇，位于都柏林郡；也解 nowhere“～”，此处化自英国作家威廉·莫里斯的幻想小说《乌有乡消息》。
2287 noviny［捷］“～”。
2288 caudal“～”，此处解 Mrs Caudle“～”，1845 年在英国讽刺漫画杂志《潘趣》上刊登她的《枕边训话》；也解 cauda［拉］“～”。
2289 licture 解 lecture“～”；也解 lictor(古罗马)“～”。
2290 morrienbaths 解 Merrion Baths“～”，位于都柏林；也解 moribund“～”；也解 Marienbad“～”，捷克温泉城市。
2291 toplots 解 toploy［塞维］“～”；也解 Töplitz“～”，捷克西部波西米亚地区温泉圣地。
2292 ensevelised 解 uncivilized“～”；也解 ensevelir［法］“～”。
2293 lethurgies 解 liturgies“～”；也解 lethargy“～”。
2294 parrotsprate 解 parrots“鹦鹉”＋prate“唠叨”；也解 parish priest“～”。
2295 spick's my spoon 解 Speck(［德］“熏肉”) is my spoon“～”；也解 spick and span“～”。
2296 eriblest 解 very best“～”。
2297 chamber's ensallycopodium 解 chamber (pot)'s lycopodium“～”；也解 *Chamber's Encyclopaedia*“～”，1728 年起由伊弗雷姆·钱伯斯组织编辑出版的百科全书，是最早的英文百科全书。
2298 X. Y. Zid 解 XYZ，泛指，故译为“～”；也解 zid［捷］“～”；也解 zid［塞维］“～”。
2299 melost 解 milost［捷］“～”；也解 molest“～”；也解 my lost“～”；也可与后面的 Panny 合解 milostpaní［捷］“～”。
2300 Panny Kostello 解 Panny“平底锅的”＋Kost［德］“食品”；也解 Panny［捷］“～”＋Kostel［捷］“～”。
2301 folly“～”，此处解 follow“～”。
2302 billybobbis 解 Billy Boy“～”，英国儿歌；也解 billy“～”＋bobbis“～”；也解 bílé boby［捷］“～”。
2303 gibits 解 tips“～”；也解 gib“～”＋it“～”。
2304 porzy 解 purse“～”；也解 pursy“～”。
2305 punzy 解 pun“～”。

拉[2306]德麦拉拉蔗糖|瓦勒拉的荡妇[2307]不够格的，把亲切的热情带上床。

——是我来一瓶[2308]跌跤|浴盆的时候了，戴大礼帽的[2309]（这是那个“天命之[2310]戴尔格尼人”的标志[2311]）“格拉斯顿·布朗[2312]”先生深思道。蘸。

——是我在抽硬橡胶[2313]火山烟，睡帽[2314]臀部|杯子下的（一个人觉得可以用这种方式认出[2315]臭味|点燃“伟大的[2316]地面老麦克马翁[2317]桃花心木”）“波拿巴·诺兰”先生承认[2318]丰富的。蘸。

——这是丹恩劳[2319]拉内拉赫第一人[2320]的变形者的违约者的击败者的捍卫者，调子欣快[2321]惠灵顿，他的眉毛[2322]格拉斯顿·布朗|酿造这样朝下[2323]不满瞥了瞥，那个波拿巴[2324]天生被吓破胆的|ALP 流氓[2325]诺兰|面条巴涅尔派[2326]夫妇[2327]一对儿的划界者卡尔霍姆[2328]公分母，补充道[2329]：白发奥拉夫[2330]居民，他很僵硬[2331]，正如她很紧绷[2332]白|提托诺斯。这是[2333]他的大白马[2334]相当嘶哑地说|大白屁股。蘸。

出于对女王陛下[2335]侏儒的敬意[2336]关于，茶花女[2337]来吧、来吧|房屋|卡姆拔尔正匹配[2338]陛下我们自己的那个高夫雕像[2339]姿态|傻瓜|身材|笨拙的。请[2340]，干杯[2341]求，敬孛子手筋[2342]脖子抽筋|脖子|狼吞虎咽！

啊，朗姆酒，它是一种化学[2343]滑稽的物质，它是怎样逗乐[2344]腌制潘趣和朱迪[2345]犹太人的。如果你把你的东西给[2346]我，我就把一首歌[2347]唱歌给[2348]勇敢的你。呆在你做傀儡的地方！一呀起一呀起[2349]去得到她，去到那里去。他猛敲着勺子，她把糖装到袋子里，此时整个酒吧的人[2350]乌合之众|公众都盯着。盯着网格铜版画[2351]幻灯片|军火墙。有给所有人的色彩[2352]铬，克里米亚[2353]叮叮，克里米亚

2306 De Marera 解 Demerara“～”，英国首相格莱斯顿的父亲，拥有奴隶；也解 demerara“～”；也解 Eamon De Valera“～”(1882—1975)，爱尔兰政治家，绰号“高个子”。
2307 wanton“～”；也解 wanting“～”。
2308 tubble 解 bottle“～”；也解 tumble“～”；也解 tub“～”。
2309 toll hut 解 tall hat“大礼帽”。
2310 Delgany“～”，爱尔兰村镇，位于爱尔兰威克洛郡，此处解 Destiny“～”，拿破仑被称为“天命之人”。
2311 choractoristic 解 characteristic“～”。
2312 Browne 解 Browne and Nolan“～”，都柏林书店的名字。
2313 vulcanite“～”；也解 volcano“～”。
2314 natecup 解 nightcap“～”；也解 nates“～”＋cup“～”。
2315 reekignites 解 recognizes“～”；也解 reek“～”＋ignites“～”。
2316 ground“～”，此处解 Grand“～”。
2317 mahonagyan 解 Marshal MacMahon“～”，19 世纪法国军人，在克里米亚战争及意大利马坚塔战役中扬名；也解 mahogany“～”。
2318 profused 解 profess“～”；也解 profuse“～”。
2319 Danelagh 解 Danelagh“～”，指丹麦律法施行地区，即英格兰北部和东北部的丹麦人定居地；也解 Ranelagh“～”，都柏林的地区名。
2320 funst man 解 first man“～”。
2321 willingtoned 解 willingly“欣然地”＋tone“用某种调子说”；也解 Wellington“～”。
2322 browen 解 brow“～”；也解 Gladstone Browne“～”；也解 Brauen［德］“～”。
2323 dowon 解 down“～”；也解 down on“～”。
2324 born appalled“～”，此处解 Bonaparte“～”；此处也包含本书女主人公名字的缩写 ALP。
2325 noodlum 解 hoodlum“～”；也解 Nolan“～”，即前面提到的波拿巴・诺兰；也解 noodle“～”。
2326 Panellite“～”，指巴涅尔的追随者，巴涅尔为爱尔兰自治运动的领袖。
2327 pair's“～”，此处解 pairs“～”。
2328 cummal delimitator 解 Cumhal［爱］“卡姆霍尔”，芬・麦克尔的儿子＋delimitator“划界者”；也解 common denominator“～”。
2329 odding 解 adding“～”。
2330 Oliver White 解 Olaf the White“～”，丹麦海盗的首领，在 852 年成为都柏林的第一位挪威王；也解 liver“～”。
2331 tiff 解 stiff“～”。
2332 tight“～”；也解 white“～”；也解 Tithonus“～”，希腊神话中的特洛伊王子，获得永生却老得无法行动。
2333 thisens 解 this is“～”。
2334 speak quite hoarse 解 big white horse“～”；也解 speak quite hoarsely“～”；也解 big white arse“～”。
2335 her midgetsy 解 her majesty“～”；也解 midget“～”。
2336 in reverence to“～”；也解 in reference to“～”。
2337 lady of the comeallyous 解 *Lady of the Camellias*“～”，法国作家亚历山大・小仲马 1848 年出版的长篇小说；其中 comeallyous 也解 come-all-you“～”，一种舞蹈；也解 house“～”；也解 Cumbal“～”，芬・麦克尔的父亲。
2338 madgestoo 解 matches to“～”；也解 majesty“～”。
2339 goff stature 解 Gough statue“～”，位于都柏林凤凰公园的雕像，高夫爵士为英国陆军元帅，1841 年曾参加侵略厦门的战争，中译为“卧乌古”；也解 gesture“～”；也解 goff“～”＋stature“～”；也解 goff［意］“～”。
2340 Prosim 解 prosím［捷］“～”。
2341 prosit［捷］“～”，此处解 Prosit［德］“～”。
2342 krk n yr nck 解 crick in your neck“～”，因此处为省略拼写，故译为“～”；也解 krk［捷］“～”；也解 krk［塞维］“～”。
2343 chomicalest 解 chemical“～”；也解 comical“～”。
2344 Pickles“～”，此处解 tickles“～”。
2345 the punchey and the jude 解 *Punch and Judy*“～”，英国木偶戏的名字；也解 Jude［德］“～”。
2346 gimmy 解 give“～”。
2347 sing“～”，此处解 song“～”。
2348 gamey 解 give“～”；也解 gamy“～”。
2349 To get her to go ther 解 together together“～”；也解 To get her to go there“～”。
2350 pobbel 解 people“～”；也解 Pöbel［德］“～”；也解 pobal［爱］“～”。
2351 mizzatint wall 解 mezzotint“～”，指俄国塞瓦斯托波尔墙上用网线铜板雕刻法画的《轻骑旅的冲锋》；也解 mezzatinta［意］“～”；也解 magazine wall“～”，指位于都柏林凤凰公园内圣托马斯山上的军火要塞。
2352 chromo 解 chromato“～”；也解 chromium“～”。
2353 crimm 解 Krim［塞维］“～”；也解 zinzin(铃声)“～”，书中“By the Magazine Wall, zinzin, zinzin”主题的变体。

们。上面画着年鉴学会[2354]年鉴男人骑着家用[2355]驴子，他们右边[2356]骑的狗[2357]加农炮，跳[2358]左边向他们的狗，子弹齐发[2359]爱，轰隆作响[2360]不知所措。

于是凯特[2361]来了，凯特的游戏。慢吞吞的人[2362]中产阶级未婚女子|优雅|烂泥|鼻子|相似性|雪橇就这样离开。那个在那里打开这门[2363]走开的女服务员[2364]关上[2365]芳香这。门[2366]你变硬。

（肃静）

是的，我们熟读了彼处[2367]屁股|索恩之画，在光彩中是那么灿烂，是怎么从芬德雷特[2368]芬·麦克尔圣诞季至今，那是高·塔拉特·锄[2369]四马马车在国王大道上，他的猎犬正立刻[2370]在家要转弯。向邓尼布鲁克集市[2371]《维蒂康穆集市》致敬。撒尿小童像[2372]米尔金。参观亚琛[2373]伊茜·拉·坎贝尔|切坡里若德时尝尝查理曼大帝[2374]卡洛郡杯中的欧椴树[2375]片|身体水。

它如何向他们的六颗心讲述[2376]四马马车了它的故事，一个十二只眼的人：为了他，国王陛下[2377]海伦娜·莫杰斯卡自染色[2378]死|逐渐消失后在俄罗斯木屋[2379]前勒住马[2380]统治|排水|下雨。

哦！哦！草地[2381]！哈！好热[2382]冰！

就好像根据惯例根据记忆，为这个恐怖的恐怖的[2383]格林兄弟故事设置舞台，故事讲的是四株风信子、被弄污的[2384]聋的|感觉到的鲤鱼、十三[2385]面包师的一打|喇叭手个盔甲联盟[2386]偷情，或者黑里欧波里斯[2387]全部|城市|希城如何去公园绿地，带着妈咪和傻蛋和小家伙和妹妹和拖把的侍从[2388]屠宰场的恶棍和所有人，通过偷窥裙子

2354 Allmeneck 解 Almanack's“～”，伦敦最有影响的俱乐部；也解 almanac“～”。
2355 holdmenag 解 hold“控制”＋ménage［法］“家务”，即 household“家用的”。
2356 ride“～”，此处解 right“～”。
2357 canins 解 canis［拉］“～”；也解 Cannon“～”。
2358 lept 解 leapt“～”；也解 left“～”。
2359 woollied 解 volley“～”；也解 voli［塞维］“～”。
2360 flundered 解 thunder“～”；也解 floundered“～”。
2361 katey 解 Kate“～”，惠灵顿纪念馆的看门人，也是本书主人公一家的女仆。
2362 sludgenose 解 slowcoach“～”；也解 slečny［捷］“～”；也解 sličnost［捷］“～”；也解 sludge“～”＋nose“～”；也解 sličnost［塞维］“～”；也解 sledge“～”。
2363 what hopped it dunneth there 解 that open it doors“～”；其中 hopped it 也解“～”。
2364 henchwench 解 henchwoman“～”。
2365 duft 解 shut“～”；也解 Duft［德］“～”。
2366 Dunneth...the. Duras. 解 dunann an doras［爱］“关门”；也解 duras［拉］“～”。
2367 thon 解 yon“～”；也解 tón［爱］“～”；也解 Thonar 或 Thon“～”，英国崇拜的神祇之一，来自北欧神话中的雷神和战神索尔（Thor），
2368 Finndlader 解 Adam Findlater“～”，19 世纪都柏林百货巨头，修复巴涅尔广场的都柏林长老会教堂；也解 Finn MacCool“～”。
2369 Hey Tallaght Hoe 解 high“高的”＋Tallaght“塔拉特”，都柏林西南 7 公里处的教区，据说有死于瘟疫的北欧侵略者的坟地＋Hoe“锄头”；也解 tallyho“～”。
2370 on the home 解 on the moment“～”；也解 at home“～”。
2371 Donnicoombe Fairing 解 Donnybrook“邓尼布鲁克”，都柏林郊区，以每年集市著称＋Fair“集市”；也解 Widdicombe Fair“～”，英国民谣。
2372 Millikin's Pass 解 Manneken-Pis“～”，位于布鲁塞尔；也解 Richard Millikin“～”（1767—1815），爱尔兰作家，写有歌曲《布拉尼的格罗夫》。
2373 Izd-la-Chapelle，解 Aix-la-Chapelle, orAachen“～”，德国温泉城市，是查理曼大帝最喜欢的地方；也解 Issy-la-Chapelle“～”，本书女儿的一个名字；也解 Chapelizod“～”，位于都柏林西郊，与凤凰公园相邻，据说伊瑟来自此处。
2374 Carlowman 解 Charlemagne“～”（742—814），法兰克王和西罗马帝国皇帝；也解 Co. Carlow“～”，爱尔兰东南部的郡。
2375 lipe 解 lipa［塞维］“～”；也解 slip“～”；也解 Leib［德］“～”。
2376 tellyhows 解 tells“讲述”＋how“如何”；也解 tallyho“～”。
2377 has madjestky 解 his majesty“～”；也解 Helena Modjeska“～”（1844—1909），波兰女演员，以扮演莎士比亚戏剧闻名。
2378 dyed“～”；也解 died“～”；也可与后面的 drown 合解 die down“～”。
2379 izba 解 isba“～”。
2380 drown reign 解 drew rein“～”；其中 reign 也解“～”，也解 drain“～”，也解 rain“～”。
2381 Aue［德］“～”。
2382 Heish 解 heiβ［德］“～”；也解 Eise［德］“～”。
2383 grimm 解 grim“～”；也解 Grimm, Jacob and Wilhelm“～”，19 世纪德国作家，以《格林童话》著名。
2384 deafeeled 解 defiled“～”；也解 deaf“～”；也解 feel-ed“～”。
2385 bugler's dozen 解 baker's dozen“～”，直译为“～”；也解 bugler“～”。
2386 leagues-in-amour 解 leagues“联盟”＋in＋armour“装甲”；也解 amour“～”。
2387 Holispolis 解 Holopolis“～”，尼罗河三角洲的古埃及城市；也解 holos［希］“～”＋polis［希］“～”；也解 Healiopolis“～”，背叛了巴涅尔的希利 1922—1927 年间成为爱尔兰自由邦的总督，都柏林人由此将位于凤凰公园的总督府称为希城。
2388 varlet de shambles“～”，此处解 valet the chamber“～”。

或吹渍笛子，为它寻找合适的地方，此时蚂蚁[2389]狗在那个闪电般[2390]造爱者的温柔魅力[2391]呼唤雷电|意外打击下，叫停了[2392]打猎蚱蜢[2393]地面斜面点的烦恼追逐[2394]切维·蔡斯，直到，在游移的天气[2395]奇怪的天气和稳定的风向之间，荒原[2396]大陆|不幸东方敌对端[2397]霍斯蒂，中立的[2398]新西兰|新的|目标和一触即发的[2399]东方|端|伦敦东区|舷外支架|奥拉夫，巴拉克拉法[2400]顶级的|俱乐部成员的巴克利[2401]公民|贝克莱|伯利庄园射杀了俄国将军[2402]总体上关闭了激流。

让我们为冲突的冲突加油！我们，我们，做好准备[2403]准备好！

这是新西兰，在这里打群架[2404]跟着他！啊，啦啦！这是新西兰在这里这里打群架！啊啦，啦啦！惠灵顿[2405]雷风暴[2406]尖塔正暂歇。嘟嘟囔囔[2407]哀痛|早晨|毛利人声。惠灵顿风暴变得更加强烈[2408]燧发枪士兵。风暴的猛击猛击[2409]瓦卡瓦卡语。现在恐惧显现！现在敬畏显现！[2410]俄国将军[2411]生育的力量已经举世皆知。如果可以，让我们看看[2412]说一个小小的巴克利[2413]小男孩能做什么。

哦！哦！草地[2414]！哈！好热[2415]冰！

——在俄语中[2416]帕德瑞夫斯基，他们所有人那时不是都拜访着那个人吗，每个人在同一时间用他不同的说话方式，爱尔兰骑士艺人[2417]《爱尔兰夜晚娱乐》|封臣，一半是为了它给圣芭芭拉[2418]让他们做野蛮人的祝福[2419]极乐的爱[2420]笑，正讲着另外一千零一个[2421] 13 故事，讲的是都柏林[2422]桶|《桶的故事》寄希望于他，以及它的橄榄枝鸽子[2423] 11 点|圣哥伦巴，它的地狱自己的[2424]山|拥有乌鸦[2425]胡言乱语，以

2389 Hundt 解 Ondt"～",书中的蚂蚁和蚱蜢的故事;也解 Hund [德]"～"。

2390 ligtning 解 lightning"～"。

2391 thender apeal 解 tender appeal"～";也解 thunder appeal"～";也解 thunderpeal"～"。

2392 called a halt"～";也解 hunt"～"。

2393 ground sloper"～",此处解 Grasshopper"～"。

2394 chivvychace 解 chivv"使烦恼"+chase"追逐";也解 Chevy Chase"～",北爱德罗莫尔镇主教托马斯·珀西主编的《古英语诗歌遗风》中的第一首歌谣。

2395 wandering weather"～";也解 wondering whether"～"。

2396 Vastelend 解 wasteland"～",也指英国诗人艾略特的同名诗歌;也解 vasteland [荷]"～";也解 Elend [德]"～"。

2397 hosteilend 解 hostile end"～";也解 Hosty"～",书中一个重要人物。

2398 neuziel 解 neutral"～";也解 New Zealand"～";也解 neu [德]"～"+Ziel [德]"～"。

2399 oltrigger some 解 trigger-some"～";也解 Ost [德]"～"+end"～",即 East End"～";也解 outrigger "～";也解 Olaf Tryggvasson"～",10 世纪挪威国王,使挪威改信基督教。

2400 Bullyclubber 解 Balaclava"～",克里米亚地区的城市;也解 bully"～"+clubber"～"。

2401 burgherly 解 Buckley"～",巴克利与俄国将军故事中的士兵;也解 burgher"～"+-ly;也解 Berkeley "～"(1685—1752),18 世纪著名哲学家;也解 Burghley"～",16 世纪英国政治家威廉·塞西尔所建,他后来受封为伯利勋爵,是培根的舅舅。

2402 shut the rush in general"～",此处解 shot the Russian General"～"。

2403 beraddy 解 be ready"～";也解 ons bereiden [荷]"～"。

2404 Ko Niutirenis hauru leish 解 Ko Niu Tiireni, e ngunguru nei [毛]"～",其中 leish 也解 leis [爱]"～"。

2405 Wullingthund 解 Wellington"～",新西兰首都;也解 thunder"～"。

2406 sturm 解 Sturm [德]"～";也解 Turm [德]"～"。

2407 maormaoring 解 murmuring"～";也解 mourning"～";也解 morning"～";也解 Maori"～",新西兰土著。

2408 fuercilier 解 fiercer"～";也解 fusilier"～"。

2409 whackawhacks 解 whack"～";也解 Wakawaka"～",一种澳大利亚已消亡的语言。

2410 Katu te ihis ihis! Katu te wana wana! [毛]"～"。

2411 rawshorn generand 解 Russian general"～";也解 generans [拉]"～"。

2412 say"～",此处解 see"～"。

2413 wukeleen 解 Buckley"～";也解 bhuachaillin [爱]"～"。

2414 Aue [德]"～"。

2415 Heish 解 heiβ [德]"～";也解 Eise [德]"～"。

2416 Paud the roosky 解 po russki [俄]"～";也解 Ignacy Jan Paderewski"～"(1860—1941),波兰著名钢琴家。

2417 hibernian knights underthaner 解 hibernian knights entertainer"～";也解 *Hibernian Nights' Entertainment*"～",爱尔兰诗人塞缪尔·弗格森爵士的诗歌;也解 Unterthan [德]"～"。

2418 Sint barbaras 解 sint([荷]"圣")Barbara"～";也解 ut sint barbari [拉]"～"。

2419 bliss"～",此处解 bless"～"。

2420 laugh"～",此处解 love"～"。

2421 doesend end once 解 thousand and one"～";也解 dozen and one"～"。

2422 tublin 解 Dublin"～";也解 tub"～";也与前面合解 *A Tale of a Tub*"～",斯威夫特的小说,也译为《无稽之谈》。

2423 olives ocolombs 解 olives"橄榄"+colomba [意]"鸽子",指大洪水之后挪亚放出的鸽子带回橄榄枝;也解 eleven o'clock"～";也解 Saint Columba"～",6 世纪爱尔兰圣人。

2424 hills owns 解 hell's own"～";也解 hills"～"+owns"～"。

2425 ravings"～",此处解 Raven"～"。

及图坦卡蒙[2426]所有他在他的挪亚[2427]乌有乡方舟[2428]游艇里的旅行。那是被爱者[2429]以渎神的形体[2430]人物侧面像为大公爵[2431]正统|亚瑟王|阿瑟·韦尔斯利，惠灵顿公爵站立，并疯狂地[2432]格蕾丝·奥玛丽坠入歧途，去满足那些谄媚的[2433]《长笛菲尔的舞会》家伙之前。(他们在说。)那是很久[2434]安德鲁·兰|总之以前穿着裙子在树林的绿地里，那里方尖碑升起而宫女[2435]堕落，成年人[2436]马丁在制造方面节俭[2437]小偷，快乐杰克[2438]宜人的|厕所则在嬉乐方面挥霍[2439]浪花(啊，马瑟林[2440]水手|马图林先生，他们在叫，你戴了顶多么上重下轻的帽子啊！有很多少女[2441]，然后他们说，这些多么虔虔诚啊[2442]士兵！)在他划[2443]设计过十字[2444]尸体|柯西后已经千秋万代了[2445]永远|循环，他想要给他做弥撒[2446]混乱|军队(我会进入上帝的圣坛[2447]人人讲丹麦语|进入和加上所有更高的丹尼斯|《非此即彼》|圣德尼)，靠背、座位和走道，他使用了(我惊奇地抱歉[2448]茶托|魔术师！)所有大胆[2449]战士[2450]有肩膀的|男孩|《大胆的士兵》的宽度好到达完满，一报还一报[2451]给先生们的措施，捣蛋鬼[2452]刀具|措施接受弥撒，(他们说着叫着[2453]发信号一遍、一遍，再一遍[2454]以前的|一支枪，大嗓门[2455]勉强的母亲们|劳斯郡|米斯郡|多虱子的，大声闲聊[2456]，长虱子的[2457]捣蛋鬼[2458]，六比一，酒吧家伙们)。

他们请求他把火力升高[2459]他们把他放到后面的火上。笨蛋。

全去碰头，全去配对，故事逗留的时候，闪肖恩推向前。让全世界去看[2460]最后通牒|闪姆|羞愧|某个|扳道工|老的|荒原|尝试|祈祷。

祈祷。

关于这个阿先生(阿提拉阿拉里克[2461])和这些洗衣妇[2462]洗|

2426 Tutty 解 Tutankhamen"～"(前 1341—前 1323),埃及法老,1922 年坟墓被发掘;也解 tutti［意］"～"。
2427 Nowhare 解 Noah"～";也解 Nowhere"～"。
2428 yarcht 解 ark"～";也解 yacht"～"。
2429 Aimee 解 aimée［法］"～"。
2430 figger in profane 解 figure"体形"+in profaneness"亵渎地";也解 figure in profile"～"。
2431 Arthurduke 解 archduke"～";也解 orthodox"～";也解 Artus dux［拉］"～";也解 Arthur Wellesley "～"(1769—1852),英国军事家。
2432 madlley 解 madly"～";也与 grace 合解 Grace O'Malley"～",伊丽莎白时期的爱尔兰海盗。
2433 fill the flatter"～";也解 Phil the Fluter's Ball"～",爱尔兰演员威廉·帕西·弗兰奇写的一首喜剧性歌谣。
2434 lang 解 lange［德］"～";也解 Andrew Lang"～"(1844—1912),荷马史诗的苏格兰语译者;也解 the long and the short of it"～"。
2435 odalisks 解 odalisque"～"。
2436 major"～";也解 Martin"～",斯威夫特的《桶的故事》中的三兄弟之一。
2437 threft on the make 解 thrift"节俭"+on the make"急于求成",此处直译为"～";也解 theft"～"。
2438 jollyjacques 解 jolly"快乐的"+Jack"杰克",斯威夫特《桶的故事》中的三兄弟之一;也解 jolly"～"+ jakes"～"。
2439 spindthrift 解 spendthrift"～";也解 spindrift"～"。
2440 Mathurin 解 St. Mathurin"～",傻子的主保圣人;也解 mathurin［法俚］"～";也解 Maturin"～",出自爱尔兰诗人曼根(1803—1849)的诗句"马图林,马图林,你戴的帽子真奇怪"。
2441 there aramny maeud 解 there are many maids"～"。
2442 pioupious 解 pious"～";也解 piou-piou［法］"～"。
2443 design"～",此处解 sign"～"。
2444 corse"～",此处解 cross"～";也解 Kersse"～",书中裁缝。
2445 cyclums cyclorums 解 saeculum saeculorum［拉］"～";也解 in sæcula sæculorum［拉］"～";也解 cycles"～"。
2446 mess"～",指 army mess"～",此处解 Mass"～"。
2447 enterellbo add all taller Danis 解 introibo ad altare Dei［拉］"～";也解 at alle taler Dansk［丹］"～";也解 enter and add all taller Danis"～";也解 *Enten-Eller*"～",丹麦哲学家克尔凯郭尔 1843 年以丹麦语出版的作品;也解 St. Denis"～",法国的守护圣人。
2448 sorracer 解 sorry"～";也解 saucer"～";也解 sorcerer"～"。
2449 bould 解 bold"～"。
2450 shoulderedboy 解 soldier boy"～";也解 shouldered"～"+boy"～";也解 The Bowld Sojer Boy"～",英国民谣。
2451 measures for messieurs"～",此处解 *Measure for Measure*"～",莎士比亚的戏剧。
2452 messer"～";也解 Messer［丹］"～";也解 measure"～"。
2453 saycalling 解 say"说"+calling"叫";也解 signal"～"。
2454 again and agone and all over agun 解 again and again and all over again"～";也解 agone"～";也解 a gun"～"。
2455 louthly meathers 解 loudmouth"～";也解 loath mothers"～";也解 Louth"～",位于爱尔兰东部伦斯特省+Meath"～",位于爱尔兰东部伦斯特省;也解 lousy"～"。
2456 meaders 解 meanders"～"。
2457 lously 解 louse+-ly"～"。
2458 measlers 解 messer"～"。
2459 they pled him beheighten the firing"～";也解 they put him behind on the fire"～"。
2460 Maltomeetim, alltomatetam, when a tale tarries shome shunter shove on. Fore auld they wauld to pree 解 All-to-meet, all-to-mate, when a tale is told, Shem Shaun shove on. For all the world to see."～"此处化自第一章中的句子,并化自英国歌曲中的句子"针针线线,锅碗瓢盆,男人结婚后懊悔就开始了";也解 ultimatum"～";也解 Shem"～",本书主人公的儿子之一;也解 shame"～";也解 shome［爱尔兰发音］"～";也解 shunter"～";也解 old"～";也解 wold"～";也解 pree"～";也解 pray"～"。
2461 tillalaric 解 Atilla"阿提拉"(406—453),匈奴国王+Alaric I"阿拉里克一世",西哥特国王,410 年洗劫了罗马。
2462 wasch woman 解 washerwoman"～";也解 Waschen［德］"～";也解 W。

w(斑纹色调的),领主老爷[2463]纵情于|峡湾|王座和封地领受人[2464],他出版了[2465]接着发生《该隐和亚伯》[2466]机灵能干和离题话《纺锤曲》[2467]纺纱歌|母系,迄今再无更多的传闻了,他的秋日时分[2468]赤褐色|敬畏|冬至|雾|亚伯拉罕,她那有着悲伤橡树叶的干枯萨拉[2469]。然后。变老[2470]看呀。下一件事是。我们再次[2471]曾经|爱如同婴儿一样漫步[2472]好奇的在一个刚刚被造的世界[2473]词语制造肉体|树林里,在这里我们跟故事书[2474]中的母鸡一起从头开始。

因此真相[2475]休战,古老的[2476]全部真相,只有[2477]巴特和拓夫真相,男孩们。干渴比派别更强大[2478]。健康[2479]偏见。干杯[2480]亲亲|我们|真相|凝缩。干杯。

——说的是格兰特[2481]伟大的|格莱斯顿,老园丁[2482]花园,作为金牌奖章获得者[2483]中庸之道,公务员[2484]人民的|提图斯·曼利乌斯·托尔夸图斯,私人葬礼[2485]联邦政府的,(他的位置就是他的招贴海报,当然,他们说,我们要做上标记[2486],先生[2487]痛处,他们说,用碳腐蚀性那种)解放者[2488]假开明的|自由党领袖对他的小下士[2489]美丽的|身体|发臭说[2490]遗赠,后者从他屏住的呼吸处假寐般地[2491]抓住|小睡挂下来,说的是他,我妻子和我觉得,摸索着寻找[2492]每个变得年轻的果实,变得像阿塔兰忒[2493]大西洋的胸部凸起一样嫩[2494]店主,或者,在第二次呼吸[2495]缠绕|读中,一个明亮整洁的[2496]观点海湾,因为他汗流满面[2497]贴边|世界|犁而闪烁摇动[2498]西迷舞。在这里,他江郎才尽的[2499]伦敦西区|手腕末端会面中的小过失[2500]硬领|迪莉娅如此轻易地败坏了[2501]被玷污的鸽子一见钟情,他硬胸衬衫[2502]煮得半熟的胸的候选资

2463 fhronehflord 解 Fronherr［德］“封建领主”＋lord“老爷”；也解 frönen［德］“～”＋flord“～”；也解 throne“～”。
2464 feeofeeds 解 feoffee“～”。
2465 Insue 解 issue“～”；也解 ensue“～”。
2466 keen and able“～”，此处解 Cain and Abel“该隐和亚伯”，《圣经》中的兄弟。
2467 spindlesong aside 解 The Spindle Song“《纺锤曲》”，苏格兰诗人司各特的诗歌＋aside“离题的话”；也解 spinning song“～”；也解 spindle side“～”。
2468 awebrume 解 autumn“～”；也解 auburn“～”；也解 awe“～”＋bruma［拉］“～”；也解 brume“～”；也解 Abraham“～”，《旧约》中的义人，老年得子。
2469 Sahara 解 Sarah“～”，《圣经·创世记》中亚伯拉罕的妻子。
2470 Be old“～”；也解 behold“～”。
2471 once amore 解 once more“～”；也解 once“～”＋amore［意］“～”。
2472 awondering 解 wandering“～”；也解 wondering“～”。
2473 wold made fresh 解 world made fresh“～”；也解 word made flesh“～”；其中 wold 也解 wood“～”。
2474 storyaboot 解 storybook“～”，指英国民间通俗小说 *The Little Red Hen*（《小红母鸡》）。
2475 truce“～”，此处解 truth“～”。
2476 old“～”；也解 whole“～”。
2477 nattonbuff 解 nothing but“～”；也解 Butt/Taff“～”，书中一组二元对立的人物，主人公两个儿子的化身之一。
2478 Drouth is stronger than faction“～”，此处化自习语“Truth is stranger than fiction”（真相比虚构更离奇）。
2479 Slant“～”，此处解 slainte［爱］“～”。
2480 Shinshin 解 chin-chin“～”；也解 qinqin［中］“～”；也解 sinn［爱］“～”；也解 shin［日］“～”；也解 Tzimtzum［希伯来］“～”，在犹太教神秘哲学中这个词用来指上帝创造世界时把他无限的光凝缩，从而制造一个有限世界可以在其中存在的概念空间，本书中类似的词组如 Tintin tintin，Tsin tsin，Chin chin 等都有可能呼应这一思想。
2481 Grant 解 Ulysses S. Grant“～”（1822—1855），第 18 届美国总统；也解 grand“～”；也解 Gladstone“～”，英国首相。
2482 gartener 解 gardener“～”；也解 Garten［德］“～”。
2483 golden meddlist 解 gold medallist“～”；也解 golden mean“～”。
2484 Publius Manlius 解 public man“～”；也解 Publius［拉］“～”＋T. Manlius Torquatus“～”，公元前 4 世纪罗马三任执政官，也被三次任命为独裁官，下令处死了违反禁令的亲生儿子。
2485 fuderal 解 funeral“～”；也解 federal“～”。
2486 此处化自儿歌《你去哪里，美丽的姑娘？》中的“My face is my fortune, sir, she said”（我的脸是我的财富，先生，她说）和“I'm going to market, sir, she said”（我去逛街，先生，她说）。
2487 Sore“～”，此处解 sir“～”。
2488 iberaloider 解 The Liberator“～”，爱尔兰民族解放运动领袖丹尼尔·奥康内尔被称为“解放者”；也解 liberaloid“～”；也解 Liberal leader“～”，指当时的英国首相格莱斯顿。
2489 petty corporelezzo 解 Le Petit Corporal“～”，拿破仑的绰号，也是一种烟的牌子；也解 pretty“～”＋corpore［意］“～”＋lezzo［意］“～”。
2490 bequother 解 quoth“～”；也解 bequeath“～”。
2491 caughtnapping 解 catnapping“～”；也解 caught“～”＋napping“～”。
2492 feel to 解 feel for“～”。
2493 Atalantic 解 Atalanta“～”，古希腊神话中一位善于疾走的女猎手，并发誓终身不嫁；也解 Atlantic“～”。
2494 tenderosed 解 tenderized“～”；也解 tendero［西］“～”。
2495 wreathing“～”，此处解 breathing“～”；也解 reading“～”。
2496 tauth 解 taut“～”；也解 tát［爱］“～”。
2497 the welt of his plow 解 the sweat of his brow“～”，出自《创世记》（3：19）；其中 welt 也解“～”，也解 Welt［德］“～”；其中 plow 也解“～”。
2498 shimmeryshaking 解 shimmery“闪烁的”＋shaking“摇动”；也解 shimmy-shake“～”，一种爵士舞。
2499 at his wristsends 解 at his wit's ends“～”；也解 West End“～”；也解 wrist's ends“～”。
2500 peckadillies 解 peccadillo“～”；也解 pickadils“～”；也解 Delia“～”，济慈的诗歌《恩底弥翁》中的人物。
2501 dovessoild 解 soiled“～”；也解 soiled dove“～”，在俚语中指妓女。
2502 softboiled bosom“～”，此处解 boiled shirt“～”。

格[2503]穿白色衣服，我擦着[2504]妻子眼睛想[2505]下沉，即便对我们这些无足轻重的[2506]一无所有|绝不|无效物文盲[2507]选民|禁止者来说，应该也是显而易见的[2508]缓泻药。

对所有这些，葫芦诺兰[2509]布鲁诺对他从前的母羊心[2510]威廉·尤尔特·格莱斯顿摄影师[2511]格言作者|了解光的人厉声说得不多，这位摄影师出于同样的原因[2512]被圣布鲁诺[2513]诺拉镇的布鲁诺大大激怒了，就像他挥霍的是他自己的颂词[2514]止痛药一样，如果它不过是一只砰砰砰[2515]被射死的鸽子，那个伟大的老[2516]格雷斯|恩惠|卖了得分手[2517]，几个世纪[2518]数百分的人，被裁判、陪审团和仲裁用击球手的重击[2519]捉迷藏击打[2520]投球手击中门柱出局，就像一只击球手的腿挡住了球[2521]被迷惑愚弄的罗安教皇使节|三柱门，那又怎么样[2522]知道|写。羊牯[2523]屁股|臀部|蘸|小费。

他的救济金[2524]显赫与他的三位老女主保圣人[2525]三主保教堂的帮助交替[2526]在边上分配[2527]，天意[2528]神圣眷顾的圣牛用牛奶供养牛奶商[2529]牛奶，诚心诚意[2530]小餐馆老板|姣好面容对唯一信念[2531]好信念，他的所有朋友[2532]快乐或那个拿他帽子的人如何伤害他又有什么关系，让 H[2533]小屋|HCE 作为一个消失的辅音[2534]大陆就这样在下面继续，让汉娜·丽维娅可爱地[2535]自己一个人唠叨[2536]作前奏曲演奏很多[2537]安眠药|游戏|疯狂的。愿那只阈下意识的[2538]精液的鲑鱼被庄重地[2539]所罗门钓起[2540]天使，入口和出口。爱之呼喊[2541]的休战书，在战袍中忍受折磨[2542]变迟钝，邮袋[2543]袋子、物件和荒凉山庄[2544]墨水池。留下从未开始的信件去发现永远走向结束的信件[2545]后者的|梯子，烟

2503 candidacy“～”；也解 candidatus［拉］“～”。
2504 wipin 解 wiping“～”；也解 wife“～”。
2505 sinks“～”，此处解 thinks“～”。
2506 nullatinenties 解 nonentity“～”；也解 nulla tenens［拉］“～”；也解 nullatenus［拉］“～”；也解 nullatenenti［意］“～”。
2507 illicterate 解 illiterate“～”；也解 electorate“～”；也解 illicitus［拉］“～”。
2508 apparient 解 apparent“～”；也解 aperient“～”。
2509 Nolan 解(Browne and)Nolan“～”，都柏林书店的名字；也与后面合解 Bruno of Nola“～”，意大利哲学家。
2510 eweheart 解 ewe“母羊”＋heart“心”；也解 William Gladstone“～”(1809—1898)，四次出任英国首相。
2511 photognomist 解 photographist“～”；也解 gnomist“～”；也解 photognomos［希］“～”。
2512 by this sum taken 解 by the same token“～”。
2513 Saint Bruno“～”，一种烟斗丝的牌子；也与前面合解 Bruno of Nola“～”，意大利哲学家。
2514 panegoric 解 panegyric“～”；也解 paregoric“～”。
2515 pippappoff 解 Piffpaffpuff［德］“～”，儿童模仿枪声。
2516 gracesold 解 great old“～”；也解 W. G. Grace“～”，英国著名板球手，享誉近 30 年；也解 grace“～”＋sold“～”。
2517 getrunner 解 run getter“～”，板球中的自由得分手。
2518 centuries“～”；也解“～”，指板球得分。
2519 batman's biff 解 batsman's biff“～”；也解 Blind Man's Buff“～”，一种儿童游戏。
2520 bowled“～”，在板球术语中指“～”。
2521 witchbefooled legate 解 Leg Before Wicket“～”，板球术语；也解 bewitched be fooled legate“～”；也解 wicket“～”，板球术语。
2522 wot a lout about it 解 what a lot about it“～”；其中 wot 也解“～”，也解 write“～”。
2523 Dupe“易受骗的人”；也解 dupe［塞维］“～”；也解 dupa［波］“～”；也解 Dip“～”；也解 Tip“～”，也是树枝敲窗声。
2524 almonence 解 almoner＋ence“～”；也解 eminence“～”。
2525 three oldher patrons“～”；也解 Church of the Three Patrons“～”，位于都柏林。
2526 alaterelly 解 alternately“～”；也解 a latere［拉］“～”。
2527 dispensation“～”，化自 Papal dispensation“教皇赦免”。
2528 providencer 解 providence“～”；也解 Divine Providence“～”。
2529 mleckman 解 milkman“～”；也解 mleko［塞维］“～”。
2530 bonafacies 解 bonafides“～”；也解 Boniface“～”；也解 bona facies［拉］“～”。
2531 solafides 解 sola fides［拉］“～”；也解 bona fides［拉］“～”。
2532 freudzay 解 friend“～”；也解 Freude［德］“～”。
2533 hutch“～”，此处解 aitch“H”，指本书主人公 HCE。
2534 consinent 解 consonant“～”；也解 continent“～”，消失的大陆指传说中沉没于大西洋的岛屿亚特兰蒂斯。
2535 annapal livibel prettily 解 Anna Livia Plurabelle“汉娜·丽维娅·妇鲁拉贝尔”，女主人公＋prettily“可爱地”。
2536 prattle“～”；也解 prelude“～”。
2537 a lude“～”，此处解 a lot“～”；也解 ludus［拉］“～”；也解 ludo［塞维］“～”。
2538 semeliminal 解 subliminal“～”；也解 seminal“～”。
2539 solemonly 解 solemnly“～”；也解 Solomon“～”，《圣经》中的以色列国王。
2540 angled“～”；也解 angel“～”。
2541 lovecalls 解 love calls“～”。
2542 dulled“～”，此处解 dulden［德］“～”。
2543 maleybags 解 mailbags“～”；也解 mála［爱］“～”。
2544 bleakhusen 解 bleak house“～”，也是英国小说家狄更斯的同名小说；也解 blækhuse［丹］“～”。
2545 latter“～”，此处解 letter“～”；也解 ladder“～”。

雾中书写，迷雾使朦胧，孤独签名，黑夜封缄。

很简单。就像中间的杯子[2546]说的，不是布里安[2547]大脑不是诺拉[2548]圣诞季节，不是[2549]内伊元帅比利[2550]圣树不是波拿巴[2551]瘦骨嶙峋的。设想两朵[2552]3奶油色的[2553]玫瑰[2554]玫瑰的|女人|绑腿。假设[2555]散文你有了一个美妙的想法，称[2556]选择性宰杀它们为寂静中的树林[2557]西尔维亚·塞棱丝。然后想象一个口吃的人[2558]。假定[2559]假设|梁他是一个更大的大师[2560]最大的|《大建筑师》|建筑师全比利[2561]公共汽车|屁股。然后最后[2562]精力充沛地（翻到前面[2563]2×2|字体，像快乐脚镣[2564]饲养员舞那样踩[2565]踏|3到木箱[2566]雄山羊|未开垦地区上）想象[2567]曼根多到三个的长期潜伏的龙虾[2568]赞扬|开始。威尔[2569]·伍尔西[2570]沃尔斯利·韦尔斯利[2571]是个好例子[2572]。宠她，扎他，跟他们恶作剧。她会并非不得体地[2573]点头微笑。他可能看上去欣赏[2574]鉴定它。作为制造恶作剧的人[2575]盗版的小丑，他们肯定会参加[2576]微醉的。感受一下你手指拇指[2577]滴出来的[2578]流口水担心[2579]羊毛。对你们自己[2580]说（鲜花[2581]有耳，听听啊[2582]亲爱的！）慢慢地[2583]：所以有了这些放松都柏林[2584]佛祖|阴茎！怎么做，考究的都柏林[2585]亲爱的？因此请[2586]用桃子做的|桃子们|桃子这样批评[2587]采摘你，真实[2588]纯粹的|十足|普鲁小姐且简单，机灵且敏捷[2589]饶舌|骑马！你好吗[2590]全盛期|也，芬尼根[2591]法乌努斯|游荡的大师[2592]先生，希望殿下[2593]塔希提岛喜欢[2594]舔肮脏的混蛋[2595]落花生|马南南！还有胡赖无赖都柏赖[2596]你好吗？|多利给你咋样[2597]是的，汤姆、迪克爱尔兰人和哈里[2598]，哪个鸡巴[2599]布勒克|布洛克|布洛基带你来这儿的，你该死的[2600]小丘怎么样？

2546 此句化自习语 a pig in the middle(受夹板气的人)。
2547 brian 解 Brian Boru“～”,爱尔兰传说中的著名国王;也解 brain“～”。
2548 noel“～”,此处解 Nola,即 Bruno of Nola“诺拉镇的布鲁诺”,意大利 16 世纪哲学家。
2549 ney 解 nay“～”;也解 Marshal Ney“～”(1769—1815),法国元帅,1815 年滑铁卢失败后被判有罪,遭枪杀。
2550 billy 解 Billy“～”,莎士比亚、格拉斯顿的昵称,也指英国国王威廉三世,在书中也指都柏林;也解 bile [爱]“～”。
2551 boney“～”,此处解 Napoleon Bonaparte“～”,法国皇帝。
2552 twee [荷]“～”;也解 three“～”。
2553 cweamy 解 creamy“～”。
2554 wosen 解 Rosens [德]“～”;也解 rosen“～”;也解 women“～”;也解 hosen [中英]“～”。
2555 Suppwose 解 suppose“～”;也解 prose“～”。
2556 cull“～”,此处解 call“～”。
2557 sylvias sub silence 解 silva [拉]“树林”+sub“下属”+silence“肃静”;也解 Sylvia Silence“～”,20 世纪 20 年代英国女生杂志故事中的人物。
2558 stotterer 解 Stotterer [德]“～”。
2559 Suppoutre 解 suppose“～”;也解 supposure“～”;也解 poutre [法]“～”。
2560 biggermaster 解 bigger“更大”+master“大师”;也解 biggermost“～”;也解 *The Master Builder*“～”,易卜生的戏剧;也解 bygmester [挪]“～”。
2561 Omnibil 解 omni-“全”+Billy“比利”;也解 omnibus“～”;也解 bil [荷]“～”。
2562 lustily“～”,此处解 lastly“～”。
2563 tutu the font 解 turn to the front“～”;也解 two two“～”=4+the font“～”。
2564 feeters 解 fetter“～”;也解 feeder“～”。
2565 tritt 解 tread“～”;也解 tritt [德]“～”;也解 three“～”。
2566 bokswoods 解 boxes“箱子”+woods“木头”;也解 bok [荷]“～”;也解 backwoods“～”。
2567 immengine 解 imagine“～”;也解 James Clarence Mangan“～”(1803—1849),爱尔兰诗人。
2568 lobstarts 解 lobsters“～”;也解 Lob [德]“～”+starts“～”。
2569 英国诗人莎士比亚的昵称。
2570 Woolsley 解 John M Woolsey“～”,美国法官,1933 年宣布《尤利西斯》在美国解禁;也解 Garnet Wolseley“～”(1833—1913),英国陆军元帅。
2571 Wellaslayers 解 Arthur Wellesley, Duke of Wellington“～”(1769—1852),英国军事家、政治领导人物之一。
2572 instents 解 instance“～”。
2573 nod amproperly 解 not improperly“～”;也解 nod“～”。
2574 appraisiate 解 appreciate“～”;也解 appraise“～”。
2575 piractical jukersmen 解 practical joke“恶作剧”+men“人们”;也解 piratical jokerman“～”。
2576 paltipsypote 解 participate“～”;也解 tipsy“～”。
2577 fingathumbs 解 finger“手指”+thumbs“拇指”。
2578 drippeling 解 dripping“～”;也解 dribble“～”。
2579 wollies 解 worries“～”;也解 Wolle [德]“～”。
2580 youssilves 解 yourselves“～”。
2581 floweers 解 flowers“～”。此句化自习语 Walls have ears(隔墙有耳)。
2582 heahear 解 hear“～”;也解 dear“～”。
2583 solowly 解 slowly“～”。
2584 Budlim 解 Dublin“～”,化自麦克马努斯 1927 年的作品《这就是都柏林》(*So This Is Dublin*),书中嘲笑了乔伊斯;也解 Buddha“～”;也解 bod [爱]“～”。
2585 daulimbs 解 Dublin“～”;也解 darlings“～”。此处化自都柏林俗语 dear dirty Dublin(亲爱肮脏的都柏林)。
2586 peached“～”,此处解 please“～”;也解 Peaches“～”,指书中两个诱惑性女性;也解 Peaches“～”,弗朗西丝·贝拉的别称,她 15 岁时与 52 岁的百万富翁布朗宁结婚,1927 年控告丈夫性变态,这个案件当时被称为“老爹和靓妹”案。
2587 pick on“～”;也解 pick“～”。
2588 prue 解 true“～”;也解 pure“～”;也与后面合解 pure and simple“～”;也解 Miss Prue“～”,英国作家威廉·康格里夫的喜剧《为爱而爱》中的人物。
2589 pritt and spry 解 pretty and spry“～”;也解 prittle-pratlle“～”;其中 pritt 也解 ritt [德]“～”。
2590 Heyday too 解 how d'you do? “～”;也解 Heyday“～”+too“～”。
2591 Faunagon 解 Finnegan“～”;也解 Faunus“～”,罗马神话中潘神的随从,畜牧和农林之神;也解 fánach [爱]“～”。
2592 Malster 解 Master“～”;也解 mister“～”。
2593 your hahititahiti 解 your highness“～”;也解 Tahiti“～”,位于南太平洋,法属波利西亚的经济活动中心。
2594 licks“～”,此处解 likes“～”。
2595 mankey nuts 解 manky nuts“～”;也解 monkey nuts“～”;也解 Mananaan“～”,爱尔兰传说中的海洋之神。
2596 oodlum hoodlum doodlum 解 hoodlum 也解“无赖”+Dublin“都柏林”+dood [荷]“死的”,故译为“～”;也解 how d'you do? “～”;也解 Dooley“～”,爱尔兰裔美国喜剧演员,也是惠灵顿博物馆中的三个士兵之一。
2597 yes“～”,此处解 you“你”+yez,模仿下层的问候方式,故译为“～”。
2598 Donn, Teague and Hurleg 解 Tom Dick and Harry“～”,泛指很多人时的说法,在书中构成三人组;其中 Teague 也解“～”。
2599 Bullocks 解 bollocks“睾丸”;也解 Bullock“～”,都柏林街名,原名 Blowyk;也解 Shane Bullock“～”(1865—1935),爱尔兰小说家,曾称乔伊斯是怪物;也解 Bullocky“～”,1868 年访问英国的一个巨人身材的板球运动员。
2600 hillocks“～”,此处解 hell“～”。

我们要巴特[2601]蓓蕾|佛祖。我们要巴特·巴克利[2602]严重地|芽。我们迫切地[2603]身体地要巴特·巴克利。他在那儿戴着他的博尔萨利诺帽[2604]莫里斯轿车|公共大厅。那个射杀[2605]躲开俄国将军[2606]普通群众|矛|土地的人。那个赢得舞会之花[2607]博因河战役的人。秩序、秩序、秩序、秩序！坚强。我们呼吁坦克雷德[2608]·亚达薛西[2609]·黄素[2610]弗莱维厄斯|拓夫与巴拿巴[2611]·尤利西斯[2612]街道·院长[2613]微暗的|白天一起做主持人[2614]地位相等的人|比较|对抗|出现|巴特。秩序、秩序、秩序！麦芽酒商[2615]大师先生[2616]担任主席。我们既然[2617]唱|感觉唱了上千遍，就听过它。巴克利[2618]伯利爵士如何射死[2619]剥壳|打击奥地利的[2620]拒绝服从的人

德国人[2621]日耳曼人。为了爱尔兰[2622]荣誉，小伙子们，直到审判[2623]！

酒馆[2624]公共场所|公众的掌声。市民战士。

拓夫（一个潇洒的男孩，杂衣修士团[2625]泥炭色|男修道士成员，10点半[2626]1132，透过屋顶看向对业报生命[2627]加尔默罗修会的修道士或修女规则的启示[2628]提高|革命，那是在他举起备用雨伞[2629]，作为他脑[2630]和平中之谜[2631]韵律|摇动|战争|喋喋不休地讲话的实用[2632]雨伞解决[2633]阳光|抚慰金之旁道之前[2634]秘密参与的）一切都闪烁碰撞出[2635]讫里什那|红色血腥玛丽[2636]血腥谋杀|布拉瓦茨基|大海的|天空|水手屠夫红[2637]腥红色|布吕歇尔？看什么[2638]他是干什么的|说什么，威尔士巴特[2639]伙伴|比利·沃尔什？偶尔讲讲[2640]电视|变柔软|从此以后一直？

巴特（已中年的[2641]年轻女人|有壁架的青年，修士外表[2642]呼吁，他，

2601 Bud"～",此处解 Butt"～",书中儿子闪姆的变体;也解 Buddha"～"。
2602 Budderly 解 Buckley"～",书中巴克利与俄国将军故事中的爱尔兰士兵;也解 badly"～";也解 budder "～"。
2603 boddily 解 badly"～";也解 bodily"～"。
2604 Borrisalooner 解 Borsalino hat"～",乔伊斯有这样的帽子;也解 Morris saloon car"～";也解 saloon "～"。
2605 shunned"～",此处解 shot"～"。
2606 rucks on Gereland 解 Russian General"～";其中 rucks 也解"～";其中 Gereland 也解 Ger [德]"～",也解 land"～"。
2607 bettlle of the bawll 解 belle of the ball"～";也解 Battle of the Boyne"～",1690 年英格兰国王威廉三世在爱尔兰打败詹姆士二世的战役。
2608 Tancred"～"(? —1194),西西里国王,为了维护诺曼人的王国与罗马人斗争,但失败了。
2609 Artaxerxes"～",波斯王中有三人叫此名,《圣经》中提到的亚达薛西王可能是亚达薛西一世,对被掳之犹太人很仁厚。
2610 Flavin"～";也解 Flavius"～",罗马人名,意思是金发碧眼的。这个名字的首字母缩写组成 TAF,即 Taff"～"。
2611 Barnabas 解 St. Barnabas"～",《新约》中与圣保罗一起传道的圣徒。
2612 Ulick 解 Uliks [塞维]"～";也解 ulica [塞维]"～"。
2613 Dunne 解 Dean"～";也解 dun"～";也解 dan [塞维]"～"。
2614 compeer"～",此处解 compere"～";也解 compare"～";也解 compete"～";也解 appear"～"。这个名字的首字母缩写组成 BUD,即 Butt"～",书中的二元对立人物"巴特和拓夫"。
2615 Malster 解 maltster"～",指主人公壹耳微蚵,也指莎士比亚,据说他曾在饥荒时酿制麦芽酒;也解 master"～"。
2616 Milster 解 mister"～"。
2617 sinse 解 since"～";也解 sings"～";也解 sense"～"。
2618 Burghley 解 Buckley"～";也解 Lord Burghley"～",16 世纪英国政治家威廉·塞西尔,培根的舅舅。
2619 shuck"～",此处解 shot"～";也解 struck"～",此处出自"Who struck Buckley"(谁打了巴克利),19 世纪常被用来激怒爱尔兰人的一句话。
2620 rackushant 解 Rakusan [捷]"～";也解 recusant"～"。
2621 Germanon 解 German"～";也解 germanus [拉]"～"。
2622 Ehren 解 Erin"～";也解 Ehren [德]"～"。
2623 gobrawl 解 go brath [爱]"～"。
2624 public plouse 解 public house"～";也解 public place"～";也解 public applause"～"。
2625 peat freers 解 Pied friars"～",托钵僧修道组织,也称"主母修士团",14 世纪被解散;也解 peat"～"+friars"～"。
2626 thirty two eleven 解 thirty to eleven"10:30";也解 eleven thirty two"～"。
2627 karmalife 解 karma"业报"+life"生命";也解 Carmelite"～"。
2628 relevution 解 revelation"～";也解 elevation"～";也解 revolution"～"。
2629 umberolum 解 umbrella"～"。
2630 hedd 解 head"～";也解 hedd [威]"～"。
2631 rhyttel 解 riddle"～";也解 rhyme"～";也解 ruttel [德]"～";也解 rhyfel [威]"～";也解 rattle"～"。
2632 paraguastical 解 practica"～";也解 paraguas [西]"～"。
2633 solation 解 solution"～";也解 solazo [西]"～";也解 solatium"～"。
2634 previous to 解 previous to"～";也解 privy"～"。
2635 krashning 解 crashing"～";也解 krishna"～",印度牧牛神;也解 krasnyi [俄]"～"。
2636 blurty moriartsky 解 Bloody Mary"～";也解 bloody murder"～";也解 H. P. Blavatsky"～"(1831—1891),昵称 Hahn,俄国通神论的奠基人;其中 moriartsky 也解 morski [塞维]"～"+sky"～",也解 moriak [俄]"～"。
2637 blutcherudd 解 butcher-red"～";也解 bloody red"～";也解 Blücher"～"(1742—1819),滑铁卢战役中普鲁士元帅。
2638 What see"～";也解 what's he"～";也解 what say"～"。
2639 buttywalch 解 Butt"巴特"+Welsh"威尔士";也解 butty"～";也解 Billy Walsh"～",古生物学家。
2640 Tell ever so often 解 Tell"讲"+every so often"偶然";也解 television"～";也解 soften"～";也解 ever after"～"。
2641 mottledged 解 middleaged"～";也解 mot"～"+ledged"～"。
2642 clergical appealance 解 clerical appearance"～";也解 appeal"～"。

作为杂衣修士，被希望[2643]反对用格言说说[2644]明天|遇见绝顶[2645]施洗强韧[2646]太妃糖的灾难[2647]抱歉|消化，或者永远永远[2648]是他的账目中不光彩的部分[2649])但是是的[2650]。但是是的是的，看我[2651]看|糖果|吾。偶尔讲讲[2652]直到|即使如此|晚上|即便直到晚上|电视。塞瓦斯托波尔[2653]海洋|广阔的|一个水塘|毁灭之神湿婆|苹果！

拓夫(通过大叫[2654]黄色你起来了[2655]欧洲，帮助自己迅速[2656]臀部摆脱粪坑[2657]，提出戴上他那真正[2658]毛皮的第一[2659]金雀花的的观点[2660]野兔|头发)但是啊请[2661]有一点！回到我们山区的家[2662]人类|后倒。给我们[2663]直到黄昏|懒惰的|今天描绘一下[2664]征兵他，蚂蚁[2665]涂油的|UNT|阴部，在他喜气洋洋的混乱中[2666]犹八和土八，蚱蜢[2667]地面|工兵，外面穿着他的礼拜套装[2668]士兵|位置|泥土，里面穿着周一套装[2669]塑造。巴尔的摩[2670]波罗的海|伟大柳条制品之城|爱自治长官[2671]响亮的|狮子|雷鸣般的位置上的总督[2672]省|老人|老年|舵手|经理，供应自由厅[2673]野兔|洞的麦芽酒厂[2674]阿玛尔忒亚|丰饶角！使用议会语言[2675]赋予|军队的|女帽制造销售业|长的|冒险。铃兰[2676]柳树|斯拉夫人|黄色日夜[2677]说着[2678]巴利语|长的英语[2679]舍尔他语|乌尔都语。将对我们[2680]用壳包裹|投掷|舍尔他语，会对我们[2681]塔斯社，再[2682]欧甘文对我们说[2683]塔罗斯！扔出奇怪的辱骂[2684]国家|页|蛇|链条|安德鲁·兰，小俄罗斯[2685]毁坏|劫掠怎样说着[2686]钉牢她啊，实话实说[2687]杜撰|说！不是那个诋毁温柔的西拉诺切[2688]的魔鬼[2689]塞特|丝绸|闷闷不乐|上尉|萨斯尼克|尼克家伙！那个赞成单音节的[2690]榜样|伙食管理员|许多象征|傻瓜善良的老酒店[2691]枪支店战士[2692]单音节词。补锅匠的咒骂[2693]毫无价值的东西|该死|橡树！当那个爱尔兰人[2694]汉语|《亚兰岛人》|

2643 supposing“～”；也解 oppose“～”。
2644 to motto“座右铭”；也解 tomorrow“～”；也解 to meet“～”。
2645 tifftaff 解 tiptop“～”；也解 taufen［德］“～”，指第一章提到的圣布利吉特受洗。
2646 toffiness 解 toughness“～”；也解 toffee“～”。
2647 sorry dejester 解 social disaster“～”；也解 sorry“～”＋digest“～”。
2648 from ever and a daye 解 for ever and a day“～”。
2649 digarced 解 disgraced“～”。
2650 da［俄］［塞维］“～”。
2651 mwilshsuni 解 mwilsa［雪］“～”，宾格；也解 suni［雪］“～”；也解 milseanai［爱］“～”；也解 mwil［雪］“～”，主格。
2652 Till even so aften 解 Tell every so often“～”；也解 Till“～”＋even so“～”＋aften［丹］“～”，即“～”；也解 television“～”。
2653 Sea vaast a pool 解 Sevastopol“～”，克里米亚半岛著名港口城市；也解 Sea“～”＋vast“～”＋a pool“～”；也解 Siva the Slayer“～”，印度教的主神之一；也解 apple“～”。
2654 yellup 解 yell up“～”；也解 yellow“～”。
2655 yurrup 解 you're up“～”；也解 Europe“～”。
2656 porumptly 解 promptly“～”；也解 rump“～”。
2657 cesspull 解 cesspool“～”。
2658 furry“～”，此处解 very“～”。
2659 furzed 解 first“～”；也解 furze-d“～”。
2660 hare“～”，此处根据习语 put up a hare(提出一个观点)翻译为“～”；也解 hair“～”。
2661 bitly 解 bitte［德］“～”；也解 a bit“～”。
2662 Humme to our mounthings 解 Home to Our Mountains“～”，出自意大利音乐家威尔第的歌剧《游吟诗人》；也解 homme［法］“～”；也解 humme［挪］“～”。
2663 tillusk 解 til［挪］“to”＋us“我们”；也解 till dusk“～”；也解 lusk［中英］“～”；也解 talosk［雪］“～”。
2664 Conscribe“～”，此处解 describe“～”。
2665 unt 解 Ant“～”，书中蚂蚁与蚱蜢故事中的蚂蚁；也解 unct“～”；也解 UNT，古埃及《亡灵书》中的城市和湖泊；也解 cunt“～”。
2666 jubalant tubalence 解 jubilant turbulence“～”；也解 Jubal and Tubal Cain“～”，都是该隐的后代，犹八为一切弹琴吹箫之人的祖师，土八为打造各样铜铁利器之人的祖师。
2667 groundsapper 解 grasshopper“～”；也解 ground“～”＋sapper“～”。
2668 soilday site 解 Sunday suit“～”；也解 soldier“～”＋site“～”；也解 soil“～”。
2669 moulday side 解 Monday suit“～”；也解 mould“～”。
2670 Baltiskeeamore 解 Baltimore“～”；也解 Baltiskoye More［俄］“～”；也解 Bailte Scith Mor［爱］“～”；也解 amore［意］“～”。
2671 laut-lievtonant 解 Lord-lieutenant“～”；也解 laut［德］“～”；也解 liev［俄］“～”；也解 tonant［拉］“～”。
2672 gubernier-gerenal 解 governor-general“～”；也解 guberniya［俄］“～”；也解 gubbe［瑞］“～”；也解 geras［希］“～”；也解 gubernator［拉］“～”；也解 perente［西］“～”。
2673 leporty hole 解 Liberty Hall“～”，位于爱尔兰都柏林，曾是爱尔兰公民军的总部，在复活节起义中被炸平，后重建；也解 lepus［拉］“～”＋hole“～”。
2674 amaltheouse 解 malthouse“～”；也解 Amaltheia“～”，希腊神话中用奶哺育宙斯的母山羊；也解 Cornu Amalthae［拉］“～”。
2675 Endues paramilintary langdwage 解 use parliamentary language“～”；其中 Endues 也解“～”；其中 paramilintary 也解 military“～”，也解 millinery“～”；其中 langdwage 也解 lang［德］“～”，也解 wage［德］“～”。
2676 The saillils of the yellavs 解 Lilies of the valley“～”；也解 sail［爱］“～”；也解 Slavs“～”；也解 yellows“～”。
2677 nocadont 解 noc a den［捷］“～”。
2678 Palignol 解 parler［法］“～”；也解 Pali“～”；也解 long“～”。
2679 urdlesh 解 English“～”；也解 Sheldru［雪］“～”，爱尔兰和威尔士白铁匠和吉卜赛人的一种古老秘语；也解 Urdu“～”。
2680 Shelltoss 解 shall to us“～”；也解 Shell“～”＋toss“～”；也解 Sheldru［雪］“～”。
2681 welltass 解 will to us“～”；也解 Tass“～”，俄罗斯国家通讯社。
2682 aghom 解 again“～”；也解 Ogham“～”，爱尔兰人的古代文字。
2683 telltuss 解 tell us“～”；也解 Talos“～”，希腊神话中工匠迪达勒斯的侄子，善制造。
2684 Sling Stranaslang 解 sling slang［俚］“辱骂”＋strana［意］“奇怪的”；也解 strana［俄］“～”；也解 strana［塞维］“～”；也解 slang［荷］“～”；也解 slang［雪］“～”；也解 Andrew Lang“～”(1844—1912)，荷马史诗的苏格兰语译者。
2685 Malorazzias 解 Malorossiya“～”；也解 malora［意］“～”＋razzia［意］“～”。
2686 spikes“～”，此处解 speaks“～”。
2687 coining a speak a spake 解 call a spade a spade“～”；也解 coining“～”＋speak“～”。
2688 Siranouche，亚美尼亚的常见女性名字。
2689 Setanik 解 Satanic“～”；也解 Set“～”，埃及恶神；也解 seta［意］“～”；也解 seta［意］“～”；也解 sotnik［俄］“～”；也解 Sathenik“～”，1 世纪亚美尼亚女王，一个半神话人物；也解 Nick“～”，本书主人公儿子之一的变名。
2690 manosymples 解 monosyllabic“～”，指中文单音节；也解 man of sample“～”；也解 manciple“～”；也解 many symbols“～”；也解 simple“～”。
2691 gunshop 解 ginshop“～”；也解 gun shop“～”。
2692 monowards 解 man-o'-war“～”；也解 monosyllabic words“～”。
2693 Tincurs tammit 解 tinker's damn“～”，此处直译为“～”，爱尔兰补锅匠说舍尔他语；也解 damn it“～”；也解 tammi［芬］“～”。
2694 man d'airain 解 man d'Eirinn“～”；也解 mandarin“～”；也解 Man Of Aran“～”，1934 年放映的弗莱厄蒂导演的纪录片，展示爱尔兰西海岸亚兰岛的生活场景；也解 airain［法］“～”；也解 Iron Duke“～”，惠灵顿的绰号。

黄铜|铁公爵是巨大的顶级的汤姆，看到垃圾场那边[2695]最高层的|汤姆·索亚|马戏团的主要帐篷|大山雀|手鼓流浪汉老板[2696]异教徒杀手[2697]巨人|盛会|装填者，这些对常例梦[2698]查理曼大帝来说[2699]笨人|疯的倒还好[2700]宗教裁判|尽管很好|橡树|干草|母鹿。射精[2701]埃阿斯|一个厕所！一整夜[2702]好！莫利·麦卡尔平[2703]把他的腿认作他的大拇指时，这就像[2704]记得|集中|物种|马缓行勇士布利安[2705]吵闹的|摘要|信的光荣[2706]发出微光|环。愿他也是我们梦境的一种解释[2707]无畏的，这个梦等妈妈举出[2708]抹除爱之灯[2709]后，我们醒来[2710]维京人就忘记了，早餐[2711]阴冷的霜杀死了我们的梦想[2712]让我们的怒吼冷静下来|乌鸦！帕克[2713]向下。唱吧先生们[2714]查理曼大帝！上去[2715]国家政治保安总局，波布里科夫[2716]条子，警察|乳犊！让我们听时记起赞颂[2717]炖|时光。坚持[2718]旧的！

巴特（从他的胸部[2719]束腰运动衣慢慢说出[2720]，那里[2721]病毒沉思着[2722]思索的他的谜[2723]内阁|舍尔他，打开他那蚱蜢[2724]的高地舞[2725]掷白炽[2726]重量|广阔的|向前|快乐的灯[2727]长的|荆棘，厌倦了爱尔兰的谷物油[2728]爱尔兰的绿岛，此时他的笑声就像那只闪光灯[2729]劣绅|精神的射线一样嘶鸣回来[2730]银行，他的日[2731]唇|放松语[2732]躺椅|楔入闲聊[2733]摇摆。）乌尔斯特必胜[2734]吵闹声！再见[2735]看你更近了|傻瓜，帕克尔森[2736]驼背之子|阴户桑[2737]思考！在那个盗贼[2738]厌倦旁边，男人头[2739]男子气概很脏。就像偶像老爹[2740]做完他的培根[2741]硕大的阴户包蛋[2742]。他咬一口[2743]他烧饭|年轻的|克服困难，我咬一口，上帝的所有子民全都[2744]人民得到[2745]肠子|好的精子[2746]线索。可怜的[2747]厨师老尿炕精[2748]一顿饭|晚餐！午夜[2749]诅咒的年轻人[2750]诅咒[2751]抨击那个摩西五经[2752]肉！天打雷

2695 big top tom saw tip side 解 big“大的”＋top“特别好的人”＋Tom“汤姆”＋saw“看到”＋tip“垃圾倾倒场”＋side“方面”；也解 topside“～”；也解 Tom Sawyer“～”；也解 big top“～”；也解 tomtit“～”；也解 tomtom“～”。
2696 bum boss 解 bum“游手好闲的人”＋boss“老板”。
2697 pageantfiller 解 pagan killer“～”；也解 géant［法］“～”；也解 pageant“～”；也解 filler“～”。
2698 Chang-il-meng 解 ch'ang-li［中］“常例”＋meng［中］“梦”；也解 Charlemagne“～”。
2699 fou“～”，此处解 for“～”；也解 fou［法］“～”。
2700 oak hay doe 解 okey dokey“～”；也解 auto-da-fé［葡］“～”；也解 O. K. though“～”；也解 oak“～”＋hay“～”＋doe“～”。
2701 Ajaculate 解 ejaculate“～”；也解 Ajax“～”，荷马和莎士比亚笔下的特洛伊战争中有勇无谋的希腊将领；也解 a jakes“～”。
2702 All lea light 解 all the night“～”；也解 all right“～”。
2703 Mollies Makehalpence 解 Molly MacAlpin“～”，爱尔兰诗人托马斯·穆尔的歌曲《记住勇士布利安的荣耀》的旋律。
2704 Rassamble 解 resemble“～”；也解 remember“～”；也解 rassembler［法］“～”；也解 Rasse［德］“～”；也解 amble“～”。
2705 Bruyant the Bref 解 Brien the Brave“～”，化自爱尔兰诗人托马斯·穆尔的歌曲《记住勇士布利安的荣耀》，旋律为《莫利·麦卡尔平》；其中 Bruyant 也解 bruyant［法］“～”；其中 Bref 也解 brief“～”，也解 bref［丹］“～”。
2706 glowrings 解 glory“～”；也解 glow“～”＋rings“～”。
2707 intrepidation 解 Interpretation“～”，此处化自弗洛伊德的著作《梦的解析》；也解 intrepid“～”。
2708 razed out“～”，此处解 raise“举起”＋out“外面“。
2709 limpalove 解 lamp of love“～”。化自英国歌曲“The Moon Hath Raised Her Lamp Above”(《头顶月亮面举起了灯》)。
2710 wiking 解 waking“～”；也解 Viking“～”。
2711 bleakfrost 解 breakfast“～”；也解 bleak frost“～”。
2712 chilled our ravery 解 killed our reveries“～”；也解 chilled our raving“～”；也解 raven“～”。
2713 Pook 解 Puck“～”，中世纪民间故事中的恶精灵；也解 pukh［俄］“～”。
2714 ching lew mang 解 gentleman“～”；也解 Charlemagne“～”。
2715 Upgo 解 go up“～”；也解 OGPU，即 Obedinennoe gosudarstvennoe politicheskoe upravlenie［俄］“～”，苏联 1922 到 1934 年的秘密警察。
2716 bobbycop 解 Bobrikoff“～”，俄国将军，1904 年任芬兰总督时被一芬兰青年射杀；也解 bobby, cop“～”；也解 bobby calf“～”。
2717 braise“～”，此处解 praise“～”；也解 days“～”。此处化自托马斯·穆尔的歌曲《让爱尔兰记住旧日时光》。
2718 Hold“～”；也解 old“～”。
2719 blousom 解 bosom“～”；也解 blouson［法］“～”。
2720 drawling forth 解 drawing forth“～”。
2721 whereis 解 where is“～”；也解 virus“～”。
2722 meditabound 解 meditabund“～”；也解 meditabondo［意］“～”。
2723 minkerstary 解 mystery“～”；也解 ministry“～”；也解 Minker's tari［雪］“～”。
2724 gorsecopper 解 grasshopper“～”。
2725 fling“～”，此处解 highland fling“～”。
2726 weitoheito 解 white hot“～”；也解 weight“～”；也解 weit［德］“～”；也解 weiter［德］“～”；也解 heiter［德］“～”。
2727 langthorn 解 lantern“～”；也解 lang［德］“～”＋thorn“～”。
2728 grain oils of Aerin 解 grain oils“谷物油”＋of＋Eirinn［爱］“爱尔兰”；也解 green isles of Erin“～”。
2729 flashermind' 解 flasher“～”；也解 flashman“～”；也解 mind“～”。
2730 banck 解 back“～”；也解 bank“～”。
2731 lipponease 解 Nipponese“～”；也解 lip“～”＋on ease“～”。
2732 longuewedge 解 language“～”；也解 longue“～”＋wedge“～”。
2733 wambles“～”，此处解 rambles“～”。
2734 Ullahbluh 解 hullaballoo“～”，此处解 Uladh abu!［爱］“～”。
2735 Sehyoh narar 解 sayonara“～”；也解 see you nearer“～”；也解 Narr［德］“～”。
2736 pokehol 解 Pukkelsen“～”，人名，意思是“～”，指驼背的挪威船长；也解 poke-hole［俚］“～”。
2737 sann［德］“～”，此处解 san［日］“～”，尊称，即先生。
2738 am anoyato 解 ano［日］“那个”＋yato［日］“盗贼”；也解 am annoiato［意］“～”。
2739 Manhead 解 man“男人”＋head“头”；也解 manhood“～”。
2740 Dolldy Icon 解 daddy Icon“～”。此句化自英国儿歌《达孔老爹带来一点儿培根》。
2741 bicon 解 bacon“～”；也解 bicon［法俚］“～”。
2742 iggs 解 eggs“～”。
2743 gatovit 解 got a bite“～”；也解 gotovit［俄］“～”；也解 gât, got［雪］“～”；也解 get over it“～”。
2744 Oalgoak's Cheloven 解 All God's chillum“～”；也解 chelovek［俄］“～”。
2745 gut“～”，此处解 got“～”；也解 gut［德］“～”。
2746 fudden［俚］“～”；也解 Faden［德］“～”。
2747 Povar［俄］“～”，此处解 poor“～”。
2748 pitschobed 解 piss abed“～”；也解 pishcha［俄］“～”；也解 obed［俄］“～”。
2749 metchennacht 解 Mitternacht［德］“～”；也解 metchennacht［爱黑］“～”。
2750 Molodeztious 解 molodets［俄］“～”。
2751 Belabor“～”，此处解 laburt［雪］“～”。
2752 pentschmyas 解 pentateuch“～”；也解 myaso［俄］“～”。

劈[2753]因为|上帝|博格|柯西|卡森爵士|亨利·卡尔，见鬼[2754]大坝|整洁的，先生[2755]沙皇，他不能！大炮拖车在他前面[2756]冒犯，大炮拖车在他后面[2757]狗。当公鹿们蹬咬他的母鹿[2758]脊背时，他的心[2759]雄赤鹿等待着玫瑰[2760]露水，直到他猎犬的叫声[2761]他海湾的界限吠出[2762]钟|警铃警告。这样咬这样叫[2763]狗。他被敌人包围[2764]。克里米亚[2765]颜色风[2766]堡垒。带着他的所有炮弹[2767]食人的武器[2768]徽章。穿着他的插肩大衣外套[2769]诸神的黄昏、他的乱发型[2770]马拉科夫高毛帽[2771]大灯泡|建造、他那消失了的长筒靴[2772]、他的卡迪根[2773]羊毛衫宽上衣夹克[2774]锯齿状的、他的猩红色[2775]斯加莱特爵士硬袖口[2776]雄性|缅西科夫亲王|欺骗|靠垫、他的树色[2777]三色的连裤紧身内衣[2778]伪装，以及他危险的[2779]悬挂的|皮里柯普地峡|一部分盖尔风暴[2780]。这里几个星期[2781]壹耳微蚵|蠳螋聘用买主[2782]美丽的！最有名的服装[2783]布利安·布鲁|仙王|罗马！出自柯西[2784]汽车|手推车|亨利·卡尔糖果店|卡尔斯之战和博利克夫[2785]双子星座商店，男人的成衣师[2786]忏悔者。若干金钱[2787]三叶草，快乐时光的付款。小姐们[2788]女儿回头[2789]雄鹿|将要看。电闪与雷鸣[2790]张布架|闪电。

拓夫（所有波斯裁缝[2791]星星在他扇动的耳朵处[2792]四轮运货马车|倾听乱糟糟糟糟争斗[2793]叙述者，他那双保加利亚[2794]凸出部分|瞪视占星师[2795]呵欠式不知所措地[2796]大睁的眼睛，满眼都是球，都是洞，都是纽扣，都是污迹，都是奖章，都是黑黑色的黑团团[2797]）。壮观[2798]雷暴|熊！死生[2799]图乐本伯爵！一些衣着光鲜的家伙！性感[2800]虫子让人惊骇，美好的旧日时光[2801]《友谊地久天长》！廉价的骗局！摧毁得太彻底了！这很壮观，但这不是战争[2802]达盖尔！

2753 Bog carsse 解 god's curse“～”；也解 because“～”；其中 bog 也解［塞维］“～”；也解 Böögg［德］“～”，苏黎世传说中类似于雪人的人物；其中 carsse 也解 Kersse“～”，裁缝；也解 Sir Edward Carson“～”（1854—1935），爱尔兰统一党政治家；也解 Henry Carr“～”，曾在乔伊斯入股的剧团中演戏，因演戏服的价格问题与乔伊斯发生争执。
2754 dam neat 解 damn it“～”；也解 dam“～”＋neat“～”。
2755 sar 解 sir“～”；也解 Czar“～”。
2756 affront“～”，此处解 in front“～”。
2757 Behund 解 behind“在后面”；也解 Hund［德］“～”。此句化自英国诗人丁尼生的诗歌《轻骑旅的冲锋》中的“大炮打在他们右边，大炮打在他们左边”。
2758 dos［法］“～”，此处解 does“～”。
2759 hart“～”，此处解 heart“～”。
2760 ros［拉］“～”，此处解 rose“～”。
2761 the bounds of his bays“～”，此处解 the bays of his hounds“～”。
2762 bell“～”，此处解 bellen［德］“～”；也可与后面合解 warning bell“～”。
2763 Sobaiter sobarkar 解 So bite so bark“～”，化自习语 so far so good（到目前为止还好）；其中 sobaka 也解［俄］“～”。
2764 enmivallupped 解 enemy“敌人”＋enveloped“被包裹”。
2765 Chromean 解 Crimean“～”，克里米亚战争是 1853 到 1856 年因争夺巴尔干半岛而在欧洲大陆爆发的战争；也解 chrôma［希］“～”。
2766 fastion 解 fashion“～”；也解 bastion“～”。
2767 cannoball 解 cannon ball“～”；也解 cannibal“～”。
2768 wappents 解 weapon“～”；也解 Wappen［德］“～”。
2769 raglanrock 解 raglan“插肩大衣”，这一样式来自克里米亚战役的指挥官雷格兰勋爵菲茨罗伊·索默塞（1788—1855），英国陆军元帅＋Rock［德］“外套”；也解 Ragnarøkr“～”。
2770 malakoiffed 解 mal coiffé［法］“头发梳得乱七八糟的”；也解 Malakoff“～”，俄国在塞瓦斯托波尔设立的防御工事。
2771 bulbsbyg 解 busby“～”；也解 big bulb“～”；也解 bygge［丹］“～”。
2772 varnashed roscians 解 vanished Russian boots“～”。
2773 cardigans 解 Earl of Cardigan“卡迪根伯爵”，此处指克里米亚战争的指挥官卡迪根伯爵七世詹姆斯·布鲁德内尔（1797—1868），英国骑兵中将；也解 cardigan“～”。
2774 blousejagged 解 blouse“女上衣”＋jacket“夹克衫”；也解 jagged“～”。
2775 scarlett 解 scarlet“～”；也解 Sir James Yorke Scarlett“～”（1799—1871），克里米亚战争中的英国元帅。
2776 manchokuffs 解 Manschette［德］（长衬衫的）“硬袖口”＋cuffs“袖口”；也解 macho“～”；也解 Prince Menshikov“～”（1787—1869），克里米亚战争中的俄国统帅；也解 manchaku［日］“～”；也解 mancheta［俄］“～”。
2777 treecoloured“～”；也解 threecoloured“～”。
2778 camiflag 解 camiknickers“～”；也解 camouflage“～”。
2779 perikopendolous 解 periculosus［拉］“～”；也解 pendulus［拉］“～”；也解 Perekop“～”，位于克里米亚；也解 perikopê［希］“～”。
2780 gaelstorms 解 Gaelstorm“～”，爱尔兰 20 世纪 20 年代的一种雨衣。
2781 Here weeks“～”；也解 Earwicker“～”，本书主人公；也解 earwigs“～”。
2782 pulchers 解 purchaser“～”；也解 pulcher［拉］“～”。
2783 Obriania beromst 解 ubranie［波］“服装”＋berømtst［丹］“最有名的”；也解 Brian Boru“～”，爱尔兰传说中的著名国王；也解 Oberon“～”，莎士比亚戏剧《仲夏夜之梦》中的人物；也解 Rome“～”。
2784 Karrs 解 Kersse“～”，裁缝；也解 cars“～”；也解 Karre［德］“～”；也解 Henry L Carr“～”，20 世纪初位于都柏林多塞特上街 44 号；也解 Siege of Kars“～”，1855 年克里米亚战争期间的一次要塞围攻战。
2785 Polikoff 解 Polikoff“～”，都柏林裁缝；也可与前面的 Karrs 合解 Castor and Pollux“～”。
2786 confessioners 解 confectionneur［法］“～”；也解 confessor“～”。
2787 Seval shimars 解 several shiners“～”；也解 siomar［爱］“～”。
2788 Mousoumeselles 解 mademoiselle“～”；也解 musume［日］“～”。
2789 buckwoulds 解 backwards“～”；也解 buck“～”＋would“～”。
2790 Tenter and likelings 解 thunder and lightning“～”；也解 tenter“～”；也解 tento［日］“～”。
2791 Perssiasterssias 解 Persia“波斯”＋terziya［保］“裁缝”；也解 aster［希］“～”。
2792 waggonhorchers 解 wagging ears“～”；也解 waggon“～”＋horchen［德］“～”。
2793 shookatnaratatattar 解 shumat na natta［保］“～”；也解 narrator“～”。
2794 bulgeglarying 解 Bulgarian“～”；也解 bulge“～”＋glaring“～”。
2795 stargapers 解 stargazer“～”；也解 gape“～”。
2796 razzledazzlingly 解 razzle-dazzle“混乱”＋-ingly。
2797 blickblackblobs 解 Blick［德］“目光”＋black“黑色”＋blobs“一团”。
2798 Grozarktic 解 grossartig［德］“～”；也解 groza［俄］“～”；也解 arktos［希］“～”。
2799 Toadlebens 解 Tod［德］“死亡”＋Leben［德］“生活”；也解 Frants Todleben“～”（1818—1884），克里米亚战役中负责萨瓦斯托波尔防御的俄国军官。
2800 Insects appalling“～”，此处解 sex appealing“～”。
2801 low hum clang sin 解 Auld Lang Syne“～”，歌曲名，中文译为“～”。
2802 Say mangraphique, may say nay por daguerre 解 C'est magnifique, mais ce n'est pas la guerre［法］“～”，克里米亚战争中法国将军博斯凯对俄国轻骑旅的冲锋的评价；其中 daguerre 也解 Daguerre“～”，法国画家，发明了照相术。

巴特(如果他躲藏[2803],忘记了[2804]他在森林里的鲜花[2805]中度过的[2806]光荣的一夜[2807]他的词汇笔记,他那毫不节制的[2808]用过已废的|鱼青灰色笑容给了所有人[2809]被撕裂的所有人|亚历山大无罪推定[2810]屁股|合适|打了麻醉药的|屁股)。你们都[2811]过来,让男人小腿[2812]曼恩的小腿更优美[2813]擦伤的惠灵顿公爵[2814]女人镇的女裙|屁股!一只穿着天堂纺织的[2815]产卵星宿[2816]圆满成功|确认|加冕礼礼服进行统治[2817]的熊。红出租、橙愤慨、黄长紫衫叶的、绿有木纹的、青膨胀的、蓝后面补裆的、紫紫色的[2818]!阿尔米妮娅[2819]的穿着带帽披风的残疾人[2820]伏都教|死的!首先他踏踏踏出踏出步,然后他弯弯了弯了腰。看。

拓夫(发力[2821]殴打发了力努力[2822]像忠诚[2823]真正的强壮的[2824]懒惰的|俄国人|勒斯克|卢茨克市都柏林人[2825]卢布林市那样去记住[2826]十字架的符号[2827]游轮的循环|残忍者的镰刀,在他在梵蒂冈[2828]水缸|父亲里[2829]莫克斯受洗[2830]教皇|醉酒的之前[2831]出生,他掐死了[2832]阿塔瓦尔帕[2833]阿提拉,用什么毒死了蒙特祖马[2834],不管是否愿意[2835]维尔纽斯,觉得[2836]未能他或许[2837]生[2838]谷仓在克里姆林宫[2839]克拉姆林中[2840]明斯克,在蚱蜢[2841]油脂|造型师上面做出蚂蚁[2842]职位的神圣多边形[2843]波吕戈诺斯,远一点父亲,快一点儿子[2844],一封给这个世界的信[2845]信|等等,O. K.[2846]好的|乌克兰)结结巴巴地说出罪过[2847]散落黄金的人|萨特|黄金|腹泻,他在每条道路上都臭名昭著[2848]道路!天底下下流的[2849]人|人类的起源狗狗狗娘养的[2850] 20|种子发芽|臭鼬!盥洗处[2851]沃尔什|威尔士?他那精瘦精怪的自夸经[2852]?

巴特(在他那挖苦的话之后,用粉红色拨火棍[2853]朝着森林

2803 hids 解 hides“～”。
2804 foregodden 解 forgotten“～”。
2805 florahs of the follest 解 flowers of the forrest“～”，也是歌曲的名字。
2806 farused ameet 解 past amid“～”。
2807 has nate of glozery 解 his night of glory“～”；也解 his note of glossary“～”。
2808 spent fish 解 spendthrift“～”；也解 spent“～”＋fish“～”。
2809 Allasundery 解 all and sundry“～”；也解 all asunder“～”；也解 Alexander“～”。
2810 the bumfit of the doped 解(give sb.)the benefit of the doubt“～”，法律术语，指由于罪证不足而假定某人无罪；其中 bumfit 也解 bum“～”＋fit“～”；其中 doped 也解“～”；也解 dupe［塞维］“～”。
2811 Alleyou 解 all of you“～”。
2812 calves“～”；也解 Calf of Man“～”，英国曼恩岛边上的小岛。
2813 graze“～”，此处解 grace“～”。
2814 jupes of Wymmingtown 解 Duke of Wellington“～”；也解 jupes of women town“～”；也解 zhopa［俄］“～”。
2815 heavenspawn 解 heaven spun“～”，指彩虹；也解 spawn“～”。
2816 consomation 解 constellation“～”；也解 consummation“～”；也解 confirmation“～”；也解 coronation“～”。
2817 raigning 解 reigning“～”。
2818 Rent, outraged, yewleaved, grained, ballooned, hindergored and voluant 解 red, orange, yellow, green, blue, indigo, violet，彩虹的七种颜色；也解“～”。
2819 Erminia“～”，意大利文艺复兴时期诗人塔索的长诗《耶路撒冷的解放》中的女主人公之一。
2820 hoodoodman 解 hodmandod［俚］“～”；也解 hoodoo“～”；也解 dood［荷］“～”。
2821 strick 解 strike“～”，此处押头韵，故译为“～”。
2822 strangling 解 struggling“～”。
2823 aleal 解 a leal“～”；也解 real“～”。
2824 lusky 解 husky“～”；也解 lusk“～”；也解 russkii［俄］“～”；也解 Lusk“～”，爱尔兰都柏林郡的村镇；也解 Lutsk“～”，曾属于波兰。
2825 Lubliner 解 Dubliner“～”；也解 Lublin“～”，位于波兰东部。
2826 merumber 解 remember“～”。
2827 the cycl of the cruize 解 the sign of the cross“～”；也解 the circle of the cruise“～”；也解 the sickle of the cruels“～”。
2828 vatercan 解 Vatican“～”；也解 water-can“～”；也解 Vater［德］“～”。
2829 monkst 解 midst“～”；也解 Mookse“～”，本书寓言中的人物，以《伊索寓言》中狐狸和葡萄的故事为原型。
2830 popsoused 解 baptized“～”；也解 Pope“～”＋soused“～”。
2831 befodt 解 before“～”；也解 født［丹］“～”。
2832 strungled 解 strangled“～”。
2833 Attahilloupa 解 Atahualpa“～”(约 1500—1533)，印加帝国第十三代也是最后一代萨帕·印卡(皇帝)，1572 年印加帝国灭亡；也解 Attila“～”(406—453)，古代欧亚大陆匈人的皇帝，曾多次率领大军入侵东罗马帝国及西罗马帝国。
2834 l Monte de Zuma 解 Montezuma II“蒙特祖马二世”(约 1475—1520)，古代墨西哥阿兹特克的特诺奇提特兰君主，被西班牙征服者埃尔南·科尔特斯所收服，阿兹特克文明就此灭亡。
2835 wilnaynilnay 解 willy-nilly“～”；也解 Wilnius“～”，本书创作期间为波兰城市，现为立陶宛首都。
2836 failing“～”，此处解 feeling“～”。
2837 pallups 解 perhaps“～”。
2838 barn“～”，此处解 born“～”。
2839 Krumlin 解 Kremlin“～”；也解 Crumlin“～”，都柏林的地区名。
2840 minkst 解 midst“～”；也解 Minsk“～”，曾为波兰城市，现为白俄罗斯首都。
2841 greaseshaper 解 grasshopper“～”；也解 grease“～”＋shaper“～”。
2842 emt 解 ant“～”；也解 Amt［德］“～”。
2843 holypolygon 解 holy polygon“～”；也解 Polygonus“～”，希腊神话中海神普鲁图斯的儿子。
2844 farther...soon“～”；也解 father...son“～”。
2845 letteracettera 解 lettres à cette terre［法］“～”；也解 lettera［意］“～”＋etcetera“～”。
2846 oukraydoubray 解 okey dokey“～”；也解 dobro［塞维］“～”；也解 Ukraine“～”。
2847 Scutterer of guld 解 stutter of guilt“～”；也解 scatterer of gold“～”；也解 Sutter“～”，美国加州科洛马市附近的磨坊，1849 年在此处的河里发现金片，引发加州淘金潮＋gold“～”；也解 scutter［爱］“～”。
2848 retourious on every roudery 解 notorious on every road“～”；其中 retourious 也解 route［法］“～”。
2849 lyewdsky 解 lewd“下流的”＋sky“天空”；也解 lyudskoi［俄］“～”；也解 lyudskyi vischod［鲁］“～”。
2850 ewn of a fitchid 解 son of a bitch“～”；也解 fichid［爱］“～”；也解 vischod［鲁］“～”；也解 fitchet“～”。
2851 walshbrushup 解 wash and brush up“～”，英国公共厕所中的通告；也解 William John Walsh“～”(1841—1921)，都柏林的天主教主教，造成巴涅尔下台的人之一；也解 Welsh“～”。
2852 braggs 解 brags“～”。
2853 pinkpoker 解 pink“粉色”＋poker“拨火棍”。

草地[2854]利斯纳和卢荷，用罗塞尼亚语[2855]惯例指出那些在混杂雾气[2856]城镇中的城镇之上的无法越过之物[2857]不可能的，例如尤利安阿尔卑斯山脉[2858]大赦年和霍斯[2859]头河[2860]小溪|里维埃拉，作为他和他的真爱[2861]图洛克枪支公司可能曾经在那里做游戏之处）。岩石[2862]卡雷|丑老太婆|汽车之地和那棵该死的[2863]树。不要忘记原野[2864]倒下的！为了欧甘文字[2865]奥格里姆|《奥格里姆的悲叹》的悲叹[2866]《耶利米哀歌》|罗蒙湖！悲惨的丹麦人的屁股[2867]战争的|可怕的。这里是浓密谷[2868]山谷。不是[2869]否|眼睛？他们的仙女[2870]毛皮的通道。是的[2871]！还有游击人员追踪[2872]着出现[2873]一支枪，为了拘谨小姐[2874]公主|拘谨的|亲吻的恶作剧而梳妆打扮。伙计们[2875]阴茎藏[2876]在后面在牛棚里。真主啊[2877]到一包！

拓夫（一位黑人先知[2878]黑海，他透过肖像之窗[2879]寡妇，竭尽全力回忆[2880]规定过去发情期里的所有争妻竞争[2881]生存竞争|掉队|为了妻子，恸哭他们家族[2882]饥荒|害群之马里的败家子[2883]白纸，对着昔日体面的纪念品[2884]遗迹|寡妇，它们是过度支出[2885]过度透风的结果）。啊，战争[2886]堡垒居所|愤怒|拉斯敏斯的岁月！呀，我的母亲[2887]母亲|谋杀！哦，我的太阳[2888]我的小镇|吾之乡，嗯，他这个[2889]乡下人[2890]祖鲁人！奥斯陆[2891]熊来的比昂松[2892]·麦克马翁[2893]，在他的顺利捕猎[2894]额头的汗水|南极中，嗅着[2895]熊|听渴望[2896]东北|容易甜[2897]汗水泉水[2898]子孙的鼻子。

巴特（回到他的汽油[2899]巡逻|使徒彼得和油泵[2900]典当|使徒保罗：我在这，我坚守[2901]看女阴，我们安静下来：再不要苹果树[2902]庆典：朽木迪

2854 Lissnaluhy 解 lyis[鲁]"树林"+luhy [鲁]"草地";也解 Lyisna and Luh"~",乌克兰境内巴格河的两个支流。
2855 rutene 解 Rutene [俄]Ruthenian"~",乌克兰西部一地区的语言;也解 routine"~"。
2856 mistomist 解 misto [意]"混合的"+mist"薄雾";也解 mistomist[鲁]"~"。
2857 impassible abjects 解 impassable objects"~";也解 impossible"~"。
2858 Djublian Alps 解 Julian Alps"~",位于斯洛文尼亚境内;也解 jubilee"~",天主教每二十五年一次的。
2859 Hoofd 解 Howth"~";也解 hoofd [荷]"~"。
2860 Ribeiro 解 ribiero [普]"~";也解 ribeiro [普]"~";也解 Riviera"~",南欧沿地中海一地区。
2861 trulock 解 truelove"~",此句出自苏格兰民歌《罗蒙湖》(Loch Lomond)中的"但是我和我的埃尔南再不会相遇";也解 Harriss and Richardson Trulock, Ltd. "~",20 世纪初位于都柏林道森大街 9 号。
2862 karhags 解 carraig [爱]"~";也解 Carhaix"~",布列塔尼的城市;也解 karha [鲁]"~";也解 car"~"。
2863 bloasted 解 blasted"~"。
2864 felled"~",此处解 field"~"。
2865 Oghrem 解 Ogham"~";也解 Aughrim"~",指 The Lamentation of Aughrim"~",穆尔的歌曲《不要忘记那片旷野》的旋律。
2866 lomondations 解 lamentation"~";也解 Lamentatons"~",《旧约》中的一部;也解 Loch Lomond"~",苏格兰的淡水湖,也是苏格兰民歌的名字。
2867 Warful doon's bothem 解 Woeful Dane Bottom"~",英格兰格洛斯特郡的山谷,可能为丹麦人战败的地方。这个主题还会在后面重复出现;其中 Warful 也解"~",也解 awful"~"。
2868 furry glunn 解 The Furry Glen"~",都柏林凤凰公园里的林地,著名散步处,其中 glunn 也解 gleann [爱]"~"。
2869 Nye 解 nji [鲁]"~";也解 ne [鲁]"~";也解 eye"~"。
2870 feery 解 fairy"~";也解 furry"~"。
2871 Tak[鲁]"~"。
2872 aspoor 解 spoor"~"
2873 aspear 解 appear"~";也解 a spear"~"。
2874 primkissies 解 prim"呆板的"+missies"小姐";也解 princess"~";也解 prim"~"+kiss"~"。
2875 buddies"~";也解 bod [爱]"~"。
2876 behide 解 hide"~";也解 behind"~"。
2877 Allahblah 解 Allah-ta'alah"~";也解 alla balla [意]"~"。
2878 blackseer 解 black seer"~";也解 Black Sea"~"。
2879 widnows 解 windows"~";也解 widows"~"。
2880 regulect 解 recollect"~";也解 regulate"~"。
2881 straggles for wife 解 struggle for wife"~";也解 struggle for life"~";也解 straggles"~"+for wife"~"。
2882 faminy 解 family"~";也解 famine"~";也可与前面合解 black sheep of the family"~"。
2883 blank sheets"~",此处解 black sheep"~"。
2884 relix of old decency 解 relic of old decency [都柏林俚语]"~";其中 relix 也解 relic"~";也解 relict"~"。
2885 over draught 解 overdraft"~";也解 overdraught"~"。
2886 rath 解 rat [塞维]"~";也解 rath(古代部族所住的)"~";也解 wrath"~";也解 Rathmines"~",都柏林地区名。
2887 murther 解 mother"~",此处化自歌曲 Mother of Mine"~";也解 murder"~"。
2888 selo moy 解 O Sole Mio"~", 1898 年创作于那不勒斯的歌曲;也解 selo moje [俄] [塞维]"~";也解 selo moe [鲁]"~"。
2889 luy 解 lui [意]"~"。
2890 zulu"~",此处解 zulu [意]"~"。
2891 Osro 解 Oslo"~",挪威首都;也解 orso [意]"~"。
2892 Bernesson 解 Bjørnson"~"(1832—1910),挪威戏剧家、诗人、小说家。
2893 Mac Mahahon 解 MacMahon"~"(1808—1893),法兰西第三共和国总统,在克里米亚战争及意大利马真塔战役中扬名。
2894 swooth prowl 解 smooth prowl"~";也解 sweat of his brow"~";也解 South pole"~"。
2895 bearing"~";也解 bear"~",熊用鼻子嗅蜂蜜;也解 hearing"~"。
2896 easger 与后面合解 eager for"~";与前面合解 north east"~";也解 easy"~"。
2897 sweeth 解 sweet"~";也解 sweat"~"。
2898 prolettas 解 proletta [保]"~";也解 proletta [意]"~"。
2899 peatrol 解 petrol"~";也解 patrol"~";也解 Peter"~"。
2900 paump 解 pump"~";也解 pawn"~";也解 Paul"~"。
2901 swee Gee's wee rest 解 j'y suis, j'y reste [法]"~",这是 1855 年麦克马翁将军被问是否能守住他刚攻克塞瓦斯托波尔附近的马拉克夫要塞时,他的回答;也解 see Gee([俚]"女阴")we rest"~"。
2902 applehooley 解 na h-ubhaill [爱]"~";也解 hooley [爱]"~"。

克[2903]）。布利安·布鲁[2904]棕色的|熊先生，度蜜月的人[2905]放债的人|小贩|吃，草地[2906]熊|罴|蜂蜜|少女|麦达维尔上最灰色的人类米迦勒[2907]我！他的编年史位于[2908]汉娜·丽维娅最高处[2909]！因为他玷污了[2910]吞食|夺取少女的贞洁|设计|虔诚的野地[2911]罚钱|敌人里的百合花[2912]铃兰|莉莉阿斯，他与出自驴子的颚骨[2913]挪威人的鼓声参孙[2914]玉米粥|闪、流浪汉和商人[2915]对战[2916]使混淆|改变信仰|安慰。上帝，拯救爱尔兰[2917]守卫说芬兰话|上帝惩罚英格兰，救救我们大家[2918]服务我们所有人|我们全都说！

拓夫（因为前面的有精神病[2919]马屁精|展示灵魂的人|汉娜，因为[2920]后面的渡魂者[2921]灵魂|大拇指在火上[2922]对美人负有义务，难以肯定，在他的巴克利[2923]标致|美丽和俄国将军[2924]贝齐·罗斯|迷迭香|犹太教新年之间，他是否[2925]哪里看到绶带蛋糕主教还有他的教区牧师[2926]大拇指奖励|警察在他的婚姻[2927]海市蜃楼访问中走向前，或者地平线小姐，正是我们的所有幻想[2928]花色织物|芬尼格斯描画了[2929]美味她，在弧形的曲线上，正抽出展示花边的[2930]穿着系带鞋子上肢[2931]林波洛斯特，指向伟大的星座[2932]惊慌失措）。暴露了！你好[2933]《嘿嘿嘿哈哈哈》，水壶[2934]小猫，你好，锅子[2935]先生！猫之靴[2936]和半只靴[2937]。务必让我们做太阳[2938]应该，或者让夜猫子[2939]天龙星座|口译|白天工作的人|红色做月亮，直截了当[2940]海峡|一条道路得就像你的答案[2941]蚂蚁的|姑姑|蚂蚁顺着我的思路[2942]愚蠢|我的行列一样，而你的邮件从尖叫的佩沃斯[2943]客栈老板送[2944]到闹鬼的希尔斯伯勒，为陛下效劳[2945]农夫|音乐|仆人|沙皇|农民女巫，纵纵，横横[2946]裂缝|骏马|罗斯步枪，全俄罗斯的沙皇[2947]先生，因为我的第一[2948]闹剧到附近来听[2949]耳朵，我的第二[2950]麻袋末端|

2903 dodewodedook 解 Deadwood Dick"～",美国小说家爱德华·惠勒 1877 到 1897 年发表的"十分钱小说"系列中的人物。
2904 Bruinoboroff 解 Brian Boru"～",爱尔兰传说中的著名国王;也解 bruin [荷]"～";也解 Bruin the Bear"～",出自《列那狐传奇》。
2905 hooneymoonger 解 honeymooner"～";也解 moneymonger"～";也解 monger"～";也解 manger [法]"～"。
2906 Meideveide 解 weide [荷]"～";也解 medvyd [俄]"～";也解 medved [塞维]"～";也解 med [塞维]"～";也解 meid [荷]"～";也解 Maida Vale"～",伦敦地区名。
2907 manmichal 解 man"人"+michal"米迦勒",天使长;也解 mich [德]"～"。
2908 livves 解 lives"生活";也与前面的 annal 合解 Anna Livia"～",本书女主人公。
2909 hoiest 解 highest"～"。此处出自歌曲《耶路撒冷》中的"Hosanna in the highest"(和散那在最高处)。
2910 devoused 解 defiled"～";也解 devoured"～";也解 deflowered"～";也解 devise"～";也解 devout"～"。
2911 Fined"～",此处解 field"～";也解 Feind [德]"～"。
2912 lelias 解 lilies"～";也解 lily of the valley"～";也解 Lilias Walshingham"～",勒法努的《墓地房屋》的主人公。
2913 drumbume of a narse 解 jawbone of an ass"～",参孙曾用一块驴子的颚骨杀死整个军队;也解 drum of a Norse"～"。
2914 samp"～",此处解 Samson"～";也解 Shem"～"。
2915 marchint 解 merchant"～"。
2916 conforted 解 confront"～";也解 confounded"～";也解 converted"～";也解 comfort"～"。
2917 Guards, serf Finnland 解 God save Ireland"～";也解 Guards say Finnland"～";也解 Gott strafe England [德]"～"。
2918 serve we all 解 save us all"～";也解 serve us all"～";也解 say we all"～"。
2919 psychophannies 解 psychopannychy"～";也解 sycophant"～";也解 psychophanes [希]"～";也解 Anne"～",本书女主人公。
2920 whatwidth... whetwadth 解 what with"～"。此处化自莎士比亚的戏剧《一报还一报》中的"打仗的打仗去了,病死的病死了,上绞刑架的上绞刑架去了,本来有钱的穷下来了,我现在弄得没有主顾上门啦"。
2921 psuckofumbers 解 psychopomp"～",引导灵魂到阴间;也解 psuche [希]"～";也解 thumb"～"。
2922 beholden the fair"～",此处解 behind on the fire"～"。
2923 bulchrichudes 解 Buckley"～";也解 pulchritude"～";也解 pulchritudo [拉]"～"。
2924 roshashanaral 解 Russian general"～";也解 Besty Ross"～",歌谣《芬尼根的守灵夜》中两个打架的女子之一;也解 rosemary"～";也解 Rosh Hashana"～"。
2925 where"～",此处解 whether"～"。
2926 pollex prized"～",此处解 parish priest"～";也解 police"～"。
2927 Mirrage 解 marriage"～";也解 mirage"～"。
2928 Fannacies 解 fantasies"～";也解 fancies"～";也解 Finneces"～",英雄芬·麦克尔 7 岁起跟随学习的德鲁伊。
2929 daintied 解 painted"～";也解 dainty"～"。
2930 showlaced 解 show laced"～";也解 shoelaced"～"。
2931 limbaloft 解 limb"肢"+aloft"在上面";也解 Limberlost"～",美国作家斯特拉顿-波特 1909 年出版的小说《林波洛斯特女孩儿》的主人公。
2932 consternations"～",此处解 constellations"～"。
2933 Hyededye 解 how do ye"～";也解 Hi-de-di, how-de-do"～",歌曲名。
2934 kittyls 解 kettles"～",化自习语 The pot calling the kettle black(五十步笑百步);也解 kittle"～"。
2935 pan"～";也解 pan [泛斯]"～"。
2936 Poshbott 解 Puss in Boots"《穿靴子的猫》",法国作家夏尔·佩罗的童话。
2937 pulbuties 解 pół [波]"一半"+buty [波]"靴子"。
2938 soll [德]"～",此处解 sol [拉]"～"。
2939 dargman 解 darkman [俚]"～";也解 dragon 即 Draco"～";也解 targman [亚]"～";也解 dargsman"～";也解 dearg [爱]"～"。
2940 strait a way 解 straightaway"～";也解 strait"～"+a way"～"。
2941 ant's"～",此处解 answers"～";也解 aunt"～";也解 Ondt [丹]"～"。
2942 folly me line 解 follow my line"～",化自 follow my leader"学样",一种儿童游戏,参加者需模仿领头人的一举一动;也解 folly"～"+my line"～"。
2943 Piping Pubwirth 解 Piping"尖叫的"+Pebworth"佩沃斯",英国埃文河畔斯特拉特福西南部 7 英里的城市;也解 Wirt [德]"～"。根据钱伯斯的《莎士比亚传》中的记载,一次莎士比亚在比德福德参加完酒宴拒绝第二天跟朋友们一起回家,并说了"Piping Pebworth, Dancing Marston, Haunted Hillborough, Hungry Grafton, Dadgeing Exhall, Papist Wicksford, Beggarly Broom, and Drunken Bidford",这些地方都离埃文河畔斯特拉特福不到 12 英里。
2944 goang 解 going"～"。
2945 on his Mujiksy's Zaravence 解 On His Majesty's Service"～";其中 Mujiksy 也解 mujik"～",也解 music"～";其中 Zaravence 也解 dzaía [亚]"～",也解 Czar"～";两者也可合解 muzhytskyi charivnitsa [鲁]"～"。
2946 the Riss, the Ross 解 criss cross"纵横交错的";也解 Riss [德]"～"+Ross [德]"～";也解 Ross rifle"～"。
2947 the sur of all Russers 解 Czar of all the Russias"～";其中 sur 也解 sir"～"。此处化自爱尔兰儿歌《鹪鹩》("The Wren")中的"鹪鹩、鹪鹩、百鸟之王"。
2948 farst 解 first"～";也解 farce"～"。
2949 hear"～";也解 EAR"～",也是主人公名字的一部分。
2950 sackend 解 second"～";也解 sack end"～";也解 cul-de-sac [法]"～"。

死胡同被用[2951]相遇来坐[2952]藤椅，而我的全部是一只蠼螋[2953]壹耳徽蚵|金子。我们应该说你跳了[2954]做完波尔卡[2955]臭鼬。嘴[2956]上发巨声，喉咙[2957]咯咯响[2958]，顶上敲一下，你的兜盖松了扣[2959]苍蝇……

巴特（他的演出信号似乎加快了[2960]榴霰弹他内心最深处的[2961]内心独白旋律[2962]《美诺》，在这个信号下绕着她的黄磨坊主[2963]发出重击声的轮子，做着小棕壶[2964]慢跑表演[2965]卷轴）。巴克利[2966]，巴克利，血溅博因河[2967]《新教男孩》！乒乒乓乓。他的快照[2968]阴茎拍在《俄国日报》[2969]俄国将军上。由[2970]为什么他留在身后的女孩们[2971]爱|害怕|眼睛拍的。

拓夫（给象牙女孩和黑檀男孩在骨头上惠赐了两音级[2972]中止战争[2973]交响乐[2974]给予光）。巴拉克拉瓦[2975]黑白|俄式三弦琴！同志[2976]行吟诗人！我跌倒了[2977]摇晃！

巴特（拿着长柄镰刀[2978]小天鹅中的镰刀，除了锤子[2979]发嗡嗡声的人|锤子和镰刀|龙虾中的锤子[2980]幽默，啊，越过金领子[2981]旧日时光|红色|胆汁，愤怒说话[2982]仓促做事|假日，多少[2983]拇指|捕捉达到具有以下这种效果[2984]吞咽的嗅觉器官|打滚|去闻的全部强度[2985]手指）。臼啊[2986]凶杀、砂浆啊[2987]刑讯、焦油啊[2988]鞑靼人|塔尔塔罗斯、水啊[2989]战争|监狱看守！愿他的保龄球传播更广，这样他的柱球处境更糟！衰老的君主[2990]单子把发明之母[2991]投资谋杀变成美德[2992]外出探险|把某事转换为对自己有利的东西。我看到代理中士[2993]行动|澎湃的在短弯刀星星和苍白的月亮之间闪烁[2994]。凭着它们的光影[2995]就可以认出[2996]扔他！咻啪[2997]换噗噗[2998]，我的烟斗[2999]生命换他的雪茄[3000]沙皇！通向赌博的牛奶

2951 meet"～",此处解 made"～"。
2952 sedon 解 sit on"～"。这里指 WICKER chair"～",也是主人公名字的一部分。
2953 peer's aureolies 解 perce-oreille [法]"～",即 earwig,这里指 Earwicker"～",本书主人公;也解 aureolus [拉]"～"。
2954 dones 解 dance"～";也解 done"～"。
2955 polecad 解 Polka"～",此处化自歌曲《你该看我跳波尔卡》;也解 polecat"～"。
2956 booche 解 bouche [法]"～"。
2957 gorge [法]"～"。
2958 gurg 解 gurgle"～"。
2959 flup is unbu 解 flap is unbuttoned"～";也解 fly"～"。
2960 sharpnel 解 sharpen"～";也解 shrapnel"～"。
2961 innermals 解 innermost"～";也与后面的 menody 合解 interior monologue"～"。
2962 menody 解 melody"～";也解 Meno"～",柏拉图的对话集。
2963 whang goes the millner 解 Whang the Miller"～",英国作家哥德斯密的《世界公民》中的磨坊主,他的磨坊因他在磨坊下挖掘不存在的宝藏而垮塌;也解 whang"～"。此处化自 17 世纪英国儿歌"Pop! Goes the Weasel"(《哈!鼬鼠跑了》)。
2964 jog"～",此处解 jug"～"。化自歌曲"Little Brown Jug"(《小棕壶》)。
2965 spool"～",此处解 Spiel [德]"～"。
2966 Buckily 解 Buckley"～"。
2967 blodestained boyne 解 bloodstaine"血污的"+Boyne"博因河战役",1690 年英格兰国王威廉三世在爱尔兰打败詹姆士二世的战役;也解 The Protestant Boys"～",爱尔兰歌曲。
2968 snapper"～";也解 snapper [俚]"～"。
2969 Rumjar Journaral 解 Russian Journal"～";也解 Russian general"～"。
2970 Why"～",此处解 By"～"。
2971 the gigls he lubbed beeyed him 解 the girls he left behind him"～",化自歌曲"The Girl I left behind Me"(《我留在身后的女孩》);其中 lubbed 也解 lyuba[鲁]"～";其中 beeyed 也解 biy [鲁]"～";也解 eye"～"。
2972 stop"～",此处解 step"～"。
2973 yogacoga 解 cogadh [爱]"～"。
2974 sumphoty 解 symphony"～";也解 sumphotia [希]"～"。
2975 balacleivka 解 Balaclava"～",克里米亚战争中的著名战场;也解 black white"～",指钢琴键;也解 balaleika"～"。
2976 Trovatarovitch 解 tovarishch [俄]"～";也解 troubadour"～"。
2977 trumble 解 tumble"～";也解 tremble"～"。
2978 scygthe 解 scythe"～";也解 cygnet"～"。
2979 hummer"～",此处解 hammer"～",也与前面合解 hammer and sickle"～",在苏联国旗上代表工人和农民;也解 Hummer [德]"～"。
2980 humour"～",此处解 hammer"～"。
2981 cholaroguled 解 collar of gold"～";也解 Days of Old"～"。化自爱尔兰诗人穆尔的歌曲《让爱尔兰记住旧日时光》;也解 gules"～",纹章学概念;也解 choler"～"。
2982 howorodies 解 hovoryty [鲁]"～";也解 hurries"～";也解 holidays"～"。
2983 fumfing to 解 something of"～";也解 thumb"～";也解 fing [德]"～"。
2984 wallowing olfact 解 following effect,即 to the following effect"～";也解 swallowing olfact"～";也解 wallowing"～"+olfacto [拉]"～"。
2985 fullfrength 解 fullstrength"～";也解 finger"～"。
2986 Mortar"～";也解 murder"～"。
2987 martar"～";也解 Marter [德]"～"。
2988 tartar"～",此处解 tar"～";也解 Tartarus"～",希腊神话中提坦巨神被囚禁的地狱。
2989 wartar 解 water"～";也解 war"～";也解 Warter [德]"～"。
2990 monad"～",此处解 monarch"～"。
2991 murder of investment"～",此处解 mother of invention"～",化自习语"需要是发明之母"。
2992 making a venture out of"～",此处解 make a virtue out of (necessity)"把(需要)变为美德",即"～"。
2993 acting surgent 解 acting sergeant"～";也解 acting"～"+surgent"～"。
2994 betwinks 解 betwixt"在两者之间"+twinkles"闪烁"。
2995 shalthow 解 shadow"～",此处出自《马太福音》(7:20)"凭着他们的果子,就可以认出他们来"。
2996 throw"～",此处解 know"～"。
2997 Piff paff"～",模仿子弹穿过空中射击的声音,也是一首歌曲的名字。
2998 puffpuff"～",模仿引擎排气的声音,也是儿童对火车的称呼。
2999 pife 解 Pfeife [德]"～";也解 life"～",此处化自俄国作曲家格林卡的歌剧 *A Life for the Czar*(《为沙皇献身》)。
3000 cgar 解 cigar"～";也解 Czar"～"。

路[3001]银河|牛奶|牛奶的。

［对世界瞩目的[3002]人人唾弃的卡霍尔梅[3003]城镇汽车赛所做的值得赞颂的词音像[3004]展览[3005]控诉状，一直到这个螺旋弯道[3006]困境，由《爱尔兰赛车世界》提供。一百一十一[3007]挤成一团的活泼的位马厩碾碎机与这边胆敢牧场那边[3008]皮重沟渠一起，分享着捷足的热情，此时海鸥们正仔细搜索着场地。好耶，好耶，太好啦[3009]马，太阳望远镜闪着光，全胜还是其他名次[3010]温莎城堡|冬宫根据具体情况而定[3011]就像大门可能看。上帝啊[3012]！那是（拿着燃烧的荆棘的）托马斯·诺兰[3013]两群|布朗与诺兰|诺拉的布鲁诺先生，为了他们常有的悔罪[3014]之乐[3015]，出于消遣[3016]的目的，告诉极其可敬的[3017]真正地|流浪者|尽头伊比芬尼[3018]灵显|托勒密五世神父，圣都拉[3019]的神殿告解者（戴着棕色圆顶礼帽[3020]棕色轰炸机）巴克利如何（像你那骨骼学[3021]马的神学|占星术|骨头|神学中有根骨头[3022]善一样肯定[3023]）射杀了俄国将军[3024]后腿逃避赛马日程。圣人般的学者们[3025]对这个改过自新当众忏悔[3026]的陈腐故事[3027]讲述（又这样，惠廷顿[3028]！）发出喧闹[3029]烤栗子大笑[3030]的超自然[3031]新近的|过饱的|什锦的叫喊，绝对[3032]赦免是憨蛋呆蛋[3033]的胜利。许多没有妈妈[3034]或爸爸的姑娘和小伙，只有血肉[3035]无经验的和挥霍的和募捐箱。诚然[3036]被关上，一个所有者宽恕一个小玩意[3037]三胞胎：那是给孩子们的铜线[3038]J·F·X·P·卡宾格。狡猾的闪[3039]在他们边上，肉体在场而[3040]道德缺席，拿着他的方块杰克[3041]无赖的钻石慵懒地四处走[3042]，向米克、尼克和玛奇们[3043]（一

3001 The mlachy way for gambling 解 The milky way for gambling"～",其中 milky way 也指"～",此处化自 19 世纪的爱尔兰歌曲《通向都柏林的石板路》;其中 mlachy 也解 mleko [波] [塞维] "～",也解 mlečni [塞维] "～"。

3002 worldrenownced 解 world-renowned"～";也解 world-renounced"～"。

3003 Caerholme 解 Carholme"～",1965 年前英国赛车的主要地区,位于英格兰东米德兰兹的林肯郡;也解 caer [威] "～"。

3004 verbivocovisual 解 verbum [拉] "字句"+vox [拉] "声音"+visualis [拉] "由视觉获得的"。

3005 presentment"～",此处解 presentation"～"。

3006 curkscraw bind 解 corkscrew bend"～";也解 bind"～"。

3007 huddled and aliven 解 hundred and eleven"～";也解 huddled and alive"～"。

3008 dare...tare"～",此处解 here...there"～"。

3009 Hippohopparray 解 hip hip hurrah"～";也解 hippo"～"。

3010 winsor places 解 wins or places"～";也解 Windsor Palace"～",英国马赛举行地;也解 Winter Palace"～",俄国皇宫。

3011 as the gates might see"～",此处解 as the case might be"～"。

3012 Meusdeus 解 meus Deus [拉] "～"。

3013 Twomass Nohoholan 解 Thomas Nolan"～",克里米亚战争中的军官;也解 Two mass"～";也解 Browne and Nolan"～",都柏林著名书籍和文具商店的店名;也解 Bruno of Nola"～",意大利 16 世纪哲学家。

3014 contribe 解 contrite"～"。

3015 satisfunction 解 satisfaction"～"。

3016 amusedment 解 amusement"～"。

3017 Verily Roverend 解 very reverend"～";也解 Verily"～"+Rover"～"+end"～"。

3018 Epiphanes"～",一匹 1932 年出生的黑色赛马;也解 epiphanes [希] "～";也解 Ptolemy V Epiphanes"～"(前 210—前 180),埃及国王。

3019 Saint Dhorough 解 Saint Doolagh"～",爱尔兰兰斯特省巴尔多伊尔市附近的小镇。

3020 bomler 解 bowler"～";也解 Brown Bomber"～",英国一连环漫画中一匹马的名字。

3021 osstheology 解 osteologia [希] "～";也解 horse theology"～";也解 astrology"～";也解 osteon [希] "～";也解 theologia [希] "～"。

3022 bonum [拉] "～",此处解 bone"～"。

3023 assuary 解 as sure (as)"～"。

3024 Backlegs shirked the racing kenneldar 解 Buckley shot the Russian general"～";也解 Backlegs shirked the racing calendar"～"。

3025 Scholarist 解 scholars"～",爱尔兰也被称为"圣人和学者之岛"。

3026 metanoic excomologosis 解 metanoia"因信仰改变而改变生活方式"+excomologosis"当众忏悔自己的罪恶"。

3027 tells"～",此处解 tale"～"。

3028 Wittyngtom 解 Dick Whittington"～",15 世纪的伦敦市长。

3029 roastering 解 roistering"～";也与后面合解 roast chestnut"～"。

3030 guffalawd 解 guffaw"狂笑"+loud"大声的"。

3031 nupersaturals 解 supernatural"～";也解 nuper [拉] "～";也解 satur [拉] "～";也解 satura [拉] "～"。

3032 absolutionally 解 absolutely"～";也解 absolution"～"。

3033 romptyhompty 解 Humpty Dumpty"～"。

3034 damas 解 mamas"～"。

3035 fresh and blued"～",此处解 flesh and blood"～"。

3036 to be shut"～",此处解 to be sure"～"。

3037 triflets 解 trifle"～";也解 triplets"～"。

3038 Coppingers 解 coppers"～";也解 Archdeacon J. F. X. P. Coppinger 解"～",第一卷中出现的领班神父。

3039 Slippery Sam"～",约翰·盖伊 1728 年创作的三幕芭蕾舞剧《乞丐的歌剧》(*Beggar's Opera*)中的小偷和裁缝。

3040 howsomedever 解 howsoever"～"。弥撒期间在正规教堂外面做礼拜的人在爱尔兰被视为道德上出席了,尽管肉体缺席。

3041 knavish diamonds"～",此处解 knave of diamonds"～",指纸牌方块 J。

3042 slooching about 解 slouching about"～"。

3043 Gmax, Knox and the Dmuggies 解 Mick, Nick and the Maggies"～",书中主人公的两个儿子及以复数出现的女儿。

便士[3044]忏悔|少量津贴买你们的思想[3045]，赛马谜们[3046]拓夫！）要一副[3047]打扮梅花幺点[3048]衣服。尽管如此，补锅匠汤姆[3049]·蒂姆，他那不屈不挠的家臣，（先知是萨麦尔[3050]的先知，但听者[3051]头发是蒂莫西[3052]尊敬的上帝|希利的听者）处于宴饮者的郁闷[3053]布泽之忧|魔鬼中，在他的丝绸[3054]帐篷里一成不变地生着闷气[3055]浸泡。祸根波多利[3056]，那一天的灾祸谷！六座尖塔的钟[3057]时髦人士的连衣裙|喝醉的披着它们微光闪烁的[3058]夏天外套[3059]例子！你看：一位首席铁匠，几位[3060]曾经丑闻恶臭制造者[3061]烛台制造商，一位来自卡萨布兰卡[3062]白色房子|临危不惧忠于职守的人的时装店女店员[3063]中东，当然，弗赖伊先生。坏蛋[3064]！请原谅调查[3065]西班牙宗教裁判所，都是你弄的[3066]？那是德·瓦勒拉[3067]给定值|根据价值的多明我会修士[3068]复印滚筒|祈祷。为什么戴那顶怪异的头巾[3069]摘下那顶白帽子？因为在从未如此的环境[3070]中应该了解的是最后一位总督[3071]失去的|强大的破坏力|世界主宰的卓越庇佑[3072]名流|不洁的胆小鬼。旁遮普[3073]！伟大的朱庇特[3074]，那是什么[3075]？运气运气运气运气运气运气运气！那是一千搏一的瞎猫碰死耗子的[3076]几内亚鹅|不识趣地硬插在两个情侣之间利物浦[3077]银杯[3078]。等一等，真是小，小又小的[3079]横座马鞍珀西·奥莱利[3080]！框里哐啷，框里哐啷！它们在围栏浅滩之城[3081]转弯|第四|要塞。由基督[3082]救世主之马[3083]十字架|骏马建造，黑里欧波里斯[3084]全部|民众|全体是一声惊呼[3085]拉出来的屎！旁遮普[3086]！解放者，克里米亚[3087] ECH猎人（赫尔曼·C·安特维索尔[3088] HCE|她的男人|蚂蚁|口哨少校）效果惊人地复制了著名祖先在过去胜利场合的外形，正指出通

3089 Whaytehayte 解 White hat"～",指白发的芬·麦克尔;也解 Richard Whateley"～"(1787—1863),都柏林的英国主教;也解 White-boys"～",一个爱尔兰宗教狂热组织;也解 Hoyte"～",曾任都柏林市长。
3090 buy"～",此处解 bay"～"。
3091 eagle's way"～",此处出自《箴言》(30:19)"鹰在空中飞的道、蛇在磐石上爬的道、船在海中行的道、男与女交合的道";也解 Eagle's Way"～",1919 年赛马的名字。
3092 Bailey Beacon 解 Bailey Lighthouse"贝里",位于霍斯地区+Beacon"灯塔";也解 Francis Bacon"～"(1561—1626),英国哲学家。
3093 Ratatuohy 解 ratatouille[法]"～";也解 Patrick Tuohy"～"(1894—1930),爱尔兰画家,曾为乔伊斯的父亲画像。
3094 Furstin II[德]"～";也解 first and second"～";也解 Faustin"～",赛马的名字。
3095 Leavybrink 解 Liffey"利菲河"+brink(河的)"陡岸"。
3096 too"～",此处解 two"～"。
3097 spring dabbles 解 spring"春天"+double"双赛"。英国最早的马赛是林肯郡障碍赛,同时全国越野障碍赛马也在春天举行,因此被称为"春日双赛";其中 dabbles 也解"～";也解 Dublin"～"。
3098 Immensipater 解 Emancipator"～";也解 immense"～";也解 immensipater[拉]"～"。
3099 a clean pairofhids 解 a clean pair of hides"～";也解 a clean pair of heels"～"。
3100 Sinkathinks to oppen here 解 Such a thing to happen here"～";也解 thinks open air"～"。
3101 virgin's tuft"～",此处解 virgin turf"～"。
3102 golden of evens 解 Garden of Eden"～";也解 gold of evens"～"。
3103 sought of 解 thought of"～"。
3104 sinkathink 解 such a thing"～"。
3105 lorkmakor 解 Lord Mayor"～";也解 lock maker"～"。
3106 proformly 解 profoundly"～";也解 pro forma[拉]"～"。
3107 annuysed 解 annoyed"～";也解 ennui[法]"～";也解 amused"～"。
3108 schayns 解 chains"～",指市长佩戴的 SS 形链条。
3109 shinkly 解 shrink-ly"～";也解 think-ly"～"。
3110 Sat will be off follteedee 解 that will be all for today"今天就到这里";也解 sat"坐"+will be off"将离开"。
3111 eeridreme 解 Éire dream"～";也解 eerie drama/dream"～";也解 aerodrome"～";也解 dromos[希]"～"。
3112 Bett and Tipp 解 Butt and Taff"～";也解 bet and tip"～";其中 Bett 也解[德]"～"。
3113 effered 解 offered"～";也解 effort"～"。
3114 swapstick 解 slapstick"～";也解 sweepstake"～"。
3115 quackchancers 解 quickchangers"快速转换角色的演员"。
3116 Topphole 解 Top-hole"～";也解 Top hole"～"。
3117 awary 解 aware"～"。
3118 Loudnin Reginald 解 London Regional Service"～",英国 BBC 的地方台。
3119 colliberated 解 corroborate"～";也解 collaborated"～"。
3120 saggind 解 second"～"。
3121 spurts"～",此处解 sports"～"。
3122 dipperend 解 different"～";也解 dipper"～"。
3123 orangultonia 解 orange Ultonia([拉]"乌尔斯特")"～",指北爱的橙带党,新教政治团体;也解 orang-utan[马]"～"。
3124 pognency 解 poignancy"～";也解 pungency"～"。
3125 tasing the tiomor of malaise 解 teasing the tiger of malaise"～";也解 taking the time of day"～";也解 tasi([雪]"阅读")the Timor of Maleis([荷]"马来")即"～";其中 tasting 也解"～"其中 tiomor 也解 tiomar[爱]"～",也解 timor[马]"～",也解 timor[拉]"～"。
3126 orients"～";也解 Orient"～";也解 Orion"～"。
3127 on the Lour 解 op de loer[荷]"～"。
3128 collier carsst 解 holy curse"～";也解 holy cross"～";也解 collier"～"+Carson"～",爱尔兰统一党政治家。
3129 corsar 解 curse"～";也解 Kersse"～";也解 corsair"～";也解 corpse"～"。
3130 Boyle, Burke and Campbell 解 bell, book and candle"～";也解 BBC,英国广播电台;也解 Boyle Roche"～"(1743—1807),爱尔兰议员,因其自相矛盾的话而闻名+Edmund Burke"～"(1729—1797),爱尔兰政治家、作家、演说家。
3131 strangbones"～",此处解 Strongbow"～",盎格鲁-诺曼领袖,率领军队入侵爱尔兰。
3132 gogemble 解 go gamble"～"。
3133 cerberating 解 celebrating"～";也解 Cerberus"～",地狱犬。

涉、跋涉、跋涉[3134]，跟所有列队的男孩们一起穿过日耳曼[3135]军械|军队|月亮|蒙斯战役撤退，驱散巨人在堤道[3136]上的欢呼，一条沿着[3137]家伙苦路站[3138]尸体散发恶臭边的路线[3139]溃败。讲讲福音书[3140]春寒期的真理[3141]恐怖吧！如果你愿意，同志[3142]《小伙汤米》！背信弃义的英国[3143]阿尔巴尼亚！想想什么其他的事[3144]什么都不像之事|再次|不雅的|女儿，就像在欧洲和亚洲[3145]奥丝成为孩子们[3146]男学生和慈母颂[3147]我的心前[3148]，补锅匠小裁缝[3149]满足[3150]说于挪威船长[3151]加罗韦人的有带长袖衣！向前移，迈尔斯-纳-库帕里安[3152]士兵，出发！

巴特（把他的外套衣袖[3153]山羊|绵羊大衣[3154]甩[3155]潜逃到他那矮胖的[3156]五人组羊肉肩上，好看起来圈更像[3157]生活绅士[3158]，因为他嗅到，在他们全中国独家报道[3159]南斯拉夫的国民会议|日本……中国那疯狂噪音[3160]的监护[3161]全部时代背后，怒火在上升[3162]金奴加裂隙|集合的|攻击，他用归纳法[3163]解释了亚里士多德[3164]奥斯特里茨战役|三皇之战|滑铁卢战役如何在仆人[3165]阴影之谷看起来不像英雄，他处于巨大的恐惧之中[3166]希腊美学家|巨大的热量发光|感知者|光闪烁，他身上敏感[3167]七倍的一侧的勃起[3168]伊克西翁先天地破坏了他的屁股比例[3169]唉|适当的）。是唉，先生[3170]，我不认为我没做，先生[3171]。你永远别麻烦[3172]兄弟我，因为我拒绝，谢谢[3173]想想你！我根本不在乎[3174]！最伟大的莎士比亚[3175]伟大的朱庇特|阿尔巴尼亚人！我追随[3176]说到|我感到|傻瓜火柴[3177]撞击火魂[3178]脚本|火柴|误解里的奥莱利[3179]弊病|生的|夫人。那些古人[3180]反蚂蚁的的悲剧[3181]中的所有怪驴子[3182]护胸甲|唱诗班和所有怪人[3183]士兵|

3134 此处化自歌曲“Tramp, Tramp, Tramp, the Boys Are Marching”(《前进、前进、前进,男孩们在行军》)。
3135 armeemonds 解 Allemands [法]“~”;也解 armaments“~”;也解 Armee [德]“~”;也解 Mond [德]“~”;也解 Mons“~”,1914 年英军对德军的战役。
3136 curseway 解 causeway“~”,指北爱尔兰的巨人堤道。
3137 fellowed along 解 followed along“~”;也解 fellow“~”。
3138 stenchions of the corpse 解 Stations of the Cross“~”,指耶稣在古罗马被判死刑后,在巡抚比拉多的命令下背着沉重的十字架走过的路,一路上停留了十四次的地方就是“苦路十四站”;也解 stenching of the corpse“~”。
3139 rout“~”,此处解 route“~”。
3140 coldspell 解 Gospel“~”;也解 cold spell“~”。
3141 terroth 解 truth“~”;也解 terror“~”。
3142 commeylad 解 Comrade“~”;也解 Tommy Lad“~”,歌曲名。
3143 Perfedes Albionias 解 perfidious Albion“~”,是用来描述英国的对外政策的习语;也解 Albania“~”。
3144 Think some ingain think 解 think some other thing“~”;也解 ting som ingen ting [丹]“~”;其中 ingain 也解 again“~”,也解 ungain“~”,也解 inghean [爱]“~”。
3145 Orops and Aasas 解 Europe and Asia“~”;也解 Åse“~”,易卜生的戏剧《培尔·金特》中培尔·金特的母亲。
3146 chooldrengs 解 children“~”;也解 skoledreng [丹]“~”。
3147 micramacrees 解 Mother Machree“~”,爱尔兰民歌;也解 machree [爱]“~”。
3148 forewhen 解 fore“在之前”+when“当……时”。
3149 Teakortairer 解“Tinker, Tailor”“~”,歌曲名。
3150 sate“~”;也解 said“~”。
3151 Galwegian caftan 解 Norwegian captain“~”;也解 Galwegian caftan“~”。
3152 Miles na Bogaleen 解 Myles-na-Coppaleen“~”,鲍西考尔特的《玻恩姑娘》中的人物,射杀了驼背的达尼曼;也解 miles [拉]“~”。
3153 coatsleeves 解 coat“外套”+sleeves“衣袖”;也解 goat“~”+sheep“~”。
3154 surtdout 解 surtout“~”。
3155 slinking“~”,此处解 slipping“~”。
3156 squad“~”,此处解 squat“~”。
3157 loop...life“~”,此处解 look...like“~”。
3158 jauntlyman 解 gentleman“~”。
3159 scoopchina 解 scoop china“~”;也解 Skupshtina“~”;也与 yup 合解 Jap...China“~”,指日本侵华战争。
3160 noy 解 noise“~”。
3161 totalage 解 tutelage“~”;也解 total age“~”。
3162 anggreget yup 解 anger get up“~”;也解 Ginnunga-Gap“~”,北欧神话中的深渊,两侧住着冰火巨人;其中 anggreget 也解 aggregate“~”,也解 angrebet [丹]“~”。
3163 aposteriorly 解 a posteriori“~”。
3164 awstooloo 解 Aristotle“~”;也解 Battle of Austerlitz“~”,1805 年发生在第三次反法同盟战争期间的战役,又称“~”;也解 Battle of Waterloo“~”。
3165 valdesombre 解 valet de chambre [法]“~”,此句化自习语“仆人眼中无英雄”;也解 val des ombres [法]“~”。
3166 greak esthate phophiar 解 great state for fear“~”;也解 Greek esthetic philosopher“~”;也解 greatest heat phiaros([希]“闪烁”)“~”;也解 aisthetes [希]“~”+photophiaros [希]“~”。
3167 soseptuple 解 susceptible“~”;也解 septuple“~”。
3168 erixtion 解 erection“~”;也解 Ixion“~”,希腊神话中特萨利的国王,被罚在地狱中缚在永远燃烧和转动的轮子上。
3169 popoporportiums 解 Popo [德]“屁股”+proportions“比例”;也解 popo [阿尔]“~”;也解 proper“~”。
3170 zotnyzor 解 zotni [阿尔]“~”。
3171 pojr 解 sir“~”。
3172 brother“~”,此处解 bother“~”。
3173 think you“~”,此处解 thank you“~”。
3174 Ichts nichts on nichts 解 Icht's nichts on nichts [德]“~”。
3175 Greates Schtschuptar 解 Greatest Shakespeare“~”;也解 Great Jupiter“~”;也解 shqyptar [阿尔]“~”。
3176 Me fol [阿尔]“~”,此处解 me follow“~”;也解 me feel“~”;也解 fool“~”。
3177 schkrepz 解 schkrepes [阿尔]“~”;也解 shkrep [阿尔]“~”。
3178 schpirrt 解 shpirt [阿尔]“~”;也解 script“~”;也解 shpirtua [阿尔]“~”;也解 irrt [德]“~”。
3179 rawlawdy 解 Persse O'Reilly“~”,书中人物,主人公 HCE 的化身之一;也解 malady“~”;也解 raw“~”+lady“~”。
3180 antiants 解 ancient“~”;也解 anti-ants“~”。
3181 tragedoes 解 tragedies“~”。
3182 quirasses 解 queer asses“~”;也解 cuirasse [法]“~”;也解 choir“~”。
3183 qwehrmin 解 queer man“~”;也解 Wehrmann [德]“~”;也解 min [中]“~”;也解 Wehr [德]“~”。

民|防卫，他们的蚱蜢[3184]大歌剧|歌剧，那个王八蛋[3185]山，佩戴着他的休息日肩章[3186]军队，在他的两端[3187]平头端|屁股|巴特抽着[3188]狐狸莫克斯他的蜡烛[3189]可耻的|释放！抽[3190]烟草|烟叶烟[3191]芬·麦克尔|好行为！还有一次后我大大想念他的歌剧[3192]冷静的|形象|作品，那次讲的是他王国[3193]拥有|财产|避孕套里的渴望，他正用罗圈腿[3194]看起来大胆的|用整个身体|用力拖从某个火药星[3195]尘灰|火药|粉尘中走出来，找[3196]厕所[3197]安乐椅，好按照法国时尚[3198]德国人|欧洲的坐下来[3199]报应|哭泣|流水潺潺，好用正统的[3200]天国弥撒在他的基座润滑[3201]合唱队|赞美|有益健康的自己，在去世的[3202]教区|牧师教皇们、神父和奥利弗·克伦威尔[3203]全部|断言|环状列石面前[3204]教堂|庙宇至高无上地[3205]仰卧的|崇高小便[3206]，当我听到他用下流土腔[3207]洛德布洛克向罪人和市民和哨兵和各式各样的人[3208]背诵[3209]秘诀他那廉价的四[3210]欺骗|喋喋不休的福音书[3211]，我想他只是在吃完早餐[3212]喷发|放屁后诵读哈夫塔拉[3213]结束的部分|拘留，但是作为家养[3214]神圣的鹧鸪[3215]，我一在惊呆中[3216]要点|一个幽灵|埃癸斯托斯看到他的恐怖[3217]，我就立刻满怀恐惧[3218]神们浑身发抖[3219]酒鬼|胡椒，离害怕[3220]愚弄涅尔德[3221]峡湾，害怕我的第五只脚没有多远[3222]一些短诗。关于人类最初违反天神命令以及，禁果[3223]洪水|该死！

拓夫（尽管盎格鲁-撒克逊[3224]灾祸|哆嗦|男孩人来抓他[3225]，依然加进来[3226]巨人，满怀高度的宗教热情[3227]高度地|忠诚的|高腿，随遇而安[3228]，就像一个军队[3229]工兵[3230]，带着他提词中的愤恨[3231]他辫子中的猪|猪尾辫|他Q处的P和他眼中的泪[3232]神，他背上的约束力[3233]结合，他

3184 grandoper 解 Gracehoper“～”。此处包含本书中的蚂蚁和蚱蜢主题；也解 grand opera“～”；也解 Oper [德]“～”。
3185 soun of a gunnong 解 son of a gun“～”；也解 gunnong [马]“～”。
3186 sabaothsopolettes 解 sabbath“休息日”＋epaulette“肩章”；也解 sabaoth [希伯来]“～”。
3187 botthends 解 both ends“～”，此处化自习语 burn the candle at both ends(不顾身体过度劳累)，尤指日夜都有活动；也解 butt end“～”；也解 bottom“～”；也解 Butt“～”。
3188 smooking 解 smoking“～”；也解 Mookse“～”，本书中狐狸和葡萄的故事中的狐狸。
3189 scandleloose 解 candle“～”；也解 scandalous“～”；也解 loose“～”。
3190 duhans 解 duhan [阿]“～”；也解 duvan [塞维]“～”；也解 duhan [阿尔]“～”。
3191 Foinn 解 foin [法俚]“～”；也解 Finn MacCool“～”；也是本书的主人公 HCE；也与 duhans 合解 fine doings“～”。
3192 obras 解 operas“～”；也解 sober“～”；也解 obraz [鲁]“～”；也解 obras [葡]“～”。
3193 egondoom 解 kingdom“～”；也解 ejendom [丹]“～”；也解 eigendom [荷]“～”；也解 condoom [荷]“～”。
3194 boldylugged 解 bandy legged“～”；也解 boldly looked“～”；也解 bodily“～”＋lugged“～”。
3195 pulversporochs 解 powder“火药”＋sparks“火花”；也解 pulver“～”＋poroch [俄]“～”；也解 porokh [鲁]“～”。
3196 lyoking for 解 looking for“～”。
3197 stooleazy 解 stool of ease“～”；也解 easy chair“～”。
3198 allafranka 解 à la française [法]“～”；也解 allaman [阿尔]“～”；也解 frang [阿尔]“～”。
3199 nemesisplotsch 解 nehmen Sie Platz [德]“～”；也解 nemesis“～”＋platch/ plač [塞维]“～”；也解 plotsch [德]“～”。
3200 ultradungs 解 orthodox“～”。
3201 salubrate 解 lubricate“～”；也解 chorus“～”；也解 celebrate“～”；也解 salubris [拉]“～”。
3202 perished“～”；也解 parish“～”；也解 priest“～”。
3203 allaverred cromlecks 解 Oliver Cromwell“～”，英国清教革命中的领袖，统治爱尔兰期间对爱尔兰天主教徒实行奴役和种族灭绝政策；也解 all“～”＋averred“～”＋cromlech“～”，史前墓石群，由若干直立的石头支撑着一块巨大的石板。
3204 chorams 解 coram“～”；也解 khram [鲁]“～”；也解 hram [塞维]“～”。
3205 suprime 解 supreme“～”；也解 supine“～”；也解 sublime“～”。
3206 pompship 解 pumpship“～”。
3207 lewdbrogue 解 lewd“下流的”＋brogue“土腔”；也解 Ragnar Lodbrok“～”，北欧海盗首领。
3208 sintry and santry and sentry and suntry 解 sinner and Santry(“桑特里”，都柏林地名) and sentry and sundry“～”
3209 reciping 解 reciting“～”；也解 recipe“～”。
3210 cheateary 解 ceathar [爱]“～”；也解 cheatery“～”；也解 chattery“～”。
3211 gospeds 解 gospels“～”。
3212 brokeforths 解 breakfast“～”；也解 broke forths“～”；也解 farts“～”。
3213 haftara 解 haftarah“～”，字面意为“～”，每周及节日的妥拉诵读后从先知书中所选诵读的一部分；也解 haft [德]“～”。
3214 homely“～”；也解 holy“～”。
3215 Churopodvas 解 kuropatva [鲁]“～”。
3216 aghist 解 aghast“～”；也解 a gist“～”；也解 a ghost“～”；也解 Aegisthus“～”，希腊神话中阿伽门农王妻子的情人。
3217 frighteousness 解 frightfulness“～”。
3218 vear 解 fear“～”；也解 vear [旧挪]“～”。
3219 bibbering 解 bibbern [德]“～”；也解 bibber“～”；也解 biber [塞维]“～”。
3220 fooling“～”，此处解 fearing“～”。
3221 fjorg 解 Njord“～”，北欧神话中分配财富之神；也解 fjord“～”。
3222 a few versets“～”，此处解 a few verst“几俄里”。
3223 Of manifest'tis obedience and the. Flute 解 Of Mans First Disobedience, and the Fruit“～”，英国诗人弥尔顿的《失乐园》的第一句；其中 Flute 也解 Flut [德]“～”；也解 flute! [法]“～”。
3224 unglucksarsoon 解 Anglo-Saxon“～”；也解 Unglück [德]“～”；也解 sarsoun [亚]“～”；也解 garsún [爱]“～”。
3225 is giming for to git him 解 is coming to get him“～”。
3226 jotning in 解 joining in“～”；也解 jötnar [冰]“～”。
3227 Hoghly ligious 解 highly religious“～”；也解 highly“～”＋ligio [意]“～”；也解 high legs“～”。
3228 hapagodlap 解 happy-go-lucky“～”。
3229 soldierry 解 soldiery“～”。
3230 sap 解 sapper“～”。
3231 pique at his cue“～”；也解 pig in his queue“～”，即“～”；也解 P in his Q“～”。
3232 tyr 解 tear“～”；也解 tyr [古挪]“～”。
3233 bond“～”，此处解 bönd [古挪]“～”。

哭声中的嘶哑，就像伤害决然[3234]俯身于他似的）。不是愿意就能成为无神论者的[3235]。哭吧[3236]武器，哭泣的人，悲伤者[3237]所罗门的歌！他们非常[3238]但丁熟悉[3239]诺威尔那个山羊眼[3240]歌德和绵羊皮[3241]莎士比亚。教皇党人[3242]罗马教皇！高利贷者[3243]腿|公共厕所|花园娱乐场！接受懦夫的[3244]巨人的打击！是的[3245]！你的乐园失去了[3246]鹧鸪的最后|《失乐园》|圣帕特里克！

巴特（出于对这个公报[3247]谦卑|宗教布道的承认[3248]，直接从[3249]来自……炮轰防火沟那里给出他的暹罗双胞胎[3250]猿|刺痛，突然[3251]冷的倒毙[3252]降下的铅|肝脏|冰|大号铅弹，坐在脚踝上[3253]哨兵的，哎呦哎呦地叫[3254]父亲的耳朵|耳朵|眼睛，他泄露秘密[3255]抬起手枪|留下时变了颜色和制服[3256]改变路线：他的脸发绿光，他的发变灰白，他的蓝色眼睛[3257]黑色眼睛变成棕色[3258]布鲁诺来配[3259]随从他的凯尔特的黄昏[3260]宗教崇拜的|打扮|厕所）。但是当我看到他在他的一元状态下，在附近跟着那个高得可怕的[3261]可怕的一天|塔人一起来，长着瘤子一样的尼采大脑[3262]守夜人|年轻人，像一个脑子进了白兰地的[3263]进水的|罗圈腿的罗马天主教徒[3264]泻药那样尝试着，拉起来又放下[3265]使失望他的生命毛皮[3266]，就像尼布甲尼撒[3267]收获|屠夫|小刀|弥撒那样让人受不了[3268]如基督徒地，通过在敞开的粪便[3269]疏散队形|露天中施肥[3270]演习，与懦夫们[3271]牧牛人|棕色的|巨人般的在爱尔兰农民[3272]轻快的幽默中重新施肥[3273]石匠|酬报|报酬，暴露了[3274]嫁娶他那衰老罪恶的[3275]满满一皮囊自我尾巴图腾[3276]泰特女王|四方陀螺|屁股，我觉得[3277]感谢他正从高加索[3278]尸体|构架那边某个总部[3279]放牧人|蹲着的人那里恢复呼吸[3280]宽度，我从未永

3234 jolly well"～"。此句化自歌曲"Johnny I Hardly Knew Ye"(《强尼我几乎不认识你》)。
3235 Is not athug who would 解 N'est pas athés qui veut"～",拿破仑被流放圣赫勒拿岛时的名言。
3236 Weepon 解 Weep on"～泣",此处化自托马斯·穆尔的歌曲《哭吧,哭吧》,旋律为《悲伤之歌》;也解 weapon"～"。
3237 sorrowmon 解 sorrow"悲伤"+men"人们";也解 Solomon"～",《圣经》中的以色列国王。
3238 damnty well 解 damn well"～";也解 Dante"～"(1265—1321),意大利中世纪诗人,现代意大利语的奠基者。
3239 well know"～";也解 Knowell"～",莎士比亚在本·琼生的戏剧《人各有癖》中的角色。
3240 goatheye 解 goat eye"～";也解 Goethe"～"(1749—1832),德国著名思想家、作家、科学家。
3241 sheepskeer 解 sheep skin"～";也解 Shakespeare"～"(1564—1616),英国最杰出的戏剧家。
3242 Papaist 解 Papist"～",某些新教教徒对天主教徒的蔑称;也解 Papst[德]"～"。
3243 Gambanman 解 gombeen man[英爱]"～";也解 gamba[意]"～";也解 jamban[马]"～";也解 jambangan[马]"～"。
3244 cawraidd 解 coward"～";也解 cawraidd[威]"～"。
3245 Yia 解 ya, iya[马]"～"。
3246 partridge's last"～",此处解 *Paradise Lost*"～",是英国诗人弥尔顿的长诗"～";也解 St Patrick"～"。
3247 cumulikick 解 communiqué"～";也解 humility"～";也解 homily"～"。
3248 acknuckledownedgment 解 acknowledgment"～"。
3249 strafe from"～",此处解 straight from"～"。
3250 scimmianised twinge 解 Siamese twins"～",1811 年暹罗夜功府诞生的男性连体婴;也解 scimmia[意]"～"+twinge"～"。
3251 studenly 解 suddenly"～";也解 studen[保]"～"。
3252 drobs led 解 drops dead"～";也解 drops of lead"～";也解 drob[保]"～"+led[保]"～";也解 drobs[俄]"～"。
3253 satoniseels 解 sat on his heels"～";也解 sentinel's"～"。
3254 ouchyotchy 解 ouch"～";也解 ushi otchii[俄]"～";也解 ushi[塞维]"～";也解 ochi[塞维]"～"。
3255 lefting the gat out of the big 解 letting the cat out of the bag"～";也解 lifting the gat"～";也解 leaving"～"。
3256 changecors induniforms 解 change colors and uniforms"～";也解 change course"～"。
3257 bleyes 解 blue eyes"～";也解 black eyes"～"。
3258 broon 解 brown"～";也解 Bruno"～",意大利哲学家。
3259 suite"～",此处解 suit"～"。
3260 cultic twalette 解 Celtic twilight"～",也是爱尔兰诗人叶芝的作品;也解 cultic"～"+toilet"～";也解 toilette[法]"～"。
3261 tourrible tall 解 terrible tall"～";也解 terrible day"～";也解 tour[法]"～"。
3262 nitshnykopfgoknob 解 Nietzsche"～"(1844—1900),德国哲学家+Kopf[德]"头脑"+go"趋于"+knob"瘤";也解 nichnyk[鲁]"～";也解 nyzhnyk[鲁]"～"。
3263 brandylogged 解 brandy"白兰地酒"+logged"进水的";也解 waterlogged"～";也解 bandylegged"～"。
3264 rudeman cathargic 解 Roman Catholic"～";也解 cathartic"～"。
3265 laiding down 解 laid down"～";也解 let down"～"。
3266 livepelts 解 life"生命"+pelts"毛皮",化自习语 laying down his life(献出生命)。
3267 Mebbuck at Messar 解 Nebuchadnezzar"～",古巴比伦国王,前 586 年征服犹大王国后将大部分犹太人掳至巴比伦尼亚,史称巴比伦之囚;也解 messa[拉]"～";也解 mesar[塞维]"～";也解 Messer[德]"～";也解 Messe[法]"～"。
3268 cruschinly 解 crushingly"～";也解 Christianly"～"。
3269 open ordure"～";也解 open order"～";也解 open air"～"。
3270 Manurevring 解 manure"～";也解 manoeuvring"～"。
3271 cowruads 解 cowards"～";也解 cow herds"～";也解 ruad[爱]"～";也解 cawraidd[威]"～"。
3272 airish pleasantry 解 Irish peasantry"～";也解 airy pleasantry"～"。
3273 renewmuratura 解 renew"更新"+manure"粪肥";也解 muratura[意]"～";也解 remunerate"～";也解 remuneration"～"。
3274 expousing 解 exposing"～";也解 espouse"～"。
3275 skinful"～",此处解 sinful"～"。
3276 tailtottom 解 tail totem"～";也解 Tailte"～",传说中爱尔兰土著民族袋人(Firbolgs)的女王,爱尔兰古代的体育运动泰特比赛就是以她的名义建立的;也解 teetotum"～";也解 bottom"～"。
3277 thanked"～",此处解 think"～"。
3278 carcasses"～",此处解 Caucasus"～";也解 carcass"～"。
3279 herdsquatters 解 headquarters"～";也解 herd"～"+squatters"～"。
3280 breadth"～",此处解 breath"～"。

远不能[3281]有勇气讲下流故事[3282]里亚|说谎的人，不是的，假如[3283]的我知道奖品是来自铅弹还是来自赡养费[3284]无论如何|锑的话。但是等我对他的旧式金银二本位制[3285]卑鄙的|金属有时间[3286]无事干全面了解[3287]全新的了，在早晨[3288]在运转|在回避，叮叮当当[3289]缠身装，在风暴聚集的[3290]纳粹党突击队员乌云的照明弹[3291]方向的转变|眼睛|杂色的|四|我们旁，在英雄主义[3292]战斧的耀眼闪光[3293]里，在炽天使[3294]折磨带着辛酸口音的靠我们自己[3295]中，捕捉到了他那乌拉尔山脉[3296]微风的强烈气味[3297]喝，橘子臭味[3298]奶酪味|树林中的男人，蠢材总督[3299]，就像彼得大帝[3300]父亲|同性恋的|鸡奸者，反父亲者[3301]左轮手枪，我的军营[3302]放弃[3303]忠诚（上帝[3304]好的射出子弹[3305]吹牛！），这不是谎言，我在咿咿呀呀[3306]，再次[3307]弯曲的匕首又哭又闹[3308]发抖，圣经男孩[3309]，我的骨髓[3310]箭头我的烤肉叉[3311]我的鼻子[3312]膝盖|纳斯市我的脚[3313]，滚、滚、滚开[3314]托比特书|狂怒，再见[3315]塞林伽巴丹之战|梭伦|独奏|进行。如果用错[3316]仁厚就笨了，现在你用错了[3317]必须|使用过的！但是，经由我的罪过[3318]芬·麦克尔，埃尔斯伦[3319]爱尔兰的阿拉姆[3320]，因为我爱我们亲爱肮脏的[3321]可敬的|慈敬的|耳朵，我毫无[3322]带着古老的偏见[3323]骄傲|妒忌的地坦白，当我仰视全俄罗斯人[3324] Haroutioun|火的沙皇[3325]，他年龄[3326]屁股|愤怒|熊的分量从他胃部[3327]太多|大兵的旅行[3328]分娩的痛苦降临到[3329]丰满的他身上，我认出了[3330]鼻梁一个酒鬼[3331]兄弟|老板|驼背|邪恶的人的脸[3332]命运，我感到了害怕，支持他的努阿德[3333]的儿子们，对我来说他太重了，于是用那种方式我把我的亚美尼亚[3334]爱尔兰人的万福马利亚[3335]父亲|母亲|主祷文|五月与[3336]阿门他的上帝保佑[3337]天主保

3281 erver nerver“～”；也解 have the nerve“～”。
3282 liard［法］“～”，法国古铜币名，相当于四分之一苏，此处解 lewd“～”；也解 liar“～”。
3283 of“～”，此处解 if“～”。
3284 from lead or alimoney 解 from lead or alimony“～”；也解 for love or money“～”；其中 alimoney 也解 antimony“～”。
3285 basemiddelism 解 bimetallism“～”；也解 base“～”＋metal“～”。
3286 inoccupation 解 inoccupato［意］“悠闲地”；也解 inoccupation“～”。
3287 a full new of 解 a full view of“全视图”；也可直译为“～”。
3288 in ackshan 解 akshan［阿尔］“～”；也解 in action“～”；也解 in shun“～”。
3289 pagne pogne 解 Ping-pong“～”，指钟声；也解 pagne“～”，一种原始部落的着装方式。
3290 stormtrooping 解 storm“暴风雨”＋trooping“群集”；也解 storm troopers“～”。
3291 veereyed 解 very light“～”；也解 veer“～”＋eye“～”＋-d；也解 variegated“～”；也解 vier［德］“～”；也解 wir［德］“～”。
3292 heroim 解 heroism“～”。
3293 sheenflare 解 sheen“光辉的”＋flare“闪光/照明弹”。
3294 sorafim 解 seraphim“～”；也解 suffering “～”。
3295 shieldfails 解 Sinn Féin Amháin［爱］“～”，新芬党的口号。
3296 aurals 解 Urals“～”，位于俄罗斯的中西部，是欧亚两大洲分界线；也解 aura［拉］“～”。
3297 pfierce tsmell 解 fierce smell“～”；也解 zmell［亚］“～”。
3298 orankastank 解 orange“桔子”＋stank［荷］“恶臭”；也解 kaasstank［荷］“～”；也解 orang-utan［马］“～”。
3299 setrapped 解 satrap“～”。
3300 Peder the Greste 解 Peter the Great“～”，即彼得一世·阿列克谢耶维奇(1672—1725)，俄罗斯罗曼诺夫王朝第四位沙皇，俄罗斯帝国首位皇帝；也解 peder［土］“～”；也解 peder［塞维］“～”；也解 pederast“～”。
3301 altipaltar 解 anti-pater“～”；也解 altipalter［阿尔］“～”。
3302 bill 解 billet“～”。
3303 forsooks 解 forsakes“～”。
3304 gut［德］“～”，此处解 God“～”。
3305 bull it“～”，此处解 bullet“～”。
3306 babbeing 解 babbling“～”。
3307 Yetaghain 解 yet again“～”；也解 yatagan［阿尔］“～”。
3308 bubbering 解 blubbering“～”；也解 bibberen［荷］“～”。
3309 bibbelboy 解 Bible“《圣经》”＋boy“男孩”。
3310 marrues 解 marrows“～”；也解 arrows“～”。
3311 shkewers 解 skewers“～”。
3312 gnaas 解 nose“～”；也解 knees“～”；也解 Naas“～”，位于爱尔兰基尔代尔郡。
3313 fiet 解 feet“～”。
3314 tob beat it 解 to beat it“～”；也解 Tobit“～”，《旧约》中“外典”之一卷；也解 toben［德］“～”。
3315 solongopatom 解 So long!“再见”＋patóm［俄］“然后”；也解 Seringapatam“～”，第三次英国-迈索尔战争期间的一次战役；也解 Solon“～”(前 638—前 558)，古雅典的立法者，以后代指贤人们；也解 solo“～”＋go“～”。
3316 Clummensy 解 clumsy“笨拙的”；也解 clemency“～”。
3317 must used 解 misused“～”；也解 must“～”＋used“～”。
3318 meac Coolp 解 mea culpa［拉］“～”；也解 Finn Michael“～”。
3319 Eirzerum 解 Erzerum“～”，土耳其东部城市，位于安卡拉东部，是克里米亚战争中的土耳其基地；也解 Eire“～”。
3320 Arram“～”，《创世记》中闪的儿子。
3321 Deer Dirouchy 解 dear dirty“～”；也解 der［亚］“～”，用于在俗教士＋dirouhi［亚］“～”，用于在俗女教士或教士妻子；也解 ushi［塞维］［俄］“～”。
3322 withould 解 without“～”；也解 with old“～”。
3323 pridejealice 解 prejudice“～”；也解 pride“～”＋jealous“～”。
3324 Haurousians 解 Russians“～”；也解 Haroutioun，亚美尼亚人的男性教名；也解 hour［亚］“～”。
3325 Saur 解 czar“～”。
3326 arge 解 age“～”；也解 arse“～”；也解 Ärger［德］“～”；也解 ardch［亚］“～”。
3327 tommuck 解 stomach“～”，此处化自习语 An army travels on its stomach(兵马未动，粮草先行)；也解 too much“～”；也解 Tommy Atkins“～”，英国士兵的俗称。
3328 travaillings 解 traveling“～”；也解 travailing“～”。
3329 fullin upon 解 falling upon“～”；也解 full“～”。
3330 rueckenased 解 recognised“～”；也解 Nasenrücken［德］“～”。
3331 bosser 解 boozer“～”；也解 brother“～”；也解 boss“～”；也解 bosse［法］“～”；也解 Böser［德］“～”。
3332 fates“～”，此处解 face“～”。
3333 Nuad 即 Nuad of the Silver Arm“～”，凯尔特神话中黄金时代图德南神族的王。
3334 Irmenial 解 Armenian“～”；也解 Irish men＋-ial“～”。
3335 airmaierians 解 Hail Mary“～”；也解 hayr［亚］“～”；也解 mayr［亚］“～”；也解 hayrmer［亚］“～”；也解 Mai［德］“～”。
3336 ammongled 解 among“～”；也解 amen“～”。
3337 Gospolis fomiliours 解 Gospodi pomiluj［俄］“～”；也解［希］“～”；也解 Gospel familiar“～”。

佑|熟悉的福音书混在一起，直到，我的挚友[3338]悲伤的|唉，我没胆子去[3339]艺术|星星。

拓夫（事实上[3340]损害者，预先考虑到[3341]思考这类来自婆罗洲[3342]的野人[3343]护林人|奥斯卡·王尔德是怎样引诱了乡下小丑，在去了解了他做什么后，在看到他的确[3344]硬的|射击|犁被杀掉[3345]迫害，成为生效的谋杀[3346]事实上后，他提议[3347]移到前面不管程度如何[3348]小冲突|货物|劈刀|战争|什么样的商品，你可以用你的鲍伊猎刀[3349]血腥的生活在他死亡[3350]这样做前打赌，哪怕他会吃惊[3351]丈夫）伟大的苏格兰人[3352]天哪|些许|巨大的|傻瓜|淫秽|上帝！你没有胆子[3353]没有藏着伤痛？多有趣[3354]这里有恶臭|意愿|芬·麦克尔！

巴特（突然[3355]悲哀地|《给我你的手》听到有人[3356]某个无赖|另一些|相当地打了两三声抱怨的吸气的嗅气的鼾声[3357]，就像军用背包[3358]睡着了[3359]，他静静地等着[3360]《西方醒了》看他是否会动，然后继续睡觉[3361]冷的|后脑勺|山脊，就像未曾要求过肃肃静[3362]教区牧师们，或者什么都没做过[3363]唱歌|任何灵魂）。该该死[3364]男人！我遇到他真是太晚了[3365]。我的命！恨啊！再见[3366]公正的哀哭！再见了[3367]恐惧叹息[3368]绿色！你抽烟[3369]在床上依偎|自命不凡的家伙|百高地时想想那些。

拓夫（他此时[3370]从前的在一臂之处[3371]庭院的|纱线，好把刀[3372]刻痕放进邮件[3373]诗人|图画，通过[3374]借助诡计伸出[3375]匕首|碰触|玻璃杯手，把[3376]乱七八糟的东西[3377]若干从曾经零零散散的东西[3378]税里拿出来，腾出地方[3379]餐馆|房屋，非常浪费，灯塔上的弃物、有着沉默力量的词语、咕噜咕噜喝[3380]牛奶[3381]苏珊娜的绵羊[3382]男仆[3383]，建立在满

3338 achaura moucreas 解 a chara mo chroidhe［爱］“～”；也解 dkhour［亚］“～”；也解 ach［德］“～”。
3339 adn't the arts to 解 hadn't the heart to“～”；其中 arts 也解“～”；也解 stars“～”。
3340 as a marrer off act 解 as a matter of fact“～”；其中 marrer 也解“～”。
3341 prepensing 解 prepense“～”；也解 penser［法］“～”。
3342 Burnias 解 Brunai［马］“～”。
3343 waldmannsWild Man“～”，出自歌曲《婆罗洲来的野人》；也解 Waldmann［德］“～”；也解 Oscar Wilde“～”，作家。
3344 pluggy well 解 bloody well“～”；其中 pluggy 也解“～”；也解 plug［俚］“～”；也解 plug［塞维］“～”。
3345 moidered 解 murdered“～”；也解 moidered［爱］“～”。
3346 as a murder effect“～”；也解 as a matter of fact“～”。
3347 preposing“～”，此处解 proposing“～”。
3348 barangaparang 解 barang apa［马］“随便哪种”＋range“范围”；也解 bara［爱黑］“～”；也解 barang［马］“～”；也解 parang［马］“～”；也解 perang［马］“～”；也解 barang apa?［马］“～”。
3349 blowie knife 解 bowie knife“～”，单刃长猎刀；也解 bloody life“～”。
3350 doze soze 解 decease“～”；也解 dose so“～”。
3351 sopprused 解 surprised“～”；也解 suprúg［塞维］“～”。
3352 Grot Zot 解 great Scot“～”；也解 great scott“～”；也解 Grot［德］“～”；也解 groot［荷］“～”；也解 zot［荷］“～”；也解 Zote［德］“～”；也解 Zoti［阿尔］“～”。
3353 hidn't the hurts“～”，此处解 hadn't the heart“～”。
3354 Vott Fonn 解 what fun!“～”；也解 vot von'［俄］“～”；也解 fonn［爱］“～”；也解 Finn Michael“～”。
3355 sudly 解 suddenly“～”；也解 sadly“～”；也解(Planxty) Sudley［爱］“～”，爱尔兰民歌。
3356 somrother 解 someone“～”；也解 some rotter“～”；也解 some other“～”；也解 rather“～”。
3357 snoores 解 snores“～”。
3358 govalise 解 go“去”＋valise“背包”，在第一次世界大战的俚语中指士兵的卡其布背包。
3359 falseleep 解 fall asleep“～”。
3360 waitawhishts 解 wait a-whisht“～”；也解 The West's Awake“～”，歌曲名。
3361 kuldrum［雪］“～”；也解 cold“～”；也解 cúl［爱］“～”；也解 drom［爱］“～”。
3362 pepeace 解 peace“～”；也解 P. P. s 即 parish priests“～”。
3363 anysing a soul 解 anything“任何东西”＋at all“根本”；也解 sing a song“～”；也解 any soul“～”。
3364 Merzmard 解 merde!［法］“～”；也解 mard［亚］“～”。
3365 此句出自英国作家王尔德写给道格拉斯的《自深深处》。
3366 Fairwail 解 farewell“～”；也解 Fair wail“～”。
3367 Fearwealing 解 farewell“～”；也解 Fear“～”。
3368 groan“～”；也解 green“～”，化自歌曲“The Wearing of the Green”(《披上绿衣》)。
3369 smugs to bagot 解 smoke tobacco“～”；也解 snuggle on bed“～”；也解 smugs“～”＋Baggot Street“～”，都柏林街道。
3370 meanwhilome 解 meanwhile“～”；也解 whilom“～”。
3371 at yarn's length 解 at arm's length“～”，指比较疏远；也解 yard's“～”；也解 yarn“～”。
3372 nodje 解 nož［塞维］“～”；也解 notch“～”。
3373 poestcher 解 post“～”；也解 poet“～”；也解 picture“～”，化自习语 put (someone) in the picture(让某人了解情况)。
3374 by wile of“～”，此处解 by way of“～”。
3375 stoccan 解 sticking“～”；也解 stocco［意］“～”；也解 tocca［意］“～”；也解 stakan［意］“～”。
3376 ber 解 by“～”。
3377 umptyums gatherumed 解 omnium gatherum“～”；也解 umpty“～”。
3378 skattert 解 scatter“～”；也解 skat［丹］“～”。
3379 rooma makin 解 making room“～”；也解 rumah makan［马］“～”；也解 rumah［马］“～”。
3380 glouglou 解 klo-klo［塞维］“～”，喝水声。
3381 susu［马］“～”；也解 Susanna“～”，书中女儿伊茜的化身之一。
3382 biribiri 解 biribiri［马］“～”。
3383 gongos 解 jongos［马］“～”。

满的[3384]反复的雄辩之银[3385]讲话|托盘之上的经营客栈的权力，感谢给了我，感谢毫无障碍的[3386]尽管纳皮尔[3387]铺桌布|向前标准，这几乎毫无疑问地让侍者[3388]圣体匣|男孩|沉默的提供了[3389]另一杯健力士[3390]善良|指导性|纪德，我的天[3391]善行，去看看）愿这对我会有好处[3392]我做事是为了自己的利益！香槟酒[3393]某个实体性的给老爸，醋[3394]不|上升运动|眼睛|眼泪|茴香烈酒|也给少年登徒子！饮尽[3395]这一杯[3396]黄色窄牙鲷|集会，接受血的祭品[3397]帕迪·奥拉弗蒂|奉献仪式|迅速抓起|母猴！开始[3398]烟草|百高地吗？

巴特（他擦掉[3399]脱衣服他的夜壶[3400]烟囱管帽|辐透，嘴唇同时充满爱意地卷向[3401]前额卷发舌头开关[3402]开罐刀，他在恕罪人[3403]安慰|过路人手中开始[3404]拿杯子了感官[3405]罪的圣餐仪式，之后在那里[3406]在下文中抿着[3407]庆祝混合了圣饼的饮料[3408]大祭司长，并用占卜僧的[3409]殷勤[3410]酒店在间歇中提供一些热的[3411]有点儿咸培根）。在这个古老的世界[3412]多节的上，未[3413]阴户曾[3414]有[3415]害怕哪处山谷[3416]完全地如此带给[3417]甜蜜的我们[3418]如同快乐[3419]扩大，通过你们极其丰富的解决办法，像知己[3420]邪恶的|敌人|毒药|魔鬼一样在我身上发挥作用[3421]折射，提高了我们天性的力量[3422]粪便。

［其他穆林格酒店[3423]里被遗忘的[3424]四位|上帝修道院院长[3425]被辱骂的|邪恶的在这一间歇[3426]嗖嗖响的|景象中看着电视[3427]用电视播放|部分。冰冻的克里米亚汗国[3428]弗里西亚人的|火葬场里可虚构的[3429]时髦的世界正在卸下重火力[3430]导火线|猛烈的，并且用防水布雨衣[3431]猪|烂泥

3384 repleted 解 replete“～”；也解 repeated“～”。
3385 speechsalver 解 Speech is silver“～”，此处化自习语 Speech is silver, silence is golden（雄辩是银，沉默是金）；也解 speech“～”＋salver“～”。
3386 nonobstaclant 解 nihil obstant［拉］“～”；也解 nonobstant［法］“～”。
3387 naperied 解 John Napier“～”（1550—1617），苏格兰数学家；也解 napper［法］“～”＋-ed；也解 napred［塞维］［保］“～”。
3388 momstchanc 解 momche［保］“～”；也解 monstrance“～”；也解 momche［塞维］［保］“～”；也解 mumchance“～”。
3389 ministring 解 ministering“～”。
3390 guidness 解 Guinness“～”，化自广告 Guinness is good for you（健力士啤酒有益身心）；也解 goodness“～”；也解 guideness“～”；也解 André Gide“～”（1869—1951），法国作家。
3391 good“～”，此处解 God“～”。
3392 Bompromifazzio 解 bon pro me fazzi［的里雅斯特的意大利口语］“～”；也解 bon pro me fazo［意口］“～”。
3393 Shumpum 解 champagne“～”；也解 something substantial“～”，指葡萄酒。
3394 oukosouso 解 uksus［俄］“～”；也解 ouki［希］“～”；也解 sous［希］“～”；也解 oko［塞维］“～”；也解 suza［塞维］“～”；也解 ouzo“～”；也解 also“～”。
3395 Trink［德］“～”。
3396 scup“～”，此处解 cup“～”；也解 skup［塞维］“～”。
3397 Bladdy orafferteed 解 bloody offering“～”；也解 Paddy O'Rafferty“～”，托马斯·穆尔的歌曲《饮尽这一杯》的配曲；也解 Offertory“～”，弥撒的一部分；其中 orafferteed 也解 raffen［德］“～”；也解 Affin［德］“～”。
3398 To bug at 解 begin“～”；也解 tobacco“～”；也解 Baggot“～”，都柏林街名。
3399 whipedoff 解 wipe off“～”；也解 doffed“～”。
3400 chimbley phot 解 chamber pot“～”；也解 chimney pot“～”；其中 phot 也解“～”。
3401 lovecurling 解 love“爱”＋curling“卷曲”；也解 lovelock“～”。
3402 tongueopener 解 tongue“舌头”＋opener“开启工具”；也解 tinopener“～”。
3403 foregiver of trosstpassers 解 forgiver of trespass“～”；其中 trosstpassers 也解 Trost［德］“～”＋passers“～”。
3404 takecups 解 take up“～”；也解 take cups“～”。
3405 sense“～”；也解 sins“～”。
3406 thereinofter 解 therein“在那里”＋after“之后”；也解 thereinafter“～”。
3407 centelinnates 解 centellare［意］“～”；也解 celebrate“～”。
3408 potifex miximhost 解 potus［拉］“饮料”＋mix“混合”＋host“圣饼”，圣餐中食用的面包；也解 Pontifex Maximus（古罗马宗教的）“～”。
3409 haruspical 解 haruspex＋-ical（古罗马以动物内脏占卜的）“～”。
3410 hospedariaty 解 hospitality“～”；也解 hospedaria［波］“～”。
3411 somewhot 解 some“一些”＋hot“热的”；也解 somewhat“～”。
3412 gnarld warld 解 old world“～”，化自托马斯·穆尔的歌曲《河水交汇》中的“There is not in the wide world a valley so sweet”（广阔世界中没有一处山谷如此处一样甜蜜）；其中 gnarld 也解 gnarled“～”。
3413 knud 解 not“～”；也解 cunt“～”。
3414 Theres 解 There's“有”。
3415 scares“～”，此处解 scatters“～”。
3416 fully“～”，此处解 valley“～”。
3417 svend 解 send“～”；也解 sweet“～”。
3418 as“～”，此处解 us“～”。
3419 dilates“～”，此处解 delight“～”。
3420 boesen fiennd 解 boezemvriend［荷］“～”；也解 bösen［德］“～”＋Feind［德］“～”；也解 poison“～”＋fiend“～”。
3421 referacting upon 解 reacting upon“～”；也解 refract“～”。
3422 foerses 解 forces“～”；也解 fæces［丹］“～”。
3423 Mullingaria 解 Mullingar Inn“～”，位于都柏林西郊的切坡里若德。
3424 foregotthened 解 forgotten“～”；也解 four“～”；也解 Gott［德］“～”。
3425 abbosed 解 abbot“～”；也解 abused“～”；也解 böse［德］“～”。
3426 swishingsight 解 Zwischenzeit［德］“～”；也解 swish“～”＋sight“～”。
3427 teilweisioned 解 television＋-ed“～”；也解 televise“～”；也解 teilweis［德］“～”。
3428 Fruzian Creamtartery 解 frozen Crim Tartary“～”；也解 Frisian“～”＋crematory“～”。
3429 fictionable 解 fiction＋-able“～”；也解 fashionable“～”。
3430 furses 解 forces“～”；也解 fuses“～”；也解 fierce“～”。
3431 muckinstushes 解 mackintosh“～”，用防水布料制的雨衣，《尤利西斯》中反复出现；也解 muc［爱］“～”＋slush“～”。

怪异地打扮[3432]微弱的他们自己。下诺夫哥罗德[3433]整洁的|雪|胶套鞋。西班牙的[3434]金币[3435]红胸知更鸟|红皮肤的北美印第安人|小萝卜正为了反基督者[3436]反绿色的第二次降临而纹身装扮[3437]。为了罗马和平[3438]芬芳的和平的哈法纳香烟[3439]伊比利亚人。当阿拉伯骑兵[3440]《一千零一夜》|刀子绕着半球[3441]气氛|马车夫|夏至夜|你们的跳起魔鬼的舞蹈[3442],阿里贝伊[3443]阿尔比恩·易卜拉欣[3444]希望美丽·修女[3445]美丽的黄昏|撒拉有一个神圣的圣诞节[3446]神圣地窖。学学土耳其语[3447]铜版纸|无双的人或物。老耶鲁男孩[3448]耶鲁大学|野迩|圣诞季节如何为机灵的新女孩[3449]新年|纽约下定决心[3450]革命|反抗,从不变老[3451]燃料|加热|结束|屈服|艾尔德斯,依然开始[3452]眼花缭乱的,从不迟于改过[3453]交配去贷款,从不吃芹[3454]等等|加薪|安东尼奥·萨列里|众矢之的,从不吃醉[3455]加薪、从不俢薪[3456]、从不在巴克利[3457]伯克射杀[3458]显示俄国将军[3459]骚动时用苏沃洛夫[3460]这样一排用索契[3461]把你击落来帮助傻瓜[3462]加薪。明天下午[3463]早晨后太柔和打电话给芬[3464]《菲尼亚斯·芬》|决赛|松果腺,你的葬礼[3465]是一次复活[3466]伊克西翁|选举|蔷薇十字会员。]

拓夫(现在因为有人递给他来自卡利古拉[3467]狂怒之歌|住在山里的彼得·派珀[3468]的李木手杖[3469]鼠李|棍子|推卸责任,此时他们都在敲打[3470]腰带|坩埚罐子为老亚当[3471]墓场[3472]墓石|愚蠢的|愚蠢制造喧响[3473]日安|早安,来再次[3474]腿|在我埋葬并温炀[3475]子宫他的四肢[3476],再次瞥见,再次瞥视,升起道路,聚起小山,在客厅[3477]说中找到你的你说法语吗[3478]《波莉多利都朵》|幻想说英语[3479]洋泾浜英语|天使|英语)。

3432 affubling 解 affubler［法］“～”；也解 feeble“～”。
3433 neatschknee Novgolosh 解 Nizhny Novgorod“～”，俄罗斯城市；也解 neat“～”＋Schnee［德］“～”＋galoshes“～”。
3434 spinach 解 Spanish“～”。
3435 ruddocks 解 ruddock“～”，也是“～”；也解 rudoch［捷］“～”；也解 radish“～”。
3436 antigreenst 解 Antichrist“～”；也解 anti-green“～”，即红色。
3437 tatoovatted 解 tattoo“纹身”＋titivate“打扮自己”。
3438 Aromal Peace“～”，此处解 Pax Romana［拉］“～”。
3439 Hebeneros 解 Habaneros［西］“～”；也解 Iberians“～”。
3440 Arumbian Knives 解 Arabian knights“～”；也解 *Arabian Nights*“～”；其中 Knives 也解“～”。
3441 jehumispheure 解 hemisphere“～”；也解 atmosphere“～”；也解 jehu“～”；也解 Johannisfeuer［德］“～”，施洗约翰节前夕燃烧的大篝火；也解 euer［德］“～”。
3442 axecutes devilances 解 execute devil dances“～”。
3443 Alibey 解 Ali Bey“～”(1728—1773)，埃及统治者，宣布埃及脱离奥斯曼帝国独立；也解 Albion“～”，英格兰的雅称。
3444 Ibrahim 解 Ibrahim Bey“易卜拉欣・贝伊”，阿里贝伊之前的埃及马木路克统治者。
3445 Bella Suora 解 bella suora［意］“～”；也解 bella sera［拉］“～”；也解 Sarah“～”，《创世记》中亚伯拉罕的妻子。
3446 holy cryptmahs 解 holy Christmas“～”，化自习语 happy Christmas(快乐圣诞节)；也解 holy crypt“～”。
3447 Nunsturk 解 Turkish“～”；也解 kunstdruk［荷］“～”；也解 nonesuch“～”。
3448 Old Yales boys“～”；其中 Yales 为 Yale University“～”；也解 yale“～”，神话动物，形似羚羊；也解 Yule“～”。
3449 New Yirls 解 New girls“～”；也解 New Years“～”；也解 New York“～”。
3450 rebolutions 解 resolutions“～”；也解 revolutions“～”；也解 rebel“～”。
3451 elding“～”，此处解 eld+-ing“～”；也解 elding［古冰］“～”；也解 ending“～”；也解 yielding“～”；也解 Elders“～”，伪经《苏珊娜书》中的两个古代法官，他们先向一个女人求欢，被拒后诬陷她与一个年轻男人私通。
3452 begidding 解 beginning“～”；也解 be-giddy“～”。
3453 mate to lend“～”，此处解 late to mend“～”，化自习语 It's never too late to mend(改过不嫌晚)。
3454 ate selleries 解 eat celery“～”，化自习语 never to eat celery(决心犯错)，此处皆为文字游戏，故译；也解 etcetera“～”；也解 raise salaries“～”；也解 Antonio Salieri“～”，意大利作曲家；也解 Aunt Sally“～”，投掷游戏。
3455 add soulleries 解 soûlerie［法］“～”；也解 add salaries“～”。
3456 ant sulleries 解 add salaries“加薪”。
3457 Burkeley 解 Buckley“巴克利”；也解 William Burke“～”(1792—1829)，爱尔兰杀人犯，把尸体卖给爱丁堡解剖学校。
3458 Show“～”，此处解 shoot“～”。
3459 ructiongetherall 解 Russian general“～”；也解 ruction“～”，出自民谣《芬尼根的守灵夜》中的“A row and a ruction soon began”(争吵和冲突于是开始)。
3460 sucharow 解 Alexander Vasilievich Suvorov“～”(1729—1800)，俄罗斯元帅，指挥过克里米亚战争；也解 such a row“～”。
3461 sotchyouroff 解 Sochi“～”，俄罗斯城市；也解 shoot you off“～”。
3462 aid silleries 解 aid sillies“～”；也解 add salaries“～”。
3463 toomellow aftermorn 解 tomorrow afternoon“～”；也解 too mellow after morn“～”。
3464 Phineal 解 Finn (Michael)“芬・麦克尔”；也解 Phineas Finn“～”，英国作家安东尼・特罗洛普 1869 年出版的系列小说；也解 final“～”；也解 pineal“～”。
3465 phumeral 解 funeral“～”。
3466 roselixion 解 resurrection“～”；也解 Ixion“～”，希腊神话中特萨利的国王，被宙斯罚下地狱，缚在一个永远燃烧和转动的轮子上；也解 election“～”；也解 Rosicrucian“～”。
3467 Colliguchuna 解 Caligula“～”，罗马帝国第三位皇帝；也解 Colg a'tiuine［爱］“～”；也解 colligiano［意］“～”。
3468 Peadhar Piper 解 Peter Piper“～”，英国同名儿歌中的主人公。
3469 buckthurnstock 解 blackthorn stick“～”；也解 buckthorn“～”；也解 Stock［德］“～”；也解 passed the buck“～”。
3470 bealting 解 beating“～”；也解 belt“～”；也解 melting pot“～”。
3471 daddam 解 Adam“～”。
3472 dombstom 解 tombstone“～”，此处为文字游戏，故译为“～”；也解 dom［荷］“～”；也解 stom［荷］“～”。
3473 dubrin din 解 bring a din“～”；也解 dobry den［捷］“～”；也解 dobar dan［塞维］“～”。
3474 agamb 解 again“～”；也解 gamba［意］“～”；也解 agam［爱］“～”。
3475 wamb 解 warm“使温暖”；也解 womb“～”。
3476 humbs lumbs 解 his limbs“～”。
3477 parler［法］“～”，此处解 parlour“～”。
3478 pollyvoulley foncey 解 parlez-vous le français［法］“～”；也解 Polly Wolly Doodle“～”，1880 年开始流行的一首美国儿歌；也解 fancy“～”。
3479 itchin ingles 解 speaking English“～”；也解 Pidgin English“～”；也解 angels“～”；也解 inglês［波］“～”。

自从你开始说出你关于诗歌修辞[3480]维钦托利的意见[3481]一部分|和平|价格！巴克利[3482]巴克卢公爵如何射杀[3483]震惊俄国将军[3484]玫瑰花般开放的女孩们。一粒加齐·鲍尔[3485]可怕的力量|橱柜子弹[3486]。一道微风[3487]和一片海洋[3488]亚速海，像海鸥[3489]麻醉品|牛|铁匠一样离开！别漏掉[3490]活过草皮[3491]悲伤的泪|悲哀的心，爱尔兰人[3492]帕特，我的儿子！你渐渐淡忘了[3493]偶像|爱豆我们的歌[3494]猴子了吗，小巴特[3495]小|巴克利|溪流？昨天[3496]然而这里|白天还[3497]浅滩没结束[3498]，嘿[3499]干草？非常好[3500]请自便！全力以赴！保加利亚语[3501]寻找|语言，保利格利[3502]。八十个世纪[3503]在看着你[3504]你会叫它们什么来揭出替罪羊的底牌[3505]勺子|货物|阉羊。哈克贝利，芬[3506]听|阴茎|假装！辛摩特人[3507]把豪丘[3508]头|洼地|霍斯放在这里[3509]游戏者|年，直到[3510]某人某地[3511]三叶草撒尿在小溪谷里[3512]小仙女|丁利·戴尔。我们自己[3513]美好的光泽在沼泽的爱神木[3514]中间|香肠梅|晚上里做[3515]功绩，两个芬尼亚人[3516]站起来[3517]抵抗住猛击，三位[3518]自由的奴隶[3519]纽带|人躺下旁观[3520]潜伏。转过身[3521]主人窥伺他[3522]等他|惠灵顿|奥斯卡·王尔德！在暴风雪降临[3523]尖塔|生丁前！那会是一次美好的转变[3524]王子|成熟，哦嚯，先生？你能详细说说吗，巴特[3525]阴茎|获利？

巴特（他曾是他的青春痘活力[3526]人民公园的爱宠，在他那凄凉[3527]内心[3528]霍斯的跳动[3529]古实中，是一个第九家庭舞台的虚无主义者[3530]尼奥尔，他的上百高特街[3531]百高特拉斯|上部的的宝宝钟突然[3532]肥大的肚子炸掉，天哪，以免他会挑战自己，天哪[3533]刺激，直到极度痛苦[3534]安古斯）。很好[3535]消除|啊哈，当然，拓夫[3536]花花公子！正如所说。

3480 versingrhetorish 解 versing rhetoric“～”；也解 Vercingretorix“～”（？—前 46），阿维尔尼地区高卢部落的首领。
3481 piece“～”，此处解 say your piece“～”；也解 peace“～”；也解 price“～”。
3482 Buccleuch 解 Buckley“～”；也解 Duke of Buccleuch“～”，1879 年第 6 代巴克卢公爵在苏格兰被格拉斯顿打败。
3483 shocked“～”，此处解 shot“～”。
3484 rosing girnirilles 解 Russian general“～”；也解 rosing girls“～”。
3485 Gasty Power 解 Ghazi Power“～”，与乔伊斯同时代的爱尔兰记者；也解 ghastly power“～”；也解 gatsi［波］“～”。
3486 ballet 解 bullet“～”。
3487 hov［亚］“～”。
3488 az ov 解 zov［亚］“～”；也解（Sea of）Azov“～”，位于克里米亚边。
3489 gow“～”，此处解 gull“～”；也解 gov［亚］“～”；也解 gabha［爱］“～”。
3490 live out“～”，此处解 leave out“～”。
3491 sad of tearfs 解 sod of turf“～”；也解 sad tear“～”；也解 sad hearts“～”。
3492 piddyawhick 解 Paddy Whack“～”，也是爱尔兰歌曲名；也解 Paid a mhic［爱］“～”。
3493 offgott 解 gone off“～”；也解 Abgott［德］“～”；也解 afgud［古挪］“～”。
3494 affsang 解 our song“～”；也解 Affe［德］“～”。
3495 buthbach 解 Butt“巴特”＋bach［威尔士］“小”；也解 Buckley“～”；也解 Bach［德］“～”。
3496 yetheredayth 解 yesterday“～”；也解 yet here“～”＋day“～”。
3497 Ath 解 at“在”；也解 áth［爱］“～”。
3498 noth endeth 解 not ended“～”。
3499 hay“～”，此处解 hey“～”。
3500 Vaersegood 解 very good“～”；也解 vær så god［丹］“～”。
3501 Sayyessik 解 Ezik Bulgarski［保］“～”；也解 seek“～”＋jezik［塞维］“～”。
3502 Ballygarry“～”，爱尔兰梅奥郡的小镇。
3503 soculums 解 saeculum［拉］“～”，拿破仑见到金字塔时说“40 个世纪把目光聚焦在你身上”。
3504 watchyoumaycodding 解 watch you“～”；也解 what you may call them“～”。
3505 cooll the skoopgoods blooff 解 call the scapegoat's bluff“～”；也解 scoop“～”；也解 goods“～”；也解 skop［波］“～”。
3506 Harkabuddy, feign 解 Huckleberry Finn“～”，马克·吐温小说的主人公；也解 Hark“～”＋Boidin［爱］“～”＋feign“～”。
3507 Thingman 解 Thingmote“辛摩特”，北欧海盗在都柏林的议会＋man“人”。
3508 howed 解 Howe“～”，北欧海盗在都柏林的议会所在地；也解 hoved［丹］“～”；也解 howe“～”；也解 Howth“～”。
3509 placeyear 解 placed here“～”；也解 player“～”；也解 year“～”。
3510 wholst 解 whilst“～”。
3511 somwom shimwhir 解 someone somewhere“～”；也解 siomar［爱］“～”。
3512 tinkledinkledelled 解 tinkled“发叮当声”，在口语中指“撒尿”＋in“在里面”＋dell“小溪谷”＋-ed；也解 Tinkerbell“～”，《彼得·潘》中的小仙女；也解 Dingley Dell“～”，《匹克威克外传》中的乡镇。
3513 Shinfine 解 Sinn Féin［爱］“～”；也解 fine shine“～”。
3514 myrtle“～”；也解 middle“～”；也可与 bog 合解 bog myrtle“～”；也解 night“～”。
3515 deed“～”，此处解 did“～”。
3516 tway fainmain 解 two Fenians“～”。
3517 stod op to 解 stod op［丹］“站起来”＋to“去”；也解 stood up to“～”。
3518 free“～”，此处解 three“～”。
3519 bond men 解 bondman“～”；也解 bond“～”＋men“～”。
3520 lurkin on 解 looking on“～”；也解 lurking“～”。
3521 Tuan about 解 Turn about“～”；也解 tuan［马］“～”。
3522 whattinghim 解 watching him“～”；也解 waiting him“～”；也解 Whittington“～”，英国元帅；也解 Oscar Wilde“～”。
3523 sneezturmdrappen 解 Schneesturm［德］“暴风雪”＋dropped“落下”；也解 Turm［德］“～”；也解 Rappen［瑞德］“～”，瑞士货币。
3524 rpnice pschange 解 nice change“～”；也解 prince“～”；也解 ripe“～”。
3525 budd 解 Butt“～”；也解 bod［爱］“～”；也解 budd［威尔士］“～”。
3526 pimple spurk 解 pimple“青春痘”＋spark“活力”；也解 people park“～”。
3527 goodsforseeking 解 godforsaken“～”。
3528 hoarth 解 heart“～”；也解 Howth“～”，都柏林郊区。
3529 cushlows 解 cuisle［爱］“～”；也解 Cush“～”，霍斯角西边的地点。
3530 niallist of the ninth homestages 解 nihilist of the nith home stages“～”；也解 Niall of the Nine Hostages“～”，爱尔兰的共主，李尔王的父亲。
3531 baggutstract upper 解 Upper Baggot Street“～”，都柏林街名；也解 Baggotrath“～”，都柏林边上的旧街区，盎格鲁-诺曼血统的百高特家族曾在此处建造城堡＋upper“～”。
3532 allatwanst 解 all at once“～”；也解 Wanst［德］“～”。
3533 beygoad 解 begad“～”；也解 goad“～”。
3534 angush 解 anguish“～”；也解 Aengus“～”，爱尔兰神话中的爱神。
3535 Horrasure 解 khorosho［俄］“～”；也解 erasure“～”；也解 Arrah, sure!“～”。
3536 toff“～”，此处解 Taff“～”。

最初是幸运的罪过[3537]肉体的死而复活的人|作战队形|指骨。下一次是这这个[3538]打它|赫梯人，潮湿的星期四[3539]白马|圣灰星期四|夜晚，在这里魔鬼[3540]上腹部|中间遇见保加利亚人[3541]腹部，再见[3542]告辞|祝成功，现在大致大约是日历[3543]愤怒|冷的上的第一个昼夜平分点[3544]马的城堡，在霍拉桑[3545]平原，当汝从巴别塔[3546]圣地山峰而来，再无睡眠[3547]，一千一百三十二[3548]河水|小精灵年，乌鸦[3549]屋顶|老鸹|老鸦|血|血液|绯血飞翔[3550]逃走如何在许多小争论[3551]醉的|鲍尔斯威士忌之后，真的[3552]结束了他们的洪水之日[3553]血腥的|笨拙的|熨斗和上帝之夜[3554]年|好的，当我们看到群兽，(下雨[3555]天气天[3556]风的洪水[3557]野兽保护谈[3558]步行！)人类曾[3559]断言拥有的末日[3560]烟死亡里最[3561]潮湿的悲哀的[3562]满月日子，我[3563]高的|眼睛在桑德赫斯特[3564]悉达多·乔答摩|阿瑟·韦尔斯利的伍利齐联盟[3565]下属[3566]桑德赫斯特的皇家爱尔兰[3567]珀西·奥莱利|无忧无虑的生活|冷的克森尼索[3568]克尔科诺谢山|打击自卫队[3569]士兵|米利都|米利都人|西里西亚，美好的若干年[3570]，克里米亚战争[3571]克伦威尔派|克里姆林宫墙中的某处[3572]有时候，在爱尔兰[3573]的同一个地方，在我依然对东市场路的妓女[3574]肉欲之乐|祝健康和马里波恩晃来荡去的吊袜带[3575]空中花园|髓骨无声地[3576]哭泣的时候，挑战我在马萨诸塞州波士顿[3577]的休战[3578]停战|猛击|缠绕|私通|沃平|徽章，旧风格[3579]旧阶梯和新样式，前进半里格[3580]投掷|一跃|美丽的。再次胜利[3581]愿意|芬尼根，恶棍[3582]谢谢你|里格，否则后悔莫及[3583]梅毒|失败，如果上帝愿意的话[3584]扮演山羊，报丧女妖剥皮人[3585]警察，如果毛瑟枪[3586]莫斯科|莫斯科人认得谁是谁[3587]，圣帕特里克[3588]到来的伟大的日子和糟透的[3589]德鲁伊日子，宏伟的

3537 Colporal Phailinx 解 culpa felix［拉］“～”；也解 corporal phoenix“～”；也解 phalanx［希］“～”；也解 phalanx“～”。
3538 Hittit 解 it“～”；也解 hit it“～”；也解 Hittite“～”。
3539 white horsday 解 wet Thursday“～”；也解 white horse“～”，爱尔兰用语中指大风天的海浪；也解 Witte Donderdag［荷］“～”，濯足节；也解 night“～”。
3540 midril［雪］“～”；也解 midriff“～”；也解 Middle“～”，出自歌曲“One Fine Day in the Middle of the Night”（《一个晴朗的夜晚》）。
3541 bulg 解 Bulgarian“～”；也解 bolg［爱］“～”。
3542 sbogom［保］“～”；也解 zbogom［塞维］“～”；也解 bogom［塞维］“～”。
3543 cholonder 解 calendar“～”；也解 cholos［希］“～”；也解 cholodny［俄］“～”。
3544 equinarx 解 equinox“～”；也解 equina arx［拉］“～”。
3545 Khorason 解 Khorasan“～”，地名，位于伊朗的东北面，土克曼斯坦的南面和阿富汗斯坦的北面。
3546 Bekel 解 Babel“～”；也解 Bethel“～”。
3547 Steep Nemorn 解 Sleep no more“～”。
3548 elve hundred and therety and to 解 eleven hundred and thirtytwo“～”；也解 elv［挪］“～”；也解 elf［德］“～”。
3549 krow 解 crow“～”；也解 krov［塞维］“～”；也解 krava［塞维］“～”；也解 krowa［波］“～”；也解 krov［鲁］“～”；也解 krew［波］“～”；也解 krv［塞维］“～”。
3550 flees“～”，此处解 flies“～”。
3551 a power of skimiskes 解 a power of skirmish“～”；也解 skimisk［雪］“～”；也解 Powers whiskey“～”，爱尔兰威士忌。
3552 in deed 解 indeed“～”。
3553 blodidens 解 floody“洪水的”＋den［保］“日子”；也解 blodig［丹］“～”；也解 blod［德］“～”；也解 iron“～”。
3554 godinats 解 God“上帝”＋nat［丹］“夜晚”；也解 godina［塞维］［保］“～”；也解 god［丹］“～”。
3555 wraimy 解 rainy“～”；也解 vreme［塞维］［保］“～”。
3556 wetter 解 Wetter［德］“～”；也解 vete［俄］“～”。
3557 hegheg 解 heghegh［亚］“～”；也解 hege［德］“～”。
3558 whatlk 解 talk“～”；也解 walk“～”。
3559 aver“～”，此处解 ever“～”。
3560 dimsdzey 解 doomsday“～”；也解 dim［塞维］“～”。
3561 moist“～”，此处解 most“～”。
3562 moonful 解 mournful“～”；也解 full moon“～”。
3563 higheye 解 I“～”；也解 high“～”＋eye“～”。
3564 Sirdarthar 解 Sandhurst“～”，英国皇家陆军官校所在地；也解 Siddhartha Gautama“～”，佛祖；也解 Arthur Wellesley “～”。
3565 Woolwichleagues 解 Woolwich“伍利齐”，地名，位于英国伦敦东南＋leagues“联盟”。
3566 asundurst 解 as under“就像在下面”；也解 Sandhurst“～”，英国皇家陆军官校所在地。
3567 Reilly Oirish 解 Royal Irish Militia“皇家爱尔兰自卫队”；也解 Persse O'Reilly“～”，书中人物，主人公 HCE 的化身之一；也解（the life of）Riley“～”；也解 oir［康］“～”。
3568 Krzerszonese 解 Chersonesus［拉］/ Chersonesos［希］“～”，建于公元前 6 世纪的古希腊殖民地，位于乌克兰的克里米亚半岛塞瓦斯托波尔郊区；也解 Karkonosze［俄］“～”，捷克与波兰的界山，又名巨人山；也解 krzesać［波］“～”。
3569 Militia“～”；也解 miles［拉］“～”；也解 Milesia［拉］“～”，小亚细亚的城市；也解 Milesians“～”；也解 Silesia“～”。
3570 tomkeys years 解 donkeys' years“～”。
3571 Crimealian wall 解 Crimean War“～”，1853—1856 年俄国与英国、法国、土耳其、撒丁王国之间的战争；也解 Cromwellian“～”；也解 Kremlin Wall“～”。
3572 somewhile“～”，此处解 somewhere“～”。
3573 Ayerland 解 Ireland“～”。
3574 freshprosts of Eastchept 解 prostitutes of Eastcheap“～”；也解 fleshpots of Egypt“～”；也解 Prost“～”，祝酒词。
3575 dangling garters of Marrowbone 解 dangling garters“晃来晃去的袜带”＋of＋Marylebone“马里波恩”，伦敦市中心最繁华的心脏地带；也解 Hanging Gardens of Babylon“～”，在古巴比伦王国，世界七大奇观之一；也解 Marrowbone“～”。
3576 stillstumms 解 still“依然”＋stumm［德］“哑的”。
3577 Bostion Moss 解 Boston“波士顿”＋Massachusetts“马萨诸塞州”。
3578 wapping stiltstunts 解 Wappenstillstand［德］“～”；也解 wapenstilstand［荷］“～”；也解 wap“～”；也解 wrap“～”；也解 wapping［英黑］“～”；也解 Wapping“～”，伦敦地名；也解 Wappen［德］“～”。
3579 old stile“～”，此处解 old style“～”。
3580 heave a lep 解 half a league“～”，出自英国诗人丁尼生的诗歌《轻骑旅的冲锋》中的“前进半里格”；也解 heave“～”＋a leap“～”；也解 lep［塞维］“～”。
3581 winn 解 win“～”；也解 will“～”；也解 Finnegan“～”。
3582 blaguadargoos 解 blackguards“～”；也解 blagodarya［保］“～”；也解 league“～”，距离单位。
3583 lues the day 解 rue the day“～”；其中 lues 也解“～”，也解 lose“～”。
3584 plays goat“～”，此处解 please God“～”。
3585 pealer 解 The Peeler“～”，化自 19 世纪出现的爱尔兰小调《剥皮者和山羊》；也解 peeler［俚］“～”。
3586 moskats 解 muskets“～”；也解 Moscow“～”；也解 Muscovites“～”。
3587 whoss whizz 解 who's who“～”。
3588 San Patrisky 解 St. Patrick“～”。
3589 druidful 解 dreadful“～”；也解 druid“～”。

日子，卓越、美好、灿烂、久长、宜人、可靠[3590]值得干杯的、圆柱形的日子，过去了九分之六，哈菲兹[3591]赴麦加朝圣过的伊斯兰教徒|霍奇斯·菲格斯告诉[3592]我的七百个[3593]读主的年份[3594]公元，是并且将是并且曾是，直到时间滞后出现[3595]在它里面，这在《爱尔兰书》[3596]艾伦沼泽中被告诉了科伦基尔[3597]圣哥伦巴，所有关于爱尔兰永生[3598]爱尔兰破产了的预言[3599]前言。但是我可以告诉你[3600]我继续。毫无掺杂[3601]。我们可能有些卑劣，直到我们在精疲力尽后出发。于是我开始研究，我很快把日常之理展示给他们，如何对他们英国老家的[3602]该死的死鬼爱答不理[3603]，在节拍上加一条。他看着所有人[3604]伐木工，他叫所有人来别墅[3605]朗格维|郊区别墅|长的，结束。倒下[3606]击倒，大家为我大声喝彩[3607]用石头覆盖|废墟堆|拍手！从他们中，班卓琴剥皮人[3608]小贩展开袭击。反史黛拉香子兰爬上[3609]我，女祭司[3610]瓦内萨[3611]愤怒爬下我。保克斯起来，考克斯欺来[3612]义和团起义。把约拿旦愉快的从斯威夫特[3613]迅速的那里扫下去[3614]见鬼，好锻炼[3615]军队自己永远不反抗[3616]尽管|猫戴大礼帽的人[3617]球|枪和他的罗马天主教[3618]罗马和迦太基|漫游的|弹药桶，配备武器[3619]非常好和赞助资金，出去，奥利弗·克伦威尔[3620]遍布克里米亚战争各处|威廉三世。顺便说一下[3621]成为为什么，是我在哈哈[3622]嚯嚯勋爵。

拓夫（在都柏林[3623]顺应[3624]亲吻平民[3625]女仆们|装备的快乐[3626]的时候，急于[3627]完全忘记让他的火绒和打火机[3628]雷鸣电闪放到火[3629]里变烫[3630]供暖。依然在吸烟的女士们[3631]面前[3632]欺骗的|抽烟抽[3633]狼吞虎咽他心爱的[3634]浅黄色|黄褐色的土耳其烟[3635]柳条篮）。喂[3636]好不好|耶胡|耶

3590 toastworthy 解 trustworthy“～”；也解 toast worthy“～”。
3591 Hajizfijjiz 解 Hafiz“～”(1320—1389)，波斯抒情诗人；也解 Haji“～”；也解 Hodges Figgis“～”，都柏林书店名。
3592 ells 解 tells“～”。
3593 heptahundread 解 hepta“七”＋hundred“百”；也解 read“～”。
3594 annam dammias 解 anni Domini［拉］“～”；也解 Anno Domini“～”。
3595 is in it“～”，此处解［爱］“～”。
3596 Bok of Alam 解 Book of Éire“～”；也解 Bog of Allen“～”，位于爱尔兰中部。
3597 columnkill 解 Colmcille“～”，地名，位于爱尔兰西部多尼戈尔郡；也解 St Colmcille“～”，6 世纪爱尔兰圣人。
3598 Erin gone brugk 解 Eire go brath［爱］“爱尔兰直到最后审判日”；也解 Erin gone broke“～”。
3599 prefacies 解 prophecy“～”；也解 Preface“～”。
3600 Icantenue 解 I can tell you“～”；也解 I continue“～”。
3601 incommixtion 解 incommixed“～”。
3602 blighty“～”，最初由第一次世界大战士兵使用的说法；也解 bloody“～”。
3603 give the cold shake 解 give the cold shoulder“～”。
3604 feller“～”，此处解 fellow“～”。
3605 longa villa 解 longa［美］“到”＋villa“别墅”；也解 Longaville“～”，莎士比亚的喜剧《爱的徒劳》中的人物，那瓦国王的侍臣，发誓抛开女性清心寡欲；也解 longa villa［拉］“～”；也解 longa“～”。
3606 Toumbalo 解 toumba［普］“～”；也解 toumbado［普］“～”。
3607 acclapadad 解 applauded“～”；也解 aclapa［普］“～”；也解 aclapadis［普］“～”；也解 clapped“～”。
3608 banjopeddlars 解 banjo“班卓琴”＋The Peeler and the Goat“《剥皮者和山羊》”，爱尔兰舞曲；也解 peddler“～”。
3609 Gidding up 解 getting up“登上”。
3610 aunties 解 antistita［拉］“女大祭司”；也解 anastasê［希］“复活”；也解 aunty“舅妈”。
3611 vanillas...stissas 解 Vanessa... Stella“～”，斯威夫特的两个年轻恋人；也解 vanillas“～”...stissa［意方言］“～”。
3612 Boxerising and coxerusing 解 Box and Cox“轮流做某事”，出自英国作家莫顿 1847 年写的同名小说《保克斯和考克斯》，书中的两个人物分别白天和黑夜租住同一个公寓＋rising“起来”＋ruse“诡计”；也解 Boxer Rising“～”。
3613 johnny...sweept 解 Jonathan Swift“约拿旦·斯威夫特”(1667—1745)，英国作家；也解 jolly“～”…swift“～”。
3614 dann 解 down“～”；也解 damn“～”。
3615 exercitise 解 exercise“～”；也解 exercitus［拉］“～”。
3616 neverwithstanding 解 never“从不”＋withstanding“抵挡”；也解 notwithstanding“～”；也解 cat“～”。
3617 topkats 解 top hat“～”；也解 topka［保］“～”；也解 yejie top［塞维］“～”。
3618 roaming cartridges 解 Roman Catholics“～”；也解 Rome & Carthage“～”；也解 roaming“～”＋cartridge“～”。
3619 orussheying 解 oruzhies［俄］“～”；也解 horoshos［俄］“～”。
3620 all over Crummwiliam wall 解 Oliver Cromwell“～”，英国清教革命中的领袖；也解 all over Crimean War“～”；也解 William III“～”(1650—1720)，也为奥兰治的威廉亲王。
3621 Be the why“～”，此处解 by the way“～”。
3622 haw haw 解 ha ha“～”；也解 Lord Haw-Haw“～”，克里米亚战争巴拉克拉瓦战役中率领轻骑旅冲锋的卡迪根勋爵的绰号。
3623 durblinly 解 Dublin“～”＋-ly。
3624 obasiant 解 obeisant“～”；也解 basia［拉］“～”。此句化自都柏林市纹章上的格言“市民的服从是城市的幸运”。
3625 skivis 解 civvy“～”；也解 skivvies“～”；也解 skivi［希］“～”。
3626 felicias 解 felicity“～”。
3627 all for“～”；也解 all forgetting“～”。
3628 tinder and lighting 解 tinder and light“～”；也解 thunder and lightning“～”。
3629 feuer 解 Feuer［德］“～”。
3630 beheiss 解 be＋heiss(［德］“炎热的”)“～”；也解 beheiz［德］“～”。
3631 laddios 解 ladies“～”。
3632 rooking pressance 解 rauchen［德］“吸烟”＋presence“在场”；也解 rooking“～”；也解 rooken［荷］“～”。
3633 smolking 解 smoking“～”；也解 smalcadh［爱］“～”。
3634 fulvurite 解 favourite“～”；也解 fulvus［拉］“～”；也解 fulvous“～”。
3635 turfkish 解 Turkish“～”，土耳其烟的简称；也解 kish［英爱］“～”。
3636 Yaa hoo 解 yoohoo“～”；也与后面合解 hao bu hao［中］“～”；也解 yahoo“～”，斯威夫特笔下生物；也解 Yahve“～”。

和华，怎么样，怎么样，伙计？被战争结合在一起的人，没有什么酒瓶能分开！你不是侍从武官[3637]吗？

巴特（在他困难的[3638]三重状态[3639]双重的|好的|很好中，他觉得有点像[3640]战争|似的一瓶[3641]烈性啤酒[3642]小便，但是像一桶装满的啤酒[3643]一样捧腹大笑[3644]为了湖水的蝙蝠）。我的天王老子啊[3645]αΩ！在我与作为终曲的[3646]最后的过去相结合[3647]推论|种族，以及与无法渗透的[3648]泰然自若|铅弹未来[3649]无价值的|操相分离之间，我心底[3650]有满满一瓶[3651]群的记忆[3652]残害者|残废的，我的眼泪[3653]想法|我亲爱的人|美狄亚慢慢[3654]眼泪滑落，相信我[3655]天哪|微白的|铅弹，我现在用柏拉图式的[3656]一排军人离开回忆[3657]弹回起（小鸡们[3658]究竟|变厚的它们是怎么回家[3659]去一个去休息[3660]生锈的啊！）他们所有老男孩们[3661]波维尔悲惨的[3662]传教士的|因爱而疯狂|哀叹岗位，他们现在在瓦尔哈拉宫[3663]里掷着回旋镖[3664]，阿尔马的烈士[3665]母校|玛莎。我为他们干杯[3666]坚决要求，过去的[3667]双角帽灵魂齐射[3668]劣质烧酒，你这个上士[3669]骗子副官，即使在它满足勃起[3670]冷凝水|菘蓝的地方，带着缺席的温暖[3671]苦艾酒|国防军。绅士们[3672]丛林人意见一致[3673]，我给汝我们的伟大誓言[3674]斯沃兰，占领者那可怕的懊悔[3675]，王权信徒[3676]宝座填料|粉末|王储和我们所有的皇室拥趸[3677]皇室离婚，以及其余的[3678]逮捕全部新爱尔兰[3679]新的居民[3680]住所！短暂的一个月[3681]嘴|词。一个壮丽的现在[3682]！我的旧日黏附[3683]我的老随从于当下[3684]古坟，（如果他们这次能从我们遭遇[3685]的一切中得到快乐！）希崔克[3686]说，戈姆芙拉[3687]和多姆纳尔·奥邓诺库[3688]和智者·奥康纳[3689]，这是这曾是他们的名字，

3637 aid a comp 解 aide-de-camp“～”。
3638 difficoltous 解 difficultoso [波]“～”。
3639 tresdobremient 解 tresdobre [波]“～”;也解 dobre [波]“～”;也解 dobre [捷]“～”;也解 dobro [塞维]“～”。
3640 a bitvalike 解 a bit like“～”;也解 bitva [俄]“～”+like“～”。
3641 baddlefall 解 bottle“～”。
3642 staot 解 stout“～”;也解 staot [布]“～”。
3643 a borrlefull of bare 解 a barrel full of beer“～”。
3644 falls a batforlake 解 falls about“笑得无法自制”+like“像”;也解 bat for lake“～”。
3645 awlphul omegrims 解 awful“可怕的”+megrim“沮丧的”;也解 alpha omega“～”,希腊字母表第一个和最后一个字母。
3646 postleadeny 解 postlude“～”;也解 posleden [斯]“～”。
3647 rassociations 解 association“～”;也解 ratocination“～”;也解 Rasse [德]“～”。
3648 aplompervious 解 impervious“～”;也解 aplomb“～”;也解 plombe [法]“～”。
3649 futules 解 future“～”;也解 futilis [拉]“～”;也解 futuo [拉]“～”。
3650 buzzim 解 bosom“～”。
3651 boodle“～”,此处解 bottle“～”。
3652 maimeries 解 memories“～”;也解 maimer“～”;也解 maimed“～”。
3653 medears 解 me tears“～”;也解 idea“～”;也解 me dears“～”;也解 Medea“～”,希腊神话中科尔喀斯国王之女。
3654 sloze 解 slow“～”;也解 sleza [俄]“～”。
3655 bleime 解 believe me“～”;也解 blimey“～”;也解 blême [法]“～”;也解 Blei [德]“～”。
3656 platoonic 解 Platonic“～”;也解 platoon“～”。
3657 recoil“～”,此处解 recall“～”。
3658 thickens 解 chickens“～”;也解 the dickens“～”;也解 thickening“～”。
3659 to one“～”,此处解 home“～”。
3660 rust“～”,此处解 rest“～”。
3661 boyars 解 boys“～”;也解 boyar“～”,沙俄贵族阶层成员,地位仅次于王公,后被彼得大帝废除。
3662 misenary 解 misery“～”;也解 missionary“～”;也解 miseneros [希]“～”;也解 miserare [拉]“～”。
3663 waulholler 解 valhalla“～”,北欧神话中死亡之神奥丁款待阵亡将士英灵的殿堂。
3664 boomaringing 解 boomerang“～”。
3665 alma marthyrs 解 Battle of Alma“阿尔马河战役”,1854 年克里米亚战争时期的小战役,拉格伦勋爵为首的军队迫使俄军停止进攻+martyrs“烈士”;也解 Alma Mater“～”;也解 Martha“～”,在《路加福音》第 10 章中玛莎代表行动者。
3666 dring 解 drink“～”;也解 dring [德]“～”。
3667 bycorn 解 bygone“～”;也解 bicorn“～”。
3668 fuselaiding 解 fusillade“～”;也解 Fuse [德]“～”。
3669 cullies adjutant“～”,此处解 colour sergeant(英国皇家海军陆战队)“～”。
3670 contentsed wody 解 contented woody“～”;也解 condensed water“～”;也解 woad“～”。
3671 wehrmuth 解 warmth“～”;也解 vermout“～”;也解 Wehrmacht(纳粹德国)“～”。
3672 Junglemen“～”,此处解 gentlemen“～”。
3673 in agleement 解 in agreement“～”。
3674 swooren 解 swear“～”;也解 Swaran“～”,苏格兰诗人麦克弗森的史诗《芬格尔》中的挪威统领,被芬格尔英雄打败。
3675 Rueandredful 解 Rue“懊悔”+and+dreadful“可怕的”。
3676 thrownfullvner 解 throne follower“～”;也解 throne-filler“～”;也解 pulver [拉]“～”;也解 Thronfolger [德]“～”。
3677 royal devouts“～”;也解 Royal Divorce“～”,W. G. Wills 著有《皇室离婚》一书,嘲讽拿破仑与约瑟芬的离婚。
3678 the arrest of“～”,此处解 the rest of“～”。
3679 Neuilands 解 New Ireland“～”,巴布新几内亚的岛屿名;也解 neu [德]“～”。
3680 inhabitance“～”,此处解 inhabitant“～”。
3681 mouth“～”,此处解 month“～”;也解 mot [法]“～”。
3682 velligoolapnow 解 velikolepnyi [俄]“宏伟的”+now“现在”。
3683 Meould attashees 解 my old“我的旧日”+attaches“附加”;也解 my old attachés“～”。
3684 the currgans 解 the current“～”;也解 kurgan [俄]“～”。
3685 hapenced 解 happened“～”,此句化自习语 more kicks than ha'pence(未受优待反遭虐待)。
3686 Cedric 解 Sitric“～”,挪威海盗首领,被认为建立了爱尔兰的沃特福德市。
3687 Gormleyson 解 Gormflaith“～”,希崔克的母亲。
3688 Danno O'Dunnochoo 解 Domhnall O Donnchadha“～”,1014 年克伦塔夫战役中的爱尔兰将领。
3689 Conno O'Cannochar 解 Ruaidhri O Conchobhair“罗德里克·奥康纳”(1116—1198),爱尔兰最后一位共主。

因为我们全都在那种方式下一起在克隆伍兹·伍德公学[3690]呐喊助威[3691]，三个土库曼人[3692]，还有那些土色女王[3693]香蕉苹果，我们那在她们的杜伊勒里宫[3694]厕所的夫人们[3695]疾病，两个[3696]侄女[3697]李子酱，信仰·维也纳人[3698]，属于老爹达肯[3699]舅舅|叔叔，那是一个伟大的骗子[3700]国王马克和垃圾[3701]野餐，为了[3702]在手掌上|拍|背婴儿的背袋子宫和温暖[3703]女人，我们战争[3704]是|大口水壶，他们的轻骑旅[3705]蕾丝织锦|宽松的|光的冲锋[3706]魅力。因为莱丝比目送秋波[3707]《莱丝比有一双明亮的眼睛》，但是秋波发射香油[3708]时[3709]谁无人[3710]尖叫[3711]拍摄。救命[3712]臀部，救命，乌拉[3713]！站起一次三次[3714]王子|痕迹！自由时间是自由的[3715]三乘三！上，枪骑兵[3716]祖先！向他们冲[3717]革出教门！

拓夫（他依然感受着天堂送来的[3718]气味浓厚的女主角们[3719]天国美女，她们款待着[3720]他，她们是从阳光明媚的西班牙[3721]女间谍来的年轻女郎[3722]知心对手|新的到达|对手|夫人|儿子|蜿蜒的，但是用他的钱包扮演着[3723]滑铁卢战役[3724]喧闹|贝克鲁线（11. 32）进攻[3725]最激烈处中的小妹妹[3726]，用单民族牙刷[3727]真理|胡思乱想当熨斗[3728]在他露齿而笑的那套多国[3729]多|槽口弯曲水道[3730]不结果上移动）。肋骨[3731]鱼|鹧鸪，肋骨，老泼妇们[3732]百鸟的女王[3733]轻佻女人，狗娘养的[3734]懒鬼|他做梦|你喊叫儿子[3735]索尼娅|梦|南柯|蓝灰色的！你的骑·木马[3736]阴户|鹳|帽徽准备好了[3737]高兴的拥抱我们红润的步兵[3738]煽动性的世界！用他们西莱亚西的[3739]说话|语言|维也纳|女同性恋者|森林的鸟语[3740]渔夫|婴儿|胡须。直到他们的手指上有扭结，脚趾上有疖疮[3741]扳机上有扭结，石弹上有疖疮。痛疼在何处[3742]娼妓|痛苦|阴茎|泡沫，潘趣先生[3743]？战地军事

3690 Kong Gores Wood 解 Clongowes Wood College“～”，耶稣会开办的初级教育学校，乔伊斯曾在此处学习。
3691 barracksers 解 barracking“～”。
3692 thurkmen 解 Turkmen“～”。
3693 khakireinettes 解 khaki“土色”＋reine［法］“女王”；也解 reinette“～”。
3694 toileries 解 Tuileries“～”，位于巴黎；也解 toilets“～”。
3695 miladies 解 my ladies“～”；也解 maladies“～”。
3696 twum 解 two“～”。
3697 plumyumnietcies 解 plemyannitsy［俄］“～”；也解 plum jam“～”，plumyumnietcies 为第一次世界大战时期士兵们对李子酱开的玩笑，因为酱里没有李子。
3698 Vjeras Vjenaskayas 解 vera［俄］“信仰”＋Venskaya(俄语发音的 Viennese)“维也纳人”。
3699 old Djadja Uncken 解 Old Daddy Dacon“～”，英国童谣；其中 Djadja 也解［俄］“～”，也解 dyadya［俄］“～”。
3700 a great mark for jinking 解 a great man for jinking“～”，指靠诡计取胜的人；也解 Mark“～”，特里斯丹的叔叔。
3701 junking 解 junk“～”；也解 junket“～”。
3702 up the palposes of 解 for the purpose of“～”；也解 upon the palpus(［拉］“手掌”) of“～”；也解 palpo［拉］“～”；也解 papoose“～”。
3703 womth and wamth 解 womb and warmth“～”；也解 woman“～”。
3704 war“～”；也解 were“～”；也解 ewer“～”。
3705 lyse brocade 解 Light Brigade“～”；也解 lace brocade“～”；其中 lyse 也解 loose“～”，也解 lys［丹］“～”。
3706 charme［法］“～”，此处解 charge“～”。
3707 lispias harth a burm in eye 解 Lesbia hath a beam in eye“～”，化自习语 a beam in one's eye(眼中有梁)，指有重大的缺陷；也解 Lesbia Hath a Beaming Eye“～”，托马斯·穆尔的歌曲，旋律为 Nora Creina(《诺拉·克莱纳》)。
3708 bames fire 解 balm“香油”＋fire“开火”。
3709 whem 解 when“～”；也解 whom“～”。
3710 norone 解 no-one“～”。
3711 screeneth 解 scream“～”；也解 screen“～”。
3712 Hulp 解 help“～”；也解 hip“～”。
3713 huzzars 解 hurray“～”。
3714 ras tryracy 解 raz［鲁］“一次”＋tre razy［鲁］“三次”；也解 ras(埃塞俄比亚)“～”＋trace“～”。
3715 Freetime's free“～”；也解 three times three“～”，即 9。
3716 Lancesters 解 lancers“～”；也解 ancestors“～”。此处化自惠灵顿在滑铁卢战役下的命令“上，卫兵们，向他们冲”。
3717 Anathem 解 at them“～”；也解 anathema“～”。
3718 heavinscent 解 heaven sent“～”；也解 heavy scent“～”。
3719 houroines 解 heroine“～”；也解 houri(伊斯兰教中虔信者进入天国后真主安拉所赐与之相伴的)“～”。
3720 entertrained 解 entertained“～”。
3721 Espionia 解 Spain“～”；也解 espionne［法］“～”。
3722 sinuorival 解 señoritas［西］“～”；也解 sinuorivales［拉］“～”；也解 new arrivals“～”；也解 rivals“～”＋senora“～”；也解 sin［塞维］“～”；也解 sinuous“～”。
3723 plied 解 played“～”。
3724 bustle Bakerloo 解 Battle of Waterloo“～”；也解 bustle“～”＋Bakerloo line“～”，伦敦地铁线。
3725 thatthack 解 the attack“～”；也解 thick“～”，化自习语 in the thick of battle(战斗正酣中)。
3726 wopsy 解 popsy-wopsy“～”。
3727 truthbosh 解 toothbrush“～”；也解 truth“～”＋bosh“～”。
3728 smoothing irony 解 smoothing iron“～”，此处化自歌曲《拿着熨斗匆忙离开》。
3729 multinotcherallled 解 multinational“～”；也解 multi-“～”＋notches“～”。
3730 infructuosities 解 anfractuosities“～”；也解 infructuosity“～”。
3731 rib“～”；也解 riba［塞维］“～”；也解 Wren“～”，此句化自爱尔兰童谣《鹪鹩、鹪鹩、百鸟之王》。
3732 oldbyrdes 解 old bitchs“～”；也解 all birds“～”。
3733 Quean“～”，此处解 queen“～”。
3734 Sonyavitches 解 son of a bitch“～”；也解 sonya［俄］“～”；也解 sanja［塞维］“～”＋viches［塞维］“～”。
3735 Sinya 解 sin［塞维］“～”；也解 Sonia“～”，俄国作家陀思妥耶夫斯基的小说《罪与罚》的主人公；也解 son［俄］“～”；也解 san［塞维］“～”；也解 sinya［塞维］“～”。
3736 Rhoda Cockardes 解“Ride a Cockhorse”(《骑着小木马》)，英国儿歌；也解 rhodan［希］“～”；也解 rodan［塞维］“～”；也解 kokarda［塞维］“～”。
3737 are raday to 解 are ready to“～”；其中 raday 也解 rady［俄］“～”。
3738 inflamtry 解 infantry“～”；也解 inflammatory“～”。
3739 ohosililesvienne 解 Silesian“～”，波兰的一个地区，现部分区域在德国和捷克；也解 khôsel［亚］“～”＋lezou［亚］“～”；也解 Vienna“～”，奥地利首都；也解 lesbian“～”；也解 sylvan“～”。
3740 biribarbebeway 解 bird“鸟”＋barbar［亚］“语言”＋way“方式”；也解 riba［塞维］“～”；也解 bebe［塞维］“～”；也解 barbe［意］“～”。
3741 kinks in their tringers and boils on their taws 解 kinks in their fingers and boils on their toes“～”，化自《骑着小木马》中的“她的手指上有戒指，脚趾上有铃铛”；也解 kinks in their triggers and boils on their taws“～”。
3742 Whor dor the pene lie 解 where does the pain lie“～”；也解 whore“～”；也解 dor［普］“～”；也解 pene［意］“～”；也解 pena［塞维］“～”。
3743 Mer Pencho 解 Mr Punch“～”。

审判庭[3744]还是参谋总部[3745]淋病|参谋总部? 如果你愿意[3746]皮戈特,注意你的P和Q[3747]请和谢谢|呸,先生[3748]沼泽|进军! 怒发冲冠,笨蛋[3749]军官的仆人|事情|但是! 拿出派头! 为了沙皇和木匠[3750]老的! 在唱诗班[3751]鸟|雀向着空气[3752]以太|气|雪唱歌:

[在向日的夜晚时分[3753]零,继变形的拓夫[3754]坚韧的淡出之后,等待它的反转时[3755]反之亦然,满面红光的巴特[3756]棉絮精力充沛地[3757]积极变化的重新发光,贝尔德板[3758]鸟|董事会|床板轰炸着屏幕,如果高雅地拉紧天竺葵色缎子,就会把注意力转向传送器,放大轻骑旅[3759]路障的冲锋。在同步[3760]谄媚的|罪恶喘气|晕厥|切成小片脉冲中沿着光坡[3761]而下,咬紧牙关[3762]缆柱|小粒|在之间|埃塞俄比亚画眉草,误导的希望[3763]槲寄生,嘚嘚嗒嗒咔咔[3764]《嘀嗒钟》,由它们的通信载波[3765]真空管负载。喷枪扫射,从双焦点劈裂它们:榴弹[3766]、炸药[3767]、电解质[3768]防卫|托奈特炸药、虚无[3769]虚无主义者|废除|沙皇亚历山大和尼古拉:光电扫描器[3770]那扫掠的火点横贯600条[3771]沉到下面图片中的[3772]发光[3773]辉煌的|鹿特兰广场线。哗啦啦[3774]完结|城堡! 福音书真理[3775]幽灵的休战从碧绿的[3776]干酪|铯|酪蛋白涂层上面泄露出来。在光谱[3777]壮观的毒气[3778]的荧光之中,有定格画面透过光电显像管[3779]稳稳[3780]暗地里凝结[3781],圣灵[3782]幸福|顾客|恐怖的|匆忙中一个小伙子家伙的形象,波派[3783]大力水手|教皇·奥多瑙[3784],俄国人[3785]的将军[3786]耶稣会信徒|耶和华|教皇。影像[3787]偶像|偶像崇拜展示了[3788]他的圣职印章:天子的凝视[3789]发呆|星星和袜带,卡斯蒂利亚的伊莎贝拉[3790]的吊袜

3744 dramhead countmortial 解 drumhead court-martial“～”。
3745 gonorrhal stab 解 Generalstab［德］“～”；也解 gonorrhea“～”；也解 General Staff“～”。
3746 piggots 解 please“～”；也解 Richard Pigott“～”(1835—1889)，爱尔兰新闻记者，曾伪造巴涅尔的信。
3747 pughs and keaoghs 解“～”，凯尔特语族主要存在四个语支，一般将高卢语和布立吞语放在一起，称“P凯尔特语”，将伊比利亚语和盖尔语放在一起，称作“Q 凯尔特语”；也解 please and thank you“～”；也解 pugh“～”。
3748 marsh“～”，此处解 Mister“～”；也解 marsch［德］“～”。
3749 dingbut 解 dingbat“～”；也解 dingbat“～”，第一次世界大战时澳大利亚俚语；也解 Ding［德］“～”＋but“～”。
3750 zahur and zimmerminnes 解 Zar und Zimmermann［德］“～”，德国作曲家洛尔青 1837 年的三幕喜歌剧；也解 zahar［巴］“～”。
3751 chorias 解 chorus“～”；也解 tsori［巴］“～”；也解 tŝori［巴］“～”。
3752 ethur 解 aither［希］“～”；也解 aether“～”；也解 aether［拉］“～”；也解 elhur［巴］“～”。
3753 noughttime 解 nighttime“～”；也解 nought“～”。
3754 Tuff 解 Taff“～”；也解 tough“～”。
3755 viseversion 解 viseversio［拉］“～”；也解 vice versa“～”。
3756 Batt“～”，此处解 Butt“～”。
3757 metenergic 解 meta-“在后”＋energic“精力充沛的”；也解 metenergetikos［希］“～”。
3758 bairdboard 解 John Logie Baird“约翰·罗杰·贝尔德”(1888—1946)，苏格兰工程师及发明家，电视的发明人＋board“木板”；也解 bird“～”＋board“～”；也解 bedboard“～”。
3759 barricade“～”，此处解 brigade“～”。
3760 syncopanc 解 sync“～”；也解 sycophan“～”；也解 sin pant“～”；也解 syncope“～”；也解 synkope［希］“～”。
3761 photoslope 解 photo-［希］“光”＋slope“斜坡”。
3762 bitts bugtwug their teffs 解 bite between their teeth“～”；其中 bitts 也解“～”，也解 bits“～”；其中 bugtwug 也解 between“～”；其中 teffs 也解“～”，非洲产的粮食作物。
3763 missledhropes 解 misled hope“～”；也解 mistletoe“～”。
3764 Glitteraglatteraglutt 解 Glitter glatter glutt“～”，马蹄声；也解 Hickory, Dickory, Dock“～”，英国流行儿歌。
3765 carnier walve 解 carrier wave(通信)“～”；也解 valve“～”。
3766 grenadite 解 grenade“～”。
3767 damnymite 解 dynamite“～”。
3768 alextronite 解 electrolyte“～”；也解 alex-［希］“～”＋tonite“～”，火棉火药之一种。
3769 nichilite 解 nichil［中古］“～”；也解 nihilist“～”；也解 nichillate“～”；也解 Tsars Alexander and Nicholas“～”。
3770 sgunners 解 scanner“～”。
3771 sunksundered 解 six hundred“～”；也解 sunk-under“～”。
3772 illustred 解 illustrated“～”。
3773 rutilanced 解 rutilant“～”；也解 rutilans［拉］“～”；也解 Rutland“～”，位于都柏林，现更名为巴涅尔广场。
3774 Shlossh 解 slosh“～”，溅泼声；也解 Schluss［德］“～”；也解 lock［德］“～”。
3775 gaspel truce 解 gospel truth“～”；也解 ghostly truce“～”。
3776 caeseine 解 caesius［拉］“～”；也解 caseus［拉］“～”；也解 caesium“～”；也解 casein“～”。
3777 Spectracular 解 spectra“～”；也解 spectacular“～”。
3778 mephiticism 解 mephitis“～”。
3779 inconoscope 解 iconoscope“～”。
3780 stealdily 解 steadily“～”；也解 stealthily“～”。
3781 caoculates 解 coagulate“～”。
3782 wohly ghast 解 holy ghost“～”；也解 wohl［德］“～”；也解 Gast［德］“～”；也解 ghast“～”；也解 hast［德］“～”。
3783 Popey“～”，即 Popey the Sailor“～”；也解 Pope“～”。
3784 O'Donoshough 解 O'Donoghue“～”，该家族为爱尔兰的酋长，住在爱尔兰西南部的基拉尼地区，曾统治全爱尔兰。
3785 russuates 解 Russian“～”。
3786 jesuneral 解 General“～”；也解 jesuit“～”；也解 Jehovah“～”；也解 General of the Jesuits“～”。
3787 idolon 解 eidolon［希］“～”；也解 idolo［西］“～”；也解 idolatry“～”。
3788 exhibisces 解 exhibits“～”。
3789 starre 解 stare“～”；也解 starre［德］“～”；也解 The Star and Garter“～”，都柏林酒吧的名字。
3790 Izodella the Calottica 解 Isabella la Catolica“～”(1451—1504)，西班牙女王，哥伦布横渡大西洋的资助人。

带[3791]嘉德勋章|腰带，迈克尔·帕里奥洛加斯[3792]的十字，涅波穆的约翰[3793]的鞋带，弹药和弹丸[3794]彼得和保罗|锡蜡的噗噗和砰砰[3795]大型机关炮，大贝尔特海峡[3796]，戈尔曼[3797]美食家|赫伯特·戈尔曼殉教史的捆绑和扣紧。这是给顾客的周三服务[3798]。牧师[3799]胜利者。愿关于[3800]在上面你的死亡[3801]呼吸的音乐语言[3802]骚扰得到安宁[3803]请，愿步兵得和平。该死[3804]，超音波开关出了问题[3805]！他眨着[3806]空白页眼[3807]抛媚眼，因为他向他的所有电视[3808]侄女们[3809]罪恶坦白了。他擤鼻涕[3810]阻碍，因为他到处坦白他经常举起他最后的手指[3811]棒球接球手。他用一把象牙剑[3812]一种獠牙擦嘴[3813]痛打他的母亲，既然[3814]因为他坦白了他怎样常常[3815]开放的习惯于[3816]在她上面[3817]，他怎样放纵地[3818]在下面习惯于在她下面[3819]欣赏。他把他的手[3820]用手捕捉|手稿与他的踏脚板[3821]属于脚的|脚|鸡奸者绑[3822]在一起[3823]上帝，既然因为他在他的所有成就[3824]同谋|手之前和在他的所有帮凶[3825]我玷污|联盟|抛弃情人的女子之后坦白了。（这里有[3826]后裔|到这里咪咪[3827]伪善言辞|不能|阴户回来，说他不能再呆了[3828]尾巴，是的先生[3829]耶稣基督，猫咪[3830]猫回来因为[3831]他不能一直[3832]长木柄醒着）他谈及花园[3833]伊甸园|将电接地|树中间[3834]粪堆的这棵生命树，因为既然由于他在山[3835]希勒尔上、在谷[3836]在下面下、在麻风病人居住之所、在石头之所在，向它坦白了，事实上[3837]他用海运|他用驳船运恰好忘记了[3838]律法|逃跑一首爱情小诗[3839]爱|他可能爱，他现在快乐地、很好地、像俄国将军那样地[3840]罗塞尼亚人|慷慨地在整个巴克利射击的[3841]该死的老商店全部过程[3842]铅|橄榄油想起来了。可怜的[3843]同性恋者老庞贝·奥邓格希夫[3844]船！会

3791 girtel 解 garter“～”；也解 the Garter“～”；也解 Gurtel［德］“～”。
3792 Michelides Apaleogos 解 Michael VIII Palaeologus“～”(1225—1282)，巴列奥略王朝的奠基人，重建拜占庭帝国。
3793 Jan of Nepomuk“～”，波西米亚殉难者，捷克的守护圣人。
3794 Powther and Pall 解 powder and ball“～”；也解 Peter and Paul“～”，基督的 12 信徒中的两个；也解 pewter“～”。
3795 puffpuff and pompom“～”；其中 pompom 也解“～”。
3796 great belt“～”，丹麦境内的海峡，沟通北海和波罗的海。
3797 Gorman 解 Marianus Gorman“～”，1181 年殉道的修士，圣奥古斯丁曾描述过他的殉道史；也解 gourmand“～”；也解 Herbert Gorman“～”(1893—1954)，第一位给乔伊斯写传记的作者。
3798 castomercies mudwake surveice 解 customary midweek service“～”。
3799 victar 解 vicar“～”；也解 victor“～”。
3800 above“～”，此处解 about“～”。
3801 dreadths 解 death“～”；也解 breaths“～”。
3802 notnoys speech 解 notnyi［俄］“音乐的”＋speech“讲话”；也解 annoy“～”。
3803 Pleace 解 peace“～”；也解 please“～”。
3804 Hll 解 hell“～”。
3805 smthngs gnwrng wthth sprsnwtch 解 something's gone wrong with the supersonic switch“～”，指电视开关。
3806 blanks“～”，此处解 blinks“～”。
3807 oggles 解 eyes“～”；也解 ogles“～”。
3808 tellavicious 解 television“～”。
3809 nieces“～”；也解 vices“～”。
3810 blocks his nosoes 解 blow one's nose“～”；其中 blocks 也解“～”。
3811 faengers 解 fingers“～”；也解 Fänger［德］“～”。
3812 a sword of tusk“～”，指象牙牙签；也解 a sort of tusk“～”。
3813 wollops his mouther 解 wipes his mouth“～”；也解 wallop his mother“～”。
3814 in as 解 in as much“～”。
3815 opten 解 often“～”；也解 open“～”。
3816 used be 解 used to be“～”。
3817 obening 解 oben［德］“～”。
3818 howonton 解 how wanton“～”；也解 unten［德］“～”。
3819 undering 解 under“～”；也解 beundre［丹］“～”。
3820 manucupes 解 manus［拉］“～”；也解 mancupium［拉］“～”；也解 manuscripts“～”。
3821 pedarrests 解 foot rests“～”；也解 pedarius［拉］“～”；也解 pes［拉］“～”；也解 pederasts“～”。
3822 boundles 解 bundles“～”。
3823 alltogotter 解 altogether“～”；也解 gotter［德］“～”。
3824 handcomplishies 解 accomplishments“～”；也解 accomplice“～”；也解 hand“～”。
3825 comfoderacies 解 confederate“～”；也解 comfoedo［拉］“～”；也解 confederacy“～”；也解 rásaidhe［爱］“～”。
3826 hereis 解 here is“～”；也解 Reis［德］“～”；也解 hither“～”。
3827 cant“～”，此处解 cat“～”；也解 cann't“～”；也解 cunt“～”。
3828 codant steal no lunger 解 couldn't stay no longer“～”；其中 codant 也解 coda［意］“～”。
3829 yessis 解 yes, sir“～”；也解 Jesus Christ“～”。
3830 catz 解 cats“～”；也解 Katz［德］“～”。
3831 beques 解 because“～”。
3832 stail 解 stay“～”；也解 stale“～”。
3833 garerden 解 garden“～”；也解 Eden“～”；也解 erden［德］“～”；也解 gerer［亚］“～”。
3834 middenst 解 midst“～”；也解 midden“～”。
3835 Hillel“～”(约前 70—公元 10)，巴勒斯坦犹太人族长，编有《古代犹太拉比格言集》，此处解 hill“～”。
3836 Dalem 解 dale“～”；也解 dalem［马］“～”。
3837 in pontofert 解 in point of fact“～”；也解 in ponto fert［拉］“～”；也解 in pontone fert［拉］“～”。
3838 jusfuggading 解 just forgetting“～”；也解 jus［拉］“～”＋fuga［拉］“～”。
3839 amoret 解 amoretti“～”；也解 amor［拉］“～”；也解 amaret［拉］“～”。
3840 ruttengenerously 解 Russian general“～”；也解 Ruthenian“～”，乌克兰西部一地区＋generously“～”。
3841 ole blucky shop 解 whole Buckley shot“～”；也解 old bloody shop“～”。
3842 olyovyover 解 all over“～”；也解 olovo［捷］［塞维］“～”；也解 olivovy olej［捷］“～”。
3843 Pugger 解 poor“～”；也解 bugger“～”。
3844 Pumpey O'Dungaschiff，人名；也解 Schiff［德］“～”。

有母鸡在晚祷[3845]后在决斗场[3846]母鸡|汉娜收集他。跌倒[3847],女士们和先生们[3848]掠夺者和诈骗犯|昨日!叮[3849],叮,叮,叮!]

巴特(用一个大白[3850]奥斯卡·王尔德|彼得大帝·毛毛虫[3851]无赖|角被割下的动物先生的豪爽手势[3852],配以葵花形[3853]钮孔[3854]美好,被老贝里法庭[3855]的现代主义[3856]世俗的邮袋从正面[3857]近距离平射的拉起来,尽管其中的犹豫[3858]发嘘声|强度与他的恶意[3859]苹果树|阴茎适得其反[3860]远远跳起,他讲述了他第一次[3861]快速的|最后的标出[3862]制造他的第一个造物主[3863]主人|为了火葬时,他的爱妻[3864]擦他的屁股如何正是改变他的想法[3865]进入他的屁股|父母的最后[3866]少年的|阴茎一件事)。请,原谅[3867]领袖|阴茎|妓女|纯粹妒忌|标价出售|前列腺!足够了,谢谢[3868]都柏林人|祖先|珍贵的|谢谢!在一切荒淫[3869]的环境中[3870]情况保卫洁净的处女[3871]贞洁的傻瓜|水仙花!布置警戒哨[3872]扒手|捆扎|尖木桩,P 组和 Q 组[3873]将被起诉[3874]!请[3875]竭尽全力[3876]不要忘记,或者只你自己去[3877]预示|使前往|贝多芬更热的地方[3878]其他地方|霍斯|市场!纠正我,突击队,请[3879]看在上帝的份上[3880]为了哥萨克人|脚,但我确信是这样的[3881]发誓放弃。再不要给这个可怜的[3882]电极非洲人[3883]杏|小妖精伯齐克牌戏[3884]土耳其非常规军|衣服下摆|巴斯克语!非常感谢[3885]埃斯卡米里奥,万分感谢[3886]沙脊|千|毁灭。我有我的一肚子[3887]圣树土耳其软糖[3888]该死的,整个美好时光[3889]微不足道的|阴户花在生肉和什锦菜丝汤[3890]罗密欧与朱丽叶|罗曼司上,还有我肾脏[3891]里他们的炖羊肉[3892]椅子|僵硬的|玛丽·兰姆的故事,他们那撒克逊人[3893]辛那赫里布肋骨里我的羊油[3894],

3845 avensung 解 evensong“～”。
3846 the feld of Hanar 解 the field of honor“～”；其中 Hanar 也解 hen“～”；也解 Anne“～”，本书女主人公。
3847 Dumble down 解 tumble down“～”。
3848 looties and gengstermen 解 ladies and gentlemen“～”；也解 looters and gangsters“～”；也解 gestern［德］“～”。
3849 Dtin 解 Din，喧闹声，犹太法律。
3850 Lhugewhite 解 huge white“～”；也解 Oscar Wilde“～”(1854—1900)，作家，出生在都柏林；也解 Peter I the Great“～”。
3851 Cadderpollard 解 caterpillar“～”，英国作家坎贝尔曾说王尔德是一只“大白毛毛虫”；也解 Cad“～”＋pollard“～”。
3852 gisture 解 gesture“～”。
3853 sunflawered 解 sunflower“～”＋-ed。
3854 beautonhole 解 buttonhole“～”；也解 beau［法］“～”。
3855 Oldbally Court 解 Old Bailey Court“～”，伦敦中央刑事法院的所在地。
3856 mundaynism 解 modernism“～”；也解 mundanus［拉］“～”。
3857 point blanck 解 pointblank“～”；也解 point blank“～”。
3858 hissindensity 解 hesitancy“～”；也解 hissing“～”＋intensity“～”。
3859 melovelance 解 malevolence“～”；也解 melo［意］“～”；也解 lance［俚］“～”。
3860 buck far“～”，此处解 backfire“～”。
3861 fast“～”，此处解 first“～”；也解 last“～”。
3862 marking“～”；也解 making“～”。
3863 lord for cremation 解 lord of creation“～”；也解 lord“～”＋for cremation“～”。
3864 whyfe of his bothem 解 wife of his bosom“～”；也解 wipe of his bottom“～”。
3865 elter his mehind 解 alter his mind“～”；也解 enter his behind“～”；也解 Eltern［德］“～”。
3866 lad's“～”，此处解 last“～”；也解 lad［俚］“～”。
3867 Prostatates, pujealousties 解 prostite pozhaluista［俄］“～”；也解 prostates［希］“～”＋pyje［捷］“～”；也解 prostitutes“～”＋pure jealousy“～”；其中 Prostatates 也解 prostatus［拉］“～”，也解 prostate“～”。
3868 Dovolnoisers, prayshyous 解 dovol'no, proshus［俄］“～”；其中 Dovolnoisers 也解 Dubliners“～”＋prashchur［俄］“～”；其中 prayshyous 也解 precious“～”，也解 prašau［立］“～”。
3869 deboutcheries 解 debauchery“～”。
3870 circumstancias 解 circumstance“～”；也解 circunstância［葡］“～”。
3871 chaste daffs“～”，此处解 chista deva［斯］“～”；也解 daffodil“～”。
3872 Pack pickets 解 pack“安插”＋Picket“警戒哨”；也解 pickpocket“～”；也解 pack“～”＋picket“～”。
3873 pioghs and kughs 解 Ps and Qs“～”，凯尔特语音的分组。
3874 palseyputred 解 prosecuted“～”。
3875 prease 解 please“～”。
3876 Be at the peme 解 Be at pains“～”。
3877 betoken“～”，此处解 betake“～”；也解 Beethoven“～”(1770—1827)，神圣罗马帝国(今德国)的音乐家。
3878 hother prace 解 hotter place“～”，指地狱；也解 other place“～”；也解 Howth“～”＋praça［葡］“～”。
3879 pleatze 解 please“～”。
3880 for cossakes 解 for God's sake“～”；也解 for Cossacks“～”；也解 cos［爱］“～”。
3881 abjure of“～”，此处解 am sure of“～”。
3882 pole“～”，此处 poor“～”。
3883 aprican 解 African“～”；也解 apricot“～”；也解 leprechaun“～”，爱尔兰民间传说。
3884 basquibezigues 解 Bezique“～”；也解 Bashi-bazouks“～”；也解 basque［法］“～”；也解 Basque“～”。
3885 askormiles 解 asko［巴］“非常”＋mila［巴］“感谢”；也解 Escamillo“～”，比才的歌剧《卡门》中的斗牛士。
3886 eskermillas 解 esker mila［巴］“～”；也解 eiscir［爱］“～”；也解 míle［爱］“～”；也解 milleadh［爱］“～”。
3887 billyfell 解 bellyful“～”；也解 bile［爱］“～”。
3888 duckish delights 解 Turkish delight“～”；也解 fucking“～”。
3889 pukny 解 pěkný［捷］“～”；也解 puny“～”；也解 puki［马］“～”。
3890 rawmeots and juliannes 解 raw meat and julienne“～”；也解 Romeo and Juliet“～”，也是莎士比亚的同名戏剧；也解 ráiméis［爱］“～”。
3891 kiddeneys 解 kidneys“～”。
3892 lambstoels 解 lamb stew“～”；也解 stoel［荷］“～”；也解 stoel［挪］“～”；也解 Mary Lamb's tales“～”，指玛丽・兰姆与哥哥查尔斯・兰姆合著的《莎士比亚故事集》。
3893 sassenacher 解 Sassenach“～”；也解 Sennacherib“～”(？—前 681)，新亚述帝国黄金时期的一位明君。
3894 ramsbutter 解 lamb's butter“羔羊黄油”。

一次、两次、三次[3895]用膝盖碰|她|干|三点的牌，当亚述人[3896]奥西里斯的像狼[3897]一样下[3898]到羊圈[3899]峡湾，我们猎捕猎手香烟[3900]祈祷着的祈祷者，偷拿和平烟剂，所有的烟斗[3901]骑兵大兵[3902]汤米·阿特金斯，好让斯莱特里教区[3903]金匠的帕特里克·斯彭思[3904]彼得献金神父动身离开我们，赤色黎明[3905]克里米亚|歌曲|大胆的|棕色的将照亮[3906]硬合金|舍尔它语文件[3907]夜晚(签了字的景象，荣耀归于上帝[3908]信|词语|名声)，对胡格诺派教徒[3909]食其肉、寝其皮(最温暖的但以理[3910]西班牙猎犬|睡着的|卧室是狮子[3911]变温驯的地方!)向阿尔比派教徒[3912]《创世记》|痊愈淋洒[3913]突袭|读启示[3914]被揭露的真相|革命(神圣[3915]用沙覆盖我们|健康，神圣，再次神圣[3916]发出像枪一样的声音!)。然而不过[3917]依然在全体之中，以牙还牙[3918]，就像我们在主日学校[3919]異他族|罪恶|妓女|美丽唱圣歌[3920]歌颂，每个战歌[3921]战争|儿子|私生子勇士[3922]都在他的背包[3923]行囊|烈酒里带着一个房子[3924]糖果|伙伴|来临，除非[3925]征募我变得健忘[3926]，忘记了文明战争[3927]野蛮的|磷火的基本知识[3928]军团，否则我就是一个游戏之人好伴侣[3929]过分亲热的，送给我们胜利[3930]的还有诺埃尔和布朗宁[3931]布朗与诺兰|圣诞季|高尚的，张三、李四和王五[3932]愚蠢、鬼祟、下流，我在芬尼根的守灵夜[3933]享受的所有快乐。一个穿着炮管[3934]服装的奇怪男人。这是一份鸡蛋加鸡蛋的[3935]基尼礼物。由于我住在奇平诺顿[3936]切削北方附近。这是适合农夫的烙铁[3937]鸡蛋，唉。彩虹[3938]！彩虹[3939]伦巴舞|布利安·布鲁？那是我们伙伴们的太平时日[3940]地狱自己的，皇家军队[3941]皇室伦斯特省|最亲爱的|身体|引路星，我们是防空壕[3942]城市|彩虹新手[3943]，三个爱尔兰人[3944]土豆和两个英国人[3945]，

3895 knee her, do her and trey her 解 nji herë, dy herë, tre herë [阿尔]“～”；也可译为 knee“～”＋her“～”＋do “～”＋trey“～”。
3896 th'osirian 解 Assyrian“～”，亚述为亚洲西南部古国；也解 Osirian“～”，奥西里斯为古埃及的冥神，太阳神的父亲。
3897 whalf 解 wolf“～”。
3898 cumb dumb 解 come down“～”。
3899 fiord“～”，此处解 fold“～”。
3900 preying players 解 preying“捕猎”＋Players' cigarettes“球员香烟”；也解 praying prayers“～”。
3901 troupkers 解 trubka [俄]“～”；也解 trooper“～”。
3902 tomiatskyns 解 Tommy Atkins“～”，英国士兵的俗称，故译为“～”。
3903 Parishmoslattary 解 Parish“教区”＋Slattery's Mounted Foot“《斯莱特里的骑马步兵》”，爱尔兰音乐家弗兰奇 1889 年写的歌词，描写落草为寇的爱尔兰农民渴望成为英雄，却胆小如鼠，只会说大话；也解 zlatar [保][塞维]“～”。
3904 Petrie Spence 解 Sir Patrick Spens“《帕特里克·斯彭思爵士》”，民谣，19 世纪后半期由美国学者弗兰西斯·詹姆斯·查尔德收集的《童谣》中最流行的一首；也解 Peter's pence“～”，英国以前一种给主教的贡税，每户一便士。
3905 crimsend daun 解 crimson dawn“～”，在俚语中指一种廉价的红酒；也解 Crimea“～”＋dán [爱]“～”；也解 dána [爱]“～”；也解 donn [爱]“～”。
3906 shellalite on 解 shed a light on“～”；也解 shellite“～”；也解 Shelta“～”，爱尔兰的隐语。
3907 darkumen 解 document“～”；也解 darkmans [英黑]“～”。
3908 Slobabogue 解 Slava bogu [俄][塞维]“～”；也解 slova [塞维]“～”；也解 slovo [俄]“～”；也解 slava [俄]“～”。
3909 huguenottes 解 Huguenot“～”。
3910 spalniel 解 Daniel“～”，被扔入狮穴却安然无恙；也解 spaniel“～”；也解 spalnji [俄]“～”；也解 spaljni komnata [俄]“～”。
3911 lieon 解 lion“～”。
3912 allbegeneses 解 Albigensians“～”，与胡格诺派教徒一样遭到屠杀；也解 Genesis“～”；也解 genesen [德]“～”。
3913 raiding“～”，此处解 raining“～”；也解 reading“～”。
3914 revolations 解 Revelation“～”；也解 revelations“～”；也解 revolutions“～”。
3915 sand us“～”，此处解 sanctus [拉]“～”；也解 sláinte“～”，此处化自奥弗林神父的歌曲《健康，健康，再健康》。
3916 sound as agun 解 sanctus [拉]“神圣的”＋again“再次”；也解 sound as a gun“～”。
3917 still in all“～”，此处解 still and all“～”。
3918 spit for spat 解 tit for tat“～”。
3919 Sunda schoon 解 Sunday school“～”；其中 Sunda“～”，位于东印度群岛；也解 Sünde [德]“～”；也解 sundal [马]“～”；也解 schoon [荷]“～”。
3920 chantied 解 chanted“～”；也解 chanter [法]“～”。
3921 warson 解 warsong“～”；也解 war“～”＋son“～”；也解 whoreson“～”。
3922 Wearrier 解 warrior“～”。
3923 schnapsack 解 knapsack“～”；也解 schnappsack [德]“～”；也解 Schnaps [德]“～”。
3924 kaddies a komnate 解 carries a“带着一个”＋komnata [俄]“房间”；也解 candies“～”＋comrade“～”；也解 komm [德]“～”。
3925 unlist 解 unless“～”；也解 enlist“～”。
3926 foegutfulls 解 forgetful“～”。
3927 savaliged wildfire 解 civilized warfare“～”；也解 savaged“～”＋wildfire“～”。
3928 rugiments 解 rudiments“～”；也解 regiments“～”。
3929 gamefellow willmate 解 game fellow“游戏家伙”＋well mate“好伴侣”；也解 hail-fellow-well-met“～”。
3930 victorias 解 victories“～”。
3931 nowells and brownings 解 Nowells and John M. Browning“～”，武器制造商；也解 Browne and Nolan“～”，都柏林著名书籍和文具商店的店名；也解 noel“～”；也解 nuall [爱]“～”。
3932 dumm, sneak and curry 解 Tom, Dick and Harry，泛指很多人时的说法；也解 dumm（[德]“愚蠢的”），sneak and scurrilous “～”。
3933 fanagan's week 解 Finnegan's Wake“～”，爱尔兰民谣。
3934 abarrel 解 a barrel“～”；也解 apparel“～”。
3935 meggs and teggs 解 eggs and eggs“～”；也解 meggs [英黑]“～”，英国旧金币。
3936 chipping nortons 解 Chipping Norton“～”，英国牛津郡的城市；也解 chipping north“～”。
3937 iron“～”；也解 eieren [荷]“～”。
3938 Arcdesedo 解 arc-de-sedo [普]“～”。
3939 Renborumba 解 rainbow“～”；也解 rumba“～”；也解 Brian Boru“～”，爱尔兰传说中的著名国王。
3940 hellscyown days 解 halcyon days“～”，冬至前后十四天风平浪静的日子；也解 hell's own“～”。
3941 loyal leibsters 解 Royal lobster（[俚]“英国兵”）“～”；也解 Royal Leinsters“～”；也解 Leibster [德]“～”；也解 Leib [德]“～”；也解 leidster [荷]“～”。
3942 redugout 解 dugout“～”；也解 reduit“～”；也解 radouga [俄]“～”。
3943 rawrecruitioners 解 raw recruit“～”。
3944 praddies 解 paddies“～”；也解 praties [英爱]“～”。
3945 prettish 解 British“～”。

在我们的向风群岛[3946]任性的|群岛上有一声喘息，我们英格兰人[3947]狭窄的，长长的连珠炮似的一串话，关于小小黑玫瑰[3948]土豆和德国酸菜汤|《我的黑肤罗瑟琳》的[3949]正义[3950]吃|果汁和怜悯[3951]喝，手牵手，就像我们向乡下姑娘的求欢因一首歌而发狂[3952]去喝酒时，龙虾[3953]·辣椒[3954]莪默·伽亚谟总是在他那带窗的[3955]丧偶的马车[3956]勇气里跳来跑去[3957]，吉卜赛人[3958]女儿|蟋蟀的香烟[3959]吉卜赛人，而此时伍德拜恩·威利[3960]世界大战，那么受罂粟女孩[3961]俄国烟草|香烟|骏马欢迎[3962]罂粟|灰烬，是我们的查理·卓别林[3963]黑色|黑的|肖邦，把空气变蓝[3964]吹气|布鲁斯音乐。祝你健康[3965]喝水杯！冲啊[3966]弗朗索瓦·阿齐尔·巴赞！巴斯麦芽酒[3967]咬伤|死亡！圣彼得和圣保罗[3968]啤酒。我们全都被调频到听这个最大的嬉闹[3969]中桅|新奇之事|诺维亚语中。上狂欢[3970]反叛者下[3971]淹死喝酒[3972]旱冰场|国王，四处停战[3973]！爱尔兰好人他活着[3974]贩夫走卒依旧活着|乳猪|法国农民|万岁！再一次！以牙还牙[3975]底格里斯河。一起[3976]。我的梦之日[3977]种族，我爱你高于一切[3978]激情|街道。唾沫四溅的高官[3979]和脱下靴子的男孩，我们群夫的莽夫，等等。太棒了，相信我[3980]。我只是一个没了狗腿的二等兵[3981]，但我没有屈服于[3982]送给一只憨蛋呆蛋[3983]驼背|半便士铜币，不管小钱还是大钱[3984]，摸摸丹尼尔·奥康内尔[3985]国土|康沃尔那些千岁的[3986]闲散的女佣将军[3987]生殖器，军营至宝[3988]最亲爱的爱人|珍贵的好姑娘|以利沙|加比·德里斯，宣扬他们在圣彼得堡[3989]某本图画书|阳光图片|树丛真正的侧翼包抄[3990]坦白的。何战者[3991]水巴库斯[3992]面包烘房|后屋|好！我总能很好地照顾[3993]覆盖自己，无论偶像[3994]眼睛呆滞|田园诗还是蠼螋[3995]耳朵唤醒者|

3946 waynward islands 解 Windward Islands“～”，西印度群岛一列岛屿，位于加勒比海东；也解 wayward“～”＋islands“～”。
3947 engrish 解 Inggris [马]“～”；也解 eng [德]“～”。
3948 durck rosolun 解 Roisin Dubh“～”，在诗歌中指爱尔兰；也解 rosolyanka [鲁]“～”；也解 My Dark Rosaleen“～”，爱尔兰歌曲，黑肤罗瑟琳也是爱尔兰的化身之一。
3949 af 也解 of“～”。
3950 jisty 解 justice“～”；也解 yisty [鲁]“～”；也解 juice“～”。
3951 pithy 解 pity“～”；也解 pyty [鲁]“～”。
3952 went wined“～”，此处解 went wild“～”。
3953 Homard 解 homard [法]“～”。
3954 Kayenne 解 cayenne“～”；也解 Omar Khayyam“～”(1048—1131)，波斯诗人，创作《鲁拜集》。
3955 wendowed 解 windowed“～”；也解 widowed“～”。
3956 courage“～”，此处解 carriage“～”。
3957 jiggilyjugging 解 jiggy-joggy“～”。
3958 tsingirillies 解 cigani [塞维]“～”；也解 girl“～”；也解 Grille [德]“～”。
3959 zyngarettes 解 cigarettes“～”；也解 zingari“～”。
3960 Woodbine Willie 解 Woodbine Willie“～”，斯托达特・肯尼迪牧师的绰号，也是第一次大战中的英军随军牧师，大战中的军队分发伍德拜恩香烟，因此爱抽伍德拜恩烟的英国人也被称为“Woodbine”；也解 World War“～”。
3961 poppyrossies 解 poppy“罂粟”＋rossies [俚]“鲁莽的女孩”；也解 papirosy [俄]“～”；也解 papieros [波]“～”；也解 Ross [德]“～”。
3962 popiular with 解 popular with“～”；也解 poppy“～”；也解 popioły [波]“～”。
3963 Chorney Choplain 解 Charlie Chaplin“～”；也解 chornyi [鲁]“～”；也解 chórnay [俄]“～”；也解 Chopin“～”。
3964 blued the air“～”；也解 blow the air“～”；也解 Blues music“～”。
3965 Sczlanthas 解 Slainte! [爱]“～”；也解 szklanka [波]“～”。
3966 Banzaine 解 banzai! [日]“～”，日俄战争中日本军队的冲锋喊声；也解 François Bazaine“～”(1811—1888)，法国元帅。
3967 Bissbasses 解 Bass's ale“～”；也解 Biss [德]“～”＋bas [爱]“～”。
3968 S. Pivorandbowl 解 St. Peter and Paul“～”，基督的 12 信徒中的两个；也解 pivo [塞维] [俄]“～”。
3969 topmast noviality 解 topmost joviality“～”，化自《长笛菲尔的舞会》中的“于是所有人都加入到这最大的嬉闹中”；也解 topmast“～”＋novelty“～”；也解 Novial“～”，丹麦语言学家奥托・叶斯柏森 1928 年创造的人造语。
3970 revels“～”；也解 rebels“～”。
3971 drown“～”，此处解 down“～”。
3972 rinks“～”，此处解 drinks“～”；也解 king“～”。
3973 almistips 解 armistice“停战”。
3974 Paddy Bonhamme he vives 解 Paddy Bonhamme(bon homme [法]“好人”) he lives“～”；也解 petit bonhomme il vit encore [法]“～”；此处 Bonhamme 也解 bonham [爱]“～”，圣诞节传统菜肴；也解 Bonhomme，指“～”＋vive“～”。
3975 tig for tag 解 tit for tat“～“；也解 Tiger [拉]“～”，伊甸园的四条河流之一。
3976 Togatogtug 解 together“～”。
3977 droomodose 解 droom [荷]“梦”＋days“时日”；也解 dromos [希]“～”。
3978 Y loved you abover all the strest 解 I Love You above All the Rest“～”。托马斯・穆尔的同名歌曲；其中 strest 也解 strast [塞维] [俄]“～”；也解 street“～”。
3979 Blowhole brasshat 解 Blowhole“喷水孔”，在俚语中指唠唠叨叨的人＋brass hat“高级官员”。
3980 beleeme 解 believe me“～”。
3981 prive 解 private“～”。
3982 give to“～”，此处解 toegeven [荷]“～”。
3983 humpenny dump 解 Humpty Dumpty“～”；其中 humpenny 也解 hump“～”；也解 halfpenny“～”。
3984 wingh or wangh 解 wing [俚]“便士”＋or＋wang [马]“钱”。
3985 Tanah Kornalls 解 Dan O'Connell，即 Daniel O'Connell“～”(1775—1847)，1829 年领导爱尔兰天主教徒赢得了参加议会的权利；也解 tanah [马]“～”＋Cornwall“～”，英格兰西南部一郡。
3986 thusengaged 解 thousand-aged“～”；也解 disengaged“～”。
3987 generales 解 generals“～”；也解 genitals“～”。
3988 meelisha's deelishas 解 militia's delicious [一战俚语]“营妓”；也解 miliseach dilis [爱]“～”；也解 delicious milusha ([俄]“好姑娘”)“～”；也解 Elisha“～”，《列王纪》中的预言者；也解 Gaby Delys“～”，法国舞蹈演员。
3989 sunpictorsbosk 解 St Petersburg“～”，俄国城市；也解 some picturebook“～”；也解 sunpicture“～”，指照片；也解 bosch [荷]“～”。
3990 flank movemens 解 flank movement“～”，军事用语；也解 frank“～”。
3991 whatwar 解 what war“～”；也解 water“～”。
3992 Baghus 解 Bacchus“～”，罗马神话中的酒神；也解 bakehouse“～”；也解 baghus [丹]“～”；也解 bagus [爱]“～”。
3993 cover“～”，此处解 care“～”。
3994 eyedulls 解 idols“～”；也解 eye dull“～”；也解 idyll“～”。
3995 earwakers 解 earwigs“～”；也解 ear waker“～”；也解 Earwicker“～”，本书主人公。

壹耳微蚵，乞[3996]雨还是诅咒[3997]结合，我不在乎补锅匠的三声诅咒[3998]邮轮的咄，（闪[3999]是含|赝品！ 含[4000]边缘！ 或者查夫[4001]逗趣！）不论我从私生活[4002]二等兵中感受到任何他们的倒退[4003]彼得格勒倾向[4004]列宁|列宁格勒，因为我有大人先生们，两人都是[4005]货摊我可敬的姐妹[4006]，摆花街[4007]的[4008]离开姐妹情谊[4009]辅助者，漂亮[4010]小的|白色的|妓女小姐们瑟拉纳·达勒姆们[4011]女士短内裤，她发泄她的愤怒[4012]酿制她的葡萄酒时，会说出她那联盟[4013]拉贝利同盟的真相[4014]吹泡沫，我认得陛下[4015]殿下|多毛，我在马来街[4016]的可敬的[4017]夫人[4018]上校[4019]大屁股|奥尔科特上校，闪电·雷霆[4020]中将·真理们[4021]，他们作为救世军[4022]武器|你喜爱过的|保存永远不会让我失望。不是对你那游手好闲的[4023]该死的|布吕歇生活，所有人！禁止偷窥，蓬巴杜夫人[4024]高卷式发型|皮条客！而且，天啊[4025]爪哇岛，我从未弄错，也未让他失望[4026]厄运，救济工作[4027]俄国工狼[4028]拉斯克|云，直到在一周的开头[4029]在……的前面|醒来/守夜，穷酒鬼过来（汝等老贱人[4030]！），他的俄国将军[4031]熊|双胞胎，有着苏格兰人[4032]狗东西|福州路尚未革新的粗鲁[4033]粗暴的|制服，他用那无人反驳的[4034]无委任状的|日耳曼人雄辩[4035]漫不经心|梯次编队说着同一个古老的法院故事[4036]老一套走着自己的路，他举起[4037]深受宠爱的坠落者（他的胡子侧面确实白了[4038]詹姆斯·怀特塞德！）我看到了他那讨厌的黑衬衫[4039]马裤|衬衫|破碎的|肚子|砖|英国人|跳弹和他的巴塞洛缪·凡霍利[4040]父母|火腿蛋，与他们面对面[4041]的是娼妓皮条客[4042]红花菜豆|斯卡利特将军|分队|葱|苹果夏洛特，她们如何把爱给了他，他如何相信我们的话[4043]监视（他的他和她的他之间的飞，飞，逢场作

3996 preyers 解 prayers“～”。
3997 cominations 解 comminations“～”;也解 combination“～”。
3998 tanker's hoots“～”,此处解 tinker's cuss“～”,此处化自习语 not care a tinker's cuss(一点儿也不在乎)。
3999 sham 解 Shem“～”,本书主人公的儿子;也解 is Ham“～”,闪的另一个名字;也解 sham“～”。
4000 hem“～”,此处解 Ham“～”,闪的另一个名字。
4001 chaffit 解 Chuff“～”,本书主人公的儿子闪的化身;也解 chaff it“～”。
4002 lifeprivates 解 private life“～”;也解 privates“～”。
4003 reptrograd 解 retrograde“～”;也解 Petrograd“～”,俄国城市。
4004 leanins 解 leanings“～”;也解 Nikolai Lenin“～”(1870—1924);也解 Leningrad“～”,彼得格勒在苏联时的名字。
4005 booth“～”,此处解 both“～”。
4006 soeurs [法]“～”,俚语中指妓女。
4007 Lyndhurst Terrace“～”,位于香港中环,曾是妓女集中地。
4008 off“～”,此处解 of“～”。
4009 assistershood 解 sisterhood“～”;也解 assister“～”。
4010 puttih 解 pretty“～”;也解 petit“～”;也解 putih [马]“～”;也解 puta [西]“～”。
4011 Celana Dalems,人名;也解 chelana dalam [马]“～”。
4012 vinting her angurr 解 venting her anger“～”;也解 vinting her anggur([马]“葡萄酒”)“～”。
4013 alliance“～”;也与后面合解 La Belle Alliance“～”,比利时的一家酒馆,普鲁士人也把滑铁卢战役称为拉贝利同盟。
4014 belle the troth 解 tell the truth“～”;也解 blow the froth“～”。
4015 His Heriness 解 His holiness“～”;也解 his highness“～”;也解 hairyness“～”。
4016 Mellay Street 解 Malay Street“～”,新加坡街名,妓女聚集地。
4017 respeaktoble 解 respectable“～”,可敬的女孩们指东方的妓女。
4018 medams 解 madam“～”。
4019 culonelle 解 colonel“～”;也解 culone [意]“～”;也解 Colonel Olcott“～”,俄国通神论者布拉瓦斯基夫人的朋友。
4020 Lightnints Gundhur 解 lightning“闪电”+guntur [马]“雷霆”;也解 lieutenant general“～”。
4021 Sawabs [马]“～”。
4022 the aimees of servation 解 Salvation Army“～”;也解 arms“～”;也解 aimées [法]“～”;也解 preservation“～”。
4023 bludger“～”;也解 bloody“～”;也解 Blücher“～”(1742—1819),滑铁卢战役中普鲁士军队的统帅。
4024 pimpadoors 解 Pompadour“～”(1721—1764),法国皇帝路易十五的著名情妇;也解 pompadour“～”;也解 pimp“～”。
4025 by Jova 解 by Jove“～”;也解 Java“～”。
4026 let him doom 解 let him down“～”;其中 doom 也解“～”。
4027 risky wark 解 rescue work“～”。
4028 rasky wolk 解 russkii volk [俄]“～”,此处与前面为文字游戏,故译;也解 Christian Rask“～”(1787—1832),丹麦语言学家;其中 wolk 也解[荷]“云”。
4029 at the head of the wake 解 at the head of a week“～”;也解 at the head of“～”+the wake“～”。
4030 olde cottemptable 解 Old Contemptibles“～”,1914 年秋被派至法国的英国远征军。
4031 urssian gemenal 解 Russian general“～”;也解 ursa [拉]“～”+gemini [拉]“～”。
4032 scutt 解 Scots“～”;也解 scut“～”,表蔑视的称谓;也解 Scott's Road“～”,上海解放前的红灯区。
4033 rudes unreformed 解 unreformed rudeness“～”;也解 rude“～”+uniform“～”。
4034 nemcon 解 nem. con. 即 (with) no one contradicting“～”;也解 non-com 即 non-commissioned“～”;也解 nemtsy [俄]“～”。
4035 enchelonce 解 eloquence“～”;也解 nonchalance“～”;也解 echelon“～”。
4036 same old domstoole story 解 same old domstole([丹]“法院”)story“～”;也解 same old story“～”。
4037 upleave 解 uplift“～”。
4038 whitesides 解 white side“～”;也解 James Whiteside“～”(1804—1876),都柏林律师,曾为奥康内尔辩护。
4039 Brichashert 解 black shirt“～”;也解 breeches“～”+shirt“～”;也解 brich [德]“～”;也解 brich [捷]“～”;也解 brick“～”;也解 Britishers“～”;也解 ricochet“～”。
4040 boortholomas vadnhammaggs 解 Bartholomew Vanhomrigh“～”,斯威夫特的恋人瓦内萨的父亲,1697 年任都柏林市长;也解 vanhemmat [芬]“～”;也解 ham and eggs“～”。
4041 vise a vise 解 vis-à-vis [法]“～”。
4042 scharlot runners 解 harlot“娼妓”+runner“推销员”,在俚语中指拉皮条的;也解 scarlet runner“～”;也解 General Scarlett“～”,英国将军,参加了克里米亚战争;也解 Schar [德]“～”;也解 shallot“～”;也解 Charlotte Apple“～”。
4043 ward“～”,此处解 word“～”。

戏[4044]田野真可憎！这只不过是美人鱼[4045]梅德·玛丽安|玛丽娜|风暴的孩子|莫莉发狂[4046]制造模型的|干预的，是他！）还有我的以牙还牙的报复[4047]给左轮枪手的爱尔兰|罗兰和奥利弗，先生[4048]草地|剑|清音|索迪纳伯爵，借助柯尔特手枪的劈啪声[4049]软木塞的碎片|上帝的光辉|转轮手枪，敌人轰然倒下[4050]什么时候了？|塞子|灌肠机，珀西·奥莱利[4051]皮尔斯|温德汉姆·刘易斯让我，先生[4052]信使，（就像他们的全能的上帝在我们之上[4053]亚美尼亚野蛮人|《哥达历书》|阿勒曼尼人|德国|夜晚一样真实！）把宏大从他的屁股[4054]希求天恩者上吹掉。这不过[4055]大部分|桥是一个错误[4056]国家，是我|这需要！后果[4057]米斯郡是邓维奇[4058]遗失的邓维奇|达利奇。我们起义，作为神圣[4059]久远的宗教会议[4060]罪人|参议院|辛纳特的女长官[4061]，在他能向珀西刘易斯[4062]麻痹|刘易斯式机枪|相同讲出拔出你的枪[4063]精雕细琢之物|子弹前，我杀了他[4064]，太太，就像一个白奴[4065]宽袖|信徒！憨蛋对呆蛋！我是信徒[4066]无信仰的人|跌倒|挑夫|银器！

拓夫（如骆驼般感觉到[4067]常识他们一[4068]既然|太阳生下诺兰[4069]焦尔达诺·布鲁诺|悲伤|很好|盔甲|武器|枪骑士，伏尔加船歌[4070]狼|平民就飘向了红海[4071]加利福尼亚海湾|红色|发怒，但是他教养太好了，无法不忽略他对手[4072]来福枪起诉[4073]中的不得体[4074]土地|大地，在自救的[4075]批准|讽刺努力中，为了支持一直[4076]无论如何在他的肿胀驼峰[4077]憨蛋呆蛋背后[4078]追捕的同志[4079]同性恋的|团契|人|志同道合者思想[4080]同性恋的|团契|人|同志，他抹掉了自己的特征，这意味着如果他竭力向拉莉他心所喜[4081]棒棒糖，他的爱好撒谎——坎布龙尼[4082]混蛋|包含！——他就可能把一朵年轻的百合花[4083]放[4084]可能|棒棒糖在他的灶台[4085]心|地球

4044 flurtation 解 flirtation“～”;也解 flur［德］“～”。
4045 mairmaid 解 mermaid“～”;也解 Maid Marian“～”,英国侠盗罗宾汉的情人,在俚语中指妓女;也解 Marina“～”,莎士比亚戏剧《佩里克勒斯》中的小女孩,名字的含义为“～”;也解 Molly“～”,《尤利西斯》中布卢姆的妻子。
4046 maddeling 解 maddening“～”;也解 modeling“～”;也解 meddling“～”。
4047 oreland for a rolvever 解 a Roland for an Oliver“～”;也解 Ireland for a revolver“～”;也解 Roland and Oliver“～”,中世纪传奇《罗兰之歌》中的一对朋友,在与撒拉逊人的战役中战亡,亡前吹响号角向查理曼大帝报警。
4048 sord 解 sir“～”;也解 sward“～”;也解 sword“～”;也解 surd“～”;也解 Count Francesco Sordina“～”(1863—1934),出生于希腊的意大利的里雅斯特富商,曾上乔伊斯的英文课。
4049 splunthers of colt 解 splutter of colt“～”;也解 splinters of cork“～”;也解 splendour of God“～”;也解 Colt revolver“～”,一般认为转轮手枪是美国人塞缪尔·柯尔特于 1835 年发明的。
4050 bung goes the enemay 解 bang goes the enemy“～”;也解 how goes the enemy“～”;其中 bung 也解“～”;其中 enemay 也解 enema“～”。
4051 Percy rally 解 Persse O'Reilly“～”,书中人物,主人公 HCE 的化身之一;也解 Padraic Pearse“～”,爱尔兰复活节起义的领袖之一;也解 Wyndham Lewis“～”(1882—1957),英国作家。
4052 messgèr 解 monsieur［法］“～”;也解 messenger“～”。
4053 Almagnian Gothabobus 解 Almighty God above us“～”;也解 Armenian Goth“～”;也解 Almanac de Gotha“～”;也解 Alemanni“～”,属日耳曼部落;也解 Allemagne［法］“～”;也解 almaig［爱黑］“～”。
4054 aceupper 解 arse“～”;也解 Gracehoper“～”,即书中“蚂蚁和蚱蜢”故事中的蚱蜢。
4055 meest 解 meerly“～”;也解 most“～”;也解 most［塞维］“～”。
4056 Thistake 解 mistake“～”;也解 L'État, c'est moi［法］“～”;也解 This takes“～”。
4057 after meath 解 aftermath“～”;也解 Co. Meath“～”,爱尔兰郡名。
4058 dulwich 解 Dunwich“～”,英国市镇,几乎完全沉入北海,因此也称“～”;也解 Dulwich“～”,伦敦市内的地区。
4059 hory 解 holy“～”;也解 hoary“～”。
4060 synnotts 解 synods“～”;也解 sinners“～”;也解 senates“～”;也解 Sinnett“～”,著有《布拉瓦斯基夫人传》。
4061 procuratress 解 procuratrix“～”。
4062 parrylewis 解 Percy Wyndham Lewis“～”,英国作家;也解 paralysis“～”;也解 Lewis machine gun“～”;也解 parilis［拉］“～”。
4063 pullyirragun 解 pull your gun“～”;也解 polyergon［希］“～”;也解 pulya［俄］“～”。
4064 shuttm 解 shot him“～”。
4065 wide sleever 解 white slaver“～”;也解 wide sleeves“～”,克里米亚战役的英国陆军元帅雷格兰勋爵设计的一种有宽袖的插肩大衣;也解 believer“～”。
4066 Tumbleheaver 解 I am a believer“～”;也解 unbeliever“～”;也解 tumble“～”＋heaver“～”;也解 silver“～”。
4067 camelsensing 解 camel“骆驼”＋sensing“感觉”;也解 common sense“～”。
4068 sonce 解 once“～”;也解 since“～”;也解 sunce［塞维］“～”。
4069 bron a nuhlan 解 born“出生”＋a＋Nolan“诺兰”,都柏林文具商店主;也解 Bruno of Nola“～”,意大利 16 世纪哲学家;也解 bron［爱］“～”;也解 bron［荷］“～”;也解 bronya［俄］“～”;也解 broń［波］“～”;也解 ułan［波］“～”。
4070 volkar boastsung 解 Volga Boat Song“～”;也解 volk［俄］“～”;也解 vulgar“平民”。
4071 sea vermelhion 解 sea“大海”＋vermillion“朱红色”,故译为“～”;也解 Gulf of California“～”;也解 vermelho［普］“～”;也解 to see red“～”。
4072 rifal 解 rival“～”;也解 rifle“～”。
4073 preceedings 解 proceedings“～”。
4074 umzemlianess 解 unseemliness“～”;也解 zemlja［俄］“～”;也解 zemlya［塞维］“～”。
4075 autosotorisation 解 autosoteric“～”;也解 authorisation“～”;也解 satirize“～”。
4076 alwise 解 always“～”;也解 anywise“～”。
4077 lumpy 解 hump“～”;也解 Humpty Dumpty“～”。
4078 behounding 解 behind“～”;也解 hounding“～”。
4079 homosodalism 解 homosodalismos［拉］“～”;也解 of homosexuality“～”;也解 sodality“～”;也解 homo［拉］“～”;也解 sodalis［拉］“～”。
4080 idiology 解 ideology“～”;也解 idiologia［希］“～”。
4081 lolly his liking“～”,此处解 Lullay his liking“～”,化自爱尔兰歌曲“Lullay Mine Liking”(《拉莉我心所欢》)。
4082 cabronne 解 General Cambronne“～”,法国将军,在滑铁卢战役中公开骂“屎”;也解 cabron［西］“～”;也解 comprends［法］“～”。
4083 lilly 解 lily“～”。
4084 pops“～”;也解 perhaps“～”;也解 lollypops“～”。
4085 herth 解 hearth“～”;也解 heart“～”;也解 earth“～”。

上——坎布龙尼——）神圣俄国[4086]神圣的熏肉薄片|黑麦，我是信徒！哦嗬，汝等真聪明[4087]霸凌|闲话|巴拉克拉瓦|拇指，准将[4088]山|啤酒|迈克尔·冈恩！伟大的哦老蜘蛛[4089]！这个名字是用来叫他阿姆斯特丹·芬恩[4090]凝视的|愚蠢的的！啊，你是再次射击的射手[4091]裁缝重新裁缝者|《衣裳哲学》和被包围的掠城者[4092]被征服的胜利者。啊哈，陆军元帅之族[4093]羊毛商人之族|凶猛的商人|买卖人，哦嗬，神枪手之国[4094]店主。

巴特（奇迹般地发出丹尼·迪瓦[4095]赶紧的战争哭喊，他的胡子竖起，就像，柔术的[4096]唯一的三四五[4097] 30，他把他的拇指和三四五[4098]呀呀呸手指[4099]芬·麦克尔推[4100]上他们屁股[4101]驴子|啊的洞[4102]嗨嗬|唉哦！）满嘴脏血烂泥[4103]！中了霰弹[4104]巴克利！他再不会为死人山里的同性恋[4105]狼|大风|盖尔人家伙[4106]瞪羚盗[4107]从瓶子里倒出来坟了，狼人[4108]，也不会盗猎犬或号角[4109]《猎犬与号角》了！船长[4110]（回头看[4111]背后他的胡须[4112]裸露|吟游诗人！），显赫的船长大人[4113] HCE，失意的[4114]一流的四星玫瑰十字会骑士[4115]俄国将军|俄国人，真主奥康内尔[4116]妓女|《古兰经》先生[4117]，查夫谜题[4118]乡下人。

拓夫（他，尽他所能[4119]石棉|圣日，在上帝和他神佑的[4120]幸福的母亲[4121]创造者的帮助下[4122]嗖嗖声|天哪，因为他未能追随[4123]犁该下地狱之人的痛苦[4124]神谱|命定的，暗自[4125]经受了[4126]硫磺所有罪恶行为[4127]他的光辉|圣帕特里克的炼狱的炼狱[4128]刺|打架）。特里斯特拉姆[4129]三次的，人神合一[4130]人山羊！最仁慈者[4131]三月|火星的名字，圣灵[4132]敬畏|鬼|8月|幽灵|盖维斯·屋大维·奥古斯都，优雅者[4133]恶名昭彰的！在冷静的[4134]啜泣者真理中还是在冷净的[4135]干净的|宗教会议平民[4136]恩惠中？

4086 Oholy rasher 解 Holy Russia“～”；也解 holy rasher“～”；也解 razh［保］“～”。
4087 bullyclaver 解 very clever“～”；也解 bully“～”＋claver“～”；也解 Balaclava“～”，乌克兰克里米亚半岛的一个城市；也解 bally“～”。
4088 bragadore-gunneral 解 brigadier-general“～”；也解 breg［塞维］“～”；也解 braga［俄］“～”；也解 Michael Gunn“～”。
4089 巴涅尔称英国首相格莱斯顿为“伟大的老蜘蛛”。
4090 Umsturdum Vonn 解 Amsterdam“阿姆斯特丹”＋Fionn“芬恩”；其中 Umsturdum 也解 stur［德］“～”；也解 dumm［德］“～”。
4091 shutter reshottus 解 shooter reshot“～”；也解 sartor resartus［拉］“～”；也解 Sartor Resartus“～”，托马斯·卡莱尔 1898 年出版的作品。
4092 sieger besieged“～”；也解 Sieger besiegt［德］“～”。
4093 fiercemarchands 解 field marshals“～”；也解 fleece merchant“～”；也解 fierce merchants“～”；也解 marchand［法］“～”。
4094 counterination oho of shorpshoopers 解 oho“哦嗬”＋nation of sharpshooter“神枪手之国”；也解 shopkeepers“～”。
4095 Dann Deafir 解 Danny Deever“～”，英国诗人吉卜林同名诗歌的主人公，射死了睡梦中的同伴；也解 dean de-ifir［爱］“～”。
4096 jittinju 解 jujitsu“～”，柔道的旧称；也解 jedini［塞维］“～”。
4097 triggity shittery pet 解 tri, četiri, pet［塞维］“～”；也解 triginta［拉］“～”。
4098 feeh fauh foul 解 three four five“～”；也解 fe fi fo fum“～”，英国童话《杰克与魔豆》中的一句类似童谣的话。
4099 finngures 解 fingers“～”；也解 Finn MacCool“～”，爱尔兰传说中芬尼亚英雄的领袖。
4100 shouts his thump 解 shoves his thumb“～”。
4101 ahs 解 arse“～”；也解 ass“～”；也解 ah“～”。
4102 heighohs 解 hole“～”；也解 heigh-ho“～”；也解 hee-haw“～”，驴叫声。
4103 Bluddymuddymuzzle 解 bloody muddy muzzle“～”。
4104 buckbeshottered 解 buckshot“～”；也解 Buckley“～”。
4105 gayl 解 gay“～”；也解 kayl［亚］“～”；也解 gale“～”；也解 Gael“～”。
4106 geselles 解 Geselle［德］“～”；也解 gazelle“～”。
4107 umbozzle 解 embezzle“～”；也解 unbottle“～”。
4108 lou garou 解 loup garou［法］“～”。
4109 nor horne nor haunder 解 nor hounds nor horn“～”，化自英国民谣《你认识约翰·皮尔吗?》中的“你认识约翰·皮尔吗? 他的外套灰扑扑……一大早带着他的猎犬和号角”；也解 Hound and Horn“～”，20 世纪初的著名美国文学杂志。
4110 Kaptan［土］“船长”。
4111 backsights 解 back sights“～”；也解 backside“～”。
4112 bared“～”，此处解 beard“～”；也解 bard“～”。
4113 His Cumbulent Embulence 解 His Captain Eminence“～”；也解 HCE，本书主人公名字的缩写。
4114 frustate 解 frustrated“～”；也解 first rate“～”。
4115 Russkakruscam 解 Rosicrucian Order“～”，17 世纪初德国的秘密会社；也解 Russian General“～”；也解 Russki“～”。
4116 O'Khorwan 解 Daniel O'Connell“～”，1829 年领导爱尔兰天主教徒赢得政治权；也解 kurwa［波］“～”；也解 Koran“～”。
4117 Dom［普］“～”。
4118 connundurumchuff 解 conundrum“谜题”＋Chuff“查夫”，本书主人公儿子之一；也解 chuff“～”。
4119 asbestas can 解 as best as he can“～”；也解 asbestos“～”；也解 besta［巴］“～”。
4120 bluzzid 解 blessed“～”；也解 blazhen［塞维］［保］“～”。
4121 maikar 解 maika［塞维］［保］“～”；也解 maker“～”。
4122 wiz the healps of gosh 解 with the help of God“～”；其中 wiz 也解 whiz“～”；其中 gosh 也解“～”。
4123 furrow“～”，此处解 follow“～”。
4124 theogonies of the dommed 解 the agonies of the damned“～”；也解 theogonies“～”＋doomed“～”。
4125 to himsalves 解 to himself“～”。
4126 sulphuring 解 suffering“～”；也解 sulphur“～”。
4127 sin praktice 解 sin practice“～”；也解 sin prakt［瑞］“～”；也解 St Patrick's Purgatory“～”，爱尔兰德格湖中一个岛上洞穴，据说基督曾在那里向圣帕特里克显现，后成为朝拜的圣地，但在 1497 年被关闭。
4128 pungataries 解 purgatory“～”；也解 pungo［拉］“～”；也解 punga［意］“～”。
4129 Trisseme 解 Tristram“～”，霍斯堡第一位伯爵、中世纪骑士传奇的主人公、英国小说《项狄传》的主人公；也解 trisemos［希］“～”。
4130 mangoat 解 man god“人神”；也解 man goat“～”。
4131 Marsiful 解 merciful“～”；也解 March“～”；也解 Mars“～”。
4132 Aweghost 解 Holy Ghost“～”；也解 Awe“～”＋ghost“～”；也解 August“～”；也解 aave［芬］“～”；也解 Gaius Octavius Augustus“～”（前 63—公元 14），后三头同盟之一，罗马帝国的第一位元首。
4133 Gragious 解 gracious“～”；也解 egregious“～”。
4134 sober“～”，此处解 sober“～”。
4135 souber 解 sober“～”；也解 sauber［德］“～”；也解 sobor［俄］“～”。
4136 civiles 解 civilis［拉］“～”；也解 civile［拉］“～”。

因缩减[4137]阿门马恩岛[4138]他的所有人|他的人的堕落而造成的伤害[4139]？不是这样吗[4140]？

巴特（片刻的[4141]暂时地|月的|穆罕穆德嘲笑[4142]，但是几乎[4143]顶点|尖的|拒绝承认|预示不详|噩兆地被打乱[4144]戴头巾的|决定了的，但是在从他死亡的亢奋的神圣健康愤世[4145]中造出工作假日[4146]塔|布西曼人之后，它们[4147]主题漂白的[4148]骨头[4149]毒药将存在，并被加冕[4150]永受地狱之苦的）。是的，先生[4151]沙皇|我|食物！在冷静的真理[4152]长着锋利的犬牙的和冷静的[4153]干净的|宗教会议|忧郁的平民[4154]恩惠|泥土|萨维尔街中！如果不是真的[4155]！他不在了，这是我的悲伤[4156]他还活着，这是我的悲伤|不|工作|坟墓|伯爵|马格拉斯。他为此叫我亲爱的，他刺激我做这个，天哪[4157]，就像野猪林[4158]杀死|土耳其人的公鸡密探[4159]嗤之以鼻|《猎鲨记》会说的，我确敢为此[4160]，还有心中有鬼的[4161]他北极圈里的喋喋不休|阁楼苏联·美国[4162]熊的胜利[4163]似公民的|公牛袭击！就像草地上的公牛一样大胆和疯狂[4164]疯人院。皮鞭银须希崔克[4165]编结花招|一人连进三球|怪人|KKK！奥拉夫[4166]克伦威尔|《哦，为了往昔之剑》，昔日之剑[4167]陛下|聋的！未知数[4168]耳朵|现在！因为当我看到他[4169]，当12点[4170]《罗兰钟》在爱尔兰的土地[4171]我主的土地|大声的各处翻滚[4172]势均力敌，拉起那块草皮[4173]哭泣宣布归他所有[4174]弄干净他的|痒，好擦拭自己[4175]但愿|羊毛，爱尔兰人[4176]帕特，我的儿子|矮胖的。呜呼，在排泄[4177]致命的凯尔特皇家[4178]皮尔斯朱庇特神[4179]时，解开[4180]吟咏|打雷|屁股|转向|死亡形象他的裤衩[4181]。那样侮辱[4182]在那一瞬间爱尔兰[4183]伊华|事情|轭！准备好了[4184]立刻！我发出一串胡言乱语[4185]美好的夜晚|双重凹痕，我拿着我的弩[4186]

4137 curtailment 解 curtailment“～”；也解 amen“～”。
4138 his all of man“～”，此处解 this Isle of Man“～”，爱尔兰海上的自治岛；也解 his fall of Man“～”。
4139 dirtiment 解 detriment“～”。
4140 Notshoh 解 not so“～”。
4141 maomant 解 moment“～”，即 momentarily“～”；也解 maon［爱］“～”；也解 Mahomet Mohammed“～”。
4142 scoffin 解 scoffing“～”。
4143 apoxyomenously 解 approximately“～”；也解 apex“～”；也解 apoxy-［希］“～”；也解 apaxioumenos［希］“～”；也解 ominose［拉］“～”；也解 ominously“～”。
4144 deturbaned 解 disturbed“～”；也解 turbaned“～”；也解 determined“～”。
4145 hagiohygiecynicism 解 hagio［希］“神圣的”＋hygiene“卫生”＋cynicism“玩世不恭”。
4146 bashman's haloday 解 busman's holiday“～”；也解 bashna［俄］“～”；也解 bushman“～”，也指居住在丛林中的人。
4147 thems 解 them“～”；也解 themes“～”。
4148 bleachin 解 bleaching“～”。
4149 banes“～”，此处 bones“～”。
4150 diademmed 解 diademed“～”；也解 damned“～”。
4151 Yastsar 解 yes sir“～”；也解 Tsar“～”；也解 ya［俄］“～”；也解 yastua［俄］“～”。
4152 sabre tooth 解 sober truth“～”；也解 sabre-toothed“～”。
4153 sobre 解 sober“～”；也解 sauber［德］“～”；也解 sobor［俄］“～”，也解 sombre“～”。
4154 saviles 解 civilis［拉］“～”；也解 civile［拉］“～”；也解 savi［芬］“～”；也解 Savile Row“～”，西服手工缝制圣地。
4155 Senonnevero 解 se non è vero(è ben trovato)“如果不是真的(那就是编得很好)”，此为意大利习语。
4156 That he leaves nyet is my grafe 解 That he lives not is my grief“～”；也解 That he lives yet is my grief“～”；也解 njet［俄］“～”；其中 grafe 也解“～”；也解 grave“～”；也解 Graf［德］“～”；也解 Cornelius Magrath“～”。
4157 bedattle 解 bedad“～”。
4158 Killtork 解 Coill-tuirc［爱］“～”，位于北爱尔兰弗马纳郡；也解 Kill“～”＋Turk“～”。
4159 Cocksnark of 解 Cocks“公鸡”＋nark“密探”；也解 cock a snook“～”；也解 *Hunting of the Snark*“～”，英国作家刘易斯·卡罗尔的作品。
4160 didaredonit 解 did dared done it“～”。
4161 Rattles in his arctic“～”，此处解 rats in his attic“～”；也解 attic“～”。
4162 Ussur Ursussen 解 U. S. S. R“苏联”＋U. S. A.“美国”；也解 ursus［拉］“～”。
4163 viktaurious 解 victorious“～”；也解 taureus［拉］“～”；也解 taurus［拉］“～”。
4164 madhouse 解 mad as“～”；也解 mad house“～”。
4165 Knittrick Kinkypeard 解 Sitric Silkenbeard“～”，挪威海盗，领导了 1014 年的克伦塔夫会议；其中 Knittrick 也解 Knit trick“～”；也解 hattrick“～”；其中 Kinkypeard 也解 Kinky“～”；也与前面合解 KKK。
4166 Olefoh 解 Olaph Olaf“～”，852 年成为都柏林的第一位挪威王，希崔克的兄弟；也解 Oliver Cromwell“～”，英国清教革命中的领袖；也可与后面合解 Oh For the Swords of Former Time“～”，托马斯·穆尔的歌曲。
4167 sourd 解 sword“～”；也解 sire“～”；也解 sourd［法］“～”。
4168 Unknun 解 unknown“～”；也解 unkn［亚］“～”；也解 nun［德］“～”。
4169 meseemim 解(I) seen him“～”。
4170 tolfoklokken 解 klokken tolv［丹］“～”；也解“Klokke Roeland”“～”，歌曲名。
4171 ourloud's lande 解 Ireland's land“～”；也解 our lord's land“～”；也解 loud“～”。
4172 rolland 解 rolling“～”；前后也可合解 A Roland for an Oliver“～”。
4173 sob of tunf 解 sod of turf“～”；也解 sob“～”。
4174 claimhis 解 claim his share“～”；也解 clean his“～”；也解 claimhe［爱］“～”。
4175 wollpimsolff 解 wipe himself“～”；也解 woll［德］“～”；也解 Wolle［德］“～”。
4176 puddywhuck 解 Paddy Whack“～”，也是爱尔兰歌曲名；也解 Paid a mhic［爱］“～”；也解 pudgy“～”。
4177 exitous 解 exitus［拉］“～”；也解 exitious“～”。
4178 erseroyal 解 erse“爱尔兰凯尔特语的”＋royal“皇家的”；也解 Padraic Pearse“～”，爱尔兰复活节起义的领袖之一。
4179 Deo Jupto 解 Deo［拉］“神的”＋Jupiter“朱庇特”，罗马主神。
4180 untuoning 解 undoing“～”；也解 intoning“～”；也解 tuoni［意］“～”；也解 tón［爱］“～”；也解 turning“～”；也解 tuoni［芬］“～”。
4181 culothone 解 culottes［法］“给穿短裤”。
4182 At that instullt 解 At that insult“～”；也解 At that instant“～”。
4183 Igorladns 解 Ireland“～”；也解 Ivor“～”，丹麦海盗的首领；也解 Laden［德］“～”；也解 igo［俄］“～”。
4184 Prronto 解 pronto［意］“～”；也解 pronto“～”。
4185 dobblenotch 解 double Dutch“～”；也解 dobra noc［塞维］“～”；也解 double notch“～”。
4186 crozzier 解 crossbow“～”；也解 crozier“～”。

牧杖站起来。我瞄准[4187]屎|粪！用我盔甲[4188]武器上的弓[4189]如何，像箭一样[4190]腿击中知更鸟[4191]掷棒打靶|公鸡|震惊|花椒树|诸神的黄昏|外套|岩石。麻雀[4192]我希望|我射击！

[围栏浅滩[4193]恩内斯特·卢瑟福的第一个主人的奠基人[4194]的碾磨者的雷暴[4195]可怕的|伟大的的大笑[4196]造成原子[4197]词源|亚当湮灭[4198]来自无物，穿过珀西·奥莱利[4199]解析|铀|乌拉尔|乌拉尔地区而引爆爆炸[4200]钋，带着甚至更可怕的[4201]雷声隆隆|伊凡雷帝或恐怖的伊凡|钍爆炸喧嚣[4202]公牛吼叫，在这之中[4203]在它们中可以看到极度的普遍混乱[4204]忏悔，电子[4205]锤子|雄原子跟分子[4206]一起逃跑[4207]制造|废弃，此时考文垂[4208]拒斥|农村乡巴佬[4209]南瓜在皮卡迪利大街[4210]粉红公子的伦敦高雅[4211]兰道马车中简直窒息了他们自己[4212]仙女教母|鹅。类似的情景[4213]参议院从檀香山[4214]、布拉瓦约[4215]我恶作剧、罗马[4216]空间帝国[4217]九重天的|帝国的|最高天和现代[4218]谋杀雅典[4219]原子|亚当|阿图姆投射出来[4220]。它们恰好是12点，没有[4221]中午分钟，没有秒钟。在旧丹麦地[4222]一整天|丹麦律法施行地区王国[4223]征服|瑞典的埃里克|战争的黄昏[4224]某个座位时分，在爱尔兰[4225]的破晓[4226]邓尼布鲁克|黎明之前。]

拓夫(匆忙混乱[4227]，由于少年犯们[4228]布里斯托尔应征入伍[4229]安坦|亚瑟王|雅典娜，他的羊毛集聚[4230]空想在克拉姆林[4231]克里姆林宫|克伦威尔各处，轮到她了[4232]伊瑟塔|旅行，大四即五只火器的炸弹，它们的达姆弹达姆弹[4233]家装填[4234]的陶器碎裂声)。楼上的喧哗是什

4187 Mirrdo 解 miro [意]“～”；也解 merde![法]“～”；也解 mierda! [西]“～”。
4188 armer 解 armour“～”；也解 arm“～”。
4189 how“～”，此处解 bow“～”。
4190 leg an arrow 解 like an arrow“～”；也解 leg“～”。
4191 cockshock rockrogn 解 Cock Robin“～”；其中 cockshock 也解 cockshot“～”；也解 cock“～”；也解 shock“～”；其中 rockrogn 也解 rogn [挪]“～”；也解 Ragnarøkr“～”；也解 Rock [德]“～”；也解 rock“～”。
4192 Sparro 解 sparrow“～”；也解 spero [拉]“～”；也解 sparo [意]“～”。
4193 Hurtreford 解 Hurdle Ford“～”，指都柏林城；也解 Lord Rutherford“～”(1871—1937)，原子之父，原子科学奠基人。
4194 grunder 解 Gründer [德]“～”。
4195 grosning 解 groza [俄]“～”；也解 groznyi [俄]“～”；也解 gross [德]“～”。
4196 grisning 解 grining“～”。
4197 etym 解 atom“～”；也解 etymology“～”；也解 Adam“～”。
4198 abnihilisation 解 annihilation“～”，物理术语；也解 ab nihil [拉]“～”。
4199 Parsuralia 解 Persse O'Reilly“～”，书中人物；也解 parse“～”＋Uranium“～”；也解 Uralia [拉]“～”；也解 Land of Urals“～”，指俄罗斯乌拉尔山脉中、南段及其附近一带地区。
4200 expolodotonates 解 explodes“爆炸”＋detonates“引爆”；也解 Polonium“～”，居里夫人发现的放射性元素。
4201 ivanmorinthorrorumble 解 even more horrible“～”；也解 thunder rumble“～”；也解 Ivan Grozny or Ivan the Terrible“～”(1530—1584)，史称伊凡四世，俄罗斯留里克王朝首位沙皇；也解 Thorium“～”，放射性金属元素。
4202 fragoromboassity 解 fragor [拉]“爆炸声”＋rombazzo [意]“喧嚣”；也解 rhombos [希]“～”。
4203 amidwhiches 解 amidst“～”；也解 amid whiches“～”。
4204 confussion 解 confusion“～”；也解 confession“～”。
4205 moletons 解 electrons“～”；也解 molat [俄]“～”；也解 male atoms“～”。
4206 mulicules 解 molecules“～”。
4207 skaping 解 escaping“～”；也解 skape [挪]“～”；也解 scrapping“～”。
4208 coventry“～”，此处解 Coventry“～”，英国英格兰西米德兰郡城市；也解 country“～”。
4209 plumpkins 解 bumpkins“～”；也解 pumpkins“～”。
4210 Pinkadindy 解 Piccadilly“～”，伦敦的繁华街道；也解 pinkindindies“～”，18 世纪 70 年代末 80 年代初一批在都柏林街道用剑尖杀路人，谋财害命的年轻人。
4211 Landaunelegants 解 London elegance“～”；也解 Landau carriage“～”，双排座后活顶小客车。
4212 fairlygosmotherthemselves 解 fairly go smother themselves“～”；也解 Fairy Godmother“～”，童话《灰姑娘》中为灰姑娘提供南瓜马车的仙女；也解 goose“～”。
4213 scenatas 解 scenata [意]“～”；也解 senaten“～”。
4214 Hullulullu 解 Honolulu“～”。
4215 Bawlawayo 解 Bulawayo“～”，津巴布韦西南部城市；也解 bulavayu [俄]“～”。
4216 Raum [德]“～”，此处解 Rome“～”。
4217 empyreal“～”，此处解 empire“～”；也解 imperial“～”；也解 Empyrean“～”。
4218 mordern 解 modern“～”；也解 Mord [德]“～”。
4219 Atems 解 Athens“～”；也解 atom“～”；也解 Adam“～”；也解 Atum“～”，古埃及神话-赫里奥波里斯体系中的最高神。
4220 projectilised 解 projected“～”。
4221 noon“～”，此处解 none“～”。
4222 Oldanelang 解 old Dane land“～”；也解 all day long“～”；也解 Danelagh“～”，指英格兰丹麦人在 19 世纪的定居地。
4223 Konguerrig 解 Kongerige [丹]“～”；也解 conquering“～”；也解 king Eric“～”，12 世纪瑞典国王，死后被追封为圣人，传说使很多芬兰人改信基督教；也解 guerre [法]“～”。
4224 someseat 解 sunset“～”；也解 some seat“～”。
4225 Aira 解 Eire“～”。
4226 dawnybreak 解 dawn break“～”；也解 Donnybrook“～”，都柏林郊区，以每年集市著称；也解 daybreak“～”。
4227 skimperskamper 解 skimperscamper“～”。
4228 birstol 解 Borstal“少年犯感化院”；也解 Bristol“～”，英国西部的港口城市。
4229 artheynes 解 enlist“～”；也解 Artane“～”，都柏林地区，有天主教兄弟会学校；也解 Arthur“～”；也解 Athena“～”。
4230 wools gatherings 解 wool“羊毛”＋gathers“积聚”，此句化自麦克弗森的《莪相集》中的“雨积集在克拉姆林的上端”；也解 woolgathering“～”。
4231 cromlin 解 Crumlin“～”，都柏林地区名；也解 Kremlin“～”；也解 Oliver Cromwell“～”。
4232 is it her tour 解 is it her turn“～”；也解 Isolde's Tower“～”，位于都柏林；也解 tour“～”。
4233 damdam domdom 解 dumdum“～”，击入目标体内后爆开；也解 dom [俄]“～”。
4234 chumbers 解 chambers“～”。

么[4235]天上的所有灯泡是什么！影子-电影[4236]发射|关门|门|我儿子|移动？

巴特（终于[4237]一个最后的拔出强力[4238]丹尼尔电池[4239]和最后的饯行酒[4240]灵魂|白痴，此时痛苦得难以承受，他嘴里的流出正在减弱[4241]变小|影射，虚空中的虚空[4242]卑劣，他，一切皆空[4243]，晕了）。毫无疑问[4244]！就像芬·麦克尔[4245]！

巴特和拓夫（绝望的[4246]暴君|尽管工资奴隶[4247]奴隶|赌博，卸下枷锁的[4248]封建敌人[4249]领班，现在是一个和同一个人，他们的战斗维护着权利[4250]，暂时被阻，踉踉跄跄，被老爱尔兰[4251]熊之地|俄国超神话[4252]大师|伦理的|占星家|魔法的混血民兵[4253]的阴影所遮蔽，凭借拥有地球[4254]教会附属地表面[4255]冲浪者而生存，他的动摇[4256]三个怯懦的部下[4257]引来斥责，因为，对地狱来说都太脏，在毛瑟枪[4258]毛瑟|老鼠炽热灼人的火源[4259]下，他倒在高乐[4260]瞎的的侍从边，但是从珀西·奥莱利[4261]对手摇风琴[4262]的坚持[4263]境遇中得到热切鼓舞[4264]该隐，那是演奏他们危险的缺口[4265]大吵大闹的打斗的士兵之歌[4266]曲调的西西里[4267]圣塞西莉亚六角手风琴[4268]协奏曲，跟每个人[4269]每个茅屋握手，而此时在礼拜堂巷[4270]会议室拥抱了[4271]尴尬的弗奇莫特廊[4272]阴茎之后，东·南·莫汉姆顿[4273]离开去了[4274]做爱东·北·谢尔马丁[4275]，没有诡辩者[4276]姐妹之情|专家的结巴[4277]错误|父亲|展翅飞或嘟囔[4278]祖母|尤其|大理石或唠叨[4279]兄弟关系，为芬尼亚[4280]友谊的誓言而战[4281]互殴，手对手[4282]公爵，伴随着未婚夫[4283]第一|坚固的|节日和男傧相的共产国际[4284]普通举动誓言[4285]扣环，上帝之山[4286]神学，把它像反对和平[4287]椰子|康康舞|一系列相关联的事|概念的商品代币一样硬塞出去）。当旧世

4235 Wharall thubulbs uptheaires 解 what are the hubbub upstairs“～”;也解 what are all the bulbs up in the air“～”。
4236 Shatta- movick 解 shadow-movie“～”;也解 shot“～”;也解 shut“～”;也解 vrata [塞维]“～”;也解 mo mhic [爱]“～”;也解 moving“～”。
4237 alast...alest 解 at last“～”;也解 a last“～”。
4238 stark [德]“强大的”。
4239 daniel 解 Daniell('sbattery or cell)“～”,即铜锌原电池。
4240 doog at doorak 解 deoch an dorais [爱]“～”;其中 doorak 也解 dooch [俄]“～”;也解 durak [俄]“～”。
4241 diminuendoing 解 diminuendo“～”;也解 diminute“～”;也解 innuendo“～”。
4242 vility 解 Vanity“～”;也解 vileness“～”。
4243 allasvitally 解 all is vanity“～”。
4244 Shurenoff 解 sure enough“～”。
4245 Faun MacGhoul 解 Finn MacCool“～”,爱尔兰传说中的英雄。
4246 desprot 解 desperate“～”;也解 despot“～”;也解 despite“～”。
4247 slave wager 解 wage slave“～”;也解 slave“～”+wager“～”。
4248 unsheckled 解 unshackled“～”。
4249 foeman“～”;也解 foreman“～”。
4250 upheld to right 解 upheld the right“～”。
4251 Erssia 解 Eire“～”;也解 Ursia [拉]“～”;也解 Russia“～”。
4252 magisquammythical 解 magis quam [拉]“大过”+mythical“神话的”;也解 magister [拉]“～”+ethical “～”;也解 Magus“～”;也解 magic“～”。
4253 mulattomilitiaman 解 mulatto“穆拉托人”,指黑白混血儿+militiaman“民兵”。
4254 glebe“～”,此处解 globe“～”。
4255 surfers“～”,此处解 surface“～”。
4256 sway“～”;也解 three“～”。
4257 Minnions 解 minions“～”。
4258 Mauses 解 mausers“～”,都柏林复活节起义的主要武器;也解 Paul Mauser“～”,发明了毛瑟枪的德国人;也解 Maus [德]“～”。
4259 burning brand 解 fire brand“～”。
4260 Goll“～”,凯尔特神话中的弗莫尔族巨人,芬·麦克尔的敌人;也解 goll [爱尔兰土语]“～”。
4261 Parkes O'Rarelys 解 Persse O'Reilly“～”,书中人物,主人公 HCE 的化身之一。
4262 hurdly gurdly 解 hurdy-gurdy“～”。
4263 circuminsistence 解 insistence“～”;也解 circumstance“～”。
4264 Keenheartened 解 keen“热切的”+heartened“鼓励”;也解 Cain“～”。
4265 barney brawl“～”,此处解 bearna baoghail [爱]“～”,出自《士兵之歌》,全句为“今夜我们将驻守危险的缺口”。
4266 fonngeena 解 fonn na bhFiann“～”,爱尔兰书局《1916 年歌本》中的《士兵之歌》;也解 fonn [爱]“～”。
4267 Cicilian 解 Sicilian“～”;也解 Caecilia“～”,音乐家和基督教圣乐的主保圣人。
4268 concertone 解 concertina“～”;也解 concerto“～”。
4269 everybothy 解 everybody“～”;也解 every bothy“～”。
4270 Meetinghouse Lanigan 解 Meeting-house Lane“～”,老都柏林的街道名;也解 meetinghouse“～”。
4271 embaraced 解 embraced“～”;也解 embarrassed“～”。
4272 Vergemout Hall“～”,都柏林东南克隆奇街分出的短街;也解 verge [法俚]“～”。
4273 S. E. Morehampton 解 Morehampton Road, South-East Dublin“～”,位于都柏林东南。
4274 makes leave“～”;也解 makes love“～”。
4275 E. N. Sheilmartin 解 Sheilmartin Avenue, Howth, North-East Dublin“～”,都柏林东北,位于霍斯。
4276 sophsterliness 解 sophister“～”;也解 sisterliness“～”;也解 sophistes [希]“～”。
4277 falter“～”;也解 fault“～”;也解 Vater [德]“～”;也解 flattert [德]“～”。
4278 mormor [丹]“～”,此处解 murmur“～”;也解 go mór mór [爱]“～”;也解 Marmor [德]“～”。
4279 blathrehoot 解 blather“～”;也解 brotherhood“～”。
4280 fiannaship 解 Fianna-ship“～”;也解 friendship“～”。
4281 pugnate 解 pugna [意]“～”;也解 pugna [拉]“～”。
4282 dook [美俚]“～”;也解 duke“～”。
4283 fest man 解 fästman [瑞]“～”;其中 fest 也解 first“～”;也解 fest [德]“～”;也解 Fest [德]“～”。
4284 commonturn 解 Comintern“～”;也解 common turn“～”。
4285 oudchd 解 oukhd [亚]“～”;也解 ouch“～”。
4286 astoutsalliesemoutioun 解 Asdouadz [亚]“上帝”+mountain“山脉”;也解 asdouacapanoutioun [亚] “～”。
4287 cococancancacacanotioun 解 khaghaghout'iun [亚]“～”;也解 coco“～”;也解 can-can“～”;也解 concatenation“～”;也解 notion“～”。

界[4288]全世界|老|蛇是一座花园[4289]高兴的|蛇|无赖,安西娅[4290]初次舒展[4291]除去面纱她的四肢,仙境[4292]漫游的乐趣|绝妙的|滑铁卢是条道路,树林摇摆[4293]世界变迁,那里选择者和选定者是暹罗双胞胎[4294]日本武士阶层。他们在那个麝香葡萄园里有他们咕哝的[4295]母亲|鲱鱼常春藤[4296]夏娃|眼睛|爱尔兰人、他们杀人的想法[4297]古罗马历3月15日、他们衰退的愤怒[4298]彩虹女神,但是当喜鹊[4299]玛奇的巴别塔[4300]喋喋不休从鸽子中的乌鸦处发出批评和尖叫时,在考利麦拉[4301]甘汞阴凉的树阴里,会有明媚的金钱花[4302]老普利尼。如果你[4303]这些爱[4304]赞扬他头脑里的性[4305]尺寸|6|一套,我们[4306]老鼠恨[4307]吃|8 他裤子[4308]麻烦|葡萄的渗漏[4309]套|座位,他母系[4310]吐吐沫的一边的舞蹈表演者[4311]人物,推开门[4312]刀剑|一边|聋的。他将用他那些胭脂、丝绸和蜂蜜[4313]张三、李四、王五|焦糖|平静的这些零零碎碎[4314]鳍来收买男孩[4315]再见|买,去欺骗女孩[4316]外国人,而此时我和你演着矛兵和路西弗[4317]避光的|畏光者|有充分权利,对我们[4318]耳朵|使用来说聋得像甲虫[4319]屁股|东西|黑色|战役|床铺的东西让腼腆表哥[4320]余弦科利奥兰纳斯[4321]戴花环的|花冠的嘴[4322]怪相|更加对我们流口水[4323]对我来说更甜|小便|看。因此直到巴克利再次[4324]不过再次|阴茎狠狠地[4325]巴克利射了远处的俄国将军[4326]上升的胚芽的,让巴特[4327]巴克利|阴茎唠叨出[4328]脂肪|拓夫他的愤怒,狠狠地[4329]巴克利咬[4330]等待他的无稽之谈[4331]苦工|尾巴。

[拇指和五指[4332]器官的泵和管道得以理想地重塑。喧扰[4333]置放者|彼得和保罗和酒杯收了工[4334]挑选者彼得。对于未来,所有的现在

4288 old the wormd 解 old world"～"；也解 all the world"～"；也解 old"～"＋the worm［俚］"～"。
4289 gadden 解 garden"～"；也解 glad"～"；也解 gad［斯］"～"；也解 gad［塞维］"～"。
4290 Anthea"～"，古希腊爱神阿弗洛狄忒的绰号。
4291 unfoiled"～"；也解 unveiled"～"。
4292 wanderloot 解 wonderland"～"；也解 wanderlust"～"；也解 wonderful"～"；也解 Waterloo"～"。
4293 wood wagged"～"；也解 world wagged"～"，化自习语 how the world wags(情况怎样)和 let the world wag(听其自然)。
4294 samuraised twimbs 解 Siamese twins"～"；也解 Samurai"～"。
4295 mutthering 解 muttering"～"；也解 Mutter［德］"～"；也解 hering［德］"～"。
4296 ivies"～"；也解 Eve"～"；也解 eyes"～"；也解 Irish"～"。
4297 murdhering idies 解 murdering idea"～"；也解 Idus Martinae［拉］"～"。
4298 mouldhering iries 解 mouldering wraths"～"；也解 Iris"～"。
4299 magpyre 解 magpie"～"；也解 Maggies"～"，本书主人公女儿的化身之一。
4300 babble towers 解 babel tower"～"；也解 babble"～"。
4301 Calomella 解 Columella"～"(4—70)，古罗马作家，作品主要集中于罗马农业；也解 calomel［法］"～"。
4302 plinnyflowers 解 pennyflower"～"，也叫银扇草；也解 Pliny the Elder"～"，古罗马作家，著有《自然史》。
4303 thees 解 thee"～"；也解 these"～"。
4304 lobed 解 loved"～"；也解 lob-［德］"～"。
4305 sex"～"；也解 size"～"；也解 six"～"；也解 set"～"。
4306 mees 解 we"～"；也解 mice"～"。
4307 ates 解 hates"～"；也解 ate"～"；也解 eight"～"。
4308 traublers 解 trousers"～"；也解 trouble"～"；也解 Traube［德］"～"。
4309 seep"～"；也解 set"～"；也解 seat"～"。
4310 spittle side"～"，此处解 spindle side"～"。
4311 figgies 解 effigies"～"；也解 figure"～"。
4312 soord 解 door"～"；也解 sword"～"；也解 side"～"；也解 sourd［法］"～"。
4313 carm, silk and honey 解 carmine, silk and honey"～"；也解 Tom, Dick, and Hurry"～"，泛指普通人；其中 carm 也解 caramel"～"；也解 calm"～"。
4314 flossim and jessim 解 flotsam and jetsam"～"；也解 Flosse［德］"～"。
4315 buying buys 解 buying boys"～"；也解 byebye"～"；也解 buy"～"。
4316 gells 解 girls"～"；也解 gall［爱］"～"。
4317 lancifer lucifug 解 lance"矛兵"＋Lucifer"路西弗"，堕落前的撒旦；也解 lucifugal"～"；也解 lucifuga［拉］"～"；也解 Fug［德］"～"。
4318 usses 解 us"～"；也解 ushi［塞维］"～"；也解 use"～"。
4319 duff as a bettle 解 deaf as a beetle"～"；其中 duff 也解"～"；也解 stuff"～"；也解 dubh［爱］"～"；其中 bettle 也解 battle"～"；也解 Bett［德］"～"。
4320 cosyn 解 cousin"～"；也解 cosine"～"。
4321 corollanes 解 Coriolanus"～"，公元前 5 世纪的罗马共和国政治家，因脾气暴躁被逐出罗马，莎士比亚曾根据他的故事创作历史悲剧《科利奥兰纳斯》，代表流亡；也解 corollanus［拉］"～"；也解 corolla［拉］"～"。
4322 moues"～"，此处解 mouth"～"；也解 more"～"。
4323 weeter to wee 解 water to us"～水"，化自习语 makes one's mouth water(使人流口水)；也解 sweeter to me"～"；其中 wee 也解"～"；也解 see"～"。
4324 butagain 解 Buckley again"～"；也解 but again"～"；也解 bod［爱］"～"。
4325 budly 解 badly"～"；也解 Buckley"～"。
4326 rising germinal"～"，此处解 Russian general"～"。
4327 bodley 解 Butt"～"；也解 Buckley"～"；也解 bod［爱］"～"。
4328 chow the fatt 解 chew the fat"～"；其中 fatt 也解 Fett［德］"～"；也解 Taff"～"。
4329 badley 解 badly"～"；也解 Buckley"～"。
4330 bide"～"，此处解 bite"～"。
4331 toil of his tubb 解 tale of a tub"～"；其中 toil 也解"～"；也解 tail"～"。
4332 pump and pipe pingers 解 thumb and five fingers"～"；也解 pump and pipes of organs"～"。
4333 putther 解 pother"～"；也解 putter"～"；也可与后面合解 Peter and Paul"～"，十二使徒中的两位。
4334 peterpacked up 解 packed up"～"；也解 Peter the Packer"～"，即彼得·奥布莱恩爵士，爱尔兰大法官，他组织了反对土地同盟的陪审团；此处化自英国绕口令 Peter picked a peck of pickled peppers。

都具有决定性，他们过去的缺席怎么样，如果他们曾经从触觉中闻到味道，他们就可以在听的时候看。有责任找到其价值。那个必须如此的永恒[4335]施计骗过。未知[4336] X 时那个不被给予的。可谓[4337]就像到哪里。寂静之极[4338]沉寂。一片空白[4339]厚实印花布。]

闭嘴[4340]。但是做得真他妈的对[4341]蓓蕾|阴茎|巴德|佛祖。如果他在杯子中阴郁地沉默不语，话语则在方方面面点亮一张又一张脸。

大吵大闹[4342]喧嚣。响声反之亦然[4343]发出声响的。即，阿卜杜勒·阿布布尔·阿米尔[4344]或伊万·斯卡文斯基·斯卡瓦[4345]斯拉夫语字典。在整个老耶路撒冷[4346]孔子。至于他这个大教父[4347]犯罪|羽毛，应该由贺吉斯普斯[4348]公羊|HCE 来引出。美人沐浴[4349]巴斯美果，她注定要拴住观看者和骄傲，他的净化，定好了忏悔的地点，法律自身的控诉书举起，用高尚打残卑劣。肃静[4350]闭居者的！与此同时，异端[4351]似马的|珀西|珀西·奥莱利·搜捕他们耙搜着山[4352]地狱劫|哈罗区，好打得他们喧闹的无赖们[4353]《喧闹的小伙儿们》没法，管得那些骗子捣蛋鬼们没法，控制他们的假山石之行[4354]《通向都柏林的石板路》没法，乱走。

穿着睡衣[4355]夜幕笼罩，我的宝贝[4356]在四周，征服棍[4357]晃来晃去。在他们的战争之后，汝之美丽的胸。

——在所罗门群岛[4358]萨拉丁的伊斯兰教这也太太够真实了，就像在现代德国[4359]异端，从美国[4360]亚玛力人出发，追溯回古埃及人[4361]

4335 overlistingness 解 everlastingness“～”；也解 überlisten［德］“～”。
4336 ex 解 X，数学中的未知数，故译为“～”。
4337 As ad where 解 as it were“～”；也解 as ad(［拉］to) where“～”。
4338 Stillhead 解 top of Still“～”；也解 stilhed［丹］“～”。
4339 Blunk“～”，此处解 blank“～”。
4340 Shutmup 解 Shut up“～”。
4341 bud did down well right 解 but did dame well right“～”；其中 bud 也解“～”；也解 bod［爱］“～”；也解 Budd“～”，美国作家麦尔维尔小说中一个人见人爱的年轻人；也解 Buddha“～”。
4342 Vociferagitant 解 vociferant“～”；也解 vociferor［拉］“～”。
4343 Viceversounding 解 vice versa“～”＋sounding“～”。
4344 Abdul Abulbul Amir“～”，英国同名歌曲中的人物。
4345 Ivan Slavansky Slavar 解 Ivan Skavinsky Skavar“～”，英国歌曲《阿卜杜勒·阿布布尔·阿米尔》中的人物；其中 Slavansky Slavar 也解 Slavyanskii Slovar［俄］“～”。
4346 alldconfusalem 解 all old Jerusalem“～”，克里米亚战争的一个重要原因是 1852 年土耳其将耶路撒冷圣地的伯利恒教堂交给天主教掌管；也解 Confucius“～”。
4347 guiltfeather 解 godfather“～”；也解 guilt“～”＋feather“～”。
4348 Hercushiccups 解 Saint Hegesippus“～”(110—180)，早期基督教作者；也解 hircus［拉］“～”。此处包含 HCE。
4349 Beauty's bath“～”；也解 Beauty of Bath“～”，一种苹果的名字。
4350 Be of the housed“～”，此处解 Bi i do thost!［爱］“～”。
4351 Hersy 解 heresy“异端”；也解 horsey“～”；也解 Percy“～”，常指 Persse O'Reilly“～”，主人公的化身之一。
4352 harrow the hill“～”；也解 Harrowing of Hell“～”，耶稣受难日和复活节星期日之间的时间；也解 Harrow-on-the-Hill“～”。
4353 rollicking rogues“～”；也解 The Rollicking Rams“～”，歌曲名。
4354 rockery rides“～”；也解 Rocky Road to Dublin“～”，19 世纪的爱尔兰歌曲。
4355 Nightclothesed 解 Nightclothes-ed“～”；也解 night closed“～”。
4356 arooned 解 aroon［爱］“～”；也解 around“～”。
4357 conquerods 解 conquer rods“～”。
4358 Solidan's Island 解 Solomon Islands“～”；也解 Saladin's Islam“～”，萨拉丁为 12 世纪埃及阿尤布王朝的创建者。
4359 Moltern Giaourmany 解 modern Germany“～”；也解 giaour“～”，土耳其人对非穆斯林教徒的称呼。
4360 Amelakins 解 America“～”；也解 Amalekites“～”，被犹太勇士击败。
4361 engined Egypsians 解 ancient Egyptians“～”；也解 engined Egypt“～”。

装有引擎的埃及的土地，从开门起，在他酒店看客们[4362]检查员面前，他断言[4363]允诺|古代人了何处被关入牛圈的牛倌语言[4364]公牛人镇是稳定的，锦衣玉食者、七天之主、星星和太阳[4365]周六和周日的最高统治者，所有太阳的所在地[4366]坐|卫星|周六，位于他的太阳的行星系统的环中，绞刑架掉下来的[4367]矿田骨架[4368]充满本领的重罪犯|家伙之神，他（他包含[4369]侮辱|谴责）汉格斯特[4370]被吊死的匪徒|女刽子手，他（他包含[4371]限制）霍萨[4372]她的先生们|君主|迷路|瑟尔少校，一份易变的利润[4373]以铁链锁住一群做苦工的囚犯，一位葡萄酿造大师[4374]铸币材料|广阔的|挥霍者，在衬衫处阴沉，在裙子处幸运，影子伙伴[4375]肩膀|摊牌中间[4376]沉默的[4377]胃顶级[4378]最上层的驼背[4379]嗡嗡声|小狗，烈酒商店[4380]倒出它托马斯·莱利[4381]荼先生[4382]混合，他一直舒适地[4383]忧虑|肥胖的|因忧虑而发胖|厕所|屁看着，他的配偶是汉娜·丽维娅[4384]，狗的膀胱[4385]日报，他床头卧榻[4386]四轮马车和四个的暖炉。因为所有人[4387]完整的|男人有麻风病[4388]信，我们全都只不过是那个寒冷的儿童节[4389]荒地|儿童状态|厄斯金·柴德斯里的漫游者[4390]奇迹，这是我们在所有人堕落[4391]万物之父|所有错误者|奥丁之后的真正名字（祝他们走大[4392]杯子的运！），爱的宣示，各种场合[4393]酒里有真理里的谎言探测器，不管用的什么[4394]是否|什么|任何一个吐真剂[4395]千真万确的事|上帝的真理，只要从始至终[4396]浮士德|失去有一点点儿。那最多是一次可怕的我们每人和每一个人[4397]茵克曼战役|艾克曼被推翻[4398]永远真实，我劝我自己说，在上帝[4399]麻醉品|假话面前，绅士们，真实得就像这是我的棺材[4400]咖啡壶|头|在罐子里，跨坐在这些上面的是我的肩章[4401]。

4362 inlookers 解 inn looker“～”；也解 inlooker“～”。
4363 assented“～”，此处解 asserted“～”；也解 ancient“～”。
4364 oxmanstongue 解 oxman“牛倌”＋tongue“语言”；也解 Oxmantown“～”，都柏林市郊。
4365 sats and suns 解 satellites and suns“～”；也解 Saturdays and Sundays“～”。
4366 sat“～”，此处解 seat“～”；也解 satellites“～”；也解 Saturdays“～”。
4367 scuffeldfallen 解 scaffold“绞刑架”＋fallen“倒下”；也解 feld［德］“～”。
4368 skillfilledfelon 解 skeleton“～”；也解 skill filled felon“～”；也解 fellow“～”。
4369 contaimns 解 contains“～”；也解 contemns“～”；也解 condemns“～”。
4370 hangsters 解 Hengest“～”，五世纪的萨克森部落首领，最早入侵英格兰；也解 hanged gangsters“～”；也解 hangster“～”。
4371 constrains“～”，此处解 contains“～”。
4372 hersirrs 解 Horsa“～”；也解 her sirs“～”；也解 Herrscher［德］“～”；也解 irre［德］“～”；也解 Major Sirr“～”，英国军官，与斯旺少校一起抓住了 18 世纪爱尔兰人联合会的领袖之一爱德华·菲茨杰拉德勋爵。
4373 gain changeful“～”；也解 chain gang“～”。
4374 mintage vaster 解 vintage master“～”；也解 mintage“～”＋vaster“～”；也解 waster“～”。
4375 showdows fellah 解 shadow fella“～”；也解 shoulders“～”；也解 showdown“～”。
4376 atween 解 between“～”。
4377 stummock 解 stumm［德］“～”；也解 stomach“～”。
4378 topside“～”，此处解［俚］“～”。
4379 humpup 解 hunchback“～”；也解 hum“～”＋pup“～”。
4380 Spillitshops 解 spirit shops“～”；也解 spill it“～”。
4381 Teewiley 解 Thomas Riley“～”，都柏林的杂货和葡萄酒商，位于都柏林上多塞特街 146 号；也解 tea“～”。
4382 Misto 解 mister“～”；也解 misto［意］“～”。
4383 Khummer-Phett 解 comfort“～”；也解 Kummer［德］“～”＋Fett［德］“～”，即 Kummerfett［德］“～”；也解 kumme［丹］“～”＋pet［法］“～”。
4384 An-Lyph 解 Anna Livia“～”，本书的女主人公。
4385 dog's bladder“～”；也解 dagblade［丹］“～”。
4386 couch in fore“～”；也解 coach and four“～”。
4387 whole men 解 all men“～”；也解 whole“～”＋men“～”。
4388 lepers“～”；也解 letter“～”。
4389 childerness 解 Childermas“～”，12 月 28 日；也解 wilderness“～”；也解 childer-ness“～”；也解 Erskine Childers“～”(1870—1922)，英国下议院的神父，1922 年被新独立的爱尔兰自由邦政府处决。
4390 wonterers 解 wanderer“～”；也解 wonderer“～”。
4391 allfaulters 解 all fall-ers“～”；也解 allfather“～”，上帝；也解 all fault-ers“～”；也解 Alfader［丹］“～”。
4392 mug's“～”，此处解 much“～”。
4393 in venuvarities 解 in various venues“～”；也解 in vino veritas［拉］“～”。
4394 whateither 解 whatever“～”；也解 whether“～”；也解 what“～”＋either“～”。
4395 drugs truth 解 truth drugs“～”；也解 God's truth“～”，直译为“～”。
4396 from the faust to the lost 解 from the first to the last“～”；也解 Faust“～”，将灵魂卖给魔鬼的人；也解 lost“～”。
4397 ilkermann 解 ilka［苏］“每个”＋man“人”；也解 Battle of Inkerman“～”，茵克曼为俄国小镇，克里米亚战争中英法联军在这里战胜俄国军队；也解 Eckermann“～”，德国作家，著有《歌德谈话录》。
4398 overthrew“～”；也解 ever true“～”。
4399 Gow“～”，此处解 God“～”；也解 gow［康］“～”。
4400 kopfinpot 解 coffin“～”；也解 coffeepot“～”；也解 Kopf［德］“～”＋in pot“～”，指头盔。
4401 boardsoldereds 解 shoulder boards“～”。

它请求[4402]加速|应该，谦卑地[4403]俯伏在地[4404]嘟囔|摸索|粗糙的，他的七孔[4405]拘留所，所有人的，罪恶高呼者或罪行哑演员，被告知以，天晓得[4406]，建议，免费[4407]感谢上帝，内附[4408]包含邮票[4409]流氓，恳求[4410]竞赛他们，如果他们研究过法律[4411]让侏罗山稳固|侏罗纪|法律体系|法律，或者读过形而上学[4412]使全速前进|密西西比河|弥撒，你的更好妻子[4413]殴打妻子的人的丈夫，或者你自己的单身[4414]裁缝|一个恋人男傧相，我们裁缝[4415]托马斯·泰勒世界里的每个人[4416]任何一个身体怎么会来解[4417]自己出论题[4418]这个他的，它是否给了我们的解剖学[4419]标识|争论点一个诺贝尔奖[4420]宗动天，还是什么也没有，宇宙的第一个谜[4421]父亲从任何地方蜿蜒而来，男人是谁[4422]在那上面|男人|为什么，那个老罪犯，其他[4423]两者都不的人，因为[4424]在期间他是相同的[4425]闪姆|我的。例如[4426]完全的榜样。讨论中的要点[4427]品脱。伴以某些示例[4428]谚语|溢出。有六点来证明他是异端[4429] 6秒钟|成功|敏捷的|咸的。汤上来了[4430]猜疑！

——一个时间。一个美好的[4431]找到时间。我还是个孩子的时候[4432]。黑暗[4433]黑人|土耳其人|塔克控制了塞瓦斯托波尔[4434]燕麦糠糊|晚餐。在那里举行一次煎鱼餐会[4435]新鲜的|自由的。他们在蜡烛和鼓声[4436]定音鼓|万圣节期间中播撒上好的红面包配甜蜂蜜酒[4437]浸泡|转变|污秽。我刚刚（让我们推想[4438]诧异）正在读一本（被禁止的）书——尽管[4439]吸引人的它根据测量[4440]约翰·朗先生有限公司长而有限——凸版印刷[4441]较后的印刷机特别容易读[4442]微不足道的|腿，因此他急切地抓住，还有纸，几乎没有[4443]在之前的宣传作品里得到改善[4444]涂奶油的，尽管[4445]在哭丧者通告[4446]紧急情况|皮夹子|不是这么回事中，

4402 Sollecited 解 solicited“～”;也解 sollecitare [意]“～”;也解 soll [德]“～”。
4403 hummley 解 humbly“～”。
4404 grobbling 解 grovel“～”;也解 grumble“～”;也解 grubble“～”;也解 grob [德]“～”。
4405 orofaces 解 orifices“～”。
4406 codnops 解 God knows“～”。
4407 free of gracies 解 free of charge“～”;也解 Deo Gratias [拉]“～”。
4408 encloded 解 enclosed“～”;也解 included“～”。
4409 scamps“～”,此处解 stamps“～”。
4410 competitioning 解 petitioning“～”;也解 competition“～”。
4411 steadied Jura 解 studied“研究”+Jura [德]“法律”;也解 steadied Jura Mts“～”;其中 Jura 也解“～”;也解 jura [丹]“～”;也解 iuris [拉]“～”。
4412 raced Messafissi 解 read metaphysics“～”;也解 raced“～”+Mississippi river“～”;也解 Messa [意]“～”。
4413 wifebetter 解 wife“妻子”+better half“更好的另一半”;也解 wifebeater“～”。
4414 Botchalover 解 bachelor“单身汉”;也解 botch [俚]“～”+a lover“～”。
4415 taylorised 解 tailor“裁缝”-ized;也解 Thomas Taylor“～”(1758—1835),众多新柏拉图哲学和宗教文本的英译者。
4416 ever a body“～”,此处解 everybody“～”。
4417 selve 解 solve“～”;也解 selves“～”。
4418 thishis 解 thesis“～”;也解 this his“～”。
4419 otomise 解 anatomies“～”;也解 noto [拉]“～”+mise“～”。
4420 primeum nobilees 解 Praemium Nobelium“～”;也解 primum mobile“～”。
4421 the farst wriggle from the ubivence 解 the first riddle of the Universe“～”;也解 the far([丹]“父亲”) wriggle from the ubivis([拉]“任何处”),即“～”。
4422 whereom 解 whom“～”;也解 whereon“～”;也解 om [罗]“～”;也解 waarom [荷]“～”。
4423 nother 解 other“～”;也解 neither“～”。
4424 wheile 解 weil [德]“～”;也解 while“～”。
4425 asame 解 Same“～”;也解 Shem“～”,本书主人公的儿子;也解 asam [爱]“～”。
4426 fullexampling 解 for example“～”;也解 full exampling“～”。
4427 pints“～”,此处解 points“～”。
4428 byspills 解 Beispiele [德]“～”;也解 byspel“～”;也解 spill“～”。
4429 sicsecs to provim hurtig 解 six points to prove him heretic“～”;其中 sicsecs 也解 six secs“～”,也解 success“～”;其中 hurtig 也解[德]“～”,也解 hartig [荷]“～”。
4430 Soup's on“～”;也解 soupçon [法]“～”。
4431 find“～”,此处解 fine“～”。
4432 Whenin aye was a kiddling 解 when I was a kid“～”。
4433 tarikies 解 tariki [波]“～”;也解 darkies“～”;也解 Turks“～”;也解 Tark“～”,赫梯人的神。
4434 sowansopper 解 Sevastopol“～”;也解 sowens“～”;也解 supper“～”。
4435 beam a frishfrey 解 be a fish-fry“～”;也解 frisch [德]“～”+frei [德]“～”。
4436 kanddledrum 解 candle“蜡烛”+drum“鼓”;也解 kettledrum“～”;也解 Samhain [爱]“～”。
4437 sodhe gudhe rudhe brodhe wedhe swedhe medhe 解 só gú rú bró wé swé mé [爱]“～”;其中 sodhe 也解 soaked“～”,也解 sódh [爱]“～”;其中 brodhe 也解 bródh [爱]“～”。
4438 suppraise 解 suppose“～”;也解 surprise“～”。
4439 notwithstempting 解 notwithstanding“～”;也解 tempting“～”。
4440 by meassures 解 by measure“～”;也解 Messrs John Long Ltd“～”,拒绝了乔伊斯的《都柏林人》的出版公司之一。
4441 latterpress 解 letterpress“～”;也解 latter press“～”。
4442 legligible 解 legible“～”;也解 negligible“～”;也解 leg“～”。
4443 scarsely 解 scarcely“～”。
4444 buttered“～”,此处解 bettered“～”。
4445 wholebeit 解 albeit“～”。
4446 notcase 解 notice“～”;也解 Notfall [德]“～”;也解 notecase“～”;也解 not the case“～”。

我会转向[4447]草皮巴氏灭菌法[4448]路易斯·巴斯德|我燃烧。包装纸[4449]打包|纸描绘了[4450]神圣手稿[4451]所签赠的那个人。那个捆扎它撕碎它的人可能,如果被问起[4452]变成灰的,帮了忙[4453]堆得满满的。然而,我已经读得够多了,就像我的好的最好的[4454]最佳朋友,能够在时代的匆忙中,预见到它那极具启迪教化的使命被托付[4455]闯入给安全虔敬之手时,将赢得[4456]称赞|可可粉最广泛的发行量,以及跟它的价值有着同样广度的声誉,因为它,我能看到,因为是他的。它饰以[4457]他的伏击删过的[4458]插图,富含信息,伴以[4459]战役积极的热情[4460]激情行为|各处地,从开始到最后[4461]从迸发到消逝的啪啪砰砰[4462]脏水、飕飕哗啦[4463]爆竹的一种、隆隆咔哒[4464],就像我刚刚正说[4465]看的,致以我最热烈的敬意[4466],胆怯的[4467]建造|蒂姆·芬尼根提升乡村生活的城里[4468]下跌|城址人[4469],(上帝保佑[4470]警戒的地方|上帝使欢喜城市!)尽管[4471]所有那些在那个可笑的后座[4472]空的座位|黑海上,在这个早期樵夫的词语技艺面前受宠若惊[4473]曾经温暖|草茎,花边文字[4474]威尼斯人大师,所有他们金匠[4475]孔窍|办事处中我们最好的[4476]锻工[4477]坟墓|铁匠,(还有,感谢上帝[4478]海鲜杂烩浓汤里的糖,如此壮观[4479]被滥用地的英文!)奥博利·比亚兹莱[4480]先生。好的好的鱼[4481]、价格低廉[4482],完全完全值得[4483]伍尔沃斯一试[4484]审讯!恶心的布什米尔斯威士忌[4485]以真主的名义起誓|错误|千百次的欢迎|四十|布什米尔斯。但是你所问的一千零一[4486]《一千零一夜》|风险|妒忌正永远被扔到他的腰[4487]干涉后面!那些悲哀的[4488]说|100|11|百分之一百可怜的[4489]倾倒悲哀的欧洲人[4490]外国人,在左边[4491]花花公子在右边[4492]灰尘覆盖的锈!干杯干杯[4493]好

4447 turf aside 解 turn aside“～”；也解 turf“～”。
4448 pastureuration 解 pasteurisation“～”；也解 Louis Pasteur“～”(1822—1895)，法国著名的微生物学家；也解 uro［拉］“～”。
4449 Packen paper 解 Packpapier［德］“～”；也解 packen［德］“～”＋paper“～”。
4450 paineth 解 paint“～”。
4451 Scriptured 解 scripture“～”。
4452 ashed“～”，此处解 asked“～”。
4453 healped 解 helped“～”；也解 heaped“～”。
4454 bedst［丹］“～”；也解 best“～”。
4455 inthrusted 解 entrusted“～”；也解 thrusted in“～”。
4456 cocommend 解 command“～”；也解 commend“～”；也解 cocoa“～”。
4457 his ambullished 解 is embellished“～”；也解 his ambush“～”。
4458 expurgative 解 expurgated“～”。
4459 accampaigning 解 accompanying“～”；也解 campaign“～”。
4460 action passiom 解 active passion“～”；也解 act of passion“～”；也解 passim“～”。
4461 from burst to past“～”，此处解 from first to last“～”。
4462 slopbang 解 slap“啪的一声”＋bang“砰的一声”；也解 slop“～”。
4463 whizzcrash 解 whizz“飕飕作声”＋crash“哗啦一声”；也解 whizbang“～”。
4464 boomarattling 解 boom“发出隆隆声”＋rattling“咔哒声”。
4465 seeing“～”，此处解 saying“～”。
4466 venerections 解 venerations“～”。
4467 timmersome 解 timorous“～”；也解 timmeren［荷］“～”；也解 Tim“～”。
4468 townside 解 townside“～”，化自 countryside(乡村)；也解 downside“～”；也解 townsite“～”。
4469 upthecountrylifer 解 up-the-country-life＋-er“提升乡村生活的人”。
4470 Guard place“～”，此处解 God bless“～”；也解 God please“～”。
4471 allthose 解 although“～”；也解 all those“～”。
4472 blank seat“～”，此处解 backseat“～”；也解 Black Sea“～”。
4473 everwhalmed 解 overwhelmed“～”；也解 ever warm“～”；也解 halm［德］“～”。
4474 vignettiennes 解 vignette“～”；也解 Venetians“～”。
4475 orefices 解 oréfice［意］“～”；也解 orifices“～”；也解 offices“～”。
4476 findest 解 finest“～”。
4477 grobsmid 解 Grobschmied［德］“～”；也解 grob［塞维］“～”；也解 smid［荷］“～”。
4478 shukar in chowdar 解 shukr-i-khuda［波］“～”；也解 sugar in chowder“～”。
4479 splunderdly 解 splendidly“～”；也解 plunderedly“～”。
4480 Aubeyron Birdslay 解 Aubrey Beardsley“～”(1872—1898)，英国插画艺术家，为王尔德的《莎乐美》作图。
4481 Chubgoodchob 解 chub“圆鳍雅罗鱼”，在俚语中也指笨蛋＋good“好的”＋khub［波］“好的”。
4482 arsoncheep 解 arzan［波］“廉价的”＋cheap“廉价的”。
4483 wellwillworth 解 well well worthy“～”；也解 Woolworth's“～”，美国商人，1879 年开设低价商店并成连锁店。
4484 triat 解 tryout“～”；也解 trial“～”。
4485 Bismillafoulties 解 Bushmils whiskey“布什米尔斯威士忌”，一种畅销北爱的威士忌＋foul“恶心的”；也解 bismillah“～”＋fault“～”；也解 mile failte［爱］“～”＋forty“～”；也解 Bushmills“～”，英国安特里姆郡的城市。
4486 hasard 解 hazaruyak，即 hazar［波］“1000”＋yak［波］“1”，即 1001，“～”；也解 hazard“～”；也解 hasad［波］“～”。
4487 meddle“～”，此处解 middle“～”。
4488 sad“～”；也解 said“～”；也解 sad［波］“～”；也解 yazdah［波］“～”；也与后面合解 cent pour cent［法］“～”。
4489 pour“～”，此处解 poor“～”。
4490 forengistanters 解 farangistan［波］＋-er“～”；也解 foreigners“～”。
4491 dastychappy 解 dast-i-chap［波］“～”；也解 chappy“～”。
4492 dustyrust 解 dast-i-rast［波］“～”；也解 dusty rust“～”。
4493 Chaichairs 解 cheers“～”；也解 khair［波］“～”；也解 chairs“～”。

的|椅子。是某个东西，哦[4494]欠钱|敬畏，那家伙骨子里的欧洲人[4495]阿拉伯人|金子|豆子|极光，荣耀[4496]阿卜杜勒·哈米德二世和诅咒[4497]膨胀的，(他是不是只有休迪布拉斯[4498]休·德·拉西的胡子来欺骗[4499]他那着古装[4500]希腊的女人[4501]士兵|害虫|貂)征服[4502]来|怪人这个随便什么波斯人[4503]珀西·奥莱利，这是我们，哦，带着或许[4504]一阵[4505]达尔德人的|痛苦|阴茎痛苦[4506]阴茎在我们中实现[4507]现实主义的。在其他人中有我爱的人[4508]快乐|快乐的原因|请，那是脑海里最珍爱的，那个我曾把我的手指[4509]暂时[4510]为了运动推入的人，如果没有我的印戒，没有什么会触手可及，我发誓，她有严重的紧张性精神病[4511]典型的|导尿管，还有另外一个人，我频频怜爱地用手指触摸[4512]阴户她，当我的印戒章再一次签署[4513]军舰旗，我发誓，她极其重要[4514]血。以天为誓[4515]谴责|吹|阴道|狄多！就如[4516]艺术|屁股|技艺我们用古典语言[4517]优等的说的。真有艺术性啊[4518]艺术|阴户，我们其他人说。多么让人陶醉的[4519]贪婪饥饿的|大乌鸦影子啊！多么可爱的[4520]鸽子|黑色的线条啊！不是这个世纪的国王能够在东方的[4521]耳朵|珀西·奥莱利慵懒[4522]长度中，带着另外一千零一种的夜晚欢愉，更加充分地大饱眼福的。我要是[4523]当……时撒谎就让山鲁亚尔[4524]用鹅卵石砸[4525]冰雪利酒我。当(当我使用我的滑动版时[4526]，我听到呱呱呱呱[4527]可可粉)我一直在厕所[4528]里，懒散地[4529]田园诗翻着[4530]翻阅被胡乱地[4531]弄得参差不齐[4532]的松散的爱之[4533]寡妇传单[4534]活页本|留下的树叶，就像我的论文[4535]这是，因为我必须用我的嘴唇朝着不幸做鬼脸[4536]，通常，只要我能偶然从以前一些遥远的夜晚[4537]两星期中回忆起来，

4494 owe"～",此处解 oh"～";也解 awe"～"。
4495 aurorbean 解 European"～";也解 Arabian"～";也解 aurum [拉]"～"＋bean"～";也解 aurora"～"。
4496 hamid 解 hamd [波]"～";也解 Abdul Hamid II"～" (1876—1909),土耳其苏丹。
4497 damid 解 damn"～";也解 damida [波]"～"。
4498 Hugh de Brassey 解 Hudibras"～",19 世纪英国作家塞缪尔·巴特勒的同名作品的主人公;也解 Hugh de Lacy"～"(? —1186),1172 年亨利二世入侵爱尔兰时将米斯国分封给他。
4499 beardslie 解 beards"胡须"＋lie"撒谎"。
4500 guised 解 guise"～";也解 Greece"～"。
4501 wear mine 解 women"～";也解 Wehrmann [德]"～";也解 vermin"～";也解 ermine"～"。
4502 comequeers 解 conquers"～";也解 come"～"＋queers"～"。
4503 perssian 解 Persian"～";也解 Persse O'Reilly"～",书中人物,主人公 HCE 的化身之一。
4504 purups 解 perhaps"～"。
4505 dard"～",此处解 dart"～";也解 dard [波]"～";也解 dard [俚]"～"。
4506 pene 解 pain"～";也解 pene [意]"～"。
4507 realisinus 解 realize in us"～";也解 Realismus [德]"～"。
4508 pleasons 解 persons"～";也解 pleasures"～";也解 pleasant reasons"～";也解 please"～"。
4509 finker 解 finger"～"。
4510 for the movement"～",此处解 for the moment"～"。
4511 catatheristic 解 catatonic"～";也解 characteristic"～";也解 catheter"～"。
4512 fombly fongered freequuntly 解 fondly fingered frequently"～";其中 freequuntly 也解 cunt [俚]"～"。
4513 on sign"～";也解 ensign"～"。
4514 sangnificant 解 significant"～";也解 sang [法]"～"。
4515 Culpo de Dido 解 Corpo di Dio!"～";其中 Culpo 也解 culpa [拉]"～";也解 colpo [意]"～";也解 colpo-"～";其中 Dido 也解"～",《埃涅阿斯纪》中的迦太基女王。
4516 Ars 解 as"～";也解 arts"～";也解 arse"～";也解 ars [拉]"～"。
4517 classies 解 classics"～";也解 classy"～"。
4518 Kunstful 解 kunstvoll [德]"～";也解 Kunst [德]"～";也解 cunt [俚]"～"。
4519 ravening"～",此处解 ravishing"～";也解 raven"～"。
4520 dovely 解 lovely"～";也解 dove"～";也解 dubh [爱]"～"。
4521 oreillental 解 oriental"～";也解 oreille [法]"～";也解 Persse O'Reilly"～",主人公 HCE 的化身之一。
4522 longuardness 解 languidness"～";也解 longueur [法]"～"。
4523 when"～",此处解 wenn [德]"～"。
4524 shahrryar 解 Shahryar"～",《一千零一夜》中的国王。
4525 cobbler 解 cobble"～";也解 sherry-cobbler"～"。
4526 布拉瓦茨基夫人用一块隐藏的滑动板来实现她的"奇迹"。
4527 cawcaw"～",乌鸦叫声;也解 cocoa"～"。
4528 lamatory 解 lavatory"～"。
4529 idylly 解 idly"～";也解 idyll"～"。
4530 turmbing over 解 thumbing over"～";也解 turning over"～"。
4531 casuallty 解 casually"～"。
4532 jaggled 解 jagged"～"。
4533 looves 解 love's"～";也解 love"～"。
4534 leaflefts 解 leaflet"～";也解 loose-leaf"～";也解 leaves left"～"。
4535 this is"～",此处解 thesis"～"。
4536 make misface 解 make my faces"～"。
4537 farnights 解 far nights"～";也解 fortnights"～"。

(那种自私的疏离[4538]自己|鱼|餐桌|服务|自己摆上餐桌的鱼|我服务|自私的是这么愚蠢甜蜜[4539]，不可能不得不必须将每件事都保持在一石之外，石头是他掷果子的时候落下的！）当我，如果你原谅我不正式地滑下那不可言说的[4540]让裤子滑下，通过自然之罪获得生机，迈向大自然的作者，这些罪编织着[4541]饰以织锦画|上帝|描画的它们的罪行铺展[4542]躺|卧在我面前，（与人造的以诺[4543]太监|世纪|还会·君士坦丁城[4544]艺术|HCE多么不同啊！），它们是否[4545]有戈夫将军雕像[4546]性质的特性，如同宣称的那样[4547]被暗杀，或者可能[4548]开花在某个霍斯[4549]山楂|霍桑家伙[4550]浓密谷|山楂谷的需要下[4551]在下面，将他们自己[4552]装饰起来[4553]伏击，环以壕沟思考自我，用[4554]我那赤裸的我[4555]眼睛，为了达到宣泄的目的，在我们乡下的[4556]真正地蔬蔬蔬菜[4557]男人（园）中，我有时，或许，对老芬尼根[4558]的公正的说法，从这个或自此以后[4559]中醒来[4560]一次守灵，带着某种震惊（我会[4561]贝壳|弹震症交出[4562]如此绘制它吗？）完全不知不觉地[4563]安静的|酒色之徒生出（我打开我的天窗[4564]害羞的时，我看到[4565]冰冷的咕咕[4566]可可粉）一种想法，即我就像在备忘录[4567]被呐呐地说的中一样，找到了出自熟悉[4568]复制的面孔[4569]阶段|习语的远亲[4570]扩张|重新|国家快照[4571]乞讨，或者在我们土木工事布景后面的独木舟（多么让人陶醉的[4572]乌鸦阴影[4573]战栗！多么死一般的[4574]鸽子|可爱的虚影[4575]线条！）既然如此[4576]作为论文，在非空间的时间[4577]决不|特殊的里，恰恰[4578]涉及到[4579]这个的具体[4580]天然的|亚历山大·克鲁登年表，事实上，尽管我用我作为虫子[4581]食虫者的轻浮名字[4582]天赋名字|毒药弱化了自己，快乐的土地权

4538 selvischdischdienence 解 selfish distance“～”；也解-selv“～”＋visch［荷］“～”＋disch［荷］“～”＋dienen［荷］“～”，可译为“～”；也解 ich dien［德］“～”；也解 selfish“～”。
4539 dimsweet 解 dim“傻子”＋sweet“甜的”。
4540 leading down of illexpressibles 解 leading down“向下”＋of＋inexpressible“不可言传的”；也解 letting down the trousers“～”。
4541 gobelimned 解 Gobelin“哥白林壁饰挂毯”；也解 gobelined［丹］“～”；也解 God“～”＋limned“～”。
4542 liggen 解 liegen［德］“～”；也解 liggen［荷］“～”；也解 liggende［丹］“～”。
4543 Eonochs 解 Enoch“～”，该隐之子，该隐以他的名字为城市命名；也解 eunuch“～”；也解 Eons“～”；也解 noch［德］“～”。
4544 Cunstuntonopolies 解 Constantinopolis［拉］“～”；也解 Kunst［德］“～”。此句也包含本书主人公名字的缩写 HCE。
4545 weathered 解 whether“～”。
4546 general golf stature 解 General Hugh Gough's statue“～”，都柏林凤凰公园有修·戈夫爵士的雕像；也解 nature“～”。
4547 assasserted 解 as asserted“～”；也解 assassinated“～”。
4548 blossomly 解 possibly“～”；也解 blossom“～”。
4549 howthern 解 Howth“～”，都柏林郊区；也解 hawthorn“～”；也解 Hawthorne“～”(1804—1864)，美国作家。
4550 folleys 解 fellows“～”；也解 Furry Glen“～”，也叫 Hawthorn Glen“～”，都柏林凤凰公园里的林地，著名散步处。
4551 underneed of 解 under“在下面”＋the need of“……的需要”；也解 underneath“～”。
4552 thems elves 解 themselves“～”。
4553 emblushing 解 embellishing“～”；也解 ambushing“～”。
4554 wiz 解 with“～”。
4555 I“～”；也解 eye“～”。
4556 trurally 解 rurally“～”；也解 truly“～”。
4557 virvir vergitabale 解 ve ve vegetable“～”，此处模仿结巴的发音；也解 vir［拉］“～”。
4558 Flannagan 解 Finnegan“～”。
4559 huntsfurwards 解 henceforward“～”。
4560 a wake“～”，此处解 awake“～”。
4561 shell“～”，此处解 shall“～”；也解 shellshock“～”，士兵参加战争而造成的一种精神疾病。
4562 so render“～”，此处解 surrender“～”。
4563 quiet involuptary 解 quite involuntary“～”；也解 quiet“～”＋voluptuary“～”。
4564 shylight 解 skylight“～”；也解 shy“～”。
4565 I see“～”；也解 icy“～”。
4566 coocoo“～”，鸽子声；也解 cocoa“～”。
4567 murmurrandoms 解 memorandum“～”；也解 murmurandum［拉］“～”。
4568 ficsimilar 解 familiar“～”；也解 facsimile“～”。
4569 phases“～”，此处解 faces“～”；也解 phrases“～”。
4570 distend renations 解 distant relation“～”；也解 distend“～”＋re-“～”＋nations“～”。
4571 cadging hapsnots 解 catching snapshots“～”；也解 cadge“～”。
4572 rovining 解 ravishing“～”；也解 raven“～”。
4573 shudder“～”，此处解 shadow“～”。
4574 deadly“～”；也解 dove“～”；也解 lovely“～”。
4575 loom“～”；也解 line“～”。
4576 as this is 解 as it is“～”；也解 as thesis“～”。
4577 at no spatial time“～”；也解 at no time“～”＋special“～”。
4578 processly 解 precisely“～”。
4579 which regards to 解 with regard to“～”。
4580 concrude 解 concrete“～”；也解 crude“～”；也解 Alexander Cruden“～”(1701—1770)，著有《圣经》索引。
4581 insectarian“～”，此处解 insect“～”。
4582 giftname 解 given name“～”；也解 gift name“～”；也解 Gift［德］“～”。

中止[4583]尊敬会让家乡甜蜜的城镇逍遥自在[4584]，我特有的箴言[4585]教皇自动诏书，就像我宣称的，绝对真理[4586]无赖的交易|无赖袭击，我编的，在我[4587]注意心[4588]部分|屁股的最深处，我极其高兴[4589]毛皮|折磨的|白拉奇乌斯并深感欣慰地[4590]暴饮暴食|炽热根据他们从我的三个产卵阴茎[4591]电池部分（嘘嘘！）所做的最响亮的报告看到，爱鸽者和畏鸦者[4592]一样，当我重新振作[4593]重新聚集|罗慕勒斯，我那旅行的自我，就像从麦哲伦星云而来，在我按合同支付之后，通过梅林[4594]只不过|肢的预言[4595]每个官员们，我，我的天哪，我很，我完完全全[4596]帮倒忙的人很大。

他讲完了他的大部分[4597]把树皮拉上岸故事；开始管理葡萄藤[4598]丈夫和妻子；港务长[4599]竖琴大师|港口保护董事会讲述了所有现有的管理，知道了弥撒亚之弥赛亚[4600]判断|暴死之命，那个再次胜利[4601]芬尼根是如何再次进入的。飞翔的珀西·奥莱利[4602]波斯|皇家的。跟所有[4603]用以登船者、父亲和母亲[4604]祈祷者|母亲，精盐[4605]和粗盐[4606]萨莉，爱尔兰[4607]空气之子[4608]感觉与爱尔兰[4609]伊朗|熨斗之女[4610]女儿一起。书写学校[4611]里的这个他、这个她、这个它[4612]我的男孩。还有两位俊杰[4613]和格里芬格里芬格里芬[4614]亚瑟·格里菲斯，在芬尼根的守灵夜[4615]芬尼根的灯芯，野人们[4616]奥斯卡·王尔德。被洗净至白[4617]人类，立即[4618]递送[4619]。大声赞美他的幸运驼峰，约拿[4620]身上的老天[4621]！他们像贝里信号灯塔[4622]都柏林一样涨落盈亏[4623]眨眼和手淫。直到我们唤醒[4624]长大老人[4625]总督。

从他之前被激怒的讲道坛半身像[4626]因稀粥而变笨拙，根据柳条

4583 abeyance“～”；也解 obeisance“～”。
4584 hopeygoalucrey 解 happy-go-lucky“～”，此句化自都柏林城的格言“市民的服从是城市的幸运”。
4585 mottu propprior 解 proper motto“～”；也解 motu proprio“～”。
4586 cad's truck“～”，此处解 God's truth“～”；也解 cad strikes“～”。
4587 mind“～”，此处解 my“～”。
4588 Hearts“～”；也解 parts“～”；也解 arse“～”。
4589 pelaged 解 pleased“～”；也解 pelage“～”；也解 plagued“～”；也解 Pelagius“～”(360—420)，异端神学家。
4590 gluttened 解 gladden“～”；也解 gluttony“～”；也解 Glut［德］“～”。
4591 bottery 解 bod［爱］“～”；也解 battery“～”。
4592 corvinophobe 解 corvinus［拉］“乌鸦”＋-phobos［希］“害怕者”。
4593 remassed 解 se ramasser［法］“～”；也解 remass“～”；也解 Romulus“～”，公元前 753 年建立罗马的双胞胎兄弟之一。
4594 merelimb 解 Merlin“～”，传说中亚瑟王的魔法师；也解 mere“～”＋limb“～”。
4595 perofficies 解 prophecy“～”；也解 per officers“～”。
4596 altoogooder 解 altogether“～”；也解 do-gooder“～”。
4597 beached the bark of“～”，此处解 break the back of“完成最困难的部分”。
4598 husband and vine 解 husband the vine“～”；也解 husband and wife“～”。
4599 harpermaster 解 harbourmaster“～”；也解 harper master“～”；也与后面合解 Harbour Conservancy Board“～”。
4600 Meschiameschianah 解 Messiah“～”；也解 meiseamhnacht［爱］“～”；也解 misha mishinnah［意第］“～”。
4601 win a gain 解 win again“～”；也解 Finnegan“～”。
4602 Perseoroyal 解 Persse O'Reilly“～”，书中人物，主人公 HCE 的化身之一；也解 Perse［法］“～”＋royal“～”。
4603 Withal“～”，此处解 with all“～”。
4604 padar and madar［波］“～”；也解 paidir［爱］“～”＋máthair［爱］“～”。
4605 hal 解 hals［希］“～”。
4606 sal［拉］“～”；也解 sally“～”，美国心理学家普林斯的《分裂的人格》中克里斯汀·比切普潜意识中的第二个自我。
4607 Ere 解 Eire“～”；也解 air“～”。
4608 sens 解 son“～”；也解 sense“～”。
4609 Iran“～”，此处解 Eire“～”；也解 iron“～”。
4610 duchtars 解 daughter“～”；也解 dukhtar［波］“～”。此句化自《创世记》(6:2)“神的儿子们看见人的女子”。
4611 mucktub 解 maktab［波］“～”，此句出自儿歌 Rub-a-dub-dub, three men in a tub“摇啊摇，摇啊摇，三个男人桶中坐”。
4612 Amick amack amock 解 hic haec hoc［拉］“～”，阳性、阴性、中性；也解 a mhic［爱］“～”。
4613 tou loulous 解 two lulus“～”。
4614 gryffygryffygryffs 解 griffin“～”，希腊神话中半狮半鹫的怪兽；也解 Arthur Griffith“～”，爱尔兰共和国的总统。
4615 Fenegans Wick 解 Finnegan's Wake“～”，爱尔兰民谣；也解 Finnegan's wick“～”。
4616 Wildemanns 解 wild man“～”；也解 Oscar Wilde“～”(1854—1900)，英国作家，出生在爱尔兰。
4617 whight 解 white“～”；也解 wight“～”。
4618 rhight 解 right［英口］“～”。
4619 deliveried 解 delivered“～”。
4620 jonahs 解 Jonah“～”，《圣经》中的人物。
4621 bejetties 解 bejesus“～”。
4622 baillybeacons 解 Bailey“贝里灯塔”，位于都柏林郊外霍斯地区＋beacons“信号灯”；也解 Billy“～”。
4623 winxed and wanxed 解 waxed and waned“～”；也解 winked and wanked“～”。
4624 woksed up 解 woke up“～”；也解 vokse op［丹］“～”。
4625 oldermen 解 old man“～”；也解 alderman“～”。
4626 plultibust 解 pulpit“讲道坛”＋bust“半身像”；也解 praegravatus“～”，英格兰人对苏格兰人的偏见。

椅[4627]底层教会神学（在那个正直者阿隆[4628]正统[4629]阿特公爵|鸭子龙[4630]虬|蟠螭里有三十九个[4631]有近似的权威英雄[4632]苍鹭|正直者阿隆），他们绝对高兴地[4633]吁|一样|被放置说，就一号文件[4634]与罗马第十军团有关的而言，带着熊们对他的尊敬和牛们的承认（现在快点，女孩们！开个头，我的朋友[4635]亲爱的，不管你们中的哪一个[4636]胜利胜利！两个双胞胎[4637]屈膝和简我的爱[4638]和假小子朱迪[4639]！）肢解并把他拆开，荡妇们[4640]松松的一把，带着对他的五月柱的歧视，以及越过他的驼峰的反复摩擦，当值[4641]在附录中妓女[4642]药物|药店，额头[4643]朋友们、臀部[4644]粪便、平安座[4645]免费学校：1）他必须死，它，甲虫，2）他自己做的[4646]确实打了他，自己，鳕鱼[4647]冒失|上帝的愿望|怪人，3）鹈鹕[4648]伯拉纠出于真正喜爱搜索了牛栏各处[4649]无论在哪里，回想了自他接受[4650]黑暗的|野猪人类生命后，在哪里他的个人法律[4651]卑贱的装扮了[4652]受雇的他的领土[4653]鞑靼人的状态|闲扯的人|塔拉，他基底金属[4654]较好的|勇气|贝西默爵士的硫化物[4655]硫化铁|自我|隐藏下面的铁矿[4656]黄金，被放弃给了他的孩子们[4657]抛弃他的孩子们|奇尔特恩诸邑和胡说八道[4658]，4）他就像洪水之前的芬丹[4659]，之后有时太可恶了，只不过常常安枕无虞[4660]在获救的一方，他就是如此[4661]他被看见，5）说到散文[4662]氰化物|普鲁士蓝的|叶芝|辛格或准诗篇[4663]乱七八糟的，在他可以比他之后保证的那样更好之前，他并非[4664]水不比他会是的更好，6）鲜血、麝香或大麻[4665]，等到焦炭化、钻石化或像铅笔[4666]石墨时，用所有染色物质[4667]碳|氯|眼影粉|白菜把他漂白一新[4668]赤裸的|盐，直到骨灰微尘[4669]恳求|物质|巴特和拓夫，他是，针尖对麦芒[4670]用于水槽的锡，同一个科弗代

4627 baskatchairch 解 basketchair“～”；也解 bas［法］“～”。
4628 herouns...alraschil 解 Haroun-al-Raschild“～”(763—809)，伊斯兰哈里发，布卢姆在《尤利西斯》中曾幻想变成了他。
4629 arthouducks 解 orthodox“～”；也解 Artus dux［拉］“～”，亚瑟王的原型；也解 ducks“～”。
4630 draken 解 dragon“～”；也解 Drachen［德］“～”；也解 drakes“～”。
4631 there werenighn on thaurity 解 there were nine and thirty“～”；也解 there were nigh on authority“～”。
4632 herouns 解 heroes“～”；也解 heron“～”；也解 Haroun-al-Raschild“～”。
4633 whoalike placed 解 wholly pleased“～”；也解 whoa“～”＋alike“～”＋placed“～”。
4634 ducomans nonbar one 解 Document Number One“～”；也解 decuman“～”。
4635 O cara 解 a chara［爱］“～”；也解 cara［拉］“～”。
4636 won“～”，此处解 one“～”。
4637 Gemuas 解 geminus［拉］“～”；也解 genua［拉］“～”。
4638 Jane Agrah 解 Jane“简”＋a ghradh［爱］“我的爱”。
4639 Judy Tombuys 解 Judy“朱迪”＋tomboys“假小子”。
4640 slammocks“～”；也解 slamach［爱］“～”。
4641 inaddendance 解 in attendance“～”；也解 in addenda“～”。
4642 drogueries 解 drogue［法俚］“～”；也解 druggery“～”；也解 Drogerie［德］“～”。
4643 frons“～”，主要指昆虫的额头；也解 friends“～”。
4644 fesces 解 fesses［法］“～”；也解 faeces“～”。
4645 frithstool“～”；也解 freeschool“～”。
4646 didhithim self 解 did it himself“～”；也解 did hit himself“～”。
4647 hod's fush 解 codfish“～”；也解 head first“～”；也解 god's wish“～”；也解 odd fish“～”。
4648 pelican“～”；也解 Pelagius“～”(360—420)，英国神学家，主张人性本恶，但可以借着受洗，因着信而得以称义。
4649 all ever 解 all over“～”；也解 wherever“～”。
4650 toork 解 took“～”；也解 dark“～”；也解 tore［爱］“～”。
4651 low“～”，此处解 law“～”。
4652 outhired 解 attired“～”；也解 out-hired“～”。
4653 taratoryism 解 territory“～”；也解 Tartarism“～”；也解 taratora［俄］“～”；也解 Tara“～”，古凯尔特王国都城。
4654 bessermettle 解 base metal“～”；也解 besser［德］“～”；也解 mettle“～”；也解 Sir Bessemer“～”，英国发明家。
4655 selfhide 解 sulphide“～”，即 iron sulphide“～”；也解 self“～”＋hide“～”。
4656 orenore 解 ironore“～”；也解 óir［爱］“～”。
4657 was forsake in his chiltern 解 for the sake of his children“～”；也解 forsaking his children“～”；其中 chiltern 也解 Chiltern Hundred“～”，王室采邑，其执事为一虚职，下院议员如欲辞职必须先求得该职位。
4658 lumbojumbo 解 mumbo jumbo“～”。
4659 Fintan 解 Fintan MacBochra“～”，爱尔兰神话中大洪水后唯一幸存的爱尔兰人，生前曾为鹰隼，死后化为鲑鱼成神。
4660 on the saved side“～”，此处解 on the safe side“～”。
4661 saw he was“～”，此处解 so he was“～”。
4662 prussyattes 解 prose“～”；也解 prussiate“～”；也解 prussic“～”；也解 Yeats“～”(1865—1939)，爱尔兰诗人；也解 Synge“～”(1871—1909)，爱尔兰剧作家。
4663 quazzyverzing 解 quasi verse“～”；也解 arsy-versy［俚］“～”。
4664 wassand 解 wasn't“～”；也解 Wasser［德］“～”。
4665 haschish 解 hashish“～”。此处化自 Tom, Dick or Harry，泛指每个人。
4666 penceloid 解 pencil-oid“～”，即“～”，焦炭、钻石和石墨都是碳的不同形式。
4667 cohlorine matter 解 colouring matter“～”；也解 Kohlenstoff［德］“～”；也解 chlorine“～”＋kohl“～”；也解 Kohle［德］“～”。
4668 naclenude 解 nagelneu［德］“～”；也解 naked“～”；也解 NaCl，“～”的化学符号。
4669 bittstoff 解 bit“微不足道的”＋stof［荷］“灰尘”；也解 bitten［德］“～”；也解 Stoff［德］“～”；也解 Butt & Taff“～”。
4670 tink fors tank 解 tit for tat“～”；也解 tin for tank“～”。

尔[4671]锡盖|阴暗的的读经班[4672]气泡玻璃|小玩意一类里的同一本《旧约》[4673]老灰堆，小杯细微短暂的蠢货[4674]和伪币饶舌爆发之人[4675]，是否把轮胎装到博伊德·邓禄普[4676]丹麦男孩们|教务长男孩们身上，或者为妓女们[4677]摇摆花朵[4678]软弱无力的，不管救火队列和嚼烟聚会说什么，令人感动的圆桌的亚瑟[4679]朗姆烈酒的屁股以及他的卡米洛特[4680]来|彩票和雷昂尼斯[4681]雄狮|抢劫|马可·里昂，但是带着门外汉[4682]莱阿门的蛮力[4683]布鲁图斯，凭借雅各和以扫[4684]和万圣[4685]袭击|旧盐或万灵[4686]众矢之的|突围|撒拉，我们希望[4687]警告的是听到，聋子[4688]是的，是用吉卜赛人[4689]啁啾声|耶稣基督的言语[4690]树林喊叫着《可爱的马车轻轻摇晃》[4691]选出|狮子和《在肯特老路撞倒他们》[4692]吸尽他，老黑话|把他关起来。

第一组。

你刚刚[4693]嘲笑（一名业余无线电爱好者[4694]呃哼）从头至尾在[4695]射出听（一名业余无线电爱好者乞求[4696]猪）他的改[4697]停止的自约翰·惠斯顿[4698]的五幕[4699]费尔森作品《内有六人的马车》的选段，该作品出自“往昔的故事”，关于爱尔兰[4700]矿石之土有了共主[4701]朝廷|国王或议会之首[4702]霍斯或袋中便士[4703]未见实物而瞎买东西之前的逝去时光，全部售罄[4704]所有灵魂。壹耳微蚵[4705]辉格党所作的《托利党向前[4706]鬼故事|强盗》将在《让我们全都醒来，在卢坎早餐[4707]砖面的中醒来》中的《费尔森[4708]麦克弗森|《皮尔森周报》晚报》上未完待续[4709]《丁丁》。燕子[4710]，快乐的燕子！带着啼啦唳啦[4711]小燕子[4712]乳房，我们快去[4713]！

听令！立正！！稍息！！！

4671 tincoverdull 解 Myles Coverdale“～”(1488—1568)，英国主教，1535 年出版了第一部全本英文《圣经》，其中包括廷代尔(1492—1536) 翻译的摩西五经；也解 tin cover“～”＋dull“～”。

4672 baubleclass 解 Bible class“～”；也解 bubble glass“～”；也解 bauble class“～”。

4673 old dustamount 解 Old Testament“～”；也解 old dust mound“～”。

4674 totstitty-winktosser 解 tot“一小杯酒”＋titty“微不足道的”＋wink“瞬间”＋tosser“蠢人”。

4675 bogusbagwindburster 解 bogus“伪币”＋windbag“风囊，饶舌之人”＋burster“爆发之人”。

4676 Danelope boys 解 Boyd Dunlop“～”(1840—1921)，英国轮胎和橡胶商；也解 Dane boys“～”；也解 dean“～”。

4677 laurettas 解 lorette［法俚］“～”。

4678 flaus 解 flowers“～”；也解 flau［德］“～”。

4679 Arser of the Rum Tipple 解 Arthur of the Round Table“～”；也解 arse of the Rum tipple“～”。

4680 camelottery 解 Camelot“～”，英国传说中亚瑟王的宫殿所在之地；也解 came“～”＋lottery“～”。

4681 lyonesslooting 解 Lyonnesse“～”，亚瑟王传奇中与康沃尔相邻并沉入大海的地方；也解 lioness“～”＋looting“～”；也解 Mark Lyons“～”，书中的四位老者之一，代表爱尔兰的芒斯特省。

4682 layaman 解 layman“～”；也解 Layamon“～”，早期中古英语诗人，传奇编年史《布鲁特》一书的作者。

4683 Brutstrenth 解 brute strength“～”；也解 Brutus“～”(前 85—前 42)，古罗马政治家，刺杀了凯撒。

4684 Jacohob and Esahur 解 Jacob and Esau“～”，《旧约》中的人物。

4685 all saults 解 All Saints“～”；也解 assault“～”；也解 old salts“～”。

4686 all sallies 解 All Souls“～”；也解 Aunt Sally“～”，一种投掷游戏；也解 sally“～”；也解 Sarah“～”。

4687 warn“～”，此处解 want“～”。

4688 jeff 解 Jeff“～”，本书二元对立的人物 Mutt and Jeff(哑巴和聋子)；也解 yes“～”。

4689 Chirpsies 解 gypsies“～”；也解 chirping“～”；也解 Jesus Christ“～”。

4690 woods“～”，此处解 words“～”。

4691 singaloo sweecheeriode 解 Swing Low, Sweet Chariot“～”，美国黑人歌曲；也解 single“～”；也解 singa［马］“～”。

4692 sock him up, the oldcant rogue“～”，此处解“Knocked 'em in the Old Kent Road”“～”，阿尔伯特·希瓦利埃 1891 年写的音乐厅诙谐歌曲；也解 lock him up“～”。

4693 Jest“～”，此处解 just“～”。

4694 a ham“～”；也解 ahem“～”。

4695 beamed“～”，此处解 been“～”。

4696 pig“～”，此处解 beg“～”。

4697 haulted 解 altered“～”；也解 halted“～”。

4698 John Whiston“～”，18 世纪伦敦的出版商和书商。

4699 fiveaxled 解 five-act-ed“～”；也解 Hans Axel Count von Fersen“～”(1755—1810)，法国朝廷里的瑞典贵族，1791 年 6 月 20 日深夜用自己的马车帮助法国国王路易十六和王后逃出巴黎。

4700 Oreland 解 Ireland“～”；也解 ore land“～”。

4701 hofdking 解 High King“～”；也解 hof［荷］“～”＋king“～”。

4702 hoovthing 解 hoofd［荷］“头”＋thing［冰］“议会”；也解 Howth“～”。

4703 pinginapoke 解 pingin i poca［爱］“～”；也解(buy)a pig in a poke“～”。

4704 all sould 解 all sold“～”；也解 all soul“～”。

4705 Eeric Whigs 解 Earwicker“～”，本书主人公；也解 Whig“～”，英国历史上的党派，后演变为自由党。

4706 Goes Tory“～”，英国历史上的党派，后演变为保守党；也解 ghost story“～”；也解 toraidhe［爱］“～”。

4707 Brickfaced 解 breakfast“～”；也解 Brick faced“～”。

4708 Fearson 解 Count von Fersen“～”，法国朝廷里的瑞典贵族；也解 James Macpherson“～”(1736—1796)，苏格兰诗人，自称是莪相诗歌的译者；也解 *Pearson's Weekly*“～”，亚瑟·皮尔森爵士 1890 年创办的报纸，后为《每日快报》。

4709 Tintinued 解 continued“～”；也解 Tintin“～”，1929 年开始的比利时漫画。

4710 Lhirondella 解 hirondelle［法］“～”，此句化自歌曲“Alouette, gentille Alouette”(《云雀，可爱的云雀》)。

4711 tirra lirra 解 Tirralirra“～”，云雀的欢叫声。

4712 rondinelles［意］“～”；也解 rondin［法俚］“～”。

4713 atantivy 解 tantivy“～”。

我们现在在我们这个系列的爱好者中间播放（给你！给你！）夜莺们[4714]调皮女孩们的两叠[4715]露水|落下|旧的|折叠的歌曲（唉[4716]爱丽丝！唉喂[4717]唉，我好倒霉|双簧管！），从它们的掩蔽位置，在玫瑰景色的[4718]罗西尼藏身处[4719]海顿|堆，在滑铁卢[4720]瓦尔哈拉宫|森林|诱惑|水的这[4721]石南一边，圣约翰山[4722]，翻石鹬之土[4723]珍妮·琳德，无论我们的同盟在何处插上来自摩尔公园[4724]斑布克鹰鸮|命运三姐妹的黄昏树叶[4725]落尘翅膀，褐雨燕[4726]斯威夫特寻找避难所，在日落[4727]一群|鸣锣传唤|邓辛克之后（那么喂[4728]！远近各处[4729]齐特琴！几乎都是小点！我必须划长线！[4730]）部分地[4731]偏爱的倾泻他们的平静（弗罗弗罗，弗罗伦弗罗伦斯[4732]花园），瑞典的夜莺[4733]有点甜的|轻快愉快的，啁啾双胞胎[4734]，两唱杨柳树[4735]夜莺|吐唯，吐乌。让每个狗娘养的[4736]音高的每个声音在共同鸣响中保持安静，乌鸦[4737]吉姆·克劳|詹姆斯|詹姆斯和琼斯，寒鸦，让他们倒霉[4738]如何的第一第一流的、第二偏向一方的跟着他们的第三特柔斯[4739]，现在是饱满的[4740]肮脏的西奥伯琴[4741]抽搐，现在是扬琴[4742]怡人的|美人|肮脏的，当我们压下踏板（轻轻的！），挑出你的名字并加上元音符号。阿门[4743]阿蒙。乃父戈莱西[4744]佩尔戈莱西，乃母贝尔[4745]贾科莫·梅耶贝尔，汝为贝·里尼[4746]，汝为梅尔卡·丹特[4747]傻笑的|美味，更多的预示[4748]根据记号|贝多芬，你摇啊摇跳啊跳[4749]醒着的|瓦格纳的崇拜者|爱尔兰人，伴着所有你的坏脾气的[4750]巴赫|重击物钢琴[4751]恶毒的|阴茎！我们真高兴真高兴[4752]幸运的|幸运|咕嘟咕嘟|格鲁克我们迄今都很幸运，随着狐狸好人[4753]古德曼的插话恰好此时停止，汪汪和狺狺决斗[4754]B大调|悲伤，从而接受了我们夜景地里叮叮当

4714 naughtingels 解 nightingale“～”;也解 naughty girls“～”。
4715 dewfolded 解 twofold“～”;也解 dew“～”+fall-ed“～”;也解 old“～”;也解 folded“～”。
4716 Alys 解 alas“～”;也解 Alice“～”,《爱丽丝漫游奇境记》的主人公。
4717 Alysaloe 解 alas“唉”+allo“喂”。
4718 rosescenery 解 rose scenery“～”;也解 Rossini“～”(1792—1868),意大利作曲家。
4719 haydyng 解 hiding“～”;也解 Haydn“～”(1732—1809),奥地利作曲家;也解 dynge [丹]“～”。
4720 Waldalure 解 Waterloo“～”;也解 Valhalla“～”,北欧神话中的英灵殿;也解 Wald [德]“～”+allure “～”;也解 water“～”。
4721 heather“～”,此处解 hither“～”。
4722 Mount Saint John's 解 Mont St. Jean“～”,位于滑铁卢战场,惠灵顿的驻扎地。
4723 Jinnyland 解 Jinny“翻石鹬”,美国长岛对翻石鹬的称呼+land“土地”;也解 Jenny Lind“～”,19 世纪瑞典歌唱家,有“瑞典夜莺”之称。
4724 Mooreparque 解 Moor Park“～”斯威夫特于此处第一次遇到史黛拉;也解 morepork“～”;也解 les Parques [法]“～”。
4725 duskfoil 解 dusk“黄昏”+feuille [法]“叶子”;也解 duskfall“～”。
4726 swift“～”,也解 Swift“～”,18 世纪英国作家。
4727 Sunsink gang 解 solnedgang [丹]“日落”+gang [德]“运行”;也解 gang“～”;也解 gong“～”;也解 Dunsink“～”,位于都柏林的天文台。
4728 Oiboe 解 oibò [意]“那么,喂!”;也解 oiboiboi [希]“～”;也解 oboe“～”。
4729 Hitherzither 解 hither and thither“～”;也解 zither“～”。
4730 此处指莫尔斯码的点和线。
4731 in partial 解 in part“～”;也解 partial“～”。
4732 Floreflorence 解 Florence Nightingale“弗罗伦斯·南丁格尔”,近代护理事业的创始人;也解 florea florens [拉]“～”。
4733 sweetishsad lightandgayle 解 Swedish Nightingale“～”,指珍妮·琳德;也解 sweetish“～”+light and gay“～”。
4734 twittwin 解 twit“啾啾”+twin“双胞胎”。
4735 twosingwoolow 解 two sing willow“～”;也解 usignolo [意]“～”;也解 to-whit, to-whoo“～”,猫头鹰的叫声。
4736 everie sound of a pitch 解 every son of a bitch“～”;也解 every sound of a pitch“～”。
4737 jemcrow 解 crow“～”;也解 Jim Crow“～”,19 世纪一部流行的美国黑人喜剧中的人物,现在这个名字已经成为对美国黑人的通用贬称;也解 James“～”,指 James and Johns“～”,主人公的两个儿子闪和肖恩的英语写法。
4738 whoe betwides 解 woe betide (them)“～”;也解 hoe [荷]“～”。
4739 prime and secund...terce 解 primus, secundus, tertius [拉]“～”;也解 prima [意]“～”+second“～”+Tereus“～”。
4740 full“～”;也解 filthy“～”。
4741 theorbe 解 theorbo“～”;也解 throb“～”。
4742 dulcifair 解 dulcimer“～”;也解 dulcet“～”+fair“～”;也解 dirty“～”。
4743 A mum 解 amen“～”;也解 Amun“～”,埃及神话中的神。
4744 pere Golazy“～”;也解 Giovanni Battista Pergolesi“～”(1710—1736),意大利作曲家。
4745 mere Bare 解 mere [法]“母亲”+Bare“贝尔”;也解 Meyerbeer“～”(1791—1864),德国作曲家。
4746 Bill Heeny 解 Bellini“贝里尼”(1430—1516),意大利歌剧作曲家。
4747 Smirky Dainty 解 Mercadante“梅尔卡丹特”(1795—1870),意大利作曲家;也解 smirky“～”+dainty “～”。
4748 beethoken 解 betoken“～”;也解 by token“～”;也解 Beethoven“～”(1770—1827),德国大作曲家。
4749 wheckfoolthenairyans 解 Whack Fol the Diddle“～”,民谣《芬尼根的守灵夜》中的叠句;也解 wakeful “～”;也解 Wagnerian“～”;也解 Éireannaigh [爱]“～”。
4750 badchthumpered 解 bad tempered“～”;也解 Bach“～”(1685—1750),德国作曲家+thumper“～”。
4751 peanas 解 piano“～”;也解 péanach [爱]“～”;也解 penis“～”。
4752 gluckglucky 解 glad“～”;也解 lucky“～”;也解 Gluck [德]“～”;也解 gluck gluck“～”,喝水声;也解 Gluck“～”(1714—1787),德国作曲家。
4753 Man Goodfox 解 Fox Goodman“～”;也解 John Fox Goodman“～”,据记载此人为皇室上诉法院的官员。
4754 duol 解 duel“～”;也解 B dur“～”;也解 duol [意]“～”。

当的人[4755]元音|米哈伊尔·伊万诺维奇·格林卡，夜晚的甜心[4756]莫扎特，他们的卡门·希尔瓦[4757]歌曲|森林|《卡门》|毕奇女士，我的追求[4758]《美女如云》，我的女王。你[4759]必须哀哭来早早叫我[4760]空气清新地使我冷静！早早叫我，亲爱的鸣鸟[4761]盘绕我|卷毛的|亲爱的妈妈！愿歌声繁茂(在纳特[4762]中，在纳特天空中)直到疲倦[4763]画眉|荷鲁斯|索尔！秘密联播[4764]和平之地。

——拉格纳·罗德布洛克[4765]流氓|极差的，那个愚蠢的[4766]铺着草皮的|抱歉老笨蛋[4767]！父亲[4768]，污垢[4769]卑鄙的有多厚？

那个，是的，他做的，船长，那就是答案。

——而且他的短衫[4770]神枪手行着军旗敬礼分列式！我们知道他的腹语术[4771]野蛮。

那个那个铃声响起涟漪涟漪回响[4772]。

——废废，废废话[4773]夜莺！我会应该。汝应该会。你不会像你记得[4774]梅斯梅尔|催眠术的应该那样。我希望不会[4775]睡觉|催眠。这是金镰刀的时刻。神圣的月球女祭司，我们会爱上我们的一串串[4776]葡萄槲寄生[4777]说错|失败！怎么了[4778]飞蛾？狗屎[4779]衷心恳求！提比略[4780]塔巴林|虎斑猫来了。来砍倒我们最美的。啊，槲寄生[4781]好的|祈祷|叮当叮当，啊，槲寄生！神圣，神圣，神圣[4782]和平|《诗篇》！加罗拉[4783]刘易斯·卡罗尔！啊，确实，我们是[4784]陶器！灰鸦[4785]在这里[4786]HCE。我从桃子上飞升[4787]《我从海滩眺望》，莫莉小姐也拿出她的梨子，一个、两个[4788]在之上、三个并离开。刺激蜜蜂去采花[4789]《蜜蜂之于小花为何》，青草[4790]罗伯特·格林黄马。铁线莲[4791]口鼻发炎，密封[4792]天空|

4755 clinkars 解 clinker“～”；也解 klinkers［荷］“～”；也解 Mikhail Glinka“～”（1804—1857），俄国作曲家。
4756 sweetmoztheart 解 sweet heart“～”；也解 Mozart“～”（1756—1791），欧洲古典主义音乐作曲家。
4757 Carmen Sylvae 解 Carmen Sylva“～”，罗马尼亚第一位王后伊丽莎白·韦德的笔名；也解 carmen［拉］“～”；也解 sylva［拉］“～”；也解 Carmen“～”，法国作曲家比才的歌剧＋Sylvia Beach“～”，巴黎莎士比亚书店的店主，最早出版《尤利西斯》。
4758 quest“～”；也解 Questa o quella“～”，歌曲，出自威尔第的歌剧《弄臣》。
4759 Lou 解 You“～”。
4760 cool me airly“～”，此处解 call me early“～”，出自歌曲“The May Queen”（《五月女王》）。
4761 Coil me curly，warbler dear 解 call me early，warbler dear“～”；也解 Coil me“～”＋curly“～”＋mother dear“～”。
4762 Nut“～”，埃及天空女神，也是复活和再生的象征。
4763 thorush 解 toras［爱］“～”；也解 thrush“～”；也解 Horus“～”，埃及的神；也解 Thor“～”，北欧神话中的雷神。
4764 Secret Hookup“～”；也解 Sekhet-Hetep［埃］“～”，埃及神话中奥西里斯神和他的同伴们的居所。
4765 Roguenaar Loudbrags 解 Ragnar Lodbrok“～”，传说中北欧海盗时期的智者；也解 rogue“～”＋naar（荷）“～”。
4766 soddy“～”，此处解 silly“～”；也解 sorry“～”。
4767 samph 解 simp“～”。
4768 var 解 far［丹］“～”。
4769 vuile 解 vuil［荷］“～”；也解 vile“～”。
4770 shartshort 解 short shirt“～”；也解 sharpshooter“～”。
4771 ventruquulence 解 ventriloquism“～”；也解 truculence“～”。
4772 ripprippripplying 解 replying“回答”＋rippling“涟漪”。
4773 bulbulone 解 boloney“～”；也解 bulbul“～”。
4774 remesmer 解 remember“～”；也解 Franz Mesmer “～”（1733—1815），维也纳医生，将催眠暗示作为其“磁疗”方法的核心手段；也解 mesmerism“～”。
4775 hypnot 解 hope not“～”；也解 hypnos［希］“～”；也解 hypnosis“～”。
4776 grappes 解 grappes［法］“～”；也解 grapes“～”。
4777 mistellose 解 mistletoe“～”；也解 mis-tell“～”＋lose“～”。
4778 Moths the matter? 解 What's the matter? “～”；也解 Moths“～”。
4779 Pschtt 解 shit“～”；也解 beseeching“～”。
4780 Tabarins 解 Tiberius“～”（前 42—公元 37），罗马帝国第二位皇帝；也解 Tabarins“～”（1584—1633），巴黎的一个街头骗子，用让·所罗门的名字用滑稽的顺口溜卖假药；也解 tabby-cat“～”。
4781 O gui 解 O“啊”＋gui［法］“槲寄生”；也解 O. K.“～”；也解 guidhe［爱］“～”；也解 ô gué，ô gué［法］“～”，铃铛声。
4782 Salam，salms，salaum！解 Sanctus，Sanctus，Sanctus［拉］“～”；也解 salam［阿］“～”；也解 Psalms“～”。
4783 Carolus“加罗拉银元”，一种西班牙古钱币；也解 Carroll“～”，英国作家。
4784 ware“～”，此处解 were“～”。
4785 hoody crow 解 hooded Crow“～”。
4786 ere 解 here“～”。此句包含本书主人公名字的缩写 HCE。
4787 I soared from the peach“～”；也解 I Saw from the Beach“～”，穆尔的歌曲，配乐为“Miss Molly”（《莫莉小姐》）。
4788 onto“～”，此处解 one two“～”。
4789 Whet the bee as to deflowret 解 Whet the bee as to deflower“～”；也解 What the Bee Is to the Floweret“～”，托马斯·穆尔的歌曲，配乐为“The Yellow Horse”（《黄马》）。
4790 greendy grassies 解 green grass“～”；也解 Robert Greene“～”（1558—1592），文艺复兴时期大学才子派的英国作家。
4791 Kematitis 解 clématis“～”；也解 kematitis［希］“～”。
4792 cele 解 seal“～”；也解 ciel［法］“～”；也解 clemens［拉］“～”；也解 celare［拉］“～”。

平稳|隐藏我们的气味[4793]激情！你们说是了吗，你们看了吗，你们是否每人[4794]每一个的|看见都这样，这样一个为什么，蠼螋，蠼螋[4795]？甚至对世界的尽头[4796]？叮当铃声响[4797]《铃儿响叮当》|澳洲野狗|丁利·戴尔！他的庞大[4798]，我们最小的小！极小极小，那个长长细细[4799]兰斯洛的家伙！让我们在这一天让快乐涌入[4800]覆盖面罩的心灵之后，在我们的少许晚餐[4801]蚱蜢端给我们的潘趣酒大师[4802]之前，坐到这个蚁丘[4803]安色伊尔上来做我们的晚礼服[4804]褶边|衣服谈话，让丑角[4805]在我们所有的结合[4806]科隆比纳中演哑剧[4807]窥视我的！一次的[4808]胜利|1一是乌有，两次的二[4809]细枝|也是零，三次的三[4810]得骗局|树无[4811]九，四次的四[4812]公平地讲|集市|恐惧|人|四止[4813]弯腰于无物。直到亚瑟王再次[4814]亚瑟·健力士降临，圣帕特里克[4815]森·帕特里克他完成了改革，我们就把他一片片，一步步地摆在一起。健力士酒厂的股份！有可爱的景象！可靠的[4816]我，哭泣的人[4817]耶稣！巨大的座位，你听到吗？并用爱尔兰语教他绕口令[4818]歪曲事实的人。帕特[4819]恰好的，让我也去[4820]少年|我对你。为你复活山杨；白蜡树和紫衫；柳树，金雀花和橡树[4821] L，E，N，I，S，O，D，T，I。四处摆动你的尾巴[4822]讲述。那不太好，帽贝夫人！假设[4823]新娘|《约婚夫妇》我们胡乱地[4824]天意试一下。全都爱[4825] 0:0。不，不要告诉我[4826]，丹尼斯！别吓人[4827]网球|这|圣德尼|奚落我！但是现在一定要对厄斯塔什先生[4828]耳咽管说！海贝[4829]姑娘[4830]无物|引擎必须听。现在谁的结合源自嫉妒[4831]出了问题？为什么，所有人的[4832]黏稠体|邪恶的躯体所有人的。天哪[4833]希求天恩者，他们太可怕了[4834]鸡蛋|可怕的|蚂蚁！啊，

4793 erdours 解 odours“～”；也解 ardours“～”。

4794 everysee 解 everyone“～”；也解 every“～”＋see“～”。

4795 eeriewhigg airywhugger 解 earwig“～”。

4796 英国人对爱尔兰的一种称呼。

4797 Dingoldell 解 Ding Dong Bell“～”，英国儿歌；也解 Jingle Bells“～”，詹姆斯·罗德·皮尔彭特作词作曲的一首儿童歌曲；也解 dingo“～”；也解 Dingley Dell“～”，《匹克威客外传》中的乡镇。

4798 enormanous 解 enormous“～”。

4799 alancey 解 élancé［法］“～”；也解 Lancelot“～”，亚瑟王圆桌武士中的第一位勇士。

4800 inveiled 解 invade“～”；也解 nveiled“～”。

4801 groatsupper 解 groat supper“～”；也解 grasshopper“～”。

4802 Panchomaster 解 Punch master“～”。

4803 anthill“～”；也解 Antheil“～”（1900—1959），美国作曲家。

4804 frilldress 解 full dress“～”；也解 frill“～”＋dress“～”。

4805 harleqwind 解 harlequin“～”，哑剧中戴有面具和穿菱形花衣服的滑稽角色。

4806 colombinations 解 combination“～”；也解 Columbine“～”，英国喜剧中的定型角色。

4807 play peeptomine 解 play pantomime“～”；也解 play peep mine“～”。

4808 Wins“～”，此处解 once“～”；也解 one“～”。

4809 twigs too 解 twice two“～”；也解 twigs“～”＋too“～”。

4810 tricks trees 解 thrice three“～”；也解 tricks“～”＋trees“～”。

4811 nix“～”；也解 nine“～”。

4812 fairs fears 解 four's four“～”；也解 fair's fair“～”；也解 fairs“～”＋fears“～”；也解 fear［爱］“～”；也解 vier［德］“～”。

4813 stoops 解 stops“～”；也解 stoop“～”。

4814 againus 解 again“～”；也与前面的 Arthur 合解 Arthur Guinness“～”（1725—1803），爱尔兰健力士啤酒厂的创始人。

4815 sen peatrick 解 saint Patrick“～”；也解 Sen Patrick“～”，圣帕特里克的养父。

4816 Surey 解 sure“～”。

4817 man weepful 解 weep-ful man“～”，指 man of sorrows 即“～”。

4818 twisters“～”，此处解 tongue-twisters“～”。

4819 Pat“～”，此处解 Patrick“帕特里克”。

4820 lad may goh too 解 let me go too“～”；也解 lad“～”＋me go tu［爱］“～”。

4821 Quicken, aspen; ash and yew; willow, broom with oak for you“～”；也解 lui, esbhadh, nuin...fodha, sail, oir...dair teithne fodha［爱］字母“～”。

4822 tellabout 解 tail“尾巴”＋about“四处”；也解 tell about“～”。

4823 Spose 解 suppose“～”；也解 spose［意］“～”；也与后面合解 I Promessi Sposi“～”，意大利作家曼佐尼的小说。

4824 promissly 解 promiscuous“～”；也解 promysl［俄］“～”。

4825 Love all“～”；在网球中也指双方打成 0:0。

4826 Naytellmeknot 解 Nay, Tell Me Not“～”，托马斯·穆尔的歌曲《不，亲爱的，不要告诉我》。

4827 Tennis! Taunt me treattening 解 Dennis, Don't Be Threatening“～”，托马斯·穆尔的歌曲《不，亲爱的，不要告诉我》的旋律；其中 tennis 也解“～”；也解 this“～”；也解 St. Denis“～”，法国的守护圣人；其中 Taunt me 也解“～”。

4828 Mr Eustache“～”；也解 Eustachian tube“～”。

4829 mingen 解 miongain［爱］“海贝壳的”。

4830 Ingean 解 inghean［爱］“～”；也解 ingen［丹］“～”；也解 engine“～”。

4831 Whose joint is out of jealousy“～”，化自爱尔兰习语 his nose is out of joint（他被取代了），故译；其中也包括 out of joint“～”。

4832 heavilybody's evillyboldy's 解 everybody's“～”；也解 heavy body“～”＋evil body“～”。

4833 Hopping Gracius 解 Holy Gracious“～”；也解 Gracehoper“～”，即书中蚂蚁和蚱蜢故事中的蚱蜢。

4834 onthy ovful 解 aren't they awful“～”；也解 ovum［拉］“～”；也解 awful“～”；也解 Ondt“～”。

上帝保佑[4835]相信我|方尖碑|阴茎，真不知耻！我们护士知道一个穿着盔甲的男人[4836]曼佐尼是什么样的。叮当铃声响[4837]翅膀|王|加油，漂亮小猫凯莉[4838]！某人[4839]人工喂养的小牛|阴茎把它放进去[4840]深坑|阴户，会有人把它拉出来吗[4841]琐碎的|小母鸡？叫小猫凯莉！亲亲小猫，亲亲凯莉[4842]杀杀凯莉！多么美好的秃鹰[4843]湿的啊！但是多么干净的[4844]美好的年轻女孩[4845]夜莺|年轻的|天使啊！

这里所有的叶子高高举起，生机勃勃[4846]自愿|利菲河，大笑着落到伞[4847]遮阳伞上，还有他的珀西·奥莱利们[4848]阳伞，以及他们来自橡木棍[4849]石雷勒村郡的李木手杖[4850]恶棍。不可克服的无知[4851]常胜军，不变的[4852]天真！我们[4853]伯伯伟大的父亲[4854]祖父|爷爷|太公|抢夺者刘易斯[4855]威廉·路德维格在报春花[4856]性欲|奥利维亚·普里姆罗斯桥前中断了性交[4857]恶心的|命名的|欧南，而他的两个[4858]伊萨·鲍曼[4859]在蒲公英[4860]附近遇到了野风信子[4861]蓝色。我们觉得这真是该死的耻辱[4862]吟游诗集会，这些英国佬[4863]神仙。柠檬夫人[4864]的云雀！橘褐男人[4865]后腿受伤|迫切渴望的埋伏！你受伤严重[4866]，巴克利[4867]巴德|伯克先生，博因河战役[4868]的胜出者！

他们离开了叶子时代[4869]一生|利菲河最叶子的，最植物叶子的[4870]油腻的，直到欢笑的破坏者和所有玩笑者[4871]的开膛手杰克[4872]到来，在他们不再存在之前[4873]爱尔兰他们存在过。然而如果他们欢笑，不管哪一个[4874]，直到结束，享受他们的笑声，当这样将高度欢喜[4875]赋予它，时代是快乐的，我们也可以！

停下，请[4876]和平，故事跟罗马人传奇[4877]负担|罗曼诺夫王朝|确然一

4835 belessk mie 解 bless me“～”；也解 believe me“～”；也解 obelisk“～”；也解 obélisque［法俚］“～”。
4836 mans 解 man“～”；也解 Alessandro Manzoni“～”(1785—1873)，意大利作家。
4837 Wingwong welly 解 Ding dong Bell“～”，英国儿歌；也解 Wing“～”＋wang［中］“～”＋welly“～”。
4838 pitty pretty Nelly 解 Pretty Kitty Kelly“～”，英国民歌。
4839 Poddy“～”；此处与前面合解 somebody“～”；也解 bod［爱］“～”。
4840 pitted in 解 put it in“～”；也解 pit“～”；也解 pit［爱］“～”。
4841 will anny petty pullet out 解 will any body pull it out“～”；也解 petty“～”；也解 pullet“～”。此处化自英国民歌《漂亮小猫凯莉》中的歌词“小猫在井里。谁把她放进去？……谁把她拉出来？”
4842 Killykelly“～”，此处解 Kissy Kelly“～”。
4843 nossowl 解 nice“美好的”＋owl“猫头鹰”；也解 naβ［德］“～”。
4844 neats 解 neat“～”；也解 nice“～”。
4845 ung gels 解 young girl“～”；也解 nightingale“～”；也解 ung［丹］“～”；也解 Engel［德］“～”。
4846 full o'liefing 解 full of“装满”＋life“生活”；也解 lief“～”；也解 Liffey“～”。
4847 Ombrellone 解 Umbrella“～”；也解 ombrellone［意］“～”。
4848 parasollieras 解 Persse O'Reilly“～”，主人公 HCE 的化身之一；也解 parasol“～”。
4849 Shillelagh“～”；也解 Shillelagh“～”，位于爱尔兰的威克洛郡。
4850 black thronguards 解 blackthorn stick“～”；也解 blackguards“～”。
4851 Ignorant invincibles 解 ignorantia invincibilis［拉］“～”，神学中的概念；也解 Invincibles“～”，爱尔兰共和军中的一个团体，策划了 1882 年的都柏林凤凰公园谋杀案。
4852 immutant 解 immutans［拉］“～”。
4853 Onzel 解 Onze［荷］“～”；也解 Onkel［德］“～”。
4854 grootvatter 解 great father“～”；也解 grandfather“～”；也解 grootvader［荷］“～”；也解 Grossvater［德］“～”；也解 vatter［荷］“～”。
4855 Lodewijk［荷］“Lewis”，即 Lewis Carroll“刘易斯·卡罗尔”，英国作家，《爱丽丝漫游奇境记》的作者；也解 William Ludwig“～”(1847—1923)，爱尔兰的男低音，唱《推平头的小伙子》。
4856 primerose 解 primrose“～”；也解 eros“～”；也解 Olivia Primrose“～”，爱尔兰作家哥尔德斯密斯的小说《威克菲尔德牧师》中牧师的大女儿。
4857 onangonamed 解 onanism“～”；也解 onaangenaam［荷］“～”；也解 genaamd［荷］“～”；也解 Onan“～”，《创世记》中犹他的儿子，射精在地上。
4858 twy 解 two“～”。
4859 Isas Boldmans 解 Isa Bowman“～”，最早在《爱丽丝漫游奇境记》中扮演爱丽丝的小演员。
4860 Dandeliond 解 dandelion“～”。
4861 bluey“～”，此处解 bluebell“～”。
4862 gorsedd shame 解 cursed shame“～”；也解 gorsedd“～”。
4863 godoms 解 godons［古法］“～”，骂人话；也解 goddomme［荷］“～”。
4864 limonladies 解 lemon ladies“～”。
4865 Orangetawneymen 解 orange tawny men“～”。
4866 backleg wounted 解 badly wounded“～”；也解 back leg wounded“～”；也解 badly wanted“～”。
4867 budkley 解 Buckley“～”；也解 Budd“～”，美国作家麦尔维尔小说中一个人见人爱的年轻人；也解 Thomas Henry Burke“～”，1882 年在都柏林凤凰公园被常胜军暗杀的爱尔兰事务次官。
4868 boyne“博因河”，位于爱尔兰基尔代尔郡，1690 年英格兰国王威廉三世在此打败詹姆士二世。
4869 leaftimes 解 leaf times“～”；也解 lifetime“～”；也解 Liffey“～”。
4870 folliagenous 解 foliage“叶子”-nous；也解 oleaginous“～”。
4871 jocolarinas 解 jocular“～”。
4872 Jangtherapper 解 Jack the Ripper“～”，英国伦敦系列凶杀案的凶手绰号。
4873 ere“～”；也解 Eire“～”。
4874 one on other 解 one or other“～”。
4875 High Hilarion 解 High Hilarity“～”。
4876 prayce 解 please“～”；也解 peace“～”。
4877 gestare romanoverum 解 The Gesta Romanorum“～”，中世纪的拉丁文通俗小说集，乔叟、莎士比亚等都从其中取材；也解 gestare［拉］“～”；也解 Romanov“～”，俄罗斯的旧王朝；也解 verum［拉］“～”。

起四处游荡[4878]四处走动，他思索的[4879]做苦工是他们所想和所计划是否解开了[4880]精神错乱什么。

回到干旱[4881]责任|查尔斯·蒙太古·道蒂！脸上的水在流淌[4882]。

他们所有人，下巴歉疚[4883]乞丐|夏天、眼神忧郁的[4884]涂掉男孩们，在那口猪的村庄里抽烟，一个德鲁伊神话系里的六位数阿里乌斯派[4885]军团，作为黑水潭后裔[4886]的麦克卡西家族[4887]蛤蜊垄断联盟|隐匿，然后拔出来，完事了，并真正[4888]召集同意谴责[4889]他的诱惑[4890]，烤猪肉[4891]麦芽酒配烤大麦[4892]伯莱烟叶|英国语言|伯利庄园，在整个时间里，直到他的种族再生[4893]，谴责不信国教的[4894]老铁甲军[4895]，作为食人族[4896]该隐和亚伯|《坎贝尔们来了》酋长，自从，就像有人[4897]三文鱼试着[4898]鳟鱼向某人[4899]召唤解释的，既然，由于他签约离开群岛帝国[4900]爱尔兰帝国，他可能同样冷静地登记进学校名单[4901]，大海鲢大菱鲆[4902]防水布|水手|门，逆戟鲸[4903]海豚|外公，数英寻的新郎[4904]盐水刷洗与四十英寸的新娘，从船长[4905]锡杯克兰卡西[4906]麦克卡西家族水壶[4907]凯特尔拍卖场出来，就像他注定并已经成为英国士兵[4908]狗娘养的一样，直到大海得到了他，然而[4909]尽管要求，从大师到太太[4910]为了让制作者去怀念，他所给的是作为一种模式，他，那个部落里的匈奴[4911]婊子养的，是一只鱼鳍[4912]芬·麦克尔|芬兰人，就像她，他的帐篷妻子，是一只大腿[4913]ALP，在骏马上如鱼得水，在火炉边如在海外（更不必说他已经做完了你何事知你如何见你何时听你何处晓，妻管严的[4914]引人注目的憨大[4915]印度银行家，慷慨[4916]如公鸡[4917]，贪婪[4918]胜羚羊[4919]熟的|细胞，成年的直立者，你们[4920]紫衫所有人中最刺耳

4878 Storywalkering around 解 story“故事”＋wandering around“徘徊”；也解 walk around“～”。
4879 swinking about 解 thinking about“～”；也解 swinking“～”。
4880 unrawil 解 unravel“～”；也解 rámhaille［爱］“～”。
4881 Droughty“～”；也解 duty“～”；也解 Charles Doughty“～”，英国旅行家，1888 年出版《阿拉伯德赛塔旅行记》。
4882 此句化自《创世记》(1:2)“神的灵运行在水面上”。
4883 sowriegueuxers 解 sorry“抱歉”＋jowled“双下巴的”；也解 gueux［法］“～”；也解 samhradh［爱］“～”。
4884 blottyeyed 解 blue eyed“～”；也解 blott“～”。
4885 sixdigitarian 解 six-digit“六位数”＋arian“阿里乌斯派信徒”。
4886 Clandibblon 解 Clann Duibhlinn［爱］“～”，都柏林也被称为“黑水潭”，因此指都柏林人。
4887 clam cartel“～”，此处解 Clancartys“～”，书中人名；其中 clam 也解［拉］“～”。
4888 rally“～”，此处解 really“～”。
4889 condomnation 解 condemnation“～”。
4890 totomptation 解 temptation“～”。
4891 Malts“～”，此处解 meat“～”。
4892 burleys“～”，此处解 barley“～”；也解 Béarla［爱］“～”；也解 Burghley“～”，16 世纪英国政治家威廉·塞西尔所建。
4893 repepulation 解 repopulation“～”。
4894 nollcromforemost 解 nonconformist“～”。
4895 ironsides“～”，指克伦威尔的军队。
4896 camnabel 解 cannibal“～”；也解 Cain & Abel“～”；也解 The Campbells Are Coming“～”，一首苏格兰歌曲。
4897 Sammon 解 someone“～”；也解 Salmon“～”。
4898 trowed to 解 tried to“～”；也解 trout“～”。
4899 Summon“～”，此处解 someone“～”。
4900 islands empire“～”；也解 Ireland empire“～”。
4901 rolled to school call 解 enrolled to school“登记入学”＋roll call“点名”。
4902 tarponturboy 解 tarpon“大海鲢”＋turbot“大菱鲆”；也解 tarpaulin“～”，在俚语中指“～”；也解 tur［德］“～”。
4903 Grampurpoise 解 grampus“～”；也解 porpoise“～”；也解 grandpapa“～”。
4904 brinegroom 解 bridegroom“～”；也解 brine groom“～”。
4905 cuptin 解 captain“～”；也解 tin cup“～”。
4906 klanclord 解 Clancarthy“～”，都柏林路名；也解 Clancartys“～”，书中人名。
4907 kettle“～”；也解 Thomas Michael Kettle“～”(1880—1916)，乔伊斯年轻时的朋友，爱尔兰民族主义者。
4908 soldr of a britsh 解 soldier of British“～”；也解 son of a bitch“～”。
4909 whilask 解 whereas“～”；也解 while ask“～”。
4910 from maker to misses 解 from master to missus“～”；也解 for maker to miss“～”。
4911 hun of a horde 解 Huns of a horde“～”；也解 son of a whore“～”。
4912 finn 解 fin“～”；也解 Finn MacCool“～”；也解 Finns“～”。
4913 lap“～”；也解 ALP，本书女主人公。
4914 kenspeckled 解 henpecked“～”；也解 kenspeckle“～”。
4915 souckar 解 sucker“～”；也解 soucar“～”。
4916 generose［意］“～”。
4917 cocke 解 cock“～”。
4918 greediguss 解 greedier“～”。
4919 garzelle 解 gazelle“～”；也解 gar［德］“～”＋zelle［德］“～”。
4920 yews“～”，此处解 yous“～”。

的[4921]给人印象深刻的|本影，根据人身保护法[4922] HCE|最重的肉体免税）无论谁[4923]谁依旧在无论如何的爱抚[4924]谁捡到就归谁中吐她，除了她那些铸碗[4925]将是大胆的的守护者们，她都应该[4926]出售去拿可以唤醒[4927]摇动麦浪的酒[4928]别挂电话|《风吹麦浪》，他的餐具室里的佩吉[4929]少量威士忌，让心痛[4930]头疼|沉重的远离他的心。法官身份的好笑快乐，连接起世俗的胜利[4931]树林。就像明灯，我睡了[4932]，爱尔兰啊爱尔兰[4933]年年进来出去年年进来。要说吉兆[4934]值得怀疑，但是令人尊敬是指日可待的。从肮脏的通铺，雨滴透过房顶滴下来，前台阶上有慈善机构的两位修女，后门[4935]凝视边有三只真空吸尘器[4936]泻药|清洁剂，单只箱子和一对椅子（令人尊重[4937]可疑的），丈夫在整个相对悲惨的时期，相对丰足的匮乏时刻（雷爆、销魂、分解和天意）写东西，以便与公正的德鲁伊和互济会[4938]或者其他会社建立联系时，偶尔交替使用它们，一只沙发，尽管[4939]几乎是马鬃[4940]毛发|头发配些许[4941]美国人布料的，租用的钢琴[4942]被雇佣，工资？啊，不！，依然在还款中[4943]使出丑，被年轻人使用，好做出[4944]打扮|卡尔·车尔尼古老的弹拨声[4945]老人，楼上三间卧室，其中一间有壁炉（令人尊敬[4946]外表的），花房可期（尤其令人敬佩[4947]远景）。

而你，当你坚守都柏林[4948]，你是否总是（只那一次）我们所知道的怎么样当我们（只从那一点看）你知道在哪里吗？你就在那里！为什么？为什么，孵公鸡的蛋[4949]《骑木马》|HCE|希区柯克，他被偷偷拍到在王子街[4950]上的所有莽夫开始他们补锅匠圣歌[4951]该死时，把劣等珍珠[4952]歌舞团女演员|科拉·珍珠从馅饼里拿出

4921 umbrasive 解 abrasive"～";也解 impressive"～";也解 umbra［天］"～"。
4922 heaviest corpsus 解 Habeas corpus"～"。此处包含主人公名字的缩写 HCE;也解 heaviest corpus（［拉］"肉身"）"～"。
4923 whoasever 解 whosoever"～";也解 who as ever"～"。
4924 fondling"～";也解 finders keepers"～"。
4925 mould the bould 解 mould the bowl"～";也解 would be bold"～"。
4926 sould 解 should"～";也解 sold"～"。
4927 wakes"～";也解 shakes"～"。
4928 hould the wine 解 hold the wine"～";也解 hold the line"～";其中 wine 也解 wind,与后面合解 The Wind That Shakes the Barley"～",歌曲名。
4929 peg"～",此处解 Peg O'My Heart"《我心中的佩吉》",曼纳斯 1922 年创作的喜剧,女主人公佩吉·奥康纳尔是一位爱尔兰裔美国女子,迷住了一位英国贵族。
4930 heavyache 解 heartache"～";也解 headache"～";也解 heavy"～"。
4931 win from the wood 解 win from the world"～";也解 wood"～"。
4932 Thamamahalla 解 Ta me I mo codladh ('s na duishigh)［爱］"我睡了(别叫醒我)",原为爱尔兰民谣,现在是托马斯·穆尔的歌曲《爱尔兰,啊,爱尔兰》的旋律,前一句"就像明灯"为这首歌曲中的歌词。
4933 yearin out yearin 解 Erin, Oh Erin"～",托马斯·穆尔的歌曲;也可直译为 year in out year in"～"。
4934 Auspicably 解 auspice"～"。
4935 gaze"～",此处解 gate"～"。
4936 evacuan cleansers 解 vacuum cleaners"～";也解 evacuant"～"＋cleansers"～"。
4937 suspectable"～",此处解 respectable"～"。
4938 friendly…societies 解 Friendly Society"～"。
4939 allbeit 解 albeit"～";也解 all but"～"。
4940 hoarsehaar 解 horsehair"～";也解 Haar［德］"～";也解 haar［荷］"～"。
4941 Amodicum 解 a modicum"～";也解 American"～"。
4942 hired payono 解 hired piano"～";也解 hired pay? O, no!"～"。
4943 playing off"～",此处解 paying off"～"。
4944 czurnying out 解 churn out"～";也解 turning out"～";也解 Karl Czerny"～"(1791—1857),奥地利作曲家。
4945 oldstrums 解 old strums"～";也解 oldster"～"。
4946 aspectable 解 respectable"～";也解 aspect-able"～"。
4947 perspectable 解 respectable"～";也解 perspective"～"＋-able。
4948 Dulby 解 Dublin"～"。
4949 hitch a cock eye 解 hatch a cock's egg"～",中世纪欧洲传说中鸡身蛇尾怪(cockatrice)是从公鸡蛋中孵出来的;也解 Ride a Cock Horse"～",英国儿歌;此处包含本书主人公名字的缩写 HCE;也解 Hitchcock"～",可指美籍导演阿尔弗莱德·希区柯克,不过这里更可能指罗伯特·希区柯克,《爱尔兰舞台历史观》的作者,都柏林皇家剧院的提词人。
4950 princer street 解 Prince's Street"～",位于都柏林。
4951 humn 解 hymn"～";也解 damn"～"。
4952 coras pearls 解 coarse pearls"～";也解 chorus girls"～";也解 Cora Pearl"～"(1835—1886),巴黎交际花。

来[4953]使难过，（鹪鹩、鹪鹩、百鸟之王[4954]老诗人们的那首挽歌），皮尔森[4955]穿孔|珀西·奥莱利报童们[4956]乔治·纽恩斯爵士跟他们一起抱着他们的报纸[4957]尖叫。老板让鸽子和乌鸦离开他的鸭巢[4958]生意，而她自己在洗澡时戴着圆顶礼帽。侦探[4959]推论的阿尔梅奈·罗杰斯[4960]老人河装出假[4961]指南声，藏[4962]装百叶窗在马栗树[4963]嘶哑的胸音|欺骗后面躲避过[4964]执法者|24|骗局热。热浪上升[4965]暴怒。它们就这样[4966]开玩笑不断上升。他起身又跳又蹦。多么长啊！

你知道那个男人？我当然知道。他们的小孩[4967]结婚预告受洗了[4968]两者吗？当然，先生[4969]现在|萨顿|魔鬼撒旦|萨德。他们获救了吗[4970]毒药|改名？当然，先生[4971]安慰地|卑贱的。他叠起[4972]做笨事他们的衣服的时候，他们是否应该付钱给[4973]买|是报童[4974]白杨？他标志着他们打败嘲笑[4975]《长笛菲尔（的舞会）》，他们当然[4976]必然性应该付。

他朝拳头里吐了口唾沫[4977]朝他脸上吐唾沫|他脸上的灵魂|喷出|喷洒|酒精（天啊[4978]烘烤|咸！）。他照料他们的事情[4979]给加盐|跳跃|再一次|咬|直到|两次（请原谅[4980]布丁！）。他公开[4981]手掌|平静的胳肢[4982]拿起|拥抱她（所罗门[4983]鲑鱼如此沉着！）他跟他们做了法式告别[4984]寻找他们朋友的离开（漂亮姑娘[4985]祝福你，再见[4986]公平的|福利！）

——有罪，但是是幸运的罪过[4987]牛仔伙伴们|罪犯！我的确[4988]感到了，水下那张生面团般顽强[4989]道蒂的双面脸对水边的劳动者们说。但是既然我们为了居家者的健康改变了[4990]冒险做事那一切，狂风席卷[4991]疯狂的鞭子|奥斯卡·王尔德，风帆之船，对世界屁股的流浪热情[4992]丧失惊异，在他们那四边方正的信任的基础上，为

4953 upsadaisying 解 Oops-a-daisy"～",帮助别人爬过某物以及跟孩子在腿上玩摇木马时所说;也解 upsetting"～"。

4954 the rann, the rann, that keen of old bards 解 The Wren, The Wren, The king of all birds"～",爱尔兰童谣;其中 that keen of old bards 也解"～"。

4955 pearcin 解 Cyril Pearson"～"(1866—1921),英国报纸产业大亨和出版商,创办《皮尔森周刊》和《每日快报》;也解 pierce"～";也解 Persse O'Reilly"～",书中人物,主人公 HCE 的化身之一。

4956 newnesboys 解 newsboys"～";也解 Sir George Newnes"～"(1851—1910),1881 年成功创办《点滴》杂志。

4957 armsworths 解 armful"双手合抱量";也解 Harold Harmsworth"～",第一代罗瑟米尔子爵,19 世纪英国出版巨头。

4958 made dovesandraves out of his bucknesst 解 made doves and ravens out of his duck nest"～",此处化自习语 make ducks and drakes of(浪费);此处 bucknesst 也解 business"～"。

4959 Deductive"～",此处解 detective"～"。

4960 Almayne Rogers"～",人名;也解 Old Man River"～",指美国密西西比河。

4961 disguides 解 disguises"～";也解 guides"～"。

4962 shetters 解 shelters"～";也解 shutters"～"。

4963 hoax chestnote 解 horse chestnut"～";也解 hoarse chest-notes"～";也解 hoax"～"。

4964 exexive 解 excessive"过度的";也解 executive"～";也解 XXIV"～";也解 hoax"～"。

4965 rasing 解 is rising"～";也解 rasen［德］"～"。

4966 jest"～",此处解 just"～"。

4967 bann"～",此处解 bairn［苏］"～"。

4968 bothstiesed 解 baptized"～";也解 both"～"。

4969 Saddenly now 解 Certainly, Lord"～",歌曲名;也解 now"～";也解 Saturn"～",罗马神话中的农神,相当于希腊神话中宙斯的父亲克劳努斯;也解 Satan"～";也解 Marquis de Sade"～"(1740—1814),法国作家。

4970 Has they bane reneemed 解 Have they been redeemed? "～",《当然,先生》中的歌词;也解 bane"～"＋renamed"～"。

4971 Soothinly low 解 Certainly, Lord"～",歌曲名;也解 Soothingly"～"＋low"～"。

4972 footles up 解 folds up"～";也解 footles"～"。

4973 buy"～",此处解 pay"～";也解 be"～"。

4974 papelboy 解 paperboy"～";也解 pappel［德］"～"。

4975 foil the flouter"～";也解 Phil the Fluter('s Ball)"～",爱尔兰喜剧性歌谣。

4976 certainty"～",此处解 certainly"～"。

4977 sprit in his phiz 解 spit in his fist"～";也解 spit in his face"～";也解 spirit in his phiz"～";其中 sprit 也解 spirt"～";也解 spritz［德］"～";也解 sprit［丹］"～"。

4978 baccon 解 per bacco!［意］"～";也解 Backen［德］"～";也解 bacon"～"。

4979 salt to their bis 解 saw to their business"～";其中 salt 也解"～";也解 saltus［拉］"～";其中 bis 也解"～";也解 biss［德］"～";也解 bis［德］"～";也解 bis［法］"～"。

4980 pudden 解 pardon"～";也解 pudding"～"。

4981 palam［拉］"～";也解 palm"～";也解 calm"～"。

4982 toockled 解 tickled"～";也解 took"～";也解 tukle［挪］"～"。

4983 solom 解 Solomon"～",《圣经》中的以色列国王;也解 salmon"～"。

4984 suked their friends' leave 解 take their leave"跟他们告别"＋French leave"法式告别",即不辞而别;也解 sought their friends' leave"～"。

4985 bonnick lass 解 bonny lass"～";也解 beannacht leat［爱］"～",即再见。

4986 fair weal 解 farewell"～";也解 fair"～"＋weal"～"。

4987 fellows culpows 解 felix culpa［拉］"～";也解 fellow cowboys"～";其中 culpows 也解 culprits"～"。

4988 sindeade 解 indeed"～"。

4989 doughdoughty 解 dough"生面团"＋doughty"顽强的";也解 C. M. Doughty"～"(1843—1926),英国作家和旅行家。

4990 chanced"～",此处解 changed"～"。

4991 wild whips"～",此处解 wind whipped"～";也解 Oscar Wilde"～"(1854—1900),爱尔兰作家。

4992 wonderlost 解 wanderlust"～";也解 wonder lost"～"。

了有助于它的憨蛋呆蛋[4993]大量|肿块的虔诚[4994]怜悯而祈祷，而这，当它四处猛冲[4995]乌龟|倾覆寻找一块草皮[4996]的时候，从闻所未闻的罪恶[4997]处穿过交织的[4998]我尿了|我撒尿头发匆忙靠近[4999]说。尽管我可能叫卖过，说过，并在戏剧演出[5000]女演员的电话之后，在我贫穷的[5001]危险的|好奇的位置上卖过我多么热的豌豆[5002]小便，尽管我有机会把一盘旧泔脚水全都倒下下水道，依次避开来自粪堆公寓[5003]附属物|相关的的后续之事[5004]，这样，除非[5005]涂药膏公共工程局和抽水泵[5006]傻瓜和泵的董事会|作品和浮华委员会到场[5007]礼物，我永远没有能力[5008]无可非议的不拉起清白的[5009]下降|向上女孩们，这里涉及到囚犯[5010]私人财产被恰当地释放，在他们那已不纯净的开放凉亭中[5011]从那里|《包法利夫人》，爱尔兰受到他们的危害[5012]在其中，带着那些来自盎格鲁-撒克逊制度[5013]天使|性的阻碍性[5014]后面的|暗示影响。这不过是我赤裸裸的谎言[5015]勉强|英语|大麦，直到他们出出发[5016]的。被误解[5017]。玛奇[5018]咩咩咩咩的左拐右拐[5019]。上帝[5020]编码的证据！让那些将作证[5021]赤裸的白色反对我的人万劫不复[5022]粗俗下流的|巴尔德尔，我把他们从上帝[5023]好的脑海中驱逐出去[5024]。他可以把这个当作故事讲给十二位水手[5025]第十二个|毁谤听，说我的第一次是位保姆[5026]，她的接替者[5027]家伙后来成了巡视者[5028]女性漫游者。有二十到两万两千台分拣机和[5029]信件马车[5030]皮革|甲胄|计划准备[5031]笔带着我宝贵的小礼物[5032]，自愿[5033]焦油为此把给未来分局[5034]供品的大礼包[5035]邮递[5036]主持到邮包部[5037]谜题|公园。绿色高于红色[5038]绿党批准突袭！约翰·布朗[5039]白约翰|幻影|树的身体[5040]预示|邮递员|阴茎他正在坟

4993 plumptylump 解 Humpty Dumpty"～";也解 plenty of"～"+lump"～"。
4994 piteousness 解 piousness"～";也解 pity"～"。
4995 turtled 解 hurtled"～";也解 turtle"～";也解 turn turtle"～",指船像乌龟一样倾覆。
4996 a thud of surf 解 a sod of turf"～"。
4997 inherdoff trisspass 解 unheard of trespass"～"。
4998 minxmingled 解 mingled"～";也解 minxi [拉]"～"+mingo [拉]"～"。
4999 spake"～";也解 speak"～"。
5000 theactrisscalls 解 theatricals"～";也解 the actress call"～"。
5001 imprecurious 解 impecunious"～";也解 precarious"～";也解 curious"～"。
5002 peas"～";也解 piss"～"。
5003 middenprivet appurtenant 解 midden"堆肥"+private apartment"私人公寓";其中 appurtenant 也解"～";也解 pertinent"～"。
5004 a rere 解 arrears"～"。
5005 salving"～",此处解 saving"～"。
5006 board of wumps and pumps"～",此处解 Board of Works"公共工程局",都柏林政府机构+pumps"抽水泵";也解 board of works & pomps"～"。
5007 presents"～",此处解 presence"～"。
5008 incalpable 解 incapable"～";也解 inculpable"～"。
5009 upfallen 解 unfallen"～";也解 abfallen [德]"～";也解 up"～"。
5010 prisonals 解 prisoners"～";也解 personal property"～"。
5011 in thereopen out of unadulteratous bowery 解 in their open out of unadulterated bower"～";其中 thereopen out 也解 thereout"～";其中 bowery 也解 *Madame Bovary*"～",法国作家福楼拜的作品。
5012 wherein dangered from them 解 Erin endangered from them"～";其中 wherein 也解"～"。
5013 angelsexonism 解 Anglo-Saxon-ism"～";也解 angel"～"+sex"～"+ism。
5014 hintering 解 hindering"～";也解 hinter [德]"～";也解 hinter"～"。
5015 barely"～",此处解 bare lie"～";也解 Béarla [爱]"～";也解 barley"～"。
5016 oh offs"～",结巴;也解 of"～"。
5017 Missaunderstaid 解 misunderstood"～"。
5018 Meggy Guggy 解 Maggies"～",在书中也象征着分裂的人格;也解 Megeggaggegg"～",《尤利西斯》中形容羊叫的声音。
5019 giggag 解 zigzag"～"。
5020 code"～",此处解 God"～"。
5021 bare whiteness 解 bear witness"～";也可直译为"～"。
5022 rebald 解 terrible"可怕的";也解 ribald"～";也解 Balder"～",北欧神话中的光明之神。
5023 good"～",此处解 God"～"。
5024 dismissem 解 dismiss them"～"。
5025 Twelfth Maligns 解 Twelve mariners"～";也解 Twelfth"～"+Malign"～"。
5026 nurssmaid 解 nursemaid"～"。
5027 fellower 解 follower"～";也解 fellow"～"。
5028 perambulatrix 解 perambulator"～";也解 perambulatrix [拉]"～"。
5029 twingty to twangty too thews 解 twenty to twentytwo thousand"～"。
5030 leathermail coatschemes 解 lettermail"信件邮寄"+mailcoach"邮政马车";也解 leather"～"+coat of mail"～"+schemes"～"。
5031 penparing 解 preparing"～";也解 pen"～",指本书主人公的儿子笔者闪。
5032 valued fofavour 解 valued"宝贵的"+favour"偏爱"。
5033 valinnteerily 解 voluntarily"～";也解 teer [德]"～"。
5034 branch offercings 解 branch office"～";也解 offerings"～"。
5035 larch parchels' of presents 解 large parcels of presents"～"。
5036 hostpost 解 post"～",指本书主人公的儿子邮差肖恩;也解 host"～"。
5037 puzzles deparkment 解 parcels department"～";也解 puzzles"～"+park"～"。
5038 The green approve the raid"～",此处解 The Green above the Red"～",歌曲名。
5039 Shaum Baum 解 John Brown"～"(1800—1859),美国废奴主义者,有歌曲描写虽然他被杀害,但是他的灵魂长存;也解 Sean Ban [爱]"～";也解 Schaum [德]"～"+Baum [德]"～"。
5040 bode"～",此处解 body"～";也解 bode [荷]"～";也解 bod [爱]"～"。

墓[5041]小树林里腐朽[5042]娱乐，而此时他的灵魂[5043]学校|铁铲|学府正一路前行[5044]融合！如果我能[5045]想把自己放进她们的裙子[5046]女长袍里，我会渴望[5047]闰年跟她们一起跳，给大家看我也是十六岁[5048]闰年的|雌雄同体的。亲爱的，为了避免我忘记抹大拉的玛利亚[5049]合并|陛下，你好吗[5050]谦卑地向你鞠躬，玛奇[5051]行进者！注意[5052]试图！多么奇异的[5053]亚马逊女战士|五月月份，她们在成为蓓蕾般的[5054]乳房丰满的|阴茎小姐，如此考究的餐具[5055]冬天的希望拿去在她们的亲戚[5056]国王面前[5057]植物的闪过！注意[5058]削发仪式！耳朵听好[5059]从耳朵到耳朵！笨人的喊叫[5060]异邦人的头盖骨（因为每次[5061]每一角钱他张开嘴[5062]大声叫嚷|打呵欠，你都能把你的脚[5063]浅滩放[5064]停放进去）出于对一张普通[5065]常衡|和平|未破损的羊皮纸的大桶[5066]婚礼|典当单|霍金渴望[5067]，他跟他内心的人[5068]内线一起犯罪[5069]使长存|纸|治疗并被囚禁，捏造他的教训[5070]透镜组|扁豆好作为我的辩护[5071]天启|埃及，征来[5072]奇妙的装置的新兵[5073]路透社，让他做迦南[5074]基纳汉公司的仆人[5075]驴子！因为（和平，和平，和美的和平！）我在爱尔兰[5076]尼罗河的水里洗了澡[5077]减轻|等候，我把我的公开声明[5078]住处|利率和税收|在屋顶|未遮盖的|芦苇放到都柏林[5079]汉娜市政大厅负责查看贡品的登记员[5080]塔|住宿登记的面前。每位快乐的姑姑[5081]妓女|蚂蚁|圣母玛利亚和无论哪位[5082]无论如何|无论在哪里|哪里哭丧人[5083]蚱蜢是多么关切啊，帮助绚烂离开芬芳[5084]半斤八两绝对[5085]十足的|例如|长久|总是是一种快乐的感觉[5086]性。这是为什么音乐和恩慈[5087]多谢|狐狸莫克斯和葡萄愿魔鬼强奸最后一个[5088]都柏林劫掠最英俊的|鸽子/乌鸦！整个疯狂的噩梦[5089]骑士市长|骗局之巢！火药[5090]、

5041 Groves“～”,此处解 graves“～”。
5042 amustering 解 mouldering“～”;也解 amusing“～”。
5043 shool 解 soul“～”;也解 school“～”;也解 shovel“～”;也解 Schule [德]“～”。
5044 merging along 解 marching along“～”;也解 merging“～”。
5045 Want“～”,此处解 would“～”,虚拟语气。
5046 kirtlies 解 skirt“～”;也解 kirtles“～”。
5047 ayearn 解 yearning“～”;也解 leap year“～”。
5048 bisextine 解 to be sixteen“～”;也解 bissextile“～”;也解 bisexual“～”。
5049 mergers“～”,此处解 Maggies“～”,本书主人公女儿的化身之一;也解 majesty“～”。
5050 bow to you low“～”,此处解 how do you do“～”。
5051 marchers“～”,此处解 Maggies“～”,本书主人公女儿的化身之一。
5052 Attemption 解 attention“～”;也解 Attempt“～”。
5053 a mazing 解 amazing“～”;也解 Amazon“～”,希腊神话中的女战士族;也解 May“～”。
5054 budsome 解 bud-some“～”;也解 buxom“～”;也解 bod [爱]“～”。
5055 wingtywish 解 dainty dish“～”;也解 winter wish“～”。
5056 kin“～”;也解 king“～”,此处出自儿歌《唱一首六便士的歌》中的歌词“那是不是一套可以摆在国王面前的考究餐具?”
5057 beflore 解 before“～”;也解 floral“～”。
5058 Attonsure 解 attention“～”;也解 tonsure“～”。
5059 Ears to hears 解 Ears to hear“～”,此处出自《马可福音》(4:9)“有耳可听的,就应当听”;也解 ear to ear“～”,早期的爱尔兰圣人的削发都是从一耳到另一耳。
5060 skall of a gall 解 call of a gull“～”;也解 skull of a gall([爱]“外国人”),即“～”。
5061 every dime“～”,此处解 every time“～”。
5062 yawpens that momouth 解 opens that mouth“～”;也解 yawp“～”;也解 yawns“～”。
5063 ford“～”,此处解 foot“～”。
5064 park“～”,此处解 put“～”。
5065 avragetopeace 解 average to“普通的”+piece“张”;也解 avoirdupois“～”;也解 peace“～”;也解 avrektos [现代希腊]“～”。
5066 hocksheat 解 hogshead“～”;也解 Hochzeit [德]“～”;也解 hock sheet“～”;也解 Silas Kitto Hocking “～”,20 世纪早期畅销书作家。
5067 starvision for 解 starvation for“～”。
5068 inside man“～”,此处解“～”,化自圣帕特里克的《忏悔》中的 the inner man(人之精神)。
5069 papertreated 解 perpetrate“～”;也解 perpetuate“～”;也解 paper“～”+treated“～”。
5070 lenses“～”,此处解 lessons“～”;也解 lentils“～”。
5071 apoclogypst 解 apologist“～”;也解 apocalypse“～”;也解 Egypt“～”。
5072 conscraptions 解 conscription“～”;也解 contraption“～”。
5073 recreuter 解 recruiter“～”;也解 Reuters“～”,英国新闻机构,成立于 1851 年。
5074 Kinahaun 解 Canaan“～”,《圣经》中挪亚的孙子,受到挪亚的诅咒,化自《创世记》(9:25)“必给他弟兄作奴仆的奴仆”;也解 Kinahan“～”,都柏林的威士忌酒厂。
5075 asservent 解 a servent“～”;也解 ass“～”。
5076 Elin 解 Erin“～”;也解 Nile“～”。
5077 abwaited 解 ab [波]“水”+bathed“沐浴”;也解 abate“～”;也解 abwarten [德]“～”。
5078 reeds intectis 解 res intectis [拉]“～”;也解 residence“～”;也解 rates and taxes“～”;也解 in tectis [拉]“～”;也解 intectus [拉]“～”;也解 reeds“～”。
5079 Analbe 解 Eblana,古希腊天文学家托勒密所绘的世界地图上都柏林的名字;也解 Anne“～”,本书女主人公。
5080 Registower 解 registrar“～”;也解 tower“～”;也解 register“～”。
5081 merryaunt 解 merry aunt“～”,姑姑在俚语中指“～”;也解 ant“～”,指书中的蚂蚁和蚱蜢故事;也解 Mary“～”。
5082 hworsoever 解 whosoever“～”;也解 howsoever“～”;也解 wheresoever“～”;也解 hvor [丹]“～”。
5083 gravesobbers 解 grave“坟墓”+sobers“哭泣者”;也解 grasshopper“～”。
5084 help a dazzle off the othour 解 help a dazzle off the odour“～”;也解 six of one and half a dozen of the other“～”。
5085 perensempry 解 peremptory“～”;也解 pure and simply“～”;也解 par exemple [法]“～”;也解 perenne [拉]“～”;也解 semper [拉]“～”。
5086 sex“～”,此处解 sense“～”。
5087 Mucias and Gracias 解 music and grac“～”;也解 muchas gracias [西]“～”;也解 Mookse and Gripes “～”。
5088 duvlin rape the handsomst 解 devil rape the hindmost“～”,化自习语 devil take the hindmost(落后者遭殃);也解 Dublin rape the handsomest“～”;其中 duvlin rape 也解 dove/raven“～”。
5089 knightmayers 解 nightmare“～”;也解 knight mayors“～”;也与后面合解 mare's nest“～”。
5090 Tunpother 解 gunpowder“～”。

监狱和阴谋[5091]污点！如果尔[5092]为什么多少欠债[5093]用肩顶，很好，我也能欠，灶台和烟囱[5094] HCE 般容易。他们用大洪水在世界最高处留下记号。我很愿意将方舟彻底摧毁[5095]绒毛|阴毛|他们注意到|列表|最后的|欲望|鱼雷|丑陋的|可耻的|在下面|薄片。够了[5096]足够了|死亡|贝斯特|猫神|树枝！如果我的合法配偶[5097]身体健康，之字形[5098]跑着[5099]雷恩酒吧|鷓鴣，对靓女街上[5100]《在 QT 街上》的每个人[5101]每一家喋喋不休地说它，就像她是只傻鸟[5102]萨莉，(我会拜访班卓琴[5103]沙文主义另一边我最后的竖琴演奏者[5104]天琴座的主人|最后的律师|第一个说谎者|李尔中的第一个，来打击蔽她)用一只干净的手[5105]星期一|摩奴|嘴巴驱散了所有她真空吸尘器[5106]必需品的扫射(我的老宝贝[5107]鸭子|荷兰人！她赶我的鸭子[5108]压力|粪土|打水漂的游戏！原来是，九十岁的开心！)像很多妻子[5109]罗德的妻子对她们精心挑选的[5110]惧内的丈夫[5111]她|使屈服所做的那样，大肆炫耀[5112]离开吹嘘弥撒[5113]食堂|波士顿，马萨诸塞州，正如她会向全能的父神[5114]她的所有旅人神祇要求，嗯，更多的涂油神迹[5115]仁慈，而放弃了[5116]宣布我的魔鬼尝试，仿佛我是一个土著山洞人[5117]一包可爱的蛋糕|牧师，直到我购买了她拥有的公司[5118]丧礼，我常常想，根据他们棋逢对手[5119]灵魂的神圣宗教[5120]对圣物亵渎|渎圣罪，应该承认[5121]困惑地，我从小就习惯[5122]走向史前纪念石碑边界|庄园表现为天生的绅士[5123]《贵人迷》|男爵|温和的|人，一直到最近[5124]天使报喜节成为哲学家[5125]通过洞察一切而获得智慧，想当然地[5126]伟大的拆开[5127]一对风箱[5128]同龄人|《培尔·金特》，就像巴克利在任何某个时间[5129]蛇形之物射杀俄国将军[5130]酒神巴库斯颤抖着激动人心的喉音|棍杖，在隧道里用宣传[5131]用告密|

5091 plotch 解 plot“～”；也解 blotch“～”。

5092 Y 解 you“～”；也解 why“～”。

5093 shoulden 解 schulden [德]“～”；也解 shoulder“～”。

5094 chemney 解 chimney“～”。此处包含本书主人公名字的缩写 HCE。

5095 They seeker for vannflaum all worldins merkins. I'll eager make lyst turpidump undher arkens. 解 I sorger for vandflom til verdensmarken / Jeg laegger med lyst torpedo under Arken“～”，此句化自挪威作家易卜生的十四行诗《致我的朋友革命演说家》的最后一句；其中 vannflaum 也解 flaum [德]“～”；其中 merkin 也解[俚]“～”；也解 merkens [德]“～”；其中 lyst 也解 list“～”；也解 last“～”；也解 lystn [丹]“～”；其中 turpidump 也解 torpedo“～”；也解 turpiter [拉]“～”；也解 turps [拉]“～”；其中 undher 也解 under“～”；其中 arkens 也解 ark [丹]“～”。

5096 Basast 解 basta“～”；也解 bas ast [波]“～”；也解 bas [爱]“～”；也解 Bast“～”，也写作 Bastet，古埃及神话中的“～”；也解 Ast [德]“～”。

5097 litigimate 解 legitimate“～”，指合法配偶。

5098 tigtag 解 zigzag“～”。

5099 wrenn 解 run“～”；也解 Wrenn's“～”，凤凰公园里的暗杀者们行刺前碰头的酒吧；也解 wren“～”。

5100 in the Cutey Strict 解 in the Cutey Street“～”；也解 On the Strict Q. T.“～”。

5101 abery ham 解 every man“～”；也解 every home“～”。

5102 sally berd 解 silly bird“～”；也解 sally“～”，美国心理学家莫顿·普林斯的《分裂的人格》一书中的人物。

5103 jingoobangoist 解 banjoist“～”；也解 jingoism“～”。

5104 lost of lyrars 解 last of lyres players“～”；也解 host of lyra“～”；也解 last lawyers“～”；也解 first liar“～”，指魔鬼；其中 lyrars 也解 Lear“～”，莎士比亚戏剧《李尔王》中的主人公。

5105 mundamanu 解 munda manu [拉]“～”；也解 Monday“～”；也解 Manu“～”，印度神话中的人类始祖；也解 Mund [德]“～”。

5106 victuum gleaner 解 vacuum cleaner“～”；也解 victuum [拉]“～”。

5107 chuck“～”；也解 duck“～”；也解 dutch“～”，此句化自歌曲“My Old Dutch”(《我的老荷兰人》)。

5108 drakes me druck 解 drives my duck“～”；也解 Druck [德]“～”；也解 Dreck [德]“～”；也解 duck and drake“～”。

5109 lots wives 解 lots of wives“～”；也解 Lot's wife“～”。

5110 handpicked“～”；也解 henpecked“～”。

5111 hunsbend 解 husband“～”；也解 hun [丹]“～”＋bend“～”。

5112 shoving offa 解 showing off“～”；也解 shoving off“～”。

5113 boastonmess 解 boast of Mass“～”；也解 mess“～”；也解 Boston Mass“～”。

5114 all herwayferer gods 解 almighty father god“～”；也解 all her wayfarer gods“～”，此处化自结婚誓言中的“all my wordly goods”(我的所有财产)。

5115 mircles 解 miracles“～”；也解 mercies“～”。

5116 reanouncing 解 renouncing“～”；也解 announcing“～”。

5117 locally person of caves 解 local person of caves“～”；也解 lovely parcel of cakes“～”；也解 parson“～”。

5118 firmforhold 解 firm for hold“～”；也解 funeral“～”。

5119 daimond cap daimond 解 diamonds cut diamonds“～”；也解 daimôn [希]“～”。

5120 sacreligion 解 sacra religio [拉]“～”；也解 sacrilege“～”；也解 sacrilegium [拉]“～”。

5121 confessedly“～”；也解 confusedly“～”。

5122 to the manhor bourne 解 to the manner born“～”；也解 to the menhir bourne“～”；也解 manor“～”。

5123 baron gentilhomme 解 born gentleman“～”；也解 *Le bourgeois gentilhomme*“～”，法国戏剧家莫里哀的喜剧；也解 baron“～”＋gentil“～”＋homme [法]“～”。

5124 ladiest day 解 latest day“～”；也解 lady day“～”，3 月 25 日。

5125 panthoposopher 解 philosopher“～”；也解 pantoposophos [希]“～”。

5126 for groont 解 for granted“～”；其中 groont 也解 great“～”。

5127 splet 解 split“～”。

5128 a peer of bellows 解 a pair of bellows“～”；其中 peer 也解“～”；也解 *Peer Gynt*“～”，易卜生的戏剧。

5129 cerpaintime 解 certain time“～”；也解 serpentine“～”。

5130 Bacchulus shakes a rousing guttural 解 Buckley shot the Russian General“～”；也解 Bacchus shakes a rousing guttural“～”；也解 baculus [拉]“～”。

5131 by peaching“～”，此处解 by preaching“～”；也解 Peaches“～”，书中用“桃子们”称呼两个诱惑性女性；也解 Peaches“～”，弗朗西丝·贝拉的别称，她 15 岁时与 52 岁的百万富翁爱德华·韦斯特·布朗宁结婚。

桃子们|靓妹(尽管[5132]所有灵魂|单独的我们没被逗乐[5133]音乐的)好战的战争[5134]最糟糕的|战争|你是反对我自己,作为这些关于第一次处女之水[5135]弗吉尼亚湖的错误言论[5136]主教的|鱼的安息日[5137]塞瓦斯托波尔解放者[5138]歌剧剧本|爱|抢救|亲爱的,虽然没有我这里提供的特价区[5139]地下室|屈尊|偏见拍卖[5140]行动,她用最高兴的语气[5141]格莱斯顿默认[5142]迅速的|是了那里面的,在古墓上[5143]豪丘和在何处下[5144]内衣物的,尤物[5145]小小的棒棒糖罂粟花丝绵怡人的[5146]时髦邋遢女人[5147]!尽管我后背[5148]肚子感到冷[5149]松煤,并且向上冷[5150]能够到我胃气胀的[5151]港口|天堂|霍斯|HCE 耳朵[5152]爱尔兰|土地,有时[5153]同时我总是[5154]所有潮汐|总是|海拔|态度习惯于蜂拥[5155]答案|群集的|就如更温暖的|同性恋的向温顺者和恩慈者[5156]狐狸莫克斯和葡萄。你不打算不。你可能在那里齐胸处[5157]三个胸,用整只鼻子嗅着[5158]小饭馆|墙中洞,全都贮存在一堵墙[5159]墙|全部里,那些来自我们涉及别墅[5160]省卖淫[5161]的官员先生[5162]康米神父|公元的恰好达[5163]限[5164]付费清单|公牛的食物[5165]卡尔斯之战,这可能是所有最萧瑟[5166]所有最黑的时代里双倍拥挤的[5167]莫名其妙的话|都柏林最粗野的[5168]计算时刻,带着风的沐浴[5169]坏的|风,雨的咬伤[5170]雨|小捆,精神不正常[5171]心神健全的得就像新选民[5172],他的马克思狐狸莫克斯和他们的团体[5173]葡萄,然而完成了一次怀疑,将有一次挑战[5174]亲爱的,对你来说是什么,你会做而我该死,酒馆[5175],你该死[5176]感谢|含|闪|哑的。臭鼬。跟我一起干,有福同享。这里那里[5177]往那边去|在那边|雷霆|索尔,手拉着手[5178]。在那可爱的[5179]黑肤的罗瑟琳线条[5180]小巷向下令人陶醉的影子[5181]鸽子/乌鸦|产过卵的鲑鱼旁。就像约瑟[5182]你们曾

5132 allsole 解 although“～”；也解 all soul“～”；也解 sole“～”。
5133 amusical 解 amused“～”；也解 musical“～”。
5134 warry warst 解 warry wars“～”；也解 very worst“～”；也解 war“～”；也解 warst［德］“～”。
5135 virginial water 解 virginal water“～”；也解 Virginia Water“～”。
5136 mispeschyites 解 misspeech“～”；也解 episcopal“～”；也解 piscis［拉］“～”。
5137 sebaiscopal 解 sabbatical“～”；也解 Sevastopol“～”，克里米亚半岛著名港口城市，俄罗斯海军基地。
5138 lieberretter 解 liberator“～”；也解 libretto“～”；也解 lieben［德］“～”；也解 rette［德］“～”；也解 lieber［德］“～”。
5139 biasement 解 basement“～”，此处指 bargain basement“～”；也解 abasement“～”；也解 bias“～”。
5140 auction“～”；也解 action“～”。
5141 gladyst tone 解 gladest tone“～”；也解 William Gladstone“～”(1809—1898)，英国首相。
5142 ahquickyessed 解 acquiesced“～”；也解 quick“～”＋yes“～”。
5143 overhowe 解 over howe“～”；也解 Howe“～”，北欧海盗在都柏林的议会辛摩特的所在地。
5144 underwhere 解 under where“～”；也解 underwear“～”。
5145 totty［俚］“～”；也解 tiny“～”。
5146 conny 解 canny“～”。
5147 dollymaukins 解 dolly malkins“～”。
5148 bauck 解 back“～”；也解 Bauch［德］“～”。
5149 heave a coald 解 have a cold“～”；也解 heave coal“～”。
5150 could“～”，此处解 cold“～”。
5151 hoven“～”；也解 haven“～”；也解 heaven“～”；也解 Howth“～”。此处包含本书主人公名字缩写 HCE 的易位构词。
5152 eres 解 ears“～”，此处化自习语 up to the ears(深陷于)；也解 Eire“～”；也解 eres［希伯来］“～”。
5153 sametimes 解 sometimes“～”；也解 same time“～”。
5154 alltides 解 alltime“～”；也解 all tides“～”；也解 altijd［荷］“～”；也解 altitude“～”；也解 attitude“～”。
5155 aswarmer 解 swarming“～”；也解 answer“～”；也解 aswarm“～”；也解 as warmer“～”；也解 warmer［德］“～”。
5156 the meekst and the graced 解 the meek and the grace“～”；也解 the Mookse and the Gripes“～”，本书角色。
5157 threeabreasted 解 there“那里”＋abreast“并排的”；也解 three breasts“～”。
5158 wholenosing 解 whole nose“～”；也可与后面合解 Hole in the Wall“～”；也解 The Hole in the Wall“～”，都柏林凤凰公园边的酒店名，得名于从墙上的一个洞里向附近兵营的士兵卖酒。
5159 whallhoarding 解 all“全部”＋hoarding“囤积”；也解 wall“～”；也解 whole“～”。
5160 villayets 解 villa“～”；也解 vilayat［波］“～”。
5161 prostatution 解 prostitution“～”。
5162 Don Amir 解 Don［西］“先生”＋Amir［波］“管理者”；也解 Conmee“～”，也是《尤利西斯》中的人物；也解 AD“～”。
5163 precisingly 解 precise“～”。
5164 tarafs 解 taraf［波］“～”；也解 ta'rif［阿］“～”；也解 tarbh［爱］“～”。
5165 kuschkars 解 kashkav［波］“～”；也解 Siege of Kars“～”，1855 年克里米亚战争期间的一次要塞围攻战。
5166 allbleakest 解 all bleakest“～”；也解 all blackest“～”。
5167 double densed 解 double dense“～”；也解 Double Dutch“～”；也解 Dublin“～”。
5168 uncounthest 解 uncouthest“～”；也解 count“～”。
5169 bad“～”，此处解 bad［德］“～”；也解 bad［波］“～”。
5170 barran［波］“～”，此处解 barrán［爱］“～”；也解 bearrán［爱］“～”。
5171 nompos mentis 解 non compos mentis［拉］“～”；也解 compos mentis“～”。
5172 Novus Elector［拉］“～”。
5173 Marx...Groups“～”，马克思(1818—1883)，国际共产主义运动的开创者；也解 Mookse...Gripes“～”。
5174 dare“～”；也解 dear“～”。
5175 shenker 解 Schenke［德］“～”；也解 schenk［德］“～”。
5176 dhamnk me...dhumnk you 解 damn me...damn you“～”；也解 dank［德］“～”；也解 Ham“～”，挪亚的儿子；也解 Shem“～”，本书主人公的儿子之一；也解 dumb“～”。
5177 Hinther and thonther 解 hither and thither“～”；也解 hin［德］“～”＋thonder［爱］“～”；也解 thunder“～”；也解 Thonar，即 Thon 或 Thor“～”，北欧神话中的雷神和战神。
5178 hant by hont 解 hand by hand“～”。
5179 rovely 解 lovely“～”；也解 dark Rosaleen“～”，爱尔兰的化身。
5180 lanes“～”，此处解 lines“～”。
5181 dauvening shedders 解 ravishing shadows“～”；也解 dove/raven“～”＋shedders“～”。
5182 yose 解 Joseph“～”；也解 yous“～”。

是，就像耶稣[5183]是的正是。的确，而且你会，麦克格克[5184]心之子|打嗝先生。的的确，而且你会，丹麦先生[5185]。的的确确，而且你会如此，麦克埃利格特先生。你不会吗[5186]你会点头吗？妈妈[5187]阿门，妈妈。没有人有权利为一个民族的前进划上句号[5188]棍棒|阴茎|树根|蹒跚|动作。我的小爱情学徒[5189]公主，我亲爱的，史黛拉[5190]星星，奇迹池[5191]绝妙的|of the|水塘的之水妖之瓦内萨[5192]尼斯湖水怪，我有一个皇室离婚[5193]虔诚的给她，然而这仅仅是卑贱的安逸[5194]玛丽·路易莎，或者只是对这些的同感，总督[5195]更老的人K·K·总饮[5196]凯利他正在整晚展示[5197]这些，因为我伸开的手掌[5198]已经给了欧芹枝[5199]，四周盘绕着老海洋[5200]莪相的最有曲线的女人[5201]野草的|《小卷毛》，因此打扫出一个空间[5202]香料给咸马肉[5203]海军军官，小家伙，对口渴者[5204]挺起|可信赖的人来说像泰勒泉水[5205]裁缝一样宝贵[5206]眼泪，等到后来[5207]太阳|我们的，当她看起来像一个小裁缝[5208]成衣匠|毛头姑娘（啊，先生[5209]冷！啊，天哪[5210]月！）因我紧紧的拥抱[5211]，就像比彻说的[5212]，以及所有从我不自然的[5213]虚假的|洪水脸上消逝的美丽颜色[5214]卡路里|颜色显著的而僵住[5215]小孩！小宝贝[5216]吸移管|屁股|荡妇|乖孩子，在你能看到[5217]取消|卖|巴涅尔我的地方，你可以第一个[5218]强迫猜[5219]估计我的价格[5220]贿赂。守门员[5221]邪恶的|打呵欠的人，我要因光线问题提起申诉[5222]！证据[5223]生动的|生动不存在[5224]暴死！哑剧，男孩们，是关于失败中的失败者[5225]更松散的损失；芭蕾，女孩们，年轻人[5226]仰卧的|提供扔掉紧身衣。我很久以来都想谢谢你，现在非常强烈。谢谢你。先生，拿着酒瓶的人中最亲切的，至亲至爱的

5183 yese 解 Jesus“～”；也解 yes“～”。
5184 Mac Gurk 解 Mag Cuirc［爱］人名，意为“～”；其中 Gurk 也解“～”。
5185 Mr O'Duane 解 Mr Dane“～”，都柏林人对斯威夫特的称呼，其中的 Dane 为 Dean（主持牧师）的当地发音。
5186 Wod you nods 解 would you not“～”；也解 would you nod“～”。
5187 Mom“～”；也解 amen“～”。
5188 No mum has the rod to pud a stub to the lurch of amotion 解 No man has a right to put a stop to the march of a nation“～”，此处化自巴涅尔 1885 年在科克的演讲；其中 rod 也解“～”，在俚语中指“～”；其中 stub 也解“～”；其中 lurch 也解“～”；其中 amotion 也解 motion“～”。
5189 apprencisses 解 apprentice“～”；也解 princesses“～”。
5190 estelles 解 Stella“～”，即以斯帖·琼苏，斯威夫特的两个年轻恋人之一；也解 stella［拉］“～”。
5191 voonder pool 解 wonder pool“～”；也解 wundervoll［德］“～”；也解 von der［德］“～”；也解 van der pool［荷］“～”。
5192 van Nessies 解 Vanessa“～”，斯威夫特的年轻恋人之一；也解 Nessie“～”。
5193 reyal devouts 解 royal divorce“～”，威尔斯的《皇室离婚》写了拿破仑与和约瑟芬的离婚；也解 devout“～”。
5194 marly lowease 解 merely low ease“～”；也解 Marie Louise“～”（1791—1847），拿破仑一世的第二位妻子。
5195 olderman 解 alderman“～”；也解 older man“～”。
5196 Alwayswelly 解 Always“总是”＋swill“痛饮”；也解 W·W·Kelly“～”，常青旅行社的经理。
5197 showing ot 解 showing to“～”。
5198 palmspread 解 palm“手掌”＋spread“伸展”。
5199 parsleysprig 解 parsley“欧芹”＋sprig“小枝”。
5200 ocean“～”；也解 Ossian“～”，传说中 3 世纪爱尔兰及苏格兰高地的诗人。
5201 weedeen 解 woman“～”；也解 weeden“～”；也解 Curly Wee“～”，《爱尔兰独立报》上关于一只猪的喜剧漫画。
5202 spice“～”，此处解 space“～”。
5203 salthorse 解 salt horse“～”，也指船上一直做某些工作的“～”。
5204 thrusty 解 thirsty“～”；也解 thrust“～”；也解 trusty“～”。
5205 Taylor's Spring“～”，指都柏林位于下加德纳街 35 号的矿泉水公司 Taylor and Company；也解 tailor“～”。
5206 tear“～”，此处解 dear“～”。
5207 aftabournes 解 afterwards“后来”；也解 aftab［波］“太阳”＋our“我们的”。
5208 cheayat 解 khavyat［波］“～”；也解 khayatt［希伯来］“～”；也解 chit“～”。
5209 sard 解 Sir“～”；也解 sard［波］“～”。
5210 ah Mah 解 oh my“～”；也解 mah［波］“～”。
5211 tide impracing 解 tight embracing“～”。
5212 seath 解 saith“～”。
5213 folced 解 forced“～”；也解 false“～”；也解 folc［爱］“～”。
5214 colories 解 colori［意］“～”；也解 calories“～”；也解 colory“～”。
5215 chilled“～”；也解 child“～”。
5216 Popottes 解 poppet“～”；也解 Pipette“～”；也解 Popo［德］“～”；也解 cocottes［法］“～”；也解 Ppt“～”。
5217 canceal 解 can see“～”；也解 cancel“～”；也解 sell“～”；也解 Parnell“～”，爱尔兰自治运动的领袖。
5218 forced“～”，此处解 first“～”。
5219 guage 解 guess“～”；也解 gauge“～”。
5220 bribes“～”，此处解 price“～”。
5221 Wickedgapers 解 wicket keeper“～”，板球运动中的三柱门守门员；也解 Wicked“～”＋gaper“～”。
5222 appeal against the ligh“以光线不宜吁请裁判中止板球比赛”，板球运动中的术语。
5223 vividence 解 evidence“～”；也解 vivid“～”；也解 vividus［拉］“～”。
5224 nexistence 解 non-existence“～”；也解 nex［拉］“～”。
5225 looser inloss 解 loser in loss“～”；也解 looser loss“～”。
5226 suppline 解 sapling“～”；也解 supine“～”；也解 supply“～”。

朋友，在我们这些铁石心肠[5227]钢铁之心中间，也许[5228]水果|知道，这会发生在你身上[5229]为了你，我大胆美丽的年轻战士，获胜者，不是任何一个我们的军团枪手[5230]基本的|吉祥物，在你去激战前[5231]去睡觉|垫子|弥撒，你看着你与你的足球[5232]社会主义者们[5233]兄弟会员|同伴分享你那形形色色的烈啤酒[5234]屈膝|被敲打的|腿|屁股，在我们的草地网球[5235]爱情壁球[5236]蹲坐|帆船的赛船会|火箭中，抽水泵[5237]麻布袋|皮条客，当一个大胆的[5238]球人[5239]在上的确应该得到[5240]分割美人[5241]欣然的|自己时，我的淘金热对她的银渔网[5242]银，就是说，天哪[5243]由上帝|说|乞求，为了女神和处女[5244]的爱，就像尊重你自己的唯一母亲一样，以牙还牙[5245]杂烩|烂泥|比赛|混杂物|我，当我透露这些的时候，我那从我的梦[5246]中骄傲出生[5247]边界的沉睡[5248]深海女儿脱去了衣服[5249]，那时我正在青春年华中高枕而眠[5250]在我的海水里翻腾（周六前夜[5251]萨顿|夏娃的，现在如何，不穿，穿吗[5252]我们不是？），去看[5253]也就是说，我说，吁吁，在牛奶商[5254]国王|挤奶|舔缪楚[5255]牛奶这件事[5256]关于的缓期执行[5257]中，被控告[5258]化身为|火葬|克里米亚|合并，你觉得怎么样，该死[5259]白兔，在你曾占据的每块坚实土地上，通过痛苦呆板的[5260]比克斯塔夫工作或巴特和拓夫[5261]指挥棒|职员游戏，伴随着对抗葡萄弹[5262]希腊人齐射[5263]营房|砂砾|莫里斯·拉威尔|巴拉克拉瓦|牛|暴动的土耳其式进攻[5264]草皮|野猪，即使约翰牛[5265]指挥官|肠子|詹姆斯·乔伊斯|腿|打的困难[5266]排粪|挪用公款是三叶草之土[5267]的机会[5268]，如果对黑莓果[5269]黑莓来说是香油的，对野草来说就是恩惠，既然如此既然如此，我是永乐的[5270]抑制的|变童|超凡魅力的|哮喘老魔鬼[5271]恶棍，被认为[5272]战

5227 harts of steel"～";也解 Hearts of Steel"～",爱尔兰的秘密会社。
5228 froutiknow 解 for aught I know"～";也解 fruit"～";也解 know"～"。
5229 befor you 解 befall you"～";也解 be for you"～"。
5230 rudimental moskats 解 regimental muskets"～";也解 rudimental"～"+mascots"～"。
5231 go to mats 解 go to the mat"～";也解 go to bed"～";其中 mats 也解"～";也解 Mass"～"。
5232 sockboule 解 soccer"～";也解 sock blue"～";也解 sable"～"。
5233 sodalists 解 socialists"～";也解 sodalitists"～",罗马天主教兄弟会的成员;也解 sodalis [拉]"～"。
5234 buntad nogs 解 bunt [德]"形形色色的"+nog"(一种英格兰东部酿造的)烈啤酒";也解 bended knees "～";也解 bunted"～"+noga [波] [塞维]"～";其中 buntad 也解 bun [爱]"～"。
5235 love tennis 解 lawn tennis"～";也解 love"～"。
5236 squats regatts 解 squash rackets"～";也解 squats"～"+regatta"～";也解 rockets"～"。
5237 suckpump 解 suck"吮吸"+pump"泵";也解 Sack"～"+pimp"～"。
5238 balls"～",此处解 bold"～"。
5239 on"～",此处解 one"～"。
5240 disserve 解 deserves"～";也解 disserver"～"。
5241 fain"～",此处解 fair"～";也解 féin [爱]"～"。
5242 silvernetss 解 silver nets"～";也解 silverness"～"。
5243 biguidd 解 begad"～";也解 by God"～";也解 biguidd [波]"～";也解 guidhe [爱]"～"。
5244 perthanow 解 parthenos [希]"处女",附于几位希腊女神尤其是雅典娜名后的表述词语。
5245 mitsch for matsch 解 tit for tat"～";也解 Mischmasch [德]"～";也解 Matsch [德]"～";也解 match"～";也解 mishmash"～";也解 mishe [爱]"～",指爱尔兰修女圣布利吉特在受洗时用爱尔兰语说的话。
5246 Medsdreams 解 my dreams"～"。
5247 was bourne 解 was born"～";其中 bourne 也解"～"。
5248 deepseep 解 deep sleep"～";也解 deepsea"～"。
5249 unclouthed 解 unclothed"～"。
5250 pillowing in my brime 解 pillowing in my prime"～";也解 billowing in my brine"～"。
5251 Saturnay Eve 解 Saturday Eve"～";也解 Saturn"～",罗马神话中的农业之神+Eve"～"。
5252 woren't we't 解 wore not, wear it"～";也解 we are not"～"。
5253 to see"～";也解 to say"～"。
5254 Melekmans 解 milkman"～";也解 melekh [希伯来]"～";也解 melken [德]"～";也解 lecken [德] "～"。
5255 Milcho 解 Milchu 或 Milcho"～",圣帕特里克 16 岁时被卖到爱尔兰农场为奴时的主人;也解 Milch [德]"～"。
5256 *in re*"～",此处解 in re [拉]"～"。
5257 stay of execution"～"。
5258 increaminated 解 incriminated"～";也解 incarnated"～";也解 cremate"～";也解 Crimea"～";也解 incorporated"～"。
5259 oddrabbit 解 odd rabbit"～";也解 White Rabbit"～",《爱丽丝漫游奇境记》中的角色。
5260 bitterstiff 解 bitter"痛苦的"+stiff"呆板的";也解 Isaac Bickerstaff"～",英国作家斯威夫特的化名。
5261 battonstaff 解 Butt and Taff"～";也解 baton"～"+staff"～"。
5262 grakeshoots 解 grapeshot"～";也解 Greeks"～"。
5263 barrakraval 解 barrage"～";也解 barrack"～"+gravel"～";也解 Maurice Ravel"～"(1875—1937),法国印象派作曲家的代表之一;也解 Balaclava"～",乌克兰克里米亚半岛的城市;也解 krava [塞维] "～";也解 Krawall [德]"～"。
5264 assault of turk 解 assault of Turk"～";也解 sod of turf"～";其中 turk 也解 torc [爱]"～"。
5265 Jambuwel 解 John Bull"～",指英国人;也解 General"～";也解 bowel"～";也解 Jambs,《〈芬尼根的守灵夜〉第三次人口普查》认为这个词同时包含 James"～"和 legs"～",指乔伊斯爱跳的一种舞蹈;也解 buail [爱]"～"。
5266 defecalties 解 difficulties"～";也解 defecations"～";也解 defalcations "～"。此处化自习语 England's difficulty is Ireland's opportunity(英格兰的困难就是爱尔兰的机会)。
5267 Terry Shimmyrag 解 Tír na Simearóig [爱]"～",指爱尔兰。
5268 upperturnity 解 opportunity"～"。
5269 bramblers 解 brambles"～";也解 blackberries"～"。
5270 catasthmatic 解 catastematic"～",古希腊哲学家伊比鸠鲁的概念,指一种去除了悔恨和骚乱的永恒的快乐;也解 catastaltic"～";也解 catamite"～";也解 charismatic"～";也解 asthma"～"。
5271 ruffin [英黑]"～";也解 ruffian"～"。
5272 sippahsedly 解 supposedly"～";也解 sippah [土]"～";也解 sipah [波]"～"。

士|士兵不适合[5273]检察官|教士代表去引诱[5274]弃儿[5275]，可怕愚笨的女执事太太[5276]亲爱而肮脏的都柏林，就像（占卜歌手[5277]为什么[5278]同样地叹息）我经常抚摸的[5279]旷野百合花[5280]莉莉丝，以及，当残忍而谨慎的[5281]布鲁图和卡西乌斯笨笨蛋[5282]只盯着人类[5283]合人情者中的歌格[5284]蛋猪，那么，（敌人[5285]，天哪[5286]，还有讨厌[5287]大门，上，卫兵们，向他们冲[5288]缩写|狼|上裙|刻痕！）我会讲故事[5289]高的，讲皇家检察官[5290]低吟|破坏者|工资|保卫者，小东西和年轻人也能讲[5291]肖像，我身上的烟蒂灰[5292]泄露了野心[5293]，三月十五[5294]马尔斯是被射的好日子[5295]交易|朝……拉屎。句号[5296]僵硬地落下|福斯塔夫。

他的棒子[5297]死记硬背在空中[5298]在以前，曾是半僵硬的[5299]在以后。

麦金蒂[5300]一直下到[5301]墙根[5302]战争的炸弹坟墓，穿着他的旧衣服[5303]插进他的洞里|全部种类。

在荒野中求爱的人噤声，高官[5304]的海湾[5305]省长|男孩围裹。米里亚姆[5306]的欲望是马利亚[5307]的绝望，正如约·约瑟的美是雅·雅各的悲。眉毛，讲着现在[5308]修女|无人|N|S；眼睛，假作忧伤；嘴巴，唱着沉默[5309]假文静的|M。看看鲁格曼[5310]刽子手！杯子女孩和盘子男孩[5311]之间的东西。他转回到他的杂货生意[5312]粗野的|下贱了：尽管有他的大抗议书[5313]；又被我抓到了。

随着讲话结束，寒暄到此为止[5314] HEC|辛辛那图斯。还有供暂时停下来手脚休息[5315]的争论不休[5316]干草|海牙。戳[5317]乒乓球|停，请戳，请戳两次，请问怎么戳。

句号[5318]。

5273 improctor 解 improper"～";也解 procurator"～";也解 proctor(英国国教会的)"～"。
5274 seducint 解 seducing"～"。
5275 trovatellas 解 trovatella［意］"～"。
5276 dire daffy damedeaconesses 解 dire daffy dame deaconess"～";也解 dear dirty Dublin"～"。
5277 sootheesinger 解 soothsayer"占卜者"＋singer"歌手"。
5278 like (why)"～";也解 likewise"～"。
5279 feldt 解 felt"～";也解 Feld［德］"～"。
5280 lilliths 解 lilies"～";也解 Lilith"～",亚当的第一个妻子,也被记载为撒旦的情人、夜之魔女。
5281 brutals and cautiouses 解 brutal and cautious"～";也解 Brutus and Cassius"～",罗马人,刺杀了凯撒,被安东尼击败。但丁在《神曲》中把他们视为最坏的叛徒,放在撒旦嘴里被撒旦嚼。
5282 booboob 解 boob"～"。
5283 humand 解 human"～";也解 humanus［拉］"～"。
5284 oggog 解 Gog"～",《圣经》中的名字,有的爱尔兰传说称歌格是爱尔兰人的祖先;也解 eggs"～"。
5285 Houtes,人名＋hostes［拉］"敌人",此处为书中三个青年的寓意式名字,故译。
5286 Blymey,人名＋blimey"哎呀"。
5287 Torrenation,人名＋tarnation"讨厌";也解 Tor［德］"～"。
5288 upkurts and scotchem 解 Up, guards and at them"～",惠灵顿在滑铁卢战役最后阶段下的命令,本书的主导主题之一;其中 upkurts 也解 abkurz［德］"～";也解 kurt［土］"～";也解 up skirts"～";其中 scotchem 也解 scotch"～"。
5289 tall tale 解 tell tale"～";也解 tall"～"。
5290 croon paysecurers 解 crown prosecutors"～";也解 croon"～"＋persecutor"～";也解 pay"～"＋securer"～"。
5291 sowill 解 will be so"～";也解 samhail［爱］"～"。
5292 thash on me stumpen 解 the ash on me stump (of cigar)"～"。
5293 mombition 解 ambition"～"。
5294 thit thides or marse 解 the ides of March"～",古罗马历;也解 Mars"～",罗马战神。
5295 makes a good dayle to be shattat 解 makes a good day to be shot at"～";其中 dayle 也解 deal"～";shattat 也解 shit at"～"。
5296 Fall stuff 解 full stop"～";也解 fall stiff"～";也解 Falstaff"～",莎士比亚笔下的喜剧性人物。
5297 rote"～",此处解 rod"～"。
5298 in ere 解 in air"～";也解 ere"～"。
5299 afstef 解 half-stiff"～";也解 after"～"。
5300 Magongty 解 McGinty"～",出自爱尔兰歌曲《麦金蒂下到海底》。
5301 dong wonge 解 down went"～"。
5302 bombtomb of the warr 解 bottom of the wall"～";也解 bomb tomb of the war"～"。
5303 thrusshed in his whole soort of cloose 解 dressed in his old suit of clothes"～";其中 thrusshed in his whole 也解 thrust in his hole"～",指鸡奸;其中 whole soort 也解 whole sort"～"。
5304 Bawshaw 解 bashaw"～"。
5305 bays"～";也解 beys"～",土耳其官员;也解 boys"～"。
5306 Miriam"～",《旧约》中摩西的姐姐。
5307 Marian 解 Mary"～"。
5308 nun"～",此处解 nun［希］"～";也解 none"～";也是希伯来字母 N,后面的 sad 也解希伯来字母 S。
5309 mim"～",此处解 mum"～";也解希伯来字母 M。
5310 Lokman 解 Lokman"～",《古兰经》第 31 章的名字;也解 lockman［苏］"～"。
5311 platterboys 解 platter"大浅盘"＋boys"男孩们"。
5312 grossery baseness 解 grocery business"～";也解 gross"～"＋baseness"～"。
5313 grand remonstrance 解 The Grand Remonstrance"～",1641 年英国下院为反对苛政而呈国王的抗议书。
5314 Here endeth chinchinatibus 解 Here ends chinchin"～",此处包含本书主人公名字缩写的易位构词 HEC;其中 chinchinatibus 也解 Cincinnatus"～"(前 519—前 430)罗马政治家。
5315 pouncefoot panse 解 pounce"爪子"＋foot"脚"＋pause"休息"。
5316 haygue 解 haggle"～";也解 hay"～";也解 Hague"～",荷兰城市名。
5317 Pink"～";也解 pingpong"～";也解 stop"～"。
5318 Punk 解 Punkt［德］"～"。

标记[5319]面具一。标记二。标记三。标记四。

向上。

——看看你周围，图坦卡蒙[5320]所有人|来|科明|氧化锌！

——记住并回忆，卡利卡克斯[5321]小山！

——拜访丹麦人李尔[5322]邓莱里市的时候，试试[5323]茶角落茶[5324]汝坊。

——如果你听着[5325]离开|水，我会给汝等超过六便士[5326]亚瑟·西蒙斯的贷款。

我们的四位舅舅[5327]福音传道者|贪求的。

而且，既然三个悲伤的故事[5328]实在太多了，他们发狂马太，他们陈尸马可、他们肺胀路加，他们颔张[5329]约翰。在词语层面对观[5330]。

直到朱克斯[5331]公爵做完了。

向下。

就像丢卡利翁[5332]，航海者，当他在他的渡船[5333]梨酒|皮拉|马修·加尔布雷斯·佩里中逼近，他升起滑梯[5334]在旁边，将订单装船[5335]把桨收入船中，抓住他的小母鸡，修剪它们的羽毛，清水池[5336]白的和黑水潭[5337]黑的，棕色的和白皙的[5338]讨债人和火，一个接另一个送它们前行[5339]动身|呸，嘿，哼|乘坐公共交通的车费，他看到了大洪水[5340]错觉的残留[5341]驻留：雾珠[5342]瞌睡依然势头强劲，看不见的帝国[5343]无敌的商业中心|旅人的旧海上霸主[5344]贵族，水世界的主人[5345]戴面具的人，面对一条路通向另一条路，这条路朝向那条路，出自被分成几个[5346]的他

5319 Mask“～”,此处解 mark“～”。

5320 Tutty Comyn 解 Tutankhamen“～”,埃及国王,其坟墓在 20 世纪 20 年代被发掘;也解 tutti [意]“～”+come“～”;也解 Comyn“～”,《芬青年时代的壮举》(*The Youthful Exploits of Fionn*)的作者;也解 tutty“～”。

5321 Kullykeg 解 Kallikak“～”,与朱克斯家族一起,是近代犯罪学研究的两大著名美国犯罪家族;也解 Tulach Beag [爱]“～”。

5322 Dan Leary 解 Dane“丹麦人”+Lear“李尔”,爱尔兰神话中的国王;也解 Dun Laoghaire“～”,爱尔兰东部的海边市镇。

5323 try“～”;也解 tea“～”。

5324 thee“～”,此处解 thee [荷]“～”。

5325 lymphing 解 listening“～”;也解 leaving“～”;也解 lympha [拉]“～”。

5326 simmence 解 sixpence“～”;也解 Arthur Symons“～”(1840—1892),英国评论家,著有《文学中的象征主义运动》。

5327 avunculusts 解 avunculus [拉]“～”;也解 evangelists“～”;也解 lusting“～”。

5328 threestory sorratelling 解 Three Story of Sorrowstelling“～”,指爱尔兰神话中的三个悲剧:图林之子的命运、李尔的儿女们、悲伤女神狄德丽。

5329 Maddened...morgue...lungd...jowld 解 Maddened...morgue...lung...jowl“发疯……停尸房……肺……下颌”;也解 Matthew...Mark...Luke...John“～”,四福音书的作者。

5330 Synopticked 解 synoptic“对观福音书的”。

5331 Juke 解 Jukes“～”,与卡利卡克斯家族一起是近代犯罪学研究的两大著名美国犯罪家族;也解 duke“～”。

5332 Jukoleon 解 Deucalion“～”,古希腊神话中大洪水之后与妻子皮拉借助方舟幸存的人类。

5333 perry“～”,此处解 ferry“～”;也解 Pyrrha“～”,丢卡利翁的妻子;也解 Matthew Perry“～”(1794—1858),美国海军准将,通过条约使日本向西方开放。

5334 a slide“～”;也解 aside“～”。

5335 shipped his orders“～”;也解 ship oars“～”。

5336 fionnling 解 fionn-linn [爱]“～”;也解 fionn [爱]“～”,指鸽子。

5337 dubhlet 解 Dubh-linn [爱]“～”,指都柏林;也解 dubh [爱]“～”,指乌鸦。

5338 the dun and the fire“～”,此处解 the donn([爱]“棕的”)and the fair“～”。

5339 fare fore forn 解 fahre vor vorn [德]“～”;也解 fare forth“～”;也解 fie, foh, and fum“～”, 出自《李尔王》第 3 幕第 4 场;也解 fare“～”。

5340 delugion 解 Deluge“～”;也解 delusion“～”。

5341 residuance 解 residue“～”;也解 residence“～”。

5342 doze“～”,此处解 dew“～”。

5343 invinsible empores 解 Invisible Empire“～”,指三 K 党;也解 invincible emporia“～”;也解 emporos [希]“～”。

5344 thalassocrats 解 thalassocrat“～”;也解 aristocrat“～”。

5345 maskers“～”,此处解 masters“～”。

5346 severalled 解 several“～”。

们的四维度[5347]四座大厦。在闪电[5348]从雨云[5349]积雨云中跳出的地方；在麦克尔懒懒地[5350]长的躺在戴女帽的新娘边[5351]凉爽在寒冷旁|咕咕在呱呱旁|方头巾的地方；界限，在目的地[5352]我们的固体[5353]灵魂|仅仅|盐|加盐身体全部原子[5354]在家|弥补|入葬的得以[5355]我是安息[5356]逮捕；一个点[5357]任命，就这些了。但是看看接下来是什么。世界折磨在世界[5358]冤枉|林林家族之上，在数不清[5359]互不相容之事中间，在一个无法出来之物[5360]不能兑换的的四周（一个天使女先知[5361]预言家|这个？野兽[5362]邀请的国王信使[5363]？半张皮[5364]同盟者的小牛[5365]哈里发？那个鹰巢飞行[5366]蠼螋|壹耳微蚵|爱尔兰的家伙？）虚空起泡[5367]水[5368]的嘟嘟声[5369]渡渡鸟越过那些家伙，那些巨兽[5370]从它们最深的深渊[5371]易受骗的人|屁股里时不时地[5372]风|每个|河口|恩维尔·帕夏|匿名地大口吹气。

枪。

一直向后，求求你，因为再[5373]反对跑上去没有好处。枪。这是特别强调写下来的。枪。说永远不要低估[5374]打断伟大崇高的养父[5375]听忏悔的神父|祖父|狡猾的人|盛气凌人！枪。不管做了什么，他们说，四胞胎们，你绝对不要去。枪。

不要去从后面拍他们屁股[5376]抢劫|坠落|害怕|火。不要过去，哎呀，雷雨天气[5377]，巴克利会射杀俄国将军[5378]陡坡|跌落|踢|崛起的一代。不要徘徊[5379]墙，午夜后在耶路撒冷[5380]四周在市集[5381]小块专用土地附近走[5382]工作，闻着好吧[5383]瘦骨嶙峋的，这只小猪[5384]无花果和烧酒[5385]，好吧[5386]小公牛|布洛克|布洛基，这只小猪[5387]粉色的|手指成肉猪[5388]门房|集市，但是，脏猪[5389]，让来自美丽马恩岛[5390]公司[5391]屁股的同性

5347 fourdimmansions 解 four dimensions“～”；也解 four mansions“～”。
5348 lighning 解 lightning“～”。此句化自习语 Every cloud has a silver lining(黑暗中总有一线光明)。
5349 numbulous 解 nimbus“～”；也解 cumulonimbus“～”。
5350 langwid 解 languid“～”；也解 lang［德］“～”。
5351 coold by cawld breide 解 MacCool by cauled bride“～”；其中 coold by cawld 也解 cool by cold“～”；也解 coo by caw“～”，即鸽子伴随乌鸦；其中 breide 也解 bréid［爱］“～”。
5352 whereinbourne 解 wherein“在其中”＋bourne“目的地”。
5353 solied 解 solid“～”；也解 soul“～”；也解 solely“～”；也解 so［塞维］“～”；也解 soliti［塞维］“～”。
5354 attomed 解 atom“～”；也解 at home“～”；也解 atone“～”；也解 tombed“～”。
5355 attaim 解 attain“～”；也解 atáim［爱］“～”。
5356 arrest“～”，此处解 rest“～”。
5357 appoint“～”，此处解 a point“～”。
5358 Wringlings...wronglings 解 worlds...worlds“～”；也解 wring...wrong“～”；也解 Ringling Bros“～”，美国马戏团。
5359 incomputables 解 incomputable“～”；也解 incompatibles“～”。
5360 uncomeoutable 解 un-come-out-able“～”；也解 incommutable“～”。
5361 prophetethis 解 prophetess“～”；也解 prophet“～”＋this“～”。
5362 beheasts 解 beasts“～”；也解 behest“～”。
5363 kingcorrier 解 king“国王”＋courier“信使”。
5364 halifskin 解 halfskin“～”；也解 halif［阿］“～”。
5365 calif“～”，伊斯兰教的国王，此处解 calf“～”。
5366 eyriewinging 解 eyrie“鹰巢”＋winging“飞行”；也解 earwig“～”；也解 Earwicker“～”，本书主人公；也解 Éire“～”。此处包含四福音书的四位作者马太、马克、路加、约翰的四个象征物：天使、狮子、牛、鹰。
5367 bubbily 解 bubbly“～”。
5368 vode 解 voda［俄］“～”。
5369 dodos“～”，已灭绝的巨鸟，此处拟声，故译为“～”。
5370 boomomouths 解 Behemoth“～”，出自《约伯书》(40：15)，指河马。
5371 dupest dupes 解 deepest deeps“～”；也解 dupe“～”；也解 dupe［塞维］“～”。
5372 envery and anononously 解 ever and anon“～”；也解 anemos［希］“～”；也解 every“～”；也解 inbhear［爱］“～”；也解 Pasha Enver“～”，奥斯曼帝国战争部长，参与了对亚美尼亚人的种族灭绝；也解 anonymously“～”。
5373 again“～”；也解 against“～”。
5374 underrupt 解 underrate“～”；也解 interrupt“～”。
5375 greatgrandgosterfosters 解 great grand foster fathers“～”；也解 ghostly father“～”；也解 grandfather“～”；也解 gsdysitr［爱］“～”；也解 gastar［爱］“～”。
5376 pad them behaunt in the fear 解 pad them behind in the rear“～”；其中 pad 也解［俚］“～”；也解 pad［塞维］“～”；其中 fear 也解“～”；也解 fire“～”。
5377 tonnerwatter 解 Donnerwetter［德］“～”。
5378 bungley well chute the rising gianerant 解 Buckley will shoot the Russian General“～”；其中 chute 也解“～”；也解 chute［法］“～”；也解 chute［波］“～”；其中 rising gianerant 也解 rising generation“～”。
5379 wandly 解 wander“徘徊”；也解 Wand［德］“～”。
5380 jerumsalemdo 解 Jerusalem“～”。
5381 murketplots 解 marketplace“～”；也解 plots“～”。
5382 woking“～”，此处解 walking“～”。
5383 okey boney 解 okey dokey“～”；也解 boney“～”。
5384 figgy 解 piggy“～”；也解 figs“～”。
5385 arraky 解 arrack“～”。
5386 belloky 解 well oky“～”；也解 bullock“～”；也解 Shane Bullock“～”(1865—1935)，爱尔兰小说家，曾称乔伊斯是怪物；也解 Bullocky“～”，1868 年访问英国的一个巨人身材的板球运动员。
5387 pink“～”，此处解 pig“～”；也解 pinky［俚］“～”。
5388 porker“～”；也解 porter“～”；也解 market“～”，此处化自儿歌《这只小猪去市集》。
5389 porkodirto 解 porco［意］“猪”＋dirty“脏的”。
5390 Monabella 解 Mon，都柏林西北方向马恩岛(Isle of Man)的旧名＋bella［拉］“美丽的”。
5391 culculpuration 解 corporation“～”；也解 cul［法］“～”。

恋[5392]行人绅士过他自己的生活[5393]左边的，活着[5394]离开，温柔地[5395]，借助熟读[5396]邪妄宠物广告[5397]，而没有在（如此）好吧[5398]骨头和（有点）好吧小牛[5399]布洛克|布洛基之间召唤[5400]插入他的所有灵魂[5401]同样的。不要去不要一直，反反复复[5402]缝边器和蜂鸣器|鳌虾|荷马|含，用一个出口把他们自己扎紧[5403]爬上树，但是不要永远不要在后出口[5404]使兴奋周围精细地、精确地、安静地[5405]用何物、坚定地[5406]、柔和地[5407]、寻常地、被弃地[5408]、暂停地、反复地[5409]据说、第一地、有几分地、是或不是地[5410]赞成，挖洞。永远不要在妓院[5411]肉汤这种地方醒来[5412]变弱。永远不要在美妆丽服[5413]放屁|靴子|罐子这种地方[5414]入睡[5415]。而且，当然[5416]，如果他们的良心[5417]上没有任何罪[5418]任何事物，永远不要吃酸豆子[5419]沙丁鱼|主持牧师。而且，最后[5420]城堡，永远不要停下来，讨厌鬼，直到美好的结局因大功告成而达至圆满。

因此在酒馆的秘密电话间，智者们[5421]机灵鬼详细查证着已被作证的真相[5422]抿着被考验的真相，激励他们，正如正义所命，在真理之杯上猛戳陪审团[5423]法定人数|《古兰经》的冲气钻。

皇室顾问之颌们[5424]凯西·琼斯，他们浑身秘密。皇室顾问之颌们，他们当然睿智。皇室顾问之颌们，正义的批发商[5425]，如果计策未成，他们会再找一个失足痞。呐喊者伍莱[5426]哭泣者威利。

也就是说[5427]那里是去看。有点方的大脸配缎子[5428]阿特拉斯山夹克。明亮，棕色的[5429]布朗尼蛋糕眼睛，穿着蓝袜子[5430]半高筒靴|麻布|缎

5392 pedestarolies 解 pederasts"～"；也解 pedestrians"～"。
5393 left"～"，此处解 life"～"。
5394 leave"～"，此处解 live"～"。
5395 cullebuone 解 con le buone [意]"～"。
5396 perperusual 解 perusal"～"；也解 perperus [拉]"～"。
5397 petpubblicities 解 pet"宠物"＋publicities"广告"。
5398 arraky 解 okey"～"。
5399 bellock 解 bullock"～"；也解 Shane Bullock"～"，爱尔兰小说家；也解 Bullocky"～"，板球运动员。
5400 inwok ing 解 invoking"～"；也解 woking in"～"，此处化自习语 work one's finger to the bone(不住手地干)。
5401 also's"～"，此处解 All souls"～"。
5402 hemmer and hummer"～"，此处解 over and over"～"；也解 Hummer [德]"～"；也解 Homer"～"；也解 Ham"～"。
5403 treeing unselves up 解 tying themselves up"～"；也解 tree"～"。
5404 excits 解 exits"～"；也解 excites"～"。
5405 quicely 解 quietly"～"；也解 quis rebus [拉]"～"。
5406 rebustly 解 robustly"～"。
5407 tendrolly 解 tenderly"～"。
5408 forsakenly 解 forsaken-ly"～"。
5409 reputedly"～"，此处解 repeatedly"～"。
5410 yesayenolly 解 yes or no＋-lly"～"；也解 aye"～"。
5411 broths"～"，此处解 brothel"～"。
5412 weaken up"～"，此处解 wake up"～"。
5413 poots [俚]"～"，此处解 Putz [德]"～"；也解 boots"～"；也解 pot"～"。
5414 pleece 解 place"～"。
5415 vvollusslleepp 解 fall asleep"～"。
5416 allerthings 解 allerdings [德]"～"。
5417 consients 解 conscience"～"。
5418 anysin 解 any sin"～"；也解 anything"～"。
5419 sour deans 解 sour beans"～"；也解 sardines"～"；也解 deans"～"。
5420 Zumschloss 解 zum Schluss [德]"～"；也解 Schloss [德]"～"。
5421 wisehight 解 Weisheit [德]"～"；也解 wise head"～"。
5422 sip the tested sooth 解 sift the testified truth"～"；也解 sip the tested sooth"～"。
5423 quaram 解 quorum(英国通过决议时需要的)"～"，此处指"～"；也解 Koran"～"。
5424 K. C. jowls 解 King's counsel"英国王室法律顾问"＋jowls"颚骨"；也解 Casey Jones"～"，美国蒸汽机车时代的工程师，也是一首铁路民谣中的主人公，歌中不断重复他的名字。
5425 justicestjobbers 解 justice"正义"＋jobbers"批发商"。
5426 Whooley the Whooper"～"；也解 Willy the Weeper"～"，歌曲名，讲述一位吸鸦片的人。
5427 There is to see 解 that is to say"～"；也可直译为"～"。
5428 atlas"～"，一种东方产的绸缎；也解 Atlas Mountains"～"，非洲西北部山脉，阿尔卑斯山系的一部分。
5429 brownie"～"，此处解 brown"～"。
5430 bluesackin 解 blue stocking"～"，指女学者；也解 buskin"～"；也解 sacking"～"；也解 satin"～"。

子鞋子。书呆子气的高[5431]躲猫猫游戏鼻子，下面是路易斯安那州[5432]衬衫。稻草骆驼色的腰带外，还有成堆的[5433]红发。即。格雷格里、里昂、泰培、杜格杜格[5434]。他们是不是一直在那儿[5435]凝视|老的？是啊，不过他们是单数。崇拜着[5436]游戏，忍受着[5437]学习，喜爱着[5438]离开故事，全部结束。不是这样吗[5439]内德？只在那时舒服地蜷着，感觉到夜幕[5440]零后才温暖惬意，此时拓夫巴特[5441]艰苦的战斗对方法词语和手段符号[5442]施暴，那是他们穷乡僻壤[5443]腿臀部的供应需求。愿他们来提供一下解释[5444]对恳求进行解释。那位给一人免费[5445]的店主回来时，他前面空无一人，屋里空无一人时，他的客人们走了[5446]他的笑话猜测|姿势。我敢打赌他们是。行色匆匆[5447]。

然而在认可[5448]激进的离去的小伙儿们[5449]不久以后的解释时，对补偿做了什么样的扬弃？他们是。乔治·萧伯纳[5450]·艾克本[5451]先生、圣布鲁诺[5452]的雪橇大道、狐狸好人[5453]重负先生、钟屋[5454]敲钟、卡罗兰[5455]弯道、I·I·闲聊[5456]先生、丘陵门[5457]呵欠、人民公园[5458]、Q·P·天赐[5459]出生不详的先生、风景、凝视码头[5460]伊斯兰教抗击异教徒的勇士|保尔|培尔·金特|同龄人、T·T·领班神父[5461] J·F·X·P·卡宾格|星期二先生、多重住宅、J·F·X·P路[5462]清理、W·K·渡轮-挡板[5463]先生、坚守罗兹要塞[5464]、悲惨的丹麦臀山谷[5465]可怕的|象鼻虫|要塞|小屋，在他们中加上小贩，他用泵抽烈啤酒，啤酒把瘦子连在一起，瘦子告诉[5466]冷的苏格兰人，苏格兰人在无赖的隔壁，无赖骗打油诗人，打油诗人住[5467]折叠|躺在杰克造的房子里[5468]

5431 Peaky booky“～”；也解 peeka boo“～”。

5432 lousiany 解 Louisiana“～”，美国州名。

5433 stackle 解 stacked“～”。

5434 Gregorovitch, Leonocopolos, Tarpinacci and Duggelduggel 解 Matthew Gregory（马太・格雷格里）、Mark Lyons（马可・里昂）、Luke Tarpey（路加・泰培）、Johnny MacDougal（约翰尼・麦克杜格），书中写为 MMLJ 的四人组，名字来自《圣经》四福音书的作者。

5435 stare“～”，此处解 there“～”；也解 star［塞维］“～”。

5436 Andoring 解 adoring“～”。

5437 induring 解 enduring“～”。

5438 undaring 解 en-daring“～”；也解 andaring“～”。

5439 Ned 解 Net?［德］“～”；也解 Ned“～”，驴子的昵称。

5440 nought“～”，此处解 night“～”。

5441 tuffbettle 解 Taff & Butt“～”，书中主人公两个儿子的化身；也解 tough battle“～”。

5442 waywords and meansigns 解 ways and means“方法和手段”＋words and signs“词语和符号”。

5443 hinterhand 解 hinterland“～”；也解 Hinterhand［德］“～”。

5444 splane splication 解 supply explanation“～”；也解 explain supplication“～”。

5445 on the hoose 解 on the house“～”。

5446 his geust has guest 解 his geust has gone“～”；也解 his jest has guessed“～”；也解 geste［法］“～”。

5447 nose well down［俚］“～”。

5448 radification 解 ratification“～”；也解 radical“～”。

5449 byeboys 解 bye“再见”＋boys“小伙子们”；也解 by and by“～”。

5450 G. B. W. 解 George Bernard Shaw“～”（1856—1950），英国作家。

5451 Achburn“～”，书中人名。

5452 S. Bruno“～”，即科隆的圣布鲁诺，1084 年创立天主教隐修院修会加尔都西会；也是一种烟斗丝的牌子。

5453 Faixgood 解 Fox Goodman“～”；也解 faix［法］“～”。

5454 Bellchimbers 解 bell chambers“～”；也解 Bell-chimes“～”。

5455 Carolan“～”（？—1738），爱尔兰最后一位行吟诗人。

5456 Chattaway 解 Chat-away“～”。

5457 Gape“～”，此处解 Gate“～”。

5458 Poplar Park 解 People's Park“～”，位于爱尔兰的邓莱里市。

5459 Dieudonney 解 Dieu-donné［法］“～”；也解 Dieu-donné［法俚］“～”。

5460 Gazey Peer 解 Gaze“凝视”＋pier“码头”；也解 Ghazi“～”＋Frank Power“～”（1858—1884），爱尔兰新闻记者，绰号“伊斯兰教勇士”；也解 Peer Gynt“～”，挪威民间英雄，也是挪威剧作家易卜生的同名话剧的主人公；也解 Peer“～”。

5461 Erchdeakin 解 archdeacon“～”；也解 Archdeacon J. F. X. P. Coppinger“～”，第一卷中的领班神父；也解 Dienstag［德］“～”。

5462 Rode 解 road“～”；也解 rode［德］“～”。

5463 Ferris-Fender 解 Ferries“渡轮”＋Fender“挡泥板”。

5464 Fert Fort 解 F. E. R. T.，即 Fortitudo ejus Rhodum tenuit“他坚定地守卫罗兹”，给萨瓦古国创建者的颂词＋Fort“要塞”。

5465 Woovil Doon Botham 解 Woeful Dane Bottom“～”，英格兰格洛斯特郡的山谷，可能为丹麦人战败的地方；其中 Woovil 也解 awfu“～”；也解 weevil“～”；其中 Doon 也解 dún［爱］“～”；其中 Botham 也解 bothan［爱］“～”。

5466 cold“～”，此处解 told“～”。

5467 lapped“～”，此处解 lived“～”；也解 lay“～”。

5468 the hoose that Joax pilled 解 The House That Jack Built“～”，英国童谣，最早可以追溯到 16 世纪中期，1755 年伦敦出现印刷版；其中 hoose 也解 hootch“～”；其中 pilled 也解“～”；也解 spilled“～”。

烈酒|抢劫|溢出。

他们曾经听说，或者曾经听说说过，或者曾经听说说过写过。

也即[5469]对忠实者来说足够|忠诚。

首先有一位罗德里克[5470]留里克王来到客栈庭院；那个院子的风景[5471]高度是只栖杆[5472]，上面有一只爱之套[5473]感情；崇拜[5474]权杖变换赢得女人时，最后的举止造就男人[5475]举止造就人品|君主；因此，如果我们中有人[5476]要开始要故事噱头，它会如何嗡嗡嗡，这个狗娘养的[5477]私生子？

这么多针头来戳掉[5478]指出像同伴一样多的笨头，他们全都对此点头，全都向着时间[5479]，二号[5480]也文件[5481]巨大的，(1)嗯，蛇鹫，作为潘多拉[5482]妖洞[5483]小嘴更出名，他们觉得它更像副检察长，不加区别地在笔者[5484]佩尔曼闪[5485]流氓的批准[5486]心理上的自我暗示|萨迦下，假装给送信人写一些话，讲她的水痘[5487]儿童|小妖精，笑着说小洞[5488]母鸡|喙将造成她的死亡；(2)嗯，那个玛奇·提托诺斯[5489]王权，假定的女听众[5490]女性事后审计员|收件人，当她的冒险情绪增加[5491]德莫特是格拉尼娅的时候，总是忙于谁去哪里[5492]站住！来者何人？，希望着麦克尔[5493]，希望后者[5494]信在她的丧礼[5495]朝生暮死举行前带着一杯茶[5496]首字母T出现，没有任何更多[5497]父亲的，这是同一个邮政总局[5498]午前第一次投递|记录的发出包裹，同样[5499]关于从何处去哪里[5500]谁去哪里|疾风|天气，帮助麦克尔[5501]很多，因此那封信[5502]首领的末端[5503]闲荡|结束可能在大写L[5504]肘的|一肘高者|阴茎之后，用一个望

5469 Fidelisat 解 videlicet“～”；也解 Fideli sat［拉］“～”；也解 fidelis［拉］“～”。

5470 rudrik 解 Roderick O'Connor“～”，爱尔兰最后一位共主；也解 Rurik“～”，俄罗斯留里克王朝的创立者。

5471 seight 解 sight“～”；也解 height“～”。

5472 perchypole 解 perch pole“～”，此处化自本书主题 flowerpot on a pole(柱上花盆)。

5473 loovahgloovah 解 love glove“～”，指避孕套；也解 Luvah“～”，布莱克《四天神》中四位类似天神的巨人之一。

5474 wandshift 解 worship“～”；也解 wand shift“～”。

5475 mannarks maketh man 解 Manners maketh man“～”，此处直译为“～”；也解 monarch“～”。

5476 someof aswas 解 some of us was“我们中的某人”。

5477 whoson of a which 解 who son of a bitch“～”；也解 whoreson“～”。

5478 ponk out 解 poke out“～”；也解 point out“～”。

5479 tutti to tempo 解 tutti［意］“所有”＋to“去”＋tempo［意］“时间”。

5480 too“～”，此处解 two“～”。

5481 decumans 解 document“～”；也解 decuman“～”。

5482 Pandoria 解 Pandora“～”，希腊神话中赫菲斯托斯用黏土做成的第一个女人。

5483 Paullabucca 解 Poll an Phuca［爱］“～”，都柏林利菲河西南边的深坑；也解 paula bucca［拉］“～”。

5484 Pelman 解 Penman“～”，指本书主人公的儿子闪；也解 Christopher Pelman“～”，1898 年在伦敦成立的佩尔曼研究所。

5485 Schelm［德］“～”，此处解 Shem“～”，本书主人公的儿子之一。

5486 authorsagastions 解 authorizations“～”；也解 autosuggestion“～”；也解 Sagas“～”，古代北欧的英雄传奇。

5487 chilikin puck 解 chicken pox“～”；也解 child“～”＋puck“～”。

5488 Poulebec 解 Poll Beig［爱］“～”，都柏林海湾的灯塔；也解 poule［法］“～”＋bec［法］“～”。

5489 Madges Tighe 解 Maggy“玛奇”，本书主人公女儿的另一个名字＋Tithonus“提托诺斯”，希腊神话中的特洛伊王子，获得永生却老得无法行动；也解 majesty“～”。

5490 postulate auditressee 解 postulated auditress“～”；也解 post auditress“～”；也解 addressee“～”。

5491 daremood's a grownian 解 dare mood is growing“～”；也解 Diarmaid is Grania“～”，芬·麦克尔的侄子和妻子，两人私奔，德莫特后被芬·麦克尔杀死。

5492 on the who goes where“～”；也解 Halt! Who goes there? “～”，哨兵的问话。

5493 Michal 解 Finn Michael“～”。

5494 latter“～”；也解 letter“～”。

5495 ephumeral 解 funeral“～”；也解 ephemeral“～”。

5496 cupital tea 解 cup of tea“～”；也解 capital T“～”。

5497 father“～”，此处解 farther“～”。

5498 goumeral's postoppage 解 General Post Office“～”，位于都柏林；也解 General Post“～”＋page“～”。

5499 lookwhyse 解 likewise“～”。

5500 whence blows weather 解 whence goes where“～”；也解 who goes there“～”；也解 blows“～”＋weather“～”。

5501 mickle 解 Finn Michael“～”；也解 mickle“～”。

5502 leader“～”，此处解 letter“～”。

5503 loiter end 解 latter end“～”；也解 loiter“～”＋end“～”。

5504 cubital lull 解 Capital L“～”；也解 cubital“～”；也解 cubitalis［拉］“～”；也解 lul［荷］“～”。

速来信[5505]到耳朵|CHE来胡说八道，懂吗[5506]？（3）由于[5507]是蛋糕问题中的邮差[5508]山羊人，或者无论做错事的母鸡[5509]地狱|见鬼是什么，因为[5510]是蛋糕|踢无论笔、墨和纸[5511]痛苦|波珀对他来说代表的什么玩笑[5512]小猫，觉得没有达到标准，尽管曾经[5513]严厉的爱有过真爱[5514]，真正的悲妇[5515]早的之危，作为给他情妇[5516]政府部门的美好礼物[5517]护士|百分比，与凯莉妈妈的小鸡[5518]马瑟斯|卡雷|暗自发笑他们那一对儿离婚[5519]吞食，直截了当[5520]全权委托|白手的伊瑟，为了未出生的[5521]在胎内的绅士[5522]年轻人，发现者杰瑞[5523]或守护者凯文[5524]谁捡到就是谁的，像卡布拉公园[5525]里的男骑兵[5526]那样分发他的信[5527]轻捷跑动，所有旧的如何[5528]洼地|豪丘和所有旧的那时，当在亲爱肮脏的都柏林[5529]匮乏的周围，冷笑着[5530]风景优美地带着淑女般的[5531]倦懒评论着他最终在附言中[5532]邮件|废弃所说的，（4）很久很久之后，直到我为我做了这么多而感谢你，现在非常非常感谢你，因为你把我介绍给叉戳[5533]四个，（5）好吧[5534]将，这些依然[5535]提醒神智健全[5536]被看见？（6）句号[5537]福斯塔夫！真理学[5538]衡量真理|估量上帝？或者只是傻瓜坐下[5539]关门，洪水？

好好考虑一下，偷窥的眼睛[5540]可怜的嗜杀步兵！姓名占卜[5541]名字|衡量真理|专有名词学|圣人|无赖。

巴特。拓夫[5542]但是。顶部。

你们也在你们自己的同一艘船上，上床睡觉[5543]阴茎或者做梦的快乐[5544]；你接受[5545]最美味的[5546]食用海藻|特殊的牛奶[5547]甜的|欲望；它全都流下[5548]用花装饰的你那滴水的[5549]下垂的|都柏林邓德里雷须[5550]；

5505 to ear"～",此处解 to hear"～"。此处包含本书主人公名字缩写的易位构词 CHE。
5506 comprong 解 comprends [法]"～"。
5507 becakes 解 because"～";也解 be cakes"～"。
5508 goatsman"～",此处解 postman"～"。
5509 hen"～";也解 hell"～",可与前面合解 what the hell"～"。
5510 bekicks 解 because"～";也解 be cakes"～";也解 kicks"～"。
5511 Payne Inge and Popper 解 pen, ink and paper"～";其中 Payne 也解 pain"～";其中 Popper 也解 Amalia Popper"～",乔伊斯的学生,乔伊斯的短文《贾考末·乔伊斯》的原型。
5512 kiddings"～";也解 kitten"～"。
5513 thoughy onced 解 though once"～"。
5514 throughlove 解 truelove"～";也解 tough love"～",指为起到帮助作用而严厉地对待有问题的人。
5515 grievingfrue 解 grieving"悲痛的"+Frau [德]"妇女";也解 frueh [德]"～"。
5516 minstress 解 mistress"～";也解 ministry"～"。
5517 nirshe persent 解 nice present"～";也解 nurse"～"+percent"～"。
5518 Mather Caray's chucklings 解 Mother Carey's chickens"～",美国著名作家兼教育家凯特·道格拉斯·维珍 1938 年编写的电影;也解 Liddell Mathers"～"(1854—1918),当代神秘主义者,曾施法为叶芝招来幻象;也解 James Carey"～"(1845—1883),爱尔兰长胜军成员,参与了 1882 年凤凰公园谋杀案;其中 chucklings 也解"～"。
5519 devourced 解 divorced"～";也解 devoured"～"。
5520 pante blanche 解 point blank"～";也解 carte blanche [法]"～";也解 Isolde Blanchemains"～",特立斯丹的妻子。
5521 ungeborn 解 unborn"～";也解 ungeboren [德]"～"。
5522 yenkelmen 解 gentleman"～";也解 youngmen"～"。
5523 Jeremy Trouvas 解 Jerry-Shem"杰瑞-闪",本书主人公的儿子之一+trouver [法]"找到"。
5524 Kepin O'Keepers 解 Kevin"凯文",本书主人公的儿子之一+of+Keepers"守护者";也解 finders keepers"～"。
5525 Cobra Park 解 Cabra Park"～",位于都柏林乔伊斯住处附近。
5526 cavaliery 解 cavalry"～"。
5527 skittered his litters 解 scattered his letters"～";也解 skitter"～"。
5528 howe"～",此处解 how"～";也解 Howe"～",北欧海盗占领爱尔兰期间在都柏林的议会所在地。
5529 Dix Dearthy Dungbin 解 Dear Dirty Dublin"～";也解 dearthy"～"。
5530 scenically"～",此处解 cynically"～"。
5531 laddylike 解 ladylike"～"。
5532 postscrapped 解 postscript"～";也解 post"～"+scrapped"～"。
5533 fourks 解 fork-jabs"～";也解 four"～"。
5534 will"～",此处解 well"～"。
5535 remind"～",此处解 remain"～"。
5536 be sane"～";也解 be seen"～"。
5537 Fool step 解 fullstop"～";也解 Falstaff"～",莎士比亚塑造的喜剧性人物。
5538 Aletheometry 解 alethiology"～";也解 aletheometreia [希]"～";也解 theometry"～"。
5539 zoot doon floon 解 sit down fool"～";也解 shut, door, flood"～"。
5540 peeby eye 解 peeping eye"～";也解 PBI,即 poor bloody infantry"～"。
5541 Onamassofmancynaves 解 onomatomancy"～";也解 onomasia [希]"～";也解 naves [拉]"～";也解 Onomastics"～";也解 naomh [爱]"～"+knave"～"。
5542 But. Top"～"此处解 Butt. Taff"～"本书的一组二元对立人物,也是主人公儿子的化身。
5543 Getobodoff 解 get to bed"～";也解 bod [爱]"～"。
5544 Treamplasurin 解 dream pleasure"～"。
5545 receptionated 解 reception"～"。
5546 diliskious 解 delicious"～";也解 duileasc [爱]"～";也解 dilis [爱]"～"。
5547 milisk 解 milk"～";也解 milis [爱]"～";也解 miolasc [爱]"～"。
5548 flowowered 解 flowed"～";也解 flowered"～"。
5549 Drooplin 解 dribbling"～";也解 drooping"～";也解 Dublin"～"。
5550 dunlearies 解 dundreary whiskers"～"。

但是该死的一滴[5551]滴下流下了你的老鼠洞[5552]红色。指的是，凯利、格兰姆斯、费伦、穆尔拉尼、奥布赖恩、麦卡利斯特、西利、科伊尔、海因斯-乔因斯参加、内勒-特雷纳训练员、库尔西·德·库西和吉利根-戈尔[5553]。

骑着蓝胡子汗血宝马[5554]出身贵族的|野猪|马|蓝野猪巷的胜算[5555]古怪的草地奇人！什么萨拉森的头[5556]萨克森让我们所有人惊得[5557]上升|这样离开了共和国的[5558]共和国橡树[5559]，与，嗯，那个我们不能说之人一起，透过他的今日之脸我们看起来与他酷似？是挪威人[5560]粗亚麻的头，他[5561]撣去威名远播的[5562]呸，嘿，哼|远远冒烟的切坡里若德[5563]的嘿嘿[5564]横笛的呸呸的斯堪的纳维亚[5565]新水手光顾[5566]空间|阶梯的穆林格酒店[5567]结婚|穆林格的客厅酒吧[5568]北极熊的沼泽家伙[5569]的大声拍打[5570]的座位椅背[5571]两边的灰尘。

砰[5572]弹起！打烊时间[5573]像警察一样维持治安|警察|表演绝技的人了。撒拉森[5574]重击之人|儿子男孩。要把对主[5575]下流的的恐惧[5576]火放[5577]用泵送入那些纵情酒色的灵魂[5578]婊子养的|幽灵|肚子，醉汉们[5579]喝醉，以备不时之需[5580]直到他们倒下死去|是|未被证明无辜。很长一段时间[5581]某时|全部时间他冲洗[5582]他们的[5583]那里脏[5584]肮脏的酒瓶[5585]，在他们天主教徒[5586]教皇派的衣领[5587]下面[5588]点头|在下面，让他们见鬼去吧[5589]卷帆并转舵于下风的|灵魂|名字，四分多钟[5590]火|梅努斯学院|今天！关店[5591]！砰砰[5592]弹起！再不要做偷偷摸摸的胆小鬼[5593]克劳道金|油布雨衣|鸡肝！所有人为了天主教徒的[5594]切坡里若德胃上了岸[5595]在船上！从那里溜掉[5596]无票偷乘，臭鬼的饕餮[5597]《圣祷文》！圣父、圣子和圣灵[5598]黑啤

5551 dribble a drob 解 devil a drop“～”;也解 dribble“～”。
5552 rothole 解 rathole“～”,指嘴巴;也解 rot［德］“～”。
5553 Kelly, Grimes, Phelan, Mollanny, O'Brien, MacAlister, Sealy, Coyle, Hynes Joynes, Naylar-Traynor, Courcy de Courcy and Gilligan-Goll,12 位陪审员;其中 Joynes 也解 joins“～”;其中 Traynor 也解 trainer“～”。
5554 bluebleeding boarhorse 解 bluebeard“蓝胡子”,法国童话作家佩罗作品中一个杀妻的人物＋The Bleeding Horse“汗血宝马”,都柏林酒吧名。此处的单词部分互换也是本书的造字法之一;也解 blue blood“～”＋boar“～”＋horse“～”;也解 Blue Boar Alley“～”,都柏林的旧巷。
5555 oddstodds 解 odds-on horse“大半有希望赢的马”;也解 odd sods“～”。
5556 soresen's head 解 Saracen's Head“～”,英国著名酒店;也解 Sackerson“～”,莎士比亚时代环球剧院附近的一头熊。
5557 subrises thus 解 surprises us“～”;也解 rises“～”＋thus“～”。
5558 rumpumplikun 解 republican“～”;也解 rem publicam［拉］“～”。
5559 常胜军 1882 年在凤凰公园刺杀前在皇室橡树酒吧最后喝酒。
5560 Noggens 解 Norwegian“～”;也解 noggin“～”。
5561 whilk 解 which“～”。
5562 forfummed 解 farfamed“威名远播的”;也与后面合解 fie, foh, and fum“～”, 出自《李尔王》;也解 far fumed“～”。
5563 Ship-le-Zoyd 解 Chapelizod“～”,地名,位于都柏林西郊。
5564 foef 解 foh“～”;也解 fife“～”。
5565 Lochlunn 解 Lochlainn［爱］“～”。
5566 gonlannludder 解 go“去”＋landlubber“新水手”;也解 lann［爱］“～”＋ladder“～”。
5567 marringaar 解 Mullingar Inn“～”,位于都柏林西郊的切坡里若德;也解 marriage“～”;也解 Mullingar“～”,位于爱尔兰西米斯郡的城市。
5568 porlarbaar 解 parlour bar“～”;也解 polar bear“～”。
5569 bogchaps 解 bog“沼泽”＋chaps“家伙”。
5570 bigslaps 解 big slaps“～”。
5571 bothsides“～”,此处解 backside“～”。
5572 Boumce,拟声;也解 bounce“～”。
5573 polisignstunter 解 Polizeistunde［德］“～”;也解 policing“～”;也解 polis［爱尔兰发音］“～”＋stunter“～”。
5574 Sockerson 解 Saracen“～”;也解 Socker“～”＋son“～”。
5575 lewd“～”,此处解 Lord“～”。
5576 fire“～”,此处解 fear“～”。
5577 pump“～”,此处解 put“～”。
5578 soulths of bauchees 解 souls of debaucheries“～”;也解 sons of bitches“～”;也解 soulth［英爱］“～”＋Bauch［德］“～”。
5579 havsousedovers 解 half seas over［俚］“半醉的”;也解 souse“～”。
5580 tillfellthey deadwar knootvindict 解 tilfælde det var nødvendigt［丹］“～”;其中 tillfellthey deadwar 也解 till they fell dead“～”＋were“～”;其中 knootvindict 也解 not vindicated“～”。
5581 An whele time 解 een hele tijd［荷］“～”;也解 and one time“～”;也解 and whole time“～”。
5582 rancing 解 rinsing“～”。
5583 there“～”,此处解 their“～”。
5584 smutsy 解 smutty“～”;也解 schmutzig［德］“～”。
5585 floskons 解 flasks“～”。
5586 poopishers 解 popish“～”;也解 papishers“～”,指罗马天主教徒。
5587 ycholerd 解 collar“～”。
5588 nodunder 解 nedunder［丹］“～”;也解 nod“～”＋under“～”。
5589 ahull onem 解 hell on 'em“～”;其中 ahull 也解“～”;其中 onem 也解 anam［爱］“～”;也解 ainm［爱］“～”。
5590 Fyre maynoother endnow 解 fire minutter endnu［丹］“～”;也解 fire“～”＋Maynooth College“～”,位于爱尔兰克尔代尔郡北部,培训神父的中心＋indiu［爱］“～”。
5591 Shatten up ship 解 shut up shop“～”。
5592 Bouououmce,拟声;也解 bounce“～”。
5593 Nomo clandoilskins cheakinlevers 解 no more clandestine chicken livers“～”;其中 clandoilskins 也解 Clondalkin“～”,爱尔兰都柏林郡的市镇;也解 oilskins“～”;其中 cheakinlevers 也解 chickenliver“～”。
5594 Capolic 解 Catholic“～”;也解 Chapelizod“～”,地名,位于都柏林西郊。
5595 ashored“～”;也解 aboard“～”。
5596 Stowlaway 解 steal away“～”;也解 stow away“～”。
5597 glutany of stainks 解 gluttony of stinks“～”;也解 Litany of Saints“～”。
5598 Porterfillyers and spirituous sunckster 解 Pater, Filius and Spiritus Sanctus［拉］“～”;也解 porter“～”＋and“～”＋spirituous“～”＋suckers“～”,即“～”。

酒|和|酒精的|吮吸者|黑啤酒和吸酒精的人，阿门[5599]家，阿门！

由于他确实掐住了[5600]他怀[5601]水手长里的这些毒蛇[5602]谩骂|屁，灌木般的眉毛、多节的颈背[5603]高贵的、前摇与后摆[5604]摇摆|茨温利、凹陷的身躯[5605]狭窄通道，从此时10点起[5606]铃就冲洗了[5607]酒瓶[5608]。因为他听[5609]铃到远处[5610]胭脂|放屁的笛声。就像？谁的？

亲爱的荷兰人[5611]饯行酒|冷灌洗器是齐格鲁德的儿子[5612]萨克森。年轻时[5613]他咕咕叫响彻大地。灰色时他反刍着难听的鸦叫，就像离开大海[5614]说的水[5615]。

奥斯蒂亚[5616]圣饼，抬高！抬高，奥斯蒂亚！从大海[5617]说那里！离开大海！

他，他。他，他。

听霍斯蒂[5618]黑斯廷他，唱着赞美诗[5619]，记起[5620]所有的丰满者、易怒者、废物们、水痘们，以及他散布[5621]在港口、酒吧、公园、餐具室和鸡舍里的瓷器[5622]套钟[5623]，而他们，在那里，其他人，现在，曾经最争先恐后地想接住[5624]船长沿着他们那巧言石[5625]奉承话的沟槽流下的最后一滴夏[5626]露。在撒克逊人[5627]锁[5628]敲上门[5629]之前。他会这样，确切无疑[5630]。留下他们目瞪口呆[5631]冲洗|驾驶|忧郁|顽固的。

因为根据所有体育规则，应该由天赋的[5632]遗憾青春让夜晚充满魅力，老年则被抛弃[5633]该下地狱的去料理白天，在离开大海[5634]说的水[5635]之时。

蜂鸟嗡鸣，它正过来。一路来，一路去。

5599 oooom 解 Amen“～”；也解 home“～”。

5600 strongleholder 解 stranglehold“～”。

5601 boasum 解 bosom“～”；也解 bosun“～”。

5602 vitupetards 解 vipers“～”；也解 vituperate“～”；也解 petard [法]“～”。

5603 nobblynape 解 knotty“多节的”＋nape“颈背”；也解 nobly“～”。

5604 swinglyswanglers 解 swingswang“～”，指四肢；也解 swing“～”；也解 Zwingli“～”(1484—1531)，瑞士宗教改革家。

5605 sunkentrunk 解 sunken trunk“～”；也解 Sunken Road 即 Hohlen Gass“～”，瑞士民间英雄威廉·退尔逃脱后藏在此处射死了地方总督盖斯勒。

5606 from tin of this clucken 解 from ten o'clock“～”；也解 Glocken [德]“～”。

5607 runced 解 rinsed“～”。

5608 slapottleslup 解 bottles up“～”。

5609 hord 解 heard“～”；也解 horde“～”。

5610 fard“～”，此处解 afar“～”；也解 fart“～”。

5611 Dour douchy 解 Dear Dutch“～”；也解 deoch an dorais [爱]“～”；也解 cold douche“～”。

5612 sieguldson 解 Sigurd's son“～”，齐格鲁德为北欧神话传说中的大英雄，是《沃尔松格萨迦》的主人公；也解 Sackerson“～”，莎士比亚时代环球剧院附近养的一头熊。

5613 nor 解 naar [丹]“～”。

5614 say“～”，此处解 sea“～”。

5615 wather 解 water“～”。

5616 Ostia [意]“～”，此处解 Ostia“～”，位于罗马的古城。

5617 say“～”，此处解 sea“～”。

5618 Hearhasting 解 Hear“听”＋Hosty“霍斯蒂”，书中人物；也解 hasting“～”，英国东萨塞克斯郡濒临加来海峡的城市。

5619 himmed 解 hymned“～”。

5620 reromembered 解 remembered“～”。

5621 mistributed 解 distributed“～”。

5622 chayney 解 chainey [爱]“～”。

5623 chimebells 解 chime bell“～”。

5624 cupturing 解 capturing“～”；也解 captain“～”。

5625 blarneying 解 Blarney Stone“～”，位于爱尔兰布拉尼城堡，相传吻此石头后即善于花言巧语；也解 blarney“～”。

5626 summour 解 summer“～”，此处化自托马斯穆尔的歌曲《夏天的最后一朵玫瑰》。

5627 sockson 解 Saxon“～”。

5628 locked“～”；也解 knocked“～”。

5629 dure 解 door“～”。

5630 shuttinshure 解 certain sure“～”。

5631 lave them to sture 解 leave them to stare“～”；其中 lave 也解“～”；其中 sture 也解 steer“～”；也解 sture [挪]“～”；也解 sture [德]“～”。

5632 bedower'd 解 be＋dower＋-ed“～”；也解 bedauert [德]“～”。

5633 dumped“～”；也解 damned“～”。

5634 say“～”，此处解 sea“～”。

5635 wather 解 water“～”。

芬格尔[5636]芬·麦克尔|最终的·麦克基什格玛德[5637]亲吻·胖子[5638]·自由民[5639]驳船|堡垒·店老板[5640]，马上点着他的头，哈着他的腰[5641]准备好的，表示同意[5642]顽抗者，这些为了公众利益的人们[5643]排练习惯了[5644]大声喧哗者他客栈[5645]霍斯蒂的延期关门[5646]灭绝|CEH，他的领班轰击着他们的耳朵[5647]你是|屁股|HCE。时间到了[5648]少妇，绅士们[5649]枪手，请[5650]游戏，她随时[5651]美劳斯学院随地[5652]不知不觉地会出发[5653]。

你没有听到[5654]这里再见的声音[5655]波涛|码头工人|公鸡吗？踢踢踏踏踢踢踏踏[5656]他们离开[5657]挥舞。

从邓辛克树[5658]树|舞蹈到萨顿之石[5659]萨顿地峡，有少年，不撒谎，会将王冠偷至，来制造[5660]酿制他们的麻袋，泡他们的茶，用从离开大海[5661]说的水体[5662]。

沿着[5663]勒隆阿文杜河[5664]窗户的银色小溪[5665]西尔弗伯恩河，一路走向罗榭尔巷[5666]和自由区[5667]，那些穆林格[5668]穆林格酒店行吟诗人[5669]马歇尔希监狱在带头歌唱[5670]，经过高速公路[5671]吹奏出曲调，在那下面[5672]内衣，停[5673]抬起头|用矛刺穿在凹洞山，那个可怜的里昂人[5674]狮子，好惠灵顿公爵[5675]迪克·惠廷顿，爱尔兰来了[5676]胡格诺派来完成使命|HCE，走过来向美女鞠躬[5677]听弓铃的声音|我嚎叫|美人|手肘，被毛瑟枪[5678]市长|老鼠吸引[5679]切割|在|捕获的。现在重新成为城市，都柏林的市长大人[5680]手指！当然[5681]，敲钟人[5682]裁缝|劳动者|疯子，用她来愉悦[5683]加上他眼睛的女儿[5684]加点的人|蛋黄|字母 i 的点；胖子马克[5685]蠢驴|一旦，为什么我们的目标[5686]爱都是拥有黑啤酒[5687]诗人的姿态，请问[5688]和平？此时蠢货[5689]哑的关了店[5690]把遮板提起|射击顾客绳子。他们全都蜂拥而出。

5636 Fingool 解 Fingal“～”，传说中的苏格兰英雄，来到爱尔兰与丹麦人作战；也解 Finn MacCool“～”；也解 final“～”。
5637 MacKishgmard“～”，人名；也解 Kish［爱尔兰发音］“～”。
5638 Obesume 解 obese“～”。
5639 Burgearse 解 burgess“～”；也解 barge“～”；也解 Burg［德］“～”。
5640 Benefice 解 Boniface“～”。
5641 bowe…and scrapin 解 bow and scrape“～”；也解 boun“～”。
5642 recolcitrantament 解 reconcilement“～”；也解 recalcitrant“～”。
5643 probenopubblicoes 解 pro bono publico［拉］“～”；也解 proben［德］“～”。
5644 clamatising for 解 climatize“～”；也解 clamator［拉］“～”。
5645 hostillery 解 hostelry“～”；也解 Hosty“～”，书中人物。
5646 extinsion 解 extension“～”；也解 extinction“～”。此处包含本书主人公名字缩写的易位构词 CEH。
5647 eres［西］“～”，此处解 ears“～”；也解 arse“～”。此处包含本书主人公名字的缩写 HCE。
5648 Tids 解 tid［丹］“～”；也解 tit“～”。
5649 genmen 解 gentlemen“～”；也解 gunman“～”。
5650 plays“～”，此处解 please“～”。
5651 almaynoother 解 alle Minuten［德］“每分钟”；也解 Maynooth College“～”。
5652 onawares 解 anywhere“～”；也解 unawares“～”。
5653 shoother off 解 set off“～”。
5654 here nort 解 hear not“～”；也解 here“～”。
5655 farwellens rouster 解 farvelens røster［丹］“～”；也解 wellen［德］“～”＋rouster“～”；也解 rooster“～”。
5656 Ashiffle ashuffle 解 shuffle“～”。
5657 wayve 解 away“～”；也解 wave“～”。
5658 Dancingtree 解 Dunsink“～”，位于都柏林的天文台＋tree“～”；也解 Dancing“～”。
5659 Suttonstone 解 Sutton“萨顿”，英国城市名＋stone“石头”；也解 Isthmus of Sutton“～”，霍斯与大陆之间的地区。
5660 mull“～”，此处解 make“～”。
5661 say“～”，此处解 sea“～”。
5662 wather 解 water“～”。
5663 Lelong 解 along“～”；也解 Jacques Lelong“～”(1665—1721)，法国神父，目录学家。
5664 Awaindhoo 解 Awin-Dhoo“～”，位于马恩岛；也解 window“～”。
5665 Selverbourne 解 silver“银”＋bourne“小溪”；也解 Silverburn“～”，位于马恩岛。
5666 Rochelle Lane“～”，都柏林后巷的旧名。
5667 liberties 解 The Liberties“～”，都柏林西南区。
5668 Mullinguard 解 Mullingar Road“～”，位于都柏林；也解 Mullingar Inn“～”，位于都柏林西郊的切坡里若德。
5669 minstrelsers 解 minstrels“～”；也解 Marshelsea Prison“～”，都柏林监狱名。
5670 marshalsing 解 marshal“带领”＋sing“歌唱”。
5671 tunepiped 解 turnpike“～”；也解 tune piped“～”。
5672 under where“～”；也解 underwear“～”。
5673 perked“～”，此处解 parked“～”；也解 piked“～”。
5674 man of Lyones 解 Men of Lyons“～”，1184 年被逐出教会的法国瓦尔多教派创建者彼得・沃尔多的追随者；也解 Lion“～”。
5675 Dook Weltington 解 Duke of Wellington“～”(1769—1852)，英国军事家、政治家；也解 Dick Whittington“～”，17 世纪童话《迪克・惠廷顿和他的猫》中的主人公，讲述小男孩迪克・惠廷顿和他的猫去中世纪的伦敦旅行和冒险发财的经历。
5676 hugon come errindwards 解 here comes Érin“～”；也解 Huguenots come errand-wards“～”；也解 HCE，本书主人公。
5677 hircomed to the belles bows 解 herkommen(［德］“走过来”) to bow the belles“～”；也解 harken to the Bow bells“～”；其中 hircomed 也解 hirco［拉］“～”；其中 belles 也解［法］“～”；其中 belles bows 也解 elbows“～”。
5678 mausers“～”；也解 mayor“～”；也解 Maus［德］“～”。
5679 cutattrapped 解 attracted“～”；也解 cut“～”＋at“～”＋trapped“～”。
5680 londmear 解 lord mayor“～”；也解 méar［爱］“～”。
5681 off coursse 解 of course“～”。
5682 toller“～”；也解 tailor“～”，裁缝柯西；也解 toiler“～”；也解 Toller［德］“～”。
5683 ples 解 please“～”；也解 plus“～”。
5684 dotter“～”，此处解 daughter“～”；也解 Dotter［德］“～”；也解 dotter of i's“～”。
5685 Moke the Wanst 解 Mark“国王马克”，特里斯丹与伊瑟故事中的康沃尔国王＋Wanst［德］“胖子”；也解 Moke“～”＋once“～”。
5686 aime 解 aim“～”，此句众多词语末尾加字母 e；也解 aime［法］“～”。
5687 pose of poeter 解 poss of porter“～”；也解 pose of poet“～”。
5688 peaced 解 please“～”；也解 peace“～”。
5689 dumb“～”，此处解 dummy“～”。
5690 shoots the shopper rope 解 shut the shop up“～”；也解 puts the shutter up“～”；也可直译为“～”。

唯独[5691]巴克利|巴特和拓夫没有[5692]汤姆·索亚[5693]彼得·索亚|锯木匠，俄国将军[5694]狭窄的|页边空白，博因河战役[5695]勇士|胡须|乞丐，依然是我们最亲爱的[5696]生命本杰明[5697]便雅悯，以前在这些城市[5698]是富兰克林[5699]坦白的，然而为了他的胳膊，给了[5700]他一副[5701]防洪堤|凝视半支柱[5702]门房，约西亚·小瓦罐、阿摩司·爱、拉乌尔·勒费伯发烧、布莱兹火焰·塔博特、杰里米·约珀、弗朗西斯·德·卢米斯、哈迪·史密斯和塞坎·佩蒂特[5703]，后面跟着的是我们贝朗格咖啡[5704]贝朗瑞舒适的沙龙上院[5705]。参议员们[5706]《论老年》。

因为他们想[5707]习惯于在店铺落锁[5708]羊丢了|船松缆启航|切坡里若德前推门[5709]山羊|重量出去，好祝沃伯顿·惠特劳·沃尔什[5710]摇摇晃晃的马跳起凯利凯利[5711]损害|凯利|三K党，凯利舞咯咯[5712]，从他们西南西南[5713]南纬、西经、东经、北纬|天鹅的厚臀[5714]堤岸上都柏林[5715]人|拉里·杜林的所有地方，驶回[5716]平安回家榛树林边[5717]，再转向西方之家[5718]西屋电气|迪克·惠廷顿，在丹斯伯利[5719]公地旁，他们一个、两个、三个、四个[5720]，在大雨下了[5721]雨天，穷苦时期|喝光四十桶[5722]软帽之后(把他们记下来，憨蛋呆蛋[5723]驼背|CHE!)直到他们在海外鼓满风[5724]占上风(所有[5725]懒汉|艾利·斯洛珀旅客[5726]过路客!)路上的所有行人[5727]摇篮|《通向都柏林的岩石路》，街[5728]上的所有靴子。

啊，亲爱的[5729]溪谷！啊，嘀[5730]啊嘀！

去年[5731]，旱鸭子[5732]同胞|民，轻率的霍斯蒂！为了奇迹[5733]使愉快|使人叹赏惊奇的的泛滥[5734]，以及我们的沼泽[5735]变成泥土[5736]欺骗|泥土|ALP。

5691 butly 解 but-ly"～";也解 Buckley"～";也可与后面合解 Butt and Taff"～"。
5692 Sans [法]"～"。
5693 Tuppeter Sowyer 解 Tom Sawyer"～",美国作家马克·吐温的小说的主人公;也解 Peter Sawyer"～",乔伊斯称他是奥康尼河边都柏林市的创建者,但是当地历史中没有关于这个人的记载;也解 sawyer"～"。
5694 rouged engenerand 解 Russian general"～";也解 eng [德]"～"+Rand [德]"～"。
5695 a barttler of the beauyne 解 Battle of the Boyne"～",1690 年英格兰国王威廉三世在爱尔兰打败詹姆士二世的战役;其中 barttler 也解 battler"～";也解 Bart [德]"～";也解 Bettler [德]"～"。
5696 liefest 解 liefst [荷]"～";也解 life"～"。
5697 benjamin 与后面的 frankling 合解 Benjamin Franklin"～",美国物理学家;也解 Benjamin "～",以色列民族的祖先。
5698 thise citye 解 these cities"～"。
5699 frankling 解 Benjamin Franklin"～"(1706—1790),美国物理学家;也解 frank"～"。
5700 bigrented 解 granted"～"。
5701 piers"～",此处解 pair"～";也解 peers"～"。
5702 subporters 解 supporters"～";也解 porter"～"。
5703 Josiah Pipkin, Amos Love, Raoul Le Febber, Blaize Taboutot, Jeremy Yopp, Francist de Loomis, Hardy Smith and Sequin Pettit,8 个人,与留下的 3 位及最后的一位,共 12 位陪审员;其中 Febber 也解 fever"～";Blaize 也解 blaze"～"。
5704 Café Béranger"～",巴黎咖啡厅,被雨果等称为"书房";也解 Pierre de Béranger"～"(1780—1857),法国诗人。
5705 seanad [爱]"～",爱尔兰共和国议会的组成机关之一。
5706 scenictutors 解 senators"～";也解 De Senectute"～",古罗马演说家西塞罗的著作。
5707 wonted"～",此处解 wanted"～"。
5708 sheep was looset 解 ship was laaset([丹]"上锁") "～";也解 sheep was lost"～";也解 ship was loosed"～";也解 Chapelizod"～",地名,位于都柏林西郊。
5709 goatweigh 解 gateway"～";也解 goat"～"+weigh"～"。
5710 Wobbleton Whiteleg Welshers 解 John Warburton, James Whitlaw, and Robert Walsh,人名,《都柏林城市史》(1818)的作者;其中 Wobbleton 也解 wobbler"～"。
5711 kaillykailly 解 ceilidhe"～",一种传统的盖尔人民族音乐和舞蹈;也解 caill [爱]"～";也解 W. W. Kelly"～",利物浦的常青旅行公司的经理,该公司在提供导游时赠送《皇室离婚》;也解 KKK"～"。
5712 kellykekkle 解 ceilidhe"凯利舞"+cackle"母鸡咯咯叫"。
5713 swensewn snewwesner 解 southwester"西南风";也解 S. W. E. N. S. E. W. N"～",指南针的各个罗经点;也解 swan"～"。
5714 labious 解 labeosus [拉]"～"。
5715 dinnasdoolins 解 Dinas-Dulin"～",都柏林的威尔士名字;也解 duine [爱]"～";也解 Larry Doolin"～",英国流行歌曲《爱尔兰双轮马车》中的马车夫。
5716 savebeck 解 sail back"～";也解 safe back 即 safe home"～"。
5717 Brownhazelwood 解 Drom-Choll-Coil [爱]"～",都柏林旧名。
5718 weastinghome 解 Westering home"～",歌曲名;也解 Westinghouse"～",美国电器公司;也解 Dick Whittington"～",17 世纪童话《迪克·惠廷顿和他的猫》中的主人公。
5719 Danesbury"～",赫特福德郡的市镇。
5720 onely, duoly, thruely, fairly 解 one-ly, dual-y, three-ly, four-ly"～"。
5721 rainydraining 解 rain rained"～";也解 rainy day"～";也解 drain"～"。
5722 fountybuckets 解 forty buckets"～";也解 bonnets"～"。
5723 hemptyempty 解 Humpty Dumpty"～";也解 Hump"～"。此处包含本书主人公名字缩写的易位构词 CHE。
5724 caught the wind"～";也解 take the wind"～"。
5725 alley loafers 解 alle Leute [德]"～";也解 loafer"～";也解 Ally Sloper"～",1884 年发行的书刊《艾利·斯洛珀的半日假》的主人公,他不仅是第一个拥有以自己名字命名的杂志的漫画人物,也是第一个产生衍生商品的漫画人物。
5726 passinggeering 解 passenger"～";也解 passeggieri [意]"～"。
5727 rockers"～",此处解 walkers"～",此处出自歌曲 The Rocky Road to Dublin"～",19 世纪一首爱尔兰歌曲的名字。
5728 stretes 解 streets"～"。
5729 dere"～",此处解 dear"～"。
5730 Ah hoy"～";也解 ahoy"～",从船上看到陆地时的感叹语。
5731 Last ye 也解 Last year"～"。
5732 lundsmin 解 landsman"～";也解 landsman [荷]"～";也解 min [中]"～"。
5733 mirification 解 mirific+ation"～";也解 merrification"～";也解 mirificus [拉]"～"。
5734 anondation 解 inundation"～"。
5735 paludination 解 paludine"～"。
5736 lutification 解 lutificatio [拉]"～";也解 ludification"～";也解 lutus [拉]"～"。包含女主人公的名字 ALP。

他的棍棒断[5737]，他的鼓破皮。为了除草我们留着他戴的帽笠，安逸地在他的泥土上翻滚，在离开大海[5738]说的水陂[5739]。

好哇[5740]！三石山[5741]公羊至露酒井[5742]两个，直到河堰[5743]《加里欧文》|继续和运煤船[5744]哗啦声！现在为了他的胜利[5745]妖怪午餐会[5746]遇到巴纳比·芬尼根[5747]褐色男孩|圣菲尼安的农夫[5748]从前的。爱尔兰老女人[5749]守卫。咆哮游荡的[5750]电池·多兰们。那个吹哨的贼，鸫鹩，鸫鹩[5751]《特里·奥兰恩》。带着一抹像她一样的狡猾，什么地方都没有哀号[5752]。

四位老人[5753]已经在他们的邮递海域[5754]辛苦的水域中彻底[5755]黔驴技穷[5756]伦敦西区了，尝试着。躲猫猫！快快找！躲猫猫！快快找[5757]白雪香槟！因为一号住在北路[5758]巴特斯比·布罗斯，他在尝试着。躲猫猫！快快找！躲猫猫！快快找！二号挖出宝尔势格[5759]，南方[5760]抚慰者，尝试着。躲猫猫！快快找！躲猫猫！快快找！三号[5761]名字他与莉莉·泰克勒斯在东方[5762]吃睡觉，他在尝试着。躲猫猫！快快找！躲猫猫！快快找！最后一个带着赛璐璐驴子[5763]航海小艇|劳合社|假衬衫，他被安顿在大路[5764]包赫默路|莫赫断崖以西[5765]，他们全都尝试着，困惑于海域[5766]的，憨蛋呆蛋[5767]之水的。高又高！沉下去！[5768]躲猫猫！快快找！高又高！沉下去！高又高啊高又高！沉下去啊沉下去！

海浪。

踏板[5769]匪徒|楼梯拉紧，船锚[5770]愤怒拉起，霍斯蒂举起[5771]稀有的罐头和杯子，让食人魔[5772]同性恋帆船更快离开，在离开大海[5773]说

5737 bruk 解 broke“～”。
5738 say“～”，此处解 sea“～”。
5739 wather 解 water“～”。
5740 Hray 解 Hurray“～”，欢呼声。
5741 Free rogue Mountone 解 Three Rock Mountain“～”，位于都柏林；也解 montone［意］“～”。
5742 Dew Mild Well 解 Dew“露水”＋Mild“淡麦芽啤酒”＋Well“井”，此处化自 The Mountain Dew（《山露》），指威士忌，爱尔兰歌曲；也解 dew［康沃尔］“～”。
5743 corry awen 解 corraidh abhainn［爱］“～”；也解 Garryowen“～”，爱尔兰进行曲；也解 carry on“～”。
5744 glowry 解 glowr［威］“～”；也解 gleadhradh［爱］“～”。
5745 burgherbooh 解 buadh［爱］“～”；也解 Bugaboo“～”，出自歌曲“On Board of the Bugaboo”（《在布加博号上》）。
5746 lyncheon partyng 解 luncheon party“～”。
5747 Brownaboy Fuinnninuinn 解 Barnaby Finnegan“～”，歌曲名；也解 Brown-a-boy“～”＋St. Finnian“～”，6 世纪爱尔兰圣人，圣哥伦巴曾非法地抄写了他的一本书。
5748 former“～”，此处解 farmer“～”。
5749 Shanavan Wacht 解 Shan van Vocht“～”，爱尔兰也被称为“可怜的老女人”；也解 Wacht［德］“～”。
5750 Rantinroarin 解 Ranting“咆哮”＋Roving“漫游的”，此处化自歌曲“I'm a Ranting, Roving Blade”（《我是咆哮的游刃》）；也化自爱尔兰故事中的常用语 he died roaring like Doran's bull（他像多兰的公牛一样咆哮着死去）。
5751 O' Ryne O'Rann 解 The Wren, the Wren“～”，爱尔兰童谣；也解 Terry O'Rann“～”，歌曲名。
5752 keener 解 caoin［爱］“～”。
5753 for eolders 解 four elders“～”。
5754 mailing waters“～”；也解 moiling waters“～”。
5755 aspolootly 解 absolutely“～”。
5756 at their wetsend 解 at their wits end“～”；也解 West End“～”。
5757 Hide! Seek!“～”；也解 Heidsieck“～”，一种香槟酒。
5758 Bothersby 解 bothar［爱］“～”；也解 Battersby Bros“～”，都柏林拍卖商。
5759 Poors Coort 解 Powerscourt House“～”，位于都柏林南面的庄园，建造于 18 世纪 20 年代。
5760 Soother“～”，此处解 south“～”。
5761 nomber 解 number“～”；也解 nombre［西］“～”。
5762 The Eats“～”，此处解 The East“～”。
5763 sailalloyd donggie 解 celluloid donkey“～”；也解 sailing dinghy“～”；也解 Lloyd's of London“～”，英国的一家保险人组织＋dickey“～”。
5764 Moherboher 解 bothar mor［爱］“～”；也解 Bohermore Road“～”，位于爱尔兰戈尔韦市；也解 Cliffs of Moher“～”。
5765 to the Washte 解 to the West“～”。
5766 walters 解 waters“～”。
5767 hoompsydoompsy 解 Humpty Dumpty“～”。
5768 High! Sink!“～”；也解 Hide! Seek!“～”。
5769 gangstairs 解 gangplank“～”，此处化自歌词“踏板收起，船锚拉上，我们正离开甜蜜的提珀雷里”；也解 gangsters“～”；也解 stairs“～”。
5770 anger“～”，此处解 anchor“～”。
5771 rares 解 raise“～”；也解 rare“～”。
5772 bogre 解 ogre“～”；也解 bugger“～”。
5773 say“～”，此处解 sea“～”。

的水际[5774]。

都柏林的山羊市民[5775] HCE|诅咒|荷耳克斯|死神。

——他应该[5776]摇动对自己们[5777]他们自己|驼背感到羞耻[5778]成某种形状的，将那种身材[5779]绵羊藏在他的外套[5780]山羊里。就为了与那么厚颜无耻的[5781]熊皮|皮毛麦克雷迪[5782]王子理查三世[5783]相像[5784]集合|物种。坏蛋坏蛋[5785]。嗨嗬[5786]马，嗨嗬，我们的王国[5787]源于一个斯堪的纳维亚人[5788]母熊|马！布利安·奥林[5789]布鲁诺|羊毛的多毛部位上的布利安·奥林织物。他强健的躯体，那种酒窖的东西[5790]呼喊对于猪槽而言[5791]污秽的也是一种侮辱[5792]在盐里。停下他的外行感[5793]执照，给他涂上墨！你们会觉得他是老都柏林[5794]，像领退休金的上帝[5795]短柱上的葫芦|午宴一样享受着他的闲暇[5796]立桩|他的主|当然。都柏林之神[5797]界定的神性。只要有雨[5798]雨伞，就出于饮酒专业的[5799]神话的使命在整个公园[5800]田野打猎！拜访里纳·罗纳·里内特[5801]纯正的|漂亮的·罗内因[5802]。对此我的回答是情人[5803]柠檬。看护人[5804]耕作、教区执事[5805]和贴广告的人[5806]银行汇票听到了他。三点比一。壹耳·微蚵[5807]堕落成蠼螋[5808]陶器|蛋。缄口不语，酿酒厂！布鲁里万岁[5809]啤酒厂！让他从约翰巷[5810]跑下詹姆斯门[5811]。生出一个妻子，通过把她的青春之事注入紧绷的皮肤[5812]紧身的|权利，让她成为[5813]成为游戏他的侄女。那是当他有令人眩晕的[5814]迪斯累利|碧丝符咒的时候。直到格莱斯顿[5815]高兴的|凳子·索尔尼斯[5816]药丸让他安然无恙[5817]非常准确。感谢他那黄铜色的胡子[5818]休迪布拉斯的胡子|马。高个子罗德布洛克[5819]罗登缩绒厚呢，如今他隐藏[5820]

5774 wather 解 water“～”。
5775 Horkus chiefest ebblynuncies 解 Hircus Civis Eblanesis [拉]“～”；也解 HCE，本书主人公名字的缩写；也解 horkos [希]“～”；也解 Horkos“～”，古希腊的宣誓之神；也解 Orcus“～”。
5776 shook“～”，此处解 should“～”。
5777 hempshelves 解 himself“～”；也解 themselves“～”；也解 hump“～”。
5778 be ashaped of 解 be ashamed of“～”；也解 a-shaped“～”。
5779 shepe 解 shape“～”；也解 sheep“～”。
5780 goat“～”，此处解 coat“～”。
5781 bearfellsed 解 barefaced“～”；也解 bearfell“～”；也解 Fell [德]“～”。
5782 magreedy 解 W. C. Macready“～”，莎士比亚戏剧的演员。
5783 Roger. Thuthud 解 Richard the third“～”(1452—1485)，英国国王，也是莎士比亚同名戏剧的主人公。
5784 rassembling 解 resembling“～”；也解 rassembler [法]“～”；也解 rasse [德]“～”。
5785 Thuthud 解 turd“～”。
5786 Heigh hohse 解 heigh ho“～”，表示疲劳，惊讶，厌倦；也解 horse“～”。
5787 kindom 解 kingdom“～”。
5788 orse [意]“～”，此处解 Norse“～”；也解 horse“～”。
5789 Bruni Lanno 解 Brian O'Linn“～”，爱尔兰民谣中的早期英雄，教爱尔兰人做衣服；也解 Bruno of Nola“～”(1548—1600)，意大利哲学家＋lana [拉]“～”。
5790 cellaring“～”；也解 calling“～”。
5791 foul the matter of 解 for the matter of“～”；也解 foul“～”。
5792 insalt foul 解 insult“～”；也解 in salt“～”。
5793 laysense 解 lay sense“～”；也解 licence“～”。
5794 Alddaublin 解 old Dublin“～”。
5795 gourd on puncheon“～”，此处解 God on pension“～”；也解 luncheon“～”。
5796 staking his lordsure 解 take his leisure“～”；也解 staking“～”＋his lord“～”＋sure“～”。
5797 Deblinity devined 解 Dublin“都柏林”＋divinity“神性”；也解 divinity defined“～”。
5798 imberillas 解 imber [拉]“～”；也解 umbrella“～”。
5799 methylogical 解 methylogikos [希]“～”；也解 mythological“～”。
5800 pairk 解 park“～”；也解 pairc [爱]“～”。
5801 Reinette“～”，人名；也解 rein [德]“～”＋nette [德]“～”。
5802 Ronayne 解 Joseph Philip Ronayne“～”，1872—1876 年为科克的国会议员。
5803 lemans“～”；也解 lemons“～”。
5804 Arderleys 解 orderlies“～”；也解 arder“～”。
5805 beedles 解 beadles“～”。
5806 postbillers 解 billposter“～”；也解 postbill“～”。
5807 Ericus Vericus 解 Earwicker“～”，本书主人公。
5808 ware eggs 解 earwigs“～”；也解 ware“～”＋eggs“～”。
5809 Broree aboo 解 Brugh Riogh abu! [爱]“～”，布鲁里为芒斯特省的古代首都；也解 brewery“～”。
5810 johnsgate 解 John's lane“～”，都柏林地名，此处有鲍尔斯威士忌酒厂(Powers Distillery)。
5811 jameses lane 解 James's Gate“～”，都柏林地名，此处有健力士酒厂(Guinness Brewery)。
5812 skintighs 解 skin“皮肤”＋tights“紧身裤”；也解 skintight“～”；也解 right“～”。
5813 begame 解 became“～”；也解 be game“～”。
5814 dizzy“～”；也解 Benjamin Disraeli“～”(1804—1881)，英国首相，托利党领袖；也解 Biss“～”，本书女儿的别名。
5815 Gladstools 解 Gladstone“～”(1809—1898)，英国首相，自由党领袖；也解 Glad“～”＋stools“～”。
5816 Pillools 解 Solness“～”，易卜生的戏剧《大建筑师》的主人公；也解 pillola [意]“～”。
5817 ride as the mall 解 right as the mail“～”；也解 right as rain“～”。
5818 huedobrass beerd 解 brass-hued beard“～”；也解 Hudibras's beard“～”，19 世纪英国作家塞缪尔·巴特勒的《休迪布拉斯》中对此有反讽性描写；也解 peerd [荷]“～”。
5819 Lodenbroke 解 Ragnar Lodbrok“～”，传说中北欧海盗时期的智者；也解 Loden [德]“～”。
5820 canseels 解 conceals“～”；也解 cancels“～”。

取消在不同的[5821]人格下，但一直实际上[5822]是那个罗克[5823]！考虑到音乐家们[5824]，他应该这样做[5825]在下面。分发你的支票[5826]面颊，为什么不[5827]使气馁|但丁|道恩！罚款，拜托！在那里你会知道水[5828]看守如何离开[5829]吟游诗人经过我们溪谷[5830]珀西·奥莱利的大头鱼[5831]子弹|《珀西·奥莱利之歌》。我们只是颠三倒四地唱着妈妈汉娜·丽维娅[5832]哑剧演员|低声说她真正[5833]究竟放入我们心中[5834]的无论什么。这绝对[5835]男人的态度不是这件事的结尾。当你流血直到你的[5836]你是骨头在你的肉里刺出。讲讲你是什么做的[5837]你的蜂蜜酒如何|的，男人[5838]，做的。所有老道奇森[5839]的逃脱之计，有人欺骗有人复制，那是奇境的奇境[5840]会向美人炫耀的东西。一份文抄[5841]《波士顿文抄报》|恍惚|完成的手稿[5842]附言配着花絮[5843]装饰在边上。阿门[5844]。你明天会读，男人[5845]早晨，当牌[5846]凝乳在桌上的时候。以眼还眼[5847]诺根斯，以牙还牙[5848]对喉咙的威胁。听的人学。依然给白色野猪[5849]·红色肿块[5850]自行车打着气[5851]，学着[5852]兰开夏郡|让我们|左边。预演着显然受可疑[5853]亚种群|亲属联系启发[5854]用蛛网盖住的|蜘蛛网的左手[5855]留下被暗示的匿名[5856]无名|暗娼翻案诗。注意对赞美的注释！看看这些怀疑的符号！数数这些准次半冒号[5857]三十二分音符！惊叹号[5858]饰带冒头和引号[5859]发明的|橡胶|字母 G，完全[5860]引号|臀部没有意义[5861]句号|丢掉的平底船|P/Q，被迫胡闹[5862]面对面！乖孩子[5863]吸管|钱毕竟愿意为了变化说任何事。你知道在杀人[5864]玛德勒斯行话[5865]中一只手套[5866]发红光的意味着什么！更少的人要养[5867]封邑和罗马天主教[5868]奔放的|短裤，给吟游诗人的赋格曲[5869]鸟，拯救、坐下和缝

5821 veerious 解 various“～”。
5822 relly 解 really“～”。
5823 Rorke relly 解 Tiernan O'Rourke“奥罗克”(？—1172)，西布列夫尼国王，其妻的通奸导致盎格鲁-诺曼人入侵爱尔兰。
5824 musickers 解 musickers“～”。
5825 down“～”，此处解 done“～”，指开门营业。
5826 cheeks“～”，此处解 checks“～”。
5827 daunt“～”，此处解 don't“～”；也解 Dante“～”，意大利诗人；也解 William Daunt“～”(1807—1894)，爱尔兰历史学家。
5828 warder“～”，此处解 water“～”。
5829 barded 解 parted“～”；也解 bard“～”。
5830 parssed our alley 解 passed our valley“～”；也解 Persse O'Reilly“～”，主人公 HCE 的化身之一。
5831 bollhead 解 bullhead“～”；也解 bullet“～”；也解 Ballad of Persse O'Reilly “～”，书中关于主人公的歌谣。
5832 mummur allalilty 解 mother Anna Livia“～”；也解 mummer“～”；也解 murmur“～”。
5833 dimkims 解 dinkum“～”；也解 dickens“～”。
5834 pulls inner out heads 解 puts into our heads“～”。
5835 by no manners means 解 by no manner of means“～”；也解 manner of man“～”。
5836 you're“～”，此处解 your“～”。此句化自习语 What's bred in the bone comes out in the flesh(生就的本性，总会暴露的)。
5837 how your mead of 解 what you are made of“～”；也可直译为 how your mead“～”＋of“～”。此处化自儿歌《小女孩是用什么造的》。
5838 mard［波］“～”。
5839 Dadgerson 解 C. L. Dodgson“～”，英国作家刘易斯·卡罗尔的真名。
5840 wonderland's wanderlad 解 wonderland's wonderland“～”，指刘易斯·卡罗尔的《爱丽丝漫游奇境记》。
5841 trancedone 解 transcript“～”，指 *Boston Transcript*“～”；也解 trance“～”＋done“～”。
5842 boyscript 解 manuscript“～”；也解 postscript“～”。
5843 tittivits 解 Titbits“～”；也解 titivate“～”。
5844 Ahem 解 amen“～”。
5845 marn 解 man“～”；也解 morn“～”。
5846 curds“～”，此处解 cards“～”。
5847 A nigg for a nogg 解 An eye for an eye“～”；也解 Noggens“～”，本书中的男仆。
5848 a thrate for a throte 解 a tooth for a tooth“～”；也解 a threat for a throat“～”，指绞索。
5849 Torkenwhite 解 torc［爱］“野猪”＋white“白色的”。
5850 Radlumps 解 Red“红色的”＋lumps“肿块”；也指英国的红白玫瑰战争；也解 Rad［德］“～”。
5851 pumping on“～”。
5852 Lencs 解 learns“～”；也解 Lancs“～”；也解 let's“～”；也解 Linke［德］“～”。
5853 sibspecious 解 suspicious“～”；也解 subspecies“～”；也解 sib“～”。
5854 inspiterebbed 解 inspired“～”；也解 spiderwebbed“～”；也解 spiderweb“～”。
5855 left hinted“～”，此处解 lefthanded“～”。
5856 Anonymay's 解 anonymous“～”；也解 anonymei［希］“～”；也解 anonyma［俚］“～”。
5857 hemisemidemicolons 解 hemi“半”＋semi“半”＋demi“半”＋colons“冒号”；也解 demisemiquavers“～”。
5858 Screamer“～”；也解 streamer“～”。
5859 invented gommas 解 inverted commas“～”；也解 invented“～”＋gomma［意］“～”；也解 gamma［希］“～”。
5860 quoites 解 quite“～”；也解 quotes“～”；也解 quoites［俚］“～”。
5861 puntlost 解 pointless“～”；也解 punt［荷］“～”；也解 punt lost“～”。此处包含盖尔语的 P/Q 划分。
5862 forced to farce 解 forced to“被迫去”＋farce“闹剧”；也解 face to face“～”。
5863 pipette e“～”，此处解 poppet“～”，斯威夫特对恋人以斯帖·琼荪的称呼；也解 Pepette，法国对“～”的间接说法。
5864 Murdrus 解 murderous“～”；也解 J. C. Mardrus“～”，法国翻译家，翻译过《一千零一夜》。
5865 dueluct 解 dialect“～”。
5866 aglove 解 a glove“～”；也解 aglow“～”。
5867 feud“～”，此处解 feed“～”。
5868 rompant culotticism 解 Roman Catholicism“～”；也解 rampant“～”＋culotte［法］“～”。
5869 fugle［丹］“～”，此处解 fugue“～”。

合。窦格蒂[5870]钱挡泥板上的超大[5871]在外面|彻底地裤子指向家里的平安。总而言之[5872]在有些事物里,狂热之爱[5873]法律|热量上的彼此相爱[5874]法律与秩序。等着,直到我们听到主教的男孩[5875]比斯开湾轮流朗读[5876]绕着……蹒跚你的主教信[5877]乡村选举人|口后的!给亲爱肮脏的都柏林[5878]乡村的认识论神学[5879]。我们将在比斯开湾[5880]床铺躺到天亮,啊!我们的爱尔兰、罗马和义务[5881]岛屿,罗马和责任|家园和丽人!历经磨练,巴特拓夫[5882]!插嘴[5883]棉絮,蠢货[5884]靴子!卖给他一份违约[5885]接触,小贩,收买律师[5886]内部规则!一人捉迷藏[5887],这儿[5888]!两人抓住[5889]棍棒,真幸运!芬·麦克尔[5890]芬兰人设置目标!首先你是流浪者,接下来你是虎豹[5891]独自,现在你是努马[5892],很快你会是无人[5893]解释者|不再。因此传道书[5894]埃克尔斯提出忠告。有着各种各样的重新开始[5895]放肆。外交部[5896]下水正四处奔走帮你展开卷宗。达尔比[5897]白头偕老的恩爱夫妻在院子[5898]苏格兰场里,为你筹划,阴谋及附带,传播流言的警察继厨师之后提供信息[5899]宣誓。找到他的同类[5900]其类之首!一位艺术家,先生!价廉无比,一只头骨一枚金榜!他向后[5901]边远地区知道他的芬斯伯里[5902]蠢事,因此你最好[5903]抨击|巴特西管好你最近的[5904]摄政王|摄政公园名声[5905]反驳。奥斯卡·王尔德[5906]再次写着[5907]入乡随俗的美少年。你知道切坡里若德橙皮书[5908]里写的是谁吗?来自国王大街[5909]刑事被告向法院提供的对同案犯不利的证据的巴兹尔[5910]巴兹利奥|国王和其他两个男人。正好把这个坏疽[5911]冰冷的品牌压在你的眉毛上片刻[5912]为了一个草堆。小心[5913]该隐!唱出诅咒[5914]十字符号。就是这样。皇城[5915]

5870 Doughertys“～”，人名；也解 Dough［澳俚］“～”。
5871 outsizinned 解 outsized“～”；也解 outside“～”；也解 inside out“～”。
5872 In some“～”，此处解 In sum“～”。
5873 lovinardor 解 love in ardor“～”；也解 lov［丹］“～”；也解 ardor［意］“～”。
5874 lawanorder 解 love one another“～”；也解 law and order“～”。
5875 Boy of Biskop 解 boy of biskop（［丹］“主教”）“～”；也解 Bay of Biscay“～”，北大西洋东部海湾，也是歌曲名。
5876 reeling around“～”，此处解 reading around“～”。
5877 postoral lector 解 pastoral letter“～”，主教致教区内信徒的信；也解 pastoral elector“～”；也解 postoral“～”。
5878 deep dorfy doubtlings 解 dear dirty Dublin“～”；其中 dorfy 也解 Dorf［德］“～”。
5879 Epistlemadethemology 解 epistemology“认识论”＋theology“神学”。
5880 bunk of basky 解 Bay of Biscay“～”；其中 bunk 也解“～”。
5881 island, Rome and duty“～”，此处解 Ireland, Rome and duty“～”，指斯蒂芬在《尤利西斯》中说的他所伺候的三个主子：爱尔兰、罗马天主教会和大英帝国；也解 England, home and beauty“～”，出自歌曲《纳尔逊之死》。
5882 buckstiff 解 Butt & Taff“～”，本书主人公两个儿子的别名。
5883 Batt in 解 butt in“～”；其中 Batt 也解“～”。
5884 boot“～”，此处解［俚］“～”。
5885 breach contact 解 breach of contract“～”；也解 contact“～”。
5886 buylawyer 解 buy“买”＋lawyer“律师”；也解 byelaw“～”。
5887 hyde, sack 解 hide and seek“～”。
5888 hic［拉］“～”。
5889 stick holst 解 take hold“～”；也解 stick“～”。
5890 Finnish Make Goal“～”，此处解 Finn MacCool“～”。
5891 Namar［希伯来］“～”；也解 namá［爱］“～”。
5892 Numah 解 Numa Pompilius“努马・庞皮留斯”（前 753—前 673），是罗马王政时期第二任国王。
5893 Nomon 解 Nemo［拉］“～”；也解 gnomon［希］“～”；也解 no more“～”。
5894 Ecclesiast 解 ecclesiastes“～”；也解 Eccles“～”，地名，位于英国西北部。
5895 resumption“～”；也解 presumption“～”。
5896 forgein offils 解 Foreign Office“～”；也解 offal“～”。
5897 Darby“～”，人名；也解 Darby and Joan“～”。
5898 yard“～”，此处指 Scotland Yard“～”，即伦敦警察厅。
5899 wearing an illformation 解 bearing an information“～”；也解 swear“～”。
5900 The find of his kind“～”；也解 The first of his kind“～”。
5901 backwoods“～”，此处解 backwards“～”。
5902 Finsbury“～”，英国伦敦一区，位于泰晤士河南岸，此处指芬斯伯里公园。
5903 batter“～”，此处解 better“～”；也解 Battersea“～”，伦敦西北区，此处指巴特西公园。
5904 regent“～”，此处解 recent“～”；也解 Regent's Park“～”，位于伦敦。
5905 refutation“～”，此处解 reputation“～”。
5906 Ascare winde 解 Oscar Wild“～”（1854—1900），出生在爱尔兰的英国作家，因同性恋受审。
5907 rifing 解 writing“～”。
5908 Orange Book of Estchapel 解 Orange Book of Chapelizod“～”，化自 Yellow Book of Lecan（《莱肯黄皮书》），9 世纪的爱尔兰手稿，讲述凯尔特巨人英雄库丘林与他的儿子科恩拉的悲剧故事。
5909 King's Avenance 解 King's Avenue“～”，位于都柏林北部巴里堡区，以泥地和吸引名声不佳者著称；也解 King's evidence“～”。
5910 Basil 解 Basil Hallward“～”，王尔德的《道连・格雷的画像》中的人物；也解 Basilios I Makedonikos“～”，拜占庭国王；也解 basileus［希］“～”。
5911 cold brand“～”，此处解 koldbrann［挪］“～”。
5912 for a mow“～”，此处解 for a moment“～”。
5913 Cainfully 解 carefully“～”；也解 Cain“～”。
5914 sinus the curse 解 sing the curse“～”；也解 sign of the cross“～”。
5915 Hung Chung 解 Hwang Ch'êng“～”；也解 chung［中］“～”。

众丑家伙[5916]蛋样的|HCE现在说话了，他讲着他的[5917]属于|向头号[5918]憨蛋呆蛋顶级的[5919]姆·索亚|锯木头时站在木材上风处的锯木工洋泾浜语[5920]鸽子。其他人放在那里的秘密之物也遮盖不住。你从一个故事到另一个故事像一位萨克森人[5921]英国人|萨克森|沙袋|萨迦|真正的|沙子一样撒着谎觉得[5922]跌落怎样。填满无穷大[5923]虚弱。因为宣称在每个布丁和苹果派里都插一手指一手丁[5924]。证人们在这里。给他粘上粘胶，肉汁[5925]！底锚[5926]安克尔|锚，东北方[5927]北方！为了杰克[5928]公爵|玩笑造的房子，踢，踢，踢啊踢[5929]三K党|卡利卡克斯家族！一直等到他们送你去睡觉，伙计[5930]敞舱平底驳船|嘭！天啊天啊[5931]凭着十字架起誓！然后老憨蛋呆蛋[5932]邓菲角会被年轻的哈罗德[5933]传令官炸到屁股板[5934]，他会是曾经的你。他会是我们在布列塔尼问题上[5935]不列颠演义|布里塔斯河的天选之人，超过亚瑟[5936]阿瑟·韦尔斯利，惠灵顿公爵|另一人|难以言说。但是我们等着瞧[5937]醒来看。我们数百男子和女人[5938]的所有贫穷富有。两百[5939]分，两千[5940]磨坊，两万[5941]粪|无数。在第十二矫正法庭[5942]矫正的前，你在陪审团席[5943]箱子里将面对的是我们所有流浪汉。就像一个人，是吧[5944]女孩。在组成半月状半圆形[5945]月经的所有芒特塞克维尔[5946]小姐们中间，气喘吁吁，眼花缭乱[5947]天哪，死于[5948]染色|妈妈耻辱。还是等一等，等到我们排除在外的[5949]跳出|泄露|闰年那个人轮到她的听讯[5950]年！被雇秘密审讯[5951] HCE，号外！长凳[5952]狂欢与挑选者勋爵[5953]大人一起。因此愿上帝帮助你[5954]叫喊你的罪过，请吻此书[5955]一命呜呼|搔痒。你会在芬尼根的守灵夜[5956]女人游戏的冒牌货乐趣多多[5957]丧失名誉。向前！

5916 Egglyfella 解 ugly fellow“～”；也解 Egg-ly“～”。此处包含本书主人公名字的缩写 HCE。
5917 belongahim 解 blong［美］“……的”＋him“他”；也解 belong“～”；也解 longa［美］“～”。
5918 numptywumpty 解 number one“～”；也解 Humpty Dumpty“～”。
5919 topsawys 解 topside［洋泾浜］“～”；也解 Tom Sawyer“～”，《汤姆·索亚历险纪》的主人公；也解 top sawyer“～”。
5920 pidgin“～”；也解 pigeon“～”。
5921 sagasand 解 Saxon“～”；也解 Sasanach［爱］“～”；也解 Sackerson“～”，莎士比亚时代环球剧院附近养的一头熊；也解 sack of sand“～”；也解 saga“～”＋sand［丹］“～”；也解 sand“～”。
5922 fell“～”，此处解 feel“～”。
5923 Enfilmung infirmity 解 And filling infinity“～”；也解 infirmity“～”。
5924 having a finger a fudding in pudding and pie“～”，此处化自习语 have a finger in every pie(事事参与)。
5925 Greevy 解 gravy“～”。
5926 Bottom anker 解 Bottom“底部”＋Anker［德］“锚”；也解 anker“～”，葡萄酒和烈性酒的量度单位；也解 anker［荷］“～”。
5927 Noordeece 解 Northeasts“～”；也解 noord［荷］“～”。
5928 juke 解 Jack“～”，本句出自英国流行儿歌《这个房子是杰克造的》；也解 duke“～”；也解 joke“～”。
5929 kick kick killykick 解 kick“～”；也解 KKK“～”，美国恐怖组织；也解 Kallikaks“～”，美国犯罪家族。
5930 scowpow 解 scout［英口］“～”；也解 scow“～”＋pow“～”。
5931 By jurors' cruces 解 by Jesus＋Jesus Christ“～”；也解 juror cruce［拉］“～”。
5932 Hunphydunphyville 解 Humpty Dumpty“～”；也解 Dunphy's Corner“～”，都柏林街道名。
5933 herald“～”，此处解 Harold II“哈罗德二世”(1022—1066)，英格兰国王，败于征服者威廉一世后被杀。
5934 bumboards 解 bum“屁股”＋boards“板子”。
5935 matter of Brittas 解 Matter of Brittany“～”，指小不列颠，托勒密称爱尔兰为小不列颠，布列塔尼地区也被称为小不列颠；也解 Matiere de Bretagne“～”，中世纪时亚瑟王传奇的别称；也解 Brittas river“～”，利菲河的支流。
5936 anarthur 解 King Arthur“～”，中世纪传奇的主人公；也解 Arthur Wellesley, Duke of Wellington“～”(1769—1852)，英国军事家、政治领导人物之一；也解 another“～”；也解 anarthros［希］“～”。
5937 wake and see“～”，此处解 wait and see“～”。
5938 womhoods 解 womanhood“～”。
5939 cents“～”，此处解 cent［法］“～”。
5940 mills“～”，此处解 mille［法］“～”。
5941 myrds 解 myrias［希］“～”；也解 merde［法］“～”；也解 myriad“～”。
5942 correctional“～”，此处指 correctional court“～”。
5943 box“～”，此处解 jury box“～”。
5944 gell［德］“～”；也解 girl“～”。
5945 haemicycles 解 hemicycles“～”；也解 haimakyklos［希］“～”。
5946 Mountsackvilles 解 Mountsackville“～”，位于都柏林切坡里若德地区的女子中学。
5947 giddies“～”；也解 goodness“～”。
5948 dye“～”，此处解 die“～”；也解 dye［吉］“～”。
5949 leapt out“～”，此处解 left out“～”；也解 let out“～”；也解 leap year“～”。
5950 yearing 解 hearing“～”；也解 year“～”。
5951 in cameras 解 in camera“～”。此处包含本书主人公名字的缩写 HCE。
5952 binge“～”，此处解 bench“～”。
5953 Surpacker 解 Sir“勋爵”＋Peter the Packer “挑选者彼得”，即彼得·奥布莱恩爵士，爱尔兰大法官，组织了反对土地同盟的陪审团。
5954 yelp your guilt“～”，此处解 help you God“～”。
5955 kitz the buck 解 kiss the book“～”，发誓时一般亲吻《圣经》或福音书；也解 kick the bucket“～”；也解 kitzeln［德］“～”。
5956 Wimmegame's fake 解 Finnegan's wake“～”，此处化自民谣《芬尼根的守灵夜》中的歌词“Lots of fun at Finnegan's Wake”(芬尼根的守灵夜上快乐多多)；也解 woman game's fake“～”。
5957 loss of fame“～”，此处解 lots of fun“～”。

一个欺凌弱小的儿子泄露秘密[5958]笨拙的|修·戈夫爵士，他的双胞兄弟[5959]阵痛被纳粹刺探者[5960]由巡回审判法官审理的民事诉讼宣布开除。你想着[5961]战斗他们会怎样永不醒过来[5962]长大|成长，是吗，蛐蛐[5963]？它会唤醒[5964]闹钟|壹耳微蚵|重击|柳条制品你的耳朵[5965]屁股|蠼螋，它会的！让法院去检查[5966]财务法院|HCE的时候，是这个孩子出卖了大人。这对你好，流浪者里士满！围着争球，我们这一方！让他在纺锤[5967]之间得到另一个！大游戏！达利穆恩特公园球场[5968]的决定性因素。唐·乔凡尼[5969]统治者·巴克利[5970]在《塔拉论坛报》[5971]保民官里炫耀着俄国刊物[5972]俄国将军的内情，小夫人前-刀具-剪刀[5973]姐妹正用一半价钱[5974]一对中的一半贿赂，为她处于最糟糕的窘境[5975]盗用中的鳏夫付钱[5976]祈祷。你在她上面，天啊[5977]多毛的鸡酥|裤子，那会是一种永不停止的欢乐[5978]婚姻！你带着你那被盗的狼牙棒和铁砧[5979]美好与邪恶|砧状云，马格努斯[5980]伟大|磁铁，她穿着她那借来的[5981]挖洞的|巴罗因弗内斯傻子[5982]马戏服[5983]卷云。芬·麦克尔[5984]积云与后悔的格拉尼娅[5985]格兰努埃勒|戴面纱的。淡化女佣的触碰。非常像当幻想裁剪者外出收集里程碑[5986]磨石，看到她在一只羊齿蕨[5987]远处|遥远的上玩跷跷板[5988]时她的样子。这么敏捷[5989]雨云|接受吧|尼姆，他说，一颗露珠[5990]你的女儿。在浓密-谷-峰[5991]和浓密-谷-坡[5992]之间。在这个他所爱的[5993]一条面包|赞扬亲爱的威克洛[5994]国土。曾经微笑着。如果你拉我上来就付我钱，价格[5995]请|刺探|起身！裁缝[5996]塔勒会修改他的外衣和裤子[5997]防水的跋涉者|用瓶塞塞住，适合海上的[5998]看任何身材[5999]船。女装[6000]女人的话|《妇女世界》|编织的

5958 growing the goff 解 blow the gaff“～”;其中 goff 也解 goffo［意］“～”;也解 Gough“～”19 世纪爱尔兰军人。
5959 Twinger 解 twin“～”;也解 twinge“～”。
5960 Nazi Priers“～”;也解 nisi prius“～”。
5961 fought“～”,此处解 thought“～”。
5962 woxen up 解 waken up“～”;也解 aufwachsen［德］“～”;也解 vokse op［丹］“～”。
5963 crucket 解 cricket“～”。
5964 wecker 解 wake“～”;也解 Wecker［德］“～”;也解 Earwicker“～”,本书主人公;也解 whack“～”;也解 wicker“～”。
5965 earse 解 ears“～”;也解 arse“～”;也解 earwig“～”。
5966 hives the court to exchequer 解 have the court to check“～”;也解 court of Exchequer“～”。此处包含 HCE。
5967 spindlers 解 spindles“～”,指腿。
5968 Dalymount Park“～”,位于都柏林。
5969 Don Gouverneur 解 *Don Giovanni*“～”,莫扎特于 1787 年创作的歌剧;也解 governor“～”。
5970 Buckley 解 Donal Buckley“～”,爱尔兰的最后一任总督。
5971 Tara Tribune 解 Tara“塔拉”,古代凯尔特王国的都城＋Tribune“《论坛报》”,也指古罗马由平民选出的“～”。
5972 Rhutian Jhanaral 解 Russian journal“～”;也解 Russian general“～”。
5973 Ex-Skaerer-Sissers 解 Ex-“前”＋skærer［丹］“裁剪者”＋scissors“剪刀”;也解 sister“～”。
5974 halfpricers 解 half price“～”;也解 half pairs“～”。
5975 embazzlement 解 embarrassment“～”;也解 embezzlement“～”。
5976 pray“～”,此处解 pay“～”。
5977 hosy jigses 解 holy Jesus“～”;也解 Hairy Jaysus“～”,乔伊斯给他的大学同学斯凯芬顿起的绰号;也解 Hose［德］“～”。
5978 marrimont 解 merriment“～”;也解 marry“～”。
5979 mace and anvil“～”;也解 nice and evil“～”;也解 anvil cloud“～”。
5980 Magnes 解 A. I. Magnus“～”(约 1200—1280),德国天主教多明我会主教和哲学家;也解 Magnus［拉］“～”;也解 magnet“～”。
5981 burrowed“～”,此处解 borrowed“～”;也解 Barrow-in-Furness“～”,英国英格兰坎布里亚郡的一座滨海小城。
5982 Berkness 解 Berk“～”＋ness,有猥亵之意。
5983 cirrchus clouthses 解 circus clothes“～”;也解 cirrus clouds“～”。
5984 Fummuccumul 解 Finn MacCool“～”;也解 cumulus cloud“～”。
5985 graneen aveiled 解 Grania“格拉尼娅”,芬・麦克尔的未婚妻,与芬・麦克尔的侄子德莫特私奔＋aithmhéala［爱］“后悔”;也解 Grannuaile“～”,恶作剧女王格蕾丝・奥玛丽的别称＋veiled“～”。
5986 milestones“～”;也解 millstone“～”。
5987 fern“～”;也解 far“～”;也解 fern［德］“～”。
5988 aseesaw 解 a seesaw“～”。
5989 nimb 解 nimble“～”;也解 nimbus cloud“～”;也解 so nimm［德］“～”;也解 Nimb“～”,爱尔兰神话中的将我相带往永生之地。
5990 dat of dew 解 dot of dew“～”;也解 daughter of du(［德］“你”)“～”。
5991 Furr-y-Benn 解 Furry Glen“浓密谷”,都柏林凤凰公园里的林地,著名散步处＋beinn［爱］“山峰”。
5992 Ferr-y-Bree 解 Furry Glen“浓密谷”＋brí［爱］“山坡”。
5993 lofed 解 loved“～”;也解 loaf“～”;也解 lof［荷］“～”。
5994 tear Vikloe 解 dear Wicklow“～”,爱尔兰东部港市;也解 tir［爱］“～”。
5995 prhyse 解 price“～”;也解 please“～”;也解 pry“～”;也解 rise“～”。
5996 talor 解 tailor“～”;也解 Taler［德］“～”,十八世纪还通用的德国银币。
5997 caulking trudgers“～”,此处解 coat and trousers“～”;也解 corking“～”。
5998 at see 解 at sea“～”;也解 see“～”。
5999 shape“～”;也解 ship“～”。
6000 wovens weard 解 womens'wear“～”;也解 womens'word“～”;也解 Woman's World“～”,奥斯卡・王尔德在 1887—1889 年做编辑的刊物;也解 wovens“～”。

骗人[6001]地址。这个世界的女人的奇迹加在一起，什么[6002]幻觉|梅奥！自百战考恩之子艾特之子考麦克之女[6003]公羊的后代|德鲁伊之子以来最讨人喜欢的利马[6004]。只不过她变得有点儿宽度上更宽了[6005]寡妇。向前流淌[6006]沼泽。你不可能让一个山地风骚女[6007]希尔曼明克斯汽车变成一位豪华车夫人。听着[6008]，直到你能听出米德柯特[6009]口音。这是一匹比利时[6010]巴钦马[6011]异端邪说，这是瓦隆人的毛织品|愿意|毛任性，这是佛兰芒的[6012]。小费[6013]。肩衣、念珠，蜡烛根，休伯特[6014] H是猎人、十字架之路[6015]斐迪南·维克多·欧根·德拉克洛瓦和玫瑰经[6016] HCE的蛋，所有从树上修剪下来的枝叶，这是她在奥布利安·麦克布鲁[6017]布利安·奥林打败[6018]打赌北欧·强贵[6019]时，在克伦塔夫滑铁卢[6020]流浪癖|战利品|水|选民名单|父亲之后捡起来的。在他的膝盖[6021]间压碎他的椰子[6022]老蹒跚者|宠物|可可豆。憨呆蛋[6023]，老板先生[6024]，这是女儿的[6025]婚礼之晨[6026]星期三|证人！海豚仓[6027]费城铃响[6028]催促|紧迫的！残酷的毁灭[6029]格雷沙姆旅店|令人毛骨悚然的|覆灭|经受！皇家爱尔兰人[6030]真正的爱尔兰人|许门在门环敲击中催得[6031]装弦|严厉的越来越响。冬青与槲寄生[6032]神圣与弥撒全都敲响。你应该吃一剂水果[6033]拿一块草皮|嫁妆。耶。稣[6034]拼图游戏|笑话|调味汁|苹果汁。你变得更重[6035]胡佛了，重了十二英石，整整[6036]重了十二英石，你的存在之躯[6037]身体|存在，它是你罪有应得[6038]，该死[6039]多米尼！而且就像他们把它们弄成的那样英国化[6040]叔叔。但是你一定不会放手的侄女[6041]，自从她在蓝绿地[6042]把她的魅物轻拍到他的身上，就迷上了侄子[6043]。在射击[6044]古宁姐妹|毛德·冈妮登山打猎撑篙

6001 deceitfold 解 deceitful“～”。
6002 moya［英爱］“～”，表怀疑的叹词；也解 māyā［梵］“～”；也解 Mayo“～”，爱尔兰西北部一郡。
6003 Ineen MacCormick MacCoort MacConn O'Puckins MacKundred 解 inghean［爱］“女儿”＋Mac Cormaic［爱］“考麦克之子”＋Mac Áirt［爱］“艾特之子”＋Mac Cuinn［爱］“考恩之子”＋poc［爱］“猛击”＋Hundred“一百”，即“～”，指芬·麦克尔的未婚妻格拉尼娅，百战考恩为爱尔兰传说中的共主；也解 Ó Poicín［爱］“～”；也解 MacK an Druaidh［爱］“～”。
6004 Lima“～”，秘鲁首都。
6005 wider“～”；也解 widow“～”。
6006 moving abog 解 moving along“～”；其中 abog 也解 a bog“～”。
6007 hillman minx“～”；也解 Hillman Minx“～”，1907 年成立的英国希尔曼公司在 1930 年代因生产该款汽车而达到巅峰。
6008 Listun 解 listen“～”。
6009 Mudquirt 解 Midcuart“～”，百战考恩之子艾特的房子，德莫特和格拉尼娅从此处出发私奔。
6010 bulgen 解 Belgian“～”；也解 Frank Budgen“～”，英国画家，著有《詹姆斯·乔伊斯与〈尤利西斯〉的创作》。
6011 horesies 解 horse“～”；也解 heresy“～”。
6012 wollan...flemsh 解 Walloon (Fr) and Flemish“～”，比利时的两种语言和文化；其中 wollan 也解 woollen“～”；也解 wollen［德］“～”；也解 Wolle［德］“～”。
6013 Tik 解 tip“～”，也是睡梦中听到的树枝敲击窗子的声音。
6014 Hubert 解 St Hubert“～”(656—727)，基督教中猎人的守护圣人；也解 H，出自儿歌《A 是箭手》中的“H 是猎人”。
6015 chemins de la croixes 解 chemin de la croix［法］“～”；也解 Eugene Delacroix“～”(1798—1863)，法国画家。
6016 Rosairette 解 rosaire“～”。此处包含本书主人公名字的缩写 HCE。
6017 O'Bryan MacBruiser 解 Brian Boru“～”，爱尔兰传说中的著名国王，1014 年在克伦塔夫击败丹麦侵略军；也解 Brian O'Linn“～”，爱尔兰民谣中的早期英雄，教会爱尔兰人做衣服。
6018 bet“～”，此处解 beat“～”。
6019 Norris Nobnut 解 Norse“北欧的”＋nob“大人物”＋nut“难对付的人”。
6020 voterloost 解 Waterloo“～”；也解 wanderlust“～”；也解 loot“～”；也解 water“～”；也解 voter list“～”；也解 Vater［德］“～”。
6021 kknneess 解 knees“～”。
6022 cucconut 解 coconut“～”，指脑壳；也解 vecchio cucco［意］“～”；也解 cucco［意］“～”；也解 cocoa“～”。
6023 Umpthump 解 Humpty Dumpty“～”，英语儿歌《国王的人马》中一只从墙头坠落后摔成碎片的蛋。
6024 Here Inkeeper 解 Herr Innkeeper“～”。
6025 doatereen's 解 daughter's“～”。
6026 wednessmorn 解 wedding-morn“～”；也解 Wednesday“～”；也解 witness“～”。
6027 Delphin 解 Dolphin's Barn“～”，都柏林地名，也是都柏林旅馆名；也解 Philadelphia“～”。
6028 dringing 解 ringing“～”；也解 dringen［德］“～”；也解 dringend［德］“～”。
6029 Grusham undergang 解 grusom undergang［丹］“～”；其中 Grusham 也解 Gresham“～”，都柏林的旅馆；也解 gruesome“～”；其中 undergang 也解 Untergang［德］“～”；也解 undergang“～”。
6030 Real Hymernians 解 Royal Hibernian“～”，都柏林旅馆；也解 Real Hibernian“～”；也解 Hymen“～”，婚姻之神。
6031 strenging 解 strengen［德］“～”；也解 string“～”；也解 streng［德］“～”。
6032 Holy and massalltolled 解 Holly and mistletoe“～”；也解 Holy and Mass all tolled“～”。
6033 tak a dos of frut 解 take a dose of fruit“～”；也解 take a sod of turf“～”；也解 dos［拉］“～”。
6034 Jik. Sauss. 解 Jesus“～”；也解 jigsaw“～”；也解 joke“～”＋sauce“～”；也解 Sauss［瑞士德语］“～”。
6035 hoovier 解 heavier“～”；也解 Herbert Hoover“～”(1874—1964)，美国第 31 任总统。
6036 fullends 解 vollends［德］“～”。
6037 corpus entis［拉］“～”；也解 corpus［拉］“～”；也解 entis［拉］“～”。
6038 scurves you right 解 serves you right“～”。
6039 demnye 解 damn you“该死的”；也解 Demni“～”，芬·麦克尔儿时的名字。
6040 Aunt as unclish ams they make oom 解 and as English as they make them“～”；其中 oom 也解［荷］“～”。
6041 Nichtia 解 Nichte［德］“～”。
6042 Gormagareen 解 Gorm［爱］“蓝色”＋green“绿色”。芬·麦克尔的未婚妻格拉尼娅在德莫特打棒球时第一次见到他。
6043 Neffin 解 Neffen［德］“～”。
6044 Gunting 解 Gunning“～”；也解 Elizabeth and Maria Gunning“～”，18 世纪美女，征服了伦敦；也解 Maud Gonne“～”。

的时候。搔痒[6045] H就在她的血液里，啊啦[6046]吻者诺拉！渴望一个有雀斑、清新厚颜、甜言蜜语的压唇人[6047]。他显示了他会如何撬开她的幻想之锁。亲吻[6048]！亲吻！亲吻！跳得好，鲍威尔！洗干净他们所有的头。我们能为了那一个亲他，我们不能[6049]搂抱吗，胡金[6050]？花花公子斯巴克斯是那个会推开[6051]娘娘腔的高个子[6052]富特。头癣，继续！在你再次在你的桦树顶[6053]上朝下玩骗人的把戏[6054]铺位|涂鸦|《扬基歌》之前，给他们的来自汤姆、迪克和哈里[6055]时间、饮酒和赶快的三次打击。正是这三个喂养了你，礁石[6056]多岩石的小岛、玻德莱尔[6057]和灰家伙。还有你自己俱乐部的所有人。还有一把带刺浆果[6058]脚气病是给太太[6059]为死者举行弥撒的，好在快死的时候喂活你。去买糠麸[6060]乌鸦饼干，永远不要灰心[6061]。呆在最优秀的伙伴中。莫里亚蒂[6062]狂野|道德的|茶、走钢丝者[6063]走刀绳的人和桶者罗莱[6064]《从桶里滚出去》。与说谎的长弓[6065]强弓|说谎的人一起。耍诡计的希崔克[6066]滑头和说土腔的布拉尼城堡[6067]。克兰瑞卡德[6068]里卡德家族万岁！芬，芬，所有芬们的国王[6069]下巴！追求克里娜[6070]老人的淤血|《诺拉·克莱纳》时别听风声。嘘[6071]安静！现在不是说我们如何谁在哪里软化[6072]筛选什么灯心草的时候。童贞女马利亚[6073]快乐处女|《风流寡妇》不允许[6074]为了床！但是如果[6075]的他们从不吃精神食粮[6076]炸板鱼|平静，他们现在在吃了。伴以复活节的问候[6077]。安古斯[6078]羔羊|圣哉，圣哉，圣哉|布鲁格的安古斯！安古斯！安古斯！HCE，ECH[6079]的一家人的住宅里的梦之门[6080]单峰骆驼|宿舍的七扇大门的钥匙的钥匙保管者说啊说[6081]。再等等[6082]再多一点点，

6045 eitch 解 itch“～”；也解 aitch“～”，字母。

6046 arrah“～”；也与后面合解 Arrah-na-Pogue“～”，爱尔兰裔美国剧作家鲍西考尔特剧本的名字和剧中女主人公的名字。

6047 lupsqueezer 解 lip“唇”＋squeezer“压榨者”。

6048 Poghue 解 póg［爱］“～”。

6049 couddled 解 couldn't“～”；也解 cuddle“～”。

6050 Huggins 解 Huginn“～”，北欧神话中主神奥丁的两只乌鸦之一，代表着思想。

6051 hance off 解 hand off“推开”，英式橄榄球中用手将阻截的对方队员推开；也解 hance“拱腰”，建筑用语；也与 nancies 合解 Nancy Hand“南希·汉德”，都柏林凤凰公园边一家名为“墙中洞”的酒店的女老板。

6052 Sparkes...footer 解 Sparks...footer“～”；也解 Isaac Sparkes...Foote“～”，18 世纪都柏林演员。

6053 birchentop 解 top of birch“～”。

6054 bunkledoodle 解 monkeydoodle business“～”；也解 bunk“～”＋doodle“～”；也解 Yankee Doodle“～”，18 世纪美国的流行歌曲。

6055 time, drink and hurry“～”，此处解 Tom, Dick and Harry“～”，泛指所有人。

6056 Skerry“～”，此处解 sceire［爱］“～”。

6057 Badbols 解 Bodhmall“～”，芬·麦克尔的姨母，达努神族的女德鲁伊，与她的妹妹丽雅丝·露其拉一起抚养芬长大，露其拉被称为“灰者露其拉”。

6058 burryberries 解 burry berries“～”；也解 beriberi“～”。

6059 massus 解 missus“～”；也与后面合解 Masses for the dead“～”。

6060 bran“～”；也解 Bran［爱］“～”，也是爱尔兰传说中的英雄芬·麦克尔的狗的名字。

6061 never say dog 解 never say die“永远不要灰心”。

6062 Morialtay 解 James Moriarty“～”，亚瑟·柯南·道尔爵士笔下的人物，侦探夏洛克·福尔摩斯的头号死敌；也解 Móralltach［爱］“～”；也解 moral“～”＋tea“～”。

6063 Kniferope Walker 解 tightrope Walker“～”；也解 Knife rope Walker“～”。

6064 Rowley the Barrel 解 Anthony Rowley“安东尼·罗莱”，儿歌《一只青蛙去求婚》中的人物＋the Barrel“桶”；也解 Roll Out the Barrel“～”，歌曲名。

6065 Longbow“～”；也解 Strongbow“～”，英格兰第二代彭布罗克伯爵理查·德·克莱尔的绰号；也解 longbowman［俚］“～”。

6066 Slick“～”，此处解 Sitric“～”，挪威海盗首领，被认为建立了爱尔兰的沃特福德市。

6067 Blennercassel 解 Blarney Castle“～”，位于爱尔兰布拉尼小镇，建于 1446 年，是爱尔兰历史最悠久的城堡之一。

6068 Clanruckard 解 Clanrickarde“～”，爱尔兰历史上的著名家族；也解 Clann Riocaird［爱］“～”，苏格兰家族。

6069 kinn of all Fenns 解 king of all Finns“～”，此句化自爱尔兰童谣《鹪鹩、鹪鹩、百鸟之王》；其中 kinn 也解［德］“～”。

6070 Croonacreena 解 Cruithne“～”，芬·麦克尔年轻时的未婚妻；也解 cru na chrionna［爱］“～”；也解 Nora Creina“～”，爱尔兰歌曲。

6071 Fisht 解 whisht“～”；也解 thoist［爱］“～”。

6072 softing“～”；也解 sift“～”。

6073 Merryvirgin 解 Mary Virgin“～”；也解 Merry virgin“～”，此处化自 Merry Widow“～”，匈牙利血统的奥地利作曲家弗朗兹·莱哈尔的著名轻歌剧，1905 年在维也纳上演。

6074 forbed 解 forbid“～”；也解 for bed“～”。

6075 of“～”，此处解 if“～”。

6076 soullfriede 解 soul food“～”，美国南方黑人的传统食物，蹄膀加蔬菜；也解 fried sole“～”；也解 Friede［德］“～”。

6077 greeding 解 greeting“～”。

6078 Angus 解 Aengus“～”，凯尔特神话中的爱神；也解 agnus［拉］“～”；也解 Sanctus 以“～”起首的赞美诗或曲；也解 Angus of the Brug“～”，芬·麦克尔故事中德莫特的养父。

6079 Hecech 解 HCE, ECH，本书主人公名字的缩写和倒写。

6080 dreamadoory 解 dream“梦”＋door“门”；也解 dromedary“～”；也解 dormitory“～”。

6081 saysaith 解 say saith“～”。

6082 Whitmore 解 wait more“～”；也解 Whit more“～”。

再什么？停下来，放弃吧！我的爱[6083]仁慈之子|马格拉斯！英雄[6084]奴隶之首，冠军之胸[6085]蘑菇，笨蛋[6086]高卢人|盖尔人|恐惧|HCE之眼！如果他会，你会怎样。新郎在温室里，拿出[6087]加特林机枪他的。枪！那个小伙子的风格适合。利尼根的舞会[6088]！现在是海军的驱动力！即将燃烧的[6089]谢尔本酒店|弹震症|《可怜的老女人》震惊。永远别介意你的驼背[6090]绞刑架。把你的缎[6091]使重开领向上滑，在你的头上画头套[6092]马粮袋。没有人能知道或者注意你，遗腹子[6093]最后生的|最后者，如果你在后面绕着希尔马丁[6094]睡眠|黏液|道路|狡猾的|多鳞的跳跃，慢慢地[6095]狡猾的|主人到前面来，穿着一套小伙子们的海军装乞讨[6096]开始|袋子。三乘以[6097]爬披着九的外衣的三加速三。小中见大地[6098]无动于衷的女士|现代的看到你我们会捧腹大笑[6099]。给老男孩流浪者韦尔斯利[6100]老韦斯利|流浪者俱乐部的翅膀！吐得好，机智的婊子！现在挺象前兵[6101]！走[6102]。有门德尔松[6103]的婚礼进行曲[6104]为蜜月[6105]脚踏式风琴|霍尼曼播放。为我们勾画出[6106]把我们拖出来《阿兰山亚当的常青藤前夜夏娃》[6107]！诗歌与音乐联姻[6108]与的策略[6109]幻想|瓦内萨|虚荣|订婚|芬尼格斯|芬·麦克尔。感到激动了吗？等结打[6110]打结的好，你会立得稳稳当当[6111]。机不可失[6112]现在是你的从未！P与Q[6113]叽叽又咯咯地唱着二重奏，小新娘[6114]奥布赖恩小姐阿兰娜[6115]孩子，我的孩子迷失在她的钻石婚礼[6116]你介意等等吗中。你在这个明媚的[6117]背带|公鸡|高卢人日子里会向我们展示多么宏伟的姿势啊。干净简单，做个钩球队员[6118]一定|CEH！之后任意球[6119]随便呱呱叫。鸽鸦[6120]都柏林出去找了。芬堡[6121]也如此。而且，停，这里

6083 Mawgraw 解 mo ghradh [爱]"～";也解 Mag Raith [爱]"～";也解 Cornelius Magrath"～"(1736—1760),爱尔兰巨人。
6084 helo 解 hero"～";也解 helot"～"。
6085 chesth of champgnon 解 chest of a champion"～";也解 champignon [法]"～"。
6086 gull"～";也解 Gaul"～";也解 Gael"～";也解 eagal [爱]"～"。此处包含本书主人公的名字的缩写 HCE。
6087 gattling 解 getting out"～";也解 Gatling"～",此处拿出的枪指阴茎。
6088 Lannigan's ball"～",爱尔兰芭蕾。
6089 Shallburn 解 Shall burn"～";也解 Shelbourne Hotel"～",位于都柏林;也解 shellshock"～";也解 The Shan Van Vocht"～",爱尔兰歌曲。
6090 Gibbous"～";也解 gibbet"～"。
6091 ropen 解 ribbon"～";也解 reopen"～"。
6092 noosebag"～",死刑犯被绞死前头上戴的头套;也解 nosebag"～",挂在马等颈上的饲料袋。
6093 Postumus 解 posthumus"～",芬·麦克尔是他父亲的遗腹子;也解 Postumus,人名,意思是"～";也解 postumus [拉]"～"。
6094 schlymartin 解 Shiel Martin"～",霍斯高地的最高点之一;也解 Schlummer [德]"～";也解 Schleim [德]"～";也解 slighe [爱]"～";也解 sly"～";也解 scaly [德]"～"。
6095 sloomutren 解 slowmotion"～";也解 sly"～";也解 sluagh [爱]"～"。
6096 beg"～";也解 begin"～";也解 bag"～"。
6097 climbs"～",此处解 times"～"。
6098 mouldem imparvious 解 multum in parvo [拉]"～";也解 impervious madam"～";其中 mouldem 也解 modern"～"。
6099 split 指 split one's sides"～"。
6100 Welsey Wandrer 解 Arthur Wellesley"亚瑟·韦尔斯利",惠灵顿公爵＋wanderer"流浪者";也解 Old Wesley"～",爱尔兰的橄榄球俱乐部＋Wanderers"～",爱尔兰的橄榄球俱乐部。
6101 piawn to bishop's forthe 解 pawn to bishop's forth"～",化自乔伊斯的《一个青年艺术家的画像》中的"Pawn to king's forth'"(王前兵进一步),国际象棋中后翼弃兵开局的第一步。
6102 Moove 解 Move"～"。
6103 Mumblesome 解 Mendelssohn"～"(1809—1847),德国犹太裔作曲家、德国浪漫乐派最具代表性的人物之一。
6104 Wadding Murch 解 Wedding March"～"。
6105 Hornemoonium 解 honeymoon"～";也解 harmonium"～";也解 Annie Horniman"～",都柏林的阿比剧院的女赞助人。
6106 Drawg us out 解 Draw us out"～";也解 Drag us out"～"。
6107 Ivy Eve in the Hall of Alum 解 Ivy Eve in the Hill of Allen"～",阿兰山位于爱尔兰,传说中为芬尼亚勇士们的驻地。此处化自乔伊斯《都柏林人》中的短篇《常青藤日在委员会办公室》;其中 Eve…Alum 也解 Eve...Adam"～"。
6108 wed"～";也解 with"～"。
6109 finnecies 解 finesse"～";也解 fancies"～";也解 vanessa"～",斯威夫特的年轻恋人之一;也解 vanities"～";也解 fiancailles [法]"～";也解 Finneces"～",芬·麦克尔 7 岁时被送到他身边学习的德鲁伊;也解 Finn MacCool"～"。
6110 knutted 解 knute [挪]"～";也解 knotted"～",此处化自习语 tie the knot(结婚)。
6111 as tight as Trivett 解 as right as trivet"～"。
6112 Now's your never"～",此处解 now or never"～"。
6113 Peena and Queena 解 P and Q"～",凯尔特语中的两个族群。此处化自习语 mind one's P's and Q's(小心谨慎)。
6114 brideen"～";也解 Biddy O'Brien"～",歌谣《芬尼根的守灵夜》中的守灵者之一。
6115 Alannah 解 Eileen Alannah"《艾琳·阿兰娜》",爱尔兰歌曲;也解 a leanbh [爱]"～"。
6116 diamindwaiting 解 diamond wedding"～";也解 do you mind waiting"～"。
6117 gallus"～",此处解 geal [爱]"～";也解 gallus [拉]"～";也解 Gallus [拉]"～"。
6118 be the hooker"～",英式橄榄球的角色;也解 by the holy poker"～"。此处包含本书主人公名字缩写的易位构词 CEH。
6119 free for croaks"～",此处解 free kicks(足球)"～"。
6120 Dovlen 解 dove raven"鸽子,乌鸦";也解 Dublin"～",指都柏林橄榄球队。
6121 Rathfinn 解 Rath Finn"～",芬·麦克尔的传说中德莫特死于此处。

是灵车和四匹马，跨省的十字架受难者在里面扔签，好知道谁会是他们的小伙子[6122]教子，以及哪里[6123]然而把消息告诉妈妈[6124]明天。我们的大建筑师[6125]主教法冠|神话|图片怎么睡着的[6126]。谁来打赌[6127]但是|那他会成为阳光男孩[6128]小男孩|黄约翰|救生圈|波德金，来自便士邮政[6129]的信号灯逃犯[6130]，所有他拥有的[6131]酒吧下意识[6132]呜咽暗示在灵魂皮肤[6133]阳光照耀上投下影子。它已签上[6134]签名|沉落|盖章|祝福你的[6135]岁月|昔时，母鸡的一笔[6136]船的列板|关于。双关[6137]。铺开桌布，给他们四个[6138]船头。感谢这条鱼，跟它们同气相应[6139]在核里|再。看在上帝的分上[6140]把恩惠递过来！阿门[6141]罂粟子。司法官马太先生、司法官马可先生、司法官路加·德·路加[6142]翻跟斗先生和司法官[6143]查士丁尼一世|公正的约翰斯顿-约翰逊[6144]约翰先生。还有驴车[6145]亚萨园|僵尸|山|地图|卡片，看，在后面！好啊，好啊，万岁[6146]救命，救命，乌拉！阿尔索普，阿尔索普[6147]！要钉住四个食尸鬼[6148]4：0！简化一下，伙计，看起来有点滑！他们跟游泳池[6149]有个约会[6150]。叮，当，叮，咚！叮铃。为了他自己和我们，他在我们上面晃来晃去，真是太伟大了。飞起你们的气球，男孩丹尼们[6151]和丹尼丝们！他死得像石头一样了[6152]门把手|死的|死得不能再死了！汉娜·邓拉普[6153]汉娜|ALP自由了！再一次[6154]。我们能吃了你，借助酒神狂欢[6155]巴库斯|妖怪|满嘴的，通过你来畅饮[6156]婴儿，在疯狂的缺乏信仰[6157]虔信之湖|奶中获得安慰。同一个血，同一个肉[6158]一个长羽毛，一个孵蛋，直到此至人人[6159] HCE。哈，王权[6160]！哈，叛徒[6161]。哈，真理[6162]。你肯定吗[6163]好的|《啊，阿兰莫尔，亲爱的阿兰莫尔》，自从他

6122 gosson 解 gossoon［爱］"～"；也解 godson"～"。
6123 whereas"～"，此处解 where"～"。
6124 brake the news to morhor 解 Break the News to Mother"～"，爱尔兰歌曲；其中 to morhor 也解 tomorrow"～"。
6125 myterbilder 解 master builder"～"，也是挪威作家易卜生的戏剧的名字；也解 mitre"～"；也解 myter［丹］"～"；也解 Bilder［德］"～"。
6126 his fullen aslip 解 has fallen asleep"～"。
6127 but"～"，此处解 bet"～"；也解 that"～"。
6128 Shonny Bhoy 解 sunny boy"～"，乔伊斯年轻时曾被如此称呼；也解 sonny boy"～"；也解 Seon Buidhe［爱］"～"，即"英国佬"；其中 Bhoy 也解 buoy"～"；也解 Michael Bodkin"～"，乔伊斯的妻子诺拉年轻时在戈尔韦的情人。
6129 Poshtapengha 解 Post pingne［爱］"～"。
6130 fleshlumpfleeter 解 flashlamp"信号灯"＋fleeter"逃跑的人"。
6131 bares 解 bears"～"；也解 bars"～"。
6132 sobsconcious 解 subconscious"～"；也解 sob"～"。
6133 soulskin 解 soul"灵魂"＋skin"皮肤"；也解 solskin［丹］"～"。
6134 Its segnet 解 It has signed"～"；也解 signature"～"；也解 segne［荷］"～"；也解 signet"～"；也解 segnet［德］"～"。
6135 yores 解 yours"～"，信末签名；也解 years"～"；也解 yore"～"。
6136 strake of a hin 解 stroke of a hen"～"，指文中描写的母鸡刨出信，此处化自歌曲"A Stroke of the Pen"(《大笔一挥》)；也解 strake"～"；也解 hin［德］"～"。
6137 Nup 解 pun"～"。
6138 fore"～"，此处解 four"～"，此处化自歌曲 "One More Drink for the Four of Us"(《再给我们四个来一杯》)。
6139 in core of"～"，此处解 in chorus of"～"；也解 encore［法］"～"。
6140 for Gard sake 解 for God's sake"～"。
6141 Ahmohn 解 amen"～"；也解 Mohn［德］"～"。
6142 Luk de Luc 解 Luke"～"，四福音书作者之一；也解 loop the loop"～"。
6143 Justinian"～"(约 482—565)，东罗马帝国皇帝，史称查士丁尼大帝，此处解 Justicial"～"-cian，即"～"。
6144 Johnston-Johnson，人名；也解 John"～"，四福音书作者之一。
6145 aaskart 解 ass cart "～"；也解 Asgard"～"，北欧神话中亚萨神族的住所；也解 Aas［德］"～"；也解 aas［挪］"～"；也解 kart［挪］"～"；也解 Karte［德］"～"。
6146 Help，help，hurray！"～"，此处解 hip hip hooray"～"，欢呼声，出自儿歌。
6147 Allsup 解 Alsop and Sons"～"，英国的啤酒品牌。
6148 Four ghools to nail 解 four ghouls for nailing"～"，指基督被钉十字架；也解 four goals to nil"～"，进球数。
6149 swimminpull 解 swimmingpool"～"。
6150 dathe with 解 date with"～"。
6151 dannies 解 dannyboy"～"，由爱尔兰民谣《伦敦德里小调》改编的歌曲，写父子之情，这里泛指男孩。
6152 doorknobs dead 解 doorknobs"门把手"＋dead"死的"，化自习语 dead as a doornail"～"，故译为"～"。
6153 Annie Delap 解 Anna Dunlap"～"，1761 年在都柏林上演的第一部意大利歌剧中的女演员；也解 Anna"～"，本书女主人公＋De＋ALP，本书女主人公名字的缩写。
6154 Ones more 解 once more"～"。
6155 par Buccas 解 par［法］"经由"＋Bacchus"巴库斯"，酒神，远古的酒神祭司中有撕裂和生吃动物的行为；也解 per Bacco！［意］"～"，表惊叹；也解 bucca"～"；也解 bucca［拉］"～"。
6156 imbabe 解 imbibe"～"；也解 babe"～"。
6157 lac of gotliness 解 lack of godliness"～"；也解 lake of godliness"～"；也解 lac［拉］"～"。
6158 One fledge，one brood 解 one flesh，one blood"～"；也可直译为"～"。
6159 hulm culms evurdyburdy 解 here comes everybody"～"，指本书主人公 HCE。
6160 throman 解 throne"～"。
6161 traidor 解 traitor"～"。
6162 truh 解 truth"～"。
6163 Arrorsure 解 arro sure［科克发音］"～"；也解 khorosho［俄］"～"；也解 Oh！ Arranmore，Lov'd Arranmore"～"，托马斯·穆尔的歌曲。

在雷雷霆中听听到[6164]使惊恐他的名字以来[6165]在上面|感觉，他就是爱尔兰的[6166]但是|土地君主[6167]男人了，壹壹壹耳耳耳微微微蚵蚵蚵[6168]！看到它被用磷光景[6169]弥散的火之精华书写[6170]脸红在妓院[6171]性市场上。珀·西·奥·莱·利[6172]。有如国王[6173]确实|老大罗洛。隶属皇家爱尔兰炮队[6174]老大罗洛|阿提拉。淫荡闪电忧郁逃犯困惑马车梦的导体[6175]避雷针|电的|适合装配的|电车|电车售票员！无名的非爱尔兰血统的人[6176]一夜之间变成了绿色岛屿的岛民[6177]格陵兰岛的人！但是我们用他的十三只[6178]思想假[6179]钢锭[6180]内脏熔化[6181]蜕皮换羽|制作出迷信小雕像[6182]替代品。商标[6183]马克国王，东方人[6184]头生子。符号，罗德里克·奥康纳[6185]恒星的|阴户，国王[6186]。倒序[6187]词语|次序，麦克莫罗[6188]女仆|早晨|明天|权力|腐烂的，卡文纳[6189]哥本哈根|如何。一次伟大的转换，男人[6190]！布谷鸟[6191]核心会议|可可粉！找到他的目标目标[6192]！从玛土撒拉[6193]只在恐惧的驱动下经公牛和母牛[6194]考利和时钟嘀嗒嘀嗒[6195]一直到照常营业[6196]卑鄙是常态？他依然在那里活着[6197]燃烧的，米迦勒啊[6198]被麦克|天使长米迦勒！从前放纵[6199]路西弗|温德汉姆·刘易斯|刘易斯·卡罗尔！砰！带来你的伟业[6200]死的！嘭！直到[6201]告诉我们合适的时间。嘭！帕尔蒂克蓟[6202]和[6203]再|反圣美伦[6204]圣米尚教堂对水晶宫[6205]和[6206]沃尔萨尔[6207]！叛乱[6208]！对死亡的恐惧[6209]让身体[6210]不适[6211]！瘟疫[6212]游戏很快会结束，老鼠！让我们进来[6213]让犯罪|听|显示给我看！出去[6214]随声附和|表露！我们想要的只不过是和平地拥有[6215]为了占有的和平|控球权。我们不明白[6216]你为什么谈[6217]三二一一[6218]13|一条面包，先生[6219]，请再说一编！或者别用你的语言[6220]肺和

6164 horrhorrd 解 heard“～”；也解 horrify“～”。
6165 oversense 解 ever since“～”；也解 over“～”＋sense“～”。
6166 Arrahland 解 Ireland“～”；也解 arrah［爱］“～”＋land“～”。
6167 mannork 解 monarch“～”；也解 man“～”。
6168 Rrrwwwkkkrrr 解 Earwicker“～”，本书主人公。
6169 fusefiressence 解 phosphorescence“磷光现象”；也解 diffuse fire essence“～”。
6170 rudden up 解 written up“～”；也解 redden“～”。
6171 flashmurket 解 fleshmarket“～”；也解 Fleischmarkt［德］“～”。
6172 P. R. C. R. L. L. 解 Persse O'Reilly“～”，书中人物，主人公 HCE 的化身之一。
6173 Royloy 解 royally“～”；也解 really“～”；也解 Rollo the Gangler“～”(846—931)，维京人领袖，后建诺曼底。
6174 rollorrish rattillary 解 Royal Irish Artillery“～”；也解 Rollo the Gangler“～”＋Attlla“～”，古代匈人皇帝。
6175 lewdningbluebolteredallucktruckalltraumconductor 解 lewd“淫荡的”＋lightning “闪电”＋blue“忧郁的”＋bolter“逃犯”-ed＋dallbhach［爱］“困惑不解”＋trucail［爱］“轻型双轮马车”＋Traum［德］“梦”＋conductor“导体”；其中还包括 lightning conductor“～”；electrical“～”；dálach［爱］“～”；tram“～”；tramconductor“～”。
6176 nonirishblooder 解 non Irish blood-er“～”。
6177 Greenislender 解 green islander“～”，绿色岛屿指爱尔兰岛；也解 Greenlander“～”，属于美国。
6178 thortin 解 thirteen“～”；也解 thought“～”。
6179 fulse 解 false“～”。
6180 guts“～”，此处解 ingots“～”。
6181 molting“～”，此处解 melting“～”；也解 making“～”。
6182 superstituettes 解 superstition“迷信”＋statuettes“小雕像”；也解 substitutes“～”。
6183 Tried mark 解 trademark“～”；也解 King Mark of Cornwall“～”，特里斯丹的叔叔。
6184 Easterlings“～”，指维京人；也解 firstlings“～”。
6185 Soideric O'Cunnuc 解 Roderick O'Connor“～”(1116—1198)，爱尔兰最后一位共主；也解 sidereal“～”＋cunt“～”。
6186 Rix 解 rex［拉］“～”。
6187 Adversed ord 解 adverso ordine［拉］“～”；其中 ord 也解［丹］“～”；也解 order“～”。
6188 Magtmorken 解 Diarmaid MacMurrough“～”，兰斯特国王，是他邀请诺曼人进入爱尔兰；也解 Magd［德］“～”；也解 Morgen［德］“～”；也解 morgen［荷］“～”；也解 makt［挪］“～”；也解 morken［挪］“～”。
6189 Kovenhow 解 Art MacMurrough Kavanaugh“～”，14 世纪的兰斯特国王；也解 København［丹］“～”；也解 how“～”。
6190 myn 解 man“男人”。
6191 Coucous 解 coucou［法］“～”；也解 caucus“～”；也解 cocoa“～”。
6192 causcaus 解 cause“～”。
6193 Motometusolum 解 Methuselah“～”，《圣经》中的人物，据说活了 969 年；也解 motus metu solo［拉］“～”。
6194 Bulley and Cowlie 解 bull and cow“～”；其中 Cowlie 也解 Cowley“～”，《尤利西斯》中的考利神父。
6195 Diggerydiggerydock 解 Hickory Dickory Dock“《时钟滴答响》”，英国儿歌。
6196 bazeness's usual 解 business as usual“～”；也解 baseness is usual“～”。
6197 alight“～”，此处解 alive“～”。
6198 by Mike“～”，此处解 by Michael“～”，化自习语 by God(天啊)。
6199 Loose afore“～”；也与前面的 Mike 合解 Michael...Lucifer“～”；也解 Wyndham Lewis“温德汉姆・刘易斯”(1882—1957)，曾在《时代和西方人》一书中攻击乔伊斯；也解 Lewis Carroll“～”(1832—1898)，英国作家，著有《爱丽丝漫游奇境记》。
6200 deed“～”；也解 dead“～”。
6201 Till is“～”；也解 tell us“～”。
6202 Partick Thistle“～”，帕尔蒂克为苏格兰格拉斯哥附近的制造业小镇，此为他们的足球队。
6203 agen“～”，此处解 and“～”；也解 against“～”。
6204 S. Megan 解 Saint Mirren“～”，苏格兰小镇佩斯利的足球队名字；也解 Saint Michan's Church“～”，公牛人镇教堂。
6205 Brystal Palace 解 Crystal Palace“～”，位于伦敦市中心的海德公园内，是万国工业博览会场地；也是英国足球队。
6206 agus［爱］“～”。
6207 Walsall“～”，英格兰伯明翰西北部的工业城镇，有沃尔萨尔足球队。
6208 Putsch［德］“～”。
6209 Tiemore moretis 解 timor mortis (conturbat me)［拉］“～”。
6210 badday 解 body“～”。
6211 tisturb 解 disturb“～”。
6212 playgue 解 plague“～”；也解 play“～”。
6213 Let sin“～”，此处解 let us in“～”；也解 listen“～”；也解 laat zien［丹］“～”。
6214 Geh tont 解 get out“～”；也解 getont［德］“～”；也解 getoond［荷］“～”。
6215 peace for possession“～”，此处解 peaceful possession“～”；也解 get possession“～”，英式橄榄球术语。
6216 dinned unnerstunned 解 didn't understand“～”。
6217 sassad 解 said“～”。
6218 thurteen to aloafen 解 thirty two eleven“～”；其中 thurteen 也解 thirteen“～”；其中 aloafen 也解 a loaf“～”。
6219 sor 解 sir“～”。
6220 lungorge 解 language“～”；也解 lung & gorge“～”。

胃来烦我们[6221]借给我们贷款，教区牧师[6222]化身为其他人的人洞悉[6223]提议我们贵族白种人的[6224]雪绒花空洞的词语[6225]虚的词|食用植物！肖恩[6226]林薮和闪姆[6227]非洲酪脂树正在学习[6228]易卜生[6229]，因此快点[6230]，爷爷[6231]，咯咯[6232]给我打嗝[6233]黄瓜。你不能像我们[6234]一样强迫神射手[6235]自由射手|强盗。这里的每只浴盆巴特都唾弃[6236]说|吐出来他自己的脂肪[6237]拓夫。让各方面的威压[6238]见鬼去吧！一知半解地嘲笑[6239]《慈母颂》格林定律[6240]语法！但是我们突然[6241]愿意加入德鲁伊盖尔语联盟[6242]你懂爱尔兰语吗?。太初有词[6243]虚空，中间[6244]混乱是声音之舞[6245]句子，接下来[6246]你就再次处于无意识[6247]无偏心|未经证实的之中，反之亦然[6248]软化。你说丹麦英语，男人，我们[6249]你说丹麦话，但是我们自己[6250]我们的灵魂讲着抽象的[6251]阻塞|朝廷历史[6252]霍斯蒂。思考中的沉默！说[6253]谈判！我们[6254]穿并不善于[6255]一派胡言[6256]外面的|伤人|其他的！呸呸[6257]番木瓜，喔喔！第十二幕哑剧[6258]记忆，挪亚面包[6259]一些面包|新的|辽阔的！那个很好，哈！因此，当到了[6260]被模仿去清晨[6261]提醒动身去费城[6262]弄脏一只海豚|兄弟的时候，强势父亲为你封装[6263]的将完全是一种材料[6264]非物质的，老强权。哈，哈！谈着爱尔兰人[6265]的回声！敲啊敲[6266]提克诺克，敲城堡[6267]卡索诺科！安静[6268]猪！你会知道[6269]鼻子的，啊，你会知道的，我们没说一句话[6270]警告之词。我们不知道寄件人[6271]给谁。但是你会发现咯咯小鸡[6272]轧轧响|你是否理解正在拿甜甜的黄油松饼[6273]成为最佳者，喇叭与母狗[6274]穿着几条内裤[6275]，公马母马队列[6276]市长大人的财产在树[6277]三人下拴牢[6278]紧的。停。请[6279]按压停下来。都请停下来。全都请停下来。出于

6221 ledn us alones 解 let us alone“随我们去”；也解 lend us loan“～”。
6222 parsonifier 解 parson“～”；也解 personifier“～”。
6223 propounde 解 profound“渊博的”；也解 propound“～”。
6224 edelweissed 解 edel［德］“贵族的”＋weisse［德］“白种人”；也解 edelweiss“～”。
6225 idol worts 解 idle words“～”；也解 eitel Wort［德］“～”；也解 wort“～”。
6226 Shaw“～”，此处解 Shaun“～”，本书主人公的儿子之一。
6227 Shea“～”，此处解 Shem“～”，本书主人公的儿子之一。
6228 lorning 解 learning“～”。
6229 obsen 解 Ibsen“～”，挪威剧作家。
6230 hurgle up 解 hurry up“～”。
6231 gandfarder 解 grandfather“～”。
6232 gurgle“～”；也解 give“～”。
6233 gurk“～”；也解 Gurke［德］“～”。
6234 os［丹］“～”。
6235 frayshouters 解 Freischutz［德］“～”；也解 free shooters“～”；也解 freebooters“～”。
6236 spucks 解 spits“～”；也解 speaks“～”；也解 spuck［德］“～”。
6237 tub…fat“～”；也解 Butt…Taff“～”，本书主人公的两个儿子的别名。
6238 coersion 解 coercion“～”。
6239 smotthermock 解 smatter“一知半解”＋mock“嘲笑”；也解 Mother Machree“～”，1928 年讲爱尔兰人移民美国的电影。
6240 Gramm's laws 解 Grimm's Law“～”，德国语言学家雅各布·格林提出的描述印欧语语音递变的定律；也解 grammar“～”。
6241 all at ones 解 all at once“～”。
6242 drippindhrue gayleague 解 drop in druid Gaelic League“～”；也解 tuigeaan tú Gaedhealg?［爱］“～”。
6243 In the buginning is the woid 解 In the beginning is the word“～”，《约翰福音》(1:1)，其中 woid 也解 void“～”。
6244 muddle“～”，此处解 middle“～”。
6245 sounddance 解 sound dance“～”；也解 sentence“～”。
6246 thereinofter 解 therinafter“～”。
6247 unbewised 解 Unbewusst［德］“～”；也解 unbias“～”；也解 unbewiesen［德］“～”。
6248 vund vulsyvolsy 解 and vice versa“～”；其中 vulsus［拉］(拔毛者)“～”。
6249 You talker dunsker's brogue men we 解 you talked Dansk brogue, men, we“～”；也解 de taler danskernes sprog, men vi［丹］“～”。
6250 our souls“～”，此处解 ourselves“～”。
6251 obstruct“～”，此处解 abstract“～”；也解 court“～”。
6252 hostery 解 history“～”；也解 Hosty“～”，书中人物。
6253 Spreach 解 speech“～”；也解 sprich［德］“～”。
6254 Wear“～”，此处解 We are“～”。
6255 anartful 解 un-artful“～”。
6256 outer nocense 解 utter nonsense“～”；也解 outer“～”＋nocentia［拉］“～”；也解 other“～”。
6257 Pawpaw“～”，此处解 pooh-pooh“～”。
6258 Momerry 解 mummery“～”；也解 memory“～”。
6259 noebroed 解 Noah“挪亚”，大洪水中幸存的人类＋bread“面包”；也解 noe broed［挪］“～”；也解 neo-“～”＋broad“～”。
6260 aped to“～”，此处解 up to“～”。
6261 Mahnung 解 morning“～”；也解 Mahnung［德］“～”。
6262 foul a delfian 解 Off to Philadelphia“～”，爱尔兰旋律的美国流行歌曲；也解 foul a dolphin“～”；也解 delphos［希］“～”。
6263 unvuloped 解 enveloped“～”。
6264 a material“～”；也解 immaterial“～”。
6265 Paddybarke 解 Paddywhack“～”。
6266 Kick nuck 解 knock knock“～”；也解 Ticknock“～”，爱尔兰都柏林郡的市镇。
6267 Knockcastle 解 Knock castle“～”；也解 Castleknock“～”，都柏林地名，位于凤凰公园以西。
6268 Muck 解 muk［塞维］“～”；也解 muc［爱］“～”。
6269 nose“～”，此处解 knows“～”。
6270 warnward 解 one word“～”；也解 warn word“～”。
6271 sendor 解 sender“～”。
6272 Chiggenchugger 也解 chicken“小鸡”＋chuckle“咯咯叫”；也解 chugger(机器)“～”；也解 'tuigeann tú［爱］“～”。
6273 Treaclyshortcake 解 treacly“甜蜜的”＋shortcake“黄油甜酥饼干”；也解 take the cake“～”，常用于讽刺。
6274 Bugle and the Bitch 解 Bugle and Bitch“～”，二十世纪二三十年代美国的文学杂志《猎犬与号角》的绰号。
6275 pairsadrawsing 解 pairs of drawers“～”。
6276 Horssmayres Prosession 解 horse & mare procession“～”；也解 Lordmayor's possession“～”。
6277 threes“～”，此处解 trees“～”。
6278 tyghting up 解 tying up“～”；也解 tight“～”。
6279 Press“～”，此处解 please“～”。

同样的原因[6280]，犹郁怎么样[6281]去向|裤子|舞蹈，那[6282]肯定是个著名的[6283]被玷污的词！叮咚[6284]叮当|乒乓球！撒克逊掠夺者[6285]六|未控球，因为爱尔兰中心地区委员会[6286]是士兵的饷银[6287]大减价的猎物。最后时刻的[6288]抢购，零散的空位！谁都能看出你是个王八蛋[6289]船舷上缘|奥康内尔。还要跟踪他[6290]家伙，卡洛[6291]！战败者有祸了[6292]长虫，是，战胜者有战争了[6293]！想想爱尔兰长城[6294]哈德良长城|空中长城和抛硬币落地。给他另一个，好去瓦尔哈拉宫乱涂[6295]《小叛逆》！他的光还没有全灭，装腔作势的生活者[6296]！啵呼呼[6297]哭闹，它在渗出[6298]灰尘|哎呦！还有七个妓女[6299]马|妓女|洞总是在他思考事情的家里，他那美好的小思想的美好的小家[6300]点头|圆顶屋|噪音|倦怠的|思想。两只眼睛[6301]饥渴、两只耳朵[6302]夏娃、两只鼻子[6303]尼斯湖水怪，还有红枣[6304]。妖怪[6305]操！怪不得，男孩们和女孩们[6306]作为女孩的男孩们|卷发，他像彩虹[6307]莱茵河|牡狍|驯鹿|雄兽|公山羊一样唱歌[6308]发臭味。一个倒霉的[6309]床夜晚，他生出一种幻觉[6310]精神错乱|仙境，觉得她们都是女王在围攻[6311]麦布女王他。福斯塔夫[6312]句号。噢，嚯，嚯，嚯，啊，他，他！你自己退位[6313]一张床。那只会惹我们发火[6314]。他会害死[6315]聋的我们，波波卡特佩特火山[6316]奶头|爹爹|搂抱，总有一天[6317]半瞎的。是的[6318]，先生[6319]剑|聋的，信仰[6320]父亲，你想要[6321]，可怜可怜[6322]油灰我们的女儿[6323]愤怒！我们等着去追求的是什么？我们真心实意地[6324]过来是为了什么[6325]？你们一个也没有，冰公鸡！你留着那只你的母鸡[6326]指甲花|雅典娜，她的四十只蜡烛[6327]发着微光[6328]蜡烛|冷酷的|微笑，看屁股用。我们可以凑合着用红宝石[6329]透

6280 be the seem talkin 解 by the same token"～"。
6281 wharabahts hosetanzies 解 what about hesitency"～",爱尔兰新闻记者皮戈特伪造巴涅尔的信时把 hesitancy(犹豫)写成 hesitency,因此露馅,因此翻译为"犹郁";也解 whereabouts"～"＋Hose [德] "～"＋Tanz [德]"～"。
6282 dat [荷]"～"。
6283 sullibrated 解 celebrated"～";也解 sullied"～"。
6284 Bing bong 解 ding-dong"～",丹麦语言学家叶斯柏森在《语言:它的性质、发展和起源》中提到的被昵称为"叮咚理论"的先天语言论,认为声音与感觉之间有神秘的联系;也解 ding dang"～",苏黎世送冬节的铃声;也解 pingpong"～"。
6285 Saxolooter 解 Saxon looter"～";也解 six"～"＋loose"～",橄榄球中没有任何赛手控制了球。
6286 congesters 解 Congested Districts Board in Ireland"～",19 世纪后期爱尔兰的政府机构。
6287 salders' prey 解 soldier's pay"～";也解 solde's prey"～"。
6288 in the loose"～"。
6289 son of a gunnell 解 son of a gun"～";也解 gunnel"～";也解 Daniel O'Connell"～"爱尔兰政治家,有很多私生子。
6290 Fellow"～",此处解 Follow"～",此处化自歌曲"Follow Me up to Carlow"(《跟随我到卡洛》)。
6291 Carlow"～",爱尔兰东南部的郡。
6292 Woes to the wormquashed 解 woe to the vanquished"～",即拉丁文的 vae victis;也解 worm"～",指蛇。
6293 wor to the winner 解 war to the winner"～"。
6294 Aerian Wall 解 Erin Wall"～";也解 Hadrian's Wall"～",罗马帝国在占领不列颠时修建;也解 aerial wall"～"。
6295 volleyholleydoodlem 解 vallhalla"瓦尔哈拉宫",北欧神话中阵亡将士英灵所居的殿堂＋doodle"漫不经心地涂鸦";也解 Polly Wolly Doodle"～",儿歌,最早发表于 1880 年哈佛学生的歌本上。
6296 liverpooser 解 liver"生活者"＋poser"装腔作势的人"。
6297 Boohoohoo 解 boo"啵",惊吓别人时发出的声音＋hoo"呼!",表示高兴,轻蔑,赞同,激动等;也解 boo-hoo"～"。
6298 oose"～",此处解 ooze"～";也解 oops"～"。
6299 hores 解 whores"～";也解 horses"～";也解 hores [挪]"～";也解 holes"～"。
6300 nodsloddledome of his noiselisslesoughts 解 nice little home of his nice little thoughts"～";其中 nod-sloddledome 也解 nod"～"＋dome"～";其中 noiselisslesoughts 也解 noise"～"＋listless"～"＋thoughts"～"。
6301 Idas 解 eyes"～";也解 Íde [爱]"～"。
6302 Evas 解 ears"～";也解 Eve"～"。
6303 Nessies 解 noses"～";也解 Nessie"～"。
6304 Rubyjuby 解 Ruby"红宝石色的"＋jujube"枣子"。
6305 Phook 解 phúca [爱]"～";也解 fuck"～"。
6306 pipes as kirles 解 boys and girls"～";也解 boys as girls"～";也解 curls"～"。
6307 rheinbok 解 rainbow"～";也解 Rhein [德]"～";也解 Rehbock [德]"～";也解 reindeer"～";也解 Bock [德]"～";也解 bok [荷]"～"。
6308 sthings 解 sings"～";也解 stinks"～"。
6309 bed"～",此处解 bad"～"。
6310 delysiums 解 delusion"～";也解 delirium"～";也解 Elysium [拉]"～"。
6311 queens mobbing"～";也解 Queen Mab"～",神话故事中的仙女精灵,可以帮助人类实现梦境。
6312 Fell stiff 解 Falstaff"～",莎士比亚《亨利五世》等戏剧中的喜剧性人物;也解 full stop"～"。
6313 Abedicate 解 abdicate"～";也解 A bed"～"。
6314 gegs our goad 解 gets our goat"～"。
6315 deaf"～",此处解 death"～"。
6316 pappappoppopcuddle 解 Popocatepetl"～";也解 pap"～"＋pop"～"＋cuddle"～"。
6317 samblind daiy rudder 解 some fine day or other"～";其中 samblind 也解 sandblind"～"。
6318 Yus 解 yes"～"。
6319 sord 解 sir"～";也解 sword"～";也解 sordo [意]"～"。
6320 fathe 解 faith"～";也解 father"～"。
6321 woll [德]"～"。
6322 putty"～",此处解 pity"～"。
6323 wraughther 解 daughter"～";也解 wrath"～"。
6324 agooding 解 agood"～"。
6325 Whyfore 解 Why for"～"。
6326 Henayearn 解 hen of yourn"～";也解 henna"～";也解 thena"～",古希腊神话中的智慧女神。
6327 fortycantle 解 forty candles"～"。
6328 glim"～",此处解 gleam"～";也解 grim"～";也解 glimlach [荷]"～"。
6329 rubiny 解 Rubin [德]"～"。

镜[6330]较少的。但是在你的所有月亏中，给我们送出你那小狗[6331]精力充沛的|装饰的麦芽酒，你不会是这样一个坏蛋。黑麦对他的头脑有好处，但是小麦面包[6332]白种人绝对可爱。**口平呯！**我们真心相信那位太太，带着甜美的高廷[6333]小孩，如果在**金甫铺**上，没有在他们最小的程度上**口旁嗙**精神错乱，我们欣然[6334]为陛下[6335]玛奇预言一个**口平呯口奔喯口崩嘣**[6336]银行|性交跟所有类型的等等和等等[6337]至于其他去睡懒觉[6338]悄悄溜入。这是我们最后一次战斗[6339]，泰坦尼克[6340]，再见[6341]害怕你会！裁判[6342]难民开始欢呼[6343]希利来打发时间[6344]。那里走来苏格兰高地警卫团女兵[6345]洗衣妇，一身白衣，亚麻质地，经过了净化[6346]博盖德！右脚趾，阿米蒂奇[6347]！坦慕尼协会[6348]里的两人茶[6349]泰姆。我们被裹挟而去。越过了小溪和凉亭。因此我们会把它留给柯赫、多内利和培肯汉[6350]锁眼|击昏|好的，三个火枪手[6351]，在这个时代的末尾，他们从瓦里安公司[6352]的凯特[6353]万能钥匙·舍拉特[6354]女仆那里得到它，她从瓦里安公司的凯特·舍拉特的男人那里得到它，为了圣水利菲巡逻队[6355] ALP的泥水白和脸色红[6356]白雪与红玫的圣俸[6357]波尼费斯|利益而结束，之后所有人的传言[6358]落到穆林格[6359]居心叵测地攻击|马林角大厦里的假冒陛下身上。

所以你们在说，男孩们？总之他什么？

因此总之，上院议员大人们[6360]我的肿块|旋律和众议院[6361]的议员们[6362]，那之后，为了结束在谷内清水山谷[6363]结束里的渴望留名青史的[6364]感恩节[6365]聚会，他的第一次[6366]最精巧的|芬·麦克尔圣餐[6367]家

6330 leeses 解 lenses“～”；也解 less“～”。
6331 peppydecked 解 puppydogs“～”；也解 peppy“～”＋decked“～”。
6332 wheateny 解 wheaten loaf“～”；也解 white“～”。
6333 Gorteen“～”，都柏林市镇，位于爱尔兰朗福郡。此处出自爱尔兰歌曲《甜蜜高廷的少女》。
6334 greesiously 解 graciously“～”。
6335 your Meggers 解 your majesty“～”；也解 Maggies“～”，本书主人公的女儿的另一名称。
6336 BENK BANK BONK，拟声；其中 BANK 也解“～”；BONK 也解“～”。
6337 adceterus and adsaturas 解 etcetera and etcetera“～”；也解 ceterus［拉］“～”。
6338 sloop in 解 sleep in“～”；也解 slip in“～”。
6339 此处化自歌曲“It's Your Last Trip, Titanic, Fare You Well”（《这是你最后的旅程，提坦尼克号，再见》）。
6340 Megantic 解 Titanic“～”，1912 年的英国沉船。
6341 fear you will“～”，此处解 fare you well“～”。
6342 refergee 解 referee“～”；也解 refugee“～”。
6343 hailing“～”；也解 Healy“～”（1855—1931），爱尔兰民族自治运动成员，背弃了巴涅尔。
6344 time the pass 解 pass the time“～”。
6345 Blackwatchwomen 解 Black Watch“苏格兰高地警卫团”＋women“女人”；也解 washerwomen“～”。
6346 purgad 解 purged“～”；也解 Birgad“～”，替芬・麦克尔与敌人沟通的女信使。
6347 Armitage“～”，爱尔兰的书商，是 18 世纪滑稽仪式中的最后一位“达尔基国王”。
6348 Timmotty Hall 解 Tammany Hall“～”，在纽约市由威廉・慕内创立于 1789 年 5 月 12 日的以钱权交易为营生的政治机构。
6349 Tem for Tam 解 Tea for Two“～”，也是歌曲名；其中 Tem 也解“～”，《埃及死者书》的作者。
6350 Keyhoe Danelly and Pykemhyme 解 Kehoe, Donnelly and Pakenham“～”，都柏林的熏肉和火腿商的名字；也解 keyhole“～”；也解 KO“～”；也解 OK“～”。
6351 muskrateers 解 musketeers“～”，化自法国作家大仲马的小说《三个火枪手》。
6352 Variants 解 VARIAN AND CO“～”，都柏林的刷子制造商，位于塔尔博特街。
6353 Katey［俚］“～”，此处解 Kate“～”，本书中惠灵顿纪念馆的看门人，也是壹耳微蚵一家的仆人。
6354 Sherratt“～”，人名；也解 meshareteth［希伯来］“～”。
6355 Aquasancta Liffey Patrol 解 aqua sancta［拉］“圣水”＋Liffey“利菲河”＋Patrol“巡逻队”。此处包含本书女主人公名字的缩写 ALP。
6356 Blashwhite and Blushred 解 Blash“泥水”＋white 白色“＋and＋Blush“脸红”＋red“红色”；也解 Snow White and Rose Red“～”，《格林童话》中的故事。
6357 bonnefacies 解 benefice“～”；也解 Boniface“～”，人名，也是旅店老板的通称；也解 benefit“～”。
6358 tells 解 tales“～”。
6359 Malincurred 解 Mullingar Inn“～”，都柏林酒店；也解 malincurro［拉］“～”；也解 Malin“～”，爱尔兰最北的地点。
6360 melumps 解 my lords“～”；也解 my lumps“～”；也解 melos［希］“～”。
6361 hoose uncommons 解 House of Commons“～”。
6362 mumpos 解 members“～”。
6363 Glenfinnisk-en-la-Valle 解 Gleann Finnuisce［爱］“清水山谷”＋en la vallée［法］“在山谷里”；也解 finish“～”。
6364 longtobechronickled 解 long to be chronicled“～”。
6365 thanksbetogiving day 解 Thanksgiving Day“～”。
6366 finst 解 first“～”；也解 finest“～”；也解 Finn MacCool“～”，爱尔兰传说中芬尼亚英雄的领袖。
6367 homy commulion 解 holy communion“～”；其中 homy 也解“～”。

庭般的周年纪念，在那同一个烤肉雇工宴会都结束之后，可怜的好客的老玉米鸡蛋代理商[6368] HCE，国王罗德里克·奥康纳[6369]，至高无上的首席官员，爱尔兰的最后一位前电器时代的[6370]选举前的国王，那时候他是你在五十奇数岁和五十偶数岁之间说你自己所是的任何东西，在所谓的最后的晚餐之后，晚餐是他在他那绿树成荫的[6371]阴影有一百个酒瓶的房子[6372]百战考恩里盛大举办的，那里还有无线电束波塔及其机库、烟囱[6373]和马厩[6374] HCE，或者，至少，他目前实际上不是当时全爱尔兰的最后一位国王，由于非常好的原因，他依然是比如，继全爱尔兰最后一位出类拔萃的国王之后，他自己成为全爱尔兰的杰出国王，那是塔拉[6375]德黑兰王朝走在他前面的爱开玩笑的以前的老友，皮革军团[6376]绑腿的国王阿特·麦克莫罗·卡文纳[6377]亚瑟王|考马克|咳嗽够了|熊，现在属于不明部分，(上帝守护他那慷慨的滑稽歌集的灵魂！)在他无论好坏带着湿润性湿疹走向他宫殿[6378]草垫子|帕里斯之前，将一只清蒸的鸟放进这个可怜人的罐子里，直到他去到我们身上的草被子下面，尽管如此，在食糖匮乏的那年，我们给他打肥皂、剃胡子并烫发，就像大胆士兵男孩[6379]光秃秃的浪涌的浮标|《大胆的士兵男孩》，他自己照料三头牛，对他来说那是肉、酒、狗和洗涤剂，这是我们必须记起的美好事业，毕竟跟寡妇诺兰的山羊和布朗[6380]布朗与诺兰的甜美[6381]牛类动物少女一起[6382]，熬过了有着雪和雨夹雪的闷热夏季[6383]翻滚，等我告诉你，他做了什么，可怜的老罗德里克·奥康纳国王，全爱尔兰的吉祥防水君主，当他在他们所有

6368 此处包含本书主人公名字的缩写 HCE。

6369 Roderick O'Conor 解 Roderick O'Connor“～”(1116—1198),爱尔兰最后一位共主。

6370 Preelectric“～”;也解 pre-elected“～”。

6371 umbrageous“～”;也解 umbra [拉]“～”。

6372 house of the hundred bottles“～”;也解 Conn of the Hundred Battles“～”(177—212),爱尔兰共主,与莫分据北南。

6373 chimbneys 解 chimneys“～”。

6374 equilines 解 equile“～”。此处包含本书主人公名字的缩写 HCE。

6375 Taharan 解 Tara“～”,爱尔兰东部城镇,古代凯尔特王国的都城;也解 Teheran“～”,伊朗首都。

6376 leggions 解 legions“～”;也解 leggings“～”。

6377 Arth Mockmorrow Koughenough 解 Art Mac Murrough Kavanagh“～”,14 世纪的兰斯特国王;也解 Arthur“～”,中世纪骑士传奇中的人物+Cormac mac Airt“～”,芬・麦克时代的爱尔兰共主+cough enough“～”;也解 arth [威尔士]“～”。

6378 pallyass 解 palace“～”;也解 palliasse“～”;也解 Marechal de Palisse“～”,法国士兵,一首歌曲中的人物。

6379 bald surging buoy“～”,此处解 bold soldier boy“～”;也解 Bowld Sojer Boy“～”,爱尔兰歌曲名。

6380 Nolan...Browne and 解 Browne and Nolan“～”,都柏林书店的名字。此处化自歌曲“The Widow Nolan's Goat”(《寡妇诺兰的山羊》),爱尔兰歌曲。

6381 neats“～”,此处解 sweet“～”。

6382 witht 解 with“～”。

6383 summersultryngs 解 sultry summer“～”;也解 somersault“～”。

人全都自己动身前往他们的泥城堡，尽他们所能[6384]反刍的食物之后，发现他自己孤家寡人地自己呆在他那别人送的[6385]宏伟的旧[6386]伟大的老人建筑里，徒步而行，因为缺少[6387]撒尿麦克卡西的母马[6388]德莫特·麦克卡西，按照扩展程序，离最长的外出路有一棵树的距离，走下爱尔兰[6389]女帽平原上最可爱的村庄[6390]大脑里最可爱的葡萄酿造期兰斯顿路[6391]土地自己的道路的之字形[6392]陡坡，不重要的帕莱赫伦族[6393]与发霉的佛伯格人族[6394]，图德南族[6395]傻子[6396]蛋，来自克兰[6397]的流浪汉，以及所有其他他不在乎的君主[6398]不怎么样，从他的假嘴巴里吐出的王室，关于，嗯，你觉得他做了什么，先生，但是，哎呀[6399]渣滓|信仰，他只是脚后跟轻拍，仔细检查了剩下的葡萄酒[6400]和生满象鼻虫的瓶塞[6401]爆裂声，那是在他自己名副其实的皇室，在喧闹的酒徒的桌子[6402]周围已经及膝深了，他戴着他的老罗德里克·蓝登[6403]罗德里克·奥康纳套衫帽，说着他的兰蒂·李尔[6404]李尔王黑话，穿着麦克·布雷迪的衬衫[6405]，绿山雀[6406]亚麻布的衣领蝴蝶结[6407]锁骨，以及他那根特人[6408]的长手套[6409]憔悴的，他那麦克尔斯菲尔德[6410]的洗涤衣物[6411]趾高气扬，他那现成的奥莱利[6412]和他那泛长老教的[6413]披风，身体，你会可怜他的，世界就是这个样子[6414]，可怜的他，中伦斯特[6415]的心，他们所有人的出类拔萃的主，就像他那样在劣质酒[6416]中不能自拔，就像脱水的海绵，向他自己的奥利弗社会用美声唱法[6417]贝尔演说着[6418]训示麦肯纳的[6419]《尤金·阿兰姆的梦》[6420]亚当|亚兰，透过一切向自己指手画脚[6421]乱弹|嗡嗡作响的，用不同的语言[6422]透过他的老泪和他的旧格子披

6384 as best they cud 解 as best as they could“～”；其中 cud 也解“～”。
6385 handwedown 解 hand me down“别人送的旧衣物”。
6386 grand old“～”；也解 Grand Old Man“～”，人们对英国首相格莱斯顿的称呼。
6387 leak“～”，此处解 lack“～”。
6388 McCarthy's mare“～”，爱尔兰歌曲名；也解 Dermot MacCarthy“～”，爱尔兰最后一位共主罗德里克·奥康纳的战友，但是在盎格鲁-诺曼人入侵时背弃了他。
6389 Hauburnea 解 Hibernia“～”；也解 Haube［德］“～”。
6390 liveliest vinnage on the brain 解 loveliest village of the plain“～”，英国诗人哥尔德斯密斯的长诗《荒村》中的诗句；也解 loveliest vintage on the brain“～”。
6391 landsown route 解 Lansdowne Road“～”，位于都柏林，该处有一家橄榄球俱乐部；也解 land's own route“～”。
6392 switchbackward 解 switch back“之字形路”＋backward“向后的”。
6393 Parthalonians 解 Partholanians“～”，爱尔兰最早一批外来民族，公元前 1500 年入侵爱尔兰。
6394 Firbolgs“～”，神话中的爱尔兰侵略者，也称袋人。
6395 Tuatha de Danaan 解 Tuatha Dé Danann“～”，爱尔兰神话中最主要的民族之一，数人被尊为爱尔兰的神。
6396 googs 解 googeen［爱］“～”；也解 goog“～”。
6397 Clane“～”，爱尔兰利菲河上的小镇。此处化自爱尔兰歌曲“The Rambler from Clare”（《克莱尔的流浪汉》）。
6398 notmuchers 解 monarchs“～”；也解 not much“～”＋ers。
6399 faix 解 fegs，表达誓言或惊讶的语气词；也解 faex［拉］“～”；也解 faith“～”。
6400 winespilth 解 wine“葡萄酒”＋spilth“剩余物”。
6401 popcorks 解 corks“～”；也解 pop“～”。
6402 right royal round rollicking toper's table 解 A Right Down Regular Royal Queen“《一位名副其实的皇室女王》”，歌曲名＋Round Table“圆桌”，亚瑟王传奇中的圆桌。
6403 Roderick Random“～”，英国作家斯摩莱特的同名小说主人公；也解 Roderick O'Connor“～”，爱尔兰最后一位共主。
6404 Lanty Leary“～”，爱尔兰作家塞缪尔·洛弗创作的歌曲；也解 King Lear“～”，爱尔兰神话中的共主。
6405 Mike Brady's shirt“～”，歌曲名。
6406 Greene's linnet 解 The Green Linnet“～”，英国诗人华兹华斯的诗歌；也解 linen“～”。
6407 collarbow 解 collar“衣领”＋bow“蝴蝶结”；也解 collarbone“～”。
6408 Ghenter 解 Ghent＋-er“～”，比利时城市名。
6409 gaunts 解 gauntlet“～”；也解 gaunt“～”，此处出自歌曲“John of Gaunt”（《根特的约翰》）。
6410 Macclefield 解 Macclesfield“～”，英国柴郡的 6 个区之一。
6411 swash“～”，此处解 wash“～”。
6412 Reillys 解 Persse O'Reilly“～”，书中人物，主人公 HCE 的化身之一。
6413 panprestuberian 解 pan-Presbyterian“～”。
6414 此处化自英国剧作家威廉·康格里夫的戏剧《如此世道》（*The Way of the World*，1700）。
6415 Midleinster 解 Mid-“中-”＋Leinster“伦斯特省”，爱尔兰省名。
6416 black ruin 解 blue ruin“～”。
6417 bellcantos 解 bel canto［意］“～”；也解 Bell“～”，编有《标准演说家》，该书在乔伊斯收藏的书籍中。
6418 allocutioning 解 elocution“～”；也解 allocution“～”。
6419 MacGuiney's Dreans 解 MacKenna's Dream“《麦肯纳的梦》”，歌曲名。
6420 Dreans of Ergen Adams 解 The Dream of Eugene Aram“～”，英国诗人托马斯·胡德的长诗；其中 Adams 也解 Adam“～”；也解 Aram“～”，《旧约》中闪的儿子，也是古叙利亚的希伯来名称，从黎巴嫩山一直到幼发拉底河。
6421 thruming“～”，此处解 thumbing“用拇指拨弄”；也解 humming“～”。
6422 tonguesed 解 tongue“～”。

肩[6423]高兴的，用最皇家的[6424]打嗝来强调[6425]强壮的，就像布拉尼城堡[6426]奉承话|石堡平原的低吟歌手，那曲空中云雀[6427]潜伏|晴空，画眉[6428]谣曲《太可怕的一天，我有多得要死的事情去做去死去做[6429]今天|昨天》，嗯，他到底去并做了什么，最精力充沛的罗德里克·奥康纳国王陛下，但是，哎呀[6430]可是该死的但是，他压低他羊毛般的嗓子结束了歌唱，美妙的午夜饥渴抓住了他，心急火燎，他无法说出他都[6431]麦芽酒做了什么，这让他从头到尾都备受困扰，而且，希望啊希望啊希望[6432]，算了，爱尔兰的，男孩们，能做什么，如果他不能走，平滑地[6433]四处走[6434]，喝掉无论什么剩余的劣质酒，毫无疑问，像一位特洛伊人，在一些特别情况下，在他备受尊敬的语言的帮助下，万分悲痛[6435]，那些剩下的劣质酒被麦芽酒骑士[6436]马尔他骑士团和啤酒粗人的懒虱子们[6437]失败者留在各种不同的被弃[6438]装满的饮具的不同杯底里，被那整个大桶小桶家族，离去的可敬归家者和其他喝违禁烈酒的[6439]郊区居民留在他们身后的店内[6440]，就是这样，倒下捧腹大笑[6441]依次地，为他的美妙人生干杯[6442]挥舞，正如他那红润的面容[6443]天使般的表情|红色|卢比孔河|破釜沉舟所证明的[6444]祝酒，无论那是酒庄装瓶的[6445]法国城堡|瓶装的健力士，还是凤凰酒厂烈性黑啤酒，或者詹姆逊和约翰父子酒厂，或者罗布·可可乐[6446]可可豆，或者说到那件事，他嗜之如命的奥康内尔[6447]的著名老都柏林麦芽酒，胜过[6448]比目鱼油或耶稣会茶，作为一种后备[6449]后退，由若干不同的数量和质量合在一起，相当于，我想，远远超过帝国干湿度量单位的一及耳或一小杯[6450]的

6423 ould plaised drawl 解 The Ould Plaid Shawl“《一条旧格子披肩》”,歌曲名;其中 plaised 也解 pleased “～”。

6424 regal 解 royal“～”。

6425 starkened 解 starken [德]“～”;也解 stark [德]“～”。

6426 blurney Cashelmagh 解 Blarney Castle“～”,出自托马斯·穆尔的歌曲《啊,布拉尼城堡,我的爱》;也解 blarney“～”+Caiseal-magh [爱]“～”。

6427 lerking Clare air 解 The Lark in the Clear Air“～”,歌曲;也解 lurking“～”+clear air“～”。

6428 blackberd 解 blackbird“画眉”,化自歌曲名“The Blackbird”(《画眉鸟》)。

6429 I've a terrible errible lot todue todie todue tootorribleday 解 I've a Terrible Lot to Do to Die to Do too terrible day“～”,化自歌曲《我今天有很多事要做》;其中 todue 也解 indiu [爱]“～”;其中 todie 也解 indé [爱]“～”。

6430 arrah“～”;也解 ara [爱]“～”。

6431 ale“～”,此处解 all“～”。

6432 wishawishawish 解 wisha“哎呀”+wisha“哎呀”+wish“希望”。

6433 sliggymaglooral 解 sliogach [爱]“～”。

6434 reemyround 解 ream“扩大”+around“在四周”。

6435 sorra 解 sorrow“～”。

6436 maltknights 解 malt knights“～”;也解 Knights of Malta“～”,中世纪的宗教骑士团。

6437 lousers 解 louse“～”;也解 losers“～”。

6438 replenquished 解 relinquished“～”;也解 replenished“～”。

6439 slygrogging 解 sly“违禁的”+grog“格罗格烈性酒”。

6440 on the premisses 解 on the premises“～”,尤指酒店的店内。

6441 fall and fall about“～”;也解 turn and turn about“～”。

6442 Brindishing 解 brindist [意]“～”;也解 brandishing“～”。

6443 cheeriubicundenances 解 rubicund countenance“～”;也解 cherubic countenance“～”;也解 rubicundus [拉]“～”;也解 Rubicone“～”,意大利北部的一条河流,英语中 Crossing The Rubicon 意为“～”。

6444 toastified 解 testified“～”;也解 toast“～”。

6445 chateaubottled 解 châteaubottled [法]“～”;也解 chateau“～”+bottled“～”。

6446 Roob Coccola,酒厂名;也解 cocoa“～”。

6447 O'Colonel 解 Daniel O'Connell“～”(1775—1847),爱尔兰政治家,其子拥有的芬尼根酿酒厂的产品“奥康内尔麦酒”。

6448 more that 解 more than“～”。

6449 fall back“～”,此处解 fullback“～”。

6450 naggin 解 noggin“～”,相当于 1/4 品脱。

大半，直到，我们这里衷心欢迎，直到月亮[6451]早晨升起，直到凯文[6452]圣凯文的母鸡露出她的培根蛋[6453]灯塔，礼拜堂窗户[6454]切坡里若德污染了我们冰冷神圣的历史[6455]讲述的他的故事|古老历史的，麦克米歇尔神父[6456]为了八点钟的弥撒[6457]跺着脚，丽维娅[6458]通讯[6459]近来的新闻被阅读、出售和递送，一切都在沉寂后被设为重新开始，就像在他身后迄今为止的他的祖先们（我们祈愿他们全能的神[6460]古老腐朽的的祝福[6461]火焰会照拂他们！）正对着[6462]越位在角落里抖缩的那个家伙，正面向[6463]相反的凯瑟琳[6464]聚集的|排水沟蜡烛的凝目注视[6465]楼梯，他的相簿的装饰和家族的祖先[6466]家庭之父|数百万，他在越过一种住宿用[6467]座位[6468]心满意足|坐时猛地摔倒[6469]偶然遇到一个马屁股类型的，恰好兜了整整一圈儿[6470]最好的|罗盘|获得|心神健全的，因此[6471]，看到[6472]在家四个[6473]在前面为了小峡湾和拖网捕鱼的人[6474]衣服和裤子，用力拉呀[6475]举起磨刀石|唉，自个儿走啊，拉里在前甲板[6476]，费格·马赫·奥伯恩[6477]扫清道路在掌舵，一个去做，一个去战，成双成对[6478]票面价值，无比的一对，一会儿这里再到那里，跟着他的半斤和八两[6479]躺[6480]他的功勋的在地板[6481]上，对烟雾的感觉紧随着[6482]他的耳屎|壹耳微蚵|蠼螋他的耳朵，我们这来自大麦屋的酒汉[6483]野人|奥斯卡·王尔德，他刚刚跌至王座。

黑啤酒船南希·汉斯号[6484]南希·汉德就这样起航了。离开利菲河。驶向夜之国[6485]狮子|荷兰|国家。就像那些回来的人一样。再见[6486]法沃海角，远行人[6487]法罗群岛！美好的三桅船[6488]再见，再见！

现在借着星光跟我出去[6489]《跟随我到卡洛》！

6451 morn“～”，此处解 moon“～”，此处化自歌曲“The Rising of the Moon”（《月亮升起》）。

6452 Kaven 解 Kevin“～”，本书主人公的两个儿子的化身之一；也解 Kevin“～”，爱尔兰的隐士和圣人，在格兰达洛隐居。

6453 beaconegg 解 bacon“培根”＋egg“蛋”；也解 beacon“～”。

6454 Chapwellswendows 解 chapel windows“～”；也解 Chapelizod“～”，都柏林西郊的村镇，毗邻利菲河和凤凰公园。

6455 horyhistoricold 解 cold“冷的”＋holy“神圣的”＋history“历史”；也解 his story told“～”；也解 hoary historical“～”。

6456 Father MacMichael 解 Father Michael“～”，书中一个在女主人公汉娜年轻时引诱她的人物。

6457 aitch o'clerk mess 解 eight o'clock Mass“～”。

6458 Litvian 解 Anna Livia Plurabelle“～”，本书女主人公。

6459 Newestlatter 解 newsletter“～”；也解 News latter“～”。

6460 ouldmouldy 解 almighty“～”；也解 old mouldy“～”。

6461 blazings“～”，此处解 blessings“～”。

6462 overopposides 解 over opposite“～”；也解 offside“～”。

6463 forenenst 解 fornenst“～”；也解 forenenst［爱］“～”。

6464 cathering 解 Catherine“～”，指女仆凯特；也解 gathering“～”；也解 gutter“～”。

6465 staregaze 解 stare gaze“～”；也解 staircase“～”。

6466 folkenfather of familyans 解 forefather of family“～”；也解 pater familias［爱］“～”；也解 millions“～”。

6467 on accomondation 解 on accommodation“用于住宿的”；也解 Mond［德］“月亮”。

6468 sate“～”，此处解 seat“～”；也解 sit“～”。

6469 came acrash a crupper sort 解 come a cropper“猛摔一跤”＋across a sort“穿过一类”；也解 came acrash a crupper sort“～”。

6470 boxst...composs 解 boxing the compass“～”；其中 boxst 也解 best“～”；其中 composs 也解 compass“～”；也解 compos［拉］“～”；也解 compos mentis“～”。

6471 whereuponce 解 whereupon“～”。

6472 behome 解 behold“～”；也解 be home“～”。

6473 fore for“～”，此处解 four of“～”。

6474 cove and trawlers“～”；也解 coat and trousers“～”。

6475 heave hone“～”，此处解 heave ho“～”，水手的呼喊；其中 hone 也解 ochón［爱］“～”。

6476 focse 解 forecastle“～”。

6477 Faugh MacHugh O'Bawlar 解 Feagh MacHugh O'Byrne“～”，爱尔兰起义者的领袖，1598 年在都柏林被杀，歌曲《跟随我到卡洛》就是纪念他 1580 年对英国人的进攻；也解 faugh a ballagh［爱］“～”。

6478 par“～”，此处解 pair“～”。

6479 fol the dee oll the doo 解 tweedledum and tweedledee“～”。

6480 of his feats“～”，此处解 off his feet“～”。

6481 flure 解 floor“～”。

6482 in the wakes of“～”；也与后面合解 wax of his ears“～”；也解 Earwicker“～”，本书主人公；也解 earwig“～”。

6483 wineman 解 wine“葡萄酒”＋man“男人”；也解 wild man“～”；也解 Oscar Wilde“～”（1854—1900），爱尔兰作家。

6484 Nansy Hans 解 Nancy Hands“～”，是女主人公的化身之一；也解 Nancy Hand“～”，都柏林凤凰公园边墙中洞酒店的老板。

6485 Nattenlaender 解 natten land［挪］“～”；也解 lænder［丹］“～”；也解 Netherlands“～”；也解 laender［德］“～”。

6486 Farvel［丹］“～”；也解 Cape Farvel“～”，位于格陵兰岛。

6487 farerne 解 farer“～”；也解 Faerøeren［丹］“～”，大西洋北部的火山群岛。

6488 Goodbark 解 good“好的”＋barque“三桅船”；也解 goodbye“～”。

6489 follow we out by Starloe 解 follow me out by starlight“～”；也解 Follow Me up to Carlow“～”，爱尔兰歌曲。

第四章

——为马克[1]先生[2]集合|典范呱呱呱三声叫[3]废话|嘎嘎叫|四分之三！

当然他招不来什么真的狗嚎

当然他所有的一切，全都错过了目标。

但是，啊，全能的鹪鹩鹰[4]，他[5]难道不会变成空中的雀鸟

注意到老秃鹰在黑暗中四处高叫着[6]大肆宣扬|鸣鹤找他的[7]我们睡袍

他在帕默斯顿公园[8]旁边附近四处寻找他的圆点裤套？

嚯嚯嚯嚯，脱毛的马克！

你是挪亚方舟里扑腾[9]扑通坠落出来的古往今来最离奇的公鸡佬

你以为你是横行天下的雄鸟[10]。

家禽们，起飞！基督[11]特里斯丹|忧郁的是生机勃勃的年轻火苗

会践踏她、迎娶她、弄她上床，让她见红[12]整理

从不曾缩小尾羽[13]羽毛的尾巴

1 Mark 解 King Mark“国王马克”，特里斯丹的叔叔。

2 Muster 解 Muster“～”，此处解 mister“～”；也解 Muster［德］“～”。本章是乔伊斯最早创作的 *Mamalujo* 一章。

3 quarks 解 quarks“～”，青蛙的叫声，出自阿里斯托芬的喜剧《蛙》；也解 Quark［德］“～”；也解 quacks“～”，鸭子或夜鹭的叫声；也与前面合解 Three quarts“～”。后来物理学家盖尔曼将强相互作用基本粒子命名为夸克。

4 根据传说，鷦鷯骑在鹰背上高过所有鸟，从而成为百鸟之王。

5 un 解 him“～”。

6 whooping“～”；也解 whoop it up“～”；也解 whooping crane“～”。

7 uns［德］“～”，此处解 his“～”。

8 Palmerstown Park 解 Palmerston Park“～”，位于都柏林郊区。

9 flopped“～”，此处解 flapped“～”。

10 cock of the wark 解 cock of the walk“有威望的领导人”。

11 Tristy 解 Christy“～”；也解 Tristan“～”；也解 triste“～”。

12 red“～”；也解 redd“～”。

13 tail of a feather“～”，此处解 tail feather“～”。

那家伙就是这样赚钱和留下记号！

上空盘旋[14]首|霍斯，尖叫欢唱呼啸。那首歌唱的是海洋天鹅。振翅飞翔的天鹅们。海鹰、海鸥、麻鹬和珩鸟、茶隼和北欧雷鸟[15]。所有的海洋鸟类，当它们尝到了[16]掌掴特里斯丹与伊瑟[17]信任|卖出的热吻[18]吻|脚时它们彻底大胆地[19]言谈粗俗的人欢唱出来。

天黑的时候，它们也在那里，此时浪端的泡沫[20]酒杯在回旋，当他们的航船放慢[21]，海风沉寂[22]轻视，托起命运[23]脸，波涛涌动[24]水|战马，承蒙碧蓝水[25]都柏林|画面·深深处[26]向下|吼叫·巨人萨莉[27]先生的恩惠，正在听，竭尽全力，在都柏林[28]双重|村庄|W|凯利，驴子[29]黑暗的，在瀑布[30]的锦标联赛[31]托尔尼奥河旁，带着他们的泼妇[32]声音|洪水|牛|武克希河，他们如此疯癫流水[33]地进来[34]凯米河（只为最后的演出给每个人头四分之一元[35]）走向塘鹅[36]梭伦和悬铃木和大雁和群鹅和迁徙鸟类[37]和槲鸫[38]槲寄生和预兆和橄榄球蠢货协会之[39]屁股|英式足球|肛门|吮吸|平静的海的所有鸟类，所有他们四人，全都叹息着，抽泣着[40]，听着。莫约拉[41]啊嗨叮当响[42]盘旋！

他们是四巨头，爱尔兰的四位大师[43]《四大师的爱尔兰王国编年史》波涛[44]，全都在听，四个。那是老马太·格雷格里，然后在老马太边上有老马可·里昂，四道波涛，多少次他们过去常常一起做饭前祷告，果然如此，生命的死亡[45]死亡也没有生命，在奇迹方形[46]梅林广场|斯奎尔先生中：现在我们四个在这里：老马太·格雷格里和老马可·里昂和老路加·泰培：我们四个，无疑，感谢上

14 Overhoved 解 hover over“～”；也解 overhoved［丹］“～”；也解 Hoved“～”，霍斯地区 9 世纪时的丹麦名字。
15 capercallzie 解 capercailzie“～”。
16 smacked“～”，此处解 smaken［荷］“～”。
17 Trustan with Usolde 解 Tristan with Isolde“～”；也解 trust“～”＋sold“～”。
18 kuss 解 kiss“～”；也解 Kuss［德］“～”；也解 koss［爱］“～”。
19 rightbold 解 right bold“～”；也解 ribald“～”。
20 wildcaps 解 whitecaps“～”；也解 winecup“～”。
21 此处化自托马斯·穆尔的歌曲《前行》的第一句 As slow our ship（当我们的船放慢）。
22 aslight 解 asleep“睡着的”；也解 a-slight“～”。
23 fates“～”；也解 face“～”。此处出自《创世记》（1：2）中的“神的灵运行在水面上”。
24 Wardorse 解 waves“～”；也解 waters“～”；也解 war-horse“～”。
25 Deaubaleau 解 deep blue“碧蓝色”＋eau［法］“水”；也解 Dublin“～”；也解 tableau［法］“～”。
26 Downbellow 解 down below“在底下”；也解 Down“～”＋bellow“～”。
27 Kaempersally 解 kaemper［丹］“巨人”＋Sally“萨莉”，美国心理学家普林斯的《分裂的人格》中的人物。
28 Dubbeldorp 解 Dublin“～”；也解 Dubbel［荷］“～”＋dorp［荷］“～”；也解 double U“～”，即 W·W·Kelly“～”，常青旅行社的经理。
29 donker［荷］“～”，此处解 donkey“～”。
30 wattarfalls 解 waterfall“～”。
31 tourneyold 解 tourney“～”；也解 Tornio“～”，位于芬兰，是欧洲最大的天然盛产三文鱼的河流。
32 vuoxens 解 vixens“～”；也解 vox［拉］“～”；也解 vuoksi［芬］“～”；也解 oxen“～”；也解 Vuoksen“～”，卡累利阿地峡最北面的一条河流，源头为芬兰东南部的塞马湖，流入俄罗斯西北部的拉多加湖。
33 hattajocky 解 Hatta“疯帽客”，《爱丽丝镜中奇遇记》中的人物＋joki［芬］“河流”。
34 kemin in 解 coming in“～”；也解 Kemi“～”，芬兰最长的河流。
35 quartebuck 解 quarter“四分之一”＋buck“元”。
36 solans“～”；也解 Solon“～”（前 638—前 558），雅典政治家。
37 migratories 解 migratory“迁徙的”（鸟类）。
38 mistlethrushes 解 misselthrush“～”；也解 mistletoe“～”。
39 Rockbysuckerass ousyoceanal 解 Rugby“英式橄榄球”＋sucker“蠢货”＋associational“协会的”；也解 ass“～”；也解 soccer“～”；也解 anal“～”；也解 suck“～”；也解 socair［爱］“～”。
40 此处化自儿歌《谁杀死了知更鸟？》中的“空中所有的鸟儿都在叹息着，抽泣着”。
41 Moykle 解 Moyle“～”，爱尔兰与苏格兰之间的北部海峡。
42 ahoykling 解 ahoy“啊嗨”，船员吸引注意力的声音＋kling［德］“叮当”，钟的撞击声；也解 circling“～”。
43 four maaster 解 four masters“～”；也解 *Annals of the Four Masters*“～”，完成于 17 世纪的爱尔兰历史的编年记录。
44 the four...waves of Erin 解 The Four Waves of Ireland“爱尔兰的四道波涛”，指爱尔兰的四角。
45 bausnabeatha 解 bas na beathadh［爱］“～；也解 bas na beatha［爱］“～”。
46 Miracle Squeer 解 Miracle Square“～”；也解 Merrion Square“～”，都柏林地名，王尔德曾居住于此；也解 Mr Squeers“～”，英国作家狄更斯的小说《尼古拉斯·尼克贝》中的老师。

帝，我们中还有一个[47]不再：无疑现在，你不会走开并忘记并遗漏另一个家伙，老约翰尼·麦克杜格[48]：我们四个，就这么多了，所以现在看在基督的分上把鱼递过来，阿门：他们过去习惯对着鱼说餐前祷告的方式，在奥格斯堡临时敕令[49]艾尔斯伯里|眼睛|城堡之后为了美好的昔日[50]《友谊地久天长》重复它自己。因此他们在那里，手持棕榈，就像天路历程[51]美丽的|在远处，拉紧[52]扭伤他们的耳朵，听着[53]闻又听着亲吻的大海，眼睛闪闪发光，所有四人，那时他在搂搂[54]鱼梁和抱抱，兔兔抱着[55]他美妙的玻恩姑娘[56]白皙女孩和真正的美女，一位奥斯卡姐妹，在十五英寸的双人沙发上，在首席女管家的[57]女酋长|女管家|查尔斯·斯图尔特·巴涅尔小屋[58]床|躺下后面，英雄，盖尔人的战士，她绝对唯一的一个选择，她的女友的蓝眼睛典范[59]，既不大而丑，也不小而美，那时对她来说几乎意味着一切，伴随着他阴险的机敏[60]左|右，左右开弓[61]光和重铸|粗糙的|打电话|行为，反之亦然[62]，她的破布袋和联盟[63]橄榄球与英式足球|也，船头和船尾，正位和越位[64]，眉毛弯弯的[65]晒伤的六尺男儿[66]性|性交|6|衣服衬里，英俊又潇洒[67]搀扶和打猎|肖恩和闪姆，这显而易见不对，可能[68]鳞茎|夜莺|口吃的人|毛毛虫不合礼仪，拥抱她，亲吻她，非常迷人[69]，穿着她的全套少女蓝衣服[70]圣母像，还有网眼罩衣，用黄雀逗痒[71]使细细流淌，岛屿的伊瑟[72]伊索拉，低声[73]含混地向她说着特里伊瑟[74]，如何一是鞭子，因为一是二，二是嘴唇，因为一是三[75]，并且藏起他们自己，用他那像吻者诺拉[76]亲吻的人的吻[77]，亲爱亲爱的年鉴，他们所有四人记得[78]谁创造了世界，他

47 no more"～",此处解 one more"～"。化自歌曲《再给我们四个来一杯》。

48 Matt Gregory ...Marcus Lyons...Luke Tarpey...Johnny MacDougall 解 Matthew Gregory"～"...Mark Lyons"～"...Luke Tarpey"～"...Johnny MacDougal"～",书中写为 MMLJ 的四人组,名字来自《圣经》四福音书的作者。

49 interims of Augusburgh 解 Interim of Augsburg"～",1548 年查理五世为解决天主教和路德派的紧张关系制定的临时解决方案;也解 Aylesbury"～",英国市镇;也解 Auge [德]"～"+Burg [德]"～"。

50 auld lang syne"～",歌曲名,中文译为"～"。

51 pulchrum's proculs 解 *Pilgrim's Progress*"～",英国作家班扬的小说;也解 pulchrum [拉]"～"+procul [拉]"～"。

52 spraining"～",此处解 straining"～"。

53 luistening 解 luisteren [荷]"～";也解 listening"～"。

54 kiddling 解 cuddling"～";也解 kiddle"～"。

55 bunnyhugging 解 bunny hug"兔抱舞",一种美国交际舞。

56 colleen bawn 解 *The Colleen Bawn*"～",剧作家鲍西考尔特 1860 年的剧作;也解 cailin ban [拉]"～"。

57 chieftaness stewardesses 解 chief-stewardess's"～";也解 chieftain-ess"～"+ stewardess"～";也解 Charles Stewart Parnell"～"(1846—1891),爱尔兰自治运动的领袖。

58 cubin 解 cabin"～";也解 cubile [拉]"～";也解 cubare [拉]"～"。

59 bleaueyedeal 解 blue-eyed"蓝眼睛的"+beau ideal"十全十美的典型"。

60 sinister dexterity"阴险的机敏";也解 sinister [拉]"～"+dexter [拉]"～"。

61 light and rufthandling 解 right and left"左右"+handling"处理";也解 light and rehandling"～";也解 rough"～";也解 ruft [德]"～"+Handlung [德]"～"。

62 vicemversem 解 viceversa"～"。

63 ragbags et assaucyetiams 解 ragbag"装破布的袋"+et [法]"和"+association"联盟";也解 Rugby and association football"～";其中 assaucyetiams 也解 etiam [拉]"也"。

64 on and offsides(足球中的)"正规位置的和越位的"。

65 brueburnt 解 brow bent"～";也解 sun-burnt"～"。

66 sexfutter 解 sixfooter"～";也解 sex"～"+futter [俚]"～";也解 sechs [德]"～"+Futter [德]"～"。

67 handson and huntsem 解 handsome and handsome"～";也解 hand and hunt"～";也解 Shaun and Shem"～"。

68 bulbubly 解 probably"～";也解 bulbs"～",指乳房;也解 bulbul"～";也解 balbus"～";也解 bolb [爱]"～"。

69 tootyfay charmaunt 解 tout-à-fait charmante [法]"～"。

70 maidenna blue 解 maiden"少女"+blue"蓝色";也解 madonna"～"。

71 tickled"～";也解 trickled"～"。

72 Isolamisola 解 Isolde"伊瑟",特里斯丹与伊瑟故事的女主人公+m+isola [意]"岛屿";也解 Isola"～",英国作家王尔德的妹妹,9 岁时去世。

73 whisping 解 whispering"～"。

74 Trisolanisans 解 Tristan"特里斯丹"+Isolde"伊瑟"。

75 此处化自歌曲"Tea for Two"(《两人茶》)中的歌词"两人茶,两人唱,我给你,你给我"。

76 Arrah-na-poghue 解 Arrah-na-Pogue [爱]"～",剧作家鲍西考尔特的戏剧的名字,也是剧中的女主人公,她通过接吻把消息传给男主人公,帮助他逃出监狱;也解 ara na bpóg [爱]"～"。

77 poghue 解 póg [爱]"～"。

78 remembored 解 remembered"～"。

们如何过去常常在那个时候在庸俗时代[79]粗俗的耳朵拥抱她，戏弄[80]点燃她，在柯林仓[81]里牡蛎晚餐之后，从她的槲寄生[82]槲鸫下面，吻着，听着，在迪翁·鲍西考尔特创世记[83]逝去的旧日美好时日，老年人，在吻者诺拉中，在两只普通舌头[84]图坦卡蒙传递钥匙的下方[85]冥界，与恩肖[86]肖恩，运送话语的人一起，与闪姆[87]，削芦苇的人一起，在其中一个久远、漆黑的世纪里，那时他制造了世界，那时他们知道克勒利[88]，看门的人，那时他们是所有四位赊账的学院学生，在打盹之土[89]梦乡|荷兰托儿所[90]挪威人附近[91]在下面，白种男孩们[92]白衣会员和橡树男孩们[93]，偷窥者汤姆男孩[94]黎明男孩和吹笛者汤姆男孩[95]，罪恶闪光之时大吵大闹[96]，用他们的石板和背包，与最多的人[97]格言制造者玩着弗洛里安[98]的寓言、圆锥曲线[99]喜剧部分|抽吸和普通分数[100]啄|胳肢|巨大，在女王的乌尔斯特学院，与另外一个家伙一起，一个素数，次数不限[101]，向布利安·布鲁[102]奥布赖恩小姐致以一罐子的敬意[103]血统，公牛草地[104]克伦塔夫的男管家[105]战役|巴特勒，两条面包[106]英镑，两块半圆卷饼加(一块)皇冠面包，看疯主持牧师[107]疯丹麦人吃他的食物[108]命脉。喔[109]狼！喔！把他的舌头伸进疯人院。啊，嗨！夫人们[110]上院议员怜悯我[111]麦西亚的|男子服饰用品商！它把心爱的史前场景全都再次带回来，新鲜得跟旧时一样，马太和马可，天生的爱自然者，在她的所有情绪和感觉[112]移动和认识|语气和时态里，那之后他现在在那里，下颚的嘴巴，向纯粹的美发誓，他的吻者诺拉，当她一阵咳嗽之后，她嘟嘟囔囔地给出明确订单，如果他不介意，要一首歌，一打[113]最好的、最

79 vulgar ear"～",此处解 Vulgar era"～",指基督纪元。
80 kiddling 解 kidding"～";也解 kindling"～"。
81 Cullen's bam 解 *The Colleen Bawn*"《玻恩姑娘》",鲍西考尔特的剧作,有人物是驼背＋Dolphin's barn "～",都柏林地名。
82 mistlethrush 解 mistletoe"～";也解 misselthrush"～"。
83 Dion Boucicault 解 Dion Boucicault"～"。
84 Twotongue Common 解 Two tongue common"～";也解 Tutankhamen"～",埃及国王,坟墓在 20 世纪 20 年代被发掘。
85 otherworld"～",此处解 under"～"。
86 Nush 解 Shaun"～",本书主人公的儿子,被称为邮差,此处倒写,故译"～"。
87 Mesh 解 Shem"闪姆",本书主人公的儿子,被称为写者,此处倒写。
88 O'Clery 解 Peregrine O'Clery"～",《四大师编年史》作者之一。
89 Nodderlands 解 land of Nod"～",指"～";也解 Netherlands"～"。
90 Nurskery 解 nursery"～";也解 Norsk [丹]"～"。
91 neer [荷]"～",此处解 near"～"。
92 whiteboys 解 white boys"～";也解 White-boys"～",一个爱尔兰宗教狂热组织,模仿三 K 党头上戴着布罩。
93 oakboys"～",1763 年爱尔兰的起义者。
94 peep of tim boys 解 peeping Tom"～",通过偷看别人脱衣或性交而获得快感的人;也解 Peep of Day Boys"～",18 世纪末爱尔兰的新教组织。
95 piping tom boys 解 piping"吹笛"＋Tom boys"汤姆男孩"。此处化自歌曲《汤姆,汤姆,风笛手的儿子》。
96 raising hell"～",此处化自习语 make hay while the sun shines(抓紧时机)。
97 mixum members 解 maximum members"～";也解 maxim-makers"～"。
98 Florian 解 Jean de Florian"～"(1755—1794),法国诗人和寓言家。
99 communic suctions 解 conic section"～",数学概念;也解 comic section"～";也解 suction"～"。
100 vellicar frictions 解 vulgar fraction"～",数学概念;也解 vellico [拉]"～";也解 vellicar [意]"～";也解 veliko [塞维]"～"。
101 Totius Quotius 解 toties quoties"～"。
102 Boris O'Brien 解 Brian Boru"～",爱尔兰传说中的著名国王;也解 Biddy O'Brien"～",歌谣中的守灵者之一。
103 paying...tribluts to 解 pay tribute to"～";也解 Blut [德]"～"。
104 Clumpthump 解 Cluain Tarbh [爱]"～",即 Clontarf"～",爱尔兰国王布利安·布鲁 1014 年在此击败丹麦侵略军。
105 buttler 解 butler"～";也解 battle"～";也解 Butler"～",爱尔兰的著名家族,在 1328 年成为爱尔兰伯爵。
106 looves 解 loafs"～";也解 livre [法]"～"。
107 mad dane"～",此处解 mad dean"～",这是都柏林人对斯威夫特的称呼。
108 vitals"～",此处解 vittles"～"。
109 Wulf 解 Woof"～",狼的吠叫声;也解 wolf"～"。
110 ladies"～";也解 lords"～"。
111 have mercias 解 have mercy"～";也解 of Mercia"～",英国中世纪七国时代的七国之一;也解 mercia [意]"～"。
112 moves and senses"～",此处解 moods and senses"～";也解 moods and tenses"～"。
113 此处化自 six of one and half a dozen of the other(半斤八两)。

爱的、民族的、抒情的不伦爱[114]卢坎的歌中的[115]希望一首花之歌，尽管不太多，思考着现状，大口大口地喝着清澈的最纯空气，在宏大的户外饮酒狂欢，在他们四个面前，在美丽的明朗夜晚，此时星星闪耀，在他月的她光之旁，我们渴望舀上一勺，在她的甜蜜老月亮[116]蜜月前，悲叹造成的影响，事实上在那里总体来说[117]是，一种极其震惊和可耻的处境[118]，现在，感谢上帝，再不会有他们，他像水手[119]外国人一样吻[120]吻者诺拉啊吻，弯下他戴着羽冠的头[121]陈旧的|帽子，《北极新闻》日记[122]白日|狗卷中的《裁缝蒂莉[123]《辛劳者蒂莉》拖着一个水手》，他们在那儿，就像四大前桅|四桅船案卷主事官[124]，听着，罗兰[125]那加深的深蓝色大海[126]莪相翻滚，（夫人，这真是太棒了，可爱的色彩的扩展[127]代价，因艺术的魅力而更美，精妙传递，姿态优雅，所有讨厌的粗俗的[128]布卢姆喧闹被锁进了恶心的小窝！）尽管他们非常疲倦，这三位欢乐的酒徒，嘴里流着口水，所有四人，海上的老已婚男人[129]，用他们的旧五音步[130]经纬测角仪|所有人的母亲四处吟着抑扬格[131]胫，穿着帆布裤[132]十音节的，路加和约翰尼·麦克杜格，以及对任何完全属于逝去时代之事的一切希望，森林[133]时代、堕落[134]褶皱时代，憨蛋快乐的时代，呆蛋[135]该死的时代，不过是为了一杯善意，为了满满四古代杯的女人果汁饮料[136]柠檬汽水，跟他们一起，所有四人，听着，为了千禧年支着[137]扭伤耳朵，他们的嘴巴全都流着口水。

约翰。啊很好，无疑，这边走（抬脚），碰巧可怜的马太·格雷格里在那儿（抬脚），他们的父系亲属，和（抬

114 Luvillicit 解 love illicit“～”；也解 Lucan“～”，都柏林城郊，位于利菲河边。
115 hope“～”，此处解 of“～”。
116 honeyoldloom 解 honey old moon“～”；也解 honeymoon“～”。
117 in the whole 解 on the whole“～”。
118 seatuition 解 situation“～”。
119 Moreigner 解 mariner“～”；也解 foreigner“～”。
120 poghuing 解 póg［爱］“亲吻”＋ing；也解 Arrah-na-Pogue［爱］“～”。
121 crusted hoed 解 crested head“～”；也解 crusted“～”＋hoed［荷］“～”。
122 Dagsdogs 解 dagbog［丹］“～”；也解 Dag［丹］“～”；也解 dogs“～”。
123 Tilly the Tailor“～”；也解 *Tillie the Toiler*“～”，美国连环漫画。
124 foremasters in the rolls 解 four masters“四位大师”＋Master of the Rolls“大法官法院的案卷主事官”；其中 foremasters 也解 foremast“～”，也解 fourmaster“～”。
125 Rolando 解 Roland“～”，中世纪骑士传奇《罗兰之歌》的主人公，查理曼大帝的骑士。此处化自英国诗人拜伦的《恰尔德·哈洛尔德游记》中的诗句“滚滚向前，你这深邃的深蓝色大海，翻滚！”
126 Ossian 解“～”；此处解 ocean“～”。
127 expense“～”，此处解 expanse“～”。
128 rudy 解 rude“～”；也解 Rudy Bloom“～”，乔伊斯的小说《尤利西斯》的主人公。
129 此处化自歌曲“The Old Man of the Sea”(《海上老人》)。
130 pantometer“～”，此处解 pentameter“～”；也解 pantometer［希］“～”。
131 yambing 解 iamb“～”；也解 gamb“～”。
132 duckasaloppics 解 duck trousers“～”；也解 decasyllabic“～”。
133 wald 解 Wald［德］“～”。
134 fald 解 falde［丹］“～”；也解 fold“～”。
135 hempty...dempty 解 Humpty Dumpty“～”，英语儿歌中的一只从墙头坠落后摔成碎片的蛋；也解 happy...damned“～”。
136 woman squash“～”；也解 lemonsquash“～”。
137 spraining“～”，此处解 straining“～”。

脚）其他人，现在实际上，（抬脚）确实他们是四个亲爱的老男夫人，真的他们看上去相当美丽，那么美好，值得尊敬[138]戴眼镜的|眼镜，那之后他们用他们的深度眼镜来查明所有的深度和他们的一半高帽，刚才很像老鲍尔斯考特侯爵[139]马|刨|马蹄|布鲁图|束|马可·奥勒留|法庭，下定决心的老独裁者，（穿灯笼裤[140]布拉吉|木炭灰的宁静[141]宁静地休息！）要是没有咸水的挤压，或者在那里休眠的[142]山峰拍卖商，在奥克勒利[143]克利里百货商店家周边地区的前面，在一号[144]麻木的|苍白的黑土堆[145]文件|辛摩特，在那个古老的达姆街[146]边上，在那里达娜·奥康内尔[147]夫人的塑像，陈列[148]卖淫于三一学院后面，此处排列着所有贵重学院的拍卖，布特斯贝[149]布特镇|道路姐妹们，就像拍卖商巴特斯比[150]姐妹们一样，滥交的[151]轻石动物[152]环形山|伙食承办商|创造者，出售所有获得自由的塑像和花盆[153]运动会，詹姆斯·蒂克尔[154]詹姆斯·诺斯，治安官[155]松鸡|撒尿，离开霍根格林[156]，在他的板球打到一百分后，走向泰尔镇[157]泰特女王马展，在盎格鲁-诺曼[158]钓鱼者游牧者洪水之前，与另一个家伙一道，主动与被动[159]冲动的，擦鞋匠和红腿一族[160]红脚鹬和平民百姓和沟壑纵横[161]和嘉布遣会修女[162]牛仔|卡宾格法庭孩子们[163]，恶棍[164]，每个人，科多帕希[165]，带着割断踝关节[166]小时的东西，高步走在裂缝和骨折线上，七五三上，三五七下，离开他的路，因为[167]猪他们的天气[168]枯萎|马肩隆状况不可能得到改善，（赞美归于沉睡海[169]疾病|700|迪西校长！）就像波波卡特佩特火山[170]，在他们

138 bespectable 解 respectable“～”；也解 bespectacled“～”；也解 spectacles“～”。
139 Merquus of Pawerschoof 解 Marquis of Powerscourt“～”，在都柏林威廉南街建立鲍尔斯考特大楼；也解 equus［拉］“～”＋paw“～”＋hoof“～”；也解 Marcus Brutus“～”（前 85—前 42）罗马共和国元老院议员，参与了刺杀凯撒的行动＋schoof［荷］“～”；也解 Marcus Aurelius“～”（121—180），古罗马皇帝，斯多葛派哲学家＋hof［丹］“～”。
140 brage“～”，北欧神话中的诗歌和音乐之神，此处解 braga［拉］“～”；也解 brage［意］“～”。
141 quiescents 解 quiescence“～”；也解 quiescens in pace［拉］“～”。
142 dormont 解 dormant“～”；也解 mont［法］“～”。
143 O'Clery's 解 Peregrine O'Clery“～”，《四大师编年史》作者之一；也解 Clery's“～”，位于都柏林奥康内尔大街。
144 numbur wan 解 number one“～”；也解 numb“～”＋wan“～”。
145 darkumound 解 dark mound“～”；也解 Document“～”；也解 Thingmote“～”，北欧海盗在都柏林的议会。
146 都柏林街道，直接通向三一学院。
147 Dana O'Connell 解 Dana“～”，也称达奴，爱尔兰的生育女神＋Daniel O'Connell“奥康内尔”，爱尔兰政治家。
148 prostituent 解 prostituens［拉］“～”，“～”。
149 Bootersbay“～”，人名；也解 Booterstown“～”，爱尔兰都柏林的一个区；也解 bothar［爱］“～”。
150 Battersby 解 Battersby Bros“巴特斯比・布罗斯”，都柏林拍卖商。
151 prumisceous 解 promiscuous“～”；也解 pumiceous“～”.
152 creaters 解 creatures“～”；也解 craters“～”；也解 caterers“～”；也解 creators“～”。
153 flowersports 解 flowerpots“～”；也解 sports“～”。
154 James H. Tickell，人名；也与后面合解 James H. North J. P.“～”，位于都柏林格拉夫顿大街 110 号的拍卖商和房产经纪人。
155 jaypee 解 J. P.，即 Justice of the Peace“～”；也解 jay“～”＋pee“～”。
156 Hoggin Green 解 Hoggen Green“～”，位于都柏林辛摩特的格林学院在 10 世纪的名字。
157 tailturn 解 Teltown“～”，都柏林马展的所在地；也解 Tailte“～”，传说中爱尔兰土著民族袋人的女王。
158 angler nomads“～”，此处解 Anglo-Norman“～”。
159 active impalsive 解 active and passive“～”；也解 impulsive“～”。
160 redshanks“～”，此处指“～”，即苏格兰高地和爱尔兰的凯尔特定居种族之一。
161 barrancos 解 barranco［西］“峡谷”，隐喻困难。
162 cappunchers 解 Cappuccina［意］“～”，嘉布遣会为天主教方济各会的一支；也解 cowpunchers“～”；也解 Coppinger“～”，位于爱尔兰科克郡的一个建筑，已倒塌。
163 childerun 解 children“～”。
164 Jules［法］（以偷窃或迫使妇女卖淫为主的）“～”。
165 Gotopoxy 解 Cotopaxi“～”，火山，位于厄瓜多尔中北部。
166 houghers 解 hougher“～”，在爱尔兰也指 1711 年出现的一个团体，他们割断攻击对象的牛的踝关节，后来成为白衣会的代称之一；也解 hours“～”。
167 onasmuck as 解 inasmuch as“～”；也解 muc［爱］“～”。
168 withers“～”，此处解 weather“～”；也解 horse's withers“～”。
169 deeseesee 解 Deepsleep Sea“～”；也解 disease“～”；也解 DCC［拉］“～”；也解 Deasy“～”，《尤利西斯》中的人物。
170 hopolopocattls 解 popocatepetl“～”，位于墨西哥境内，世界上最活跃的火山之一。

的法官[171]永远不竭山[172]衙门|富士山周围[173]地形测绘仪喷发[174]我爆发，还有所有三百周年的马和神父猎人，来自克拉沼泽，忏悔[175]孔子|混淆和权威，北美[176]北|美洲的和南非[177]南部非洲|南非的袭击牛的人[178]（他们这样说）就像火地岛[179]女式冠状头饰|火|钝的一样遍及各地，戴着他灰色的半高帽，他的琥珀项链，他的深红马具，他的皮革三角帆，他的羊皮[180]廉价光泽刚毛衬衫，他的英国人的苏格兰[181]腰带，他的半身不遂的[182]沿海|伯拉纠派|毛皮保镖（你好吗，治安官，升降机[183]抬高的！）去找出所有不合适的学院（以及你好吗，丹麦人[184]女爵士詹姆斯先生？别挡我的路！），八字胡[185]、蓝牙[186]、大肚、无骨[187]，来自斯特拉思克莱德[188]利菲河和艾尔斯伯里[189]和诺森伯兰[190]·安格尔西[191]天使海路，所有耶胡[192]人民|酸奶|尘土，赌金独得以及全部马力[193]预兆。但是现在，说起亚美尼亚[194]丹麦人|树枝和火山学[195]公众|云，以及我们生于海中的岛屿如何生成[196]沸腾的，（开拓者[197]爆炸物|普鲁图|送雨者，他的三块安山岩[198]和两块碱流岩[199]潘泰莱里亚）这提醒了我可怜的里昂的马可[200]和可怜的贵族约翰[201]的隐修院[202]新教理事会|歇斯底里，你觉得我们四个怎么样，现在他们在那里，听得心满意足，四位盐水鳏夫，所有他们能记起[203]的，很久很久以前，在芒斯特的[204]钱财古代，我们的悲伤穿过黑暗[205]，亲王纪念日[206]，当美丽的玛格丽特等候娶温柔的威廉[207]，雨中的拉里，跟黑太子[208]黑版印刷一起，现在不存在了，在诺曼的悲伤号[209]失事[210]发泄之后，酒吧女招待叹了口气[211]许

171 Judgity 解 judge“～”；也解 jugiter［拉］“～”。
172 Yaman 解 yama［日］“～”；也解 Yamen［中］“～”；也解 Fujiyama“～”。
173 oround 解 around“～”；也解 orographie“～”。
174 erumping 解 erupting“～”；也解 erumpo［拉］“～”。
175 confusionaries 解 confessions“～”；也解 Confucius“～”；也解 confusion“～”。
176 Noord Amrikaans 解 North American“～”；也解 Noord［荷］“～”＋Amerikaans［荷］“～”。
177 Suid Aferican 解 South African“～”；也解 Zuid Afrikaans［荷］“～”；也解 Suid Afrikaans［南非荷］“～”。
178 cattleraiders 解 cattle“牛”＋raiders“袭击者”。
179 tiara dullfuoco 解 Tierra del Fuego“～”，位于南美洲国家阿根廷南部；也解 tiara“～”＋del fuoco［意］“～”；也解 dull“～”。
180 cheapshein 解 sheepskin“～”；也解 cheap shine“～”。
181 Scotobrit 解 Scot“苏格兰人”＋of＋Brit［英口］“英国人”。
182 parapilagian 解 paraplegia“～”；也解 parapelagios［希］“～”；也解 Pelagian heresy“～”，伯拉纠派是基督教被认为异端的一个学派，主张人性本恶，但可以借着受洗，因着信而得以称义；也解 pelage“～”。
183 Elevato 解 elevator“～”；也解 elevato［意］“～”。
184 Dame“～”，此处解 Dane“～”，都柏林人称斯威夫特为丹麦人。
185 forkbearded 解 Sweyn Forkbeard“八字胡斯韦恩”（960—1014），丹麦王蓝牙哈拉尔德的儿子，远征英格兰。
186 bluetoothed 解 Harald Bluetooth“蓝牙哈拉尔德”，10 世纪的丹麦国王。
187 Boneless 解 Ivar the Boneless“无骨者伊瓦尔”（约 830—873），维京人的首领。
188 Strathlyffe 解 Strathclyde“～”，苏格兰西南部的古国，遭到维京人的掠夺；也解 Liffey“～”。
189 Aylesburg 解 Aylesbury“～”，英格兰白金汉郡的一个城镇和山谷，遭到维京人的掠夺。
190 Northumberland“～”，英国英格兰郡名，遭到维京人的掠夺。
191 Anglesey 解 Anglesey“～”，英国威尔士西北部岛屿，遭维京人掠夺；也解 Anglesea “～”，都柏林东南部的道路。
192 yaghoodurt 解 yahoos“～”，《格列佛游记》中的人形动物；也解 joghovourt［亚］“～”；也解 yoghurt“～”；也解 dirt“～”。
193 horsepowers“～”；也解 auspices“～”。
194 hayastdanars 解 Hayasdan［亚］“～”；也解 Danes“～”；也解 Ast［德］“～”。
195 wolkingology 解 vulcanology“～”；也解 Volk［德］“～”；也解 wolk［荷］“～”。
196 exestuance 解 existence“～”；也解 exaestuans［拉］“～”。
197 explutor 解 exploiter“～”；也解 exploder“～”；也解 Pluto“～”，希腊神话中的冥王；也解 plutor［拉］“～”。
198 andesiters 解 andesite“～”。
199 pantellarias 解 pantellerite“～”；也解 Pantelleria“～”，意大利的岛屿。
200 Marcus of Lyons 解 Mark Lyons“马可・里昂”，书中的四位老者之一，代表着芒斯特省。
201 Johnny 解 Johnny MacDougal“约翰尼・麦克杜格”，书中的四位老者之一。
202 manausteriums 解 monasterium［拉］“～”；也解 ministerium“～”；也解 hysteria“～”。
203 remembore 解 remember“～”。
204 Momonian“～”，一种伪拉丁写法，出自托马斯・穆尔的战歌《记住勇士布里安德荣耀》中的“芒斯特！当大自然装点了你们田野的色彩”；也解 mammon“～”。
205 throw darker hour sorrows 解 Through dark are our sorrows“～”，托马斯・穆尔的歌曲《亲王纪念日》第一句。
206 the princest day 解 The Prince's Day“～”。
207 Fair Margrate waited Swede Villem 解 Fair Margaret waited Sweet William“～”，此处化自 17 世纪初出现的英国儿歌《美丽的玛格丽特和温柔的威廉》；其中 waited 也解 wedded“～”。
208 blank prints 解 Black Prince“～”，即爱德华（1330—1376），英法百年战争初期英军的著名指挥官；也解 black print“～”。
209 Wormans' Noe 解 Normans' Woe“～”，美国马赛诸塞州安妮角的一处暗礁，美国诗人朗费罗在《金星号遇难》中描写过。
210 wreak“～”，此处解 wreck“～”。
211 barmaisigheds 解 barmaid sighed“～”；也解 Barmecides“～”。

诺好处而不兑现的人，那时我的心不知道关心，那之后是尤利乌斯·凯撒[212]炮塔|乔治·凯斯门特爵士夫人的正式登陆，在大洪水之年1132年，S. O. S.，巴特斯比[213]女王受洗，第四只嗡嗡蜂，根据主教阁下长者的说法，离开了白船[214]什么形状，然后有了法老和他所有行人[215]鸡奸者的溺毙，他们全都彻底溺毙在大海之中，红的海，然后可怜的马丁·坎宁汉[216]康沃尔德马克|阴毛|注意，从城堡出来的领津贴的官员，当他在爱尔兰群岛彻底溺亡，那时，当然[217]先生|梭尔河知道，在红的海，一份可爱的早报[218]哀悼纸，感谢上帝，就像有人[219]萨曼帝国|萨温节|昏睡|官方传票说的，不再有他了。那个现在者曾经是过去的样子。天蓝色[220]蓝黑色染料|亚瑟王的深海在他的憨蛋呆蛋[221]上掠过。他的寡妇[222]眩晕者写着[223]用花环装饰她的回忆录[224]低语，作为她对杂货商月刊的最高[225]和蔼的|格蕾丝·奥玛丽敬意[226]正式的宗教舞蹈。留心格莱代斯·雷伯恩边上的男人汉弗利[227]《我的男人戈德富雷》|枪|自由的！圆桌[228]小家畜再次合并。新世界逼近。现在那里老公鸡[229]鼻子|国王|征服者|家伙叫[230]乘船游览，小公鸡低声歌唱[231]。由[232]扔洛若克[233]草地|岩石的垃圾[234]康沃尔|克伦威尔门[235]挂毯退场[236]叔叔，汝等怪[237]国王家伙，被踢到[238]克尔凯戈尔院子[239]教堂墓地|门|每个里。进来[240]入口|兴趣另一个[241]在一扇窗那里侄子[242]痛苦，老练的情人[243]天空，穿着睡衣[244]特里斯丹|夜晚从消防梯逃走[245]越轨行为。伊瑟[246]摔倒。温和的姑姑莉齐[247]恬淡而轻柔|爱之死像她的膝盖[248]侄女|鼻子一样放纵。坚决地[249]快速的|黑体铅字跟他[250]在里面

212 Jales Casemate 解 Julius Caesar“～”(前 100—前 44)，古罗马共和国末期的军事统帅；也解 casemate “～”；也解 Sir Roger Casement“～”，在 1916 年复活节起义时试图帮助起义者从德国得到武器，但是在特拉利海湾登陆时被捕。

213 Baltersby 解 Battersby Bros“巴特斯比・布罗斯”，都柏林拍卖商。

214 whate shape 解 White Ship“白船”，1120 年运载亨利一世的船，因所有人醉酒而触礁沉没；也解 what shape“～”。

215 pedestrians“～”；也解 pederast“～”。

216 Merkin Cornyngwham 解 Martin Cunningham“～”，《尤利西斯》中的人物，其原型马修・凯恩是都柏林城堡的官员，1904 年溺亡；也解 Mark of Cornwall“～”，特里斯丹的叔叔；也解 merkin“～”；也解 merken [德]“～”。

217 suir 解 sure“～”；也解 sir“～”；也解 Suir“～”，位于爱尔兰乌尔斯特省。

218 mourning paper“～”，此处解 morning paper“～”。

219 Saman“～”，波斯人在中亚地区建立的波斯-伊斯兰教中央集权封建帝国，此处解 someone“～”；也解 Samhai [爱]“～”，爱尔兰 11 月纪念死者的节日；也解 samhan [爱]“～”；也解 saman [马]“～”。

220 arzurian 解 azure“～”；也解 azurine“～”；也解 Arthurian“～”。

221 humbodumbones 解 Humpty Dumpty“～”。

222 widdy 解 widow“～”。

223 wreathing“～”，此处解 writing“～”。

224 murmoirs 解 memoirs“～”；也解 murmurs“～”。

225 gracest 解 greatest“～”；也解 gracious“～”；也解 Grace O'Malley“～”，伊丽莎白时期的爱尔兰海盗。

226 triput 解 tribute“～”；也解 triput [拉]“～”。

227 mand gunfree 解 mand [丹]“男人”＋Humphrey“汉弗利”，本书主人公；也解 *My Man Godfrey*“～”，1936 年的美国爱情喜剧电影；也解 gun“～”＋free“～”。

228 Runtable 解 Roundtable“～”，亚瑟王故事中的著名桌子；也解 runt“～”。

229 conk“～”，此处解 cock“～”；也解 kong [丹]“～”；也解 conqueror“～”；也解 gink [俚]“～”。此处化自习语 As the old cock crows, the young one learns(老公鸡叫，小公鸡学)，即父母是孩子的榜样。

230 cruised“～”，此处解 crows“～”。

231 croons“～”。

232 throw“～”，此处解 through“～”。

233 Llawnroc 解“～”，名称；也解 lawn“～”＋rock“～”。

234 Kram [德]“～”；也解 Cornwall“～”，指特里斯丹故事中康沃尔的马克国王；也解 Cromwell“～”，英国清教革命的领袖。

235 darras 解 doras [爱]“～”；也解 arras“～”，莎士比亚的戏剧《哈姆雷特》中，哈姆雷特隔着窗帘杀了波洛涅斯，在舞台上常用挂毯表示。

236 Exeunc 解 exeunt“～”；也解 unc“～”。

237 gink“～”；也解 king“～”。

238 kirked 解 kicked“～”；也解 Kierkegaard“～” (1813—1855)，丹麦哲学家，存在主义哲学的奠基人。

239 yord 解 yard“～”；也解 churchyard“～”；也解 door“～”；也解 jord [丹]“～”。

240 Enterest 解 enters“～”；也解 entrance“～”；也解 interest“～”。

241 attawonder 解 another“～”；也解 at a window“～”。

242 Wehpen 解 nephew“～”，这里用了倒字法；也解 Weh [德]“～”。

243 luftcat revol 解 tactful lover“～”；也解 Luft [德]“～”。

244 natsirt 解 nightshirt“～”；也解 Tristan“～”，倒字法；也解 nat [丹]“～”。

245 airescapading 解 fire-escape“～”＋ing，巴涅尔私通案的审理中，曾有虚假证据说巴涅尔与欧希夫人幽会被惊扰时从安全梯逃走；也解 escapade“～”。

246 Tuesy 也解 Yseut [法]“～”，特里斯丹的情人，此处用了倒字法。

247 mild aunt Liza 解 mild aunt“温和的姑姑”，特里斯丹的恋人伊瑟作为马克国王的妻子，实际是特里斯丹的姑姑＋Lise [德]“莉齐”，伊丽莎白的变体；也解 mild und leise [德]“～”，瓦格纳的《特里斯丹与伊瑟》中最著名的咏叹调，亦常被称作“～”。

248 neese 解 knees“～”，膝盖姿势松散被认为是性的暗示；也解 niece“～”；也解 nose“～”。

249 Fulfest 解 fest [德]“～”；也解 fast“～”；也解 fullface“～”。

250 withim 解 with him“～”；也解 within“～”。

在后面[251]灵巧的拥抱[252]。绅们士会认为过于放纵[253]在大陆上。每个少妇[254]玉黍螺|长春花恋人[255]都如此[256]悲痛[257]树林|值得。没有他的幽会[258]猛推|特里斯丹。完[259]芬·麦克尔。就像他们的旧戏[260]节目单皇室离婚[261]里的新闻广播员[262]新城堡。约瑟芬[263]和玛丽·路易莎[264]和拿破仑[265]阴茎她最清楚[266]用网捕捉的最好|次好的。猎物[267]东西。唉,唉!救救我们[268]啜泣。他就是这样。救救我们。

马可[269]。在那之后,不要忘记,有佛兰芒人无敌舰队,全都四散,全都正式沉没,当场,在一个可爱的早晨,在全世界的大洪水之后,大约是 1132 是吗?在回家[270]闵尼·康宁汉海岸附近,还有圣帕特里克,再洗礼教派,以及圣凯文,湖上居民,伴随着太多的钟声[271]狂热的|劳伦斯·奥图尔和大量的[272]劳伦斯·奥图尔乞丐,在使得宝尔什格[273]和达奴[274]夫人皈依之后,我们的第一对父母[275],以及拿破仑[276] ALP,骑手,在他的汉诺威[277]匈奴人|在上面白马[278]房屋上,骑着哥本哈根[279]走过[280]升起克伦塔夫[281],还有所有他们记得的,然后有挪亚之鸽[282]的法兰克洪水[283]舰队,从黑尔戈兰岛[284]西班牙的绅士来,大约在圣母的免费黄油[285]海盗纪年 1132 P. P. O. 左右,从波拿巴[286]德国佬将军夫人[287]下面登陆[288],(不要天主教[289]!)戴着他半灰的传统帽子,他就在这儿[290],他就来这儿,那之后他在那儿,那么具有陆地性,就像一把指甲剪,可耻地且极其错误地吻[291]她,女仆,在一对一的打斗中,在悬铃木下,在树木[292]的落叶[293]和吻者诺拉故事里的所有该上绞架的人[294]武装随员中,这么

251 behent 解 behind"～";也解 behend [德]"～"。
252 inbrace 解 embrace"～"。
253 oncontinent 解 incontinent"～";也解 on continent"～"。
254 per wenche 解 per wench"～";也解 periwinkle"～";也解 pervenche [法]"～"。
255 Elsker [丹]"～"。
256 So mulct 解 so much"～"。
257 woed 解 woe"～";也解 wood"～";也解 worth"～"。
258 thrysting 解 tryst"～";也解 thrusting"～";也解 Tristan"～"。
259 Fin [法]"～";也解 Finn MacCool"～"。
260 plyable 解 play"～";也解 play bill"～"。
261 A Royenne Devours 解 royal divorce"～",W. G. Wills 著有《皇室离婚》一书,嘲讽拿破仑与约瑟芬的离婚。
262 newcasters 解 newscaster"～";也解 new castle"～"。
263 Jazzaphoney 解 Josephine"～"(1763—1814),拿破仑・波拿巴的第一任妻子,法兰西第一帝国的皇后。
264 Mirillovis 解 Marie Louise"～"(1791—1847),原为奥地利女大公,拿破仑一世的第二位妻子。
265 Nippy [俚]"～",此处解 Napoleon"～",法国皇帝。
266 nets best"～",此处解 knows best"～";也解 next best"～",莎士比亚在遗嘱中把自己次好的床留给妻子安。
267 Fing 解 Fang [德]"～";也解 thing"～"。
268 Sobbos 解 save us"～";也解 sobs"～"。
269 Marcus 也解 Mark Lyons"马可・里昂",书中的四位老人之一。
270 Cominghome"～";也解 Minnie Cunningham"～",都柏林 19 世纪末丹・洛威爱尔兰之星音乐厅的男演员。
271 tolls"～";也解 toll [德]"～";也解 Laurence O'Toole"～",都柏林守护圣人。
272 lottance 解 lots of"～";也解 Laurence O'Toole"～",都柏林守护圣人。
273 Porterscout 解 Powerscourt House"宝尔什格庄园",位于都柏林南面,建造于 18 世纪 20 年代。
274 Dona 解 Dana,通称 Danu"～",爱尔兰的死亡和生育女神;也解 donna [意]"～"。
275 marents 解 parents"～"。
276 Lapoleon 解 Napoleon"～";也解 ALP,本书女主人公。
277 Hunover 解 Hanover"汉诺威市",位于德国;也解 Hun"～"+over"～"。
278 whuite hourse 解 white horse"～";也解 house"～"。
279 Cabinhogan 解 Copenhagen"～",丹麦首都,也是惠灵顿的著名坐骑。
280 Rising"～",此处解 riding"骑着"。
281 Clunkthurf 解 Clontarf"～",爱尔兰国王布利安・布鲁 1014 年在此击败丹麦侵略军。
282 Noahsdobahs 解 Noah's doves"～"。
283 floot 解 Flut [德]"～";也解 fleet"～"。
284 Hedalgoland 解 Helgoland"～",欧洲北海东南部德国岛屿,1914 年英、德海军在附近海战;也解 hidalgo"～"。
285 freebutter 解 free butter"～";也解 freebooter"～"。
286 Bonaboche 解 Bonaparte"拿破仑・波拿巴";也解 boche"～"。
287 Motham 解 Madam"～"。
288 disumbunking 解 disembark"～"。
289 noo poopery 解 No Popery"～",北爱新教的宣传口号。
290 alevoila 解 et le voilà [法]"～"。
291 poghuing 解 póg [爱]"～"。
292 boom [荷]"～"。
293 bladeren [荷]"～"。
294 gallows birds 解 gallows birds"～";也解 gallowglasses"～"。

林木丛生[295]树林的|哨兵|新年夜，靠近[296]向下女王学院，在布利安或布赖德大街，在门上的世纪男人[297]男哨兵后面。然后再一次，他们惯于做最盛大的哈罗德老太太[298]希伯特教职全球荣誉[299]荣誉的面包在哪里演讲，谈论意见领袖学[300]上帝赞美诗|意见|领袖带来的无政府状态[301]缺少领导者|主席（你好，爱尔兰！）从大海到大海（马太[302]在说！）依据图片明信片，用撒克逊语法[303]萨克索·格拉玛提库斯|格林兄弟，在拉提莫[304]的古罗马历史中，拉提莫重复着自己，从休[305]爵士的总督夫人[306]，爱尔兰总督[307]休·德·拉西，直到巴克利射杀俄国将军[308]印度王公|短路|爆裂声|噪音，诸神的毁灭[309]王权聚拢，（马可·里昂[310]在说！）向整海洋的青春学院生[311]学院绿地和高年级生和可怜的学者，以及所有三一学院的老评议会成员[312]和圣人和哲人和普利茅斯教友会，嗡嗡嗡说个不停，嗡嗡赞颂[313]，以及在那里点着头，睡觉打发时间，就像勿忘我，在她顺从的[314]蜜蜂|ABC 服务中，照料他们的 12 张桌子，走过忠实而洁净的战争[315]虱子|跳蚤|水泡，在四所三一学院，为了边学边赚的[316]带薪实习永恒爱尔兰[317]爱尔兰直至审判日，乌尔斯特省、芒斯特省、兰斯特省和康诺特省[318]的爱尔兰，爱尔兰[319]事务[320]爱尔兰演义上面[321]晚餐的四所最宏伟的学院，属于杀或治和片甲不留和相互残杀和杀死草地黄绿色[322]基尔肯尼的爱尔兰，那里他们的职责是管理周围的隆隆声，那是老大罗洛或罗尔夫[323]在周围隆隆作响。那些是简斯丹斯夫人另一个女儿[324]男人的|伊丽莎白·安德森大学[325]周年纪念日里最宏伟的妇科医学[326]雌蚁|学院史（路加[327]打来电话，别挂机！），看在老熟

295 silvestrious 解 silvestris［拉］“～”；也解 sylvestrious“～”；也解 sentry“～”；也解 Silvester［德］“～”，相当于中国的除夕。

296 neer 解 near“～”；也解 neer［荷］“～”。

297 century man“～”；也解 sentryman“～”。

298 howldmoutherhibbert 解“Old Mother Hubbard”“～”，英语儿歌；也解 Hibbert lectureship“～”，19 世纪一位名为罗伯特・希伯特的激进分子在女王大学设立的教职。

299 gloriaspanquost 解 glory“荣誉”＋p'ark'［亚］“荣誉”；也解 spanquost gloriae panis quo est［拉］“～”。

300 doxarchology 解 doxarchologia［希］“～”；也解 doxology“～”；也解 doxa［希］“～”＋arkos［希］“～”。

301 anarxaquy 解 anarchy“～”；也解 anarchia［希］“～”；也解 nakhakah［亚］“～”。

302 Matt 解 Matthew Gregory“马太・格雷格里”，书中的四位老人之一。

303 sexon grimmacticals 解 Saxon grammar“～”；也解 Saxo Grammaticus“～”(1150—1220)，丹麦历史学家，著有《丹麦人的业绩》；也解 Grimm brothers“～”，《格林童话》的作者。

304 Latimer“～”(1485—1555)，英国主教，被血腥玛丽烧死。

305 Hugh 解 Hugh de Lacy“～”(？—1186)，1172 年亨利二世入侵爱尔兰时将米斯国分封给他，成为乌尔斯特省第一位伯爵。

306 vicerine 解 vicereine“～”。

307 Lacytynant 解 Lord-Lieutenant“～”；也解 Hugh de Lacy“～”。

308 Bockleyshuts the rahjahn gerachknell 解 Buckley shoots the Russian General“～”；也解 Rajah“～”＋gearrach［爱］“～”＋Knall［德］“～”；也解 Geräusch［德］“～”。

309 regnumrockery 解 Ragnarøkr［古挪］“～”，北欧神话中善和恶大决战所导致的世界毁灭；也解 regnum［拉］“～”。

310 Marcus Lyons 解 Mark Lyons“马可・里昂”，书中的四位老人之一。

311 collegians green 解 collegian“学院学生”＋green“青春的”；也解 College Green“～”，位于都柏林。

312 剑桥等一些英国大学里设立的主管机构。

313 peanzanzangan 解 paean“赞颂歌”＋zangano［西］“嗡嗡声”。

314 abijance 解 obedient“～”；也解 abeja［西］“～”；也解 ABC。

315 per pioja at pulga bollas 解 per pia et pura bella［拉］“～”；也解 pioja［西］“～”＋pulga［西］“～”＋bolla［意］“～”。

316 earnasyoulearning 解 earn as you learning“～”，此处直译为“～”。

317 Eringrowback 解 Eire go Brath［爱］“～”，此处意译为“～”。

318 Ulcer, Moonster, Leanstare and Cannought 解 Ulster, Munster, Leinster and Connacht“～”，爱尔兰的四个省。

319 Erryn 解 Erin“～”。

320 matther 解 matter“～”，化自 Matière de Bretagne［法］(不列颠演义)，是亚瑟王传奇的别称，因此也可译为“～”。

321 supper“～”，此处解 super［拉］“在上监视”。

322 Killorcure and Killthemall and Killeachother and Killkelly-on-the-Flure 解 Kill or cure“杀或治”＋Kill them all“片甲不留”＋Kill each other“相互残杀”＋Kill kelly-on-the-Flur(［德］“田野”)“清除田野上的黄绿色”；其中 Killkelly 也解 Kilkenny“基尔肯尼”，爱尔兰东南部的城市。

323 Rollo and Rullo 解 Rollo or Rolf Ganger“～”，罗尔夫也叫罗洛，9 世纪的维京人领袖。

324 Andersdaughter 解 ander［荷］“另一个”＋daughter“女儿”；也解 andros［希］“～”；也解 Elizabeth Anderson“～”(1836—1917)，英国第一位女医生。

325 Universary 解 University“～”；也解 anniversary“～”。

326 gynecollege 解 gynecology“～”；也解 gyne“～”＋college“～”，指爱尔兰贝尔法斯特的女王学院。

327 Lucas 解 Luke Tarpey“路加・泰培”，书中的四位老人之一。

人的分上(这个集权夫人,美得令人窒息,班巴[328]瘸子中最美的,活到很多岁,在1132号或1169号后期或者在其间或者将近,直到[329],菲茨马利循环[330],在那里她被许多人看到,并广为爱戴)为了教授法蒂玛家族[331]的法蒂玛女性史,重复她自己,为了[332]由伪电话学[333]神圣地[334]适时发展起来的自然心灵,过去和现在(约翰尼·麦克杜格[335]在说话,把电话线给我,小姐!)现在和不在和过去和现在和完美的一个罗马人笔下的战争和一个人[336]我歌唱战争和一个人的故事。啊,亲爱啊,亲爱的!啊,为夏娃离开凉亭的时刻[337]而哭泣!就是这样只是所有都打着漩涡[338]埃达回到他们,如果他们只是一直盯着,再再再来一次[339]窝囊废|着迷的|结巴,听他在那里,拥抱她,搂抱她,在痛风[340]歌德者老加拉哈特[341],跟他的一对[342]同龄人|培尔·金特桂尼维尔[343]阴道|恐惧|女王和三人一体的[344]蟾蜍特里斯丹[345] 31|焦渴|特洛阿德,那么穷凶极恶,从他的一码一百[346]手三十二[347]线绳的高地处,在我们四个面前,在他的罗马天主教的怀抱中,此时,他的深海窥视者们[348]凝视、私语[349]、震惊困惑迷失在她的深蓝色的[350]布卢姆翻滚的大海[351]欧希夫人|莪相眼珠[352]眉毛中,在科尔奈利乌斯·奈波斯[353]孙子的笔下。我的奈波斯[354]。从不[355]老妇人的|灵魂|阿门,有时[356]。完蛋了[357]拿破仑。

还有?哪里?[358]

啊,亲爱的啊,亲爱的啊,亲爱的!在雌鹅变雄鹅[359]游戏[360]之际[361],水手长[362]屏息[363]布立吞人|新娘。圣母玛利亚[364]终有一死的|与|

328 Bambam 解 Banba“～”，爱尔兰神话中图德南族的女王，后常用她的名字指代爱尔兰；也解 bamban［法俚］“～”。
329 bis［德］“～”。
330 Fitzmary Round 解 Fitzwilliam Square“菲茨威廉广场”，位于都柏林。
331 Fatimiliafamilias 解 Fatimah“法蒂玛”，伊斯兰教先知穆罕默德之女，旧译“法图麦＋familias［拉］“家族”。
332 purposeth 解 purpose“～”。
333 psadatepholomy 解 pseudo-telephony“～”。
334 difinely 解 divinely“～”。
335 Johnny MacDougal“～”，书中四位老者之一。
336 arma virumque romano 解 Arma virumque Romano［拉］“～”；也解 Arma virumque cano［拉］“～”，《埃涅阿斯纪》的开首语。
337 hower 解 hour“～”，此处化自托马斯·穆尔的歌曲《伊芙琳的凉亭》“啊！为此刻哭泣，当走向伊芙琳的凉亭”。
338 eddaying 解 eddying“～”；也解 Eddas“～”，古冰岛史诗。此处包含本书主人公名字的缩写 HCE。
339 gagagniagnian 解 again“～”，因兴奋而结巴；也解 gnangnan［法］“～”；也解 gaga“～”；也解 gagaz［亚］“～”。
340 gouty“～”；也解 Goethe“～”(1749—1832)，德国作家。
341 galahat 解 Galahad“～”，亚瑟王传奇中的圣杯骑士。
342 peer“～”，此处解 pair“～”；也解 Peer Gynt“～”，挪威民间英雄，也是挪威剧作家易卜生的同名话剧的主人公。
343 quinnyfears 解 Guinevere“～”，亚瑟王的妻子，与兰斯洛有私情；也解 quinny［俚］“～”＋fears“～”；也解 queen“～”。
344 troad 解 triad“三人一组”；也解 toad“～”。
345 thirstuns 解 Tristan“～”；也解 thirty one“～”；也解 thirst“～”；也解 Troad“～”，古代小亚细亚西北一地区，古代的特洛伊城为其主要城市。
346 handard 解 hundred“～”；也解 hand“～”。
347 thartytwo 解 thirty-two“～”。
348 deepseepeepers 解 deep-sea“深海的”＋peepers“窥视者”。
349 sazed 解 said“～”。
350 dullokbloon 解 dark blue“～”；也解 Bloom“～”，《尤利西斯》的男主人公。
351 rodolling olosheen 解 rolling ocean“～”，化自英国诗人拜伦的《恰尔德·哈洛尔德游记》中的“滚滚向前，你这幽深的深蓝色大海，翻滚！”；也解 O'Shea“～”，巴涅尔的情人和妻子；也解 Ossian“～”，传说中的爱尔兰诗人。
352 eyenbowls 解 eyeballs“～”；也解 eyebrows“～”。
353 Cornelius Nepos“～”(约前 110—约前 24)，罗马历史学家，第一个写拉丁文传记的人；其中 Nepos 也解［拉］“～”。
354 Mnepos 解 My Nepos“～”。
355 Anumque 解 numquam［拉］“～”；也解 anumque［拉］“～”；也解 anam［爱］“～”；也解 amen“～”。
356 umque 解 umquam［拉］“～”。
357 Napoo“～”；也解 Napoleon“～”。
358 Queh? Quos? 解 Que? Quo?［拉］“～”。
359 gooses gandered“～”，化自英国儿歌“Goosey Goosey Gander”(《雌鹅，雌鹅，雄鹅》)。
360 gamen 解 game“～”。
361 hwen 解 when“～”。
362 Bozun 解 bosun“～”。
363 braceth brythe 解 bated breath“～”；也解 Brython“～”，从前居住在不列颠的凯尔特人；也解 bride“～”。
364 Mahazar ag Dod 解 Mother of God“～”；也解 mahatsou［亚］“～”＋ag［爱］“～”＋aghdod［亚］“～”。

肮脏的！对于所有我们全部二乘二四人，以及他们的密友来说，做这一切[365]死的|图腾真是难过得心痛，还有拉里[366]百合，当他丢了他半顶帽子的一部分和他拥有的一切，用他衰老无用的方式[367]封建庄园，披肩、毛巾和马裤[368]要塞、塔楼和吊桥，反反复复，现在告诉他，看在桑德斯通讯[369]寄件人|新闻|更后的和巴赛罗缪大屠杀[370]的分上，当盗贼把可怜的人推[371]进搅动的油[372]混乱|搅乳器里时，忘记过去，否定关于拉里的一切，山羊镇[373]布特镇|废弃了的城市|交谈的芭蕾舞[374]压舱物大师，还有他的老家伙，将军[375]拉甘河|位置|兰斯特省，在斯堪的纳维亚[376]灯塔里，用一根[377]刺穿|珀西·奥莱利栏杆给他的灯芯通风[378]蠼螋|壹耳微蚵，满腔怒火地[379]通过他上去的楼梯过着奢侈的生活[380]躺着，那位往昔的调音师[381]车工和他的周六[382]更悲伤的日子提早关门[383]，密友[384]老人|克罗诺斯，斯凯利[385]公告员之子|凯利，有着皮[386]让她肚皮，装满纳尔逊[387]，装满凯尔特[388]，装满无足轻重的皮带[389]，以及所有斜肩带[390]秃的公鸭，或者他曾在小巷[391]里起诉的，离开朝鲜蓟路[392]星星|艺术|噎住，跟摩尔斯[393]山和疯毛拉[394]山丘平原·马拉蒂[395]细软薄布|附庸风雅的一起，奥兰清真寺[396]铁面具里的男人，家乡的亲人[397]，图格南[398]都柏林军火商和利波卢姆[399]，还有宏大的共食婚，根据卡宾格登记处[400]卷心菜|丰富的|商店，有着最邪恶的[401]文件存档，他无法不对汤姆·蒂姆·泰培发笑，这个威尔士人，还有四位中年鳏夫，所有的北方角度[402]天使、南方角度、东方角度和西方角度。现在，这个提醒我，不要忘记那四股威尔士海浪，跳跃着欢笑着，在它们的兰贝斯走步舞[403]兰贝斯|腰痛|兰贝格鼓中，在古老

365 toten 解 tot［德］“～”，此处解 total“～”；也解 totem“～”。
366 Lally“～”，人名；也解 lily“～”。
367 futile manner“～”；也解 feudal manor“～”。
368 cape, towel and drawbreeches 解 cape, towel and breeches“～”；也解 keep, tower and drawbridge“～”。
369 Senders Newslaters 解 Saunders's Newsletter“～”，1754—1879 年的都柏林报纸；也解 senders“～”＋news“～”＋later“～”。
370 mossacre of Saint Brices 解 Massacre of St. Bartholomew“～”，1572 年在巴黎对法国胡格诺教徒的大屠杀。
371 he shoved 解 has shoved“～”。
372 churneroil 解 churning“搅动的”＋oil“油”；也解 turmoil“～”；也解 churner“～”。
373 Gosterstown 解 Goatstown“～”，都柏林南部城镇；也解 Booterstown“～”，都柏林的一个区；也解 ghost town“～”；也解 goster［英爱］“～”。
374 ballest 解 ballet“～”；也解 ballast“～”。
375 Lagener 解 general“～”，易位构词法；也解 Lagan“～”，瑞典西海岸四条主要河流之一；也解 Lage［德］“～”；也解 Lagenia［拉］“～”，爱尔兰四省之一。
376 Locklane 解 Locklann［爱］“斯堪的纳维亚的”。
377 pierce“～”，此处解 piece“～”；也解 Persse O'Reilly“～”，书中人物，主人公 HCE 的化身之一。
378 earing his wick 解 airing his wick“～”；也解 earwig“～”；也解 Earwiker“～”，本书主人公。
379 with his ladder up“～”，此处解 with one's dander up“～”。
380 liggen hig 解 living high“～”；也解 liggende［丹］“～”。
381 turner“～”，此处解 tuner“～”。
382 sadderday 解 Saturday“～”；也解 sadder day“～”。
383 erely cloudsing 解 early closing“～”。都柏林的酒吧一般平时晚 11 点关，但星期六 10 点关。
384 old croniony 解 old crony“～”；也解 kronios［希］“～”；也解 Cronus“～”，提坦巨人之一，宙斯的父亲。
385 Skelly 解 Skellie［爱］“～”，人名，意思是“～”；也解 Kelly“～”，出自歌曲《皮肚皮凯利》。
386 lether 解 leather“～”；也解 let her“～”。
387 neltts 解 Nelson“～”，英国 18 世纪末及 19 世纪初的著名海军将领及军事家。
388 keltts 解 Celts“～”。
389 beltts 解 belts“～”。
390 bald drakes“～”，此处解 baldric“～”。
391 bohereen 解 bóthairín［爱］“～”。
392 Artsichekes 解 artichoke“～”，朝鲜蓟路为古都柏林的老路；也解 star“～”；也解 arts“～”；也解 choke“～”。
393 Moels“～”，人名；也解 Moel［威］“～”。
394 Mahmullagh 解 Mad Mullah“～”，即穆罕默德・本・阿卜杜拉，索马里革命的领导者；也解 Magh-mullaigh［爱］“～”。
395 Mullarty 解“～”，人名，Maol Charthach 的后代；也解 Mull“～”＋arty“～”。
396 Oran mosque“～”，奥兰指阿尔及利亚一座城市；也解 iron mask“～”，化自法国作家雨果的小说《铁面人》。
397 old folks at home 解“Old Folks at Home”“～”，又名《斯瓦尼河》，美国 19 世纪词曲作家史蒂芬・福斯特的作品。
398 Duignan 解 Peregrine O'Duignan 解“～”，《四大师编年史》作者之一；也解 Dublin gun merchant“～”。
399 Lapole 解 lipoleum“～”，书中拿破仑的代称。
400 Cabbangers richestore 解 Coppinger's Register“～”，都柏林圣托马斯修道院的特许状登记处；也解 cabbage“～”＋rich“～”＋store“～”。
401 filest 解 vilest“～”；也解 file“～”。
402 nangles 解 north angles“～”；也解 Angel“～”。
403 Lumbag 解 Lambeth“～”，此处译为 Lambeth Walk“～”，20 世纪 30 年代后期在苏格兰流行的一种舞厅慢步舞；也解 lumbago“～”；也解 Lambeg drum“～”，北爱清教军队中的军鼓。

的战斗海滨[404]羽毛球拍和无生命的贝壳[405]羽毛球上面，戴着他们的半罗马帽子，上面有一只古希腊十字架[406]光泽，在奇切斯特学院的拍卖中[407]，感谢上帝，他们全都仓促地离了婚，四年前，或者如此，他们说，由他们亲爱的可怜的女丈夫[408]，在亲爱的过去时日[409]俗语，永远不再怀想[410]，再不看地上的雨水，但是他们依然分开了，雨水笑着，每一个多雨的朱庇特[411]雨神|厕所，只是临时的[412]非人称形式，在最好的条件下，被忘记，这[413]在他们的旧朝圣者鸟蛤歌[414]鸟蛤壳中得到明白的预言[415]洪水，或者[416]那个他们正唱遍西印度群岛[417]最多雨的印度地区《我去巴里马卡莱特[418]埋我的胡萝卜时，我们偶遇一个叫皮布尔斯[419]人的笨蛋》，就像根据他们的传统谚语，也在另一个地方，因此有这样一种说法：老家伙尽管近来[420]牛奶不习惯牛奶，但知道它的味道。因此他们分开了。在多利芒特[421]达尔凯|二号文件二号[422]。唉，唉。善者离去，邪者留下。就像罪恶横流一样，伊维尔河[423]生存也滚滚流淌。唉，唉。啊，当然，就是那样。就像肯特圣女[424]女阴|康诺特省对库姆[425]梳子的恶灵[426]说的。为了他建议里[427]在位的卑微请求[428]卑微的地位。女人。南瓜。分开。唉，唉。根据终审判决。

路加[429]。而且，啊，他们在那个时候能记得[430]那么好，那时金鳍[431]金鱼卡尔普瑞[432]正高居波兰[433]王位。正义南瓜人[434]贵妇夫人，四保姆[435]主席，戴着她的过肩假发和胡子，（亚美尼亚[436]貂的白毛皮|阿尔米妮娅女王[437]童贞女王！）在或者是爱尔兰[438]或者是大约有失体面的购买之年 1132 或 1169 或 1768 基督教女青年会[439]，

404 Battleshore 解 battle“战斗”＋shore“海滨”；也解 battledore“～”。
405 Deaddleconchs 解 dead conchs“～”；也解 shuttlecock“～”。
406 gloss“～”，此处解 cross“～”。
407 1700 年，爱尔兰詹姆士党人的土地在都柏林学院绿地的奇切斯特大厅被公开拍卖。
408 shehusbands 解 she“她”＋husbands“丈夫”。
409 byword days 解 bygone days“～”；也解 byword“～”。
410 此句化自苏格兰歌曲《友谊地久天长》中的歌词。
411 Nupiter Privius 解 Jupiter“朱庇特”＋Pluvius［拉］“多雨的”，即“～”；其中 Privius 也解 privy“～”。
412 terpary 解 temporary“～”；也解 terpay［亚］“～”，语法术语。
413 whilk 解 which“～”。
414 cocklesong 解 cockle“鸟蛤”＋song“歌曲”；也解 cockleshell“～”。
415 foretolk 解 foretold“～”；也解 tolca［爱］“～”。
416 or“～”；也解 or［亚］“～”。
417 wettest indies“～”，此处解 West Indies“～”，位于拉丁美洲。
418 Burrymecarott 解 Ballymacarret“～”，贝尔法斯特湖区的一个工业区；也解 Bury my carrot“～”，带有性暗示。
419 Peebles“～”，英国苏格兰中部古国；也解 people“～”。
420 latterly“～”；也解 latte［意］“～”。
421 Dalkymont 解 Dollymount“～”，爱尔兰都柏林的地区；也解 Dalkey“～”，爱尔兰东部的海港城市；也解 Document no. 2“～”，爱尔兰政治家德·瓦勒拉为 1921 年的《英爱条约》提出的备选方案。
422 nember to 解 number two“～”。
423 Ivel“～”，位于英格兰；也解 live“～”。
424 holymaid of Kunut 解 Holy Maid of Kent“～”，指 Elizabeth Barton，16 世纪反对英国宗教改革，曾预言如果亨利八世与安妮·博林结婚，就会在一年内死去；其中 Kunut 也解 cunt“～”；也解 Connacht“～”，位于爱尔兰西部。
425 Koombe 解 The Coombe“～”，都柏林圣帕特里克大教堂以西的地区；也解 comb“～”。
426 haryman 解 Ahriman“～”，琐罗亚斯德教的恶神。
427 in odvices 解 in advice“～”；也解 in offices“～”。
428 humple pesition 解 humble petition“～”；也解 humble position“～”。
429 Lucas 解 Luke Tarpey“～”，书中的四位老者之一。
430 remembore 解 remember“～”。
431 Goold Fins 解 Gold Fins“～”；也解 Goldfish“～”。
432 Carpery 解 Cairpre“～”，若干爱尔兰国王都是这个名字。
433 Poolland 解 Poland“～”。
434 Squalchman 解 squash“南瓜”＋man“人”。
435 foorsitter 解 four sitter“～”；也解 voorzitter［荷］“～”。
436 Erminia 解 Armenia“～”；也解 Ermine“～”；也解 Erminia“～”，塔索的长诗《耶路撒冷的解放》中的女主人公。
437 Reginia 解 regina［拉］“～”；也解 Virgin Queen“～”，英国女王伊丽莎白一世的称号。
438 aring 解 Erin“～”。
439 Y. W. C. A. 解 Young Women's Christian Association“～”。

在吻者诺拉[440]惯于睡觉|习惯于|拥抱的已婚男性居家男的拍卖商法院。可怜的杜格家族子孙的约翰[441]，可怜的苏格兰人[442]兴奋|小船，(约翰[443]！)极其多情，不要[444]人忘记，万分害怕(鞭子[445]横扫！鞭子！)由于她丰满的屁股，(磨灭不了的[446]无法迟钝的暴行[447]吸引力|共济失调|可怕的！)将仁慈的岁月加在他身上[448]，四位大师[449]，异口同声[450]在合唱班|四人一组|用男高音，带着身后[451]被绞死的第五个[452]悬挂，因为他太迟于为她刷[453]爆裂|用画笔画|青少年犯教养院鞋子[454]干净美丽，那时他正为夫人梳妆，而不是为她的家母恰到好处地搔痒，就像任何一个老循道宗圣徒一样，全都离了婚，在某种意义上[455]天真无邪被禁止[456]禁令，在神殿的中央，据他们忠实的爱人所说。啊，现在，真是太糟了，完全太糟糕，太坏[457]粗壮的了，所有因错而成的[458]大屠杀；还有可怜的马克或鲍尔斯考特侯爵[459]，来自无人地带里的棕色古墓[460]布朗与诺兰|布鲁诺|皮肤晒成健康的棕色，可怜的老精密计时仪，全都被每个人用同盟者的呱呱叫迫害，用终审判决，横贯爱尔兰岛[461]女主人|鲱鱼，因为他忘记了自己，兴风作浪[462]，把整个儿他自己弄得一团尼普顿式的[463]尼普顿划船俱乐部糟糕，划过巨人堤道[464]钻石双桨俱乐部，因为他忘记记得签署一份旧日的早晨委托书，这份文件要求按照她自己的意愿行事[465]多毛的，在盖过戳的浴场油布[466]上，从复印机到吉利剃刀[467]罗密欧与朱丽叶，在他做完餐前祷告前，彼时和彼处，那里还有可怜的迪翁·卡西乌斯·鲍西考尔特[468]酒神狄俄倪索斯|迪翁·鲍西考尔特，也全都淹死了，在世界和她丈夫眼前，因为这是顶顶不合适，顶顶错误的，当

440 Arrahnacuddle 解 Arrah-na-Pogue［爱］“～”；也解 ara na chodalta［爱］“～”；也解 ara na［爱］“～”＋cuddle“～”。

441 Johnny of the clan of the Dougals“～”，指约翰尼·麦克杜格，书中四位老者之一；其中 clan 也解 clann［爱］“～”。

442 Scuitsman 解 Scotsman“～”；也解 scuit［爱］“～”；也解 schuit［荷］“～”。

443 Hohannes 解 Hovhannes［亚］和 Johannes［德］“～”，四福音书的作者之一。

444 dinna 解 do not“～”；也解 duine［爱］“～”。

445 Zweep［荷］“～”；也解 sweep“～”。

446 undullable 解 indelible“～”；也解 un-dull-able“～”。

447 attraxity 解 atrocity“～”；也解 attraction“～”；也解 ataxic“～”；也解 atrox［希］“～”。

448 put the yearl of mercies on 解 put years on“显得比实际年龄大”＋mercies on“上帝保佑”。

449 maasters 解 masters“～”。

450 in chors 解 in chorus“～”；也解 in choir“～”；也解 in tchors（［亚］“4”）“～”；也解 in tenor“～”。

451 behangd 解 behind“～”；也解 be-hanged“～”。

452 hing［德］“～”，此处解 hink［亚］“～”。

453 borstel 解 borstelen［荷］“～”；也解 burst“～”；也解 brosser［法］“～”；也解 Borstal“～”。

454 schoon［荷］“～”，此处解 schoen［荷］“～”。

455 innasense 解 in a sense“～”；也解 innocence“～”。

456 interdict“～”，此处解 interdicted“～”。

457 stout“～”，此处解［荷］“～”。

458 missoccurs 解 mis-occurrences“～”；也解 massacres“～”。

459 Marcus Bowandcoat 解 Marquis of Powerscourt“～”。

460 brownesberrow in nolandsland 解 brown barrow“棕色古墓”＋in“在里面”＋no man's land“无人地带”；也解 Browne...Nolan“～”，都柏林书籍和文具商店；也解 Bruno of Nola“～”，意大利哲学家；也解 brown as a berry“～”。

461 Herrinsilde 解 Erin's isle“～”；也解 Herrin［德］“～”；也解 silde［丹］“～”。

462 making wind and water“～”，此处化自习语 between wind and water（在最易受打击的地方）。

463 Neptune“～”，罗马神话中的海神；也指 Neptune rowing club“～”，20 世纪初都柏林的一个俱乐部。

464 giamond's courseway 解 Giant's Causeway“～”，位于北爱尔兰；也解 Diamond Sculls“～”，伦敦的划船俱乐部。

465 hersute herself 解 suit oneself“～”；也解 hirsute“～”。

466 bronnanoleum 解 Bronn［德］“浴场”＋linoleum“油布”。

467 Roneo to Giliette 解 Roneo“复印机”＋to“到”＋Gillette razor blades“吉利剃须刀”；也解 Romeo to（［日］“和”）Juliet“～”，也是莎士比亚的同名戏剧。

468 Dion Cassius Poosycomb 解 Dion Cassius“迪翁·卡西乌斯”（155—?），古罗马历史学家＋Dionysius Boucicault“酒神狄俄倪索斯”＋Dion Boucicault“迪翁·鲍西考尔特”。

他试图(嗯,他的身体差得让人吃惊,他说,长着从他身上落下的带状疱疹[469]),因为他(啊,现在好了,和平归于[470]赞美归于韦德莫尔[471],不要让歌曲在你的里拉琴[472]愤怒|耳朵|爱尔兰上变得喑哑,就像我们在大卫诗篇[473]里说的,我们不会对作为老马恩岛长老会员的他太苛刻)那之后,像玫瑰花[474]红色|贝齐·罗斯|骏马|凶恶的人一样红艳,他留下他的遗嘱并去做了忏悔,就像巴克利[475]贝克莱的将军,在罗马[476]房间|蒂姆·芬尼根的边缘,撑着两只光光的髓骨,走向他的母亲阁下和福音姐妹斯维尼,吃着午夜[477]结婚|夜晚的土豆黄油白菜[478],他非常抱歉,他真的抱歉,因为他把战利品纽扣[479]美丽留在了双轮出租马车[480]英俊的里,现在,说实话,从来不是非友[481]敌人,(她是他的第一个公爵夫人[482]混乱,那是一首相当动听的诗[483]生皮|琐碎的,双方都有错)嗯,他尝试(或者他们这样说)啊,现在,别想了,该原谅(我们不都这样吗?)无疑,他只是跟他的安德鲁·马丁[484]恶作剧开玩笑,他的晚年抓住了他,嗯,他尝试,或者,康诺特人[485],他受诱惑去尝试某些匈奴式的[486]女性亲密,在红海[487]未开化的海洋吃[488]食了一只坏了的螃蟹[489]痉挛之后,老天肯定知道[490]医院,他晕[491]得要死(真太糟糕了!)她那可怜的老离婚男,在殉道者麦克考利夫人[492]慈母医院的临终[493]那一天收容所[494]家庭|支付里,在那里,在他试着[495]茶调情的时候,抓住看护者的手,(啊,可怜的老骗子!)数着纽扣和她的手,从一只坏螃蟹[496] ABC 开始,一心想[497]记起[498]他们是哪一天[499]死亡出生[500],以及谁制造了谁的鼾声。啊,亲爱的啊,亲爱

469 此处化自习语 to have a shingle short(头脑简单的)。
470 peaces pea to 解 peace be to“和平归于”;也解 praises be to“～”。
471 Wedmore“～”,指韦德莫尔和约,公元878年阿尔弗莱德大帝被迫与丹麦人签订的和约,丹麦人由此继续占有丹麦区。
472 Ire“～”,此处解 lyre“～”;也解 ear“～”;也解 Ireland“～”。
473 Spasms of Davies 解 Psalms of David“大卫诗篇”,《旧约·诗篇》中据传由大卫王创作的部分。
474 Rosse［意］“～”,此处解 rose“～”;也解 Betsy Ross“～”(1752—1836),乔伊斯在笔记中记载她曾用裙子做成美国国旗,在本书中与反抗男性权威的女性联系在一起;也解 Ross［德］“～”;也解 rosse［法］“～”。
475 Berkeleyites 解 Buckley“～”,书中“巴克利与俄国将军”故事中的爱尔兰士兵;也解 Berkeley“～”,英国哲学家。
476 rom 解 Rom［德］“～”;也解 room“～”;也解 Tom,即 Tim“～”。
477 widnight 解 midnight“～”;也解 wed“～”+night“～”。
478 Cailcainnin 解 cal ceannfhionn［爱］“～”,万圣节的传统菜肴。
479 bootybutton 解 booty“战利品”+button“纽扣”;也解 beauty“～”。
480 handsome“～”,此处解 hansom“～”。
481 Unfriends“～”,即敌人;也解 uvenner［丹］“～”。
482 messes dogess 解 Mrs Duchess“～”,化自英国诗人罗伯特·布朗宁的诗歌《我已故的公爵夫人》,通过公爵对他已逝妻子的批评性介绍,反观出公爵的自大冷酷;其中 messes 也解“～”。
483 peltry“～”,此处解 poetry“～”;也解 paltry“～”。
484 andrewmartins 解 Andrew Martins“～”,人名;也解［爱］“～”。
485 Connachy 解 Connacht“～”。
486 hunnish“～”;也解 hunn［挪］“～”。
487 rude ocean“～”,此处解 Red Sea“～”。
488 eten［荷］“～”;也解 eating“～”。
489 carmp 解 crab“～”;也解 cramp“～”。
490 hevantonoze 解 heaven knows“～”;也解 hiuantanots［亚］“～”。
491 seasickabed 解 seasick“～”。
492 Mrs MacCawley“～”,人名;也解 Mater Misericordia Hospital“～”,位于都柏林。
493 the daying 解 the dying“～”;也解 the day“～”。
494 housepays 解 hospice“～”;也解 house“～”+pays“～”。
495 taying 解 trying“～”;也解 tay［爱］“～”。
496 a bad crab“～”;也解 ABC。
497 doying to 解 dying to“～”。
498 remembore 解 remember“～”。
499 doed 解 day“～”;也解 død［丹］“～”。
500 byorn 解 born“～”。

的啊，亲爱的！

你在哪里离开了退伍兵[501]马太？修道院长和主教[502]阿伯塔巴德的世俗首领？法国人和德国人[503]弗兰奇神父的前学者[504]。唉[505]姐妹|骑马者！他们都对戴着咸水帽的可怜男孩[506]小费深怀歉意[507]关怀|浸水的，带着阿伦[508]黄金|铁王冠，那是[509]或者她已经大到戴不了的，对他来说太大了，那个[510]或者|黄金内珀斯[511]的，还有他的工装裤，全都折叠着落到她身上——无疑他没有勇气在她那里把它们拉上来——可怜的马太，异国[512]老女族长，女王式的男人，(给他们的教皇[513]紫色的祝福[514]红晕！)坐在那里，安居地的唯一一人[515]灵魂，在地底下，为了赎罪仪式，提呈他的诉讼事项，(谁会说?)戴着她的海狸软帽，高加索[516]核心成员秘密组织之王，一个他完全独占的家族，在禁忌[517]之下，特米斯托克利[518]槲寄生，在他的多种语言的墓石上，就像在一块大石头上[519]在大石上|石头，她由于在甜豌豆季节产仔，面朝着墙，满眼是救济院，在爱尔兰的流亡者[520]氧化铁中就寝[521]生锈，在所有预兆[522]济贫院之下，在雹暴的咯咯声中，美丽的火花色彩喷泉[523]上帝，戴着她那常青藤覆盖的头巾，紧握着一对旧的卷发钳，是丹尼尔·奥康内尔[524]达奴夫人的，用来打爆他的脑袋[525]，直到新爱尔兰[526]苏格兰高地的人听到布里斯托尔小屋[527]帽子，带着他的茶叶罐和来自安妮·林奇[528]汉娜·丽维娅的一袋阿尔弗雷德[529]蛋糕和两块沙克尔顿[530]黑面包，美味可口[531]掌状红皮藻|食用海藻，等着结局来到。戈登高地人团[532]上帝在上|神与救世主，一旦你想起它！亚瑟王之死[533]欢笑|饥馑|屎！啊嗬！从

501 Emeritus [拉]“服役期满者”。
502 Abbotabishop 解 abbot and bishop“～”；也解 Abbottabad“～”，巴基斯坦城市名。
503 ffrench and gherman 解 French and German“～”；也解 Canon J. F. M. Ffrench“～”，乔伊斯的藏书中有他所著的《史前信仰与崇拜：古爱尔兰生活一瞥》。
504 exchullard 解 ex-scholar“～”。
505 Achoch 解 ohone [爱]“～”；也解 akhoth [希伯来]“～”；也解 eachach [爱]“～”。
506 poorboir 解 poor boy“～”；也解 pourboire [法]“～”。
507 sorgy 解 sorry“～”；也解 Sorge [德]“～”；也解 soggy“～”。
508 Aran 解 Aran Islands“阿伦群岛”，位于爱尔兰共和国的西海岸外；也解 aran [匈]“～”；也解 iron“～”。
509 or“～”，此处解[亚]“～”。
510 or“～”，此处解[亚]“～”；也解 or [法]“～”。
511 Mnepos 解 Cornelius Nepos“～”。
512 Perigrime 解 peregrine“～”。
513 porple 解 papal“～”；也解 purple“～”。
514 blussing 解 blessing“～”；也解 blusse rød [丹]“～”。
515 sole“～”；也解 soul“～”。
516 Caucuses 解 Caucasus“～”；也解 caucus(机构或政党内部的)“～”。
517 geasa [爱]“～”。
518 Themistletocles 解 Themistocles“～”(前 524—前 460)，古希腊政治家、军事家；也解 mistletoe“～”。
519 Navellicky Kamen 解 na veliky kámen [捷]“～”；也解 na vyeleki kamyen [俄]“～”；也解 kamen [塞维]“～”。
520 oxsight of Iren 解 exile of Erin“～”，化自托马斯·坎贝尔的诗歌《爱尔兰的流亡者》；也解 oxide of iron“～”。
521 taking his rust“～”，此处解 taking his rest“～”。
522 auspices“～”；也解 hospices“～”。
523 Kalospintheochromatokreening 解 kalospintherochromatakrene [希]“～”；也解 theos [希]“～”。
524 Duna O'Cannell 解 Daniel O'Connell“～”(1775—1847)，爱尔兰政治家；也解 Danu“～”，爱尔兰的生育女神。
525 blow his brains 解 blow out his brains“～”。
526 Newhigherland 解 New Ireland“～”，巴布新几内亚的岛屿名；也解 highlander“～”。
527 Bristolhut 解 Bristol“布里斯托尔”，英国西部的港口城市，亨利二世将都柏林给予了布里斯托尔市民＋hut“小屋”；也解 Hut [德]“～”。
528 Anne Lynch 解 Anne Lynch“～”，都柏林的一种茶叶名；也解 Anna Livia“～”，本书女主人公。
529 alfred 解 King Alfred“～”(849—899)，英国历史上第一个以“盎格鲁-撒克逊人的国王”自称且名副其实之人。
530 Shackleton 解 Shackleton, George and Sons, Ltd“沙克尔顿和乔治父子公司”，都柏林的面粉厂和谷物商。
531 dilisk 解 delicious“～”；也解 dulse“～”；也解 duileasc [爱]“～”。
532 Gordon Heighland 解 Gordon Highlanders“～”，组建于苏格兰东北部的阿伯丁郡的英国军团，自 1881 年作为线列步兵团创设直至 1994 年合并，共有 113 年历史；也解 God in Heaven“～”；也解 Gott und Heiland [德]“～”。
533 Merthe dirther 解 Morte d'Arthur [法]“～”，15 世纪法国爵士马罗礼编辑的骑士传奇；也解 mirth“～”＋dearth“～”；也解 merde [法]“～”。

头到尾太糟了！全都被活跃的客厅男仆[534]国会法案吃了，令人敬佩[535]教皇训令，柠檬水[536]妇女嘎吱声的，全都因为沙克尔顿[537]摇动|拉丁文味道，临时拼凑的人，他流着口水，又酸又碱性的[538]酒精的：盐的标志，因此现在看在基督的分上把面包递过来。阿门。因此。等等。

马太。还有面包。因此那就是结尾。这是没办法的事。啊，上帝慈悲！可怜的安德鲁·马丁·康宁汉！喘口气！唉！唉！

尽管如此，在那个老国王[539]狡猾银须希崔克[540]救世主|生闷气的和无聊的和市长[541]港务长|巴塞洛缪·凡霍利|图案巴特[542]巴塞洛缪的统治[543]最后的之日，当他们飞黄腾达[544]打击|线圈，握手言欢[545]使震动|常去的地方，在老泥路上的围栏浅滩[546]亨格福德里，那里我第一次遇到汝，从我这里逃走的[547]从五月起飞翔老帕特里克[548]旧诗，还有冷薰黑线鳕和诺尔鲨鱼[549]挪亚方舟和牛尾甲鱼汤[550]素甲鱼|嘲弄者，就像音响浓汤[551]氢氧化钾和麦粉糊[552]蚱蜢|抱怨者肉汤[553]威廉，他如何把他那桶[554]一口水[555]空的|漏水拉上来[556]用竿撑起，他的名字作为对空气周[557]蠼螋的纪念在家乡、殖民地和帝国[558] HCE 被大肆炒作，他们总是拥有辅助恩宠，想着（向上）并且不忘记闪姆和肖恩周[559]垫片和垫肩周，在美好的昔日[560]《友谊地久天长》（向上）他们的四位丈夫[561]裤脚带，那是四位（向上）美丽的姐妹先生，现在快乐地结了婚，嫁给老格莱斯顿都柏林[562]格拉斯顿伯里，在那里他们总是在每个还早的晚上清点着、反驳着可爱的有常春花纽扣的母亲，根据他们教义

534 active parlourmen 解 active“活跃的”+parlor man“客厅男仆”；也解 Act of Parliament“～”。

535 laudabiliter 解 laudability“～”；也解 Laudibiliter“～”，1155 年由教皇阿德里安四世颁发的教皇训令，承认英格兰国王亨利二世有权控制爱尔兰。

536 woman squelch“～”，此处解 lemon squash“～”。

537 Shakeletin 解 Shackleton, George and Sons, Ltd“沙克尔顿和乔治父子公司”；也解 shake“～”+Latin“～”。

538 alkolic 解 alkaline“～”；也解 alcoholic“～”。

539 konning 解 koning［丹］“～”；也解 cunning“～”。

540 Soteric Sulkinbored 解 Sitric Silkenbeard“～”，挪威海盗，领导了 1014 年的克伦塔夫会议；也解 soter［希］“～”+sulking and bored“～”。

541 Bargomuster 解 Bürgermeister［德］“～”；也解 harbourmaster“～”；也解 Bartholomew Vanhomrigh“～”，斯威夫特的恋人瓦内萨的父亲，1697 年任都柏林市长；也解 Muster［德］“～”。

542 Bart“～”；也解 Bartholomew“～”。

543 dynast“～”；也解 last“～”。

544 struck coil 解 strike oil“有了可以迅速盈利的重大发现”；也解 struck“～”+coil“～”。

545 shock haunts 解 shake hands“～”；也解 shock“～”+haunts“～”。

546 Hungerford-on-Mudway 解 Town of the Ford of the Hurdles“围栏浅滩之城”，指都柏林+on+Mudway“泥路”；也解 Hungerford“～”，英格兰伯克郡的一个市集。

547 flied from may 解 fled from me“～”；也解 flied from May“～”。

548 Oldpoetryck 解 old Patrick“～”；也解 old poetry“～”。

549 Noal Sharks“～”；也解 Noah's Ark“～”。

550 Muckstails turtles 解 oxtail and turtle soup“～”；也解 Mock Turtle“～”，《爱丽丝漫游奇境记》中的人物；也解 Mookse“～”，书中狐狸与葡萄故事中的狐狸。

551 acoustic pottish 解 acoustic“声响的”+potage［法］“浓汤”；也解 caustic potash“～”。

552 griesouper 解 Grießsuppe［德］“～”；也解 grasshopper“～”；也解 Gripes“～”，书中狐狸与葡萄故事中的葡萄。

553 bullyum 解 bouillon［法］“～”；也解 William“～”。

554 boccat 解 bucket“～”；也解 boccata［意］“～”。

555 vuotar 解 water“～”；也解 vuota［意］“～”；也解 vuota［芬］“～”。

556 poled...up“～”，此处解 pulled...up“～”。

557 airweek 解 air“空气”+week“星期”；也解 earwig“～”。

558 此处包含本书主人公名字的缩写 HCE。

559 shims and shawls week“～”，此处解 Shem and Shaun week“～”。此句中的“辅助恩宠”为圣奥古斯丁的概念。

560 auld land syne“～”，歌曲名，中文译为“～”。

561 hosenbands 解 husbands“～”；也解 Hosenband［德］（绑扎过膝短裤裤脚的）“～”。

562 Gallstonebelly 解 Gladstone“格莱斯顿”（1809—1898），英国首相，自由党领袖+Billy 指都柏林；也解 Glastonbury“～”，英国西南方的小镇，以修道院闻名。

问答[563]时代错误论的较后[564]舔食流体食物的人|ALP部分（向上一步，向上两步，向上一步，向上四步）在那之后，她现在在那里，最终，宝贝儿，肥皂粉[565]售出的粉末|硝石和其他种种，情郎四姐妹[566]浦福，这是她的中间共和国名字[567]堆肥|处女|现代的，令人满意，来自亚当苹果|明矾和夏娃[568]鸡蛋，他们过去常常从下面起床，佩戴着他们的带子[569]织锦和稻草花环，所有的担心都在头发里苏醒，在笑翠鸟的闹钟声中在他们体内响啊响全都错了（进来，快点，你这个懒家伙！）全都在他们可怜的老仙东[570]钟箱（下地狱去吧，你这个讨厌的笨蛋！）万分恐惧，因为危险[571]，就像被拳击手[572]第一个人|渔夫直筒裤猛击的[573]外翻膝[574]膝盖碰撞的|内伊湖，（是的[575]也斯城|它是！是的！）每晚的所有时间，在他们的槲寄生上，四个年老的老人，去看波士顿晚报[576]是否来了，双臂的腋窝[577]胳肢窝下夹着他们的枕头[578]四次亲吻|腋窝|垫子|耳朵|原始的|亲吻|表亲|脚，全都茫然[579]困惑[580]使泥泞，风四处滚动大酒杯[581]学者，此时甚至没有一个人不会让他们休息[582]武装|休息一会儿，不再玩他们的福音书[583]巡回演出，用惊人的沉默穿越他们的睡眠[584]入睡，当他们在往昔[585]你的的梦中，站在门后，或者靠在椅子上探出身子，或者跪在沙发套的下面，摆上[586]坐着汤锅[587]地下室，用什么野蛮的东西挡住他们的路，换掉一张湿羽绒被[588]的共振[589]公理教会的床，那[590]或者是他们惯于睡[591]暴跌在下面的，当希望不再的时候，戴上他们的半帽子，争抢着所有对观福音书和颂词，重复着他们自己，喜欢吞咽[592]燕子，就像他们躲开[593]追逐他们的雄性火鸡[594]，看看，看看凳子四

563 anachronism"～",此处解 catechism"～"。
564 lapper"～",此处解 latter"～";也解 ALP,本书女主人公名字的缩写。
565 soldpowder 解 soap powder"～";也解 sold powder"～";也解 saltpetre"～"。
566 beautfour 解 beau"情郎"＋four"四";也解 Beaufort"～",英国贵族家族。
567 mudhen...name 解 middle name"～",姓和名之间的名字;也解 midden"～";也解 maiden"～";也解 modern"～"。
568 Alum...oves 解 Adam...Eve"～";也解 malum...ovum［拉］"～",化自习语 from the egg to the apples(自始至终);其中 Alum 也解 alum"～"。
569 tape"～";也解 tapestry"～"。
570 Shandon"～",科克市的一个地区,以歌曲《仙东的钟》闻名。
571 dthclangavore 解 vdankauor［亚］"～"。
572 fisterman 解 fister"拳击者"＋man"人";也解 firstman"～";也解 fisherman"～"。
573 bumpsed 解 punched"～"。
574 knockneeghs 解 knock-knee"～";也解 knockkneed"～";也解 Loch nEachach［爱］"～",爱尔兰最大的湖泊。
575 ys 解 yes"～";也解 Ys"～",黄金之城,位于布列塔尼海岸的水面以下;也解 ys［威］"～"。
576 Transton Postscript 解 Boston Evening Transcript"～",以前的一份波士顿报纸。
577 armsaxters 解 arms"双臂"＋oxter"腋窝";也解 Achsel［德］"～"。
578 oerkussens 解 oorkussens［荷］"～";也解 four kisses"～";也解 oxters"～";也解 cushion"～";也解 Ohr［德］"～";也解 oer-［荷］"～";也解 küsse［德］"～";也解 cousin"～";也解 cosa［爱］"～"。
579 mythified 解 mystified"～"。
580 puddled"～",此处解 puzzled"～"。
581 schooler 解 schooner"～";也解 scholar"～"。
582 rusten 解 rust［荷］"～";也解 rüsten［德］"～";也解 even rusten［荷］"～"。
583 gastspiels 解 gospels"～";也解 Gastspiel［德］"～"。
584 crossing their sleep"～";也解 counting their sleep"～"。
585 yore"～";也解 yours"～"。
586 setting on"开始";也解 sitting on"～"。
587 souptureen 解 soup tureen"～";也解 subterrane"～"。
588 underdown 解 eiderdown"～"。
589 convibrational 解 con-"共同"＋vibrational"振荡的";也解 congregational"～"。
590 or"～",此处解［亚］"～"。
591 slumper 解 slumber"～";也解 slump"～"。
592 svvollovving 解 swallowing"～";也解 swallow"～"。
593 dadging 解 dodging"～"。
594 talkeycook 解 turkey cock"～",指趾高气扬的人。

周，走到各处找乐子[595]珠宝，向所有农场工人[596]开火[597]，收集所有黄菊花[598]，空间的所有深度中的时间灵魂[599]酒精里的鼠[600]屠杀者的城堡|宁可窜[601]发展，穿着劳动服和浴鞋四处闲逛[602]弯腰|单桅帆船，并离开去老帕特里克[603]森·帕特里克那里，到步行者医生那里就诊。这之后他们非常高兴有夜晚的触角，他们过去常常在那里，挥着手，绕着圈，向着下，转着圈[604]邓禄普|丹尼尔·邓禄普|走路，逆来顺受[605]，绕着船[606]睡着的的腰部[607]西部，在他们的老好人芬[608]焚风|芬尼根再次醒来的时候，像他们一样累[609]，在海浪的长度下在他们清风的宽度下，所造快帆船和五艘四桅船，还有拉里[610]拉拉·罗克的废弃灰尘袋[611]达吉布特和红润[612]的美丽面颊[613]，从一个宿主换到另一个宿主的跳蚤，带着关于人类的知识[614]胳膊|智慧|关于节肢动物的知识，他在忘记前告诉[615]卖了他，听[616]小的|伊茜，听，用他那虹吸口器[617]耳朵[618]爱尔兰里入肺[619]可舔舐的的风[620]，预先[621]分馏了[622]黏液他喉咙哽咽[623]喉音的的喉音[624]沟槽，此时亲爱的在眼睑[625]的召唤下转向金发美女[626]日历，那抬起的眼睑无疑留在了他的记忆[627]照顾者|精神中，直到他立刻，他相信[628]特里斯丹，兄弟手中的姐妹灵魂，那些成为他们伟大激情的主题，那个新鲜出炉的，关于艾斯奈·枚斯奈娶了一位少女[629]温柔的，那个也出自饥神[630]萨迦，关于一只鹅下了只金蛋[631]，还有由于霍斯伯爵[632]范·胡特|无选择余地|EHC的选择，优质女王[633]恶作剧女王的公园处恶作剧，小猫也能看女王[634]朋友和亲属|凯特|下巴，还有赫伯和赫勒蒙[635]，或者如何此时于是因此[636]你|在上|这样（喵喵喵！）神秘术士[637]双目并用的伊瑟[638]眼中钉|

595 jool [荷]“～”；也解 jewel“～”。
596 rancers 解 ranchers“～”。
597 break fyre 解 break fire“～”。
598 bits of brown [俚]“同性恋”。
599 spirits of time“～”；也解 spirits of wine“～”。
600 rathure 解 rat“～”；也解 Rath-úir [爱]“～”；也解 rather“～”。
601 evelopment 解 elopement“～”；也解 development“～”。
602 slooping 解 sloping“～”；也解 stooping“～”；也解 sloop“～”。
603 Oldpatrick 解 old Patrick“～”；也解 Sen Patrick“～”，据说是圣帕特里克的养父。
604 doonloop 解 down loop“～”；也解 Dunlop“～”(1840—1921)，英国轮胎和橡胶商；也解 Daniel Dunlop“～”，都柏林的神智学者；其中 loop 也解[荷]“～”。
605 Panementically 解 panemmenetikos [模仿希腊文]“～”。
606 ships“～”；也解 asleep“～”。
607 waists“～”；也解 west“～”，此处化自歌曲“The West's Awake”(《西方醒来》)。
608 Foehn 解 Finn MacCool“～”；也解 föhn“～”，高山形成的燥热风；也解 Finnegan“～”。
609 tyred 解 tired“～”。
610 Lally“～”，人名；也解 Lalla Rookh“～”，托马斯・穆尔的诗歌和诗中女主人公的名字。
611 cleftoft bagoderts 解 left-off bag of dirt“～”；也解 Dagobert“～”，法兰克国王，629—639 年间在位，在歌谣中被描写成常把裤子前后反穿。
612 Roe 解 Ruadh [爱]“～”。
613 cheats“欺骗”，此处解 cheeks“～”。
614 arthroposophia 解 anthroposophia [希]“～”；也解 arthro [希]“～”；也解 sophia [希]“～”；也解 arthrophosophia [希]“～”。
615 selling“～”，此处解 telling“～”。
616 issle 解 listen“～”；也解 little“～”；也解 Issy“～”，本书主人公的女儿。
617 suckmouth 解 suck“吮吸”＋mouth“嘴”。
618 ear“～”，也解 Erin“～”。
619 lungible 解 lung“～”；也解 lingible“～”。
620 fong 解 feng [中]“～”。
621 prealably 解 preallably“～”。
622 dephlegmatised 解 dephlegmate“～”；也解 phlegm“～”。
623 throatyfrogs 解 frog in one's throat“～”；也解 throaty“～”。
624 gutterful 解 guttural“～”；也解 gutter“～”＋ful。
625 palpabrows 解 palpebra [拉]“～”。
626 coolun dare 解 cúilfhionn deas [爱]“～”；也解 calendar“～”；也解 Coolin Das，歌曲名。
627 minder“～”，此处解[丹]“～”；也解 mind“～”。
628 trustin 解 trusting“～”；也解 Tristan“～”。
629 mailde 解 maid“～”；也解 mild“～”。
630 Engrvakon 解 Hungrvaka“唤醒饥饿的人”，13 世纪初创作的一部关于冰岛的罗马天主教的历史。
631 abooth a gooth a gev a gotheny egg 解 about a goose gave a golden egg“～”，化自哑剧《下金蛋的鹅》。
632 Earl Hoovedsoon 解 Earl of Howth“～”；也解 Van Hoother“～”，霍斯堡的主人；也与后面合解 Hobson's choice“～”。此处包含本书主人公名字的易位缩写 EHC。
633 quality queens“～”，在俚语中指高等妓女；也与 pranks 合解 Prankquean“～”，即爱尔兰海盗格蕾丝・奥玛丽。
634 katte efter kinne 解 katte [丹]“猫”＋efter [丹]“之后”＋queen“女王”，此处化自习语“地位再低的人也有自己的权利”；也解 kith and kin“～”；也解 Kate“～”，书中主人公家里的女仆＋Kinn [德]“～”。
635 Huber and Harman 解 Heber and Heremon“～”，前者为南爱尔兰的第一个土著领袖，后者为北爱尔兰的第一个土著领袖，两人都分别被他们的兄弟杀死。
636 theeuponthus 解 thereupon thus“～”；也解 thee“～”＋upon“～”＋thus“～”。
637 binnoculises 解 occultist“～”；也解 binocular“～”。
638 eysolt 解 Isolde“～”，本书主人公之女，也是特里斯丹故事的主人公；也解 eyesore“～”；也解 I sort of“～”。

我有点儿我心底最深处的[639]最记得的彼时我[640]下意识中[641]阴户感到，在多元数学[642]非物质物的深深处[643]之上[644]在之上，在那里，真是笑话[645]，在全宇宙的敦促下，那个自身只有自身者[646]（听，啊，听，爱尔兰的呼唤者[647]《新鲜的鲱鱼》|竞技场|HCE！）的所有内在性[648]消除，在这个我们的此处此刻层面，具象化[649]为分裂的固态、液态和气态的[650]盐|微温的|涌出身体（假定，科学！），有着重聚之自我那珍珠白的[651]危险|帕奇·怀特、激情喘息的和拳头重击的[652]拳头直觉力（朦胧的乳清[653]银河，洒下微光[654]深奥难懂的|亚当！）在更高空间的[655]离职|出征无己之全己中，看似[656]大量出现特里斯丹可恶的|星星遇到[657]意思是伊瑟[658]懒散的，并告诉约翰尼·麦克杜格[659]犬蔷薇果，亲爱的约翰老爷[660]祭司王约翰|大师|先生，迟了的衣衫凌乱之人，在羊皮纸页上切掉那些杂色的[661]脚，还有所有其他的编年史作者[662]分析者|肛门的|欺诈手段，汽船蚂蚁[663]姑妈夫人的四人组，上面，下面[664]，驴子[665]整洁的，跳入[666]，向下潜逃[667]邓禄普|丹尼尔·邓禄普，（究竟[668]双人自行车多长！）就像一位退休的[669]四位疲惫的|四桅的校长[670]纯洁的|纵帆船，以及他们那双绿眼睛，向里盯着，他们这么说，就像科莫湖[671]上的嗜睡者[672]，透过雾气重重的窗户，看进蜜月小屋，船上的巨大蒸汽机[673]搬运工，汽船[674]吸烟者|船制造，沙龙名媛们的现代[675]巨大的盥洗内室拉着虾色丝绸，把盐体白内障[676]从窗户上擦掉，他，他[677]嘿，嘿|窗户，听，经由委员会，可怜的老贵格派，打开[678]上面门[679]，来看看所有这些度蜜月的人[680]女性和头等的夫人们，庄重的我，一个正如你想象的少女之春，她离少年很远[681]，在毯子里求欢，在

639 memostinmust 解 my most inmost"～";也解 memorrimus [拉]"～"。
640 egotum 解 ego tum [拉]"～"。
641 sabcunsciously 解 subconsciously"～";也解 cunt"～"。
642 multimathematical 解 multi-"多重的"+mathematical"数学的"。
643 deprofundity 解 de profundis [拉]"～",《旧约·诗篇》(130:1)"耶和华啊,我从深处向你求告",也指英国作家王尔德在狱中所写的长信《自深深处》。
644 upers 解 super [拉]"～";也解 upon"～"。
645 wherebejubers 解 where"在那里"+bejapers"开玩笑!"。
646 此处化自新芬党的口号"我们自己,只有我们自己"。
647 Caller Errin 解 Caller"拜访者"+Erin"爱尔兰";也解"Caller Herring""～",歌曲名;其中 Errin 也解 arena"～"。此处包含本书主人公名字的缩写 HCE。
648 allimmanence 解 all"所有"+immanence"内在性";也解 eliminate"～"。
649 exteriorises 解 exteriorizes"外化"。
650 solod, likeward and gushious 解 solid, liquid and gaseous"～";也解 solod [俄]"～"+lukewarm"～"+gush"～"。
651 peril whitened 解 pearl"珍珠"+whitened"变白的";也解 peril"～";也解 Patch White"～",指圣帕特里克。
652 pugnoplangent 解 pugnoplagens [拉]"～";也解 pugno [意]"～"。
653 murky whey"～";也解 Milky Way"～"。
654 abstrew adim 解 strew a dim (light)"～";也解 abstruse"～"+Adam"～"。
655 higherdimissional 解 higher dimensional"～";也解 dimission"～";也解 dimissio [拉]"～"。
656 theemeeng 解 seeming"～";也解 teem"～"。
657 meetheeng 解 meeting"～";也解 meaning"～"。
658 Narsty...Idoless 解 Tristan...Isolde"～";其中 Narsty 也解 nasty"～",也解 star"～";Idoless 也解 idle"～"。
659 Jolly MacGolly 解 Johnny MacDougal"～",本书四位老人之一;也解 Johnny Magorey [古体]"～"。
660 mester John"～";也解 Prester John"～",12 至 17 世纪欧洲传说里在东方充斥穆斯林和异教徒的地域中由一名基督教(宗主教)祭司兼皇帝所统治的神秘国度;其中 mester 也解 master"～";也解 mister"～"。
661 pied"～";也解[法]"～"。
662 analist 解 annalist"～";也解 analyst"～";也解 anal"～"+List [德]"～"。
663 ant"～";也解 aunt"～"。
664 ovenfor, nedenfor [丹]"～"。
665 dinkety 解 donkey"～";也解 dinky"～"。
666 duk [丹]"～"。
667 downalupping 解 down"向下"+eloping"潜逃";也解 Dunlop"～"(1840—1921),英国轮胎和橡胶商;也解 Daniel Dunlop"～",都柏林的神智学者。
668 tandem"～",此处解[拉]"～"。
669 foreretyred 解 retired"～";也解 four tired"～";也解 four masted"～"。
670 schoon masters 解 schoolmaster"～";也解 schoon [荷]"～";也解 schooners"～"。
671 lakes of Coma 解 Lake Como"～",意大利阿尔卑斯山脚下的著名的避暑圣地。
672 narcolepts 解 narcolepsy"～"。
673 steamadories 解 steamers"～";也解 stevedore"～"。
674 Fumadory 解 fumadory [拉]"～";也解 fumador [西]"～";也解 dory [希]"～"。
675 madorn 解 modern"～";也解 madornale [意]"～"。
676 catara 解 cataract"～"。
677 hee hee"～",笑声,此处解 he he"～";也解 HE [希伯来]"～"。
678 oben [德]"～",此处解 open"～"。
679 dure 解 door"～"。
680 hunnishmooners 解 honeymooners"～";也解 hunn [挪]"～"。
681 sheets far from the lad 解 she's far from the lad"～",化自托马斯·穆尔的歌曲《她远离故土》,该歌曲的旋律为《打开门》。

家中[682]作为一个家庭，还有，她，她[683]嘻，嘻|看，所有不合礼仪之事，在一个可爱的早晨[684]哀痛，为了摧花者[685]梳妆打扮，战栗驱动者，叹息刺激者，用他光秃秃的脖子里那个橄榄的跳动，摇着说着[686]领主，万分感谢这个小小的引文，它多少[687]寻求再次让[688]女仆每件事[689]每个刺痛感都那么极大地更加愉快了[690]桌子，她真是[691]背信地太可爱[692]成套的|适合了，你忠实的[693]你美丽的，在他们的所有亲密中，用预防性优雅，忘记在夜壶[694]船前，在上床[695]上船前，用图坦卡蒙[696]花花公子|克努特国王的本月歌剧[697]运作|嘴巴的的章节[698]切坡里若德诗篇[699]边缘|处女|弗吉斯做饭前祷告了，因此发发慈悲把吻[700]传给我。阿门。所有人，他，他，他，发抖，惊恐万分，而她，她，摇动。疼痛。唉，唉。

因为就是那时一件或许具有纯粹消遣性的美丽事情发生了，那时他那讨好人的手[701]结结巴巴的手，在恰到好处的时刻，就像或许某个有胆量[702]的厨师可能拍着一罐粥[703]幼禽|腿脚上的盖子[704]敲诈小伙子，并且关上了[705]手|关闭他的鸭屋[706]《玩偶之家》，鲜艳的女孩，因爱而聋，（啊无疑，你知道她，我们的天使存在，罗曼司里一个不会凋落的神奇女人，而且，当然现在，我们全都知道你甚至至死[707]至今也溺爱着她！）带着一声耶稣基督[708]快乐的危机的小声怪叫[709]呼喊，她重聚起[710]新的光他们这些分裂的，红嘴[711]丰润的嘴唇对朱唇[712]绳状的|跑跳（亲爱的人，啊，亲爱的人们！）爱人[713]冷漠的一生[714]休假时间中的黄金机会[715]强求，当，快得就像涂了油的猪皮，阿莫里凯[716]冠军[717]，傲慢[718]飓风|男性地一推[719]，推着[720]大量[721]信件男

682 enfamillias 解 en famille“～”；也解 en famille［法］“～”。
683 shee shee“～”，笑声，此处解 she she“～”；也解 see“～”。
684 mourning“～”，此处解 morning“～”。
685 rosecrumpler 解 rose“玫瑰”＋crumpler“弄皱的人”。
686 swayin and thayin 解 swaying and saying“～”；其中 thayin 也解 thane“～”。
687 sought of 解 sort of“～”；也解 sought to“～”。
688 maid“～”，此处解 made“～”。
689 everythingling 解 everything“～”；也解 every tingle“～”。
690 delightafellay 解 delightful“～”；也解 tafel［荷］“～”。
691 perfidly 解 perfectly“～”；也解 perfidiously“～”。
692 suite of“～”，此处解 sweet of“～”；也解 suit“～”。
693 bootyfilly yours 解 dutifully yours“～”；也解 beautifully yours“～”。
694 chambadory 解 chamber pot“～”；也解 dory［希］“～”。
695 going to boat“～”，此处解 going to bed“～”。
696 Nema Knatut 解 Tutankhamen“～”，埃及法老，前 1341—前 1323 年在位；也解 knut“～”；也解 King Canute“～”（995—1035），英国和丹麦、挪威的国王，曾责备那些奉承他的人。
697 opering of the month 解 Oper［德］“歌剧”＋of the month“这个月的”；也解 operare［意］“～”＋of the mouth“～”。
698 chaptel 解 chapter“～”；也解 Chapelizod“～”，地名，位于都柏林西郊。
699 verges“～”，此处解 verse“～”；也解 virgin“～”；也解 Verges“～”，莎士比亚的戏剧《无事生非》中的警佐。
700 poghue 解 pogue［英爱］“～”。
701 flattering hend 解 flattering hand“～”；也解 stuttering hand“～”，第一卷第一章开头用来描写芬尼根。
702 corage 解 courage“～”。
703 a poot of porage 解 a pot of porridge“～”；其中 poot 也解 poult“～”；也解 poot［荷］“～”。
704 clip the lad“～”，此处解 clap a lid“～”。
705 handshut 解 and shut“～”；也解 hand“～”＋shut“～”。
706 duckhouse 解 duck“～”＋house“～”；也解 Et Dukkehjem［挪］“～”，挪威作家易卜生的戏剧。
707 unto date 解 unto death“～”；也解 to date“～”。
708 joysis crisis 解 Jesus Christ“～”；也解 joyous crisis“～”。
709 queeleetlecree 解 queer little cry“～”；也解 cri［法］“～”。
710 renulited 解 reunited“～”；也解 new light“～”。
711 ripy lepes 解 ruby lips“～”；也解 ripe lips“～”。
712 ropy lopes 解 ruby lips“～”；也解 ropy“～”＋lopes“～”。
713 aloofer 解 a lover“～”；也解 aloof“～”。
714 leavetime 解 lifetime“～”；也解 leave time“～”。
715 importunity“～”，此处解 opportunity“～”。
716 Amoricas 解 Armorica“～”，法国一城市，被认为是特里斯丹的出生地。
717 Champius 解 champion“～”。
718 aragan 解 arrogant“～”；也解 ouragan［法］“～”；也解 aragan［亚］“～”。
719 throust 解 thrust“～”。
720 druve 解 drove“～”。
721 massive“～”；也解 missive“～”。

子气概的胜利[722]活力闪过[723]两线前锋(爱尔兰[724]象牙的成了死球,男孩们!)右方群射[725],进入她咽喉的球门。

好极了[726]再一次!

现在,上,卫兵们,向他们冲[727]立直,加上它们!请[728]比赛老实说!把它拉进你自己,就像一个男人或女人对[729]庄园另一个!备选,每个人!一句不要脸[730]一句隽语的妙语[731]词|女孩。来吧[732]你的|怎么样,汉子们[733]我们|大量|混合,去做吧[734]你们!那里有这个,你可以这样叫她[735]你可以叫她,一位魁梧的现代老古代爱尔兰公主[736]上古,如此这般数掌之高,如此那样围场之重,穿着她的马德波勒姆细平布[737]罩衫,帽子下除了红发和笨蛋别无他物(现在在你们匮乏的[738]心的心中你知道这是真的!)以及一双第一流的色迷迷的眼睛,有着最不神圣的[739]家庭般的蓝色,(我们多虚弱啊,每一个人!)宠爱的倾心认同所具有的魅力!我们说,你能为了心理上的[740]所谓的逻辑的最佳时刻责备她吗?母羊[741]夏娃会怎么做?跟这么一个讨厌的无奶老公羊一起,还有他那讨厌的义务轻啄和他的小支气管,讨厌的长毛[742]小爸爸猩猩般的[743]木偶老海狸,穿着他那讨厌的老二十六加六便士的羊倌[744]美洲豹的格子裤[745]沉重地走|内裤和他三十先令九便士的燕尾服加假发[746]帽子|停下!天啊[747]神圣基督|神圣的基督徒|和平|基督教|反!如果要向如此一个个人提供一小撮鸡屎[748]愠怒|事实上的|发牢骚,那就实在太过分了。曾经有过的最刻薄的事[749]主要的!自从亚当[750]进了挪亚之船[751]男孩|海军。不,不,亲爱的老天知道,还有父亲[752]更远的从其所

722 virilvigtoury 解 virile“男子气概的”＋victory“胜利”；也解 vigour“～”。
723 flshpst 解 flash“闪光”＋past“经过”。
724 Eburnea［拉］“～”，此处解 Hibernia“～”。
725 rightjingbangshot 解 right“右方的”＋jingbang“一群”＋shot“发射”。
726 Alris［亚］“～”；也解 Aris［爱］“～”。
727 upright and add them“～”，此处解 Up, guards and at them“～”，惠灵顿在滑铁卢战役最后阶段下的命令。
728 plays“～”，此处解 please“～”。
729 on manowoman do 解 one man or woman to“～”；其中 manowoman 也解 manor“～”。
730 amot 解 amot'［亚］“～”；也解 a mot“～”，此处化自习语 An eye for an eye(以眼还眼)。
731 mot“～”；也解 mot［法］“～”；也解 mot［都柏林俚语］“～”。
732 Comong 解 Come on“～”；也解 kononk'［亚］“～”；也解 comment［法］“～”。
733 meng 解 man“～”；也解 menk'［亚］“～”；也解 Menge［德］“～”；也解 mengen［德］“～”。
734 douh 解 do it“～”；也解 tou［亚］“～”。
735 Wellyoumaycallher 解 what you may call her“～”；也解 well“好吧”＋you may call her“～”。
736 prisscess 解 princess“～”；也解 priscus［拉］“～”。
737 madapolam 解 madapollam“～”。
738 hardup 解 hard up“～”；也解 heart of“～”。
739 unhomy 解 unholy“～”；也解 homy“～”。
740 psocoldlogical 解 psychological“～”；也解 so-called logical“～”。
741 Ewe“～”；也解 Eve“～”。
742 hairyg 解 hairy“～”；也解 hayrig［亚］“～”。
743 orangogran 解 orangutan“～”；也解 orangan［马］“～”。
744 sheopards 解 shepherd's“～”；也解 leopard's“～”。
745 plods drowsers 解 plaid trousers“～”；也解 plods“～”＋drawers“～”。
746 toop 解 toupee“～”；也解 top“～”；也解 please stop“～”。
747 Hagakhroustioun 解 Hagios Christos［希］“～”，即“～”；也解 hagios Christianos［亚］“～”；也解 khaghaghout'iun［亚］“～”；也解 k'risdoneout'iun［亚］“～”；也解 haga［亚］“～”。
748 at sulk an oldivirdual a pinge of hinge hit 解 to such an individual a pinch of hen shit“～”，此处化自习语 with a pinch of salt(有所保留地)；也解 sulk“～”＋virtual“～”＋pinge“～”。
749 mainest 解 meanest“～”；也解 main“～”。
750 Edem 解 Adam“～”。
751 boags noavy 解 boat“船”＋Noah“挪亚”；也解 boy“～”＋navy“～”，化自习语 such a thing was never heard of since Adam was a boy(这件事情之前从未听说过)。
752 farther“～”，此处解 father“～”。

出，如果整个陈年旧[753]女用披肩事必须讲[754]，无论谁是罪人[755]轻信的，无论目的[756]果肉状的是什么，在一起的双胞胎[757]两个成一的，给予最[758]雾时髦的[759]激情天气[760]是否，他们做着一朵百合[761]拉里一根棒棒糖一次颤抖一个女儿[762]，一朵百合两个女儿三朵百合四个女儿。对可怜的老计时员[763]时间|皮疹来说，那是一个可怕的[764]五个的时刻，滴滴答答[765]战术，总共十[766]计数下。直到接通电源的火花让他抓着的阻气门[767]变得多余，（反复无常的性感，汝之渴望[768]肺|猛扑多么短暂[769]啊！）他们能，而且他们能听到，就像消逝的口齿不清[770]口误，那是她的真理之舌[771]皮鞭|歌曲|特里斯丹的骑士从她的奥德赛小教堂[772]切坡里若德中滑出[773]，在他去了那里并求了婚[774]果肉|有问题的之后。扑通。

啊，现在，这真太可怕了[775]完全地，马马路约[776]低语|润滑油|枣子！于是那之后他们曾经非常健忘，数着珍珠母纽扣[777]（上一上四[778] 1014）好记住[779]水她美丽现代的[780]浦福娘家姓，为了在四十块平原上泛滥[781]虚弱的，用做梦的[782]梦的|爱尔兰女人的梦。格雷格里和麦克杜格[783]梦着可怜的格雷格里和马太和马可和路加和约翰[784]，现在被快乐地埋葬，我们四个！在那儿她完全合意，那个可爱的景象足够了，我的宝贝美女[785]《玻恩姑娘》|我的宝贝|小女孩|防护墙|在岸上，关于富足的日子，属于竖琴舞者格雷格里。雷格里。啊，勿忘爱尔兰[786]水桶|宴会！唉，唉。

但是，无疑，现在这个提醒了我，就像另一位给我讲故事者[787]重复着你自己，他们过去如何常常陷入嗜睡的爱情，最终

753 stole“～”,此处解 stale“～”。
754 stale mis betold 解 tale must be told“～”。
755 gulpable 解 culpable“～”;也解 gullible“～”。
756 pulpous“～”,此处解 purpose“～”。
757 twooned 解 twin“～”;也解 two-one-ed“～”。
758 mhost 解 most“～”;也解 mha [捷]“～”。
759 Phassionable 解 fashionable“～”;也解 passion“～”。
760 wheathers 解 weather“～”;也解 whether“～”。
761 lally 解 lily“～”;也解 Lally“～”,本书人物。
762 duther 解 daughter“～”。
763 timetetters 解 timekeepers“～”;也解 time“～”+tetters“～”。
764 fiveful 解 frightful“～”;也解 five-ful“～”。
765 ticktacking 解 ticktack“～”;也解 tactics“～”。
766 tenk 解 ten“～”;也解 take (count)“～”。
767 chokee 解 choke“～”。
768 lunguings 解 longing“～”;也解 lung“～”;也解 lunge“～”。
769 brieved 解 brief“～”。
770 lisp lapsing 解 lisp“口齿不清”+lapse“时间流逝”;也解 lapsus linguae [拉]“～”。
771 thong“～”,此处解 tongue“～”;也解 song“～”;也解 Tristan“～”。
772 chapellledeosy 解 Chapel Odyssey“～”,也解 Chapelizod“～”,都柏林地名。
773 plipping out of 解 slipping out of“～”。
774 polped the questioned 解 pop the question“～”;也解 polpa [意]“～”+the questioned“～”。
775 tootwoly torrific 解 too truly terrific“～”;也解 totally“～”。
776 mummurrlubejubes 解 mamalujo,即 Matthew, Mark, Luke, John“马太、马可、路加、约翰”,四福音书的作者;也解 murmur“～”+lube“～”+jujube“～”。
777 mother peributts 解 mother-of-pearl button“～”。
778 up one up four“～”,指“～”,爱尔兰国王布利安·布鲁 1014 年在克伦塔夫击败丹麦侵略军。
779 membore 解 remember“～”;也解 mem [希伯来]“～”。
780 beaufu mouldern 解 beautiful modern“～”;也解 Beaufort“～”,英国贵族家族。
781 overflauwing 解 overflowing“～”;也解 flauw [荷]“～”。
782 owneirist 解 oneiristes [希]“～”;也解 oneiric“～”;也解 Éire [爱]“～”。
783 Greg and Doug 解 Gregory and MacDougal“～”,书中四位老人中的两位。
784 Mat and Mar and Lu and Jo 解 Matthew Gregory(马太·格雷格里)、Mark Lyons(马可·里昂)、Luke Tarpey(路加·泰培)、Johnny MacDougal(约翰尼·麦克杜格),书中的四位老人,名字来自四福音书的作者。
785 girleen bawn asthore 解 cailin ban a stor [爱]“～”;也解 *The Colleen Bawn*“～”+asthore“～”;也解 girleen“～”+bawn“～”+ashore“～”。
786 bunket not Orwin 解 forget not Erin“～”;其中 bunket 也解 bucket“～”,也解 banquet“～”。
787 tellmastory 解 tell me a story“～”。

全都，总是在那时（向上），疲惫不堪，全都，在做了家务[788]老鼠（向上）和做了补偿之后，在他们的团体上方唱着（向上）音箱的顶部左方[789]阁楼，马马路约[790]傻瓜，就像老蠢货们[791]西格诺·弗利唱着慈母颂[792]谋杀|我的心，蹲坐成一圈，两两一对，四位同谋，跟舵手[793]卡克森一起，上至千禧年路上的老人之家[794]的湿气调节器，用月桂树[795]劳拉|罗蕾莱枝给自己戴上王冠，双膝冰冷，可怜的（向上）四足动物们[796]，半睡之中[797]劳拉，全都打扮得花枝招展，用他们的毛毯和晨衣[798]孕妇的围巾和橡皮底帆布鞋和他们的一大杯棕色枷锁[799]威士忌|红糖|沙克尔顿父子公司，还有牛奶和黄油[800]块，每人一份[801]一剂豌豆|一份和平，一份一人，一唇一勺[802]西服翻领，一唇一舔，举杯痛饮友谊万岁，有所保留执手相护，仅仅少许吃下，可爱的猴子骨头[803]豆，用于饮酒[804]闻|醉态，等着潘趣酒[805]将信将疑，鼓励可怜的马可·里昂为了上帝的爱[806]鬼魂|男孩|偶像不要去掉骨架[807]煮锅|在上面的头[808]留心，而是看在噎住的分上把牙齿递过来，阿门[809]人，此时碰巧他们全是无花果树，在被忘记的世界旁，自从佛兰芒人的[810]百日咳[811]鲍西考尔特，为了所有的尿床[812]也许，在吃了一只坏螃蟹[813] ABC 和犬蔷薇果[814]约翰尼·麦克杜格后，挠着背部[815]可怜的褥疮，还有自制蜡烛[816]一点点，他们的镁制[817]大的|评论复活蜡[818]复活节|一种虾，每个晚上读一到两封信，在去恍恍惚惚[819]睡觉[820]渡渡鸟|做前，带着他们的柳絮头巾，在暮色中，一个大写字母[821]，为了进一步的预兆，在他们 1132 旧年前夕的一页抄本古书上，马，马，路，约，儒略历，他们的《古制全书》[822]，他们的女孩

788 mousework 解 housework“～”;也解 mouse“～”。

789 loft“～”,此处解 left“～”。

790 Mamalujo,书中四位老人和四福音书作者的名字的缩写合写;也解 mammalucco［意］“～”。

791 senior follies 解 senior“年长的”＋follies“愚蠢”;也解 Signor Foli“～”,爱尔兰男低音歌唱家 Allan James Foley (1837—1899)的曾用名。

792 murther magrees 解 *Mother Machree*“～”,1928 年的无声电影,讲一个爱尔兰穷人移民美国的故事,也是爱尔兰男高音约翰·麦考马克的同名歌曲;也解 murder“～”＋mo chroidhe［爱］“～”。

793 Coswarn 解 Coxswain“～”。

794 Old Man's House“～”,都柏林的皇家医院。

795 lauraly 解 laurel“～”;也解 Laura“～”,意大利中古诗人彼特拉克的恋人;也解 Lorelei“～”,德国传说中莱茵河上的女妖,其歌声使水手们受诱惑而船毁沉没。

796 quad rupeds 解 quadrupeds“～”。

797 ovasleep 解 half asleep“～”;也解 ova［拉］“～”。

798 materny 解 matinée［法］“～”;也解 maternity“～”。

799 brown shackle“～”,指“～”;也解 brown sugar“～”;也解 Shackleton & Sons“～”,都柏林面粉商。

800 boterham 解 butter“～”。

801 a potion a peace 解 a portion apiece“～”;也解 a potion of peas“～”;也解 a portion of peace“～”。

802 lepel［丹］“～”;也解 lapel“～”。

803 munkybown 解 monkey bone“～”;也解 bean“～”。

804 xmell 解 khmel［亚］“～”;也解 smell“～”;也解 khmel［俄］“～”。

805 pinch 解 punch“～”;也解 pinch of salt“～”。

806 for the live of ghosses 解 for the love of Jesus“～”;也解 ghost“～”;也解 gas［爱］“～”;也解 joss［俚］“～”。

807 skillet on 解 skeleton“～”;也解 skillet“～”＋on“～”。

808 beheeding 解 beheading“～”;也解 heeding“～”。

809 Amensch 解 amen“～”;也解 Mensch［德］“～”。

810 phlegmish 解 Flemish“～”。

811 hoopicough 解 whooping cough“～”;也解 Dion Boucicault“～”。

812 possabled 解 piss abed“～”;也解 possibly“～”。

813 ete a bad cramp 解 eaten a bad crab“～”;也解 ABC。

814 johnny magories 解 Johnny Magorey［古体］“～”;也解 Johnny MacDougal“～”,本书中的四位老人之一。

815 backscrat 解 back scratch“～”。

816 farthing dip“～”,一种家制的油脂蜡烛,光亮较暗且味道难闻;也解 farthing tip“～”。

817 magnegnousioum 解 magnesium“～”;也解 medz［亚］“～”＋megnout'iun［亚］“～”。

818 caschal pandle 解 paschal candle“～”;也解 Cáisc［爱］“～”＋pandle“～”。

819 atrance 解 a-trance“～”。

820 dodo“～”,此处解 faire dodo［法］“～”;也解 do“～”。

821 capitaletter 解 capital letter“～”。

822 Senchus Mor“～”,爱尔兰古法,编撰于 5 世纪。

伙伴，赫斯曼[823]夫人所作，在她的夏季打折出售[824]密封的样板房[825]共同里，跟卡拉库尔粗尾羊一起，她的图腾和图图裙[826]安全保护中的全体，最后的软皮午餐[827]中餐版，斜纹棉布封面，可从作者[828]他人处获得[829]观点站得住脚的，好用梦魇[830]孵化来召回[831]控制|盛情款待|规则|规范他们的梦[832]地方行政长官，以及拉里，透过他们的绿色眼镜[833]坏疽|触手，还有所有他们时代里好的或者他们所做的，严格主义者，为了獐[834]精子|红色和奥穆尔康里[835]，一位尘土中的奥克勒利[836]奥穆尔康里，或者在梅里恩[837]的莱珀[838] ALP 和在马太·格雷格里之子[839]处的比夫莱，为了屁股[840]肛门上德怀尔·格雷[841]老爹留下的标记[842]马可·里昂，旧的肉汤袋[843]，肉牛和农夫[844]，乡巴佬和诸侯，总之[845]相同的，氏族和单独所有，一个接一个，唱一曲马马路约。给爱尔兰[846] HCE 最英雄的勇士和他的布劳赛良德人[847]，以及高文[848]、盖文和冈文[849]。

现在在那之后，在将来，如果上帝愿意，在非惩罚性开始之后，全都重复我们自己，到了中间之处[850]在事情中央|讲话，从他获得一只在边线上忙碌的有用胳膊之处，她西方肩膀的正南方，直到死亡和爱的拥抱，有一副有趣的灰黄[851]动物脂油皮肤，现在全都联合在一起，没有家人[852]《苦儿流浪记》，让我们一个接一个地说吾等祈[853]之祈祷文，家啊甜蜜的家[854]，在充分了解了在高度大陆环境[855]事件中令人满足的经历之后，为了母亲[856]祖母|教母和父亲[857]祖父摔入[858]太阳穴睡眠[859]熟睡地，为了老相识[860]《友谊地久天长》，朝着博雷克林和米歇尔和法伐沙和博雷克林[861]，为了航海

823 Shemans 解 Felicia Hemans“～”(1793—1835),英国女诗人,葬于都柏林。
824 seal“～”,此处解 sale“～”。
825 houseonsample 解 house on sample“～”;也解 ensemble [法]“～”。
826 totam in tutu [拉]“～”,此处解 totem and tutu“～”。
827 noonmeal 解 noon meal“～”;也解 noenmaal [荷]“～”。
828 orther 解 author“～”;也解 other“～”。
829 uptenable 解 obtainable“～”;也解 up tenable“～”。
830 incubation“～”,此处解 incubus“～”。
831 regul 解 recall“～”;也解 regulate“～”;也解 regale“～”;也解 regula [拉]“～”;也解 Regel [德]“～”。
832 reves 解 rêve [法]“～”;也解 reeve“～”。
833 gangrene spentacles 解 green spectacles“～”;也解 gangrene“～”+tentacles“～”。
834 Roe“～”;也解 roe [俚]“～”;也解 ruadh [爱]“～”。
835 O'Mulcnory 解 Farfassa O'Mulconry“～”,《四大师编年史》作者之一。
836 Conry ap Mul 解 Peregrine O'Clery“奥克勒利”,《四大师编年史》作者之一+at“在”+Mulm [德]“尘土”;也解 Mac Maol Chonaire [爱]“～”,《四大师编年史》作者之一。
837 Morion 解 Merrion“～”,都柏林南部郊区。
838 Lap“～”,人名;也解 ALP,本书女主人公名字的缩写。
839 Matty Gregory 解 Mac“之子”+Matthew Gregory“马太·格雷格里”,书中的四位老者之一。
840 Podex [德]“～”;也解 Podex [拉]“～”。
841 de Wyer 解 Dwyer Gray“德怀尔·格雷”(1845—1888),爱尔兰民族主义者,《自由人报》的编辑,曾任都柏林市长。
842 Marcus 解 marks“标记”;也解 Mark Lyons“～”,书中的四位老者之一。
843 bagabroth 解 bag of broth“～”。
844 scullogues 解 scológ [爱]“～”。
845 in same 解 in sum“～”;也解 same“～”。
846 Eren 解 Éireann [爱]“～”。此处包含本书主人公名字的缩写 HCE。
847 braceoelanders 解 Brocéliande-ers“～”,在法国西北部的布列塔尼,亚瑟王传奇中梅林的家。
848 Gowan 解 Gawain“～”,亚瑟王的圆桌骑士中的绿衣骑士。
849 Gonne 解 Maud Gonne“毛德·冈妮”,诗人叶芝的恋人;也解 Michael Gunn“迈克尔·冈恩”,都柏林娱乐剧院的经理。
850 in medios loquos 解 in medios locos [拉]“～”;也解 in medias res [拉]“～”;也解 loquor [拉]“～”。
851 tallow“～”,此处解 sallow“～”。
852 sansfamillias 解 sans famille [法]“～”,也是法国作家马洛的名著“～”。
853 oremus [拉]“～”。
854 homeysweet homely 解“Home Sweet Home”“～”,歌曲名。
855 evenements 解 environment“～”;也解 événement [法]“～”。
856 meter [希]“～”,此处解 meter [荷]“～”;也解 meter [希]“～”。
857 peter [希]“～”;也解 peter [荷]“～”。
858 temple“～”,此处解 tumble“～”。
859 eslaap 解 slaap [荷]“～”;也解 asleep“～”。
860 auld acquaintance“～”;也解“Auld Lang Syne”“～”,苏格兰歌曲。
861 Peregrine...Michael...Farfassa...Peregrine 解 Peregrine O'Clery...Michael O'Clery...Farfassa O'Mulconry...Peregrine O'Duignan“～”,《四大师编年史》六位作者中的四位。

者和朝圣者[862]，在所有古老帝国和美妙[863]海洋中，为了给伊茜[864]小姐扫清道路[865]，你这位迷人者，你，向姑娘的眼睛唱一曲爱如被仰慕的蒸汽[866]被崇拜的小东西|船，这里是特里斯丹[867]骗局和伊瑟[868]甘美，我们的快乐的人，穿着她那亲爱的[869]极好的小蓝装，他顺利前行，当才智[870]白色的赢得自由时，她是怎么样跑着，这个受到双重祝福的[871]有酒窝的|欣喜若狂的和万分快乐的人，我们从来不会忘记的彻头彻尾的高兴，哦[872]女性的逝去的时光[873]，他们依然爱着年轻的梦，还有带着他那国王般奸笑[874]《李尔王》|邓莱里的老路加，如此完全值得一观，还有《古制全书》[875]，拥有显而易见的恶名，另一个更多的大计时器[876]，不要再说其他的了，在令人满意的[877]拍摄乐子部门里伟大的事情期待着他，为了拉撒路[878]的生命[879]爱和美好的昔日，她欢欢欢呼她的朋友[880]科依诺尔[881]观看[882]视美好昔日[883]《友谊地久天长》|旧日|拐骗的奖品[884]。

听，啊听，美女伊瑟[885]汉娜·丽维娅·妇鲁拉贝尔！特里斯丹，悲哀的英雄，听！朗贝格鼓[886]，朗贝格沼泽[887]芦笛、朗包格横笛[888]，朗大格铜管[889]布雷齐诺斯学院|鼻子。

在我们的主耶稣基督受赞颂的年月里[890]

九亿九千九百万英镑在乌尔斯特银行的蓝黑色肠子里。

华美的半便士和美好的金英镑，数不胜数，我的小姑娘，礼拜日会让尔华服丽彩。

没有该死的粗人来向汝求欢，或者拜圣灵之母所赐会有

862 navigants et peregrinantibus 解 navigantibus et peregrinantibus［拉］"～"。
863 Fionnachan 解 fionnachán［爱］"～"。
864 Yiss 解 Issy"～",本书主人公的女儿。
865 vogue awallow 解 faugh a ballagh［英爱］"～";也解 Fague a Ballagh,托马斯·穆尔的歌曲《姑娘的眼睛》的旋律。
866 lovasteamadorion 解 love as steam adorion［拉+希］"～",此处直译为"～";也解 dory［希］"～"。
867 Tricks"～",此处解 Tristan"～"。
868 Doelsy 解 Ysolde［法］"～",字母拆分重排法;也解 dulcis［拉］"～"。
869 doaty 解 dotey"～"。
870 wit"～";也解 wit［荷］"～"。
871 dimply blissed 解 doubly blessed"～";也解 dimply"～"+blissed"～"。
872 thoh 解 oh"～";也解 toth［爱］"～"。
873 dayses gone 解 days gone"～",化自托马斯·穆尔的歌曲《哦！过去的日子》,旋律为《老女人》。
874 kingly leer"～";也解 King Lear"～",莎士比亚的戏剧及主人公的名字;也解 Dun Laoghaire"～",爱尔兰东部市镇。
875 Senchus Mor 解 Seanchas Mór［爱］"～",爱尔兰古法,编撰于 5 世纪。
876 bigtimers 解 big timers"～"。
877 fulmfilming 解 fulfilling"令人满意的";也解 filming fun"～"。
878 Lazarus"～",《圣经》中的麻风乞丐,死而复生。
879 lives"～";也解 loves"～"。
880 kobbor 解 cobber"～"。
881 kohinor 解 kohinoor"～",世界最大的钻石之一。
882 sehehet 解 sehe［德］"～";也解 sehe［德］"～"。
883 savohole shanghai 解 day old syne,化自 auld lang syne"～",歌曲名,中文译为"～";也解 day old"～"+shanghai［中］"～"。
884 praze 解 prize"～"。
885 Iseult la belle"～";也解 Anna Livia Plurabelle"～",本书女主人公。
886 Lambeg Drum"～",一种爱尔兰乐器。
887 Lombog 解 Lambeg"朗贝格"+bog"沼泽"。
888 Lumbag fiferer 解 Lambeg"朗贝格"+bag"袋子"+fife"横笛"。
889 brazenaze 解 brass (instrument)"黄铜乐器";也解 Brasenose College"～",牛津大学的学院;也解 nose"～"。
890 anno Domini nostri sancti Jesu Christi［拉］"～"。

凶杀！

啊，丁格尔[891]海滨的甜美仙女们全来欢呼，从西比尔[892]公民的冲浪而来的布里娜新娘[893]海水|等待女王。

在她那珍珠女儿之壳的小船[894]里，以及围绕她的银色月亮蓝的[895]斗篷里

水的王冠，眉毛上的咸水，她会为他们跳吉格舞，愉快地抛弃他们。

神啊[896]，她为什么要等死颓没彩先生[897]或者格罗格兰姆灰的[898]用灰色染发藤壶雁？

当你的情郎得到了他过多的冷肉和热军旅时，你不需要孤独寂寥，莉齐吾爱

也不需要在寒冬醒来，寡妇[899]窗户宝贝儿，尽管在我的旧巴尔布里根呢外套里打鼾欢唱。

哦[900]事实上，你现在不同意从，比如说，下周中间起接受我，为了我时日的平衡，免费（什么？）作为你自己的看护士？

许多高步者死于令人满意的游戏——但是谁，心肝儿[901]，会为你讨铜钱？

我很早以前就把那个扔到所有人面前。

那也是一个她熨烫衣服的美好的潮湿的星期五，正如现

891 Dingle“～”，爱尔兰凯里郡的半岛，有西比尔角（Sybil Head）。
892 Sybil“～”，希腊神话中的女预言家；也解 civil“～”。
893 Brinabride 解 Brina“布里娜”，人名＋bride“新娘”；也解 brine“～”；也解 bide“～”。
894 curragh 解 curach［爱］“用兽皮和柳条制成的小船”。
895 silverymonnblue 解 silvery moon“银色月亮”＋blue“蓝色”，此处化自歌曲《在银色的月光下》。
896 Yerra 解 a Dhia ara［爱］“～”，感叹词。
897 Sig Sloomysides 解 Signor［意］“先生”＋Sloomy“无精打采的”＋sides“方面”，此为人名，故译。
898 grogram grey 解 grogram“格罗格兰姆呢”＋grey“灰色”；也解 gruagan gre［爱］“～”。
899 window“～”，此处解 widow“～”，此处出自歌曲“Widow Machree”（《寡妇宝贝儿》）。
900 Wisha“～”，表惊讶或强调；也解 mhuise［爱］“～”。
901 acushla 解 a chúisle［爱］“～”，表亲密。

在我倾向于觉得的，她常常疯狂地迷恋[902]毛德·冈妮我。

我们完全拥有伟大的鹅脂涂油，还有接下来的彻夜羽绒床野餐。

凭着崆地[903]十字架，她说，星期六在晨光熹微中从我身下起来，米克、尼克和玛奇[904]蛆，或者你的随便什么名字，你是最[905]摩西可爱的小伙儿，从包赫默[906]大道男爵领地走入我的天地。

马太嗯啊、马可嗯啊、路嗯啊加、约翰嗯啊嗯啊[907]！

啢！

静静地一盏灯沿[908]长的河移动。更加静静地人鱼们使用他们的小桶。

它的路[909]木髓满满。道空空。他们的命运已确定。

因此，给约翰为了约翰，做梦的约翰[910]，让它去吧[911]！

902 gone on“～”；也解 Maud Gonne“～”(1866—1953)，爱尔兰女演员，与叶芝一起倡导爱尔兰民族文艺复兴运动。

903 Cong“崆”，地名，位于爱尔兰西部的梅奥郡，该词原指一窄条地峡。

904 the Maggot“～”，此处解 and the Maggies“～”，此处为本书主人公的两个儿子和一个女儿。

905 mose 解 most“～”；也解 Moses“～”，基督教先知。

906 Bohermore“～”，爱尔兰戈尔维韦的路名，意为“～”。

907 Mattheehew, Markeehew, Lukeehew, Johnheehewheehew 解 Matthew, Mark, Luke, Johnny“马太、马可、路加、约翰”＋heehaw“嗯啊”，驴叫声。

908 long“～”，此处解 along“～”。

909 pith“～”，此处解 path“～”。

910 johnajeams 解 John O'Dreams“～”，约翰指书中的四位老人之一约翰尼·麦克杜格。

911 led it be 解 let it be“～”。